春秋战国

长篇历史纪实小说

典藏套装版 全三册

高兴宇 著

I 初霸

中国国际广播出版社

礼崩乐坏时，　天下乱纷争；
强者似虎狼，　弱者如羔羊；
诸侯浪淘沙，　优胜劣被汰；
何物最永恒，　世人灯下思；
先推仁义信，　后说礼智勇；
六字为骨架，　成就中华龙；
滚滚黄河水，　奔流不复回；
五百年一梦，　蹉跎岁月悠。

目录

第三篇　一群老人

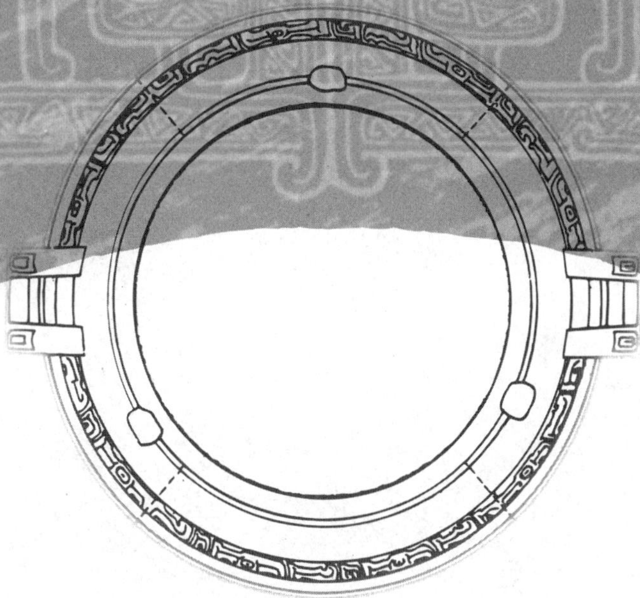

楔　子

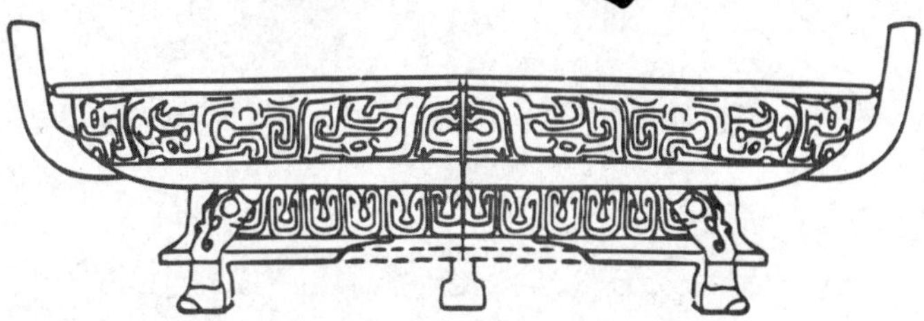

话说周朝建立后，大封王族、功臣和贵族，两百多个诸侯国因而建立。这些诸侯国不论国土大小、爵位高低，都必须忠诚、保卫周王室，并按期纳贡。就这样，按部就班、相安无事两百余年。

到了周幽王这一代，天子昏庸无道，整天围着王妃褒姒转。褒姒是个冷美人，从来不笑。周幽王想尽法子，她也不笑。奸臣虢石父献计道："如果把京城周边防备西戎侵犯的烽火点燃，各国诸侯必然前来，这种难得一见的场面肯定会让王妃哈哈大笑。"周幽王依计而行。

当烽火点燃后，邻近的诸侯果然迅即带兵前来，但他们连一个西戎兵的影儿也没有看到，看到的只是周幽王陪着美人奏乐和唱歌。诸侯们上当了，王妃褒姒笑了。这一笑失天下。

在烽火戏诸侯后，周幽王改立褒姒为王后。这不合周礼的举动激怒了原王后之父——申国国君姜诚，他联合西戎进攻周王室。

当时周朝人自称华夏，并把华夏周围四方民族分别称为东夷、南蛮、西戎、北狄，以区别华夏。这西戎是游牧民族，异常野蛮凶悍，常常南下、东进掠夺粮食、财物。当西戎打到周朝都城镐京（在今陕西省长安沣河以东）时，周幽王赶紧命人把烽火点燃。看到烽火信号的各国诸侯以为周幽王又在和他们开玩笑，全都一兵不发。

镐京里的少量兵马根本不是西戎的对手。在周王室供职的郑国国君郑桓公等人拼命抵抗，但最终寡不敌众，结果周幽王、虢石父被杀，褒姒被掳，郑桓公也战死。

西戎要粮要财不要地，战胜后全军撤退。周朝大臣及各国诸侯拥立太子姬宜臼为天子，即周平王。因镐京被毁，公元前 770 年，周平王将都城迁至洛阳。自此，周王室由盛转衰，礼乐征伐自诸侯出的序幕缓缓拉开。

第一篇

春秋初霸

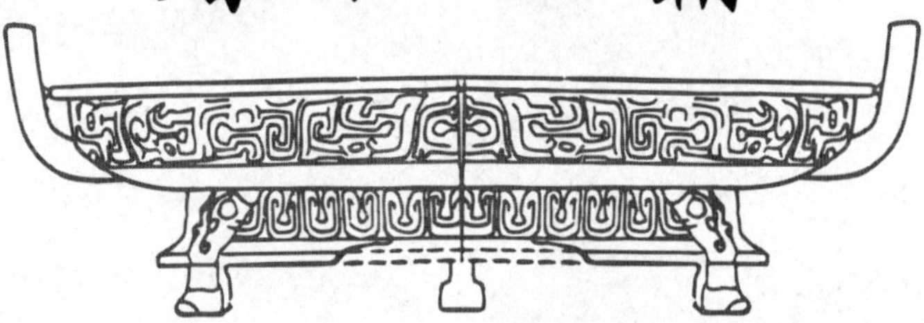

无极生太极，太极生两仪，两仪生四象，四象生八卦。
天行健，君子以自强不息；地势坤，君子以厚德载物。

公元前744年，从郑国都城新郑的一座宫殿里，传出琅琅读书声。突然读书声被打断了，一位雍容华贵、美丽大方的妇人走进来，对教书先生和殿里的几个学生说道："段儿岁数小，你应该让他多学一会儿。寤生大了，要多到外面走一走。""是，母亲。"那个叫寤生的少年应声答道。他在走出宫殿的时候，隐约听到他母亲对教书先生窃窃私语。

这个妇人叫武姜，是郑国夫人。寤生是郑国世子，姬姓，刚满十三岁。在父亲郑武公百年之后，他继承君位是顺理成章的，但他隐隐感到不安，因为他的母亲偏袒小他三岁的弟弟姬叔段。或许有一天，姬叔段继承君位，那姬寤生就要大祸临头……姬寤生不敢想下去，但又不能不想。

"布谷、布谷……"杜鹃鸟在啼叫着。

到了春播的时候了，但中原大地久旱无雨。为了乞求上天下雨，郑武公率领臣民设坛求雨。祭坛上，堆满了干柴，干柴上，架着一头牛、一头猪、一只鹿、一只羊。宣读祭文后，身穿盛装的郑武公点燃了干柴。霎时，烟气腾空。祭坛下的人们见此情景，立刻欢呼雀跃起来。在他们的心中，认为掌管下雨的神灵一定收到了郑国君臣的虔诚心愿。这时，人群中的郑武公突感不适，他一面捂着胸口走向马车，一面嘱咐姬寤生到城外体察民情。

虽然旱情严重，但城外槐树成荫，正值开花的时候，香气扑鼻，蜂飞蝶绕。槐树旁，是大片的龟裂田地，数百名奴隶正在几个人的指挥下辛苦劳作。这些奴隶相貌不一、口音不一，原是战俘和被掠获的平民。在官府，他们每人都有一份丹书，那是用朱砂书写的奴籍。这丹书逼压着他们去耕作。一名年长者扶着木犁，前面十几个人用劲拽着绳子拉犁。木犁的犁头是用尖锐的石头做的。

世子姬寤生登上一个高坡，放眼望去，前面的土地阡陌纵横，犹如一个“井”字。姬寤生知道，这是周朝的井田制留下的土地耕作方式，一井分为九个方块，一个方块一百亩，由一户耕种；周围的八块田由八户耕种，谓之私田，收成全部归耕户所有；中间一块是公田，由八户共耕，收入全归封邑贵族所有。

教书先生告诉过姬寤生，井田制自夏朝就有了，现在发展到极致，是百姓生存的基本依靠。姬寤生虽小，但也明白有饭吃才有人生存，人口旺盛才有国家富强。他遵从父命，边走边看，边看边走，一个时辰的工夫就走出了十几里地。

翻过一个土坡后，姬寤生看到这儿的农人不在田间劳作，而是坐在槐树下乘凉闲聊。带着疑问，姬寤生问他们为什么不干活。

一位家臣也就是替封邑贵族领着奴隶干活的人答道：“我们并不是怠工，而是干劲十足。因为明天就要下雨，所以我们都在这儿等着雨水滋润田地呢。”

“明天要下雨？难道你们知道都城内刚刚进行祭祀求雨？”姬寤生问道。

“祭祀的事，我们也听说了。不过，明天要下雨的消息是镐京过来的一位贵人预言的。”家臣答道。

“他的预言准吗？”姬寤生问。

“很准，凡是他预言的，都一一应验。”家臣恭敬地答道。

从家臣的眼神中，姬寤生感觉到这位镐京来的贵人神不可测。姬寤生想去拜访他，但他不急着去找这位贵人，而是要看明天是否真的会下雨。这种沉稳的性格与他的年龄并不相符，或许是因为他在宫中长期受压抑所致，也或许是因为先天素质过硬。

世子姬寤生回到都城新郑，天已经黑了，这时竟然起了雾，而且越来越大。

第二天天还没亮，雨就下了起来。郑国群臣都向郑武公道喜，祝贺祭祀灵验，他们个个眉飞色舞。郑武公强撑着身体鼓励大家用心督促农耕，务必搞好春播。将近一天了，郑武公感到胸口越来越疼。

雨越下越大，姬寤生向父亲问安后，便坐着马车去寻找那位镐京来的贵人。他有很多问题想问，既问如何知道第二天要下雨，还要请教如何避祸趋利。在雨中，在车上，姬寤生又一次回想到自己名字的由来——

十三年前，母亲武姜难产，痛得死去活来，几次走近鬼门关，最终生下了他。小孩子出娘胎，一般是头先出来，但他是脚先出来，因此郑武公给他起了个名字叫寤生。姬寤生四岁的时候，弟弟姬叔段出生了。从那以后，母亲武姜对他越来越冷漠。

世子姬寤生想，如果那位贵人真要是擅长预测，他就问问自己今后的吉凶，还要问问今后如何在宫廷中进退。

雨没停，车停了。姬寤生下车，一点儿没有世子的架势，向那位镐京来的贵人拜了又拜。镐京来的贵人叫祭足，原是周王室的一名小吏，西戎攻打镐京的战乱后，祭足到了这里隐居。

一番礼仪、寒暄后，祭足回答了姬寤生的疑问："之所以我预测要下雨，是因为原本一直干燥的石墙上湿乎乎的，《周易》上说，础润而雨，所以我算出要变天。"

姬寤生问："我天天学《周易》，但为什么感到乏味和空洞呢?"他将在宫里跟教书先生天天朗读《周易》语句的情况向祭足简明说了说。

祭足说："《周易》的说辞来自自然和社会，要想读懂《周易》，只有联想到万事万物才可。"

姬寤生闻此，便觉眼前的祭足学问渊博、真功实料，应该为自己师傅，于是立刻起身，跪拜道："愿意跟先生您学习，请收下我这个学生。"祭足将姬寤生扶起，算是默认了。姬寤生向祭足叙说了母亲武姜对兄弟俩厚此薄彼的情况，请祭足指教。

祭足说："'易'这个字，本身指蜥蜴。蜥蜴的第一特性是因环境而改变自身颜色。人要想发展，首先要学会生存，而生存之道就是要顺环境特性而改变自己，让自己适应环境特性。"

姬寤生想到昨天在宫殿里学习的一幕，庆幸自己没有顶撞母亲，而是事事唯唯诺诺。

世子姬寤生还想问祭足有关蜥蜴的特性二、特性三，但宫中卫兵紧急赶来，说郑武公请世子速回。姬寤生拜别祭足后，急急赶回。

自己的亲骨肉，做母亲的哪有不疼爱的？武姜越来越厌恶世子姬寤生，并非单纯因为那次难产，而是缘于生姬叔段时做过的一个梦。梦中，武姜的儿子成为气吞山河的国君，当武姜想看清儿子的模样时，姬寤生过来了，把她扔下黄泉……武姜惊醒了。这时候肚中越来越疼痛，姬叔段顺利生了下来。武姜因此认为姬叔段注定是将来的国君，而姬寤生则是冤孽。

世子姬寤生赶回宫中时，雨还没停。下了半天，旱情看来解除了。当姬寤生正要推门进去时，他听到母亲武姜在和郑武公说话："夫君，神灵告诉妾，叔段必定是一代明君，请废掉寤生，改立叔段为世子吧。"

"废长立幼是周礼所不许，况且寤生没有过错，这事就不要再提了。"郑武公说这话时不再像以前那样声音洪亮，而是气息微弱，看来病情很严重。

世子姬寤生跑到郑武公跟前，哭着问安。他知道母亲武姜多次向父君诉说要废掉自己，他知道郑武公坚持立自己为继位人。郑武公慢慢地向姬寤生说道："寡人这病来得快、来得重。在这人生关口，有一些事要和你说，郑国来到新郑才二十几年，根基不牢，而且四周都是虎视眈眈的大国。我们要想守住这份基业，必须像我们老祖宗撰写的《周易》中讲的那样，自强不息、厚德载物，靠实力、靠德行保住这份基业，而不能像周幽王那样烽火戏诸侯，一笑失天下。"姬寤生认真听着，不断点头答应。

不一会儿，郑国群臣来到郑武公身边。此时，郑武公上气不接下气地指着姬寤生向大臣们道："你们要尽心尽力辅佐他。"说完，郑武公就咽气了。

一　蜥蜴的特性

世子姬寤生登上国君君位，他就是郑庄公。他重用郑武公时期的官员，同时敬请祭足为大夫。在当时，各诸侯国国君之下一般设卿、大夫、士三级官员。请祭足为大夫，是郑庄公的一项英明决策，在以后的日子里，祭足为郑国立下了汗马功劳。念及郑庄公祖父郑桓公、父亲郑武公保卫周王室的功劳，周平王下诏，郑庄公仍袭郑武公在周朝的卿士官职。这卿士，是周王室的最高行政长官。

按照周礼，五个月后，将郑武公隆重安葬。周围国家的诸侯宋宣公、鲁惠公、卫庄公等前来参加葬礼。宋国国君子姓，商朝灭亡后，周朝创立者周武王封商纣王的庶兄微子于宋国。周礼中，将各诸侯分公、侯、伯、子、男等爵位，以别大小。二百多个诸侯国中，宋国爵位最高，公爵。鲁国国君姬姓，与周王室及郑国国君是一个家族。卫国国君原是姬姓，但后人以国名为姓，改卫姓。

看到人们纷纷向郑庄公行礼，而对公子姬叔段视而不见后，武姜心里很不是滋味。葬礼还没结束，武姜就哭泣着向郑庄公说："你们就兄弟两个，现在你做了国君，而你弟弟却冷清清的。寤生，你把虎牢封给叔段吧。"郑庄公虽小，也知道虎牢是军事要地，不能外封的，于是说："那儿地势险要，容易招致战事，儿很爱惜弟弟，所以不能把虎牢封给弟弟。"武姜又说："那就把京邑封给叔段吧。"京邑乃郑国大邑，城垣高大，人口众多，郑庄公虽心里不肯，但不便再次拒绝，只好答应。

闻听京邑封给姬叔段后，大夫祭足急急进谏道：“按周礼，封邑大的不超过国都三分之一，中等的不超过五分之一，小的不超过九分之一，现在京邑比都城新郑还要大，不合法度，不可作为公子叔段的封邑。”

郑庄公说：“母命不可一违再违，寡人哪能避开这祸事呢？”

祭足奏道：“既然明知是祸事，就应该早采取措施，别让其再发展蔓延，一旦蔓延就难于对付了。野草蔓延尚且难除，何况是君上您那受宠的弟弟呢？”

郑庄公说：“多行不义必自毙，我们静观其变吧。”

于是，姬叔段到了京邑，号称京城太叔。

参加完郑武公的葬礼后，宋宣公即回宋国办理妹妹仲子的出嫁。宋国都城睢阳（在今河南省商丘），与新郑相距近三百里，一两天的时间便可乘坐马车回国。宋宣公的妹妹仲子相貌一般，但有一与众不同之处，就是手纹看上去很像“鲁夫人”这三个字。这可了不得！在百姓眼中，或许仲子是上天特意安排去鲁国做夫人的。在参加郑武公的葬礼期间，宋宣公向鲁惠公说起这事，鲁惠公当即同意，立刻派人提亲，随后迎娶仲子。成亲后，鲁惠公并没有将仲子立为夫人也就是正妻，而是将她的名分定为妾。鲁惠公还有一位妾，名叫声子，早于仲子，与鲁惠公有感情，所以鲁惠公没有将仲子立为夫人。鲁国都城在曲阜。鲁惠公与声子有个儿子，叫姬息姑。

悠悠岁月无数事，三言两语几笔过。且说仲子嫁给鲁惠公后，不久有了个儿子，叫姬轨。花落花开，春去春来。数年后，宋宣公病亡。临终前，宋宣公传位给弟弟子和，即宋穆公，而不是传位给自己的儿子子与夷。宋穆公当上国君后，对众臣说：“周礼令我们修德进贤，寡人之所以能成为国君，是因为贤，所以兄长将君位传给了寡人。这个贤，寡人要岁岁传递下去。”不只是宋穆公，许多人都在周礼的感召下一生为高尚品德而奋斗。又数年，鲁惠公病亡。按周礼，夫人的长子继承君位，在没有夫人的情况下，妾的长子为国君，于是姬息姑成为鲁国国君，这就是鲁隐公。鲁隐公虽然当上国君，但他认为自己仅在代行国君的权力。在他眼中，仲子虽然没有被立为夫人，但“鲁夫人”手纹是天意，所以“鲁夫人”的儿子姬轨当上国君应当是天意。因此，鲁隐公在朝堂上向众臣说道：“一千五百多年前，华夏大地上出现了两个杰出帝王——尧、舜。尧将帝位禅让给具有父义、母慈、兄友、弟恭、子孝这五种美德的舜，舜将帝位传给了治水有功的禹。尧、舜行德政，像春风夏雨一样，沐浴着百姓，使百姓受到恩泽。寡人在位，将努力倡行尧风舜雨。现今，寡人只是暂行君权，待弟弟姬轨成人后，寡人要学古时尧、舜禅位，将权力交还给他。”鲁隐公登基后，便给各诸侯国寄送国书，约定各国诸侯于夏日到国都曲阜参加鲁惠公的葬礼。

又是一年槐花香，蜂蝶照常绕。郑庄公接到了鲁国国书，这时，他已经三十五岁了。在当上国君的二十二年间，他布施德政，同时继续向祭足学习《周易》，学习周礼。此时，郑国国力大增，郑庄公也学业有成。

朝堂上，郑庄公正在观看鲁国国书。忽然，一校尉紧急来报：“京城太叔令西部和北部边境军士听命于他。”闻听此言，满堂皆惊。

郑国公子姬吕进谏说：“一支国家兵马不能听命于两个国君，君上打算怎么办？如果您要把君位让给太叔叔段，下臣就去侍奉他；如果不让，那就请除掉他，不要让百姓生出二心。”姬吕，是郑桓公之子、郑武公之弟、郑庄公之叔，目前官居郑国上卿。

闻听姬吕直言进谏，郑庄公凛然正色道：“寡人之弟关心边境安危，有何错？”

话音未落，一小城守吏紧急禀报：“京城太叔令京邑附近两座小城归其管辖，当否？请君上裁决。”

朝堂上静悄悄的。

公孙姬子都进谏说：“臣虽年轻愚笨，但知道老虎养大了会吃人。如果对太叔叔段不警觉，恐怕君上您后悔也来不及了。”姬子都，是郑桓公之孙，官居大夫，不仅貌美，而且能征善射。

当姬子都说完，郑庄公严肃地说道：“寡人之弟为寡人操劳，这是善事，你们不要离间寡人与叔段的关系，各人好自为之。”

郑庄公说完，朝会便解散。面对姬叔段咄咄逼人之势，姬吕、姬子都等诸大臣，心急如焚且愤愤不平。他们既气愤姬叔段狼子野心，又对郑庄公忍气吞声焦虑万分。

京城太叔姬叔段一再挑战郑庄公的权威，郑庄公能不火吗？当然郑庄公怒火冲天，但他一再压抑着自己胸中之火，故作泰然处之。二十二年前，大夫祭足就告诉郑庄公关于蜥蜴的第二项特性：“以静制动，任小虫飞上飞下，我自不动。当时机来临时，以霹雳手段制服对手。”郑庄公一直以此思想来指导自己处理姬叔段的问题。这些年来，姬叔段依仗母亲武姜的支持，招募勇士，加固城垣，囤积粮草，训练甲兵，扩展势力。郑庄公早有耳闻，他不相信自己不动手上天会主动惩罚姬叔段，郑庄公认为过早动手不合“厚德载物”的教条，必遭外人非论，说他不孝不义。郑庄公一直静观其变，有时他真希望姬叔段痛改前非，放弃叛乱的图谋，帮助他把郑国变得越来越强，可姬叔段越来越不像话。

郑庄公在朝堂上的言辞，母亲武姜也听到了。她不愿自己的两个亲生儿子骨肉相残。虽然郑武公在世时，武姜想让姬叔段继承君位，但当乾坤既定时，她也认可这个局面，可不管怎样，生姬叔段时做的梦一直让她耿耿于怀。话说京城太叔姬叔段长大后，在一次从京邑来看望她时，武姜忍不住便和姬叔段讲起那个梦。武姜原意是想勉励姬叔段勤政敬业，但说者无意听者有心，姬叔段认为既然天意让其做国君，那么他一定要让武姜的梦变成现实。当姬叔段第一次和母亲秘密说起图谋政变时，武姜制止了他；第二次密谈时，武姜叹了口气；第三次提起政变打算时，武姜同意了，但她只许交换位置，不许伤及郑庄公的性命。一个秘密行动就此开始了，但这秘密行动很早就被郑庄公、祭足等察觉，只是他们不动声色。

郑庄公要在夏日去鲁国参加鲁惠公葬礼的消息，京城太叔姬叔段听说了。他给母亲武姜写了密信，约定郑庄公离开都城前往鲁国时起事。武姜同意了，她觉得这时候正好，免得动起手来难免会伤及兄弟二人的性命。武姜给姬叔段回信，说姬叔段率军来到都城时，她会命令下人打开城门，同时宣布姬叔段为新任国君。

郑庄公的一再忍让和装傻，令京城太叔姬叔段、武姜严重麻痹了。他们在紧锣密鼓地筹备政变时，郑庄公得到了这个消息。在大夫祭足的府上，郑庄公与祭足、公子姬吕、公孙姬子都秘密商议。

祭足说："太叔在京邑飞扬跋扈，失去民心，如叛逆，必遭天惩。"

姬吕说："只要君上一句话，臣必披甲执戈，擒住叔段。"

姬子都说："君上宅心仁厚，不光是臣，绝大多数将士都会支持君上。"

郑庄公一一点头。末了，他将反叛变行动细细作了部署。

一百余人以生意、访亲的名义混进了京邑，他们有些是祭足派往的，有些是公子姬吕派往的。祭足派去的人秘密联系潜伏进太叔姬叔段军营中的秘探，姬吕派去的人则是等待姬吕的命令。

该往鲁国都城曲阜去了，郑庄公率领百乘兵车前往。一辆兵车由两匹马或四匹马牵引，配三十人，其中车上站三名武士，左边的叫车左，手执弓箭；驾车的驭手，在车中；右边的叫车右，手执长兵器，如戈、矛、戟等。如果是君主、将军的兵车，位置有变化，驭手到左边，君主、将军在车中。除三名武士外，另有六人在车的左右，二十一名军士跟在车后。

在驶往鲁国都城曲阜的路上，郑庄公站在为首兵车的中间，心里反复想着郑国的基业——

当年，郑庄公的祖父郑桓公在周王室工作勤勉、成绩斐然，受到了周幽王和百姓的赞赏与爱戴。政治上敏感的郑桓公意识到周幽王不修德必会招致战乱，而一旦镐京战乱必会殃及附近的郑国（在今陕西省华县）。为了使郑国躲避祸乱，郑桓公考虑让郑国另换一个地方。为此他专门向周朝负责记载史事、推算历法的太史伯请教。这位有知识、有见解的太史伯考虑了两个地方。一是洛阳，但他认为这个地方，不可以安身。因为，在洛阳的周围，不是周天子的子弟就是周天子的舅甥，还有散落居住的野蛮民族，即非亲则顽，缺少发展空间，不可人。太史伯考虑的另一个地方就是如今郑国的所在地。这块地方，北面是黄河，南面是颍水，东面是济水，西面是洛水。有河险可守，有肥沃土地可种，适合发展。遗憾的是，郑桓公不久死于镐京战乱，没能实现这一计划。后来郑武公历经千难万险，才有了如今这份基业。

在这份基业上，兄弟相残，郑庄公不愿看到，就是死去的郑桓公、郑武公生时也不愿发生。在车上的郑庄公心里很难过，他真希望姬叔段悬崖勒马，安于京邑这块地方。

此时在京邑的姬叔段也是心情激动，只不过与郑庄公心情不一。郑庄公是酸甜苦辣，而京城太叔姬叔段是兴奋和紧张。在他算计郑庄公远离后，便率军士赶往都城新郑，但等待他的不是母亲武姜派人打开城门，而是公孙姬子都站在城楼，命人利箭射下。姬叔段正要组织攻城，京邑的人急促跑来，说京邑已经被公子姬吕取下了。原来，姬吕一看到姬叔段离开京邑，便在京邑外放起火来。里面的人一看火起，便持戈冲向门楼，杀散守城军士，打开城门，让姬吕率军进城。一进城，姬吕便命人到处悬挂告示，言郑庄公疼爱弟弟姬叔段，而姬叔段却忘恩负义，起兵袭击新郑。京邑百姓闻讯，纷纷声讨姬叔段，还有一些人传话给在姬叔段军中的子弟。此时，大夫祭足也令姬叔段军中潜伏人员带头脱离姬叔段。处于新郑城下的姬叔段攻城兵马军心已然不稳，无奈之下，姬叔段只好逃奔鄢陵。

正当姬叔段声嘶力竭喝令军士快快进城时，远处尘土飞扬，一队军兵杀来。为首者不是别人，正是郑庄公。郑庄公大声喊道："寡人待你们不薄，你们为何要反？"闻听此言，跟随姬叔段的军士又散去大半。姬叔段一看大势已去，便率几人落荒而逃。郑庄公叫人不必去追。之后，姬叔段外逃至共国（在今河南省辉县）避难，人亦称其为共叔段。

公子姬吕从京邑赶来，呈给郑庄公一捆信简，这是从姬叔段府中搜到的。郑庄公一看，有一封是母亲武姜写给姬叔段的，上面言武姜计划令人打开城门迎接姬叔段之事。郑庄公不由怒火冲天，他恨透了母亲武姜，当即令人将武姜迁往城颍邑，并发誓说："不到黄泉，再也不跟母亲见面了。"郑庄公接着看其他信简，在第二封武姜写给姬叔段的信简上，武姜要求姬叔段不得骨肉相残。郑庄公冷冷地说："既然叔段想谋反，他怎么会不杀寡人呢？"越看越气，郑庄公遂将所有信简全部扔到火堆里去。

智者有训："盛怒之中，勿訾人言。怒时之言，多失体。"此话不假。在去鲁国的途中，郑庄公冷静下来，他突然想到母亲武姜也不是很坏，自己这样做，与"厚德载物"是背道而驰的，作为国君，都希望臣民像孝顺父母那样尊敬国君，如果自己落了个不孝的罪名，军民还会来为他效力吗？这鲁国是周公姬旦的封国。周公，是周朝爵位，得此爵位者当辅佐周天子治理天下。当年，周公姬旦辅佐周文王、周武王、周成王，为周朝的建立以及巩固立下了不可磨灭的功劳。周公姬旦认为，仅仅依靠武力、险关是不能够长治久安的。周公姬旦为了治理天下，除了推行分封制外，更重要的是制订周礼，推出一套适合治理天下的礼法制度。“周公吐哺，天下归心。”这说的就是周公姬旦礼贤下士的事迹。在充满德行、传扬礼教的鲁国里，郑庄公越来越觉得自己在对待母亲武姜方面有些轻率。可是他已经起过誓，不到黄泉，不再跟母亲见面，起了誓就要遵守，不然以后他人就不会拿他的话当回事。郑庄公有点儿左右为难了。他是聪明人，很快想出一个法子，既让人知道他的孝和对母亲的思念，又不让人看出他违背誓言。这个法子就是命人在新郑修筑了一座高大的土台，取名望母台。郑庄公从鲁国返回后，每每空闲之时，便登台向城颍方向眺望。

人生好风景，属于有心人。一天，郑国颍谷小吏颍考叔来到新郑。他看到望母台后，便明白郑庄公之所思和所虑。这颍考叔为人忠诚、性格直爽，且能文、善武，虽然官职小，但名声好。郑庄公素闻其才其忠，便设宴款待。

宴席上的第一道菜是山鸡。颍考叔禀道：“山鸡这东西，小时候吃鸡母捉来的虫，大了反过来啄鸡母，不是玩意儿！”这话无意之中刺痛了郑庄公的心。他有点儿不自在了，觉得自己就是山鸡，是禽兽一般的东西，满面羞惭。颍考叔没有吃山鸡，而是把肉打了包。郑庄公很奇怪，便问他为什么这样做。

颍考叔禀道：“下臣有母亲，家贫很少吃肉，请允许臣把这些肉拿去孝敬母亲。”

郑庄公感叹道：“你有母亲，谁又没有母亲呢？”

颍考叔知道郑庄公的誓言，想了一会儿奏道：“不到黄泉不相见，在人世间也可以办到。我们不妨在地下挖条隧道，一直到有泉水的地方，人到隧道中相见，不就是黄泉相见吗？”

郑庄公听了豁然开朗，不由得欣喜万分，当即让颍考叔前去办理此事。

小吏颍考叔很快领人挖好了隧道。郑庄公在地下见到了母亲武姜。

武姜流着泪说："为娘糊涂几十年，对不住你。"

郑庄公扶起武姜说："母亲您养育了儿，儿会一辈子报答您的。"

武姜又说："三十二年前，为娘做了一个梦，这梦应验了，只是我把这梦理解反了。"

郑庄公说："过去的事，就不要再提了，希望母亲健康长寿。"母子于是和好，亲情超过以前。

时人喜欢唱歌，郑庄公走出隧道后，十分感慨地唱道——

大隧之中，其乐也融融。

武姜非常动情，听到郑庄公的歌声，便以歌和道——

隧道之外，心中也泄泄！

周围臣民说："君上与母亲融融泄泄，真是亲情楷模呀！"郑庄公非常感激颍考叔，对他说："你自己孝，并且劝人孝，是我们郑国孝的典范。"便把他留在身边，任命他为大夫。

黄泉相见后，郑庄公从城颍回返新郑。途中，郑庄公望见一支人马急急赶来，走近一看，是宋国公子子冯。他见到郑庄公后当即跪拜，请郑庄公收留他，原来他是逃难到此。郑庄公将子冯扶起，二人同车回新郑，子冯向郑庄公说起宋国的事情——

花开花落，岁月无情。遵从周礼、以贤为处世原则的宋穆公病重了，他感觉到自己就要解脱了，对大夫孔父嘉说："寡人之兄将君位传给寡人，寡人如果不将君位传给哥哥的儿子与夷，既愧对贤的称号，又无脸在地下见寡人的哥哥。寡人一定要传递哥哥留下来的美好品德。"宋穆公郑重地对大夫孔父嘉继续说道，"寡人死后，你们不能废弃这种贤德功业，一定要拥戴公子与夷而不能拥戴寡人的儿子子冯。"不几日，宋穆公去世，子与夷即位，这就是宋殇公。听命于宋穆公的孔父嘉等人忠诚于宋殇公，但却无形之中结怨于子冯。顺应常理的是，与孔父嘉有矛盾的人纷纷与子冯结好。这两股势力明争暗斗，危险苗头不时显现。

宋国公子子冯深感自己处于水深火热之中，唯恐遭遇不测，便逃奔郑国而来。郑庄公牢记“厚德载物”，将子冯妥善安置。

飞隼飞隼，载飞载止。嗟我兄弟，邦人诸友。莫肯念乱，谁无父母。

淇水岸边的大片河滩上，一群群奴隶正在劳作。在黄鹰的鸣叫声中，他们边干活边唱着歌谣。这歌谣既唱出亲情友情的珍贵，又说出战争动乱的危害。一群人在这歌谣声中行路匆匆。为头的不是别人，正是郑国公子姬叔段。且说姬叔段逃到共国，照旧不自知，也不安分，为了当上郑国国君，他跑到卫国去求救。卫国都城朝歌，就在淇水边上。

姬叔段由共国去卫国的消息传到了郑庄公耳中，这事他不在乎，因为姬叔段无才无德，在郑国没有威信，去卫国也没什么大不了。现在郑庄公最关心的是周王室将要免除他的卿士官职。原来，郑庄公继承郑武公的职位做上周朝卿士，也就是周朝的最高执政官后，并没常去周平王身边服务。随着时间流逝，原来亲密的关系也逐渐冷淡了。周平王考虑改换他人担任卿士。郑庄公得知这一情况后非常不满，甚至有些怨恨起周平王来。

在通往洛阳的大道上，鲜花盛开，河流浩荡。郑庄公坐在马车上，风尘仆仆地赶路。朝霞映照着他那灰长的胡子，一双炯炯有神的眼睛注视着前方。衣裳缀着晶莹的玉佩，随着车子的颠簸，击鸣撞响，清脆悦耳。在车上，郑庄公想起自己的父亲郑武公，为躲避西戎侵扰，保护着周天子东迁到了洛阳。周王室东迁，主要依靠郑国的力量，故周、郑关系甚密。从郑武公开始，郑国就借周天子的余威和自己在周王朝掌握的实权，东征西讨，扩张领土。郑庄公想了又想，卿士职位很重要，不应失去。

洛阳王宫前朝、后寝，左宗庙、右社稷，大殿前面种有三棵大槐树。这槐树是北方常见树种，适宜人们乘阴纳凉。周朝官员朝见天子时，只有地位最高的官员才有资格站在这三棵大槐树下。郑庄公赶到洛阳，并未在槐树下小憩，而是直接朝见周平王。

郑庄公直言谏道："自臣父郑武公至今，郑国自强不息，为的就是拱卫周王室，但大王您却要免除郑国世袭卿士官职，请问大王这样做，何以服天下？"

面对日益强盛的各国诸侯，性格孱弱、威信逐渐降低的周平王不敢得罪郑庄公，慌里慌张地说道："你不要听信谗言，寡人与你本是一家，至今念念不忘你们的功劳，寡人不会免除你卿士官职的。"

周平王仍不失天子威风，继续说道："既然身为卿士，就要常住洛阳，你看这事咋办？"

周平王的话击中要害，郑庄公想，如果不采取点诚意举动，是难以保住自己在周王室的地位的，于是奏道："郑国世子姬忽已长大成人，臣愿将其放到大王身边代父伺候大王，大王看如何？"未等周平王回答，郑庄公突然想到在当今周王室权威大不如从前的情况下，郑国单方采取示弱行动有些吃亏，灵机一动，讨价还价道："周朝太子姬狐仁厚敦信，请大王允许其到郑国，臣愿意天天向其请教。"

周天子与诸侯相互交换儿子做人质，这可是周朝头一遭。辅佐周天子的周公姬黑肩当即奏道："让太子去诸侯国抵押，周王室的权威和脸面何存？请大王严饬郑国。"周平王想了想，如果不让太子去郑国，郑庄公势必不相信周王室，说不定还会引来一场战乱，去就去吧，没什么大不了的事。于是，周平王说："王室与诸侯要相互信任，寡人答应你的请求，就让太子去吧。"就这样，周王室和郑国交换人质。

花落花开，春去春来，几年很快就过去了。公元前 720 年，周平王去世。郑庄公赶到洛阳，和周公姬黑肩一同管理周朝政务。太子姬狐回到洛阳，准备继位为天子。没想太子姬狐身体虚弱，加上悲伤和旅途劳累，染上伤寒，回到洛阳当天就死去了。郑庄公和姬黑肩不敢怠慢，迅即立太子姬狐之子姬林为天子，即周桓王。

新天子登基后，身为卿士的郑庄公向周桓王跪拜。看到郑庄公，年轻气盛的周桓王不由心里道："寡人之父去郑国为质，这是让周王室蒙羞。寡人之父如果不去郑国，也不会这么早就离开人世。这一切，都是郑君寤生造的孽。"想到这儿，周桓王便想在朝堂上怒斥郑庄公，但转念一想，自己登上王位，少不了郑庄公的功劳，如果现在怒斥，显然是恩将怨报，冷了诸侯和百官的心。此时，周桓王心中有火不敢发，但又压不住，于是就冷冷地对郑庄公说道：“请起。近日来，你为寡人登基辛苦了。寡人想，你是先王的大臣，寡人怎么敢任用你啊？”如此隐语出口，郑庄公已经明白周桓王厌恶自己、不想起用自己，他不免怒火中烧，刚要发作，但想到了蜥蜴的特性——因环境而改变颜色，便故作战战兢兢状奏道：“臣虽然是先王遗臣，但依旧会像从前那样，竭尽全力，辅佐新王。”朝会仓促散了，郑庄公故意装糊涂，既不想辞职，也不提辞职。有火没处发的郑庄公第二天清晨即以郑国有事为由，与世子姬忽一起回返郑国。

此时正值春末夏初，田野里的麦子一片金黄。这麦子已渐渐成为中原人们的主食。当麦子收获后，人们将其放在石臼里，用粗棍捣成麦粉，再用水和成窝窝头，蒸熟就可以吃了。

行走匆匆的郑庄公一行顾不上仔细察看麦子收成，于当天晚上回到了郑国都城新郑。

群臣已经等候很久。郑庄公喝了口水，便将新天子的态度说给众位大臣听。郑国群臣非常气愤，公孙姬子都说：“新周王忘恩负义，赶走了扶持他上台的重臣。”公子姬吕说：“请君上立即发兵，教训这位乳臭未干的新天子。”大夫祭足奏道：“攻打周王室，势必招来天下反对，发兵显然不行。不过，我们也不能不表示态度。臣有一计，我们不妨借口郑国遇到灾荒，以借粮为名到王畿内抢割麦子，这样就会求得一个平衡。我们倒是要看看，新天子如何处置这事。”众臣都说这主意好。郑庄公也觉得不错，仔细想了想今天在路上的所见，那田野里的麦子确实该收割了，于是便命祭足照计行事。

三千名郑国军士来到王畿之内的温邑，不消一天工夫，便将麦地里的麦子割光了。温邑守吏敢怒不敢言，眼睁睁地看着郑军将麦子运了回去。

周桓王闻报，怒火窜天，骂道：“郑君寤生胆大包天，竟然欺侮到天子头上来了！”周桓王当即安排向郑国兴师问罪。周公姬黑肩老成持重，知道小不忍则乱大谋，连忙向周桓王奏道：“区区小事，不必大动干戈。郑国好比是周王室的儿子，儿子去向爷爷那儿讨口饭吃，有什么大不了的？”周桓王闻听此言，勉强笑了笑，便依姬黑肩之意，将此事搁置不提。

没想到到了秋天，郑军又到洛阳附近抢收稻子。周桓王又提兴师问罪，周公姬黑肩又谏道：“郑国想必是饿疯了，把周礼都丢掉了。郑君寤生再来洛阳时，大王您教训他几句就行了，不必为此大动干戈。”周桓王便又作罢。其实，姬黑肩心里明白，真要打仗，周王室未必能赢呢！如果不赢，反而不如不去打。自此，周、郑之间的裂缝愈来愈宽了。

二　中原的初霸

又是一年槐花香，蜂蝶照常绕。郑庄公与宋国公子子冯在新郑的一棵大槐树下探讨。

郑庄公问子冯："任何一个国家，因为利益或者观点的争执，必有两派或者多派。现在宋国掌权者是孔父嘉，已升为掌管军事的司马，请问与其对立的是谁？"

子冯道："是华父督，目前是掌管宫廷事务的太宰。因为权势相争，二人素来不睦。"

郑庄公想考验子冯，便小声问他："如果寡人率军去宋，扶你担任国君，你看怎样？"

子冯摇了摇头说："不可以的，目前宋国遵从周礼的修德进贤，是攻不克的，除非发生大的动荡。我现在只求在郑国过个平安生活。"

郑庄公听后哈哈大笑说："要是寡人之弟叔段像你这样安分守己就好了。"

子冯说："我听说，这些年，公子叔段到卫国去求救，可总是得不到卫君的支持。"

郑庄公意味深长地说："是呀，郑国人都不支持他，卫国怎么会支持他呢？除非卫国风气变了，所以这些年来，寡人对他毫不在意。"

说风风来，说雨雨下。正当二人提起卫国时，探子来报："卫国变天了。"郑庄公非常惊诧，探子便细细说起卫国的事——

卫庄公有好几个儿子，分别是卫完、卫晋、卫州吁，另外还有两个儿子，岁数尚小。卫州吁是卫庄公与婢女生下的，从小就好斗。卫庄公溺爱他，任其胡作非为。

卫国上卿石碏看不下去了，就劝谏卫庄公："宠爱孩子，不能太过。如果超过限度，就会让孩子产生骄奢淫逸的不良性情。一个人有了骄奢淫逸的不良性情，就会产生邪恶的念头，而有了邪恶的念头就可能做出邪恶的事情来。做父母的真要喜欢自己的孩子，就应该教他行义。"

卫庄公问："什么是义呢？"

石碏说："义有六顺六逆。六顺是君义、臣行、父慈、子孝、兄爱、弟敬；六逆是贱克贵、少欺长、远间亲、新碍旧、小侮大、淫破义。我们做父母的一定要教导孩子去做六顺的事，绝不能让孩子去做六逆的事。君上要想传位给州吁，就应该立他为世子。如若不然，就应严加管束，且莫对公子州吁放任自流而让其在以后酿成灾祸。"

卫庄公听完石碏的话，哼哼哈哈，没把这当回事。

等卫庄公去世，世子卫完继位，即卫桓公。此时，公子卫州吁已成为一名危险人物了。眼光独具的石碏，仿佛看到了卫州吁即将祸国殃民，不想招惹是非的他告老还乡。石碏放心不下的是自己的儿子石厚，因为石厚追随在卫州吁左右，如果卫州吁是祸源，儿子也会为祸所害。因此，石碏要求儿子石厚离开卫州吁，但石厚不听。

石厚对父亲说："您常说'义'字，我觉得为主人尽忠便是义，因此我不能离开公子州吁。"

石碏叹了口气，无奈地说道："如果孩子们做出伤天害理的事，做父母的也应该大义灭亲。"

在卫桓公即位的第二年，公子卫州吁更加桀骜不驯，竟赶着马车冲进集市，造成十几个平民伤亡，严重扰乱了社会秩序，并影响到宫廷形象。卫桓公闻报后，对卫州吁严加训斥，取消了他的公子特权。卫州吁与石厚等人出奔国外。

过了几年，不甘流浪的卫州吁收聚在外的卫国狂徒，乘卫桓公前去拜见周桓王之机，与石厚合谋，袭杀了卫桓公，对外称得暴病而亡。卫州吁宣布当上国君，封石厚为大夫。卫桓公的弟弟卫晋为了保命，赶紧逃往邢国（在今河北省邢台）而去。

听完探子汇报，郑庄公说："州吁狂妄无知，必会接连做出一些出乎意料的事情，你马上再去卫国，留心那儿的行动。"探子当即返回卫国。

且说卫州吁的所作所为，不被得知真相的卫国臣民接受。有人在石厚父亲石碏的府宅上书写一个"杀"字，意指石厚助纣为虐，理应当杀，石碏看见后心情异常沉重。

却说屡屡碰壁、心灰意冷的郑国公子姬叔段正要离开卫国时，忽闻卫国变天，立即重燃信心，拜见卫州吁。姬叔段说："郑君寤生不仁不孝，请卫国发兵攻打郑国，如果我能依照天命，登上君位，我必定以五城相送卫国。"卫州吁是篡位之人，与阴谋叛乱的姬叔段有共鸣之处，且卫州吁从小好斗，闻听姬叔段建议，他心里便想：攻打郑国，一来可以显摆自己的能耐；二来可以借耀武扬威压服那些国内反对自己的人；三来可以扩张领土。有此三得，何乐不为？想到这，卫州吁便对姬叔段说："好，寡人听你的。"此时，石厚在旁，向卫州吁谏道："依目前势力，卫国不是郑国的对手，要攻打郑国必须联合其他国家。"石厚接着说："宋国公子子冯在郑国，宋君必会对其时刻提防，如果派人向当今宋君晓以利害，宋国必出兵攻郑。陈国和蔡国是小国，向来惧怕我卫国，并依附周王室，现郑、周关系紧张，如对两小国恩威并施，其必同意出兵。"姬叔段见卫国答应，欣喜异常，也献计说："当今鲁国，国君一切听信于大夫姬羽父。姬羽父好财，如果送重礼贿赂姬羽父，则鲁国一定会帮助我们。"卫州吁乐得合不拢嘴了，当天就派使节到宋、鲁、陈、蔡四国去联合，请求发兵相助。卫州吁还向四国承诺，用卫国的税赋来做军费，胜利后则平分郑国战利品。

石厚、姬叔段谋划确实得当。公元前719年，卫、宋、陈、蔡和鲁共五个诸侯国一起征伐郑国。他们打出了"伸张正义、扶段即位"的口号。大军浩浩荡荡，围住了郑国都城新郑东门。此时，探子早将详情报告给郑庄公。

在这敌众我寡、生死存亡的关头，郑庄公召集众臣商议退敌之策。众臣聚集一堂，议论纷纷，有人主和，有人主战。郑庄公思索了一番后说道："五国来犯，各怀鬼胎。卫国名义上是帮助叔段，实际上是新君即位，国内形势不稳，转移国内矛盾和舆论焦点；陈国和蔡国是小国，是卫国硬拉着来凑热闹的，不值一提，再说这两个国家与郑国没有仇怨；探报说，鲁国来攻打郑国是因为大夫姬羽父得到了卫国贿赂，出师无名，军士必不尽力；至于宋国攻打郑国，则是因为宋国的公子子冯在郑国避难，宋君害怕郑国支持子冯回国夺取君位。如此看来，这五国联军来侵，我们不必惧怕，可分而化之。"郑庄公当即安排将宋国子冯移居郑国南面的长葛。结果，宋国兵马就立即移兵长葛了。这下，郑国都城新郑的危机缓解了许多。

郑庄公想到了祭足当年说起的蜥蜴的特性三："断尾。许多蜥蜴能在紧急关头将尾部自断，当捕食者在注意不停扭动的断尾时，蜥蜴得以逃脱。"郑庄公意识到要让五国撤兵，必须学蜥蜴断尾，这断尾就是有意识的小败。

郑庄公便命公子姬吕率军出东门，单找卫军挑战。陈、蔡、鲁三国军队登上壁垒，袖手旁观。郑国派去的人，都是老弱之兵，没几个回合，便佯装大败，退入都城。有几个跑得慢的，便成了卫军的俘虏。这几名军士是郑国特意安排做俘虏的。卫军向他们说道："我们来征伐郑国，是帮助你们郑国公子叔段登上君位，赶走囚母虐弟的郑君的，你们可投奔到叔段门下。"令卫军想不到的是，那几个郑国俘虏说道："郑国国君深得民心，并与母亲情深意长、融融泄泄，一时传为佳话，并非你们所言。如果公子叔段引兵来犯，不用说城中军民，就是其母也会诛杀他的。"听到这几个人所言，卫军立即明白被新君卫州吁蒙骗了，立刻兵无斗志，军心已然涣散，郑国俘虏乘机逃脱。大夫石厚发现军情异动后，便劝卫州吁见好就收，立即回国。卫州吁听信石厚的计策，便命军士收割了郑国新郑附近的稻子，收兵回国。郑军发现后，也不干涉，任其胡为。

陈、蔡、鲁三国见卫国虎头蛇尾、言而无信，便在气愤之中各自回国。围住长葛的宋军见四个盟国都已撤兵，仅仅一个宋国难以与郑国相敌，也只好撤兵回国。仅仅五天时间，这场战争危机便宣告解除，郑庄公的分化计大功告成。

郑国公子姬叔段见卫州吁等人不成气候，便悄悄离开卫军，不久忧郁而死。却说卫军返回路上，卫州吁听到百姓在远处唱歌道——

一雄毙，一雄兴。歌舞变相斗，何时见太平？恨无人兮诉洛阳！

卫州吁闻歌后，大惊道：“这不是刁民要上告周天子，来鞭挞寡人吗？”心中大为不悦。为除晦气、扬军威，卫州吁令军士敲锣打鼓，但鼓不振、锣不响。卫州吁忙问手下何故，石厚奏道：“军心不稳、民心不服呢！”卫州吁又问应对计策，石厚奏道：“臣父石碏，为官数十年，素有威信。君上可请臣父入朝，帮君上您出谋划策，以稳军心民心。”卫州吁听后很高兴，当即命人携礼去问候卫国老臣石碏，同时请他入朝议事。石碏借口年老体衰，坚辞不去。卫州吁便命石厚亲自回家去请。

石厚即将回家的消息传来，石碏反复想一个问题：自己服侍卫庄公二十余年，虽其有时不听自己劝谏，但君臣关系融洽。自己时时劝卫庄公行义，但自己是否事事行义呢？对卫州吁、石厚等人犯上弑君，自己是不是应该有个行动呢？深思熟虑后，一生倡导行义的石碏心中已然定下一个信念，胸中已然有了一个谋划。

石厚行跪拜之礼后，石碏对石厚说：“新君为什么想见我？”

石厚说：“只因军民不服。”

石碏说：“凡是诸侯即位，都要经过周王室的认可才会被天下所承认。新君如果能够前去晋见周天子，得到他亲赐的诸侯信物，那百姓还有什么话可说的呢？”

石厚说：“父亲的话很对。可周天子会理会新君吗？怎样去晋见周天子才好呢？”

石碏说：“陈国与卫国一直关系和睦，且陈国国君始终忠顺周王室，如果新君能够亲自去陈国，劝说陈国国君一起晋见周天子，那必会如愿以偿。”

石厚把父亲石碏的话转告卫州吁。卫州吁非常高兴，第二日便备好重礼，命石厚随行，往陈国进发。

陈国建都宛丘（在今河南省淮阳附近），国君妫姓陈氏。中华人文始祖太昊伏羲就曾经在此活动，后炎帝神农继都宛丘，易名为陈，陈由此始。陈国在郑国的东南方，大约二百里，离卫国大约四百里。此时的陈国国君，是陈桓公。陈国的主要官员是大夫子针，与石碏有深交。石碏派人携密信前往陈国，托子针转交给陈桓公。信简中写道——

宛丘是始祖伏羲之古都。数千年前，伏羲根据天地间阴阳变化之理，创造了八卦，以八种简单却寓意深刻的符号来概括天地之间的万事万物；伏羲模仿自然界中的蜘蛛结网而制成网罟，用于捕鱼打猎；伏羲创造了文字，结束了结绳记事的历史；伏羲发明了瑟，创作了《驾辨》曲子；伏羲还开创了龙文化。伏羲的活动标志着华夏文明的起始。

卫国狭小，如今不幸发生了弑君大祸。石碏年老体衰，力不从心，有愧先君。现在卫州吁和石厚即将到达贵国，他们就是弑君之人，恳请贵国在始祖伏羲的庇护下，在太昊伏羲陵前，将他们抓住正法，以正君臣纲常，以清华夏文明。

陈桓公看完信简，问大夫子针："你看这事该怎么办？"子针奏道："弑君犯上，大逆不道，这是周王室东迁以来诸侯国首例。我们必须帮助卫国匡扶正义，况且卫州吁对我们威逼利诱，让我们结怨郑国。这种不讲信义之人，当除。"陈桓公点头说好，便派人布置妥当。

卫州吁和石厚到了陈国，陈桓公派弟弟陈佗出城迎接，陈佗说："我们君上将于明天在太昊伏羲陵前和各位相见。"卫州吁见陈国待他既尊敬又热情，喜出望外，嘴上直夸："生姜还是老的辣，老臣石碏的主意不错。"

第二天，石厚先到，见太昊伏羲陵门口，立着一块牌子，上面写着："为臣不忠、为子不孝者，不许入陵！"不由大吃一惊，问陈国大夫子针："立这块牌子是什么意思？"子针说："这是先祖的遗训。"石厚这才放心。一会儿，卫州吁也到了，石厚把他扶下车，领着他站在来宾位置。两边列队迎接宾客的陈国官员，将他们请进太昊伏羲陵。卫州吁整理好穿戴，正要鞠躬行礼，已经站在陈桓公旁边的子针大声喝道："将弑君贼州吁、石厚拿下。"话音未落，太昊伏羲陵内预先埋伏的武士一拥而上，把二人给捆了。与卫州吁一起来的卫国随从，还在陵外等候。这时有人来将石碏的密信宣读了一遍，他们立即明白卫州吁、石厚已经难逃惩罚了，于是一哄而散。

陈桓公正要下令将二人杀掉，大夫子针谏道："这二人，一个是卫国国君，一个是卫国宿臣石碏之子，如在陈国国都宛丘将其灭掉，恐怕招惹是非，不如让卫国来处置他们。"陈桓公说："你说得对，幸亏你提醒寡人。寡人现在觉得，即使卫人杀掉州吁，也不应在宛丘，这样可避嫌。"陈桓公便命人把卫州吁押出宛丘。大夫子针派人连夜去向卫国石碏报信。

石碏是卫国老臣，朝中官员多是他的亲友和昔日部下。石碏将他们召集到一起，把陈国大夫子针的信简宣读了一遍，众官员如梦初醒，齐声说道："州吁、石厚如何处理，全凭您老做主。"石碏说："两个逆贼都犯了滔天大罪，只有处以极刑，才能告慰先君灵魂。"负责刑罚的卫国右宰丑说："对于州吁，人人当擒而诛之。我没有什么才能，只有满腔的愤怒。处死州吁，我去监斩。"石碏点头说好。此时有人献媚道："首恶州吁理应正法，但石厚只是从恶，应该从轻发落。"石碏听了这话，一字一顿、大义凛然地说道："州吁的罪恶，少不了逆子石厚的帮助，理应当斩。如果不这样，老夫哪有脸面去见我的先君和我的祖先？"石碏家臣獳羊肩说："主子不必发怒，我愿意去执行您的命令。"于是，石碏就派右宰丑、獳羊肩分别去监斩卫州吁和石厚。同时，准备车马仪仗，到邢国去迎接公子卫晋回国。

右宰丑到陈国后，先向陈桓公、大夫子针等道谢，然后到卫州吁关押处将其押往刑场。卫州吁一看见右宰丑就大声叫喊："你是寡人的臣子，怎么敢来杀寡人？"右宰丑说道："卫国已有臣杀君的先例，我只不过是在效仿他！"卫州吁听后无言，认罪服刑。獳羊肩去监斩石厚，石厚说："我是该死。只求把我押上囚车，去见我父亲一面，然后你们再把我杀了。"獳羊肩说："我就是奉了令尊的命令来杀你的。你要是真想念令尊，就让我提着你的头去见他吧！"说完拔剑把石厚斩了。

公子卫晋从邢国回到卫国，登上君位，这就是卫宣公。卫宣公尊封石碏为国老，并派人携重礼去陈国致谢。自此，卫国和陈国越来越亲近和睦了。

青云衣兮白霓裳，举长矢兮射天狼；

登昆仑兮四望，心飞扬兮浩荡。

在郑国的练兵场上，郑庄公率军一起歌唱《九歌》中激昂的一篇。自从郑庄公分化瓦解五国兵马后，难压心中怒火，便命将士日夜操练，准备反攻来犯之敌。过了几月，郑庄公得报说卫州吁已被斩于陈国，卫国另立新君。郑庄公便说："州吁干的事，与新君没关系。可进攻我们的还有四国，其中宋国最可恶，我们一定要去讨伐它。"话音刚落，宋国公子子冯从长葛回到新郑，拜见郑庄公。子冯哭着向郑庄公说："宋国想杀我，君上您一定要保护我呀！"郑庄公抚慰了半天，让他住在馆舍里。

第二天，郑庄公把众臣召来，商议讨伐宋国。大夫祭足奏道："前些日子，五国结盟，联合来犯，要是现在我们单去伐宋，其他四国势必协助宋国，这仗不见得稳操胜券。根据各国形势，臣看不如先派人到陈国去讲和，再用重礼去结交鲁国。如果鲁、陈都跟我们和好，那么宋国就势单力孤了。"郑庄公听从祭足的意见，派使节分头行动。

郑国使节来到陈国，陈桓公并不当回事儿，弟弟陈佗谏道："与睦邻友好，乃是安邦之道，我们不应该拒绝。"陈桓公说："郑国狡诈，难以让人相信，说不定这讲和还是个陷阱。"于是拒绝接见郑国使节。

使节回报郑庄公，郑庄公气冲冲地说："陈国所依靠的，无非是宋国和卫国。卫国内乱刚刚平定，自顾不暇。待寡人先去攻打宋国，再去讨伐陈国，以雪前耻。"

大夫祭足谏道："君上莫急。陈国不接见使节，是眼中无我郑国。我们不妨炫耀一下武力，让其知道我们的存在，说不定陈国还会主动来谈呢。"

郑庄公点头说妙，便派边境军士假装出猎，侵入陈国境内，掠走男女边民及物品一百多车。

陈桓公闻报，猛然惊醒，这才知道自己是小国，根本不是郑国的对手，要想求安定，必须改善与郑国的关系。他当即召来众臣商议，弟弟陈佗奏道："此前郑国遣使来访，我们不妨予以回访，臣想只要态度诚恳，必能结成友好睦邻。"众臣都说此法最妥，陈桓公便依计而行，派陈佗出访郑国。

郑庄公隆重接待陈国公子陈佗，他先向陈佗道歉说："寡人管理将士不严，致使他们纪律松散，误入陈境。寡人已对他们严加训斥。你来了，我们将陈国的人口物资全部奉还，另送陈国粮食百车以示谢罪。愿郑、陈永结友好，互不侵犯。"宴会结束后，郑国世子姬忽亲送陈佗与百车粮食至陈国。陈国公子陈佗又将姬忽送回郑国。自此，陈、郑关系和好。

鲁国大夫姬羽父好财，接到郑国重礼后，便多次在鲁隐公面前替郑国说好话，主张鲁、郑结好，两国关系遂趋善。

郑庄公对大夫祭足说："陈国的事情解决了，鲁国也声言与寡人结好，伐宋的事可以办了吧？"

祭足说："宋国爵尊国大，连周天子都以宾客之礼对待，目前不可轻易前去讨伐，要等时机到来。"

郑庄公虽然心急如焚，但知道祭足说的话极有分量。在这二十多年里，祭足一直和他讲《周易》，其中就经常提到蜥蜴的一项特性："蜥蜴静静地趴在黄土上，那不是打盹儿，而是眼睛紧紧盯着前方，等候最佳攻击时间的到来。"

在这等候攻击的时间里，郑庄公听信大夫祭足的谋略，与相距甚远、位于东海边上的齐国结为同盟。这齐国，国都临淄，国君乃是周朝开国功臣姜太公后裔，此时国君是齐僖公。

郑、齐两位国君在石门会面。

郑庄公赞美道："齐国先君姜太公半生寒微，怀才不遇，四处漂泊，但他隐忍负重，察风云，候时机，垂钓渭水，八十岁时终遇明主，辅佐周武王灭商兴周，功推第一。"

齐僖公也称赞郑庄公道："郑国虽起步晚，但发展快，寡人常常听说您善学习、重亲情，今日相见恨晚呢！"两人很投缘，遂杀鸡宰羊，把牲畜的血涂在嘴唇上，也就是歃血为盟，结为兄弟。郑庄公年长齐僖公几岁，齐僖公以兄事郑庄公，二人说好有事互相关照。

宴会中，齐僖公问："世子姬忽娶妻了吗？"

郑庄公答道："还没呢。"

齐僖公说："寡人有个心爱的女儿，虽然还不到出嫁的年龄，但也可提前婚配。如果兄长您不嫌弃，等寡人这个女儿长大后就给姬忽做妻子吧！"

郑庄公连声道谢。

回国以后，郑庄公就对世子姬忽说起了这事。姬忽答道："婚姻应该是门当户对。现在郑国是伯爵，国小爵低；齐国是侯爵，国大爵高，孩儿不敢高攀。"

郑庄公说："提亲的是齐国，并不是我们有意高攀，再说和齐国结亲，遇事还可以有个帮靠，你为什么要拒绝呢？"

姬忽答道："大丈夫志在自强，怎么能仰仗裙带关系呢？"

郑庄公眉开眼笑，他喜欢儿子有志气，也就不再勉强了。

齐国使节到郑国来，听说世子姬忽不愿结这门亲，就回国报告了齐僖公。齐僖公欣赏郑庄公雄才大略，难免爱屋及乌，对郑国世子姬忽不识抬举之举不但不生气，反而赞叹说："郑国世子真称得上谦谦君子啊。好在寡人女儿岁数还小，这婚事等以后再说吧。"

寒冷的北风吹来，槐树落光了叶子，光秃秃的树枝映衬着无云的蓝天，寂寥开阔。这年冬季到了，按周礼，各国诸侯应该献冬礼了。在周朝，四季去见周天子的礼仪是不同的。春天见周王用朝的礼仪，夏天用宗的礼仪，秋天用觐的礼仪，冬天用遇的礼仪。虽然周王室威信一年不如一年，但经过五国来犯之痛的郑国意识到与周王室结好意义重大，于是郑国备下厚礼，郑庄公和大夫祭足一起去洛阳拜见周桓王。

周公姬黑肩知道周桓王怨恨郑国，也明白郑国目前不可讨伐，既然这样，就应该深藏怨恨，以礼对待郑国。于是，姬黑肩就去劝谏周桓王善待郑庄公，借此勉励诸侯。周桓王口头答应，但见到郑庄公时，又想起了郑国抢夺麦、稻的事，气便不打一处来，冷言冷语地向郑庄公说道："郑国今年收成如何？"郑庄公答道："托大王的洪福，今年风调雨顺。"周桓王说："这就好，如此的话，温邑的麦子，洛阳近处的稻子，本王就可以留着自己吃了，哈哈。"周王室大臣们都跟着笑了起来，只有姬黑肩笑不起来，他用眼睛瞪着周桓王，但周桓王没看见。郑庄公见周桓王话里带刺儿，心想即使说一大堆好话也不能让周、郑关系转好，于是便不再多言，拜辞周桓王退出宫外。周桓王既不设宴款待，也不按周礼回赠，只叫人送去十车稻谷，再次讥笑郑庄公。

郑庄公大怒，正欲派人将十车稻谷退还，大夫祭足谏道："天子赐赠，无论贵贱，都叫天宠。君上要是不接受，势必让其他诸侯国看出郑与周有了新隔阂。如果各国诸侯看不起郑国，那势必影响到郑国的威信和切身利益。"君臣二人正在合议着，周公姬黑肩过来了。他带来了两车彩缎，还殷勤地和郑庄公聊起天来。姬黑肩笑着说："洛阳的北面是黄河，新郑的北面也是黄河，等到了春天，我在黄河里放上几朵芍药花，用不了两天，君就收到了。"芍药花形状妩媚，花色艳丽，故世人用形容美好容貌的"婥约"之谐音，命名为"芍药"。用芍药赠人，本是表达深情厚谊。郑庄公笑着说："我们都是姬姓人家、黄河子孙，应当友好相处呢！"二人都哈哈大笑。

周公姬黑肩离开后，郑庄公问大夫祭足："黑肩来这儿是什么用意？"

祭足答道："他知道周天子在接见君上时有欠缺，所以特意赶来弥补不足。臣觉得，周公黑肩送来的两车彩缎，正好有用处。"

郑庄公问："有什么用？"

祭足奏道："君上您这次来朝见周天子，诸侯没有不知道的。现在我们把黑肩送来的彩缎，分成十份放在十辆稻谷车上。出洛阳时，就说是周天子所赐，另说周王室久不见宋国朝贡，君上亲承王命，率兵讨之。以此号召列国，让他们跟着我们发兵，有不响应的，就说是抗命。宋国虽然是大国，又怎么抵挡得了天子之命和群而讨之呢？"

郑庄公高兴地一拍祭足的肩膀，赞叹道："夫子真是足智多谋！讨伐宋国的时机终于来了！"

郑庄公离开洛阳，便一路假借王命，到处宣扬宋国不守臣节的罪状，听到的无不信以为真。这话一直传到了宋国，宋殇公又惊又怕，派人秘密联络各国，以求破解这突然而来的战争危机。郑庄公闻听宋国行动后，便问祭足。祭足奏道："君上可用周天子之命转告列国，约定时间一起伐宋。在各诸侯国中，齐国一定会响应我们。鲁国与齐国土地相连，世代联姻，齐君要干的事，鲁君一定不会反对。另外，鲁国主政大夫姬羽父接受了我们的重礼，必会向鲁君献计，摒弃前嫌，响应郑国。蔡、卫、许等国，有的虽不一定响应，但也当传令，这样才算得上是公讨。”郑庄公依计而行。郑、齐有盟约，齐僖公依约而行，让其弟姜仲年为将军，出兵车三百乘。郑使去鲁国，说好胜利后夺得的宋国土地，与鲁国平分。姬羽父贪得无厌，听了这话，欣然同意。鲁隐公便让姬羽父为将军，出兵车二百乘，前来助郑。郑庄公行使周朝卿士权力，调动了周王室兵马，另亲率郑国将士，前去讨伐宋国，齐军、鲁军如约会合。联军多路齐下，势如破竹。

宋殇公闻听联军入境，吓得面如土色，急忙把司马孔父嘉找来商议，孔父嘉奏道："臣曾派人到洛阳打听消息，并没听说周天子有伐宋之命。由此看来，郑国乃是假传王命，擅自调动周朝兵马，连齐、鲁两国也被蒙骗了。事到如今，除了向周王室投诉外，还有一个办法，可以让来犯之敌不战而退。"

宋殇公认真地倾听，孔父嘉接着奏道："郑国假传王命，拉拢列国，除齐、鲁外，其他各国均作壁上观，这其中不乏支持我们的国家。分析起来，陈国与郑国讲和，它既不会支持我们，也不敢得罪郑国。蔡、卫等国曾与我们一起讨伐郑国，现今可以重温旧情。我们应该联络它们，一同应对郑国。当前郑国大军来宋，国内一定空虚。君上可派使节向卫国告急，请卫国轻兵袭郑，那么，郑军必然回兵自救，宋国危机便可破解。"

宋殇公说："此计甚好，还请你亲自去一趟。"

孔父嘉答道："臣这就动身前去卫国。"

宋国司马孔父嘉连夜来到卫国，将宋国珍藏的蟠虺纹曲铜鼎送给卫宣公。这蟠虺纹曲铜鼎，用黄铜制作，近一人高，上面饰着两只弯曲虺蛇，当属天下工艺极品。卫宣公抚摸着蟠虺纹曲铜鼎，极为高兴，当即同意出兵袭击郑国，派右宰丑同孔父嘉从小道出其不意，率军直逼郑国都城新郑。

见宋、卫联军来到，郑国世子姬忽和大夫祭足急忙传令守城。宋、卫联军急攻数日，未见效果。孔父嘉对右宰丑说："凡是袭击，就应乘其不备，见好就收。要是这样耗下去，郑国大军回救，我们到时候想跑也跑不了了。不如借道戴国，安全撤回。我想，我们离郑之时也就是郑离宋之际。”右宰丑听从他的话，派人去向戴国（在今河南省兰考县）借道。这戴国刚刚受封立国，当前是第三任国君戴叔庆父，他判断失误，以为宋、卫联军要来袭击戴国，便令人关上城门，严加防守。孔父嘉、右宰丑十分恼怒，便在离戴城十里的地方扎营，轮番派兵攻城。戴国将士拼死固守，与宋、卫联军互有伤亡。孔父嘉见又成僵局，便急忙派人前往蔡国搬兵相助。

这时候郑庄公率联军攻克了宋国郜城、防城等地，正要将矛头指向宋都睢阳时，郑国世子姬忽的告急信简送到了郑庄公手中。郑庄公看完信简，立刻传令撤兵。齐国姜仲年、鲁国姬羽父等亲自来见郑庄公，不解地问："我们正在乘胜进取，为何让我们撤兵呢？"郑庄公老成持重，神色泰然地说道："寡人奉天子之命讨宋，仰仗两国的兵威接连胜利，对宋国的惩罚已经到位了。已经夺取的郜城、防城，齐国和鲁国可以各得一座。"姜仲年说："齐国出力微薄，不敢接受城池。"姜仲年一再谦让，郑庄公便对姬羽父说："既然齐国不肯接受，那么这两座城都送给鲁国吧。"爱财的姬羽父并不推辞，拱手连声道谢。

郑庄公唯恐新郑有失，急急撤兵回赶。走到半路，又接到世子姬忽的信简，大意是都城新郑已经解围，宋、卫兵马移兵攻打戴国去了。郑庄公微微一笑道："看来孔父嘉聪明一世，糊涂一时。当前宋国自顾不暇，哪还敢另惹是非？我们不妨来个将计就计。"于是命令公子姬吕、公孙姬子都以及大夫颍考叔、高渠弥等四位臣僚各率一支兵马，分头向戴国秘密进发。这高渠弥人高力大、诡计多端，被郑庄公发现是个人才后加以重用，目前担任郑国大夫。

且说宋、卫联军攻打戴国，又请了蔡军前来助战，满指望很快就攻下戴城，但却没一点儿进展，忽听有人来报："郑国派公子姬吕领兵救戴，目前已经进城了！"孔父嘉说："戴国本来唾手可得，想不到郑兵来助，这可如何是好？"右宰丑说："戴国既然来了援军，必然会有新举动，我们先观察一下城里的动静，再考虑对策。"两位将军正说话间，忽见戴国城墙上人头攒动，一下子插满了郑军旗号。姬吕全身披挂，站在城楼上高声喊道："多谢各位将军的帮助，我郑军已经取下戴城了！"原来这是郑庄公听从高渠弥的计谋，派姬吕假装领兵救戴，其实是借机占领戴城。郑军不费吹灰之力就将其拿下。戴叔庆父领着家眷，逃亡而去。

宋国孔父嘉、卫国右宰丑见郑军白白占了戴城，肺都要气炸了，齐声说道："我们和郑国誓不两立！"正说着，郑军自戴城派人送来战书。孔父嘉、右宰丑当即批下回文，约好第二天决战。

这天夜晚，宋、卫、蔡三军按时休息。半夜里，突然火光冲天，喊声四起，原来是郑国公孙姬子都及大夫颍考叔听从大夫高渠弥的建议，一起领兵来袭。宋国孔父嘉等人只知明天决战，哪儿料到今夜来袭。宋、卫、蔡三军乱作一团，右宰丑阵亡，孔父嘉侥幸逃走。三国车马军士，多被郑军俘获。

天上阴云密布，逃出去的孔父嘉愤愤地向部下说道："从古至今，战争都有礼节。我们周礼中的军礼规定，不打无约之战，不追逃跑将领，不杀花甲老人，不击受伤军士。如今这规矩被郑国破坏了，可恼呀！"逃走路上，孔父嘉又在思索：人无礼不生、事无礼不成、国无礼不宁，可有些小人为了获取私利，去刻意破坏这礼，郑庄公及其手下将士就是这破坏礼的小人呀！

战争就是冷酷无情，那边懊丧，这边就欢庆。郑军高奏凯歌，满载而归。郑庄公大摆宴席，款待众将士。大家轮番敬酒，郑庄公面有喜色，举起酒觯说："寡人依赖祖宗神灵，依仗各位死战，故威名远扬。大家说，寡人与各国诸侯相比，当处何等位置？"将士们听了这话，一齐称郑庄公为诸侯之霸。这霸，就是诸侯之长，当周天子威势衰弱时，强国之主就想充当领头人。郑庄公听了，非常高兴。偌大的厅堂里，只有大夫颍考叔默不作声。郑庄公睁大眼睛瞅着他，颍考叔奏道："君上不可洋洋得意！如今君上假传王命，讨伐宋国，但除齐、鲁两国外，各国均未响应，相反蔡、卫两国反而帮着宋国攻打我们郑国，所以请君上认真反思。"郑庄公见颍考叔直言相谏，一点儿也不生气，反而笑着说："你说得对。宋、卫、蔡三军遭创，已经受到惩罚。现在寡人想去对那些没有响应的诸侯兴师问罪，你看先去哪国合适？"颍考叔奏道："许国挨着郑国，君上应该给它加上一个违抗天子之命的罪名，然后，再联合齐、鲁两国兵马一起攻打。在攻打许国前，君上还应讨伐一个小国就是盛国。盛国邻近齐、鲁。郑、齐、鲁三军攻下盛国后，盛国土地、人口归齐、鲁所有。三军攻下许国后，土地、人口归我们郑国所有。”郑庄公连声说好。

第二天，郑庄公即派使节把向盛、许两国兴师问罪的计划告诉齐、鲁两君。两国满口答应，齐国派姜仲年、鲁国派姬羽父带兵伐盛，郑国派公子姬吕率兵助战。三国兵马不费什么力气，就轻松攻下了盛国（在今山东省宁阳一带）。齐、鲁两国非常欢喜。

郑国公子姬吕胜利归国，行至途中，突得急病而亡。郑庄公异常悲痛，厚恤他的家属。姬吕是郑国上卿，郑庄公想用大夫高渠弥来接任，世子姬忽暗地里劝谏道：“高渠弥奸诈而凶狠，不能重用。”当时，姬忽兄弟姬亹在旁。郑庄公认为姬忽言之有理，便任命祭足为上卿，接替姬吕的职位，又任命高渠弥为亚卿，帮助祭足主持朝政。

山有扶苏，隰有荷华。不见子都，乃见狂徒。

一位美貌少女行走在扶苏树和荷花池之间，用歌声诉说她的思念和惆怅。这个“子都”就是指公孙姬子都。姬子都不但武艺高强，而且相貌英俊，是千里挑一的美男子。这位唱歌少女闻听姬子都前来狩猎，便步行几十里路来见他。没想到不但没见上姬子都，连一个军士影儿也没看到。苦苦等候的少女，在失望之余遇到了一个轻狂之徒上前调戏，少女费了好大劲才摆脱纠缠。内心哀怨的少女便在山路上边走边唱。

公孙姬子都在哪儿？他正在加紧训练军士，准备攻打许国呢，哪还顾得上狩猎！到了快要出征的时候，郑庄公率众臣祭告祖先和神灵，然后聚集众臣，检阅兵马。郑庄公命人制作了一面蝥弧大旗，这蝥弧大旗为自己专用。按周礼，旗是有讲究的，天子的旗上画着太阳和月亮，诸侯的旗上画着龙，将士的旗上画着熊和虎。各种旗子不能乱用，蝥弧就是龙的一种。

郑庄公命人将蝥弧大旗立在一辆镶铜兵车上，这大旗加上旗杆足有三人重。郑庄公传令：“谁能手持大旗像平时走路那样，就任命谁当先锋，并把这辆镶铜兵车赐给他！”话音未落，队列中走出一员战将，黑脸膛、蜷曲胡、浓眉大眼，众人一看，乃是新任命的大夫瑕叔盈。瑕叔盈仅用一只手就拔起旗杆，向前三步，退后三步，然后放回车中，将士们齐声喝彩。瑕叔盈大喊一声：“驭手在哪里？把我的车驱走。”没等瑕叔盈将车取走，大夫颍考叔走出队列，大声说道：“拿着旗子走步不威风，看我把旗子挥舞起来。”只见颍考叔手擘大旗，左旋右转，呼呼直响，观看的人都惊呆了。郑庄公大喜说：“真是一位勇士！把车赐给他，让他当先锋。”话还没说完，队列中又走出一位青年，正是公孙姬子都，他指着颍考叔大喝一声：“你能舞旗，难道我就不会舞？把兵车留下！”颍考叔见姬子都来势汹汹，干脆一手把旗，一手挟车，飞也似的跑开了。姬子都有力无处使，心中气愤，拿起旁边的戈就要追赶，被郑庄公拦下。

这公孙姬子都艺高貌美，加之又是公族之人，平日里人们对他既尊敬又羡慕，众多郑国少女更是把姬子都当成梦中的情人和内心向往的约会对象。众人的宠爱，使姬子都养成了骄横的习性，常与颍考叔等人争功。这次争夺兵车，姬子都对颍考叔的怨气更重了。

郑庄公何等英明，他明白士气可激不可伤，于是在众将士面前重重夸奖三位战将，并另赐瑕叔盈、公孙姬子都各一驾车马。颍考叔与瑕叔盈、姬子都各自谢恩而返。

公元前 712 年，郑庄公以许国不听周天子号令为由，约齐国、鲁国联合攻打，相约谁先攻陷许国都城，谁就主持分割许国土地。为感激郑国帮助齐、鲁伐盛，齐僖公、鲁隐公亲率兵马前来。一心想得到许国土地的郑庄公率兵伐许，直抵许国都城许城（在今河南省许昌）。这许国是被周朝分封的姜姓诸侯国之一，此时国君是许庄公。许庄公率领将士、百姓死守城池，怎奈郑、齐、鲁三国兵将三面夹击，破城只是迟早之事。

许国都城许城被围的第三日午后，在郑国将士的猛攻之下，大夫颍考叔手执郑庄公蝥弧大旗，不避矛矢，奋力登上许国城墙。然而未等站稳，突然一支箭从背后飞来，颍考叔大叫一声，从城头跌下。原来，平素与之不和的姬子都嫉妒他夺了头功，就在城下暗施冷箭。

大夫颍考叔刚跌下城头，大夫瑕叔盈立即冲上去，接过郑庄公的蝥弧大旗重又跃上城头，大呼：“兄弟们，快冲啊！”郑国将士见象征郑庄公权威的蝥弧大旗插上许国城墙，个个奋勇当先。许城打开了一个缺口。许庄公见大势已去，便率军民突围逃离，不知所终。

郑庄公、齐僖公、鲁隐公一同进入许国宫殿，合议许地处置问题。齐僖公与郑庄公是盟友，笑哈哈地说："攻宋伐盛，贵国大公无私，这种精神值得愚弟学习。至于许地，还是全送给贵国为好。"鲁隐公见齐僖公如此说，也随声附和。郑庄公正谦让间，原许国大夫百里领着一个小孩闯进来。百里跪着哭道："许国虽然没有响应周卿士之命，但罪不至于灭国，请三位上国之君酌情发落。"许国大夫百里为人忠厚、正直无私，不只在许国就是在各国也素有盛名。郑、齐、鲁三君动了恻隐之心。郑庄公说："百里大夫请起，这个小孩是谁？"百里答道："这是许君之弟姜新臣。"郑庄公接着说："许叔姜新臣聪明伶俐。"郑庄公虽有霸占许国之意，但又怕失德，遭各诸侯干涉，只好说："许国民安国泰，遵命周室，是寡人之盼。只恐许叔姜新臣年幼，不能治理国务，因此寡人要派人来帮助他。请大夫百里奉许叔姜新臣居许地之东；寡人派郑国公孙姬获居许地之西。你们看这样如何？"齐、鲁两君点头称好。大夫百里也只好接受，同姜新臣拜谢了三位国君。

三位国君率部各自回国。这姬获乃郑桓公之孙，名义上是帮助许庄公之弟姜新臣，实际上是监视。

郑国大军得胜回朝后，郑庄公赏赐有功将士，抚恤阵亡军人。郑庄公想起正直勇猛的大夫颍考叔，特为其隆重举办葬礼。葬礼结束后，郑庄公没有离开颍考叔墓。他对众将士说："颍考叔是在登上城墙那一刻被箭射死的，他面向敌军，背对他的兄弟，可射死他的箭是从后心穿过。大家说，颍考叔是死于敌人之手，还是死于自家人之手？"众将士鸦雀无声。郑庄公大声说："《诗经》中的《板》说：'上天眼睛很明亮，随你出入共来往。上天眼睛很明亮，随你一道去游逛。'如果寡人不替上天主持公道，为颍考叔申冤，寡人怎能领导郑国、统率郑军？"众将士皆低着头。郑庄公问大夫瑕叔盈："你是继颍考叔之后第二个冲上城墙的，你说颍考叔死于谁之手？"大夫瑕叔盈低头奏道："臣只顾向前冲，确实没有看到是谁射箭。"郑庄公问其他将士，众人皆说不详。郑庄公大声说："明戟易躲，暗箭难防，颍考叔死在自家人的手中。如果不找出凶手，寡人怎能安慰颍考叔在天之灵？"

人们遇事不决，便会求教巫师。这巫师由来已久，舜帝的时候，为了给百姓生产食盐，舜就让一个儿子到巫咸做了酋长。他带领巫咸人把卤土蒸煮，使盐析出。在蒸煮过程中，举行祭祀，伴有表演，附有祈祷。当白色结晶的食盐生产出来时，人们便认为是巫术的结果，自此有了巫师。周朝巫师不仅在民间吃香，而且在廷堂之上也有官职。郑庄公叫来巫师，让他施展法术，诅咒那个射死颍考叔的人。

巫师拿来一只鸡，口中念念有词。突然间，活生生的鸡立刻一动不动，呆若木鸡，任你怎么去摸它、抓它、吓唬它，它都不会动弹。巫师对着众将士说道："请各位从定鸡旁边一一走过，用眼看鸡眼，如果鸡眼睁开，那么他就是射死颍考叔之人。"众人皆目瞪口呆，对巫师之法术和定鸡之神气深信不疑。其实，巫师心里清楚，如果懂得鸡的生理特点，任何一只鸡都会让它成为定鸡。

巫术巫术，信则灵，不信则无，但那时的人哪有不信的？巫师一说，众人依次走过，唯独一人异常惊恐，这人正是公孙姬子都。他一睁眼，就仿佛看到颍考叔伸出大手来索要他的命；一闭眼，就仿佛看到已经逝去的郑桓公、郑武公等先君责骂他无德无义，杀害对郑国有功之人。姬子都血管越来越膨胀，最后大喊一声，冲出队列，拔剑自杀。

面对突如其来的变故，郑庄公异常镇静，此时他已经明白是谁杀害颍考叔了。但他不能把这事挑明，挑明了就会辱没郑国宫廷形象。郑庄公便将追查凶手之事搁置不提，安排人以公孙礼节安葬姬子都，对其家属也不再株连。

公孙姬子都下葬这一天，有一位年轻貌美的少女前来，主动要求陪葬。此时，天下流行殉葬。为保证死者亡魂冥福，贵族往往以活人陪葬，陪葬者多是死者的妻妾、家仆、奴隶。这主动要求陪葬的女子不是别人，正是那暗暗爱慕姬子都的唱歌少女。少女想，生前不能为姬子都之妻，死后就与他相伴吧，于是前来。上卿祭足虽然明白其中微妙，但也禁不住问瑕叔盈："相貌、人品，究竟谁轻谁重？"瑕叔盈答道："我是一介武夫，只知向前冲杀，不知女人的心思。"祭足忍不住笑起来。

为了纪念颍考叔，郑庄公命人在他的老家颍谷修了一座庙。这座庙就是颍大夫庙，又叫纯孝庙。庙宇修成后，郑庄公亲率百官前去祭祀。众人皆感叹郑庄公之德，效命郑国之心更加强烈。

从颍谷返回新郑途中，郑庄公忽闻息国（在今河南省息县）来犯。这息国离新郑近五百里，国君姬姓。当年郑庄公假借周天子之命号令各国讨伐宋国时，唯独没有遣使去息国。郑庄公说："这息国国小兵微，可有可无，就算了吧。"没想到这话传到了息国息君裘耳朵里。他异常气愤，命将士日夜操练，择日攻打郑国，以凸显息国的地位。

公元前 712 年，息国向郑国发动了战争。可息军太薄弱，不到一天时间，郑庄公便指挥郑军轻松地打败了息军的进犯。上卿祭足对此感叹道："息国一不考虑自己的德行如何；二不估量自己的力量大小；三不联络亲息仇郑的国家一起征伐；四不把伐郑道理讲明。有此四条错误，出师征伐，哪能不遭失败呢？有此不自量力的息君，息国灭亡之日不远了。"

三　天下尘埃四起

投我以木瓜，报之以琼琚。

投我以木桃，报之以琼瑶。

投我以木李，报之以琼玖。

在齐国的宫殿里，郑国使节朗诵《诗经》里的一首诗，表达郑国对齐、鲁两国帮助伐许的谢意。这个时期，人们重视礼尚往来。齐僖公在殿堂里对郑国使节说："寡人和郑国曾在石门订下盟约，此等小事算是分内之事。你们君上也就是寡人之兄如此谦让，真乃公而忘私也。"使节回报郑庄公，郑庄公欣喜不已。几天后，前往鲁国表示感谢的郑国使节也返回，带回的不是鲁隐公的赞美，而是发生在鲁国的一个惊天消息——

鲁隐公经常向大臣们说："鲁国的国君当是公子姬轨，因为他年纪小，寡人暂时替他管理国家。"大夫姬羽父功高权重，一天，他请求鲁隐公封自己为太宰。鲁隐公说："等公子姬轨长大接替了君位后，你自己去说吧。"姬羽父心生不满，冷静后又想，如果让姬轨离开人世、鲁隐公长久做国君，自己就能尽早得到提拔，于是就偷偷地对鲁隐公奏道："利器入手，不可借人。君上既然承袭君位，深受百姓爱戴，就应该岁岁为君。百年之后，也应传给自己的子孙。"鲁隐公正要纠正姬羽父的话，没想到姬羽父接着奏道："君上莫说暂理国政。其实，'鲁夫人’这个手纹并不一定是天意，也可能是巧合，如今公子姬轨岁数已大，恐怕将来对您不利。臣请求将姬轨杀掉，为君上除患，君上看怎么样？”鲁隐公用手指着姬羽父，愤怒地说道：“你是不是疯了？怎么敢如此胡言乱语！《诗经》中的《板》说：‘上天眼睛很明亮，随你出入共来往。上天眼睛很明亮，随你一道去游逛。’寡人岂敢在上天眼皮底下乱来？实话和你说吧，寡人已经派人在菟裘建造了宫殿，以后在那儿养老。再过几天，寡人就传位给公子姬轨了。”姬羽父默然而退，懊悔说错了话。

此后几天里，大夫姬羽父老是担心鲁隐公把这些话告诉公子姬轨，如果姬轨知晓，即位后就会治他的罪。反复斟酌后，不与鲁隐公一样相信上天有眼的姬羽父决定反过来下毒手，灭鲁隐公扶持姬轨。

主意打定后，大夫姬羽父便去拜见公子姬轨。姬轨请他上座，姬羽父没坐，反而拔出剑来说：“公子您知道我来的目的吗？我告诉您，君上命我在这几日内将您秘密处死。因为您已长大成人，会与君上争夺君位。”

姬轨惊恐地说：“我安心做一个臣子，怎敢生非分之心？”

姬羽父说：“公子您这样想，但君上不这样想。”

正当姬轨不知所措时，姬羽父突然跪下说道：“君上不仁，公子就应不义。您要免灾祸，就非豁出去不可。”

姬轨将姬羽父扶起说：“他当国君已经十一年了，大臣和百姓都很信服他。要是大事不成，反要遭殃。”

姬羽父说：“我已经为公子您想好主意了。”随后，姬羽父小声向姬轨耳语道，“明天，君上将要去城外祭祀，每次去，必住大夫寪盈家。我已经派勇士潜伏，一发现机会就上前刺杀他。”

姬轨说：“这办法虽然好，可是这谋害君主的坏名声又怎么摆脱呢？”

姬羽父小声说：“我们可以把罪名加在寪盈头上。”

姬轨两眼放亮，反过来给姬羽父下拜说：“大事要是成了，我一定封你当太宰。”

大夫姬羽父按计而行，果然谋划得当，将鲁隐公杀了。公子姬轨即位，即鲁桓公。

使节继续向郑庄公汇报说："现在鲁国新君已经杀了大夫寪盈，并封姬羽父为太宰。"郑庄公说道："羽父兵权在手，今天伐这明天伐那，横行无忌，叛逆之心已见端倪。鲁隐公对羽父过分信任，岂料养虎为患。假若鲁隐公听到羽父胡言乱语时，就将其罪行揭露，并处以极刑，不但公子姬轨会感恩戴德，而且百姓会更加拥戴国君。鲁隐公当断不断，且对小人缺乏警惕，难免自取其祸呀！"感慨完毕，郑庄公问众臣："是讨伐鲁国还是联合鲁国？二者哪样对我们有利？"上卿祭足奏道："远处的要交好，可用作以后的帮手，所以我们应联合鲁国。臣想鲁国的使节应该快来了。"话音未落，鲁国使节来了。他拜见郑庄公，呈上国书。国书中说鲁隐公暴病而亡，公子姬轨即位。郑庄公对鲁隐公之死心知肚明，不予揭露，以礼厚待，言郑、鲁永远和睦相处。

鲁国使节走后，突然有宋国使节前来，先献上高大、精美的商彝一座，然后哭着说宋殇公被乱军所害，受宋国太宰华父督之托，前来迎接公子子冯回国即位。郑庄公不禁大惊，心想：周王室衰弱，对各国失控，不料天下竟然这样乱。郑庄公知道使节的使命是有所言而有所不言，便安排他住下。郑庄公与上卿祭足商量道："商彝是商朝遗留下来的由宋国保管的名贵祭器，其形庄重，纹饰精美，今由宋国太宰华父督派人送来，寡人觉得这事蹊跷。"祭足说："蹊跷底下，一定有不可告人的原因，君上可派人打探明白。"于是郑庄公一面派人去宋国打探消息，一面派人请宋国公子子冯前来。

探子很快就赶回郑国，向郑庄公报来宋殇公被杀的前前后后——

自从宋兵伐戴失败、司马孔父嘉逃回来后，将士和百姓们颇有怨言，都说："宋国不爱护百姓，动不动就出兵打仗，害得我们死的死、伤的伤，留下孤儿寡母，人口越来越少。"孔父嘉的政敌太宰华父督听到后，便派心腹四处散布流言说："宋国近年来战争不断、劳民伤财，都是掌管宋国军事的司马孔父嘉的原因。"于是将士和百姓们纷纷怨恨孔父嘉。

太宰华父督与司马孔父嘉除了在朝堂上相见，私下里很少有交往。孔父嘉娶了一位继室魏子，非常艳丽，华父督也有耳闻，但未能见她一面。在一个冬季里，华父督在宋都睢阳的街道上，偶然遇到魏子，顿时一见倾心，当听说那就是传闻中孔父嘉美艳的继室时，一个罪恶的念头产生了。

却说司马孔父嘉自伐戴大败后，忍辱负重，日日操练兵马，以图战胜郑国，一雪前耻。人急了，就难免有脾气，孔父嘉经常打骂那些懒散、不守纪律的将士。一次，一群被孔父嘉处罚的将士跑到太宰华父督那儿诉苦。华父督乘机说："你们的痛苦以及宋国的痛苦，都是源自孔父嘉好战。要想抚平你们心灵上的伤痛，解除你们的沉重负担，让你们过上安稳的好日子，就只有一条路可走。"此刻，华父督不说话，用眼看着那些反对孔父嘉的将士。那些将士们立刻明白，纷纷说："一切听从太宰指挥，即使赴汤蹈火也在所不辞。"华父督点头说好。

这天深夜，太宰华父督亲率那些反对司马孔父嘉的将士以及自己家仆，围攻孔父嘉的府宅。孔父嘉被杀死，他的继室魏子做了华父督的妾。孔父嘉只有一个儿子，名叫孔防叔，年纪还小，家臣们抱着他投奔到了鲁国。

第二天清晨，宋殇公闻听司马孔父嘉被杀，当即惊得目瞪口呆。他想起自己即位以来，孔父嘉一直尽心尽力辅佐，没有功劳也有苦劳，可他现今死于非命，作为一国之君，竟然保护不了一位大臣。宋殇公既悲伤又气愤，当即派人传讯太宰华父督。华父督急忙与家臣华福商议："君上宠信孔父嘉，现在我们擅自将他杀了，你说君上会如何处置我们？"华福不语。华父督说："宋国战争不断，君上难辞其咎。不如把他废掉，迎立先君之子子冯，转祸为福，你看怎样？"华福说："主子的话，正合我们心意。"于是华父督秘密布置军士，乘宋殇公吊唁孔家时，冲上去一阵狂杀，宋殇公死于乱战之中。

闻听宋殇公已死，太宰华父督出面平"乱"，亲手杀掉一两个替罪羊掩人耳目。华父督穿着丧服召集宋国众臣说："孔父嘉暴政，引起军乱，不想国君亦受其害。"众臣惧怕华父督，都不敢说话。华父督接着说："先君宋穆公长子子冯仁厚爱民，应该把他接回来即位。"众臣唯唯诺诺，退了出去。华父督即派人到郑国去报丧。为了得到各国诸侯的承认，华父督命人把国库里的名贵器物取出来贿赂郑、鲁、齐、陈等国。

听完探子回报，郑庄公长叹一口气说："寡人明白华父督为何如此大方了。”便与上卿祭足商议如何对待宋国。祭足说：“郑国用厚德，邻国行薄政，则郑国强邻国弱。宋国公子子冯在郑多年，与我们交厚，如果他回去即位，郑、宋两国就可以一改多年的对峙局面，成为好朋友、好邻居。这事肯定有益于郑，而不会有害于郑。”郑庄公点头称是，便命人准备车马，送子冯与宋国使节返宋。

宋国公子子冯临行时，哭着对郑庄公道：“我这条性命，是君留给我的，现在我回国继承君位，一定把君当成天子一样看待。”郑庄公也低声哭泣送别，回话道：“寡人只希望郑、宋永远交好，哪敢享受你说的天子待遇？这话折杀寡人啦！”郑庄公毕竟老道，此时不由心里道：“俗话说，爬得高，跌得重。子冯如今把郑国看得像天子一样高，只怕日后把郑国看得像属地一样狠，寡人应当留心宋国。”与子冯依依惜别后，郑庄公和众臣说道：“已经死去的叔段一心想当国君，却落得个众叛亲离、客死他乡。公子子冯安分守己，可上天却偏偏让宋国发生内乱，让子冯上台，真是世事难料呀。”众臣唯唯诺诺。

公子子冯回到宋国，即位为君，这就是宋庄公。华父督仍然当他的太宰。分送给各国的贿赂起了作用，无人为平息宋国内乱、匡扶正义而讨伐宋国。

祸兮福所倚，福兮祸所伏。郑国刚刚改善与宋国的关系，却又出了一件令郑庄公担忧的事情。却说郑庄公因为利用周朝卿士之职号令各国讨伐宋国，并擅自调动周朝兵马，引起了周桓王的极大愤怒，他免除了郑庄公的周卿士官职。郑庄公听说这个消息后，心里埋怨周桓王，便一连五年不去朝贡。这就罢了，周桓王忽然听说宋国以对待天子之礼对待郑国，便非常生气，不由骂道：“郑国太无礼了！要是不讨伐，诸侯都会效仿它。”于是不顾大臣们的劝阻，下令蔡、陈等国，一起与周王室兴兵伐郑。这时陈桓公刚去世，他的弟弟陈佗杀死世子陈免自立为君。百姓不服，纷纷逃散。虽然陈、郑曾交好，但周桓王令陈国发兵，加之陈佗刚即位，不敢违背王命，便派一支军兵前往。蔡国一贯拥周厌郑，便派兵跟随出征。宋、齐、鲁等国因与郑国交好，从而未听周桓王号令。

两军在郑国长葛对阵。周桓王在周公姬黑肩等大臣们的簇拥下来到阵前，郑庄公在上卿祭足等众官陪伴下前来对阵。周桓王怒斥郑庄公："年年朝拜天子，拱卫王室，是你的责任，而你却目无天子，拥兵自立，败坏朝纲。你甚至狂妄自大，接受宋国天子朝拜。如果你知礼仪、懂廉耻，当肉袒面缚，前来谢罪。"肉袒即脱去上半身的衣服，面缚是指把双手捆绑在身后。郑庄公知道这典故的由来，当年商朝灭亡时，商纣王的庶兄微子肉袒面缚，左牵羊，右把茅，膝行而前。想到这些，郑庄公有点儿愤怒，但他压抑住怒火，拱了拱手道："自烽火戏诸侯后，周王室这座大厦正在轰然倒下，天下到处是断壁残垣、尘埃四起。是我们郑国力助天子东迁，并扶持您为王，可大王您却恩将怨报，伤了天下诸侯之心。至于大王所说的郑国接受宋国天子朝拜，乃是以讹传讹，绝无此事。政者，正也。大王您不修德，怎么只知怨恨诸侯呢？寤生听说，鲁隐公去世后，在奉行周礼的鲁国，新君亦不到大王您那儿请求册封，打破了诸侯不由天子册封的制度。当前，天子在诸侯心目中地位已大不如以前了。请大王您回去，去像周朝创立者周文王那样实行仁政，敬老爱幼，礼贤下士，则天下诸侯必定会像从前那样朝拜天子。"周桓王听后大怒，当即命令兵马进攻。

郑国这边，摆开了名为鱼丽的阵势。其特点是先偏后伍、伍承弥缝，就是将兵车布列在前面，将步卒疏散配置于兵车两侧及后方，从而形成步卒与兵车协同配合、攻防灵活自如的整体。

打蛇先打七寸。郑庄公命令郑军先去攻打军心不稳、实力最弱的陈国兵马，很快将其打败。蔡国兵马畏惧郑军，仓皇退出战场。陈、蔡两军一退，郑国就集中兵力从两边合击周天子大军。周天子大军哪能抵得住训练有素、屡经战场的郑军？交战中，周桓王被郑国大夫瑕叔盈一箭射中肩膀。疼痛难忍的周桓王不失王者气概，忍痛指挥兵马逃出重围。瑕叔盈正要上前追赶、活捉周桓王，却被郑庄公大声喝住。郑庄公向瑕叔盈说："君子不可逼人太甚，何况是欺凌天子呢！郑国是自卫，能够解除外患就满足了。"

收军回营，上卿祭足向郑庄公奏道："我们已经战败周天子，但他毕竟是天下共主，我们应当去平息周王室的怨气，同时宣扬郑国德行。"郑庄公说："这正是寡人所想的。"这天晚上，郑庄公即派上卿祭足送五百头牛羊到周桓王大营之中，一面谢罪，一面求赦。周桓王没有别的选择，只好发布赦书，狼狈而回。

郑庄公打败周天子大军，有功将士各有封赏，唯独没给大夫瑕叔盈记功。瑕叔盈自己到郑庄公面前请功，郑庄公解释说："给射伤天子的人记功，世人一定会口伐寡人。"便不答应瑕叔盈的请求。瑕叔盈怨气上攻，不久患病死去。郑庄公暗地里抚慰他的家人，并把瑕叔盈好好安葬了。

且说周桓王兵败以后，蔡、陈兵马各回本国。蔡国领军是国君蔡桓侯之弟蔡季，他回国后向蔡桓侯奏道："臣与陈军联合讨伐郑国时，听说陈国国君陈佗杀死世子陈免而篡位，百姓不服。"

蔡桓侯说："这与蔡国有关系吗？"

蔡季说："当然有关，如果杀掉不得民心的陈佗，我们的外甥就可以即位了。"原来，陈国有个公子叫陈跃，是已逝国君陈桓公与妾蔡姬所生。陈跃的舅父就是蔡桓侯、蔡季。

蔡桓侯对蔡季说："陈国世子陈免已经死了，按顺序也该轮到我们的外甥即位了。陈佗是犯上弑君之贼，理应灭掉。"

蔡季见蔡桓侯有意，便凑近说："臣听说，陈佗看不到国内隐患，反而经常出外打猎，这就有机可乘。"

蔡桓侯对蔡季说："既然陈佗喜欢打猎，我们就可以设伏袭击，将其杀掉。"于是蔡季秘密率领一千名军士，埋伏在两国交界处，只等陈佗出来打猎。

机会终于来了，当陈佗正在追赶一头鹿时，蔡季率兵擒住陈佗等人。陈佗一行惊恐万分，蔡季大声叫道："我不是别人，我是蔡国公子蔡季。陈佗犯上弑君，当斩！余者无罪，你们可回去。"陈佗的随行人员都跪倒在地上，蔡季用好话抚慰了一番，又说："公子陈跃有勇有谋，我们立他为君，你们看怎样？"陈佗的随行人员齐声答道："要是这样办，就太合百姓的心意了，我们自愿在前边领路。"蔡季就把陈佗砍了，把他的头挂在车上，一直到了陈国都城宛丘。跟着陈佗出来打猎的人员，在前面为蔡季开道。百姓听说陈佗被杀，个个欢声笑语，街市上一点儿也不混乱。蔡季用陈佗的人头祭祀被杀世子陈免，拥立公子陈跃当上了国君，这就是陈厉公。

爱爱恨恨何时断，恩恩怨怨何时了。陈、蔡两国助周桓王伐郑，郑庄公便记恨在心，向众臣说道：“蔡、陈随天子来侵，这仇不能不报。当前陈国君主已换，可以不去计较，但蔡国的仇是要报的。”便下令郑军加紧训练，准备择日攻打蔡国。

四　南方的初霸

蔡国建都于蔡城（在今河南省上蔡县一带），国君蔡氏。在蔡国之南，就是南方各国诸侯。当中原诸国内乱不已的时候，南方有个被称作荆蛮的国家快速崛起，这就是楚国。

楚君芈姓，是个子爵。芈姓先祖鬻熊，博学有道，周朝创立者周文王、周武王都是他的学生。周成王时，把鬻熊的曾孙芈绎封在荆蛮，让他享受相当于子爵的田产，建都在丹阳。当时中原文化发达，中原人认为，楚地的民众许多还处于蒙昧的状态。周天子带头从口头上占便宜，嘲讽楚人是鸟人，因为他们说话像鸟叫一样难以听懂，并且文化也像鸟儿一样落后。不过，楚人不图那口舌之快，他们把脊背留给辱骂，把胸怀对准了山川大地，一心一意打理自己的国家。楚国在相当长的时期内，都过着艰苦奋斗的日子。楚君穿的是破破烂烂的衣服，坐的是荆条编织的柴车，带领臣民跋涉山林，开辟疆土，甘苦与共。在历代楚国君主的开拓下，他们既富民强国，又不断扩张领地。与中原各国不同的是，楚国每灭一国，便把该国的贵族迁到楚国的后方，严加监管，同时对该国设县以治之。由于在楚国的周围，都是实力比较弱小的诸侯或蛮族，所以楚国反而得天时、获地利，渐渐地由小小封地诸侯国变成广阔的实力诸侯国。习惯于跋涉山林的楚人，更喜欢近身搏斗，用长剑和短矛，而中原大地上则是流行兵车，在兵车上使用戈、矛、戟等长武器。楚人剑术再厉害，与中原兵马打起来也会吃亏。国君传到芈通这一代，他就学中原战法，组建了一支驰骋迅疾的车兵，还有为兵车平整道路、架设桥梁的工兵。军队改良后，楚君芈通就开始向中原征战。此时的楚国已经是资源充沛、物产丰富、人口众多、实力雄厚，足以与周王室分庭抗礼了。

面对楚国的咄咄逼人之势，处在南北交界的蔡国非常害怕。闻听郑庄公用兵复仇，蔡桓侯急忙遣使求和，邀郑庄公进行会盟。

在蔡、郑两国交界，蔡桓侯早早地迎接郑庄公。二人相见，未及落座，蔡桓侯就急急地说道："当今北方各国，郑国是理所当然的霸主，蔡国一定恭敬地顺从。"郑庄公非常高兴，霸主虽是虚荣，可心里听着舒服。两下坐定后，蔡桓侯拿出蔡国最好的黄流酒招待郑庄公。这黄流酒是用掺和郁金香酿成的酒，郁金香黄如金色，故该酒亦称黄流。两觯酒下肚，蔡桓侯说："当今南方，楚国不断吞并小国，现已危及北方，您作为霸主，不能不重视呀。"郑庄公非常聪慧，哈哈一笑说："再强，荆蛮也抗不过华夏呀！"嘴上虽这么说，心里不知怎的，开始惧怕楚国起来，心里嘀咕："这荆蛮如此扩张，早晚会危及郑国。"蔡桓侯、郑庄公商量不出如何对付楚国之法，两方握手言和，各自回国。

中原波涛夜惊，楚蛮风雨骤至。面对楚国的强劲扩张，以随国（在今湖北省随州）为主的诸侯国团结起来，组建军事攻守同盟，抵御楚国人的扩张。

随国有位贤大夫，名叫季梁，为了保住随国，免遭楚国攻伐，向国君随穆侯谏道："楚是大国，随是小国。下臣听说小国之所以能够抵抗大国，是小国有道，而大国君主沉溺于私欲。所谓道，就是忠于百姓而取信于神明。官吏对百姓有利，这是忠；祭祀时真诚祷告，这是信。"

随穆侯说："寡人祭祀用的牲口既无杂色，又很肥大，黍稷也都丰盛完备，难道不能取信于神明吗？"

季梁答道："百姓是神明的主人，因此圣王先团结百姓，而后才致力于神明，所以在奉献祭品的时候，祷告说牲口又大又肥；在奉献黍稷的时候，祷告说洁净的粮食盛得满满的；在奉献甜酒的时候，祷告说这是又好又清的美酒。这些话是说，全国上上下下都有美德而没有坏心眼儿。所谓的祭品芳香，就是人心没有邪念。因为春、夏、秋三季都努力于农耕，百姓便和睦，神灵也降福，所以做任何事情都能成功。现在百姓各有各的想法，只君上您一个人祭祀丰富，又能求得什么福气呢？君上您应该修明政治，亲近兄弟国家，这样才能免于祸难。”

随穆侯害怕了，便致力政治清明，楚国一时不敢轻举妄动。

楚君芈通雄心勃勃，天天谋划着给以随国为首的防楚同盟一点儿颜色瞧瞧。不过，芈通不是一个喜欢冲动的人，他伐随是看时机的。当随国出现涝灾、农业歉收时，楚君芈通便跃跃欲试了。他不去找什么理由，就亲率大军，兵临随国城下。

随国除贤臣季梁外，还有个宠臣随元，他是随国公族，官居少师，也就是世子师傅。随穆侯喜欢奉承话，所以嘴甜的随元受到宠爱。少师随元此时奏道：“楚军无故前来，也会无故而回。请让臣去楚军打探一下，或许凭借君上的神威和下臣的口舌，就能和平解决，让他们撤军。”随穆侯很高兴，就派少师随元到楚军去。

楚国国君之下，设令尹、莫敖等官职。此时令尹是斗伯比，国君芈通之弟，因出生在斗地，所以以斗为氏。令尹斗伯比听到少师随元要来，便对楚君芈通奏道：“随国联合其他小国阻挡我们，是因为我国扩充兵马引起了他们的惧怕。要想拆散他们的联盟，就应该想办法离间他们，最好的办法就是让随国骄傲自大。随国要是自高自大，就必然抛弃结成同盟的小国。小国离心，便对楚国有利。臣知道随元这个人很骄傲，容易自大，请君上隐藏我军的精锐，让他看到疲弱的军容，从而助长他的骄傲。”

楚君芈通对斗伯比说：“随国有贤臣季梁在，这样做有用吗？”

斗伯比答道：“随君虽信任季梁，但这样做，或许一天没用、两天没用，但半年就会有用的，我们这是为以后打算。”楚君芈通采纳斗伯比意见，故意把军容弄得疲疲沓沓，让随元来看。

随国少师随元来到楚营，左瞧右看，但见楚军武器盔甲都生了锈，军士一个个非老即弱，不堪一击，心里非常高兴，不自觉间露出狂妄高贵的神态。随元对楚君芈通说：“你我两国井水不犯河水，贵国为何来犯？”

楚君芈通也不避讳，直接说道：“如今中原各国失控，互相攻伐杀戮，寡人虽是南蛮，也想来参与中原政事。贵国挡住了寡人的去路，所以我军兵临城下。”

随元笑了笑道：“既然贵国想参与中原政事，那您有什么具体想法吗？”

楚君芈通说：“楚国沃野千里，国君才是个子爵，因此去中原请周天子提高寡人的爵位。”

随元说：“这点事，就不用劳驾贵国兴师动众了。如果贵国肯撤兵，敝国愿代劳。”

楚君芈通说：“好。”就和随国少师随元订立了盟约，然后撤兵回国。

少师随元回城来见随穆侯，喜不自禁地讲述了楚军疲弱不堪的样子，然后奏道：“楚军老弱涣散，必将不堪一击。请贤明的君上派一支兵马追杀他们，定会打得他们落花流水，使楚国今后不敢正眼看我们神明保佑的随国。”随穆侯听了很兴奋，就要起兵。大夫季梁闻听，急忙跑进来谏道：“不行，不行！楚国几十年来，勤修国政，开疆扩土。楚君更是志向远大，祸心包藏。少师随元看到的，并非他们真正面貌，实是引诱我们上当。要是追赶他们，准得落入他们的圈套。”随穆侯一时拿不定主意，追赶之事就放弃了。

随穆侯对楚君芈通的要求照办不误，派使节谒见周桓王，说当今楚国强大，雄踞南方，声名显赫，已与随国会盟，愿为天子效劳，请加封楚子为楚侯，从而抑制其狼子野心，为周所用。如不加封，楚人必如洪水猛兽，北上侵犯中原，让天下不安。周桓王一听，大发雷霆，历数楚国不服周、吞并周封诸侯的恶行，声嘶力竭地吼道：“小小楚子，居住南蛮之地，凭什么给他封侯？”周桓王拒绝提高楚君爵位。末了，周桓王还向众臣以及前来的随使说道：“寡人听说了一个‘刻舟求剑’的故事，讲的就是楚国这些鸟人。说楚国有一个坐船渡江的人，他的宝剑不小心从船上落入江中。他急忙在船沿上刻了个记号并说：‘这儿是我的剑掉下去的地方。’船靠岸后，这个人就从他所刻记号的地方下水去找剑。”众臣闻听此故事，皆哈哈大笑。周桓王大声说：“船已经往前驶过了，而剑却不会和船一起前进，用这样的方法去寻找宝剑，不是愚蠢可笑吗？”众人又笑了。周桓王顿了顿说：“这种傻气腾腾的楚人，还想封侯，寡人能答应吗？”

随穆侯无奈，只好派使节前往楚国，告诉楚君芈通提升爵位的请求没有获得周桓王批准。楚君芈通一听，跳了起来，大怒道：“往上说，寡人的先祖是创下周朝天下的周文王、周武王的师傅；往下说，楚开国以来，南方蛮夷无不归服。功劳这样大，周天子却不提高寡人的爵位，真可恨！既然周天子不加封寡人，寡人就自己加封自己吧。”

楚君芈通将欲称王的想法说出来，咨询众臣意见。众臣纷纷说，楚君称王，必将冒犯周天子及各国诸侯，闹不好还会联合来犯。

令尹斗伯比奏道：“二百余年前，先祖芈渠为国君时，立其长子芈康为句亶王、次子芈红为鄂王、少子芈执疵为越章王，分居江上楚蛮之地。这引起了轩然大波，各国诸侯空前一致，声讨我楚国。没办法，为了免除周天子伐楚，便为子去其王号。”

楚君芈通认真地听着，当听到斗伯比搬出史实来劝他时，楚君芈通不但没放弃这一想法，反而大大激发了他的豪迈气概。楚君芈通说：“先祖在国力尚弱时，都敢冒天下之大不韪，而寡人到现在却迟迟不敢为天下先，真是羞愧。”众臣都默然，楚君芈通又断然说道：“寡人听说，鲁国新君即位时，就不再去周天子那儿要求册封了。周天子讨伐郑国，竟被郑国打得大败，还被射中肩膀。现今的周天子已是形同虚设了。寡人决意称王，就是不服周。”自此，楚君芈通自称楚王，即楚武王。

楚国此举，公然与周王室分庭抗礼，开诸侯僭号称王之先河。出乎楚国意料的是，在周王室衰微、各国诸侯自顾不暇之时，谁也没真正地去和这个“齐天大圣”计较。楚人渐渐由胆虚变得牛气。时至今日，湖北人说话，在遇到不服气或不甘心时，还习惯说一句“老子就是不服周”。“不服周”这个词，就源于此。芈通称王后，又由心安转向意欲称霸。称霸，是英雄之气概。楚武王邀周围各国诸侯到沈鹿会盟，意在拆散随国攻防同盟。周边小国惧怕楚国兵威，皆到，唯独黄、随两国国君缺席。黄国（在今河南省潢川县附近）离沈鹿较远，情有可原，但随国离沈鹿很近却缺席，楚武王认为是藐视自己。会盟结束后，楚武王一面派侄儿芈章去责备黄国，一面兴师伐随。

楚武王亲自率兵前往，驻扎在汉水、淮河之间。随穆侯召集众臣商议抗拒楚军之策，大夫季梁奏道：“原先与我们随国订立攻防同盟的诸侯，多数参加了楚国沈鹿会盟，已不会同我随国一起对抗楚国。楚军锋芒锐利，不可轻敌，不如用谦卑的言语去同他们讲和。楚国要是听我们的，重修旧好也就目的达到了。要是他们不听，理亏的也是楚国。楚军欺负我们低声下气地和他们讲和，军士就会松懈懒惰；我军见到楚国拒绝讲和，将士就会十分愤怒。我军愤怒而敌军懈怠，就可以和他们打一仗，那样打胜的希望也就大了！”少师随元在旁，禁不住伸胳臂、挽袖子，反驳季梁道：“你怎么怕得这么厉害？楚国人远道而来，就是自己送死来了！要是不快点儿打，恐怕他们又会像上次那样逃跑掉，那样就可惜了。”这次随穆侯没听季梁之言，而是相信力长随国志气的随元，亲自领兵抗楚，在青林山下布阵。

大夫季梁爬到兵车车顶瞭望楚军，然后下来对随穆侯奏道：“楚兵分成左右两军，楚国的习俗是以左为上，楚王一定在左军，他在的地方一定集中了很多精兵。请君上您下令攻打势力较弱的右军，如果右军败了，左军也就泄了气。”季梁是个精通军事心理的良才，可是却遇到了心高气傲的少师随元，这好比一堆烈火遇到了一场冷雨，如果火不够大，只能被浇灭。随元冷笑着说：“躲着楚王不敢去攻，那会让楚人笑话的！”只简单一句话，就说动了随穆侯。随穆侯这几年来越来越疏远季梁，而听信随元。随穆侯依随元之言，下令攻打楚国左军。

楚军打开阵门，放随军进来，当随穆侯冲到阵里时，四面埋伏的楚兵全都杀了出来，人人勇猛，个个争先。片刻间，少师随元便被楚兵刺死。大夫季梁保护着随穆侯拼死拼活往外冲，可楚兵越来越多。随穆侯只得弃了兵车，扮作军士，在季梁等人的血拼下逃了出来。随军点了点人数，死伤十之六七。随穆侯羞惭地对季梁说：“寡人不听你的话，以至于到了今天这个地步！”随穆侯又问：“少师随元呢？”左右人将随元阵亡的消息报告给随穆侯，随穆侯不住地叹气。季梁说：“这个误国之臣，死了也就死了，君上不要可惜。当务之急，是要和楚人讲和，让其退兵。”随穆侯说：“今后国事，寡人就听你的了。”季梁便去楚军讲和。

楚武王见随国大夫季梁来讲和，怒气冲冲地说道："你们随君不到沈鹿会盟，又领着兵马来抵抗，现在打败了才来讲和，哪有什么诚意可言？"季梁面不改色，从容地说道："那是误国之臣随元恃宠贪功，强迫我君去行兵布阵，实在不是我君的本意。如今随元已经死了，我君也知道自己错了，特派我来向大王您赔礼道歉。大王您要是原谅了，我们就带领汉水以东各国臣服于楚国，请大王您好好想想吧！"此时斗伯比在旁，他对楚武王奏道："这是上天不想让随国灭亡，因此才除去了那个误国之臣。既然有季梁这样的贤臣，随国一时是不可能灭亡的。"楚武王见季梁一口一个"大王"，顿觉心里热乎乎的，于是听从斗伯比所言，楚、随订立了休战盟约。

虽然随国表面上承认了楚国的霸主地位，但骨子里不服气，暗暗集结力量。楚国也有觉察，便联合周边各国压制随国。

话说贰国（在今湖北省广水境内）、轸国（在今湖北省孝感一带）与随国曾经结怨。楚国莫敖屈瑕便打算和贰、轸两国结盟。这屈瑕是楚武王之子，官至莫敖，位于令尹之下，因楚武王封瑕于屈地，把屈作为瑕的采食之邑，故称屈瑕。屈瑕的后代以封邑名称为氏，称屈氏。闻听楚国欲与贰、轸两国结盟，其邻国郧国（在今湖北省云梦泽）便觉不安，认为楚国与贰、轸两国结盟必不利于郧国，于是郧国策动随国、绞国（在今湖北省丹江口市西北）、州国（在今湖北省洪湖东北）、蓼国（在今河南省唐河县）诸国联军截击楚军。随国明知楚国之用意是为了对付随国，但因惧怕楚军，不敢贸然响应，而绞国、州国、蓼国三国虽然表面响应也只是守城不出、按兵不动。郧国无计可施，只好将自己的兵马布阵于郧国蒲骚。

面对郧国挑战，莫敖屈瑕率楚军来抵。斗伯比之弟斗廉担任屈瑕副将，斗廉向屈瑕说道："郧国兵马见我军人少，一定缺乏警戒，而且他们天天盼望四国兵马的来到。您率主力抵御这四个国家，我用精锐兵马夜里进攻郧军，郧军必败。如果郧军一败，四国一定离散。"

屈瑕说："楚军人少，何不向大王请求增兵？"

斗廉答道："兵马能够获胜，在于团结一致，不在于人多。"

屈瑕说："凡遇大事，必先占卜，以预吉凶。要不，我们占卜一下？"

斗廉答道："占卜是为了决断疑惑，没有疑惑，为什么占卜？"

屈瑕便接受斗廉的建议，屯兵于郧国北边，与随国、绞国、州国、蓼国四国对视，按兵不动，形成较力，牵制四国行动。斗廉带领一支精兵夜袭郧军于蒲骚，一举击溃了郧军，几国联军不战而溃。楚国与贰国、轸国顺利签订了盟约，楚国势力越来越强大。

第二年，楚武王兴兵征伐绞国。追讨绞国与郧国合谋之罪。这次讨伐绞国，将军仍为莫敖屈瑕。屈瑕率大军逼进绞国，绞国城墙坚固，绞军坚守不出。两军对峙月余，绞国城内缺食少柴。屈瑕将楚军后退，派一批老弱军士在绞国城外林中砍柴。绞国城内已无柴烧多日，绞国趁机派兵来抢，顺利得手。第二日，绞国又派人去抢，依然得手。屈瑕见绞国城内已经饥不择食，便觉得攻城时刻到来。第三日，屈瑕派出打柴的人多出一倍，柴也拾得特别多。绞人一见，便派出两倍人来抢。等他们大捆小捆地往城里扛柴时，早已埋伏在城门外的楚军冲进城内，一举攻破了绞国。

螳螂捕蝉，黄雀在后。当楚国讨伐绞国时，楚国东南方的罗国（在今湖北省房县和宜城附近）打算偷袭楚国。罗国派遣校尉伯嘉去侦探，三次遍数了楚军人数。发现楚军主力没有全部出动，罗国才不敢轻举妄动。到了第二年，罗国又派出伯嘉，但此次被楚国抓住，楚人这才获知这一惊人秘密。

楚武王震怒，决定惩罚胆大妄为的罗国，将军依然是莫敖屈瑕。令尹斗伯比为他壮行，屈瑕对斗伯比说："罗乃小国，不值一提，请令尹放心。"屈瑕走起路来，脚抬得很高，一副高傲无敌的样子。斗伯比心里道："莫敖一定失败，因为他的心神不稳定了。我不能当面对屈瑕说，说了会影响我军士气。"于是斗伯比晋见楚武王，上前奏道："请大王一定增派兵马支援屈瑕！"楚武王笑了笑，向斗伯比道："瑕儿久经沙场，连连获胜，一个小小罗国不在他的话下。"楚武王拒绝了斗伯比的建议。

楚武王回后宫告诉夫人邓曼。邓曼是邓国人，虽为女性，但却料事如神、有胆有识，深得楚武王敬重。楚武王大事小事、有事无事都要和夫人邓曼说。邓曼听后，向楚武王奏道："令尹斗伯比有勇有谋，既然他说出此话，一定有他的道理。妾估计斗伯比的意思不在兵多兵少，而是要大王以诚信来镇抚百姓，以德义来训诫众臣。小小罗国胆敢偷袭楚国，一定有罗人的过人之处，而莫敖屈瑕战功颇多，难免自以为是，轻视罗国。大王如果不加控制，必会招来灾祸！”邓曼一席话，说得楚武王茅塞顿开。楚武王急忙派人追赶屈瑕，要他小心谨慎，但却没有追上。

一路行军，莫敖屈瑕很少管制军士，兵马有些涣散。部下提醒屈瑕，屈瑕哈哈大笑道：“小小罗国何足挂齿！”再有人提醒，屈瑕便有点儿生气，下令道：“再有人来劝，一定要惩罚他！”到达鄢水，楚军由于渡河而次序大乱。河对岸便是罗国，楚军全然不设防。令屈瑕想不到的是，罗国已经联络友邻泸国（在今四川省泸州附近）。两国从两面夹攻楚军，把楚军打得大败。此战之败，全在于屈瑕心不在焉、玩忽职守。屈瑕觉得上不能面对父王、下无法面对楚国军民，心里异常悲痛。楚人有股倔劲，责任意识强，无法解脱的屈瑕恍恍惚惚走进一片树林，自缢身亡。其他征伐将领，则自囚之，听候楚武王处罚。

楚武王闻此消息，不禁大惊，悲痛地说道：“楚军此败，罪过是寡人。可怜瑕儿，以死报国。”楚武王派人赦免了自囚将领，将士们皆感激楚武王父子之气度。

楚、随两国议和后，虽然各自警惕、暗中较劲，但相安无事多年。这些年里，楚国先后灭掉了郧国、州国、罗国、泸国以及曾与楚国结盟的贰、轸两国，助长了亡臣屈瑕的功绩，平息了亡臣屈瑕的怨气。随国对楚国既愤愤不平，又提心吊胆。周桓王见随国奉楚为上国，每年进贡称臣，大为不满，严厉警告随穆侯。随穆侯左右为难，既不敢违抗天子之命，又不敢开罪楚国，只好派使节去向楚国说明缘由，恳请废除盟约。见随国变脸，已经七十多岁的楚武王决定第三次亲征伐随。

楚武王烈士暮年，壮心不已。本来这种战事应该由其子屈瑕去完成，但伐罗之战中他却自缢而死，楚武王只得像从前一样，躬临战场。伤子之痛，尤困于心。出征前斋戒、祭祀之时，楚武王感到自己心律不齐、行动迟缓，便告知夫人邓曼。邓曼镇定地说：“心跳不齐，看来大王的福禄怕是要到尽头了。想我们楚国，之所以由小到大、由弱到强，靠的是一种精神，那就是不怕死、往前冲。如果此战将士没有损伤，即使大王不幸途中辞世，楚国也是有福的。”顿时，楚武王豪情升起。夫人邓曼的这番话，正是他一生的写照。邓曼能说出这话，也是几十年来受他感染所致。

楚武王率军亲征，但渡过汉水不久，就心脏疼痛。楚武王坐在一棵硕大的香樟树下，这树上开满圆锥形的黄绿色的花。清风阵阵吹来，香樟花发出淡淡幽香，沁人心脾。阳光透过叶与叶之间的缝隙闪闪烁烁，枝叶间藏满了叽叽喳喳的鸟儿，白色的蝴蝶在楚武王头上翩翩起舞。看着这一切，楚武王感到时光的脚步不能阻挡，活力的容颜转瞬即逝。此时，他想到：人要是像香樟树那样四季青翠多好！就这样想着，楚武王悠然驾崩。对英雄迟暮的楚武王来说，开满花的香樟树下比深宫之内是一个更好的瞑目之处。几十年来，楚武王在中原各国的讥笑之下奋发图强，受尽的苦难不知有多少！这死算得了什么！

跟随楚武王伐随的有楚国令尹斗祁，他是斗伯比之兄，在斗伯比病死之后接替其弟职位。还有莫敖屈重，他是屈瑕之子。二人商议后，决定秘不发丧，率楚军按原计划东进。

楚军兵临随国城下，随穆侯惊恐不安，只得与楚军签订城下之盟，再次臣服于楚。楚军胜利返师，回到汉水西岸后，才正式为楚武王发丧。楚武王手下的将领们深悉他的心愿，让他带着胜利踏上归程。如此壮烈，如此幸运，楚武王可以说是死而无憾了。

楚武王之子芈赀登位，即楚文王。此时，楚国处于强盛阶段，汉水以东的小国，没有不在楚国面前称臣并向楚国进贡的。北面只有蔡国因仰仗与郑国曾经会盟，郑国又与齐国、鲁国结盟、友好，从而没有屈从楚国。

五　齐鲁郑纪宋的纠葛

相鼠有皮，人而无仪！人而无仪，不死何为？

相鼠有齿，人而无止！人而无止，不死何俟？

相鼠有体，人而无礼！人而无礼，胡不遄死？

老鼠有皮、有齿，假若诸侯无礼、无仪，那么一定会走向灭亡。百姓的歌谣中，唱出了诸侯兴亡之道。诸侯讲礼仪，并不是豪华排场，相反是简朴节俭。在鲁国都城曲阜中央，有座建筑，粗木做柱，茅草盖顶。这座建筑非普通建筑，而是鲁国宗庙。

这日，鲁国宗庙办理一件大事，那就是安放双耳鸟纹铜鼎。这双耳鸟纹铜鼎是宋国内乱后，华父督派人送来的礼物。它方唇，双立耳微外撇，浅腹圆底，腹部饰一圈鸟纹，造型简朴秀美。双耳鸟纹铜鼎放置鲁国国库多年后，鲁桓公突然想将其放置宗庙。鲁国大夫臧哀伯觉得这件事不符合礼制，便出来劝谏道："一国之君，要行德而阻恶，以此为百官表率。鲁国先君做到了这些，但仍然担心有所失误，为了显扬美德以示范于子孙，所以宗庙用茅草盖屋顶，祭天之车用蒲草席铺垫，肉汁不加调料，主食不吃舂过两次的米，这是为了表示节俭。现在君上不遵德而行恶，把别人贿赂来的器物放在宗庙里，公然展示给百官看。君上如果不将此鼎移走，百官势必模仿。要知道，国家的衰败，是由于官吏的邪恶。将此鼎放在宗庙里，是宣扬鲁国威风呢？

还是鼓励受贿呢？”鲁桓公不听臧哀伯劝谏，只淡淡地说了一句：“你退下吧。”臧哀伯默然而退，暗恨鲁桓公失德。失有多种，不止失德，还有失察、失算、失控。鲁国及鲁桓公此后多次遭祸，便是因为鲁桓公有所失。

鲁国宗庙安放双耳鸟纹铜鼎后，鲁国大夫臧孙达对鲁桓公奏道：“古时候，国君十五岁就应该有儿子。如今君上连个夫人也没有，请尽快选聘个大国女儿娶为夫人。”

姬羽父说：“臣听说齐君有个心爱的女儿，想嫁给郑世子姬忽为妻，可是没有结果。君上为什么不去向齐国提亲呢？”

鲁桓公想了想说：“好吧。”便让太宰姬羽父到齐国去求婚。

齐僖公子女众多，公子有姜诸儿、姜彭生，女儿有宣姜、文姜等。姜彭生还小，宣姜已嫁给卫宣公，以后还要细说。且说文姜眼睛像秋水一样明澈，脸庞像荷花一样清丽，并且出口成章；姜诸儿身材高大，粉面朱唇，而且能文善武，已经被立为世子。姜诸儿、文姜虽然是兄妹，但不是一母所生。姜诸儿比文姜大两岁，两人从小在宫里同行同坐，一块儿玩要游戏。等到文姜慢慢长大了，出落得如花似玉，姜诸儿已是情窦初开。两人聚在一处，也没什么男女顾忌，常常手拉着手、肩并着肩。齐僖公夫妇溺爱子女，没有预先防范，以致姜诸儿、文姜产生了感情。

虽然郑世子姬忽拒婚，但齐僖公还是中意他。面对鲁国提亲，齐僖公便以文姜尚小为由搁置不提。后来齐、鲁二君会面，鲁桓公当面又向齐僖公提起这事，齐僖公只说第二年再商量。到了第二年，鲁桓公又亲自为这事跑去齐国与齐僖公会面。齐僖公被他的诚意感动，终于点了头。鲁桓公就让太宰姬羽父再到齐国献上鸿雁。因为鸿雁失配偶，终身不再成双，所以人们以鸿雁为求婚之礼，取其忠贞之意。玉、帛、皮、马等聘礼比常规多出一倍，礼仪也极为隆重。齐僖公非常高兴，约好了九月份，齐僖公亲自送文姜到鲁国成婚。

齐国世子姜诸儿听说文姜就要嫁到鲁国，轻狂之心不觉骤增，便写了一首诗给文姜——

我有个好妹妹，就像桃花之美，灿灿其霞。但是没能跟她相恋，现在她要出嫁了，就像飘落水中的花朵，去了去了！叹息啊叹息！

文姜看了诗，已明白世子姜诸儿的心思，也回了一首诗——

我有个好哥哥，就像桃树之英，烨烨其灵。从前没有能够相恋，难道未来也不可能吗？勿忘我啊勿忘我！

迎亲时间到了，鲁桓公派太宰姬羽父到齐国迎接文姜。齐僖公疼爱女儿，便想亲自送她去齐国。世子姜诸儿听说这事，就对齐僖公奏道："按照周礼，国君的女儿出嫁到小国，由大夫护送；出嫁到同等国家，由亚卿护送；出嫁到大国，则由上卿护送。现父君亲自护送，有失周礼。儿臣愿代父前去。"齐僖公说："话虽这样说，但鲁君求婚之心可鉴，况且寡人已经亲口说下送文姜成亲，怎么可以失信呢？"话刚落下，有人来报告："鲁君已经在边境等候迎亲。"齐僖公夸赞道："鲁君在中途迎亲，就是怕寡人劳累。如此说，寡人更不能不去了。"世子姜诸儿悄然退下，暗自神伤。

临别之际，世子姜诸儿挨到车前，对文姜说道："妹子别忘了那句诗。"文姜答道："哥哥保重，会有相见的那天。"齐僖公命姜诸儿守国，自己亲送文姜到边境，与鲁桓公相见，鲁桓公设宴款待。待齐僖公回国后，鲁桓公领着文姜到本国成亲。一来齐国是个大国，二来文姜花容月貌、能说会道，因此鲁桓公对她十分敬爱。成亲不久，齐僖公又让他的弟弟姜仲年到鲁国访问。自此，齐、鲁的关系越来越密切。

齐国刚把文姜嫁走，边境就遭遇了北狄来犯。北狄是以放牧射猎为生，随畜牧而转移，有孤竹（在今河北省西北部）、令支（在今河北省迁安、迁西和滦县）等国，他们经常联合侵犯中原，成为齐国等北方诸侯国家的边患。北狄来犯，齐国守城将士抵挡不住，连连告急。齐僖公一面率军前去迎敌，一面派人去鲁、卫、郑三国借兵。

郑庄公听说北狄侵犯齐国，就把世子姬忽叫来说："齐国和郑国是盟友，而且郑国每次打仗，齐国一定派军相助。现在齐国有战事，来郑国借兵，我们应该急速发兵救援。”当即派出三百乘兵车，让世子姬忽为将军、亚卿高渠弥为副将，连夜往齐国进发。

齐僖公亲自出城迎接郑军，这时鲁、卫两国兵马尚未到达。齐僖公感激不已，见到郑国世子姬忽说：“长葛一战，使周天子威信扫地，而使郑国声威大振，如今中原最强盛的诸侯国当属郑国。世子您亲率郑军前来援助齐国，齐国无忧了。”郑国世子姬忽已得高渠弥的主意，便献计说：“北狄用步兵，容易进攻也容易被击溃；我们用兵车，不容易被击溃也不容易进攻。虽然如此，北狄兵生性放任不受拘束，贪婪而粗暴，胜了互不谦让，败了互不救援。对付这样的兵马，可以先引诱它上当，然后再歼灭它。况且北狄兵仗着刚打了胜仗，一定会贸然进攻。我们如果用侧翼兵马抵挡北狄兵，假装打败了逃跑，北狄兵肯定会来追赶。这时设下埋伏，一定会吓得北狄四散奔逃。我们再追着他们打，就能大获全胜。”齐僖公听了姬忽的一番话，高兴地说道：“这条计策太妙了！齐军在东面埋伏，遏制敌人的进攻；郑军在北面埋伏，从后面追杀敌人。前后夹击，万无一失。”齐、郑两军依计而行，果然不出所料，大败北狄，杀敌数千。

齐僖公大摆宴席，款待郑国世子姬忽等人。齐僖公高兴极了，对姬忽说：“要不是靠世子这样的英雄，北狄兵怎么能一下就被打退呢？如今齐国平安稳定，都是世子您的功劳！”姬忽说：“碰巧尽了一点儿力，怎么值得贵国这样夸奖？”齐僖公觉得世子姬忽有才有德，便提起将别的女儿许配给姬忽，姬忽再三谦让。酒宴散了以后，齐僖公让弟弟姜仲年找郑国亚卿高渠弥私下里做工作。高渠弥劝姬忽答应这门亲事，姬忽对高渠弥说：“当年没打仗的时候，齐君就提起过这门婚事，我尚且不敢高攀，现在我奉命来救援齐国，侥幸成功，就领个妻子回去，别人一定会说我是仗着功劳强求娶亲，到时候我可怎么说得清楚？”虽然高渠弥一再撺掇，姬忽就是不答应。齐僖公闻报，气愤地说道：“寡人有这么好的女儿，还怕嫁不出去？”

此时，鲁、卫两国兵马赶来。虽然战争已经结束，但齐僖公照样犒赏各军。鲁国兵马由鲁桓公亲自率领，因齐僖公羞于见郑国世子姬忽，便委托女婿鲁桓公来确定犒赏各国兵马次序。按理说，只有郑国一军参战，并且军功卓著，理应排在第一，但鲁桓公有私心，不按军功，按周王室封爵的高低和次序，鲁居第一，卫居第二，把郑国排在最后。郑国世子姬忽知晓后，非常恼怒，便与齐僖公不辞而别。

世子姬忽回郑国后，先将胜利之事告知郑庄公，郑庄公异常高兴。接着姬忽将鲁国分发犒赏对郑无礼的事禀告郑庄公，郑庄公怒目圆睁，默然不语。俗话说：“咬人的狗不叫，叫人的狗不咬。”郑庄公不语，恰是心中下定了对鲁一战以平怨愤的决心。接着，姬忽又把辞婚的事告诉了郑庄公。郑庄公说：“忽儿能自立功业，不怕没有好姻缘。”

当年世子姬忽之母嫁与郑庄公，是祭足做的媒，所以祭足特别关心、支持姬忽。祭足闻听姬忽辞婚，便去找高渠弥问道：“我们君上宠爱的姬妾很多。公子姬突、姬仪、姬亹仗着内宠，都有图谋君位的念头。世子姬忽如果和大国结亲，将来可以有个支援。即使齐国不提亲，我们也应该主动去请婚呢！为什么要辞婚呢？辞婚好比自己给自己剪掉了一对腾飞的翅膀。”高渠弥说：“我不是没劝，可世子说遇事靠自己，为什么非要依靠大国？世子不听，我又有什么办法？”祭足叹着气走了。

亚卿高渠弥一直和公子姬亹关系不错，听了祭足的话，便更加有意和他套交情。世子姬忽发现后，对郑庄公奏道：“高渠弥和姬亹暗中勾勾搭搭，来往密切，不知道打的什么主意。”第二天，郑庄公见到高渠弥，便当面责备他：“你身为亚卿，不拥护世子，为啥同姬亹暗中结党呢？”高渠弥明白是姬忽告的状，心想如果承认有此事，自己在宫廷争斗中必会遭殃，于是大声答道：“臣刚刚跟随世子助齐抵抗北狄，取得了胜利，臣怎会不拥护世子呢？怎敢结党营私呢？”郑庄公想想也是，便不再追究此事。高渠弥见到姬亹，就把郑庄公的训斥相告。姬亹说：“当年，上卿姬吕去世后，父君想让你当上卿，是世子姬忽阻拦住的，现在他又要断绝咱俩的交往。父君在，他就这样，要是父君升天了，他成为国君，怎能容得下我们？”高渠弥说：“世子姬忽清高仁厚，害不了我们，公子别担心。”高渠弥嘴上这么说，心里可不这样想。自这时，姬亹、高渠弥都与姬忽结下了怨仇。

再说上卿祭足，积极为世子姬忽出谋划策，向其说道：“当今天子失控，各诸侯国纷纷逞强，郑国如果和陈、卫等国联合成鼎足之势，也足能够保全自己了。”姬忽深以为是。祭足就奏请郑庄公，派使节去陈国携雁提亲，陈厉公同意。姬忽亲自到陈国去迎娶，之后，又去卫国出使，加深两国友谊。

公元前 702 年，郑国准备妥当，决心对鲁国开战，以消鄙视郑国之恨。郑庄公亲自写信给齐僖公，说四年前，齐国遭受北狄之犯，郑国鼎力相助，然而犒赏将士之时，鲁国有私，致使无功之人在先、有功之士受辱，为维护正义，因此郑国约请齐国一齐讨伐鲁国。

齐僖公接到郑庄公的信简，满面羞愧。在四年前的事情上，齐国有愧于郑国。此刻，齐僖公有点儿左右为难，一方面鲁桓公是自己的女婿；另一方面郑国是自己的盟友，而且有功于齐国。反复斟酌后，齐僖公决定义压过亲，同意与郑国联合讨伐鲁国。

郑国又约请卫国一起讨伐鲁国。这年冬季，郑、齐、卫联军与鲁军在鲁国郎地会战。正当难解难分之时，郑军突然急速返回。鲁国将军是姬羽父，正要率军追赶，突然郎地山上有一石头落下，正中头部，姬羽父当场死去。这石头，是郑、齐、卫联军在山中的伏军所扔。姬羽父不相信上天有眼，但却被上空扔来的石头砸死。郑军为何要急速返回？原来是郑庄公病重。

花开花落，岁月无情。病重的郑庄公把上卿祭足叫到床头，对他说：“寡人有十一个儿子。除世子姬忽外，公子姬突、姬亹、姬仪都有才智福分，尤其姬突更是伶俐，寡人想传位给姬突，你看怎么样？”

祭足说：“世子姬忽当储君已经很久了，而且屡建大功，百姓们都信服他。君上要废嫡立庶，臣不敢从命！”

郑庄公对祭足说：“姬忽清高老实，而姬突却不安心做臣子，如果要立世子姬忽，就要把姬突送到他国去。”

祭足说：“知子莫若父，君上就这么办吧。”

郑庄公思考了半天，叹了口气说：“请先祖保佑郑国吧！”或许郑庄公已经看出此后郑国不会平静。这时的郑庄公既有对诸子争君的内忧，也有对楚国扩张的外忧，他只是忘记了当年对宋庄公子冯的担心。这天，郑庄公就让姬突到宋国去，他外祖父在宋国。

公元前 701 年五月，郑庄公去世。世子姬忽继位，即郑昭公。郑昭公派大臣分别出访各国，通报郑国消息。祭足出访宋国，他本想留在本国或改去他国，但又觉不妥，因为这是新君即位后的第一道命令，便只好忐忑不安地去宋国了。祭足毕生研究《周易》，深得其中奥秘，并对万事能洞察先机，但此次失察了。

公子姬突的母亲，是宋国雍家之女。雍氏家族，大都在宋国做官，宋庄公很宠信他们。姬突被送到宋国后，不安心就此沉沦，便和雍家商议回郑国的办法。雍家人把这事禀告了宋庄公，宋庄公答应替他想主意。宋庄公子冯曾在郑国多年，与郑昭公姬忽以及姬突等皆熟。姬忽清高，与子冯关系冷淡；姬突伶俐，与子冯关系密切。宋国这些年来一直听命于郑国，是因为当年得到郑庄公扶持。为求心理平衡，宋庄公也想反过来扶持郑国的一位公子，让他当上国君，从而让郑国听命于自己。主意打定后，恰巧机会就来了。郑国上卿祭足访问宋国，宋庄公高兴地说："公子姬突回郑国的事，都在祭足身上了。"安排武士在大殿里埋伏，等祭足前来拜见。

郑国上卿祭足刚在宋国大殿行完礼，武士们快步走进来，把祭足给捆了。

祭足大声呼叫："我犯了什么罪？"

宋庄公说："暂且押到牢房再说。"

在牢房里，郑国上卿祭足又惊又怕。到了晚上，宋国太宰华父督带着酒菜来看望他，给他压惊。

祭足说："我们君上让我来结交你们宋国，为何贵国如此待我？"

华父督说："与明白人不说暗语，贵国新君清高心小，当不了君主。你要是能帮着办成废姬忽立姬突的大事，宋国愿意和贵国世代友好，望你好好考虑！"

祭足此时明白了宋国的意图，心想宋庄公子冯当年逃难到郑国时，是多么安分，如今也要干涉他国政治，看来位置可以改变人的本性。祭足一直支持姬忽，不想废旧立新，便说："我们君上继位，是先君定下的。我当臣子的哪能把君主废了？况且君主交替还要周天子册封。"

华父督说："如今，周王室已无号召力，天下诸侯各自为政。虽然是君主说了算，但执政大臣往往能够左右政局。你在郑国位高权重，办这事绰绰有余。"

祭足紧皱着眉头不说话。华父督又说："你要是真不愿意，我们宋国就出动大军，送公子姬突到郑国。出兵的时候，把你的头砍了祭大旗，我和你见面也就是今天这一次了！"

祭足了解华父督的残暴，明白如不答应自己必会被杀。无奈之下，他只好答应。华父督又要他对天发誓，祭足只好发誓道："不立公子姬突的人，必遭天打雷劈！"华父督连夜回报宋庄公，宋国君臣暗中高兴不已。

第二天，宋庄公派人叫来郑国公子姬突，对他诈道："现在郑国新君姬忽，秘密写信给寡人，说要是将你杀了，愿意割让三座城池作为谢礼。寡人不忍心杀你，所以偷偷告诉你。"姬突跪下说："我遭受不幸，跑到宋国。我的性命已经属于您了。"姬突反应很快，他似乎看出宋庄公想干什么，便说："如果能借君的力量，重返郑国，别说区区三座城池！"宋庄公哈哈大笑说："好！寡人把祭足关起来，正是为了公子你。有了祭足的帮助，你就可以回郑为君了。"

宋庄公又派人把郑国上卿祭足叫来，和公子姬突见面，把废姬忽立姬突的事情说清楚了，三人便歃血为盟。宋庄公又让姬突立下誓约，除了三座城之外，还要给宋国玉璧一百对、青铜一万斤，并每年送粮三万担，作为酬谢礼物。姬突急于回国，没有不答应的。宋庄公又要姬突一切事听从祭足，姬突也答应了。宋庄公听说祭足有个女儿尚未婚配，便让许配给姬突的表弟宋国人雍纠，祭足不敢不听。

公子姬突和雍纠都换上百姓服装，装作生意人，驾车跟着上卿祭足来到郑国，藏在祭足府中。祭足假称有病，不去上朝。众官员都到祭足府中问安。祭足埋伏了武士在秘处，然后请众官到堂里相见。众人一见祭足红光满面、衣帽整齐，纷纷惊叹道："上卿没病，怎么不去上朝？"祭足说："不是我得了病，而是国家得了病。如今宋国就要派大军帮着公子姬突伐郑。郑国要有灾祸，我们怎么承受得了？"众人你看看我，我看看你，不知如何回答。祭足说："现在要让宋兵撤走，只有废姬忽立姬突才行。公子姬突就在这里，诸位从还是不从呢？"亚卿高渠弥因姬忽曾阻止郑庄公封他当上卿，对姬忽有成见，一挺身，率先说道："上卿说的，都是国家之福。我愿意扶立公子姬突为新君！"众人听了高渠弥的话，以为他俩早就约好了，又隐约瞧见秘处有伏兵，个个害怕，全都答应。

祭足派人秘密告诉郑昭公姬忽：“宋国威胁以重兵拥立公子姬突，郑国众臣因此不能再侍奉您了。君上即位，实际上并非先君郑庄公之意，是臣力主。宋国把臣关起来，让臣立誓把君上您给废黜。臣恐怕自己死了也无济于事，便口头答应了。君上您不如暂时退位，容臣找机会再把君上您给接回来。”郑昭公姬忽自知孤立无助，便放弃君位，连忙逃奔卫国而去。

公子姬突即位，这就是郑厉公。大小政事，都由上卿祭足决定。祭足如约把女儿嫁给雍纠，称她为雍姬。郑厉公宠信雍纠，让他担任大夫。公子姬亹、姬仪生怕郑厉公加害，当月，姬亹逃到蔡国，姬仪逃到陈国。

宋庄公听说郑厉公君位已稳，就派使节前来祝贺，同时提起割取郑国三座城池以及索取财物之事。郑厉公召来祭足商议，郑厉公说：“当初为了急于得到君位，说好用这些东西换取宋国的帮助。现在寡人刚刚即位，宋国便来索取。如果如约付给，郑国的仓库就一扫而空，更何况刚刚即位，就失去三座城池，会让国人愤恨和被邻国耻笑。”祭足说：“可以这样推辞，就说郑国人心还不安定，割让领土恐怕要出乱子，我们愿意把三城的贡赋转献给贵国。至于玉璧、青铜，就先给他三分之一，多说些好话，三万担粮食如数献上，但请求从明年开始。”郑厉公听从了祭足的主意，托宋使回复宋庄公。

宋庄公听后勃然大怒：“郑君姬突这小子，亡命宋国时，是寡人拯救了他；他落魄潦倒时，是寡人使他富贵起来。郑君姬突许诺寡人的财物，那是旧君姬忽的东西，本来就没有他的份儿，现在他居然还敢这么吝啬。”当下又派使节到郑国索取，一定要如数贡来，而且要马上割让三城，不要三城的贡赋。

郑厉公又和祭足商议，决定再给宋国送去两万担粮食。宋国的使节去而复来，传宋庄公的话：“如果不把许诺的东西如数送来，就要祭足亲自来回话。”祭足对郑厉公说：“宋国受先君郑庄公的大恩大德，分毫没有报答。现在依仗立您为君的功劳，贪得无厌，而且说话蛮横无理，我们不能听他的摆布。当今能与宋国抗衡的是齐国和鲁国，请君上派人出使齐国和鲁国，请他们代为周旋。如此的话，或许会让宋国知难而退。”郑厉公别无他法，听从祭足的建议，分派使节前往齐、鲁两国，告知郑国新立国君之事，并诉说宋庄公忘恩负义，索要贿赂，请两国帮助说和。

郑国使节到达鲁国后，鲁桓公笑着说：“当年，宋国贿赂我们鲁国，仅用了一鼎。现在郑国已给了他好多东西了，他还是不满足。寡人这就动身，亲自到宋国为你们国君求情。”郑国使节拜谢告别。因为上次抵抗北狄时，弄错犒赏次序，鲁桓公也觉得愧对郑国，如今当事人旧君姬忽被逐，新君姬突即位，鲁桓公也想借此机会弥补两国关系。

郑国出使齐国的使节，却没有出使鲁国的使节顺利。齐僖公一直欣赏郑国旧君姬忽，并且在以前得到姬忽的帮助击败北狄。虽然姬忽曾经谢绝提亲，但齐僖公内心还是向着姬忽。现在郑国废旧君姬忽而立新君姬突，齐僖公当然不高兴，对郑国使节说道：“郑君姬忽犯了什么罪？你们为什么要把他废掉？寡人要到你们那儿为姬忽讨个公道。”郑国使节回报郑厉公。郑厉公大惊，对上卿祭足说：“看来齐国要对郑动武。”祭足说：“没什么可怕的。我们操练兵马，修理兵车，做好战斗准备就行了。”

鲁桓公履行诺言，与宋庄公相会。鲁桓公代郑国感谢宋国的帮助，并且代郑国恳求减少谢宋数额。宋庄公说：“郑君姬突受宋国的恩惠是很重的。他原来是个鸡蛋，是寡人孵化了他，让他成为一只雄鸡。他许诺给宋国的礼物，是他发了誓的，现在他践踏诺言，宋国是很难答应的！”鲁桓公说：“贵国对郑国的大恩，郑国怎么敢忘记呢？只是因为他当国君不久，国库空虚，一时难以如约付清。贵国就宽限他些时日吧。”宋庄公又说：“像玉璧、青铜这些东西，一时凑不齐，还能说得过去，但割让三城，还办不到吗？”鲁桓公见宋庄公这样固执，只好作罢，返回鲁国。回国后，鲁桓公便派人出使郑国，把出使经过以及宋庄公不肯罢休之情如实相告。

郑厉公问祭足如何应对，祭足奏道：“当初华父督犯上作乱，杀了宋殇公而立子冯为国君时，我们先君和齐、鲁都接受了宋国财物，才让宋国新君顺利过渡。现在我们再请鲁君把当年宋国贿赂郑国的商彝归还宋国。宋庄公想起当初的情景，一定深感惭愧，或许会主动放弃对郑国的要求。”郑厉公听后非常高兴，当即派大夫雍纠带上商彝，请鲁桓公转交宋国，并说："请让这商彝代替三城吧。另外，郑国再进献三十对玉璧，三千斤青铜，求贵国再去求求情。"鲁桓公没法推辞，只好再到宋国。

宋、鲁两国君主寒暄过后，鲁桓公又代郑厉公向宋庄公表示歉意，并送上玉璧和青铜，然后说："郑国一时困难，先交纳这些。"宋庄公叫人收下。对鲁桓公的热情，宋庄公没有丝毫谢意，却问："三城什么时候交割？"鲁桓公说："郑国现在敬献一件宝物，可以代替三城。"说完就命随从把商彝献上。宋庄公知道这是当初宋国贿赂郑庄公的物品，脸上立即涨红，但他假装糊涂，问道："这东西有什么用处？"鲁桓公说："这是贵国珍宝，当年赠送给郑国先君郑庄公。现在的郑君姬突不敢继续保存，所以奉还贵国。希望您考虑到往日情分，就不要让郑国割让土地了吧！"宋庄公一看提起旧事，不觉异常尴尬，急忙答道："以前的事情，寡人已记不清楚了，待和大臣们商量商量再说吧。"鲁桓公便回到了鲁国。

鲁桓公以为此事会暂告一段落，没想到宋国不停派使节到郑国催要财物和三城，郑厉公又不得不派人向鲁桓公求救。鲁桓公被套在"马车"上下不来，只得又约宋庄公相会，以解决郑、宋两国的矛盾。这次，宋庄公并不赴约，只派使节对鲁桓公说："宋国与郑国的事已经有约在先，请贵国不要再过问此事了。"鲁桓公大怒，面对宋国使节大骂宋庄公："贪婪而不讲仁义，简直匹夫不如！"鲁桓公撵走宋国使节后，就径直去了郑国，与郑厉公相会，约定联合起来，一同讨伐宋国。

这年秋，鲁、郑两国联军与宋军混战一场。正当鲁桓公和郑厉公商议如何继续攻打宋国时，纪国有使节前来告急，鲁桓公马上召见。

这纪国（在今山东省寿光附近）位于齐国以东，姜姓。若干年前，纪国向周朝第七代天子周懿王告齐哀公对周王朝有不臣之心，周懿王便派人用大鼎煮死了齐哀公，而立其弟为齐君，同时将国君由公爵降为侯爵。从此，齐、纪两国结下了不世之仇，齐想灭纪，而纪选择与鲁结好，代代通婚，以借齐、鲁两国矛盾而自保。鲁国也力图保存纪国，以抑制齐国的扩张和对鲁国的威胁。

纪国使节向鲁桓公呈上告急国书，上说："齐国联合卫、燕两国猛烈攻打纪国，纪国非常危急，希望鲁国看在世代联姻的分儿上，迅速派兵救援。”鲁桓公阅后大惊，急忙对郑厉公说：“齐国攻纪，纪国告急，鲁国不能不救。宋国也不是一时半刻就能攻下来的，不如退兵，估计宋国也不敢再来勒索了。”此时的郑厉公心里想：齐僖公一直欣赏郑国旧君姬忽，扬言要为姬忽讨个公道，如今郑、齐两国已由盟友转为冷战，既然如此，鲁国的事情不能不帮，于是接话说道：“贵国既然退兵救援纪国，那么郑国也跟着您一同前去。”鲁桓公非常高兴，马上命令鲁国兵马拔寨起程，与郑军一起向纪国进发。

且说在鲁、郑联合伐宋时，齐僖公见纪国盟友鲁国兵马大都去了宋国，便认为是个良机，于是约了卫、燕两国一同对纪国宣战。卫国和齐国是姻亲，自不必说。燕国是北方一个诸侯国，姬姓，都城在蓟城（在今北京市房山）。燕国自建国以后与中原各地来往甚少，以“燕”为图腾，文化较中原落后。此时，燕国国君是燕宣侯，他一心想与齐国和平相处，所以派出兵马帮助齐国。纪国国君纪哀侯一看三国兵马前来，自知力量不行，不敢出城迎战，只是严密防守，等待援兵。

再说鲁、郑两军来到了纪国，鲁桓公和齐僖公在阵前相遇。鲁桓公虽是齐僖公的女婿，但两国对阵，各为本国利益，鲁桓公说：“纪国与我们鲁国世代联姻，听说他们得罪了贵国，特地前来求贵国饶恕他们。”齐僖公说：“齐国先祖齐哀公遇难，至今已经八代了，这不共戴天的仇恨一直没报。你来帮助你的亲戚，寡人来报寡人的仇恨，今天的事，只有用战争解决了。”鲁桓公说：“鲁与纪是亲戚，与齐也是亲戚，请各自退兵，友好相处。”同样是亲戚，鲁帮纪不帮齐，齐僖公大怒，指挥兵马与鲁军厮杀。卫、燕两军看到齐、鲁两军交战，也赶来参加了战斗。郑国兵马也不客气，前来帮助鲁国厮杀。纪哀侯让弟弟姜季领军出城参战，喊声震天。六国的兵马混在一起拼杀。鲁桓公碰到燕宣侯，就责备他道：“你只知道讨好齐国，难道你就不怕鲁国吗？”燕宣侯底气不足，低头转车退去。郑军遇上卫军，将其击溃。齐军孤掌难鸣，不断败退，战场上血流成河。正当齐军处于危急关头之时，宋国兵马赶到，鲁、郑两国这才收军。原来，宋国见鲁、郑两军退去，便一路赶来帮助齐国，攻击郑、鲁。双方互有损失，各自罢战，回国休养。自此，鲁、郑两国为一派，齐、宋两国为一派。

却说齐僖公自纪国回去后，生了病，到了冬天，病情加重，就把世子姜诸儿叫到床前嘱托道:“纪国是我们世世代代的仇人，能消灭纪的，才是我们齐国的孝子。你接替君位以后，一定要把此事看作第一大事。不报了这仇，死后也不准进入宗庙！”姜诸儿记下了齐僖公的教诲。齐僖公又把弟弟姜仲年的儿子姜无知召来，让他叩拜姜诸儿。一年前，姜仲年先齐僖公病故。齐僖公嘱咐姜诸儿:“寡人的同胞弟弟就公孙无知这一个儿子，你一定要好好照顾他，俸禄要按寡人生前所定，如数供给。”一切安顿完毕，齐僖公离开了人世。姜诸儿继位为君，这就是齐襄公。

六　卫国的风云

话说自鲁、郑两军攻宋后，宋庄公对郑国恨之入骨，派使节把郑国献纳的青铜、玉璧分别送给齐、卫、陈等国，请他们出兵帮他报仇。齐与宋是一派，自不必说；卫、陈两国支持郑国旧君郑昭公姬忽，反对新君郑厉公姬突，尤其卫军刚刚与郑军交战，便也答应宋国请求。三国如约前来。

郑厉公就要出兵迎战，上卿祭足谏道：“不行！宋国是个大国，出动了全部兵力并且带着怒气而来，况且还有三国支持，假如我们打败了，国家就难保了；假如侥幸打胜了，将会结上没完没了的仇怨，我国也就再也没有安宁的日子了，当前最好的对策就是坚守。”郑厉公犹豫不决。此时已是“火烧眉毛”，祭足不等郑厉公点头，就下令全军守城。宋庄公看郑国不出兵迎战，就在郑国都城新郑的东郊大肆抢劫，并攻到郑国宗庙，拆了宗庙的椽子，这才撤军回国。见此情景，郑厉公郁郁不乐，叹息说：“先父何等霸气，但到了寡人做国君后，郑国却是软弱可欺，连出兵交战都不敢。唉！”此时，郑厉公在心里骂道：“之所以如此，都是因寡人被祭足牵制，当这国君还有什么意思？”自此产生了除掉祭足的念头。

悠悠岁月无数事，三言两语几笔过。就在郑国被欺之时，许叔姜新臣乘机夺回许城，赶走郑国公孙姬获，复建许国。此时，周桓王病重，他把周公姬黑肩召到床前嘱托道：“王位要让嫡长子继承，这是礼法制度，但寡人钟爱次子姬克。现在要托付你的是，将来嫡长子姬佗死后，要让姬克继承王位。”说罢就闭上了双眼。姬黑肩遵照周桓王遗命，侍奉姬佗登上了王位，这就是周庄王。此时，周王室的威信更加不如从前，已无能力统御诸侯。旧秩序轰然崩溃，而新世界的影子却遥不可及。整个天下，陷入了一片混乱与迷惘之中，于是，周礼崩溃，道德堕落，廉耻沦丧，乱象横生，社会秩序大坏。

郑厉公听说周桓王去世，就准备前去吊唁，上卿祭足又反对。他劝谏郑厉公道：“周王室曾与我郑国交战，至今不和，如果现在去吊唁，只能受到侮辱。”郑厉公表面赞同祭足的意见，但心里却更加痛恨他，意在除去祭足而后快。

这天晚上，郑国都城新郑风雨交加，郑厉公把亲信大夫雍纠召来问道：“当今郑国谁做主？”

雍纠奏道：“当然是君上您了。”郑厉公摇了摇头，雍纠低声说：“下臣知道君上的心事，这事由臣来解决好了。”郑厉公双眼看着雍纠，雍纠明白郑厉公的担心，便奏道：“虽然下臣是上卿祭足的女婿，但那是宋君之命，不是出自祭足本心。”

郑厉公放心了，便说道：“你若能除掉祭足，寡人就让你接替他的上卿之职，但不知道你有没有办法？”

雍纠见揭开了这层窗户纸，便底气足起来，上前一步奏道：“新郑东郊被宋等联军践踏破坏后，百姓还没有恢复定居。君上可在明日令祭足前去安抚，下臣就在东郊摆好宴席招待他，借机将其灭掉。”

郑厉公说：“这件事就交给你了，你可千万小心！”雍纠连声答应，退下。

雍纠回到府上，见到妻子雍姬时，不觉露出慌乱的神情。

雍姬是个聪明人，便问他：“我夫发生什么事了？”

雍纠神色不安地说：“没什么。”

雍姬说：“看起来您心事重重。”

雍纠有点儿结巴地说：“君上让你父亲往东郊安抚百姓，到时候我去郊外设宴席款待他，就这事，没别的。”

雍姬说：“我夫款待妾的父亲，何必跑到郊外去呢？”

雍纠紧张地说：“这是君上的命令，你就不必问了。”说完，扭头离开了。

雍姬更加心疑，便暗中观察雍纠的动向，见他晚上约见武士，窃窃私语，便预感不妙。这晚，雍姬坐卧不宁，未及天亮，就匆匆回到娘家上卿祭足的府中。

清早来访，雍姬母亲预感有事，急急出来见她。未等落座，雍姬便问母亲：“父亲与丈夫哪一个更亲近？”雍姬母亲说：“任何男子，都可能成为一个女人的丈夫，但父亲却只有一个，怎么能够相比呢？”雍姬母亲似乎感到有要紧事牵涉到祭足，便进了寝室把祭足请过来。雍姬对父亲祭足说：“雍纠不在家里而在郊外宴请父亲您，女儿便怀疑这件事，所以特地赶来告诉父亲您。”祭足顿了一顿说：“没什么，为父知道了。”便让雍姬回去。老成持重的祭足并未马虎大意，他似乎听到了女婿雍纠的磨剑声。经历过风风雨雨的祭足处理这件事，自是轻车熟路。

这天上午，祭足前去朝见郑厉公，郑厉公果然安排祭足去东郊抚民。闻听此言，胸中有数的祭足也难免脊背发冷。他心中暗暗思量道：“雍纠预先得知我要去东郊，并在郊外设宴，这一反常举动只能说明君上与雍纠合谋对付我。我不应坐以待毙，而应采取果断措施。”于是辞别郑厉公后，祭足暗暗率领百名勇士前往东郊。

在一片竹林旁，雍纠已经摆上酒席，等候祭足前往。祭足远远看见，心里道：“如果雍纠想害我，必定将武士埋伏在竹林里，或者在酒里下毒。假若这两种情况都没有，那就是我和女儿多虑了。”祭足悄悄吩咐暗中随行的勇士，以上卿之令强行搜查竹林，发现有人，一概拿下。果不出祭足所料，二十名持剑黑衣刺客正藏在竹林之中。雍纠见事情败露，便想逃离，却被祭足命人捉住。雍纠见了祭足低头不语，祭足挥挥手，雍纠及黑衣刺客全被祭足所带勇士杀掉。

郑厉公得到雍纠失败的消息，惊恐万状，自言自语道：“上卿祭足势大，他肯定不会放过寡人。”就急急忙忙前往蔡国而去。途中有人报告他，之所以失败，是因为雍纠之妻雍姬回娘家泄了密，以致祭足预先做了准备。郑厉公跺着脚叹息道：“国家大事，让妇人知道，那雍纠就死定了。”祭足听说郑厉公已经逃离郑国都城新郑，也不派人去追，而是安排仪仗、车马前往卫国迎接旧君姬忽重新来做国君。

仪仗、车马还未出发，郑国派往卫国的探子紧急回来，报告了卫国一件惊人之事。祭足让他细细说起，探子便一五一十从头道来——

卫宣公卫晋还是公子时，便与父亲卫庄公的侍妾夷姜相好。夷姜被少年风流的卫晋倾倒，而卫晋也被这美貌如花的庶母所折服，一来二去，干柴烈火中，就有了卫急子。而卫急子出生时，他的爷爷卫庄公还在，后宫中莫名其妙地多了一个孩子，那还了得，所以卫急子生得急急忙忙，急得连名字都没时间好好想想，就直接叫成急子了。卫急子出生后，卫晋和夷姜不敢让别人知道。如果卫庄公知道了，就会把卫晋和夷姜投进淇水。如果世人知道了，就一定会耻笑卫晋和夷姜乱伦。唯一可行途径就是把卫急子送出宫，寄养在民间。就这样，卫急子在民间度过了他的童年。如果卫急子在民间平平静静地过完一生，对于他来说未必就不是一种幸福，可卫急子偏偏又由民间回到宫中。话说卫州吁被杀之后，避乱于邢国的卫晋回国登基，即卫宣公。登基后，卫宣公与夷姜重温旧情，并将卫急子接入宫中，立为世子。

卫急子虽然一步登天，但他本性善良，在宫中规规矩矩，以礼待人，老实做事。大凡老实人，往往容易遇到两种人，一种是欺弱之人，一种是亲近之人。这两种人，卫急子都遇上了。

转眼间，卫急子十六岁了，到了该娶妻的年龄了。卫宣公遣使节前往齐国，礼聘齐僖公之女宣姜做卫急子之妻。这位使节回国后，在卫宣公面前大肆渲染宣姜美貌。说者无意，听者有心，卫宣公突然生出一个霸占儿媳的邪念。他在黄河边，建造了一座非常华丽的宫殿，命名新台。在卫急子出使宋国期间，卫宣公派人去齐国迎亲，成婚于新台。等卫急子回国，宣姜已由未婚妻变成了庶母。宣姜看到丈夫由梦想中的公子变成一个糟老头，心中难免失望和懊恼，但不久就接受了这局面，并且一连为卫宣公生了两个儿子卫寿和卫朔。二人虽为亲兄弟，但品行截然相反。卫朔虽然岁数小，但野心大，坏心眼儿多，喜欢搬弄是非，而卫寿却是一个有良心有道义的君子。卫寿与卫急子虽年龄相差很大，但彼此情投意合。

有一天，卫宣公领着卫朔乘船去新台。河两岸是芦苇荡，里面发出一片鸟儿的喳喳叫声。卫宣公爷俩正在观望着鸟儿，忽然听到黄河岸边传来一个卫人的歌声——

新台新台真辉煌，河水一片白茫茫，
本想嫁个如意郎，不料碰上虾蟆样。
新台新台真宽敞，河水一片平荡荡，
本想嫁个如意郎，碰个虾蟆没好相。
想得大鱼把网张，谁知虾蟆进了网，
本想嫁个如意郎，碰个虾蟆四不像。

这虾蟆指谁？卫宣公明白就是指自己，这个唱歌的卫人分明是说卫宣公娶宣姜是癞虾蟆吃到天鹅肉。卫宣公不由大怒，当即命令船夫快速驶向唱歌处。黄河急，船儿慢，等船到了岸边，连个人影也没有了。卫宣公满脸涨红，有火没处发，只好自己忍着。此时的卫朔本应劝卫宣公宽心，可他人小心狠，对卫宣公说道："父君，听到这歌声，儿明白了。儿说呢，哥哥急子前天叫我儿子，说母亲曾是他的妻子，因此儿便是哥哥急子的儿子。"闻听此言，卫宣公的老脸再也挂不住了，盛怒之下，叫人去内宫指责夷姜，说她教子无方。

夷姜忙去问世子卫急子，卫急子说绝无此事。夷姜心里难受极了，她想到卫宫中关系太复杂，多少年来，自己一直背着乱伦的坏名声，这些年来，自己又失宠，如今，横祸天上来，莫名其妙地被扣上了一个教子无方的黑帽子。夷姜欲哭无泪，一下子想不开，便上吊自尽了。

夷姜死了，成全了宣姜，宣姜成为卫国夫人。然而乐归乐，宣姜也有担心，因为卫急子是世子，当卫宣公去世了，卫急子就会继位，而这杀母之仇，卫急子肯定会报的。每想到这里，宣姜就坐立不安。为了保全自己和卫朔，宣姜就在卫宣公的身边，拼命说卫急子的坏话。推波助澜的还有卫朔。世上本没有路，走的人多了，便成了路。不要说卫宣公本就心中有鬼，就算是心中没鬼，也架不住妻儿在身边天天吹风，卫宣公越来越冷淡了卫急子。这宣姜与卫朔嫌说坏话起效慢，便思谋一种快效之法。

俗话说，想瞌睡就有人送枕头。就在宣姜与公子卫朔思谋暗杀世子卫急子时，一个机会摆到了他们的面前——卫急子出使齐国。在宣姜的允许下，卫朔暗中笼络了一批亡命之徒，让他们装扮成强盗，埋伏在途中，暗杀卫急子。卫朔交代说："你们看见手持白旄的人，即杀死，杀死之后，凭白旄领赏。"原来，周朝各国使节出使时会手持白旄。这白旄是一种军旗，竿头以白色牦牛尾为饰。

公子卫寿见母亲与弟弟共谋于密室，心中感到奇怪，便到母亲宣姜处探问。宣姜心想这是自己的亲生儿子，没有必要隐瞒，就将整个计划告诉了卫寿。为了说服卫寿接受，宣姜还说："这个是你父君的意思，是要除掉我们母子三人的后患，你一定要保密，不能让别人知道。"宣姜说得很认真，却没想卫寿是个有道德有仁义的君子。卫寿知道无法劝说他们收回成命，便将阴谋告知长兄卫急子，请他取消此行。世子卫急子叹了口气说："作为儿子，就要听从父亲的命令。弃父之命，即为逆子。我不会因此而改变行程。"卫寿暗暗道："兄长真仁人也！我应当学习兄长的德行，代他前往。或许这样，就会感化父君、母亲和弟弟，使兄长免于一死。我死了，自会落个千古美名。"主意已定，卫寿便着手实施。

在一个风和日丽的日子，世子卫急子辞别卫宣公，手持白旄，乘船前往齐国。公子卫寿早乘一叶扁舟在河中等候。卫寿到了卫急子船上，二人一起饮酒。卫寿年少，还没来得及说话，就已泪流满面，泪珠堕于酒觯中。卫急子连忙接过酒觯一饮而尽。

卫寿哽咽着说："这觯酒已经被我的泪水弄脏了，兄长怎么还喝呢？"

卫急子也流下了眼泪，说道："这觯中不是酒，也不是你的泪水，而是你的一片深情。我喝下这觯酒，也正是喝下了你的深情。"

卫寿一边抹着眼泪一边说："今天这酒，是我们的永别之酒，如果还念着我们这么多年的感情，请多喝几觯。"

卫急子只当是卫寿担心他遇害，未曾想卫寿要替他去死，便说："好的，今日一别，相见再无期，一定尽量！"两人泪眼相对，彼此劝饮。

卫寿有心不喝醉，只劝卫急子多饮。卫急子心中愁闷，易醉，几觯酒后，便鼾鼾睡去。卫寿出舱对随从说："君命不可迟也，我当代往。"又拿出一信简，交给卫急子的随从："等世子酒醒后，转交给他。"卫寿取出卫急子手中的白旄，登上自己的船，便往前开了。船刚靠岸，看到白旄的刺客就认定是卫急子前来，于是一齐杀出，将公子卫寿砍了头，盛于木匣中。

却说卫急子酒醒之后，随从将卫寿所留的信简呈上。卫急子一看，简上只有几行字："人在天地间，动则思礼，行则思义，不为利回，不为困疚。弟已代行，兄宜速避。"知道卫寿代自己前往，卫急子大惊，忙催船急行，追赶卫寿。到了岸边，正遇上卫寿刚刚被杀。卫急子木呆呆地对刺客说："你们要杀的是我，他有什么罪？"当刺客得知来人是真正的卫急子时，便再次动手，一匣二首送回卫都朝歌。

刺客先去见了公子卫朔，呈上白旄旗，然后把两位公子先后被杀的情况详细叙说了一遍。他们担心因误杀公子卫寿而遭到责罚，谁曾想，卫朔高兴得不得了，因为刺客一举除掉了卫朔的两块心病，除掉了阻挡卫朔继位的两块绊脚石，正中他的下怀。卫朔重赏了刺客。随后，卫朔把这些情况报告给了母亲宣姜。宣姜听后，是既高兴又悲痛。毕竟内心有愧，母子俩商议一番后，决定先不让卫宣公知晓。

卫国里有两位重臣，分别是公子卫职、卫泄，他们是卫庄公之子、卫宣公之弟，二人中一个与世子卫急子交情深厚，一个与公子卫寿关系亲密。当他们听说两位公子双双遇害后，就由各为其主转为同病相怜，二人合在一起商量，决定把情况报告给卫宣公。到了卫宣公早朝的时候，二人就对着卫宣公拜倒在地，放声大哭起来。卫宣公吃惊地问他们这是何故，二人就把卫急子和卫寿被杀的前前后后，详详细细地讲述了一遍。卫宣公猛然听说两个儿子同时遇害，一时惊得目瞪口呆、面如土色，半天说不出一句话。等他清醒过来后，由痛转悲，泪如雨下，连连悲叹道："是寡人纵容了宣姜和卫朔啊！"卫宣公立即叫来公子卫朔追问原委，卫朔推说不清楚。卫宣公愤怒到了极点，命令卫朔缉拿杀人凶手。卫朔嘴上应承，背后里一动不动。

卫宣公受了这次惊吓后，便病倒了。他一闭上眼睛，就看见夷姜、卫急子、卫寿在他面前哭哭啼啼。群臣祷告天神，乞求祖宗，都没效果。半个月后，卫宣公去世了。公子卫朔主持了丧事并做上了国君，这就是卫惠公。此时，卫朔才十五岁。他一上台就罢免了公子卫职、卫泄的官职。卫宣公还有两个儿子，分别是卫黔牟、卫硕，二人很不服气，连夜离开卫国，一个去了周王室，一个去了齐国。卫职和卫泄对卫惠公怨恨异常，时刻想着要替世子卫急子和公子卫寿报仇，只是因为时机不成熟而不敢轻举妄动。

郑国上卿祭足听完探子汇报，不由说道："卫国不会平静下去，恐怕动乱马上就会来临，因为里面的'火气'还未消除呢！"便嘱咐郑国仪仗、车马快去快回。

却说卫惠公做上国君后，对郑厉公耿耿于怀，因为卫国帮助齐国攻打纪国时被郑厉公率兵打得大败，所以心有怒气。突然郑国仪仗、车马来卫，说郑厉公已经逃出郑国，郑国要迎接旧君姬忽回国，重新执政。卫惠公心中非常高兴，立即派人护送姬忽回郑国。

旧君姬忽回到郑国后，复位为君。上卿祭足拜了又拜，请求郑昭公姬忽原谅他当年不能保护国君的罪过。郑昭公姬忽没有治他的罪，但内心对他已有成见了，礼仪上也比当年冷淡了很多。祭足自己内心有愧，总是感到惶惶不安，常常请病假不参加朝政。

悠悠岁月无数事，三言两语几笔过。且说郑国上卿祭足的地位不如以前了，亚卿高渠弥就张狂了。他原本是不受郑昭公喜欢的大臣，郑昭公重新执政后，他总担心郑昭公收拾自己，就暗地里网罗了一些死党，为换上公子姬亹做准备。这时在蔡国的郑国旧君姬突也蠢蠢欲动，他在蔡国大力收买郑国流散人员和各国亡命之徒。旧君姬突想以郑国栎城作为据地，重返郑国执政，便派人传话栎城大夫檀伯，欲借栎城，檀伯不从。旧君姬突就命手下人装成商人，到栎城去做生意，收买了栎城的一些人，然后寻机把栎城大夫檀伯杀掉了。旧君姬突迁到栎城，把城墙加高，把护城河挖深，铸造盔甲兵器，操练兵马，准备一有机会就攻击郑国都城新郑。上卿祭足闻讯，非常惊恐，急忙禀报郑昭公，郑昭公派大夫傅瑕率军驻扎在大陵，堵住旧君姬突的来路。旧君姬突得知郑昭公做了准备，就派人央求鲁桓公代他向宋庄公谢罪，又许下重做郑国国君以后，补交以前欠下的财物，并交割三城。鲁国使节到了宋国，宋庄公贪心又起，就派人联合蔡、卫等国一起兴兵，打算通过武力把旧君姬突送回郑国再做国君。蔡国一直与姬突友好，自不必说。卫惠公接到宋国邀请后，也立即同意。原来卫惠公有送郑昭公回国的功劳，但郑昭公回国后却没派人带上礼物感谢他，年轻气盛的卫惠公因此就对郑昭公产生了怨恨。卫惠公阅历不深，虑事不全，不顾国内隐伏危机，亲自带兵参战。

卫国公子卫泄觉得时机到了，便秘密请来公子卫职，向其说道："新君带兵远征，这正是我们行动的好机会！"正在他们秘密商议的时候，家人前来报告："大夫宁跪有事前来拜访。"两位公子就把宁跪迎接进来。宁跪说："两位难道忘了卫急子、卫寿两位公子惨死的怨仇吗？现在是个机会，千万不能失去呀！"卫职知晓宁跪的诚心，便说道："我们正在商议此事，只是还没商定好国君的人选。"宁跪说："我看在众公子中，卫黔牟为人仁慈厚道，值得我们辅佐，而且他去周王室后，成为周天子的女婿，用这个声望可以稳住国内百姓。"三个人都觉得这做法好，便歃血盟誓。接着，三人又悄悄约会了以前跟从卫急子和卫寿的人。起事队伍建立后，他们便派人到处造谣："卫国新君讨伐郑国，已经兵败身死了。"等到都城朝歌乱哄哄的时候，卫泄、卫职就报告周王室，迎接卫黔牟回国即位为君。

群臣朝拜卫国新君黔牟完毕，公子卫泄、卫职便把旧君卫惠公卫朔暗害两位兄长以致卫宣公被气死等恶劣行径公布全国。卫国百姓知晓后，人人怀念卫急子、卫寿两位公子，便用一首诗歌寄托他们的哀思和感叹——

二子乘舟，泛泛其景，愿言思子，中心养养！

二子乘舟，泛泛其逝，愿言思子，不暇有害！

为防旧君卫朔领兵前来，卫国大夫宁跪引兵驻扎郊外，堵住旧君卫朔归路。公子卫泄还要杀宣姜出气，公子卫职劝他道："宣姜虽然有罪，但她是齐君姜诸儿的姐姐，杀了她就会得罪齐国，不如让她活着，以便将来与齐和好。"于是只让宣姜搬出宫中居住。

鲁桓公与郑国旧君姬突交厚，而与郑昭公姬忽交恶，闻知宋、蔡、卫联军攻郑，便也派军前来助战。面对四国联军大举进攻，郑国上卿祭足亲自带上郑军主力迎敌。他随机应变，郑国没有受到重大挫折。此时，卫惠公卫朔听到国内发生了政变，便无斗志，只身去了齐国。祭足派人告知宋国，当年坚决要践踏诺言的是旧君姬突，宋国便有了退意。祭足又派人告知鲁国，当年救纪国时，郑、鲁是一派，齐、宋是一派，请鲁国不要因为国君交替而忘了昔日交情，于是鲁国也全无斗志。蔡国虽与郑国旧君姬突交好，却是宋国拉来做陪衬的，消极对待。四国联军各怀鬼胎，见一时不能取胜，便各自回国。

且说卫国旧君卫朔到了齐国，向齐襄公禀报了卫国公子卫泄、卫职作乱之事。齐襄公叹了口气，答应卫朔以后出兵助他恢复君位。齐襄公是喜欢卫朔这个外甥的，在生活上很照顾他。卫朔对齐襄公许诺道："如果能够回国再当国君，就把卫国库中的宝鼎、玉璧全部献给舅父您。"齐襄公更加喜欢了。卫朔问何时向卫国出兵，齐襄公答道："周天子已将女儿许配给寡人，寡人正要举行结婚大典，卫国新君黔牟也是周天子的女婿，这件事只好往后推推再说。"卫朔只好耐心等待。

齐襄公担心卫国君臣杀了宣姜，就派公孙姜无知与卫国公子卫硕一起到卫国说情。齐襄公还私下嘱咐姜无知，卫硕之妻已亡，一定想方设法让卫硕和宣姜成亲，免得宣姜在卫国寂寞无助。

公孙姜无知接受了命令，和卫国公子卫硕一同去了卫国，拜见了卫国新君卫黔牟。两下言好，不得加害宣姜。姜无知又把齐襄公要卫硕和宣姜成亲之事陈述给卫国君臣，并告知了宣姜。宣姜同意，卫国众臣也同意，在他们眼中宣姜不配做卫国太夫人，现在要她嫁给卫宣公之子卫硕，正好可以借此贬低宣姜，同时羞辱出逃在外的宣姜之子卫国旧君卫朔。众人都同意，只是卫硕死活不答应。

见事情进展不下去，齐国公孙姜无知便对卫国公子卫职道："这件事办不妥，我没法回去向国君交代。"卫职也怕因此得罪了齐襄公，就与姜无知商量出一条计策。卫职与姜无知请来公子卫硕饮酒。席中，二人频频劝酒，把卫硕灌醉。然后，派人将宣姜请来。醉得稀里糊涂的卫硕便和宣姜生米做成了熟饭。卫硕醒来后，虽然难过后悔，但也只好认了，与宣姜成了婚。

公孙姜无知回到齐国，向齐襄公交了差。出使卫国，圆满完成使命，姜无知很高兴，本想得到奖赏，不料齐襄公不但不奖，反而埋怨起姜无知来。齐襄公责怪姜无知道："公子卫硕不同意也就算了，你为何设计强行让二人成婚呢？"姜无知虽性格刚强，但此时也不敢与齐襄公顶撞，只是承认错误，但他心中却暗暗骂道："让卫国公子卫硕与宣姜成亲，本是你这个昏君的主意，为何怨起我来？"齐襄公为何变脸？原来，卫国旧君卫朔得知母亲宣姜与哥哥卫硕成亲后，异常悲愤，找到了齐襄公控诉姜无知阴险。齐国大夫雍廪也言姜无知此举有失周礼和公德。齐襄公便感觉二人成婚有些不妥，毕竟宣姜是当今卫国太夫人，不是妾。齐襄公心中后悔，因此见到姜无知，便埋怨起他来。

再说郑国这边，四国兵马退走以后，上卿祭足就回到了都城新郑。旧君姬突在栎城一天，就是郑国一天的祸患，回到新郑的祭足一直思索如何对付姬突以及宋国。一天，祭足突然想起齐国和姬突在纪国战争中结下了怨仇，上次姬突动用了四国兵马，唯独没有请到齐国兵马。现今郑昭公刚刚恢复君位，正好借此前去联合，恢复昔日郑、齐同盟。于是，祭足奏请郑昭公，派他出使齐国。

聪明一世，糊涂一时。上卿祭足全身心地去考虑联齐御宋时，却把国内不稳因素忽视了。亚卿高渠弥见郑国主心骨祭足去了齐国，便无所忌惮，乘郑昭公祭祀之机，派他的死党半路伏击，将郑昭公杀害。高渠弥外称郑昭公被强盗所杀，并将公子姬亹从蔡国请回，扶其即位为君。高渠弥又派人以新君之命，去齐国将祭足召回。

却说齐襄公见大名鼎鼎的郑国上卿祭足前来，非常高兴，就按祭足之见达成了齐、郑同盟协议。两人正在畅饮时，郑国派人来报，言郑昭公路上遭遇强盗，被害身亡，公子姬亹成为新君。未等祭足开口，心直口快的齐襄公就说道:“一国君主，护卫众多，怎么会被强盗所害？寡人早就听说郑国君主姬忽心慈、耿直，这种性格的君主被害，只有一种可能，就是有人犯上谋逆。”上卿祭足老成稳重，什么话也不说，当即向齐襄公告辞回国。

七 乱世出乱情

齐襄公现在最关心的就是迎娶周庄王之女。周朝时，天子女儿下嫁诸侯，是不能由至尊的天子来主持婚礼的，必须由和天子同姓的“公”来主持婚礼，所以后人把天子之女称为“公主”。当时周天子之女并不称公主，而称王姬。齐襄公娶王姬，主持婚礼的是鲁桓公。按照周庄王旨意，鲁桓公要去齐国确定王姬的婚事。此时，齐襄公猛然想起好长时间没见妹妹文姜了，干吗不借这个机会把她也请来呢？于是就派使节前去迎接鲁桓公，并暗地里告诉文姜，请她一起来。

鲁桓公夫人文姜，听说齐国派使节来迎接鲁桓公和她，便勾起了对哥哥齐襄公的旧情。这晚，文姜对鲁桓公说：“好久没回娘家了，很想去看一看，愿意陪伴夫君一起前去。”鲁桓公溺爱夫人文姜，就答应了她。

第二天，鲁国大夫申繻闻听此事，就劝谏鲁桓公：“女有室，男有家，礼法是不能亵渎的。亵渎了，秩序就乱套了。女人出嫁以后，父母都在的话，每年可以回家看望一次，这是合乎周礼的。现在夫人的父母亲都已经去世，如果为了回娘家看望哥哥，则是不合礼的。我们鲁国是讲礼的国家，所以不能让夫人回齐国。”鲁桓公因为已经答应了文姜，就不听从申繻的劝谏。

这天，鲁桓公夫妇俩一起往齐国而去。当行到边境时，齐襄公早已在那里等候多时。相互寒暄了一番之后，便一同上车，直奔齐国国都临淄。

到了临淄，举行仪式，鲁桓公传达了周庄王旨意，确定王姬和齐襄公的婚事。仪式完后，齐襄公大摆宴席，盛情款待鲁桓公夫妇。酒席散后，鲁桓公回馆舍休息，文姜说到齐国后宫与以前相熟的宫嫔们相会，便独自去了齐国后宫。

齐襄公心领神会，急急赶回后宫寝殿，单独与文姜相会。二人互诉分别后的思念和思念时的痛苦。四目传情，欲火上攻，最后不顾人伦礼法，搂抱在一起。一直到第二天上午，太阳老高了，二人还未起床。

在馆舍里，鲁桓公冷冷清清地度过了这个夜晚。文姜一夜未归，引起了鲁桓公的怀疑，他派人到齐国后宫中探听。探子很快回报："鲁国夫人进了齐国后宫，只去见了齐君，并未与以前认识的宫嫔相会。"此时，鲁桓公血管膨胀，恨不得一步跨进齐国后宫，去看个究竟。

到了中午，文姜回到馆舍，鲁桓公怒气冲冲地问道："昨天夜里，你与谁在一起？"文姜答道："和连嫔。"这连嫔，是齐国大夫连称的妹妹、齐襄公之妾。鲁桓公早就听说齐襄公不喜欢她，好长时间不理她。鲁桓公压住怒火又问："你在什么地方休息的？"此话说到了文姜的痛处，文姜急了，大声说："夫君这是怎么了？宫中那么多房子，还少了妾休息的地方吗？"鲁桓公大怒道："宫中房子是不少，就怕你偏偏找个男人床上睡！你给我说实话，昨晚，你是不是与你兄长睡在一起？"此话问到了病根上，文姜顿时满面通红，装怒道："夫君别胡猜乱想，我们是兄妹。"文姜百般抵赖，哭哭啼啼，但她心中却是底气不足。鲁桓公人在齐国，心中虽然无比愤怒，但也不敢过分发作，立即准备返回鲁国。

文姜见鲁桓公知晓兄妹之淫事，害怕回国后被杀，无奈之下又去密会齐襄公。却说齐襄公一夜激情后，内心忐忑不安。忽见文姜秘密前来，预感事情不妙。文姜见了齐襄公，木然说道："妹的夫君异常恼怒，已经知道了昨夜的事，现正准备回国。妹恐怕在半路上就会被杀掉。"此时，齐襄公热血上浮，一股好汉做事好汉当的激情涌起。他对文姜说道："妹妹放心吧，哥哥会处理妥当的。"此刻，齐襄公已起杀心。

鲁桓公要回去了，这次来齐国只是宣布婚事，以后还要再来齐国主持婚事。齐襄公设宴送别，美酒、佳肴、歌舞，一片欢腾声，但此时的主角鲁桓公却快乐不起来。齐襄公让齐国众官员轮流劝酒，鲁桓公心中气愤，没喝几觯酒就酩酊大醉了。告别时，站也站不起来。齐襄公杀心顿起，他叫已经长大成人的弟弟姜彭生去抱鲁桓公上车。借着酒劲，齐襄公对公子姜彭生耳语道："鲁君要害死你姐文姜，怎样对付鲁君，就交给你了。"闻听此言，姜彭生不由大惊，心中立时生出对鲁桓公的怨恨来。既然有君主暗示，力大无穷同样醉醺醺的姜彭生便趁人不注意，将醉得一塌糊涂的鲁桓公猛然勒死，然后放入车中。

车未行走，跟随鲁桓公来到齐国的鲁国随从便发现自己的君主暴死，众人大惊，不由号啕大哭。齐襄公闻讯，假意跟着哭泣起来。鲁国随从抹干眼泪，向齐襄公说道："我们国君受周天子之命，前来齐国确定君与王姬的婚事。礼仪完成了，但我们国君还没回国就归天了。我们不知道该归罪于谁，请先将扶持我们国君上车的齐国公子彭生清除，以告慰我们君上在天之灵。"齐襄公内心有愧，立刻答应，命人将姜彭生正法，以堵鲁人之愤。姜彭生得知自己将要抵命，不由破口大骂道："兄妹乱淫，暗杀鲁君，都是国君诸儿做的事，为何加罪于我？我死了，必会做妖鬼，取诸儿昏君性命！"齐襄公命人赶紧将姜彭生杀掉。齐襄公又派人护送鲁桓公的丧车回国。文姜留在齐国不回，一是无脸见人，二是怕回去遭到杀害，三是想继续与齐襄公叙情。

国不可一日无君，鲁国世子姬同继位，即鲁庄公。大夫申繻与鲁庄公的异母兄弟姬庆父、姬叔牙，亲弟弟姬季友一起辅佐。申繻推荐施伯，让他做了鲁国大夫。

鲁庄公召集众臣商议，怎样为齐主婚。

大夫施伯奏道："我们国家现在有三个耻辱，君上知道吗？"

鲁庄公问："三个耻辱是什么？"

施伯答道："先君虽然已经去世，可是坏的名声留下了，这是第一个耻辱；太夫人留在齐国不回来，使人们议论纷纷，这是第二个耻辱；齐国现在成为我们的仇国，而且君上您还在守孝之中，却推辞不掉周天子之命，不得不为他们主婚，这是第三个耻辱。"

鲁庄公说："你说得对，可三个耻辱怎么才能去掉呢？"

施伯答道："想要别人不恨自己，必须自己先有美名；想要别人不怀疑，必须先自己相信自己。先君继位，没有获得天子的承认。如果乘主婚之机，向周天子请求承认先君，使先君在九泉之下也名正言顺地瞑目，这是去掉第一个耻辱。太夫人在齐国，应该按礼节去迎接她回来，这是去掉第二个耻辱。只有主婚一事，最难两全其美，但也有办法。”

鲁庄公问：“什么办法？”

施伯奏道：“可将王姬的馆舍建在郊外，让鲁国大夫去迎接并去送她，君主以丧事原因就可推辞掉了。这样上不违背天子之命，下不断大国之情，中不失守孝之礼，三个耻辱自然去掉了。”

鲁庄公说：“大夫申繻说你智慧非凡，果然如此！”于是全部采纳，逐项办理。

鲁庄公派大夫颛孙生去周王室，迎接王姬，借机送给周庄王石编磬乐器一套，请求为鲁桓公正名，以在九泉下瞑目。石编磬由三十二枚灵璧石组成，这灵璧石又称八音石，只有用它做成的编磬才可以达到八度音节。石编磬敲击出的声音音质纯正，清亮悠扬，泛音列宽，气势宏博。周庄王十分喜爱，当即答应了鲁国提出的要求。

周公姬黑肩想要送王姬经鲁去齐，周庄王没同意。周庄王心里清楚，弟弟姬克，很受先王宠爱，姬黑肩曾接受了先王的临终嘱托，所以不能让他私自与诸侯国结交，让王子姬克一伙儿得天下。姬黑肩知道周庄王怀疑自己，便秘密跑到姬克家中，商议如何利用王姬出嫁的这一天，聚众造反，杀周庄王立姬克为王。不料消息泄露，周庄王杀了姬黑肩，驱逐了姬克。

鲁国大夫颛孙生护送王姬嫁到齐国，然后奉鲁庄公之命，迎接太夫人文姜回鲁国。齐襄公可真舍不得让文姜回去，但碍于脸面，只好放手。临行之际，彼此难舍难分，二人不停地说：“后会有期！”然后挥泪而别。文姜一来贪图与他哥哥淫乱，不愿离开；二来违背天理人伦，羞回鲁国，因此行几步，便停一会儿。慢腾腾的车辆到了一个小诸侯国禚国（在今山东省长清县内），文姜见馆舍十分干净，心里道：“这地方不属于鲁也不属于齐，正是我的家啊。”便让颛孙生回去禀告鲁庄公：“我这未亡人喜欢清闲，不愿意再回鲁宫去，就在禚国住下了。”鲁庄公深知她没脸回国，另外觉得母亲文姜回到鲁国，反倒是件棘手的事，于是予以认可。此后，鲁庄公时常派人前去问候，四季不断。

再说齐襄公谋杀了鲁桓公后，齐国人议论纷纷。齐襄公想转移舆论焦点，树立自己正直、威武的形象，便决心诛杀弑君篡位的郑国新君姬亹。

齐襄公遣使赴郑，说郑国上卿祭足已与齐国达成结盟意向，特请郑君姬亹前来齐国签约。郑君姬亹很高兴，向众臣道："寡人刚刚登基，齐国就遣使邀请我们前去，可见齐君真不错呀！"郑君姬亹让祭足、高渠弥一同前往，祭足推说有病不能前去。且说祭足从齐国返回后，哼哼哈哈，明哲保身，这次看到齐国遣使前来，便知齐襄公用意莫测。几月前，祭足在齐国时，齐襄公的话，祭足还记忆犹新。祭足不想辅佐新君姬亹，巴不得齐国对新君姬亹动手，便装病装糊涂，让新君姬亹和高渠弥放心前去。

齐襄公这边已经准备妥当。当郑君姬亹以及高渠弥来到时，齐襄公大声问道："郑国先君郑昭公是因何而死？"郑君姬亹立刻脸色发白，惊得说不出话来。

高渠弥上前一步答道："先君因遇强盗而亡。"

齐襄公问："强盗抓住了吗？"

高渠弥答道："至今仍在追查之中。"

齐襄公嘿嘿一笑，然后怒道："强盗就在眼前，还用追查什么？来人，将二贼拿下。"一旁埋伏的武士迅即将郑君姬亹和高渠弥捆绑起来。

郑君姬亹叩头说："这事都是高渠弥一人所为，望贵国饶寡人一命。"

齐襄公怒道："既然你知道是高渠弥所为，为什么不将他绳之以法？你今天到地下去向郑昭公解释吧。"

武士将郑君姬亹推出去，砍死了。郑君姬亹的随行人员不少，但见齐人势力太大，不敢动手，各自跑散。

为了镇服百姓，平息舆论，齐襄公杀鸡给猴看，命人将高渠弥在都城临淄南门外施以车裂之刑。车裂是将犯人的头与四肢分别绑在五匹马上，然后用鞭抽马，这就是所谓的"五马分尸"，是最重的刑罚之一。齐襄公命人贴出榜文:“叛逆造反,下场如此!”齐襄公打算以此博得一个正义之名,赢得诸侯和百姓的尊敬,从而抵消谋害鲁桓公的不良影响。齐襄公确实动了心思,又派人送书简给郑国:“齐国已将谋害郑国先君郑昭公的二贼除掉。希望郑国另立新君,繁荣稳定,愿齐、郑两国永结盟好。”

郑国上卿祭足此时没病了,也不糊涂了,即刻召集众官商议册立新君之事,郑国新任大夫叔詹说:“我们的旧君姬突在栎城,为什么不去把他接来呢?”这叔詹是郑庄公之孙。祭足险遭旧君姬突杀害,自然不会同意,便托词道:“出逃的君主,不能再有辱宗庙了。我们不如立公子姬仪,先君郑庄公曾有此意。”众官员都赞成,于是派人到陈国去接姬仪。姬仪即位后,便把国家军政全部交给祭足处理,用心安抚百姓。郑国经历数次内忧外患后,势力大不如从前。旧君姬突也一时无力夺取政权,郑国几年内安稳起来。精通《周易》、崇拜蜥蜴的祭足得以善终,患病去世。

悠悠岁月无数事,三言两语几笔过。话说王姬到了齐国,没几个月便听说齐襄公与他妹妹文姜通奸之事。王姬有苦难言,暗暗流泪道:“这样乱伦的家伙,连猪狗不如。上天让我嫁给这种人,真是命苦啊!”以后整日闷闷不乐,在产下一女婴后,便患病去世。齐襄公自王姬死后,更加肆无忌惮,由于心里总是想到文姜,便打着狩猎的旗号,来到禚国,昼夜寻欢作乐。某天,恰巧鲁庄公也赶来向母亲文姜问安。文姜听说齐襄公与王姬有了女儿,虽尚在襁褓之中,却执意将她许配给还未娶妻的鲁庄公。齐襄公、鲁庄公都以小孩太小为由拒绝,但文姜不听这一套,认真地向二人说道:“就是二十年后再嫁过去也不迟吧。”鲁庄公不敢违抗母亲之命,齐襄公也怕文姜不高兴、不再同他寻欢作乐,便都答应了。

两家原本就是甥舅之亲,现今亲上加亲,关系自然不一般了。在一个绿草如茵、鲜花盛开的日子,齐襄公和鲁庄公两位君主一起驾车在禚国野外打猎。一只野鹿突起,齐襄公一箭射去,正中野鹿。鲁庄公下车去拾。恰巧一个齐国百姓看到了鲁庄公,就远远指着鲁庄公对一个禚国人开玩笑道:“这人是鲁国国君,但又是我们齐国国君的儿子。”声音虽小,但鲁庄公听到了,不由大怒,拔剑将这个齐人杀掉。

禚国人见事不好，拔腿就跑。怒不可遏的鲁庄公追上去，一同杀掉。目睹这一切，齐襄公哈哈大笑，毫无羞愧和责怪之意。

看到齐、鲁两国相安无事后，文姜更加无所顾忌。齐国人、鲁国人常常写诗讽刺文姜，有一首《载驱》写道——

汶水滔滔，行人儦儦。鲁道有荡，齐子游遨。

齐子，指的是文姜。儦儦，是多的意思。又有一首《敝笱》写道——

敝笱在梁，其鱼鲂鳏。齐子归止，其从如云。

敝笱在梁，其鱼唯唯。齐子归止，其从如水。

笱，是捕鱼的工具，喻鲁桓公；鱼，喻文姜。就是说，坏了的捕鱼工具，是不能捕到大鱼的。《诗经》收集的这首歌词比喻鲁国不能控制文姜。

这些诗传到齐国都城临淄，有一人听到了，他叫鲍叔牙。却说齐襄公年轻时除了娶了连嫔，还娶了几位妾，生了两个儿子，分别叫姜纠、姜小白。这鲍叔牙就是公子姜小白的师傅。鲍叔牙对姜小白说："有奇淫者，必有奇祸。公子你应该和我到别的国家去，以防不测，并可等待时机以图大业。"于是姜小白与鲍叔牙去了莒国。莒国，东夷古国，位于东海之滨，与齐、鲁两国相邻，国君己姓。在鲍叔牙的劝说下，公子姜纠的师傅、鲍叔牙的好友管仲与姜纠及另一位谋臣召忽去了鲁国，姜纠的母亲是鲁国人。

与文姜作乐之余，齐襄公突然想起齐僖公的临终遗言，便亲领大军袭击纪国，占领了纪国三座城池。纪哀侯忙派人向鲁国求援。齐襄公志在必得，特意向鲁国发出警告："谁来援助纪国，齐国就分兵攻击谁！"鲁国慑于齐军的威力，又因鲁庄公与齐襄公的特殊交情，不再前往救援。纪哀侯思忖守不住，便把家人和社稷托付给弟弟姜季，自己到宗庙大哭一场后，半夜溜出城门，从此不知去向。

纪国公子姜季与纪国众官员商量道："为国捐躯和使社稷永存，哪一个分量重？”众官员一致答道：“社稷永存为重。”姜季说：“为了使纪国的宗庙能够存在下去，我们忍辱负重吧。”众人一致同意姜季的主意，于是向齐国送了降书，齐襄公答应了他们的条件。

纪国公子姜季把纪国的土地、人口和国库数字全部报给了齐国，并再三叩头以求宽恕。纪国土地肥沃、人口众多，齐襄公心里道：“如果不是当年纪国进谗言，同是姜姓之国，怎会自相残杀？”这时，小吏将铜甗、玉磬等纪国宝器抬来。甗是炊具，用青铜制成；磬是乐器，用玉雕成，二者均硕大并且精美，齐襄公狂喜，命人带回齐国。纪哀侯夫人由于惊吓而死，齐襄公命人隆重安葬，以此来讨好她的娘家鲁国。随纪哀侯夫人陪嫁而来的妹妹叔姬，齐襄公想把她送回鲁国，叔姬说道：“作为一个女人，嫁夫从夫，从一而终。我生为姜家人，死为姜家鬼，决不离开姜家半步。”齐襄公没有办法，只好尊重她的意愿。世人都说她与文姜成了鲜明对比。

话说齐襄公灭纪回国，卫国旧君卫朔等人热烈欢迎齐襄公凯旋。一番恭维和祝贺之后，卫国旧君卫朔又问齐襄公：“时光如箭，日月如梭。人生在世，犹如骏马过隙。一蹉跎，便是两鬓苍苍。请问舅父什么时候去攻打卫国呢？”正在兴奋劲儿上的齐襄公当即对卫国旧君卫朔说道：“现在王姬已经死了，进攻卫国不会再有顾忌了。我们这就联合各国，助你回国复位。”卫国旧君卫朔立即向齐襄公跪拜道谢。

经过短暂筹备，齐国以讨伐卫国废旧立新为名，联合了宋、鲁、陈、蔡四国联合进攻。卫国见五国大军压境，马上派大夫宁跪向周王室告急。

此时正是炎热夏天，本是花木繁盛的时候，但洛阳王宫大殿前面的三棵大槐树却并不树叶茂盛，因为爬满了虫子。周天子受天下冷落，连大槐树也“遭殃”。大殿里，周庄王问各位大臣：“有谁能替寡人解卫国之急？”

众臣纷纷奏道：“自从征讨郑国失利后，周王室已无力惩治各国诸侯。现在五国攻卫，名正言顺，必然士气高涨，我们是打不过他们的。”

一片消极声中，一人挺身而出，这人是大夫虢突，他上前奏道：“五国兵力是强了一些，可怎么能说是名正言顺呢？卫国黔牟称君，周王室已经册封，如此说来，五国伐卫名不正、言不顺。”

周庄王问虢突："你看这事怎么办？"

虢突奏道："我们现在出兵，是公理在手，况且发兵助卫，主持正义，可以让天下人知道周王室的存在。"

周庄王觉得言之有理，便同意虢突领兵前往救援，先让卫国大夫宁跪回国报信，周朝兵马随后起行。

周朝大夫虢突虽然有勇有谋，无奈兵微将寡，根本阻挡不了五国虎狼之师，结果虢突的军队被五国兵马杀散，虢突拔剑自刎。卫国守城军士，见援军大败，已无斗志，各自争先逃奔。五国兵马攻进卫都朝歌，卫君卫黔牟与公子卫职、卫泄被擒，大夫宁跪见无力回天，逃难而去。由于卫黔牟是周天子的女婿，五国兵马赦免了他，卫职、卫泄被斩。卫国旧君卫朔敲钟击鼓，宣布重登君位。卫惠公卫朔命人打开国库，除了蟠虺纹曲铜鼎外，把所藏的宝鼎、玉璧，按约送给了齐襄公，又拿出库中粮草，分送鲁、宋、陈、蔡四国，五国兵马各自欢喜回国。

却说齐襄公杀败周朝兵马后，担心周王室派兵讨伐，就命大夫连称、管至父驻守边境要道，以备不测。二位大夫来见齐襄公，问道："守边是件苦差使，我们不敢推辞，只是问君上您什么时候让我们结束驻守使命呢？"此时，齐襄公正在吃西瓜，天太热了，吃西瓜能够解暑消热。因中原有虫灾，西瓜不大，却很甜。见二人来问，齐襄公随口说道："到明年瓜熟的时候，寡人一定派人把你们换回来。"于是二人安心驻守。

时光如箭，日月如梭，不知不觉一年过去了。这一年中原大地风调雨顺，西瓜获得丰收。齐国大夫连称、管至父想起了去年齐襄公的"瓜熟之约"，便相商道："现在到了应该换防的时候，君上为什么还不派人来呢？"二人商量不出原因，便派人前往国都临淄打探。

打探的消息是，齐襄公正在禚国和文姜寻欢作乐呢，已经有一个月没回来了。大夫连称听后，不由大为恼火，向大夫管至父说道："我妹妹漂亮贤惠，嫁给昏君多年，也得不到宠幸。没想到这昏君不顾伦理，在外狂淫无度，忘记'瓜熟之约'，使我们在边陲受苦。我一定要杀了他！"连称又对管至父说："你可以助我一臂之力。"管至父不语。连称又劝道："去年夏天，草木招来虫灾。有巫师说，国君必有灾祸。我们杀昏君，乃是上应天命，下应民心。”闻听此言，迷信天象和巫术的管至父动了心，便回答道：“今年瓜熟之时派人来替换我们，是君上亲口说的，或许是他忘了，我看不如前去请求换防。如果请求不准，军心必然动荡，我们就可以利用，你看怎样？”连称忙说：“好！就这么办。”于是派人向齐襄公献瓜，并请求换防。

齐襄公此时回到了国都临淄，他吃了口瓜，却感觉没有去年的甜，闻听大夫连称、管至父要求换防，不由大怒：“替换不替换是寡人所决定的事，请求有何用？再等瓜熟吧。”

献瓜人把此话向大夫连称、管至父作了汇报。连称七窍生烟，向大夫管至父说道：“现在想要刺杀昏君，你有什么好的计谋吗？”管至父答道：“国君姜诸儿忘记先君齐僖公之遗嘱，没有厚待公孙姜无知，致使其不满。另外，姜无知不甘为臣，每每想对国君姜诸儿下手，只是苦于没有帮手。现在我们可以秘密与其串联，让他做个内应，来个里应外合，这事一定会成功的。”连称又问：“什么时候动手为好？”管至父说：“快到腊祭了，国君姜诸儿喜欢打猎。等他打猎时，我们下手。”连称忙说：“我妹妹在宫中冷清数年，非常恨国君姜诸儿。我写信，让我妹妹留心国君姜诸儿的行踪。”

话说公孙姜无知得到大夫连称、管至父的密信后，非常高兴，立即回信道：“上天也恨乱伦之人，衷心感谢两位大夫的信赖。”姜无知还许下诺言，如果当上国君，一定立连称的妹妹为夫人，封连称、管至父为上卿、亚卿。

转眼到了冬天，国人纷纷准备腊祭。腊祭就是逢腊月去围猎，然后以捕获的禽兽作“牺牲”祭百神和祖宗，感谢一年来的赐予，并祈求来年的丰收和保佑。不论官宦之家还是平民百姓家，年底都要举行一次岁终之祭，规模之盛大隆重为一年中之最。腊月刚到，齐襄公便去贝丘山打猎，连嫔马上派人给公孙姜无知送信，姜无知又派人连夜给连称、管至父送信。齐襄公去贝丘山打猎，只带了寺人费等几个贴身随从。他们高高兴兴玩了一整天，见天色已晚，便在山下行宫留宿。晚上风声鹤唳，迷迷糊糊中，齐襄公做了一个噩梦——

齐襄公下令放火烧林，风大火猛，鹿、兔子等猎物被火烤得四处乱窜，突然蹿出一头像没长角的牛、没花纹的虎一般大小的猪来，直奔齐襄公。齐襄公拈弓搭箭，射向这头怪物。突然随从惊呼："这不是猪，是公子彭生呀！"齐襄公恼怒地说道："彭生怎么敢来见寡人呢？"便连射三箭，可都没射中。这时那大猪站了起来，两只前蹄像人双手一样拱起，模仿人向前走路，并放声大叫，声音悲惨难听……

齐襄公吓得毛骨悚然，一下子从梦中惊醒了。他醒来后，感到精神恍惚、心烦意乱，想穿鞋出去兜风，可只找到一只鞋，那只鞋不知哪儿去了。齐襄公立即把寺人费喊过来，让他找鞋。

寺人费找了半天没找到，便报告说："可能让老鼠给叼走了。"齐襄公听到这话，不由怒道："什么老鼠叼走，分明是让你给弄丢的。"说完之后拿起皮鞭向寺人费的背部抽去，一直抽到血流满地为止。

寺人费被抽打一顿后，含泪走出门去，正巧遇上前来袭击齐襄公的连称、管至父等人。连称、管至父一伙儿把寺人费捆了个结结实实，然后审问道："没人道的昏君现在哪里？"寺人费答："在寝室里。"连称又问："睡着了吗？"寺人费回答："还没有睡着。"连称举剑要砍寺人费，寺人费忙说："不要杀我，我先进去，为你们侦察一下。"连称说道："你为何替我卖命？我如何信得过你这个阉割之人？"寺人费说："我刚刚被他鞭打一顿，我也想杀这个家伙呀。"管至父脱去他的上衣，众人看他的后背，果然是血肉模糊，便相信了他。连称为寺人费松了绳子，要他做内应，答应事后重赏。

寺人费被连称放了之后，立即把连称、管至父等众人叛乱之事报告给齐襄公。齐襄公立即惊慌失措，不知如何是好。寺人费说："现在事情已经万分紧急！请让下人我躺在床上，假扮君上，君上可藏在窗后。叛乱者仓促来杀，不辨真假，这样做或许君上能够逃脱。"说完便躺在床上，脸向床里。齐襄公解下君袍给他盖在了身上，便躲到了窗后。齐襄公小声问寺人费："后背疼吗？"寺人费答道："下人我死都不怕，还怕这疼吗？"齐襄公感慨道："你真是个忠义之人啊！寡人可恨呀！忠义之人不能重用，叛乱之人不能识别。"

齐襄公话音刚落，久不见寺人费出来的连称、管至父等人便闯了进来。隐约中，连称看到帐中躺着一个人，身上还盖着君袍。他以为这就是齐襄公，于是手起剑落，杀掉床上之人。连称激动地说道："昏君已被我杀了！"正要离开，管至父说："不妨验证一下。"众人找到灯火一照，发现被杀之人正是刚刚遇到的寺人费。连称感叹说：“幸好看了看，要不就让这奸人给骗了。”管至父等人迅速在房中搜索，没见人影。连称自己举着灯火四处照看，忽然发现窗槛的下面，有一只鞋在那儿，便知有人藏在窗后。连称推开窗子一看，里面正是齐襄公，只见他只穿了一只鞋。连称刚才看见的那只鞋，正是寺人费猜测是被老鼠叼走的那只鞋。连称发现齐襄公，就大声骂道：“你这没有人道的昏君，连年征战，兄妹乱淫，言而无信，对你这种不仁、不德、不信之人，当天下共诛之。今天，我要为被你害死的鲁桓公和公子彭生报仇！”说完便把齐襄公砍成几段。

连称、管至父率兵直奔齐国都城临淄。公孙姜无知听说齐襄公已被杀，马上带兵打开城门，把连称、管至父及所率兵马接进城来。姜无知言而有信，娶了连嫔并立为夫人，让连称做上卿、管至父做亚卿。原来的齐国众官虽心里不服，但也无可奈何。

天空中飘下鹅毛大雪，女人在酿酒、生火、用烟熏走老鼠，准备腊祭；刚刚打猎回来的男人则在兴高采烈地屠宰猎物。逃难到莒国的齐国公子姜小白和师傅鲍叔牙行走在街道上，心中不免惆怅，来莒国很长时间了，至今没有让他们兴奋的事。

雪越下越大，但丝毫没挡住莒国的腊祭热潮。一百二十名十至十二岁的少年头戴大红头帻，穿皂青衣，手持大兆鼓，扮成逐鬼的童子，还有为首一人扮演驱邪之神方相氏。方相氏为主舞者，头戴面具，身披熊皮，手持戈与盾牌，同时率领十二人扮成的狰狞的野兽与一百二十名童子呼喊舞蹈，击鼓而行，其声威气势着实令人心悸。姜小白和鲍叔牙站在人群中，观看这动人心魄的驱邪禳灾仪式，失落已久的内心不免随着巫舞的节奏而火热起来。

这时，一位从齐国来的人找到了正在观看腊祭大典的齐国公子姜小白和师傅鲍叔牙，急急告诉他们：齐国发生政变了，齐襄公被害！姜小白与鲍叔牙刚刚火热起来的心，旋即被这突如其来的冷水浇了个透心凉。姜小白和鲍叔牙失声大哭，虽然齐襄公作风败坏，但毕竟是姜小白的父君呀！姜小白立即要回国，被鲍叔牙一把拦住，道理很简单，回去就会遇害。“有奇淫者，必有奇祸。”鲍叔牙当年的预测，不幸言中了。当天下人都在享受丰收、举觞宴饮的时候，姜小白以及同样得到消息的身在鲁国的齐国公子姜纠却躲在房间里黯然神伤。

这是一个礼崩乐坏的时代，齐襄公被杀不久，宋国国君宋湣公因一句话亦被臣下所杀。

话说宋庄公去世、宋湣公继位的一年秋天，宋湣公与大夫南宫万出猎。这南宫万勇武有力，深得宋湣公器重，曾在鲁、郑联军攻宋时被鲁军俘虏，后被遣返回国。狩猎中，身手敏捷、饮酒过多的南宫万与宋湣公争道，同样醉醺醺的宋湣公很生气，侮辱他道："你有什么了不起？不也做过鲁国的俘虏吗？"士可杀不可辱，南宫万满脸通红，借着酒劲，大骂宋湣公："你个昏君！你知道俘虏也会杀人吗？"宋湣公也恼了，斥骂道："大胆小人，竟敢无礼！"说完，宋湣公取弓抽南宫万。南宫万一把夺过长弓，向宋湣公砸去。然后抡起拳头，一顿好打。呜呼哀哉，没想到宋湣公竟死于他的拳下。

此时宋国大夫仇牧前来，问大夫南宫万："君上在哪儿？"南宫万回答："昏君无礼，我把他杀了。"仇牧笑着说："您喝酒说醉话吧？"南宫万说："我没醉，全是实话。"便把带血的手举起让仇牧看。仇牧立刻勃然大怒，愤愤地骂道："弑君之贼，天理不容！"便挥手来打南宫万。无奈南宫万有虎一般的威力，一拳迎去，正中仇牧的头部，一下子便把仇牧的头砸成"烂瓜"。太宰华父督听说国君被杀，挺剑登车，带兵前来讨伐。南宫万也不搭话，冲上前去，一戟便将华父督杀死在车下。

大夫南宫万回到国都睢阳，立宋国公子子游为国君。其他公子人人自危，子御说逃奔到亳邑，另几位公子逃奔到萧邑。南宫万对新君子游奏道："众公子中，要数公子御说德才兼备。他是君上您的亲弟弟，现在去亳邑，必会后患无穷。如果杀了公子御说，众公子就无须多虑了。"新君子游同意此说，南宫万便让儿子南宫牛和大夫猛获带兵去包围亳邑。

公子子御说派人联络曹国兵马来救。曹国，国君为姬姓、曹氏，建都陶丘（在今山东省定陶附近）。在萧邑的各位宋国公子也应召带兵前来。子御说打开亳邑城门，带兵接应救援人马。内外夹攻，杀掉南宫牛，逼得大夫猛获逃奔卫国而去，剩余兵马全部投降子御说。

公子子御说向众人说道："我们用投降军士的旗帜，谎称南宫牛等人已经取胜，现正得胜回朝，这样便可杀弑君之贼南宫万一个措手不及。”众人依计而行。

南宫万果然中计，毫无防备。众公子带兵骗开城门，蜂拥而入，齐喊：“我们只抓弑君贼南宫万一人，他人不要害怕。”南宫万慌忙之中没了主意，急忙奔向宫中，打算保护新君子游逃出去。有人从宫中出来说：“新君子游已被乱军杀死了。”南宫万长叹一声，便打算投奔陈国，忽然想起家中还有六十多岁的老母亲，自叹道：“老母不能丢啊！”急忙转身跑回家，搀扶母亲上了车。他左手握戟，右手推车，闯城而出，无人敢拦。陈国离宋国有二百六十里，南宫万推车如风驰电掣，一日便到了陈国。

且说宋国众公子杀了新君子游后，推举公子子御说即位，这就是宋桓公。宋桓公派遣使节到卫国，去引渡猛获；又派使节到陈国，请陈国把南宫万抓住。宋国公子子目夷只有五岁，站在宋桓公旁边，笑着说：“南宫万回不来的！”宋桓公问：“小孩子怎么会知道？”子目夷说：“力气大就会被人们敬重，宋国抛弃他，则陈国必定保护他。空手去，一定会空手回来。”宋桓公一下醒悟，马上命使节多带象牙、虎皮去贿赂陈国。

先说宋国使节去卫国。卫惠公问各位大臣：“猛获，给不给宋国呢？”众臣都说：“猛获在紧急之时来投奔我们，我们怎能把他推出去呢？”此时，公孙卫耳反对道：“坏人到了哪里都是坏人。宋国的坏人，在卫国也是坏人。留下一个坏人，对卫国有什么好处呢？更何况卫国和宋国的交往由来已久，不把猛获交给宋国，宋国必然会生气。为了包庇一个坏人，而失去与一个国家的友好，是很不明智的。”卫惠公听后，连连说：“你说得对，你说得对。”便命人把猛获捆绑起来交给宋国。

再说宋国使节到了陈国，向陈国国君陈宣公献上一批象牙、虎皮。此时，陈厉公早已去世。陈宣公见礼品如此贵重，便答应引渡南宫万。考虑到南宫万力大过人，就准备设计来抓住他，陈宣公让公子陈结去办理此事。

公子陈结邀请南宫万到府中饮酒，陈结说道：“您来到陈国，胜过十座城池。”南宫万十分高兴。酒喝到兴致时，陈结让家人轮番向南宫万劝酒。南宫万喝了个大醉，倒在座席上面。陈结叫来武士，用犀牛皮把南宫万裹起来，用牛筋捆住，并把南宫万的老母也抓了起来，星夜送往宋国。

走到半路，南宫万醒酒了，奋力挣脱，无奈牛皮太结实，绳子捆得也太牢，怎么也挣脱不了。快到宋国都城睢阳时，犀牛皮终于被挣破了，手和脚全露在了外面，可身上的牛筋却怎么也挣不断。押解武士不敢懈怠，忙用槌子狠敲南宫万的手脚，筋骨全给砸断了，这才把他安全送解到宋国。

宋桓公立即下令，将南宫万和猛获一起绑到市集上，当众剁成肉泥，并让厨师做成肉酱，分送给每位大臣。宋桓公告诫道："弑君之人就是此等下场！"南宫万的老母也被杀了。宋桓公追念华父督为国捐躯，特命他的子孙世代在宋做官。

周王室大厦轰然倾倒，天下到处是断壁残垣。乱世之期，弑君就像杀鸡。继宋之后，郑国又出了弑君事件。

却说郑国旧君姬突占据栎城，企图返回国都新郑重新为君，但郑国大夫傅瑕带兵屯驻大陵，抵挡姬突。两方一直相持，形成僵局。

终于有一天，郑国旧君姬突在野外擒住了正在打猎的大夫傅瑕。旧君姬突对其咬牙切齿，喝令左右之人："快快给我斩首！"

傅瑕大声喊道："您不是要回国都新郑吗？为什么杀我？"

姬突笑道："我想回新郑，人人皆知。你这临死之人，还有什么话要说？"

傅瑕道："您如果饶我一命，我愿回新郑，把国君姬仪的脑袋砍下来。"

姬突问："你有什么办法杀掉姬仪？该不是用好话来骗我，你好脱身逃回吧？"

傅瑕答道："现在郑国军政全由大夫叔詹掌握，我与叔詹关系很好、亲如兄弟。您能放了我，我就偷偷溜进新郑，与叔詹共同商量行事，国君姬仪之头一定会献到您的面前。"

姬突大骂道："你这个老贼，用如此伎俩，竟敢来骗我吗？我现在放你进城，你再与叔詹一起带兵来打我，是吧？"

傅瑕说："我妻小现在大陵，可关押在栎城作为人质。如果我不讲信义，您就把我的全家杀光。”傅瑕还对天发誓，姬突这才放了他。

大夫傅瑕进了新郑，半夜就去见大夫叔詹。叔詹看见傅瑕惊呼：“你不守大陵，为什么跑到这里来？”

傅瑕说：“一言难尽，我是连夜逃命到此的。旧君姬突马上就要带兵打到新郑，事情万分危急。您如能斩国君姬仪之头，开城迎接姬突，这样您的老小和财产都可保全，同时也能免除城内生灵涂炭，从而转祸为福！”

叔詹听后，沉默好一会儿，此时他想起了昨晚做的一个梦——

天旋地转中，叔詹突然见到了祖父郑庄公。叔詹当即跪下，郑庄公对叔詹说道：“寡人有十一个儿子，都有才智福分，尤其姬突更是伶俐。”叔詹想问郑庄公：“为何单提叔叔姬突？”等他抬起头来时，郑庄公却不见了。

此时的大夫叔詹想：这梦是个兆示，或许是祖宗特意将郑国权杖重新交给旧君姬突呢。

大夫叔詹静了静，向大夫傅瑕喃喃说道：“天助旧君姬突呀！过去我曾提出迎接旧君姬突回国复位，但被上卿祭足否了。现在祭足已死，有天助旧君，违背天意必受惩罚。不知用什么办法去杀姬仪？”

傅瑕说：“栎城之兵马上就来，您出城假装迎敌，国君姬仪必到城上去观战，我看机会动手。然后，您带旧君姬突进城，一切不就成了吗？”叔詹听从了他的话。

第二天朝会，未等众人开口说话，忽然，新郑守吏来报：“栎城兵马已经打到新郑城下了。”大夫叔詹忙对国君姬仪奏道：“臣马上带兵迎战，请君上您同大夫傅瑕一起登城观战。”郑君姬仪完全相信叔詹，立即带着傅瑕前去登城，此时的郑君姬仪疏忽了傅瑕为何而来。

却说郑国旧君姬突带兵来到，打了几个照面后，大夫叔詹回头就跑。大夫傅瑕从城上大喊道：“我军失败啦！”郑君姬仪平素无胆无勇，这时就想下城逃跑。傅瑕从后面用戟刺去，郑君姬仪当即死在城墙之上。叔詹叫开城门，旧君姬突顺利进了国都新郑。

郑厉公姬突复位，人心渐渐安定下来。朝会上，大夫傅瑕自觉有功，上前讨要封赏，郑厉公冷冷地说道：“你常年守着大陵，挡住寡人，可谓忠于姬仪了。现今你又贪生怕死，为寡人去杀姬仪，你这人的内心实在难测，寡人应为姬仪报仇！”下令武士将傅瑕押出去斩首。此时大夫叔詹在旁，不由额头冒汗，有心为傅瑕说情，但不知怎的，一时张不开口，说不出话来。此时，他在心里道：“下一个被杀的，恐怕就是我了。想我叔詹从不怕死，此等紧急时刻，竟然说不出话来。”郑厉公看了看叔詹，对其说道：“当年，你提议寡人回国复位；现今，你又立下了大功。寡人不能不重用你。”当即封叔詹为上卿。叔詹掉下眼泪，这眼泪，既是惋惜好友傅瑕，又是感慨郑国命运。

按照周礼，诸侯国新君即位，要通报各国。郑厉公姬突总觉得自己是复位，便将此事疏忽了，事隔两年才通告各国。其他国家均悄然无事，只有一个国家不满意，这就是南方的楚国。楚文王对众臣说：“郑国姬突复位两年了，才来告诉寡人，这对寡人太不尊重了。”便发兵去攻打郑国。

郑国道歉讲和，楚文王还是执意攻打。楚国大夫鬻拳谏道：“郑国现在虽‘瘦’，但原来的‘硬骨架’还在，况且中间还隔了个蔡国，我们一时是难以取胜的。现在大王您小题大做，我军士气便不旺，当下不如见好就收。”楚文王想想也是，便听从鬻拳之语，答应了郑国的讲和请求。

八　桃花夫人的连环效应

花落花开，春去春来。此时，蔡桓侯已亡，其弟蔡哀侯继位。且说蔡哀侯与息君裘娶了陈国的两个女儿，一个称蔡妫，一个称息妫。

息君裘虽自不量力、逞强好斗，但有艳福，娶的息妫脸似桃花，人称桃花夫人。息妫初到息国时，息国的国力已是衰弱不振。见息君裘整日沉湎于酒色，疏于政事，息妫便力劝息君裘勤于朝政，亲贤士，远小人，奖耕战，兴农商，可息君裘口头答应，心里却听不进去。

一个风清月明的夏夜，息国宫殿灯火通明，息君裘正在举办晚宴。他看着笑靥如花的舞女们跳着轻柔欢快的舞蹈，听着缠绵悱恻的乐曲，不禁喜上心来，怡然陶醉于其中。突然灯灭了，大厅里漆黑一片，息君裘很是诧异，叫嚷着内侍快快点灯。殊不知，这一切正是息妫精心策划的。当息君裘将要发火时，息妫把一盏灯挂到大厅的台柱上。息君裘细看，发出亮光的不是灯芯，而是无数的萤火虫。息君裘忙问息妫何故，息妫不语，只是用手把灯罩捅了一个洞，无数萤火虫飞了出来，大殿又渐渐暗了下来。息妫说:“百姓如同萤火虫，每人都能发出一份光和热，只有把他们团结起来，才能发出明亮耀眼的光芒，把国家建设好。否则百姓分离，势必导致国家走上灭亡之路。”息君裘听此一言，如梦初醒，感谢息妫睿智规劝。息妫又说:“南方楚国，正欲称霸中原，统一四方，夫君不可不防。”息君裘一直点头，但没过几天又不当回事了。

按照周礼，一年内，诸侯夫人可以回娘家看望一次父母。这年春季，息妫回娘家陈国探亲，路过蔡国，便顺道去探望身为蔡国夫人的姐姐蔡妫。

蔡哀侯见息妫楚楚动人，便动了心思，他摘了几朵芍药花送给息妫。息妫说："这是不合周礼的。《诗经》中说：'伊其相谑，赠之以芍药。'男女交往，以芍药相赠，表达结情之约或惜别之情。如今我是息国夫人，我的姐姐是君的夫人，君怎么可以用芍药赠我呢？"蔡哀侯闻听此言，有些恼羞成怒，一把抓住了息妫的袖子，硬要将芍药花送给她。息妫生着气用力甩开。

这时，蔡妫急急走过来，看到夫君调戏息妫，便劝蔡哀侯："兄弟姐妹之间也要讲礼，不可越度，一旦越度了，后患就来了。妾听说虞国刚刚发生一件事，虞君兄弟虞叔藏有宝玉，虞君向他索求。虞叔说：'百姓无罪，怀璧有罪。'就把宝玉送给虞君。虞君又向虞叔索求他的宝剑，虞叔说：'欲壑难填。'就领兵攻打虞君，逼得虞君逃亡。夫君您在宴席上调戏妹妹，可一旦让妹夫息君知道了，势必会影响两国关系和亲戚关系。"蔡哀侯摇了摇头，并不在意。蔡妫又劝道："息君好争斗，三十年前，因为郑国疏忽了他，他便不自量力，率军去打郑国，结果反被郑国打了个落花流水。夫君，您可要小心。"蔡哀侯以为蔡妫是在吃醋，便生气地说："不就是用手握住袖子吗？你好自为之。"说完，蔡哀侯怅然离开。

且说息妫到达陈国探亲后再返回息国时，并没有路过蔡国，她的心中已存芥蒂。蔡哀侯和蔡妫并未觉察和弥补。息妫回到息国后，便将路上的一切告诉息君裘，无意之间也说出了蔡哀侯的无礼。这息君裘是心胸狭窄、逞强好斗之人，闻听此事，怒火、醋意一齐涌上心头，决意报复蔡哀侯。息妫是聪明之女，知晓息君裘的性格，只是她觉得姐夫调戏几下没什么大不了，也就和息君裘说了。没想到，智者千虑，也有一失，息妫这一说，却导致息国灭亡。

息君裘想，要报复蔡国，单凭自己的力量是办不到的，只有借助当前与蔡国抗衡的楚国力量才可。经过反复考虑，息君裘设计了一个借刀杀人之计，派使节向楚国进贡，并偷偷地告诉楚文王："蔡国仗着是中原诸侯，瞧不起楚国，请楚国灭之。息国有一计，就是请楚军假装进攻息国，息国便向蔡国求援。蔡君是个有勇无谋之君，必然亲自带兵前来救援息国。那时息军与楚军前后夹击，必能抓住蔡君。”

蔡国土地肥沃，国殷民富，这是楚文王梦寐以求的地方。楚文王听后非常高兴，当即应允按计而行，举兵伐息。

息君裘按计向蔡国求援，蔡哀侯果然亲率大军前来救援息国。营地还没安顿好，楚国的伏兵就从四面冲过来。蔡哀侯抵挡不住，急忙向息城逃去。令蔡哀侯万万想不到的是，息城城门紧紧关闭，蔡哀侯被楚军杀得大败而逃。楚军从后面紧追不舍，活捉住了蔡哀侯。息君裘报了夫人受辱之恨，心里畅快，大犒楚军，并亲自送楚文王出境。此刻，蔡哀侯才知道中了息君裘的诡计，不由对他恨之入骨，并后悔当初没有听从蔡妫的劝说。

率军返回楚国途中，楚文王提审蔡哀侯。蔡哀侯向楚文王骂道：“寡人在中原，君处南蛮，各自为安，你为何兴兵掳我？你这昏君，出不义之师，将来你不会得到好死！”楚文王大怒道：“临死了还蛮不讲理，是你先打楚，还是楚先打你？”蔡哀侯低头不语。楚文王想起蔡国屡屡与楚国作对，并不臣服楚国，便向蔡哀侯怒道：“将你带回楚国宗庙，烹死你，祭祀楚国先君。”

楚国大夫鬻拳性格坦荡直率，敢于犯颜直谏，此时向楚文王奏道：“大王一直图谋进攻中原，如果杀了蔡君，必定引起中原各国诸侯惧怕！不如放他回去，让蔡国为我所用。”鬻拳再三相劝，楚文王就是不听。这鬻拳得理不让人，有着典型的楚人倔劲儿，干脆一不做二不休，左手抓住楚文王的袖子，右手拔出身上所带的佩剑对楚文王强谏道：“臣就是与大王同死，也决不忍心看着大王失去中原诸侯的信任！”楚文王害怕了，连声说：“好，好。寡人听你的！”于是便放了蔡哀侯。

众人冷静下来后，鬻拳对楚文王奏道：“大王能听下臣之言，实乃楚国的福气。可是下臣逼迫大王，罪该万死，请大王您惩罚罪臣。”楚文王说：“你忠心为国，寡人不怪罪你。”鬻拳奏道：“大王虽赦免了我，可下臣怎么能原谅自己呢？”随即用佩剑砍断自己的双脚，用手举着，高声疾呼：“做臣民的，如果谁敢对大王非礼，就来看一看它！”楚文王叹息不已，当即命太医给鬻拳治伤。楚文王说：“今后，寡人一定要虚心听取众臣之言。”鬻拳已成残疾，楚文王便让他掌管城门，尊称为太伯。这鬻拳也是楚王家族之人。

蔡哀侯由于楚国鬻拳舍命相保，得以释放。楚文王不忘鬻拳建议，刻意拉拢蔡哀侯，以图进取中原。

蔡哀侯归国前夕，楚文王召集群臣在大殿里设宴，为蔡哀侯饯行压惊。席间有女乐表演助兴。女乐个个身材高挑、仪容秀丽。

楚文王醉醺醺地对蔡哀侯说："你看我国楚女多漂亮。"

楚文王的一句随意之语，无意间引出了蔡哀侯一条诡计。蔡哀侯想起息君裘引楚军伐蔡之仇，心里嘀咕："既然楚王好色，何不将计就计，假手楚王回敬息君呢？"蔡哀侯拿定了主意，便乘势说："漂亮是漂亮，但天下女色，没有一个比得上息国夫人的。这些楚女与息国夫人相比，是小巫见大巫。寡人见过天下无数美女，只有息国夫人才称得上貌若天仙！"

楚文王立即两眼放亮，结巴地问道："果真如此吗？"

蔡哀侯说："这息国夫人，人称桃花夫人，有诗道：'桃花夫人好颜色，月中飞出云中得。桃花夫人好颜色，一倾城矣再倾国。'息国夫人，可以说是天上少有、人间难觅呀！"

楚文王听后长叹一口气，无奈地道："息国夫人虽美，可寡人难得一见呀！"

蔡哀侯乘机火上浇油："以大王之威，天下何事难为？何况只是一小小妇人呢！"

楚文王听了，心中大悦。这日尽欢而散，蔡哀侯辞归本国。

楚文王听得息妫貌美，好奇心起，带领兵马以巡猎为名来到息国。息君裘将楚文王迎入宫中，设宴殷勤款待。

席间，楚文王要息国夫人出席敬酒，息君裘畏惧楚文王，不敢违拒，马上传息妫出来。一会儿，在玉佩叮当之声中，息妫迈着莲花碎步，盛服而至。楚文王一见息妫，大为惊异，果然是个名不虚传的绝色佳人。息妫用玉手托着玉觯，斟满酒献给楚文王。此时，楚文王已以为是月中嫦娥下凡，目瞪口呆，毫无反应。息妫慢声说："请大王慢慢用酒。"清脆的话音惊醒了楚文王。楚文王忙接过酒觯，一饮而尽。息妫拜别，回后宫而去。惊羡如同木鸡般的楚文王思忖蔡哀侯当日所语不假，立时有了霸占之意。

席散归营，楚文王依旧抹不去息妫那动人的倩影。此时正是当月十五之夜，一轮明月挂在天空中。楚文王望着明月，想起了月中的嫦娥，不由自言自语道："桃花夫人就是寡人的嫦娥呀！"楚文王想起了《诗经》中描述嫦娥风姿的《硕人》篇，便在月下吟诵道——

手如柔荑，肤如凝脂，领如蝤蛴，齿如瓠犀。
螓首蛾眉，巧笑倩兮，美目盼兮。

整整一夜，楚文王都睡不着。躺在床上的他辗转反侧，夜不能寐，心里想好了一条强夺息妫的计策。

第二天一早，楚文王传令，设酒宴于楚营，答礼息君裘夫妇。楚文王名为答礼，却暗中埋伏下许多甲兵。等息君裘夫妇刚入席，众甲兵一拥而上，擒住息君裘。息妫一看眼前变故，自叹道："引狼入室，咎由自取！"说完就要拔剑自尽。楚文王一把拦住，劝其道："只要你不死，寡人便可保全息君的性命。"息妫想了想，不为自己，也应为夫君考虑，便听从了楚文王的话。

楚文王将息妫带回楚国，立为夫人。按楚国扩张惯例，将息国改为楚国一个县。息君裘被楚文王派兵严加看管，迁至楚国后方。不久，息君裘愤郁而死。息君裘害人害己，曾经设计让楚国灭蔡，却不料，蔡没灭掉，竟被楚国不伤一兵一卒，顺手将自己消灭了。

楚文王为应桃花夫人之名，命人从北方移植大量桃树栽种。每到春季，田野上桃花红、梨花白、油菜花黄灿灿，交相辉映，煞是好看。

且说桃花夫人息妫到楚国不久，给楚文王生下两个儿子，大的叫芈囏，小的叫芈恽。桃花夫人在楚宫三年，除了逗逗孩子以外，从不与楚文王说话。平常一个人时，只是暗暗垂泪。这冰冷的生活，让楚文王十分难受。

有一天，楚文王实在是按捺不住，便问桃花夫人："夫人，你在楚宫里生活了三年了，寡人样样满足你。况且，你还生了两个可爱的儿子，有什么事不开心呢？为什么一直对寡人不发一言、整日落泪呢？你能不能像外面的桃花一样张开笑脸呢？"桃花夫人把脸扭向一边，对他仍是一言不发。楚文王说："寡人这等宠爱你，你却寡情薄义，这也太不公平了吧！今日你定要说出个原因来！”桃花夫人被逼无奈，这才泪流满面地说道：“贱妾本是一个刚烈女子，却侍候了两个夫君。不能为丈夫守节而死，贱妾又有什么面目同别人谈笑呢？这一切痛苦的根源，都是蔡君带来的！妾恨自己是个女流之辈，不能报仇雪耻！”桃花夫人说完原因，已是泣不成声。楚文王见桃花夫人如此痛苦，心中委实不安，就安慰她道：“夫人别哭，寡人为你报仇，灭了蔡国就是！”于是在秋季兴兵攻伐蔡国。

蔡哀侯不敢抵抗，屈辱请罪投降。这是蔡哀侯一念邪淫，又教人邪淫，却为自己招来大祸。楚文王将蔡哀侯掳去楚国为奴。蔡人立其子蔡肸为君，是为蔡穆侯。

此时的楚国进一步强盛起来，长江、汉水流域的小国都很畏惧楚国。楚文王随意进攻周边弱国，不管是否有理由，也不管理由是否站得住脚。

这年，楚文王决定进攻申国（在今河南省南阳境内），路过邓国（在今河南省邓州与湖北省襄樊一带）。楚文王母后邓曼就是邓国人，邓君祈说：“楚王是寡人的外甥。”便准备把楚文王留下设宴招待。邓国大夫骓甥对邓君祈奏道：“这些年来，楚王像一头疯狂的野猪，到处乱窜，东征西讨，一点儿不受礼仪仁义约束。虽然他是君上您的外甥，但不一定不贪图邓国的土地。请君上您当机立断，借机杀掉他，以绝后患。”邓君祈摇摇头。骓甥又奏道：“灭亡邓国的，必定是这个人。如果不早打主意，君上后悔便来不及了，请下手吧！”邓君祈说：“如果这样做，人们会唾弃寡人的。”骓甥答道：“如果不听臣的话，比遭人唾弃更坏的事情就要发生了，请君上快动手吧！”邓君祈还是不答应。

楚文王离开邓国后，就去攻打申国，他约巴国（在今重庆市境内）一同进攻。这巴人生活在大山大水之中，战天斗地，自强不息，创造了灿烂的巴文化。巴文化的特点就是古朴凝重、崇尚勇武。

这申国是周天子对“南土”控制的前沿。仗着周天子的光环，申国常常欺凌南方小国。这特色文化浓厚的巴人怎么会忍受得了申国骚扰？于是两国常有冲突。此次巴国帮助楚国伐申，亦是为了报复申国。

此时的申国，已无周王室东迁洛阳时的威风了。楚国凭着倔劲儿，巴国凭着勇武，不几日便将申国消灭，成为楚国的一个县。

战必胜的楚文王变得越来越残暴，在消灭申国回国时，楚文王果真像邓国大夫骓甥预料的那样，率军进攻邓国。邓国无力抗拒，邓君祈自杀，骓甥逃走，邓国又成为了楚国的一个县。

攻必克的楚文王越来越不讲仁义。伐邓胜利后，楚文王又率军进攻刚刚帮助楚国伐申的巴国。巴人大怒，利用层峦叠嶂、大江大水，一面迎敌，一面派军偷袭了楚国那处，并占领这个城邑。楚国守吏阎敖从涌水中潜游而逃。楚文王大怒，将其杀掉。阎氏家族之人无一不恨楚文王。当楚军、巴军在津地大战之时，阎氏家族数百人混入楚军核心，找到楚文王，突然上前攻杀。楚军内部大乱，巴军乘机进攻，大败楚军。楚文王身受数处箭伤，狼狈逃窜。巴军不敢穷追，收兵回国，阎氏家族之人也全部跟了去，从此成为巴国人。

带伤的楚文王回到楚国都城丹阳下，夜敲城门。太伯鬻拳在门里问道："大王您胜利了吗？"楚文王答道："败了！"鬻拳说："自先王以来，楚军几乎战无不胜。巴国是个小国，大王都打不过，难道不让人笑话吗？现在黄国不朝见楚国，如果攻黄胜利，还可自我解脱。"于是闭门不让进去。楚文王气愤地对军士们说："此次再不胜，寡人就不回国了！"便率军向黄国进攻。楚文王亲自击鼓，将士拼命死战，在踖陵把黄国兵马打败。

这天夜里，箭伤依旧未愈的楚文王在军营中睡觉，迷迷糊糊中，梦见邓君祈对他说："寡人是你的亲舅，并且借路给你，你却反过来逼着寡人自杀！你把命还寡人！"楚文王拔腿就跑，突然遇到了息君裘，息君裘怒气冲冲地走上前说："寡人有什么罪？你侵占息国疆土，奸污息国夫人，寡人非杀你不可！"说完，便用手劈楚文王。楚文王大叫一声，醒来箭疮迸裂，血流不止。楚文王急忙下令回国，当来到湫地时，就悄然去世了。

太伯鬻拳前来迎丧，安葬了楚文王。鬻拳不让楚文王入城，本是想以此来激励楚文王的斗志，未想却引来了祸端。内心异常歉疚的鬻拳悔不该当初不让楚文王进城，毕竟楚文王身中好几处箭伤。鬻拳说："我已经两次对不起大王了。就是大王不杀我，我又怎敢活下来呢？我将跟大王一起去了！"鬻拳又对家人说："我死后一定把我埋在大王墓前，继续履行我的守门职责。”说完，鬻拳自杀而死。

楚文王去世后，长子芈囏继位。芈囏与芈恽兄弟二人，都是楚文王与桃花夫人息妫所生。芈囏头脑简单，性格直率；芈恽机智灵活，遇事冷静。虽为哥哥，但芈囏常常占下风，桃花夫人也似乎更偏爱芈恽一些。芈囏便与弟弟芈恽产生了隔阂、疑忌，后来矛盾逐渐加深。芈囏继位时年纪尚幼，朝廷的政令都是由众臣行使。随着年龄的增长，芈囏自己也明显感到在智力方面与弟弟芈恽相差甚远，心里时时有一种自卑感和危机感，心想：今后唯一给自己国君地位造成威胁的人，可能就是弟弟芈恽了。于是，便产生了铲除芈恽之心。

弟弟芈恽是个非常聪明机智的人。对于哥哥芈囏的心思，他早已了如指掌。为了保命，芈恽悄悄地逃到随国，将前后原委向随穆侯哭诉一遍，随穆侯同情道：“邪不压正，愚不胜慧，公子你暂且在随国呆着。”将芈恽安顿好后，随穆侯与老臣季梁商议，季梁奏道：“楚强随弱，我们战胜不了楚国兵马，但可以左右楚国国君。如果楚国国君亲近我们，随国就有希望了。”季梁小声向随穆侯说了他的计谋，随穆侯点头称好。

一日，楚君芈囏在楚、随边境狩猎，获得消息的随穆侯立即按老臣季梁的计谋，派军士扮作强盗袭杀了芈囏。芈囏年幼登基，未曾治国，所以楚国不称他为国君，将他称为堵敖。堵敖是楚地方言，意思是虽然即位，但是未尽到国君的责任与义务。

随穆侯与众臣隆重宴请楚国公子芈恽，为其送行。随穆侯向芈恽说道：“你聪慧、灵活，回到楚国为王后，千万别忘了曾经关心和支持你的老夫。”芈恽心里清楚，自己能回国即位，完全是随穆侯的功劳，当即起身拜谢说：“君每日都宴请我，还送我珍贵的虎皮、洁白的玉璧，我哪能忘记贵国对我的恩情呢？”随国众臣纷纷向芈恽敬酒。

第二天，随穆侯派兵护送楚国公子芈恽回国。回国后，芈恽自立为王，是为楚成王。此时，楚成王岁数尚小，羽翼未丰，楚国大权落到了令尹芈子元手上。这时，令尹斗祁已经去世。芈子元，是楚文王之弟。

寡妇门前是非多，楚王宫中也不例外。桃花夫人息妫姿色艳丽，楚国令尹芈子元也被迷住。他想诱惑嫂嫂桃花夫人，便在她的宫旁造了房舍，在里边摇铃跳万舞。这万舞，就是围着篝火，由年轻力壮的男子戴着面具、穿着裤衩、光着膀子、举着兵器来跳。

在一个寡妇门前跳这种舞，好比给她喝春药。桃花夫人息妫看到了，哭着说："先王让人跳这种舞，是用来演习备战的。现在令尹不用于对付敌人而用于一个寡妇，这真令人伤心呀！"内侍将这事告诉了令尹芈子元。芈子元叹口气说："女人都不忘记袭击仇敌，我反倒忘了。"

秋季，楚国令尹芈子元带领六百乘兵车进攻郑国。此时的郑国，成为了楚国进取中原的障碍。未过几年，已故郑庄公的担心就发生了。

楚军用楚国方言说了好一阵，郑人也听不懂这被周天子讥笑的"鸟语"。由于不知如何回答，只好紧闭城门，严加防守，并派人联络各地诸侯前来救援。

楚国令尹芈子元见郑国无动静，心里发虚，此时又惦记起桃花夫人息妫的美貌来，便对部下说道："郑国有贤人，我们慢慢图之吧。"于是下令在深夜撤兵。

面对楚军的强大攻势，郑国君臣异常担心，已经做好了逃亡准备。郑军在城墙上等了两天，也不见楚军攻城，便派出探子侦察楚军虚实。探子察看了半天，也不见一个楚兵影子，只见楚军帐篷上有乌鸦飞来飞去。此时，郑人才明白，楚军早已经撤走了，郑人不必逃亡了。

再说楚国令尹芈子元回国后，欺楚成王年小，就搬到王宫里去住，直接与桃花夫人相邻。他就不信，桃花夫人一个寡妇，能够长期忍受没有男人的日子。

老臣斗廉听说此事，闯进宫门，直奔令尹芈子元卧房，见芈子元正对镜整理发型，就责怪他道："这是做臣子的洗漱的地方吗？令尹应快点儿退出去！"

芈子元说："这是我的事，与你有什么关系？"

斗廉说："大王是高贵之人，即使是兄弟，都不能随意来往。令尹您虽是先王的弟弟，可也是臣子。作为臣子，过阙时要下车，过庙时要快走，痰吐到地上都是不应该的，更何况在宫内睡觉了！况且先君夫人静守宫中，男女有别，令尹不知道吗？"

芈子元大怒道："楚国的大权掌握在我手里，你敢来此多嘴！"芈子元便令人铐上斗廉，扣押在走廊下，不放其出宫。

桃花夫人息妫见此情景，即派内侍向斗伯比之子也就是斗廉之侄斗谷于菟去告急，让他到宫中来解决这个难题。内心焦急的桃花夫人想起了斗谷于菟的身世——

斗谷于菟的身世独特。他的父亲斗伯比还小时，随母亲到娘家郧国去居住，那时郧国还没灭亡。郧国夫人像喜欢自己儿子一样喜欢他。郧国夫人有个女儿同斗伯比是表兄妹，两人从小在宫中一起玩耍，长辈也不加禁止，渐渐两人有了私情。郧国夫人的女儿怀孕后，郧国夫人这才发觉，便禁止斗伯比再进宫。斗伯比感到羞愧，同他母亲到楚国定居。郧国夫人让她女儿假装有病，单独住在一间屋里。等怀胎十月生下一个儿子后，郧国夫人派内侍用红布包起婴儿，偷偷丢在云梦泽的一个山坡上，想要瞒过郧君姬阳，不让女儿有坏的名声。

这天晚上，郧君姬阳做了一个梦，梦到自己去云梦泽的一个山坡上打猎，看到一只猛虎正在给两只虎仔喂奶，奇怪的是，一个红布包裹的小孩也在喝猛虎的奶，猛虎像对待自己亲生虎仔那样对待他。梦中醒来后，郧君姬阳对夫人讲起猛虎乳红布婴儿的梦。郧国夫人惊讶地说："夫君不知，妾刚刚扔掉一个婴儿，就是用红布包裹的呀！"郧君姬阳非常惊讶，忙问："夫人为什么把这婴儿扔掉呢？"夫人回答："夫君不要怪罪，这婴儿是我们女儿同斗伯比外甥生的。妾怕传出去坏了我们女儿名声，才让内侍把他丢到云梦泽的一个山坡上。现在夫君梦到这个婴儿有猛虎喂奶，想必是个贵人。"郧君姬阳听了她的话，急忙派那个内侍去把婴儿抱回来，让女儿抚养。

转年，郧君姬阳把女儿送到楚国，与斗伯比成了亲。楚国方言把乳叫做"谷"，把虎叫"于菟"。斗伯比便取乳虎之名，叫这孩子谷于菟，字子文。斗谷于菟长大后，懂文会武，有安民治国之才。斗伯比死后，斗谷于菟就做了楚国大夫。这时，郧国早已灭亡了。

桃花夫人息妫想，现在解决这个难题的最恰当人选就是斗谷于菟了。斗谷于菟明白斗廉劝不了令尹芈子元，自己同样也劝不了。一不做二不休，斗谷于菟密奏楚成王，半夜带兵冲进王宫，将令尹芈子元杀死。斗谷于菟把斗廉放了出来，一同到桃花夫人的寝室外面，叩头问安后，便回去了。

芈子元死了，令尹空缺。楚成王打算让老臣斗廉担任，斗廉推辞说：“臣的才分浅薄。大王如果打算使楚国重振，与中原抗衡，不用斗谷于菟是不会成功的。”众臣也一起保奏：“只有此人，才称其职。”于是，楚成王拜斗谷于菟为令尹。楚成王虽年少，但心眼儿活，为了调动斗谷于菟的忠心，便向群臣说：“现在斗谷于菟将为楚国的振兴挑起大梁，寡人应该尊敬他，只称他的字。”于是只叫子文而不称别名。

斗子文为官廉洁，处事公平，不徇私情。斗子文有个堂弟，认为同族中出了斗子文这样一个大官，一定会包庇亲朋，便有恃无恐地在外边胡作非为。一次他在集市上买东西，不但不给钱，反而把卖东西的农夫打倒在地，被当时负责司法的官员廷理抓了起来。审问时，斗子文的堂弟大声说：“我是令尹斗子文的堂弟，你们敢把我怎么样？”廷理闻听此言，查证后，赶忙命人给犯人松绑，还连连道歉说：“误会，误会！”笑嘻嘻地把犯人送到门外。

廷理放了令尹斗子文的堂弟，觉得立了大功，连忙整理衣冠，兴冲冲地去报告令尹斗子文。没想到斗子文猛拍几案，教训道：“混账，大王让你去执法，你应该一视同仁，秉公办案！”廷理吓得战战兢兢。气恼的斗子文命令手下军士把那个犯法的堂弟抓了来，当面交给廷理。尽管犯人母亲一路跟来跪在斗子文的面前求情，但斗子文置之不理，仍然命令廷理把犯人押走。

楚成王听到这个消息，连鞋也顾不上穿，光着脚就去见令尹斗子文。一进门就笑眯眯地说：“寡人找了个徇私枉法的人当廷理，惹你生气了，特来向你道歉。”楚成王回到朝堂后，立即下令罢免了这个廷理。

楚成王与令尹斗子文一起乘船，顺河而下。楚成王触景生情，叹道：“美哉山河之固，此楚国之宝也！”

斗子文谏道：“国家最宝贵的是君主的德行，而不在于地形的险要。从前商纣王当政的商朝东面有孟门，西面有太行山，常山在北面，黄河在南面流过，地势无比险要，可施政不讲道德，立奴隶之女妲己为后，宠幸倍之，唯言是从，祸害国家；居功自傲，耗巨资建鹿台、造酒池、悬肉为林，整日迷恋靡靡之音，过着穷奢极欲的生活；刚愎自用，听不进好意见，杀害忠臣比干，失去人心。因此，周武王联合西方十一个小国会师孟津，乘机发起进攻，结果商纣王自焚而死，商朝灭亡。由此看来，治理国家在于君主的德行，而不在于地形的险要。如果君主不讲德行，就是一条船中的人也会成为敌人。”

楚成王说：“子文说得很对。商纣王淫乱暴虐，周文王仁慈和蔼。商朝因此灭亡，周朝因此兴起。”

令尹斗子文向楚成王建议道：“国家的灾祸，往往是因君弱臣强所导致。现在各位大臣的封邑，必须拿出一半归公。”楚成王采纳了这个建议，传令百官执行。斗子文以身示范，穿着布衣上朝，家中无一日的积蓄，为了削弱臣子的势力，他要求斗氏家族率先执行，其他百官看后，也就不敢不服从了。就这样，楚国财力大为增强。

由于楚国郢城依群山、据汉水，是个天然好地方，便在令尹斗子文的建议下，楚国国都从丹阳迁到了郢城，改称为郢都。楚国在郢都群山上修筑垒石方城，故名方城山。斗子文在迁都后，整顿兵马，训练军士，选贤任能。他认为屈族人屈完是位有贤德、有才能的人，就推荐他做大夫。自己的弟弟成得臣有才有智，就推荐他做莫敖，让他治军。这成得臣之所以不叫斗得臣，是因为封邑在成地，改以成为氏。在斗子文等人的治理下，楚国更加富强、更加井然有序了。

第二篇

管仲相齐

习习谷风，阴阴山峰。

无草不死，无木不萎。

忘我大德，思我小怨。

齐国朝堂上，上卿连称吟诵《诗经》里的《谷风》，劝谏齐国国君姜无知。在南方荆蛮对中原虎视眈眈的时候，齐国上卿连称力劝国君姜无知待人要宽厚，因为世风日下，齐国政局不稳，而国君姜无知又性格粗暴。连称继续向国君姜无知奏道："许许多多的人，往往因为那么一点点怨愤，便做出令人震惊的暴力行为。宋国南宫万弑君，便是一个例子。如今，君上您对齐国大夫雍廪等人暴虐，如此不好，难免他们中的几个去学南宫万。"

国君姜无知毫不在乎地说："他算个什么！区区一个大夫。"

连称当年也是一个大夫，因为对齐襄公不满，故而造反。他知道君臣关系的微妙，因此又劝道："《诗经》上说：'和蔼可亲，神明就会保佑。'商纣王暴虐，周文王仁慈，商朝因此灭亡，周朝因此兴起。请君上善待臣民。"

国君姜无知照旧不听，依旧鄙视折磨雍廪。

这雍廪当年与姜无知都为臣时有隙，如今姜无知做了国君，便刻薄待他。这天，国君姜无知又将雍廪在渠丘的封邑削减一半。雍廪的家臣说了几句公道话，便被姜无知派去的军士用鞭子毒打了一顿。

在府上，大夫雍廪自言自语道："你姜无知，本是齐襄公堂兄弟，何德何能来担任国君？我雍廪尽忠齐国，你姜无知却削我的封邑，鞭笞我的家臣。我非杀了你不可，让你姜无知恶有恶报，以弑君登场、被弑收场，替齐襄公报仇。”雍廪知道齐国上卿高傒对姜无知不满，因为连称和管至父助姜无知登上国君后，姜无知将二人提到最高官职，压抑了高傒。这高傒也是齐国开国先君姜太公后人，因祖父名“高”，故以高为氏。

大夫雍廪想到这里，就坐上马车赶往上卿高傒府中。二人见礼后，雍廪说道：“连称、管至父两个叛逆者，没有什么大的功劳，却居我们百官之首，可气也！您是位高权重、德高望重的人，只要您说一声，我们就可以除掉二贼。”高傒没吭声，他明白，只除二贼会招来杀身之祸，也清楚雍廪的目的不是杀连称、管至父二人。高傒老奸巨猾，他要雍廪继续说下去。雍廪狠了狠心，继续说道：“国君姜无知弑君，理当一并除掉。”雍廪说完，看了看高傒，唯恐高傒发怒，引来灾祸。谁知，高傒一直密谋除掉姜无知，因为齐襄公虽然荒淫，但一直重用高傒，而姜无知则无形之中贬低了他。高傒终于开口了：“怎样除掉呢？”雍廪认真地说道：“如果您能设下酒宴，去请二贼，他们必然高高兴兴地前来赴宴。我去见国君姜无知，乘其不备时，将其杀掉。然后点火为号，你们可关门杀狗。如此做，易如反掌。”高傒马上答应了。两人决定事不宜迟，迅即下手。

第二天，上卿高傒派人去请上卿连称、亚卿管至父二人赴宴。事情非常顺利，他们都按时到了高府。因为高傒善忍、外表忠厚、与人随和，连称、管至父二人没有半点儿警惕之心。高傒举觯说道：“我们的先君失德之处很多，老夫我每日都为国家的沉浮担忧。今天幸亏二位帮助立了新君，使老夫也可静守祖庙了。很长一段时间以来，我因病不能去朝见新君，今天庆幸稍微有所好转，略备薄酒，用以报答二位能使我静守祖庙以及保障子孙后代安宁的恩德。”连称与管至父谦让一番后，兴高采烈地喝起酒来。高傒说：“今日喝酒，不尽欢决不罢休。”暗地里，高傒告诉下人把大门关住，并悄悄地说：“发现城中出现烟火，就迅速来报告我。”

再说大夫雍廪怀里藏着匕首去面见国君姜无知，雍廪奏道：“齐襄公的妹妹文姜是鲁君母亲，听说齐襄公被杀，便让鲁君率兵伐齐，现大兵已压境，齐国众官员都在朝堂上等着君上前去。”姜无知一听，便有点儿惊慌失措，不及细想，便与雍廪前往朝堂。雍廪也善忍，虽然姜无知待其粗暴，但他从不把不满写在脸上，而让国君姜无知不觉得这是回事。

二人走到僻静处，大夫雍廪突然掏出匕首，从背后将国君姜无知刺死。雍廪的死党立刻点起火来，浓烟直冲九霄。

上卿高傒此时正在频频劝酒，突然下人过来喊道:“外面起火了。”高傒马上站起来，向里屋走去，弄得上卿连称和亚卿管至父二人莫名其妙。正要问个明白，突然在走廊四处埋伏的武士、家仆挺戟持剑杀进来，一下子便把连称、管至父砍成几段。他们虽也带了随从，无奈手无寸铁，也都一同毙命。姜无知夫人闻讯后，自缢于宫中。

一　我是装死的

此时齐国无君，一片混乱。人们不约而同地想到了两个人：公子姜纠与姜小白，他们本是齐襄公死后的合法继承人。当国君姜无知被杀后，亲近姜纠的人立刻跑到鲁国，亲近姜小白的人立刻跑到莒国。

鲁庄公闻报后，非常高兴，立即安排齐国公子姜纠回齐国。这个时候，文姜过来了，催促鲁庄公亲自送姜纠回齐。由于其兄齐襄公被杀，文姜便从禚国回到鲁国，天天劝她儿子鲁庄公派兵去攻打齐国，以讨伐姜无知的弑君之罪，为她哥哥报仇。鲁庄公惧怕齐国力量太强，故一拖再拖。当听说姜无知被杀后，文姜不胜欢喜。她拿定主意要帮助姜纠。鲁庄公受母命所迫，便亲自带领三百乘兵车，护送姜纠回国。

在莒国避难的姜小白接报后，一刻不敢懈怠，立即向莒国借了马车，和师傅鲍叔牙一起，日夜兼程回国。

鲁庄公与齐国公子姜纠一行队伍庞大，行动缓慢，管仲内心焦急，他对鲁庄公说道："我想，既然我们知道了齐国内乱，那么在莒国的公子小白也会知晓。从鲁至齐，与从莒至齐路程相近，可公子小白轻车简从，行动迅速。如果公子小白先回齐国，那么结局就会不堪设想。"

鲁庄公说："齐襄公与夫人王姬只育一女，岁数尚小，已许配给寡人。寡人去齐国，也是堂堂正正。另外，公子姜纠是齐襄公长子，在无嫡子的情况下，理应继位为君。你怕什么？"

管仲道："如果齐国没有内乱，公子姜纠理当继承君位，可现在齐国已被乱贼搅成一汪混水，至于哪条鱼儿冒出来，就不一定了，所以请君借我一些好车马，我先去必经之路阻击公子小白。”

鲁庄公觉得言之有理，便爽快地说道：“好。你现在速去。”

管仲便与姜纠辞别，率十乘兵车倍道而行，埋伏在姜小白返回齐都的必经之地，一处松树丛生的山冈之中。

此时此刻，坐在苍松之下，焦急地等待公子姜小白的管仲想起了昔日他和鲍叔牙的交往——

公子姜纠的师傅管仲与公子姜小白的师傅鲍叔牙自幼就熟悉。年轻的时候，管仲家里很穷，又要奉养母亲。鲍叔牙知道了，就找管仲一起投资做生意。做生意的时候，管仲没有钱，所以本钱基本都是鲍叔牙拿出来的。管仲唯一的优势就是脑瓜灵，尤其是账算得精，算是智力投入。当两人赚了钱后，管仲拿的比鲍叔牙多。鲍叔牙的家仆看不惯，就说：“这个管仲真可恶，本钱拿的比我们主人少，分钱的时候却拿的比我们主人多！”鲍叔牙听后，对家仆说：“不可以这么说！管仲聪明，所以我们赚到了钱。再说，管仲家里拮据并且上有老母，多拿一点儿是应该的。”在鲍叔牙眼里，管仲聪明，但好几次帮鲍叔牙出主意，却事与愿违，把事情办砸了。鲍叔牙也不生气，还安慰管仲说：“事情办不成，不是因为你的主意不好，是因为时机不好，你别介意。”管仲与鲍叔牙到过许多地方，接触过各式各样的人，见过许多世面，积累了丰富的社会经验。管仲曾经做了三次小吏，因为他主意多，让妒贤嫉能的地方官吏将其罢免。鲍叔牙安慰管仲道：“不是你没有才能，是因为你没有碰到赏识你的人。”管仲和鲍叔牙一起去参军打仗，每次进攻的时候，管仲都躲在最后面，因为管仲明白，冲在最前面的最容易战死。大家目睹管仲的小聪明后，就骂管仲说：“这是一个贪生怕死的人！”鲍叔牙马上替管仲说话：“你们误会管仲了，他不是怕死，他得留着他的命去照顾老母亲呀！”管仲听到之后说：“生我的是父母，知我的人是鲍叔牙呀！”

管仲经商也好，打仗也好，都认真思考一门学问，即“出入”学问。这门学问其实很简单，就是计算怎样以较少的投出获得最大的收入。“出入”学问左右着管仲的经商和出仕。

且说管仲和鲍叔牙在齐国影响越来越大，齐国宫廷请他们俩分别辅佐公子姜纠和姜小白。一对好友，给两个公子当师傅，实为美谈。不过鲍叔牙当初对辅佐姜小白很不满意，常常称病不出，因为他认为姜小白没有才能，将来没有希望继承君位，所以才让智慧上不如管仲的他辅佐姜小白。而管仲却不这样认为，他劝导鲍叔牙："公子姜纠的母亲心眼儿小、脾气大，国内诸人厌恶她，以至于不喜欢姜纠本人，反而同情小白很早就没有了母亲。将来统治齐国的，非姜纠即小白。姜纠即使日后为君，也将一事无成。小白虽然没有姜纠聪明，但却心胸大、包容人。到时不是你鲍叔牙来安定国家，还有谁呢？"闻听此话，鲍叔牙便愉快地出来接受任命，尽心竭力侍奉姜小白。管仲和鲍叔牙二人约定：不论谁得志，互相举荐。既有学识又有交情的二人埋下了人生必胜的伏笔。

起风了，松树左摇右摆。管仲此时想：各为其主，自己只杀公子姜小白，千万别伤了好友鲍叔牙。

且说鲍叔牙陪同公子姜小白到莒国避难后，饱受冷落、寂寞。当闻听齐国国君姜无知被杀后，便急忙回国，目的就是一个：夺取君位。当姜小白与鲍叔牙离齐都临淄还有一天行程时，闯入了管仲的视野。

管仲沉着冷静地埋伏在松树后，等公子姜小白的车马走近，就举起箭来朝姜小白射去。只听"嗖"的一声，一箭射中，姜小白应声倒下。管仲见姜小白已被射死，便保命要紧，迅速离开。"以较少的投出获得最大的收入"也有坏处，就是管仲没敢冲上前去验证，也没补一箭确保射死。因为这样做，管仲就可能性命难保，就不是"最大的收入"了。

其实公子姜小白没有死，命运作弄人，造化成就人，那一箭不偏不倚，正射在了姜小白的胸前衣带钩上。姜小白在那一瞬间念头电闪。他知道在势单力薄的情况下，学一些动物装死便能躲过此劫。说时迟，那时快，姜小白咬破舌尖，吐血诈死。果然，此计瞒过了远处的管仲。

看到这一意外情况，公子姜小白身边的随从立刻扑向射箭处，追赶射箭人。鲍叔牙急忙扶住姜小白，只听姜小白轻声说道："大伙儿稳住，我是装死的。"鲍叔牙反应很快，立刻泪流满面，表现得痛不欲生。

此时管仲已与随行鲁军会合，公子姜小白所带的随从见力量远不如鲁军，便全部撤回。管仲命令一行人迅速逃离。大伙儿虚惊一场，姜小白此时明白是哥哥姜纠与他争夺君位，故派管仲前来射杀。鲍叔牙也明白管仲兵多，但却没有冲杀过来，或许是为了保全自己的性命。经此一惊，姜小白与鲍叔牙等人更加警惕，飞速向齐国挺进。半天多的时间，就到了齐都临淄。

鲍叔牙先进城里，拜见上卿高傒、大夫雍廪，向他们说道："当前齐国无主，公子小白已经来到国都。他仁厚宽容，与已死国君姜无知形成鲜明对比，应当继承大统。"齐国上卿高傒、大夫雍廪以及齐国其他官员隰朋、宾胥无、王子成父等人与姜小白交情深厚，他们打内心里就希望姜小白担任国君，于是纷纷说："公子小白来了，不立他为君还能立谁呢？"众官员一齐出城迎接姜小白。

公元前 685 年春，姜小白即位为齐君，这就是齐桓公。

却说管仲与公子姜纠一伙儿认为公子姜小白已死，再没有人与姜纠争夺君位，也就不急于赶路，六天后才到齐国。一到齐国，没想到齐国已有新君，这大大出乎意料。此时的管仲内心就像打碎了调味瓶，七酸八涩的滋味一齐涌出。他后悔自己没有率军杀上去。管仲又想，姜小白遇危不乱，巧施妙计，或许是上天特意眷顾他。鲁庄公得知齐国已有新君后，气急败坏，当即率兵进攻齐国。齐桓公也不示弱，亲率兵马与鲁军在乾时会战，结果鲁军大败，姜纠和管仲随鲁庄公败归鲁国。齐军乘胜追击，进入鲁国境内，一直打过汶水，占领了鲁国汶阳。

齐桓公自登基后，首战告捷，异常兴奋，众官员都来祝贺，鲍叔牙却谏道："公子姜纠现还在鲁国，有管仲、召忽辅佐着，并且得到鲁国的扶持，是块心病呀。心病不除，祝贺言之过早呀！"

齐桓公欣喜之情立刻消除，急忙问道："那怎么办呢？"

鲍叔牙奏道："乾时一战，鲁国上下胆怯。我们应军马不撤，威逼鲁国，让其交出公子姜纠。"

齐桓公点头同意，让鲍叔牙领军屯汶阳，处理姜纠事宜，自己返回齐都临淄。

鲍叔牙既想杀公子姜纠，又念好友管仲之才和旧日之约，想让其平安归来。斟酌一番后，便起草了一封信简，派人送至鲁国。信简里写道——

公子姜纠，图谋叛逆，当诛之。因其是齐君的亲人，请鲁君代齐国处置他。管仲曾一箭射中公子小白，是当今齐君的仇人，齐君必要亲手杀死他，请将其交与齐国。

这信简虽然简单，但字里行间充满了威胁和阴森杀气。鲁庄公接信后，仿佛看到齐国大军旋风般席卷而至，便急忙与众臣商议。

大夫施伯奏道："齐国要管仲不是为了报仇雪恨，而是为了任用他为政，因为管仲的才干世间少有，有他为政的国家必然会富强称霸。假如管仲被齐国任用，将是鲁国的大患。"施伯继续奏道："君上不妨杀死管仲，将尸首还给齐国。"

鲁庄公新败，今见齐国大兵压境，早已吓得心惊胆战，便不听施伯的主张，按鲍叔牙的信简意见，杀死公子姜纠，并擒住了管仲。召忽见姜纠被杀，便也自杀。此时管仲见鲁国人将自己囚住，不杀反送齐国，心里便嘀咕："一批人，两种命运，或许是好友鲍叔牙刻意救我。"管仲在悲伤之际，心中有了一丝新的希望。

此时正值夏末秋初，太阳如同一团火球，天气火热，行人懒散，山脚下的湖里，荷花盛开，一群天鹅在游戏。这天鹅全身白色，颈长，嘴根有瘤、色赤黄，人们又称之为黄鹄。囚送途中的管仲生怕鲁庄公改变主意，派人追杀自己，为了让役夫加快赶路，管仲即兴编唱了一首悠扬激昂的黄鹄之辞——

旭日染晴空，湖水荡芙蓉；
苍山领肃穆，黄鹄划白虹；
引吭朝天阙，振翅问苍穹。

这首黄鹄之辞节奏铿锵有力，能消疲劳之苦。管仲唱，也教军士、役夫们唱。他们边走边唱，越唱越起劲，越唱走得越快，本来两天的路程，结果一天半就赶到了。那鲁庄公果然后悔，仔细一想："施伯说得对，管仲乃天下奇才，若用于齐，齐国无疑如虎添翼，不如先除掉此患。”待他醒悟过来派兵追赶时，早已来不及了。

管仲一路恐慌，最后平安到达了汶阳。鲍叔牙远远地迎接他。老友相逢，格外亲切。鲍叔牙立即命人打开囚车，去掉刑具，先让管仲洗浴更衣。吃饭时，鲍叔牙希望管仲能辅助齐桓公治理齐国。

管仲说：“我与召忽共同侍奉公子姜纠，我既没有辅佐他登上君位，又没有像召忽那样为他尽忠，实在惭愧。如果我现在去侍奉公子姜纠的仇人，那会让天下人耻笑的！”

鲍叔牙对管仲诚恳地说道：“你是个明白人，怎么倒说起糊涂话来？做大事的人，常常不拘小节；立大功的人，往往不需他人谅解。你有治国的奇才，齐君小白有远大的志向。如果你能辅佐他，日后齐国定能威服四方。”

做好管仲的工作后，鲍叔牙留一部分齐军驻守汶阳，便赶回齐都临淄。至此，君臣才安顿下来。齐桓公欲拜鲍叔牙为上卿，鲍叔牙辞谢道：“臣是个平庸之辈，不敢担此重任。君上如果只想管好齐国，有高傒和我就够了。如果想让齐国富强，雄起东方，那非用管仲不可！”

齐桓公惊讶地说道：“夫子不知道他是寡人的仇人吗？寡人恨不得食其肉，寝其皮，焉能用他？”

鲍叔牙正色谏道：“当时管仲箭射君上，那是各为其主。如果现在君上赦免其罪而委其以重任，管仲定会像忠于公子姜纠一样为君上您效忠。”

齐桓公此时沉默无语，他也知晓管仲有经天纬地之才、济世匡时之略。

鲍叔牙顿了顿，继续奏道：“管仲，天下奇才。如果君上重用了他，他必定会为君上射得天下。”

齐桓公沉吟道：“好吧，寡人听夫子的，就让他来吧。”

鲍叔牙又奏道：“奇才，必须用高于常人的礼节相待。天下的人如果知道君上您尊贤礼士，不计私怨，定会有更多的人来为齐国效忠！”

齐桓公恍然大悟，即用出城郊迎的上等礼节，亲自迎管仲进城。

进殿坐下后，齐桓公问管仲：“寡人想使国家富强、社稷安定，应该从什么地方做起呢？”

管仲答道："必须先得民心。"

"怎样才能得民心呢？"齐桓公接着问。

管仲答道："要得民心，应当先从爱惜百姓做起。国君能够爱惜百姓，百姓就自然愿意为国家出力。"

管仲又流利地说道："仓廪实而知礼节，衣食足而知荣辱。爱惜百姓就得先使百姓富足，百姓富足国家就会强盛。"

管仲又比喻道："商人日夜兼程，赶千里路也不觉得远，是因为利益在前边吸引他。打鱼的人不怕危险，逆流而驶行，百里之远也不在意，也是追求打鱼的利益。"

齐桓公禁不住点头称是，继续问道："百姓如果富足安乐，但兵甲不足的话又该怎么办呢？"

管仲说："兵在精不在多。如果要让兵马战斗力强，就必须让士气旺盛。百姓富足了，士气还不旺盛吗？"

齐桓公又问："士气有了，如果财力不足，又该怎么办？"

管仲答道："齐国有山有海，如果开发铁业、盐业，发展渔业、商业，财力就自然增强了。"

一番讨论后，齐桓公异常兴奋，暗叹管仲确实不凡。

第二天，齐桓公又与管仲交谈。这齐桓公是豪放之人，丝毫不掩饰自己的缺点和心思。他向管仲说道："寡人是热血男儿，既想国富兵强，称霸一方，还想饮酒、围猎、娶妾。不知道这二者冲突否？有碍否？"

管仲低头思考，齐桓公解释道："寡人喜欢围猎，有时清晨就出，深夜方归，耽搁了处理国事。寡人喜欢饮酒，有时通宵达旦，第二天临朝时还昏昏沉沉。寡人更喜欢美色，见到面容姣好的女子，就如同渴极之时见到一掬冰清的泉水，恨不能立时吞下肚去。"

管仲笑了，他答道："君上与我倾心交谈，我感激涕零。这三种嗜好，对富国、称霸来说，并无大碍。"

齐桓公听了管仲的回答，大为惊讶。这三种嗜好，鲍叔牙也深知，这些年屡屡向其劝说，让其改过，可齐桓公一直改不掉，因为追求享乐是天性。齐桓公没有想到管仲回答的是淡而又淡的"并无大碍"。齐桓公的心顿时放宽，便问："那寡人可以为所欲为吗？"

管仲正色答道:“不可。作为一国之君，要想治好国家、兴立霸业，必须选贤任能，并做到用人不疑、疑人不用，这样才能富国强兵。”

齐桓公听了连连点头，喃喃说道:“寡人明白啦！”

就这样，齐桓公与管仲一连谈论了三天，句句投机。齐桓公欣喜异常，即拜管仲为上卿，且尊称为仲父，言听计从，专任不疑。齐桓公是个有胆识有气魄的国君，做事果断，毫不拖泥带水，他常嘱左右:“国家大政，先禀仲父；有所裁决，任凭仲父。”齐桓公的放任与信任，既解放了自己，又解放了管仲。管仲把他的“出入”智慧发挥得淋漓尽致，他把齐国作为一个商业集团去经营。

二　管仲的新政

上卿管仲首先采取的富国之策是“管山海”。管仲向齐桓公奏道，民间有异人在山上挖砂炼铁，用铁可以做成铁条、铁犁、铁镰、铁刀。如果铁工具广泛用于农作，再加上牛耕，那么齐地盐碱荒芜之地就可变成膏腴之田。为此，管仲向齐桓公建议道，齐国要鼓励铁矿开采，并让百姓承包，获取利润按三七比例分成。齐桓公高兴地采纳，他又问管仲：“要想使国富，我们就应该对房屋、树木、六畜、人口多多征税，仲父看此策可行吗？”管仲摇了摇头，奏道：“要想使齐国富强，除管山外，还有一策可行，就是管海，管海就是管售盐。”齐桓公高兴地说：“仲父认为正确的事，寡人全力支持。”自此，齐国明确规定食盐属于国有，但在生产上实行官督民产，规定百姓在特定时间、特定地域煮盐。另外齐国设置盐官，统一收购、统一运输、统一销售。

接着，管仲实施“四民分业”的富国之策。管仲将齐国人口划分为士、农、工、商四类，明确规定，四者分类集中居住，世代承袭自己的本职且不能自由迁徙。分工可以提高效率，世袭可以积累经验。另外，同行业的人聚集在一起，彼此易于交流心得，提高技术。管仲是个从民间经商出身的人，深明此理。为激励齐国以外的商人到齐国贸易，管仲规定，拉一车货到齐国的外商免费提供饮食；拉三车货到齐国的外商另外免费提供马的饲料；拉五车货到齐国的外商则由齐国配备专门人员服务。如此一来，各国商人纷纷来到齐国。为了让他们安心，管仲还设立女闾。女闾就是妓院。管仲在繁华的都城临淄试点开了七家官办女闾。女闾的创立，稳定了各国商人的心，还吸引了各国风流男子前来，这风流男子中，不乏一些有才之人。

管仲是贫穷人家出身，知道平民中不乏优秀人才，便打破自商、周以来贵族垄断政事的世卿世禄制，规定布衣可以为官。凡是有利于齐国的人才，一概不讲出身，皆可委以重任。为了招纳贤才，管仲设置了举贤制度，地方官吏在每年正月参加朝会时都要做两件事：一是报告政事，二是举报贤能。地方官吏如果没能按时举荐本地的贤能之才，就要治以蔽贤之罪。

管仲的种种新政，激起了轩然大波，多有进谗者说："现在什么事都由上卿管仲发号施令，齐国人怀疑没有国君只有仲父了。"齐桓公每遇此事，便怒斥道："寡人和仲父情如手足，有敢乱评乱议者，当鞭笞他。"管仲闻听此言，更加用心谨慎做事。齐桓公很潇洒，将政事托付管仲处理后，安心饮酒、狩猎、娶妾。齐桓公向周王室求亲，周天子同意将王姬下嫁齐桓公。徐国（在今江苏省泗洪县一带）、卫国等几个诸侯也愿意将自己的女儿嫁给齐桓公。

在齐国上卿管仲着手实施富国之策时，鲁国策动汶阳回归鲁国。齐桓公闻报后，当即命管仲在朝继续实施新政，自己亲率齐军与鲍叔牙、雍廪等讨伐鲁国。齐军一直打到鲁国的长勺，鲁国上下异常惊慌。

却说鲁国有个叫曹刿的人，虽是平民百姓，但很关心国家兴亡，听说齐军大兵压境，他十分着急，挺身而出，要为国家出力。

邻居劝他说："曹刿啊，国家大事，自有那些卿大夫们去解决，你不过是一个普通百姓，何必操这份心呢？"

曹刿说："那些吃肉的卿大夫们目光短浅，能有什么好办法呢？虽然我是个吃菜的，但不一定就见识浅薄。我一定去见见国君，把我的谋略说一说。"

鲁庄公听说有人来献策，立刻召见。

曹刿见了鲁庄公，便问："齐国大军已经打来了，听说君上您准备抵抗，请问君上靠什么来战胜齐军呢？"

鲁庄公答道："平日里，鲁国好吃的好穿的，寡人都把它分给臣下，从来不敢一人享受。众臣感激寡人，当然就会支持寡人啦！寡人有大家的支持，一定会战胜齐军。”

曹刿说：“这不过是小恩小惠，而且只是君上您身边少数人能够得到，并不是所有的百姓都能得到君上您的好处，百姓是不会为君上您去卖命的。”

鲁庄公正色道：“寡人祭祀神灵的时候，总是诚心诚意，神灵一定会保佑鲁国打胜仗。”

曹刿摇了摇头说：“这都是鸡毛蒜皮的小事，神灵不会因为这个就保佑君上您打胜仗的。请君上说点实在的吧。”

鲁庄公接着说：“百姓来打官司，寡人虽然不敢保证一件件都过问，但凡是寡人处理的案件，寡人尽量做得公平合理。”

曹刿高兴地说：“这还差不多。能想到百姓的疾苦，就能得到民心，凭这点是能够打胜仗的。”

鲁庄公不了解曹刿，也不知他有什么真本事，就问：“你有什么办法可以战胜齐军吗？”

曹刿笑着说：“兵无常势，打仗需要随机应变，哪里有固定的方法呢？请君上让我坐上车，到战场上见机行事吧！”

鲁庄公听曹刿说得有理，便带着他登上兵车，奔赴长勺迎击齐军。

在行军路上，鲁庄公不安地问曹刿：“你生于乡野之间，可学过兵法、军礼？”

曹刿答道：“学过。周礼上的兵法和军礼讲，诸侯争战，结日定地，各居一面，鸣鼓而战，不相欺诈；以鼓战，以金止，不鼓不战，不战未列阵之师；见其老幼，奉归勿伤；敌若伤之，医药归之。”

鲁庄公见曹刿懂周礼、有思想、有自信，便放心让其参谋军事。

到了长勺，齐、鲁两军严阵以待。齐国鲍叔牙因为曾经打败过鲁军，便不把鲁军放在眼里。他求胜心切，两军刚一接触，便下令擂鼓进攻。鲁庄公听到齐军鼓声震天，沉不住气了，也要下令擂鼓冲锋，曹刿赶忙拦住道：“且慢！”随后便请鲁庄公传下命令：“有吵嚷叫喊、随意行动、不听指挥的，一律处死！”这时候，齐军随着鼓声冲了过来，鲁军却纹丝不动。齐军见鲁军不动，按周礼中的军礼，不鼓不战，只好退了回去。过了一会儿，齐军鼓声又起，鲍叔牙催着军士再次冲锋。鲁军还是不动，齐军只好又退了回去。这样连冲了两次，不见鲁军出动，鲍叔牙更得意了，对手下将士们说："鲁军怕是吓破胆了，不敢出战。我们再冲一次，他们准垮无疑。"说着就又传令擂鼓。这时候，眼看着齐军逼到鲁军的阵前了，鲁军军士憋足了劲，个个要决一死战。曹刿手提宝剑，向齐军方向指道："打败齐军，在此一举！"随后立即请鲁庄公下令擂鼓冲锋。

再说齐军连冲了两次，见鲁军不还手，都以为这第三次冲锋还跟过去一样，所以一个个拖着戈、矛，无精打采地跑过来，全没把鲁军放在心上。不料，这时候鲁军阵营中鼓声大作。鲁兵如猛虎下山般冲了过来，戈刺箭射，直杀得齐军七零八落。齐国大夫雍廪一不小心被流箭射死。齐桓公、鲍叔牙急忙率齐军狼狈而逃。鲁庄公下令追击，曹刿连忙拦住说："先别忙，看看再说。"他跳下兵车察看了地面，又登上兵车远望前方，过了一会儿才说："可以追击！"鲁庄公指挥鲁军，直追了三十多里，缴获了齐军许多车马和兵器，胜利而归。

鲁军大获全胜，鲁庄公异常高兴，他问曹刿："齐军前两次擂鼓，你不让我军迎战。他们第三次擂鼓，你才同意还击，这是为什么？"

曹刿答道："打仗最要紧的是士气。士气旺盛，就会胜利；士气衰落，就要失败。擂鼓是为鼓舞士气的。擂第一次鼓，士气最旺盛；擂第二次鼓，士气开始下降；等到擂第三次鼓，就没有多少士气了。我不急着擂鼓，就是为了让军士保持旺盛的士气，等他们三鼓一过，齐军士气低落的时候，我们一鼓作气地攻过去，他们还能不败吗？"

鲁庄公非常佩服，又问："齐军大败而逃，你又为什么不让我军马上追击呢？"

曹刿说："齐国是个实力雄厚的大国，我担心他们败退有假，设下埋伏，所以不敢仓促追击。等我看到他们的车辙混乱，远望他们的军旗东倒西歪，判定他们确实是狼狈逃窜时，这才请君上您下令追击。"

鲁庄公听了曹刿这番议论，更加敬佩，赞叹道："你真是精通战事的奇才啊！"当即拜曹刿为鲁国大夫，曹刿由"吃菜"变成"吃肉"了。

长勺战败后，齐桓公耿耿于怀，一直想再次攻打鲁国。上卿管仲进谏道："当务之急是继续推行富国之策，富国即可强兵，强兵即可战无不胜、攻无不克。"齐桓公说："鲁国曹刿不依军礼出战，耍小聪明战胜我们，可气呀！鲁国对于我们齐国，就像蜂身上的尾螫那样令寡人厌恶。不打败鲁国，寡人之愤难平也。”管仲奏道：“臣有一计，也是小聪明，不出一兵一马，即可降服鲁国。”管仲当即说出了自己的计谋。齐桓公异常高兴，即命实施。

且说鲁国的百姓喜欢织一种既厚又平滑的绸子——绨。上卿管仲就劝说齐桓公穿绨，并倡导众臣穿绨，如此引领百姓也穿绨，于是齐国的绨价格大涨。由于齐国鼓励外国商人到齐国贸易，所以齐国聚集了各国商人。管仲专门召来鲁国商人，对他们说：“你们给我贩来绨百匹，我就给你们铜贝币千枚；贩来千匹，就给你们铜贝币万枚。”自商朝以来，人们交易用贝币，最早是由天然海贝加工而成，随着发展，人们改用铜贝币。鲁国商人回国大量收购绨，鲁国百姓见有利可图，很快全国织绨。所有百姓都织绨，农业生产因此荒弃。一年之后，管仲见时机成熟就劝齐桓公改穿帛，命令举国不许穿绨，同时闭关锁国，既不许进口绨也不许出口粮食给鲁国。鲁国很快闹起饥荒，到处买不到粮。由于农业荒弃已久，短时间难以恢复，饥饿难耐的国民十之有三归顺齐国。短短三年，管仲通过经济战降服了鲁国。

就在齐国上卿管仲部署对鲁国经济战的同时，在齐桓公的支持下，管仲着手划分和整顿齐国行政区划和机构。管仲把齐国划分为六个工商乡和十五个士乡，共二十一个乡。十五个士乡是齐国的主要兵源，每年春秋以狩猎来训练兵马，提高兵马的战斗力。同时又规定全国百姓不准随意迁徙，人们之间团结居住，做到夜间作战，只要听到声音就能辨别出是敌是友；白天作战，只要看见容貌，大家就能识别。管仲在每一处地方都用上了他的“出入”学问，为了解决车马武器，规定犯罪可以用车马和武器来赎罪，这样就解决了兵马装备不足的问题。

由于管仲推行富国之策和行政改革，齐国出现了民足国富、社会安定的繁荣局面。“管山海”让财富迅速积累到齐国手中，仅食盐专卖一项，管仲为齐桓公算了一笔“出入”账：一个具有万乘兵车的大国，一千万的总人口每月所得税赋也就是百万枚铜贝币，但如果在盐上加价，每月即可多得铜贝币二百万枚，远超过每月高额人头税带来的收入。简单的横征暴敛容易激起民变，“管山海”表面上并没有直接征税，不会引起百姓的任何抱怨，隐聚财于无形。另外，“四民分业”开创了社会分工先河，让齐国制造业兴旺发达。此时，齐国生产的“冰纨”“绮绣”“纯丽”等高档丝织品，不仅国内供给充分，还大量畅销各国，乃至天下之人冠带衣履皆仰齐地。管仲办的女闾既增加了税收，还解决了大量女奴就业，且吸引了爱金钱更爱美女的四方英雄来齐国发展。

女闾里有个才女，喜欢穿一身洁白衣服，面目清秀，犹如春天盛开的梨花，故人称梨花。她从小灵秀聪慧，读了不少诗书，上卿管仲常来见她。齐国有个放牛的人叫宁戚，胸怀治国安邦之志，却苦于无法见到齐桓公。一日见齐桓公出宫行走，便敲打着牛角大声吟道：“浩浩乎白水！”齐桓公听得很清楚，便问管仲此人所唱何意，岂料管仲也不解。

思索中的管仲来到女闾见梨花。梨花见上卿管仲全无平日从容之态，眉宇间忧愁之气显露无遗，便开口相问：“上卿您有忧色，敢问遇到难事了吗？”

管仲答道：“这不是你们妇道人家所问的。”

梨花脸上带着迷人的微笑，轻声细语地对管仲说：“有句话，小女子不知当讲不当讲？”看管仲以鼓励的目光看着她，梨花便说道：“小女子听说，不要以为别人年纪老而轻视他，不要因为别人出身低贱而瞧不起他，不要以为别人年纪轻就以为别人没能耐，也不要以为别人弱小而不把别人放在眼里。”

此言一出，管仲大感意外，立即对她刮目相看，不由说道：“有一个放牛之人，说了句‘浩浩乎白水’，国君问我何意，我竟不知，所以忧愁啊。”

梨花笑答：“这是《诗经》里的一句诗：‘浩浩白水，鯈鯈之鱼，君来召我，我将安居，国家未定，从我焉如。’这放牛的人是把自己比做一条悠游之鱼，希望国君能把他钓上岸，用他之才治天下呢。”

管仲顿时喜笑颜开，随即派人去找来宁戚，与其交谈，知其果是治国之能人。

第二日，管仲面见齐桓公，把宁戚之意告之。管仲奏道：“建成楼阁，决不能单凭一根木材，汇成大海也不能仅靠几条涓涓细流。君上欲成就大业必须任用杰出人才。”

齐桓公说："仲父说，应该重用哪些人才呢？"

管仲道："举动讲规范、进退合礼节、言辞刚柔相济，臣不如隰朋，请任命他为大司行，负责外交；开荒建城、垦地蓄粮、增加人口，臣不如宁戚，请任命他为大司田，掌管农业生产；在广阔的原野上使兵车不乱、军士不退，擂鼓指挥着将士视死如归，臣不如王子成父，请任命他为大司马，统率兵马；断案合理公道，不杀无辜者，不诬无罪者，臣不如宾胥无，请任命他为大司理，负责司法刑律；敢于犯颜直谏，不避死亡、不图富贵，臣不如鲍叔牙，请任命他为大司直，主管监察谏议。想要富国强兵有这五位就足够了，想要成就霸主之业，还要有我管仲在这里。"

齐桓公一一说好，听从管仲的建议，令五人各掌其事。

宁戚为齐国大司田后，带人开垦农田，兴修水利，并兴渔盐之利。在宁戚的管理下，齐国农业有了极大的发展，很快使齐国的耕地面积增加、粮食丰产、六畜兴旺。他忠实地执行管仲的相地而衰征的决策，大大提高了农夫的生产积极性；还提倡科学种田，总结出许多非常有价值的生产、管理经验，著有华夏最早的畜牧业专著《养牛经》。

三 尊王攘夷

“布谷，布谷……”杜鹃鸟在鸣叫，到了春播的时候了。上卿管仲陪同齐桓公出外视察。一群群人赶着耕牛犁田。这时犁头不再是用尖锐的石头制作的了，而是用上了铁犁头。铁犁头快而小，实在是农业生产的一次飞跃。生铁冶炼技术的出现并广泛推广，让齐国有了犀利之器。

看到一片繁荣景象，齐桓公对上卿管仲说：“现在我们国富民强，可以会盟诸侯、称霸中原了吧？”齐桓公是热血男儿，虽然无心做管理普天下的天子，但也想称霸一方，满足自己的进取心。

管仲谏阻道：“不可。会盟诸侯是一件大事，必须依靠一种强大力量才成。这种强大力量或者是武力，或者是正义之力。目前武力尚不能慑服各国，只有依靠正义之力才能威服四方。”

齐桓公问：“这种正义之力是什么呢？”

管仲奏道：“尊王攘夷。也就是借尊周王之名，行争霸之实。同时，联合各国诸侯，共同抵御西戎、北狄等部族对中原的侵扰。”

齐桓公说：“周幽王一把烽火烧掉了周朝数百年基业，导致现在王室衰微、王纲解纽、诸侯争强。先有郑庄公部下箭射周天子，后有楚国芈通自立为王，昔日的最高领袖周天子如今已威信扫地、自身难保。仲父说尊王，这还有必要吗？”

管仲解释道：“当今诸侯，强于齐者甚众，他们自逞其雄，不知尊奉周王，所以不能称霸。周王室虽已衰微，但仍是天下共主。君上要是以尊王相号召，天下诸侯必然望风归附。攘夷，是各国所共需也，必能借此把众诸侯团结起来。”

齐桓公不住点头。

管仲又奏道：“几年前，宋国遭受了南宫万之乱，虽然贼臣已被杀死，但宋国君位一直没有名正言顺地确定，君上可派使节前去朝拜周王室，请天子下旨，会合诸侯，立定宋君。”

齐桓公听了非常高兴，当即派大司行隰朋到洛阳去朝见周天子。此时周庄王已经病危，他同其父周桓王一样，厌恶嫡长子，而宠爱庶妃所生之子，为此嘱咐大夫为国、边伯、詹父、子禽、祝跪五人：“寡人喜爱少子姬颓，但周礼规定，王位要让嫡长子姬胡齐继承，等姬胡齐百年之后，兄终弟及，你们再用心辅佐姬颓。”五大夫磕头答应后，周庄王溘然驾崩。嫡长子姬胡齐继位，即周僖王。隰朋恭贺完毕后，请周僖王下令各国集会，共扬尊王攘夷大旗。周僖王王位不稳，巴不得有人来尊王，于是痛快地说道：“齐国没有忘记周王室，实属我们的幸运。请齐君小白号召各国诸侯，寡人一定全力支持。”

隰朋返回齐国作了汇报，齐桓公很兴奋，就用周天子之令通知宋国、鲁国、陈国、卫国、郑国、曹国、邾国等，约定在来年三月，共同到齐国北杏会集，尊王攘夷，立定宋君。邾国（在今山东省邹城附近），国君曹姓。齐桓公问管仲：“这次赴会，带多少兵马？”管仲奏道：“君上您是奉了周天子之命，召集各国诸侯，怎么能用兵呢？请君上您轻车简从去就可以。”齐桓公点头称好，命人在北杏筑坛建馆，等候各方诸侯前来。

公元前681年，盟会日子到了，宋桓公子御说第一个先到，与齐桓公见了面，感谢他帮助安定君位的好意。其后几天，陈宣公、曹庄公、邾安公相继来到。他们见齐国没有一辆兵车，相互说道：“齐君以诚待人。”便各自把兵车后退二十里。看到约会时间已到，来的诸侯却很少，齐桓公心里焦急，对上卿管仲说道：“诸侯没有到齐，是不是改期盟会？”管仲说：“谚语说：‘三人成众。’现在已有五国诸侯来到，不能不叫众。如果改期，就会言而无信。如果总是等下去，是对王命的侮辱。”齐桓公答道：“仲父言之有理，听你的，如期会盟。”

会盟这天，春风撩人，阳光明媚，五国诸侯，聚集在会坛下面。相见之礼完毕后，齐桓公拱手告诉各国诸侯：“毋庸讳医，周王室已经今不如昔。今天，寡人奉周天子之命，召集各位来，就是为了共辅周室。今天会盟，必先推出一位盟主来主持。大家看，谁做盟主好？”几个诸侯议论起来，论爵位，宋桓公高，可他资历浅薄，尚且没有得到周天子正式册封；要论实力，当属现在的齐桓公，但他爵位却较低。他们左右为难起来，陈宣公阅历丰富，目光老辣，早已窥破齐桓公和管仲的伎俩，而且看出眼前的情势是大局已定，何不送个顺水人情？于是，他跨前一步，朗声说道：“天子既将会盟大事托付于齐君，理应推齐君为盟主！”曹、邾两个诸侯见此，立刻附议道：“非齐君不能胜此任啊，陈君说得对！”齐桓公推辞一番，便当仁不让，来到了坛上，坐上盟主座位。

一番礼仪后，五国诸侯商定，共辅王室，抵抗外侵，如有破坏公约，各国共讨之！本次会盟，宋桓公子御说得到各方共同承认。末了，齐国上卿管仲走上来说：“鲁、卫、郑故意违反天意，不来赴会，不能不讨伐。”齐桓公举起手对各位君主说：“我国的兵马不够，希望各位一起来讨伐。”陈宣公、曹庄公、邾安公齐声答道：“愿意尾随贵国，共擎尊王大旗！”五国会盟诸侯，只有宋桓公没有表态，此时的宋桓公心里嘀咕：“齐君地处东方，爵位比寡人低，却狂妄自大，令人气恼呀！”齐桓公见宋桓公不语，也不问究。当天盟会告一段落，各自回馆舍休息。

回到馆舍后，宋桓公又自言自语道：“这次前来，是按照周王旨意，确定寡人君位。既然已经达到目的了，那还在这儿等什么？”第二天空中刚刚露出鱼肚白，宋桓公便招呼不打一声，率本国人员驾车离去。

消息报告给齐桓公，齐桓公不由大怒，愤愤地骂道：“为了你来会盟，你却一声不吭，不等盟会解散就悄悄离开，可恨呀！”便派人把上卿管仲请来，打算从齐国调兵去追。管仲奏道：“追他是不合礼义的，况且调兵也来不及。此事从长计议，我们可以去请周朝兵马前去讨伐他。”齐桓公也就压下这股火。

带着众多不足，北杏会盟结束，齐、陈、曹、邾四国君臣各自返回。

此时的齐国国力、军力大增，而近邻鲁国却被齐国上卿管仲的经济战搞得疲惫不堪，国力、军力大减。齐桓公与管仲商议后，便率齐军独自征伐鲁国，追究其不去会盟之过。齐军势如破竹，不几日便将鲁国遂邑攻下来，屯兵在济水边。

面对齐军来犯，鲁庄公急忙召集众臣商议。公子姬庆父奏道："上次齐军与我鲁国交锋，以失败告终，下臣愿意带兵去阻挡他们。"大夫施伯说："不可。以前齐、鲁实力相当，互有胜负。而今彼长我消，实力已有明显差异，如再战争恐怕难以取胜。这几年间，齐国兵强马壮，因为谭国（在今山东省济南东）、禚国两国国君不去齐国庆贺新君即位，便派军将谭国、禚国灭掉。对于齐国的锐利锋芒，我们不能不避。另外，北杏开会有周天子之令，鲁国不去已经失礼。"鲁庄公又问大夫曹刿，曹刿奏道："臣的意思也是如此。"曹刿说这话时，声音低沉、面无表情，似乎压抑着对齐国强大的怒火。鲁庄公见有勇有谋的施伯、曹刿都无迎战决心，内心胆寒起来。君臣商议一下，便决定献遂邑以求和，另择日与齐君会盟，弥补北杏会盟缺席的过失。

于是，齐军退兵。此时，齐桓公又开心起来，命人筑坛，筹备齐、鲁两君会盟。

会场布置庄严，卫兵威武，旌旗招展。齐桓公先与上卿管仲等人在坛上就座，等候鲁庄公前来。当鲁庄公与大夫曹刿等人来到坛下时，卫兵将曹刿拦住。曹刿戴盔披甲，手提短剑，对卫兵瞪大双眼，怒目而视，眼角几乎瞪裂，吓得卫兵后退几步。鲁庄公与曹刿等顺阶入坛。

坛上，齐、鲁两君正要歃血为盟，突然鲁国大夫曹刿拔剑而起，直逼齐桓公，所有人都被吓得目瞪口呆。此时，齐国上卿管仲急问："曹大夫要干什么？"曹刿正然道："齐强鲁弱，欺人太甚。现在鲁国城破墙毁，请齐国考虑如何办？"齐桓公是个反应很快的人，立即明白曹刿所欲之事，随口说道："曹大夫是要齐国归还所占鲁国土地吗？这好说，寡人答应就是。"于是曹刿收剑回位，谈笑如故。会盟结束，鲁国君臣胜利回国。

齐国君臣愤愤不平，大司田宁戚奏道："欺骗之中可不守信，胁迫之下可不守约。鲁国大夫曹刿违背会盟规则，用剑逼迫我国君上，当被处死。今君上宽宏大度，放其一马，已显仁义之心，我们不应再归还土地。”齐桓公点头称是，有了毁约之意，他用眼看上卿管仲。管仲想了想，劝齐桓公道：“一言既出，驷马难追。毁约虽然贪图眼前小利，求得一时痛快，但却失信于诸侯。权衡利害，不如守约，归还占领的鲁国土地为好。”不守信用，仅保住几里之地；守信用，则赢得天下信任，管仲又算计起他的“出入”学问。对管仲之见，齐桓公无不听从，即命归还汶阳等地。

齐国都城临淄有山有水，是个好地方，此时正是金色秋天，到处都是喜悦的笑脸，可国君齐桓公却心情沉闷。他对上卿管仲说：“北杏会盟，虽让我们当上了中原盟主，可却十分窝囊，仅仅陈、曹、邾等几个中小诸侯支持。虽然现今鲁国加入了盟约，但寡人还是觉得有口气没吐出来。”管仲明白齐桓公郁闷之处，北杏会盟，本是为宋国而发起，宋桓公子御说得定君位，却将齐国冷落一边。对此，任何一个热血男儿都会觉得是莫大的蔑视和羞辱。另外还有卫国、郑国蔑视齐国，这都需要报复。管仲想了想，上前奏道：“君上的仇恨就是臣下的仇恨。宋国、卫国、郑国，当一一讨伐。不过，打仗就得多找几个帮手，征伐还需要一个一个来，这样才能稳操胜券。”齐桓公很高兴，即命管仲先准备讨伐宋国事宜。

次年春天，齐桓公邀请陈、曹、邾等国出兵伐宋，又向周王室请求派兵伐宋。周王室派大臣单伯带领王师，与四国兵马共同伐宋。此时，宋桓公既不敢迎战，又无理可诉，始觉当时北杏会盟之不足，便带着玉璧、珍珠、象牙去见齐桓公，承认错误，表示今后一定好好遵守盟约。齐桓公见好就收，将宋国所献礼物一部分转交给单伯，敬献周天子，其余全部分送陈、曹、邾等国，齐国一点儿没留。个个欢喜，各自撤军回国。

这年秋收以后，齐桓公与上卿管仲商议攻打卫国，惩罚其北杏会盟无故缺席之失。散朝回内宫后，卫国嫁来的“如夫人”卫姬看见齐桓公，就走过来拜了几拜，轻声问道：“夫君，卫国有什么过失惹您生气？”这“如夫人”就是如同夫人，是齐桓公的发明。因妻妾众多，为平衡关系，设“如夫人”数位。齐桓公从未向卫姬言伐卫一事，见卫姬此问，甚是惊奇，便问她：“寡人现在没有生气呀！如夫人你为什么这样问？”卫姬说：“妾望见夫君进来的时候，脚抬得高高的，步子迈得大大的，脸上有一种强横的神气，这是要攻打某个国家的迹象。当夫君看到妾时，脸色就突然变了，这明显是要攻打卫国。夫君虽然现在没有生气，但肯定因为对卫国不满而要用兵。”齐桓公见自己的“如夫人”如此聪明可爱，便笑了笑说道：“如夫人你如此讨人喜欢，寡人怎么会去征伐你的娘家呢？”于是，放弃了伐卫的想法。

第二天早朝时，齐桓公冲着管仲一揖，召他进来。管仲奏道：“君上不想攻打卫国了吗？”齐桓公问：“仲父如何得知？”管仲奏道：“君上在朝堂上，朝臣很谦恭地作了一揖，并且说话声调也缓和，且面有愧色，因此臣知道君上要取消昨天商定的事了。”齐桓公解释道：“寡人仔细想了想，只要卫国同意讲和、入盟，齐国就不去攻伐卫国了。”管仲也不反对。于是，齐桓公便派大司行隰朋去卫国言明利害。

此时卫君依旧是卫惠公，齐国大司行隰朋向卫惠公道：“卫军有宋军强吗？卫国有鲁国大吗？当前宋、鲁都已入盟，各自受益，而卫国却是浑浑噩噩。”卫惠公面有不悦。隰朋继续说：“难道贵国忘记齐国先君齐襄公的功绩了吗？”此时，卫惠公甚觉惭愧。他想起了很早以前，齐襄公助他夺回君位。面红耳赤的卫惠公向隰朋说：“不是卫国不想入盟，而是让琐碎之事耽搁了。”当即备下玉璧、布帛，命公子卫开方送到齐国，请求免罪和入盟。

卫国公子卫开方来到齐国临淄，见这儿繁华富强，又有女闾等娱乐场所，便想留在临淄，不回卫国，卫开方恳求齐桓公赐给他一个小小的官职。此时上卿管仲在旁，问卫开方：“你是卫国公子，享尽荣华富贵，为何弃熊掌而取粗饭呢？”卫开方答道：“盟主是天下最贤明的君主，开方如果能够侍奉左右，那是太荣幸了，这比什么都有滋味。”齐桓公眉开眼笑，当即答应卫开方的请求，拜其为齐国大夫。由于卫开方擅言辞、有心机，很快得到齐桓公的宠爱。

另有一个人物易牙也因齐国繁荣而来到临淄。他擅长烹饪，通过水、盐、火的调和使用，即可做出酸咸合宜、美味适口的饭菜来。据说，他是第一个开私人饭馆的人，所以他被厨师们称作祖师。易牙对于味道有惊人的鉴别力，即使将临淄附近的两条河淄水、渑水中的水混合起来，易牙也能够分辨出来。易牙饭馆中有道名菜叫鱼腹藏羊肉，此菜两鲜并用，互相搭配，外酥里嫩，鲜美异常，“鲜”字即由此而来。当易牙名声越来越大后，齐桓公将其请进宫中担任专职厨师。有一次，“如夫人”卫姬生病了，易牙以“食疗菜”进献卫姬。“食疗菜”就是将可口菜与中草药巧妙混在一起，化中药之苦于菜之味美。卫姬食后病愈，从此，易牙深受齐桓公和卫姬赏识。

还有一个姓刁之人，仰慕齐桓公，为了进宫伺候他，自行阉割，人称竖刁。

卫国公子卫开方、易牙与竖刁这三人，都善于揣摸人的心理，极尽阿谀奉迎之能事，齐桓公得意什么他们就来什么，齐桓公说鸡蛋带柄，他们就会说是树上结的。三人深得齐桓公的宠爱，齐人称之为齐宫“三贵”。

这时候，陈、曹、邾以及鲁、宋、卫等国先后臣服或者屈服齐国。郑国自郑厉公回国，杀了恩人傅瑕后，为巩固君位，要取得齐国等大国的支持。齐国上卿管仲看到并抓住这一时机，建议齐桓公联合郑国。齐桓公派大司行隰朋出使郑国，一番利害说明后，郑厉公同意入盟。就这样，齐国盟主影响越来越大。

齐桓公召集郑、宋、卫等国诸侯，在鄄邑举行会盟。

第二年，齐桓公又召集宋、陈、卫、郑等国重在鄄邑会盟，各国信誓旦旦地签订了和平盟约。这次会盟开得很成功，齐桓公已成为公认的霸主。而这霸主地位的得到，主要依赖于上卿管仲的谋略和心血。会盟结束，在回国都临淄的路上，鸿雁从头上飞过，齐桓公向众人说道:“寡人有了仲父，就如鸿雁有了羽翼。”他更加信任管仲。

齐桓公梦寐以求的霸主地位得到了，但他作为盟主的权威远远没有树立起来，霸主地位极不稳固。国与国之间的新仇旧恨、夙怨嫌隙，并没有完全解开。大事当前，众诸侯仍各行其是，并没有把盟主放在眼中。天下冲突迭起，战乱此起彼伏，无一时太平，可谓风雨飘摇无静处。

第二次鄄邑会盟的夏天，郳国（在今山东省滕州附近）人进攻宋国。齐桓公纠集诸侯伐郳。郳国求救于郑国。郑与宋世仇未解，割地交物的事一直纠缠不清。郑国此时将盟约之事忘个干净，派兵伐宋救郳。众诸侯又忙着应付郑国。等到大军压境，郑厉公方知盟约并非一纸空文，稍稍收敛。但郑国虎瘦雄心在，郑厉公比齐桓公年岁大出好多，听其指挥本就不服。郑厉公又想起昔日辉煌，先君郑桓公、郑武公、郑庄公三世都是周王朝的卿士，冠冕列国，威服诸侯，是何等的荣耀！现在却要唯齐桓公马头是瞻，于是与齐国有了离心倾向，开始与南方强国楚国勾勾搭搭。

齐桓公正欲伐郑，后院起火。齐国在北杏会盟之后，鲁国献遂邑求和，齐国派军士戍守。就在宋、郑等国闹得不可开交、齐桓公左奔右跑穷于应付之时，遂人乘机发难，以美酒佳肴为饵，将戍守军士灌醉，全部杀死。

齐桓公派兵平定了遂乱，周王室又闹腾起来。公元前676年，在位仅五年的周僖王驾崩，太子姬阆即位，为周惠王。为国、边伯、詹父、子禽、祝跪这五大夫，因有周庄王“兄终弟及”的遗命，见姬阆继位，而不是王子姬颓登基，便召来燕、卫两国兵马，拥奉姬颓，发动叛乱，攻打周惠王。周惠王战败，逃往温邑，既而又逃到郑国。郑厉公把周惠王安置在栎城，联合了虢国（在今山西省平陆县），攻入洛阳，将姬颓和五大夫杀死，迎周惠王回国。周惠王回来后，为了答谢郑国和虢国对自己复位所做出的贡献，就将酒泉赐给虢国，将虎牢以东之地赐给了郑国。

自北杏会盟以后，一直与齐国交好的陈国也不平静。陈宣公以蓄意谋反罪杀死了世子陈御冠。与陈御冠关系密切的公子陈完，恐祸乱牵连自己，只身逃往齐国。陈完的贤德博得齐桓公的赏识，齐桓公便从中斡旋，欲使父子和好，陈宣公不允。齐桓公便将陈完留在齐国，任命他为管理百工的工正。齐、陈两国自此存下了嫌隙。齐国大夫齐懿仲想把女儿嫁给陈完为妻，为此事，便按《周易》中的占卜术进行推算，结果是:“凤凰于飞，和鸣锵锵。五世其昌，并于正卿。八世之后，莫之与争。”意思是说陈完五代之后就要昌盛发达并取得上卿的地位，八代之后，地位之高没人比得上。齐懿仲欣喜异常，高高兴兴地把女儿嫁给了陈完为妻。陈完见回陈国无望，便在齐国改称田完，田氏建立，并在齐国得以立足。

这期间，齐国本身也并不安宁，北狄乘齐军四处征伐、国内空虚之机，不断袭扰齐国边境，杀人放火，抢掠财物，掳走男丁、女人，闹得人心惶惶。整个天下并不因有了盟约而稍有安定，可谓四下里起火，八下里生烟。

齐桓公在上卿管仲的辅佐下，不急不躁，打着周王室旗号，率领盟国大军左奔右走，或施之于德，或施之于武，或德武兼用，四处征伐，八方安抚。管仲建议齐桓公道："恩泽布于诸侯，才能使国有泰山之安，使君享无疆之福。"齐桓公言听计从。鲁国、卫国等有忧，齐桓公一一妥善处置。卫国牲畜跑散了，齐桓公还送给他们良马三百匹。表率在前，天下清晏，男女不淫，马壮牛肥。齐桓公知道诸侯渐渐对自己心悦诚服，便轻币重礼。天下诸侯以犬羊作为货币和齐国做生意，齐国则以良马作为回报。总而言之，与齐国贸易交流，往往会有意想不到的报偿。麻草换锦绣，轻装而来，满载而归。互市贸易中，齐国爱心昭揭。不费一兵一卒，齐国便得了天下人心。大国之君惭愧，小国诸侯攀附。这样一来，齐国根本不用提剑动戟，文功武迹昭彰天下。

公元前670年，鲁庄公遵二十年前母亲文姜与齐襄公之命，娶齐女哀姜为妻。此时，文姜已死，死前，嘱咐鲁庄公快将哀姜娶回。齐、鲁两国再添联姻之好，盟约更加巩固。齐桓公、鲁庄公二位颇有作为的国君，集两个大国兵马，联手征伐不服盟约之国，威势大振。

此时，对齐国心猿意马的郑厉公姬突已死，其子姬捷继位，即郑文公。郑文公见齐国势大，开始真心实意地考虑结盟之事了。郑文公想：如果主动请求结盟，齐人肯定以为郑国人胆小如鼠，而小觑了郑国，郑国到底也是个曾经称雄一时的堂堂大国啊！如不请盟，齐国对郑国背盟而与楚国交好并攻打宋国一事耿耿于怀，决不会轻易罢休，有朝一日势必兴师问罪。如果大军骤至，郑国国势不振，兵无斗志，无力抗拒齐军乃至诸侯联军，除了请降之外别无他路。如若被逼走投无路而屈辱请降，还不如现今屈服强齐。郑文公正在左右为难之际，齐国使节到来，送来齐桓公一封信简。郑文公不知何意，忐忑不安地展开，原来是一封表示修好的信简。信简中言辞恳切，有理有节，字里行间没有一丝一毫盛气凌人的霸气，确实表现出一副盟主风范。郑文公不由得大为感叹，对群臣说："素闻齐君小白心胸博大，今日只见一信简，便可窥斑见豹，确是非同凡响。郑此时不与齐结盟，更待何时？"当即修信简一封，表示深怀结盟之心。

公元前667年冬，齐桓公见郑国重又屈服于齐国，就召集鲁、宋、陈、卫、郑等国君，在宋国的幽地会盟。周惠王也派大臣召伯参加。这是一次空前的盛会，几乎全部中原国家都参加了这次会盟。从此，齐桓公便成了名副其实的霸主。

齐桓公回国后设宴慰劳各位大臣。宴会上，有地方官吏献琴给齐桓公。看到齐桓公饶有兴致，地方官吏便讲起了这张琴的来历——

楚人伯牙学琴三年不成，便到东海山崖去听海水澎湃、群鸟悲鸣之音，于是有感而作《高山》《流水》。正当他完全沉醉在优美的琴声中时，猛然看到一个人在旁边一动不动地站着。伯牙正在猜测此人为何而来时，那个人大声地对他说："您不要疑心，我是个打鱼的，回家晚了，走到这里听到您在弹琴，觉得琴声绝妙，不由得站在这里听了起来。"伯牙仔细一看，那个人身旁放着一堆渔网，果然是个打鱼的人。伯牙心想，一名渔夫，怎么会听懂琴声呢？正寻思间，那打鱼人说："这琴声，开始表达了高山的雄伟气势，后来表达的是海浪的无穷无尽。请问，我说得对吗？"打鱼人说得一点儿不错，伯牙不禁大喜，忙邀请他上前来细谈。那打鱼人看到伯牙弹的琴，便说："这是瑶琴！相传是伏羲造的。"接着他又把这瑶琴的来历说了出来。听了打鱼人的这番讲述，伯牙惊喜万分，暗叹自己遇到久久寻觅不到的知音。经过聊天，伯牙知道打鱼人名叫钟子期。俩人相见恨晚，结拜为兄弟。由于伯牙有急事要回去，两人约定来年的这个时候再到这里相会。

一年后，伯牙如约来到了山崖，可是他等啊等啊，怎么也不见钟子期来赴约，于是他便弹起琴来召唤这位知音，可是又过了好久，还是不见人来。第二天，伯牙向一位老人打听钟子期的下落。老人告诉他，钟子期已不幸染病去世了。临终前，他留下遗言，要把坟墓修在山脚下，好听伯牙的琴声。闻此消息，伯牙万分悲痛。他来到钟子期的坟前，凄楚地弹起了《高山》《流水》。弹罢，伯牙把心爱的瑶琴扔进大海。他悲伤地说："我唯一的知音已不在人世了，这琴还弹给谁听呢？"这瑶琴被扔进大海后，并没有损坏，好心人将其捞起后晒干修复，但自此后，琴声变得悲凉凄怆。

听完讲述，齐桓公高兴地说："伏羲所造之瑶琴传到了寡人之手，实是幸运也。"众官员皆向齐桓公道贺。齐桓公随即弹奏一曲，只见这琴声洪亮激荡、粗犷悲凄，犹如长钟号鸣，令人震耳欲聋。齐桓公高兴地说：“真乃寡人之号钟也。”遂将瑶琴改名为号钟。公子卫开方上前奏道：“幽地会盟成功，回国后又得到名琴，君上您的德行可比尧舜，当可喜可贺！”齐桓公面露骄矜之色，对群臣说：“寡人想命人铸大钟，用以铭记功德，各位以为如何？”大司直鲍叔牙奏道：“君上虽功绩卓著，但齐国也是危机四伏，前进之路布满荆棘，请君上不可高傲。”齐桓公觉得惭愧，起身拜谢道：“如果不是夫子您及时批评，寡人迟早要犯大错误。”遂取消铸钟想法。此时，卫开方坐在酒席偏处，不敢言语。到了酒酣之时，齐桓公对鲍叔牙说：“夫子为什么不起来为寡人祝酒呢？”鲍叔牙捧觯而起，正言道：“希望君上不要忘记当年流亡在莒国的时候。”鲍叔牙见上卿管仲、大司田宁戚在旁，便又说道：“希望管仲不要忘记被绑在鲁国的时候，希望宁戚不要忘记在乡下喂牛的时候。”齐桓公离席再拜说：“寡人和两位大臣如果不忘夫子您的话，齐国就没有危险了。”这一刻，君臣畅怀而饮。

且说齐国上卿管仲一直钻研“出入”学问，已经到了出神入化的地步，此刻他想降服代国（在今河北省蔚县东北），便对齐桓公奏道：“代国出产一种狐白，这狐白就是狐腋白毛，君上您可派人高价收购。如以高价收购，代人忘其难得，喜其高价，一定会纷纷猎取，导致国内不稳。北狄令支国听到消息，必然入侵代国，代国无力抵抗，必将归降于我齐国。”齐桓公依计而行，派人拉了一百车铜贝币到代国，收购狐白。代国国君俟业听到后，高兴地对众人说：“代国之所以比令支国弱，就是因为无钱。现在齐国出钱收购狐白，是代国的福气。各位速令百姓搞到此皮，换取齐国铜贝币，寡人将用这笔钱招降令支。”代人放下农业，走进山林，搜求狐白。这狐白实是非常难觅，过了两年也没有凑成一张。令支国听到代国经济不稳，便从北部侵入代国。代君俟业大为恐慌，慌忙率领军士抵挡，无奈既无强兵又无粮草。万不得已，代君俟业率领军民自愿归服齐国。齐桓公大喜，立即派兵去代国救援。

令支等北狄各族，见齐国来救，便离开代国转而去攻打燕国。此时燕国国君是燕庄公，燕庄公见抵挡不住，便告急于齐桓公。上卿管仲奏道：“当前为害华夏的，南有楚国，北有北狄，这都是华夏诸国的祸患。君上您要想继续霸主之业，就要向南应对楚国，向北打击北狄。不过，北方安定，才能专心去对付南方。如今燕国被犯，又求救于我国，我国当率兵前去迎敌，此攘夷之举必能得到华夏各国的拥戴。”齐桓公深以为然，遂率领管仲、宁戚、隰朋、王子成父等人举兵救燕。

郭地原是郭国（在今山东省聊城市东北），前去救燕的齐桓公率军行至郭地，便问当地百姓郭国灭亡的原因，百姓说：“郭君对好人友好，对坏人憎恶。”齐桓公不解，便问：“善善恶恶，是兴国，为什么反而亡国呢？”百姓说：“郭君对好人很好，但却不用好人；郭君对坏人憎恶，但却不能远离坏人，所以亡国也。”齐桓公非常感慨，在郭地住宿一夜后，便继续西行救燕。

且说令支等北狄各族闻齐军将至，掳掠燕国大量财物解围而去。齐军与燕军合兵一处，北上追击，杀得以令支国国君无何为首领的北狄兵落荒而逃。北狄善种冬葱、豌豆，大司田宁戚建议齐桓公尽获冬葱、豌豆，移植齐国。宁戚此举，影响华夏深远。

却说令支等北狄各族残兵败将逃入北狄孤竹国。不肯就此罢休的齐、燕大军一鼓作气，兵围孤竹。大司行隰朋博学，向齐桓公及众人讲述令支国、孤竹国的故事——

令支国境内到处可见野生果树——杜梨。因杜梨树枝多且生木质尖刺，对人们行走、爬树、采摘果实多有不便，便给人印象很深，由此人们常说“梨枝”。这“令支”即由“梨枝”谐音演变而来，时间久了成了国名。

这孤竹国是商朝所封的诸侯。“孤竹”是一根竹子，代表男性的根，是氏族的图腾。

传说孤竹国有两位公子伯夷与叔齐，伯夷为了让叔齐继承君位，便离开孤竹，谁知叔齐知道后也跟随而去。当时正是商纣王无道、周武王伐商之际，伯夷、叔齐听到这消息，一起赶去劝谏周武王，认为周伐商是以下犯上的逆行。周武王没有听从，一举攻入商都朝歌，结束了商纣王的暴虐统治。伯夷和叔齐以商朝遗民自居，不仕周朝，不食周粟，在首阳山下采野菜而食。有一天，碰到一个老叟，老叟笑着对他们说：“你们二位以不食周粟标榜自己对前朝的忠心，但《诗经·小雅·北山》上说，普天之下，莫非王土；率土之滨，莫非王臣。你们虽说不食周粟，但是你们吃的野菜不也是周朝的吗？”二人一听，觉得有道理，便决意不吃野菜，几天后饿死在首阳山下。

齐桓公及众人听后，均感叹不已。齐桓公向众人说：“如果伯夷与叔齐中的一人为孤竹国君或者令支国君，世世传递这种忠与善，那么现在的孤竹国、令支国又将是何等显赫！”上卿管仲是聪明人，知道此时需要表白忠心，遂与大司田宁戚、大司行隰朋、大司马王子成父等人一齐奏道：“臣等将以伯夷与叔齐为榜样，世代效忠齐国。”齐桓公听后，哈哈大笑，吩咐下人摆酒，与众臣畅饮。只可惜此时齐国工正田完在临淄，不在行军之列，不然必会受教育，而让其家族世代传递这种忠善精神。

却说孤竹国国君墨台见齐、燕大军前来，便与众臣商议。有臣献计道：“两军对阵交战，我们打不过齐国，但我们可用计全歼齐军。荒荒大漠，齐人全然不识其凶险。如果我们将其引入大漠，就好比撵羔羊入虎口。”孤竹国国君墨台大喜，即派人诈降齐军。为让齐、燕大军相信，还杀掉令支国国君无何，献上其首级，谎称孤竹国国君墨台已逃往沙漠。

齐桓公信以为真，便以孤竹国投降之人为前部，率军追赶。孤竹国降者把齐、燕大军诱入荒漠，乘人不备逃之夭夭。此时天色已晚，放眼望去全是一片茫茫白沙，狂风卷地，杀气逼人，齐、燕大军前后队失去了联系。

齐桓公有些不知所措，忙向上卿管仲求教解危之计。管仲沉吟片刻，便让随行军士敲锣打鼓，使各队闻声来集，屯扎一处，挨至天明。谁知天亮后，齐、燕大军对一望无际的沙漠难辨方向，众人焦急万分。管仲见状，忙向齐桓公建议道：“臣听说老马识途，燕马多从漠北而来，也许熟悉此地，君上不妨令人挑选数匹老马放行，或许可以寻见出路。”齐桓公依其言，命人取数匹老马，放之先行，大军紧随其后，果然走出险地。然而齐、燕大军迷途数日，随身携带的水已经喝光，好不容易走出流沙进到山林，仍然没能找到水源。齐桓公绝望地仰天长叹：“天不佑齐，今寡人死于此处矣！”博学的大司行隰朋向齐桓公献计道：“蚂蚁冬居山之阳，夏居山之阴，蚂蚁窝下一寸就会有水。”齐桓公又有了新的希望。此时正值夏天，他赶紧派人在山的北面找到一个蚂蚁窝，顺着挖下去，不一会儿，果然挖出一口井水，齐、燕大军欢呼雀跃。此时，齐、燕大军已是人困马乏，行军缓慢，齐桓公甚是心急，管仲奏道：“臣作一首行军歌，可让将士乐其身、忘其累。”他迅即作词谱曲一首——

荒沙漫漫路盘盘，驱逐贼寇保中原。

不险不艰非男儿，将士冲锋我当先。

我驱车兮踏四方，功无量兮史留名。

铿锵激昂的歌曲使将士们斗志倍增。唱着歌行军，将士们顿觉脚步轻盈。齐桓公大喜，高兴地道：“寡人没想到，一支歌竟有这么大的神力！”

且说孤竹国国君墨台见齐、燕大军被诱入沙漠，心里十分高兴，心想齐、燕大军不被沙漠“老虎”全吃掉，也会所剩无几，便举兵攻进燕国无棣城，赶走了守城的燕军，躲避在山谷中的孤竹百姓也随着进入无棣城。

齐国上卿管仲见此情形，灵机一动，计上心来。他命令齐、燕两军将士数百人扮作孤竹百姓混入城中，半夜举火为应。然后，又兵分三路攻打无棣城的东南西三门，只留下北门让孤竹兵逃跑，命大司马王子成父和大司行隰朋率一队兵马埋伏在北门之外。

当天夜里，无棣城中四五处火起，齐、燕两军内应砍开城门，放齐、燕大军入城。孤竹国国君墨台见势不妙，率众夺路而逃，直奔北门。谁知一行人刚冲出北门不远，路旁突然伏兵四起，截住了墨台等孤竹君臣。两下厮杀，孤竹国国君墨台死于乱战之中。齐桓公顺势率军灭掉了孤竹国。

此时，代国国君侯业前来，苦诉被令支侵扰之恨。意气风发的齐桓公又率齐、燕大军，灭掉了令支国，辟地五百里，悉数给了燕庄公。

齐桓公凯旋回国之时，燕庄公以礼相送，千恩万谢，送了一程又一程，一直把齐桓公送入齐国境内五十里，仍然依依不舍。齐桓公说：“非天子，诸侯相送不出境，寡人不可无礼于燕。”于是割燕庄公所至之地送给燕国。燕庄公再三推辞，齐桓公就是不答应，燕庄公最后只得接受。以后，燕庄公命人在这里建筑了城池，起名叫燕留，意思是说要将齐桓公的恩德留在燕国。燕国西北增加了五百里，东方增加了五十里，从此便开始成为北方大国。此时，华夏诸侯莫不畏齐之威、感齐之德。

四　鲁国的动荡

齐桓公与燕庄公分别后，领兵行到鲁国济水，鲁庄公亲自前来慰问。齐桓公感激鲁庄公之友善，便命人把征讨孤竹、令支等北狄各族所得财物一半相赠。二人嘘寒问暖后，依依惜别。

鲁庄公知道管仲有封邑名叫小谷，位于鲁国界首，便主动派人去那里替管仲修城，想借此与管仲化解昔日冤仇。此时，鲁庄公已经在位三十二年，齐桓公即位二十四年。二十四年间，鲁庄公彻底领教了管仲之才，心想如果当初将管仲留在鲁国，或许做盟主的就是鲁国了；又一想，自己没有齐桓公的胸怀和气度，即使留下管仲，他也只不过是一个平平大夫而已。鲁庄公领悟得晚了，人一老，就喜欢回忆往事，老年鲁庄公想起自己公族当年之事——

鲁庄公共有三个兄弟：公子姬庆父、姬叔牙、姬季友。姬季友因他手掌中天生一个“友”字，因而取名为“友”。姬季友最为贤能，所以鲁庄公最亲信他。

即位后第三年，鲁庄公到郎台游玩，在台上看到一个容貌俊美的党氏女子孟任，便派人将她召来。孟任不肯听从，鲁庄公说：“你如肯跟随寡人，寡人会立你为夫人。”孟任让鲁庄公对天起誓，鲁庄公应允。当晚，孟任便与鲁庄公同住台上。孟任随鲁庄公回宫，一年后生下一子，取名为姬般。鲁庄公想立孟任为夫人，但母亲文姜拒不答应，坚持要让鲁庄公与自己娘家联姻。鲁庄公无奈，只得与齐襄公刚出生不久的女儿定下婚约，等她长到二十岁时才正式迎娶。这些年，孟任虽未被立为夫人，但实际上却一直在行使夫人的权力，等到哀姜入鲁，孟任已重病不起，不久就去世了。

哀姜入宫很久却无子嗣，鲁庄公又娶哀姜之妹少姜，少姜生一子，取名为姬启。鲁庄公另有一妾季风，生一子，取名为姬申。季风将公子姬申托付给公子姬季友，想让姬季友辅佐帮助，立姬申为世子。姬季友拒绝说："公子姬般年纪最大，应由他继承君位。"季风这才作罢。哀姜虽被立为夫人，但鲁庄公对她却不甚宠爱。哀姜见公子姬庆父魁伟英俊，便偷偷派内侍与他通话，两人遂生私情。公子姬叔牙与姬庆父是同母所出，兄弟之情深厚。于是，姬庆父、姬叔牙与哀姜便结为一党，暗中商定将来让姬庆父夺取君位、姬叔牙做上卿。

鲁庄公三十一年，一冬干旱无雨无雪，鲁庄公决定祭神求雨。行祭前一天，在大夫梁寅家演练乐舞。梁寅有一个女儿容貌艳丽，公子姬般被她吸引，私下与之来往，姬般也起誓将来要娶她为妻。这一日，梁家女儿攀墙观看乐舞，被墙外负责养马的圉人荦看见。圉人荦站立墙下，挑逗道："小姑娘，过来。"姬般看到了，不由大怒，下令手下人将圉人荦拿下，重打三百鞭，直打得圉人荦血流遍地。姬般回到宫中将此事禀告鲁庄公，鲁庄公说道："圉人荦对你无礼，你就应该将他处死，不应仅仅用鞭责打。圉人荦勇武敏捷，天下没人能比。你用鞭打他，他一定会对你怀恨在心。"原来这个圉人荦天生神力，曾双手攀上城楼，手握城楼檐角，将整个城楼摇动。鲁庄公说此番话，也是出于对圉人荦的畏惧。姬般不服道："他不过是一介马夫，有什么值得忧虑的！"鲁庄公只好作罢。圉人荦果然恨极了姬般，知道他与公子姬庆父不睦，便投到了姬庆父门下。

老年鲁庄公知道鲁国宫廷及公族内部隐患重重，但鲁庄公老了、累了，不想再去管那么多事了。此时，鲁庄公只在心里默默祈祷：但愿鲁国社稷无忧。几个月后，鲁庄公病重，他将公子姬叔牙召来询问继位一事，姬叔牙果然当面夸赞公子姬庆父的才干。鲁庄公又把公子姬季友召来商议，姬季友奏道："君上曾向孟任立下誓约，既已对不起他的母亲，难道还要废掉她的儿子吗？"鲁庄公道："叔牙劝寡人将君位传给庆父，你看如何？"姬季友答道："庆父残忍暴虐，不是一个能够执掌国位的人，叔牙对他同母哥哥怀有私心，更不能听他的话。”鲁庄公点点头，就再也无法说话了。

此时，公子姬季友知道鲁国的关键时刻到了，要想保住公子姬般继位，就必须除掉野心的姬叔牙。

公子姬季友出宫后，便假借鲁庄公之名，派内侍传令公子姬叔牙，命他赶到大夫针季家中相候。姬叔牙果然来到。姬季友令针季假借君命赐姬叔牙死，拿出鸩酒让其喝下。姬叔牙不肯，被针季揪住耳朵灌下，当即七窍流血而亡。

这晚，鲁庄公去世，公子姬季友扶公子姬般继位。公子姬庆父见公子姬叔牙被害，心中便开始谋划叛逆。

这年冬天，鲁国新君姬般听说外祖父病逝，很是伤感，想起党氏的养育之恩，便亲自前往吊唁。公子姬庆父觉得机会到了，与哀姜商议后，将圉人荦召来说道："你还记得新君姬般鞭打你的仇恨吗？人们常说蛟龙一旦离开深渊，一个小孩也可以将它制服。现在你报仇的时候到了，你放心前去，一切由我做主。"圉人荦说："有公子相助，我怎敢不从命？"圉人荦于是身藏利刃，连夜赶到党氏之家，深夜跳过围墙，藏在屋外。

到了天亮时分，圉人荦看到一个小内侍开门出去打水，便乘机冲入新君姬般的寝室。

新君姬般正在穿鞋下床，看到圉人荦进来，不由大吃一惊，慌忙问道："你来这里干什么？"圉人荦切齿叫道："来报去年被你鞭打之仇！"新君姬般急忙取下床头上的宝剑，向圉人荦劈去，将他头部砍伤。圉人荦左手将他的宝剑架开，右手握剑刺入他的肋部，新君姬般当场死去。可怜新君姬般，梁家女儿尚未娶到，便因她而亡。

小内侍回来看到，吓得大喊大叫。党家主仆闻此噩耗，连忙拿起剑、矛前来围攻圉人荦。圉人荦因头部受伤，无力与众人对敌，当即被砍为肉泥。公子姬庆父假装不知内情，将罪过全部推给圉人荦，下令将其全族斩灭。

公子姬季友听说新君姬般被圉人荦害死，便知是公子姬庆父主使。他担心姬庆父加害自己，便连夜逃到陈国避难，同时向齐国告急。

太夫人哀姜见新君姬般已死，便要推举公子姬庆父即位为君。姬庆父正暗暗自喜时，突闻齐国大军开到边境，猛然想到公子姬启是齐桓公外甥，优于自己即位，便与哀姜紧急商议道："公子姬启还在，我无法为君呀。"哀姜叹了口气说："公子姬启是我妹妹之子，既然如此，那就让他即位吧。"于是姬启即位为君，即鲁闵公，这年他才八岁。齐国大军闻听公子姬启已经即位，便撤军而回。

却说哀姜与公子姬庆父欺鲁闵公年幼，处处指手画脚。这鲁闵公在朝上受姬庆父挟持，宫中受哀姜指使，心中十分不满。他年龄虽小，志气不小，暗中寻思借助外力摆脱两人控制，于是派人去与齐桓公订约。齐桓公爽快地答应了。

等到两君相见，鲁闵公用手拉住舅父齐桓公的衣襟，秘密将鲁国公子姬庆父犯上一事相告。齐桓公听后，沉思片刻问道："现在鲁国卿大夫中谁最贤能？"鲁闵公答道："当然要数公子季友最为贤能，但现在他已因公子庆父逼迫，逃到陈国去了。"齐桓公又问："为何不把他召回重用？"鲁闵公说："害怕公子庆父起疑。"齐桓公说："此事既有寡人做主，谁敢不从？"鲁闵公于是借口齐桓公之意，派人将姬季友召回，封为上卿。

这年冬天，齐桓公担心鲁闵公与公子姬季友地位不稳，特意派大夫仲孙湫前去问候，并让仲孙湫借机观察公子姬庆父的举动。

齐国大夫仲孙湫先是拜见鲁闵公，鲁闵公痛哭流涕，说不出话来。仲孙湫又去会见公子姬申，与他谈论鲁国国事，姬申对答如流，有条有理。仲孙湫心中叹道："这才是治理国家的君主呀。"仲孙湫见到公子姬季友，嘱托他要好好对待公子姬申，随后又问姬季友为何不早点下手将公子姬庆父除掉，姬季友不言语，只伸出一只手掌向他暗示。仲孙湫明白姬季友是说自己孤掌难鸣，于是说道："我一定将上卿您的处境禀告我国国君，来日鲁国若有难处，我们决不会坐视不管。"这日姬庆父携带重礼来见仲孙湫，仲孙湫道："如果公子您能忠于鲁国社稷，别说我小小的仲孙湫，就是我们国君也会深深感谢。"遂拒不接受姬庆父的贿礼。姬庆父又惊又怒，告辞回去。

齐国大夫仲孙湫回国，向齐桓公奏道："庆父不除，鲁难未已。"齐桓公想了想，不以为然，而是问道："鲁国可以取得吗？"仲孙湫答道："不行，他们还遵行周礼。周礼是立国的根本。臣听说国家将要灭亡，如同大树，躯干必然先行倒下，然后枝叶随着落下。鲁国不抛弃周礼，是不能动它的，君上您应当安定鲁国的祸难并亲近它。如果亲近有礼的国家，依靠稳定的国家，离间涣散的国家，灭亡动乱的国家，那么就会称霸天下。”齐桓公点头称好。

鲁闵公二年，公子姬庆父谋权篡位之心更加急迫，只因鲁闵公是齐桓公的外甥，又有公子姬季友等众臣全力辅佐，姬庆父这才不敢轻举妄动。

一日，公子姬庆父正在府中闲坐，忽然鲁国大夫卜齮来访。姬庆父见他满脸怒色，忙问道：“大夫你为何生气？”

卜齮诉说道：“我有一块田地与新君师傅慎不害的田庄邻近，被他逞强占去。我向君上告他，没想到君上偏袒自己的师傅，反而让我将地让给他。我不甘心，今日特地来求公子，请你到君上那里为我说说情。”

姬庆父见机会来临，内心暗喜，当即屏退左右，小声对卜齮道：“君上年幼无知，我去说他，他也不会听从。你如果愿意与我共谋大事，助我即位为君，我可以替你将慎不害杀掉，那块田地又算得了什么！”

卜齮担心说：“现在公子季友在朝执政，此事恐怕难以成功。”

姬庆父道：“君上童心未泯，常常在夜晚从侧门出宫，上街游玩。你可派人潜伏在侧门周围，待他出来时将他刺死。然后我便以奉太夫人命令为名，即位为君。到那时赶走公子季友，还不是易如反掌吗？”

卜齮想了想，答应了姬庆父。

这晚，大夫卜齮便派武士前去侧门埋伏。鲁闵公果然出宫，武士乘他不备，从一旁跳出将他刺死。鲁闵公的随行内侍一齐动手，将刺客拿获，但不久就被卜齮率领家仆抢去。与此同时，慎不害也在家中被公子姬庆父派人杀死。公子姬季友闻听此讯，连夜来到公子姬申府中，将姬庆父与卜齮犯上弑君一事相告。二人别无良计，为求安全，一同逃往邾国避难。

鲁国百姓听说鲁闵公被杀，贤臣姬季友逃亡，不由对公子姬庆父、大夫卜齮恨之入骨。

这天，鲁国都城曲阜罢市，数千人聚在一起，先冲入大夫卜齮府中，将他全家杀死，接着又来围攻公子姬庆父府。姬庆父知道民愤难消，慌忙改装成商人，载着满车珍宝逃向莒国。

太夫人哀姜见公子姬庆父逃亡莒国，也想随后逃向莒国。亲信内侍劝阻道："太夫人您因庇护公子庆父，惹恼了百姓。现在如果再去与他相聚，百姓岂能容你？公子季友现在邾国，太夫人您不如逃往邾国，向他求助。"哀姜觉得有理，便逃到邾国，求见姬季友。

公子姬季友拒见哀姜。不过，哀姜的到来，让姬季友知晓了当今鲁国无君。姬季友不敢怠慢，当即陪伴公子姬申返国，同时派人向齐桓公再次求援。

且说齐桓公得到讯息后，不由惊愕不已，始信齐国大夫仲孙湫所说"庆父不除，鲁难未已"的预言，便将仲孙湫召来说道："寡人的外甥鲁闵公被公子庆父害死了，现在鲁国群蛇无首，你看谁适合继承君位？"仲孙湫答道："鲁国公子姬申年轻精明，加上公子季友辅佐有方，深得人心。他们一定能安抚百姓，使国家平定，我们应该协助他们完成此业。"齐桓公同意，便命仲孙湫率领三千军士赶赴鲁国。

齐国大夫仲孙湫来到鲁国，恰好鲁国公子姬季友也领着公子姬申刚刚返回，仲孙湫与姬申有过交往，今见他有节有度、有条有理，更加敬服，于是和姬季友商定，推举姬申做了鲁国国君，即鲁僖公。

且说齐桓公恨透了鲁国公子姬庆父，便与上卿管仲商议伐莒，擒拿姬庆父。不料，还没有商量出结果，此事就被国人知道了。

齐桓公感到奇怪，便以此问上卿管仲。管仲奏道："国内必有奇人！"齐桓公叹了一声说："今天寡人到城墙上巡视，有一个拿拓水杵的修城墙之人一直向上注视寡人，估计就是他吧！"于是命人把这个叫东郭的人找来。

管仲首先问东郭："是你说齐国要伐莒吗？"

东郭答："是的。"

管仲说："你是怎么知道的呢？"

东郭答道："君子善于谋断，小人善于揣测，这是我暗中推测出来的。"

管仲说："你是怎么去推测的呢？"

东郭回答道："君子有三种脸色：悠闲自得、宴享喜乐的时候，是钟鼓之色；愁闷悲伤、清静无为的时候，是丧服之色；勃然奋发、踌踌满志的时候，是兵革之色。那一天，我望见国君在城墙之上，脸色勃然满志，这是兵革之色。国君嘴动而不发声，所说的是‘莒’的口形。国君举手臂而指，那方向是莒国。我又想齐国周围尚未臣服的小诸侯国只有莒国，所以推测要伐莒。”

齐桓公暗叹东郭是个人才，便问他：“寡人伐莒，实是为了取鲁国公子姬庆父之命，你说伐莒之事是否可取？”

东郭答道：“用不着君上费心，我想鲁国对莒国已经有所行动了，不几日便会得到消息。”果不出东郭所料，鲁国公子姬季友一面派鲁国公子姬奚斯到齐国，拜谢齐桓公；一面派人到莒国，请莒国将姬庆父处死。

却说鲁国公子姬庆父逃亡莒国后，向莒国国君莒兹丕公赠送玉璧、珍珠、兽皮等大批珍宝。但在珍宝与莒国社稷安全的取舍上，莒兹丕公选择了安全第一。他害怕不听鲁国之言，鲁国必会用兵，从而给莒国招来灾祸。反复思量后，莒兹丕公派人对姬庆父说：“莒国国小势弱，害怕因公子在此引起与鲁国的战争，请公子到别国避难去吧。”姬庆父还未来得及收拾行李，莒兹丕公就下令将他驱逐出境了。

心情极端忧伤的鲁国公子姬庆父走在汶水边上，恰好遇到出使齐国返回的鲁国公子姬奚斯。姬奚斯劝姬庆父与自己一同回国，姬庆父不敢，叹了一口气道：“公子季友决不会宽恕我。请你替我求情，求他看在同是先君一脉上，留下我这条性命，我愿从此做一个普通百姓。”姬奚斯答应，姬庆父便在汶水边找了一所房子住下。

公子姬奚斯回到鲁国，将公子姬庆父的话禀告了鲁僖公和公子姬季友。鲁僖公想要答应，但姬季友劝阻道：“公子庆父犯上弑君，若不将他诛杀，如何能警诫后人？”又私下对姬奚斯说：“公子庆父若肯服罪自尽，还可以找人过继给他，为他延续宗祠祭祀。”

公子姬奚斯再次来到汶水之边，他想进去通告公子姬庆父，又觉得实在难以启齿，于是在门外放声大哭起来。姬庆父听到姬奚斯的哭声，不由叹道：“公子奚斯不进门，便在外面大哭，看来我是难免一死了！”于是就解下衣带吊死在梁上。姬奚斯进去将尸体收殓带回，报告鲁僖公。

鲁僖公见鲁国安定下来，就将费邑赐给有功的公子姬季友为封邑。

姬季友连忙奏道：“臣与公子庆父、叔牙都是兄弟，为了保持国家社稷安宁，臣毒死叔牙，逼死庆父，实在是出于不得已。如今两人都已身死，并且因罪绝后。如果只有臣一人独享高爵厚禄，日后臣怎有脸面到地下与兄弟们相见？”鲁僖公答应姬季友的请求，将公孙姬敖过继给姬庆父为后，称孟氏；又将公子姬兹过继给姬叔牙为后，称叔氏；姬季友的后人，被称为季氏。从此，季、孟、叔三家鼎足而立，共同执掌鲁国政务。由于三家皆出自鲁桓公之后，人称“三桓”。

这一天，鲁国都城曲阜南门突然无故崩塌，太卜郭厚预言道：“鲁国日后，臣子必然凌驾君主之上。”这太卜为官职、高级卜师，其职位相当于大夫。太卜郭厚为求鲁国平安，向鲁僖公奏道：“双耳鸟纹铜鼎本是宋国贿赂鲁国的财物，现放置在鲁国宗庙里，实是不祥之物。自从宗庙安放双耳鸟纹铜鼎之日起，鲁国就没太平过。当年，鲁国大夫臧哀伯就曾劝止，但鲁桓公未听。今为日后鲁国社稷着想，就应将其撤离宗庙。”鲁僖公依太卜郭厚所言，将双耳鸟纹铜鼎打碎，化为青铜，用来锻造兵器。

话说齐桓公耳闻目睹鲁国内乱不已，便问上卿管仲缘由，管仲奏道：“礼义廉耻，国之四维。四维不张，国乃灭亡！今鲁国动荡，根本原因在于‘礼义廉耻’发生了问题。”齐桓公说道：“寡人明白了。”齐桓公知道哀姜在郏国避难，便说道：“鲁闵公不得善终，寡人之妹罪责难逃。”于是派竖刁赶往郏国，见机行事，处理哀姜。

竖刁劝哀姜道：“太夫人参与谋害姬般、姬启两位国君，齐国、鲁国百姓无人不知。今后，太夫人有什么脸面见宗庙里的列祖列宗呢？太夫人不如自尽，这样也可掩盖世人耳目。”哀姜听了竖刁的话，又想到心爱的公子姬庆父也是被逼上吊自尽，就一个人关上房门大哭起来。半夜后哭声停止，竖刁打开房门一看，哀姜上吊自尽。

五　风马牛不相及

这年，北狄人进攻邢国，气焰嚣张。齐国上卿管仲对齐桓公奏道："自从孤竹、令支被灭后，北狄残余又去侵占邢国。这些北狄好比豺狼，是不会知足的；华夏各国互相亲近，是不能抛弃的。安逸等于毒药，是不能怀恋的。《诗经》说，谁不想着清闲在家？但竹简上有军令在。这竹简上的军令，就是同仇敌忾、忧患与共。我们应该按照《诗经》所说，救援邢国。"齐桓公点头称好，便令管仲联合宋、曹等国救邢。当齐、宋、曹兵马到达时，邢国百姓如见亲人，纷纷前来投奔，北狄很快被打退。

邢国还未恢复家园，北狄又来第二次洗劫。齐国便会同宋、曹两国，帮助邢国把都城迁到夷仪（在今山东省聊城西南）。这里靠近齐国，较为安全。邢国人高兴地说："我们迁进新都城，好像回到了温暖的家。"邢国人为了表示对齐桓公的谢意，奉献了他们最好的菜——驴肉火烧。

齐桓公品尝驴肉火烧后，对易牙说："山珍海味，寡人都吃腻了，只是没吃过人肉。你如此会做菜，可知道怎么烹制人肉吗？味道又是如何？"说者无意，听者有心。易牙回家后就把自己儿子杀了，做成一道午膳，献给齐桓公。齐桓公见这盘肉鲜嫩无比，从未吃过，便问易牙："此系何肉？"易牙恭敬地奏道："这是下臣儿子之肉，献于君上尝鲜。"齐桓公听后感叹不已，认为易牙爱他胜过亲骨肉，从此齐桓公更加宠信易牙。

岁月不饶人，转眼间齐桓公已经是白发翁了。岁数虽大了，但纳妾的嗜好不变，齐桓公又娶蔡穆侯之女蔡姬。

此时，蔡国原国君蔡哀侯在楚国为奴已死去多年。在他的坟墓上，无意中长出几株芍药花。他本是喜好芍药花之人，可却因芍药花而遇祸。

这天，齐桓公和蔡姬在临淄湖中坐船游览，蔡姬年轻、好动，故意摇动游船，使齐桓公摇来晃去。齐桓公岁数大，害怕，脸色都变了，叫她别摇，蔡姬不听。齐桓公很生气，就把她送回蔡国，但并没有断绝婚姻。

蔡姬回国后，既生气又糊涂的蔡穆侯就把蔡姬改嫁了。齐桓公闻听后，异常恼怒。

第二年春季，齐桓公率领鲁、宋、陈、卫、郑、许、曹等诸国联军进攻蔡国。摆在蔡穆侯面前的只有一条可选之路——道歉和投降。

齐、鲁等联军没有战事，个个欢喜，但都觉得似乎有什么欠缺。

这日，齐桓公大摆宴席，宴请各国诸侯、将军。

郑国将军是大夫申侯，他善于察言观色、投机取巧。他原为楚国大夫，当年在楚文王面前恩宠有加。虽然申侯红极一时，但楚文王脑子清醒，明白谗谄面谀、贪财贪货的申侯会患及楚国。却说楚文王在踖陵把黄国兵马打败，箭伤愈来愈重、即将死去的时候，就给申侯玉璧一对，让他离开楚国。楚文王对他说："以前，有许多大臣对你有意见，寡人一直保护着你。寡人死后，他们肯定要找你的麻烦。现在，寡人快不行了，你赶快离开楚国，找个可以依托的地方去安生吧。"申侯哭着离开楚文王，投奔到郑国。凭着他的乖巧献媚，很快受到郑文公的宠信，做了郑国的大夫。此时，申侯见联军无事可做，便想劝齐桓公出兵伐楚，一是由于郑国弃楚投齐后，楚国不断威胁郑国，伐楚可讨好郑文公；二是伐楚可消灭那些嫉恨过自己的人。申侯向齐桓公举觯敬酒，然后说道："南方荆蛮自立为王，且屡屡进犯中原，请盟主率兵讨伐之。"

蔡国与楚国仇恨未解，此时蔡穆侯也站起来劝道："自周平王东迁以来，楚已灭国六十，现一步步向中原推进，目前距离周之王都洛阳，只不过二百余里，郑、蔡等国深受其害，请盟主肩担道义。”

亲自带兵前来的宋桓公说道：“中原危机，已经迫在眉睫，盟主当率军伐之。”

箭在弦上，不得不发。身为中原华夏盟主，齐桓公必须带领各国诸侯去阻止强楚对中原的入侵，灭灭楚国的嚣张气焰，这是他的责任，也是中原华夏当务之急。齐桓公当即决定，挥师伐楚。

这天夜里，齐国上卿管仲密奏齐桓公：“楚国地方千里，带甲十万，乃是一个庞然大物，非北狄可比，非联军所能震撼。此次伐楚，当见好就收。”齐桓公说：“仲父所言甚是。”便有了应付心理。

齐、鲁等国联军顺势南下，夺得楚国边境城邑召陵。

却说齐桓公气势旺盛、横行中原时，楚国在这十余年间无太多的心思外顾，只是专心致力于自己的建设。与齐国相比，楚国暂时落后了。如今，楚成王早已长大成人。他身材魁梧，斗志十足，但是面对这位赫赫威名的华夏霸主，面对齐、鲁等国联军压境，楚成王和令尹斗子文也感到其势难挡，思虑再三，便派大夫屈完前去谈判。

屈完见到齐桓公就问：“你们住在北海之边，我们住在汉水之畔，相隔千里，风马牛不相及。这次你们到我们这里来，是为了什么？”

上卿管仲在齐桓公身旁，生怕齐桓公说出教训楚国称王的理由，不好收场，便抢着替齐桓公答道：“早在周初，周天子就赋予了齐国先君姜太公代天子征伐无道诸侯的特权，规定东至大海，西至黄河，南至楚国，北至孤竹，全都是征讨范围。现在，你们不向周王进贡用于祭祀滤酒的包茅，公然违反周礼。还有周昭王南征，至今未回，这事也与你们有关。我们现在兴师来到这里，正是为了问罪你们。”

屈完答道：“多年没有进贡包茅，确实是我们的过错。至于周昭王南征未回，则与我们无关，你们去打听好了。”原来在三百五十年前，周朝天子周昭王攻掠四方，经过南土时，不幸溺死，这就是“昭王南征而不复”。齐桓公见楚国大夫屈完的态度不软不硬，就命令大军就地驻扎下来。

南北两军相峙，从春季到夏季，一直持续半年。召陵这个地方，位于南北交界，既有樟树，又有槐树，樟花落完，槐花又落。楚国又派大夫屈完和齐桓公、上卿管仲谈判。屈完说：“你们尝你们的槐花香甜，我们闻我们的樟花芬芳，何苦让杀声罩住这美好的一切呢？”齐桓公、管仲早就无意打仗，只是想显示霸主的威风。见屈完说话有理并且动听，便见好就收。双方议和、罢战。

谈判完毕，齐桓公请楚国大夫屈完与他同车观看齐、鲁等国联军。齐桓公对屈完说：“指挥这样威武的兵马去打仗，什么样的敌人能抵抗得了？指挥这样的兵马去攻城略地，什么样的城池攻克不下呢？”屈完沉静地说：“一个国家，若用德来安抚天下诸侯，谁敢不服从呢？如果只凭武力，那么我们楚国可以把方城山当城，把汉水当池，城这么高，池这么深，贵国的兵再多，恐怕也无济于事。”屈完回答得委婉有力，齐桓公一时无语，只好哈哈一笑了之。

南北军事对峙体面结束，齐、鲁等国联军准备回返。陈国大夫辕涛涂心里嘀咕：“联军打道回府，必定要经过陈、郑两国，数万大军的供应吃住，那可不是一笔小开支，再说大军过境，必将扰民。”想到此，辕涛涂便私下对郑国大夫申侯说：“如果大军从陈、郑回途，陈、郑两国就要提供粮食等资费，耗费必大，我们两国都是小国，承受不起啊。我们不如劝说盟主从东边取道回国，让徐国和莒国来承担军用所需。”申侯说：“你的意见很好，为我们两个国家着想，就这样办吧。”申侯嘴上支持，心里却想：如果把辕涛涂的小算盘告诉齐桓公，则自己必能博得齐桓公的厚爱。

第二天，陈国大夫辕涛涂对齐桓公道：“盟主北伐北狄，南征荆蛮，威信立于天下。如果率诸侯之兵，取道于东夷，则东方诸夷，肯定拥戴盟主您。”齐桓公一下豪气满怀，当即同意了辕涛涂的意见。

闻听陈国大夫辕涛涂的建议被采纳，郑国大夫申侯求见齐桓公，申侯说道：“我听说盟主要从东边取道回国，在我看来，这可是个危险的想法。联军自春季出征，现已到了秋季，兵马已经很疲惫了。如果取道陈、郑两国，则联军的粮草会有保障。如果取道东方，假如受到东夷的抵抗，则联军的粮草保障就成了问题。辕涛涂自恤其国，并非善计，盟主要认真考虑啊。”齐桓公猛然醒悟，当即下令把辕涛涂拘禁起来。

陈国人闻听辕涛涂受难，赶快找能工巧匠制作铜盘一件，送于齐桓公。这铜盘浅腹、双耳、圈足，口饰穷曲纹，圈足饰蝉纹，盘内刻有齐桓公的辉煌业绩。齐桓公见此盘，甚是高兴，便答应陈国人的求情，赦免了辕涛涂。

郑国大夫申侯果真得到齐桓公的感谢。齐桓公让郑文公把郑国虎牢之地赏给申侯，作为封邑。

陈国大夫辕涛涂怨恨郑国申侯出卖了他，便决意设计报复申侯。他把愤恨埋在心底，装作不知底细，继续和以往一样笑嘻嘻地劝申侯在所赐封邑修城："你把城墙筑得高大，名声就远扬，子孙后代永远享福。"申侯不幸中计，将虎牢城墙筑得美观高大。

话说齐、鲁等国联军兵退，楚成王就后悔了。后悔什么？后悔楚国答应了齐国提出的向周王室进贡包茅的要求。大夫屈完劝谏楚成王："大王说话要算数，这样才能在天下树立自己的威信。不管怎么说，周天子仍是天下共主。楚国不朝，齐国不就独享这一政治资源吗？如果楚国借此机会和周王室重修旧好，那么楚国就可以在政治上和齐国平起平坐，一争高下。"听完屈完的分析，楚成王觉得是个好机会，但他还有疑问，便对屈完说道："楚国已经称王三代，现今给周王进贡，称呼该怎么写？"屈完答道："大王干脆去了爵位，直接说是远臣不就得了。"楚成王点头称好，便派屈完前往洛阳，进贡十车包茅和龟甲、珍珠、兽角、象牙等楚国特产。

周惠王见到楚国大夫屈完，大喜说道："楚国很早就不朝贡了，如今悔过改正，朝拜天子，当可喜可贺也！"周惠王命人大摆宴席，款待屈完和群臣。末了，周惠王对屈完说道："传寡人旨意，命楚国镇守南方，勿侵中原！"屈完谢恩而去。

镇守南方，勿侵中原，这只能是周惠王的幻想。楚国处心积虑，为的就是称霸中原，只是当前能力有限，总是被中原诸国挡在南方，不得进展而已。楚国的屈完刚走，齐国报捷的隰朋就到了。

六　霸业的顶峰

周惠王对齐国大司行隰朋很是客气，毕竟这是霸主齐国的使臣。周王室衰微，很多时候都要依赖诸侯国，特别是有实力的齐国。

礼节性的接见结束，周惠王让次子姬带来见齐国隰朋。王子姬带面带春风，侃侃而谈。

当齐国大司行隰朋回到馆舍后，忽然，周太子姬郑来求见，隰朋甚感意外。房门一关，当房间里只剩下二人后，姬郑哭着向隰朋说道："请齐国救我！"原来，王子姬带工于心计，擅长察言观色，很讨周惠王欢心。时间一长，周惠王渐渐萌生了废郑立带之意。只是当前太子姬郑为人谨慎、无甚大过，废立多有不便，但虽有不便，废立之事迟早却要发生。当隰朋来到后，姬郑便赶来求救。隰朋一番好言安慰，答应回齐国后，一定向齐桓公禀报。

隰朋回到齐国，向齐桓公汇报此次出使周王室、拜见周惠王的经过，然后奏道："周王室必将有一场内乱。"齐桓公很奇怪，忙问何故？隰朋就将与周太子姬郑、王子姬带接触的情况相告，又奏道："君上您作为天下霸主，周王室的事儿也应早作打算才是。"齐桓公赶紧召见上卿管仲，一起商讨计策。管仲对齐桓公奏道："太子继位，是周礼之根，不可动摇。其实，定周太子之位，很容易。周王不是想废了太子姬郑吗？那我们就来个既成事实，让天下人都知道太子姬郑是周王的既定继承人。天下人都认定了，周王想反悔就不那么容易了。”齐桓公点头称是，便按管仲的主意，上书周惠王，说天下诸侯想见见太子姬郑。

周惠王这下陷入两难境地，见太子，是众诸侯的正当请求，不见不妥；让太子相见，当前太子又不是自己所希望的太子，见了就意味着太子之位得到公认。另外，提出这一请求的是以齐桓公为首的诸侯国，势大力强。周惠王思量再三，还是答应了请求，决定第二年让太子姬郑与众诸侯相见。

第二年春季，齐桓公早早派人到卫国境内的首止筑台修舍，以备周太子姬郑来临。初夏，槐花盛开之时，齐、宋、鲁、陈、卫、郑、许、曹八国诸侯齐聚首止，姬郑随后亦到。

齐桓公率领各国诸侯拜谒周太子姬郑。姬郑很谦让，不让齐桓公行大礼，想以主宾之礼相待。姬郑明白如今的周王室只是徒有虚名，真正一呼百诺的是齐桓公。齐桓公哪能那样做呢？他要的就是“尊王”并以此号令诸侯，心里虽不乐意但面子上要做得好并且做到位。齐桓公说道：“太子犹如周王，哪有见周王不行大礼之说？”于是和众诸侯行跪拜大礼。

到了晚上，周太子姬郑悄悄把齐桓公请到自己寝室，一五一十地把周王室的争夺太子内患坦诚相告。齐桓公说：“之所以在首止相会，让众诸侯拜见太子，就是要让天下知道周太子是您。有天下诸侯的拥戴，太子您就甭担心了。”姬郑听了齐桓公的话，一颗悬着的心稍稍放了下来。

周太子姬郑在首止一呆就是好几个月，众诸侯见齐桓公不发话，谁也不敢提结束的事，只好一天天耗着。姬郑觉得老是这么呆着也不是办法，就向齐桓公建议结束盟会。齐桓公说：“我们就是要让太子您多呆些时日，以表明诸侯对太子您的拥戴。如今正是盛夏，不如就当是来消夏避暑，等秋天再回洛阳吧！”这算是把散会时间定了。

周太子姬郑久居首止不归，这让王子姬带心急如焚。他担心一旦太子姬郑与各国诸侯产生深厚感情，再想废旧立新就难了。姬带不断向周惠王吹风打气，这让周惠王废黜太子姬郑的决心更加坚定。他决心采取行动，打打齐国的霸气，并让姬郑尽早回朝。

这日，太宰孔来朝见周惠王，周惠王对太宰孔说：“齐、鲁等各国征伐楚国，并没有拿楚国怎样。倒是他们楚国不错，派人敬贡包茅，态度恭顺，对王室尊敬有加。寡人也没觉得楚国比齐国差到哪儿，倒是齐国，自恃国强，携诸侯留太子不归，不知齐君小白打的是什么主意，这简直就是不把寡人放在眼里。寡人已经授意楚国，不要辜负寡人的好意，一心事周。既然楚国都归顺了王室，你就给郑国送个信，让郑国弃齐从楚算了。”

太宰孔急忙叩首道：“大王可千万别这样做。楚国敬贡包茅，还是迫于齐、鲁等国的压迫。齐君小白毕竟和大王您是亲戚关系，有自家人不去信任，为什么要信任荆蛮楚国呢？”

周惠王说：“你看看当下，太子姬郑和各国诸侯都呆在首止不走，能保证齐国对太子姬郑没有什么鬼主意？寡人的决心已下，太宰你就别说了。”

太宰孔拿着周惠王吩咐的密简，心里不知啥滋味。王命不敢怠慢，他赶紧把密简送给了还在首止的郑文公。

郑文公启开一看，欣喜异常。原来密简中说，周惠王不喜欢太子姬郑，有心将王位传给次子姬带，请郑文公予以帮助，弃齐从楚，如果成就此事，愿恢复郑君以前在周王室的卿士之职，将周朝政事委于郑文公。郑文公心里想：虽然周朝政事只是一个象征意义，但只要周王室仍是名义上的天下共主，这个卿士的鲜亮头衔就有吸引力。想当年，先君郑庄公因为担任周朝卿士，成就了郑国最为辉煌的时代，他本人也被称为“初霸”。可惜好景不长，随后的郑国江河日下，在经历兄弟间的夺位之战后，郑国走向了衰败，由初霸各国改为依附强国。假若以后能恢复周朝卿士职位，自己就可以重振昔日的郑国雄风。

想到这些，郑文公就召来身边谋臣商议，打算脱离首止盟会，回到郑国与楚国结盟，拥戴周王子姬带。

随来首止的郑国大夫孔叔劝谏道：“因为与齐国结盟，所以楚国不敢对郑国用兵。君上您如果脱离担任盟主的齐国，臣服于曾经攻打我们的楚国，这不符合世之常理啊！再说，目前大家都在此拥戴周太子姬郑，太子可是未来的周天子，拥戴太子是天下之大义，郑国怎能转而支持王子姬带？”众人都不言语。

稍停了一会儿，郑文公说：“扶立王子姬带是当今周王的旨意，跟周王总比跟霸主强吧？周王不喜欢太子姬郑，我们还不是白操心？”

孔叔继续劝谏：“《诗经》中的《板》说：‘为政有德国家安，君王嫡子是城墙。莫使城墙遭破坏，不要孤立自慌张。’周王室传位的规矩一向是立嫡立长。凡破这规矩的，都会招致失败。远的不说，周桓王喜欢王子姬克，不就是因乱了规矩而招来灾祸吗？君上您还是遵从大义，且莫出轨覆辙、追悔莫及呀！”

旁边的郑国大夫申侯此时发言：“周天子之命，谁敢违抗？跟齐国会盟，不就是不尊王命吗？再说，太子姬郑有外党，王子姬带有内应，谁成功谁失败还是个未知数呢！”

郑文公点头称是，决意离开首止。

孔叔继续谏道：“当年北杏会盟时，宋君御说因为擅离盟会，遭到齐国等讨伐，现在宋君御说正在首止。如果我们脱离盟会，齐国定会追究我们。那样，郑国将怎么办？”

申侯说：“我们一走，其他诸侯国必定起疑。有了猜疑，齐国发起的盟会就会散伙，我们不就没了弃盟会而擅自行动的罪名了吗？”

郑文公很欣赏申侯的见解，于是不听孔叔的劝说，率人悄然离开。

郑文公的不辞而别，让齐桓公大为光火，他决定以周太子姬郑之名讨伐郑国。上卿管仲谏道：“凡做出有悖常理事情的人，非头脑发昏即有恃无恐。君上您想过没有，郑国君臣突然离盟而去，必定是得到了周天子的授意。一人离盟不足以毁坏整个拥立太子大计，盟约应该照旧举行，否则岂不功败垂成落入周王室和郑国所希望的境地？讨伐郑国还是要等上几天！”齐桓公点头同意，决定加快会盟进程，歃血为盟。

仍在首止的诸侯共有七个：齐、宋、鲁、陈、卫、许、曹。诸侯歃血完毕，周太子姬郑赶紧降阶作揖，感谢众位诸侯对自己的支持，表明自己将不会忘记大家的恩德。

第二天，首止会盟解散。因首止在卫国境内，齐、卫两国君主亲自把周太子姬郑送出卫国国境，然后各自返回。

且说郑文公听说齐国等诸侯国继续会盟，并计划讨伐郑国，遂生悔意，不由埋怨自己做事鲁莽。因为心虚害怕，郑国一时不敢从楚。

话说楚成王闻听郑文公擅自离开首止之盟，高兴地说：“楚国得郑矣！”楚国大夫屈完在旁，向楚成王奏道：“郑国大夫申侯原是楚臣，好财且见风使舵。如果送其重礼，则其必为我所用。”楚成王听信屈完，遂遣使通于申侯，欲与郑修好。

郑国大夫申侯见楚国如此重视自己，便一改往日恨楚态度，私下里悄悄对郑文公奏道：“天下只有楚国才能和齐国相抗衡，如果不向楚，齐、楚两国皆视郑为仇，那么郑国就危险了。如果向楚，则上应周王之命，一旦齐攻郑时，楚必定来救，那样就能保住郑国的平安。”郑文公相信申侯所言，遂不再忌讳齐国，派遣申侯到楚国致意。

再说齐桓公恨郑叛盟，就率同盟诸侯伐郑，包围了郑国的新密。

此时，郑国大夫申侯正在楚国，对楚成王说道：“郑国之所以愿意归服楚国，是因为只有楚国才能抗衡齐国。如果楚不救郑，我无辞以复命也。”楚成王和众臣商议，决定伐齐之盟国许，以解郑国之围。

楚成王亲自率兵征伐许国，齐桓公闻许国被围，便离开郑国去救许国，郑围遂解，许国也得救。

郑国大夫申侯归郑，自以为有不世之功，洋洋得意，指望加封受赏。不料，郑文公认为虎牢之赏，已经过分，便不再加赏。申侯因此心里不高兴，嘴上牢骚不断。

第二年，齐桓公率领同盟诸侯大军又一次讨伐郑国。郑文公抓紧派大夫申侯去向楚国求救。这时的申侯照旧一肚子意见，还没到楚国，就以突患急病为由返回郑国都城新郑。这一次，郑国吃不消了。齐桓公所率盟国大军攻到了新郑城下。

此时正是春天，杨树刚刚吐出嫩黄的树叶，非常好看。大夫孔叔进谏道：“狂风刮来，一年生的杨树不会折断，因为它柔软；五年以上的杨树也不会折断，因为它足够坚硬；那些折腰的都是三四年的树，因为它既不服输又不够坚硬。国家也是如此，因为既不强大，又不低头服软，所以就会被强国灭亡。现在郑国危险了，因此请君上向齐国请罪，以救郑国。”听了孔叔的话，又看到盟国大军在自家门口，郑文公心里恐慌极了。

此时，远在百里之外的陈国大夫辕涛涂异常兴奋。当年，他被不讲信义的郑国大夫申侯所害，为了报复申侯，辕涛涂预先埋下了“干柴”，如今，他可以把这“干柴”点燃了。辕涛涂就给郑文公去信说——

> 申侯此前以国媚齐，而得虎牢之赏。他把虎牢城墙筑得高大美观，不是为别的，而是为将来叛乱作打算。虎牢，地势险要。当年郑庄公不将虎牢封给公子叔段，正是因为此。今申侯又以国媚楚，使郑国负德背义，自召干戈，祸及社稷。如果郑国灭亡了，申侯就会在虎牢自立为君。请杀申侯，则齐兵可不战而退。

郑文公此时正为首止逃盟引起各路诸侯两度入侵而后悔，看完陈国大夫辕涛涂的信后，便将称病的大夫申侯叫来说："以前你劝说寡人背齐投楚，还说齐国进攻，楚国会来救郑国。现在齐国已经攻到郑国都城下了，楚国援兵在哪儿？"申侯想申辩，但郑文公不由分说，立刻下令将其杀掉。申侯以投机取巧发家，结果以投机取巧败身。申侯被杀后，郑文公派大夫孔叔为使向齐桓公求和。

在路上，孔叔不由叹道："这些年来，郑国就像个陀螺，齐国攻打，就向楚国求救；如果楚国攻打，就会向齐国求救。转来转去，非把国力消耗尽不可。"

郑国大夫孔叔拜见了齐桓公，一番和好言辞，加上孔叔素有贤名，齐桓公答应了郑国的和好请求，并决定各国诸侯在鲁国的宁母碰个面。郑文公因为擅离首止盟约，内心发虚，不敢前往，便派郑国世子姬华出席。

郑国世子姬华在去宁母的路上，想起了郑国的宫廷往事——

郑文公与夫人成姜生有两个儿子，一个是立为世子的姬华，另一个是姬华的弟弟姬臧。花无百日红，人无千日好，夫人成姜不久去世了。

却说郑宫里有一个燕国来的陪嫁女燕姞，晚上做了个梦，梦见一位伟岸男子，手持一株兰花，对她说："我是你的先祖，我会赐给你一个儿子，他将成为郑国未来的国君。"说完，把兰花一掷，就不见了。燕姞梦醒后，满屋皆香。这位女子的奇异之梦迅速在郑宫里传开，同伴忙不迭地道喜，贺她早生贵子，其实是嘲弄燕姞。

无巧不成书，当晚，郑文公入宫，眼光不偏不倚恰恰落在了燕姞身上，觉得她很可爱。很快，郑文公觉得气氛不对，婢女们暗自哂笑。郑文公忙问何故，她们就把燕姞的梦讲述了一遍。郑文公听完，开口就说："这是好事呀，大吉之梦，寡人就来成全此等美事。"于是给燕姞一支兰花而让她侍寝。

一番亲热后，燕姞告诉郑文公："妾的地位低贱，如果侥幸怀了孩子，兰花将为信物。"郑文公说："好。"这一夜宠幸，燕姞果真怀孕。十个月后，生了个男孩，取名叫姬兰。

燕姞得宠，最难过的就是姬华。自己母亲已死，父亲又宠爱燕姞，难免将来自己的父亲不会改变主意，受燕姞梦的预示，立姬兰为世子。觉得自己的地位不保后，姬华就和上卿叔詹商议，希望得到他的支持。叔詹劝解姬华，做好本分之事，尽心尽孝。姬华不听，又去找大夫孔叔商议，孔叔以同样的话回答。碰了两个钉子，姬华很是不爽。

却说公子姬臧好玩，他用鹬鸟羽毛织成帽子，四处招摇。郑国大夫师叔看见了，便对他说："公子您戴这种帽子有失礼仪，还是不戴为好。"姬臧愚钝，哪能听得进去？心里暗骂师叔管得也太宽了。姬臧跑到世子姬华那儿骂了师叔一通。

就这样，世子姬华对郑人称为"三良"的叔詹、孔叔和师叔都不满，以为他们支持姬兰。

郑国世子姬华在去宁母的路上想，人人都说盟主齐桓公乐善好施，远的不说，当前就刻意帮助周太子姬郑，自己见了他一定请他帮忙，除掉眼中钉。

到了宁母，郑国世子姬华拜见了齐桓公，屏退左右后说："盟主您有所不知，郑国名义上是国君掌政，实际上由叔詹、孔叔和师叔三人把持朝政。上次首止父君逃盟，就是他们三人搞的鬼。要是盟主您能帮我除去这三人，郑国会一心一意臣服齐国。"

齐桓公之所以为盟主，自有他过人的地方，这过人的地方之一，就是他一般不敢独断专行，而是一心一意信赖管仲等大臣。他知道上卿管仲看问题比自己强，所以对于政事，齐桓公一般都是先和管仲商量再行实施。齐桓公哼哈一阵，敷衍一番郑国世子姬华。在送走他后，就将姬华所请之事咨询管仲。

管仲把头摇得像拨浪鼓，连说不可。管仲奏道："得罪一个人、一小帮人可以，但得罪一大群人、一个国家的人不可以。叔詹、孔叔和师叔三人，在郑国被称为'三良'，如此社会威信的人，齐国怎么可以去杀呢？郑国世子姬华心思不正，实是造谣中伤。齐国不可与之为谋，毁坏霸主匡扶正义的名声。”齐桓公恍然大悟，派人以郑国内政不便干涉为由婉言谢绝了郑国世子姬华。姬华心胸狭窄，对齐桓公有了成见。

齐国上卿管仲很是讨厌心怀不轨的阴谋之人，就故意把郑国世子姬华的所作所为大肆散布。很快，这些对姬华不利的话语就传到了郑文公的耳朵里。

此时的郑国世子姬华还蒙在鼓里，见到父君郑文公，又编织了弥天大谎，殷殷相劝郑文公改亲齐为亲楚。听完姬华的讲述，郑文公勃然大怒，一顿痛骂，把姬华幽禁起来让他好好反省。

世子姬华诚惶诚恐，预感大事不妙，不由心里道：“这样在幽室中长居下去，说不定国君之位就泡汤了。”于是开始挖墙，想打开一个洞逃遁，但还没挖几下，就被小吏报告给郑文公。

郑文公很生气，当即赐毒酒让世子姬华自尽。姬华弟弟姬臧得知哥哥被杀，心里胆怯，带着鹬鸟羽毛帽子疯疯癫癫，被郑文公看到了，大声呵斥。吓破胆的姬臧赶紧往宋国跑，在半道上被愤怒的郑文公派人击杀。

经过这么一折腾，郑文公不敢再有扶持王子姬带、依附楚国的心思，下定了依附齐国的决心，写信给齐桓公，表达了拥戴盟主的意愿。

就在这一年冬天，周惠王病入膏肓。太子姬郑感到前所未有的担心，虽然自己被天下诸侯“公认”，但并没得到父王的赏识，弟弟姬带才是父王首选的接班人。太子姬郑赶紧派人向齐桓公告难。

就在等待齐国相助的时候，周惠王驾崩，太子姬郑派人严守王室内宫，密不发丧，以防有变，同时再派人星夜疾驰齐国，请齐桓公前来救急。

齐桓公不忘前约，在洮地大会诸侯。在齐桓公的安排下，齐、宋、鲁、卫、陈、郑、曹、许八国，派遣使节和大军前往洛阳。这八国大军，旌旗猎猎，以朝见天子之名，阵列洛阳城外。

周太子姬郑赶紧派人出城慰劳八国大军，随后将周惠王驾崩的消息昭告天下。天下诸侯使节来得正好，旧王已逝，新王即将继位。吊旧王贺新王，八国诸侯使节一次全做了。这下可就害苦了王子姬带，眼睁睁地看着各诸侯国拥着太子姬郑风风光光地登上王位。一切皆成事实，姬带也就打消了当王的念头。姬郑顺利成为周朝的新天子，即周襄王。

周襄王即位后，派太宰孔赐齐桓公文武胙、红弓矢和大辂车，以表彰其功。

齐桓公召集各国诸侯大会于葵丘，举行受赐典礼。在典礼上，太宰孔依周襄王之命，说齐桓公年老德高，不必下拜受赐。齐桓公想听从王命，上卿管仲从旁进谏道："周王虽然谦让，臣子却不可不敬。"齐桓公于是答道："天威不违颜咫尺，小白怎敢贪王命而废臣职？"说罢，齐桓公疾走下阶，再拜稽首，然后登堂受胙。众诸侯见此，皆叹服齐桓公有礼。齐桓公又重申盟好，订立了新盟——葵丘之盟。盟约规定：凡同盟诸侯都要和好，不要乱筑堤坝壅塞水流，不要阻碍粮食流通，不要废黜世子，不要以妾为妻，不要让妇人参与政事，不要擅杀大臣。这是齐桓公霸业的顶峰。经过二十多年的苦心经营，加上其他的会盟，齐桓公在管仲的辅佐下，先后主持了三次武装会盟、六次和平会盟，还辅助周王室一次，故世人称齐桓公"九合诸侯，一匡天下"。

葵丘会盟后，公子卫开方等势利小人日日予以盛赞，齐桓公越来越骄傲。他戴高帽，穿紫衣，着狐裘，系大带，甚至连喝水都不喝普通白开水，而只喝桂花汁。

这日朝会，齐桓公对众臣说："寡人向南打到召陵，向北打到令支、孤竹。这些年来，寡人三次武装会盟、六次和平会盟，并定当今天子之位。世人说祖先尧、舜、禹伟大，现在寡人和他们有什么两样吗？寡人想在泰山封禅。"

大司直鲍叔牙劝谏道："所谓封禅，其实应该分开来讲，封泰山、禅梁父。五岳之中，泰山为首。在泰山上筑土为坛祭天，报天之功，称封；在泰山脚下的梁父山上辟场祭地，报地之功，称禅。这是古代帝王的最高大典，而且只有改朝换代、江山易主，或者在久乱之后，致使天下太平，才可封禅天地，向天地报告重整乾坤的伟大功业，同时表示接受天命而治理人世。据老臣所知，最近的一次封禅大典是周成王搞的。此后数百年，没有一个周天子敢封禅，皆因为功业不够。

君上您只是一个诸侯，如果僭越礼教而行封禅，是大逆不道之举，也是齐国尊王事业的大倒退，不可搞。真要搞起来，必定会造成诸侯离心、群起而叛齐的不利局面。”

齐桓公已被公子卫开方等人捧得迷迷糊糊，此时说道：“夫子您以前说什么话，寡人都听，偏偏这次不听。”

上卿管仲心想，要想劝住齐桓公，只有让他知难而退，便上前奏道：“封禅不是那么简单的，需要黄土高坡产的优质黍禾做供神的祭品，江淮地区产的三脊青茅做拜神的席子。除此外，还得事先有祥瑞之兆，如东海比目鱼跳跃，西土比翼鸟齐飞，凤凰降临，麒麟显世，一共出现十五种祥瑞才行。现在什么征兆都没有，倒是荒草乌鸦一大堆。这样就去封禅，会被天下耻笑的。”齐桓公一听封禅这么麻烦，便只好作罢。

过了几天，齐桓公又在朝上说：“寡人欲铸大钟，昭显寡人之名，各位看如何？”

上卿管仲笑而不答，大司直鲍叔牙忍不住谏道：“请允许老臣直言，铸大钟必先有大仁、大义、大武、大文。以前，公子姜纠比您岁数大，君上您不让，非仁也；背离先君姜太公之言而侵鲁境，非义也；齐鲁盟会，被一剑吓住，非武也；小妾不离怀抱，非文也。当今天下，凡不能自知者，无天灾必有人祸。请君上您明辨事理，放弃铸大钟的想法。上天在上，君臣处下；君臣所言，天必闻之。”鲍叔牙几十年不变色，依旧烈骨铮铮，历数齐桓公之过。

齐桓公闻言，顿觉无地自容，连忙惶恐地说道：“夫子敢言，真是社稷之福也。寡人有过，辜负教诲，侮辱社稷。今后，寡人一定严格要求自己。”

齐桓公从恶如流，从善也如流。师傅鲍叔牙一阵当头棒喝，让他想到了先君姜太公和鲁国先君周公姬旦立下的誓言：世世代代、子子孙孙互不侵害，可后代们却屡屡挑起战端；又让他认识到了自己的自高自大。齐桓公一再表示坚决改正。为了随时反躬自省，他命人在自己座席右边放置了一个攲器。这攲器，乃是一种奇特的盛酒器，空着的时候往一边斜，装了大半罐则稳稳当当地直立起来，如果装满了则一个跟头翻过去。齐桓公把攲器放在座右，就是为了时刻提醒自己，不要骄傲自满，自满就会翻跟头，这便是座右铭的由来。

几日后上朝，齐桓公恭敬地向大司直鲍叔牙说：“夫子，寡人去掉了自恋、自大，这样齐国就无忧了？”

耿直的鲍叔牙奏道：“市井有歌谣说，齐国有三难，一难去栋梁，二难去阳光，三难去宫墙。请君上三思。”

齐桓公知道这是隐语，便问：“这一难、二难、三难，暗指什么？”

鲍叔牙不答。

齐桓公问上卿管仲，管仲奏道：“臣想，这一难，指君上亲近小人、女人，而远离士人，让国之栋梁倾斜。这二难，是指君上您常常出去游玩，让臣民渐失上进之心，军民懈怠，好似禾苗失去阳光。这三难，是指君老而未置世子，这必引起宫墙之祸。”

齐桓公惊起一身冷汗。当务之急，是解决第三难。齐桓公顾不上择定吉日，就在宗庙里举行仪式，立长子姜昭为世子。

却说为齐桓公创立霸业而呕心沥血的上卿管仲病重了，齐桓公亲自去探望他，询问他谁可以接替上卿之位。

管仲颤巍巍地说：“君上应该是最了解臣下的。”

齐桓公欲任大司直鲍叔牙，管仲诚恳地说道：“叔牙是君子，但他善恶过于分明，见人之一恶，终身不忘，这样是不可以为上卿的。”

齐桓公又问：“易牙怎样？”

管仲说：“易牙为了满足君上的要求而不惜烹了自己的儿子以讨好国君，没有人性，不宜为上卿。”

齐桓公又问：“开方如何？”

管仲答道：“开方舍弃了千乘之国公子的地位，屈奉于君上，他心中所求的必定过于千乘之封。君上应疏远这种人，更不能任其为上卿了。”

齐桓公又问：“易牙、开方都不行，那么竖刁怎样？他宁愿自残身肢来侍奉寡人，这样的人难道会对齐国不忠吗？”

管仲摇摇头说：“不爱惜自己的身体，是违反人情的，这样的人又怎么能真心忠于齐国社稷呢？请君上务必疏远这三个人。假如宠信他们，齐国必乱。”

齐桓公面露难色，心里嘀咕：“仲父你早知道他们是祸害，干吗不想办法早将他们除去？现在才说，难道要寡人割心头之爱？”

管仲猜中了齐桓公的心思，叹道：“老臣以前不说，是为了让君上您情绪愉快。他们三人好比是洪水，老臣就是这洪水的堤防，不会让他们泛滥。如今堤防将去矣，将有横流之患，所以请君上一定让他们远去。”齐桓公这才明白了管仲的苦心。

此时，宁戚、宾胥无、王子成父等一班老臣都已离世。齐桓公又问谁人可以接替上卿之位，管仲推荐了为人忠厚、一直从事外交的大司行隰朋，说隰朋可以帮助国君管理国政。齐桓公含泪答应，接着又问：“仲父还有何言？寡人必一一谨从。”管仲点了点头，又摇了摇头，然后闭上双眼，黯然而去。管仲静静地走了，正如他静静地来。齐国将管仲葬于临淄牛山北麓，伴随管仲而去的是他的无数牵挂，而管仲奉献给人间的是他的简单而且实用的“出入”学问。

仲父去了，齐桓公顿时觉得心里像被挖了一块肉，痛楚遍及全身。他失去了内心强大的支撑，也失去了勇敢与力量，一股无助的感觉渐渐弥漫上来。这就是真正的痛苦与孤独，它们会让内心撕裂，将一切化为虚无。在那些痛苦的日子，齐桓公经常令宫中内侍吹起牛角，自己则奏号钟与之呼应。牛角声声，琴音悲悲，闻者无不被感动得泪泣如雨，莫能仰视。在琴音中，齐桓公想起了号钟的原主人伯牙与钟子期的故事。齐桓公叹道：“唉，高山流水，美则美矣，但唯一的知音已不在人世了，这琴还弹给谁听呢？”齐桓公便将号钟永远封存，以纪念他永远的仲父。凡是人的遇合，自有定数，往往仇雠后成知己，以至亲密无间、绝对信任，管仲与齐桓公就是如此。

且说易牙听说管仲与齐桓公的临终对话后，心里恼恨管仲，便去挑拨大司直鲍叔牙，说管仲阻止齐桓公任命鲍叔牙为上卿。鲍叔牙笑道：“管仲荐隰朋，说明他一心为齐国社稷考虑，不存私心偏爱友人。现在我做大司直，驱逐佞臣，正合我意。如果让我当政，哪里还会有你们的容身之处？”易牙讨了个没趣，深觉管仲交友之密、知人之深，灰溜溜地走了。

齐桓公也是心如明镜，管仲临终前那些苦口婆心的劝告，他句句都听了进去。齐桓公很快就将竖刁、易牙、卫开方三人罢官驱逐，整个世界顿时清静了。隰朋接替管仲担任上卿后，果然不负众望，但他不久就去世了。齐桓公这才明白管仲临终推荐隰朋时为什么点了点头、又摇了摇头，原来是担心隰朋的寿命呀！一年后，耿直的大司直鲍叔牙也去世了。

第三篇

一群老人

无田甫田，维莠骄骄。无思远人，劳心忉忉。

无田甫田，维莠桀桀。无思远人，劳心怛怛。

婉兮娈兮，总角丱兮。未几见兮，突而弁兮。

在齐国都城临淄，一位近五十岁的男子仰天长叹。叹什么呢？就是妻子啊，你不要去耕种大田，多而高的杂草会把你累坏！儿子呀，好久没见了，你的童子髻角是不是已经梳成青年头冠了？

这位男子十几年没回家了，闻听齐国好贤，便来到齐国，谁知齐桓公黄昏末日，幽居深宫，想见也见不上。管仲等一班叱咤朝堂的肱股之臣都已去世，剩下的一些奸诈小吏挡道，他想进取也无门可走。

他叫百里奚，虞国（在今山西省平陆县东北部）百里鄙人，从小好学，一心想走一条为官之路。怎奈父母早亡，家景赤贫，又无贵人提携，虽有满腹经纶、一腔豪情，只落得贫困潦倒，抑郁不得其志。时光如箭，日月如梭，很快到了而立之年，仍是孑然一身。过了三十岁，才娶妻孟风，一年后生一儿子，取名百里视。

一家三口人和和睦睦，就是家里贫寒。百里奚打算出去找点事做，可又舍不得只留下妻子和孩子。有一天，孟风对他说："大丈夫志在四方，怎么能老呆在家里？你现在年富力强，不出去做事，难道等到老了才出去吗？家里的事你尽管放心，我也有一双手呢！"百里奚听了妻子的话，决定出外闯荡。

到了出门这天，孟风预备些饭菜，给百里奚送行。家里只有一只老母鸡，孟风把它宰了。可是灶下连柴火也没有，情急之下，孟风就把门闩当柴烧了。孟风还熬了些小米饭，煮了点白菜，叫百里奚美美地吃了一顿。临走的时候，孟风抱着小孩儿，拉住丈夫百里奚的袖子，眼泪再也忍不住了，哽哽咽咽地说：“你要是富贵了，千万别忘了我们娘儿俩。”百里奚也眼泪汪汪地安慰了她一番。

这虞国百里鄙是有名的歌舞之乡，此时远处传来了歌声——

黄鹰鸟哟，冲蓝天哟。好男儿哟，志四方哟……

听到歌声，百里奚想起自己的妻子孟风能歌善舞，当年他们就是靠情歌对唱认识的。孟风没嫌他穷、岁数大，认定他有学识、有抱负，将来会有出息，可百里奚却迟迟不得志。

这百里奚与妻子边说边走。到了河沿上，孟风从歪脖子柳树上折了一根柳条，交给他。穷苦之家，没有贵重东西作情物，只好以柳条寄托孟风的一片情思。黄土路上，百里奚快步向前走，黄鹰鸟在上空鸣叫。这种眼黄、爪黄的黄鹰，百里奚非常熟悉。在百里奚还很小时，他父亲就给他讲黄鹰的故事——

母黄鹰将蛋产在山上的杂石堆里，当一只只幼黄鹰出生后，还没享受几天舒服的日子，母黄鹰便把幼黄鹰带到悬崖上，然后把它们摔下去。不用说，有的被摔死，那是胆怯者、体弱者；有的活了下来，那是雄心者、体强者。活下来的幼黄鹰一天天长大，日日在广袤的天空中自由翱翔。

百里奚想，自己虽然吃了三十多年的苦，但却没能驰骋天下。走在路上的百里奚，此时觉得自己连一只在天空飞翔的黄鹰还不如。走着走着，百里奚又想起了黄鹰的另一个传说——

黄鹰寿命很长，能活到七十岁，但当它活到三十五岁时，它的爪子开始老化，翅膀也变得沉重。此时，它只有两种选择，要么等死，要么重生。如果是后者，它必须努力飞到一处陡峭的悬崖上，冒着疼死、饿死的危险，改造自己、重塑自己。首先，它要把自己的一个个趾甲拔下来，让新趾甲长出。然后它要把自己的旧羽毛都薅下来，让新羽毛长出。就这样，半年时间过去了，熬过来的黄鹰终于有了新生。黄鹰又开始翱翔，重活三十五年。

百里奚想，自己临近中年出奔，或许就是一只没发育好的黄鹰去获重生吧。百里奚首先来到了邻国晋国。

一　女戎乱晋

传说晋国的诞生是因为周成王与弟弟姬叔虞的一句玩笑话。有一天，周成王与姬叔虞一起做游戏，将桐叶削成圭状送给弟弟说："以这个封你吧！"太史裘听到这句话，便恭请周成王择吉日封赏姬叔虞。周成王摇头说："寡人是跟弟弟开玩笑的。"太史裘说："天子不可开玩笑，任何言谈举止，太史都会加以记载，然后按程序办事。"周成王无奈，只好以假当真，在黄河与汾水以东封给姬叔虞方圆百里的地方，这便是晋国的由来。晋国国君姬姓、晋氏，都城是绛城（在今山西省翼城东南），此时国君是晋献公。

当百里奚来到绛城，请求拜见国君晋献公时，门吏告诉百里奚，晋献公征战骊戎（在今山西省析城一带）去了，这骊戎是西戎的一支。百里奚一开始就遇闭门羹，有点儿怅然若失，别无他法，只好在附近流浪，等候晋献公回来。

且说晋献公率世子晋申生，公子晋重耳、晋夷吾，大夫里克、邳郑、梁五、东关五并一万精兵征讨骊戎。

行军途中，遇见一墓。墓旁有老人向晋献公说："这是周幽王的妃子褒姒之墓。"原来，褒姒被西戎掳去后，屡遭屈辱，几经周折，死于此地。当地百姓念其曾为天下之母，便立墓葬之。

晋献公围墓转了三圈，问众人有何预兆。世子晋申生奏道："女色祸国，当引以诫之。"大夫里克、邳郑纷纷附和晋申生。晋献公点头称是。大夫梁五会说话，常能说到晋献公的心坎上，让他高兴。梁五此时奏道：“恭喜君上，褒姒乃绝世美女，今见其墓，是君上有艳福之兆。”东关五与梁五是同流合污之徒，也上前祝贺晋献公。晋献公忍不住哈哈大笑。

且说骊戎破亡在即，在危若累卵的时刻，骊戎首领骊兰慌忙遣使向晋献公求和。晋献公得到许多宝鼎、玉器和割让大片土地的契约后，仍然按兵不动。之所以按兵不动，是因为晋献公相信梁五、东关五的艳福预兆。

再说骊戎首领骊兰见晋献公不肯撤军，愁肠百结。有谋臣献计道：“首领何不学前人之智？周幽王伐褒国，褒人赠以美女褒姒。首领膝下，有容颜妍媸的美貌女儿骊姬、少姬，尤其骊姬，不仅其貌倾城，其智更足以倾国，这正是我骊戎起死回生的救星啊。”骊戎首领骊兰沉默无语。谋臣继续说道：“晋君，是好色之徒。今晋虽以男兵胜我，假以时日，我骊国也必以美女胜晋啊！”此时，救亡图存之心战胜了儿女情长，骊戎首领骊兰急入后宫与夫人及两个女儿商议。骊姬、少姬生于首领之家，从小就见识你征我战的环境，血液里没有少女的纯情，只有利益和计谋。二人没有半点儿犹豫，当即听从父亲的吩咐，决心“女戎乱晋”。

晋献公正寻思着如何进一步征伐骊戎时，盛装打扮的骊姬、少姬被骊戎人送来。晋献公顿觉眼前一亮。只见这对姊妹花，妖媚无比，貌若天仙，尤其是骊姬动人魂魄，分明是当年冷褒姒。晋献公喜不自胜，认为梁五之解正确，当即与骊姬、少姬成亲，第二天便下令班师回国。这骊姬、少姬正值花样年龄，加上热情奔放、性感野辣的特性，很合性格豪放的晋献公胃口。两姐妹有父亲嘱托，便在晋献公面前曲意逢迎，使尽浑身解数，频施媚惑之术。晋献公与骊姬姐妹夜夜同宿，原有的嫔妾如同糟糠被抛弃一边。世子晋申生在墓前的忠谏，晋献公也早已抛到九霄云外。

且说百里奚想在晋国求个一官半职，但晋国自从晋献公获得骊姬、少姬后，少理朝政，晋国上下的正气越来越少。百里奚无钱送礼，便只好继续流浪。

再说晋献公最宠骊姬，为满足她的欢心，欲立骊姬为夫人。废旧立新是大事，晋献公便召来太卜卜偃。这卜偃料事如神，人称神算子。卜偃用龟甲来占卜，得卦不吉利；再用蓍草占卜，得卦吉利。晋献公说："寡人就听从蓍草所占卜的结果吧。"卜偃奏道："蓍草之数短而龟象却长，不如按照龟卜。龟卜的卦辞说：'专宠会使人心产生不良。香草和臭草放在一起，十年以后还会有臭气。'因此说，新立夫人，一定不可取。"晋献公不听，就立了骊姬。未几年，骊姬生了公子晋奚齐，她的妹妹少姬生了公子晋卓子。

在豪华的晋国宫殿里，戏子施正在倾心演唱《诗经》里的《鹿鸣》一诗——

> 呦呦鹿鸣，食野之苹。我有嘉宾，鼓瑟吹笙。
> 呦呦鹿鸣，食野之蒿。我有嘉宾，德音孔昭。
> 呦呦鹿鸣，食野之芩。我有嘉宾，鼓瑟鼓琴。

晋献公、骊姬与世子晋申生，公子晋重耳、晋夷吾，大夫里克、邳郑、梁五、东关五等人一起观看。

到了高潮处，在晋献公的默许下，从小就能歌善舞的骊姬与戏子施一起表演。宫殿里笑声不断、掌声不断，但从台上走到晋献公身边坐下的骊姬并不快乐，因为她生下公子晋奚齐时，充满政治野心的骊姬便想设法废掉世子晋申生，撵走晋重耳、晋夷吾，改立晋奚齐为世子，从而"以女胜晋"。当她与戏子施一起对唱时，突然发现自己的想法是那么幼稚，晋申生、晋重耳、晋夷吾均已成年。晋申生东征西讨，屡立战功，甚得民心。晋重耳、晋夷吾也精明强干，非等闲之辈。长幼有序，除非出现重大变故，否则世子之位怎么会落到尚在牙牙学语、蹒跚学步的晋奚齐头上？另外，里克等人并非自己一伙儿，尤其是里克还与晋申生、晋重耳等公子交情深厚。想到这些，骊姬闷闷不乐。

戏子施是个聪明人，他瞧见了自己一直暗暗爱慕的骊姬有些反常。当晋献公等人散去时，他对骊姬说："夫人有什么困难吗？我虽是一戏子，但也通晓权术。如果夫人有用得着我的地方，我定会赴汤蹈火、在所不辞。"

骊姬叹了口气说："我想办件大事，向三位公子发难，应该怎么做？"

戏子施答道："把一头野羊圈起来，开始它还想冲出去，但多次努力无效后，它便安下心来在羊圈里吃草，因为它知道自己只能在这个木栅栏里转悠。对待三位公子，也是这样，应早点把他们的地位固定下来，使他们认识到自己的地位已经到顶。人若知道自己的地位已经到顶，就不敢再有非分之想了。即使有轻慢之心，也能很容易被击败了。"

骊姬又问："我要发难，先从谁下手呢？"

戏子施答道："必须先从世子申生开始。申生为人胆小怕事，受不得辱，而且年长稳重，又不忍心害人。那受不得辱的人，就容易羞辱；稳重而不灵活的人，就可以找他的毛病；不忍心害人的人，就只能自忍。夫人可以对他最近的行为进行诬蔑。"

骊姬说："稳重的人，恐怕难以动摇他吧？"

戏子施答："懂得羞耻的人才可以羞辱他，即使性格再稳重也会动摇的。现在夫人内得君心，外受宠爱，你说一个人好话或坏话，国君没有不相信的。如果你表面做出善待申生的样子，私下用不义的罪名羞辱他，那他的意志没有不动摇的。我还听说，过分精明的人近于愚蠢。精明的人容易受辱，就会愚蠢得不知躲避祸难。即使想不动摇，他能办得到吗？"

骊姬默记心中。此时，她想到了父亲"女戎乱晋"的嘱托，心里不由暗暗道："晋国得到了我和妹妹少姬，可一年后又派人消灭了骊戎，父亲也被迫自杀，这家仇族恨一定要报，天下没有不可能的事，只要你去用心。"

狗找狗，猫找猫，物以类聚，人以群分。骊姬认为大夫梁五和东关五好财不义，可以利用，便派内侍送给他俩玉璧各五对。

梁五和东关五受宠若惊，当即来宫中向骊姬表示感谢。骊姬说："区区几块玉璧算什么，如果公子奚齐能做上国君，封邑、良马、宝玉，都少不了你们的。"

二人心领神会，笑着说道："夫人指向哪儿，我们就打到哪儿。"

此刻，骊姬很高兴。她想起了戏子施出的"让三位公子感觉到顶"

的主意，便轻声说道：“三位公子都是栋梁之材，你们应该向国君建议，让他们去都城之外建功立业。”

梁五和东关五答道：“好的。”便退下。

二人出了内宫，便在路上嘀咕。梁五对东关五说：“夫人骊姬的主意，分明是让三位公子失去继承国君之心呀！”

东关五跟着叹道：“夫人骊姬真高明呀！在背后一定有高人指点。”

梁五说：“这高人估计就是阴险的戏子施吧。”

第二日，梁五和东关五便去拜见晋献公。梁五奏道：“曲沃，是晋国宗庙之地，又是世子封邑。蒲地和屈地，是晋国边疆要地，不能没有人主管。如果宗庙所在地没有人主管，民众就不会畏惧；如果边疆要地没有人主管，就会引发赤狄皋落氏等北狄的侵略野心，这都是国家大患。”赤狄皋落氏（在今山西省垣曲县）是北狄的一支部落，因其俗尚赤衣而得名。赤狄皋落氏与晋国因利益相争，常常水火不容。东关五奏道：“如果让世子申生去到自己封邑上主管宗庙，让公子重耳和夷吾去主管蒲地和屈地，那么就可以威服民众并使北狄惧怕。”晋献公听了很高兴。梁五提到曲沃是世子封邑，这让他回忆起去年的辉煌战绩——

目睹周王室衰微，晋献公便扩大军队编制，变原来的一军为上下两军，自己率上军，世子晋申生率下军，发动了一次开疆拓土的战争。晋献公出征的兵车上，勇士赵夙驾驭兵车，毕万为车右。二人英勇无比。此次出兵战果丰硕，一举歼灭了耿（在今山西省河津市东南）、霍（在今山西省霍县西南）、魏（在今山西省芮城县东北）三个小诸侯国。凯旋后，晋献公为世子晋申生在曲沃修筑城墙；为了奖励奋勇作战的赵夙与毕万，晋献公将耿封给了赵夙，将魏封给了毕万，作为封邑。

这毕万是毕国（在今陕西省咸阳东北）公族子弟，姬姓，毕氏。毕国被灭后，毕万考虑归附晋国，请人筮卦。兆头出奇地好。卜师辛廖惊奇地告诉他：“这是公侯之卦啊，没有再吉利的了！你的家族在晋国一定会繁衍昌盛。你是公侯的子孙，将来你的子孙也一定会恢复公侯的地位！”毕万高兴地带着家眷来到晋国，投奔晋献公。

听到晋献公这些安排，晋国的神算子卜偃预言说：“世子为国之储君，应在都城绛城，不应去曲沃。看来世子不能做继承者了，与其得到厄运，还不如离开晋国。”卜偃又预言说：“毕万的后代一定会昌盛。万，是满数；魏，是大名（古时魏写作‘巍’，高大的意思）；以这里作为他的封邑，上天已经显示预兆了。天子主天下，称兆民；诸侯主一国，称万民。现在把这个叫‘魏’的地方封他，他名字里又有‘万’这个满数，所以一定会得到民众的。”上天不一定让毕万的后代昌盛，但当时人们相信这种数理文化，这种数理文化会有助于毕万后代昌盛。卜偃的预言，晋献公、世子晋申生都听到了，但却没有引起重视。

梁五、东关五进言后，晋献公即命世子晋申生去曲沃，又下令在蒲地筑城，让公子晋重耳去守卫；在屈地筑城，让公子晋夷吾去守卫。

公子晋重耳、晋夷吾都是晋国大夫狐突的外孙。狐突是狄国人，狄国是北狄的一个分支。狐突原姓姬，他的两个女儿都嫁给了晋献公，一个女儿生晋重耳，一个女儿生晋夷吾。晋重耳出生时，长相有些特别，一目有双瞳即重瞳而且肋骨紧密相连。古代相术认为重瞳是一种异相、吉相，象征着吉利和富贵，往往是君王的象征，如上古的舜就是重瞳。因为重瞳，他们给这个生理上有些畸形的小孩起名重耳。

晋申生是晋献公与齐桓公之女所生之子。因为齐桓公的威望，晋申生被立为世子。在骊姬被立为夫人前，晋申生母亲便已故去。这晋申生非同一般，乃仁德君子。晋重耳虽贤，但威望不如晋申生。晋申生更具长者之风，深得国人的爱戴。大夫里克等人都更亲于晋申生，连狐突也认为晋申生比晋重耳更为优秀，更适合接班晋献公。

在世子晋申生的阴影之下，公子晋重耳虽先天有生理缺陷但胸怀大志，谦虚谨慎，埋头进取，身边集聚了一批亲信，虽实权不大，但干劲十足。其中以狐偃、狐射姑、赵衰、魏犨、先轸等五人最为优秀，被称作“五贤”。狐偃，是狐突次子、重耳的舅父，智计过人，重耳以父礼事之。狐射姑，是狐偃之子，从小与晋重耳在一起。赵衰，勇士赵夙之弟，老成持重，重耳以师礼事之。魏犨，勇士毕万之子，因毕万被封于魏，后人以魏为氏。这魏犨也像毕万，以勇力闻世。先轸，谋略过人，为晋重耳智囊。对这些人，晋重耳均尊敬他们，毫无公子派头，他们也与晋重耳心掏心、心贴心，成为一个利益共同体。

世子晋申生及公子晋重耳、晋夷吾离开都城绛城后，公子晋奚齐一天天长大。骊姬着手进行第二步“女戎乱晋”，她与戏子施一合计，生出一条毒计来。

一天夜里，一番天昏地暗的缠绵之后，疲惫至极的晋献公正待入睡，骊姬忽然扭过身子，失声痛哭起来。晋献公吃了一惊，慌忙坐起来搂住骊姬，惊问何故。晋献公一搂一问，骊姬颤抖着身子摇晃着头哭得更厉害了，直哭得晋献公焦虑无比。

骊姬断断续续抽泣着说：“妾不敢言，言后夫君必不信。”

晋献公急不可耐，再三追问道：“你快说，究竟何事？”

骊姬涕泪涟涟道：“贱妾被人欺负了。”

晋献公顿时大怒道：“哪个畜生敢欺负夫人？快说出来，寡人即刻令人取了他性命！”

骊姬只是摇头，末了，才哽咽道：“妾不敢说，怕把夫君气昏。”言罢，又埋头在晋献公怀里，呜咽不止。

晋献公十分暴躁，捧住骊姬的粉脸，咆哮道：“快说，是哪个不想活的！”

骊姬悲痛欲绝，颤声道：“是世子。”

“是世子？”晋献公浑身一震，喃喃说道：“这怎么可能？”知子莫若父，晋献公想，这晋申生乃是孝敬父母而且极为本分之人，这种事是做不出来的。晋献公满腹狐疑地问道：“快说，这到底是怎么回事？”

骊姬哽声道：“昨天，世子申生从曲沃回来，妾在宫中碰到他。没想到世子竟然对妾无理。”

“他怎么无理来着？”晋献公问。

“世子醉醺醺的，忽然伸手抓住妾的衣袖，淫笑着对妾说，母亲真是天底下一等一的美人，难怪我父君对你宠爱无比。可我父君已经老了，他要一死，你可怎么办呢？”晋献公搂着骊姬的手慢慢松开了，一瞬间空气仿佛凝固了一般。骊姬压抑住涌上心头的恐惧，继续道：“妾当时非常惊讶生气，脸上又羞又恼，世子却似没有看见，说：‘我父君行将就木，母亲何不早日为今后着想？’一边说着，一边又来拉扯妾身，妾死力抗拒才得脱身。”骊姬轻声啜泣不止，晋献公却僵如木头。

虽然骊姬表演得像真的一样，可晋献公也没糊涂到别人说什么就信什么的地步。晋献公反复想，这是不是真的，如果是假的，一向温婉贤良的骊姬为什么要凭空造谣呢？这让他陷入了苦思。

骊姬心里害怕极了，决意打破这令人窒息的沉默，于是从床上爬起来，从墙上抽出一柄短剑，飞快地伸向了自己的脖子。晋献公立刻喝道："慢！"骊姬放下短剑，如泥一般瘫软在地。

晋献公一脸不解，不住摇头道："夫人这是为何？"一瞬间骊姬忽然恢复了镇静，只见她柳眉倒竖，眼中射出两道寒光，冷冷地说："妾听说世子申生外表仁厚，但内心阴毒无比。既然夫君宠信世子，不相信妾，那妾就一死了之。"晋献公上前抱起骊姬，安慰她说："夫人在寡人心中地位是第一的。"骊姬见晋献公没有恼恨自己，但也没相信自己，便抛出了最后的撒手锏。骊姬抬起头来，抹去眼角的泪痕，冷笑道："夫君不是想看到真相吗？那就请明日到后花园观察好了。上午妾请世子游园，夫君只需在暗处观察，自见分晓。"说完，用力挣脱晋献公，径直走入旁室，轻啜不已。

晋献公一夜不能入睡。骊姬的挑拨离间像一剂毒药，虽然晋献公没有吞下去，但浓浓的药味却熏晕了晋献公。

第二天上午，骊姬让人传话以晋献公的名义邀世子晋申生游园。此时正是春季，到处槐花飘香，蜂蝶飞绕，这园中更是百花齐放。晋申生听说是父君召唤，急急忙忙赶来。没想到只有骊姬一人淡妆浓抹地在花园等他，晋申生心中略有失落。骊姬说："你父君朝中有事，稍过片刻就来，中午要与你共进午餐、商讨国事呢。"晋申生这才面露喜悦。

骊姬邀世子晋申生赏花，事先已在头发上抹了厚厚一层特能招蜂引蝶的蜂蜜，有意往万花丛中蜂蝶多处穿行。那些花间寻蕊采蜜的蜂蝶，闻到蜂蜜的香味，纷纷往骊姬头上飞来，在她四周盘旋飞舞。骊姬显得很害怕的样子，往晋申生身边倚靠，连声向晋申生求助："快帮我赶走这些讨厌的蜂子！"晋申生不知有诈，急忙上前挥舞衣袖为她遮赶蜂蝶，骊姬则故意做出左躲右闪的模样。

这一幕是有意演给晋献公看的，藏在远处高台上的晋献公尽收眼帘。用狐疑的目光从远处看，世子晋申生在骊姬身前脑后挥舞衣袖，就像要搂抱求欢的样子。晋献公怒气冲冲奔来，双手攥拳，一脸杀气。戏演得太真了，不由得晋献公不信。晋献公远远地向晋申生骂道："畜生，寡人立刻处死你！"晋申生不知就里，只当是父君见自己单独与骊姬在一起心生嫉恨。骊姬忙向晋申生说："世子快跑，我去和你父君解释。"迷雾中的晋申生心想骊姬向父亲解释后真相就会大白，便转身离去。晋申生万万没想到骊姬之所以让他快快离开，恰恰是怕真相大白。骊姬迎上晋献公，上前下跪道："夫君千万不可率性用事，这次本是妾的主意请他进园的。世子忽然被杀，外人不知情肯定会认为是妾害死了他。这种有悖伦常的事，又怎能开口向外人说？还是先忍一忍吧。再说，世子申生对晋国功劳很大。"晋献公极度恼怒，咆哮着说："快传令，让世子滚到曲沃去。"

且说晋献公见世子晋申生一声不吭就离开，便以为他心中有愧没脸见人，心中恼怒不已，因而染病，卧床几日不起。骊姬知晋献公深恨晋申生，遂到病床前好言劝慰："夫君千万别为这事伤了身子。他毕竟是夫君的儿子。夫君要是想教训世子，就让他戴罪立功好了。赤狄皋落氏不是屡犯我国吗？那就让世子挂帅征讨好了。"骊姬想，打仗哪有不死人的？何况赤狄皋落氏发誓要与晋军决一死战，如果世子晋申生战死更好，即使不死，败了可以治罪，胜了也可寻隙加害他。骊姬的这种欲擒故纵的小技，晋献公本来一眼就能看穿，无奈他已深陷骊姬设下的桃色陷阱，被骊姬的妖媚深度迷惑，因而丧失了起码的判断力。晋献公紧拧眉头，叹口气道："就这么办。"

几日后，晋献公身体康复，便派人把世子晋申生叫到都城绛城来，同时召集群臣，商议讨伐赤狄皋落氏之事。

晋献公说："皋落氏朝夕犯我边鄙，致使仓廪不实、百姓不安，今命世子申生率兵讨伐，大家看如何？"

大夫里克内心偏袒晋申生，知道此议不利于他，便上前谏道："世子是负责祭祖、保卫社稷和早晚侍奉国君起居的人，所以才称为冢子。如果国君有事出国，按规定就由世子镇守国都，若另有其他臣子镇守，世子才可以随从国君出征。世子随从父君出征叫抚军，留在国内叫监国，所有这些都是祖制。至于率军作战，这是国君和上卿的任务。如果世子擅自发号施令，势必成为不孝之子。因此说，赋予世子与身份不符的使命，不但有损君主继承人的形象，还会带来一系列负面效应，因此请君上留下世子，另派他人。”

晋献公见里克如此袒护世子，心里颇不高兴，阴沉着脸说：“寡人有九个儿子呢，谁是储君也不是板上钉钉的事。既然是世子，就应多加历练。”里克面红耳赤，尴尬退下。

夜晚，大夫里克约好友大夫邳郑一起去拜见世子晋申生。晋申生忧心忡忡，问里克、邳郑道：“我可能要被废吧？”

里克宽慰晋申生道：“君上既然命世子统军作战，世子不要认为不好，而应全力以赴，好自为之。如果这样做的话，君上有什么理由废立世子呢？”

大夫邳郑说：“为人子者，只怕不孝，不怕不被立为世子。努力修养自已的品德，不去责怪他人，如此就能够免除灾难。”

晋申生默默点头。

凡遇大事，必先占卜，以预吉凶。晋国神算子卜偃沐浴更衣，按《周易》占卜程序将龟壳投入炭火，待龟面出现裂纹，便取出观察。只见龟壳上裂纹众多，居然有红、黄等色。见此奇异现象，晋献公问其中奥秘。卜偃奏道：“色彩鲜艳，是先兆，当让我军配这些颜色，以合天象。”于是，晋献公赐给世子晋申生不同颜色的军服，命太傅杜原款，大夫狐突、荀息等随同出征。太傅，是世子辅导官，为晋国首创。荀息为晋国贵族之后，以智谋和忠诚闻名。大夫里克、邳郑英勇善战，本应随同世子前去，但诡计多端的骊姬怕晋申生取胜，便找了个理由，让晋献公将二人派作他用，遂不能跟随晋申生出征。

出征之时，已到了冬季。晋国的这年冬天特别冷，晋献公突然想到大半年来对世子晋申生特别刻薄，因而担心其叛逆，又想到赤狄皋落氏狂野，恐难取胜，如不胜，晋申生就很难安全回来了。想到这儿，晋献公对晋申生一番好言劝慰。晋申生尽世子之礼，与晋献公依依作别。

世子晋申生率军讨伐赤狄皋落氏，征途中，太傅杜原款说：“出征往往是秋后，现在君上选择冬天下达命令，等于是阻拦世子顺利完成使命。即使世子努力奋战，在寒冷的冬天里也难以消灭赤狄呀！”

为世子驾驭兵车的大夫狐突叹息说：“难道赤狄确实可以全歼吗？何况即使将赤狄完全消灭，也还有朝内谗言，所以还不如违抗君令，亡命他国。”

大夫荀息不赞同逃跑，此时说道：“不可让世子逃跑。因为违抗父命就是不孝，背弃君命就是不忠，虽然明知君上对世子很刻薄，但是却不可以轻言抗命，所以我建议世子还是奋死一战。”

闻听荀息的意见，杜原款便激励世子说：“手握兵权才可以远离灾难，和君主亲近就能远离祸患，努力奋战，这毋庸置疑。”

于是，晋申生振作精神，率军挺进。

晋军到了稷邑，赤狄皋落氏出兵抵抗。见敌军人多且凶悍，大夫狐突再次劝阻世子晋申生：“我听人说，国君听信宠臣，卿大夫们就面临危险；宠幸嫔妾，嫡子地位就不牢固，国家也将出现混乱。如果既能顺从父君，又能躲避杀身大祸；既能照顾军士，又能保住国家安定，这样的办法不正可以想想吗？如果世子与赤狄皋落氏交战，就会冒着生命危险，何况宫内还有谗言呢？”

晋申生叹息着说：“我何尝不知？父君派我出征，并非喜爱我，不过是想探测我的内心，所以交给带兵的大权，还说一些好听的话。话语过于甜蜜了，内中必定有苦。宫内早有人在中伤我，父君对我已经多心了。而谮言像蝎子一样狠毒，我驻守曲沃，又怎能躲避得了？进兵到此，不打仗就班师，我的罪名更大，倒不如战死沙场，还能博得个好名声。”晋申生于是催军向前，下令作战。晋军将士齐心奋战，结果一战告捷，在稷邑大败赤狄皋落氏。

班师回国后，果如大夫狐突所料，中伤世子晋申生的谗言此起彼伏，都是骊姬暗中派梁五、东关五等人诬陷中伤。晋献公也没有想到晋申生出师大捷，骊姬冷嘲热讽道：“世子可真行啊，这么多人为他卖命。”晋献公心里酸溜溜的。骊姬又道：“这么多的人听他指挥，如果想谋取君位，就很容易了。夫君若不设法补救，大祸就要临头了。”晋献公听此言，心里的疙瘩越结越死，再也无法解开了。征战回来后，大夫狐突便称病闭门不出，太傅杜原款长叹说：“狐突善于深谋远虑。”

本来难以取胜，结果胜了，晋献公遂深信神算子卜偃的话，命令宫中所有女子鞋面上都绣上各种颜色的花纹，同时还下令全国平民女子出嫁时必须以这种绣了纹样的鞋作为大婚礼鞋，从此绣花鞋传遍东西南北。

二　养鹤的卫国和养马的秦国

晋献公与世子晋申生的事情暂且不表，且说百里奚在外流浪，转眼十年过去了。他几次想回家看妻儿，可这副狼狈样子怎么有脸回去呢？此时百里奚想到卫国，为什么到卫国？他听说卫国国君喜爱养鹤。百里奚是极聪明并且务实的人，如何饲养家畜飞禽不在话下。到卫国去，百里奚想或许很快就能找到一个接近国君的台阶。

此时卫君是卫懿公。卫惠公去世后，卫懿公继位。他养仙鹤入了迷，连国家大事都很少有时间去管。他把擅长饲养仙鹤的人员都封为大夫，而那些原来治理国家的大夫有的反倒没有了职位。为了养更多的仙鹤，便要筹集更多的钱粮，卫国百姓有点儿不堪重负，卫懿公全然不放在心上。

卫懿公喜爱仙鹤，仙鹤也喜爱他这个国君。这卫懿公养的仙鹤根本不用笼子关，它们吃、住、行都与卫懿公在一起。如果出门，特等仙鹤与卫懿公一起坐一辆车，一等仙鹤则坐大夫坐的棚车。那些坐棚车的一等仙鹤，卫懿公称“鹤将军”。“鹤将军”翅膀一扇，脖子一挺，大红顶子的脑袋显得特别威风。卫懿公老问众臣：“哪一个大夫的脖子有‘鹤将军’那么长？哪一个大夫的脑袋能抬得像‘鹤将军’那么高？”手下的人只好哈腰说：“没有，谁也比不上‘鹤将军’。”

当百里奚徒步走到卫国的时候，卫懿公和“鹤将军”们正在经历一场生死劫难。原来北方游牧部族北狄，也就是被齐桓公带领齐军、燕军击溃的残兵败将，被世子晋申生率军击溃的赤狄皋落氏同族，见卫君无道，便打进来劫财了。

正在外面与仙鹤游玩的卫懿公听说北狄来犯，一边忙着打道回宫，一边吩咐将士和百姓快去守城。万没想到百姓全忙着逃难，军士不拿兵器、不穿铠甲。卫懿公着急地说："你们怎么啦？北狄打进来，你们怎么不去抵抗啊？"他们说："打北狄也用不着我们，请君上吩咐'鹤将军'们去吧。"到了这时候，卫懿公才明白自己的过失，自言自语道："寡人养仙鹤，荒废了政务，得罪了百官，失去了民心。"他哭丧着脸向众人认错，把仙鹤全放了，可是那些惯坏了的仙鹤轰也轰不走，个个看着卫懿公，伸长着脖子，扑扇着翅膀，不断地向他献殷勤。卫懿公急得要命，接连砍杀了几只仙鹤。将士们看卫懿公真的后悔了，便自觉归队。这样，卫懿公勉强召集起一支人马。

卫懿公瞧见北狄在卫国杀人劫财，就亲自坐上兵车，带领军士跟来敌拼命。仗打得不错，北狄一时受到了打击，但卫国兵马实在太少了，打到后来，挡不住如狼似虎的北狄。卿大夫们见兵马越来越少，连忙请卫懿公打扮成百姓逃出去。卫懿公说："寡人已经对不起卫国百姓了，岂能贪生怕死、一错再错？寡人非得跟北狄拼个你死我活不可。"他无论如何也不肯逃走。末了，卫国全军覆没，卫懿公也阵亡。

北狄进了卫国都城朝歌，来不及逃跑的卫国百姓，几乎全部被杀。卫国国库的蟠虺纹曲铜鼎等奇珍异宝以及钱、粮、物全被掠走。这些北狄是游牧民族，就会牧马放羊、劫财抢粮，不要城池和土地。目的一达到，便收兵回撤。他们为了下次抢劫方便，把卫国都城朝歌的城墙也给拆了。

当百里奚赶到卫国都城朝歌时，正值北狄刚刚撤离，眼前一片荒乱的景象，百里奚很感慨也很无奈。

与卫国相邻的是宋国，国君宋桓公夫人就是卫懿公之女卫姬。在卫姬的要求下，宋国出兵救出卫国百姓七百三十人，加上附近城邑的居民一共有五千人。他们就在卫国的曹邑立了卫国新君卫戴公。刚刚担任国君不久的卫戴公为恢复卫国元气，铤而走险，率千人出奇兵兼并共国，将共地列为卫国的一个边邑。

靠吃野菜充饥的百里奚决定由卫国到宋国。之所以去宋国，是因为百里奚听宋国前往卫国救援的军士说国君宋桓公是个大英雄。虽然北杏会盟时，擅离会场，遭到齐国讨伐，但此后被齐桓公的气度感化，一直是齐国称霸的左膀右臂。宋桓公跟随齐桓公东征西讨、南征北战，无论是会盟，还是讨伐诸侯国，宋桓公都是率先上前。宋桓公也是个讲仁的人，从未无故攻打别人，但当别的国家被灭了，他却出兵去救。

在百里奚想方设法渡过了黄河时，听到一片小树林的那边，一个女子在和一个小孩说话：“谁说黄河宽又宽？我一束芦苇便可过！谁说宋国遥又远？我一踮脚就能望得见。”这个女子正是卫姬，只是现在不是宋国夫人了。小孩是宋国世子子兹父，卫姬的亲生儿子。原来刚刚恢复的卫国，处境十分困难。看到娘家有难，卫姬心急如焚，便日日劝宋桓公出兵、出钱、出力帮助卫国。宋桓公也有他的苦衷，不是没帮，而是适可而止。如果出大钱、出大力，这是要有足够底气的。于是两个人整天吵架，宋桓公一气之下就把夫人给休了。他向卫姬说：“既然你天天惦记着卫国，你就回你的娘家吧，有多少力出多少力。”子兹父与卫姬母子情深，便一直相送到宋卫边境黄河岸边。当子兹父看到滔滔黄河时，小小年纪的他有点儿害怕了，便恳求母亲不要回卫国了，等父君消消气，再回宋都。卫姬便安慰子兹父。正巧，百里奚在小树林那边听到了。

这时，卫姬又对宋世子子兹父说道：“儿呀，做人一定要讲‘仁’，‘仁’字由‘亻’和‘二’组成，‘二’以前指‘上’，‘仁’字的意义就是‘上等人’。你要成为上等人，就一定要讲‘仁’。”子兹父认真听着，不断点头。这时，小船过来了，卫姬便和宋世子子兹父恋恋不舍地分手，两人都哭了。

百里奚此时心里道：“卫姬真是个仁义之人，之所以人称宋国国君是英雄，或许也是卫姬对他潜移默化的缘故吧，只可惜夫妻情尽。”百里奚本想联络宋世子子兹父，可一想他只是个小孩子，并且现在很伤心，便只好作罢。此时，百里奚也不想再去宋国了，因为他想，一个连仁爱的妻子都抛弃的人，不值得去投靠。百里奚转道去了齐国。外面的世界并没有想象得好，求官之路漫长而又曲折。此时，百里奚已经快五十岁了。当他看到齐国人正在地里辛勤耕作时，他想起了自己的妻子和儿子，离别十几年了，他们怎么样了？百里奚禁不住仰天长叹，于是便有本回开头的那一幕。

此时，黄鹰在天上飞翔。百里奚想，黄鹰三十五岁时飞到悬崖去脱胎换骨，半年后获得重生。自己也是三十多岁出外闯荡，但十几年了也没半点儿收获，真不如一只黄鹰呀！其实，百里奚受益匪浅，虽然他处处碰壁，穷困潦倒，甚至有时靠乞讨过日子，但他处处留心各地风土人情和山川地势，认真思索怎样治国、平天下。见识、感受都是非凡，只是没人起用他。在齐国很长时间，也遇不到好心人引见，万般无奈的百里奚又到达宋国。他想，宋世子子兹父长大了，或许要继承君位了，这种仁心的人值得辅佐。

百里奚估计得对。此时宋桓公年老体弱了，想让世子子兹父继承君位。世子子兹父想，如果自己当了国君，就不能经常去卫国看母亲了，便再三请求说："哥哥目夷年长而且仁爱，父君应该立他为国君。"宋桓公就要公子子目夷继位。这子目夷比子兹父稍大，但不是嫡长子，因此按周礼不是世子。子目夷向宋桓公推辞说："能够把国家辞让给别人，还有比这更大的仁爱吗？儿臣不如世子！另外，立儿为君，也不符合周礼。"于是就退了出去。

公子子目夷是真不想当国君，他怕宋桓公再逼，心想离开宋国就不会被逼着登基了，于是就跑到了卫国。世子子兹父一看子目夷跑了，他也跟着跑，顺便好去看望一下母亲，于是哥儿俩前脚跟后脚全都跑到卫国去了。

到达宋国的百里奚找不到世子子兹父，却在鹿鸣村碰见了一位隐士，叫蹇叔，比他大一岁。两个人一聊，挺对劲儿，就成了知心好友。可是蹇叔也不是很富有，百里奚不能老跟着他生活，只好在乡下给富人家放牛。后来打听到周天子喜欢养牛，百里奚便想去应聘，蹇叔不赞成，说周王室是落日黄昏没出息。二人想找一条出路，可怎么也找不到一个适当的主儿。其实，他们俩往西走上几天，就会到达一个国家，那个国家正面向天下招纳贤才呢！可他俩不知道这个信息。

这个诸侯国就是秦国，因秦国的先人嬴开护送周平王东迁有功而被封为诸侯。他们曝霜露、斩荆棘，经过长达百年的惨淡经营，秦国逐步适应了西陲恶劣环境，实力与日俱增。公元前659年，秦穆公嬴任好即位。即位当晚，秦穆公梦到了先祖秦襄公嬴开受封时的场面——

周平王派人在洛阳东面平整出一大片空地来，然后在空地的中央用五堆土堆成一个大方坛，每堆土的颜色不一样，东边是青色、南边是红色、西边是白色、北边是黑色、中央是黄色。这五堆土，代表的是全天下广袤的土地。这五堆土，叫做天子之社——周天子感谢土地恩赐、祭祀土地神明的地方，也是周王室掌握国家政权、掌管天下土地资源的象征。嬴开早早地来到天子之社，等待接受周平王的分封。周平王来到后，勉励嬴开到西边去大有作为，然后取出西边的白色土，用茅草一包，作为分封信物，郑重地交给热泪盈眶的嬴开。嬴开接过周平王手中的诸侯信物，快马加鞭赶赴封国，建立起秦国诸侯之社。

梦中，秦襄公对秦穆公说："秦的祖先擅长养马，故在周朝为官。你要虚心学习养马之经。"秦穆公唯唯诺诺。猛然间，秦穆公惊醒了。

第二天，在秦国都城雍城（在今陕西省凤翔县）的宫殿里，秦穆公召见了善于相马的伯乐。这伯乐，真名叫孙阳，是相马专家。传说天上管理马匹的神叫伯乐，因此孙阳便以伯乐自称，伯乐之名亦因他而闻于天下。一天，伯乐孙阳在途经太行山时，偶然发现一匹马拉着沉重的车子在崎岖的山路上吃力地爬行，蹄子磨坏了，膝盖上尽是肮脏的淤血，尾部已溃疡化脓，整匹马瘦得皮包骨头。伯乐根据自己的经验，认定这是一匹千里马，于是毫不犹豫地买下了它。经过一段时间的精心调养，这匹马终于焕发出与众不同的英姿，成为天下无双的宝马。伯乐因高明的相马术而被秦穆公召来。

秦穆公对伯乐说："你的年纪一天比一天大了，不知你的子孙辈中有继承你的相马本领的吗？"

伯乐答道："君上，真是可惜得很，我的子孙中没有一个人比得上我，倒是我的好朋友九方皋，他相马的本领不在我之下。"

九方皋是一个以打柴为生的年轻人，秦穆公派人请来了九方皋，问他："伯乐说先生相马的本领高强，你能告诉寡人千里马有什么特点吗？"

年轻的九方皋答道："千里马是世所罕见的宝物，只可意会，不可言传！"

秦穆公命九方皋出去寻找千里马。过了三天，九方皋兴冲冲地跑来报告说，已为秦穆公觅到了一匹第一流的好马。秦穆公高兴地问："是匹怎样的马？"九方皋答："是匹黄色的母马。"秦穆公让人把马儿牵来，谁知竟是一匹黑色的公马。

秦穆公对伯乐说："你推荐的那位先生连马的颜色和雌雄都分辨不清，寡人怎么能相信他推荐的是匹好马呢？"

伯乐答道："君上您有所不知，会相马的人，一眼便能看出马的内在灵性。至于马的颜色、外貌和雌雄因为不会影响到一匹好马的品性，所以九方皋把这些给忽略了，或许他根本也没理会这些。君上您尽可放心。"

后来，秦穆公派人一试九方皋觅来的马，果然是一匹天下少有的骏马。

秦穆公见相马术非常神奇，便又召来伯乐说："寡人可以学相马之术吗？"

伯乐对秦穆公说："您是一国之君，不必学相马之术，学会识人之术便可纵横天下。其实相马之术与识人之术有很多共同之处，比如识别栋梁之才，要注重他的学识、经验和智慧，而不应去看重他的年龄、相貌、出身。这个世界上，千里马式的人才并不少，但却因无明君能识，以至多被埋没。在生活中，有时候人才明明就在你面前，但许多人却雾里看花，视而不见。"

秦穆公不断点头，把这些教诲深深记在脑海之中。他在心中对自己说："先祖秦襄公让学养马经，其实就是让学识人术呀。任好啊任好，你一定要选贤才，这样秦国才能强盛。而要选贤才就一定要善于发现人才，并且还要不拘一格。"这秦穆公也是一代明君，与其他诸侯相比有自己的出奇之处，其他诸侯重用本国贵族，而秦穆公想尽办法搜罗天下人才。他有他的理念，重用本国的贵族，会尾大不掉，国君反受其累。可重用外来客人，即使他的权力再大，也只限于他一两个人，不可能像豪门大族那样割据地盘，建立自己的势力，威胁国君。这种思想一直影响着秦国后世。

话说秦穆公在和伯乐一番畅谈后，便下令面向天下招揽人才，可百里奚和蹇叔不知道这个消息。百里奚掉着泪对蹇叔说："我已经五十多岁了，不能不回家了，再不回去，说不定哪一天就病死在异乡。”百里奚打算回到虞国老家去，蹇叔说：“也好，虞国的大夫宫之奇是我的朋友，我也想瞧瞧他去。”于是，他们两个人就到了虞国。蹇叔去看他朋友，百里奚去百里鄙老家。

三　分离三十年的相聚

百里奚到了百里鄙，找到了以前的住处。破房子还在，河边那棵歪脖子柳树还像从前那样，只是他的妻子和孩子不知哪儿去了。问四邻，没有一个认识的。他们说："这儿连年遭受灾荒，死的死，逃的逃。一个妇道人家，也许改嫁了，也许早死了。"百里奚在门口愣了半天，想起孟风劈门闩、炖母鸡的情形，不由得又掉了眼泪。百里奚四处打探，也不知道孟风娘儿俩的下落，他非常伤心地走了。

百里奚去找蹇叔，蹇叔带着他去见虞国大夫宫之奇。宫之奇请他们留在虞国。虞国国君姬姓，此时国君是姬棵。宫之奇说他一定带他们去见虞君姬棵。蹇叔已经打听明白了，摇了摇头说："虞君不识大体，爱贪小便宜，不会是个有作为的人物。"百里奚说："我已经奔走了这么多年，就留在这儿吧，或许在这儿还能见到我的妻子和儿子。"蹇叔叹了一口气说："这也难怪你，不过我还是回去，以后你要瞧瞧我，就到宋国鹿鸣村好了。"宫之奇向虞君姬棵推荐百里奚，虞君姬棵就让百里奚跟宫之奇一起在虞国做大夫。命运往往捉弄人，百里奚四处求职无果，最后还是回到了自己家乡任职。

虞君姬棵虽然眼光短浅，但为人不错，对百里奚的生活非常关心，三次赏赐美女给百里奚为妾为婢，但都被他婉言拒绝。百里奚思念自己的结发妻子，他不能再对不起她。空闲之时，百里奚就去远望那天空中的黄鹰，他觉得自己虽不如黄鹰，但应该学黄鹰的精神。有时，他真想成为一只黄鹰，飞到高空中，去寻觅自己的妻儿。每想到妻儿，百里奚就泪在眼眶中打转，他不敢往坏处想。

话说虞国的邻国是虢国，三番五次向晋国挑衅，晋献公萌生吞并之意。大夫荀息献计说：“可用我们的千里马和玉璧作为礼品，向虞国借路来进攻虢国。”

晋献公说：“千里马和玉璧是寡人的宝物啊！”

荀息答道：“如果向虞国借到了路，那这千里马和玉璧放在虞国，就像放在宫外的库房里一样。”

晋献公说：“你的计谋，寡人明白，不过虞国良臣宫之奇还在那里担任大夫啊。”

荀息说：“宫之奇的为人，懦弱而不能坚持进谏，而且从小就和虞君在宫里一起长大，虞君对他亲昵，即使进谏，虞君也不会听从的。”晋献公听从荀息计谋，派他到虞国去借路。

晋国大夫荀息拜见虞君姬棵，说道：“三年前，冀国（在今山西省河津市）攻打虞国，晋国为了虞国而经过虞国去伐冀，灭了这个国家。我们晋国与虞国是友谊长存。现在虢国无道，骚扰晋国，谨大胆地向贵国借路，以便到虢国去问罪。”说完，荀息献上了千里马一匹、玉璧十对，虞君姬棵很高兴。

虞国大夫宫之奇闻听晋国借路，果然劝阻虞君姬棵：“虢国是虞国的外围，虢国灭亡，虞国必定跟着受害。俗语说：‘唇齿相依，唇亡齿寒。’这说的就是虞国和虢国的关系。对晋国的野心，我们不能让其得逞。”

虞君姬棵说：“晋君与寡人都是姬姓，本是同宗，难道会害寡人吗？再说三年前，晋国曾经借道，不是好好的吗？”

宫之奇答道：“一家人之间互相杀戮，不是经常耳闻吗？上次借道安然无事，不代表这次无事呀！今非昔比啦。”

虞君姬棵说：“寡人祭祀的祭品丰盛又清洁，神明必定保佑虞国。”

宫之奇答道：“臣听说，鬼神并不是亲近哪一个人，而只是依从有德行的人，所以周礼说上天没有私亲，只对有德行的才加以辅助；又说祭祀的黍稷不芳香，美德才芳香；还说百姓不能变更祭品，只有德行才可以充当祭品。这样看来，如果无德，百姓就不和，神明也就不来享用祭物了。神明所凭依的，就在于德行了。如果晋国占取了虞国，发扬美德，将祭品奉献给神明，神明难道会吐出来吗？”宫之奇还想说几句，让百里奚拉住了。

宫之奇退了出来，对百里奚说："你不帮我说话也就罢了，怎么还拦住我呢？”百里奚答："跟糊涂人说好话，就好比把珍珠扔在道儿上。”宫之奇知道虞国一定灭亡，就偷偷地带着家小跑了。临走时，向百里奚说："虞国过不了今年的腊祭了。”宫之奇劝百里奚也离开，百里奚说："什么苦也吃过了，不在乎这一点儿，况且君上对我不错。”

虞君姬棵不听大夫宫之奇的劝告，答应了晋国大夫荀息的要求。

公元前655年冬季，晋国借道虞国灭掉了虢国，虢君丑逃亡到洛阳。晋军回国，顺手把虞国也灭了，取回了千里马和玉璧，被废虞君姬棵和大夫百里奚都做了俘虏。被废虞君姬棵后悔万分，对百里奚说："你当初为什么不拦拦寡人呢？”百里奚说："大夫宫之奇说的，君上都不听，难道还能听下臣的？”晋献公觉得亏欠虞国，便给被废虞君姬棵一所房子，另外送给他一副车马和一对玉璧。晋献公还想重用百里奚，百里奚说："当年，我去晋国谋职，多少年也没成功。如今我宁可做俘虏，也不愿意做晋国的官吏。”俘虏不杀便是奴隶，自此，百里奚便天天干些下贱的活儿。

第二年，晋献公嫁长女伯姬给秦穆公，以结秦晋之好，除了陪送丰厚的嫁妆以外，还安排被废虞君姬棵、百里奚为陪嫁的奴仆，以此羞辱他们并抬高伯姬的档次。晋献公原觉得亏欠被废虞君姬棵，但见亡国的虞君姬棵安于现状，便不以为然，将其看成是一个普通奴隶。此时，被废虞君姬棵已经是六十岁，当国君三十多年，怎能受此奇耻大辱？于是拔剑自刎。百里奚受苦几十年了，命根子硬，忍得住，但也禁不住仰天长叹："可怜我空有济世的奇才，却不能保家卫国！”当出嫁人群行走到华山时，百里奚趁着夜色逃跑了。他最初打算到宋国的鹿鸣村找蹇叔，因路远，便只好去了楚国。

刚到楚国境界，百里奚便被守卫边境的楚军抓了起来。楚军认为百里奚是北方诸侯派到南方的探子，便将其捆绑起来。百里奚说："我是虞国人，亡了国，逃难出来的。”楚军见他上了岁数，又挺老实，就问他："你是干什么营生的？"百里奚说："养牛的。"楚军说："好，就让你养牛吧。"贫瘠地里长出的蒺子草虽粗糙矮小，但生命力极强。百里奚便在楚国养牛，他很有一套养牛的本领，他养的牛慢慢地都比别人养的牛又肥又壮。百里奚出了名，连楚成王也知道了，便召他前来。

百里奚入宫，楚成王问他："你养牛有什么牛经吗？"百里奚答："适时喂它草，心里还要同情它，替它着想，这样就能养好牛。"楚成王说："好，这个不仅仅适用于养牛，也适合养马！"其实，何尝不适用于时政呢？可楚成王不是伯乐，没有认出眼前这个糟老头是千里马式的人才，楚成王说："养牛太浪费人才了，你就去汉水之畔养马去吧！"

且说秦国派去晋国迎亲的是公子嬴絷，当他在华山发现跑了个奴仆后，也没当回事，不久就忘了。失之东隅，收之桑榆。嬴絷在路上，看见田野里一个人能手握两锄而耕，入土数尺，便觉是个人才。聊起来，知道这个人是秦国公孙嬴枝，喜欢读书，很有膂力，家道败落后，便去晋国闯荡。因秦穆公下令面向天下招纳人才，嬴絷便把嬴枝带了回来，推荐给秦穆公。秦穆公很高兴，拜其为大夫。

秦穆公成婚后，无间之中看了看陪嫁奴仆名单，发现上面有百里奚的名字，就问公子嬴絷："怎么没见这个人？"嬴絷奏道："他是虞国亡国大夫，半路上跑了。"见他曾是虞国大夫，时刻绷着招贤之弦的秦穆公便问嬴枝："你在晋国，听说过这人的才能吗？"嬴枝奏道："挺有本领，可惜英雄无用武之地。一个亡国的大夫，情愿做俘虏，也不愿意在敌国做官，单这一点就很了不起。"秦穆公一听，就派人到各地去打听百里奚的下落。功夫不负有心人，居然打听着了，百里奚在楚国养马。

秦穆公向大臣们说："寡人向天下求才，是为了强我秦国。这个原本要送给寡人的人才，秦国不能丢了。"秦穆公说完，就要送礼物给楚成王，请他把百里奚送回来。公孙嬴枝奏道："这可千万使不得。楚人叫他养马，是因为不知道他有本领和人品。要是君上这么去请他，分明是告诉楚王要重用他。这样的话，楚王还能放他到这儿来吗？"秦穆公说："这倒也是。"就派人依照一般奴隶身价，带了五张黑公羊皮，去见楚成王说："敝国有个奴隶叫百里奚，他犯了法，躲在贵国，请让我们把他赎回去，好治他的罪，以告诫那些想逃跑的奴隶。"楚成王叫人把百里奚逮住，装上囚车，交给秦国的使节。百里奚不知秦穆公求贤若渴，只叹自己命真苦啊。

百里奚一到秦国都城雍城，公孙嬴枝就来迎接他。嬴枝告诉百里奚，秦穆公视人才比什么都重要。百里奚又生一线希望。他整整衣冠，前去拜见秦穆公。

秦穆公定睛一看，见百里奚是个头发胡须皆白的老头，便叹了一口气说："唉，可惜老了！"百里奚答道："君上要是让我去逐飞鸟、搏猛兽，我是老了。要是让我坐下来商议国家大事，那我比姜太公还小很多呢！"秦穆公觉得他的话有道理，就跟他聊起来。越聊越对劲儿，越聊秦穆公越觉得他是个了不起的人物。

百里奚的话句句说到秦穆公的心坎上。百里奚说："几十年来，我生活颠沛流离，四处游荡，虽衣衫褴褛，但却熟知各国地理环境，知晓百姓缺什么、爱什么。"秦穆公说："要想建造高大楼阁，必先夯实地基。如今你的地基坚固了，希望你能撑起秦国的伟业。"

一连谈了三天，秦穆公认定百里奚就是自己苦苦寻觅的千里马式的人才，当即要拜他为上卿。百里奚可不答应，他说："我算什么，我的朋友蹇叔比我强得多呢！君上真要搜罗人才，最好把他请来。"秦穆公见了百里奚，就觉得他是世所罕见的人才。现在听说还有比他更能干的人，秦穆公怎么能轻易放过呢？他立刻让百里奚写信，派公子嬴絷上宋国鹿鸣村去请蹇叔。

蹇叔可不愿意出去做官，直急得公子嬴絷团团转，最后他说："要是您老不去，恐怕百里奚不会一个人留在秦国。"蹇叔皱了皱眉头，过了一会儿，叹了一口气说："百里奚有才能，一向没有地方去施展，现在找到个主儿，我得成全他。"回头对嬴絷说："好吧，我就为了他走一趟，可是我还得回来种我的地呢。"嬴絷又跟蹇叔的儿子蹇术和蹇丙聊了一会儿，觉得他们也是了不起的人物，就请他们一块儿去，蹇叔也答应了。

公子嬴絷带着蹇叔和他的两个儿子，拜见了秦穆公。秦穆公问蹇叔怎样才能够做个好君主。蹇叔一条一条地说了出来，乐得秦穆公连晚饭都忘了吃了。第二天，秦穆公就拜蹇叔、百里奚为上卿，蹇术、蹇丙为大夫。秦国人都称百里奚为“五羖大夫”。羖，就是黑公羊皮的意思。

蹇叔、百里奚等人在秦国修缮国政，教化天下，恩泽施于民众。蹇叔简朴，百里奚更过之。作为上卿，百里奚劳作不乘车马，暑热不张伞盖，在雍城里行走不用车马随从，更不用甲兵护卫。这种平易朴素的品行，为百官树立了榜样，更以实际行动感动了百姓，赢得了国人的赞许和尊敬。

命运捉弄人，造化成全人。有一天，秦国一群人在议论纷纷：“我们的国君用了两个老头儿做上卿，还真不错，很有本事，并且处处想着我们。”“最想不到的是上卿百里奚，据说是用五张黑公羊皮买来的奴隶，国君一下子就把他提成百官之首。”说者无意，听者有心。一名壮实汉子在心中说道：“百里奚？这人会不会是我父亲呢？”这壮实汉子不是别人，正是百里奚的亲生儿子百里视。此刻的百里视回忆起了辛酸往事——

当年，孟风依靠双手勤劳持家，用心养育儿子，并专心等待丈夫荣归。可后来碰上了荒年，为生活所逼，她只好带着儿子去逃荒。也不知受了多少磨难，最后来到了秦国，靠给别人缝缝洗洗过清苦日子。这百里视逐渐长大成人，但不好好干活，就喜欢跟别人打猎练武，或许因为百里视小时候娘儿俩常受人欺负，所以百里视努力练成一身好功夫。

百里奚刚离去的时候，孟风常向百里视说：“你爹聪明好学，在外面肯定会有出息。等你爹回来了，让你住青砖砌成的大房子，还给你买香喷喷的牛肉干吃。”小小的百里视认真听着。等百里视十几岁的时候，孟风还说你爹如何如何，百里视忍不住说道：“十年了，如果我爹还活着，他也应该成名了，会不会把我们忘了呢？”孟风的眼泪立刻掉下来了，她拿起树枝就去打百里视。孟风心想：百里奚呀百里奚，你会不会出什么问题了呢？又过十年，百里视二十多岁了，已经很明白事理了。孟风娘儿俩还是没有百里奚的消息，他们便有点儿死心了。这年头，天灾人祸太多了。他们想，如果百里奚还活着，不管混得怎样，都应该回家找他们了，如果不回就不可能再回来了，所以孟风娘儿俩就不再回老家，所以百里奚回百里鄙时，也打听不到孟风娘儿俩的半点儿消息。

且说百里视听到这个消息后，回来告诉了孟风。孟风也起了疑心，难道百里奚还活着？难道这个人就是百里奚？孟风想尽办法到百里奚府上去洗衣裳。府上的人见她做事利落，全都喜欢她。孟风一直想见百里奚，可百里奚在外公务繁忙，他们一直碰不上面。

有一天晚上，百里奚回府上了，招待一群客人吃便饭。孟风听说上卿回来了，便在大厅外头，想瞧瞧他什么样。她瞧了一会儿，感觉这位老头儿有点儿像她丈夫，可也瞧不准。这时，有一家臣出来，孟风便向他说："我从小就学唱歌，让我唱一曲，为宴会助乐，行不行？"这家臣起了好奇心，便说："上卿爱民如子，没有半点儿架子，有何不可？"就要把她引过去。孟风说稍等，她先去找盆水洗了脸，然后理了理衣束，清了清嗓子，再走到堂下。孟风对着上卿和来宾行了个礼，便唱了起来——

百里奚，五羊皮。

可记得，煮白菜，熬小米。

灶下没柴火，劈了门闩炖母鸡。

百里奚，五羊皮。

想当初，夫远行，我哭啼。

今天富贵了，坐在朝堂不理妻。

哎呀哎呀哎，今天富贵了，扔了儿子忘了妻！

百里奚听得愣住了，叫过来一问，果然是自己的妻子孟风。他不顾别人在场，抱着她哭了。四目相对，四手紧握，天旋地转。分离了几十年，思念了几十年，流离了几十年，渴盼了几十年。此时无语，只有窗外月朗星稀。老两口的伤心，引出了众人的眼泪。

第二天天还没亮，百里奚便与孟风一起去看儿子百里视。在孟风的喝令下，百里视给父亲磕头请安。百里奚快步将儿子扶起，他噙着热泪，用一双老手仔细抚摸着儿子百里视那黑黝黝的脸、粗有力的胳膊和穿着一道又一道补丁衣服的强壮身体。百里奚看到，百里视脸上、胳膊上、胸膛上有或明或暗的伤疤。百里奚指着一处较大的伤疤问百里视："为何落下这块伤疤？"百里视答："十几岁的时候，有流兵对我们娘儿俩行凶，我挥起一根木棒与之对打，结果被这流兵用矛刺伤了。"百里奚又指着百里视腿上的一处伤疤问他，百里视说："记得七八岁的时候爬山，腿被划伤，那时正值严寒，伤口久久不愈，且被冻伤。后来母亲用一种红土敷在上面，过了几天后才好，虽然好了但伤疤却留下了。"这时，孟风走过来，对百里视说："过去的事就不要再提了，你多说说开心的事。"百里视便不再说下去了，只是忍不住直掉眼泪。百里奚明白，儿子的每一处伤疤的背后都有一处甚至十几处痛苦。饥寒交迫、疾病折磨、坏人欺负，这些他们娘儿俩都遇到过。这么多年来，儿子百里视和妻子孟风吃过的苦头太多了。别说他们娘儿俩，自己一个大男人，不是也吃过太多太多的苦吗？

一家三口人，眼含着热泪，回到上卿府，一起吃了一顿热气腾腾的饭。百里奚特意安排厨师炖母鸡、熬小米、煮白菜。与以前不同的是，现今这些饭菜已是上卿府最平常的饮食了。孟风没有忘记以前和百里视常说的那个希冀，让厨师切了一盘牛肉干摆在桌上。青砖砌成的大房子的期望，现在也已实现了。孟风心里很高兴，以前的话没有白说。

吃完饭，百里奚与百里视到院子中散步，这时远处传来黄鹰的鸣叫声。百里奚记起了往事，他向儿子百里视说："我们家乡尊敬黄鹰。你爷爷曾向我讲起黄鹰的故事，那黄鹰出身艰苦，但成年后却无敌天下。爹对不住你，但爹也应该向你提出个要求，那就是做一只雄劲的黄鹰，为秦国贡献一切。如此，我们才能对得住国君的厚待，也对得住自己的一颗良心。"孟风吃完饭，还去洗衣服，上卿府上的家臣说什么也不敢让她做，因为她现在不是奴仆，而是女主人了。

秦穆公听说他们夫妻、父子相会，特意赏给他们一些吃穿用品，又听说百里视武艺高强，就拜他为大夫，令他与蹇术、蹇丙共同掌管军事，秦人称为"三帅"。

且说秦国西边分布着十几个大大小小的西戎部落。这些西戎人十分强悍，骑马射箭个个都是好手，常常抢掠秦国的粮食、牲畜和百姓。这些部落中，数绵诸部落最大，为各部落盟主。绵诸首领奈非见秦穆公招贤纳士，面貌焕然一新，便生畏惧之心。为了探看秦国实力，派大臣由余出使秦国。

秦穆公与由余同游宫廷园林，秦穆公向由余炫耀园林的华丽，由余说：“君修造这些，是驱鬼干的，还是驱人干的？驱鬼劳鬼，驱人累人呢。”

秦穆公对他的话感到诧异，不由说道：“你们戎族毫无礼仪法度，又是如何治理呢？”

由余笑道：“礼仪法度正是中原动乱的根源。先贤创立法律条文，约束百姓，在当初也只不过达到小安，以后掌政者日渐骄淫，借礼乐之名，粉饰自己；借法度之威，督责他人，终于导致天下百姓满腹怨恨，中原诸侯谋篡攻伐，无休无止。而戎族却不是这样，我们首领有淳朴之德，属下有忠诚之心，上下一体，既不必做假相欺，也不必以繁琐的法律条文相约束，不用刻意治理，国家就已经太平安宁了。”秦穆公无言以答，退下将由余的话告诉了百里奚。

上卿百里奚向秦穆公奏道：“由余本是晋国贤人，因在晋不顺，故仕于西戎。”

秦穆公难过地说：“寡人常听人说：‘邻国有圣人，敌国有忧患。’现在由余如此贤能却被西戎所用，秦国岂不后患无穷？”

百里奚奏道：“绵诸首领奈非远居边陲，从未见识过中原的歌舞乐声，君上可送他一些美女、乐工，借此消磨他的意志。再把由余挽留不放，使他错过返回日期。等到西戎国事荒废、上下不满，此后连他们的国家我们都能夺取，何况一个大臣呢？”

秦穆公大喜，于是一面和蹇叔、百里奚、嬴枝等人轮流宴请挽留由余，一面令人征选美女、乐工数人，送给绵诸首领奈非。

绵诸首领奈非十分高兴，将美女、乐工留下，从此每天昼听乐声、夜享美女，将政事抛在一边。由余一年后才得返回，绵诸首领奈非责怪他延误归期。由余奏道：“臣日夜盼归，只是秦人挽留不放。”绵诸首领奈非怀疑他与秦国有什么秘密，心中很是不满。由余见绵诸首领奈非终日沉溺歌舞酒色，荒误政事，心中很不安，几次苦言相劝，都被绵诸首领奈非驳回。百里奚闻讯，便请秦穆公派人招纳由余，由余果然弃戎归秦，秦穆公拜他为大夫。为报秦穆公知遇之恩，由余建议秦穆公及时伐戎，秦穆公应准，即命百里奚并“三帅”统兵进攻绵诸。

千里行军，突遇寒潮，秦军将士都愁所穿军衣太薄，不能抵挡寒冷。百里奚受过几十年的苦，自己虽不觉得什么，但为了振奋军心，便作一首《无衣》之歌，教军士们传唱——

> 谁说无衣？与你同袍。秦国兴师，修我戈矛。与你同仇！
> 谁说无衣？与你同衫。秦国兴师，修我矛戟。与你偕作！
> 谁说无衣？与你同裳。秦国兴师，修我甲兵。与你偕行！

秦军一边歌唱，一边行军，士气大增，全然不觉严寒来袭。秦国众将士团结友爱、慷慨激昂、舍生忘死、同仇敌忾。绵诸首领奈非无力抵抗，只得投降秦国。绵诸首领是西戎各部盟主，他既已投降秦国，各部落也都纷纷臣服。于是秦国辟地千里，国界南至秦岭，西达狄道（在今甘肃省临洮），北至朐衍（在今宁夏回族自治区盐池），东到黄河，巴国也来朝拜，人称秦穆公称霸西戎。

听到秦国征服西戎的消息，周襄王异常高兴，因为这消除了骚扰周王室的心头之患，洗去了蒙在周王室头上已经一百多年的耻辱。周王室之所以东迁，就是西戎的恶行所致。周襄王特意派人送来了铜鼓赏赐秦穆公，以示祝贺。

秦穆公大喜，论功行赏，大宴群臣，席上不觉大醉，被人扶回宫中歇息，没想竟一卧不醒。世子嬴罃命太医进宫把脉，脉息正常，只是不能言语活动，太医说：“一定是鬼神作祟。”世子嬴罃又命精通巫术的内史廖固行法祈祷，内史廖固说：“君上这是神灵附体，一定在做什么奇异的梦，要等身体自己恢复，万不可惊动他，行法祈祷也无用处。”世子嬴罃便守在床边，寸步不敢离开。

直到第五天，秦穆公才醒转过来，只见他满头是汗，连连呼道：“奇怪，奇怪！”

世子嬴罃赶忙跪下问：“父君身体好了吗？为什么一睡这么久？”

秦穆公说：“寡人只睡了一会儿。”

世子嬴罃说：“已睡了五天五夜，父君在沉睡中可曾做过什么怪梦？”

秦穆公惊问："你是怎么知道的？"

世子嬴罃答道："是听内史廖固说的。"

秦穆公将内史廖固召来说："寡人梦见一个妇人，装束如同嫔妃，容貌端庄美丽。她手持天符，说是奉了天帝之命来召寡人。寡人随她前去，只觉身体飘忽，如在云端。不久来到一座宫殿，妇人引寡人跪下叩拜。一会儿，一个王者身份的人估计是天帝对寡人说：'秦君任好听旨，命你主持平定晋国之乱。'妇人教寡人拜谢后，将寡人领出宫殿。寡人问那妇人姓名，妇人道：'我是宝夫人，居住在陈仓山，就在君的辖地之内，君未曾听人说过吗？我丈夫叫叶君，居住在南阳，每隔一两年和我相会一次。君若能为我修建祠庙，我将佑助君称霸天下，使君传名万载。'寡人又问她：'晋国为何大乱，天帝为何要让寡人去平定它？'宝夫人说：'此乃天机，不可泄漏。'就在此时，寡人听到一声鸡叫，其声如雷，然后就醒了。不知此梦是否吉祥？"

内史廖固奏道："晋君宠爱骊姬，疏远世子，必会引起晋国大乱。君上受命于天帝，真是大吉大利呀！"

秦穆公又问："宝夫人究竟是什么人？"

廖固答道："臣听说先君秦文公在世时，陈仓地方每隔一两年的夜间，从东南天空常常飞来闪烁着流星光芒的东西，其状似鸡，鸣声响亮，引动沿途家鸡啼鸣。国人视之为陈仓出现的国宝，名为宝夫人。或一年或两年，有叶君之神从南阳飞来与宝夫人会合。叶君来时，天上便发出清脆雷声。这宝夫人、叶君实为雌、雄二神鸡。民间说，得雄者王天下，得雌者霸天下。"

秦穆公问："此事可真？"

廖固答道："先君秦文公曾命人将它记录备案，藏在内府，臣掌管内府史籍，因此读过这段文字。君上可借围猎之名到那里察访此事。"

秦穆公命人将秦文公所藏史籍取来一读，果然与内史廖固说的一样。

第二天，秦穆公便带人驾车去陈仓山围猎。进山不久，秦穆公就见一只光彩照人的雌性山鸡凌空飞起，落入一棵大树后。秦穆公率人追之，可到了鸡落处，不见雌鸡踪迹。此刻，云雾散去，一缕阳光照射下来，秦穆公看到前方有一块石头，形似山鸡，容色光彩栩栩如生。

随从皆喊道：“这一定是刚才山鸡所化。”内史廖固向秦穆公贺道：“这就是那个宝夫人，得雌者可一霸天下，这大概就是君上霸业大展的征兆。君上可在陈仓为它修缮祠庙，将来必受其福佑。”秦穆公闻言大喜，命人用香汤为石鸡沐浴，又命人在山上为它修建了祠庙，取名宝夫人祠，每年派人祭祀。后人将陈仓山改称宝鸡山。

秦穆公从陈仓山归来，便思索伐晋之事。其实，秦国君臣早有个共识，那就是秦国要想进一步发展，就必须冲出邻国晋国的阻挡。

四 晋国的动荡

话说晋国那边，几年来，世子晋申生安然无恙，但骊姬害晋申生之心有增无减。在晋国的宫殿里，戏子施在演唱《九歌》里的一段——

雷填填兮雨冥冥，猿啾啾兮狖夜鸣；
风飒飒兮木萧萧，思公子兮徒离忧。

晋献公、骊姬与大夫里克、荀息等人一起观看。此时的骊姬并不快乐，因为她刻意陷害世子晋申生，至今无果。她环顾四周，发现殿内能够左右政局的里克、荀息等人一直不是自己一伙儿的。想到这些，骊姬闷闷不乐。戏子施是聪明人，他瞧见了骊姬的表情，想到了骊姬的心思。

当晋献公等人散去时，他对骊姬说："夫人又在想改立世子的事吧？"

骊姬叹了口气说："大夫里克等人是世子的党羽，功高位重，我无法对付他们。你有什么良策？"

戏子施说："大夫荀息以一马十璧灭掉虞、虢两国，其智谋远在里克之上，功劳也不在里克之下。夫人若能请他做公子奚齐、卓子的师傅，就足以抵抗里克的势力了。"骊姬闻言，暗自欣喜。

回到寝殿，骊姬便请求晋献公，让大夫荀息做公子晋奚齐、晋卓子的师傅，晋献公照准。

骊姬又对戏子施说："大夫荀息虽已站在我们这边，但有大夫里克在朝，必定会破坏我们的计划，你有什么办法将里克赶走吗？"

戏子施说："里克外表刚强，但内心却顾虑甚多。我们可以用利害关系打动他，先使他保持中立，然后再设法收服他为我们所用。里克好酒，我可以利用陪他饮酒之机试探他。他如肯入伙，是夫人的福分；若不肯，我就说和他开玩笑，谅他也不会将事情闹大。"

骊姬赞许道："此计甚好。"

戏子施携酒来到大夫里克府，里克知其为骊姬身边的红人，不敢怠慢。酒到半酣处，戏子施对里克说："我有一首新歌要献给大夫。您若能领会其中含意，可保终生富贵。"说完，戏子施放声唱道——

> 闲暇之乌乌乎，众皆集于茂树，只有你处于枯枝。
> 为何大树繁茂兮？只因枯枝招斧斫！
> 斧斫行及兮，为何还处枯枝乎！

戏子施唱完，大夫里克笑道："什么是繁茂大树？什么是枯枝？"

戏子施说："可用人来比方，有的人的母亲是国君夫人，他也将会继位为君，这就是根深叶茂、众鸟来投的大树；而有的人的母亲已死，他本人也受到别人诽谤诬陷，这就是根摇叶落、无鸟栖息的枯枝。"说完便转身离开了里克府。

里克在府中徘徊良久，亦不得其解，夜里更是辗转反侧，难以成眠。他自言自语道："这戏子施在宫内极受宠幸，今天他唱歌给我听，一定是有所用意的。只是他话未说完就走了，既然不解，明早我一定要好好问一问他。"

未及天亮，心中焦急的里克便吩咐下人："把戏子施给我悄悄地请来，我有话要问他。"戏子施见里克黑夜派人相请，已知他的心思，连忙穿衣随来人直入里克府。

里克让戏子施坐在床边，握着他的手问："你所说的枯枝一事，我已大略明白，你是不是暗指曲沃那边？你一定听到了什么消息，请你详细地跟我说一说。"

戏子施说："我很久以前就想将此事告诉大夫，只因大夫是曲沃主人的近臣，才不敢直言，我是害怕你见怪啊！"

里克说："你帮我免祸，是一片好心，我怎能怪你呢？"

戏子施小声对里克说："君上已答应夫人，要杀死世子申生，另立奚齐为世子。"

里克心中吃惊，不由说道："还能劝君上回心转意吗？"

戏子施摇头说："君上宠爱夫人，你是知道的；君上信任大夫荀息，你也很清楚。夫人在宫内主持，荀息在朝内张罗，你又怎么能劝阻此事呢？"

里克沉默半晌后说："听从君上杀死世子，我于心不忍；帮助世子反抗君上，我更不会干。如果我保持中立，两不相帮，自己可以逃过此难吗？"

"可以。"戏子施说完便告辞，离开了里克府。

里克虽一夜未睡，但此时一点儿倦意也没有。他走到庭院中，细细思考这些当事人。突然，他想到神算子卜偃为立骊姬为夫人而占卜一事，屈指一算正好十年，里克不由叹道："卜偃真是神算子呀！"此时，里克顾不上其他事，匆匆往好友邳郑府赶去。

屏退左右后，里克向邳郑说道："神算子卜偃的话，终于在十年后的今天应验了。"

大夫邳郑问："你听到什么消息了吗？"

里克说："昨夜戏子施告诉我，说君上要杀死世子申生，另立奚齐为世子。"

邳郑忙问："你是怎么回答他的？"

里克说："我说我保持中立，两不相帮。"

邳郑连连摇头说："你说这话，等于给对方火上浇油。你当时应该假装毫不相信此事，他们见你不信，一定会有所忌讳而不敢立即动手。你可乘此机会为世子多树党羽，使他的地位得以稳固，然后再向君上进言，使他改变主意，这样一来就有可能救活这盘棋。但你说要保持中立，就会使世子陷入孤立，杀身大祸马上就要落在他身上了。"

里克顿足长叹道："可惜我没能在事前与你商量！我说过的话已无法收回，现在骊姬肆无忌惮，我们怎样才能挫败他们呢？你将如何对付？”

邳郑说：“我也没有主意。我是侍奉国君的人，以国君的意见为我的意见。”

里克说：“弑君救世子，我不敢做；违心地顺从国君，废了世子，我也做不来；低三下四与公子奚齐等妥协，我更做不到。看来，我只有隐退了！”第二天，里克便称病不上朝。

再说戏子施将劝说里克一事报告骊姬，骊姬大喜，害世子晋申生的劲头更足了，心生一毒计，欲置他于死地。

几天后，晋献公出城围猎。骊姬派人到曲沃告诉世子晋申生：“你故去的母亲托梦给君上，说她在阴间饥饿难挨，须赶紧为她献上祭品。”晋申生不知是计，祭扫母墓后，依风俗将部分祭品派人送给父亲晋献公。此时晋献公出猎未归，祭品便被放置在宫中。

几日后，晋献公归来。骊姬在酒中加入鸩毒，又在祭品上撒上毒粉，送给晋献公。骊姬说道：“这是世子送来的祭品，请夫君享用。”晋献公当即便要品尝，骊姬连忙跪下劝阻道：“从外面送来的酒食，得先试试是否有毒。”晋献公称许道：“说得也是。”便将觯中之酒倒在地上，地面随即隆起。晋献公大惊，又将一块祭肉抛给狗吃，狗也当即死去。骊姬假装不知，放声号哭道：“天啊！国家迟早是你世子的，你的父亲也这么老了，你怎么连一天都等待不了呀，非要将他毒死不可呀！”说罢，又跪在晋献公跟前，抽泣着说：“世子所以要设此毒谋，全是为了对付我们母子呀！请夫君将这些毒食赐给妾，妾宁愿代夫君而死！”说着就要捧酒喝下，晋献公连忙抢过酒全部倒在地上。晋献公此时心中极怒，一句话也说不出来。骊姬见此情景，哭倒在地，咬牙切齿地说：“世子的心真是太狠了，连他父君都敢谋害，更别说其他人了！以前他在园林中调戏妾，妾劝说夫君饶他不死。而今夫君几乎因他而死，是妾害了夫君啊！”

晋献公沉默半晌后，当即派人去杀死世子晋申生的师傅杜原款，以惩罚他辅教无方。晋献公本想一同杀死晋申生，但转念一想，晋申生毕竟是自己的亲生骨肉，于是放弃了这一想法。

太傅杜原款临死前，对世子晋申生说：“祭品曾在宫中存放多日，肯定是在这期间被人做了手脚下了毒。世子可速上书为自己申辩，大臣中也自会有明白事理的人为您说话，您可不能被冤枉。”

晋申生摇头说：“父君宠幸骊姬，若骊姬一日不在，便会寝食难安。我上书申辩，父君不信，只会增加我的罪名，即使侥幸相信于我，他又怎肯降罪于他所宠爱的骊姬呢？这样一来只会使父君为难伤心，不如我死！”

杜原款掉下眼泪道：“我生性拘谨本分，没有才干智谋，并且思维迟钝，不能负教导之责，以致被处死。我杜原款并不怕死，遗憾的是不能给世子您申辩；遗憾的是没能洞察国君的心思，听从大夫狐突的建议，让您及早抛弃世子地位而跑到别国躲避，从而使您陷于危难，遭到骊姬的暗害。君子至死不改变对国君的忠心，孝子至死也让父君高兴。抛弃生命却达到自己的志向，是仁德的表现。您好自为之，留下好名声吧。如果能够让百姓思念，不是也值得吗？”晋申生答应了。杜原款流着眼泪自缢身亡。

晋献公派来监斩杜原款的人知道世子晋申生被暗算，便对晋申生说：“既然不是世子您犯的罪过，您为什么不离开晋国呢？”

晋申生又摇头说：“父君受人蒙骗，我若出走别国，人们将会怎样看待我？若出走别国后将真相说出，是公开宣扬父君的错误，我和父君都会因此被诸侯们笑话。我在内受父母困扰，在外受诸侯嘲笑，等于自陷双重困境。我弃君而逃，保全性命，是畏罪怕死。仁人不宣扬君主之过，智人不自陷双重困境，勇人决不会贪生怕死。我申生岂能做一个不仁、不智、不勇之人？死亡既然不可逃避，我就留在这里等待命运的发落吧！”

骊姬见晋献公不想杀死世子晋申生，便豁出去，亲自跑到曲沃去对晋申生哭闹道：“你对父君都忍心谋害，还算是人吗？这样的人怎能活长久呢？”骊姬走后，伤心异常的晋申生想起了师傅杜原款的话，便道了一句：“夫子，我随你去了。”就在曲沃的宗庙里上吊自杀了。临死前，晋申生派人去告诉大夫狐突：“我有错，不听你的劝告，以致落到冤死的地步。我并不吝惜自己的生命，但我们国君年纪大了，你不出来辅佐他，我们国家怎么办？你如果肯出来帮助国君谋划，我申生就对你感激不尽了，就是死了也没有什么可后悔的！”

处死了近十年的心头隐患，骊姬有点儿飘飘然。戏子施说：“公子重耳、夷吾是申生的同党，申生虽死，两位公子仍在，我们不可大意呀。”骊姬内心又紧绷起来。半夜，骊姬对晋献公哭诉道：“公子重耳、夷吾与申生是同谋，申生一死，两位公子一定会归罪于妾。现在他们终日操练兵马，想要攻破都城绛城，杀死贱妾，夫君可不能不管呀！”晋献公不大相信，但第二天早晨就接到大夫东关五报告说：“重耳、夷吾两位公子前来朝拜，本已入城，但一听说申生已死，就立即掉头回去了。”这东关五本是骊姬暗中指使，虚报情况。晋献公疑心顿起，说道：“不辞而去，他们一定是申生的同谋呀！”此时，被骊姬扰乱了思维的晋献公想起了晋国的历史——

当年先君晋穆侯生下世子，取名为晋仇；生下少子，取名为晋成师。晋人师服说：“怪异呀，君上给公子取名，世子曰仇，仇乃仇恨也。少子曰成师，成师是大号，乃成功之意也。名，寓示命运。现在嫡、庶反逆，晋国将乱也！”后来，师服的预言果然应验。晋国乱了几十年，被封于曲沃的小宗晋成师的后代灭了盘踞都城翼城的晋国大宗晋仇的后代，堂而皇之地成为了晋国的新主人，这就是“曲沃代翼”。晋献公为君后，将都城迁到了绛城。

晋献公一想起这段历史，便觉亲儿子、亲兄弟有时也不可信，宁可用外人也不能用内亲。当即便派寺人披率兵赶赴蒲城捉拿公子晋重耳，派大夫贾华率兵赶赴屈城捉拿公子晋夷吾。

接到晋申生临终遗言的大夫狐突虽然没有复出，但内心触动很大，他开始觉得自己应该行动起来，不再让自己欣赏、信任的人坐以待毙。狐突将其次子狐偃叫到跟前，对他说：“公子重耳天生奇相，为人又贤能精明，将来准会成就一番大事。现在你必须立刻动身赶往蒲城，帮助他出奔别国，然后和你哥哥狐毛共同辅佐他。”狐偃遵从父命，连夜赶到蒲城投奔晋重耳。

公子晋重耳得知晋献公派人来捉拿他，心中大惊，赶忙和前来的狐偃商议出走之事。正在这时，寺人披率兵赶到。蒲城人想闭门拒敌，晋重耳连忙阻止说：“不可违抗国君的命令。”寺人披进入蒲城，便将晋重耳的府宅包围。晋重耳与狐偃逃到府中后院，寺人披持剑紧追。狐偃先翻墙逃出，晋重耳正在翻墙时，被后面赶来的寺人披拉住衣襟。晋重耳情急之下，一剑斩断衣襟，趁机逃脱。二人逃奔狄国。寺人披只得带着斩下的那幅衣襟回去报告晋献公。

却说狄国首领参卢克梦见一条苍龙飞到城中，第二天见晋国公子晋重耳来到，便以为其是贵人，连忙热情迎候。

公子晋重耳刚到城中，就见城下来了一群人，急呼开城。晋重耳认得那是狐射姑、赵衰、魏犨、先轸等人，急忙请狄国人开城迎接。此时加上狐偃，晋重耳身边“五贤”都已来齐。晋国来的这群人，还有胥臣、颠颉、介子推、头须、壶叔等等。晋重耳自幼谦恭礼让，向来待狐偃如父，待赵衰如师，待狐射姑如兄，晋国朝野内外的贤能才智之士无不愿与他结交，因而虽在落难逃亡之际，还是有许多名士豪杰甘愿追随他而来。

公子晋重耳一一拜谢后，向众人问道：“诸位在晋国各有要事，为何来到这里？”狐射姑、赵衰等人不约而同地说：“骊姬乱政，逼死世子，晋国早晚必遭大乱。公子您宽厚仁义，礼贤下士，我等愿追随公子。”晋重耳闻听众人之言，失声痛哭道：“诸位在我危难之际，前来助我，我重耳今生今世都不会忘记诸位的恩德。只是我前途缥缈，跟随我，定会受尽苦楚。我心中过意不去。各位还是回去享受平安生活吧！”魏犨心直口快，大声说道：“我等前来，已将生死置之度外，哪还在乎挫折和艰苦呢？”众人都随声附和。

公子晋重耳见各位言辞恳切，便与众人一起前往馆舍住下。此后，同吃同住，形影不离。

且说晋国大夫贾华领兵前往屈城擒拿公子晋夷吾，晋夷吾得到消息后，便下令军士守城。贾华也痛恨骊姬乱政，同情晋夷吾，便故意让军士懈慢，有意放掉晋夷吾。贾华秘密派人通知晋夷吾：“公子应当快速逃离，否则时间一长就再也无法脱身了。”惊恐的晋夷吾与同守屈城的郄芮、吕省、虢射等人商议：“狄国是重耳与我的母国，重耳逃亡狄国，我们也逃到那里如何？”郄芮反对说：“君上怀疑两位公子同谋，所以才兴兵攻打。如果再逃向一国，那妖妇骊姬就更有说辞了。我们不如逃到梁国，梁国与秦国相邻，秦国势力强大，又与我国有婚姻之好，等君上百年之后，我们正好可借他们的力量回归晋国，统治晋国。”晋夷吾应允，便与郄芮等人逃向梁国（在今陕西省韩原附近）。贾华假装追赶不及，撤军返回绛城。

晋献公见贾华、寺人披空手而归，不由大怒，责骂道：“两个公子你们一个也没捉拿回来，你们是如何用兵的？”当即下令将二人处死。大夫邳郑一旁奏道：“君上以前派人修筑蒲、屈两城，从而使两位公子可以聚兵准备，这次未能将他们拿回，也不能全怪罪贾华、寺人披。”以前称病在府、但被晋献公一再相请、从而重新上朝的大夫里克，此时向晋献公奏道：“父子亲情，断无斩尽杀绝之理。贾华、寺人披无功，一定有这层因素。二位公子素有仁德，既然已逃亡国外，就由他们去吧！”晋献公想想也是，便宽恕了贾华、寺人披。

公子晋重耳的母亲本就是狄人，这里是狐偃的故乡，加上狄国首领参卢克认定晋重耳是个非凡人物，因此晋重耳等人在狄国安居。公子晋夷吾逃到梁国，娶了梁女为妻，生下一子，取名为晋圉。

且说晋献公赶走公子晋重耳、晋夷吾后，不久立晋奚齐为世子。群臣见此情形，除荀息、梁五、东关五外，无不心闷。狐突等老臣一直称病告退，闭门不出。

晋献公执政的第二十六个年头，他一病不起。骊姬见晋献公气色很坏，料他活不久了。想起自己到底是个女人，儿子晋奚齐又小，将来公子晋重耳、晋夷吾他们依靠外力回国争权，那就糟了。她满眼流泪，问晋献公怎么办。虚弱的晋献公说：“你不要担心，大夫荀息是个忠臣，寡人把奚齐托付给他。”晋献公将荀息召到床前，上气不接下气地问：“把这个弱小的奚齐托付给你，怎么样？”荀息跪下叩头道：“臣定当尽心竭力，以死相报。”晋献公不由落泪。

数日后，晋献公病逝，骊姬将儿子晋奚齐交给大夫荀息，这时晋奚齐年仅十一岁。荀息遵奉晋献公遗命，辅助晋奚齐登基。骊姬按照晋献公原先的安排，让晋奚齐封荀息为上卿，执掌全国政务，加封梁五、东关五为司马，命他们认真巡逻，以防不测。

此时正值秋季，落叶缤纷，寒霜突降。晋国大夫里克私下对大夫邳郑说道：“先世子申生与我们深情厚谊，而我们却不能为他报仇，空为大男儿呀。”

邳郑说：“先君在时，我们不能下手。现在奚齐已经继位为君，我们可以考虑此事了。”

里克说：“这事全由荀息一人掌握，我们可以去探探他的口风。”

于是两人乘车来到上卿荀息府上。

上卿荀息将大夫里克、邳郑二人请入府中，里克说道："先君去世，公子重耳、夷吾都逃亡在外，上卿您身为国家重臣，不将两位公子迎回继位，却拥立一个蛊惑先君的妖妇的儿子，这如何能叫人心服呢？"

荀息此时已明白二人的来意，他既不揭露，又不痛斥，只是斩钉截铁地答道："我受先君嘱托，辅佐奚齐，定当尽心竭力，来报答先君的知遇之恩！"二人见荀息心如铁石，便告辞回去。

坐在车上，里克对邳郑说道："上卿荀息固执己见，这可如何是好？"

邳郑道："他做他的，我们做我们的，各行其道吧。"

里克说："如果刺死奚齐，让逃亡在外的公子重耳或者夷吾回国即位，对我们来说就太好了。他们痛恨骊姬，肯定会为申生鸣冤雪恨。"两人私下商议已定，便派心腹武士改扮成宫中卫兵，混杂在晋献公灵堂的人群中。

当新君晋奚齐不加戒备时，里克、邳郑派出的武士一剑将他刺死。此时，戏子施正在一旁侍奉，见有人行刺，忙拔剑来救，随即也被刺客杀死。上卿荀息在外闻听此讯，心头大惊，急忙跑进灵堂，抱住晋奚齐的尸体，放声痛哭道："我接受先君遗命，却不能保护新君，我将来有何脸面见先君于地下？"说着便想对着殿中大柱撞去，以死殉主。这时，急匆匆赶进来的骊姬连忙阻止道："先君灵柩尚未入土安葬，上卿这就不管了吗？再说奚齐虽死，公子卓子还在呀！"荀息想想也是，便打起精神，召集百官商议，共同扶持晋卓子继承君位，这年晋卓子才九岁。

司马梁五奸诈，明白新君晋奚齐被杀，肯定是大夫里克、邳郑等人指使，便找上卿荀息说："新君奚齐被杀，实是里克、邳郑在为先世子申生报仇，他们不会就此罢休。为了保卫晋室，我请求率兵讨伐他们。"荀息虽与梁五、东关五都是扶持晋奚齐、晋卓子，但内心里却瞧不起二人的品行，倒是与里克、邳郑等人投缘。荀息对梁五说："里克、邳郑都是晋国老臣，根深蒂固，党羽众多，万一讨伐失利，我们在晋国将无立足之地。我看不如暂时将此事按下不提，等过了这段时间，再处置他们。"

司马梁五离开上卿荀息后，对同伙东关五说："荀息虽忠心耿耿但却对里克、邳郑等人缺少警惕，我们不能听他的。我们必须先除里克，后除邳郑。"东关五说道："好。我府上有一个门客叫屠岸夷，身怀绝技，能背负千斤在山道上奔走如飞。我们如果用高官厚禄加以引诱，他就能将此事办成。"梁五点头答应。

司马东关五回府，就将屠岸夷召来，把行刺大夫里克一事相告。这屠岸夷虽是一武夫，但也知里克是晋国重臣，不是随意就可以刺杀的。屠岸夷口头应承，私下里却与好友、晋国大夫骓遄商议。

这骓遄原来是先世子晋申生的旧部，与大夫里克交厚，并对骊姬一党恨之入骨。他听了此言大吃一惊，连忙阻止屠岸夷道："先世子申生仁义满天下，却被骊姬一党陷害致死。举国上下没有不为申生痛心而对骊姬、东关五之流痛恨的。现在里克所为，深得天下人心。你如果助纣为虐，仇视忠良，晋国百姓怎能容你？即使侥幸成功，日后也会让人唾骂，你千万不能干此蠢事！"

屠岸夷恍然大悟道："幸亏来请教您，险些上了他人的当。我现在就去找他将此事推掉。"

骓遄又阻止道："你推辞掉，他还会再派别人去。你不如表面答应，到时候阵前反戈，诛杀奸党。我把迎立新君的功劳让给你，让你既得到富贵，又得到美名。你看如何？"

屠岸夷说道："在下感谢大夫教诲。"

骓遄问他："你不会反悔吧？"屠岸夷对天发誓，表示绝不反悔，骓遄这才放心让屠岸夷回去。

送走屠岸夷后，骓遄赶紧给里克通风报信。里克找来邳郑，三人一起商议。三人意见一致，决定事不宜迟，第二日便动手。

到了第二天凌晨，里克、邳郑、骓遄各带兵丁亲信，围住司马东关五府，冲进去便杀。里克率人与东关五、屠岸夷迎面相撞。东关五大喊："屠岸夷，把逆贼里克给我杀了！"屠岸夷说："好。"挥手一剑，一人人头落地。只是杀掉的不是里克，而是东关五。

荀息、梁五听说东关五被杀，慌忙向晋宫跑去，想保护新君晋卓子逃走。二人刚进宫中，里克、邳郑、骓遄便领兵丁一齐赶到。梁五料到自己无法逃脱，便拔剑自尽。荀息见众人到来，面不改色，用手抱着晋卓子对里克说道："孩子有什么罪？请你将我杀死，替先君留下这点骨肉吧！"里克拒绝道："先世子申生又有什么罪？难道申生就不是先君的骨肉吗？"他回头对屠岸夷命令道："还不赶快动手！"屠岸夷从荀息手中抢过晋卓子，向台阶上摔去，就听"噗嗤"一声，晋卓子被摔成了肉饼。荀息见此大怒，举剑上前来刺里克。里克躲走，边走边劝荀息回头是岸。荀息一声长叹："《诗经》上说，白玉斑点，可以磨掉，但人说的话却不可以收回了。我既然在先君面前说过以死相报，就不能言而无信。"说罢，举剑自杀。里克感慨不已。

众人随即去寻骊姬。骊姬走投无路，投井而死。骊姬的从嫁妹妹少姬虽有父亲的"女戎乱晋"之命，但生下晋卓子之后，她改变了主意，安居后宫，从不问政事，也不与骊姬等结党，大夫里克饶她不死。

已为先世子晋申生报仇雪恨的大夫里克、邳郑召集晋国众官商议道："现在乱孽已除，当立新君。先君晋献公公子不少，可死的死，逃的逃，有贤名者只剩公子重耳与夷吾。大家看，应立谁为君？"大夫贾华曾率兵擒拿晋夷吾，怕他回国后对自己不利，另外知道里克、邳郑与晋重耳交情深厚，为答谢二位的救命之恩，便率先说道："相比之下，公子重耳年纪最长，为人也最贤能，应当立他为君。"众人纷纷说好，便定下此事，公推晋重耳之舅、狐偃之兄狐毛前去告知晋重耳。

狐毛到达狄国，面见公子晋重耳等人，向他们谈及国内政变。晋重耳唏嘘不已。狐毛向晋重耳转达大夫里克、邳郑之意，晋重耳犹豫不决，转身问计于狐偃、赵衰。狐偃想了想说："里克等人弑奚齐、卓子如同杀鸡，我们回去，难道就不是危险重重吗？"赵衰说："乱世之机，保命第一。"这些年，晋重耳被晋国的血雨腥风吓得有点儿畏首畏尾了，便说道："如果上天垂青我重耳，晋国君位早晚是我的。我不能因为我个人所求，而让各位跟着我去冒这风险。"狄国对晋重耳等人太好了，如同一个蜜罐，让这些人乐不思进。他们虽心有不甘，但也不愿去试一试。狐毛有父亲狐突之命，也不再返回晋国，而是留在晋重耳身边。

在里克、邳郑心中，公子晋重耳是除先世子晋申生之外的第一人选，但里克、邳郑的善意没有被晋重耳领悟。里克、邳郑只好派人转而去招身在梁国的公子晋夷吾。

且说公子晋夷吾身在梁国，心中却日夜盼望晋国有乱，自己好乘机回国夺位。他听说晋献公去世后，立即派虢射率人袭击屈城，将它占据。当时上卿荀息因朝中不稳，也没来得及将屈城再夺回。等听到新君晋奚齐、晋卓子先后被杀，晋夷吾便决心与晋重耳争夺君位。正在计议时，晋国派人来迎请。

晋夷吾不由喜形于色说："遵从周礼，继承君位是先长后幼。现今国人前来迎请我，看来是上天想把君位从重耳手中夺过来交给我！"

郄芮劝他道："重耳绝不是不想继承君位，他不回国，一定是心中有疑，公子也不要太轻信他人。朝臣们扶你为君，也是为了给自己图私利。现在晋国众官，以大夫里克、邳郑为首，公子可给两人送上重礼，加以笼络。即使这样也还不够，要入虎穴，手中必须有利刃，要返回晋国也必须求助于强国的支持。目前与晋国邻近的国家以秦国最为强大，公子何不派人到秦国谦辞相求，请秦国出兵帮助？秦国如果肯答应，公子此番回国继位就可保万无一失。"晋夷吾听从郄芮之计，许诺把汾阳田产赐给里克，把负葵田产赐给邳郑，又让郄芮准备赶赴秦国求援。

却说秦穆公闻听晋国大乱，问上卿蹇叔道："天帝已梦中给寡人下令，让寡人去平定晋国之乱。听说晋国重耳、夷吾都是有才有德的公子，寡人想从中选出一个加以扶助，却不知道两人中选哪一个更好？"

蹇叔答道："公子重耳逃亡在狄国，公子夷吾逃亡在梁国，离这里都不太远，君上何不派人前去慰问，观察一下他们的为人处世呢？"秦穆公觉得有理，便派公子嬴絷先去狄国慰问晋重耳，再去梁国慰问晋夷吾。

秦国公子嬴絷来到狄国，见到晋国公子晋重耳说："公子应当把握时机返回晋国继位，敝国国君愿派兵马相助公子行事。"晋重耳不答，借内急回内室找赵衰商议。赵衰摇头道："拒绝本国朝臣的迎请，却听从外国摆布，就算能回国继位也是脸上无光。"晋重耳听从他的话，出来对秦国嬴絷说："父君在世时，我就不讨父君喜欢，为父君怪罪。

如今父君去世，我又不能为父君守丧，这是为人子者大不孝，我哪里还敢贪恋君位！”说完伏在地上放声大哭。嬴絷见晋重耳不肯听从，心中既夸赞他仁贤，又替他感到可惜，只得告辞赶赴梁国。

郄芮正在准备赴秦时，秦国公子嬴絷来到了梁国，会见了晋国公子晋夷吾。两下行礼完毕，晋夷吾就向他问道：“公子您奉贵国国君之命屈身来慰问我这逃亡之人，有什么话教诲我吗？”嬴絷又将把握时机返晋继位这话说了出来，晋夷吾大喜，对嬴絷连连拜谢，然后回内室向郄芮、吕省等人说道：“秦国答应扶助我了！”郄芮道：“秦国与我们有何交情？不过是为了趁机从我们这里得些好处罢了。”吕省说：“公子可答应向他们割让大片土地，作为报答。”晋夷吾道：“割让土地岂不对晋国有损？”郄芮道：“公子如不能回国继位，就只是梁国山野中的一个百姓，晋国土地再多对你又有何用？本来就是别人的东西，公子又何必吝惜呢？回国就能得到百姓，这点土地有什么了不起？”晋夷吾想想有道理，便与郄芮、吕省一起出来见嬴絷，拉着他的手说：“晋国大夫里克、邳郑答应迎请我继位，我都有重礼相谢。如果能得到贵国国君与公子您的厚爱，使我出掌君位，我就割让黄河以西的五座城池，尽归贵国所有。”

公子嬴絷返回秦国，向秦穆公报告了与晋国公子晋重耳、晋夷吾相会的情况。秦穆公听完说道：“重耳仁贤，比夷吾强得多！我们一定要扶助重耳。”

嬴絷问秦穆公：“君上帮助晋国立君，是想为晋国担忧呢，还是想借此维护秦国的利益，从而扬名天下呢？”

秦穆公答道：“晋国怎么样，与寡人有何相干？寡人是想借此维护秦国的利益，扬名天下。”

嬴絷奏道：“君上若真的为晋国担忧，就为它选一个贤明的国君；若为了维护秦国的利益，则不如为它立一个不贤者为君。两者都有扶助晋国立君之名，而立贤者，晋国将强于我国；立不贤者，晋国将弱于我国。哪一种选择，对我秦国更有利呢？”

秦穆公赞许道：“你的话使寡人茅塞顿开。”于是便命令公孙嬴枝率军去协助晋夷吾回国继位，同时接收五城。

晋国大夫里克、邳郑等百官到边境隆重迎接公子晋夷吾。晋夷吾回到国都绛城即位，即晋惠公。晋国百姓素来敬重公子晋重耳，一心盼望他继位为君，如今晋重耳未回而晋夷吾却登上君位，百姓不由感到大失所望。晋惠公立儿子晋圉为世子，封虢射、吕省、郄芮等为大夫，朝中众臣仍袭原职。

却说秦国公孙赢枝护送晋惠公夷吾回国即位后，即索要河西五城。晋惠公已登君位，对割让土地一事，不由产生反悔，心中很是不舍，于是便将群臣召来商议此事。

吕省上前奏道："君上从前之所以用土地贿赂秦国，是因为君上尚未登位为君，晋国也不是君上的国家。如今君上既然已经登临君位，晋国就是君上的了。我们就是不向秦国割让土地，它又能将我们怎样？"

里克反对道："《诗经》上说，白玉斑点，可以磨掉，但人说的话却不可以收回了。君上刚刚继位，不能向帮助过自己的邻国失信，毁约之事万万使不得。臣看不如就把土地割让给他们吧。"

郄芮说道："失去河西五城就等于失去小半个晋国，秦国虽然强大，也无法从我们手中将这五座城池夺去。晋国先君身经百战、辛苦经营而得来的土地，怎能轻易送给别人？"

里克反驳道："既然知道那是先君的土地，当初又何必答应送人？答应送人，又反悔，秦国岂能与我们善罢甘休？先君昔日建立晋国时，也只有黄河与汾水以东那么一块弹丸之地，后来励精图治，扩大疆土，才使国势变强，成为黄河边上的大国。君上如能效法先君，发奋图强，又何必为如今少了几座城池而忧心呢？"

郄芮大声喝道："里克所说的，不是为了秦国，而是为了索取君上答应赐给他的汾阳田产。他怕君上不肯给他，这才拿秦国为借口来压君上。"

气氛瞬间凝固，邳郑用手臂推了里克一下，里克会意，不再往下说。晋惠公说道："不割地给秦国是我们失信，割地给秦国又会使晋国削弱，只给他们一两座城池行不行？"吕省道："给一两座城池并不能挽回我们不守信之名，反而会挑起与秦国的争端，不如将此事缓置处理。"晋惠公听从，便召来秦国公孙赢枝说明晋国的态度。

秦国公孙赢枝说："我是奉命前来，已经完成护送任务，还有接收城池任务没完成。如果贵国想把这事拖下去，也要我秦国君上答应才成。”晋惠公想，嬴枝率军前来，不仅耗费巨大，而且对晋国也是个威胁，一定要让他们尽快回去。想到这，晋惠公便对嬴枝说：“秦晋联姻，两国一直友好相处，想必贵国君主不会在乎割地晚那么几天，一定会支持晋国的意见。你看这样行不行，寡人遣使与你一同前往贵国，向贵国君主当面说明情况，如何？”嬴枝无奈，只好答应。

晋惠公让吕省代他给秦国写下国书，推辞割地一事，书中道：“本想依约割让黄河以西五城，无奈遭到朝臣反对。望贵国能将割地日期宽缓一段时间，晋国绝不敢忘记贵国昔日扶助之恩。”国书写好，晋惠公问众臣：“谁愿为寡人出使秦国？”大夫邳郑奏道：“臣愿往。”晋惠公当即同意。原来晋惠公在返国继位前，也曾许诺将负葵田产赐给邳郑，如今晋惠公既不肯给秦国城池，又怎能给邳郑田产？邳郑嘴上不说，心中却是恼怒无比。现在他讨此差事，正是想与秦国联合挖一个陷阱，套住国内与他们敌对之人。

与邳郑一样恼怒的还有里克。晋惠公继位之后，曾许诺给里克的田产不仅分毫不给，而且大肆起用虢射、吕省、郄芮一班私人，里克因此心中十分不满。当时劝晋惠公守约割城给秦国，自己说的分明是公道话，郄芮却反咬一口，说他是为自己牟私利，里克心中更加愤怒。在朝堂上他忍了一肚子的气，敢怒不敢言，一出朝堂大门，脸上就不免流露出了怨恨之色。郄芮的随从看得清清楚楚，立刻报告给了郄芮。

郄芮担心里克与邳郑有所图谋，便派人监视二人的行踪。邳郑也想到郄芮之流可能派人监视，就不再去和里克道别。等里克派人去请邳郑时，邳郑早已与秦国公孙嬴枝一起出城了。里克放心不下，亲自驾车追出城外，但却没能追上。探子将里克出城之事报告给郄芮。

郄芮听完报告，就匆匆来到宫中，向晋惠公奏道：“里克因君上不肯给他汾阳之田，心怀不满，今天听说邳郑出使秦国，便亲自驾车出城与邳郑相会。两人串通一气，一定有所图谋。臣听说里克心中一向偏重公子重耳，现在他扶君上继位为君，实是出于无奈，而绝非心甘情愿。万一以后他和重耳里应外合，我们很难提防对付，不如现在就赐他一死，以绝后患。”晋惠公听了郄芮一番言语，吓出了一身冷汗，哆嗦着说道：“里克对寡人有迎请扶立之功，现在杀他有什么借口吗？”郄芮答道：“里克派人杀死亡君奚齐、卓子，又逼死大臣荀息，这是触犯国法天条。君上可不能因私人恩义而置国法于不顾啊！”晋惠公想了想道：“好吧。”

第二天上朝，晋惠公对里克说道：“如果没有你，寡人就做不了晋君。尽管如此，你杀了两个幼君和一位上卿，做你国君的人，不也太难了吗？”里克答道：“亡君奚齐、卓子不死，君上怎能回国继位？欲加之罪，何患无辞？臣知道君上的意思了！”说完举剑自刎而死。此时，大夫骓遄在旁，心中十分惊怕，大气也不敢喘一下，只在心里自言自语道：“里克与其说是被逼而死，还不如说是愤怒加后悔而死。当初如果坚决迎请公子重耳，哪来这极度的不如意？”

且说晋国大夫邳郑随秦国公孙嬴枝来到秦国，拜见了秦穆公，将国书呈上。秦穆公看完国书，大怒，拍案喝道：“没想到夷吾是个言而无信的小人！”下令将邳郑推出斩首。

嬴枝一旁急忙劝道：“此事与邳郑全无相干，请君上将他饶恕。”

秦穆公余怒未消，愤愤地问道：“是谁教唆夷吾这么干的？寡人定要将此人斩首！”

邳郑答道：“晋国各位官员，人人对君主您感激不尽，都主张将五城割让给贵国，只有吕省、郄芮两人从中作梗阻挠。君主您可派人将两人骗来，在秦国将他们处死，然后扶助公子重耳回晋。臣愿与晋国大夫里克等作为内应，将昏君夷吾驱逐，从此晋国将世代听从秦国号令。”

秦穆公大喜道：“此计甚好，寡人原本就是想扶助公子重耳。”于是派公子嬴縶随邳郑赶赴晋国，打算引诱吕省、郄芮二人入秦。

晋惠公杀死大夫里克，群臣中有很多人不服，大夫贾华、骓遄等人均有怨言。晋惠公想将这几个人一并处死，大夫郄芮阻止道：“现在邳郑出使秦国未归，如杀死群臣，必会促使他反叛，君上暂且忍上几天吧。”

且说大夫邳郑与秦国公子嬴縶来到晋国，刚走到晋国都城绛城郊外，邳郑就得到了里克被逼杀的消息。他心中起疑，想返回秦国再作商议，却又挂念身在绛城的儿子邳豹等家人，暗想道：“我如果逃走，一定会拖累了家人。”心中犹豫不决，便暗中派人询问大夫骓遄。

骓遄捎信给邳郑道：“与里克一同行事杀死幼君的人很多，连我骓遄也在内。现在君上只逼死里克，其他人并未加以追究。你出使秦国在外，假装不知里克已死就行了。如果你心中害怕不敢回城，不是向别人承认你自己有罪吗？”邳郑听从了骓遄的话，催车进城入朝，先向晋惠公报告了出使经过，又领秦国公子嬴絷上朝拜见。

秦国公子嬴絷礼毕，向晋惠公说道：“晋、秦是亲戚之国，没有商量不成的事。只是解铃还须系铃人，请当时与我交谈割让五城的吕省、郄芮二位大夫，向我秦国君上解释清楚，双方哈哈一笑，也就什么事没有了。”晋惠公本是个目光短浅的势利之人，闻听此言，心中高兴，便拟派吕省、郄芮二人出使秦国。

郄芮私下对吕省说：“秦国公子嬴絷这次前来，可没安什么好心。莫非是引诱我俩前去。我们若去，定会被他们扣作人质，借此向晋国索取河西五城。”

吕省也道：“我也奇怪秦国为什么会如此平静，平静的下面往往是更大的阴谋！这一定是邳郑与秦国君臣串通密谋，想借秦人之手将我们除去。”

郄芮道：“邳郑与里克是同党，我们杀死里克，他怎能不害怕？现在朝中群臣大半与里克、邳郑结党，如果邳郑有所图谋，朝中一定还有与他同谋的人。等先送走秦国公子嬴絷，再一个个处置他们。”吕省赞同。两人拜见晋惠公，请他先打发嬴絷回秦。

晋惠公将秦国公子嬴絷召来，向其说道：“晋国尚未彻底安定，回头等吕省、郄芮二位大夫忙完晋国的事务，有了闲暇时间时，寡人一定派他们去拜见贵国君主。”嬴絷见晋惠公这样说，无可奈何，只得先回秦国报告。

吕省、郄芮从此每天派探子去邳郑府前刺探监视，邳郑见吕省、郄芮两人没有赴秦迹象，便私下请贾华、骓遄等人夜晚来自己府中议事，五更后才散去。探子将此事报告给吕省、郄芮。郄芮向吕省道：“这些人会有什么难决之事？一定是在密谋造反。”郄芮想奏请晋惠公擒拿邳郑等人，但又无谋反证据。思谋良久，心生一计。

郄芮派人将屠岸夷请来说道：“你知不知道你已大祸临头了？”

屠岸夷大惊，急忙问道：“我有什么大祸？”

郄芮道："你协助里克杀害幼君卓子，现在里克已被处死，下一个就该是你了。我因为你武艺高强，不忍心见你被杀，现在特意告诉你一声。"

屠岸夷哭道："我只不过是一个莽夫，是被人驱使利用的工具，请您救我一命吧！"

郄芮说道："君上现在正在火头上，我们去求也没用。眼下只有一个办法可使你免遭杀身灭门之祸。"

屠岸夷忙跪下问是何法，郄芮将他扶起说道："邳郑原先与里克串通一气，图谋犯上不轨，现在又与贾华、骓遄等人秘密商议谋反。你现在假装害怕被杀，去投靠你的好友骓遄，混入他们一伙儿中，探出其实情，拿到其罪证，然后到君上那里去告发。你干成此事，我将奏请君上将原答应赐给邳郑的负葵田产送给你。这样一来，你不仅无罪，反而会立功受赏，你看如何？"

屠岸夷大喜道："我屠岸夷能死里逃生，都是大夫您所给，我怎敢不尽心竭力？只是我不善言辞，万一对答不上，岂不坏了大夫的大事。"

郄芮说："这个我会教你。"于是便为屠岸夷设计了对答之词，屠岸夷一一记住。

当晚，屠岸夷就来到了骓遄府中，说有要事相告。骓遄将他请入屋内，屠岸夷跪倒就说："请大夫救我一命。"骓遄心中惊异，忙将他扶起，问他为何如此，屠岸夷道："君上因我曾帮助大夫里克杀死幼君卓子，便要将我处死。"

骓遄问他："我虽是你的好友，但现在吕省、郄芮在朝掌政，你为何不去向他们求助？"

屠岸夷咬牙切齿道："就是这两个奸贼要害我，我现在恨不能生吃两人之肉。"

骓遄对他还不太相信，又问道："你有何打算？"

屠岸夷说："公子重耳仁慈贤明，深得人心，百姓都愿拥戴他继位为君。秦国人憎恨昏君夷吾背信弃义，也想拥立重耳。如果大夫能写一封亲笔信简，我愿连夜去送给公子重耳，让他借助秦、狄两国兵马回晋，大夫您可联合先世子申生的旧部作为内应，到那时先将吕省、郄芮两个奸贼处死，再将昏君夷吾逐走。大夫您看如何？”

骓遄听完，颤声说道：“你不会像以前那样变卦吧？”

屠岸夷咬破手指，发誓道：“我屠岸夷若有二心，就让我不得好死。”

骓遄相信了他，约他第二日三更与自己一起去找邳郑商议。骓遄虽在官场多年，但智者千虑也有一失，此时忽略了屠岸夷本是一个莽夫，为何突然有这么多心眼儿。

第二日，屠岸夷随骓遄准时来到邳郑府中。此时，他发现贾华早已来到，另有六人，都是先世子晋申生的旧属，加上主人邳郑和骓遄、屠岸夷自己共是十人。众人商议已定，歃血盟誓，决心驱逐晋惠公夷吾，共扶公子晋重耳。

屠岸夷偷偷将此事报告郄芮。郄芮与吕省商量后，即带屠岸夷去见晋惠公。一场大屠杀在秘密准备之中。

第二天一大早，晋惠公与群臣议事。晋惠公将邳郑召上前去问道：“听说你要赶走寡人，迎立重耳为君，请问寡人有什么过错吗？”邳郑正想辩解，郄芮携屠岸夷来到大殿中间奏道：“邳郑等十人密谋反叛，幸亏君上洪福齐天，下臣及时发现，劝住了十人中的屠岸夷，这才不让阴谋得逞。”晋惠公道：“屠岸夷，你说说另外八个人的名字。”屠岸夷一一说出。除骓遄外，其他几人都在朝堂，不由面面相觑。晋惠公喝令武士：“押出朝门斩首！”武士将八人拉出，贾华大声喊道：“臣当年奉命攻打屈城，曾经私下将君上放走，君上能否看在昔日情分上，饶臣一死？”吕省喝道：“当年你侍奉先君，却私下放走当今国君；眼下你侍奉当今国君，却又要与重耳串通。你这种反复无常的小人，早就该被处死了！”贾华无言以对，八人遂在朝门外被武士处死。

骓遄身体受凉，有病在家，听到邳郑等人事败被杀，心里十分难过，打算上朝领死。他的家人劝他说：“你此去朝堂必会被处死，为什么不设法逃走呢？”骓遄说：“邳郑是因为听了我的劝说才回来的，屠岸夷这个奸人也是我领上门的，现在邳郑等八人都已被害死，我若继续苟活在这个世上，还算什么大丈夫？我不是不喜欢活着，我只是不愿有负于邳郑等八人罢了！”说完就直接来到朝堂请死，晋惠公也命人将他斩首。

邳豹听说父亲邳郑等被杀，连忙逃离晋国，跑到秦国避难，向秦穆公哭诉他父亲和八位大臣的被害经过，请求秦穆公出兵伐晋。秦穆公征求众臣的意见，上卿蹇叔奏道："听从邳豹的话去攻打晋国，是帮助臣子攻打国君，这样做有违义理。"上卿百里奚也主张暂时不向晋国用兵，他说道："如果百姓真的不满，晋国迟早都会发生内乱，我们等到那时再起兵攻打晋国也不迟。"秦穆公决定暂不出兵，留下邳豹，安慰了他一番。邳豹无奈，只好暂时按下这股仇恨，静等晋国的变化。

五　仁义的交锋

话说晋惠公即位后，晋国接连几年都遇到灾荒，五谷不收。到公元前647年，晋国又发生饥荒，仓廪空虚，只好向周边诸侯国买粮。在周边诸侯国中，秦国最适合。因为在割地上有负于秦国，晋惠公犹豫不定。大夫郄芮奏道："河西五城只是暂缓交割，如果秦国不卖粮给我们，那就是秦国对不起我们，我们有负秦国也没什么大不了的了。"晋惠公认为有道理，就派人到秦国买粮。吕省、郄芮均不敢去秦，晋惠公便派新封的大夫庆郑去秦。

秦穆公召集群臣商议卖还是不卖粮给晋国。上卿蹇叔、百里奚都是穷苦出身，知道无粮就要饿死人，都认为天灾是无法避免的，帮助邻国也是理所当然的，主张卖粮。秦穆公认为自己有恩于晋，晋却不思回报，有点儿迟疑。

公孙嬴枝说："我们对晋国施恩，开始时并没想过要什么回报，不回报我们也没损失什么。他们知恩不报，错在他们，我们还是应该卖粮给他们。"

从晋国逃难来此的邳豹说："晋君夷吾无道，这是天赐良机，我们正好借机灭晋，机不可失。"

大夫由余说："仁者不乘危以邀利，智者不侥幸以成功。秦国不可乘人之危，我们应当卖粮给晋。"

秦穆公听了众人发言，考虑再三，喃喃说道："有负于寡人的是昏君夷吾，不是晋国的百姓，现在挨饿的不是昏君夷吾而是晋国的百姓，寡人不忍心因为晋国国君有负于寡人而让晋国的百姓遭受饥荒威胁。”于是，告诉晋国大夫庆郑，答应卖粮给晋国。

秦国派出大量船只运载粮食救济晋国。由秦都雍城出发，沿渭水自西向东，随后换成车运，横渡黄河以后再改汾河漕运北上，直达晋都绛城。运粮的船只从秦都到晋都，八百里路途首尾相连，络绎不绝，人称泛舟之役。晋国的百姓无不对秦国感激涕零。

无巧不成书，第二年秦国遇上了荒年，晋国反而粮食丰收。秦穆公对上卿蹇叔、百里奚说：“寡人今日又想到两位所说的话，丰年、灾年实难预料，如果寡人去年拒绝向晋国发粮，今年也难以开口向晋国求粮。”邳豹一旁道：“晋君夷吾贪婪成性，毫无信义，我们就是去求他，他也不会发粮给秦国。”秦穆公不信，便派公子嬴縶去向晋国求粮。

晋惠公见到秦国公子嬴縶后，就打算让黄河以西城邑存粮周济秦国。

大夫郄芮闻听后，便在朝会上劝谏晋惠公：“君上给秦国粮食，也给秦国城池吗？”

晋惠公道：“寡人只给他们粮食，为什么要给城池呢？”

郄芮问道：“君上为什么要送粮食给秦国呢？”

晋惠公答道：“报答他们去年救援晋国的泛舟之役呀。”

郄芮奏道：“君上若把泛舟送粮看作是秦国的功劳，那么他们当年扶助君上继位的功劳更大。君上将大功放在一边，却去报答对方小功，这是什么道理？”

大夫庆郑明白郄芮的意思，便一旁奏道：“臣去年奉命去向秦国求粮，秦君一口答应，很是慷慨，现在我们如果拒绝发粮救援，恐怕会招致秦国人怨恨。”

大夫吕省说：“秦国给晋国粮食，并不是为晋国好，而是为了替自己索取河西五城。他们担心粮食不给了，城池就要不回来了。现在来看，不给秦国粮食，秦国人会怨恨我们；给粮食不给城池，秦国人也会怨恨我们。反正都会落个怨恨，我们又何必给他们粮食呢？”

庆郑此时很恼火，大声说道：“幸灾乐祸是不仁，以怨报德是不义，如此不仁不义，怎么能安邦定国？”

这时，晋国另一位大夫韩简奏道：“庆郑的话很有道理，假如去年秦国不肯发粮救我们，君上您又会怎样想？”这韩简与晋国宫廷是一族，其先人因“曲沃代翼”有功，而被封于晋国韩原，从而立韩氏，韩简现为韩氏掌门人。

听庆郑、韩简说完，老成毒辣的大夫虢射反驳道：“庆郑、韩简所言差矣。去年老天将晋国的粮食拿去，使秦国大获丰收，秦国不知道好好保存却借给了我们，这是他们的愚蠢。今年老天夺秦国之食送给晋国，我们怎能违逆天理再将它送还秦国？依臣之见，我们不如和梁国联兵，乘秦国饥荒将它攻灭，这才是上上之策。”

晋惠公眉飞色舞，当即听从虢射的建议。

晋惠公将秦国公子嬴絷召来说：“敝国连年遭受灾荒，百姓流离失所，今年虽获得丰收，但也仅够敝国自用，实在没有能力救援贵国。”

嬴絷说道：“我家国君顾念秦晋有婚姻之好，去年不向晋国要地要城，慷慨相救，只说要同甘共苦。今年我国有难，贵国却不肯发粮救助，臣实在无法向我国国君交代。”

晋国大夫吕省、郄芮大声喝道：“你以前与邳郑串通勾结，妄图将我们骗去杀害，幸亏识破你们的奸谋，才使我俩未入你们的圈套。你今番还敢在这里卖弄口舌吗？”

大夫虢射捋了捋胡须说：“你回去告诉你们国君，要想得到晋国的粮食，除非你们派兵来取！”嬴絷满怀怨愤地返回秦国。

大夫庆郑走出朝堂后，正遇神算子卜偃，不由愤愤地说道：“君上忘恩负义，激怒邻国，看来晋国就要大祸临头了。”

卜偃点头叹道：“今年秋天，晋国无故发生山崩，这可是几近亡国之象啊！”说完叹息不已。

公子嬴絷回到秦国，哭着向秦穆公报告：“晋国不仅不肯发粮救助，反而要和梁国联兵，打算侵犯我国。”

秦穆公不由大怒道：“一个人忘恩负义竟会到这种程度，寡人这就出兵，先将梁国攻灭，然后再去讨伐晋国。”

上卿百里奚提议道：“梁国好大喜功，到处大兴土木，致使民怨沸腾，现在根本无力征集兵马与晋国联兵攻伐。晋君夷吾背信弃义，失去民众支持。依臣之见，不如先发制人，出兵攻晋。攻晋，就可解除秦国饥荒。”

秦穆公应准，命上卿蹇叔、大夫由余留下辅佐世子嬴罃镇守都城雍城，让大夫百里视加强西北边境防务，自己统率大军，率百里奚、嬴縶、嬴枝、蹇术、蹇丙等，浩浩荡荡，往东向晋国杀去。

晋惠公闻听秦国来攻，急忙召集群臣商议。晋惠公道：“秦国无故举兵攻打我国，我们应该怎样对付？”

大夫庆郑奏道：“秦国因君上违背信约、以怨报德，这才派兵前来讨伐，怎么说是无故举兵呢？依臣之见，我们只需认错求和，将原来答应割让的五城交出，并以礼还礼，卖粮给他们，就可使两国化干戈为玉帛，也可使百姓免遭战乱之苦。”

大夫虢射笑了笑道：“皮之不存，毛将焉附？如果依庆郑所见，地没了、粮没了，我们靠什么活？”

晋惠公也大怒道：“凭晋国的国势军威，却向别人割地卖粮求和，寡人还能再有脸面执掌国家吗？”他又喝令手下道：“先将庆郑斩首，然后发兵迎战秦军！”

大夫韩简一旁谏道：“兵马未动，却先斩大臣，恐对我军不利。不如饶他一死，让他随军戴罪立功。”晋惠公答应，庆郑红着脸退下。

当日，晋惠公就率虢射、庆郑、韩简、屠岸夷等人，离开绛城，向西迎敌。晋惠公使用的军马名叫小驷，是郑国送给晋惠公的。这匹马身材小巧，毛皮润泽，行走平稳，晋惠公十分宠爱。庆郑此时见晋惠公用这种马驾车出征，心里老觉得别扭，连忙出言谏道：“以前晋军出征，都用本国的军马驾车。本国军马解人心意、熟悉道路，所以作战时能随意驾驭，不出差错。现在君上面临生死大战，却乘坐着别国之马，恐怕不吉利。”晋惠公不听，斥责庆郑：“寡人一向乘坐此马，你不要多管闲事！”

秦军渡河东进，连战连胜，势如破竹，几天时间就打到韩原，这是晋国大夫韩简的世袭封邑。秦穆公命秦军安营扎寨，稍事休息。

晋惠公闻听秦军已攻到韩原，心中犯愁，问众臣道：“秦军已入我国纵深，我军该当如何应对呢？”

庆郑一旁插嘴：“这都是君上自己招来的，问别人干什么？”

晋惠公怒道："庆郑又是无礼犯上，赶快退下。"见晋惠公发火，其他大臣不再言语。

晋军赶到离韩原十里处下寨，晋惠公命大夫韩简去秦军前沿探看虚实。

很快，大夫韩简回营报告："秦军人数虽然没有我军多，但士气却比我军高十倍。"

晋惠公问："你为何这样说？"

韩简答道："君上以前因梁国距离秦国近而出奔梁国，以后又依靠秦国帮助才得以执掌君位，尔后又因得到秦国粮米而使晋国度过灾荒。三次受人恩惠，却无一次报答。秦国君臣因此感到气愤，这才派兵来攻。如今秦军上下一心，都在责备君上您忘恩负义，他们的士气又何止高过我军十倍呢！"

晋惠公脸色又是不悦，低声道："这些都是庆郑的论调，你怎么也说出这种话？寡人定要与秦军决一死战！"于是便命韩简到秦营挑战。

晋国大夫韩简到了秦军营前，大声说道："晋国有兵车千乘、军士无数，正等着你们。你们若害怕退兵则罢，否则不要怪晋国不客气！"秦穆公坐在营帐中，听得清楚，不由冷笑道："无知无耻之徒，竟敢如此骄狂。"命令公孙嬴枝出营对答："昏君夷吾想要回国继位，秦国出兵帮助你；夷吾想要粮米救灾，秦国发粮给你；今天你想挑起战火，秦国又怎好拒绝于你呢？"韩简闻听此言，心中惧意又长。两下约定第二日决一死战。

晋国大夫韩简在回营途中，想起了晋国老臣狐突做过的一个梦——

晋惠公改葬先世子晋申生，老臣狐突便到曲沃去。坐在车上，狐突想起了晋申生临死前托人告诉他的话，狐突感叹道："申生，好人呢！"想着想着，狐突在车上睡着了。梦中，狐突遇到先世子晋申生。晋申生让他登车驾车，还对他说："夷吾无礼，我已请求天帝惩罚他，准备把晋国给予秦国，秦国将会祭祀我。"狐突答道："老臣听说，神明不享受别族的祭品，百姓也不祭祀他族，那样的话，您的祭祀恐怕会断绝吧？请您认真考虑一下！"晋申生说："好吧，我重新请求天帝。过七天，将有一个巫师告诉你结果。"就在这时，狐突醒了，晋申生一下子不见了。过了七天，狐突果然碰到一个巫师，巫师告诉他："天帝将惩罚有罪的人，他将在韩地大败。"

因为韩地是大夫韩简的封邑，所以狐突告诉了他这个奇怪的梦。此时，韩简不由得倒抽一口凉气，暗暗道："秦国理直气壮、堂堂正正，而我晋国多有得罪。明日交战，或许我军真的像巫师说的那样，在韩地一败涂地。"

第二日出战，秦国上卿百里奚登台观敌，见晋军人马超过己方甚多，忙劝秦穆公坚守营垒，不要轻易出战。秦穆公手指苍天说道："晋国亏负我们秦国太多了，若无天理也就罢了，若上天有知，我军必会获胜！"遂不听百里奚之言，排出战阵，等待晋军到来。不久，晋军也列阵而来。两军对垒，战鼓震天，一声令下，各自冲向对方。

晋惠公使用的小驷马从未经过战阵，这时被鼓声、喊杀声吓惊，不再听从驭手的指挥，只顾四处乱窜，将晋惠公以及兵车带入了泥沼之中。驭手虽用力鞭打，无奈马小力微，没法从泥中拔腿逃出。这时，晋国大夫庆郑策马驾车赶来。晋惠公大声呼叫道："庆郑，快来救寡人！"庆郑挖苦他道："虢射在哪儿？君上为什么不求他来救你，现在叫我庆郑干什么？"晋惠公知道庆郑对自己和虢射不满，忙喊道："庆郑，别埋怨了！快来用车将寡人带走。"庆郑答道："君上先稳坐小驷，臣这就去叫别人来用车带你。"说完掉转车头奔走了。

再说晋国大夫韩简威猛不减其先人，两军对阵，他奋勇向前，正遇上秦穆公等人。护卫秦穆公的大夫蹇术上前抵挡，被韩简一戟刺伤。此时的韩简顾不上追杀蹇术，领兵直扑秦穆公。秦穆公见此情景，不由叹道："没想到今天反被晋军所害，这世上还有没有天理啊！"秦穆公话音未落，就见山坡上冲出一队勇士，大约有三百余人。这些人个个蓬头赤膊，手舞各种兵器，口中喊道："勿伤害我家恩主。"这队勇士冲杀过来，势不可当，将秦穆公与韩简隔开。韩简正想召集人马迎敌，忽见晋国大夫庆郑飞车赶到，口中高喊："不要在此恋战，赶快回兵去救君上，君上现在已被秦兵围在泥沼之中。"韩简等人闻听此言，无心再与那伙勇士厮杀，赶忙率兵奔向庆郑所指的方向。

等晋国大夫韩简率人赶到时，秦国公孙嬴枝早已将晋惠公以及赶来救驾的虢射等人俘获捆绑，押回秦营去了。韩简见此情景，不由跺脚叹道：“如果能抓获秦君，还可换回君上，现在我们却两头落空，是庆郑害了我们啊！”其实不是庆郑存心叛逆，实是庆郑看不惯晋惠公等人的无仁无义，心中窝火，有劲不出而已。韩简仰天长叹道：“君上已落入秦人之手，我们还能逃到哪里去！”于是抛弃兵刃，来到秦军大营投降。

再说那三百多勇士杀退晋兵，救起秦穆公后，又救了受伤的蹇术。秦兵此时也乘机掩杀，将晋军击溃，千乘兵车几乎全部落入秦军手中。晋国大夫庆郑闻听晋惠公被擒，便带着残兵赶回晋国都城绛城。

秦穆公与三百多勇士回到秦军大营，对百里奚说道：“不听您老忠言，今日差点儿被擒。”那三百多勇士，一齐跪倒叩头，秦穆公问道：“你们是什么人，为何要舍命搭救寡人？”众人答道：“君上不记得那年丢失骏马了吗？我们就是那伙吃马肉的人。”秦穆公顿时想起了以往的事——

有一次围猎，半夜有几匹马被盗。秦穆公命小吏去寻找，发现有三百多人正围坐在一起大吃马肉。小吏不敢声张，赶忙回来禀告秦穆公：“君上若派兵马去围捕，可将他们一网打尽。”秦穆公不许，解释道：“马已经死了，如果因此派人去将他们擒杀，百姓将会认为寡人珍惜牲畜轻视人命。”遂下令取出美酒数坛，派人送给那些人，传话说：“吃多了马肉，如果不饮酒会伤身体的。”三百多人叩头谢恩，齐声赞叹道：“我们偷吃了马肉，国君不仅不怪罪，还为我们的身体着想，派人送来美酒。国君这种大恩大德，我们来日必会报答！”

秦穆公想起此事，便笑哈哈地将三百多勇士一一扶起。勇士领头说：“近日听说君上领兵攻晋，我们便一齐赶奔韩原，前来助战。恰逢君上被围，我们便奋勇杀出。”真是“种瓜得瓜，种豆得豆。”秦穆公听完，仰天长叹道：“山野百姓都还懂得知恩报德，这晋君夷吾算是个什么人！”秦穆公问众勇士：“有谁愿留下做官，寡人一定重用。”勇士们齐声答道：“我们都是山野之人，这次只为报答国君大恩而来，并不想做官！”秦穆公又要重赏他们，三百多勇士不受而去，秦穆公又是感叹不已。

秦穆公清点人马，不见了大夫蹇丙，当即派军士四处搜寻。有人听到一口土井中有呻吟之声传来，下去探看，发现正是蹇丙和屠岸夷两人。原来二人在拼斗中摔入井中，都已力脱昏死，但仍紧紧扭在一起，不肯放松。军士用力将两人分开，抬到兵车上，拉回秦军大营。

秦穆公迎上前去询问蹇丙，此刻蹇丙已不能答话。有人曾在战场上看到两人打斗对敌，便将经过奏明秦穆公。秦穆公叹道："这两人都是英雄好汉。"转头问众人："有谁认识这位晋国勇士？"公子嬴絷走到车前看了看说："此人正是晋国勇士屠岸夷，臣在晋国见过他。"秦穆公问："此人能留下为我秦国所用吗？"嬴絷摇头答道："反复无常，先翻脸杀死他的主子东关五和幼君卓子，又参与杀害他的好友骓遄以及邳郑等九人，今日就该将他就地处决。"秦穆公于是下令将屠岸夷斩首。秦穆公不忘解下自己的锦袍，亲手为蹇丙盖上，派人将他送回秦国就医。

秦穆公大获全胜，提审晋惠公及虢射、韩简等人。秦穆公说："你们君臣曾说，要想得到晋国的粮米须得用兵来取，于是寡人就来了。"晋惠公等人皆低头不语。韩简跪下道："请贵国可怜我国国君的愚蠢，从宽发落，在下感激涕零。"秦穆公说："晋国难得有这样的忠臣。寡人只将昏君夷吾留下，放你们回去筹粮。你们好自为之。"秦国公子嬴絷对虢射说："不久前，你何等趾高气扬！我本可以请我国君上将你杀掉，以惩戒那些破坏秦晋关系的人。但我们一直行仁义，不会因为你而坏了我们的贤名。"虢射的胡子不停地抖动，他明白自己的命现在是用一根头发丝系着，稍有点儿风就会将头发丝吹断。为了筹粮赈灾，秦穆公将虢射、韩简等人放走，然后押着晋惠公，率秦军拔营返回。

大军返回秦国境内，秦穆公将群臣召来商议道："寡人先前接受天帝之命，平定晋乱，扶立夷吾为君，夷吾却对寡人忘恩。对寡人忘恩，也就是对天帝负义。现在寡人想将他处死，祭祀天帝，以答谢上天的佑助，众位看如何？"

公孙嬴枝反对道："万万不可，晋国是个大国，如将其国君处死，晋国必会与我秦国结下深仇。到那时冤冤相报，如何得了？"

秦穆公问嬴枝："那么我们究竟是该将他放逐呢？还是囚禁呢？"

嬴枝答道："囚禁他，等于囚禁一个废物；放逐他国，他必会重新图谋返回晋国，不如把他送还晋国。"

秦穆公不解地问道："那我们不是前功尽弃了吗？"

嬴枝答道："我们自然不会这样轻易将他放回，他第一须将河西五城归还我们，第二须把晋世子晋圉留在秦国为人质。这样一来，不仅晋国国君终身都不敢再与秦国为敌，而且日后父死子继，我们扶立世子晋圉为君，世子晋圉也会对我秦国感恩戴德。能使晋国世世代代听命于秦国，这对秦国不是更有利吗？"

秦穆公听完大喜，称赞嬴枝道："你真是谋深智远呀，连百年以后的事都考虑得这么周详！"正在这时，有宫中内侍紧急报告秦穆公。

原来秦穆公夫人伯姬是晋惠公之妹，不忍心看到哥哥被辱，听说晋惠公将要来到，便领着子女登上高台，踩着柴草，派内侍告诉秦穆公："上天降下灾祸，让秦、晋两国不是用礼相见而是兴动甲兵。如果晋君夷吾早晨进入雍城，妾就晚上自焚；晚上进入雍城，那么妾就早晨自焚，请夫君裁夺。"秦穆公哈哈一笑，让内侍回报夫人，马上将放回晋惠公。秦穆公命人将晋惠公看押起来，等待晋国来讲和。

且说晋惠公被俘后，想到自己多次惹恼秦穆公，料想自己活不成，便派人告诉在晋国主持朝政的大夫吕省："寡人已经给国家带来了耻辱，为了弥补寡人的过失，请把晋国大批公田赏给有功之臣，厚待国人，并占卜一个吉日，让世子晋圉就任国君吧。"吕省等人闻讯后，一齐号哭。

大夫吕省向众人说："国君不为自己在外受辱而担忧，反而为国家、为群臣、为国人着想，我们应该怎么回报国君？"众人问："怎么办才好呢？"吕省说："修缮国政，修理武器，用心辅助继承人。如果这样做下去，各国诸侯亲近我们的会勉励我们，讨厌我们的会害怕我们。"大家都认为吕省言之有理，晋国自此开始田地和兵制改革，这就是有名的"作爰田"。

晋惠公又一次失算。晋国大夫虢射、韩简等人回去后，随即筹粮运到秦国，并与秦国讲和。按照秦国的意见，晋国割让了河西五城，并且将世子晋圉送到秦国做人质。于是，秦、晋两国重新和好，晋惠公回到国内。秦穆公为了联络晋世子晋圉，把自己的女儿怀嬴嫁给了他。

晋惠公回国后，随即杀了大夫庆郑。庆郑为人太耿直，也不知逃亡。

六　重耳流亡

第二年，晋国又发生饥荒，秦穆公赠送粟米给晋国，并传话给晋人："寡人怨恨晋国的国君，但怜悯晋国的百姓。我们姑且树立恩惠，来等待有才能的人治理晋国。"秦穆公此举，让晋国人更加感激秦国，同时加重了晋国臣民对晋惠公的怨恨、对贤人的期盼。一大批人盼望仁厚的公子晋重耳能做国君，国人纷纷说："要是公子重耳为君，我们就没有韩原之败，也不会让世人唾骂我们晋人无仁无义了。那样的话，我们会生活在朗朗乾坤之中。"大夫吕省将这些民情报告给晋惠公。晋惠公此时异常担心晋重耳回来，就打发寺人披再去行刺。

且说公子晋重耳与狐毛、狐偃、狐射姑、赵衰、魏犨、先轸、胥臣、颠颉、介子推、头须、壶叔等人在狄国一呆就是十二年，生活在平淡中度过。有一年，狄国俘虏了两个貌美的少女叔隗、季隗，便送给晋重耳。晋重耳笑纳，娶了季隗，把叔隗送给了赵衰。晋重耳与季隗在狄国生了三个儿子，起名为晋雍、晋乐、晋黑臀。赵衰与叔隗也生了个儿子，起名赵盾。在狄国安享生活的晋重耳等人渐渐失去了斗志。

不知命运是捉弄人，还是成全人。正在喝酒的狐毛、狐偃突然接到父亲狐突的信，信上说国君派寺人披来行刺公子晋重耳，他将于三天之内到达。他们赶快去通知晋重耳，晋重耳跟众位商议逃到哪儿去。狐偃说："还是去齐国吧，毕竟齐君是当今霸主，并且是先世子申生母亲之父。"他们就这么定了。

这晚，公子晋重耳与季隗洒泪分别，晋重耳道："你等我二十五年，我不回来你就改嫁。"季隗答道："我已经二十五岁了，要再过二十五年改嫁，那时我就要进棺材了，我等您。"晋重耳含泪点头。

到了第二天，公子晋重耳让掌管钱物的头须赶紧收拾行李，计划晚上动身。忽然瞧见狐毛、狐偃慌慌张张地跑来说："我父亲又来了封急信，说寺人披提前一天赶来了。"晋重耳听了，急得立马就跑，好像刺客已经到了身后似的。

公子晋重耳跑了一阵，跟随他的那班人前前后后才到，只是头须未来。这可急坏了众人，因为行李盘缠全在他那儿。赵衰最后赶到，喘着粗气说道："听说头须拿着钱物逃跑了。"晋重耳叹了口气，喃喃说道："头须这一跑，就把我们害苦了。"

公子晋重耳等人要到齐国去，就要先经过卫国。此时，卫国刚刚与狄国交战。且说狄军进攻卫国时，卫戴公已去世，卫文公即位。卫文公在朝堂上说："谁能治理好国家，寡人就把君位让给他，安心跟从他。"众臣都不同意。卫文公便率大家摆开阵势，与狄军对阵。狄军见卫军气势高涨，就退回去了。这卫文公骨子里有恩报恩，有怨报怨。当初卫国重建国都时，晋国并没帮忙，如今与晋重耳亲近的狄国又刚来侵犯卫国。卫文公便对晋重耳等人心生不快，不许他们进城。晋重耳气得直冒火，只好绕个大圈子过去。

公子晋重耳等人饿着肚子到了卫国五鹿，瞧见几个农夫正蹲在地头吃饭。那边是一大口一大口地吃，这边是咕噜咕噜地肚子直叫。晋重耳叫狐偃去跟他们要点儿吃的。没想到那几个农夫笑着对他们说："贵人们还向我们贱民要饭吗？我们要是少吃一口，锄头就拿不起来了。锄头拿不起来，我们就甭想活了。"其中有一个人开玩笑说："怪可怜的，给他一点儿吧！"说着就拿起一块土疙瘩送了过去，对晋重耳等人道："就给这么一点儿好吗？"此时，魏犨火冒三丈，嚷嚷着要揍他们。颠颉也跟着附和。晋重耳也很生气，嘴里不说，心里可向魏犨、颠颉等人点了头。狐偃连忙拦住魏犨和颠颉，接过那块土疙瘩来，安慰晋重耳说："要弄点儿粮食不难，要弄块土地可不容易。百姓送上土来，这不是一个吉兆吗？"晋重耳转怒为喜，立即下车拜谢。五鹿农夫们不明所以，哈哈大笑说："这人真是一个傻瓜。"

百姓送上土来，这是一个吉兆，公子晋重耳不断向众人重复说着。这种精神胜利法刺激着晋重耳等人一步步前进，又走了十多里路，众人都饿得走不动了，便在一棵大树下休息。

公子晋重耳又饥又困，枕着狐毛的大腿躺在那里。狐毛说："赵衰那里还带着一壶稀饭，他在后面，等会儿就到了。"魏犨肚子咕咕叫，随口说道："虽然有壶饭，但不够赵衰一个人吃的，我想早就没了。"众人无语，四处找些野菜煮食，晋重耳难以下咽。

这时，介子推捧着一碗肉汤献给公子晋重耳，香美异常。晋重耳顾不得说话，几口就喝了下去，吃完后问："这是从哪里弄来的肉？"

介子推说："这是我大腿上的肉。我听说孝子不畏死而养育他的双亲，忠臣不畏死而服侍他的主子。现在公子没有食物，我只好割下大腿上的肉让您填饱肚子。"

晋重耳一听，感动得流下眼泪，哽咽道："我这逃亡的人太连累你们了，用什么才能报答你们呢？"

介子推说："但愿公子能早日重返晋国，成全我们众人的一片忠义之心。我怎敢要您报答呢？"

过了很长时间，赵衰慢慢赶来。大家问他为何迟迟不至，赵衰道："我的脚被荆棘刺伤了，所以落在后面。"说着便拿出背囊中的那壶稀饭，请公子晋重耳食用。

晋重耳问："你难道不饿吗？为什么自己不吃？"

赵衰答道："我虽饿，但怎么敢背着公子和各位而独自享用呢？"

狐毛笑着讥弄魏犨："这些饭如果落在你手中，现在一定在你肚子里消化掉了。"

魏犨满脸通红，退在一边不再说话。晋重耳将这壶稀饭给赵衰，赵衰推辞不掉，便从河边打些水来，把稀饭放在里面调好，让每人都吃上一碗。

公子晋重耳一行人一路颠簸，终于来到了齐国，此时国君还是齐桓公。他素有爱贤之名，因管仲等一班名臣均已去世，故霸业初显颓势。夕阳西下的齐桓公依旧像青年时期那样盼着贤人来辅佐自己，延续霸业。重耳之贤，天下共知。齐桓公听说他到来，出郭相迎，请入馆舍之中，设宴款待。

宴会上，舞女婀娜、琴声悠扬，公子晋重耳一行人忘掉了一路的疲惫和烦恼。几觯酒下肚，齐桓公问晋重耳：“公子带来家小了吗？”晋重耳答道：“我是逃亡之人，连自己都保护不好，怎么能带家小呢？”齐桓公说：“寡人独睡一夜，就如度过一年一样漫长。公子漫漫旅途中，却无人服侍照顾，寡人真为你担忧！”于是就将自己的小女儿晋姜嫁给晋重耳，另外赠送四十乘车马，从此随行的众人都有了车马。

齐桓公还命人日日供应粮、肉。公子晋重耳十分高兴，感叹道：“从前听说齐君爱好贤才，礼敬士人，今天我才真正相信呀！他能成就霸业，难道不是理所应该吗？”齐女晋姜贤且美，将晋重耳迷得团团转。有时，晋重耳只知自己是齐国女婿，不知自己是晋国公子，他感慨地说：“人生就是为了享乐，何苦去管那么多！”

七 宋襄公的仁

明辨是非，很多人都能做到，但真要做到亲贤能而远小人，却并非那么容易。自从离开了易牙，齐桓公食不甘味，什么菜到他嘴里就如同变成了猪食，难以下咽；自从离开了竖刁，齐桓公寝不安枕，生活起居一片混乱，他平常享受惯了，这一时间少了个体己的寺人服侍还真是不习惯；自从离开了公子卫开方，无人为齐桓公歌功颂德，少了甜言蜜语的滋润，人生真的很没劲。“如夫人”卫姬说：“失去方知珍贵，夫君应该将他们召回呀。”齐桓公便听信了卫姬的话，把这齐宫“三贵”给召了回来，虽然他内心也挺警惕他们，但还是把他们唤回来了。此时，郭国的灭国教训、管仲的谆谆教导、鲍叔牙“毋忘在莒”的诤诤直言，老眼昏花的齐桓公全忘了。卫姬之所以劝齐桓公将易牙等人召回，是因为她暗地里与易牙、竖刁等人勾结，计划请齐桓公改立自己的亲生儿子姜无亏为世子。

花开花落，岁月无情。再说做了三十年国君的宋桓公病重不起，赶忙派人去卫国召回世子子兹父，传话说：“若再不来，不是病死寡人，而是要愁死寡人呀！”身为大孝子的子兹父当然不愿意父君被愁死，于是赶紧回国看望。次年春天，宋桓公去世，世子子兹父继位为君，这就是大名鼎鼎的宋襄公。宋襄公纳周惠王之女王姬为夫人。见到弟弟顺利继承君位，公子子目夷也从卫国放心回来。宋襄公任命子目夷为司马，主掌军政大权。兄弟齐心，其利断金。在其他诸侯国为争君位、兄弟相残的不良环境下，子兹父、子目夷让君之举，名传天下，世人皆称之为仁义无双。

想到宋桓公若干年来一直追随自己，老年齐桓公亲自到宋国吊唁。见到宋襄公兄弟，齐桓公非常喜爱。想到自己儿子一群，却不如他们两人亲密无间，内心深处，齐桓公不免有了一丝忧虑。因儿子都是“如夫人”所生，地位平等，齐桓公担心自己死后诸子争位，临回齐国前，他将世子姜昭托付给宋襄公。

公元前643年，齐桓公病重。易牙、竖刁见齐桓公将不久于人世，便堵塞宫门，假传君命，不许任何人进去。只等齐桓公一咽气，他们就起兵举事拥立公子姜无亏为君。有一婢女乘人不备，越墙入宫，探望齐桓公。齐桓公正饿得发慌，立即索取食物。婢女便把易牙、竖刁作乱，堵塞宫门，无法供应饮食的情况禀报了齐桓公。齐桓公仰天长叹，懊悔地说道：“如果死者有知，寡人有什么面目去见仲父？”说罢，用衣袖遮住脸，活活地饿死了。一代霸主，竟然落得如此下场。历史就是这么无常，白天还是和风煦日，夜晚就是阴风冷雨。齐桓公死后，宫中大乱。齐桓公的几个儿子为争夺君位各自勾结党羽，互相残杀，致使齐桓公的尸体停在床上六七十天无人收殓，尸体腐烂生蛆，惨不忍睹。

易牙、竖刁、卫开方三人都卷入权位之争。易牙、竖刁赶走世子姜昭，杀死反对群吏，拥立公子姜无亏为君。姜无亏做上国君后，为齐桓公建造了豪华陵寝，随葬的除了奇珍异宝，还有当年陈国人送给齐桓公的功绩铜盘、齐桓公封存的号钟以及除卫姬以外的其他“如夫人”。卫开方见自己一时不成气候，便韬光养晦，以待时机。

齐国世子姜昭逃到了宋国，请求宋襄公支援。因有齐桓公之托，这个视仁义超过自己生命的宋襄公，决心接替齐桓公成为新的霸主。公元前642年，宋襄公以扶正齐国君位为名通知各国诸侯，约定日期一起护送姜昭回齐国即位。大部分诸侯一见是宋襄公出面号召，没几个理会，只有卫、曹、邾几个比宋国还小的国家派了一些兵马前来。宋襄公统领四国联军奔向齐国，齐国人对姜昭怀有认同之心，毕竟是齐桓公指定的世子，见宋襄公率军前来，就把新君姜无亏与竖刁杀掉，赶走了易牙，在国都临淄迎接姜昭回国。姜昭回国后即位，是为齐孝公。

齐桓公去世，一时天下没有了盟主，许多诸侯蠢蠢欲试。宋襄公帮助齐孝公即位，便自认为是件惊天动地的大事，足够树立威信称霸诸侯。想归想，只有会盟诸侯确立盟主才行。公元前641年，不顾本国势力较弱但一心想称霸的宋襄公便邀各国诸侯在曹南会盟，可大国未去，只有附近几个小国参加。这也就罢了，同年冬天，瞧不起宋襄公的陈国撇开宋国，邀请各国诸侯会盟于齐，以毋忘齐桓公之德，并修齐桓公之旧好，这实是与宋襄公曹南会盟分庭对立。这次会盟，陈、蔡、郑、齐等国均都参加，甚至连南方的荆蛮楚国也来了。可怜的宋襄公，闻听此消息，一种莫名的羞耻与尴尬涌上心头。他意识到自己被孤立了，他的自尊严重受创，几天几夜吃不下饭。

在平静了一两年后，一心想学齐桓公的宋襄公称霸之心又起。他派使节去楚国，想先与楚国商量会盟之事，以取得大国的支持。

楚成王在宋国使节离开朝堂后，轻蔑地笑了笑说："世上竟有这等不自量力的人。"莫敖成得臣说："宋君好名无实，我们正可利用这一时机进军中原，一争盟主之位。"楚成王觉得甚是，便将计就计，答应与会。

宋襄公得到楚国与会的消息，高兴地说："楚国应允了，会盟定会成功。"这年春天，宋国都城睢阳的上空坠落了五块石头。百姓说，这是星星坠落了。忽又有狂风起，把六只水鸟吹得后退着飞。巫师说，宋国要有逆运之事发生。闻听这些消息，司马子目夷进谏宋襄公："楚王其心难测，君上只得其口，未得其心。臣担心我们宋国会被他欺骗。"宋襄公说："你太多心了，寡人以忠信待他，他怎么会欺诈寡人呢？"宋襄公不听，传令准备会盟之事。子目夷叹口气道："小国争当盟主，这是灾祸，宋国或许会灭亡吧！如果失败得晚一点儿，就算宋国好运了。"

为让会盟成功，宋襄公又亲自去齐国，与齐孝公在鹿地相见，约好秋季会盟。齐孝公也想继承父君齐桓公的霸业，但碍于宋襄公当年扶立自己即位的情面，只好顺着宋襄公。

见齐、楚等大国均已同意，宋襄公便以盟主的身份自居，一则认为自己是这次会盟的发起人；二则认为自己的爵位比齐、楚等国国君高，盟主之位非自己莫属，楚国虽称王，但是自僭。宋襄公自作主张，拟了一份在宋国盂邑会合诸侯、共辅周王室的通告，发向各国。凡会盟必有主题，宋襄公的这个主题乃是学齐桓公“尊王”称霸之法。

到了秋季，宋襄公乘车赴会，司马子目夷进谏：“楚国强盛而无义，君上要多带些兵马去，以防不测。”宋襄公说：“寡人和众诸侯友好相会，如果带兵马去，怎么取信于他们？寡人要学当年的齐桓公。”子目夷见宋襄公执迷不悟，退一步谏道：“君上先乘车去，臣带一路兵马在三里之外埋伏，可防不测。”宋襄公生气地说道：“你带兵马去，与寡人带兵马去，又有什么区别呢？不行！”子目夷最后无奈地谏道：“君上万一发生不测，臣从都城睢阳前去接应。”宋襄公说：“这也不行。”宋襄公唯恐子目夷失了他的信义之道，便命子目夷随同他一道赴会。子目夷暗派人员分赴各国，讲好友好会盟不带兵马。

楚国那边，心怀不轨的楚成王派莫敖成得臣以及大夫斗勃二人，各率五百军士随同前往。为了响应“不带兵马”的号召并方便暗中起事，千名楚军扮作随从，个个礼服里面套上铠甲和短剑。准备妥当后，楚国一行人前往赴会。

盟会的日子到了，楚、陈、蔡、许、曹、郑等六国之君都来了，只有齐孝公等人未到。齐孝公本想赴会，但国人说当年齐桓公是何等霸气，如今新君却投向比我们齐国弱小的宋国，可悲呀。齐孝公闻听此言，便打消了赴会的念头。

盟会时，众君主礼毕，宋襄公首先说：“我们会合于此，当仿效当年的齐桓公，订立盟约，共辅周室，和平相处，各位看如何？”

楚成王说：“您说得很好，但不知这盟主是谁来担任？”

宋襄公说：“这事好办，有功的论功，无功的论爵，这里谁爵位高就让谁当盟主吧。”

话音刚落，楚成王便说：“楚国早就称王，宋国虽说是公爵，但比王还低一等，所以盟主的这把交椅自然该寡人来坐。”说罢并不谦让，一下子就坐在盟主的位子上。

宋襄公一看如意算盘落空，不禁大怒，指着楚成王的鼻子骂道：“寡人的公爵是天子封的，普天之下谁不承认？可你那个王是自己叫的，是自封的，有什么资格做盟主？”

楚成王说："你说寡人这个王是假的，那你把寡人请来干什么？"

宋襄公气得结结巴巴地说："楚国本是子爵，你是假王压真公……"

未等宋襄公说完，楚国成得臣、斗勃二人脱去长袍，露出里面的铠甲。成得臣手举一面小红旗，只一挥动，那些随楚成王而来的人纷纷脱去外衣，立时成为身穿铠甲、手持利刃的将士。他们冲上台来，立即把宋襄公拘押起来，其他诸侯四散而逃。

宋国司马子目夷见势不好，认为自己留下于事无补，只有回到宋都睢阳调集兵马才能力挽狂澜，于是趁乱逃回。

楚成王指挥楚国将士浩浩荡荡杀奔宋都睢阳。惊恐失色的各国诸侯愤然回国，嘴上无不骂楚成王不仁不义，因为会盟前各国讲好不许带兵，可是楚国却不讲信用。

宋国地处广阔平原，地势平坦，无险可扼，所以只有依靠高大坚固的城墙和宽阔水深的护城河来抵御外患。宋都睢阳是四面环绕沼泽的坚强防御堡垒，加上司马子目夷以及宋国公孙子固等人奋力抵抗，楚军虽强，但也很难啃下这块硬骨头。

楚成王见突袭无望，便把宋襄公拖到楚国兵车上，带他回到楚国。宋国公孙子固说："我国君上被俘，宋国就要为此付出代价。当今之计是假意另立新君，同时请齐国等各国说情，如此，才能让宋国脱离厄运。"众人纷纷称是，于是司马子目夷假意即宋国君位。

楚成王见宋襄公已成了一个无用的匹夫，便觉失望。为此事，他征求令尹斗子文的意见。斗子文奏道："大王还记得二十多年前，与您一同乘舟的情景吗？当时大王说：'商纣王淫乱暴虐，周文王仁慈和蔼。商朝因此灭亡，周朝因此兴起。'"楚成王道："寡人明白子文的意思了。在德和利面前，寡人有时选择利，而丢弃了德。寡人做不到德先、利后。"岁月不饶人，斗子文变得老成持重、圆通处世了，对楚成王所说，他不再言语。

过了几个月，齐国前来求情调解，楚成王觉得抓了宋襄公也没什么用，就把他放归回国。

宋襄公恢复了自由，但听说国内已有新君后，就跑到了卫国，与母亲重聚。短短几天，从一心做霸主到遇险成囚徒，从羞辱的囚徒再到一无所有的平民。经历了这么多事儿，宋襄公累了，他想过一段平静安乐的日子，将这段不愉快的回忆彻底忘去。宋襄公想，宋国的前途就交给新君子目夷吧。宋襄公自言自语道：“他在国难之际沉着冷静，干得不错，既然如此，那就继续干下去吧。”令宋襄公想不到的是，子目夷却不想接这个烫手山芋，他亲自来到卫国请宋襄公回去继续领导宋国。子目夷说：“国为君守之，君为何不入？”见子目夷十分恳切，宋襄公便回到宋国复位。

回国的路上，宋襄公心中充满了对楚国的恼恨。回国后，宋襄公即拜子目夷为上卿，拜子固为司马。

这时已是初冬，宋国天气转冷，小雨不断。雨滴敲打着宋国内宫的窗户，让宋襄公夜不能寐。他痛定思痛，反复地想：当今会盟已然不行，要想扬眉吐气，必须打一仗，堂堂正正地打一仗，来展现宋国的勇气！此战无论输赢，只讲仁义，绝不能像楚国那样不守信义。此时，当年黄河岸边母亲卫姬叮咛他要讲仁的话语又回响在宋襄公的耳畔。宋襄公自言自语道：“仁义是霸道呀！只有仁义才能将华夏诸侯重新团结在一起！”

宋襄公回到宋国的很长一段时间里，宋军日夜练兵，积极备战，准备与楚国来场仁义大战。宋襄公坚信仁者无敌，即便屡战屡败，但最终的胜利一定会属于宋国。宋襄公坚信他的仁义即便不能战胜荆蛮，也一定能感动上天，感动所有华夏诸侯。

由于楚国、宋国相隔较远，宋襄公便一天天等待时机。宋襄公听说郑国自齐桓公去世后，转而投向楚国怀抱，积极支持楚成王为盟主，就想讨伐力薄国小的郑国，出出胸中恶气。

机会来了，郑文公去楚国拜会楚成王。宋襄公便决意在此时间内讨伐郑国。上卿子目夷谏道：“郑国有楚国支持，我军不宜出战。当今之计，应像当年管仲辅佐齐国那样，致力于富国强兵，以待时机。”宋襄公说：“人生如每天日出日落，转眼就过去了，寡人不能再一天天等下去了。”

公元前 638 年夏，怒气未消的宋襄公不顾上卿子目夷与司马子固等众臣的反对，率二人出兵伐郑。尚在楚国的郑文公接到国内急报后，忙向楚国求救。楚成王听从莫敖成得臣的意见，不直接去救郑国，而让成得臣率军直接杀向宋国。

宋襄公这下慌了手脚，顾不上攻打郑国，带领宋军星夜往国内赶。待宋军在泓水边扎好营盘，楚国兵马也来到了对岸。司马子固向宋襄公奏道：“楚军到此只是为救郑国，我们已经从郑国撤军，他们的目的就已经达到了。我们兵力弱，不能硬拼，不如与楚国讲和算了。”宋襄公说：“楚国虽然人强马壮，可缺乏仁义。我们虽然兵力单薄，却是仁义之师。不义之兵怎能胜过仁义之师呢？”宋襄公不听子固的建议，为嘲弄楚成王当年会盟的不仁不义，出出自己胸中的恶气，便特地命人做了一面大旗，上绣“仁义”两个大字。宋襄公决心用“仁义”来战胜楚国的剑矛。

到了第二天天亮，楚军开始过河。司马子固向宋襄公奏道：“楚军白日渡河，等他们过到一半，我们杀过去，定能取胜。”宋襄公指着兵车上的“仁义”大旗说：“对方连河都没渡完，就去打对方，那算什么仁义之师？”等到楚军全部渡完河，在河岸上布阵时，子固又劝宋襄公：“趁楚军还在乱哄哄地布阵，我们发动冲锋，还可以取胜。”宋襄公听到此话，不由骂道：“你怎么净出歪主意？楚军还没布好阵，你便去打他们，这合周礼吗？这还称得上是仁义之师吗？”宋襄公的话刚说完，楚军就已经布好阵，列队冲了过来。

楚军势力太强，宋军立刻大乱。宋襄公冲在最前面，陷进了敌阵，被敌箭射中了大腿。宋襄公是个讲仁义的人，将士们异常敬爱他，众人拼死保护他逃离。只是那杆“仁义”大旗，不知丢到何处去了。

宋襄公边退边说：“仁义之师要以德服人，寡人奉仁义打仗，不能乘人之危去攻打别人。”身边将士听了，暗叹宋襄公走火入魔，被楚成王的无义气疯了。上卿子目夷再也按捺不住了，直率地说道：“这回我们打了败仗，就因为君上不知道怎么打仗！要想打胜仗就必须利用一切办法来打击敌人、消灭敌人。如果怕打伤敌人，那还不如不打；如果碰到头发花白的就不抓他，那就会让他给抓去！世道变了，以前周礼中的军礼已经不合当今现实了。”宋襄公无言以对。

楚军大获全胜，渡过泓水，高奏凯歌而归。楚成王亲自率领大军来接应，莫敖成得臣晋见楚成王，报告战果。楚成王说：“郑君已回到郑国，明天就要与夫人来这里犒赏三军。到时，你们好好夸耀一番。”

郑文公夫人文芈是楚成王的妹妹，因为兄妹的关系，第二天随着郑文公驾车来到楚营，与楚成王相会。楚成王向他们出示俘获的众多战利品，郑文公夫妇称贺一番，拿出郑国的许多珍宝布帛，犒赏楚军将士，郑文公又诚请楚成王第二天到郑国国都新郑赴宴。

第二天一早，郑文公亲自到郊外迎接楚成王入城，大摆筵席，款待楚成王一行。文芈还有郑文公的两个侍妾出面作陪，楚成王大喜。郑文公同妻、妾轮流敬酒，楚成王喝得酩酊大醉。他对文芈说："你们的盛情为兄领了，现在已喝过量，妹妹与二位侍妾送寡人一程怎样？"文芈答道："好吧！"文芈和两个侍妾与楚成王并驾齐行，一直来到楚营中。原来楚成王看中了两个侍妾的美貌，当天夜里便拉入自己的大帐中，成就了夫妻之欢。文芈彷徨无主，在帐中一夜不能入睡，她害怕楚成王的威势，不敢说一句话。

第二天，楚成王把俘获的一半物品都赠送给文芈，也不解释，就用车载着郑文公的两个侍妾回到楚国，收在后宫之中。郑文公在新郑听完文芈的诉说后，气个半死，心想如果盟主齐桓公还在世的话，郑国就不会被楚成王欺侮了！

郑国上卿叔詹怒道："楚王恐怕不会得到善终吧！"此事传出后，诸侯们都知道楚成王品行极为不端，绝不能成就霸业。此时，各国诸侯心里反而敬慕起宋襄公来，纷纷说，宋襄公虽愚直，但仁义，不畏强盗；宋国虽不很强，但其精神可做各国表率，宋襄公是继齐桓公之后的新霸主，他的仁义果真感动了华夏诸侯。

八　新的一天在等待我们

再说公子晋重耳到了齐国后，转眼就是七年。这七年，经历了齐桓公之死，诸位公子争夺君位。等到齐孝公即位，一反齐桓公之所为，导致乱纷纷的事情很多，以至于郑国等诸侯各国纷纷与齐国离心。

赵衰、狐偃与先轸等人私下商议："我们来到齐国，以为能借助霸主的力量崛起。现在新的齐君失掉先人的霸业，诸侯各国纷纷叛离，齐国不能帮助我们公子为君已经很明显了。不如到别的国家，如讲仁义的堪称新霸主的宋国，请他们帮助我们。"于是一同来见公子晋重耳，商量这件事。

谁知公子晋重耳溺爱晋姜，整天吃喝玩乐，不问外边的事情。众位豪杰想找他也找不到，等了十天，还没有见着晋重耳。魏犨大怒道："我们以为公子有所作为，所以不辞劳苦，甘心随从。如今已留在齐国七年了，苟且偷安，消磨时光。我们等了十天还不能见上一面，这样怎么能成就大事呢？"狐偃说："这里齐国耳目很多，不是大家议论的地方，众位请随我来。"于是一同出了东门，来到一片桑树林。

这里放眼望去，都是老桑树，重重绿阴，阳光都照不进来。赵衰等豪杰围成一圈，席地而坐。

赵衰首先问狐偃："您有什么计谋？"

狐偃说："要公子走，在我们身上。我们先商议好了，预备好行装，等公子一出来，就说请他去郊外打猎。出了城，大家齐心协力，强迫他上路就是了。”

赵衰、先轸说：“宋君讲仁义，喜好名声，已经帮齐国新君即位。我们就按以前商量的，去投奔宋国。如果在那里不得志，我们再去楚国和秦国，一定会有机遇的。”众人商量半天才散去。

只以为偏僻幽静之处，没有人知道，却不知若要他人不闻，除非自己莫说；若要他人不知，除非自己莫为。当时晋姜的一个婢女正在采桑，见众人围在一起商量事情，就住手听他们说话。回家后，婢女就把自己的所见所闻都告诉了晋姜。晋姜喝道：“哪有这些事，不要乱说！”便把婢女囚禁到一间房子中。

晋姜对公子晋重耳说：“跟随您的人要带您去别的国家，公子您应该早做出走的打算。”

晋重耳说：“人生一世，能平安享乐就足够了，不必考虑其他事情。我将在此度过残年，决不去别的国家。”

晋姜又说：“自从公子出逃以后，晋国没有一年平安的岁月。晋君夷吾昏庸无道，与秦国交战失败，自己也遭到侮辱，国中之人不高兴，四邻的国家也不与他交好，这是上天等待公子您去治理晋国呀！公子这次出走，一定会得到晋国，千万不要迟疑！日月如梭，时光不停，一个人哪能只想自己安逸呢？贪图享乐会坏大事。目前，齐国政治败坏不宜久居，晋国时机有利不可错过，您的追随者一片忠诚不可丢弃，眼前的安逸更不可贪恋，您一定要赶快离开齐国。”晋重耳迷恋晋姜，还是不肯答应。

第二天早上，赵衰、狐偃等人站在房门之外，叫婢女传话：“请公子去郊外打猎！”晋重耳此时还大睡未起，叫婢女回答：“还没有梳洗，今天不能前去。”晋姜听到这些话，急忙派人单独召狐偃进来。

晋姜让左右的人离开，问他们的来意。狐偃答道：“公子从前在狄国的时候，没有一天不捉狐打兔。现在在齐国，很久不出外打猎，恐怕他四肢懒惰，所以来请。”

晋姜微笑着说：“这次打猎，不是去宋国就是去楚国、秦国是吧？”

狐偃大吃一惊，仍装糊涂道：“打一次猎怎么会去那么远？”

晋姜说：“你们要强迫公子逃走的事，我已经全都知道了，不要再隐瞒了，昨天我也曾苦苦劝说公子，无奈他坚决不肯。今天下午我要设宴，灌醉公子，你们用车装载他连夜出城，事情一定会成功。”

狐偃连连叩头说：“您能割舍夫妻恩爱，以成就公子的功名事业，真是千古少有的贤德！”说罢，狐偃告辞出来，和赵衰等人说明此事。

一切准备妥当，就等晋姜送信出来。

当天下午，晋姜在家中摆下酒席，向公子晋重耳敬酒。晋重耳问：“这酒席为何而摆？”

晋姜答道：“妾知道公子有四方之志，特地为您饯行。”

晋重耳说：“人生短暂，岁月匆匆，既然已经满足，何必再奢求其他东西？”

晋姜又说：“放纵情欲，逸于安乐，不是大丈夫所做的事情。跟随您的人都忠心为您出谋划策，您一定要听从他们的意见。”

晋重耳勃然大怒，放下酒觯不喝。晋姜问：“您是真的不走，还是欺骗妾？”

晋重耳答道：“真的不走，没有欺骗你。”

晋姜笑着说：“走，是公子您的志向；不走，是您的情义。这酒本是为您饯行的，现在是为您留下而庆贺的，愿意与您痛饮一场，尽情快乐一番好吗？”

晋重耳十分高兴，夫妇二人相坐对饮。晋重耳本已不能再饮，无奈晋姜再三敬酒，他便不知不觉酩酊大醉，倒在了桌上。晋姜用被子为他盖好，派人去叫狐偃。

狐偃听说公子晋重耳已经醉了，急忙带着魏犨、颠颉等人入内，抱起晋重耳连同被子放到车上。狐偃向晋姜告辞，晋姜不觉流下泪来。

狐偃几个人乘着黄昏离开临淄，连夜奔驰。大约走了五六十里路，四面传来鸡叫声，东方出现鱼肚白。公子晋重耳此时才在车上翻身，叫婢女取水解渴。这时狐偃一边驾车，一边答道：“要喝水等天亮再说。”

晋重耳觉得身子颠簸摆动，睡不安稳，又说：“快快扶我下床！”

狐偃答道：“这不是床，是马车。”

晋重耳睁开眼问：“你是谁？”只听得说：“狐偃！”他此时方恍然大悟，知道已被狐偃等人算计。他推开被子坐起来，大声骂道：“你们为什么不征得我的同意，就带我出城？你们想要干什么？”

狐偃说："要把晋国奉还给公子。"

晋重耳说："没有得到晋国，却先失掉了齐国的安乐之窝，我不愿意去！"

狐偃骗他说："离开齐都临淄已经有一百里了，齐君知道公子逃走，一定会派兵追赶，想回去也不可能了。"

晋重耳怒气冲天，看见魏犨、颠颉等人拿着长戈在一边护卫，就夺过一把长戈，向狐偃刺去。狐偃急忙跳下车躲避，晋重耳也跳下车，举着长戈追赶。赵衰、狐射姑、介子推等都赶过来劝说。晋重耳才把戈扔到地上，愤恨不已。

狐偃叩头请罪说："如果杀死我能成就公子的大事，我即使死了也胜过活着！"

晋重耳说："这次出走如果能成功就不再说什么，如果一无所成，我一定要吃舅父的肉来解恨。"

狐偃笑着说："大事不成，我不知道死在哪里，怎么能够给您吃呢？如果大功告成，您就会列鼎而食，我的肉又腥又臊，有什么可吃的？"

赵衰等一起劝说："我们以为公子胸怀远大志向，所以抛弃骨肉至亲，远离家乡，跟随您四处奔走，也指望名垂青史。现在晋君夷吾昏庸无道，举国之人谁不愿意拥戴公子为君？公子自己不想方设法回国，谁会去齐国迎接公子？今天的事情，实在是我们大家商量的结果，请公子不要错怪狐偃。"

魏犨也声色俱厉地说："大丈夫应当努力求取功名，远传后世，为什么非要恋恋不舍眼前男女之乐，却不去想一生大计呢？"

晋重耳心中立时有了凛然壮志，转怒为喜，向众人说道："事情既然已经如此，我只有听从诸位的意见了。"狐毛拿出干粮，介子推送上水，晋重耳与众人饱食了一顿早餐。壶叔等割草喂马，重新整顿车子，向前进发。此时，天已大亮，赵衰向众人说："新的一天在等待我们！"

出了齐国，公子晋重耳一行来到了曹国。国君是曹共公，他喜欢玩乐，亲近小人，疏远君子，心腹之人全是阿谀奸佞之辈，但却个个身居高职。他们看见晋重耳带领一批豪杰到来，唯恐这些人长期留在曹国，压制了他们，因此都劝曹共公不要接待。只有大夫僖负羁劝道："晋国与曹国原是同族，都为姬姓，现今晋国公子重耳穷途末路，经过我国，我们应该好好款待。"

曹共公说："子弟往来之事，哪一个国家没有？但曹国是列国之中的小国，如果全都以礼相待，那么国家小花费大，怎么能承受得起？"

僖负羁又奏道："晋国公子重耳以贤德闻名天下，而且重瞳骈胁，是大富大贵的征兆，不可与各国平常子弟一般对待。"

这曹共公一片玩心，说贤德他不在意，说到重瞳骈胁，他倒起了好奇之心，曹共公说："姑且把他们留在馆舍之中，等到公子重耳洗澡时看一看吧。"便叫负责馆舍的小吏请晋重耳一行入馆，只用稀粥招待，并不设宴款待，一点儿没有对待贵客的礼节。

吃完饭，有人送上浴盆，请公子晋重耳洗澡。晋重耳因一路颠簸，正想洗去尘土，就脱去衣服洗澡。曹共公和所宠幸的几个人，穿着平民服饰来到馆舍，直接冲进浴室，走到晋重耳跟前，专门来看他的重瞳骈胁。晋重耳不明来人何意，因此并不言语，但曹共公这伙人却说三道四，一番评头论足。狐偃等人闻听有外人说话，就急忙赶来察看，正好碰见曹共公等人嘻嘻哈哈离去。一问馆舍之人，才知是曹共公化装前来。狐偃将此事说与晋重耳及各位听，众人无不对曹共公异常愤怒。

却说曹国大夫僖负羁劝谏曹共公不听，回到府中，闷闷不乐。他的妻子季姜看见他面带忧虑之色，就问："朝中发生了什么事？"僖负羁就把晋公子重耳经过曹国、曹共公不以礼相待的事说了一遍。季姜说："妾刚才去郊外采桑叶，正巧晋公子的车辆经过。妾虽没看见晋公子，但看跟随他的人个个都是当世豪杰。妾听说有什么样的主人，就有什么样的臣子；有什么样的臣子，也就有什么样的主人。从跟随他的人来看，这位晋公子一定能回国为君，那时派兵讨伐曹国，曹国后悔都来不及了。曹君既然不听从你的忠言，你可以私自与他交往。妾已准备好几盘食品，你可以把玉璧藏在里面，作为求见的礼物。"

大夫僖负羁听从季姜的意见，连夜敲开馆舍的大门。公子晋重耳腹中饥饿，正怒气冲冲地坐在那里，听说曹国大夫僖负羁求见并送来食物，就召他进来。僖负羁再三叩拜，先为曹共公失礼向晋重耳道歉，然后述说自己的敬意。晋重耳十分高兴，感叹道：“没想到曹国还有这样的贤臣！我如果有幸回到晋国，一定会努力报答你！”晋重耳吃饭时，发现了盘中的玉璧，对僖负羁说：“大夫照顾流亡之人，使我在曹国的土地上不挨饿，我已经十分满足了，何必还送这么重的礼物？”僖负羁答道：“这是我的一点儿心意，请公子您千万不要推辞！”晋重耳再三推辞不要。

大夫僖负羁回府后，向季姜感叹道：“晋公子重耳如此穷困，却不贪图我们的玉璧，他的志向不可估量啊！”第二天，晋重耳就上路而行，僖负羁私下送出城十里才返回。

公子晋重耳离开曹国来到宋国，此时宋襄公的腿伤依旧未愈，他日日夜夜思求有贤德的人来帮助自己，好报楚国一箭之仇。听说晋公子重耳远道而来，他非常高兴。因晋是大国，且晋重耳又有贤名，宋襄公就命令司马子固代表自己去郊外迎接，送入馆舍，以国君的礼节招待，馈赠丰盛饭菜。席间，子固悄悄问狐偃：“当初齐桓公是怎么招待公子的？”狐偃详细述说了齐桓公嫁晋姜、赠马车、馈粮肉的事情。子固把这些转告宋襄公。宋襄公说：“寡人没有年龄合适的女儿，嫁女不能做了，车马、粮肉可以如数赠给。”晋重耳感激不尽，因宋襄公的腿伤未好，晋重耳便携赵衰入内宫致谢。

宋襄公微笑着对晋国公子重耳说：“公子行仁义，追随者无数，狄国、齐国均予以厚待。寡人也行仁义，可屡遭挫折，请问这是什么原因呢？”

晋重耳说：“君行仁义，美名远扬，世人皆知，这是最大的收益。”

宋襄公见晋重耳没有回答原因，便用眼瞧赵衰。赵衰见宋襄公是真心求教，便说道：“我家公子行仁义，没有太多欲望，且善忍，故能平安。其实，我家公子坎坷之事也不算少。君主您行仁义，遭遇挫折，只是因为遇到了卑鄙强人。这好比清水遇到混水，清水总受其辱。其实，世人时时需要清水而抵制混水。也就是说，仁义总能战胜一切的。我听说有良知的各国诸侯纷纷敬佩君主您，心里把君主您当作霸主看待，这就是我家公子所说的，君的最大收益。”

听完赵衰此说，宋襄公长期压抑在心头的阴霾情绪此刻荡然无存，他高兴地问：“既然仁义可称可赞，那怎样才能使仁义处处吃得开呢？”

赵衰答道："仁义有缺陷，智慧可弥补。如果借助智慧，仁义会大放光彩。"宋襄公若有所思。

狐偃私下里和宋国司马子固商量公子晋重耳回国的事情，子固说："公子重耳如果怕风尘劳苦，虽然我们国家小，但也可以在此休养。如果有鸿鹄之志，我国新遭兵败，是没有能力帮助的。只有去别的大国，才能成功。"狐偃说："您的话真是肺腑之言！"当天就告诉晋重耳，整装起程。宋襄公听说晋重耳要走，便一再挽留，实在留不住，便赠送许多钱粮服饰，派子固依依送别。

自从公子晋重耳走了以后，宋襄公的箭伤一天比一天严重。临终前，他对世子子王臣说："寡人不听目夷的话，所以到了这种地步。你继位以后，应当把国家大事托付给他。楚国是我们最大的仇敌，世世代代不要与他们往来。晋公子重耳仁厚，身边谋士其智非凡，如能回国，一定会成为国君。他即位后，一定能匡合诸侯成为天下新的霸主。我们的子孙应该与晋国友善，以保宋国平安。"子王臣一再磕头，接受父君的遗命。

宋襄公去世后，世子子王臣继位为君，这就是宋成公。宋成公依照宋襄公的遗愿，将他葬在与卫国一水之隔的襄陵附近，后人将这个地方称为望母台。一个心比天高命比纸薄的霸主，面向着白发送黑发的母亲永远长眠。或许有世人会在他的墓前发出放肆的嘲笑，但也有人坚信他的精神将永世长存。

再说公子晋重耳离开宋国后，一路行进，眼看就快到郑国都城新郑了。此时，有人将他们的消息报告给郑文公。

郑文公遭受楚成王侮辱后，内心封闭，不愿与外人交往，闻报后便与群臣议道："晋公子重耳背叛父君出逃，列国都不接纳，差点儿饿死路边。这种不肖之人，不要以礼相待。"

上卿叔詹谏道："晋公子重耳有三助，是上天保佑的人，不能怠慢他。"

郑文公问："是哪三助？"

叔詹答道："同姓的人结婚，他们的后代不会繁茂。重耳是狐家女所生，狐与晋都是姬姓，他们原本是同一家族。这重耳生下后，素有贤德之名，周游各国又平安度过，这是一助。自从重耳出逃以后，晋国一直不平静，这不是上天有意等待治国的贤人吗？这是二助。赵衰、狐偃等人都是当世的英杰，重耳得到他们辅佐，这是三助。有这三助，君上应该以礼相待。君上您也是姬姓，礼敬同姓，体恤困苦，尊重贤才，顺应天命，这四种都是应该做的好事呀！”

郑文公说：“重耳都快老了，还能有什么作为？”

这叔詹也老了，但自觉精力旺盛。他心里不满郑文公的见解，嘴上不便直说，便只是硬硬地答道：“君上如果不能以礼相待，那么就请杀了他们，不要留下仇人，以免后患无穷！”

郑文公笑着说：“你的两个主意偏差太大了，既让寡人以礼相待，又让寡人杀掉他们。以礼相待因为什么恩情？杀掉他们又因为什么仇恨？”便不听叔詹的意见，传令城门关吏关紧城门，不让他们进城。无奈，晋重耳一行只好绕道到楚国去。

却说晋国世子晋圉，此时作为人质，长时间留在秦国。晋圉的母亲是梁人。梁国朝廷昏庸无道，不体恤民情，大肆修筑楼阁，开凿池湖，百姓怨恨不已，纷纷逃难到秦国，以躲避繁重的赋役。秦穆公乘梁国民心不稳，派上卿百里奚带兵袭击梁国，把它灭掉。晋国世子晋圉听说梁国被灭，叹息道：“秦国灭我母国，是轻视我呀！”便产生了怨恨秦国的情绪。

花开花落，岁月无情。却说被秦国打败而俘虏的晋惠公回国后患病，病情一年比一年加重，公元前637年，晋惠公已不能理政，便命亲信内侍赴秦，告知正在秦国为质的世子晋圉。晋圉闻听，十分焦虑，担心晋惠公病死后，君位被夺，便不带妻室，偷偷溜回晋国。晋惠公去世后，晋圉顺利继位，是为晋怀公。

晋怀公之才，不及其父，更恐公子晋重耳回归，乃问计于大夫郄芮、吕省等人。郄芮说：“重耳若能得国，必依赖于狐偃、赵衰之辈。今狐偃、赵衰之族皆在国内，可迫使他们放弃重耳。”晋怀公问：“为何不早行此计呢？”吕省答道：“原因有二，一是狐偃之父狐突为晋国老臣、功臣，且是先君晋惠公外祖父，赵衰等人家族也对晋国有功；二是重耳在外，没有采取实际反对晋国的行为，故这些人的家族在晋国一直平安。”晋怀公想，吕省说的原因之一，对自己来说无所谓；原因之二并不一定站得住脚，重耳今日不回归，明日也可能回归。于是晋怀公依郄芮所言，迫使狐氏、赵氏以及魏氏等族人招狐毛、狐偃、狐射姑、赵衰、魏犨等人回国，若不回来，则诛其全族。

命令到达老臣狐突处，狐突长叹说：“我已经是快百岁之人了，这岁数古今罕见，我知道南去的鸿雁飞过时，都要留下声音，我狐突早该死了，我死前留个好名声吧。”狐突在朝堂上对晋怀公说：“古往今来，儿子出仕，父亲一定要告诉他要忠诚。我的儿子跟着公子重耳已经许多年了，如果现在叫他们回来，这和我原来教导他们的可就不一样了。我不能教子以二心事主。新君你要逞强杀人，我听命就是。”于是狐突被杀。因狐突教子“忠臣不事二主”，深得众人敬佩，加上狐突高龄，他被世人神化。赵氏、魏氏等族人慑于晋怀公的淫威，便派人去告知赵衰、魏犨等人。

昔秦穆公待晋圉为上宾，但晋圉却不辞而别，这惹恼了秦穆公。公子晋重耳的随从先轸觉得有机可乘，便跑到秦国对秦穆公说：“在下听说晋惠公夷吾在梁国的时候，娶了梁女，怀孕后，过了预产期。找巫师占卜，巫师说，将要生一男，命运就是别人的奴仆，所以晋惠公给儿子取名叫做圉，圉就是养马圈。今圉做了晋君，不合天象，请君主您按照天帝所命，干预晋国朝政。”秦穆公想起梦中天帝的旨意，便不敢轻视先轸的话。秦穆公问：“那何人适合做晋君呢？”先轸说：“当是公子重耳。他重瞳，乃是天生君主之相。如果君主您扶持公子重耳为晋君，那么公子重耳定会年年与秦友好。”此时，秦穆公觉得既然是天命，就不能再按当初公子嬴絷建议的不立贤德重耳而改立平庸晋君的策略行事了，于是晋重耳成为秦穆公干涉晋国内政的国君人选。

秦穆公当即派公孙嬴枝与先轸一同赶往楚国，迎接公子晋重耳。晋重耳听说秦国要帮助他返国，喜出望外，就向刚刚相识的楚成王辞行。此时，楚成王因不讲信义囚禁宋襄公、不讲仁德夺取郑文公两妾而在诸侯国中引起一场信任危机。为摆脱四面的凄风冷雨，求得诸侯支持，楚成王设宴隆重款待晋重耳。

宴会上，有舞有乐，并且献酒九次，菜肴无数，这分明是周天子款待诸侯的礼节。公子晋重耳想要推辞，狐偃悄悄说：“这是上天的意旨，公子您还是接受吧。一个逃亡在外的人，竟被无道的楚王用对待国君的礼节来接待，若不是上天有灵，谁会使他有这样的想法？”

酒到酣畅，依旧改不了贪心的楚成王问晋重耳：“公子要是回到晋国为君，将来怎么报答寡人呀？”

晋重耳说：“珍珠玉璧、象牙兽皮，贵国多着呢，我还能用什么来报答大王呢？”

楚成王又问：“尽管这样，你究竟用什么来报答寡人？”

晋重耳说：“如果托大王的福，我能够回到晋国，一旦晋、楚两国中原剑矛相见，那晋军就退避三舍。如果还得不到大王的宽大，那就左手执鞭，右手执弓，跟大王较量一下。”当时行军，三十里为一舍，退避三舍，就是退九十里。

楚成王听晋重耳此说，不禁哑然。楚国莫敖成得臣在旁，大声对晋重耳喝道：“楚王奉你为上宾，你竟敢出此狂言！”楚成王见此，忙命成得臣退下，宴会很快结束了。

莫敖成得臣不甘心，又拜见楚成王，向其谏道：“重耳，世之贤主；随从，皆有将相之才。倘使其归国，如鱼得水，他日必成楚之大患。今日，其羽翼未丰，且在我国境内，宜当速处之！”最近一直受各国诸侯讥讽的楚成王心里胆怯，不敢听从成得臣的建议，对他解释说：“上天将要使他兴起，谁能够废掉他？违背上天，必然有大灾。”成得臣奏道：“如果不杀重耳，那么一定要把狐偃、赵衰、先轸这些随从留下来。”楚成王说：“这不合于礼呀。”成得臣便不再吭声了。

第二日，楚成王派人护送公子晋重耳等人以及秦国公孙嬴枝去往秦国。

秦穆公听到公子晋重耳前来的消息，喜形于色，亲自到郊外迎接，请入馆舍。秦夫人伯姬，也敬重哥哥晋重耳，痛恨晋圉，便劝说秦穆公把怀嬴嫁给晋重耳为妻，以结婚姻之好。秦穆公也同意，便请夫人伯姬告诉怀嬴。怀嬴说：“女儿已经嫁给晋圉，怎么可以再嫁？”伯姬说：“晋圉不会再来了！公子重耳贤德，得道多助，一定能回国为君，那时你就是晋国夫人，秦、晋两国可以世世代代友好了。”怀嬴沉默了许久，慢慢说道：“真的如此的话，我为什么吝惜自己而不成就两国友谊呢？”秦穆公就派公孙嬴枝去找晋重耳说和这门婚事。

公子晋重耳和晋圉是伯侄关系，怀嬴是自己的侄媳，另外怀嬴又是自己的外甥女，晋重耳认为有伤伦理，便推辞这门亲事。

此时，晋重耳的智囊都在身旁。赵衰劝道：“我听说怀嬴美丽而且有才，秦君和夫人都钟爱她，不娶秦女，就无法得到秦君的欢喜。欲人爱己，必先爱人；欲人从己，必先从人。得不到秦君的喜欢，却要用秦国的力量，这是不能实现的。请公子不要推辞！”

晋重耳说：“同姓结婚，还要避免，何况是伯侄、舅甥关系呢！”

胥臣劝道：“从前黄帝和炎帝，都是有熊国君少典的儿子，黄帝生在姬水，炎帝生在姜水，所以黄帝姓姬，炎帝姓姜。姬、姜同族，却世代通婚。尧是黄帝第五代孙，而舜是黄帝第八代孙，尧的女儿是舜的祖姑母，但尧把她嫁给舜，舜没有推辞。古人婚姻就是这样。另外，要娶他所抛弃的，并不是夺他所爱的，这有什么妨碍呢？”

晋重耳犹豫不决，便和狐偃商量：“舅父认为可以吗？”

狐偃反问道：“公子要回晋国，是要侍奉晋圉呢？还是要取代晋圉？”晋重耳并不回答。狐偃又说：“如果公子要侍奉晋圉，怀嬴就是国母；如果要取代晋圉，那么怀嬴就是仇人的妻子，这还有什么可问的呢？”

晋重耳还是觉得羞愧，赵衰劝道：“要夺取他的国家，何必考虑他的妻子？成大事的人不会拘泥小节。公子您现在不答应，后悔就来不及了。”晋重耳这才拿定主意。公孙嬴枝回去向秦穆公复命。

公子晋重耳选择吉日，在馆舍中成婚，秦穆公精心挑选宗亲之女四名为陪嫁。怀嬴貌美无比。晋重耳喜出望外，全然忘记周游列国道路上的饥荒困苦。

二人成婚后，秦穆公在宫中设宴招待公子晋重耳。晋重耳请狐偃同行，狐偃说：“我不如赵衰那样有文采，请公子您让赵衰跟随赴宴吧。”晋重耳便与赵衰到了秦宫，秦穆公盛情招待。喝到兴致处，远处传来高亢尖锐的黄鹰鸣叫声，晋重耳闻听，即席赋《诗经》里的《汉水》这首诗——

飞隼飞隼，载飞载止。汉水汉水，朝宗于海。

公子晋重耳用海比喻秦，把自己比成河，暗示自己来投靠秦国，希望得到秦国的支持，帮助自己回归晋国。

秦穆公一直善学好问，熟悉《诗经》，当下已明白公子晋重耳之意，随即赋《诗经》里的《六月》这首诗来作答——

> 六月栖栖，兵车齐整，
> 兵强马壮，大旗飘扬……
> 吉甫出征，以佐天子……

这首诗是说一百五十年前，周朝的尹吉甫辅佐周宣王征伐西戎北狄，打败敌人、胜利还朝的史事，暗示秦国会帮助晋重耳归国。赵衰是聪明且有学问的人，立即起身说：“请公子重耳拜谢秦君恩赐！”晋重耳马上退到阶下，叩头拜谢，秦穆公走下一级台阶辞谢。赵衰说：“君用尹吉甫辅佐周天子的诗篇教导重耳，重耳岂敢不拜？”晋重耳也说是。这时天空中又传来黄鹰的鸣叫声，秦穆公说：“公子重耳是天上的雄鹰，应该飞翔蓝天了！”这几人都很兴奋，大醉而归。

话说狐毛、狐偃兄弟二人，跟随公子晋重耳在秦国，忽闻父亲狐突被晋怀公晋圉害死，捶胸大哭。赵衰、魏犨等人都来安慰。此时，赵衰、魏犨等也都收到了赵氏、魏氏等族人依晋怀公之命劝他们回国的消息。赵衰说：“人死不能复生，伤心有什么用？我们一同去见公子重耳，商议归国大事。”魏犨说：“我们这就杀奔晋国，赶走这个小虐君。”狐毛、狐偃二人强忍眼泪，同赵衰、魏犨等来见晋重耳。

公子晋重耳也是刚刚知晓外祖父狐突被害，便对狐毛、狐偃说：“二位舅父不要悲伤，待我回到晋国后，一定替外祖父报仇。”晋重耳又对赵衰、魏犨等人说：“你们不必为家族担心，我们这就回国。”晋重耳立即驾车与赵衰等去见秦穆公，诉说晋国的最新形势。秦穆公说：“这是上天把晋国交给公子，机不可失！寡人理当帮助你。”赵衰代替晋重耳答道：“秦国如果关怀公子重耳，现在就动手吧！”秦穆公答应了赵衰。

公子晋重耳告辞回到馆舍，还未坐下，就有晋国人前来。这人叩拜后说：“我是晋国大夫栾枝之子栾盾。因新君晋圉性情多疑好杀，百姓怨声载道，群臣心中不服，我父亲特派我秘密来这里拜见公子您。”

晋重耳连忙请栾盾坐下。栾盾继续说:“新君晋圉的心腹只有吕省、郄芮二人,虢射已亡,韩简等一班老成持重之臣都被疏远不用了。请公子您不必担心,我父亲已经和众人约定,秘密准备兵甲,只等公子您一到,便为内应。”晋重耳大喜。两人聊了一会儿后,栾盾便告辞回国准备。

回国事大,公子晋重耳不由对天祷告。祷告完毕,晋重耳依据《周易》中的占卜术,用蓍草占卜,得上上卦。狐偃见此卦,叩头祝贺说:“这卦的意思是‘为天地准备筵席,小往大来。’这是最好的预兆。公子这次行动,不只是得到国家,还会成为列国霸主。”晋重耳便把栾盾的话告诉了狐偃,狐偃说:“事不宜迟,公子明日便向秦穆公请求发兵。”

第二日,公子晋重耳又入秦宫求见秦穆公。还没说话,秦穆公就说:“寡人知道公子你急于回国,我们已经安排妥当,寡人要亲自送你到黄河岸边。”晋重耳拜谢而出。邳豹听说秦穆公要送晋重耳回国,便请求效力,秦穆公答应了。

公元前636年,秦穆公出动大军,率上卿百里奚、公子嬴絷、公孙嬴枝等护送晋国公子重耳前往晋国。他们到了黄河西岸,秦穆公便分一半人马继续护送,自己留下一半人马在黄河西岸作为接应。秦穆公与晋重耳二人下车,依依不舍。此时,秦穆公又想起了昔日晋夷吾、晋圉忘恩负义的辛酸往事。他顿了顿,哽咽着对晋重耳说:“公子回到晋国,可别忘了寡人啊!”说着流下眼泪来。晋重耳叩拜说:“重耳屡遭苦难,知道恩情的重要,怎么会忘记呢?”秦穆公将晋重耳扶起,将他送到船上。

上船的时候,负责行李的壶叔、介子推把随行物品一一搬到船上来。这壶叔、介子推忘不了过去逃难时吃过的苦,把剩下的饭菜、穿过的旧衣全都搬上去,一样也舍不得扔。公子晋重耳这班人饿过肚子,要过饭,也喝过野菜汤,晋重耳都很苦难,管供应的壶叔、介子推等人就更不用说了。晋重耳瞧见壶叔、介子推这副穷酸样,哈哈大笑说:“你们也太小家子气了!现在我们就要回国了,要什么有什么,这些破破烂烂的还要它干吗?”说着就叫他们把这些东西全撇在岸上。颠颉、狐射姑等人听晋重耳这么一说,也觉得自己刚才帮壶叔、介子推太可笑了，都说："公子就要回国了，一旦做上国君，我们都是有功之人，荣华富贵享受不尽，怎么还露出这副穷相？"大伙儿七手八脚地把这些破烂扔在岸上，有的干脆扔到黄河里。

狐偃看到他们未得富贵、先忘贫贱，就想起晋惠公杀大夫里克、邳郑的事，于是对公子晋重耳说："如今公子过河，对岸就是晋国。内有臣民支持，外有秦国相助，我挺放心。我多年跟随您在天下巡行，犯了不少错，我想留在这儿忏悔养老。"

晋重耳愣了，思虑再三，不明所以，便问道："我全靠你们帮助，才有今日。我们在外边吃了十九年的苦，现在回去，有福同享，你怎么说不去了呢？"

狐偃说："以前公子在患难中，我多少也有点儿用处。现在公子回去做国君，情形就不同了，自然另有一批新人使唤。我们就好比剩菜、旧衣，还带去做什么呢？"

晋重耳听了，脸霎时红了，直怪自己不该得意忘形、存着享乐的念头。他流了眼泪，向狐偃道歉说："这全是我的不是！我可不是忘恩负义的人，你们的功劳我更忘不了，我可以对天起誓！"他立刻吩咐壶叔、介子推等人再去把破烂东西搬上船来。颠颉、狐射姑等人知道了做人应当饱不忘饥。狐偃没话说了，就随着众人登上船，晋重耳等与秦穆公一行挥手作别。

九　晋文公安定国家

公子晋重耳一行与秦军过了黄河，接连获胜。吕省、郄芮二人见大势已去，临阵倒戈。晋怀公晋圉逃跑，不久被杀。栾枝、韩简等晋国百官迎接晋重耳回到国都绛城，立他为国君，就是晋文公。他四十三岁逃往狄国，五十五岁到达齐国，六十一岁来到秦国，等到回国为君时，已经六十二岁了。人生在世，如白驹过隙，一蹉跎，便是两鬓苍苍。此时，晋文公重耳的心中感慨万千。

回到绛城第二日，晋文公设宴款待秦国众将领，并犒赏秦国兵马。邳豹跪在地上，哭着请晋文公重新安葬他的父亲邳郑等被杀大臣。晋文公答应了，还要留他在晋国做官。邳豹推辞说："我已经投身秦国，不敢侍奉两位君主。"过了几日，便随着秦军，回去向秦穆公复命。

却说吕省、郄芮二人被秦军势力所逼，不得已而投降，但心中忧虑难除。他们担心在朝中地位降低，与狐偃、赵衰等人相比，心中未免惭愧。他们甚至担心被杀，毕竟自己曾经扶持的是晋重耳的政敌晋惠公、晋怀公，还直接或间接杀掉晋重耳的恩人狐突、里克等等。晋文公即位多日，不曾封赏一个有功之臣，也不曾杀一个有罪之人，举动难以预测，吕省、郄芮二人心中的疑虑就更深了。他们见秦军撤退，胆量便大起来，聚在一处一商议，便决心造反，焚烧晋宫，杀掉晋重耳，再立新君。二人算计一下，朝廷中没有可与合谋的人，只有寺人披是晋重耳的仇人。现在晋重耳即位，寺人披一定担心被杀。这个人胆量、力气都超出常人，可以邀请他来一同举事。便派人去叫他，寺人披立即就来了。吕省、郄芮二人把反叛计划告诉他，寺人披高兴地接受命令。三个人歃血立誓，定下盟约。吕省、郄芮两个人各自回去准备。

却说寺人披虽然当面答应下来，心中却不这么想，他暗暗思量道："当初我奉晋献公的命令去伐蒲城；又奉晋惠公的指示，去刺重耳，这已是桀犬吠尧，但当时各为其主，也无可厚非。现在晋怀公已死，晋重耳即位，晋国刚刚安定，我又做此大逆不道的事情，不要说重耳有上天的帮助，我未必能成功，即使杀了重耳，跟随他逃亡的许多豪杰，怎么会轻饶了我？不如偷偷去新君重耳那里告发，把这件事作为投靠他的阶梯。"寺人披越想越觉得这个主意太好了！

寺人披不敢怠慢，当即请求朝见晋文公。晋文公派内侍责备他道："你砍断寡人袖子的那件衣裳还在，寡人一见到它就心寒。你到狄国去刺杀我，为了成功，你提前一天就上路了。幸亏上天保佑，寡人才免遭你的毒手。现在寡人回到国中，你还有什么面目来见寡人？快些逃得远远的吧！"寺人披听后，哈哈大笑说："君上在外流亡十九年，世道人情还没有看透吗？先君晋献公是您的父亲，晋惠公是您的弟弟。父亲仇恨他的儿子，弟弟仇视他的哥哥，何况寺人披呢？我是个小小的臣子，那时只知道有晋献公、晋惠公，怎会知道有您呢？从前齐国管仲为了公子姜纠而射中齐桓公的带钩，齐桓公仍然重用他，因此称霸天下。如果依照君上的见识，那么在记住射钩仇恨时，便失掉了盟主大业。君上您不见我，对我并没有什么损害，但只怕我走了之后，君上的大祸就不远了。君上如果坚持不见我，我这个受过宫刑的小臣会自己走的，哪里需要君上的命令呢？"见寺人披言辞犀利，内侍不敢怠慢，立刻回报晋文公。

晋文公听之有理，立刻接见了寺人披。寺人披便把吕省、郄芮的阴谋详细地述说了一遍，另外提醒晋文公："吕省、郄芮二人主政多年，党羽众多，现在他们布满城中，君上的危险很大。君上您刚刚回国，并无足够数量的亲兵。当务之急是去秦国请兵，才能平定这场叛乱。请允许我留在这里，作为诛杀二贼的内应。"晋文公点点头，叮嘱寺人披："凡事多多留心，平定内乱后必有重赏！"寺人披叩首后告辞出宫。

晋文公叫来心腹内侍，吩咐如此如此，不可泄漏。当天晚上，依旧和往常一样入睡。到了五更天时，假称受了凉肚子痛，叫小内侍举着灯笼入恭，但这是烟幕，实则带了几名亲信，偷偷出了后门，直奔秦国而去。第二天早晨，心腹内侍说君上有病，暂停朝会，众人都信以为真。吕省、郄芮二人听说晋文公得病不出，暗暗欢喜，心中说道："这是上天叫我们除掉重耳啊！"

不几日，晋国内宫果然起火。吕省、郄芮二人带人杀进内宫，但找不到晋文公。忽然听到外面喊声四起，寺人披急急忙忙跑来报告说："狐、赵、栾、魏等家族都带家仆前来救火。如果到了天亮，人们都聚集起来，恐怕我们就难以脱身了。不如趁现在混乱时出城，等到天亮，打听重耳生死的准确消息，我们再决定怎么办。"此刻，吕省、郄芮二人心慌意乱，便带领自己的党徒，冲出绛城。

且说狐毛、狐偃、赵衰、栾枝、魏犨等众人，见宫中失火，急忙聚集兵众，携带水桶等前来救火，原本就没有准备厮杀搏斗。直到天亮以后，把火扑灭，才知道吕省、郄芮二人造反。因找不见晋文公，都吃惊担心不小。这时有晋文公先前吩咐的心腹内侍从火中逃出，告诉众人："君上在数日前五更时，穿着便服出宫去了，不知去向。"众人忐忑不安的心这才稍稍放下。狐毛说："君上有上天保佑，会躲过此劫的。"赵衰说："我想君上一定事先知道二贼子阴谋造反。我们只需紧守绛城，修理宫室，等待君上回来就行了。"众人于是散去。

再说吕省、郄芮等人驻扎在郊外，打听到晋文公没有被烧死，并且已经离开绛城，心中非常不安。为了尽快除掉晋文公，他们便沿着黄河寻找。

却说晋文公秘密离开绛城后，约秦穆公在晋国野王城会见。等秦穆公率秦军来后，晋文公又派亲信密告寺人披，想方设法将吕省、郄芮引到野王城。

寺人披对吕省、郄芮二人说："我们只有占据一个城邑，才能求生存、图发展。这儿离野王城很近，我们就到那儿去吧。"吕省、郄芮二人不知秦穆公已经率军进驻野王城，便听从寺人披的建议，率领众人开进野王城。

寺人披带着吕省、郄芮等人刚在野王城馆舍坐下，便被一批秦兵团团围住。邳豹陪着秦穆公、晋文公走来，吕省、郄芮二人心惊胆战，魂不附体。秦穆公说："听说二位大夫在黄河边一直寻找你们的国君，今天寡人把你们的国君送来了。"吕省、郄芮二人口称："该死！"跪下不停地叩头。晋文公大声骂道："叛贼！寡人有什么对不起你们二人的，以至于造反？如果不是寺人披揭露，寡人偷出宫门，现在已经化为灰烬了！"吕省、郄芮此时才知道被寺人披出卖。晋文公命令武士拿下二人，就地处斩。

晋文公重赏寺人披，并派他向绛城报捷。晋国众官员听到晋文公平安的消息，都高兴地说："果然不出狐毛、赵衰所料！"众官员连忙准备车驾，前去迎接晋文公。

话说晋文公在野王城杀了吕省、郄芮，再次向秦穆公致谢，并以迎接夫人的礼节，请带怀嬴回国。秦穆公说："寡人女儿已失身晋围，能成为你的妾就可以了。"晋文公说："秦、晋两国世代相好，非以夫人礼节不可，请不要推辞！况且重耳离开绛城，国中之人没有知道原因的，现在以大婚为名，不是很好吗？"秦穆公听后非常高兴，便与晋文公一起到达秦都雍城，重礼陪嫁，让怀嬴等五人同晋文公回晋国。秦穆公又亲自送晋文公和怀嬴等人到达黄河岸边。秦穆公的义气，让晋文公甚是感动。晋文公同怀嬴等渡过黄河，赵衰等众位大臣早在河口准备好车驾，迎接晋文公夫妇。百官护从，旌旗蔽日，鼓乐喧天，热闹非凡。晋文公两月前从宫中半夜出逃的狼狈样子如今已荡然无存。

晋文公回到绛城，国人举酒相庆。晋文公对吕省、郄芮二人愤恨不已，想把他们的党羽全部杀掉。赵衰进谏道："晋惠公、晋怀公都是以严厉苛刻失掉人心的，君上应该代之以宽容。"晋文公听从了他的意见，下令大赦。吕省、郄芮的党徒非常之多，虽然看了赦令，仍然内心不安，谣言日起，晋文公特别忧虑。

忽有一天早晨，头须在宫门叩头求见。晋文公当时正在洗头，听到内侍来报后，怒气冲冲地说："当年流亡在外时，这个人偷走寡人的钱财，使寡人一无所有，不得不在行途中讨饭吃。今天他来见寡人，准备干什么？"内侍遵照晋文公之命不放头须入宫。

头须问道："君上一定在洗头吧？"

内侍惊疑地问："你怎么知道？"

头须说："洗头时一定要低着头、弯着身，他的心也一定会反过来，心反就会说话颠倒，所以我求见不被允许。现在君上能容寺人披，得以避免吕省、郄芮二人之难，难道现在单单容不下头须吗？我这次来，有安定晋国的策略。如果君上一定要拒绝见我，那我从此就逃得远远的。"

内侍赶紧把他的话告诉晋文公，晋文公说："不见头须，是寡人的不对！"立即整理好衣冠，召头须进来相见。

头须先叩头请罪，然后问："君上知道吕省、郄芮的同党有多少吗？"

晋文公皱着眉头说："多极了！"

头须禀报说："这些人自知罪恶深重，虽然接到赦令仍心存疑虑，君上应该想办法尽快使他们安定。"

晋文公问："有什么办法使他们安定？"

头须说："我偷走了君上的财物，使您遭受饥饿。我的罪行，晋国人都知道。如果君上出行的时候让我给您驾车，使全国的人耳闻目睹，他们会知道君上不念旧恶，这样那些人的怀疑就烟消云散了。"

晋文公高兴地说："好。"当即以巡城为名，让头须为自己驾车。

吕省、郄芮的同党见到后，纷纷私下说："头须偷走新君重耳的财物，现在还被起用，何况其他人了！"自此以后，谣言都平息了，民心都安定了。晋文公仍然让头须掌管仓库、资财。国人纷纷说："我们的国君心胸像晋国盐湖那样广阔，所以珍珠盐、花朵盐、钟乳盐、水晶盐、雪花盐、蘑菇盐都能存在他的胸中。有这样胸怀的国君，就会有这样广阔的晋国。在今后，我们晋国一定会像珍珠那样璀璨，像花朵那样盛开，像钟乳那样夺目，像水晶那样晶莹，像雪花那样壮观，像蘑菇那样美丽。"

晋文公先前做公子时，娶过两位妻子，生下一子一女。晋文公逃亡时，儿女都小，丢在蒲城，头须将他们寄养在当地一户遂氏人家，每年都给米、布等供养。一天，头须向晋文公说起这件事，晋文公惊喜地说道："寡人以为他们早就死在剑矛之下了，你为什么不早说？"头须答道："在下听说，母以子贵，子以母贵。君上周游列国，所到之国没有不送女子的，君上您已经生了许多子女。下臣不知君上的意思如何，所以不敢立即上奏君上。”晋文公说：“你如果不说，寡人几乎背上不慈不爱的恶名。”晋文公立即令头须去蒲城接回自己的儿女，并重赏遂氏一家。晋文公的这个长子，名晋欢，晋文公立他为世子。晋文公还把这个女儿嫁给赵衰做妻子，称为赵姬。

狄国首领参卢克听到晋文公即位的消息，派使节来祝贺，并把季隗送到晋国。晋文公对季隗说：“我们分别八年了，幸亏还不到二十五年。”季隗笑着说：“妾已经说过了，过了二十五年，也不会再嫁了。”齐孝公也派使节送晋姜到晋国，晋文公向晋姜感谢她当年玉成的美德，晋姜说：“妾并不是不贪求夫妇之乐，之所以极力让夫君您远行，正是为了有今天。”晋文公把两位妻子从前的贤德，都对怀嬴说了，怀嬴也称赞不已，一定要把夫人的位子让给她们两人。看到妻妾和睦，晋文公很高兴。

赵姬听到季隗被送回的消息，也劝赵衰迎回叔隗母子，赵衰推辞说：“我接受君上的恩赐，拥有你，不敢再怀念叔隗了！”

赵姬说：“这是俗人缺德之语，不是妾愿意听到的话。妾虽然家世高贵，但叔隗与您成婚在前，而且还生了孩子，您怎么能喜新厌旧呢？”

赵衰虽然口上答应，但内心还有疑虑，因此迟迟没有行动。赵姬便进宫对晋文公说：“赵衰不去接回叔隗，想让女儿背上不贤的名声，请父君为女儿做主！”晋文公见此，就派人到狄国，把叔隗母子接了回来。

赵姬把正妻之位让给叔隗，赵衰没有答应，赵姬说：“她年龄大，妾年龄小，她先和您成亲，妾后和您结婚，长幼次序是不能混淆的。而且妾听说她生的儿子赵盾，不但年纪已大，而且很有才能，自然应该立为嫡长子。妾做偏房，理所当然。如果您坚决不答应，那么妾只有回到父君的宫中去了。”赵衰没有办法，只好将此事汇报给晋文公。

晋文公高兴地说：“寡人女儿有这种谦让的美德，你就应该成全她！”就宣召叔隗母子二人入朝，立叔隗为赵衰正妻，赵盾为嫡长子。叔隗也极力推辞，晋文公告诉她这是赵姬的意见，叔隗只好接受，谢恩后出朝。赵盾当时年方十七岁，生得气宇轩昂，言谈不凡。他精通诗书，善于骑射，赵衰非常喜欢他。赵姬此后也为赵衰生了三个儿子，名叫赵同、赵括、赵婴。

晋文公见晋国安定后，便大赏群臣，分为三等：跟随逃亡的人列为第一等，送情报通消息的人列为第二等，投诚迎接的人是第三等。三等之中，又根据功劳的大小分上下两种。第一等跟随逃亡的人中，赵衰、狐偃功劳最大，其他像狐毛、胥臣、魏犨、狐射姑、先轸、颠颉等，依次论功行赏。第二等人中，栾枝功劳最大。第三等人中，韩简功劳最大。这三等人，没有封邑的赐给土地，有封邑的增加土地。晋文公怀念狐突壮烈而亡，特在狐突家乡山上立庙，后人便把这座山叫狐突山。百姓既同情狐突，又以为其是神，所以年年祭祀狐突。晋文公大赏群臣后，还在城门上贴出布告："如果有谁的功劳被忘记了，可以自己来补报。"

小吏壶叔向晋文公奏道："下臣一直跟随君上，四处奔走，脚后跟都裂了。君上您住下的时候下臣服侍您吃饭睡觉，出外的时候为君上您驾车备马，一时一刻都没有离开君上的左右。现在君上您赏赐跟随逃亡的人，却没有下臣，难道君上您认为下臣有什么过失和错误吗？"

晋文公答道："你上前来，寡人向你说个明白。用仁义教导寡人，使寡人心智通达的人，该受到最高的奖赏；用计谋辅助寡人，使寡人免于遭受侮辱的人，应该受到次高奖赏；冒着剑矛箭戟的危险，用身体保卫寡人安全的人，应该受到再次高等奖赏。就是说，上赏要赏德，其次要赏才，再次才要赏功。至于说那些往来奔忙的匹夫之功，又在其次。三赏之后，就要赏你了。"

壶叔又是惭愧又是心服，退了下去。晋文公拿出大批金钱布匹，赏给那些壶叔之类的人，得到赏赐的人没有不高兴和不感动的。

魏犨、颠颉两个人，自以为英勇，见赵衰、狐偃等都是文臣，要要嘴皮子，就得到比自己还高的赏赐，心中不高兴，口上有怨言。晋文公听到后，念及他们的功劳，也就不和他们计较。

还有介子推，也在跟随晋文公重耳逃亡之列。他为人耿直，心性厚实，回国后，假托有病，居在家中，甘于清贫，每日编织麻鞋养活老母。他的右邻见介子推没有得到赏赐，心中替他抱不平。右邻看见城门上的布告后，便特意到介子推家中告诉这个消息。介子推一笑了之。

介子推的老母亲听到了，对他说：“你效劳国君重耳十九年，而且还割股啖君，功劳不小。你现在为什么不去找君上说一说？如果去说，就有希望得到几斗粮米，可以早晚食用，远胜于编织麻鞋了。”

介子推对母亲说：“晋献公子孙很多，只有现在的君上最有贤德和天相。晋惠公、晋怀公不实行德政，上天对他们不满，把晋国夺回来归还现在的君上。众位大臣们不知道天意，却在那儿争功要赏，儿正为这些人感到羞耻。儿宁愿一辈子编织麻鞋，也不敢贪天之功据为己有！”

老母亲又说：“你虽然不要俸禄，也应该入朝，见一见君上，那样就不会埋没你割股的功劳。”

介子推答道：“儿既然没有什么向君上索求的，还见他干什么？”

老母亲感叹说：“你既然愿做高风亮节之士，难道我不能做高风亮节之士的母亲吗？我们母子二人应该隐居深山之中，再也不要沉溺在混浊的市井之中了。”

介子推十分高兴地说：“儿一向喜欢绵山，那里山高谷深，我们现在就去吧。”母亲答应。于是，介子推背着母亲上了绵山，在深谷之中盖起茅舍，过起以草为衣、采果为食的生活。

过了一个月，晋文公生病了，吃什么也没有味道，这把内宫之人急得团团转。一名内侍自言自语说：“山珍野味，我们都做了，君上还不爱吃，就差没上人肉了。”说者无意，但隔墙的晋文公听到后，突然一惊，自言自语道：“从前寡人路过卫国时没有食物，介子推割股献食。现在寡人大赏群臣，却单单忘了介子推。这个过错，寡人怎么能推卸呢？”立即派人去召介子推，可是却找不到。

这一惊，晋文公病就好了。他亲自前去，把介子推的邻居们都叫来，追问他的去向。介子推的右邻说，介子推不愿得到奖赏，背着他的母亲去绵山中隐居去了。

当天，晋文公就去绵山，寻找介子推。只见峰峦叠嶂，草树丛生，流水潺潺，行云片片。林中百鸟齐鸣，山回谷应，根本找不到介子推的踪迹。随从叫来几个农夫，晋文公亲自询问。农夫答道：“一个月以前，曾经看见一个人背着一个老婆婆，在山脚下休息，打水喝后，就到深谷去了。”晋文公确信介子推就在绵山之中，想到这儿如此荒凉，便更觉对不住介子推。晋文公下令随从四处查访，几天以后也没有一点儿消息。

晋文公无可奈何，想了一阵后说："寡人知道他十分孝顺，如果放火烧山，他一定会背着母亲出来的！"于是，随从们就在山下放起火来，风猛火大，蔓延数里，烧了三天才停止。介子推最终也不肯出来，母子二人相抱死于一棵柳树之下。随从们只找到了二人的骨骸。晋文公看见后，难过地流下了眼泪，放声道："悲怆足下。""足下"一词便由此而来。晋文公下令把他们母子二人葬在绵山之下，并且立起一座祠堂祭祀介子推。绵山周围的田地，都作为祭祠的用田，命当地农夫掌管每年祭祀之事。晋文公还下令道："从此后，把绵山改名叫介山，用来记住寡人的过失！"晋文公放火烧山之日正是冬至后第一百零五天，晋国人念及介子推死于火，便不忍心点火，只吃冷食，持续三天，后来演变成寒食节。过节这天，家家都把柳枝插在门上，以招介子推之魂。

十　王子盗嫂

却说晋文公赏完群臣以后，励精图治。他认为晋惠公时代“作爰田”有利于国家发展，就将其保留。胥臣奏道：“齐桓公之所以称霸，是因为齐国前期有个积淀，那就是开发盐业，征收盐税，并且大规模使用铁器，取代石器耕田。我晋国虽不靠海，但也有盐湖，产盐无数，当学齐国征收盐税。晋国也有铁矿，也应当推广铁器，并且用牛拉犁启土。如此下去，晋国就会民富国强。”晋文公点头称好，即命人实施。另外，在生产上，奖励垦荒；在贸易上，降低税收，积极争取邻商入晋。同时，赋职任功，举贤任能，省刑罚、薄税收、通商旅、礼宾朋，并且救济孤寡、贫苦之人，一时晋国大治。晋文公经历艰苦磨炼，不喜豪华排场，不喜穿着华丽之人，所以晋国君臣、士人衣着朴素。此时晋国已越入强国之列，然而晋文公之志不仅如此，他还要学齐桓公“尊王攘夷”，称霸中原。虽然周天子已不复昔日之威，但毕竟是天下的共主。

“布谷、布谷……”杜鹃鸟在啼叫着。胥臣陪同晋文公出外巡查，看到百姓辛勤耕作，大片荒地被开垦，黍、稷、粟、禾齐全，晋文公非常兴奋，对胥臣道：“如此，我们就可以学齐桓公尊天子、盟诸侯了。”

胥臣答道：“是。”

晋文公率胥臣经过冀地也就是被晋国灭掉的冀国之地，看到一人在田里除草，他妻子给他送饭时，两人以礼相待，相敬如宾。

胥臣自言自语道："恭敬，是德行的集中表现。一个人对他人恭敬，就一定拥有德行。在晋国，我们正需要德行来治理百姓。"胥臣征得晋文公同意后，就过去和这个人交谈，知道他叫郄缺，是罪臣郄芮之子，因此不得入仕，躬耕于冀野。胥臣长嘘不已。

离开郄缺后，胥臣对晋文公奏道："外出像会见宾客一样恭敬，办事就会像参加祭祀一样恭谨，因此臣向君上推荐夫妻相敬相爱的郄芮之子郄缺。"

晋文公问："他的父亲有罪，寡人还可以任用他吗？"

胥臣答道："从前舜处死了鲧，后来选拔人才时却起用了鲧的儿子禹。管仲曾经用箭射齐桓公，后来他却被齐桓公任用为上卿，并且成就了齐桓公的霸业。父亲不仁慈、儿子不孝顺、哥哥不友爱、弟弟不恭敬，父子兄弟的罪过，都由自己负责，彼此之间互不涉及。《诗经》中说，挖地瓜，采萝卜，不要因为是根茎，就舍弃。君上根据他的长处任用他就行了。"晋文公点头称是，命胥臣召郄缺在军中任职。

历史往往就是这样耐人琢磨，就在晋文公为"尊天子"绞尽脑汁之时，机遇来了。此时，周王室发生了周襄王胞弟王子姬带盗嫂事件，周襄王逃难于郑国汜地，并告难各国诸侯。在晋文公的询问下，周王室使节从头至尾说起这事——

前叔隗，后叔隗，如水如锦比秀美；

前叔隗，后叔隗，如珠如玉赛光辉。

在空旷的草原上，狄国人倾情歌唱。话说狄国有两个美女都叫叔隗，都是绝色。前叔隗已经嫁给赵衰。后叔隗是狄国首领参卢克之女，还没出嫁。狄国人关于叔隗的歌声传遍全国，也传到了周王室。

周襄王闻听后十分羡慕，就派人去狄国求婚。狄国送后叔隗到周王室，周襄王一看，果然貌美无比，便立她为王后，让后叔隗主持后宫之事。说起后叔隗，虽然有美丽的容颜，但却无闺中之德。她在狄国时专好骑马射箭，狄国首领参卢克每次打猎，一定要跟随前往，天天与将士们驰逐原野之上，不受一丝一毫拘束。现在嫁给周襄王，住在深宫之中，就像笼中鸟、槛内兽一样，一点儿也不自在。

一个春暖花开的日子，后叔隗对周襄王说："妾自幼学习打猎，父亲并不禁止。现在住在宫中，郁郁不欢，四肢懈倦。大王为什么不举行一场狩猎活动，叫妾看一看？"周襄王宠爱着她，言无不从。于是，他调集大批车马，去山中狩猎。周襄王为使王后高兴，下令说："以中午为限，射得三十头禽兽的人，赏玉璧三对；射得二十头禽兽的人，赏玉璧两对；射得十头猎物的人，赏玉璧一对；射不到十头猎物的人，没有赏赐。"一时间，王子王孙和大小将士，射狐逐兔，各显其能。

时间一到，众人献上所获猎物，有的十头，有的二十头，只有一位贵人，献上的超过了三十头。那人生得仪表非凡、相貌俊伟，这人不是别人，正是周襄王的弟弟王子姬带。早年争夺王位未遂，心胸宽广的周襄王并没有加罪于他。今日打猎，王子姬带抖擞精神，得了第一名。周襄王十分高兴，如数赏给他三对玉璧。其余众人如数赏赐，一个不缺。

后叔隗坐在周襄王的身旁，见王子姬带才貌不凡、射艺出众，嘴上不停地夸赞，心中甚是喜爱。后叔隗对周襄王说："天色还早，妾想自己打一圈，活动一下筋骨，请大王同意！"周襄王本意是使后叔隗高兴，怎能不答应？立即命令将士们重新整顿围场。后叔隗装束整齐，便说："车跑得没有马快。妾带来诸多婢女，凡是从狄国来的，都惯于骑马，请在大王面前表演一番。"婢女陪骑的人，大约有七八个。后叔隗刚要上马，周襄王说："慢来。"回头问众人："谁擅长骑术可以保护王后打猎？"中原人多不会骑马，顷刻间无人应答。沉默了一会儿，王子姬带奏道："臣愿意效劳。"这个差事，正合后叔隗的心意。

众婢女簇拥着后叔隗，骑马先行。王子姬带随后赶上，不离左右。后叔隗要在姬带面前施展技艺，姬带也要在后叔隗面前展现本领。二人未试弓箭，先试跑马。后叔隗把马连打几鞭，那马腾空一般飞驰而去。姬带也跃马向前，转过山腰，刚好两匹马齐头并进。

后叔隗勒住丝缰，夸奖王子姬带说："早就听说王子的大才，今天才见着！"

姬带在马上欠身说："我才学骑马，不及王后十分之一！"

后叔隗问："王子为什么学骑马呢？"

姬带此时已心中痒痒，小声慢慢说道：“因为北方有佳人来，擅长骑马。”恰巧旁边土坡上有几株花大色艳、富丽端庄、芳香浓郁的芍药花。姬带迅速弯腰，摘了一株送给后叔隗。

这后叔隗已明白姬带的心意，她没有去接芍药花，而是低声说道：“王子明天早上可将芍药花送到后宫中，我有话对你说。”话还未说完，婢女们骑马已到。后叔隗以目传情，王子姬带轻轻点头，将芍药花藏好，二人勒马返回。恰好这时山坡下边赶出一群麋鹿，姬带左右开弓，射中两头，后叔隗也射中一头，众人大声喝彩。

第二天，王子姬带如约到王后宫中。后叔隗正值青春年少，欲望强烈，约姬带来后宫，已有了淫乱之意。后叔隗预先支走宫中内侍婢女，等姬带将芍药花送到她手中，二人便什么也不去顾忌了，立时拥抱在一起。男欢女爱，两情眷恋，临别时仍然依依不舍。

后叔隗嘱咐姬带：“常入宫相会！”

姬带答道：“我早有这个意思，所以向狄国人学练骑术，以图接近你，但常来宫中，恐怕大王怀疑。”

后叔隗说：“我自能周旋，你不必担心！”后叔隗的宫中内侍婢女，均受到赏赐，明知姬带与后叔隗有事，但没人多嘴。王子姬带常常夜住宫中密室，只瞒着周襄王一个人。

凡是做好事的心，往往一天比一天小；做坏事的胆，往往一天比一天大。王子姬带与后叔隗私通，路走得熟了，事做得惯了，渐渐不避人耳目，不考虑利害，这样问题就败露出来。且说周襄王一日来到王后宫中，不见后叔隗，问婢女，婢女都惊慌失措。周襄王感到不妙，便把婢女拷打审问。知道那事隐瞒不住的婢女，就把事情的前后经过从实说了出来。周襄王大怒，随即带人去找正在苟合之中的姬带和后叔隗。二人已得消息，后叔隗不动，姬带跳墙逃跑。周襄王把后叔隗打入冷宫，把门钉死，只在墙上留一个洞传送食物。姬带自知罪行深重，逃到狄国去了。

王子姬带见了狄国首领参卢克，告诉他说：“我与王后在宫中偶遇，却被婢女诽谤。周王轻信婢女之言，便将王后打入冷宫，把我赶走。请您派一支兵马，杀入洛阳。只要扶立我为王，我一定救出王后，仍然立她为王后。”狄国首领参卢克相信了姬带，便立即派军伐周。

狄军一路获胜，离洛阳越来越近。众臣对周襄王说："狄军气焰嚣张，大王可以暂时出巡，一定会有诸侯出来接纳大王。"

周襄王叹道："都是寡人愚昧，管理兄弟、王后不严，所以自取其祸！寡人要暂时离开洛阳，如果诸侯们还没有忘记寡人，就一定会帮助寡人，寡人一定会重新返回洛阳！"

周襄王又问："附近的国家，有郑国、卫国和陈国，寡人要去哪一个国家？"

众臣答道："理应去郑国。郑国先君对周王室有功，他的后代一定不会忘记。"周襄王听从众臣建议，往郑国赶去。

王子姬带与狄军进入洛阳，先到冷宫中放出后叔隗，然后自立为王，立后叔隗为王后。姬带命人拿出府库中的金银珠宝犒赏狄军。姬带也感到在洛阳无脸见人，便与后叔隗躲到温邑。

再说周襄王逃出洛阳，急急往郑国赶去。到了郑国汜地，周襄王突然记起郑文公曾经计划助姬带为王，虽然此计划未遂，但以前的过节儿有了。越想，周襄王越不敢再往郑都新郑前去。周襄王找了一个封氏农家借宿。这里万竹丛生，重重叠叠，郁郁葱葱，像一片绿色的海洋，风一吹来，竹涛起伏，竹声哀啸。此刻，周襄王的心情就如同这竹海低沉、不静。

封氏农夫问周襄王："贵人官居何职？"

周襄王说："周天子。因为朝中有难，逃到此处。"

封氏农夫大惊失色，连忙叩头说："我家二郎昨夜梦见红日照在草堂，今天果然有贵客降临。"忙让二郎杀鸡做饭。

周襄王问："二郎是什么人？"

封氏农夫说："是我后母所生的弟弟，和我一同居住，一起种田为生，侍奉后母。"

周襄王感叹说："你们农家兄弟，如此和睦。寡人贵为天子，却遭到弟弟的迫害，寡人比你差远了！"说完，伤心地流下了眼泪。

封氏农夫道："大王如此重情，一定会得到众诸侯的支持。大王不必伤心，要尽快通知各国诸侯，料想他们不会坐视不救。"

周襄王忽然惊醒，立即派人分别通知各国诸侯。

晋文公接到消息后，便与群臣商议。胥臣知道晋文公"尊天子"

的意愿，便说：“想得到诸侯拥护，勤王是上上之选，足以取信诸侯，且合乎大义。”晋文公点头称是。狐偃嗅出了晋国即将图霸天下的气息，力挺晋文公道：“周天子是天下共主，如果勤王，必定会得到诸侯的支持，足能奉天子以令诸侯。”晋文公于是挺直腰杆，下令出兵勤王。

与晋文公同样有着图霸之心的秦穆公也收到了周襄王的告急信息，在上卿蹇叔、百里奚的建议下，调兵遣将，屯兵于黄河岸边。

闻听秦军行动，晋文公便派胥臣拜见秦穆公。胥臣说：“天子有难，流落在外，贵国所担心的，也正是我们君上所担心的。我们君上已集结兵马，准备迎接天子，代替贵国前去，不麻烦贵国大军长途跋涉了。”

秦穆公说：“寡人担心你们国君即位不久，兵马还没有训练好，所以赶到这里，解救天子的危难。既然晋君大义勤王，寡人理应静听佳音。”

上卿蹇叔、百里奚都说：“晋君想要独占大义救王的功劳，使诸侯敬服。怕君上分享他的功业，所以派人来劝阻我们。不如我们乘势而行，一同迎接天子。”

秦穆公说：“寡人之婿重耳刚刚执政，没有大功怎能安定国家？就让他去做这件好事吧。”便只派公子嬴絷到郑国汜地向周襄王问安，自己带着大军班师回国。

晋文公撇开秦穆公后，分兵两路，一路赴郑国汜地迎周襄王回洛阳，一路赴温邑攻打姬带。

温邑之人听说晋军前来，便打开城门，迎接入城。姬带见势不好，忙带着后叔隗上车，想冲出城门，逃往狄国。谁知守门军士紧关大门，不让他们俩逃走。姬带挥剑砍倒数人。正在这时，晋军赶到，一拥而上，将姬带与后叔隗活捉。

另一路晋军护送周襄王回到洛阳。

晋文公下令，将姬带和后叔隗处死，然后带着赵衰亲自赶到洛阳，朝见周襄王。周襄王设宴招待，并赐给大批金钱布帛。

晋文公再三拜谢说：“重耳不敢接受大王的赏赐，只希望死后能用王的礼仪安葬，臣在九泉之下也会感激大王的恩德。”原来，依据周礼，死后墓葬有着严格的等级差别，天子也就是王为九鼎、四墓道；高级诸侯为七鼎、三墓道；一般诸侯为五鼎、二墓道。在当今周王室衰微的情况下，天下诸侯已经不再严格尊奉周王，分封制的礼治被破坏。许多强势诸侯死后擅越礼制，以王的礼制下葬，如郑庄公、齐桓公。晋文公已年老，其虑较深，其志不小，为了名正言顺地以王的礼制准备后事，所以提出此要求。

周襄王考虑了一会儿，回答道："先王制定礼法，是为了区别上下，寡人不敢因为自己感激您而乱改大典。您的功劳，寡人是不敢忘记的。"便把王畿之内的温、原、樊、攒茅四个城邑赐给晋文公，晋文公谢恩后告辞。

洛阳百姓扶老携幼，挤满了街道，都来观看晋文公，纷纷感叹道："齐桓公又重现了！"晋文公坐在车上，不断向百姓施礼，下令两路军马班师回国。

回国途中，晋文公派人去接管温邑、樊邑、攒茅，自己亲率赵衰接管原邑。晋文公心里明白，原邑本是周王室卿士原伯贯的封邑，因为他在这次天子蒙难中无功，所以周襄王便把原邑夺过来送给晋文公。如今原伯贯正在原邑，他肯定不服，所以晋文公亲自前去接管。

不出晋文公所料，原伯贯欺骗守军和百姓说："晋兵围住樊邑，把守军和百姓都杀了。"原邑守军、百姓都十分害怕，誓死守城。

晋军包围了原邑。为破城，赵衰向晋文公奏道："百姓之所以不服晋，是因为内心不接受。君上向他们表示信义，原邑就会不攻而破。"

晋文公问："怎样表示？"

赵衰答道："请君上下令，军士们只带三天的粮食，如果三天攻不下城，就解除包围退军。"晋文公依计而行。

到了第三天，围城晋军前来报告："军中只有今天的粮食了。"晋文公并不回答。半夜，有些原邑百姓翻城而下，向晋军说："城中已探听到樊邑军士、百姓并没有遭到屠杀，大家约定明天晚上打开城门。"

晋文公接报后说："寡人原先约定以三天为期限，三天还攻不下就撤军。现在三天时间快到了，寡人明天早晨就退军。"

晋国军士问道："原邑百姓约定明晚献城，君上为什么不等一等？粮食没了怕什么，樊邑离这里不远，可以飞车去取。"

晋文公答道："信义，是行事的准则、取胜的法宝。既然定下三天期限，就要遵从。我们不可以因为贪恋城池而失信于民！如果失去信义，即使得到原邑，百姓又怎么会相信寡人呢？”天亮后，晋文公就解除了对原邑的包围。

原邑军士、百姓说：“晋君宁可失掉一城，也不失掉信义，这是有道之君！”于是争先恐后在城楼上竖起降旗。翻下城墙，前去追赶晋军的人一批又一批。原伯贯不能禁止，只好开城投降。

晋军走了三十里，原伯贯的降书就到了。晋文公命令晋军原地驻扎，自己单车直入原邑，原邑百姓当街欢迎。原伯贯求见，晋文公用对待周朝卿士的礼仪相待，把他的家迁到黄河以北。

晋文公向众臣说：“从前，寡人流亡到卫国之时，赵衰忍着饥饿，把一壶饭留给寡人，这是具有信义之人。寡人以信义得到原邑，还要用信义来守卫。”便命赵衰为原邑大夫，兼管樊邑等地。晋文公率领众人返回晋国。至此，晋国疆域扩展至太行山以南。

先轸向晋文公奏道：“两千多年前，黄帝战胜炎帝后，在今晋国的涿鹿，展开了与蚩尤部落的战争——涿鹿之战。蚩尤战死，东夷等部族融入了炎黄部族。后来，涿鹿之战演变成逐鹿中原。如今，晋国逐鹿中原的大门大开。我们晋国的劲敌是楚国，楚国的对手也是我们晋国。请君上派人去楚国打探消息，留心动静。”

赵衰也道：“自从盟主齐桓公去世后，强楚蠢蠢欲动，威逼中原各个小国，郑、陈、蔡、许、卫、曹等国先后依附于它。如果任其发展下去，势必让我晋国来日受辱，所以应当按照先轸的主意，留心楚国、谋划楚国。”

晋文公深以为是，立即派人前去。

十一　城濮之战

此时，楚国令尹斗子文年纪已老。楚成王问斗子文：“楚与宋的怨恨，寡人时时记着。宋想报仇，楚也想灭宋，两国肯定要动武。子文为寡人征讨宋国，如何？”

斗子文奏道：“老臣已是强弩之末了，并且老臣的才能远不及莫敖成得臣，请让他代替老臣，一定不会耽误楚国大业。”楚成王听从，便令成得臣训练兵马，准备征讨。

莫敖成得臣得令后，认真操练楚军。第一天，用鞭子责打七名军士，并用箭刺穿三人的耳朵。因此，楚军钟鼓添声，旌旗变色。楚成王高兴地说：“成得臣果然是将军之才！”斗子文请求将令尹一职让给成得臣，楚成王答应。

众官来到斗子文府上，恭贺他荣退和举贤得当，斗子文设宴款待。百官都到，只有大夫蔿吕臣生病未来。正在畅饮之时，蔿吕臣的十三岁儿子蔿贾赶来说：“众位大臣以为荐贤得当，我却感到忧虑！”虽然蔿贾是个少年，但斗子文依旧向他问道：“你说忧虑，是什么原因？”蔿贾说：“我看成得臣做事勇敢，脾气暴躁，并且能进不能退，可以让他当副手，但不能让他独当一面。谚语说，太刚则折。如果把军政大事都委任给他，一定要坏事。您推举一人，却令国家在今后受损失，有什么值得庆贺呢？如果成得臣不像我说的那样，到时庆贺也不晚。”左右人都说：“这小孩真是口出狂言，快快退下。”蔿贾悲叹着离开了。

秋收后，楚成王率令尹成得臣，大夫斗勃、斗越椒、斗宜申等及楚国大军，并会同已经臣服楚国的郑、陈、蔡、许四国兵马，联合征伐宋国，包围了宋国缗邑。这郑国，虽受楚国侮辱，但慑于其淫威，为保社稷，不得不屈从。陈、蔡、许三国，因国势弱，在盟主齐桓公去世后，也不得不向强大的楚国纳贡称臣。宋国骨子硬，绝不屈服，故招来楚国进攻。为应对强楚，宋成公急派司马子固到晋国告急。这时，晋国派出的探子也已回国禀报。

晋文公召集群臣商量对策，先轸奏道："当今之世，只有楚国最强大蛮横。现在楚国征伐宋国，在中原滋事生非，这是上天给予我们晋国救助灾难、抚恤祸患的机会。探子回报说，楚国小孩都认为成得臣会败，这实是我们晋国之福。树立威望，奠定霸业基础，就在此一举！"

晋文公问："寡人要解救宋国危难，怎么办才行呢？"

狐偃献计说："自齐桓公去世后，曹国投靠楚国，卫国又与楚国联姻，在楚国的支持下，卫国还灭了邢国，这两个国家都是君上当年的仇敌。如果派兵马去进攻曹、卫两国，楚国一定会调兵马来救，那么宋国自然就没事了。"

晋文公称赞说："好！"便把这个计策告诉宋国司马子固，让他回报宋成公，坚守城池。子固领命后离开晋国。

晋文公又为兵少而担心。此时赵衰已由原邑回到晋都绛城，他上前奏道："按周礼，大国有三军，中等国有两军，小国有一军。我们晋国原先时，只有一军，晋献公时才设两军，灭掉了耿、霍、魏、冀、虞、虢等小国，开拓了千里的疆土。新近，又得到了王畿之内的温、原、樊、攒茅四个城邑。现在的晋国，已不是中等国，应该设立三军。"

晋文公问："设立三军，就可以出师了吗？"

赵衰答道："不可以。百姓还不知礼，虽然聚在一起，人心仍易散。君上可以大力宣扬礼法，使他们知道尊卑长幼的次序，下定为国家而死的决心，然后才能用兵。"

晋文公又问："设立三军，必须推选将领，谁能担当这一重任？"

赵衰答道："凡是为将的人，有勇气的不如有智谋的，有智谋的不如有学问的。君上如果要找有智有勇的将领，不怕没人。如果要找一个有学问的，据臣所知，郤縠便是。郤縠已经五十多岁了，仍然好学不倦，精通《周易》，熟悉《诗经》。《周易》《诗经》是先贤的智慧、德义的源泉。百姓生活要以德义为根本，用兵作战要以百姓为根本。具备德义的人，才能体恤百姓；只有体恤百姓的人，才能用兵。”

晋文公称赞说：“好！”便召郄縠为将。

郄縠推辞不受，向晋文公道：“我与罪臣郄芮为同族，不敢担任晋国要职。”

晋文公说：“寡人用人不疑，唯贤是用。寡人了解你，你就不要推辞了。”

赵衰劝说郄縠：“郄芮之子郄缺都在军中任职，你还多什么心呢？”再三恳求，郄縠这才答应就职。

晋文公选择了一个吉日，集结扩充兵马，分为中、上、下三军。令郄縠担任中军将，除统领中军外，还协调指挥上、下两军。晋文公令狐偃担任上军将，狐偃推辞说：“臣的哥哥在前，弟弟不应该先于哥哥。”于是，晋文公命狐毛担任上军将，狐偃担任上军佐。又命赵衰带下军，赵衰推辞说：“臣刚勇、谨慎不如栾枝，谋略不如先轸。”晋文公就命栾枝担任下军将，先轸做下军佐。晋文公命赵衰任司马，掌管军法；魏犨、颠颉、胥臣等人都在军中担任要职。此时，大夫韩简已亡。拜将仪式结束后，中军将郄縠登坛发令。进、退、战、休，各依规矩。众将士见郄縠宽严得体，个个心悦诚服。

三军建立完毕，晋文公商量分兵进攻曹国和卫国，向中军将郄縠问计。

郄縠奏道：“臣已经同先轸商量好了。现在曹、卫两国并不可怕，分兵就可以取胜，但可怕的是楚国。君上应该以讨伐曹国为借口，向卫国借路。卫国依附强楚，一定不会答应。这样，我们就可以渡过黄河，出其不意，直捣卫国。如果战胜了卫国，就可乘势直逼曹国。曹君平素不得民心，我们借着战胜卫国之威，攻破曹国是没有问题的。战胜卫、曹两国后，就可以专心对付楚国。”

晋文公大喜，不由叹道：“赵衰说得没错，您真是有学问的将军呀！”

晋文公立即派使节去卫国借道伐曹。此时，卫文公已去世，卫成公继位。卫成公说：“晋君重耳逃亡的时候曾经路过卫国，先君并没有以礼相待，现在又来借道，其心叵测。自齐桓公去世后，为保社稷，卫国、曹国都臣服楚国，如果借给他们伐曹国的道路，恐怕还没有使晋国高兴，却先使楚王发怒。晋国发怒，我们还可以依仗楚国，如果楚国都恨我们，我们还有什么可以依仗的？”便不答应借道。

公子卫叔武奏道：“晋军不可小瞧，如果来卫，卫一定抵挡不住，应紧急向楚、鲁两国求援。”卫成公应允。

晋国使节回去报告晋文公，晋文公说：“果然不出郄縠所料！”便下令攻伐卫国。渡过了黄河，走到五鹿的田野上，晋文公叹道：“唉！这是介子推割股的地方啊！”说完，不觉潸然泪下，众将士也都伤感不已。魏犨说：“我们应当攻城略地，为君上报仇雪耻，叹息有什么用？”下军佐先轸向晋文公奏道：“魏犨的话说得对。臣愿意率领一军，单独去攻占五鹿。”晋文公赞赏他的勇气，点头答应。魏犨对先轸说：“我去助您一臂之力。”二人便上车前行。

先轸命令军士多带旗帜，凡是经过的山林高地，都要插上旗帜，务必要高出树林。

魏犨不解地问：“我听说兵行诡道，今天却到处插旗张扬，而使敌人防备，这是什么道理？”

先轸说：“卫国原先臣服齐国，现在屈服荆蛮，国中百姓都常常担心中原国家来征讨。我们君上要继承齐桓公的霸业，就不能示弱，理应先声夺人。”

却说五鹿百姓，没料到晋军突然来到。登城一望，只见旌旗漫山遍野，不知有多少兵马。无论城内还是城外居民，都争先恐后逃窜，守军禁止不住。先轸兵到之时，无人防守，晋军顺利进入城中。先轸、魏犨派人向晋文公报捷，晋文公喜形于色，对狐偃说：“舅父当年说得到土地，今天果然应验了！”

晋军继续前移，不料中军将郄縠突然重病，晋文公亲自前去探视。

郄縠说：“臣蒙受君上厚爱，本想肝脑涂地，报答君上知遇之恩，怎奈寿命有限。臣还有一句话对君上说。”

晋文公说：“你有什么话？寡人没有不听从的。”

郄縠说：“君上攻伐曹国、卫国，从根本上说是对付楚国。当前，楚国强盛，并且得到郑、陈、蔡、许四国帮助。要想以绝对把握战胜楚国，必须联合齐国和秦国才行，请君上认真考虑。”

晋文公说：“寡人听你的。”

当日，郄縠死在晋军营中。晋文公痛惜不已，派人护棺回国。

因为下军佐先轸有攻占五鹿的功劳，便被破格提升为中军将。用胥臣为下军佐，填补先轸的位置。

话说卫国向鲁、楚求援后，只有鲁国公子姬买率领援军赶到，但鲁、卫联军根本抵挡不住晋军的进攻。卫成公见败局已定，忙派人来谢罪，请求和解。晋文公说：“卫国原不同意借道，现在因害怕而求和，不是他们的本意。寡人早晚要踏平卫国。”这话传到卫国都城中，君臣寝食不安。卫成公叹息着说：“先君对逃亡的晋国重耳失礼，寡人又一时不察，不答应借道，才到了今天这地步，连累了国中百姓，寡人没脸再住在城中了！”便让自己的弟弟卫叔武与大夫元咺等管理国家，自己到襄牛去躲避，同时派人再到楚军求救。

晋文公要灭掉卫国，中军将先轸谏道：“我们本是为楚国围困宋国而来，现在宋国的危难还没有解除，我们尚无精力去灭卫。何况卫国君主已经逃跑了，废立都掌握在我们手中。我们现在当务之急是移师向东，讨伐曹国。等到楚军来救卫国时，我们已经在曹国了。”晋文公认为有理，便依计而行。

几日后，晋国兵马包围了曹国都城陶丘，曹共公召集群臣商议办法。

大夫僖负羁说：“晋君这次前来，是为报仇雪恨。盛怒之下，我们不能和他作战。臣愿意作为使节向晋君请罪，乞求和解，挽救一国百姓的灾难。”

曹共公说：“晋国不容纳卫国，怎么肯单单容纳曹国呢？”

曹共公身边多是窝里斗的谄媚小人，大夫于朗说：“听说晋君重耳逃亡路过曹国的时候，僖负羁私下赠送饮食并且出城相送，现在又自己要求做使节，这是卖国之举，不能听从。请君上先斩僖负羁，臣自有退敌之策。”

曹共公说：“僖负羁作为谋臣，对国不忠，但罪不至死，免于杀头，罢官归家。”僖负羁含泪谢恩后出朝。

于朗献计说：“晋君重耳刚刚取胜，气势一定嚣张骄横。臣诈写密信，约定黄昏献出城门。预先令精兵手持弓箭，埋伏于城门内，等晋君重耳进入城中，万箭齐射，晋君重耳一定会化为粉末。”曹共公听从了他的计谋。

晋文公得到曹国大夫于朗的密信，便要进城。中军将先轸谏道：“曹国兵力没有损伤，怎么知道不是诈降？请先试探一下。”便在军中挑选出一个相貌英武、与晋文公模样相像的人，穿着晋文公的衣饰代替晋文公进城。寺人披主动请求为他驾车。

黄昏刚过，城上竖起一面降旗，城门大开，假晋文公带着五百多人，长驱直入。刚刚进去一半多人，只听得城墙上鼓声齐响，箭如飞蝗一样射来。众人急忙掉转车头冲出，无奈城门已经关上。可惜寺人披和三百多人死在一起！晋文公从前路过曹国的时候，许多曹人都认识他。曹人仔细检验，才知道射死的晋文公是假的，于朗空欢喜了一场。晋军还没入城的军士，逃回来见晋文公。晋文公怒上加怒，派兵加紧攻城。

曹国大夫于朗又向曹共公献计说：“可以把射死的晋兵，暴尸在城头上。晋军看见了，一定会伤心异常，攻城就难尽全力。如果拖延上几天，楚国就会派来救兵了。”曹共公又按他的主意去做。

晋军望见城头上吊着同伴的尸体，层层叠叠，便心中怨恨，口中叫骂不绝。晋文公对中军将先轸说：“将士们伤心愤怒，现在该怎么办？”先轸答道：“曹人坟墓，都在陶丘西门外。我们可以把兵马分出一部分，围在墓地周围，做出要挖掘的样子。那时陶丘城中的曹人一定害怕，害怕就会大乱，到时就有机可乘了。”晋文公说：“好！”便令人在军中传言：“晋军报复曹国，掘掉曹人坟墓。”命狐毛、狐偃带领军士，来到曹人墓地，准备明天午时挖掘。

曹国城内的人听到这个消息，心惊胆战。曹共公派人在城头上大声叫喊：“不要挖墓，这次我们真的投降了！”

中军将先轸也叫人答道：“你们诱杀我军，又暴尸城头，众军士心中不忍，所以才要挖墓，以泄此恨！你们能殡殓死者，装好棺木送回我军，我们就会召回挖墓军士。”

曹国人说：“既然如此，请宽限三天！”

先轸答道：“三天内不送回装好棺木的尸首，别怪我们污辱你们的祖宗！”

曹共公果然命人把城上的尸骸收拾起来，放入棺木，三天内，装殓得整整齐齐。

中军将先轸定下计策，先命狐毛、狐偃、栾枝、胥臣整顿好兵车，分成四路埋伏，只等曹国开城门送棺木时，一齐攻打进去。到了第四天，先轸派人在城下大声叫道：“今天还我尸棺吗？”曹国人在城上答应：“请解除包围，退兵五里，那时就交还尸棺。”先轸禀告晋文公后，下令退兵五里。只见城门打开，装着棺材的车从四门推出。才出来三分之一，忽然听到鼓声大响，四路伏兵一齐冲出，因城门被车堵塞，慌忙中难以关闭，晋军乘乱攻入城中。

曹共公正在城墙之上，被晋国魏犨活捉。于朗跳下城楼企图逃跑，被晋国颠颉抓住斩首。晋文公带领众将登上城楼受捷，魏犨献上曹共公，颠颉献上于朗的首级，其余各将士也都有擒获。晋文公下令取来曹国众官登记簿，百名官员都有姓名，按簿收拿，一个也没有逃脱。登记簿中，唯独没有见到僖负羁的名字。有人说：“僖负羁因为劝说曹君求和，已经被削职为民了。”晋文公指着曹共公揭披他的罪行：“你们国家只有一个贤臣，你却不能任用，哪能不亡国呢？”晋文公喝令道：“囚禁在大营之中，等战胜楚国，再对他处理。”曹国众官，凡平日品行恶劣者，全部斩首，并抄没家中财产，用来奖赏军士。僖负羁对晋文公有赠饭之恩，因其家住在北门，晋文公便下令北门四周一带不许惊动，如果有人冒犯僖负羁家一草一木者，定当斩首！

却说晋国魏犨、颠颉二人，平常就有恃功骄横之意，今天见晋文公下令保全僖负羁一家，魏犨愤愤不满地说：“我们今天擒君斩将，君上并没有一言夸奖。一盘饭食，有多少恩惠，却如此厚待？真是轻重不分！”

颠颉说：“这个人如果在晋国做官，一定会被重用，那时我们就会被他欺压，不如现在放一把火烧死他，免除后患。即使君上知道了，难道真会将我们斩首吗？”

魏犨赞同道：“言之有理！”二人坐下饮酒，越喝越来劲。

等到夜深人静，魏犨、颠颉二人偷偷带领军士，围住僖负羁的家，前后门一起点起火来，一时火焰冲天。魏犨乘着酒醉，依仗神勇，冒着大火，在房檐上奔走如飞，要找僖负羁将其杀掉。谁知道房梁被烧，倒塌下来，“扑通”一声，魏犨失脚掉在地上，跌了个仰面朝天。只听得一声巨响，一根断梁落下，正打在魏犨的胸脯上。魏犨痛得说不出话来，顿时口吐鲜血。前后左右，火球乱滚，他只得挣扎着爬起来，攀着庭柱跃上屋顶，盘旋而出。魏犨满身衣服上都带着火，急忙脱得赤条条的，终于免了焚身之祸。他虽然勇猛，这时也疲劳不堪，摇摇欲倒了。碰巧颠颉赶到，扶他到空地上，把自己衣服脱下来给他穿上，一同上车，回营休息。

却说狐偃在城内，看见北门起火，慌忙带兵来看。见僖负羁家中着火，急忙令军士扑救。待到大火扑灭时，他家已烧得七零八落了。找到僖负羁，他已经被烟熏倒，不省人事。僖负羁之妻季姜抱着五岁的儿子逃到后院水池中，才得以幸免于难。狐偃打听到是魏犨、颠颉二人放的火，大吃一惊，不敢隐瞒，立即报给晋文公。

晋文公先到北门看望僖负羁，僖负羁睁开眼睛看一看，就瞑目而亡。晋文公叹息不已。僖负羁的妻子季姜抱着五岁的孩儿，哭着拜倒在地上。晋文公也不禁泪下，对她说：“你不必愁，寡人为你养育孩子。”当即授予怀中小孩为晋国大夫，嘱托众臣按时发放俸禄，并赠给金钱布帛，厚葬僖负羁。

当天，晋文公命令掌管军法的司马赵衰，诛杀魏犨、颠颉。赵衰谏道：“这两个人有十九年跟随君上周游列国之苦，且最近又立军功，将功折过，可以饶了他们。”

晋文公大怒说：“寡人之所以能取信于百姓，是因为有法令。臣不遵守法令，不可以说是臣；君不能对臣正法令，不能称为君。君不君，臣不臣，怎么能建国立业？众位为寡人立功很多，如果都可以违反法令，擅自做事，寡人从今以后就不能再下一道法令了！”

赵衰又说：“君上的话非常对，但魏犨天生勇将，其他人都比不上，杀了实在可惜！而且犯罪有首犯、从犯的区别，臣以为杀颠颉一个人，足够警告众人了，为什么二人都要杀掉呢？”

晋文公说：“听说魏犨胸部受伤起不来了，为什么怜惜早晚都要死的人，却不执行寡人的命令呢？”

赵衰说：“请让臣以君上您的名义去探视一下，如果他快死了，就按君上说的去做，假如仍然能够驰骋，就留下这员虎将，以备将来之用。”晋文公点头说好，便让赵衰去探视魏犨的伤情。

话说赵衰奉晋文公密令，坐车来看魏犨。因受伤而卧床的魏犨听说只有赵衰一人前来，便自言自语说：“这是来探察我生死如何，要对我施行刑法。我魏犨一生勇武，到死也不能丢了形象。”便命左右军士拿来一匹布帛，然后说道：“替我把胸伤裹起来，我要去见司马。”

左右军士劝道：“伤得如此严重，不应起床。”

魏犨大声喝道：“我的伤死不了，不要再多说了！”左右军士慌忙将魏犨扶起，用布帛将胸伤裹住。魏犨强忍疼痛，穿上服饰，出来见赵衰。

赵衰问：“听说你受伤了，还能起床吗？君上派我来问候你的伤势。”

魏犨说：“君上派的司马到了，我能不起来吗？我知道自己罪该处死，但如果能够获得赦免，我将用余生报答君上的大恩，绝不敢再放纵自己。”说完，魏犨向前跃了三次，向上跳了三次。

赵衰说：“请你保重身体，我为你向君上说情。”便回去向晋文公复命。

赵衰向晋文公奏道：“魏犨虽然受伤，但仍能跳跃，而且不失君臣之礼，不忘报效君恩。君上如能饶恕他，今后他一定会以死相报。”

晋文公喃喃说道：“假如能够伸张法令，警告众人，寡人难道乐意多杀人吗？”

晋文公命人将颠颉押到，他骂道：“你烧僖负羁家是什么用意？”

颠颉答道：“介子推割股啖君，还被烧死，何况僖负羁只贡献一盘饭了！臣想让他也归附介山的祠堂中！”

晋文公怒上加怒，愤愤地说道：“介子推逃避封禄，不愿做官，寡人有什么罪过？”便问赵衰：“颠颉主谋放火，违抗军令，擅自行动，该当何罪？”

赵衰答道：“按军法应该斩首！”

晋文公喝令动手。他又问赵衰：“魏犨与颠颉同行，没能劝阻，该当何罪？”

赵衰答道：“应该革职，令他立功赎罪。”晋文公便撤掉魏犨的军职。

处罚完后，晋军将士们互相议论道："颠颉、魏犨二人，有十九年随主流亡的大功，一朝违背法令，或被砍头，或被革职，何况别人了！国法没有私情，大家都应小心遵守！"自此以后，三军肃然，不敢有半点儿违令。

再说楚成王率楚国大军并郑、陈、蔡、许四国兵马征伐宋国，攻占了缗邑，直逼宋都睢阳，四面筑起大营围困，想等睢阳粮绝后投降。正当楚军团团围住睢阳时，楚成王接到卫国紧急求援，未几天，又接到卫国求救报告："如果救兵再不到，卫国就保不住了。"楚成王说："卫国新近依附楚国，不能不救。"便留下令尹成得臣率大夫斗勃、斗越椒、斗宜申等继续围困睢阳，自己率领中军亲自去救援卫国。

楚成王走到半路，听到晋军已从卫国攻到曹国。楚成王正在商量怎样救曹，很快又有探子来报："晋军已攻破曹国，活捉曹君。"楚成王大吃一惊道："晋国用兵，怎么这样神速！"始觉害怕，便派人去宋国，命令楚国令尹成得臣撤军，同时告诫众人说："晋君重耳在外十九年，备尝艰难险阻，上天成全他，让他领导晋国，使晋国大业兴盛，这些都不是楚国所能对敌的，因此对晋国要知难而退，适可而止。"楚成王安排完毕，便先率中军返回楚国。

楚国令尹成得臣接到楚成王的命令和告诫，心里甚是不解，他对众官说："宋国睢阳很快就要攻破了，为什么还撤退呢？"大夫斗越椒也认为成得臣说得有理，成得臣便派他回报楚成王："等我们攻下宋国后，再高唱凯歌而还。如果遇上晋国兵马，请让我们楚军与他们决一死战。如果不能取胜，甘愿军法处置。"

楚成王听后，召来在家养老的原令尹斗子文询问："寡人要召令尹成得臣回来，但成得臣却请求作战，你看如何是好？"

斗子文答道："晋国救宋国，其实是为了争当霸主。如果晋国当了霸主，肯定对楚国不利。现在能与晋国抗衡的国家只有我们楚国，如果楚国避让晋国，那么晋国就一定能当上霸主啦。曹国、卫国都是依附楚国的，如果看见我们避让晋国，一定会害怕而归附晋国。大王您不妨让成得臣与晋国互相对峙，以坚定曹国、卫国的信心，但大王必须告诫成得臣不要轻易与晋国交战，如果能讲和最好，这样仍然不失南北两分的局面。”楚成王听从斗子文的意见，吩咐大夫斗越椒，回去告诫成得臣不要轻易与晋军开战，能讲和就讲和。

令尹成得臣听了大夫斗越椒带回的上谕，很是高兴，更加急迫地进攻宋国睢阳，昼夜不停。

且说宋成公当初得到司马子固的回报，说晋国要征伐曹国、卫国，以解救宋国之围，便率军全力固守。等到楚成王分兵一半去救卫国，而成得臣的进攻却越来越急了。宋成公不禁心中发慌，思前想后，觉得国破了什么都没有了，还不如像郑国前臣祭足所倡导的蜥蜴那样断尾以求生存。宋成公便把宋国库藏的商彝等奇珍异宝，列出名册，派人秘密出城，献给晋文公，催促晋军赶快前来救助，只等楚兵一退，就照册交纳。

晋文公接到宋国紧急求援的信息，对中军将先轸说："宋国的情况已经很危险了！如果不去救援，就会丧失宋国；如果去救，就会与楚国发生战斗。先臣郄縠曾经为寡人策划说，与楚国交战一定要联合齐国、秦国才可以。现在齐、秦与楚国之间没有什么矛盾，他们都不会与我们合作，该怎么办呢？"

先轸答道："臣有一条计策，能让齐国和秦国自己主动来与楚国作战。"

晋文公很高兴地问："你有什么妙计？"

先轸答道："宋国送给我们的礼物，可以说够丰厚的了。接受贿赂去救援，我们还有什么道义？不如推辞不受，让宋国把送给我们的礼物分作两份，分别送给齐国和秦国，求这两个国家向楚国说情，解除包围宋国的楚兵。两国自认为能得到楚国的准许，一定会派使节去楚国。楚国如果不答应，齐、秦两国与楚国就有矛盾了。"

晋文公说："假若楚国答应了齐、秦两国的请求，宋国势必依附齐、秦，对我们又有什么好处呢？"

先轸答道："臣还有一计，能使楚国一定不会答应齐、秦两国的请求。"

晋文公问："你又有什么计策？"

先轸说："曹国和卫国，现在都是楚国的附属，而宋国与楚国对敌。我们已经驱逐卫君，活捉曹君，这两个国家的土地都在我们的掌握之中，而且与宋国相连。如果把这两个国家的土地割出一部分给宋国，那么楚国就会更恨宋国，绝不肯罢休。齐、秦虽然求情，楚国也不会答应，如此就激恼了齐、秦。这样，齐、秦就会怜惜宋国而憎恨楚国，即使不想和晋国合作也不行了。”

晋文公拍掌叫好，便把宋国送来的商彝等奇珍异宝名册分作两份，转献给齐、秦两国。

此时齐国齐孝公已去世，其子被公子卫开方杀死。当年齐宫“三贵”，竖刁被杀，易牙被逐不知所终，只有卫开方凭借奉迎谄媚和灵活多变存活到今。卫开方与齐孝公之弟姜潘相交甚好，便拥立姜潘即位，是为齐昭公。齐昭公接下礼单，便派人去见楚国令尹成得臣，为宋国说情。秦穆公也派使节到楚军中，请成得臣解去围宋之兵。就在这过程中，晋文公派人将卫、曹两国的两座城邑送给宋国，赶走了原城邑守吏。

齐、秦两国使节正在楚国令尹成得臣的军中替宋国讲和，恰巧那些被逐走的卫、曹两国守吏也赶到这里诉苦：“晋国把我国的土地分割给宋国了。”成得臣听后怒气冲天，对齐、秦两国使节说：“晋国、宋国这样欺负曹国和卫国，还怎么讲和呢？我不敢接受二位的建议，请不要怪我！”齐、秦两国使节讨个没趣，当即告辞回国。

晋文公听说楚国令尹成得臣没有答应齐、秦两国的请求，便派人在途中邀请两国使节到营中，盛宴款待。晋文公对齐使说：“让我们重温齐桓公在世时的友谊，愿齐、晋两国结盟，共同抵抗荆蛮。”晋文公又对秦使说：“寡人不敢忘记秦国的恩情，希望两国友好相处，共同对外。”晋文公又是齐婿，又是秦婿，与两国都是亲戚之国，宴会自然多了亲切氛围。宴席最后，晋文公对两位使节说：“楚国骄横无礼，来日我们与楚国交战，还希望两国出兵相助。”齐、秦两位使节领命而去。

此时，怒气冲冲的楚国令尹成得臣在军中向众人发誓说：“不收复曹国、卫国，就是死了也不收兵！”

有一名叫宛春的校尉献计说：“我有一计，可以不用一剑一矛，而归还曹国和卫国的土地。”

成得臣问：“你有什么计策？”

宛春答道："晋国驱逐卫君、活捉曹君，都是因为宋国的原因。令尹您可以派人到晋军中，好言相商，让晋国允许曹、卫两国国君复位，归还他们的土地，我们这里也解除对宋国的包围，双方停止战斗。"

成得臣又问："假如晋国不听又怎么样呢？"

宛春说："令尹您先把这件事告诉宋国，姑且暂缓进攻。宋国人想摆脱我楚国的包围，就像倒悬之人希望得到解救一样，肯定会努力劝说晋国。如果晋国不答应，不但曹、卫两国怨恨晋国，连宋国也会愤怒。联合三个怒火高涨的国家对付一个晋国，我们胜利的可能性就大大提高了。"成得臣很高兴，下令暂缓对宋国的进攻，派宛春为使前去晋军大营。

楚国宛春见了晋文公，向其说道："楚国有卫国和曹国，就像晋国有宋国一样。君主您如果能够恢复卫、曹两国，我军也愿意解除对宋国的包围，彼此和好，使生灵免遭涂炭。"

话还没说完，只见狐偃在一旁咬牙切齿地骂道："楚国做事好没道理！你解了一个还没灭亡的宋国之围，却要我们恢复两个几乎灭亡的国家，这秤杆两头不一样重呀！"

先轸突然想到什么，急忙踩了一下狐偃的脚，对宛春说："曹国和卫国的罪行还没有到灭亡的地步，我们国君也想恢复它们。请你先到后营休息，让我们君臣商量一下。"栾枝便带宛春去后营休息。

狐偃问先轸："你真要答应宛春的请求吗？"

先轸答道："宛春的主意是个圈套。"

狐偃不解地问："这话怎么讲？"

先轸答道："宛春想自己居功，把过失推到晋国身上。如果我们不听从这个建议，就会失去三国：宋、卫、曹，使他们怨恨我们。如果听从这个建议，恢复三个国家的功劳都是楚国的。现在最好的办法，莫过于私下答应曹、卫两国复国，离间楚国的同党，再扣押宛春激怒成得臣。听探子说，成得臣性情刚烈急躁，这种性格的人，一旦发现自己派出的使者被扣，一定会带兵前来与我们交战，那样宋国的包围也就不救自解了。"

晋文公听得清清楚楚，连忙称赞道："你的计策太妙了！"于是把宛春扣押，把跟他来的车马随从全都赶了回去，让他们传话给楚国令尹成得臣："宛春没有礼貌，已被囚禁起来，等拿到成得臣后，一同诛杀。"宛春的随从们抱头鼠窜，跑了回去。

晋文公依先轸之计，又派人告诉曹共公："我们晋国不会因为您的一点儿小过失而难为您。之所以没有释放您，是因为您依附楚国。您如果派人通知楚国与之断绝往来，表明您与晋国友好，我们晋国立即就送您回曹国。"曹共公急于获释，即使不相信，也没别的办法，当即给楚国令尹成得臣写信。晋文公又派人去襄牛见卫成公，也答应让他复国。卫成公很高兴，也给成得臣写信，内容和曹共公的信差不多。

却说楚国令尹成得臣听到宛春被拘的消息，大怒道："老贼重耳，当初在楚国，将你一剑砍了算了！"过了几天，曹、卫两国国君的信简来到。成得臣打开一看，全是和楚国断交依附晋国之类的话，气得他怒火万丈，大声叫道："这两封信，又是重耳老贼逼他们写的！重耳老贼，今天不是你死就是我亡，一定要一决胜负！"说罢，立即吩咐解除对宋国睢阳的包围，去找晋军交战。

大夫斗越椒劝道："大王曾经再三叮咛不要轻易与晋军开战。如果令尹执意要打，也应该向大王报告后再说，何况齐、秦两个国家，曾经为宋国求情，他们怨恨您不给情面，一定会派兵援助晋军。我们虽然有郑、陈、蔡、许四国帮助，恐怕仍然敌不过晋、齐、秦三国。必须派人去请大王增派兵将，方能作战。"

成得臣说："就麻烦您走一趟吧，越快越好。"斗越椒遵照成得臣的命令，去见楚成王。

楚成王不高兴地问："寡人告诫你们不要与晋军交战，成得臣一定要打，能保证胜利吗？"

斗越椒答道："成得臣有言在先：'如果不胜，甘受军法处置。'"

楚成王此时没了主意，不知如何是好，糊里糊涂中，只派一千人增援。成得臣的儿子成大心，见父亲面临危机，便聚集亲朋家仆共六百人，请求出战，楚成王同意。

斗越椒、成大心领兵来到宋国，成得臣看见援兵很少，心中更加愤怒，不由说道："即使不增兵，难道我就不能打败晋国吗？"当天便会同郑、陈、蔡、许四国兵马，拔寨而起。这一去，正中了晋国中军将先轸的计谋。

当晋、楚这两个南北最强国即将正面开战时，四方诸侯为之惊动，齐、秦两国派兵援助晋国。除参战九国外，最关心战局胜负的是鲁僖公。冬天即将过去，窗外阴雨连绵，鲁僖公在殿内不停徘徊，他想起了鲁国的往事——

鲁、齐相邻，鲁弱齐强，而齐动不动就兵临鲁境。这不，齐昭公稍有不满，就出兵讨伐鲁国，鲁国大夫臧文仲想写一篇文章，请求齐国退兵，但找不到适当的措辞，便请教鲁国大夫柳下惠。

柳下惠说："我听说，大国要做好小国的表率，小国要侍奉好大国，这样才能防备祸乱，没听说用言辞就能解决问题的。倘若小国自高自大，激怒大国，使它把祸乱加到自己身上，那么大难当头，言辞又有什么用处？"

臧文仲说："话虽这样说，但国家已经危急了，各种贵重的物品，只要可以送的，没有舍不得割爱的。希望凭着您的说辞劝动齐国，您能否试一试呢？"柳下惠被激，斟酌一番后，便让自己的弟弟展喜去慰劳齐国兵马。

展喜对齐昭公说："我们国君不才，让君主您非常生气，以致带兵来到我国的郊野经受风雨，所以派我斗胆前来慰劳贵国大军。"

齐昭公问道："鲁国害怕了吗？"

展喜答道："小人倒是怕了，但君子并不怕。"

齐昭公说："你们国家软弱，凭什么不怕？"

展喜答道："我们凭仗着周公姬旦和姜太公的职守。从前周天子对我们两国始祖周公姬旦和姜太公说：'你们要全力支持周王室，辅佐天子。现赐给你们土地，你们要用牺牲祭祀天地，并立下誓言，世世代代、子子孙孙互不侵害。'现在君主您来讨伐我国过失，目的也是让我们知错顺从，一定不会灭亡鲁国。因为凭仗这个，所以不怕。如果贵国贪图我们鲁国的土地，而抛弃先王的遗命，那样的话，还怎么能继承齐桓公的精神，称霸诸侯？"

齐昭公一听，满脸通红，于是同意讲和，退兵而还。但退兵后不久又有侵犯之意。面对齐国咄咄逼人之势，鲁国不得已与卫等国结交。当晋国伐卫、卫国有难时，鲁派援军救急，无奈晋军的势力太强，根本不是对手。

鲁僖公反复想，今晋、楚正面相逢，是晋胜，还是楚胜？是倒向晋，还是倒向楚？如果站错了队，后果会是很惨的。鲁僖公决定招来大夫臧文仲、柳下惠商议。当时鲁国虽有“三桓”之隐患，但也有肱股之臣，这臧文仲、柳下惠便是。有一年鲁国大旱，鲁僖公想焚烧巫师和残障之人以求雨，臧文仲力劝阻止，并提出了一系列抗旱保民的措施，鲁僖公采纳了他的建议。这一年，虽旱，但民众不饥。柳下惠夜里在城门借宿时，遇到一个无家可归的女子。当夜寒风呼啸，大雪纷飞。柳下惠怕她冻伤，让她坐在自己的怀中取暖，用衣服裹住她抱着她坐了一夜，却没有发生丝毫不正当的行为，世人皆敬佩柳下惠。某日，齐国派人向鲁国索要传世宝鼎——岑鼎。岑鼎，三足双耳，腹略鼓，底浑圆，四周纹饰，浮雕兽面，云纹填底，乃建国之宝。鲁国舍不得，却又怕得罪强横的齐国，遂打算以一假鼎冒充。齐国人也不知道这鼎是不是真的，但他们相信以真诚正直闻名天下的柳下惠。齐国人说：“我们不相信你们，只相信柳下惠。如果他说这个鼎是真的岑鼎，我们才放心。”于是鲁国让柳下惠去说这假鼎是真岑鼎，柳下惠果然真诚正直，他说：“信誉是我一生唯一的珍宝，我如果说假话，那就是自毁我的珍宝。以毁我的珍宝为代价来保住鲁国的珍宝岑鼎，这样的事我干不了。”鲁国无奈，只得将真岑鼎送往齐国。

且说鲁僖公见到大夫臧文仲、柳下惠后，说出了自己的隐忧。臧文仲说：“今晋、楚势均力敌，决定胜负的是两军将领的计谋和将士的情绪。现相隔甚远，实不能判断晋胜还是楚胜。”柳下惠说：“楚胜则好，如晋胜，则必来报助卫挡晋之仇，这是决定鲁国命运的关键时刻。”君臣商讨良久，也无好的计策。此时，鲁僖公脑中冒出一计，他知道如果对臧文仲、柳下惠说出，必会遭到反对，便等二人退下后，再作安排。

上天在送给鲁国忠臣时，也送给了鲁君奸诈。一正一反，便会平衡。在晋、楚胜负之数依然不明朗时，鲁僖公玩出一样绝技，不禁让人拍案称奇。他命人杀了率军援卫的公子姬买，派使节对晋国说：“公子姬买违反军令私自带兵助卫，和鲁国国君无关，所以杀了他表明鲁国对晋国没有敌意。”又派使节对楚国说：“公子姬买作战不力，没有好好帮助卫国打仗，所以杀之。”晋、楚面临生死大战，无暇追究那么多，那么细。晋、楚两国在接见了鲁国使节后，均消除了对鲁国的抱怨。当晋、楚等九国即将大战的时候，玩弄两面手法的鲁国安然作壁上观！

话说晋、楚即将正面大战，晋文公召集诸将，询问如何应敌。

先轸说："本来我们的计策就是把楚军招来，挫败他们。这楚军自从围困宋国直到现在，一直没能好好休息，兵马已疲惫不堪了。一定要打，不能失掉良机！"

狐偃说："君上当年在楚王面前曾经说，异日与楚军在战场上相见，要退兵三舍。现在马上与楚军交战，如果不退避三舍，便是言而无信。君上从前不失信普通人，现在难道要对楚王失信吗？所以一定要退避。"

众人都不高兴地说："晋君躲避楚臣，这是奇耻大辱！决不能这么做！"

狐偃说："成得臣虽然是楚臣，并且蛮横凶狠，但信义不能丢。我们避的是楚军，而不是成得臣。"

众人又问："倘若楚兵前来追赶，那该怎么办？"

狐偃说："如果我们退兵，楚国也退，一定不会再围困宋国了。如果我们退而楚军追击，那么是楚臣逼迫晋君，他们礼亏。这样的话，他们骄傲浮躁，而我军人人愤怒，又怎么会不胜利？"

晋文公称赞说："舅父的话有理！"便传令三军全部后退。

晋军与齐军、秦军一直退了三舍共九十里，来到城濮，晋文公方令安营休息。自楚军暂缓对宋国睢阳进攻后，宋成公还未来得及派人劝说晋国，不料宋国睢阳之围就解了。宋成公不由暗叹"断尾"之奇效，派司马子固到晋军中拜谢，并按约将商彝等奇珍异宝，分送齐、秦两军，另率部分宋军助战。

却说楚军见晋军移师后退，都面露喜色。楚国大夫斗越椒说："晋君重耳以堂堂国君躲避楚国大臣，对我们来说已经是很荣耀的事了。不如借此机会收兵，虽然没有功劳，也免去了罪名。"

楚国令尹成得臣生气地道："我已经请大王添兵加将，如果连一仗都不打，回去怎么向大王交代？晋军既然后退，必是害怕我军，应该快速追击！"即刻传令乘势进军。

楚军追了九十里，便与晋军相遇。成得臣察看地势，凭借山泽险阻，将楚军分成中、左、右三军，令斗宜申统领左军，斗勃统领右军，自己与斗越椒统率中军。

晋国众将校对中军将先轸说："楚军占据险要，难以进攻，我们应该派兵抢占要地。"

先轸答道："占据险要是为了防守，成得臣远道而来，是为了交战而不是防守。虽然临时占据险要，又有什么用呢？"

这时晋文公也对能否战胜楚军表示怀疑，狐偃劝慰道："现在两军相对，其势必战，别无选择。一战而胜，可以称霸诸侯。即使战而不胜，我晋国'表里山河'，即外有大河，内有高山，如此天险作为屏障，足以自保，楚国能对我们怎么样呢？"

晋文公仍然犹疑未决，良久说道："楚国有恩于寡人，这怎么办？"

栾枝在旁，上前答道："汉水附近与君上同宗的姬姓诸国，被楚国吞并得差不多了。想着小恩小惠，而忘记大耻大辱，这样做不可取。"晋文公点头称是。

当天夜里入睡，晋文公做了一个梦，梦见与楚成王徒手搏斗，自己气力不够，仰面跌倒在地上，楚成王伏在自己身上，打破了自己的脑袋，用口吸吮。晋文公惊醒后，十分害怕，便把狐偃叫来，告诉他这个梦，并担心地问："梦中与楚王相斗不能取胜，并被他吸干脑髓，这恐怕是个不好的兆头吧？"

狐偃想了想，乐呵呵地称贺道："这是大吉大利的预兆呀！君上一定能取得胜利！"

晋文公不解地问："为啥说大吉大利呢？"

狐偃答道："君上仰面倒地，是得到上天；楚王伏在身上，是伏地请罪。君上把脑袋给楚王吸吮，是用大脑征服楚王，这不是胜利是什么呢？"晋文公这才释去疑虑。狐偃劝晋文公好好休息后，便走回自己营帐。

路上，狐偃暗暗乞求上天，保佑晋军获胜。对晋文公的梦，狐偃也很惊奇，不知预示何兆。只是大战在即，不论什么梦，他都只能往好的方面去解释，这样才能让晋文公充满抖擞的精神和昂扬的斗志。

大战前夕，勇猛的楚国令尹成得臣同样睡眠不好。他也做了一个梦，梦见自己站在兵车上，前面的战马佩戴着自己刚刚用美玉装饰的马冠，突然黄河之神对自己说："把这马冠送给我吧，我会赏赐给你宋国孟诸的沼泽地。"成得臣立刻醒了。

第二天天亮，儿子成大心过来问候，恰巧大夫斗宜申也前来拜见，成得臣就把这个梦说给二人听。

成大心说："既然黄河之神要这顶马冠，就送给他吧。"

斗宜申说："把宋国孟诸送给你，就意味着我们会战胜晋军，送吧。"

成得臣说："我确实有这样一顶马冠，刚刚做好，我自己都没用呢，干吗要送给他？"

斗宜申说："如果对国家有利，人都可以去牺牲，何况是顶马冠！即使镶嵌着美玉，也只不过是粪土。假如送给黄河之神，他就能帮助我军得胜，又有什么可以吝惜的？"

成得臣想了想，还是不听，他太喜欢这顶新做的马冠了。成得臣说："这些年来，楚军如同出鞘利剑，到处砍伐枯枝败叶，不断后退的晋军有什么可怕的？"他此时认为楚军必胜，便不听成大心和斗宜申的劝说，命人给晋文公下战书。

晋文公打开楚军战书，只见上面写着："请与君的军士做角力游戏，君可以登车观看，成得臣也能一饱眼福。"狐偃知晓后，立刻评论道："战争，本是危险之事，成得臣却说游戏，可见他不把与我军交战当回事。轻率应战，楚军能不失败吗？"此时，晋文公更加坚信能胜楚军，便令人回书："寡人没有忘记楚国的恩惠，因此退避三舍，不敢和楚军对阵。如果你一定要观看战斗，寡人怎敢不从？请明日相见。"

楚国信使离开后，晋文公便命中军将先轸调度兵马，准备应战。不算齐、秦、宋，仅晋军就有兵车七百乘、精兵五万人。晋文公见大军进退有序、威严齐整，不楚感叹道："这是郄縠的功劳呀！用这样的兵马足能战胜敌人了。"先轸分派兵将，令狐毛、狐偃带领上军，同秦军一起进攻楚国左军。令栾枝、胥臣带领下军，同齐军一起攻击楚国的右军。先轸一一授予计策。自己带中军，会同宋军，结成阵势，与楚国令尹成得臣对峙。另外安排接应兵马，以备后用。这时魏犨的胸伤已好了，他自己请求做先锋，先轸说：“您另有重任，从这里向南，有一个地方名叫空桑，与楚国连谷接壤，您可以带领一支兵马，埋伏在那里，截断楚国败兵的退路，擒拿楚将。”魏犨高兴地去了。赵衰等一班大臣，保护晋文公，在山上观战。先轸又命大夫舟之侨在黄河之南整顿船只，准备装载楚军的轻重物资，到时不得延误。

第二天一早，晋军、楚军南北对阵，排好阵势。楚国令尹成得臣站在兵车上，甚是威风，这兵车由四四马牵引，战马佩戴着他喜爱的镶玉马冠。成得臣站在兵车上传令楚军：“左右两军先进攻，中军随后。”

晋国下军栾枝，打听出楚国右军是以陈、蔡两军为前队，高兴地道：“先轸私下对我说，陈、蔡两军害怕战斗，容易击破。先挫败他们，楚右军就不攻自破了。”当下便命晋兵诱敌深入，当楚国右军进入包围圈，胥臣率领一列大兵车冲出，驾车的马都用虎皮蒙背。陈、蔡两军的战马一见，以为是真虎，惊惶跳跃。驭手控制不住，楚国右军乱作一团，斗勃不能控制。晋国下军乘乱追杀，楚国右军大败，死者横七竖八，不计其数。

晋国栾枝又派军士扮作陈、蔡军士，拿着他们的旗帜，去向楚国中军报告说：“右军已经得胜，请楚军快速进兵。”楚国令尹成得臣登车观看，只见晋军往后跑，烟尘冲天，大喜过望，随口说道：“晋国下军果然败退了！”原来晋国下军伪装败逃，那烟尘满天是栾枝命人砍下树木、拴在车后，车马飞驰所致，意在哄骗楚中军、左军贪功轻敌。成得臣上当，急忙催促左军奋力前进。

楚国左军与晋国上军只战了一刻，狐偃就率晋国上军回车便跑，大旗也往后退。原来狐偃佯装战败，以图全歼楚国左军。斗宜申真以为晋军溃败，带领楚国左军以及郑、许两国军士，一同追赶。忽听鼓声震天，狐毛带领一支精兵，从半腰里横冲过来，把楚国左军分为两半。狐偃率晋国上军返回再战，两面夹攻。楚国左军大乱，斗宜申亦不能控制。郑、许两国军士抛弃车马器械，翻山而逃。

却说楚国令尹成得臣自恃勇敢，忘记了楚成王的告诫，听说左右两军都进军顺利，便令中军击鼓，向晋军大阵冲来。成得臣振臂呼喊：“兄弟们，今天绝不让一个晋兵活着，冲！”双方混战成一团，直杀得昏天暗地。却说晋国上、下军分别取胜后，如狼似虎，向楚国中军围杀过来。此时，成得臣才得知左右两军已被击溃。他顿生惧意，无心再战，连忙传令收兵。无奈晋兵加上齐兵、秦兵、宋兵众多，把楚军围困在十几处。成大心率领六百亲兵，以一当十，拼命保护父亲成得臣突出重围。斗越椒生得虎背熊腰，吼声如狼叫，有万夫不当之勇，见成得臣发令，便也突围而去。

晋文公本是仁义之人，站在山上看见晋军得胜，忙令人通知中军将先轸传令各军："只把楚兵赶回楚国即可，不必杀戮太多，伤了两国情谊。"先轸因此止住诸军，不再追赶。

郑、陈、蔡、许四国兵马，损兵折将，各自逃回本国去了。

却说楚国成得臣、成大心和斗越椒突出重围，急忙奔向楚军大寨，忽然前哨报："寨中已竖起晋军旗号了！"原来，晋国接应兵马占了大寨。寨中的辎重粮草，也全被他们占去了。

楚国令尹成得臣不敢再往前行，只得绕道返回楚国。路上遇到了斗宜申、斗勃等残兵败将。他们逃到空桑地面时，突然听见鼓声阵阵，原来是晋国魏犨率兵在此等候。此刻，楚国残兵败将哪有不丧胆销魂的！魏犨正要下令进攻，忽见晋国传令兵飞车而至，高声大喊："君上有令，放楚人回国。"魏犨虽勇猛，但自从在曹国获罪受罚后，便已经规矩很多，当下住了手，命军士们分开，让出道来。魏犨呵斥成得臣等人："饶你们一命，还不快走！"成得臣等疾奔而去。

回到楚国连谷，令尹成得臣清点人马，幸存者十仅一二，成得臣心爱的镶玉马冠也不见了，斗宜申哭笑着说："或许混战时被黄河之神取走了。"成得臣欲哭无泪，他平静地对属下说道："我本打算为楚国扬威万里，不料想中了晋人的诡计，遭此败绩，我还能推脱罪责吗？"说完，命人将自己和斗越椒、斗宜申、斗勃等将领囚禁起来，另让儿子成大心率领残部去见楚成王，代为请求死罪。

楚成王已知楚军惨败，见了成大心，怒火中烧，喝问道："令尊有言在先，'不胜甘当军法处置'，现在还说什么呢？"

成大心叩头说道："我父亲自知其罪，意欲自杀，我竭力劝阻，要他听从大王处罚，以便申扬国法。"

楚成王说："楚国法令威严，各位败将尽快自杀，别脏了寡人的斧钺！”成大心见楚成王没有怜惜赦免的意思，号啕大哭，派人赶回连谷，报告成得臣。

成得臣哀叹道：“纵使大王赦免我，我又有何脸面去见父老呢？”便拔出佩剑，自刎而死。

且说少年蔿贾在家，问父亲蔿吕臣：“听说令尹成得臣兵败城濮，是真的吗？”

蔿吕臣答：“是真的。”

蔿贾又问：“大王怎么处置他呢？”

蔿吕臣道：“成得臣和众将请求处死，楚王听任他们自杀了。”

蔿贾道：“成得臣刚愎自用，难以独当重任，但如果让智谋之士辅佐他，刚强不屈的成得臣便可建功立业。如今虽然兵败，将来能报晋仇的，非成得臣莫属。父亲为什么不进谏，去保住他呢？”

蔿吕臣说：“大王恼怒至极，说了也无用。”不禁叹了口气，起身就要离开。

蔿贾拉住蔿吕臣，又说道：“父亲不记得巫师矞似的话了？”

蔿吕臣道：“你说来听。”

蔿贾说：“巫师矞似擅长相面，大王还是公子时，巫师矞似曾说大王与成得臣、斗宜申，日后不得好死。如果成得臣、斗宜申自杀，就会使巫师矞似的预言应验，所以大王不会让二臣自杀的。大王盛怒之下，或许忘了巫师矞似的预言了。父亲如提及此事，大王一定会保留二臣。”蔿吕臣认为儿子蔿贾言之有理，立刻去见楚成王。

蔿吕臣提醒楚成王道：“大王可记得巫师矞似的话？”楚成王猛然惊醒，迅即令成大心火速传达命令：“败将一律免死！”等命令传到连谷，楚国令尹成得臣刚刚死去。斗宜申拟悬梁自缢，在自缢前对将士们说：“不是黄河之神要让令尹打败仗，而是令尹自恃勇猛、顽固不化、自讨失败。”斗宜申因身躯肥大，悬梁上的布帛断了。斗越椒、斗勃等人将斗宜申扶起来，放声大哭。恰在此时，楚成王的免死令到了。

成大心殓葬了成得臣的尸首。大夫斗越椒、斗勃、斗宜申等谒见楚成王，拜谢不杀之恩。楚成王得知成得臣已死，懊悔不已。他便命蔿吕臣为令尹，成大心、蔿贾为大夫。

斗子文赋闲在家，听到成得臣兵败，叹息道：“真不出蔿贾所料！

我的见识竟然不如小孩！”吐血数升，卧床不起。临终前，将儿子斗般叫到床前，嘱咐道：“我存世时间不多了，只有一件事嘱咐你。斗越椒，虎熊之貌，豺狼之声，这是灭族的命相。我看当今令尹蒍吕臣体弱，不会长寿，将来在楚国执政的，不是你就是斗越椒。我死后，如果楚国政局不稳，斗越椒掌权或者图谋掌权，你要逃走，不能受他祸害。”斗般再三叩头，接受父命，斗子文就这样去世了。

再说晋文公打败楚军以后，移师驻扎在楚军大寨。寨中遗留下的粮草很多，各路人马正好借以为食。众人开玩笑说：“这是楚人设宴招待我们。”此刻，狐偃悬着的一颗心终于放下，暗叹道：“原来梦是反的呀！”晋文公对狐偃说：“舅父解的梦果然应验了，来，我们去畅饮，一醉方休。”众人皆乐。庆功宴结束后，晋文公拿出一半的战利品相赠，齐、秦两军高奏凯歌，班师回国，宋国司马子固也率本国人马返回宋都睢阳。

晋文公率军到了黄河之南，却不见先轸早先派出联络舟船的大夫舟之侨。原来舟之侨被派到黄河南部收集船只，恰巧接到家里的消息，妻子重病。舟之侨猜想晋、楚两军相持，必定时日长久，未必马上就能班师，因此借机回去看看。不曾想晋军到城濮大败楚军，再到黄河南岸，前后不出六天。因耽误晋军渡河，晋文公大怒，下令军士四处搜罗民船。先轸阻拦道：“黄河南部百姓，听说我们打败楚国，谁不惊恐？假使进行搜捕，百姓必然会逃匿，不如重赏募集船只。”晋文公答应。于是，晋军在兵营门口张榜悬赏，百姓闻听后争相应募，一时间，河岸下密密麻麻，舟船如蚁，大军顺利地渡过了黄河。

十二　晋文公称霸

晋军渡过黄河后，远远地看见一队车马，簇拥着一位显贵驶来。原来周襄王听说晋文公在城濮战胜楚军，使中原得以安定，便决定亲自前来犒劳晋国三军。当年，周襄王父亲周惠王打算将王位传给周襄王弟弟姬带，秘密让郑文公弃齐从楚，促成此事。虽然周惠王的这项计划落空，但自此周襄王对楚国有了成见。今见晋国打败了楚国，周襄王便十分高兴。这位显贵就是派来通报周襄王打算的王子姬虎。

晋文公问众臣："天子屈尊前来慰劳寡人，应该怎样以礼相待？"赵衰道："离这里不远，有个地方叫践土，那儿地势平缓宽阔，可连夜在那儿建造行宫，然后由君上引领各国诸侯迎接天子，举行朝见，便不失周礼。"晋文公于是同王子姬虎商量好五月初一，在践土迎候周襄王，王子姬虎告辞回去。

就在这时，晋文公闻听楚国成得臣自杀，便高兴地对群臣道："战胜楚军后，虽然寡人表面与大家同乐，但内心也忧虑。因为楚国成得臣还在，忧愁还不能算完结。困兽犹斗，何况是一国令尹呢？成得臣如不死，势必想着报复晋国。此等勇猛之人，是晋国的忧患呀！如今忧患已了，没有人来同晋国作对了，寡人可以睡安稳觉了。"众人皆祝贺晋文公。

晋军加上百姓昼夜施工，仅一个多月，践土行宫就建成。晋文公发函给各国诸侯："五月初一，请到践土聚齐，朝拜天子。"各国诸侯收到信函后，反应不一。不用说，宋成公、齐昭公率先赶到践土。机敏的鲁僖公也提前到来，见到晋文公，极尽谄媚之辞。陈穆公、蔡庄侯，这些楚国往日的盟友，害怕被追究罪责，也急急赶来赴会，此时，陈宣公、蔡穆侯早已去世。其他一些小国，也早早来到。秦穆公虽然和晋联兵打楚，但从没与中原会盟过，犹豫再三，没有到会。此时，卫成公出走到襄牛，曹共公还被拘留，均没赴会。

到了五月初一这一天，周襄王来到践土。晋文公率各国诸侯，早在三十里外相接，将周襄王迎进行宫。周襄王登临大殿，诸侯跪拜叩首，晋见天子。周襄王高兴地说："自从齐桓公去世以后，荆楚日益强盛，侵扰中原，靠晋君仗义征讨，剪除祸患，保住了中原的平安。"晋文公又重新叩拜稽首，奏道："重耳有幸打败楚国，全仗了天子的威灵，重耳又有什么功劳呢？"谦虚归谦虚，功劳是明摆着的。周襄王赏赐给晋文公大辂车、戎辂车、红弓矢、黑弓矢。此外，他还赏赐虎贲勇士三百，同时命晋文公："敬服王命，以绥四国，消除王室祸患。"对于周天子的恩宠，晋文公辞谢三次，然后才接受旨意。

周襄王又命王子姬虎主持，册封晋文公为盟主。晋文公设下盟坛，约各国诸侯盟会。晋文公首先登上盟坛，手持牛耳，诸侯随后，依次而上。王子姬虎宣读誓词："参加同盟，辅助王室，彼此不相伤害。如有违背盟约，神明诛杀，祸及子孙！"诸侯齐声道："我等遵命！"说罢，各自上前，歃血为盟。

既然成为盟主，在众诸侯面前，就要有礼品发出。狐偃向晋文公建议道："曹君已被我俘获，但曹国位于东方，与晋国不交界，相隔甚远，今可将曹国之地分给与会之国，以显盟主之恩威。"晋文公点头同意，即将部分曹地分给与会诸侯，众诸侯无不欣喜异常。刚刚联卫抗晋的鲁僖公因其狡猾，亦成为这次曹地分割的受益国。

鲁僖公归国后，即派大夫臧文仲前去受领。臧文仲途中宿在重邑的馆舍。馆舍看门人是个奴籍，但却见识不凡。他对臧文仲说："晋国刚刚称霸，想加固诸侯对它的信服，所以削减得罪霸主的曹国之地分给诸侯。诸侯无不希望分到土地，一定会争先恐后地去亲近晋国。晋国未必按照诸侯间原来的等级次序来分配，一定会给先去的人便宜，您不能不火速前去。鲁国按等级次序本来就排在前面，如能抢先到达，其他国家谁还敢企望与鲁国相比？倘若您稍稍歇息，恐怕就失去大好机会了。”臧文仲认为言之有理，当即急急赶去。

果然，鲁国在众诸侯中分得的土地最多，获得了济水之西大片田地。

回到鲁国复命后，臧文仲向鲁僖公奏道：“土地分得这么多，是重邑馆舍看门人的功劳啊。俗话说，行善者虽贱亦赏，行恶者虽贵亦罚。现在由于看门人的一句话而扩大了我们国家的疆土，他的功劳再明显不过了，请君上奖赏他。”鲁僖公听从了臧文仲的建议，便命人烧掉这个看门人的奴籍丹书，并赐给他爵位。

再说晋文公接受册封以后，凯旋回国。勇士、弓箭排列整齐，甚是威武。晋国百姓扶老携幼，争相观看晋文公回国之威仪。晋国百姓在竹篮里盛满了干粮，壶里装满了水，迎接大军。赞叹之声，不绝于耳。

晋文公回国上朝，论功行赏，推狐偃为首功、先轸第二。众官员问晋文公道：“城濮之战，施计打败楚军，都是先轸的功劳，现在反推狐偃为头功，为什么？”晋文公道：“城濮之战，先轸说必须迎击楚国，不要失去进攻敌人的机会。狐偃说必须退让楚国，不要失去信义。两人都有巨功，但战胜敌手，是一时的功劳；保全信义，是万世的利益。怎么能将一时的功劳，置于万世利益之上呢？所以先推狐偃。”众官员心悦诚服。有赏有罚。先轸派去筹集舟船的舟之侨渎职，被定为死罪。舟之侨辩解说是因为妻子有病，请求从宽发落，晋文公怒斥道：“众将士自身不顾，何况妻子呢？”喝令斩首示众。如此赏罚分明，三军折服。

当年，狐突与荀息都为晋国先世子申生部下，两家交情深厚。看准机会，狐偃向晋文公奏道：“晋国先臣荀息死于幼君卓子之难，忠贞可嘉，应录用他的后代，以激励臣子操守忠心。”晋文公应允，乃召荀息之子荀林父为大夫。此时，晋国兵多将广，没有诸侯能与其抗衡。

晋文公身为盟主，自然要召集盟会。他与众臣商议，狐偃说：“盟会就要有议题，可用平定卫国之乱为题。”狐偃接着向晋文公讲述了卫国的情况——

卫成公听说楚国战败后，十分害怕，便从襄牛逃到了陈国。有人在卫成公面前造谣说："大夫元咺已立公子叔武做国君了。"卫成公恼羞成怒，不辨真假，便把跟随在自己身边的元咺儿子杀掉了。大夫元咺听说后，吞下冤屈，没有背叛卫成公，而是一如既往地侍奉卫叔武在国摄政。见晋国没再讨伐卫国，卫国大夫宁俞等人便去迎接在陈国的卫成公回国。卫成公等人秘密潜回时，卫叔武正在洗发，闻听卫成公回国，他很高兴，用手抓着头发跑出来，不料却被卫成公的卫兵误射而死。大夫元咺实在忍受不下去，便逃亡到晋国，求见狐偃。

晋文公闻听卫国的离奇变动，不由感叹道："寡人身为盟主，一定要给卫国一个公道。"赵衰说："会盟就要有个合适的地方，现温邑已归晋国，当年，姬带与后叔隗曾在那儿居住，馆舍齐全。如果与诸侯会盟，温邑最适宜。"晋文公非常赞同，当即向各国发出邀请，约定冬季在温邑会盟，并特地给秦穆公另书一信，邀其参与中原事宜。

秦穆公召来众臣商议，上卿百里奚奏道："秦国弱时，偏安一隅。今秦国沃野千里，自当问路中原。"秦穆公甚是兴奋，便决定与会。

卫成公也接到邀请，但不敢赴会，派大夫宁俞代其到温邑。

到了冬季会盟这天，晋文公、秦穆公、齐昭公、宋成公、鲁僖公、蔡庄侯并一些小国国君在温邑会合。

面对各国诸侯，卫国大夫元咺哭诉卫成公之无情无义，大夫宁俞身为卫成公代言人，一一辩解。宁俞说："我国君上知道公子叔武无辜后，痛苦不已，杀掉了射杀公子叔武之人，非无情无义也。"晋文公怒道："人死不能复活，其罪怎能开脱？"众诸侯一起商议，多数认为元咺胜诉、卫成公当诛。鲁僖公曾与卫成公结盟，此次来温邑，已受卫成公所托，便出面说道："卫君当诛，但应交周天子处置。"众诸侯都说有理，晋文公便只好依众人之言，遣人到卫国，通知卫成公到洛阳领罪。

卫成公慑于众威，不敢不去。晋文公又派卫国大夫元咺回到卫国，扶立公子卫瑕执掌国政。念大夫宁俞其忠，赦免了他，让其去洛阳为卫成公送衣食。

秦穆公在温邑与晋文公依依分别，秦穆公说："他日如有军旅战事，晋国出兵，秦国当相助。"晋文公也说："如秦国出兵，晋国也当相助。彼此同心协力，绝不坐视不管。"会盟结束，众诸侯各自回国。

此时，曹共公还被拘禁。为了获释，便派一能说会道的内侍寺人犁携带厚礼前往晋都绛城活动。恰逢晋文公积劳成疾，梦见一个盛装的妖怪向他讨饭，晋文公呵斥起来，那妖怪便退去了。有此梦后，晋文公的病势愈加严重了，便传令神算子卜偃占卜吉凶。

寺人犁乘机将重礼送给神算子卜偃，请他借鬼神替曹共公求情。卜偃心里道："我本来就要劝君上履行信诺，释放曹君，没想到他竟然派人找上门来了。"便答应了寺人犁的请求。

见到晋文公后，神算子卜偃奏道："齐桓公主持会盟而封异姓国家，现在君上主持会盟而灭同姓国家。曹国国君，与君上您本是姬姓同宗，会合诸侯而灭掉兄弟之国，是不符合礼仪的。曹国和卫国一样被伐，之后君上答应让他们复国，现在只有曹国不能复国，这是不讲信用的。罪过相同而惩罚不同，这是不符合刑律的，因此惊动鬼神，让君上患病。如果君上想康复，当释放曹君。"晋文公相信卜偃的神算，便立即传令恢复了曹共公的君位，割让给宋国的田地，也归还给曹国。

曹共公被释，写信向晋文公致谢。晋文公心情一高兴，病也好了。

身体康复后，晋文公想起了当年的流亡生涯，便对赵衰说："曹、卫之耻已经雪了，只有郑国的仇没报，你有什么办法？"

赵衰答道："郑国是中原的咽喉之地，所以齐桓公要统领天下，每每必争夺郑国之地。今郑国坚定依附楚国，而拒绝参加我晋国两次会盟，可以讨伐。"

晋文公遂上朝对群臣讲："郑国无视盟主号召，频频向楚王进献诚心。寡人打算联合诸侯兴师问罪，你们看怎么样？"

狐偃说："当联合哪路诸侯？"

晋文公说："温邑会盟时，秦国说秦、晋联动，这次去，可以联合秦国。"

先轸奏道："征讨郑国，晋国力量足矣。如果同秦国一道讨伐那里，还会出现争抢问题，不如只用本国兵马。"

晋文公说："郑国邻近晋国，而远离秦国，秦有什么利可图？"便差人出使秦国，将出兵日期告诉秦穆公。

晋文公临出征时，叫郑国公子姬兰随同前往。这姬兰就是当年梦见神人赠送兰草的燕姞所生。虎毒尚且不食子，可郑文公在杀了儿子姬华、姬臧后，又杀了三个，六个儿子只剩下一个姬兰了，他不得已逃亡到晋国，官至晋国大夫。晋文公即位后，姬兰左右周旋，忠诚谨慎，很得晋文公喜欢。晋文公此行，要请他做向导，姬兰推辞说："郑是下臣的祖国。君上要征伐郑国，下臣不敢参与这事。"晋文公说："你真是不忘本呀！"便留姬兰在晋国国内。见姬兰不忘本，晋文公便有了扶持他做郑君、让郑亲晋背楚的打算。

秦穆公率领百里奚及秦军，晋文公率领狐偃及晋军，将郑国都城新郑围得水泄不通，急得郑文公手足无措。

郑国上卿叔詹献计道："秦、晋联合出兵，势头十分锐利，不能与之相争。当下唯一可行之计，是求得一个巧舌善辩之人，去劝说秦君，使他退兵。秦国如果退兵，晋国的势力也就孤立了。"

郑文公问："谁可以去游说秦君呢？"

叔詹答："烛武可以。"

郑文公问："这个人是谁？"

叔詹答："一个养马吏，年过七十，口悬江河，舌摇山岳，请君上予以恩赐，派他去游说！"郑文公便召烛武入朝。

烛武很快来到，只见他须发斑白，脊背佝偻，步履蹒跚，朝堂上的人看了无不含笑。烛武拜见了郑文公，奏道："君上召老臣有什么事情？"

郑文公说："听说你舌辩过人，烦请你说退秦军，寡人将同你一道执掌国事。"

烛武又拜了拜，推辞说："老臣才疏学浅，在青壮年时，尚不能建立尺寸功劳，何况如今衰老了，精疲力竭了，怎能去说动千乘兵车呢？"

郑文公道："这么多年来，你不被重用，是寡人的过错。今天封你为大夫，请你务必前去走一趟。"

叔詹在一旁帮着说道："君上任你为大夫，你就不要再推辞了。"于是烛武受命而去。

军士用绳子将烛武从城上放下去，烛武径直奔向秦营。秦兵把守寨门，不许他进去。烛武就在营外放声大哭。秦兵将他擒拿，去见秦穆公。

秦军营帐内，秦穆公问："你是谁？"

烛武说："郑国大夫烛武。"

秦穆公问："你为何事而啼哭？"

烛武说："哭郑国将灭亡了！"

秦穆公又问："你哭郑国灭亡，怎么能在我们寨外？"

烛武说："我哭郑国，同时也哭秦国。郑国灭亡了不足惜，只可惜的是秦国呀！"

秦穆公大怒道："胡言乱语！"

烛武面无惧色，一字一句地说道："秦、晋两国合兵攻郑，郑国灭亡，不必说了。可郑国灭亡，对秦国有害无益呀！"

秦穆公说："你说有害无益，从何说起？"

烛武答："郑国在晋国的东面，秦国在晋国的西面，东西相距千里之遥。秦国往东，隔着晋国，往南隔着周王室直辖的王畿之地，能穿越周、晋而拥有郑土吗？郑国虽然灭亡了，每一尺土都归晋国所有，这对秦国有什么好处呢？秦、晋两国，毗邻并立，实力不相上下。晋国越强，相对来说秦就越弱。替他国兼并土地，以削弱自己国家，聪明的人决不会干这种事情。当年，晋惠公曾许诺将河西五城让给贵国，可他早上渡河归晋，晚上就筑城拒秦，这是君知道的。君对晋国施恩数年，见过晋国对君有分毫的报答吗？晋国的欲望是不能满足的，现在晋国已想把郑国当作东部疆土，以后还会扩张西部疆界。到时不侵损秦国，晋国又从哪里取得它所企求的土地呢？当年，晋国假虞伐虢，愚蠢的虞君姬棵帮助晋国灭亡了自己，请君引以为鉴呀！现今晋国对秦国的利用，后果不堪设想，所以我既哭郑又哭秦呀！"

秦穆公静听良久，叹了口气道："大夫的话说得对呀！"

百里奚此时在旁，向秦穆公说道："烛武是个狡辩的人，要离间我们两国友好，君上不能听他的！"

就在秦穆公犹豫间，烛武又说道："君如果撤兵回国，郑国一定背楚投秦。君如在东方有什么事情，比如行李往来，取道郑国，就如同君的外府别舍一样方便。"秦穆公大喜，立即同烛武盟誓。

为表秦之诚意，秦穆公留下秦国大夫杞子并两千军士帮助郑国守城。秦穆公也不通知晋文公一声，就暗地里班师回国了。

这时有探子报进晋营，晋文公不由勃然大怒，狐偃上前道："秦军虽已撤去，但肯定相去不远，臣请求率一军追击他们。秦军有归心，必定没有斗志，我们可一战取胜。如果打败秦兵，郑国必然闻风丧胆，不攻自破。"晋文公想了想，无奈地说道："不行呀。寡人过去靠了秦国的力量，才得以归国。如果不是秦君帮助，寡人哪能有今天？像楚国成得臣那样无礼，寡人还退避三舍，以表报恩之心，何况是对晋国有恩的秦国了。"

秦军退了，晋军不退，郑文公心里依旧焦急万分。上卿叔詹奏道："臣想，晋君已有回国之意了，因为秦军帮助郑国守城，与郑开战，就是与秦开战。"叔詹自告奋勇，前往晋营讲和。

晋文公知道当年郑国上卿叔詹曾劝郑文公杀掉他，另加上此时心情不好，便对叔詹顿生杀意。晋文公命人架起大鼎，要活烹了他。叔詹面无惧色，手扶大鼎，从容高呼道："我叔詹料事能中，智也；尽心为国，忠也；临死不惧，勇也；杀身赎国，仁也。像我这样的大臣却要被烹，从今以后，为臣者不要再学叔詹！"说完，他神色坦然地就要往大鼎里跳。闻听此言，晋文公立即敬佩起叔詹的忠心和大无畏来，当即命人拦住他。

一改刚才的敌对态度，晋文公设宴款待郑国上卿叔詹。晋文公说："公子姬兰有礼且有义，如果为郑君，则晋、郑一定会友好相处。"

叔詹说："公子姬兰是我国君上唯一的儿子，早晚必承大业。我这就回去劝谏我国君上，请他召回姬兰，立为世子。让郑、晋永远友好下去。"叔詹回到郑国都城新郑，晋文公也就撤兵走了。

撤兵路上，接近洛阳时，晋文公突然想起卫成公还在周天子直辖下的大牢里。温邑会盟时，晋文公本想将卫成公处死，但鲁僖公这么一建议，便将他送至洛阳。周襄王觉得卫成公罪不至死，便一直拖延不办。这时，晋文公觉得自己的盟主光环被这件事遮暗了，另外伐郑不得胜的怨恨也转到了卫成公身上。他便派医衍去秘密毒死卫成公。

宁俞一直在卫成公身边，见到晋国秘密使节医衍，便认定其来者不善，于是好酒好菜伺候。医衍见宁俞诚恳，便说出了自己以毒酒害死卫成公的使命。宁俞机灵地说道:“最近听说曹君获释，是因为神算子卜偃的一句话。如果你以少量的毒酒给我家主人，而假言鬼神的事情，晋君一定不会怪罪你。我家主人也会有一点儿薄礼给你。”医衍会意。当醉醺醺的医衍临走时，宁俞送给他一匣宝玉。

第二天，晋国秘密使节医衍端着一小瓦罐酒强迫卫成公喝下。才灌下两口，医衍突然大叫一声，栽倒地上，不省人事。瓦罐也碎落在地上，药酒洒了一地。宁俞故意大惊小怪，叫左右扶起医衍。半晌，医衍才苏醒过来。问他什么缘故，医衍说:“刚才灌酒时，忽见一神人，自天上下来，直入屋中，对我说:‘奉了叔虞的命令，来救卫君。’然后用重锤打落了酒罐，让我丧魂落魄!”这“叔虞”就是晋国始祖。围过来的人皆感惊奇，其实真正的原因，医衍与宁俞最清楚。

卫成公虽然喝了两口毒酒，但又稀又少，因此中毒不深，稍微有点儿不适，很快就痊愈了。

医衍回到晋国，将这事回报给晋文公。晋文公信以为真，也就不治医衍之罪。

此事很快传到了鲁国，大夫臧文仲对鲁僖公奏道:“卫君大概没有罪了。刑不过五种，大刑是用甲兵讨伐，其次是用斧钺杀戮，中刑是用刀锯断肢，再次是用钻笮毁容，最轻的是鞭打，没有用毒酒暗害这一种。用甲兵、斧钺杀死的在野外执行，用刀锯处死的在菜市、朝堂执行，五种刑法三个场所，这些都没有隐蔽执行的。现在晋人毒死卫君不成功，也没有降罪于执行人，是想避去暗害的嫌疑。倘若有诸侯出面替卫君求情，卫君一定会得到赦免。臣听说地位相同的人互相体恤，所以能够关系亲近。诸侯有了患难，其他诸侯去体恤他，这样才能教育百姓互相帮助。鲁、卫昔日友好，君上何不替卫君求情，以在诸侯间显示爱心，并且以此感动晋君呢?晋君刚刚成为诸侯盟主，让他认为我们鲁国有礼有义，难道不好吗?”鲁僖公很高兴，用二十对玉璧分别送给周襄王和晋文公，并遣使说情，于是卫成公得以回国。

卫成公遭此大难，便请人占卜。卜师说迁都帝丘，可以立国三百年，于是卫成公便将国都迁到帝丘，改名濮阳。后来濮阳果然成了卫国的福地，在众多诸侯国纷纷被灭国时，卫国却奇迹般地躲过了一次次灾难。

且说晋文公见鲁国对盟主热情，便也以热情回报。此后晋国遣使到鲁国访问，规格要比其他诸侯国高出一等。

卫成公听说鲁国大夫臧文仲有功于自己，便派人送礼给他。臧文仲推辞说："我是外国臣子，不敢与卫君交往。"于是，臧文仲之贤传遍各国。

这年，晋国闹饥荒，晋文公对神算子卜偃说："开始的时候，寡人以为治理国家很容易，现在才知道是很困难的。"

卜偃答道："君上您以为容易，那么困难就要来了；君上您以为艰难，那么容易也就快来了。"

晋文公问卜偃："用什么来救饥荒？"

卜偃答道："用信用，不能像与我们一起围攻郑国的秦军那样，不打招呼，违背约定。"

晋文公问："怎样才能守信用？"

卜偃答道："国君之心要讲信用，尊卑名分上要讲信用，实施政令要讲信用，安排民事要讲信用。"

晋文公问："讲了信用又会怎样？"

卜偃答道："国君之心讲信用，那善恶就不会混淆；尊卑名分上讲信用，那上下就不会侵犯；实施政令讲信用，那就不会误时废功；安排民事讲信用，那百姓从业就各得其所。这样一来，百姓了解国君的心，即使贫困也不害怕；富裕之家拿出多余财物用来赈济，如同自己的左手送给右手。如此的话，又怎会穷困匮乏呢？"晋文公大彻大悟，即命用信用治国、救灾，果然饥荒顺利渡过。

这年，魏犨酒后从车上摔下来，胳膊折断了，内伤也跟着复发，吐血不止，终于死去。晋文公录用他的儿子魏颗，袭承爵位。不久，狐毛、狐偃也相继去世。晋文公恸哭不已，喃喃说道："寡人摆脱患难有了今天，是靠着舅父们的努力。现今你们丢下寡人去了，真令人难过啊！"

郑文公也去世了，已经回国的公子姬兰继位，这就是郑穆公。没几天，郑国上卿叔詹也患病去世了。

到了冬天，晋文公患病卧床，自感时日不多，便召赵衰、先轸、狐射姑等诸臣入宫，叫他们辅佐世子晋欢继位，嘱托不要废弃了霸业。

晋文公没有忘记“曲沃代翼”之史和自己兄弟们争斗之实，为保诸公子平安，便差遣公子晋雍到秦国供职，公子晋乐到陈国做官，公子晋黑臀服侍周襄王。不久，晋文公去世。晋文公为公子时，就谦而好学，善交贤能智士，后受迫害离开晋国，游历诸侯，漂泊十九年后终于登基。当上国君后，对内拔擢贤能；对外尊王攘楚，从而开创了晋国霸业。文治武功，昭明后世，显达千秋。晋文公也有遗憾，就是对某些事失察，至死也不知道医衍等人欺骗过他，还有鲁僖公等诸侯对他耍过两面手段。但瑕不掩瑜，晋文公与齐桓公并称“齐桓晋文”，为后人称道。

十三　崤山惨败

晋国世子晋欢即位，这就是晋襄公。晋襄公奉送晋文公的灵柩到曲沃殡葬，规制就是晋文公生前希望的王制，虽然周天子并不同意。

刚出绛城，晋文公灵柩中突然响声大作，像牛叫一样，灵柩一下变得沉重起来，群臣没有不惊骇的。神算子卜偃占卜后，请众人跪拜，并说："先君命令我们准备打仗，将有西方的兵马经过我国领土。我军攻击他们，必定能取得重大胜利。"群臣下拜后，柩中声音顿时停止，也不觉得沉重了，和先前一样。先轸说："西方，指的是秦国。"随即派人到秦国探听消息。

却说秦国大夫杞子并两千军士驻扎在郑国北门，目睹郑国公子姬兰即位后，亲晋排楚，并且不遵守当年秦穆公同郑国大夫烛武的盟誓，便愤然不平，心里道："我等为郑国戍守，以抗拒晋兵，现今，郑国又投降晋国，显得我们无功了。"赶忙派人秘密回国报告秦穆公："郑国人让我掌管他们的国都北门，如果偷偷地把兵开来，就可以占领他们的国都。"

秦穆公问众臣，上卿蹇叔奏道："远征郑国，兵马必然疲劳，力量必然衰竭。况且千里行兵，秘密也守不住。一旦郑国做好充足准备，定会劳而无功。"

上卿百里奚也劝谏秦穆公："秦国、郑国不相邻，不能夺取它的土地，只能从俘获中得到益处，而且用兵替别国戍守，反过来又图谋夺取它是不义之举。成功了利益很小，失败了危害极大，这是不明智之举。”正在商议间，听说晋文公去世了，秦穆公高兴地说：“这是老天帮助我们成功呀！如今重耳谢世了，天下有谁能与我们为敌呢？乘此机会剿灭郑国，来换取晋国河东土地，晋国必然听从，有什么不利呢？”秦穆公不接受蹇叔、百里奚的劝谏，派大夫百里视、蹇术、蹇丙这“三帅”率军出征。当年在韩原一战，蹇术、蹇丙都受重伤，休息了半年才恢复健康。

出师那天，头发斑白的上卿蹇叔和百里奚前来送行。蹇叔向他们说：“可悲呀！我看着你们出门，却不能看着你们进门了！”百里视、蹇术、蹇丙这三人自恃才勇过人，以为必会成功，全不在意，对蹇叔和百里奚说：“我们父子吃秦国的厚禄，死是分内的事。”蹇叔明白郑国亲近晋国后，晋国必会保护郑国而反对秦国，如今晋文公去世，昔日秦对晋之恩已经淡化甚至消失了。而晋国要攻击秦国，必会设伏袭击。郑国往西是大片平原，能够设伏的地方只能是在崤山。想到这些，蹇叔便对百里视、蹇术、蹇丙等人说：“晋国人必定在崤山抵御我军，崤山有两座山陵。它的南陵，是夏朝帝王孔甲之子夏后皋的坟墓；它的北陵，是周文王在那里避过风雨的地方。你们此去，就将死在这两座山陵之间！”百里奚劝蹇叔道：“大军出征，别说丧气话。”

这时，天空上有黄鹰在飞翔，百里奚对百里视几个人说：“我经常说，要有黄鹰的气概，还要有黄鹰的视野。你们要像黄鹰那样飞得高、看得远，行军打仗做到稳、准、狠。”百里视等人说：“我们记住了，请放心好了。”秦国兵马就向东进发。

大军出发后，蹇叔称病不朝，请求辞去上卿之职。秦穆公强留他，蹇叔假说病情严重，坚决请辞。

百里奚到他府上探访，聊了几句家常后，百里奚说：“我不是不知道明辨事理，我之所以勉强留任，是希望能见上他们一面呀！尊兄对我有什么指教吗？”

蹇叔说：“秦军这一去必败，我之所以说那么严重的话，是想引起他们足够的重视呀。贤弟可秘密派人在黄河边上准备船只，万一秦军得以逃脱，我们好接应他们回来。千万记住，千万记住！”

百里奚说：“尊兄的话，定当立即执行。”

秦穆公见蹇叔铁定心思辞官，便准其归田。秦穆公送了许多钱粮布帛以表示对他的感谢。

秦军去袭击郑国，要经过周都洛阳北门。见从周天子脚下行走，秦军将士纷纷下车行礼，但心里又瞧不起周天子，便嘻嘻哈哈地跳跃上车。前后三百乘兵车皆是如此。秦军的情况，被周朝王孙姬满看到了。他向周襄王禀报道："秦军肯定会吃败仗。"周襄王问原因，王孙姬满说："秦军轻佻而骄横，轻佻就少谋，骄横就无礼。无礼就没有纪律，少谋就将自陷险境。既入险境又无军纪，能不失败吗？秦军如果不吃败仗，世上就没有真理了。"

却说郑国有个商人，名叫弦高，以贩牛为业。周王室爱牛，郑国等周边国家的商人，都到洛阳贩牛，颇得重利。弦高便是其中的商人之一，这人虽是商贾之流，却也有些忠君爱国的心肠、排解纷争的韬略，只是没人引荐，不得已屈居市井之中。这天他贩了数百头肥牛，路过滑国（在今河南省偃师附近），无意中碰见秦军，听说要去伐郑，当即大惊，一边派人星夜兼程，报告郑国；一边计上心来，挑选了十二头肥牛，拦住秦军前哨道："郑国有使节在这儿，愿求一见！"前哨将情况上报。秦国百里视不由吃了一惊，便同弦高在车前相见。

弦高假传郑穆公之意，对百里视说："我们君上听说'三帅'要率兵到我国，差遣我带了微薄礼品，远道赶来慰问各位将士。我国周旋于大国之间，屡遭侵扰，因此一直担心边远地区的戍守，生怕一时松懈，或有什么意想不到的事情，得罪贵国，所以日夜警备，不敢安睡。"百里视不禁一惊，心里嘀咕："郑国有准备了，看来灭郑不能存有希望了。"便对弦高改口说："我们此来，只是到滑国，不是去郑国，谢谢郑国的厚意。"

送走弦高，百里视对蹇术、蹇丙说："我军远途跋涉，只为了出其不意，攻取郑国。如今郑人已知我们的出兵日期，他们防备很长时间了，攻打郑国则难以成功。现在滑国没有准备，不如袭取滑国，掳获战利品，回报我们君上，也对得住这次出师。"蹇术、蹇丙都同意。

这天夜里三更时分，"三帅"兵分三路，全力攻破滑国。秦兵大肆掳掠，美女玉帛，抢劫一空。

且说郑穆公接到商人弦高所派人员的密报，不敢全信，也不敢不信，便派探子去察看秦国大夫杞子并两千秦兵。探子见他们厉兵秣马、穿戴齐整，只等秦国大军到来，就从里面策应打开城门，便急忙回报郑穆公。郑穆公大吃一惊，忙派大夫烛武去见秦国杞子。

烛武与杞子施礼毕，便说道："你们长期滞留敝国，把敝国的麋鹿都快吃光了。如今你们收拾一新，是想离开敝国吗？百里视等人正驻在滑国，为何不去追随他们？"杞子大惊，暗道："我们的谋划已泄露了，这样就会出师无功。我不单郑国不能久留，秦国也怕回不去了。"于是笑着回答烛武："离开秦国这么久，哪能不想家？但秦郑友好，在没有接到秦国君上的命令前，我们是不敢造次的。您说我们收拾一新，这只是我们例行训练而已，请不要多虑。"

当天夜里，杞子就领了几个亲随，逃奔齐国，不知所终。留下的两千秦兵没了主子，就聚集在郑国北门。见要闹出乱子来，郑穆公急忙叫人备些干粮，分发给秦兵，疏导他们返还家乡。郑穆公记下了弦高的功劳，等他一回国，便拜他为大夫。

却说晋襄公在曲沃殡馆里守丧，探子回报说："秦国百里视等人，领军东去，意在灭郑。"晋襄公立即召集群臣商议。先轸说道："先君晋文公在冥冥之中告知我们有敌西来，战则必胜，因此我们应该给秦军痛击！"狐射姑上前道："先前伐郑时，秦君背弃誓约，临阵转向，先君晋文公因怜其昔日受到秦君帮助，故没有出击伐秦。今先君发丧，各国都来吊唁，秦君不予哀悼，反调兵过我边境，征讨当前与我们友好的郑国，秦君也太无礼了！请君上派兵拦截，以报昔日之恨。"赵衰、栾枝、胥臣等人都赞成先轸、狐射姑之见。晋襄公便下定决心，披麻戴孝，调兵出征。

出征是大事，晋襄公又召群臣计议。先轸奏道："臣想秦兵返回时，一定会经过崤山两座。从东崤到西崤，相隔三十五里，这是秦兵回撤的必经之路。那地方树木丛杂，地势险要，有一段狭窄之处，号称'丸泥可封'，意思是掉下块石头就可以将路封掉。如果在那儿埋伏人马，出其不意，可以将秦军全部消灭。"晋襄公兴奋地道："一切听从你的调度。"于是先轸下令，命他儿子先且居埋伏在崤山的左侧，叫胥臣埋伏在崤山的右侧，等秦兵到时，左右夹攻。又派狐射姑领五千军士，埋伏在西崤山，事先砍伐树木，将秦兵的归路堵塞。再使栾枝领五千军士，埋伏在东崤山，只等秦兵全部穿过以后，挥兵追击。先轸自己和赵衰等一班将领，跟随晋襄公，在离崤山二十里的地方下寨，准备四边接应。

再说秦兵剿灭滑国，掳夺辎重，满载而归。因为偷袭郑国无功而返，指望着靠这个来赎罪。秦兵走到崤山附近，正值初夏，蹇术对百里视说："前面正是险峻的崤山之路，我父亲谆谆叮嘱要谨慎，您不能轻视。"百里视说："我们驱驰千里都不畏惧，何况过了崤山，就是秦国的境内了，家乡近在咫尺，快慢全凭自己，又有什么可担心的呢？"蹇术知道其父阅历非凡，不会空说吓人之语，便继续说："您虽然有虎威，但谨慎行事才会万无一失。"百里视说："我们分队行进，如有埋伏，自会抵挡他们！"于是百里视做第一队，蹇术做第二队，蹇丙做第三队，彼此相距二里路程。

且说秦军到达了崤山，因蹇术告诫，百里视也不敢轻视。他登山观望，只见崤山分东西两崤，延伸在黄河、洛水之间，峻坂迂回，形势险要，确实是进军中原的天然屏障。望着北面奔腾咆哮的黄河，百里视感叹说："真要遭到伏兵，我等皆会抛尸野谷。"他在心里默默念道："请夏后皋、周文王保佑我等。"

到了此处，不能不过，百里视便小心行进。行了一半，也没见一个晋兵。百里视悬着的心终于放下，向大军说道："秦、晋依旧是盟友，我们来时没有遭到阻挡，回去也会一路平安。"便命人督促蹇术、蹇丙等跟上。这蹇术、蹇丙见前队一路平安，也感到自己父亲老了，判断失误了。于是，三队人员会合一处，无所顾忌。不知不觉，大军排成一条长蛇，尽数踏入了晋军的包围圈。

千里行军，人困马乏。暖暖的阳光照射下来，个个昏昏欲睡。到了一谷道，顽石嶙峋，异常狭窄，如羊肠一般盘曲，还有乱木堵住去路，这就是先轸所说的"丸泥可封"之处。迷惑之中的百里视正在考虑如何过去时，忽然鼓角声响，半空里一声呐喊，先且居、狐射姑、胥臣、栾枝率领晋兵从崤山隘道四周的高地、山口围堵而来，杀声震天。秦兵猝不及防，丢盔弃甲，乱作一团。想要逃命，如何逃得出去？未几，俘的俘，死的死。秦兵尸横山径，血染溪流。百里视、蹇术、蹇丙等三人全都受伤被俘。

先且居等众将会集于峭山下，将秦国“三帅”和俘获的将士车马，加上滑国被掠的美女玉帛，全都解送到晋襄公的大营。晋襄公想到晋文公刚刚去世，秦军就这样无礼，不由怒火中烧，吩咐道：“百里视、蹇术、蹇丙三贼押回宗庙杀头，祭祀晋国先祖，其余俘虏尽皆就地杀之。”听此号令，晋襄公的车右莱驹持戟去杀俘虏，突然一名秦国俘虏大声喊叫，声如晴天霹雳，吓得莱驹手一抖动，把戟掉在了地上。这时，晋军里走出一个膀大腰圆的人，拿起戟便砍了俘虏的头，另外架起莱驹走到晋襄公面前。晋襄公问道：“你叫什么名字？”这人答道：“在下名叫狼瞫。”晋襄公见他声音洪亮、雄武忠厚，便让他接替莱驹做了车右。

话说晋军大获全胜，怀嬴却发了愁。怀嬴是秦国人，不愿秦、晋结仇，便问晋襄公：“秦国‘三帅’，如何处置？”

晋襄公说：“择日杀之祭祖。”

怀嬴掉了眼泪，哭着劝晋襄公道：“秦、晋原是姻亲，一向睦邻友好。百里视这帮武人为了自己争功，闹得两国伤了和气。要是把这三个人杀了，恐怕两国的冤仇越结越深。不如把他们放了，让秦国去惩办他们。”晋襄公见怀嬴掉了眼泪，一下子不知如何是好。怀嬴擦干眼泪，接着说：“当年晋惠公被囚在秦，秦君以礼相待，使晋惠公回归晋国。此后，又助先君晋文公回国。秦国对我们这样有礼有义，区区三个败将，还一定要我们自己杀吗？这显得我们太无情无义了。”

晋襄公听到当年秦穆公放还晋惠公、帮助晋文公的事，潸然心动，即刻命令释放秦国“三帅”，放他们回秦国。

百里视等三人得脱囚牢，立即如鼠窜般抱头就走。晋国中军将先轸正在府中吃饭，听说晋襄公赦免了秦国“三帅”，立刻吐去口中食物，快车赶入朝堂，见到晋襄公，怒气冲冲地问道：“秦军三个俘虏在哪儿？”

晋襄公说：“太夫人请求放归秦国去接受惩处，寡人已按她的意思办了。”

先轸勃然大怒，唾了晋襄公一脸唾沫，数落道：“你身为君主，却是这样不懂事！将士们千辛万苦，才俘获这些囚徒。一个妇人的只言片语，你却信了。放虎归山，他日后悔就晚啦！”

晋襄公这才醒悟，一边擦脸一边说道："这是寡人的过错！"随即问身边人："谁去擒拿三贼？"一人应声答道："小臣愿往。"晋襄公一看是大夫阳处父，便命其迅速追赶。阳处父一直在赵衰手下任职，因其勤奋灵活，被赵衰推荐为晋国大夫。

且说百里视等三个人，大难不死，快到黄河边上时，彼此嘀咕道："我们过了黄河，就到了秦国，可万一没船，那该怎么办呀？"等三人到了河边，就见几条船快速划过来。

百里视惊喜万分，大声喊道："船夫，快帮我们过河！"

船上的人也大声说："我们只运秦国人，不运晋国人！"

百里视说："我们就是秦国人，可得快点让我们过河去！"

船夫又问："你们是崤山里被打败的人吧？"

百里视答道："正是。"他很纳闷，心想船夫为什么会这么问。此时，船夫说："我们奉了上卿百里奚的命令，特地驾船在这儿等你们。"百里视恍然大悟，忙与蹇术、蹇丙急急上船。就在这时，晋国大夫阳处父率兵追上来了。

阳处父远远地见秦国"三帅"坐上了渡船，便心生一计，故意解下自己所驾之马，大声吆喝道："请三位将军回来！我们君上忘了给你们准备车马，特地叫我赶来送给你们，请你们收下！"

百里视见这批晋兵来势汹汹、杀气腾腾，料是晋襄公反悔、派兵来追，便站在船头上行了个礼道："承蒙晋君宽恕了我们，我们已经感激万分，哪还敢再收受礼物？要是我们回去还能保全性命，三年以后再来报答贵国的恩赐吧。"百里视等人顺利地回到了秦国。

就在这天深夜，秦穆公怎么也睡不着，他思念那些千里奔袭郑国的秦国好男儿，好久没有他们的消息了，不知道他们取胜没，遇到困难没。既然睡不着，秦穆公索性起床，在内宫庭院里徘徊。这时不远处的凤楼里传出轻轻箫声，秦穆公自言自语道："这一定是寡人之女弄玉与爱婿箫史在练箫。"这时的秦穆公想起了爱女与爱婿的事——

秦穆公有一个女儿，在她出生的时候，有人献上一块璞石，工匠把它雕琢成碧色的美玉。女儿满周岁时，宫中摆下璞盘。在众多的物件里，小女孩唯独抓取了这块美玉，摆弄起来不撒手，秦穆公因此给她起名弄玉。弄玉十六岁时，已经是姿容绝代、聪明无比了。她擅长吹笙，能自已吹成调，不用乐工定谱。秦穆公指令能工巧匠，将那块美玉雕刻成笙。女孩吹起它来，声音好像凤鸣一般。秦穆公十分钟爱这个女儿，单独筑起一座楼宇给她居住，称为凤楼。秦穆公要为她选择一个相配的女婿，弄玉坚定地说："一定要擅长吹笙的，能同女儿一唱一和的。"秦穆公派人各地寻访，也找不到一个这样的人。

一天晚上，弄玉在楼上卷起窗帘闲看，望见天尽云飞、月明如镜，一时兴起，便自已拿过碧玉笙，倚着窗户吹起来，声音清悠，响入天际。微风徐徐吹来，忽然好像有人在和。那声音若远若近，弄玉心里诧异，便停下来静听，那声音也跟着停下来，余音还袅袅不断。弄玉迎着清风，神情惘然，恍若失去了什么，独自呆到半夜，便将玉笙放在床头，勉强入睡。梦中，弄玉见西南方向，一个俊美的男子戴羽冠，披鹤氅，骑着彩凤自天而下，立在凤台上，对弄玉说道："我是华山之主，天帝令我与你成婚，应和你的姻缘。"便解下腰间玉箫倚着栏杆吹了起来，他胯下的彩凤也展开羽翼边叫边舞，凤声和箫声，和谐如一。弄玉神情恍惚，开口问："这是什么曲子？"那美男子答道："这是《华山吟》。"弄玉又问："这曲子可以学吗？"美男子答道："既然成就姻缘，还有什么不好教给你的？"说罢，径直走过来抓弄玉的手。弄玉猛然惊醒，梦中的情景，依然历历在目。

到了早晨，弄玉将梦中事说与秦穆公听。秦穆公便叫百里视按照弄玉描述的形象，到华山察访，果然看见一个人，穿鹤氅，戴羽帽，玉貌丹唇，飘飘然有超凡脱俗的风度。百里视知道就是这个人，就走上前行了个礼，问他的姓名以及是否精通音乐。那人答道："我叫箫史，略通音乐。"百里视很高兴，便同箫史一起乘了马车来见秦穆公。

秦穆公看箫史的相貌举止，十分洒脱又得体，有远离世俗的风味，心里已经喜欢上了三分，便问道："听说你会吹箫，不知会不会吹笙呢？"

箫史答道："我只会吹箫，不会吹笙。"

秦穆公说道："寡人是想找一个吹笙的人，太可惜了。"便欲起身离开。此时弄玉在隔壁，忙派婢女传话给秦穆公："笙和箫是同类乐器。客人既然能吹箫，为什么不让他吹一吹？"秦穆公听了弄玉的话，便叫箫史吹奏起来。

箫史拿出玉箫，才演奏第一曲，清风就徐徐吹了过来；奏第二曲时，彩云四合；奏到第三曲时，就见一对白鹤在空中翔舞，还有好几只孔雀落在林间，百鸟和鸣，许久才散去。

秦穆公十分高兴。这时弄玉在帘子里偷看，瞧见箫史一表人才，才艺非凡，也欢喜地说："这才是我的丈夫！"

秦穆公对箫史说："寡人有个可爱的女儿弄玉，精通音律，不想盲目嫁人，却愿意嫁给你。"

箫史收起笑容，再三行了叩拜之礼，推辞说："箫史本是个穷乡僻壤的野人，怎么敢享有这等富贵呢？"

秦穆公说："小女先前说，要选一个会吹笙的人做丈夫。如今你吹的箫，能通达天地，比笙强得多了。何况寡人的女儿曾有过梦中征兆，这是缘分，你不能推辞。"箫史又躬身拜谢了一番。

这日正值仲秋，月亮圆在天上，夫妻圆在月下。秦穆公立刻叫左右准备婚礼，当夜将箫史送到凤楼，同弄玉成婚。夫妻美满和顺，自然不必多说了。

秦穆公继续在院子里踱步，欣赏这凤楼里传出的悠扬箫声。突然箫声变得凄凉、悲伤起来，仿佛柳叶刚刚吐出就遭遇了一场倒春寒。一阵凉风吹来，秦穆公打了个冷战，暗暗道："莫非百里视等人遇到了挫折？"这样一来，秦穆公更加睡不着了。

第二天天一亮，就有人哽咽着向秦穆公报告说："百里视、蹇术、蹇丙三位大夫回来了，其他将士都长眠在崤山之中了。"秦穆公听说几乎全军覆没，痛苦不堪，后悔不迭。左右人说："百里视他们丧师辱国，罪该当杀。不久前，楚国杀了成得臣来告诫将士，君上也应该采用这个办法。"秦穆公没有说话，他擦干眼泪，到宫外不停地走动，凉爽的晨风不停地吹着这位头发已经半白、内心极度难受的秦穆公。过了好久，秦穆公向左右人低声道："古人说，贪人败类，指的就是寡人呀。寡人贪婪，再加上不听蹇叔、百里奚的话，因此使三位大夫遭殃。罪责在寡人，不在他人。"秦穆公流着泪宣三人上殿，安慰他们，还专门设宴为他们压惊。秦穆公继续让"三帅"统领兵马，比过去更加厚爱他们。

百里视三人感动得直流眼泪，发誓要报兵败之仇，将功赎罪，于是厉兵秣马，以待时机。百里奚见百里视安全回来，禁不住叹道：“我们父子再次相会，实是上天关怀所致。我身为上卿，没能力谏君上取消这次伐郑，其责难逃，我应该像蹇叔那样告老还乡了。”于是辞职不干。秦穆公便用由余、公孙嬴枝做左右庶长，代替蹇叔、百里奚的位子。左右庶长为秦国独创，相当于上卿。此时，公子嬴縶已亡。

十四　一条奸计的连环反应

且说晋国中军将先轸因晋襄公释放秦国“三帅”而失礼，便主动到晋襄公那里请罪。晋襄公说：“你是为国家发怒，是忠心激起的，寡人怎么会记恨你呢？”他没有惩治先轸的罪过。先轸思前想后，更加自责。

这一年，狄国见晋文公已死，便想掠夺粮食财物，并报晋国杀死后叔隗之仇，遂侵入晋国。先轸作为晋国中军将，率兵抗击，狼瞫也在出征之列，先轸嫌其军功太薄而没让其继续担任车右，另任续简伯为车右。

狼瞫很生气，回到帐内对他的亲随说：“被人瞧不起，真不如死呀！”

亲随反激他说：“那你为什么不去死？”

狼瞫道：“我没找到死的地方呀！”

亲随也为他气愤，和他商量：“我跟你一起发难杀死先轸。”

狼瞫说：“有勇而无义，死了也不算英雄好汉。啥叫勇？为国效力为勇。我以勇求车右之职，中军将先轸他看不起我，罢免了我。如果我为这个杀他，反而证明我无勇无义，不配当车右。来日方长，你等着瞧吧。”

当年罪臣郄芮之子郄缺也随同出战。郄缺想到自己父亲郄芮是反复之人，便不断告诫自己绝不能再出错，于是在军中小心行事、用心做事。这次与狄国开战，郄缺立下汗马功劳，亲自擒获狄国首领参卢克。晋军一鼓作气，在箕地大败狄军。晋军取胜后，中军将先轸想了却自己的一个心愿。他因对晋襄公无礼，而不断自责。愧疚感日深而不能消除的他留下信简一封，便单独一人驾车冲入狄国败兵群中，以身殉义。

晋军含泪凯旋，呈上先轸的遗书，晋襄公读道——

先轸知道自己对君上无礼，而君上不处罚臣的过失，仍然重用臣，臣心存感激。臣侥幸取得了战争的胜利，君上必定会重重赏臣。如果对君上无礼的下臣可以评功，那怎么能惩治罪过？所以臣准备驾车闯入敌人阵营，借狄人的手，替君上讨伐臣不恭敬的罪责。

晋襄公热泪纵横，当即升先轸之子先且居代先轸为中军将，成为晋军主帅。因为郄缺有功，任命郄缺为大夫，把冀地赏赐给他。当时，胥臣在朝，晋襄公对他说："举荐郄缺，是你的功劳。"便给胥臣加赐封邑。

这时，蔡国因为晋文公去世，被楚国所逼，又加入了楚国联盟。晋襄公派大夫阳处父率军讨伐蔡国。

却说楚国令尹蔿吕臣，不出斗子文所料，不几年便病死。楚成王记得斗子文往日的功劳，擢升其子斗般为令尹，并命斗越椒为莫敖。面对晋军伐蔡，楚成王命大夫斗勃和成大心领军前去救蔡。

楚、晋两军隔泜水相持。两个月后，晋军粮草将尽，大夫阳处父意欲退兵，但他既怕退兵时楚军乘机进攻，又怕退兵后给人落下临阵退却的笑柄，思前想后，有了一计。

晋国大夫阳处父派校尉昌平前去对楚国大夫斗勃说："你若想和我决战，我就退后一舍，让你渡河列阵；你若不敢渡河，那就让我一舍之地，使我渡河列阵。不然这样相持下去，劳师费财，对谁也没有好处。"

斗勃气愤起来，对晋国使者昌平道："晋军欺负我不敢渡河吗？"便欲渡河列阵。成大心劝道："晋人不讲信用，如果乘我军半渡而击之，那就吃亏了，不如让他们渡河列阵。”于是斗勃让楚军后退了一舍，等待晋军渡河。

晋国大夫阳处父见楚军一退，故意宣扬说：“楚军不敢与晋军决战，已逃跑了。”乃率军退归。

却说楚国大夫斗勃率领楚军后退三十里，等了两天，也不见晋军前来，派人侦察，才知道晋军已经走远。斗勃大怒，愤愤地骂道：“晋人不是个东西！把我们像腊肉一样晾在这儿。”当即要率军去追，成大心劝道：“既然蔡国之难已消除，我们也见好就收吧。”斗勃于是下了撤军命令，率领楚军返回楚国去了。

回军路上，晋国大夫阳处父禁不住哈哈大笑说：“斗勃呀斗勃，你已没有了昔日勇气。”晋军校尉昌平道：“听说楚国世子芈商臣与斗勃结怨，所以他不敢专心交战了。”阳处父便问为何结怨。昌平向其讲述了其中的缘由——

以前，楚成王打算立芈商臣为世子，就与斗勃商量这件事。斗勃说：“大王的年纪还不算大，而且内宠又多，立了商臣再加以废黜，就会有祸乱。楚国立世子，常常选择年轻的，而商臣这个人，年纪有点儿大了，并且他的眼睛像胡蜂，声音像豺狼，是一个残忍的人，不能立为世子。”楚成王不听，依然立芈商臣为世子，并命潘崇为他的师傅。世子芈商臣听说斗勃不拥戴自己，便怀恨在心。

闻听此言，晋国大夫阳处父心生一计，即命昌平迅速赶往楚国。不几日，昌平就到了楚国郢都，秘密拜见楚国世子芈商臣，诈言道：“楚国大夫斗勃之所以从泜水退兵，乃是因为受了晋国的贿赂。”

再说楚国大夫斗勃受命救助蔡国，没打一仗就回来了，楚成王很是不满。世子芈商臣借机向楚成王奏道：“斗勃因为受了晋国大夫阳处父的贿赂，所以才躲避打仗。”因怒而智昏的楚成王不加调查，当即相信了芈商臣所言，派人赐给斗勃利剑一把，令其自尽。这斗勃回国后，还没有见上楚成王一面，就被逼无奈自杀了。

大夫成大心闻听，立刻跑到楚成王面前，叩头痛哭，详细叙述了撤退的原委，然后奏道：“确实没有受贿一事，如果撤退是罪过的话，那么受惩罚的应该是下臣。”

楚成王懊悔道：“你不必自责，寡人也十分后悔难过呀！”自此，他开始怀疑世子芈商臣了。

楚成王喜欢上了小儿子芈职，便打算罢免世子芈商臣而改立芈职为王位继承人，但楚成王担心芈商臣制造动乱，便想寻机杀掉他。此时，楚成王的妹妹、嫁到江国的江芈回来探亲，住在楚宫里。楚成王与江芈感情深厚，无话不说，便将对芈商臣的担心说与江芈听。江芈听完只是叹气，并不表态。

世上没有不透风的墙，楚成王与江芈的交流，被一内侍听到了，这内侍曾受恩于世子芈商臣，便将楚成王的想法报告给芈商臣。芈商臣有些不相信，但还是与师傅潘崇相商。潘崇说："我有一条计策，可以检验大王的话是真是假。既然大王把这个想法告诉了江芈，那么就可向江芈寻求验证。江芈性子暴躁，世子您可请她赴宴，然后故意怠慢她、激怒她。她一气之下，就会泄漏真情。"芈商臣就按照潘崇的主意，设宴招待江芈。

献过三次酒后，世子芈商臣就故意不恭敬了，家仆也在芈商臣的指使下怠慢江芈。江芈两次问芈商臣话，芈商臣都不回答。江芈不由拍案而起，大骂道："贱东西！难怪大王要杀掉你而改立芈职为世子。"芈商臣连忙假惺惺地赔罪。江芈不理，径自登车走了，路上仍骂不绝口。

世子芈商臣急忙告诉潘崇，问他应对之道。

潘崇问："您能像臣子一样侍奉芈职吗？"

芈商臣说："做哥哥的侍奉弟弟，我不能。"

潘崇问："能逃亡出国吗？"

芈商臣答道："不能。"

潘崇又问："能够办大事吗？"

芈商臣说："能！"二人心领神会。

当夜，世子芈商臣便安排好兵甲，将楚王内宫围了起来。潘崇手持利剑，带人径直闯到楚成王面前。

楚成王问道："你来干什么？"

潘崇说："大王在位四十七年了，功成业就，应当退位，请传王位给世子！"

楚成王惶恐地答道："寡人这就让出王位，只是不知道能不能活下去？”

潘崇说：“一个大王死了，才有另一个大王立起来，国家哪能有两个大王呢？何况大王您老而无用了。”

楚成王说：“寡人刚叫厨师做熊掌去了，等煮熟了寡人吃过以后再死吧！”

潘崇厉声喝道：“熊掌很难煮熟，大王要拖延时间，等外面人来救吗？请大王自行了断，不要让臣动手了！”说完，解开身上的束带，扔到楚成王脚下。

楚成王仰天叫道：“好斗勃！好斗勃！寡人不听你的忠言，自找苦吃，还说什么呢！”便将带子缠在自己的脖子上。此时的楚成王又想拖延时间，便问死后是啥谥号，潘崇想了想说：“灵。”即死后被称为楚灵王，楚成王不满意。潘崇又答道：“成。”楚成王这才肯被杀。潘崇命令武士向两边猛拉。一会儿的工夫，楚成王就断气了。

江芈听说宫中兵变，大哭道：“杀我哥哥的，是我呀！”哭完后，上吊自缢了。

芈商臣杀死父亲楚成王后，便自立为楚王，即楚穆王。楚穆王向各国诸侯发出讣告，说楚成王暴病而死。楚穆王提拔潘崇做太师，叫他掌管文臣武将，并将自己为世子时住的府院赏赐给他。令尹斗般等人，都知道楚成王是被芈商臣杀死的，但没有人敢揭露。大夫斗宜申听说王宫事变，借口奔丧，赶回郢都，谋划杀掉楚穆王。不料事情败露，楚穆王叫莫敖斗越椒抓住斗宜申砍头示众。巫师矞似所说的楚成王、成得臣、斗宜申三个人，都不得寿终正寝，到这时，果然全都应验了。

莫敖斗越椒想得到令尹的职位，便对楚穆王奏道：“斗般经常对人说，父子两代操持国家政事，受了先王莫大的恩惠，却惭愧不能成就先王的志向。这意思就是打算扶立公子芈职做王。斗宜申回郢都，实际是斗般招来的。现在斗宜申被法办了，料想斗般会不安，恐怕另有他谋，不能不当心。”楚穆王因此怀疑上了斗般，命他去杀掉芈职。已经忘掉其父斗子文临终谆谆告诫的斗般，推辞说不能。楚穆王发怒了，大声吼道：“你是打算完成先王的志向吧？”喝令武士将斗般打死。芈职准备逃奔晋国，被斗越椒追上，杀死在郊外。斗越椒此时还没能做上令尹，楚穆王请成大心做令尹，但不久，成大心患病去世了，楚穆王便提拔斗越椒做令尹。

却说晋襄公听说楚成王之死，便问赵衰："上天是不是厌恶楚国了？"赵衰答道："楚成王虽然蛮横，但还可以用礼义来教化，商臣连他父亲都不爱，何况其他人呢？臣担心诸侯各国的灾难，才刚开始呢！"不几年，楚穆王果然四处派兵，先灭掉江国，然后吞并蓼国，再往后又出兵陈、郑，被晋军相救。楚国在中原挑起许多事端，果真像赵衰所说的那样。

十五　秦国恼怒到了极点

却说秦国那边，百里视、蹇术、蹇丙这“三帅”日夜训练兵马，等到元气恢复，百里视向秦穆公请战，想发兵讨伐晋国，来报崤山之仇。秦穆公钦佩他的壮志，同意了。于是百里视和蹇术、蹇丙，统率四百乘兵车征讨晋国。

晋襄公早就担心秦国会报复，每天都派人打探消息，一听到这个报告，就笑道：“秦人终于来拜谢恩赐了！”于是派中军将先且居，带领兵马到边境迎候秦军。这时百里视等还没走出秦国边境，先且居说：“与其等秦军到了再打，还不如主动出击。”于是转而向西到了秦国彭衙。秦军见尚未出境就遇到晋军，心里不免有点儿慌乱。先且居登上兵车，望见秦军阵势不稳，便挥动大军掩杀过来。这次晋国出征，仍用续简伯为主将车右。狼瞫也在队伍里，心里憋足了劲，听到冲锋令起，便第一个冲出去。晋军紧随其后，杀得秦军落荒而逃。狼瞫在这一役中战死沙场，完成了自己对勇的追求。

百里视等人阻挡不住，大败而逃。这回秦军虽不像上次在崤山那样失败得那么惨，可百里视却比上一次更觉惭愧，简直是无地自容。他自己上了囚车，不希望秦穆公再免他的罪。消息传到秦穆公那里，他自言自语道：“老在顺风里驶船的，不一定是好船夫。国家的大船，只有让久经大风浪甚至翻过船的人掌握才放心。”想到此，秦穆公照旧派人到都城郊外迎接慰劳他们，并像以前一样信任、重用他们。

经过两次失败以后，百里视不敢像过去那样自负、任性，也不敢再轻敌，而且变得老练稳重。他开始关心百姓生活，关注军士疾苦。他拿出全部家产，抚恤阵亡将士的家属。他跟军士们一起吃粗粮、啃草根，每天加紧操练兵马，用忠义勉励军士。

这年冬天，晋国联合了宋、陈、郑三国打到了秦国边境。晋襄公开玩笑说："秦国一直想着报复，寡人这是提醒他们抓紧与晋军交战呀。"百里视命令将士只许守城，不许出击。晋国人一再挑战，他都不予理睬。晋国人把秦国的江邑、彭衙两座城邑都夺去，百里视还是一声不吭，只是默默地训练兵马。秦国人气得摩拳擦掌，非要跟晋国人拼个你死我活不可，可百里视劝阻他们不要出战。有人骂百里视是胆小鬼，被晋军吓破了胆，请求秦穆公另选良将，可是秦穆公心中有数，仍然不调换这位接连三次打了败仗的将军。受伯乐相马影响深刻的秦穆公对群臣说："百里视不是胆小，他的心里憋足了劲。他一定会战败晋国的，只是时候未到罢了。"

到了崤山失败后的第三年夏天，百里视率领的兵马已经训练到炉火纯青的地步，他请秦穆公亲自去督战："如果这次不能报仇雪恨，绝不活着回来了！"秦穆公说："秦国已经三次被晋国打败了。如果再不成功，寡人也没有脸面回国了。"便调集了五百乘兵车，选了良辰吉日，大举出兵晋国。凡是跟着去打仗的将士，家里都得到一份丰厚的奖赏。全国情绪高昂，决心战胜晋国。父母送儿子，妻子送丈夫，都嘱咐说："要是不打胜仗，可别回来呀！"将士们个个踊跃向前，甘愿效死力。

秦军浩浩荡荡，渡过了黄河，百里视命将士将渡河用船全部烧掉，并说道："我们这回出来，背水一战，有进没退！"他和蹇术、蹇丙率领将士奋勇冲杀，几天就夺回了上次被晋军夺去的江邑、彭衙两座城邑，还攻下了晋国的野王城。

告急军情传到晋都绛城，晋襄公急忙召集群臣商议。赵衰奏道："秦国的恼怒已经到了极点，这回动用了全国兵马，并且秦君亲自出征，一定要置我们于死地。其势锐不可当，不如避开他们不打，让他们逞逞威风，这样就可以平息两国争斗。"先且居也说："困兽犹斗，何况大国呢？秦君不甘心失败耻辱，而且秦国'三帅'都好勇善战，他们不打胜仗不罢休。战祸连连，没有完的时候，赵衰说得对。”晋襄公便传令各路晋军，务必要坚守，不可同秦军正面交战。

秦国兵马所向披靡，耀武扬威。晋国人闻风丧胆，缩在城里，不敢出来对阵。左庶长由余随军出征，向秦穆公奏道：“晋国害怕我们了！君上可乘着这个军威，收回崤山死难军士的骸骨，以雪前耻。”秦穆公听从了他的建议，领着大军从茅津渡过黄河，驻扎在东崤，晋军没有一人一马敢来阻止。秦穆公命令军士在堕马崖、绝命岩、落魂涧等地，收殓尸骨，用草包裹起来，埋葬在山谷偏僻低坳的地方。然后宰牛杀马，祭奠死者的灵魂。秦穆公身穿孝服，主持祭祀，不由放声大哭。百里视和蹇术、蹇丙伏在地上，痛不欲生。悲哀感动了秦军将士，大家没有不落泪的。此时，黄鹰在天空飞翔，百里视想：如果当年听从父亲的话，像黄鹰那样飞得高、看得远，就不会有崤山惨败了。

却说箫史与弄玉天天住在凤楼里，恩恩爱爱。就在秦穆公率由余、百里视等人前往崤山之时，箫史教弄玉吹箫，教的是《来凤曲》。弄玉吹到第三遍，果真有一只凤凰飞落过来。萧史对弄玉说：“我很怀念华山幽静的生活，那儿常常看到这艳丽的凤凰。”弄玉也说：“这宫廷生涯，妾压根儿就厌烦，妾愿意与你去同享山野的清静。”弄玉要等父亲回来，告辞后再离开，箫史不让，说道：“既然要隐居，就应当超脱，无忧无虑，何况父君十分喜欢你。如果父君回来，不同意我们离他而去，那时我们怎么办呢？”弄玉想想也是，二人便悄悄地离开凤楼，隐居到华山之中。

秦穆公在一片凯歌声中，班师回国。因秦国打败了当今世上最强大的晋国，世人都称他为新的霸主。此时的他最想见爱女弄玉，他想请箫史、弄玉合吹一曲昂扬激烈的曲子，如伏羲创作的《驾辨》之曲，表达他的烈士暮年、壮心不已的志向。可宫中内侍说：“那一天，二人吹箫，有凤飞来，之后二人就不见了。”秦穆公异常惊诧，内宫主管生怕秦穆公追究他们的责任，便添油加醋说：“箫史乘龙、弄玉乘凤，到华山做神仙去了。”秦穆公十分茫然，徐徐叹道：“神仙的事，果然是有的。假若这时有龙凤迎接寡人，寡人愿意抛弃山河！”秦穆公下令手下人到华山寻找神仙以及箫史、弄玉的踪迹，却没有任何消息。

此事传出后，人们便将如意女婿称为乘龙快婿。

秦穆公上朝后，重赏百里视、蹇丙、蹇术等有功之臣。众官都夸秦穆公有伯乐识马之眼光。此刻，当年伯乐的话又回响在秦穆公耳畔——您是一国之君，不必学相马之术，学会识人之术便可纵横天下。其实相马之术与识人之术有很多共同之处……秦穆公想想这些年来，秦国之所以由僻处一隅而逐渐强大起来，靠的就是不拘一格选拔和使用人才。

这一年，左右庶长由余、公孙嬴枝相继病死了，百里奚也辞世了。百里奚去世后，秦国不论男女都痛哭流涕，连小孩子也不唱歌谣，正在舂米的人也因悲哀和怀念而不发出舂米的呼声。

百里视推荐了车氏家族的三个俊杰：车奄息、车仲行、车针虎。这三个人都非常有贤德，秦国百姓称他们为“三良”。秦穆公请他们做大夫，赏赐十分丰厚。又过了三年，即公元前621年，秦穆公坐在凤台上赏月，不知不觉睡着了，梦中见到箫史和弄玉，牵着一只凤来迎接他，他们一道游览了仙宫，那里清冷彻骨。醒后，秦穆公就得了寒病，不几天就去世了，人们以为秦穆公成仙了。秦穆公在位三十九年，享年六十九岁。世子嬴罃继承君位，即秦康公。一生爱惜人才的秦穆公安葬于雍城，殉葬而死的有一百七十七人，其中包括车奄息、车仲行、车针虎。这三人十分善良、勇武，国人对此悲痛万分，赋《黄鸟》之诗，纪念三人：“彼苍者天，歼我良人；如可赎兮，人百其身！”意思是：青天啊，怎么将这么善良的人给殉葬了？如果可以赎命，我们宁愿出一百条命将他们换回来！

春秋战国

长篇历史纪实小说

典藏套装版

全三册

高兴宇 著

Ⅱ 问鼎

中国国际广播出版社

目录

第一篇 晋楚争霸

第二篇 晏子使楚

第三篇　漫漫长夜

第一篇

晋楚争霸

黄河几十几道湾哟？几十几道湾上，几十几只船哟？
几十几只船上，几十几根竿哟？几十几个船公来把船来搬哟？

黄河岸边，船夫们唱着黄河谣。这黄河是母亲河，是华夏文明的发祥地。中原繁荣、发展以及战争，都离不开黄河。滚滚黄河水，奔流不复回。转眼间，周平王东迁洛阳一百五十年了。却说晋国那边，赵衰、栾枝、先且居、胥臣等一班老臣先后死去，晋襄公立儿子晋夷皋为世子，命阳处父为太傅，狐射姑、荀林父、赵盾、栾盾、郄缺等人仍旧在军中任职。

再说鲁国那边，鲁僖公去世，他的儿子姬兴即位，为鲁文公。此刻，当年晋、楚在城濮对峙时，鲁僖公为保鲁国平安要"两面派"对付晋、楚之事被揭发，被冤杀的公子姬买的奴仆告到晋国。晋襄公大怒，听从阳处父的建议，约鲁文公来晋，欲拘禁之。鲁文公知道去晋国如同羊入虎口，便拒绝前去。晋国见鲁文公不来朝见，便派军讨伐。不得已，鲁国与晋国签订城下之盟。晋国派太傅阳处父和鲁文公结盟，以大臣规格和他国国君并坐，实是晋国存心羞辱鲁国。

且说晋国太傅阳处父结束会盟后，往国都绛城回返。路上，住在一家客店里。店主姓嬴，看见阳处父相貌堂堂、言谈不凡，十分钦佩，他悄悄对妻子说："我早想投奔一位有智慧有能力的人了，可是多少年来，随时留心，都没找到一个合意的。今天我看阳处父这个人不错，我决心跟他去了。"店主得到阳处父的同意后，便离别妻子，跟着他走了。一路上，阳处父同店主东拉西扯，不知谈些什么。店主一边走一边听，觉得这人太狡猾。刚刚走出五十里路，店主就改变了主意，和阳处父分手了。店主的妻子见丈夫突然折回，心中不明，问道："你好不容易遇到这么个能人，怎么不跟他去呢？你不是决心很大吗？家里的事你尽管放心好了。"店主说："原以为他一表人才、能言善辩，可以让我信赖，谁知刚才听了他的言论，却感到他诡计多端、华而不实，我怕跟他一去，没有得到教益，反倒遭受祸害，所以打消了原来的主意。"

一　从此几十年无战事

这阳处父确实聪慧过人，常有不凡举动。当他回到国内时，晋襄公刚刚调整了晋军将领安排，任命狐射姑为中军将、赵盾为中军佐。

青云衣兮白霓裳，举长矢兮射天狼；

登昆仑兮四望，心飞扬兮浩荡。

在晋国阅兵场上，晋军将士一起歌唱《九歌》中激昂的一篇。晋军旌旗飘扬、歌声嘹亮，人与人、马与马，排列整齐，威风凛凛。歌毕，狐射姑登上点将台，发号施令。他神采飞扬、旁若无人。军中校尉臾骈劝道："团结将士，在于谦和。如今各军将领不是老将，就是世代做官之人，故劝将军您虚心谦让。刚愎自用，就是楚国成得臣败给晋国的原因，不能不引以为戒。"狐射姑闻听此言，怒火万丈，愤愤地说道："我刚刚开始发令，你就在此乱讲！"命人乱棍将臾骈打下。

刚刚来到阅兵场的太傅阳处父这才知晓晋襄公的将领安排，他决心改变这个格局，将狐射姑与赵盾的职位换一下。一是因为赵盾确有才能，重用赵盾对国家有利；二是因为自己曾是赵盾之父赵衰的部下，受其提携，心里偏袒赵盾。

阳处父拜见晋襄公，奏道："狐射姑刚愎自用，喜好争强斗胜，不是中军将之才。赵盾贤能、热情、向上，中军将这一重要职位，没有比赵盾更合适的了。”阳处父是太傅，晋襄公对其非常尊重，便采纳了他的建议。于是阳处父便以晋襄公之名，调换了中军主帅，让赵盾统领中军、狐射姑为辅佐，将二人互相调换了职位。狐射姑顿觉羞辱，自此对阳处父埋下了仇恨的种子。

这年秋天，晋襄公病危，把中军将赵盾、太傅阳处父和各位臣子叫到床前，嘱托道：“寡人继承祖上大业，不料半途将与各位永别。世子夷皋，年纪还小，你们一定要用心辅佐，不要丢了盟主大业。”群臣一起跪下，拜了三拜，接受了嘱托。晋襄公仍不放心，又对赵盾说：“这个孩子如果成材，就是受了您的赐予；如果不成材，就要怨您。”说完这话，晋襄公合上了双眼。

第二天，群臣就要奉举世子晋夷皋即位，但一心一意为晋国社稷着想的中军将赵盾说：“现在国家多难，并且盟主之业任重道远，我们不能立幼主。先君晋文公之子晋雍，现在秦君手下任职，心地善良而且成熟，可以接回来继承君位。”太傅阳处父虽是世子晋夷皋之师，但他历来支持赵盾，这时一言不发。群臣也没有反对的，只有中军佐狐射姑不服赵盾，哼哼说：“不如立公子晋乐，他现在陈国做事，而陈国当前同晋国友好，不像秦国那样和我们彼此有仇。迎他回来，早晨出发，晚上就可以到了。”赵盾反对道：“不行。陈国地方又小又远，秦国疆界又大又近。到陈国去接公子晋乐，无益于和睦相处，而到秦国接公子晋雍，却可以解开旧怨、结交新的盟友。”众人的议论这才平息，于是派遣大夫先蔑、士会到秦国报丧并迎接晋雍回来即位。

先蔑等准备上路，荀林父赶来阻止他说：“夫人和世子都还在，却要到别国去接他人来做君主，恐怕事情还没做成，就会有别的变故。你为什么不假称有病辞掉这份差使呢？”

先蔑说：“政权在赵盾手上，能有什么变故？”

荀林父说：“《诗经》中的《板》说：‘我虽异事，及尔同僚。我即尔谋，听我嚣嚣。我言维服，勿以为笑。先民有言，询当刍荛。’请您认真思索这首诗。”

先蔑知道这首诗的意思是：“我们虽然职事异，但毕竟和你是同僚。我来和你共同商量，一听我言显骄傲。我的话是事实，不要以为开玩笑。古人有话讲得好，要向樵夫多请教。”便说道：“我明白你的意思，同僚为他人思谋，我当听之。我主意已定，你就不要劳虑了。”说罢就和士会往秦国去了。

返回的路上，荀林父感叹道：“一同做官的是僚友，我和先蔑彼此是僚友，不敢不尽我的心意，但他不听我的话，恐怕有去的一天，却没有回来的一天了。”

且说狐射姑见赵盾不听从他的主意，恼怒道：“姓狐的和姓赵的是同等的。如今有姓赵的就没有姓狐的吗？我当年侍奉先君晋文公时，你赵盾还没下生呢！”狐射姑暗地里也派人到陈国去召公子晋乐，计划同赵盾争立新君。

早有人将这事报告给赵盾。赵盾安排家臣公孙杵臼、程婴带领一百名家仆，埋伏在半道上。当公子晋乐经过时，家仆们一齐冲出将其杀掉了。

狐射姑闻听，更加怒气冲天，不由骂道：“这赵盾太混账了！想当年，让赵盾上去掌权而让我下来屈居其下的，是阳处父。既然赵盾杀公子晋乐，难道我就不能杀阳处父吗？”狐射姑便派部下续简伯带领兵丁化装成匪盗，半夜翻进阳处父府上。

阳处父这时正在灯下读书，续简伯径直冲上去，用剑刺他。阳处父吃了一惊，拔腿就跑，但还是被续简伯追上杀掉了。

阳处父的家仆，有认识续简伯的，就跑来报告赵盾。赵盾知道续简伯虽是军中高官，但绝不会自作主张，在他上面肯定还有职位更高的重臣指使，这人不是别人，肯定是狐射姑。为不打草惊蛇，赵盾装作不信，呵斥道：“太傅是被盗贼杀害的，怎么能诬陷别人！”叫人收殓了阳处父的尸体。

到了冬天，在曲沃下葬晋襄公。晋襄公夫人穆嬴、世子晋夷皋前去送葬。穆嬴问赵盾：“先君有什么过错？他传位给世子又有什么错？非要丢下世子，到别的国家去求取国君吗？”

赵盾说：“夫人，这是国家大事，不是赵盾一个人的私事。”赵盾嘴上这么说，心里却是发虚。

葬礼完毕，赵盾见时机成熟，便想替阳处父报仇，于是在宗庙中对众臣说：“先君领导各诸侯国，靠的是赏罚分明。如今先君灵柩正在出殡时，续简伯就擅自杀害了太傅阳处父，我们做大臣的谁不担心自己的性命？对续简伯的这种行为，绝不能不加以惩罚！”赵盾命人抓住在场的续简伯，历数罪责后，斩首示众。

狐射姑担心赵盾已经掌握了他的阴谋，就乘着黑夜驾车逃往狄国。赵盾立即派军进攻狄国。狄国先前遭先轸等率军征伐，国力弱小，迅即被灭。狐射姑转而投奔赤狄族居住的潞国（在今山西省黎城一带），投靠潞国大臣酆舒。

两下坐定，酆舒问狐射姑：“倘若赵盾派军来伐潞国，当怎么办？”

狐射姑想了想说：“我只能以情来打动赵盾了。”于是给赵盾写了一封信简，信中道：“当年，我和我们的先人一道侍候着先君晋文公在狄国流亡，你也在狄国出生和长大。在狄国的日子里，我们备受艰辛和冷漠，但也倍感亲情和温暖。现今，你何故如此薄情呢？”

信简派人送去后，酆舒又问狐射姑：“赵盾和赵衰相比，两人谁好？”

狐射姑答道：“赵衰是冬天的太阳，赵盾是夏天的太阳。人们靠冬天的太阳取暖，但怕夏天的太阳那般炽热。”

酆舒笑了，说道：“你是骁勇的战将，也怕赵盾吗？”

狐射姑道：“我何尝怕他，只是势不如人而已！”

且说赵盾接到狐射姑的信简，看了后，叹口气道：“想想以前家族间的友谊，我怎能忍心让他孤身住在潞国呢？”就派校尉臾骈护送他的妻子儿女到潞国去。

臾骈集合部属，准备上路，属下都说：“以前阅兵时，您好心劝狐射姑，反倒被他侮辱了一顿，这仇不能不报。如今您押送他的妻子儿女，这是老天给我们报仇的机会，应该杀掉他们，以解心头之恨！”臾骈不迭声地叫道：“不能，不能！中军将把这事交给我，是因为信任我。中军将要送他们团聚，而我却杀了他们，中军将能不恼恨我吗？乘人之危，不仁义；惹人恼怒，不明智。”臾骈迎候狐射姑的家眷，请他们登上马车，并将他家的财产一一登记，亲自送出国境，没有半点儿失礼。

在潞国的狐射姑与家人团聚，听说了臾骈这事，慨然叹道：“我身边有好人，我竟全然不知，我逃亡也活该！”赵盾也听说了这事，内心油然升起一股敬重臾骈之情，自此有了重用他的打算。

再说先蔑同士会到了秦国，向秦康公禀报了迎接公子晋雍回去主国之事。秦康公高兴地道："我们的先君，曾经多次扶立晋君，如今寡人又要扶立公子晋雍，这说明晋君代代出自秦国呀。"就命蹇丙率军护送晋雍到晋国。

却说晋襄公夫人穆嬴，自从送葬返回绛城后，每天早晨都怀抱着世子晋夷皋，到朝堂大哭："先君有什么罪？他的合法继承人有什么罪？丢开嫡子不立，反而到外边去求国君，你们准备怎么安置这个孩子呀？"出了朝廷，就抱着孩子到赵盾府上，向赵盾叩头，并说道："先君临终时对您说：'这个孩子如果成材，就是受了您的赐予；如果不成材，就要怨您。'现在国君虽然去世，但话音还在耳边。您忘记了先君临终的遗嘱，您让我们怎么活呀？"百姓听到了，无不怜悯穆嬴，责怪赵盾。众臣也议论纷纷，说迎接公子晋雍回来即位既失德又失策。

赵盾开始有些后悔，便同郄缺商量："先蔑已到秦国迎接公子晋雍了，现今我想扶立世子夷皋，怎么办好呢？"郄缺答道："可尽快派人到秦国，叫先蔑他们立刻停止行动。"赵盾说："先定立国君，然后再派出使节，这才合乎名义。"于是立即会集群臣，奉举世子晋夷皋即位，这就是晋灵公。当时，他只有七岁。

百官朝贺刚完，边境就有探报传来："秦国出动大队人马护送公子晋雍前来，已经到了黄河边上了。"众臣都问："我们失信于秦了，拿什么去辞谢呢？"赵盾说："如果我们拥立公子晋雍，那么秦军就是我们的宾客。既然不准备接受他，那么秦国就是我们的敌国。派人去辞，反而让他们占了上风，不如派军去阻挡他们。"于是，赵盾、荀林父等率领晋军，前去迎击秦军。

这时秦军已渡过黄河，在河东安下营寨。听说前面有晋军，便以为是前来迎接公子晋雍的人马，没有半点儿防备。

先蔑先到晋军营地，来见赵盾。赵盾便将奉举世子晋夷皋即位的事告诉了他，先蔑怒目而视，愤愤地说道："我去迎回公子晋雍，是谁的主意？今天又拥立世子夷皋来抵制我。"说罢拂袖而出。

路上碰到荀林父，先蔑说："我后悔没听你的话，以至于落到今天这个地步，我要离开晋国了。"

荀林父劝阻他说："你是晋国的大夫，如果离开晋国，哪儿是家呢？"

先蔑说："我接受命令到秦国去迎公子晋雍，那么公子晋雍就是我的主子。我怎么能够背弃以前的话，而贪图家乡的富贵呢？"于是投奔了秦军。

赵盾对众将士道："先蔑不肯留下来，明天秦军必然逼进，不如乘着夜晚洗劫秦军营寨，出其不意，便会获胜。"便下令厉兵秣马，准备战斗。

晋军等到了秦军营寨，恰好是三更天，一声呐喊，鼓角齐鸣，杀入秦营。秦军在睡梦中惊醒，来不及披甲执矛，四处乱窜。蹇丙拼力死战，才得逃脱，公子晋雍却死于乱军之中。先蔑叹道："赵盾背弃了我，我不能背弃秦军！"便逃往秦国。士会也叹道："我和先蔑是同一个差事，先蔑既然去了秦国，我又怎能独自返回晋国呢？"也跟着秦军去了。

蹇丙兵败回国，向秦康公诉说了晋国中军将赵盾出尔反尔、袭击秦军之事。秦康公大怒，召集众臣道："是可忍孰不可忍呢！"诸位官员都说："甘愿竭尽全力，出此恶气！"秦康公下令秦军日夜训练，养精蓄锐，准备战斗。

晋国先蔑、士会投奔到秦国，秦康公便拜他们为大夫。却说晋国荀林父与先蔑私交甚厚，便对赵盾说："以前狐射姑逃到潞国，您送他的妻儿去找他。今天先蔑、士会到了秦国，是不是应该仿效对待狐射姑的做法？"赵盾说："您看重情义，正合我意。"便派人护送两家家眷及财产到了秦国。

时光如箭，日月如梭，转眼一年过去了。秦康公命百里视留守国家，自己亲率蹇术、蹇丙、士会等人，出动五百乘兵车，浩浩荡荡渡过了黄河，向东进发，进攻晋国。

赵盾听到边境军情，便自己统率中军，以晋灵公名义，命荀林父为中军佐，任用勇士提弥明当车右；郄缺为上军将，臾骈为上军佐；栾盾为下军将，胥臣之子胥甲为下军佐。韩简之孙韩厥，早年丧父，从小在赵盾家长大，德才兼备，赵盾便向晋灵公举荐，命他做司马，掌管军法。赵盾的堂弟赵穿，是晋襄公女婿，担任大夫一职。他找到赵盾，想做上军佐。赵盾说：“你年纪太轻，喜欢争强好胜，没有经历磨炼，暂等时日吧。”赵穿又申请以大夫身份，跟着报效国家，赵盾同意了，让他到上军中效力。

三军开出绛城，队列整齐，气势威严。没走多远，忽然有辆马车冲入中军队伍。韩厥派人审问，车夫答道：“赵盾将军忘了带餐具，我奉命去取，所以才这样急急送来。”

韩厥恼怒地道：“队伍行列已经固定，哪能容忍车辆乱闯？按军法，当斩首！”

车夫吓得声泪俱下：“我是奉赵盾将军的命令！”

韩厥说：“韩厥被委任为司马，只知道有军法，不知道有私情。”命人将车夫杀了，并毁掉了他的马车。

有人紧急报告赵盾：“将军您推荐韩厥，而他却毁了您的马车，杀了您的车夫。这人忘恩负义呀！不可靠。”赵盾微笑，立即叫人召韩厥来。众将士本以为赵盾一定会辱骂韩厥以解心头之恨，没想到韩厥刚到，赵盾便离座走下来行礼说：“你能这样执法，不辜负我推荐你的一番心意，努力吧！”韩厥拜谢后退了下去。赵盾又对众将士说：“将来掌握晋国国政的人，恐怕是韩厥了！韩姓家族就要崛起了。”

晋军驻扎在河曲，臾骈献计说：“秦军锋芒不可阻挡，请砌高墙、挖深沟，坚守而不出战。他们不能坚持太久，肯定要撤兵。撤兵的时候我们再发动攻击，就会稳操胜券。”赵盾依计而行。

秦康公派人挑战，可晋军数日并不回话。秦康公问士会计策，士会答道：“赵盾新近提拔了臾骈，这人不但人品好，而且足智多谋。现在坚守不出，臣估计用的就是他的计策，这是为了让我秦军精疲力尽。赵盾堂弟赵穿，是晋襄公女婿。听说他要求当上军佐，赵盾不听，却让臾骈当了，赵穿心里一定忌恨。现在赵盾用了臾骈的计谋，赵穿一定不服气，他会想法夺取臾骈的功劳。如果派一支轻兵向晋国上军挑战，就是臾骈不出来，赵穿也一定仗着他的勇武来追，那样可以借机一战。”

秦康公按照士会的计策，派蹇丙领着一百乘兵车，专向晋国上军挑战。郤缺和臾骈坚守不动。赵穿听说秦兵前来列阵，立即带了百余个亲兵出营迎击。蹇丙掉回车头就走，速度很快，赵穿追了十几里，也赶不上。

这赵穿一腔热血，却不能与秦军交锋，回归晋国上军营寨，便埋怨郤缺、臾骈等人不肯协力同追，大骂道："裹粮披甲，为的是与敌人作战，现在敌人来了却不出击，难道上军里都是女子吗？"

晋兵说："上军两位将军自有破敌的计划，但不在今天。"

赵穿又大骂道："鼠辈有什么深远谋略？明明是怕死罢了。别人怕秦军，我赵穿偏不怕！我将独去秦军营寨，拼死一战，来洗清坚守不出带来的耻辱。"便驱车前去迎战秦军。

在上军营寨，赵穿高呼："有志气的，都跟我来！"上军中没有一人响应。

却说上军将郤缺闻听此事，急忙叫人报告给赵盾。赵盾大惊失色，不由说道："狂妄之人独自出击，必然要被秦军擒拿，我不能不去援救。"便下令三军将士，一齐杀出，去和秦军交战。

再说赵穿率亲兵闯入秦军营寨，蹇丙将其拦住，两下一番厮杀，彼此都有伤亡。蹇术刚要率军夹攻上来，见晋国大军齐到，不敢混战，急忙鸣金收兵。晋军也是准备不足，赵盾见秦军收兵，也命晋军鸣金收兵。

赵穿回到晋营，问赵盾："我要单独击破秦军阵营，替大家雪耻，您干吗要鸣金收兵呢？"

赵盾说："秦国是大国，不能轻敌，应当以计取胜。"

赵穿说："用计用计，吃了一肚子好气！"话还没完，哨兵来报："秦军来下战书了。"

赵盾打开战书，上面写道："两军对阵，空耗时日，请在明天决一胜负！"赵盾对秦国信使说道："听候吩咐。"

秦国信使一走，臾骈对赵盾说："秦国信使虽然口称请战，但他的眼睛彷徨四顾，有心虚不安的表现，这是惧怕我军，今夜他们必然逃走，请在河口埋伏大军，乘其将要过河时攻打他们，必然大获全胜。"

赵盾想了想，说道："这条计策妙！"便布置埋伏。

且说下军佐胥甲耳闻目睹赵穿所为，不禁叹道："这人真是好汉，我当支持他。"这日，胥甲得知了晋军伏击秦军的计划，便说与赵穿听。赵穿气愤地说："我晋军锋芒绽露，锐不可当，怎么去干这些偷鸡摸狗的阴暗之事！"胥甲深以为是。二人约定单独行动，以扬晋国军威。

意气风发的赵穿和胥甲一同来到秦军寨门，大声喊叫："秦军听着，我们晋国兵强马壮，哪里不如秦国？秦军来约战，已经答应你们了。我们不会在河口设下埋伏，掩袭你们，你们也不要半夜逃走！"

赵盾闻听，急忙派人将赵穿、胥甲叫来训斥："军事机密，你怎能泄露给秦军呢？"赵穿答道："臾骈的计策，哪里是大丈夫所为呢？"赵盾气得说不出话来，挥挥手让二人下去。

再说秦军前哨听到赵穿和胥甲在营门口之语，立即报告给秦康公。秦康公大惊失色，良久才说道："晋国有高人呢！"原来秦国见晋军声势浩大，便思谋回撤，等待时机再来，不想竟被晋军识破。此时，士会在旁，他说道："上天送给晋国高人，也送给晋国莽夫，让秦国躲过了此劫。"秦国君臣不敢懈怠，连夜撤走，没走河口，而是侵入瑕邑，出桃林塞回去。

赵盾也率晋军班师，回到了绛城。第二天，便追治赵穿和胥甲泄露军情的罪责。因为赵穿是先君的女婿，而且又是自己的堂弟，免于问罪，将全部过错都推到了胥甲身上，撤了他的官爵，将其驱逐出境。赵盾又说："其父胥臣的功劳，不可泯灭！"便用胥甲之子胥克为下军佐。

赵盾担心秦军再来，便派重兵驻扎瑕邑，以把守桃林塞。臾骈进言说："河曲之战，为秦军出谋划策的是士会。这等高人在秦国，我们哪能安睡？"赵盾觉得有理，便召集六卿共同商量这事。晋国中、上、下三军主副将，这时已被晋人习惯称作六卿。

赵盾、荀林父、郤缺、臾骈、栾盾、胥克等六卿到齐了，中军将赵盾首先讲话："如今，狐射姑在潞国，士会在秦国，两人都曾是我晋国大臣，如今人才在外，对晋国产生危害，该用什么办法来应对呢？"

荀林父因狐射姑之父狐偃举荐，才得以入仕，因此荀林父说道："请召回狐射姑，恢复他的职位。狐射姑能胜任征战的事情，而且他过去的功劳，今天也不应忘记。"

郄缺反驳道："不行。狐射姑虽然屡建功勋，但有擅杀大臣的罪过。如果恢复他的官爵，拿什么来告诫众人，以保证将来安然有序呢？不如单召士会回来。士会柔顺温和而且足智多谋，逃奔秦国也不是他的过错。潞国和我们相距甚远而秦国紧临国门，要消除秦国这个祸害，必须先使秦国的智囊离开，召士会就是这个意思。"

赵盾问："秦君正宠爱士会，请他回来，他一定不愿意，用什么办法可以促成这事儿？"

臾骈说："我有一个好友，是先臣毕万的孙子，名魏寿余，就是魏犨的侄子，现今在魏邑闲住。这个人很能察言观色，要召士会回来，就靠这人了。"便在赵盾耳边嘀咕了一阵，然后问："怎么样？"

赵盾大喜道："麻烦你去把他召来！"

六卿会议散了后，臾骈当晚就去叩绛城魏寿余的府门，魏寿余迎他进屋，臾骈把召士会回来的计策秘密告诉魏寿余，魏寿余当即答应。臾骈又向赵盾回报了此事。

第二天早朝，赵盾向晋灵公奏道："为了应对秦军侵扰晋国，请下令河东诸邑各自操练队伍，轮流戍守。倘若有不得力的，立即削夺职位、俸禄，这样他们就都肯用心防范了。"晋灵公批准了他的上奏。赵盾又说："魏邑是个大邑，由魏邑倡导这事，其他各邑不敢不听从。"晋灵公又准，便召魏寿余上朝，叫他督责守军，驻守黄河口岸。

魏寿余奏道："臣承蒙晋国记着先世的功劳，赏了一个可以吃饭穿衣的大邑。但臣从来不懂得打仗的事情，何况黄河绵延漫长，处处可以过河，军士又暴露在外，把守并没有好处。"赵盾听了发怒道："小小臣子怎么敢阻挠晋国大计？限你三天之内，办妥此事！如敢违抗命令，军法处置！"魏寿余叹息着走出朝堂，回到绛城府里闷闷不乐。

魏寿余妻子问他原因，魏寿余说道："赵盾无道，要我去督守黄河、防范秦军，什么时候能有个完？你赶紧收拾一下家私，跟我到秦国，投奔士会去。"然后吩咐家人准备好车马。

这一夜，魏寿余找来酒痛饮，借口饭菜不干净，抽了厨师一顿鞭子，还愤恨不已，口称要杀了他。

厨师吓破了胆，跑到赵盾府上，报告魏寿余要投奔秦国的事。赵盾派韩厥领兵去抓，韩厥故意放走了魏寿余，只抓了他的妻儿，关进狱里。

魏寿余连夜逃往秦国，拜见秦康公，诉说赵盾怎样强横无理，最后说道：“如今我的妻儿被关进大狱，我只身逃出来，特来投奔秦国，请君主您救我。”秦康公脸上露出狐疑的神色，此时士会在旁，便向士会问道：“可信吗？”士会答：“晋人多狡诈，不可信。如果魏寿余真的来降，会有礼物贡上。”魏寿余闻听士会之语，果然从袖子里拿出一封帛书，乃是魏邑土地、人口典册。魏寿余将帛书献给秦康公道：“君上如能接纳魏寿余，我愿以封邑奉献。”秦康公又问士会：“魏邑能不能要？”魏寿余用眼望着士会，眨了两下眼。士会虽然流亡在秦国，但是心里依然思念晋国，见魏寿余这种表情，心里便领会了他的意思，于是回答道：“现在两国兵戎相见，攻城略地，只看实力。河东各城，没有比魏邑更大的。如果将魏邑据为己有，以此可以慢慢收拢河东土地，是个长久之计。只怕魏邑害怕晋兵讨伐，不肯来归顺！”魏寿余说：“魏邑虽说是晋国的土地，实际是魏氏自己的。如果君上率一支兵马屯扎在河西，远处声援，以臣自己的力量就可以应对晋国了。”秦康公看着士会说：“你熟悉晋国的情况，同寡人一道去接收魏邑。”士会答应。

秦康公另带蹇术及新任大夫绕朝，亲率大军前进。

到了河口，秦军安下营寨。前哨回来报告：“河东有一支兵马驻扎，不知其来意。”魏寿余说：“这肯定是魏邑的人听说有秦兵开来，因而采取防备措施。他们不知道我已投了秦国，要是有一个熟知晋国之事的人和我先去讲明好坏，不愁魏邑的人不服从。”秦康公便叫士会同去。

士会想起那天魏寿余的眼神，知道他来是想让自己回到祖国，此时士会担心的是妻子儿女的安全。他灵机一动，向秦康公叩头告别说：“臣曾是晋人，后来脱离晋国。假若臣去劝说成功，是我们秦国的福分。万一晋国魏邑之人不听劝告，抓住臣，扣住不放，臣担心自己的妻子儿女孤苦无靠。”秦康公不知士会真实所想，顺口答道：“你放心前往！如果得到魏邑，重加封赏。假设被晋兵拘留，寡人当送还你的家小，以表相处的这段友情。”

绕朝在旁，此时劝谏秦康公说：“士会原是晋国的谋臣，这一去就像大鱼跳进深渊，一定不会回来了。君上为何要轻信魏寿余的话，送谋臣去资助敌人呢？”

秦康公话已出口，不愿收回，便说道：“这事寡人能掌握，你不要怀疑。”

士会同魏寿余离开秦康公而去，绕朝慌忙驾车赶来送行，将皮鞭赠给士会说：“你不要欺负秦国没有智士，只是君上不听我的话。你拿着这条皮鞭拍马，快些回去吧，慢了就麻烦了。”士会拜谢过后，上车打马疾飞。

话说士会和魏寿余过了黄河往东走。没走上一里，就见一名少年，领着一队人马前来迎接。那少年在车上欠起身子问道：“大夫别来无恙？”士会走近细看，认出那少年是赵盾之子赵朔。三人下车相见，士会问他来意，赵朔说：“我奉了父亲的命令，领兵前来接您回朝，后面还有大军，马上就要到了。”当下一通鼓响，大队人马赶来。他们簇拥着士会、魏寿余回到了晋都绛城。

秦康公隔河观望，见到这情景，怒火万丈，就要过河攻打晋军。前哨又传来消息：“探得河东又有晋国大军前来。”蹇术知道所率秦军不多，便谏道：“晋国既然有大军接应，肯定不容我们过河，不如回去。”万般无奈，异常恼恨的秦康公率军返回。

却说士会流亡秦国三年，今日重进绛城，感慨万千。士会按商纣王庶兄微子创下的谢罪礼仪，肉袒面缚，进朝堂去见晋灵公。晋灵公说：“你没有罪。”赵盾表彰魏寿余的功劳，对晋灵公讲了，赏赐了他十辆豪华马车。

再说秦康公虽然恼怒，但言而有信，派人送士会的家小到晋国，并捎话道：“寡人不背弃黄河边上的诺言！”士会感激秦康公的义气，写信去道谢，并且劝他放下兵器，调养百姓，各保四面边境。秦康公采纳了，从此秦、晋两国几十年没有发生战事。

二 彗星日食与一场战争

且说晋国抚平了内忧，消除了外患，渐渐安顿了下来。花开花落，春去春回，又是数年过去了，晋灵公已是十六岁。赵盾想起了晋襄公“不要丢了盟主大业”的临终嘱托，便琢磨着大会诸侯。要风来风，要雨来雨，想什么来什么，鲁国向盟主晋国求援来了。这时，鲁国“三桓”之一、季氏的宗主、鲁国上卿季孙行父来到晋国，讲述了齐、鲁两国之间的事情——

齐昭公姜潘兄弟数人，其兄姜无亏、齐孝公姜昭已亡，其弟姜元、姜商人在世，这姜元贤能，姜商人野心勃勃。

姜商人一心想要收买人心，便将全部家财拿了出来，抚恤贫苦百姓，与此同时，他还聚集了许多亡命之徒，早晚加以训练。

岁月无情，齐昭公患病去世了，其子姜舍即位，恰好彗星出现在北斗星附近。姜商人找人占卜看是什么征兆，结论是齐国将有大乱。姜商人说：“乱齐国的，除了我还有谁呢？”于是命令亡命之徒刺杀了新君姜舍。

姜商人假惺惺地对姜元说：“姜舍没有君主的威仪，不能占居大位，我这样做是为了哥哥你考虑。”

姜元惊道：“我知道你想即位为君已经很久了，为什么要把我拉进去？我能侍奉你，你不能侍奉我。只求你做君上后，允许我作为齐国百姓，安度一生就满足了。”

姜商人便不再谦让，即位为君，就是齐懿公。姜元厌恶他的所作所为，装病在家，闭门不出，再不入朝。

姜舍的母亲是鲁国女子昭姬，她痛惜儿子死于非命，日夜痛哭。齐懿公讨厌她，就换了个囚室关押，还减少她的饮食。昭姬暗地里贿赂看守人，叫他们向鲁国通报信息。

鲁文公害怕强大的齐国，派人到周天子处，想借天子的威望，求得昭姬的释放。此时周襄王去世，周匡王即位。周匡王派单伯到齐国，对齐懿公说："既然杀了她的儿子，还要她这个母亲有什么用，为什么不放她返回鲁国，以显示齐国宽厚的美德？"齐懿公讳忌杀害姜舍的事，听到单伯的话，面颊发红，默默不语。

对单伯不满的齐懿公将昭姬迁到一处内宫，派人骗单伯说："我们君上对先君夫人不敢怠慢。何况还承蒙天子降谕，敢不顺服吗？您为什么不看看先君夫人，使她知道天子眷念同宗之国的情义呢？"单伯认为这是好事，就驾了车随来人进宫谒见昭姬。

昭姬流下泪来，稍微讲了点受苦的情形，齐懿公就从外面闯进来，大骂道："单伯怎敢擅自闯入寡人宫殿，私下里会见先君夫人，干这等不严肃的事？寡人要将这事报告给天子。"于是把单伯也拘禁了起来，与昭姬各关在一间房内。

齐懿公怨恨鲁国借周天子压制他，便兴兵讨伐鲁国。

晋国君臣听完鲁国上卿季孙行父的讲述，个个义愤填膺。赵盾说："商人杀害幼主，关押先君夫人，拘留周天子使节，欺虐邻国，穷凶极恶，天理哪里能容？"士会说："齐国公族，济济在朝，为何不奉立公子姜元来声讨商人的罪过，反而纵容他这样穷凶极恶，连一句公道话也没有呢？事情到了这种地步，真是可悲可叹呀！"于是，晋国君臣下定决心：会盟诸侯，讨伐齐国。

一个月后，赵盾侍奉晋灵公，在扈邑与宋、卫、蔡、陈、郑、曹、许等七国诸侯会盟，一起商议讨伐齐国之事。这次盟会，最后决定由赵盾统率联军，前去伐齐。

齐懿公听到这个消息，便与众臣商议。正在商讨间，天突然渐渐暗了下来，顷刻间，漆黑一片，原来日食发生了。

齐懿公与众臣无不惊骇，有臣说："恐怕齐国将有灾难。"

有臣说：“日食发生时，不止齐国，鲁国、郑国都会看到，不能光说齐国有灾难。”

又有臣说：“不管怎么说，日食发生时，按照周礼，就要减膳撤乐，用牲口在土地神庙里祭祀，在朝廷上击鼓，以表明侍奉神灵、教导百姓。”

还有臣说：“这日食发生，对处理当前之事是个兆示，我们应当用心研究。”

高傒后人世袭上卿高倾说：“放单伯回周王室，将昭姬送回鲁国，就会让联军失去动力。赵盾虽有志气，但晋君年轻好玩，他的宠臣屠岸贾贪财，如果交纳贿赂给他们，定会让联军散去。”齐懿公一一依计而行。

且说晋灵公小小年纪，就做了一回盟主，心里甭提有多高兴了。亡臣屠岸夷之孙大夫屠岸贾笑嘻嘻地赞美晋灵公道：“先君晋文公六十六岁时才大会诸侯，君上您才十六岁，就已经号令七国诸侯了！真是才比尧、功比舜呀！”

晋灵公哈哈大笑说：“寡人虽为君主，可寡人羡慕乡野少年，能遛狗，能打鸟。”

屠岸贾眯着眼说：“君上也能呀！臣这就去给君上您办好，让君上玩得高兴，又不耽误朝政。还有一事，齐国听说联军要去讨伐，便派人送来玉璧十对、珍珠一匣。齐国说，如果让联军回国，还将奉送大量钱财，君上您真是洪福满天下呀。”

晋灵公心里乐开了花，便问屠岸贾：“你说该怎么办？”

已经接受齐国贿赂的屠岸贾眯着眼道：“即刻让晋军返回，让其他七国兵马解散，这样会省下一笔不小的军费。用这军费，就可为君上您建造一座精美的花园呢。”晋灵公点头称好，当即派人让赵盾撤军。

正在行军途中的赵盾接到晋灵公之令，一头雾水，就在这时，接到了齐国放走单伯和昭姬的消息，加上对日食恐惧，于是各国诸侯一哄而散，各归各的国家。此时，齐国也不敢讨伐鲁国。鲁国听说晋国不讨伐齐国，也派人向齐懿公进贡，请求和好。

一心想讨晋灵公欢喜的屠岸贾，在绛城为晋灵公修了一座大花园，因为里面种了好多桃树，便给这座花园命名为桃园。屠岸贾还在桃园里养了几条狗，供晋灵公遛着玩。屠岸贾就是晋灵公肚里的蛔虫，知道他喜欢热闹，便在桃园里盖了一座高台，四面围着栏杆，在台上一眼看去，全都城的房子和街道全瞧得见。晋灵公非常高兴，直夸屠岸贾是个贤才。

作为六卿之首，中军将赵盾撤军回国后用心理政。这天，他在府上，突然宋国大夫石夫紧急求见。赵盾将其接到大堂，石夫掉着眼泪说："宋国国君杵臼被弑了，请盟主晋国平定宋乱。"惊骇之中的赵盾认真听石夫说完宋国的事情——

宋成公去世后，世子子杵臼继位，即宋昭公。宋昭公喜欢田猎，便疏散了国政，远离了宗亲，也不朝见有权威的祖母——宋襄公夫人王姬。许多忠诚大臣预料宋国必然要乱，便纷纷告老还乡，只有荡意诸、石夫等少数几个忠诚的大夫在朝理政。王姬虽然老了却很淫荡，宋昭公有个弟弟子鲍，长得帅气，王姬打心眼儿里爱他，就用酒将他灌醉，借机强逼他同自己通奸，条件是扶立他为新的宋君。

子鲍听说齐国姜商人以丰厚的施舍收买众人的心，得以篡夺齐君，便仿效他的做法，也散发家财，周济那些贫民。这子鲍借鉴宋昭公的过失，敬老尊贤，凡国内七十岁以上的老人，每月都给送去粮食布匹并加上美食佳肴，还派人去慰问是不是安康。另外有才有艺的人，子鲍都收到自己的门下，用丰厚的饭食款待。卿大夫家里，每月都有馈赠。宗族不论关系远近，凡是因生养病死需要费用的，子鲍必定倾囊而出。有一年，宋国闹大饥荒，子鲍府上的粮食已经空了，王姬便拿出大量宫中珍藏，帮助子鲍行善布施，举国上下没人不夸赞子鲍仁义的。宋国的百姓，不管亲疏贵贱，人人都愿意让子鲍坐上宋君的位子。

子鲍知道众人倾向自己了，就秘密告诉王姬，阴谋杀死宋昭公。王姬说："听说杵臼就要到孟诸的灌木丛里打猎，你可派人杀死他。"子鲍依照她的话准备去了。大夫荡意诸、石夫听说了王姬、子鲍的阴谋，便劝宋昭公："君上不能出去打猎，出去打猎，恐怕就回不来了。"宋昭公说："他们要是想犯上作乱，寡人就是呆在城中，不是一样死吗？"宋昭公不听劝告，满载了府库中的珍宝，带着荡意诸、石夫及贴身随从，朝着孟诸方向进发了。

宋昭公刚出城门，子鲍就召来亲信华耦，密授阴谋。这华耦，是宋国亡臣华父督曾孙。华耦向宋军发布命令："先君宋襄公夫人有命，今天消灭无道昏君，扶立公子子鲍做国君。"军士们一听，十分踊跃，齐声喊道："愿意听从命令！"国内百姓也没有不欣然前往的。华耦率着众人出城，去追宋昭公。

宋昭公走到半路上，听说发生了政变。荡意诸劝宋昭公逃到别的国家去，以后再想办法。宋昭公说："上从寡人祖母，下到国内百姓，没有不与寡人为仇的，诸侯谁肯接纳？与其死在他国，不如死在故乡！"便下令停车吃饭，让跟他打猎的人饱食一顿。吃完，宋昭公对左右说："罪过在寡人一个人身上，和你们无关。你们跟了寡人多年，没有什么可以赠送的。国中的珍宝，都在这儿了，分赐给你们，各自逃生去吧！"左右随从哭了起来，纷纷说道："请君上在前面走，假若有追兵来，我们愿拼死一战！"宋昭公说："白白送死，没有好处。寡人就死在这儿了，你们不要舍不得寡人！"

一会儿，华耦率兵追了上来，将宋昭公团团围住，口头传达王姬的命令："只杀无道昏君，与众人无干。"此时，宋昭公身边已跑散了大半。大夫石夫想，留在这儿，必是死，与其死，还不如请盟主晋国来为宋昭公报仇，便拉荡意诸一起离开。荡意诸甩开石夫的手说："怕死鬼，你自己逃跑就是了！做臣子的，躲避君主的危难，即使活着也不如死了！"说完拔剑自杀。大夫石夫掉着眼泪，朝宋昭公磕了个头，就快步离开了。石夫躲在树林里，亲眼看见华耦将宋昭公刺死，左右随从没逃走的，也全被屠杀了。

石夫无比悲伤，秘密跑到城中探听，得知子鲍做了宋国国君，即宋文公；另外得知华耦朝贺完，回到家就患急病死去了。一心想为宋昭公报仇的石夫便赶到了晋国，求见赵盾。

晋国中军将赵盾得知宋国出了内乱，便赶到宫中拜见晋灵公。宫中内侍说，晋灵公正在桃园，赵盾便急急赶到桃园。此时晋灵公正领着一群内侍拿着弹弓打鸟呢，众人比赛谁眼快谁手稳。晋灵公旁边，还有一群狗在狂吠。赵盾见晋灵公已是青年了还不成器，就拉长着脸，对晋灵公谏道："君上，玩物丧志，不可不学周礼，不可不勤政为国呀。"

玩得正高兴的晋灵公，看见赵盾训诫，心里立时变了个味儿，恨不得让身边的狗去和赵盾搏斗。心里这么想，但嘴上还不敢说。晋灵公对赵盾道："你此次前来，有何急事？"赵盾说："宋国发生了弑君事件，我国身为盟主国，一定要替周天子主持公道。"突然想到要遛狗的晋灵公无心思考这些麻烦事，便说："你就安排讨伐宋国吧。"

中军将赵盾离开晋灵公后，就下令中军佐荀林父联合卫、陈、郑等国兵马讨伐宋国。大军到了宋国，宋国亡臣华父督另一曾孙宋国大夫华元便赶到晋军营中，向荀林父等人历数宋国百姓愿意拥戴新君宋文公子鲍之情，并且带了好几车的珍宝布帛，作为犒劳征剿兵马之礼。华元言辞恳切，请求与晋国和好。荀林父打算退兵，但一同前来的郑穆公想进攻宋国。此时的郑穆公想起了郑国与宋国刚刚交战的事——

郑国公子姬归生攻打宋国，宋国华元带兵抵御。准备开战的时候，华元杀羊犒赏军士，他的车夫羊斟没有吃到。等到第二天打起仗来，羊斟说："昨天的羊，是你做主；今天的仗，是我做主。"就驱车载着华元进入郑军，导致宋军失败。郑军囚禁了华元，缴获兵车四百六十辆，俘虏宋军二百五十人。

宋国打算用兵车一百乘、骏马四百匹，从郑国赎回华元。仅送去一半，华元就逃回来了。华元进了城，见到早已逃脱的羊斟说："你的马不受驾驭才会这样吧？"羊斟答道："不是马，是人。"说完就逃到鲁国去了。

这华元逃回后，率领宋军接连攻击郑军，使郑国受到重创。

此时郑穆公见到宋国华元，就想到了郑与宋的宿怨，分外生气，愤愤地说道："大家集结人马，跟随将军您来到宋国，讨伐弑君恶行，可您却要退兵。如果真退兵，乱臣贼子将会更加猖狂了。"荀林父答道："齐国、宋国发生的是一回事，我们已经宽大了齐国，怎么能只问宋国的罪呢？而且宋国百姓愿意这样，已成定局，所以还是退兵为好。"于是不顾郑穆公反对，同宋国华元结盟，认定了宋文公国君之位后班师回国。

郑穆公气愤地说："晋国毫无正义，唯利是图，难以再称雄诸侯了。"自此，晋国的霸主地位一步步削弱下去了。

三　齐鲁的动荡

郑穆公关于乱臣贼子的预言不幸言中了，当主持正义之剑变钝后，邪恶就会滋生。

却说齐懿公姜商人，做国君前乐善好施，当了国君后，立即变得蛮横贪婪。以前齐桓公在世时，姜商人就曾与大夫邴原为所辖田邑界线之事争执，齐桓公叫管仲评断他们的是非，管仲认为姜商人理屈，将田地判给了邴氏家族。这事姜商人一直怀恨在心，等到自己登上君位，齐懿公姜商人就开始夺取邴氏田地，同时恼恨管仲偏袒邴原，便削去了管氏封邑一半土地。管氏家族担心以后遭遇灾祸，便逃到楚国，子孙后代从此在楚国做事。虽然邴原已经去世了，但齐懿公还不能消除对他的仇恨。他下令军士挖开墓穴，拖出邴原的尸体，砍断他的双脚。邴原的儿子邴歜这时正跟着齐懿公，侍候在他的旁边。齐懿公问他："你父亲的罪过是不是该砍双脚呢？你怨恨寡人吗？"邴歜违心地答道："臣父活着时没遭杀，已经万幸了，何况这是枯朽骨架，臣怎么敢有怨恨呢？"齐懿公大喜过望，说："你可比你父亲强多了！"便将所夺取田产全部归还给邴歜。邴歜请求准许他掩埋他的父亲，齐懿公也答应下来。

齐懿公又搜集国内美女，骄奢淫逸。有人在他面前夸赞大夫阎职的妻子很美。虽然说者无意，但听者有心。齐懿公下令，众臣之妻都要到宫中去朝见他。阎职之妻当然也在其中。齐懿公见了果然喜欢不已，就将她留在宫中，派人对阎职说：“寡人喜欢你的妻子，你可以另娶一个。”阎职敢怒却不敢言。

齐国都城临淄西南，有个申池，池水清澈可以洗澡，池旁竹木茂盛。到了夏天，齐懿公打算去申池避暑，便命令邴歜驾车，阎职坐在车厢的右侧陪着。有人私下劝道：“君上砍了邴歜父亲的双脚，又收下了阎职的妻子，这两个人，怎么能知道他们不对君上怀恨在心呢？齐国臣僚很多，何必非用这两个人呢？”齐懿公说：“这两人不曾怨恨寡人，你们不要疑心。”他们到申池游玩，开怀畅饮，十分快活。齐懿公喝多了，又苦于天热，叫人抬来绣床，在竹林茂密的地方，躺着乘凉。

邴歜和阎职在申池里洗澡，邴歜十分痛恨齐懿公，几次想杀了他，替父亲报仇，只是没有碰到帮手和机会，知道阎职对齐懿公也怀有仇恨，便想和他商量，但又难以开口。邴歜灵机一动，想出一条计策来。他故意折下一根竹竿，敲打阎职的头。

阎职发怒说：“干吗欺负我？”

邴歜含笑道：“抢你的妻子，你还不怒，打一下会有什么损伤？你就不能忍着？”

阎职说道：“丢了妻子虽然是我的耻辱，可是看着自己父亲的尸体被人砍去双脚，轻重不是一样吗？你能对父亲忍心，却怪我不能对妻子忍心，多愚蠢！”

邴歜说：“我有心里话，正想告诉你，一直忍着不说，只是怕你忘了以前的耻辱，那样即使我说了，对事情也没好处。”

阎职说：“人都有心，什么时候能忘？只恨力量不够。”

二人均心领神会。邴歜说道：“如今凶手就醉倒在竹林中，陪着来的，只有我们两人，这是老天赐给我们报仇的好时机，不能丢掉呀！”

阎职说：“你能干大事，我一定帮忙。”两人擦干身体穿上衣服，一同走进竹林。

齐懿公正在熟睡，鼾声如雷。邴歜对守在一旁的内侍说：“君上酒醒后，肯定要汤水，你现在去准备好了等着。”等内侍一离开，邴歜抽剑一挥，齐懿公姜商人的头就滚落在地上。两人抬起他的尸体，藏在竹林深处，把他的头扔进水中。内侍取水回来，邴歜对他说："商人杀了先君篡位，我已杀了他，替先君报仇。公子姜元有贤德又孝顺，可立为国君。"内侍唯唯诺诺，不敢说一句话。

邴歜和阎职驾车回到城里，摆上酒宴痛饮，彼此欢呼庆贺。早有人将消息通报给上卿高倾、国归父。国归父也是齐国先君姜太公后人，因为他的祖先是由周天子亲自任命为辅国上卿，便以国为氏，意为国家尊贵至上的姓氏。高倾、国归父二人也都对齐懿公不满。高倾出于职责问："怎样才能讨伐他们的罪行，以告诫后人？"国归父说："弑君的人，我们不能讨伐，而他们讨伐了，又有什么罪呢？"二人便拖着不去惩办。邴歜和阎职两人畅饮完了，叫家仆用大车装上家产，带着家人，大摇大摆地走出南门。家人都劝他们快马加鞭，邴歜说："商人没有道义，国内百姓正在庆幸他死了呢，我们怕什么？"车队缓缓而行，往楚国方向去了。

高倾与国归父召集群臣商议，请公子姜元即位为君，这就是齐惠公。齐惠公刚即位，鲁文公就去世了。齐惠公便与上卿高倾、国归父聊起鲁国的事。

高倾说："鲁文公生前娶齐昭公之女做夫人，生下两个儿子，一个叫姬恶，一个叫姬视。之所以叫姬恶，是因为生下他时，算了一卦，卜辞是：'当恶死，不得享国。'所以，给他起名为姬恶，打算以此来改变他。鲁文公的宠妾秦国女子敬嬴，也生了两个儿子，一个叫姬倭，一个叫姬肹。四个儿子中姬倭年纪稍大，而姬恶却是夫人生的，所以鲁文公扶植姬恶做世子。因此，鲁文公去世后，姬恶应当继位为君。"

国归父说："鲁国是'三桓'掌政。孟氏宗主孟孙敖先娶了莒国的一对姐妹戴己、声己，戴己生长子孟孙谷，声己生孟孙难。孟孙敖好色，正妻戴己死后，又去莒国娶亲。莒国人纳闷，声己不是还活着吗，为什么不把她扶正？孟孙敖解释说，他是给堂弟东门遂娶亲。这东门遂是鲁庄公的侄子，因住在都城的东门，便叫东门遂。莒国人便准备把季己嫁给东门遂，孟孙敖贪恋季己的美色，自己娶了。东门遂大怒，请求鲁文公惩罚孟孙敖。在鲁文公的调解下，孟孙敖把季己退还给莒国，这才与东门遂和解。但他思念季己，第二年奉命出使周王室时，竟然不去，直接到莒国和季己团聚。鲁文公没有追究孟孙敖之罪，而只是让其长子孟孙谷代替孟孙敖做孟氏的宗主。后来孟孙敖又想回国，派人告知孟孙谷，孟孙谷去请求东门遂。东门遂说，孟孙敖要想回国，必须答应三个条件：不入朝，不参与国政，不携带季己。孟孙敖全答应了，回国三年，果然闭门不出，但有一天还是卷了家财又跑到莒国去了。孟孙谷想念父亲，第二年病死了。他的宗主地位由弟弟孟孙难继承。不久，季己死了，孟孙敖又想回国，把家财送给鲁文公和东门遂，让孟孙难为他请命，鲁文公又同意了，但孟孙敖途经齐国时就病倒了，死在途中。”

国归父喝了口水接着说：“由于孟孙敖的罪过，孟孙难不再参与国政，孟氏一度失势。季氏的宗主季孙行父，是叔氏宗主叔孙彭生、彭生之弟叔孙得臣以及东门遂的晚辈，不敢冒犯他们。叔孙彭生又是世子姬恶的师傅，所以这一时期，鲁国是叔氏以及‘三桓’以外的权臣东门遂为政。”

国归父咳嗽了一声继续道：“臣听说，敬嬴仗着鲁文公的宠爱，不满她的儿子不能继承鲁国君位，便用厚重贿赂与东门遂勾结，借此将她儿子的前程托付给东门遂，敬嬴说：‘将来姬倭当了国君，就和您共同拥有鲁国。’东门遂很感动，有心要拥戴公子姬倭。为了积聚力量，东门遂教导姬倭不时到叔孙得臣府上恭敬地请教，因而叔孙得臣心里也倾向立姬倭。现在的鲁国政局复杂，不久必会有一场内乱。”

高倾接过话说：“如今晋、楚大国逞强，我们齐国想获得昔日的盟主地位，就应获得鲁国的支持。不管鲁国新君是谁，都应团结他。”齐惠公点头称是，便特地派人到鲁国，参加鲁文公的葬礼。

此时，世子姬恶继位为鲁君。各国诸侯都派遣使节赶来慰问。东门遂对叔孙得臣说：“齐桓公和鲁僖公都在位的时候，齐、鲁两国就像兄弟一样友好。近些年来，彼此视为仇敌。如今齐国姜元刚刚即位，我国没有去祝贺，而他们却先派了人来参加葬礼。这重修旧好的美意，不能不去感谢。乘此机会，联合齐国作为后援，扶植公子姬倭，这是一条可行之路呀。”

叔孙得臣点了点头说：“我和你同去。”

东门遂和叔孙得臣两人到齐国祝贺齐惠公即位，并且感谢近来对鲁国的盛情，齐惠公设宴招待他们。东门遂说："我们先君宠爱的不是姬恶，而是长子姬倭。长子姬倭为人孝顺有贤德，国内百姓都想奉举他做国君，只因不是嫡子，故受到压制。"齐惠公只是打哈哈，不表态。叔孙得臣说："贵国如果有心思为鲁国改立贤能君主，我们愿意结下姻亲，听从贵国安排，每年都来朝见，不敢有一丝疏忽。"齐惠公听了非常高兴，感到自己将要恢复齐桓公的霸业，便说："寡人一定支持你们！"东门遂、叔孙得臣非常兴奋。

东门遂、叔孙得臣立即回到鲁国，对季孙行父说："当今天下，晋国霸业快要过去了，齐国将很快恢复强盛，他们有意将齐女许配给公子姬倭，这样雄厚的外援不能失掉呀。"

季孙行父说："新君姬恶，是齐国先君齐昭公的外甥。现在的齐君有女为什么不嫁给君位继承人姬恶，反倒要嫁给公子姬倭呢？"

东门遂说："齐君听说公子姬倭的贤能，便决心和姬倭交好，愿意结为翁婿关系。现今国君姬恶的母亲，虽是齐昭公的女儿，但齐桓公的几个儿子，互相攻击如同仇敌，结果五任国君，不是弟弟代替哥哥，就是哥哥替代弟弟，他不认他的哥哥，干吗还要认他的外甥呢？"

季孙行父答不上来，闷闷地回家，不由叹道："东门氏有别的心思了！"

季孙行父把这事秘密地告诉了新君姬恶的师傅叔孙彭生。叔孙彭生全不在意，随口说道："大位已经定下来了，谁还敢有二心？"根本不把这事放在心上。

东门遂和敬嬴私下里商定妥当，便安排刺客埋伏在马圈里，叫养马人假报说："有一匹马生了个马驹非常好看！"敬嬴就请新君姬恶和公子姬视一块儿去马圈察看马驹的毛色。

二人刚到，刺客就突然杀出，用木棍将新君姬恶和姬视两人打死。东门遂说："叔孙彭生还在，这人不除掉，事情就还没完。"便叫内侍假传新君姬恶的命令，请叔孙彭生进宫。

叔孙彭生正准备去，他的家臣公冉务人劝阻道："主子不要去，去了肯定是死。"公冉务人平素就了解东门遂勾结内宫之事，因此怀疑这中间有诡计。叔孙彭生说："君上有命令，虽然是死，也不能逃避呀！"公冉务人说："如果真是君上的命令，那主子就不会死。假若不是君上的命令，死了又有什么意义？”叔孙彭生不听，公冉务人便揪住他的袖子大哭起来。叔孙彭生扯断袖子，登上马车往宫里而去。

到了宫里，叔孙彭生问新君姬恶在哪儿？内侍跪下答道：“宫内养的马正在下驹，他们正在那儿看呢。”就领着叔孙彭生到了马圈。刺客再次杀出，同样用棍子把他打死，然后又用马粪将尸体掩埋了。

敬嬴叫人告诉姬恶母亲：“君上和公子姬视被性情恶劣的马连踏带咬，都不幸遇难了。”姬恶母亲大哭。

季孙行父听到国君姬恶、公子姬视的死讯，便知道是东门遂等人所干。他不敢公开讲，单独见到东门遂时才指责他：“你做事太狠毒了，我都不敢去想。”东门遂辩解说：“这是敬嬴干的，与我不相干。”季孙行父又说：“如果盟主晋国来兴师问罪，怎么对付？”东门遂答道：“齐国、宋国都有了先例，他们杀了国君，晋国都是摆摆样子。如今这里死了两个小孩儿，又有什么可以讨伐的呢？”季孙行父不再说话。

季孙行父来到马圈，抚摸着姬恶的尸体，不觉失声痛哭。东门遂也赶到这儿，向季孙行父说道：“大臣应当商议大事，学着孩童一样哭哭啼啼有什么好处？”季孙行父便忍住眼泪。这时叔孙得臣也赶到了，问东门遂他的哥哥叔孙彭生在哪儿？东门遂推辞说不知道。叔孙得臣笑了：“我哥哥因忠心而死，这是他的志向，有什么不能说的？况且你我都是支持公子姬倭的。”东门遂便偷偷告诉他尸体埋藏点，然后朗声向众人说道：“现在对我们来说，当务之急是扶立新的国君。公子姬倭已经长大成人了，而且具备贤德才气，适合登上大位。”这时百官都已赶来，大家听了都没有吭声，于是拥戴姬倭为鲁君，这就是鲁宣公，众官员列队朝贺。

叔孙得臣从马粪中挖出叔孙彭生的尸体，重新掩埋了，不再提起。因哥哥叔孙彭生已死，叔孙得臣成为叔氏宗主。

再说姬恶母亲，看到东门遂扶植姬倭当上了国君，捶着胸膛大哭，几次昏倒在地。醒后叫左右内侍收拾车仗，准备返回齐国。东门遂假惺惺地叫人挽留她：“新君虽然不是太夫人生的，但君上对太夫人的孝顺和赡养自然不会缺少的，干吗要到娘家去生活呢？”姬恶母亲骂道：“乱贼东门遂！我们母子有什么对不起你的，非要做这样惨毒的事情？现在还用假话来留我！如果鬼神知道了，决不会饶了你！”说完，出了宫门登车走了。

经过大街集市，姬恶母亲又是放声大哭，她喊道："上天呀上天！两个孩子有什么罪？乱贼东门遂丧尽天理，残杀国君！我今天和百姓们永别了，再也不到鲁国了！"路上百姓听了，无不痛心，许多人流下了眼泪。这一天，鲁国商贩为此罢市。因为姬恶母亲毅然出宫返回齐国，从此人们管她叫出姜。

出姜回到齐国，见到齐昭公夫人，各自述说自己孩子死得冤枉，互相抱头痛哭。齐惠公憎恶这哭声，另修了屋宇，让她们母女搬过去住。

鲁宣公同母兄弟姬肸，为人耿直忠诚，见母亲敬嬴、哥哥姬倭借东门遂的力量，杀了两个弟弟，自立为鲁君，心里非常不满，也不去朝贺。鲁宣公派人叫他，要委他以重任。姬肸还是推辞不去。有好友问他原因，姬肸说："我并不是讨厌富贵，只是见了我哥哥，就想起我死去的两个弟弟，心里不是滋味呀！"好友又问："你既然觉得这个哥哥不讲道义，为什么不去别的国家呢？"姬肸说："哥哥不曾对我绝情，我怎么敢对哥哥绝情？"恰好这时，鲁宣公派内侍送来粮食布帛，姬肸推辞说："我现在不至于挨饿受冻，因此不敢浪费公家财产。"内侍三番五次说是鲁宣公安排的，姬肸说："等缺吃少穿了，一定去要，今天绝不敢收下。"等内侍离开，好友说："你不接受官职俸禄，足可以证明你的良心了，家里又没有多余钱财，稍微领些馈赠，并不碍清洁，都推辞了不是太过分了吗？"姬肸只是笑笑，没有回答。好友叹息着离开了。

内侍回报鲁宣公，鲁宣公说："寡人弟弟一直很贫困，不知靠什么生活？"派人偷看他的举动，发现他每夜挑灯做鞋，每晨上街去卖，靠此置办饭食。鲁宣公叹了口气说："这人是要学伯夷、叔齐呢！寡人应该成全他的志向。"公子姬肸终身不曾接受他哥哥的一寸丝、一粒米，也终身不曾谈起他哥哥的那段罪恶。鲁国人崇尚姬肸的仁义，称颂不已。

却说鲁宣公即位，东门遂奏道："君上还没有夫人，以前同齐君有婚约，这事不能耽搁太久。"鲁宣公问："谁去出使齐国？"东门遂答道："婚约是臣定下的，臣愿意前去。"鲁宣公就派东门遂到齐国，交纳鸿雁等聘礼，请求为鲁宣公姬倭完婚。东门遂正月到齐国，二月就将齐女接回国。

东门遂又对鲁宣公奏道："齐君虽然和君上已是翁婿关系，但将来的好坏不能预测。臣当年曾和齐君约好每年都去朝见，因此才将鲁国君主定位的事托付给他。现在请君上履行约定，与齐国结盟。如此的话，两国关系就像唇齿相依一样牢固，君上的位子也就稳如泰山了。"鲁宣公觉得有理，便将当年臧文仲前去取得的晋文公送给鲁国的济水之西田地，送给了齐国。

齐惠公异常高兴，便与鲁宣公在平州会见。两人先叙了一阵翁婿的情谊，然后才行两君相见之礼。会见结束后，各自高兴回国。随行的东门遂兴奋地说道："我们今天可以睡安稳觉了。"

悠悠岁月无数事，三言两语几笔过。且说莒兹丕公逝后，莒纪公继位。莒国世子己仆杀了莒纪公，携带重礼来投奔鲁国。鲁宣公派内侍拿着手谕去命上卿季孙行父："莒国世子己仆为了鲁国，毅然杀了他的父君，并携带重礼前来投奔。他对寡人太好了。寡人赐给他封邑，今天执行，不得违抗。"内侍仓促行走中，被鲁国内史里革遇见。里革问："为何这样急忙？"内侍便将前后经过，予以述说。里革惊叹道："这样做，不妥呀！"便将手谕要过来，将内容改为："莒国世子己仆杀了他的父君，并偷窃了莒国珍宝前来投奔。己仆不检讨自己的凶恶还想来接近我们鲁国，请你替寡人把他放逐到东夷去。今天必须执行，不得违抗。"内侍知道里革忠诚正直，值得信任，便将修改后的手谕送给季孙行父。

且说季孙行父因为新君姬恶被弑，又因为担心自己性命不保，从而忧伤过度，满头黑发掉了个光。好在鲁宣公认为其忠诚，不但不杀，反而将他予以重用。到了第二天，季孙行父汇报执行的情况，鲁宣公大惊，便责问季孙行父。季孙行父将内侍找来，内侍便把内史里革修改手谕之事报告给了鲁宣公。鲁宣公大怒，当即派人把里革抓来，气呼呼地问道："修改君令，该当何罪？"里革答道："臣拼着一死奋笔改写君上的手谕，当然知道这意味着什么！臣听说过，'破坏法纪的人是乱贼，掩匿乱贼的人是窝主；窃取珍宝的人是盗贼，使用赃物的人是奸邪。'使君上成为窝主、奸邪的人，是不能不除去的。臣违抗了君上的命令，也不能不处死。”鲁宣公想了想，叹口气说：“寡人确实太贪心，这不是你的罪过。”便赦免了里革。

夏天，鲁宣公把渔网投入泗水深处捕鱼，里革割断他的渔网，扔在一旁道：“鸟产卵、兽怀胎时，掌管山林禽兽的官吏便禁止用网捕捉鸟兽，只准用矛刺取鱼鳖，晒成肉干供夏天食用，这是为了鸟兽的生长。鸟兽长大了，鱼鳖则开始繁殖，掌管湖泽的官吏便禁止下网捕鱼，只准挖设陷阱、架设鸟网去猎获鸟兽，以供应宗庙和厨房的需要，而把小鱼养在河里，等它们长大后再取来享用。此外到山上砍柴时不能伐掉树苗，到水边割草时不能割取嫩草，捕鱼时禁止捕幼鱼，捕兽时要留下小兽，捕鸟时要保护雏鸟，捕虫时要避免伤害幼虫，这些都是为了使万物生长繁殖。现在正是雌鱼刚刚和雄鱼分开繁殖的时候，却不让鱼长大，还要下网捕捞，真是太贪心了！”鲁宣公听了这番话说：“寡人错了，有里革纠正，寡人很欣慰。里革是一张好渔网啊，他让寡人懂得治理国家的良策。请内侍把渔网保存起来，使寡人永远不忘。”乐师存正在旁边侍候鲁宣公，此时劝道：“与其保存这张渔网，还不如把里革安排在您的身边，君上您就可以时时听到他的规劝了。”鲁宣公微笑采纳。

四　喜欢打鸟的晋灵公

却说鲁宣公即位很久，晋国也无人来问，这证明了季孙行父关于晋国兴师问罪的担心确实是多余的。此时晋国快要担不起盟主的重担了，甚至自己国内也快要出乱子了。

晋灵公在桃园的玩兴有增无减，他有时候打鸟、遛狗；有时候叫婢女们到台上来跳舞，自己喝酒取乐。那个永远满脸笑容的大夫屠岸贾老叫晋灵公称心，晋灵公看见他就精神百倍。

晋灵公好遛狗，屠岸贾也养狗。这些狗经常成群结队，进入市集夺取羊、鸡而食，食饱了还拖着回到屠岸贾府。如果哪家被狗伤害了，主人拿起棍子打这些狗，晋灵公闻听后就会下令砍掉这家主人的脚，于是绛城百姓都害怕遇见狗，集市变得越来越不旺气。中军将赵盾想劝谏晋灵公，谁知这些狗竟然把他拒之门外，赵盾气得不得了。

有一天，晋灵公瞧见园子外面的人比园子里面的鸟儿还多。他高兴起来，对屠岸贾说："我们老打鸟儿也腻了。今天换个新花样，用弹弓打人怎么样？打中身子，喝酒一觯；打中脑袋，喝酒两觯；打中眼睛，喝酒三觯。"屠岸贾赞同道："这个主意好。"于是他们两人拿着弹弓，向墙外人群里打去。果然有被打出眼珠子的，有被打落门牙的，也有被打破腮帮子的，直打得百姓乱叫乱跑，各自逃命。晋灵公看见，哈哈大笑。

赵盾和士会知道了这件事，第二天就到宫里去见晋灵公。刚到宫门口，就瞧见两个婢女抬着一只筐子，筐子外头露着一只手，原来里头装着一堆大卸八块的尸首。

赵盾问她们："这是怎么回事？"

她们说："这是厨师。君上因为他没把熊掌煮透，发了脾气，就把他杀了。"

赵盾对士会说："他把人命当草芥一般看待，简直太不像话了。"

士会说："让我先去劝劝他吧。要是不听，您再来。"

士会进去了，晋灵公看见他就说："你别说了，寡人全知道了。从今以后，寡人改过就是了。"士会看到他这么痛快，反倒不好意思再多话了。出来见到赵盾，把情况一说，就把赵盾拉回府了。

赵盾一心为晋国着想，觉得如果不好好劝谏晋灵公，就会对不住当年跟随晋文公闯天下的那帮人。过了两天，晋灵公又去桃园。赵盾便在桃园门口等着，看见晋灵公过来，就跪在地上。

晋灵公很不高兴，红着脸说："你有事吗？"

赵盾说："君上玩乐，多少也得有个分寸。怎么能拿弹弓打人呢？厨师有小错，也不能把他治死呀！要是君上这么干下去，一定要出乱子。臣怕君上和我们晋国都有灾祸，因此臣冒着得罪君上的危险，请君上您回去！"

晋灵公低着头，眼睛瞧着地上说："你回去吧！这回让寡人玩一玩，下回听你的，行不行？"

赵盾堵住大门，一定要他回去。这时屠岸贾赶过来，阴笑着脸说："中军将对君上是一片好意，不过君上已经到了这儿，您不可一再劝阻。"赵盾狠狠地瞪了屠岸贾一眼，就让他们进去了。

二人进了桃园，屠岸贾向晋灵公说："唉！这可是玩最后一回了。从明天起，君上您得关在宫里，听中军将管教！"

晋灵公满不在乎地说："寡人是君主呀！"他又对屠岸贾说："你得想个招儿啊！"

屠岸贾笑嘻嘻地说："有了，臣府上有个武士叫锄麑，臣叫他刺死赵盾，君上您就不会再受他管了。"

晋灵公轻轻地说："好，就这么办吧。"

当天晚上，屠岸贾就叫锄麑去把赵盾刺死。锄麑得了命令，当夜跳进赵盾府，躲在一棵大槐树底下。过了四更天，天还没亮，赵府上的人就起来预备车马，正堂的门也开了。他在暗处往里瞧，正堂上点着灯，一位大臣已经穿好了朝服，坐在那儿等天亮。再细一瞧正堂里的摆设，全是些粗劣家具，跟他想象的中军将排场完全不一样。锄麑心里暗暗道："这么廉洁奉公的大臣，可叫我怎么下手呢？"再一想："不把赵盾刺死，回去怎么交代呢？"他心一横，跑到正堂门口，嚷着道："中军将，您听着，有人派我来暗杀您。我可不能丧尽天良杀害好人。不过，也许还会有人来行刺您，您得多留神！"说完就朝大槐树一头撞去，脑浆都撞出来了。此时的赵盾已明白是谁指使，他心里自言自语道："我赵盾忠心为国，国君能把我怎样？小人屠岸贾你胆敢把六卿之首杀害！"赵盾命人厚葬锄麑，自己依旧像往常一样冷静，只是多了一份提防。

这天早上，赵盾照常上朝，这倒把晋灵公和屠岸贾吓了一大跳。他们觉得不对头，赵盾怎么还活着呢？大概是锄麑出了问题了。散朝以后，屠岸贾对晋灵公奏道："臣有一只猎狗，凶极了，要杀赵盾非它不可。"他把办法详细一说，乐得晋灵公拍手叫好。

屠岸贾回府以后，做了一个草人，给它穿上跟赵盾一模一样的衣服，胸脯里搁着羊肉。天天训练那只猎狗扑过去，抓破胸脯，饱吃一顿。经过几天训练，那只狗看见那个草人就立刻扑过去，抓破胸口，取出羊肉。等猎狗训练好后，晋灵公便依屠岸贾之计，叫赵盾到宫里去喝酒。

此时赵盾多了一份防范之心，带着勇士提弥明一起去。屠岸贾早早在宫中等候，向赵盾说道："君上请中军将您喝酒，别人不得上来。"提弥明只好站在堂下。君臣吃吃喝喝，倒还有说有笑。忽然晋灵公直夸赵盾的宝剑，要他拔出来瞧瞧。照规矩，做臣下的不能在国君面前拔剑，如果拔剑，就是犯了阴谋行刺国君的大罪。赵盾没想到这些，正在摘剑的时候，提弥明在堂下大声嚷道："君上面前不得无礼！"赵盾经他这么一提醒，猛然知道这是他们的诡计，就站起来告别，提弥明怒气冲冲地陪他出来。

屠岸贾见一计不成，便亮出准备已久的毒手，放出那只猎狗去追赵盾。那只猎狗看见赵盾，以为还是那个草人，立刻朝他的胸膛扑过去。眼明手快的提弥明飞起一腿，便把猎狗踢倒，立即结果了那条狗命。

宫里乱了起来，晋灵公命武士去杀赵盾和提弥明。提弥明保护着赵盾，不停往外跑。提弥明连杀几人后，被乱剑砍死。武士们又来追赶赵盾，赵盾跌跌撞撞地往外逃。有名武士特别卖力，比其他人跑得都快。赵盾一见他到了眼前，心想活不成了，谁料那名武士竟然背起赵盾，撒腿向前跑。

这时，赵盾之子赵朔，带了公孙杵臼、程婴等家臣来接应赵盾。那名武士把赵盾放在车上，回头再与宫中追来的武士搏斗。宫中武士看到赵家人多，全都撤回宫中。

转危为安的赵盾问那救命武士："他们全来害我，你怎么反倒救了我？你是哪位？"武士说："我叫灵辄，以前饥饿之时，您曾送肉给我和我母亲吃，所以我要报答您。将军您快逃走吧。"此时的赵盾想起了往事——

某年，赵盾去中条山打猎，看见一人饿倒在地，便问他叫什么，有什么病。这人说："我叫灵辄，已经三天没吃东西了。"赵盾给他食物，他吃了一半，留下一半。赵盾问他原因，他说："在外闯荡已经三年了，不知道母亲还在不在，现在快到家了，请让我把这留给她。"赵盾很受感动，让他吃完，又给他准备了一筐饭和一些肉，让他回去送给母亲。

赵盾此刻明白，灵辄后来做了晋灵公的卫兵，此次出手相助，乃是报恩。赵盾不敢停留，便和赵朔带着家人，往国外逃。他们想带着灵辄一块儿去，可他早已溜走了。

赵盾父子俩出了城门，正巧碰见大夫赵穿打猎回来。赵盾就把他们要逃走的事说了一遍。赵穿说："您是晋国的梁柱子，您可不能离开晋国，我自有办法请您回来。"赵盾知道赵穿一贯剑走偏锋，到了最后，该有祸的反而无祸，便说："那么，我就在河东等着。不过你得小心，千万别惹出祸来。"

赵穿去见晋灵公，他跪在地上央求道："臣虽说是君上您的姐夫，可是赵盾得罪了君上，我们赵家的人也有罪。请君上先革去臣的官职，再办臣的罪吧！"

晋灵公说："这是什么话！赵盾欺负寡人可不知道多少回了，真叫寡人难受。这可与你无关，你放心吧！"晋灵公还怕赵穿心里不安，故意显出很亲热的样子跟他聊天。晋灵公说："赵盾大概是怪寡人太爱玩吧！"

赵穿眼珠一转，顺话说话，跟晋灵公说："赵盾老是板着脸，臣一看见就生气。说真的，做了国君要是不能享点儿福、痛快痛快，那倒不如不做，君上您知道齐桓公有多少妾？"

晋灵公歪着脑袋，想了想说："十来个吧？"

赵穿撇了撇嘴说："十来个算什么，他的后宫里满是美人。齐桓公喜欢玩，一样做了霸主。我们的先君晋文公都六十多岁了，还做新郎，他也做了霸主。君上您正年富力壮，更应当做一番大事业，怎么不派人去搜罗美人？"

晋灵公嬉皮笑脸地说："赵盾要是像你这样对待寡人，寡人早就听他的话了。搜罗美人是好，可是派谁去呢？"

赵穿说："谁能比得上屠岸贾？他最能办事！这样的人才不重用，君上您还用谁呢？"

晋灵公听从赵穿的话，吩咐屠岸贾出去搜罗美女。

赵穿支开了屠岸贾，便让自己的心腹军士充当晋灵公的卫兵，陪着他在桃园里打鸟，不费什么力气，就把晋灵公杀了。众官员和百姓早就痛恨晋灵公，这时候听说昏君死了，真是人人痛快。

士会等听到晋灵公被杀，连忙赶到桃园，那里已空荡荡没有一人，昔日养的一群狗也被赵穿的军士杀光了。士会料到赵穿已去迎接赵盾，便把园门封上，等待赵盾前来。

不到一日，赵盾坐车回来，进入绛城，来到桃园门口时，百官都聚集在这里。赵盾命人打开园门，在晋灵公尸体上痛哭了一场，悲哀之声园外都能听到。百姓听到了都说："中军将对君上这般钟爱，可君上却这样对待中军将。君上死是自取其祸，不是中军将的过错呀。"

赵盾一面吩咐将晋灵公殡殓，葬在曲沃；一面召集群臣，商议再立新君之事。这时晋灵公还没有儿子，赵盾说："先君晋襄公去世时，我曾主张立长子为君，大家意见不统一，才有今日，这次不能不小心了！"

士会说：“国有长君，社稷之福，确实像中军将说的那样。”

赵盾说：“晋文公有一个儿子，出生时，他母亲梦见神人进屋来用黑手摸他的屁股，因此起名黑臀，现今在周王室供职，年岁也大了，我想把他迎回来立为新君，大家看如何？”百官不敢有异议，都附和说：“中军将这样做很妥当。”赵盾想解脱赵穿弑君的罪过，便派他去周王室迎公子晋黑臀回国即位，这就是晋成公。

屠岸贾正在外面察访美色女子，忽然有人来报：“君上被弑！”屠岸贾大吃一惊，知道是赵穿所为，但他不敢声张，偷偷回到了府中。

赵盾始终为桃园之事内疚，一日来到史馆，见到内史董狐，便索要简史阅看，董狐将它呈上，赵盾看简上写道：“秋七月乙丑，赵盾弑其君夷皋于桃园。”他大吃一惊道：“内史写错了！那时我出逃河东，离绛城有二百多里，怎么能知道弑君之事呢？而你却归罪于我，这不是诬陷吗？”

董狐说：“您是中军将，出逃时没有出境，返回后又不讨贼，说此事不是您的主谋，谁能相信呢？”

赵盾说：“还可以改写吗？”

董狐说：“是是非非，称为信史。我的头可断，此简史不可改呀！”

赵盾感叹道：“唉！史臣的权力大于中军将呀！恨我当时没有出境，招来万世骂名，后悔也来不及了。”

晋成公为君后，让赵盾主持国政，并把自己的女儿嫁给赵朔，称为庄姬。赵盾对晋成公奏道：“臣的母亲是狄国人，赵姬有谦让的美德，派人迎接臣母子回到晋国，臣才得以立为嫡长子，入朝做事。现在赵姬的三个儿子赵同、赵括、赵婴都长大了，臣愿意把臣的职位归还给他们。”晋成公说：“你的弟弟，乃是寡人之姐所钟爱的孩子，应当都录用，请你不要过于谦让了。”于是赵同、赵括、赵婴同时被封为大夫。

赵穿依旧担任大夫，参与军政。他暗中对赵盾说：“屠岸贾奉承晋灵公，助纣为虐，与赵家有仇。如若不除去此人，恐怕赵家不会安宁的！”赵盾已为桃园弑君之事后悔，不想再在史册上留下骂名，另外，赵盾敢闯敢干，心胸也十分开阔。他对赵穿说：“他没说你有罪，你怎么反倒说他有罪呢？我家是几代为官，应当与他和睦共事，用不着去寻仇。”赵穿不再说什么。屠岸贾也小心对待赵家，以求平安无事。

赵穿自以为有功，请求位列六卿，赵盾担心舆论，没有答应。赵穿愤恨不平，忧郁而死。赵穿的儿子赵旃，请求继承父亲之职。赵盾又想到董狐亲笔直书的事，为了留下一个好名声，便安慰说：“等你将来立了功，就是正卿位置也不难得到呀。”

赵盾辅佐晋成公，更加恭敬谨慎，但不久，赵盾去世，郤缺继任中军将。

五　问鼎中原

滚滚黄河水，奔流不复回。同样，汉水滔滔，亦不回头。公元前613年，楚穆王去世了，世子芈旅继位，即楚庄王。楚庄王刚刚即位时，终日不理朝政，贪恋酒色，通宵达旦与婢女一起鬼混，搞得面黄肌瘦、萎靡无神。他走路一摇三晃，还得两个婢女一左一右搀扶着。

夫人樊姬见状，心里急得要命。樊姬知道，若是苦口婆心地劝说，就是说破嘴皮子也无济于事。她日思夜想，有了一条计策。她头不梳，脸不洗，出门也不穿着艳装，整日愁眉苦脸、蓬头垢面。

一天，楚庄王见了樊姬，吃了一惊，心里嘀咕："平时美貌的樊姬，如今怎么变成这个模样？"楚庄王便问道："夫人，你生病了吗？为何不施粉黛、不着艳装啊？"樊姬不搭理他。楚庄王又问，半晌，樊姬才说："大王，妾没生病！"楚庄王说："那为什么不好好地打扮一下，搞得像个乞讨婆？"樊姬慢吞吞地说："俗语说，女为悦己者容。大王您整日喝得烂醉，迷恋婢女，妾就是梳妆打扮得再美丽，给谁看呢？"楚庄王一听，哈哈笑道："原来是这样！好，好，寡人改了行不行？"楚庄王果然改邪归正了几天，可是过了不久，他又老调重弹，老毛病重犯，不仅酗酒，而且神魂被几个新进的婢女给勾走了。樊姬很是沮丧，她担心的不是自己得宠失宠，而是楚庄王要误国误民！

樊姬又想了一个劝导楚庄王的办法。她命人在城内筑起一个高高的土台，命名为梳妆台。她每天晚上独自登上此台，对着月亮和星星，一边梳理着长发，一边喃喃自语。樊姬的怪异举动，很快传到楚庄王的耳中。

一天晚上，楚庄王亲自来到梳妆台上，奇怪地问：“夫人，你独自一人在高台上干什么？”樊姬说：“妾在这里梳妆啊！表演给星星、月亮看啊！”楚庄王说：“开什么玩笑，月亮、星星怎么会注意你？”樊姬说：“大王，妾就是在宫中梳妆，您也看不见呀！晚上在这高台上梳妆，有星星、月亮给妾做伴，妾不寂寞呀！”樊姬的一番言辞，顿时让楚庄王感到羞愧。在星月的辉耀下，楚庄王看见了樊姬眼中的泪花，也听出了樊姬的弦外之音。他诚恳地对樊姬说：“夫人，寡人这次真改，行吗？”打这之后，楚庄王果真远离淫荡和烂醉。

楚庄王喜欢女人，也喜欢马。有人送给楚庄王一匹淡金马。这淡金马头细颈高，皮薄毛细，四肢修长，步伐轻盈。楚庄王非常喜欢，给它穿刺绣的衣服，吃有钱人家才吃得起的枣脯，住富丽堂皇的房子。给淡金马的待遇不仅超过了对待百姓甚至超过了对待大夫的待遇。不料，这匹马因为恩宠过度，得肥胖症而死。楚庄王大悲，让群臣给马发丧，并要以大夫内棺外椁之礼为之安葬。大臣们对此不满，认为楚庄王是在侮辱大家，说大家和马一样。楚庄王闻听议论，下令说，再有反对以此礼制葬马者，死罪论处。

这楚庄王不但喜欢马，还喜欢娱乐。有一位戏子孟以滑稽调笑见长，甚得楚庄王欢心。戏子孟听说楚庄王葬马之事，跑进大殿，痛哭流涕。楚庄王很吃惊，问其缘由。戏子孟说：“死掉的淡金马是大王的心爱之物，堂堂楚国，地大物博，无所不有，而如今只以大夫之礼安葬，太吝啬了。大王应该以大王之礼为之安葬。”楚庄王听后，无言以对，心想把大王同马一个待遇那不是侮辱大王吗？此时楚庄王明白了戏子孟的用意，便取消了以大夫之礼来安葬淡金马。

知道楚庄王喜欢娱乐，便有人将一张古琴献给楚庄王。这人说：“大王，这张古琴名为绕梁，它可是一张有名的古琴啊！”

楚庄王说：“此话怎讲？”

这人说：“要说起它啊，可是大有来头！周朝初年，一位女乐手韩娥去齐国临淄省亲，不料断了钱粮，无奈之下，只得去弹琴卖艺求食。她弹奏的琴声凄婉悠扬，如孤雁长鸣，在房屋中回旋不绝，听者如云。据说，韩娥弹过离去三天，其琴声仍在屋梁之间萦绕回荡，不绝于耳。因此，后人就把她弹奏的那张古琴称之为绕梁。在下今日献给大王的这张古琴，正是当年韩娥用的绕梁啊！”

楚庄王听后，小心翼翼地把古琴提了起来，反复打量着古琴。只见此琴黝黑铿亮，轻轻拨动琴弦，琴音悠扬绵长。楚庄王不禁满心欢喜，当即重赏此人。

自从得到绕梁古琴以后，楚庄王整天吟歌弹琴，陶醉在悠扬的音乐之中，竟一连七日不朝，把国家大事都抛在了九霄云外。

樊姬刚刚为楚庄王远离淫荡烂醉而高兴，没想到他又痴迷于琴乐。异常焦虑的她这次不再客气，直接指着楚庄王的鼻梁教训开了：“大王，您这样做，也太过分了。您想过没有，过去商纣王迷恋靡靡之音，失去了江山社稷。现在，大王如此喜爱绕梁之琴，沉沦在音乐中七日不去临朝，难道也想丧失国家和性命吗？”樊姬的这一番话语，仿佛兜头浇了一盆凉水，使楚庄王顿时冷静下来。他反思自己：近来对音乐确实是太过于痴迷了，之所以痴迷，是因为绕梁这张古琴的音色太美了，他几乎无法抗拒这美妙琴音的诱惑。可是樊姬说得很对，沉溺于此会招来祸患啊！何况还是一国之君，搞不好真的会误国误民啊！楚庄王像睡醒了一样，立刻将古琴绕梁砸坏。从此，令天下无数人羡慕的古琴绕梁绝响了。楚庄王向自己暗叹道：“寡人即位三年了，三年浑浑噩噩，不能再这样下去了，现在应该清醒了。”

楚国大夫申无畏善于察言观色，他见楚庄王的神气由散漫转向专注，由游手好闲转向深深沉思，便知楚庄王内心发生了极大变化，想勤理政事了。这天，申无畏来见楚庄王。

楚庄王问他：“你来干什么？”

申无畏奏道：“有人叫臣猜个谜儿，臣猜不着。大王聪明过人，臣来请大王猜猜。”

楚庄王问：“什么谜儿？”

申无畏说：“楚国山上，有只大鸟，身披五彩，可真荣耀，一停三年，不飞不叫，人人不知是什么鸟。”

楚庄王笑着说：“这可不是普通的鸟，三年不飞，一飞冲天；三年不鸣，一鸣惊人。你别急！”

申无畏磕了个头说："大王英明！"

此时的楚庄王十分明白，如果不好好管理朝政，别说不能称霸诸侯，就连自己的国家都会管不住的。

从这天起，楚庄王改革政治，调整人事，不再让令尹掌管楚国大权，因为令尹权力太大，现在的令尹斗越椒的势力比以前的令尹更大。与此同时，楚庄王命人训练兵马，意图重新争霸中原。

两年后，楚庄王亲率大军打败了陆浑国（在今河南省嵩县北）。陆浑国靠近周都洛阳，楚庄王顺便在周天子的王畿之地阅兵示威。

周匡王不明底细，胆战心惊，向群臣说："昔日，先王嘲笑荆蛮，没想到这些说'鸟语'的楚人势力越来越强，如今竟然敢来冒犯天子了。"王孙姬满有胆有识，向周匡王奏道："观当前楚人之所为，不像来侵，而像是耀武扬威。请允许臣前去，用周礼当武器，把他们撵走。"周匡王答应。

王孙姬满来到楚营，楚庄王问道："寡人听说大禹铸有九鼎，以为传世之宝，现在洛阳。不知鼎的形状大小和轻重如何？寡人想听一听这些！"

王孙姬满说："从前，尧老了，传位给舜；舜老了，传位给大禹。大禹有天下，把九州进贡的青铜，铸成九鼎。夏朝无道，九鼎迁到商朝；商纣王凶恶残酷，九鼎又迁到周朝。如果君王有德，鼎虽小也重；如果君王无德，虽大犹轻！不过，诸侯之国是不可以问鼎中原的！"

楚庄王甚觉惭愧，当即率军离去，见王孙姬满如此聪慧锐利，不敢再生窥视周王室之心。

老虎离开山，猴子要称王。却说令尹斗越椒见楚庄王分了他的权力，便有了造反的心思。这回瞧见楚庄王率领大军去打陆浑国，好比老虎离了山头，斗越椒发动本族人马，占领了郢都，杀死蔿贾等一班大臣。接着，斗越椒率兵出郢都，意图半路截击楚庄王。

楚庄王返回途中，与斗越椒在汉水两岸相遇。斗越椒命人隔河射箭。楚庄王手下校尉养由基大声对斗越椒说："这么宽的河，射箭有什么用呢？令尹您是个射箭的好手，我们俩就靠近点，站在桥头上，一人三箭，赌个输赢，不来的不是好汉。"斗越椒说："要比箭，我先射。"养由基就让他先动手。斗越椒的箭是百发百中，他非常自信。

他将第一支箭对准养由基射过去。养由基用自己的弓轻轻地一拨，那支箭就掉在河里了。接着第二支箭又来了，他把身子一蹲，那支箭从他头顶上擦过去。斗越椒嚷着说："不许蹲！"养由基说："好，这回我就不蹲，您只有一箭了。"刚说完就瞧见第三支箭又到了，养由基不慌不忙，伸手一抓，把那支箭接在手里，大声说道："大丈夫说话算话，逃跑的不是好汉。"说着拿起弓发出"嘭"的一声，斗越椒赶快往左边一躲。养由基笑着说："别慌，我就拉拉弓，箭还在手里呢。"接着他又把弓弦拉了一下，斗越椒赶快又往右边一躲。养由基就在他往右边躲的那一刻，飞速射了一箭，正中斗越椒的前额。他那高大身子就像锯断了的大树，重重地从桥头上倒下去。树倒猢狲散，斗越椒的人马逃的逃，降的降，楚庄王迅即平息了内乱。因为养由基一箭消灭了斗越椒，楚国人高兴地称他"养一箭"。

楚庄王回到郢都，把斗氏宗族，不论大小，一律杀死。只有斗越椒之子苗贲皇逃奔到晋国，苗贲皇封邑于苗，故称苗贲皇，另有斗般的儿子斗克黄出使去齐国，尚未处死。

斗克黄回来途中，听说了斗越椒作乱的事。他左右的人说："不能回去了！"斗克黄说："大王，如同上天哪，天命怎么可以不顾呢？"便直接回到郢都，回复使命后，自己到掌管司法的司寇那里请罪。

斗克黄说道："我祖父斗子文，曾经说过斗越椒有反相，必定灭族。他临终时嘱咐我父亲逃避到别的国家去。我父亲想到世代受楚王恩惠，不忍心逃去，被斗越椒所害。现今的事又果然应了我祖父的话，既不幸是逆臣的家族，又不幸违背了祖父的遗训，今日死了，也是罪有应得，怎么敢逃避刑罚呢？"

楚庄王听了这事，感叹说："斗子文真是神人哪！他为楚国立过功，怎么能忍心使他断后呢？"于是赦免了斗克黄的死罪，并说："斗克黄宁死不逃避刑罚，是忠臣呀！"于是为其改名斗生，是说他死而复生了。

楚庄王厚赏养由基，知道大夫虞邱贤明，因令尹空缺，便让他暂掌国政。

一日，楚庄王和虞邱谈论政事，到了深夜才散。夫人樊姬向前问安，楚庄王说："寡人和虞邱谈论政事，不知不觉夜深了。"

樊姬问："虞邱是个什么样的人？"

楚庄王说："是楚国贤能的人。"

樊姬说："以妾的观察，虞邱未必是这样。"

楚庄王说："你怎么知道虞邱不贤能呢？"

樊姬说："臣子对待大王，就像妇人侍奉丈夫。妾主持后宫，凡是后宫中有美貌的女子，都送到大王面前。今天虞邱与大王论政，直到午夜，都没推荐一位贤人。一人的智慧是有限的，而楚国之士是无穷的，虞邱想以一人的智慧掩盖无数人的智慧，又怎么能算是贤人呢？"

楚庄王认为樊姬说得对，第二天早晨就把她的话讲给虞邱听。虞邱奏道："臣没想到这一点，现在立即着手这事。"于是向群臣访贤。

斗生推荐了蔿贾之子蔿敖："他为避斗越椒之乱，隐居在云梦泽那里，是位少有的贤能之士。"虞邱报告给了楚庄王。楚庄王说："虎父无犬子，蔿贾是智士，他的儿子一定不寻常。如果没人说，寡人几乎忘了他。"当即命虞邱同斗生驾车去云梦泽，接蔿敖入朝听用。

却说蔿敖携带母亲逃难，居住在云梦泽，靠耕田生活。一日，他扛着锄头出来，见田中有一条两头蛇，惊骇地说："我听说两头蛇是不祥之物，见到它的人必死，恐怕我活不成了！"又道："如果留下这条蛇，倘被别人见到了，又要丧命，不如我一人承担了。"于是挥锄打死了这条两头蛇，埋在田边。跑回家后，蔿敖向母亲哭泣。母亲询问原因，他答道："听说看见两头蛇的人必定要死，儿今天见了，恐怕不能养您老了，所以悲伤。"母亲说："蛇在什么地方？"蔿敖说："儿怕别人再见到它，已经打死埋掉了。"母亲说："人有一点儿善心，上天必定保佑他。你见两头蛇，唯恐为祸别人，打死埋掉，这岂止是一点儿善心呢？你一定不会死，而且能得福呢。"

过了些日子，虞邱、斗生来到，宣布楚庄王命令，起用蔿敖。母亲笑着说："这是埋蛇的好报呢。"蔿敖和母亲随虞邱、斗生回到了郢都。

楚庄王见到蔿敖，高兴地和他谈了一天。这蔿敖才识非凡，对答如流。楚庄王兴奋地说道："楚国的群臣，没有能和你相比的！"当天就要拜他为令尹。蔿敖推辞说："我来自田野，突然执掌朝政，怎么可以服人？请列在各位大夫后面。”楚庄王说：“寡人了解你，你就不要推辞了。”蔿敖再三推让，才接受令尹的职位。

任职第二天，就有一位老人，穿着麻布丧衣，戴着白色丧帽，来见蔿敖。

蔿敖对老人说：“楚王不了解我没有才能，让我担任令尹这样的高官，你不来祝贺，反来吊丧，是有什么话要指教吗？”

老人说：“是有话说，当了大官，对人骄傲，百姓就要离开他；职位高，又大权独揽，国君就会厌恶他；俸禄优厚，却不满足，祸患就可能光顾他。”

蔿敖向老人拜了两拜说：“我诚恳地接受您的指教，还想听听您的其他意见。”

老人说：“地位越高，态度越谦虚；官职越大，处事越小心谨慎；俸禄已很丰厚，就不应索取分外财物。您严格地遵守这三条，就能够把楚国治理好。”

蔿敖答道：“您说得非常对，我一定牢牢记住它们！”这位老人告辞离开，蔿敖留也留不住。

蔿敖担任令尹后，主张施教于民、布政以道，制定实施政策法令，尽力使农、工、商各得其便。蔿敖鼓励百姓秋冬上山采矿，使青铜业大力发展。当时楚国通行一种“紊”字形铜贝币，因“紊”字形如同一只蚂蚁爬在鼻子上，故称之为蚁鼻钱。楚庄王嫌它重量太轻，下令将小币铸成大币。百姓却觉得不方便，特别是商人更是蒙受巨大损失，纷纷放弃从商，使得市场萧条。更严重的是，国人都不愿住在城邑里，这直接影响了社会安定。蔿敖知道后，就去见楚庄王，请求他恢复原来的币制。楚庄王答应了。三天后，市场又恢复到原来繁荣的局面。当时，淮河流域经常闹水灾，影响了农业的发展。蔿敖为使百姓富足、国家强盛，就亲自去调查，主持兴修水利设施。最著名的就是芍陂，芍陂原来是一片低洼地，蔿敖发动百姓数十万人，修筑堤堰连接东西的山岭，开凿水渠引来河水，造出了一个人工大湖。有水闸可以调节水量，既防水患又可以灌溉农田，此举振兴了楚国经济。一时间，楚国进入了一个家富人喜、优赡乐业、式序在朝、行无螟蜮、丰年蕃庶的全盛时期。

蒍敖又着手改革军制，报经楚庄王同意，蒍敖将楚军分为中、左、右三军和左广、右广两支楚王亲兵。用虞邱统率中军，公子芈婴齐统率左军，公子芈侧统率右军，养由基统率左广，屈荡统率右广。楚军制定了详细军法，行军、宿营、打仗各依规矩，侦察、巡逻、决策分工明确。楚军纪律严明，严禁骚扰百姓。当初楚国群臣见楚庄王宠信蒍敖，都不服气，等见到蒍敖办事井井有条，无不赞叹道："楚国有幸，得到这个贤明的臣子，是斗子文复生了。"

公元前606年，郑穆公有病。这日，郑穆公寝宫里的一盆兰花死掉了。悲哀的郑穆公对群臣说："兰花死了，寡人也许要与世长辞了！寡人是靠着它出生的。"这天晚上，郑穆公就去世了。世子姬夷继位，就是郑灵公。公子姬宋与姬归生当权。此时，在大国中夹缝生存的郑国飘摇不定。郑穆公生前，因晋国对其有功，郑国依附晋国。现在晋国衰弱，而楚国又逞强，此时的郑国在晋、楚中间徘徊，定不下依靠哪边。

就在此时，楚庄王与令尹蒍敖商议兴兵伐郑。楚国探子突然从郑国回报，郑灵公被公子姬宋杀了——

公子姬归生与姬宋，都是郑国公族，二人一同去拜见刚刚即位的郑灵公。这时，姬宋的食指忽然不停地抖动，姬归生感到奇怪，姬宋说："没什么，我的食指常抖动，抖动那天一定会吃到奇异的美味。前年出使晋国吃到了石花鱼，去年到楚国吃到了天鹅，食指都是提前抖动，每次没有不灵验的。不知道今天又会吃到什么美味。"

将要进宫门时，见内侍传令，急着叫厨师快来。姬宋问内侍："你叫厨师有什么事？"内侍说："有位百姓捉得一只大鼋，有二百多斤重，献给了君上。现在大鼋捆绑在堂下，君上让我召唤厨师烹它，还想让诸位官员一起享用呢。"姬宋嘻笑着说："美味在这里，我的食指怎么会不抖动呢？"入宫后，看见捆绑在堂下的鼋特别大，两人相视而笑。拜见的时候，笑意还荡漾在脸上。郑灵公问："你们笑什么？"姬归生答道："姬宋与臣入朝时，他的食指忽然抖动，说过去常如此，必定能尝到美味。现在见堂下有巨鼋，猜想君上品尝时，必会分给群臣，食指果然有灵验，所以笑呀！"郑灵公开玩笑说："灵与不灵，掌握在寡人手中啊！"

二人退出，姬归生对姬宋说：“美味虽然有了，如果大王不请你，怎么办？”姬宋说：“既然众人都享用，能把我排除吗？”

这天吃鼋时，内侍果然遍召诸位大臣。姬宋欣然而入，笑着对姬归生说：“我就知道大王不能不召我。”一会儿，众臣到齐了，郑灵公命入席就座，然后对大家说：“鼋是水族佳品，寡人不敢独自享用，愿与诸位共同品尝。”众臣齐声道谢。坐好后，厨师说鼋已经烹调好了，先献给了郑灵公。郑灵公边尝边赞美，随后命赐每人一碗鼋羹，从下席起，直分到上席。正好分到第一、第二席也就是姬归生与姬宋时，只剩下一碗，厨师禀报：“羹已经没有了，只有这一碗，请君上下令赐给谁？”郑灵公说：“赐给公子归生。”厨师把鼋羹送到了姬归生面前。郑灵公大笑道：“寡人命遍赐诸位，而偏缺少公子姬宋的，是公子姬宋命不该吃这鼋呀！还敢说什么食指有灵验吗？”原来喜欢取笑的郑灵公故意吩咐厨师，缺此一碗，想使姬宋的食指不灵验，好做个笑柄。却不知道姬宋已在姬归生面前把话说绝了，今天百官都得到赐食，唯独没有自己的，他便恼羞成怒，径直奔到郑灵公面前，把手伸进他的碗中，取出一块鼋肉吃了，然后说：“臣已尝到了！食指怎么不灵验？”说完，扬长而去。郑灵公也大怒，把筷子扔到地上说：“公子姬宋这么没规矩，是欺负寡人！难道他以为郑国没有利刃，不能砍掉他的头吗？”姬归生等人都离座跪伏在地上奏道：“公子姬宋凭着至深之爱，想沾些君上的好处，所以不拘小节，哪里敢对君上失礼呢？请君上宽恕他！”郑灵公恨恨不已，众臣也都不欢而散。

姬归生立即赶到姬宋府上，告诉郑灵公发怒之事，嘱咐他道：“明天上朝时要请罪。”

姬宋说：“怠慢别人者，自己也要受到怠慢。君上先怠慢我，不自责反倒责怪我！”

姬归生说：“虽然如此，但君臣之间，不可不谢罪。”

第二天，两人一同上朝。姬宋随大家行礼，没有一点儿谢罪的表示。倒是姬归生感到不安，代他奏道：“公子姬宋不对，招致君上责备，特来请罪。公子姬宋战战兢兢不能言语，请君上宽恕！”

郑灵公说：“是寡人得罪了公子姬宋，他怎么会怕起寡人来？”说完拂袖而去。

姬宋出来，把姬归生请到府上，附在耳边说："君上很生我的气，恐怕要杀我。不如先发难，事成了可以免一死。"

姬归生捂住耳朵说："牲畜年长了，都不忍心杀它，何况一国君主，你怎么能轻易说杀呢？"

姬宋说："我开玩笑，请不要泄露。"姬归生告辞。

姬宋探听到姬归生与郑灵公之弟姬去疾友好，经常来往，就在上朝路上扬言："公子归生与去疾昨夜相聚，不知谋划的是什么事？恐怕对朝廷不利。"

姬归生急忙拉住姬宋到僻静之处道："你说什么话呢？"

姬宋说："你不与我同心协力，我就让你比我早死一日！"

姬归生向来软弱，处事不果断，听了姬宋的话，害怕地道："你要干什么？"

姬宋说："新君无道至极，从分鼋一事就看到了。如果成就大事，我与你共同辅佐去疾为国君，郑国也就可保久安了。"

姬归生想了一会儿，慢慢地说："随你怎么做，我不给你泄露就是了。"

姬宋暗中聚集家仆，乘郑灵公秋天祭祀住在斋宫的机会，半夜摸进去，用土袋子压死了郑灵公，对外声称得病暴亡。姬归生虽然清楚这件事但不吱声。

第二天，姬归生与姬宋商议，拟立姬去疾为君主。姬去疾听说后大吃一惊，推辞说："父君有十三个儿子，如果立贤人，我没有德行可言；如果立长子，又有公子姬坚在。去疾就是死了，也不敢违背祖宗之规呀。"姬归生与姬宋无奈，便推举姬坚即位，是为郑襄公。郑穆公总计有十三个儿子，郑灵公姬夷被谋杀，郑襄公姬坚继位，下边还有十一个儿子。郑襄公怕这些弟弟聚众结党，发生变故，私下里与姬去疾商量，想独独留下姬去疾，把其他弟弟驱逐出国。姬去疾说："我们兄弟在一起，就像枝叶繁茂，本根就粗壮。如果剪枝去叶，使本根暴露在外，那么它的枯干之厄运很快就会来到。君上能容纳大家，这是臣的心愿。若不能容纳，臣也同行，怎么能忍心独自留在这里？如果独自留在这儿，将来有什么脸面到黄泉之下去见父君呢？"郑襄公听从姬去疾之言，拜十一个弟弟为大夫，同心治理国政。

楚庄王听完郑国的变故，高兴地道：“寡人伐郑国有理由了！”楚庄王便派公子芈婴齐为将军，率军讨伐郑国。郑国派使节紧急赶赴晋国，请求援助。晋国派中军佐荀林父领军救援。楚国见晋军人多势众，只好移兵伐陈。陈国又向晋国求援，晋成公亲自带荀林父率晋军赴陈与楚对敌，宋、卫、郑、曹四国兵马亦来助晋对楚，楚军退回。不料，晋成公病死在征途中，大军各自撤回本国。晋国拥立世子晋孺为国君，这就是晋景公。

第二年，楚庄王亲自统率大军，又去攻打郑国，在柳棼作战。晋国中军将郤缺带兵救郑，击败楚军。郑国人都很高兴，唯独公子姬去疾面有忧色。郑襄公感到奇怪，询问原因，姬去疾回答道：“论当今国力，楚最强。晋打败楚，是偶然的。楚国将来会把怒气发泄到郑国身上，我们不能长期依靠晋国，我们快要看到楚国在郑国郊外陈兵了！”果然未过多日，楚庄王又来讨伐郑国，兵马驻扎在颍水之北。

正巧公子姬归生去世，见好友已死，公子姬去疾便想追究尝鼋弑君之事，以使楚军失去征讨的理由，于是杀了姬宋，暴尸于市，然后派使节到楚庄王那里谢罪，并说：“郑有逆臣姬宋，已被处死，郑愿到贵国会盟。”原是以讨伐乱臣贼子为名而来，如今姬宋已死，郑国又如此倾心依附楚国，楚庄王便同意会盟，将地点安排在辰陵，并派使节到陈国约见陈灵公，此时陈穆公早已去世。

楚国使节很快从陈国回来报告道：“陈君已被司马夏徵舒谋杀了，国内大乱。”楚庄王有些震惊，心里嘀咕道：“这些年来，诸侯国君被弑，怎么像百姓家里杀鸡那样随意？”使节向楚庄王详细讲述了这段离奇的故事——

陈国司马夏御叔，封邑在株林，娶郑穆公之女夏姬为妻。夏姬柳叶眉、丹凤眼，不只漂亮，而且还妖淫成性。有人说她少年时，梦见一个妖人，与她交合，教她素女采战术，能使女人虽老还少。夏姬未出嫁时，便与自己的庶兄姬蛮私通，不到三年，姬蛮死去，她就嫁给夏御叔。夏姬嫁给夏御叔不到九个月，便生下了一个白白胖胖的儿子。虽然夏御叔有些怀疑，但是惑于夏姬的美貌，也不再深究。这个孩子取名夏徵舒。夏徵舒十二岁时，其父夏御叔病亡，夏姬隐居株林。夏御叔壮年去世，有人说就是死在夏姬的素女采战术上。

夏姬年超三十，仍是青春年少，肌肤胜雪。她独守空闺，但不甘寂寞。陈国大夫孔宁和仪行父与夏御叔关系不错，曾窥见夏姬美色。见夏御叔已死，对夏姬念念不忘的二人，便经常进出株林。孔宁与仪行父先后都成了夏姬的床幕之宾。孔宁从夏姬那里出来，里面穿着从夏姬那里偷来的锦裆，向仪行父夸耀。仪行父心中羡慕，便对夏姬说："你赠给孔宁锦裆，今天也请你给我一件东西以作纪念。"仪行父身材高大、仪表堂堂，夏姬对他越发倾心，便笑嘻嘻地说："锦裆是他偷去的，不是我所赠。"又附耳说："虽然同床共枕，也有厚薄之分。"于是解下她穿的碧罗短袄赠给仪行父。仪行父自此往来更密，孔宁受到冷落。

孔宁知道夏姬与仪行父过往甚密，越发妒忌，心生一计。一天，孔宁独自去见陈灵公，有意向陈灵公称赞夏姬美艳。陈灵公轻佻傲慢，对孔宁说："寡人久闻她的大名，但她年龄已三十多了，恐怕是深秋的柳叶，未免泛黄了吧？"孔宁淫笑着说："虽三十多了，但她容颜不老，如同十七八岁的女子模样。"孔宁靠近一步，小声说道："夏姬娴熟房中术，天下无双。交接之妙，大非寻常。君上一试，自当销魂。"陈灵公一听，欲火中烧，面孔发赤，恨不得立刻见到夏姬。

第二天，陈灵公微服出游株林，孔宁在后边相随，这一游就游到了夏家。事前已经得到消息的夏姬命令家人把里里外外打扫得一尘不染，家里张灯结彩，并预备了丰盛酒宴。陈灵公车驾一到，大有宾至如归的感觉。夏姬穿着礼服出迎，对陈灵公说："有失远迎，请君上恕罪。"其声如黄莺，清脆可人。陈灵公一看她的容貌，顿觉内宫粉黛全无颜色，即刻命夏姬："引寡人园中一游。"夏姬前面做向导，陈灵公、孔宁相随入园。园子不大，却有乔松翠柏、奇石名葩。陈灵公观看了一番，见筵席已经备好，就坐了下来。孔宁坐在左边，夏姬坐在右边，酒摆在中间，陈灵公目不转睛，夏姬也流波送盼，陈灵公方寸大乱。

酒不醉人人自醉，这夜，陈灵公拥夏姬入帷，解衣共寝，但觉肌肤柔腻、芬芳满怀，欢会之时，宛如处女。对于这个一国之君，夏姬使出了浑身解数，有少女的羞涩，表现出弱不胜情的模样；有少妇的温柔，展示出柔情万种的态势；更有妖姬的媚荡，流露出分外的新鲜与刺激。

整夜风月无边，不知东方已白。陈灵公叹道："寡人遇天上仙女也不过如此而已！"他又说："寡人得交你，回视内宫犹如粪土，不知你是否专心于寡人？"夏姬闻听此言，怀疑陈灵公已知孔、仪二大夫之事，便答道："贱妾不敢相欺，自丧先夫，不能自制，未免失身他人。今日得以侍奉君上，从此当永远谢绝他人。"陈灵公欣然说："你平日所交之人，能告诉寡人吗？"夏姬说："只有孔、仪二大夫，为了抚养遗孤，便导致情乱，再没有其他人了。"陈灵公大笑说："难怪孔宁说与你交接之妙，大异寻常，若非亲试，怎么会知道？"陈灵公起身，夏姬把自己贴身穿的汗衫给陈灵公穿上，说道："君上看见此衫，犹如看见贱妾。"

次日早晨退朝，百官都散去了。陈灵公留下孔宁感谢他荐举夏姬之事，又召仪行父说："如此乐事，何不早让寡人知道？你二人占了先头，是什么道理？"孔、仪二大夫说："臣等并无此事。"陈灵公说："美人亲口所言，你们也不必避讳。"孔宁答道："这好比君有食物，臣先尝之；父有食物，子先尝之。倘若尝后觉得不美，不敢进献君和父。"陈灵公笑着说："不对，比如熊掌，让寡人先尝也不妨。"三个人嘻嘻哈哈，胡言乱语一番。陈灵公撩起衣服，扯着汗衫向二大夫显摆；孔宁撩开衣服，露出锦裆；仪行父也不示弱，解开碧罗短袄。陈灵公又笑着说："我们三人，随身都有所证，改天同往株林，可做连床大会！"陈灵公本是个没有廉耻的人，再加上孔、仪二人一味奉承帮衬，更兼夏姬善于调情，几人抱成团，弄出个一妇三夫同欢同乐的格局。

夏姬的儿子夏徵舒渐渐长大知事，不忍见其母亲淫乱，只是碍于陈灵公，无可奈何。他每次听说陈灵公要到株林，就托辞避出，落得眼中清静。转眼间，夏徵舒长到十八岁，生得体格健壮，多力善射。

陈灵公为取悦夏姬，就让夏徵舒承袭他父亲夏御叔的司马官职，执掌兵权。夏徵舒为感恩，在家中设宴款待陈灵公。陈灵公约孔、仪二人作陪。夏姬因儿子在座，没有出陪。酒酣之后，君臣又互相调侃嘲谑，毫无人形。夏徵舒心生厌恶，便退入屏后，偷听他们说话。陈灵公对仪行父说："夏徵舒躯干魁伟，有些像你，是不是你生的？"

仪行父大笑道：“夏徵舒两目炯炯，极像君上，估计还是君上所生。”孔宁从旁插嘴：“君上与仪大夫年纪小，生他不出，他的爹爹极多，是个杂种，就是夏姬自己也记不起来了！”三人拍掌大笑。夏徵舒听到这里，羞恶之心再也难遏，暗将夏姬锁于内室，然后手持利刃，引着家仆数人，冲杀进去。

陈灵公还在耍笑弄酒，听到人声嘈杂，叫了声不好，起身就跑。他跑入内室想求救于夏姬，哪知门早已上锁，他慌不择路，急向后院奔去。夏徵舒紧追不舍，一箭射去，正中陈灵公的胸口，当即死亡。孔、仪二人见夏徵舒朝陈灵公追去，便急急往外逃，慌不择路，就从狗洞里钻出去了。

闻听陈灵公已死，孔、仪二人便商量如何办。孔宁说：“家不敢回了，夏徵舒是司马，掌兵权，必会追杀我们。”仪行父说：“那就逃到楚国去，郑国发生弑君，楚去问罪，我们请楚国来平定陈国内乱。”于是，二人逃到楚国去求救。

夏徵舒谎称陈灵公酒后急病归天，便和众臣立世子陈午为新君，就是陈成公。夏徵舒害怕诸侯前来问罪，就请陈成公朝见晋国，找个靠山。之所以找晋国，其中一个原因是晋国连续宽容齐、宋、鲁等国弑君行为。

听完使节的讲述，楚庄王目瞪口呆，叹道：“天下还有这等奇事！”恰好孔宁、仪行父二人也逃到楚国，见了楚庄王，叙说夏徵舒造反，弑君乱国，请楚国平乱。楚庄王召集群臣商议。却说屈荡之子屈巫，现为楚国大夫，仪容俊美，文武全才，只是有一个毛病，贪淫好色，闻听楚国使节说陈国有个夏姬，懂得素女采战术，便极其好奇和羡慕。为了抢取夏姬，屈巫极力劝楚庄王兴兵伐陈。令尹蔿敖也主张讨伐，楚庄王就下了决心，先发一道声讨檄文，送至陈国，上书道——

> 夏徵舒谋杀陈君，神人共愤。你们国家不能讨伐，楚王便代你们兴师问罪。罪行由逆臣一人承担，其余臣民，不必惊慌。

陈国人见到了檄文，都把罪过归咎于夏徵舒，好多人巴不得借楚国之手行事，就不做御敌准备。

楚庄王亲自统率三军，带领公子芈婴齐、芈侧以及屈巫等众官，以风卷残云之势，直捣陈国都城宛丘。一路如入无人之境，所到之处善待百姓，秋毫无犯。夏徵舒知道国人怨恨自己，就偷偷地逃回株林。这时，陈成公还在晋国没回来。辕涛涂的后人陈国大夫辕颇同诸位大臣商议："楚王替我们讨逆，只杀夏徵舒一人。不如把夏徵舒抓住献给楚军，派人求和，保全社稷，这才是上策。"群臣都以为妥当。还没派兵前去，楚国兵马就已经开到宛丘城下，辕颇等迎接楚庄王进城。楚庄王问："夏徵舒在哪儿？"辕颇答道："在株林。"楚庄王问："诸位为什么容留此等逆贼，不加诛讨？"辕颇答道："不是不想征讨，是力量不足。"楚庄王立即命令辕颇为向导，自己统率大军，向株林进发，只留下芈婴齐率一支人马，驻扎在都城宛丘内。

夏徵舒正想收拾家财，携带母亲夏姬逃奔郑国。楚军抢先一步，包围了株林，为首者是楚国连尹襄老。这连尹是楚国军职，主射之官。襄老将夏徵舒与夏姬捉住，献给楚庄王。

夏姬向楚庄王再三叩拜，柔声说道："性命握在大王手中，如蒙怜悯宽容，情愿身为奴婢！"楚庄王见夏姬容颜美丽、语音动听，心智已被迷惑，便命人将夏姬单独看管，只将夏徵舒车裂而死，以告诫乱臣贼子，另将陈国改成楚国一县，将陈国大夫辕颇等人，全都带回楚国郢都。

处置完毕，楚庄王与众臣商议："楚国后宫佳丽虽多，但比得上夏姬的太少了，寡人想纳她为妾，众位以为如何？"

大夫屈巫谏道："不行，不行！君上兵伐陈国，是讨其叛逆。如果收纳了夏姬，是贪图美色。讨伐逆贼为义，贪恋女色为淫。以义开始而以淫终了，为人笑话，不应当如此。"

楚庄王又想起了夫人樊姬的淳淳劝谏，便说："你说得很对，寡人不收纳了。只是这个女人乃世间尤物，若再让寡人看见，一定不能自制。"便打算将夏姬杀掉。

这时楚国公子芈侧在旁，他看中了夏姬的美貌，见楚庄王不收纳了，跪地请求道："夏姬罪不至死，臣中年无妻，请大王把她赐给臣做妾吧。"

屈巫又说："大王不能答应。"

芈侧含怒说道："你为什么不让我娶夏姬？"

屈巫对芈侧说："原因有二。一，此女人是天下不祥之物，据我所知，郑国公子姬蛮的夭亡，陈国司马夏御叔的早死，陈灵公遭害，她儿子夏徵舒受戮，陈国大夫孔宁、仪行父出走，陈国灭亡，种种不祥都与她有关！天下漂亮女人有的是，何必非娶此淫妇留下后患呢？二，天下有个不成文的习俗，就是诸侯不内娶、臣僚不外娶，不内娶是指不娶本国女子，避免妻党盘结内政；不外娶，是指臣僚不娶他国女子，避免臣僚与他国勾结。虽然总有例外，但例外往往备受贬议。"

屈巫此话已出，芈侧便不敢再存想法了，向楚庄王奏道："既然如此，臣不娶了。"芈侧又对屈巫说："只是你说大王娶不了，我也娶不了，难道你要娶她不成？"

屈巫连声说："不敢，不敢！"

楚庄王说："你们就不要争执了。夏姬是襄老的战利品，战俘为奴，奴归主人，就将她赐给襄老吧。"襄老谢恩而出。

公子芈侧没当回事儿，只是屈巫进谏楚庄王，劝阻芈侧，本是想将夏姬留给自己，现在看楚庄王将她赐给了襄老，暗暗叫苦："可惜，可惜！"又在心里自我安慰道："襄老这个老头儿，如何养得了那个女人？以后再说吧。"

却说楚庄王灭亡陈国，众官都来朝贺。独有大夫申叔时，出使齐国没有回来。这时齐惠公逝去，世子姜无野即位，这就是齐顷公。齐惠公晚年，感激鲁宣公诚挚顺服之心，将济水之西田产又还给了他。楚国申叔时此去，正是吊唁故君、祝贺新君。等到楚庄王灭掉陈国回到楚国的第四天，申叔时才返回，复命而退。

楚庄王见申叔时离去，总觉得少了点什么，仔细一想才明白，原来过去三天里百官都一一盛赞楚庄王，唯独申叔时没有称赞。楚庄王就让内侍传话责怪申叔时："夏徵舒无道，谋杀其君，楚国将其杀掉。现陈国并入楚国版图，天下人都说好，百官没有不庆贺的，唯独你没说一句好话。是你忘记了，还是楚国讨伐陈国不对？"申叔时闻听此话，又随内侍前去拜见楚庄王。

申叔时奏道："大王听过蹊田夺牛的故事吗？"

楚庄王说："没听过。"

申叔时说："有人牵着牛从别人田里走过，践踏了禾苗，田主一怒抢走了他的牛。这件案子要是在大王您面前，您怎么断呢？"

楚庄王说："牵牛践踏他人农田，毁伤禾苗不多。如果抢走牛作为报复，这显然太过分了！寡人要是断理此案，就责备一下牵牛之人，而不抢走他的牛。"

申叔时说："大王能够明断此案，怎么不明断陈国之事呢？夏徵舒有罪，大王讨伐其罪过就够了。夺取陈国国土，这和夺走牛有什么区别？还值得祝贺吗？"

楚庄王跺脚说道："这话说得好！"

申叔时说："大王既然认为臣说得对，为什么不去改正呢？"

楚庄王立即召见辕颇问道："陈国国君在哪儿？"

辕颇答道："先前去了晋国，现在不知在哪儿。"说完泪下。

楚庄王难过地说："寡人意欲陈国复国，你可迎回陈君，辅佐他世世代代依附楚国。"辕颇谢恩。

楚庄王又召见孔宁、仪行父二人，吩咐道："放你们回国，共同辅助你们国君！"

辕颇明明知道二人是祸根，但不敢在楚庄王面前明说。三人一同拜谢后，回国。

快出楚国边境时，正遇到陈成公陈午从晋国回归，听说国家已亡，也想到楚国去，面见楚庄王。辕颇述说了楚庄王的美意，君臣便由悲转喜，一起回到陈国。孔宁回到陈国不到一个月，晚上梦见夏徵舒前来索命，因此得了疯病，自己跳进水池淹死了。他死后，仪行父梦见陈灵公、孔宁和夏徵舒三人，来捉他对证，梦中大惊，第二天就暴病而亡。

且说郑襄公与公子姬去疾原想联合陈国依附楚国，忽见楚国将陈国消灭，便心生畏惧，于是去依附晋国。

陈国复国后，楚庄王便与众臣商量讨伐郑国食言一事。令尹蔿敖奏道："我们进攻郑国，晋国必来相救，没有大队人马是不行的。"楚庄王说："寡人也是这么想的。"于是动员三军两广之众，浩浩荡荡，杀奔郑国。楚庄王亲自率领，令尹蔿敖，左军统领芈婴齐、右军统领芈侧，左广统领养由基、右广统领屈荡，另有公子芈谷臣、大夫伍参以及校尉潘党、唐狡等若干人随行，连尹襄老为前部先锋。原中军统领虞邱已亡，蔿敖兼任。

校尉唐狡在襄老手下听命，他对襄老说："郑是小国，不必劳动大军，我自愿率领部下千人，先行一日，为大军开路。"襄老为壮士气，痛快地答应了他的要求。

唐狡所到之处奋力战斗，所向披靡。他还每天傍晚打扫好宿营地，等待大军。楚庄王统率大军一路向前，没遇到一点儿兵力阻拦，没耽误一刻时间。他奇怪为何这样神速，对襄老笑道："没想到你老当益壮，如此勇往直前！是不是夏姬让你恢复了青春？"

襄老羞愧地答道："这与夏姬无关，如此神速不是臣的力量，是校尉唐狡努力奋战的结果。"

楚庄王立即召来唐狡，想要重赏他，唐狡禀报道："臣受大王之赐已够丰厚，今天略效微薄之力，怎敢再受赏呢？"

楚庄王惊讶道："寡人没记得赏赐过你呀？"

唐狡答道："绝缨会上，拽住美人袖子的那个人，就是罪臣。承蒙大王不杀之恩，所以臣舍命相报。"

此时，楚庄王想起了不久前的一件事——

楚庄王大宴群臣，嫔妾也随楚庄王就座。楚庄王说："今日楚国富足，四境安宁，寡人愿意与各位开怀畅饮，大小官员都请入席，一定要尽欢而散。"群臣拜谢，依次坐下。厨师捧上美味，乐师奏起音乐，饮到日落西山，尚且兴趣盎然。楚庄王命点起灯再酌酒，让所宠幸的许姬等嫔妾给众官敬酒，大家都起立一饮而尽。忽然刮起一阵怪风，将堂上的灯吹灭了。左右去取火的人还没有回来。这时席中有一人，见许姬美丽，暗中用手拉住她的衣袖。许姬左手往回拽袖子，右手抓住他帽子上的缨穗不放。帽缨断了，这人惊骇地松了手。许姬拿着帽缨，快步走到楚庄王面前，附在耳旁说："妾奉大王之命，给百官敬酒。其中有一人无礼，乘灯灭之机，强拉妾的袖子。妾已经把他的帽缨拉下来了，大王可点上灯查看。"楚庄王心里嘀咕："酒后失态也是难免，倘若追究起来，不仅扫兴，而且'水至清则无鱼'。"于是忙命掌灯人："先不要点灯。今天这个宴会，是要与大家喝个痛快，各位都把帽缨除掉痛饮，否则就是没有尽兴。”于是百官都除掉帽缨，这时楚庄王才下令点上灯。这样，谁也不知道那个拽袖子的人是谁了。

席散后，回到宫中，许姬对楚庄王说：“妾听说男女不能互相轻薄，何况妾是大王之嫔。今天大王让妾给群臣斟酒，以表敬意。拽住妾袖子的人，大王您却不明察，怎么能严肃上下的礼节和矫正男女之别呢？”楚庄王笑着说：“这就是妇道人家不懂的事了！酒后呈狂态，是人之常情。如果查出而治罪，可以显示出你的贞节，但却冷了众官员的心。”许姬佩服，众人给这个宴会取名为绝缨会。

楚庄王叹息着说：“哎呀！寡人当时要是点灯找人治罪，怎么能得到此人效死力呢？”命人记下校尉唐狡的功劳，等平定郑国之后，再重用他。唐狡对人说：“我犯了死罪，大王隐瞒着没杀我，所以报答他。但是既然话已说明，不敢戴罪等日后受赏。”于是当夜逃走，不知去向。楚庄王听说此事，叹息道：“真是刚义之人呀！”

且说楚国大军直抵郑国都城新郑城下。郑襄公早已派人向晋国求援。楚庄王传令，四面构筑工事围攻，每天攻城，昼夜不停。郑襄公依仗晋国要来救援，坚决抵抗，军士死伤严重。新郑城东北角崩陷，楚兵正要从这儿登城杀进，楚庄王听到城内哭声震天，心中不忍，便命令兵马后退十里。公子芈婴齐进言：“城墙陷落正是可乘之机，为什么要退兵呢？”楚庄王说：“郑国人知道寡人的威力，还不知道寡人的贤德，暂时退兵是让他们知晓贤德。”郑襄公听说楚军退兵，以为晋国救兵已经到了，便驱使百姓修筑城墙，男女老少都上城巡守。楚庄王看郑国不投降，又命楚军包围新郑，几日后，攻破城门。楚庄王下令，不许抢掠，楚军纪律严明。

见城池陷落，无奈的郑襄公便按商纣王庶兄微子创下的谢罪礼仪，肉袒面缚，左牵羊，右把茅，前来迎接楚军。郑襄公向楚庄王拜俯请罪道：“郑不贤德，惹得大王发怒，降师来此，郑知罪了！生死存亡，听从大王的发落。如果考虑先人的友好关系，对郑国不予消灭，延续我们的宗祀，我们郑国将附属楚国，年年进贡，听从楚国安排！”芈婴齐进言：“郑国力尽才投降，赦免了再反叛，还不如灭掉。”此时，楚国大夫申叔时已患病去世，楚庄王想起了他的贤德，便说：“申叔时如果还活着，又将用蹊田夺牛的故事来讽刺寡人了！”芈婴齐等人明白楚庄王不仅想用武力，还想用贤德来信服诸侯，于是楚军后退三十里。

郑襄公亲自到楚军营中，留公子姬去疾为人质，与楚国结盟。

六　楚庄王一飞冲天

话说晋国那边，听说楚军伐郑、郑国求救，晋景公便与众臣商量前去救援。意见统一后，便由荀林父为中军将，先縠为中军佐；士会为上军将，郄克为上军佐；赵朔为下军将，栾书为下军佐；赵同、赵括、赵婴为中军大夫，韩厥为司马；另有校尉魏锜、赵旃、荀首、荀罃、逢伯、鲍癸等若干人，率兵车六百乘，浩浩荡荡向郑国开进。先縠，先轸之孙，先且居之子；郄克，原中军将郄缺之子，此时，郄缺已亡，他从政多年，谨慎行事，未见失误，深得晋国上下称誉；栾书，栾盾之子，此时，栾盾也已去世；魏锜，魏犨之子、魏颗之弟；荀首，荀林父之弟；荀罃，荀首之子。胥克等大臣也已去世，胥克在世时功微德薄，被中军将郄缺罢官，胥氏开始衰落。

晋军到了黄河口，前哨探得新郑城破、郑国已降，楚军将要退回。中军将荀林父召集诸将商议："真没想到楚军如此神速，大家看，我们是进还是退？"

士会说："既然郑国已经投降，与楚兵交战又无理由，不如班师回国，以待时机。"荀林父认为正确，便命诸将启程。

先縠说："不行。晋国所以能称霸诸侯，是由于军队勇敢、众将得力。现在失去了郑国这个属国，不能说是得力；有了敌人不去追逐，不能说是勇敢。如果因为我们撤退而丢掉霸主的地位，不如去死。况且晋国出动兵马不作战，听到敌人强大就退却，这不是大丈夫所为。

我是不会这样干的。”说完，就率领自己的部下渡过黄河。

荀首说：“先縠危险了，如果和敌人相遇，一定失败，即使侥幸逃脱，回国后也一定遭到惩罚。”

韩厥对荀林父说：“先縠率军失陷的话，您作为最高将领，罪过就大了。失去属国、丢掉兵马，这罪过很重了，不如干脆进军。即使作战不能得胜，失败之罪也可以共担。”

荀林父点头称是，于是晋军就渡过了黄河，全部来到了郑国。

却说楚庄王即将班师回国，途中听说晋军来救郑，便对众臣说：“晋国兵马要到了，我们是回去呢？还是应战呢？”令尹蔿敖答道：“没有攻下郑国，应该同晋国交战；已经攻下郑国了，又再和晋国寻仇，还用得着吗？况且楚、晋交锋，不知谁胜，因此不如班师回国。”楚庄王点头称是，便打算在黄河边饮马后回归楚国。

大夫伍参是楚庄王新提上来的宠臣，他听说楚军要回避晋军，便赶来奏道：“郑国认为我们力量不强，所以附属晋国。如果晋军来了我军躲避，真说明我军不行了。而且晋国知道郑国已附属楚国，也必定要用兵攻郑，晋国是为救郑国而来的，我们也为救郑国而前往，为什么要退军呢？”

令尹蔿敖说：“伐完陈国，再伐郑国，楚军已经太疲劳了。如果战而不胜，就是吃了你伍参的肉，又怎能赎罪？”

伍参对蔿敖说：“如果一战而胜，就不用吃我了；如果战而不胜，我伍参的肉早被晋兵所吃，哪还能到楚人嘴里？”

伍参又对楚庄王奏道：“大王何必害怕晋国，而把郑国抛弃给晋国呢？”

楚庄王说：“寡人没有抛弃郑国呀！”

伍参说：“现在晋军来救，如果楚军离去，晋国就会轻易攻下郑国，这不是抛弃郑国是什么？”

楚庄王说：“令尹说和晋兵作战未必获胜，所以才离去。”

伍参继续奏道：“臣已经算计到了，荀林父新任中军将，威信不足以服众。中军佐先縠，倚仗家族世代功勋，刚愎自用。其他各将，各行其意，号令不一。晋军人马虽然众多，但打败它却是很容易的。而且大王身为一国之主，躲避晋国诸臣，恐怕要被天下人耻笑。”

闻听此言，楚庄王惊讶地道："寡人虽然不擅打仗，但也不至于败在晋国诸臣手下！寡人听你的，决心与晋军交战！"

此时，远处传来一种声音，均匀地有节奏地震荡着耳鼓。这声音不是别的，正是黄河的涛声，那是大水穿过险碛时的摩擦声，是拍打岸边蛮石时激起的声音，是水和水在一条大河里互相搓揉嬉戏的声音。

楚庄王站在滚滚黄河边上，沐浴着黄河蒸腾的气流，又一次充满了豪情。楚军饮马黄河后，不再回楚，而是等待晋国大军到来。

且说郑襄公将楚庄王送走后，还没喘口气，就探知晋军前来，心想晋国兵多将勇，一旦胜过楚军，势必来郑国讨伐郑国顺楚叛晋的罪过。郑襄公心里很难过，刚刚经受肉袒牵羊之耻，如今又是乌云压顶。天真的阴云密布，不一会儿，雷声滚滚，大雨瓢泼而下。郑襄公望见雨中墙头上的草随风摇曳，不由叹道："多少年来，郑国就像这墙头草，为求生存，屡受强国摆布。想当年，先君郑庄公以《周易》中的厚德载物为思想，初霸诸侯，那是何等威风！可子孙们忘记祖宗训条，以至几近亡国。"不知不觉中，郑襄公流下了眼泪。此时，他突然想到当年鲁僖公为保鲁国平安要"两面派"对付晋、楚之事，不禁自言自语道："现在的郑国也可以学他呀！"于是，郑襄公派使节到晋军。

见到晋军众将，郑国使节说："我们君主等待贵国援救，就像初春的麦苗期盼及时雨一般。因社稷即将危亡，才顺从楚国以求平安，救燃眉之急，实是不敢背离晋国。现今，楚国胜了郑国，因而骄横，经过长期征伐，军士疲惫。晋军如果发起攻击，我们愿意从后面跟上，去战胜楚军。"

晋军众将听完郑国使节的话后，先縠说："打败楚国治服郑国，就在此一举了。"

栾书说："郑国奉行其先君郑庄公的蜥蜴理念，不断变化颜色，外交反复无常，像墙头草摇摆不定，他们的话不可信。"

赵同、赵括说："领兵而来，就是为了寻找敌人，战胜敌人，得到属国。我们不就是为了这个目的吗？先縠的话对呀。"

于是不等中军将荀林父同意，先縠竟与郑国使节签订了迎战楚军的协约。荀首看到先縠、赵同、赵括等人各行其是，愤愤地说："必会自取祸乱呀。”栾书见赵同、赵括职位列六卿之下，但依仗家族威望，说话蛮横无理，内心不快，彼此有了一些隔阂。

郑襄公另外派使节前去楚军，也劝楚庄王与晋军交战。郑国这是两边挑火，坐观成败。

令尹蔿敖考虑到晋军强盛，就对楚庄王奏道：“晋人没有交战之意，不如请和，不成功，然后交兵，那么过错就在晋国了。”楚庄王认为有理，就派楚国使节到晋军。

此时，晋军已在离楚营十里处下寨。楚国使节见了晋军众将，朗声说道：“敝国因为经常来往郑国，打算教导和安定郑国，岂敢得罪晋国？请晋国各位将军们不要在郑国呆得太久了！”晋国士会答道：“以前周天子让晋国做盟主，现在郑国不遵循天子命令，因此敝国派遣我们质问郑国，岂敢劳烦楚国来迎送？我们在此恭敬地拜谢楚王了。”先縠见士会说话委婉动听，便认为是在奉承楚国，派遣赵括上前更正说：“刚才我军说法不恰当。我国君上令我们把楚王及楚军从郑国赶出去，我们没有任何理由逃避国君的命令。”

楚国使节将赵括之语回复楚庄王，楚庄王不由大怒，问众人：“哪个敢去挑战？”勇士乐伯应声而出，上前答道：“在下愿去！”楚庄王同意。于是乐伯为车左，另有勇士许伯任驭手、摄叔为车右，向晋军单车挑战。

驭手许伯驾车疾驰，迫近晋营；车左乐伯连续发射利箭，射杀晋兵十余名；车右摄叔挥舞长戟，杀死晋兵五人，一一割取左耳。三人见目的已经达到，立即驱车回返。

晋军校尉鲍癸率人追赶，乐伯左边射马，右边射人，使追兵一时不能靠近。此时箭只剩下一支，突然有麋鹿出现在前面，乐伯便将最后一箭射中麋鹿。鲍癸率众赶到三人面前。乐伯让摄叔拿着麋鹿献给他，摄叔说：“由于不到时令，上等禽兽没有出现，谨把这头麋鹿奉献给您，作为膳食。”鲍癸接过麋鹿，感叹说：“楚军车左善于射箭，车右善于辞令，都是贤人呀！”于是鲍癸就此停住，让部下不再上前厮杀。乐伯三人顺利逃脱。

晋军魏锜见楚军单车挑战、鲍癸放走楚人，在中军大怒说：“楚人来挑战，如果晋人不回应，楚人一定会耻笑。我愿以单车，扬我晋军威风。”

赵旃说：“我愿一同前去。”

中军将荀林父闻听，对二人说：“楚国先来求和，然后挑战。你们要到楚军去，也要以议和为由，这才是礼节。”

魏锜答道：“我这就去请和。”

赵旃送魏锜登车，对他悄悄说：“你去请和，我去报复，各干各的事。”

上军将士会听说魏锜、赵旃二人讨请差事去楚营，慌忙与上军佐郄克来见中军将荀林父，意欲阻止他们。但当他们来到中军时，二人已经离去了。

士会对荀林父说：“魏锜、赵旃，自恃先世之功，没有得到重用，常常怀有怨恨之心。现在二人血气方刚，不知进退，此行必定惹怒楚军。如果楚兵猝然袭击我军，我军怎样抵御？”

郄克也说：“楚意难测，不可不备。”

此时，中军佐先縠在旁，大叫道：“郑人都来劝我们作战，我们还怕什么？况且楚人前来求和，已经是胆怯了！我们多加防备做什么？”

士会辩解说：“防备他们为好，如果这两位激怒了楚国，楚人乘机掩袭，我军也可有所准备。假如楚人没有恶意，我们撤除戒备而结盟，多些防备也没什么损害。即使是诸侯会盟，戒备也不会撤除，这是必要的警惕。”

先縠还是不同意，身为众将之首的中军将荀林父此时也拿不定主意，在旁一声不吭。

士会见此，无奈退出，对副手郄克说：“荀林父没有主将应有的霸气，如果众将各行其是，恐怕我们晋军要败，我们应该自作主张。”郄克点头称是，于是上军将士会将上军做了安排，埋伏下来。中军大夫赵婴，也担心晋军失败，预先派人在黄河口准备好了船只。

再说魏锜因为不得重用，一直心怀不满，在荀林父面前说是请和，但到了楚军大营，竟是挑战。楚军校尉潘党前来迎战，魏锜见楚军人多，回头就走，潘党紧紧追上。魏锜忽然看见前面有六头麋鹿，便想起楚人射麋鹿之事，于是弯起弓来，也射倒一头麋鹿，让驭手献给潘党说："先前承蒙贵军赠送猎物，现在恭敬地回报。"潘党笑着说："你们想让我学鲍癸啊！如果我追杀你们，显得我楚人无礼。"也命驭手回车而返。

魏锜回营，假说道："楚王不准讲和，定要交锋，决一雌雄。"

荀林父问："赵旃在哪儿？"

魏锜说："我先走的，他在后面，未曾相遇。"

荀林父说："楚军既然不准讲和，赵旃必然吃亏。"于是派荀罃率兵车二十乘，去迎赵旃。

却说赵旃夜里来到楚营，在山坡下搭个席棚，从车中取出酒，坐下酌饮。命随从二十多人，学说楚话，四下巡走，探得口令，混入营中。有个楚兵觉得有诈，仔细盘问，那人拔剑刺伤军士。楚营中乱嚷起来，举着火把抓奸细。晋兵被捉住十多个，其余的逃出，见赵旃还坐在地上喝酒，赶忙扶起他，登上车。

楚庄王听说营中有奸细逃走，亲自驾兵车，带领右广统领屈荡等人追赶。天渐渐亮了，赵旃见楚军紧紧追来，便弃车逃入松林之中。屈荡发现，下车去追。赵旃把铠甲挂在小树上，轻身走脱。

屈荡把铠甲和车马献给楚庄王，这时潘党来到，他指着北面扬起的灰尘，对楚庄王说："晋军大队人马杀过来了！"那扬起的灰尘正是荀罃率人前来迎接赵旃。潘党远远望见，认为是晋国大军到了。小事大报，吓得楚庄王面如土色。忽听后面鼓角喧天，楚国令尹蒍敖率兵前来接迎，楚庄王心中稍安。

楚庄王问蒍敖："令尹怎么知道晋军要到？"

蒍敖答道："臣并不知道，只是怕大王您轻易前进，误入晋军之中，所以先来救驾，我国大军随后就到。"

楚庄王心里彻底踏实。他向晋军方向看去，见扬尘不高，便徐徐地说道："那不是大队人马。"

蒍敖说："宁可我迫人，莫使人迫我。大军既然已经到齐，大王可传令，只管杀上前去。如果挫败晋国的中军，其余两军就呆不住了。"

楚庄王听从蒍敖的建议，传令公子芈婴齐带领左军攻晋国上军；公子芈侧带领右军攻晋国下军；自己亲率中军，养由基统领左广、屈荡统领右广，迎战来敌，并直捣晋国中军。

楚庄王亲自击鼓，鼓声如雷，车驰马骤，步卒随着车马，飞奔向前。荀罃率晋军没迎着赵旃，却迎上楚国大军，寡不敌众，大都被杀，荀罃被擒。

杀散晋国荀罃等人后，楚庄王率领楚军直捣晋军。晋军毫无准备，中军将荀林父听到鼓声，才要探听，楚军已是漫山遍野，在晋营外团团布满。荀林父仓皇无计，只是传令全力迎战。楚兵人人耀武，个个扬威，好像海啸山崩，天塌地陷。晋兵如大醉方醒，辨不清东南西北，被楚兵砍瓜切菜般乱杀一场。

再说晋国赵旃逃脱楚军的追击后，躲在树林边上等待晋军救援，两只脚都被乱石扎裂了。此时，晋军中军大溃败。晋军校尉逢伯与两个儿子同坐一辆兵车，往黄河边上奔逃。赵旃看到是晋军，便大喊："车中是什么人？请把我也带上。"逢伯听出是赵旃的声音，便吩咐两个儿子："速速前进，不许回头看。"二人不解父亲的意思，回头望去。赵旃看见是逢伯父子三人，便立即呼喊："逢兄让我上车！"逢伯儿子对父亲说："赵旃在后面。"逢伯大怒说："你们既然见到了赵旃，就应该让给他坐！"吆喝两人下车。逢伯指着树林里一棵粗大的松树说："你们不听我的话，愚蠢！就在这里收你们的尸首吧。"逢伯把缰绳交给了赵旃，赵旃登上兵车与逢伯得以逃脱。逢伯的两个儿子没车坐，跑不快，死于乱军之中。

楚庄王见晋军如此惨败，仁心又起，命楚军适可而止，只要将晋军赶走就行。晋军有兵车陷在泥坑里不能前进，楚兵便教他们抽出车前横木。没走多远，兵车盘旋不能前进，楚兵又教他们拔掉大旗，扔掉车辕头上的横木，这样才逃了出去。逃脱的晋兵转过头来对楚兵说："谢谢各位了！说真的，我们还真没有贵国那么多的逃跑经验。"等楚兵回过神来，这辆兵车已经跑得很远了。

晋国荀林父、韩厥等人领着残兵败将，沿河而去，扔掉车马器杖无数。先縠自后面赶上，额上中了一箭，鲜血淋漓，扯块战袍包上了。荀林父说："敢于同楚军交战的，也是这副模样吗？"走到黄河一转弯处，中军大夫赵同、赵括也到了，诉说赵婴私下备了船只，已先渡河走了，并说："不来接应我们，这是什么道理？"荀林父说："生死混乱之时，哪顾得上互相接应呢？”赵同、赵括怨恨在心，自此与赵婴有了隔阂。荀林父说：“我们失败已成定局，渡河回国吧。”便命先縠沿河征集船只。

只见船只都四散停在河中，一时不能聚齐。正在骚乱的时候，沿河又有无数人马纷纷赶到。中军将荀林父一看，原来是下军赵朔、栾书，被楚公子芈侧率楚国右军打败，带领着残兵败将，也从这条路而来。

中军、下军这两军一齐涌到岸边，哪一个不想急着渡河？船只更显得少了。这时，远处又是尘土飞扬。荀林父恐怕楚兵乘胜追击，便击鼓传令说：“先渡河的有赏！”于是两军人马抢夺船只，自相残杀，船上已经挤满了人，后来的人仍然附着船往上爬，于是接连不断地翻船。先縠在船上喝令军士：“再有攀船扯桨的，就用剑砍断他们的手。”各船纷纷效仿，手指被砍落在船中，犹如飞落的雨点。岸上哭声震天，山鸣谷应，天昏地暗，日月无光。

远处尘土飞扬，不是楚军，是荀首、魏锜、逢伯、赵旃、鲍癸等一伙儿晋国败军，陆续逃到。

荀首上了船，不见了儿子荀罃，便让人到岸上去喊一下。有一位军士看到荀罃被楚兵俘虏了，就告诉了荀首。荀首说：“我的儿子没回来，我不能这样回去。”便下了船，重新上岸，整理车马要杀回去。中军将荀林父阻止道：“他已落入楚军手里，你去了也没有用。”荀首说：“能抓到楚人儿子，还可以换回我的儿子。”魏锜向来和荀罃要好，愿意同荀首一起去。荀首很高兴，点起亲兵数百人，与魏锜一道杀回去，荀林父不再阻拦。

荀首平时爱护军士，很得军心，他的部下，凡是在岸上的没有不愿意去的；就是已经上了船的，听说荀首要去楚军寻找儿子，也都纷纷上岸跟着去，不惜牺牲生命。这时的锐气，比全军出征时强盛十倍。

魏锜驾驭兵车，冲向敌营。荀首每次抽箭，如果发现是利箭，就放在魏锜的箭袋里。这箭，是用晋国董泽的蒲柳做的箭杆，用青铜或铁制作的箭头。如箭杆正、箭头尖，则锋利无比。魏锜见荀首吝啬箭，便发怒道：“不去积极寻找儿子，反而爱惜蒲柳，难道董泽的蒲柳可以用完吗？”荀首说：“不得到别人的儿子，我的儿子难道可以得到吗？利箭，我是不随便使用的，我要用在关键之处。”这荀首在晋国也算数一数二的射手，带了很多利箭，直闯楚军。

楚军连尹襄老，正在抢夺晋军丢下的车马兵器，没想到晋兵突然来到，毫无防备，被荀首一支利箭射去，恰好穿透面颊，倒在车里。楚国公子芈谷臣看见襄老中箭，驰车来救。荀首又从魏锜的箭袋里拔出一支箭，从旁边看准了，射向芈谷臣，正中他的右腕。芈谷臣正在忍痛拔箭，魏锜乘机将他活捉过来，并把襄老的尸体也拉上车。荀首说：“有这两样东西，就可以换回我儿子了！楚军很强，我们撤走。”荀首、魏锜等人飞驰而回。等到楚军大队人马反应过来，想追赶也已来不及了。

且说芈婴齐率楚国左军攻打晋国上军。士会已预先做好准备，结成阵势，边战边走。芈婴齐追到一处山坡下，忽然听到鼓声大震，晋国上军佐郄克率一支伏兵杀出。芈婴齐急命将士射箭，郄克在前，左眼正中一箭。郄克是极为勇猛之人，用手将箭拔出，大喊一声，依旧向前冲去。楚军不由退却，忽见山洼里鼓声又响，旌旗如云，士会率晋军又一路伏兵杀到。芈婴齐胆战心惊，唯恐中了晋军埋伏，遂鸣金退兵。士会依险下寨，并命随行军医给郄克医眼。楚兵不敢逼近。直到楚兵全部撤退，晋国上军才整顿旌旗返回晋国。

话说楚军获胜，到了附近的郑国邲城。伍参急急求见楚庄王，上前奏道：“现在晋军犹如落水之犬，请大王速命楚军追击，不可进城。”楚庄王说：“楚国自城濮一战失利，使国家蒙受了耻辱，这一战就可以洗去从前的耻辱了。晋国和楚国最终还是要讲和的，为什么要结下深仇呢？”楚庄王下令楚军在邲城休整。晋军整整两天才渡过黄河，吵吵嚷嚷，纷乱不堪。

郑襄公知道楚国胜利了，亲自到邲城慰劳楚军，大设筵席庆贺。楚军校尉潘党请求收集晋军尸体，筑为京观，以向万世表彰武功。这京观又叫武军，就是将敌军的尸体堆在道路两旁，盖土夯实，形成尖塔形的土堆。楚庄王说：“‘武’这个字的意思是要‘止戈’，力求不再使用兵器。国家用武是为了禁暴、戢兵、保大、定功、安民、和众、丰财，做到了这七件事才可以使子孙不忘记武功。现在寡人使两国子弟暴尸野外，是残暴；出动兵马威吓诸侯，未能戢兵；暴而不戢，也不能保大；晋国仍然存在，也不算有功；这场战争违背民众的意愿，不能说安民；自己无德还和诸侯征战，何以和众；让别国混乱以为自己的荣耀，也不丰财。七项武德，寡人一项都没有，怎么能让子孙怀念？而且古代圣王是讨伐不敬者，将罪大恶极者筑为京观，是用这种最重的惩罚来警告邪恶。这场战役中的阵亡者都是为了自己的国君尽忠，怎么能够将他们筑为京观？”楚庄王下令将晋军阵亡者妥善埋葬。

楚庄王论功行赏，首推大夫伍参，将一把七星宝剑赐给他。令尹蔿敖叹道：“战胜晋国的大功，出自受宠的大夫伍参，我真羞死了！”忧愤而病倒。

邲之战，楚庄王一飞冲天，称霸中原。春风得意的楚庄王饮马黄河，在黄河边上祭祀了黄河之神，修建了神庙，报告了战争胜利的结果。楚庄王面向楚国放声道：“先王楚成王地下有知，如今楚国战胜晋国，终于一雪当年城濮之战的耻辱了。”随后，楚庄王率军凯旋。

战争有胜就有负，一家欢喜一家忧。晋国中军将荀林父领着残兵败将回国。面见晋景公，荀林父请求给自己处以死罪。晋景公要杀荀林父，士会劝谏道：“不行，城濮那一次战役，晋军大胜，但晋文公还心有忧愁，晋文公说：‘楚国成得臣还在，忧愁还不能算完结。困兽犹斗，何况是一国令尹呢？’等到楚国杀了成得臣，晋文公便喜形于色说：‘没有人来同晋国作对了。’成得臣自杀，是晋国的再次胜利，也是楚国的再次失败，楚国由此两世都不能强盛。现在如果杀了荀林父，按晋文公谋略论断的话，势必增加楚国的胜利，增添晋国的失败。荀林父侍奉国君，进，想着竭尽忠诚；退，想着弥补过错。这是捍卫国家安全的人，怎么能杀他？他的失败，如同日食月食，怎么会损害日月的光明呢？”晋景公听取士会的意见，只斩先縠，而不杀荀林父等有错将校。

虽然失败，晋景公不忘奖赏士会、郤克等有正确主见和为国负伤之人。晋国众将用心整顿兵马，以后的一两年里，晋人在中原似乎销声匿迹了。

七　郑昭宋聋

且说楚国令尹蒍敖自郯城回国后，病情愈来愈重，与父亲蒍贾一样有先知之明的蒍敖嘱咐他的儿子蒍安："我这里有遗表一封，我死后，你把它交给楚王。楚王要封你为官，你不要接受。你没有什么特殊的能力，不是济世之器，不可滥穿大臣衣冠。楚王如果把大邑封给你，你坚决不能要。推辞不了，则可请求封寝丘这个地方。'寝''丘'都是坟墓的意思，并且那里土地瘠薄，不是人们所企求的，收入可供后代生活了。"不久，蒍敖去世。

蒍安把遗表呈上，楚庄王打开竹简阅读，表上写道——

> 臣蒙大王提拔重用，但数年来，愧疚没有大功，有负重任。今赖大王之灵，安然死在家中，实在万幸！臣只有一子，不肖，不能让他玷污朝廷衣冠。晋国号称盟主，虽偶然打了败仗，但也不可轻视。楚国百姓苦于战争很久了，只有息兵安民才为上策。人之将死，其言也善。祝大王洪福！

楚庄王看完遗表，掉下眼泪说："令尹蒍敖死后还不忘国家，寡人没福气，上天夺去寡人良臣啊！"当即起驾去蒍敖府上，抚棺痛哭，随行众官莫不掉泪。蒍敖去世时，年仅三十七岁。

第二天，楚庄王拜公子芈婴齐为令尹。楚庄王要命蒍安为大夫，蒍安遵父遗命，极力推辞不受，退归田园。

有一天，戏子孟在郊外看见蒍安砍柴，便上前问道："你怎么自己砍柴？"蒍安说："虽然父亲治国、治军有功，多次受到重赏，但他坚辞不受。为官多年，家中没有半点儿积蓄，临终时，连棺椁也差点儿买不起。像我们这样穷困的家庭，我能不去砍柴吗？"戏子孟叹道："你自己要努力，楚王不久将召见你！"回去后他做了一套蒍敖生前穿的衣服和鞋，并学习他生前的言行，演练了三天，没有不像之处，如同蒍敖再生。

这日，楚庄王在宫中宴会，召集群优唱戏。戏子孟先让别人扮作楚王，表现出一副怀念蒍敖的样子，然后他扮作蒍敖登台表演。

楚庄王一看，大惊道："蒍敖你还好吗？寡人非常想念你，你可要再辅助寡人啊。"

戏子孟答道："我不是真蒍敖，多少有点儿像罢了。"

楚庄王说："寡人想念蒍敖却又不能相见，看到像蒍敖的人，亦感到欣慰了。你不要推辞，可在朝中做官。"

戏子孟答道："大王真要用我，我很愿意。但家有老妻，比较通达世情，让我回去与她商量一下，才敢奉诏。"于是下场，又紧接着上场说："我与老妻商量了，她劝阻我不要领命。"

楚庄王问："为什么？"

戏子孟答道："老妻有村歌劝我，请让我唱一唱！"

楚庄王同意，戏子孟便唱道——

贪吏不可为而可为，廉吏可为而不可为。
贪吏不可为者，污且卑；而可为者，子孙肥。
廉吏可为者，高且洁；而不可为者，子孙穷。
君不见令尹蒍敖，生前私产无分毫，子孙丐食栖蓬蒿。

楚庄王听完戏子孟唱的歌，不觉潸然泪下，说道："蒍敖的功劳，寡人可不敢忘了。"当即命戏子孟去把蒍安叫来。

蒍安穿着破衣草鞋来了，拜见楚庄王。楚庄王说："你已穷困成这样了？"

戏子孟在旁边答道："不穷困，就看不见前令尹的贤德。"

楚庄王说："蔿安不愿就职，应封万家之邑。"

蔿安极力推辞。楚庄王说："寡人主意已定，你不可推却。"

蔿安说道："大王如果念及先父尺寸功劳，给我衣食，封给我寝丘就满足了。"

楚庄王说："寝丘名字不吉，且是贫瘠地方，你能获得什么好处呢？"

蔿安说："父亲有遗命，除此不敢接受。"楚庄王便依从了。

后人因寝丘名不吉、地不肥，无人争夺，便世世为蔿氏所守，这是蔿敖的先见之明。因"寝"通"孙"，世人又称蔿敖为孙叔敖。

却说晋国中军将荀林父，听说蔿敖已死，知道楚国失去一根顶梁柱，有机可乘，便请求讨伐郑国，惩戒其叛晋向楚。晋景公见晋军元气恢复，便同意了。一直想出气的晋军大肆抢掠郑国城郊，得意而归。郑襄公见晋军气势汹汹，十分害怕，忙派人到楚国求计，并以弟弟姬张请求换回人质姬去疾，共理国事。楚庄王说："郑国如果守信用，还用人质吗？"于是将姬张、姬去疾一起放回。

楚庄王召集公子芈婴齐、芈侧等人，计议对付晋国之事。芈侧进言："目前，宋国追随晋国，且与郑国有仇。如果我们兴师伐宋，就会报复晋国掠夺郑国之恨。"

楚庄王说："你的计策虽好，然而没有理由伐宋。从城濮之战至今已经三十七年了，现在征伐宋国有什么理由？"

芈婴齐答道："这事不难。前段时间，齐国前来请婚，我楚国还没有一个答复。现在应当派遣使节到齐国答谢，路过宋国时，向它借路，但不发借路文书，以此来试探宋国的反应。如果不计较，是畏惧我们；如果认为我们无理，就会侮辱使节。我们以此为理由，就可以征伐宋国。"

楚庄王说："谁可做使节呢？"

芈婴齐答道："申无畏善于察言观色，此人可为使节。"

楚庄王便命大夫申无畏到齐国去，申无畏奏道："世人评价说，郑昭宋聋，是说郑国人明白懂事，知道权衡利害；宋国人顽强昏聩，一门心思做到底。如果路过的不是宋国而是郑国，就不会受到伤害；

如果去宋国，而又没有借路文书，臣恐怕就难以过关了。”

楚庄王说：“你怕宋国阻止楚国使节过吗？”

申无畏答道：“不是怕宋，而是担心自己一死，耽误出使齐国的大事。”

楚庄王大怒道：“宋国如果敢杀你，寡人就兴兵消灭它，为你报仇。”申无畏无奈，只好应允。

第二天，申无畏领着儿子申犀，拜见楚庄王说：“以死殉国，是臣的本分，但愿大王照顾这孩子。”楚庄王说：“寡人会想到这些，你不要多虑了。”申无畏领了赴齐使命，拜辞楚庄王后出发。申犀送到郊外，申无畏吩咐他道：“你父此去，一定死在宋国。你必须请求楚王，为我报仇！你要牢记为父的话。”父子洒泪而别。

半月后，楚国大夫申无畏来到宋国都城睢阳。关吏知道是使节，便要借路文书。申无畏说：“奉楚王命令，只有去齐国文书，没有借路文书。”关吏便把申无畏留住，跑去报告宋文公。

这时华元担任上卿，向宋文公奏道：“经过我国而不请求借路，这是把我国当作楚国境内的一个县。把我们当作县，这是视我国为灭亡之国，真是可气啊！请君上杀掉楚国使节。”

宋文公说：“杀了楚国使节，楚国一定讨伐我们，那怎么办？”

华元答道：“受欺负的耻辱胜过受讨伐的耻辱，况且有欺我之心，必有伐我之意。三十七年前，城濮之战，宋国也没输给楚国。”宋文公同意，便让关吏把申无畏绑到朝廷。

申无畏自知必死，大骂宋文公：“你奸淫祖母、杀害国君，如今你侥幸活着，又要滥杀大国使节。等我楚军一到，你们君臣就要成为粉末了！”华元命人先割了他的舌头，然后将其杀掉。

跟从申无畏的人弃车逃走，回报楚庄王。

楚庄王正在吃午饭，听说申无畏被杀，他把筷子扔到地上，拂袖而起，当即命令集合楚军，亲率公子芈侧、申犀等人，讨伐宋国。

路上，楚庄王不停安慰异常悲伤的申犀，用其为大夫。

未几日，楚军便将宋都睢阳围住，造的楼车和城墙一般高，从四面攻城。

宋国上卿华元一面率军巡守，一面派人到晋国去告急，请求援助。

晋景公闻听楚国伐宋，当即要派军。下军将赵朔知道楚军的厉害，便直言说道："不行。古人有话说：'鞭子很长，但不及马腹。'上天正在保佑楚国，不能和它对抗。晋国虽然强盛，但能够违背上天吗？"晋景公见赵朔扬楚国威风，心里不痛快。

此时，贤而直的晋国大夫伯宗谏道："河流湖泊里容纳污泥浊水，山林草野里暗藏毒虫猛兽，就是美玉也藏匿着斑痕。君上忍受点耻辱，也是天地之常道。请君上等楚国国势衰退以后再说吧！"

晋景公说："如果不救，我们就会失去盟友宋国。"

伯宗答道："楚国距离宋国遥远，粮草不继，不能久战。现在派使节去宋，说晋国已起大军来救援，让宋坚守城池。不过几个月，楚军自会离去。那时我们没有与楚国为敌的辛苦，而有救宋国的功劳。"晋景公听从伯宗的意见，停止发兵救宋，只派遣大夫解扬到宋国去，让宋国不要投降楚国。

晋国大夫解扬身着便装来到宋都睢阳郊外，被楚国哨兵抓住盘问。当发现晋国给宋国的文书后，哨兵就将解扬押送到楚庄王面前。

楚庄王问解扬："你到宋国干什么？"

解扬说："来告知宋国，坚守城池，等待救兵。"

楚庄王笑着说："恐怕你还没说，寡人就将你杀掉了。"

解扬说："晋、楚是仇敌，杀了我是应该的。"

楚庄王见解扬大义凛然，不由敬佩，心生一计，便说道："宋国都城睢阳早晚就要攻破，你如能对宋人说：'晋国有事，不能前来相救，怕误你国大事，特让我来报口信。'这样，宋人绝望，必然出城投降，省去两国人民互相杀戮之苦。事成之后，封你在楚国做官。"解扬低头不语。楚庄王又说："否则，就杀掉你。"

解扬此时心里嘀咕道："我如果死在楚军中，就会无人传达晋国之意。"想到这，解扬便假意答应道："可以。"楚庄王命人把解扬升上楼车，让其对宋人喊话。

解扬大呼道："我是晋国使节解扬，如今被楚军所获，让我引诱你们投降。你们切不可这样！我国君上已经亲率大军来救，不久就到了。"不仅宋人听到了，楚庄王也听到了，命人速速将解扬降下楼车，怒斥道："你既然答应寡人，却又违背。你不讲信义，就不要怪寡人了。"

喝令左右将其杀掉。

解扬全无惧色，慢条斯理地说："我没有失信。如果对楚讲信义，必然失信于晋。假如楚国有人为了求生而违背君王的意旨，大王您认为他是讲信义呢？还是不讲信义呢？请杀掉我，来让楚国臣子学学怎样才是忠于国君吧！"

楚庄王叹道："真是忠臣呀！寡人此次来伐宋，也是为了忠臣之死而来。寡人怎能让这个异国的忠臣也死去呢？"于是放解扬回晋国。

且说宋国上卿华元闻听解扬说晋军即将来救，便修固城池，防守更坚。楚国公子芈侧让军士在城外筑起土山，亲自住在上面，用来鸟瞰城内，里面一举一动都看得一清二楚。华元也在城内筑起土山，和城外的相对。自从秋九月围城到第二年夏五月，彼此相拒九个月。睢阳城中，粮草全没，饿死不少人。华元见晋军没来，便不再寄希望于晋国，他用"忠""义"二字激励军民，将士、百姓感动得流泪，甚至互相易子食用，而没有一个想变心的。

面对顽强的宋人，楚庄王没有办法。这时，军吏禀报："营中只有七天的粮食了！"楚庄王道："没想到宋国这样难攻啊！"便亲自登上土山，观望城内，见守城军士严肃齐整，便叹了一口气，召芈侧商议班师回国。

申犀闻听，在楚庄王马前哭拜说："臣的父亲用死来执行大王您的命令，大王难道对臣死去的父亲失信吗？"

楚庄王面带愧色。芈侧也觉得对不住死去的申无畏，献计说："宋人不投降，是估计我们不能久呆。如果让军士造房耕地，以示长久之计，宋人必然害怕。"

楚庄王说："这个计策好！"于是下令军士沿城一带建造营房。其他军士，十人中，五人攻城，五人耕种。将士间互相传说这件事，故意让宋人知晓。

宋国上卿华元闻听，对宋文公奏道："楚王没有回去的意思了！晋国救兵也盼不到了。楚国使节申无畏是臣建议杀的，惹下的事情还由臣去解决。臣请求去楚营，面见楚国公子芈侧，以求讲和，或许侥幸能成功。"

宋文公别无良策，只好无奈地说道："国家存亡在此一举，你要小心在意！”

到了深夜，华元悄悄地从城上下来，求见芈侧。楚国巡逻军士见宋国上卿前来，不敢怠慢，将其引入芈侧帐内。

芈侧正要睡觉，见华元前来，心头一惊。两下礼毕，芈侧问：“你城中是什么光景？”

华元直率地说：“实话说，城中已是交换孩子吃，拾人骨头烧火，十分狼狈了。”

芈侧大惊说：“宋国的困苦，到这种程度了？兵法上讲：‘虚者实之，实者虚之。’你怎么把实情告诉我？”

华元说：“君子怜人之困，小人乘人之危。公子您是君子，不是小人，所以华元不敢隐匿实情。”

芈侧问：“那你们为什么不投降？”

华元说：“国有已困之形，人有不困之志。百姓愿为宋国君主而死，宁可与城俱亡，岂肯向贵国投降？如果蒙您的仁义之情、怜悯之心，退兵三十里，宋国愿意做从属国，誓无二心！”

芈侧内心震动，向华元说道：“我也不欺骗你，楚军中只有几日的粮食了。如果过几天，城攻不下来也要回去。建房耕田的命令，是吓唬你们的。明日我当奏明楚王，退兵三十里，你们也不要失信。”

华元说：“如果贵国退兵，华元情愿做人质。我现在可以与公子您立下誓言，都不得反悔。”二人发完誓，华元便回到都城睢阳下。

宋国守城将士见上卿回来，便放下兜子，把华元吊上城去。华元连夜将情况报告宋文公，君臣欢欢喜喜，专等明日退军的消息。

第二天天亮，楚国公子芈侧把昨夜宋国华元的话报告楚庄王，并奏道：“宋国上卿华元心存仁义，将城中实情告诉臣，并哀求退兵，臣已允许了，求大王同意。”

楚庄王说：“宋国这样艰难，我们应当攻破它。”

芈侧顿首说：“我军只有几日粮食，臣也告诉他了。”

楚庄王勃然大怒道：“你为什么把实情告诉敌人？”

芈侧答道：“区区宋国尚且有真诚不欺的大臣，怎么堂堂大楚反而没有？所以臣不敢隐讳。”

楚庄王顿时怒气消散，向芈侧说道：“你的话对呀！”当即命令退兵，驻扎到三十里之外。

申犀见军令已发出，不敢再阻挡，捶胸大哭。楚庄王派人安慰他说：“你不要悲哀，最后一定成全你的孝心。”

见楚军退后三十里，宋国上卿华元便到楚军中，转达宋文公的话，请求议和结盟。楚国芈侧跟随华元进城，与宋文公歃血为盟。宋文公派华元送申无畏的棺柩到楚营，同时华元也留下做人质。楚庄王班师回楚，命厚葬申无畏，满朝官员都去送葬。葬礼完毕，赐给申犀大片封邑。申犀便已满足，不再对宋国及华元等人心存报复。

宋国华元在楚国，通过芈侧结交了楚国令尹芈婴齐，两人关系特别好。一天，两人聚会时，谈论时事，芈婴齐叹道：“现在晋、楚争雄，搞不好就动干戈，天下何时才能太平呢？”

华元说：“以我的愚见，晋、楚互为雌雄，不相上下，如果能得到一人将两国联合起来，使各国朝拜自己的盟主，息兵修好，百姓免于涂炭，实在是晋、楚的幸运，也是各国的幸运！”

芈婴齐说：“这件事你能胜任吗？”

华元说：“我与晋国多有交往，一旦有机会，一定去办理这事。”

第二天，芈婴齐把华元的话告诉芈侧。芈侧说：“两个国家还没有厌战，这事商量不成。”芈婴齐想想也是，就将息兵一事搁置起来。

此时楚国强盛一时，息兵之事暂时不提，但会盟之事是要做的。这年冬天，楚与宋、郑、蔡、许、陈、秦、鲁、齐等国于蔔城会盟，正式推举楚国主盟，楚庄王正式成为称雄中原的霸主。

八　结草绊杜回

却说晋景公听说楚人解了宋国的围，就与群臣商议。大夫赵同奏道："当年城濮之战，晋国为救宋国，打败了蛮横的楚国。如今我们对宋国失信了，我们怎么对得起晋国先人创下的辉煌霸业呢？"赵同此语，无意中伤了晋景公之心。晋景公心里嘀咕道："你这不是批评寡人不如先君吗？"晋景公正在不满时，大夫赵括又奏道："晋国要是还想担当盟主，就应当去夺回宋国这个昔日属国。"晋景公心里愤愤地道："这弟兄俩怎么都这样耿直呢？老是伤寡人的心，难道是依仗家族势力大吗？"朝堂中还有个直臣，是大夫伯宗，当时不去发兵救宋就是他的主意。晋景公用眼看他，但伯宗一声不吭。这时，忽有潞国使节向晋国求救。这潞国使节向晋景公等人讲述了潞国的事情——

潞国首领潞婴，娶晋景公的妹妹潞姬为夫人。潞婴软弱，大臣酆舒专权用事。开始，狐射姑逃到潞国，他是晋国功臣，识多才广，酆舒害怕他三分，不敢放肆。狐射姑死去后，酆舒肆无忌惮。秦国为对付强大的晋国，厚礼结交酆舒，以共同对付晋国。酆舒于是诬陷潞姬，逼潞婴将潞姬缢死，并要潞婴和晋国断绝关系。前几天，酆舒陪潞国首领潞婴在郊外打猎，醉后君臣做打弹游戏，用打飞鸟做赌。酆舒放弹误中潞婴眼睛，他不但不认罪请罚，反而把弓扔到地上，笑着说："打得不准，应当罚酒一觯！"潞国首领潞婴不堪忍受他的虐待，深感力量不足以制服酆舒，便派密使来晋，求晋起兵讨伐酆舒的罪行。

等潞国使节退下后，大夫伯宗终于说话了：“如果杀酆舒，再兼并潞国土地，我们晋国就拓展了疆土，兵源赋税就更充足了，这个机会不能失掉。”晋景公也恼怒潞国首领潞婴不能保护自己的妹妹潞姬，于是不再考虑宋国之事，命中军将荀林父，率魏颗、魏锜等晋军将士前去讨伐潞国。

潞国酆舒率兵抵抗，哪能抗得过晋军？酆舒战败后逃奔卫国。卫国不敢得罪晋国，用囚车把酆舒送给了晋军，荀林父下令将其杀掉。

晋军长驱直入潞城，潞国首领潞婴在马前迎接，荀林父历数潞婴杀潞姬的罪行，将其擒拿，潞国灭亡。潞婴本想驱狼，不料却引来饿虎，伤心至极，绝食而死。

晋景公担心秦国救援，荀林父不能成功，便亲率大军驻扎在稷山。荀林父留下魏颗、魏锜等晋军将士驻守潞地，自己到稷山报捷。见秦国没有动静，晋景公便与荀林父等将士返回国都绛城。屠岸贾等大臣迎接，一番阿谀奉承，晋景公甚是高兴。

此时秦国国君为秦桓公，秦康公已去世多年。秦桓公听说晋伐酆舒，便要起兵来救。未等起行，晋军已经杀了酆舒、逼死潞婴。当听说晋景公率将士返回绛城，于心不甘的秦桓公便派大夫杜回引兵来争潞地。这杜回是秦国有名的大力士，生得眼突金睛、拳似铜锤、虬须卷发、身高腰粗，能倒拉五头牛、力举千钧。秦桓公听说他勇猛，拜其为大夫。杜回曾以三百人破贼寇万人，威名显赫。

见秦军前来，晋国魏颗、魏锜率军排开阵势，等待交锋。不料，秦国杜回不用车马，手拿大斧，领着不畏死的三百人，大踏步一直冲入阵来。下砍马腿，上劈将士，分明是上天降下的恶煞！晋兵从来没见过这样凶狠之人，抵挡不住，大败一阵。魏颗下令，扎住营垒，切莫出战。杜回领着那队不畏死之人，在营外跳跃叫骂。一连三日，魏颗、魏锜都不敢应敌。

夜里，晋国魏颗在营中闷坐，左思右想，没有良策。坐到三更困倦了，蒙眬睡去，耳边好像有人说“青草坡”三字，醒来不解其意。又睡了，还像前一次一样。

第二天清晨，魏颗对魏锜说了这事。魏锜说：“从这里向左走十里，有个大坡，名为青草坡，或许秦军当败在那里。我先引一支军去坡那里埋伏，哥哥诱敌军到此，左右夹攻，可以取胜。”魏颗同意，魏锜便去准备埋伏一事。

估计魏锜埋伏妥当，魏颗传令：“把寨都拔了，即刻与秦军交锋。”

魏颗与杜回招架了几个回合后，回车就走。杜回果然来追，魏颗将其渐渐引到青草坡来。只听一阵鼓响，魏锜的伏兵四起。魏颗转过身来，将杜回团团围住，两下夹攻。杜回一点儿也不畏惧，抡起大斧，横劈竖劈，碰上便死，晋军一时不能取胜。魏颗、魏锜率领众军士拼力迎战杜回。眼看杀到青草坡中间，杜回忽然一步一跌，犹如踏着滑冰，立不住脚。魏颗、魏锜两辆兵车赶到，举起两根长戟，把杜回戳倒在地，活捉过来。秦军见领头被擒，四处逃奔。

魏颗问杜回：“你自逞英雄，怎么还被擒住了？”

杜回说：“哪是我不行？实是我双脚像被什么东西绊住，不能迈步。这是天绝我，不是力不及呀。”

魏颗感到奇怪。魏锜说：“他既然有绝顶蛮力，留在军中，恐怕不妥。”

魏颗说：“我也正担心这事。”当即把杜回斩首，派人回国都绛城请功。

这天夜里，魏颗才睡安稳觉，忽梦见一老叟前来作揖说：“您知道杜回是怎么被捉住的吗？是老叟编结草环绊住了他的脚，让他一瘸一拐，这才被捉住的。”

魏颗吃惊地说：“我向来不认识老叟，为什么会受您帮助呢？”

老人说：“我是祖姬的父亲，您用先人的命令，打发我女儿改嫁。老叟九泉之下，感谢您救了女儿的命，特来效力，帮助您获得大功。请您自勉，以后魏家会荣华无比，子孙贵为王侯。”

魏颗猛然惊醒，怎么也睡不着，便穿衣下床。

夜风中，魏颗记起了以前的事——

魏颗的父亲魏犨，有一个爱妾，名叫祖姬。魏犨每次出征，都嘱咐魏颗：“为父要是死在沙场，你一定选个好的人家，把祖姬嫁过去，我死也就瞑目了。”等到魏犨病危之时，又叮嘱魏颗：“这女子是为父所钟爱的，一定用她来陪葬，使为父在九泉之下也有伴儿。”说完，死去。

魏颗治葬时，并没有让祖姬殉葬。弟弟魏锜说："你不记得父亲临终前的遗嘱了吗？"魏颗说："从理上说，后话推翻前话，我们应该听父亲临终的遗嘱。但父亲平时吩咐把此女嫁出去，是头脑清醒时；临终时说陪葬，是头脑糊涂时。孝子应该听从清醒时的安排，不应听从糊涂时的吩咐。"丧事结束后，魏颗便把祖姬嫁给一个很好的人家。

魏颗心里叹道："有此阴德，所以老叟有结草助己的回报。"魏颗又回床休息，再也没有梦到那位老叟。第二天清晨，他把这事述说给魏锜，然后道："我们当时没让祖姬陪葬，想不到她父亲在地下感恩。"魏锜叹息不已。魏颗又对魏锜说："梦中这位老叟说，我们家族以后贵为王侯，不知是否应验！"魏锜答道："不管怎样，我们谨慎行事、认真做事就行了。"二人为保平安，遂不再议论这事，但内心欢喜不已。

秦国兵败，君臣丧气；晋国胜利，上下高兴。晋景公嘉奖魏颗、魏锜的功劳，把令狐的土地封给他们俩，又铸大鼎，用来记载这事。潞国已灭，但仍有剩余赤狄存在，晋景公又派士会领兵消灭剩余赤狄。从此赤狄土地，全归晋国所有。

一波已平，另波又起。这时，晋国闹饥荒，盗贼四起。中军将荀林父四处寻访善于捕盗的能人，终于获得一人，名叫郄雍。

这人善于识破盗贼，荀林父与其在集市里游走，郄雍忽然指明一人是强盗。荀林父命人捉住审问，果真是盗贼。荀林父问："你是怎么知道的？"郄雍说："我察觉他眉睫之间，见到集市中的财物就有贪色，见到集市中的人就有愧色，听说我来了又有了惧色，所以才知道。"荀林父叹服郄雍，请其捉贼。

奇怪的是，郄雍每日抓获盗贼数十人，可盗窃的犯案数不但不减少，反而更多了。晋国大夫羊舌职对荀林父说："您让郄雍捉盗贼，盗贼没捉尽，而郄雍的死期却快到了。"荀林父惊讶地询问原因，羊舌职答道："依靠郄雍一人的侦查，不可能捉到所有的盗贼，而盗贼联合起来，反而可以收拾郄雍，这样还有不死的？"第三天，郄雍在郊外行走，忽然有十多个盗贼群起而攻之，郄雍果然被杀。

中军将荀林父闻听，忧愤成疾，不久死去。

晋景公听说了羊舌职的先见之明，便召见他说：“你对郄雍的预料太准了！寡人今天召你来，是想问你治理盗贼用何良策？”

羊舌职说：“以智谋对付智谋，就像用石头去压草，草必然寻空隙生长；用暴力对付暴力，就像用石头击石头，都要撞碎。所以说，平息盗贼的方法，在于感化思想，使他们知道廉耻，而不是捉得越多越好。君上您如果挑选朝中最善良的人，让他的荣誉在所有人之上，那些不善良的人自己也会变好。这样的话，盗贼不就不足为患了吗？”

晋景公又问：“当今晋国谁是最善良的人？你推举一下。”

羊舌职说：“谁也不如士会，观他为人，言依于信，行依于义，和而不谄，廉而不矫，直而不亢，威而不猛。君上您一定要重用他。”晋景公深以为是，即拜士会为中军将，代替荀林父之职，同时加封为太傅，另把范地赏给他做封邑，这就是范氏的由来。士会原上军将一职，由郄克继任。

中军将士会，用善恶教育来感化百姓，人人以善为美、以恶为丑。奸民没有了生存空间，于是都逃到秦国。晋国再没有一个盗贼，国内得到大治。

九　鞍之战

见国内秩序井井有条、国人安居乐业，晋景公便有了学习先君晋文公召集盟会、担当盟主、与楚争霸的打算。大夫伯宗进言：“先君晋文公时，在践土第一次会盟，各国都敬从。但等到齐、宋、鲁三国弑君，我们不予讨伐，崤山以东各国，便轻视晋国而依附了楚国。后来救郑国没成，救宋国未去，又失去了两国。当今除了卫、曹两国外，盟国、属国已寥寥无几了。观当今天下，齐、鲁是希望。君上要恢复盟主大业，莫不如和齐、鲁两国亲近。君上应派人去这两国行礼，联络感情，等待他们与楚国关系破裂，我们便可以得志。”晋景公认为正确，便派上军将郄克，带着丰厚礼物前去出使鲁国和齐国。

却说鲁宣公因为齐惠公支持定位的缘故，一直恭谨地礼敬齐国，齐顷公继位后也没有改变。郄克出使鲁国完毕后，告辞去齐国。鲁国也想去齐国行礼，便派上卿季孙行父同郄克一同启程。二人到了齐都临淄郊外，看见卫国上卿孙良夫、曹国公子曹首也到齐国友好出使。四人相见，各道来由，不期而会，志同道合。这孙良夫因为年轻时受过箭伤，有点儿腿脚不便；曹首因为先天发育不良，有些背驼。这二人都是各自国家的肱股之臣。

第二天，四国来使一起朝见齐顷公，各致自己国家君主的美意。齐顷公看见四位使节的容貌，不由暗暗称奇。

礼仪结束后，齐顷公入宫，见到母亲萧太夫人，忍不住笑了。萧太夫人问："外面有什么乐事，高兴成这样子？"

齐顷公答道："今天在朝中看见一桩怪事。晋、鲁、卫、曹四国，各派使节前来。晋国郄克在郯之战中受伤，是个半瞎子，只用一只眼睛看人。鲁国季孙行父，自鲁国新君姬恶被弑后，变成一个秃子，没有一根头发。卫国孙良夫，是个跛子，两脚一高一低。曹国公子曹首是个驼背，两只眼睛只是看地。四人同时来到朝堂，好似一班鬼怪聚来，岂不可笑？"

萧太夫人很是好奇，向齐顷公说道："我想观看一下，可以吗？"

齐顷公笑着答应道："等来日设宴时，母亲登上高台，放下帷帐偷偷观看就行，这有什么难的？"

齐顷公一时上来玩兴，为博母亲一笑，便在国中挑选出瞎、秃、跛、驼各一人，让他们分别为四国使节驾车。郄克半瞎，即用半瞎子为驭手；季孙行父秃头，即用秃子为驭手；孙良夫脚跛，即用跛子为驭手；曹首背驼，即用驼子为驭手。齐国上卿国佐劝谏道："外交，是国家大事。宾恭主敬，才能加深友谊，万不可当儿戏。"齐顷公不听。

车中两瞎、两秃、双驼、双跛，行过台下，萧太夫人掀开帷帐观望，不觉大笑，左右婢女，无不掩口，笑声直传到外面。

晋国郄克刚见到驭手是半瞎子时，认为是偶然之事，不以为怪，等听到台上有妇女嬉笑之声，心中大疑。草草喝了几觯酒，便急忙起身，回到馆舍，派人盘问："台上是什么人？"随从打听一番后回来报告："是齐君之母萧太夫人。"一会儿工夫，鲁、卫、曹三国使节都来向郄克说："齐国故意选残疾驾车人，戏弄我们，以供妇人观看耻笑，齐国这是什么道理？"郄克说："我们好意来修好，反被他们侮辱，如果不报此仇，就不是大丈夫了！"季孙行父等三人齐声说："晋国如果兴师伐齐，我们都会奏知本国君主，倾国相助。"郄克说："既然大家都有这心思，便歃血为盟。伐齐之日，有不竭力共事的，让神灵处死他！"四位使节聚在一起，商量了一夜，直到天明，不辞齐君，径自登车，命驭手驾车飞驰，各还本国去了。齐国上卿国佐叹道："齐国的忧患从现在开始了！"

回到晋国的郄克，实在无法忘记在齐国经受的奇耻大辱。这一阴影始终笼罩在他的头上，他屡次向晋景公提出讨伐齐国，晋景公迟迟没有同意，一是因为晋国离齐国太远，二是因为想拉拢齐国，以使自己当上盟主。不过，自己派出的使节、晋国六卿之一，出使他国受辱，再怎么说也有损国体。晋景公心里七上八下。郤克又提出：“我带着我们郤氏家族亲兵，到齐国去做个了断。”晋景公也不同意，于是郤克终日闷闷不乐，做事也不按常理，完全丧失了先前的那种英明与睿智，甚至还酗酒滋事。晋国朝堂气氛非常紧张，中军将、六卿之首士会甚是担忧。

与郤克共事多年，士会对郤克的性格、为人、气度了如指掌，心想：现在郤克的愤怒不发泄出去，他的身体就会垮掉，前途就会丧失，而如果发泄在国内，晋国就遭殃，只有发泄到齐国，对晋国、对郤克才有好处。士会不忍心郤克沉沦下去，而要让他振作起来，就要让他了结心愿。要让他了结心愿，就要给他足够的话权。士会决定告老，让郤克成为六卿之首，这样他就有机会去攻齐国了，从而使他的愤怒得到发泄，挽回晋国的祸乱和郤克的沉沦。

士会上朝请辞中军将，晋景公挽留不住，便拜郤克为中军将，由下军将赵朔接替郤克改任上军将，下军佐栾书担任下军将，同时让士会的儿子士燮到朝中担任大夫。

士会卸下重任后，把儿子士燮叫到面前说：“燮儿啊，人在大喜大怒的时候，行为合乎礼法的少，离经叛道的多，但君子的喜怒可以制止祸端。你跟着各位前辈、大臣好好干吧！”士燮便到朝中供职。

经历了风风雨雨的士会十分关心士燮在朝中的表现。一日，士燮很晚才退朝回来，士会问道：“为什么回来这么晚啊？”士燮答道：“有位秦国来的使节在朝中讲隐语，大臣中没有一个能够答出来的，我晓得其中的三条，就说出来。”士会发怒道：“大臣们不是不能回答，而是出于对长辈父兄的谦让。你是个年轻的孩子，却在朝中三次抢先，掩盖他人锋芒。如果不是我在晋国积了点德行，你早就遭殃了！”说着士会就用手杖去打士燮，把他帽冠上的簪子都给打断了。

这时鲁国东门遂、叔孙得臣等人都已故去，上卿季孙行父执政当权。自出使齐国被笑而归后，季孙行父发誓要报仇，但鲁宣公重视齐、鲁两国友谊，并不主张伐齐，季孙行父为此愤懑不平。

此时，鲁国孟、叔、季三家，子孙兴旺，势力愈来愈大，鲁宣公常常忧虑此事。今见季孙行父常常口出怨言，忧虑之心更重。鲁宣公自感年老体弱、时日不多，预料自己去世后，子孙必为“三桓”所欺，便秘密吩咐东门遂之子东门归父：“‘三桓’日渐兴盛，公室日渐衰弱，你是知道的。现在你秘密前去晋国，与晋国君臣商谈此事。如果能够借助他们的兵力，为鲁国驱逐‘三桓’，寡人情愿每年进贡，以报晋国的恩德。”东门归父点头答应。鲁宣公因东门遂而得国君之位，所以宠任东门家族，对东门归父更是高看一眼。鲁宣公嘱托道：“你要小心在意，不可泄漏机密！”东门归父领命，备齐厚礼前往晋国。

听说屠岸贾以谀佞得到晋景公宠幸，官拜司寇，东门归父便贿赂屠岸贾，请其告诉晋景公欲逐鲁国“三桓”之意。屠岸贾因为与赵氏家族有隙，便一心结交栾、郄二族，与他们交往密切。他把鲁国东门归父的想法告诉了栾书，栾书说：“当政者是中军将郄克，他与鲁国‘三桓’之首季孙行父对齐国有同样的仇恨，恐怕未必同意这个计谋，不过我可以试探一下。”栾书找机会和郄克讲了，果然郄克说：“东门归父这个人要乱鲁国，不能听他的。”郄克私下写信简一封，派人星夜去鲁，飞报季孙行父。

季孙行父接信后，愤怒地说：“当年杀公子姬恶及姬视，都是东门遂主谋。我为国家安宁，隐瞒了这事，还为他庇护。现在他的儿子东门归父又要追随他搞内乱呢，这不是养虎遗患吗？”十分恼怒的季孙行父派人去请上卿叔孙侨如前来。这叔孙侨如是“三桓”之一、叔氏宗主。此时，季孙行父想起了叔孙侨如的名字来历——

鲁文公十一年，北狄伐鲁，首领侨如铜头铁额，能力举千斤。鲁文公派叔孙得臣带兵抗敌。这时正值冬季，寒冷的雾气弥天遮地。大夫富父终甥知道要下雪了，就向叔孙得臣献上一条计策：“北狄无比勇猛，我们不能死拼，只能智取。”鲁军就在要道上挖了许多深坑用草蓐遮住，上面再洒上浮土。这天夜里，天上降下大雪，白雪铺平了地面，使人看不出虚实。富父终甥领着一支人马，去洗劫侨如的营寨。侨如冲出来迎战，富父终甥假装失败逃走，侨如奋勇追杀。富父终甥按照事先留下的暗号辨认道路，沿着坑边跑。侨如紧追不舍，结果跌落进深坑里。叔孙得臣埋伏在这里的军士一齐涌出来，杀散北狄兵勇，俘获了侨如。这时正赶上叔孙得臣的妻子生了个儿子，他就给儿子起了个名字，叫叔孙侨如，以彰己功。

季孙行父与叔孙侨如关系好，有事便找他商议。此时的季孙行父心中默默祈祷道：“希望‘三桓’先人保佑‘三桓’家族无恙，保佑我季孙行父像叔孙得臣那样获得奇功！”正祈祷着，叔孙侨如来了。

季孙行父便把晋国郄克的密信交给叔孙侨如观看。叔孙侨如看后说：“君上自东门归父前去晋国后，就不上朝了，是重病无疑，估计是年老体弱加上心惊胆战导致的。”季孙行父说：“不知道这个对我们‘三桓’家族有着恶毒用心的君上还能活多久？”就在二人计议的时候，鲁宣公病逝了。

闻报后，季孙行父、叔孙侨如等拥立世子姬黑肱继位，他只有十三岁，这就是鲁成公。

鲁成公年幼，凡事都取决于季孙行父。季孙行父在朝堂召集诸位大臣说：“君幼国弱，非明确刑罚不可。当初杀嫡立庶，都是东门遂做的事。东门遂有误国大罪，虽然已经死去，但也应该追罚他的家族。”众臣不敢不听。

季孙行父便派司寇臧孙许，驱赶东门遂家族。却说东门归父去晋国碰了一鼻子灰，闷闷归来，没进国境，就听鲁宣公已死，季孙行父正在处治自己先人之罪。东门归父无奈之下，只好出奔齐国，族人都跟从了他。

季孙行父积极备战，意在讨伐齐国，去报讥笑之仇。身为百官之首，他的妻子不穿丝帛，马匹不喂精料。仲孙它劝他说：“您是鲁国的上卿，辅佐过数朝国君，妻子不穿丝帛，马匹不喂精料，国人恐怕会说您吝啬，而且国家也有失体面呀！”季孙行父说：“我也愿意华贵一些啊，但是我看国人中，父兄吃粗粮、穿陋衣的还很多，所以我不敢。别人的父兄衣食不丰，而我却优待妻子和马匹，这难道是辅佐国君的人该做的吗？况且我只听说高尚的德行可以为国增光，没有听说过以妻子和马匹来夸耀的。”这天，恰巧仲孙它的父亲仲孙蔑来访，季孙行父就把这事说了说。说者无意，听者有心。仲孙蔑很惭愧，回家后就对仲孙它严厉训斥，把他关了七天。从这以后，仲孙它的妻子只穿粗布，喂马的饲料也只是稗草。季孙行父闻听后高兴地说：“有错能改，是可塑之人啊。”便推荐仲孙它担任大夫。

鲁成公即位第二年，齐顷公听说鲁国对齐政策改变，意与晋国合谋伐齐，便一面派使节与楚国结好，作为齐国危急时的帮手；一面整顿兵车，先行讨伐鲁国。正在征伐中，国内紧急来报：卫国上卿孙良夫统兵袭击齐国。齐顷公说："卫国见寡人国内空虚，便前来进犯，我军应当掉头迎击他们。"便改变行军方向。

行到新界口，正遇到卫军前部兵马，两下都建了营垒。卫国大夫石稷告诉孙良夫："我们接受命令攻击齐国，是想乘虚而入。现在齐军已回来了，齐君亲自率军，我们不可轻敌，不如退兵，让给他们归去的路。等到晋、鲁等国合力并举时，才会万无一失。"孙良夫说："本来想报齐国讥笑之仇，现在仇人就在面前，怎么能躲避呢？"便不听石稷的话，夜里率领卫军主力去劫齐营。

齐军料到卫军会来偷袭，已有准备。卫国孙良夫率军杀入营门，正中齐军埋伏。齐顷公亲自来到，大叫："跛子，留下头来！"孙良夫死命抵抗。正在危急时，石稷率军杀来，救出孙良夫往北逃奔，卫军大败。

孙良夫收拾败军，进入卫国新筑城中。歇息数日，众人请示回去的日期，孙良夫说："我本想报复齐国，如今反为齐国所败，还有什么脸面回去见君上？应当去晋国求兵，活捉齐君，方出我胸中之气！"便留石稷等屯兵在新筑，自己亲自去晋国借兵，正遇上鲁国司寇臧孙许也在晋国求兵。

二人先和晋国中军将郄克通话，然后一起去见晋景公。内外同心，彼此唱和，由不得晋景公不依从。郄克考虑到齐国强大，请求兵车八百乘，晋景公也答应了。于是，郄克统率中军，解张为驭手，郑邱缓为车右，士燮统率上军，栾书统率下军，韩厥为司马。赵朔本为上军将，有病卧床不起，便由士燮统率上军。

晋国三军选定良辰吉日，从绛城出兵，向东进发。臧孙许先回鲁国报告，季孙行父和叔孙侨如率兵一同到新筑。孙良夫又去约会曹国公子曹首。各军都在新筑聚齐，排列队伍，按次序前进，连接三十多里，旌旗不绝，气势浩大。

话说齐顷公得知四国联军来攻，便说道："如果等待四国兵马入境，百姓就会震惊，我们应当把他们挡在边境之外。"便率兵车五百乘，一路急行军，赶到鞍地迎敌。

齐国上卿高固对齐顷公奏道："不知晋人是勇是怯，臣请求前去探试一下。"于是驾驶单车，到晋营来挑战。晋国有辆兵车从营门出来，高固拿块大石头打过去，正中车上一人脑袋，当即死去，该车驭手慌忙弃车逃跑。高固腾身一跃，就跳到晋军这辆兵车上，手挽辔索，飞驰齐营，转了一圈，大喊道："晋军的兵车不错！"齐军将士哈哈大笑。

晋国司马韩厥命人抓住逃跑驭手，要按军法斩首。众人求情，韩厥不准。中军将郄克驾车前往，想去营救，但等他赶到时，那人已被斩了。郄克见此，立即转换口气，不但不埋怨韩厥，反而命人陈尸示众。驭手解张不解地问："将军您原先不是要救他吗？"郄克说："是呀！既然已成事实，我岂敢不分担对司马韩厥的谤言呢？"韩厥闻听后，对郄克甚是感激。

齐国上卿高固对齐顷公奏道："晋军虽然人多，但能战斗的少，不足畏惧。"第二天，齐顷公穿戴锦袍绣甲亲自出阵，邴夏驭车，逢丑父为车右。双方各在鞍地摆开阵势。齐国上卿国佐率右军阻止鲁军，高固率左军阻止卫、曹两军，两下相持，都不交锋，专等中军消息。

齐顷公自恃勇敢，目无晋人，令军士拉弓待命，并吩咐道："视寡人马足所到之处，万箭齐发。"一声鼓响，齐顷公驰车直冲晋阵。一时箭如飞蝗，晋兵死伤者极多。

晋国中军将郄克兵车驭手解张胳膊连中两箭，血都流到了车轮上，还是忍痛拉住缰绳。郄克正在击鼓进军，也被乱箭伤了左胁，血直淌到鞋上，鼓声顿时缓慢了下来。

郄克说："我喘不过气来了。"

解张说："晋军将士的心，都集中在我们这辆兵车上，他们的眼睛都盯着我们车上的旗，耳朵都听着我们车上的鼓。只要车上不挥撤退的旗帜，不打退兵的鼓，战斗就会胜利。中军将您忍一忍吧，不可以让将士知道您受伤了。我们身披盔甲为国牺牲，这是军人的职责。勇猛地冲锋吧！虽然我们俩负了伤，所幸没死。"

车右郑邱缓说："解张的话对呀！死生由命吧！"

郄克用力握住鼓槌，狠擂；解张策马，冒着飞箭前进；郑邱缓左手拿着盾牌保护郄克，右手挥戈杀敌。左右一齐擂鼓，鼓声震天。晋军以为本阵已经得胜，争先恐后冲锋，势如排山倒海，齐军大败。

韩厥见郄克伤势很重，便说道："请将军休息一下，我去追杀！"遂引本部军士驱车追赶齐顷公。齐顷公驭手邴夏说："射第一辆兵车上的中间将军，他是领头者。"齐顷公也站在兵车中间，对兵车正中之人难免惺惺相惜，便说："认为他是领头者而射他，这不合于礼。"于是，齐顷公兵车车右逢丑父便射第一辆晋军兵车车左，车左死在车下；射车右，车右死在车中。第一辆晋军兵车中间之人不是别人，正是司马韩厥。这时，韩厥想起了昨晚梦中，爷爷韩简对他说："明天不要站在兵车左右两侧。"韩厥不由暗暗感谢先人显灵。

晋军一校尉綦毋张损坏了兵车，见韩厥车上只有一人，便说道："请允许我搭乘您的兵车。"綦毋张上车后，站在左边，韩厥用肘推他；綦毋张站在右边，韩厥又用肘推他。綦毋张只好站在韩厥身后。

齐顷公绕着鞍地的华不注山奔走，晋国韩厥远远望见，奋力追赶。齐顷公兵车车右逢丑父对驭手邴夏说："你快冲出包围，去取救兵，我替你驾车。"邴夏下车而去。晋国追兵越来越多，围绕华不注山三圈。逢丑父对齐顷公说："事情很危急了！君上快将您的锦袍绣甲脱下，让我穿上，假扮成君上。您穿上臣的衣服，在一旁执缰绳，迷惑晋人。如果发生不测之事，我代君主去死，您快逃脱吧。"齐顷公依从了逢丑父，更换完服饰后，就快到华泉了。这时战马被树木绊住，逢丑父想推车前进，无奈胳膊受伤，原来前天，他睡在兵车里，有一条蛇爬到他身边，他挥手去打蛇，却使小臂受伤。为了继续担任齐顷公兵车车右，逢丑父隐瞒了这件事。他不能用臂推车前进，很快就被韩厥追上了。

韩厥看见一人身穿锦袍绣甲，便认为是齐顷公，遂用手拉住马缰，行礼说："我们君上不能推辞鲁、卫两国的请求，命令我等到贵国问罪。请君主您到我的车上，我愿意为君驭车。"韩厥不忍立即动粗，故言辞含蓄。

扮作齐顷公的逢丑父假装口渴不能回答，把瓢递给齐顷公说："丑父，你去为寡人取点水来。"齐顷公明白逢丑父之意，故装作是逢丑父，慌忙去华泉取水。到了水边，嫌水混浊，又到另一处去取清水。

乘着晋军不备，绕着华不注山逃走了。

齐顷公在奔跑的路上，遇到齐国大夫郑周父。郑周父见是齐顷公，急忙汇报道：“邴夏已经阵亡了！当前晋军声势浩大，士燮、栾书率晋军层层围堵，只有前面这条路敌兵少，请君上赶紧上车。”便把缰绳交给齐顷公，驾车逃脱。

且说韩厥以为抓住了齐顷公，便派人报告给中军将郤克。此时郤克虽伤痛难忍，但为了激励士气，仍强打精神，听说抓住了齐顷公，他不由心中大喜，一时忘了疼痛。韩厥把逄丑父献上，郤克见了说：“这不是齐君呀！”郤克曾到过齐国，认识齐顷公，韩厥却不认识，因此齐顷公被逄丑父设计逃走。

韩厥生气地质问逄丑父：“你是谁？”

逄丑父答道：“我是车右逄丑父，要问我的君上，方才去华泉取水的人就是。”

郤克大怒道：“你冒名齐君，欺骗我们，还想活吗？”喝令左右：“拉出去斩了！”

逄丑父大呼说：“晋军将士们，听我一句话，从现在起没有替君主赴死的人了。丑父使君主免于受难，今天却被杀死了！”

郤克听到此话，忙命人停止行刑，慢慢说道：“他对君上尽忠，我怕杀他不祥。”便用车将其载走。

齐顷公逃回本营，感念逄丑父救命之恩，又率军三次驰入晋军，前去寻找。上卿高固、国佐二人，听说中军大败，恐怕齐顷公有闪失，各引左右两军前来救驾，见到齐顷公大惊道：“君上为何不保重千乘之尊，而自探虎穴呢？”齐顷公说：“逄丑父代寡人陷在敌阵中，不知生死，寡人坐不安席，所以来寻找。”话没说完，哨兵来报：“四国联军又杀来了！”国佐说：“士气已经受挫，君上不能久留在这里，暂且回国中坚守。”齐顷公听从他的意见，便引大军回到临淄去了。

路上，齐顷公看到齐国守军，便鼓舞他们：“你们努力吧！”行进途中，一位民女询问大军：“国君免于祸难了吗？”军士说：“免了。”这位民女说：“如果国君免于祸难，我这个小女子就放心了。”说完离开。军士报告给齐顷公，齐顷公感动异常，命人追上这名民女，赐她石窌作为封邑。

晋国中军将郤克不顾伤痛，引领晋军以及鲁、卫、曹三国之师，长驱直入，直抵齐国国都临淄，一心想灭掉齐国。

齐顷公发了慌，召集诸臣商议计策。国佐进言："臣请求用灭亡纪国时所得的铜甗和玉磬，贿赂晋国，请晋息战；另外请求给晋、鲁、卫、曹四国兵马足够的钱粮，让联军解散。"齐顷公说："好吧，齐国情意已全尽到了。如果晋国不答应，只有战斗下去了！"

国佐领了命令，令随从用车拉着铜甗、玉磬两件宝物和数百车钱粮，来到晋军。

晋国中军将郤克盛怒以待，齐国上卿国佐言行恭谨。郤克说："你们国家灭亡是早晚的事了，还想以巧言缓和吗？如果真心请和，要依我两件事。"

国佐说："请问何事？"

郤克说："一是要萧太夫人来晋国做人质；二是把齐国境内的田垄全部改为东西走向。"

国佐严肃地说道："萧太夫人是敝国国君之母。如果齐、晋是兄弟国家，那也就是晋国国君的母亲。您要一国国君之母做人质，将何以遵从周礼？而且这是以不孝来压制诸侯。《诗经》说：'孝子不匮，永锡尔类。'这是说孝子的心从不衰竭，永远赐福于你的同类。如果以不孝来强求齐国，恐怕不是施恩德于同类吧？先人修整天下道路，是因地制宜，所以《诗经》说：'我疆我理，南东其亩。'现在您要求齐国把全部田垄改为东西走向，只是为了有利于您的兵车出入，不顾因地制宜，这恐怕有违常理。晋国曾是盟主，如果不遵周礼、违反常理，怎么去做诸侯的领袖？《诗经》说：'施政宽和，百福聚集。'您如果坚持这样做，就是不宽不和，从而抛弃各种福禄。如今您率领贵国兵马光临敝国，敝国愿以微薄的兵赋来犒劳您的部下。如果承蒙您宽大，保住齐国社稷，敝国将继续同贵国保持旧日的友好关系，敝国绝不敢吝惜这些珍宝钱粮。如果您坚持不同意，那么敝国君上已经有言在先了：'只有战斗下去！'"

郤克说："难道晋国还怕战斗吗？"

国佐说："您不要欺齐太甚了！齐国虽偶然失败，但还有兵车千乘。如果再次战斗失败，整个齐国都归晋国所有，何必以国君之母为人质，田垄改为东西走向呢？我现在告辞了！”说完，国佐昂首阔步出营。

鲁国上卿季孙行父、卫国上卿孙良夫和曹国公子曹首已经看到齐国运来钱粮，另外当年耻辱已雪，所以都急于求和，便对晋国中军将郄克说：“齐国非常恨我们，必置之死地而后生。兵无常胜，不如答应他的要求。”郄克听到国佐一番言论，已经有议和的想法，只是嘴上逞强，这时见季孙行父、孙良夫、曹首都来劝和，便后悔说：“齐国的使节已经走了，怎么办？”季孙行父说：“可以把他追回来。”便用良马驾车，追到十里以外，硬拉国佐转回晋营。

郄克让国佐与季孙行父、孙良夫、曹首相见，朗声说道：“现在鲁、卫、曹三国一同替齐请和，我不能再违背大家的意愿了，愿听从您的主张。”国佐说：“今后齐国朝拜晋国，这些珍宝钱粮送与各国，请联军退兵，各自都立下誓书。”于是，晋、鲁、卫、曹与齐歃血盟誓，和平解决。晋军释放逢丑父回齐，齐顷公把他提为上卿。晋、鲁、卫、曹，各自班师回国。

晋军凯旋回国。士会躲在人群中，静静地看着大军进入绛城，士燮最后入城。士会过去对士燮说：“燮儿呀，你知道为父我天天盼着你早点回来吗？”

士燮回答道：“儿也盼着早点回家呢。”

士会说：“晋军回城，一直没看到你，为父担心呢！”

士燮说：“主将是郄克，理应由他和前辈们先进城。假如儿率先归来，恐怕国人就会把注意力集中到儿的身上了，所以儿不敢这样做。”

士会说：“你做得对，如此谦虚谨慎，就可以免祸了。”

晋景公在朝堂上接见凯旋的军士，中军将郄克首先拜见晋景公，晋景公说：“这次取胜，是你的功劳啊！”郄克答道：“我郄克借助君主的神威，并以君主之命号召三军将士，三军将士听从命令勇敢战斗才取胜，我郄克有什么功劳可言呢？”

接着士燮来朝见晋景公，晋景公说：“这是你的功劳啊！”士燮答道：“我士燮从中军将那里接受命令，统领上军，上军将士服从命令奋勇作战，我士燮又有什么功劳可言呢？”

最后，栾书也来朝见晋景公，晋景公说："这是你的功劳啊！"栾书答道："我栾书服从命令，率领下军将士奋勇杀敌，我栾书个人又有什么功劳可言呢？"

各位将领纷纷谦让，晋景公非常高兴。鞍之战有功将领，个个有赏，郤克等将领均都扩大了封邑。

战争就是冷酷无情，有胜就有败。按照盟约，失败的齐顷公到晋国朝见晋景公。郤克对齐顷公说："君这次来晋国，实是为取笑使节而付出代价。"齐顷公不言语。晋景公设宴招待齐顷公，齐顷公注视着韩厥。韩厥说："君认识我韩厥吗？"齐顷公说："服饰换了。"韩厥登阶，举起酒觯说："我的服饰确实换了，但当时在华不注山下作战时，君换了服装却让我等空喜。其实，君当时何苦换服装呢？反正都要来晋国朝堂宴饮。晋国将士之所以不惜一死，就是为了两位国君在此开怀畅饮啊。"晋国君臣哈哈大笑，齐顷公面上也笑了，但心中很苦。

这一年，晋国中军将郤克因为箭伤告老还家，不久死去。栾书代替他为中军将。

却说齐顷公离开晋国回到齐国后，凭吊死者，问候难者，爱护百姓，专心修政，为防晋国，继续遣使与楚国结交。

十　夏姬的魅力

花开花落，岁月无情。公元前591年，英雄一生的楚庄王突然病重。他预感自己不久就会离开人世，便招重臣芈婴齐、芈侧等至病榻之前，望着世子芈审，众臣领会其意。楚庄王咽下了最后一口气，与世长辞！楚庄王，一位充满传奇色彩的英雄，在位初期，昏聩闭塞，贪享淫乐，无所作为。其后励精图治，沉着应对内乱，稳定后方；任用蔿敖大胆革新，致使楚国大治。邲之战，率领楚军大败政出多门的晋军，宣告着楚庄王霸业的功成名就。凭借其雄才大略，让楚国称霸中原。

楚庄王去世后，众臣依照楚庄王的意愿，拥立年仅十来岁的世子芈审为楚王，是为楚共王。令尹芈婴齐继续掌握楚国军政大权。

且说楚国连尹襄老在邲之战中死去，尸首被晋军抢去。他的儿子黑要和夏姬私通。大夫屈巫日夜相念夏姬，见曾经想娶夏姬的楚庄王去世，便又思谋着得到夏姬，于是派人传话给她："我十分思慕您，如果您早上回郑国，我晚上就来迎娶。"又派人从郑国召唤她说："襄老尸首可以得到，一定要亲自来郑国才行。"夏姬把这话报告令尹芈婴齐。芈婴齐就问屈巫，屈巫答道："夏姬本是郑女，如今想收葬襄老尸体，应该让她去。"芈婴齐说："尸体在晋国，到郑国怎么能得到？"屈巫答道："荀罃是荀首的爱子，现被我楚国囚住，荀首很想念儿子，并与郑国大夫皇戌有很厚的交情，他一定让郑国皇戌从中周旋，以公子谷臣和襄老的尸体，交换荀罃。”芈婴齐便同意夏姬回郑国去。

夏姬刚走，楚国大夫屈巫便派人给郑襄公送信，请求把夏姬嫁给他做妻子。郑襄公不清楚公子芈侧曾要娶夏姬之事，认为屈巫在楚国很受重用，便欲结为姻亲，改善楚、郑关系，于是便接受了屈巫的请求。屈巫又让人到晋国，给荀首送信，让他用被俘的楚国公子芈谷臣以及襄老尸体换回荀罃。荀首果然派人送信给郑国大夫皇戎，求他从中说和。结局是各大欢喜，楚国换回了芈谷臣还有襄老尸体，荀罃也得以回到晋国。

楚共王送别荀罃时说：“你怨恨寡人吗？”

荀罃答道：“没有。两国交战，在下没有才能，所以做了俘虏。大王左右的人没有用我的血来祭鼓，而让我回国去接受杀戮，这是大王的恩惠啊！在下怎敢怨恨呢？”

楚共王说：“那你感激寡人吗？”

荀罃答道：“两国为自己国家打算，希望让百姓得到安宁，各自抑制自己的愤怒，求得互相原谅，两边都释放被俘的囚犯，以结成友好。两国友好，在下不曾与谋，又敢感激谁？”

楚共王哈哈大笑说：“寡人放你回去，就是恩德，你用什么报答寡人？”

荀罃答道：“不知道该报答什么。”

楚共王说：“尽管这样，也一定把你的想法告诉寡人。”

荀罃答道：“承大王的福佑，在下能够活着回到晋国。如果我国君上对我加以诛戮，我是死得幸运；如果我国君上赦免在下，让在下拥有宗子的地位，承担晋国的大事，那么在下也不敢违背礼义。”

楚共王叹了口气说：“从你身上，寡人看到晋国是不可以抗争的。”楚共王对荀罃重加礼遇，放他回到晋国。

虽然晋国是不可以抗争的，但年轻的楚共王还想试一试。且说齐国结交楚国，楚国便计议为齐国征伐卫、鲁、曹三国，一是助齐洗雪鞍之战耻辱；二是与晋争霸，让楚称雄中原。楚共王问：“谁能把楚国之意传达给齐国？”大夫屈巫正想前去郑国与夏姬成亲，于是朗声应道：“臣愿往！”楚共王说：“你此去经过郑国，顺便约郑军联合攻打卫国、鲁国、曹国。”屈巫领命，暗喜不已。

回到家中，屈巫将家眷和财物装了十多辆车，准备驰往郑国。楚国大夫伍参在城门处碰上大夫屈巫，见他有肩负军事重任的戒惧之心，又有桑中幽会的喜悦之色，心想屈巫不会是带着别人妻子私奔吧。善意的伍参想提醒屈巫一下，便上前打了个照面说：“您一定不要忘了义和礼呀！”屈巫心中吓了一跳，以为伍参知其秘密，便支吾了几句，慌忙前往郑国。其实，伍参只是看透屈巫女色之心，而没有看透屈巫为了女色而叛国之谋。

且说楚国大夫屈巫到了郑国，交代了楚国起兵伐卫、鲁、曹之意，便与夏姬在馆舍成亲，二人之乐可想而知。夏姬在枕上对屈巫说：“这件事奏知楚王了吗？”屈巫把楚庄王、公子芈侧想娶她的事说了一遍，又道：“我为了你，费了很多心机，今日如鱼得水，平生之愿已足。我不敢回楚，明日与你到别处寻找安身之处，白头到老，岂不更稳妥？”夏姬说：“原来如此。夫既不回楚，那出使齐国的命令，怎样交代？”屈巫说：“我不往齐国去了，现在与楚国抗衡的，是晋国，我和你去晋国算了。”第二天早上，他写下信简一封，上面道：“蒙郑君把夏姬嫁给我做妻室，臣不肖，不能推辞，恐怕大王怪罪，暂时住在晋国。出使齐国的事，望大王另派胜任的人。”屈巫把信简交给随从，让他回交楚国，自己便与夏姬带着家眷投奔晋国去了。

晋景公正以兵败楚国为耻辱，听说屈巫到来，大喜过望说：“这是上天赐给晋国人才啊！”当即拜他为大夫，并赐给他封邑。屈巫便不再姓屈而姓巫，名字为臣。巫臣从此安居在晋国。

且说楚共王接到屈巫来信大怒，召公子芈婴齐和芈侧商议。芈侧奏道：“楚、晋有世仇，现在屈巫去晋，是反叛，不能不讨伐。”芈侧想娶夏姬，巫臣阻止他，现在巫臣反而娶了夏姬逃到晋国，芈侧因此恼恨巫臣。芈婴齐说：“黑要奸母，也有罪，应当一并讨伐。”楚共王听从了这些话，派芈婴齐领兵抄斩巫臣的家族，其父屈荡此时早已去世；派芈侧领兵捉住黑要杀掉。两族的家财，都为两人分享。巫臣听到家族被杀的消息，便写信给芈婴齐和芈侧这两人说：“你们用邪恶侍奉楚王，杀了那么多无罪的人，我一定要让你们疲于奔命而死。”

巫臣虽然叛变，但楚国讨伐卫、鲁、曹的谋略不变。楚国令尹芈婴齐率楚军、郑军讨伐卫国、曹国，攻占了卫国、曹国郊区。又去侵犯鲁国，大肆抢掠了一番。鲁国别无他法，派仲孙蔑前去讲和。仲孙蔑把国中的良匠和善于织布、针织的女子各一百人，献给楚军。鲁、楚订盟，楚军撤回。这鲁国人杰地灵，多出能工巧妇。

晋国见楚国讨伐卫、鲁、曹，也不甘示弱，邀请鲁国共同讨伐郑国。这一年，郑襄公死去，世子姬费继位，为郑悼公。郑悼公无奈，便离开楚国依附晋国。

且说楚国东面有个国家，叫吴国，位于长江下游。国君姬姓、吴氏。此时的吴国虽不擅打仗，但却拥有高超的铸剑技术。他们制作的剑锋锷犀利、装饰精美，且多年不蚀。巫臣知道吴国人聪明勤奋，稍加训导，就会是强国，足以制衡楚国，便为晋国筹划，建议与吴国友好，晋景公同意。

巫臣与儿子巫狐庸出使吴国，吴国国君寿梦很喜欢这爷儿俩。巫臣出使吴国时，带了晋国三十乘兵车，送给吴国一半，以做教练，另送给吴国射手和驭手，教吴国人使用兵车，教他们安排战阵，还教他们如何侵扰楚国。为了实效，巫臣留下儿子巫狐庸在吴为官。自此晋、吴通信往来不绝，从此吴国势力日益强大、兵力日益强盛，把楚国在东方的属国都夺了过来。吴国国君寿梦见吴国不再是小国，可与楚国一争高下，便自称为王。在巫臣、巫狐庸父子的怂恿下，吴国不断侵伐楚国。

楚国一时间没有太平的岁月，顾不上去中原与晋国争霸。楚国公子芈婴齐和芈侧奉命奔驰各地，前去抵御吴军，一年多达七次。

十一　抚孤和赴死哪个难

人无外忧，必有内患。就在晋国的强敌楚国被吴国牵制的时候，晋国内乱开始了。且说晋景公与晋灵公性格有些相似，宠用屠岸贾，每日游猎饮酒。大臣也开始内斗，赵婴同侄媳赵朔之妻庄姬私通。事情败露后，自邲之战就与弟弟赵婴不和的赵同、赵括，羞于见他，逼赵婴出走。赵婴说："我们赵氏家族非常显赫，栾氏视我族为政治对手，一直不和，另外还有宿敌屠岸贾。赵氏家族中，多是耿直之人，只有我灵活善变。有我在，所以栾氏、屠岸贾等不敢作乱。如果我逃亡，两位兄长恐怕就有忧患了。而且人们各有所长，也各有所短，原谅我又有什么坏处？"赵同、赵括不听。

这天晚上，赵婴梦见一位天神对他说："祭祀我，我将降福给你。"赵婴醒来找太卜儆询问吉凶。太卜儆说："不知道。"等赵婴走后，太卜儆自言自语道："神灵降福给仁爱的人，而降祸给淫乱的人。淫乱没有受到惩罚，这就是福了。祭祀了，难道就无祸？"无奈的赵婴祭祀完天神后，第二天就逃亡到齐国去了。

这一月，晋国梁山突然崩陷，河流堵塞，三日不流通。晋国大夫伯宗说："山因为有了腐朽的土壤所以容易崩塌。国家以山川为本，如果遇到山崩川竭，国君就要为它减膳撤乐，并且以礼祭祀山川之神。"晋景公一一听从，并让太卜儆测算这事。

太卜儆回府沐浴更衣，准备占卜一事。此时，压抑着司寇屠岸贾心中多年的报复念头骤然增大。原来当年赵盾、赵穿弑晋灵公、打压自己之仇一直深藏在他的心中。不是不报，只是时候不到。今见赵氏家族貌似强盛，实则内伏危机，机灵的赵婴逃走，剩下的赵朔、赵同、赵括、赵旃等人只会直来直去，不知权变求和，有时还搞个内讧，便决意设计报复赵氏家族。屠岸贾将五对玉璧送给太卜儆，对他说："今晋国军力强大，威服各国，唯独刑罚不中，这恐怕就是梁山崩塌的原因。"太卜儆领会其意。

第二天，太卜儆照屠岸贾之话禀告晋景公。晋景公说："寡人极少动用刑罚，如有也是证据确凿，为什么说不中呢？"此时，屠岸贾在旁，上前奏道："所谓刑罚不中，失宽失严，都是不中。赵盾在桃园弑晋灵公，已记载在史册上，这是不赦死罪。晋成公不知诛杀，而把国政交给他，一直延续到现在，逆臣子孙布满朝中，怎么能告诫后人？况且臣听说赵朔、赵同、赵括、赵旃等人，自以为宗族人多势强，打算谋反。赵婴要阻止他们，却被驱赶出去。梁山崩陷，无疑是天意让君上为晋灵公鸣冤，惩罚赵氏的罪行。"晋景公即位以来，就厌恶横冲直撞的赵同、赵括等人。屠岸贾的这一席话，他听着非常顺耳，顺理成章地上了他的圈套。

晋景公将这事问司马韩厥，韩厥答道："桃园之事，与赵盾有什么关系？况赵氏自赵衰以来，世代为晋立下功勋。君上为什么听小人之言，而疑心功臣的后代呢？"晋景公当下拿不定主意，又去问中军将栾书。栾书原居赵朔之下，后因鞍之战有功，而位居六卿之首，便与赵朔关系不畅。赵同、赵括蛮横，自邲之战，就越来越得罪栾书。因此，栾书将赵氏家族视作政治对手。今见晋景公要追究赵氏家族之罪，栾书便含糊其辞，不去替赵氏分辩。于是，晋景公相信了屠岸贾的话，命屠岸贾道："你妥善处理，不要惊动国人。"

韩厥知道屠岸贾的阴谋后，连夜告知赵朔，让他快些逃走。赵朔说："我父亲已经在史上留下了恶名。现在屠岸贾奉君令，要杀死我，我怎么敢躲避？只是我的妻子庄姬有了身孕，快要临产了。如果生女孩就不必说了，如果有幸生了男孩，还可以延续赵氏一脉，望您替我保存这一点儿骨血，我赵朔虽死犹生。"

韩厥哭泣着说："我有今天，都是赵氏提携关照的，我们恩同一家。现在我自愧力量太小，不能阻止这事！您所说的事，我怎么敢不效力？但贼人蓄谋已久，一旦发难，难免玉石俱焚，我有力量也无处使了。乘现在事情还没发生，为何不把庄姬暗中送回宫去，逃脱这场大难？以后孩子长大了，一定会有报仇的时候。”赵朔恍然大悟，忙说：“就按您说的办！”二人洒泪而别。

这庄姬是晋成公之女，回宫当是自由自在。赵朔便与庄姬约好：“生女孩，取名文；如果生男孩取名武。文人无用，武士可报仇。”又单独和家臣公孙杵臼、程婴交代好。庄姬半夜从后门上车，由公孙杵臼、程婴护送，一直安全地到了宫中。依照赵朔安排，公孙杵臼、程婴在民间藏匿。

第二天清晨，屠岸贾亲自率领武士，将赵朔、赵同、赵括、赵旃等赵氏各家男女老幼，全部杀掉。赵旃的儿子赵胜，当时在邯郸，免于一死，听说家族有难，逃奔到宋国。赵婴在齐国，闻听家族被灭，忧郁而死。

且说屠岸贾率人将赵氏家族杀得尸横堂户、血浸庭阶。查点人数，单不见庄姬。屠岸贾说：“庄姬倒不要紧，但听说她怀孕将近临产，万一生个男孩，留下逆种，必生后患。”有人报说：“半夜有车入宫。”屠岸贾说：“这肯定是庄姬了。”便立即奏知晋景公：“逆臣一门，都已杀尽，只有庄姬走进宫中，请君上裁定！”晋景公说：“庄姬是国君一脉，不可问罪。”屠岸贾又奏道：“庄姬怀孕将近临产，万一生个男孩，留下逆种，他长大了，必然报仇，还要发生桃园之事，君上不可不虑！”晋景公说：“生男孩再除掉。”屠岸贾便日夜派人探听庄姬临产的消息。

数日后，庄姬果然生了一个男孩。她吩咐宫中人，谎说生了女孩。屠岸贾不信，想派自家奶娘去宫中验看。庄姬发慌，推说所生女孩已死掉。这时晋景公溺爱屠岸贾，任他为所欲为。屠岸贾也怀疑孩子不是女孩，并且没死，便亲率家中女仆，到宫中搜索一遍。庄姬将孤儿放在裤子里，祷告说：“上天如果要灭绝赵氏，儿就啼哭；若赵氏还有一脉可以延续，儿就不要出声。”等女仆领出庄姬，搜查住处，一无所见，也没听到孩子的啼哭，便离去。离开后的屠岸贾心中还是犯疑。有人说：“说不定孤儿已经送出宫了。”屠岸贾便在城门上悬赏：

"举报赵氏孤儿者，重赏；知情不说者，与窝藏反贼同罪，全家处斩。"又吩咐卫兵，对出入宫门的人严加盘查。

听说赵氏家族有难，公孙杵臼约程婴一同赴难。程婴说："我等与主人同死，对赵氏有什么益处？况且主人已经交代我们，尽全力保住赵氏一脉。"

公孙杵臼说："明知无益，但是主人有难，不敢逃避一死。"

程婴说："庄姬有孕，如果是男孩，我与你共同抚养；如果不幸生了女孩，再死也不晚。"

当听说庄姬生了个女孩后，公孙杵臼哭着说："天真的要灭绝赵氏啊！"

程婴说："未必准确，因为屠岸贾正在悬赏通缉，我再察访一下。"便厚贿宫中内侍，让他和庄姬通信。

庄姬知道程婴忠义，秘写一个"武"字递出。程婴暗中大喜，不由说道："赵氏不该绝，果真生个男孩！"见屠岸贾一直没搜出婴儿，程婴对公孙杵臼说："赵氏孤儿在宫中，没被查出来，这是上天赐给的幸运哪！但只可瞒过一时，以后事情泄露了，屠岸贾又要搜索。必须用计，把孤儿偷出宫来，藏到远方，才可无忧。"

公孙杵臼沉吟半日，问程婴："抚养孤儿和赴死，二者哪个更难些？"

程婴说："死容易，抚养婴儿难。"

公孙杵臼说："你承受难的，我承受容易的，怎么样？"

程婴说："有什么计策吗？"

公孙杵臼说："三百年前，周厉王被国人驱逐，他的儿子在召公家避难，国人包围了召公的住处，召公就用自己的儿子顶替周厉王的儿子去死。周厉王儿子长大后，召公就扶持他继承了王位，这就是周宣王。如果寻得别人的婴儿诈说是赵氏孤儿，我抱到远处的中条山中，你去告发，说出孤儿的藏处。屠岸贾得到假孤儿，真孤儿就可以免死了。"

程婴说："假孤儿容易找到，但必须把真孤儿偷出宫，才能保全。"

公孙杵臼说："众官中唯有韩厥受赵氏之恩最深，可以将偷婴儿一事托付于他。”

程婴说：“我妻子新生一个儿子，与孤儿生日相近，可以代替。你既然有藏匿孤儿之罪，必当一起被杀，先我而死，于心何忍？”因而哭泣不止。

公孙杵臼生气地说：“这是大事，也是容易事，你为什么替我哭呢？”程婴只好收泪而去。

半夜，程婴把自己儿子交给公孙杵臼，定好藏匿之处。到了清晨，程婴立刻去见韩厥，先把“武”字给他看，然后说了公孙杵臼的计策。韩厥说：“现在庄姬得了病，命我去民间求医。你如果能使得屠岸贾亲自去中条山，宫中警戒必然松懈，我自有偷出孤儿之计。”

程婴便有意在街坊扬言：“司寇屠岸贾要得赵氏孤儿，怎么到宫中去搜索呢？”

屠岸贾的家臣听到了，向他问道：“你知道赵氏孤儿在哪儿吗？”

程婴说：“如果给我重赏，就告诉你。”

屠岸贾的家臣引他见屠岸贾，问他姓名，他回答道：“我叫程婴，与公孙杵臼一同侍奉赵氏。庄姬生下婴儿，当即让一妇人抱出宫门，托我们两人藏匿起来。我恐怕日后事情泄露，有人告发，他得重赏，我全家遭难，所以来告知此事。”

屠岸贾问：“孤儿在哪里？”

程婴说：“请让左右退下，我才敢说。”屠岸贾命令身边的人退下。

程婴说：“在中条山深处，赶快去还能找到，否则，就要去秦国了。您最好亲自去，因为别人多和赵氏有交情，不要轻易托付别人。”

屠岸贾说：“你得随我去，是实话就赏你，是谎言就犯死罪。”

程婴说：“我是刚从山中来的，饿极了，请给点饭吃。”屠岸贾给他酒食，程婴吃完，又催屠岸贾快去。

屠岸贾觉得事不宜迟，便亲率武士，让程婴做向导，直奔中条山。山路极其幽僻，迂回数里，只见临溪有草房几间，柴门紧闭。程婴指着说：“这就是公孙杵臼和孤儿的住处。”程婴先叩门，公孙杵臼出门相迎，见武士很多，假做仓皇藏匿之状。程婴喝道：“你别走，司寇已知道孤儿在此，亲自来取，快快献出来吧。”话没说完，武士缚住公孙杵臼来见屠岸贾。

屠岸贾问："孤儿在哪儿？"

公孙杵臼抵赖说："没有。"

屠岸贾命令搜查，见隔壁锁得很严实，武士便砸开锁，进到里面，室内很暗，竹床上仿佛有小孩的啼哭声。抱出来一看，锦绷绣被，俨然似富贵人家的孩子。

公孙杵臼一见，便要去夺，但被绑得不能动弹，便大骂："小人啊，程婴！先前主人遇难时，我约你一同死，你说：'庄姬有孕，如果死了，谁做保护孤儿的人？'现在庄姬把孤儿托付你我二人，隐匿在山中，你与我同谋做事，却又贪图城门重赏，私自泄露。我死不足惜，只是辜负主人的一片恩情呀！"

公孙杵臼骂个不停，程婴羞愧满面，对屠岸贾说："为何还不杀他？"屠岸贾喝令道："将公孙杵臼斩首！"程婴自己抱起婴儿摔到地上，只听一声啼哭，婴儿变成了肉饼。哀哉！

且说屠岸贾起身去中条山擒捉赵氏孤儿，城中无人不知，有替屠岸贾欢喜的，有替赵氏家族叹息的，那宫门盘问此事的卫兵就怠慢了。韩厥叫心腹家臣，假装是乡间医生，进宫看病，将程婴所传的"武"字贴于药箱之中。庄姬看见，已领会其意。诊脉完毕，讲几句胎前产后的套话，庄姬见左右婢女都是心腹，便把孤儿裹在药箱之中。那孩子啼哭起来，庄姬手抚孩子祈祷道："赵武，赵武！我赵家一门冤仇都寄托在你身上，出宫时，切莫啼哭！"说完，孤儿啼声立刻停止。走出宫门，也没人盘问。韩厥得了孤儿，如获至宝，藏在僻静的屋子里，让乳娘喂养，就是家里人也没有知道这事的。

屠岸贾回到府中，重赏程婴，程婴推辞不愿接受。屠岸贾说："你原来为了赏钱才出首，为什么现在推辞？"

程婴说："在下做赵氏家臣很久了，今天杀了孤儿来解脱自己，已经是不义了，怎么敢贪图重赏呢？如果您以为小人有点儿功劳，请用这赏钱收葬赵氏一门的尸体吧，也表表我这家臣的一点儿情义。"

屠岸贾以为程婴被公孙杵臼一顿怒骂，良心回归，欣喜地说道："你真是信义之士啊！赵氏的遗体，任你收拾，把这赏钱作为你送葬之资吧。"程婴下拜接受。

离开后，程婴把赵氏各家的尸骨全部收拾，用棺木盛殓，分别葬在赵盾墓旁。办完这事，又去屠岸贾那里道谢。屠岸贾想留用他，程婴流涕说：“在下一时贪生怕死，做了这无义之事，没有脸面再见晋人，从此将到远方糊口了。”他辞别屠岸贾，去见韩厥。

韩厥将孤儿交付程婴，程婴便携带赵武暗中来到盂山隐藏。

过了三年，晋景公到新田游玩，见这里土沃水甜，便把国都迁到这里，称作新绛，故都为故绛。

此时正值春天，百官朝贺。晋景公在宫中设宴，款待群臣，个个开怀畅饮。不知不觉间，晋景公喝得酩酊大醉，内侍急忙将他送入寝殿休息。

睡梦中，晋景公见一阵怪风吹来，风过后，一个蓬头大鬼，身长一丈多，披发长至地上，自门外而入，破口大骂：“天哪，我的子孙有什么罪过，你把他们杀了？我已经告到天帝那儿，这就来取你的性命！”说完，挥臂来打晋景公。晋景公大叫：“快来救我！”内侍急忙前来，只见晋景公口吐鲜血，翻倒在地，不省人事。

晋景公醒后，连续三日卧床不起，他一想起梦中的大鬼，便觉害怕。当时晋国桑门那儿有个巫师，非常有名。晋景公便命人把桑门巫师召来，向他说起梦中遇鬼之事，然后问道：“这鬼说寡人屈杀了他的子孙，不知这鬼是哪一个？”

桑门巫师说：“晋国有功之臣中，子孙遭遇最惨的就是了。”

晋景公愕然说道：“难道是赵氏吗？”

屠岸贾正在一旁，连忙奏道：“这桑门巫师是亲近赵氏之人，借此来为赵氏鸣冤，君上不可以听信他的话。”

晋景公默然良久，又问：“可以向鬼祈祷吗？”

桑门巫师说：“他愤怒已极，祈祷无用。”

晋景公说：“那么寡人的寿命如何？”

桑门巫师之所以有名，实则懂医，会看气色，从而了解病情轻重。他见晋景公脸色灰白、印堂发黑，知其仅能存活数日，便说道：“在下冒死直言，恐怕君上您尝不到新麦子了。”

屠岸贾说：“大胆巫师，胡言乱语。麦熟就是月内的事，君上虽然生病，但精神还旺盛，何至于这样严重？如果君上尝到新麦，你该当死罪！”不等晋景公发落，屠岸贾便将桑门巫师呵斥出去。

桑门巫师走后，晋景公病得更厉害了，太医前来，毫无办法。

内侍寺人成，服侍晋景公很辛苦，白天不知不觉睡着了，梦见自己背着晋景公在天上飞腾。醒来后，寺人成与左右之人说起这事。正在这时，屠岸贾来到宫中，听说梦情，便祝贺晋景公说："天是阳而且明，病是阴而且暗。飞腾上天，离暗就明，君上的病情必然会渐渐好转的。"听完屠岸贾这番话，晋景公也觉得精神舒畅起来。忽然有人报告："农夫来献新麦。"晋景公更高兴了，便命厨师尽快舂净做粥，以破解桑门巫师的预言。屠岸贾记恨桑门巫师说了赵氏之冤，便奏道："前日巫师说君上不能尝到新麦，今天证明他的话不灵了，可以召来质问他。"晋景公点头同意，屠岸贾立刻派人将桑门巫师擒来。

桑门巫师进了宫，屠岸贾便责问他："新麦就在眼前，还怕尝不到吗？"

桑门巫师说："还不好说。"晋景公听后，立刻脸上变色。

屠岸贾说："此人诅咒君上，该杀！"便命左右拉出去斩首。

桑门巫师叹道："我因精通一点儿巫术，而自取其祸，岂不悲哉？"武士很快献上桑门巫师的首级。恰好厨师把麦粥呈上，晋景公正要吃，忽然腹胀要泄，唤内侍寺人成："背寡人如厕。"到了厕所，寺人成就把他放下。晋景公突然觉得一阵心痛，立不住脚，坠入厕坑中。寺人成顾不得污臭，赶快把他抱起来，这时晋景公已经气绝身亡，到底没吃上新麦，只是屈杀了桑门巫师。

中军将栾书率百官奉世子晋州蒲即位，这就是晋厉公。

众人议论，寺人成曾做梦背着晋景公登天，后来背着晋景公如厕，正应其梦，于是众官议定用寺人成殉葬。栾书自言自语说："寺人成如果不说这梦，可能就没这祸事了。口舌害身，不可不谨慎呀！"因晋景公为厉鬼击死，便有很多晋国人暗地里说赵氏冤枉。只因为栾书当政，并与屠岸贾关系密切，无人敢提为赵氏平冤之事。韩厥自感孤掌难鸣，便静待时机。

晋景公葬礼时，宋国上卿华元前来吊唁。原来宋国华元留楚六年，到了宋文公去世，宋共公即位，华元请求回国奔丧，才得以返回宋国。听到晋景公去世，宋共公便派上卿华元到晋国凭吊。

华元牢记当年和楚国公子芈婴齐劝说晋、楚息兵之约，便和晋国中军将栾书商议，要把晋、楚联合起来，免得南北争斗，生灵涂炭。华元说："晋、楚两国相斫，杀敌一千，自损八百，最终两败俱伤，我们中原小国也跟着受罪，无所适从。"

栾书说："只是楚国不可信。"

华元说："我和楚国令尹芈婴齐要好，可以承担这件事。"

栾书便让幼子栾针同华元一起到楚国，与芈婴齐相见。

楚国令尹芈婴齐见栾针气宇轩昂，便想试试他的才学，于是问道："贵国用兵之法是什么？"

栾针答道："整。"

芈婴齐又问："还有什么见长的？"

栾针答道："暇。"

芈婴齐说："人乱我整，人忙我暇，何战不胜？这两个字可谓简而全了！"因此更加敬重栾针。芈婴齐将其引见给楚共王，议定两国和好，各守境安民，有先动干戈的，鬼神惩之，还订了会盟的日期。

公元前 579 年，在宋国上卿华元的努力下，晋、楚达成和平协议，盟于宋国西门之外。两国宣布裁减武器，归还战俘，收容难民，终止战争。

十二　鄢陵之战

华元弭兵，好景不长。楚国公子芈侧，认为这事不曾与自己商议，便大怒说："南北不通好已经很久了！公子婴齐要独享南北和平的功劳，我一定要让他失败。"

芈侧便对楚共王奏道："郑国原先依从楚国，现今依附了晋国，如果不加惩治，那么楚国的房檐下就空了。"

楚共王问："如果讨伐郑国，那西门之盟怎么办？"

芈侧答道："郑国接受楚国的盟约，不是一天两天了，但是仍不顾盟约，去依附晋国。现在的事，有利就图，还用顾及西门之盟吗？"

楚共王又问："晋军强大，如果我军去伐郑，晋国势必来救，如此该怎么办？"

芈侧说："晋军虽然强大，但晋国权臣当道，其必出乱。"

楚共王认真倾听，芈侧便向楚共王详细讲述了当今晋国的政局——

晋国在中、上、下军之外，另立新军。六卿主政改为八卿主政，这八卿是：中军将栾书、中军佐士燮，上军将郤锜、上军佐荀偃，下军将韩厥、下军佐荀罃，新军将郤犨、新军佐郤至。原上军将士燮升为中军佐；韩厥由司马改为下军将，司马一职由魏犨后人魏绛担任；荀罃回到晋国，便被重用；荀偃，是荀林父之孙、荀罃堂侄。

中军将栾书虽然当政，却由"三郤"专权。这"三郤"便是郤锜、郤犨、郤至。郤锜，郤克之子；郤犨，郤克堂弟；郤至，郤克之侄。郤克死前，与栾书交厚，推荐他接替中军将。栾书抑或报答郤克的知遇之恩，对郤氏家族刻意提携。但当“三郤”权势日重时，栾书又感受到了威胁。晋国大夫伯宗也察觉到郤氏家族太盛，任其发展势必殃及公室，于是屡次向晋厉公进谏：“应当区分贤愚，适当抑制郤氏家族的权力。”晋厉公不听。

伯宗贤而直，因此每天上朝时，妻子便规劝他道：“您好直言，那些行为不端的人都厌恶您，一定会有祸到您身上！”伯宗大笑了之，没把妻子的话当回事。一次，伯宗退朝回家后喜气洋洋。他妻子问道：“您今天为何面露喜色？”伯宗说：“今天在朝堂上，众官都称赞我像阳处父那样机智善辩。”妻子着急地说道：“阳处父这个人华而不实，因此遭到杀身之难。您高兴什么呢？”伯宗想想也是，便不言语。伯宗妻子又道：“妾想，他们之所以称赞您，是因为您敢说出他们不敢说的话。言多必失，灾难必会降到您头上！您的性格不可改变，但政治充满变数，危险难以预料。您何不结交贤臣，将儿子州犁托付给他呢？”伯宗听从妻子的意见，此后刻意与忠信贤良的大夫毕羊深交。

却说晋厉公不但没有采纳伯宗的劝谏，反而把伯宗的话告诉了“三郤”。伯宗的儿子伯州犁感觉到危险，就劝父亲小心。不几天，“三郤”联名上奏，请晋厉公严查伯宗诽谤之罪。晋厉公听信“三郤”之言，命人将伯宗关押起来。大夫毕羊见伯宗遇祸，便派人将伯州犁送到楚国。“三郤”又奏伯宗通楚之罪，晋厉公亲自审问此事。伯宗心地无私，哪有可交代之处？他愤怒地咬断舌头，吐到“三郤”面前。晋厉公捡起那截舌头，放到郤锜的袍中，叹息说：“有种！”便转身走了。郤锜将伯宗的舌头扔到地上，用脚碾碎，对伯宗怒道：“这舌头怎么吐出来的，你就要怎么吞下去！”伯宗狂笑，一头撞到墙上，气绝身亡。

楚共王听完公子芈侧的讲述，便叫人召来已经在楚国的伯州犁，任命他为太宰。楚共王对伯州犁说：“令尊忠直，当为众臣表率，希望你忠于楚国。”伯州犁叩头退下。楚共王又对芈侧说：“既然晋国政局不稳，那我们就可以伐郑了。”便命芈侧率师伐郑。

郑国抓紧道歉，声言脱离晋国依从楚国，楚军这才返回。

晋厉公听说郑国脱离晋国，便不由大怒，急忙召集众臣商议伐郑之事。晋厉公向来骄侈，宠幸之人太多，胥童、夷羊五、清沸魋、匠丽氏等一班顽劣子弟，都拜为大夫。晋厉公喜欢谀媚，厌恶正直，日日淫乐，不修政事，导致群臣离心。中军佐士燮见朝政一日不如一日，便不主张再伐郑了。郤至说："不伐郑，怎么能控制诸侯？"栾书说："如果不伐郑，其他属国也将同我离心，郤至的话对呀！"晋国大夫苗贲皇也劝晋厉公伐郑，晋厉公便下定决心。这苗贲皇就是楚国原令尹斗越椒之子，逃到晋国后，被晋国任命为大夫。

择定吉日，晋厉公亲率栾书、士燮、郤至、魏锜、栾针、苗贲皇等众臣，出动兵车六百乘，浩浩荡荡，杀奔郑国。同时派郤犨去鲁、卫各国，请兵助战。

此时郑国国君是郑成公，郑悼公已经去世。郑成公知道晋军势力强大，准备出城投降。

大夫钩耳说："郑地狭小，介于两个大国中间，只应选择一个强国依附，岂可朝晋暮楚，年年受兵灾？"

郑成公说："那怎么办呢？"

钩耳说："依臣的愚见，莫不如去楚国求救。楚兵到了，我们与他们夹攻，大破晋军，可保数年的平安。"郑成公以为言之有理，便派钩耳去楚国求救。

楚共王征求众臣的意见，令尹芈婴齐首先说道："晋、楚签订了西门之盟后，没过多久，我们楚国就不讲信义，带头违反，以致晋国出兵。现在如果庇护郑国而与晋国争斗，劳民逞强，则未必胜，不如看情况再说。"违反西门之盟本是芈侧的主意，此时他红着脸进言道："郑人不忍心背叛楚国，所以来告急。如不救郑国，是使归附者绝望。臣虽无才能，愿带一旅，前去与晋国交战。"闻听此言，楚共王豪心大起，决定亲率公子芈婴齐、芈侧，儿子芈茂，太宰伯州犁以及养由基、潘党等人，出动楚国大军以及南方蛮人，向北进发，来救郑国。

楚军每天行军数百里，疾走如风。

早有探子报入晋军，中军佐士燮深受其父士会影响，较有远见，为了让晋国实现长治久安，私下对中军将栾书说：“君上年幼不知国事艰难，我等假意害怕楚兵而避开，可让君上知道警惕、畏惧，这样就能保住晋国长久安宁了。”

栾书说：“畏惧、逃避之名，我不敢担当。”

士燮退出后叹道：“这次如果兵败，还是晋国幸事。万一胜了，外边安宁，国中内患必起，这令人担忧呀！”

晋、楚两军在郑国鄢陵相遇，两边安营下寨。第二天，是六月的最后一天，名为晦日。每到晦日，人们便去河边消灾解厄，按常规是不动干戈的，于是晋军不做准备。五更时，天还没亮，忽然寨外喊声大震、喧闹不止。守营军士急忙来报：“楚军直逼本营，排下阵势。”

晋国君臣慌作一团，栾书大惊说：“他们如果压住我军，我军就不能成列，交战恐怕不利，暂时坚守营垒，寻找机会再去破敌。”

郤至反驳道：“不可这样做。我们如果现在进攻，必然获胜而归。因为楚军列阵而不避忌月底的晦日，这是第一个可乘之机；南方蛮人与楚军一起来，不懂列阵作战，这是第二个可乘之机；我刚才观察了一番，楚军虽然摆出阵势，却很不整齐，这是第三个可乘之机；他们在阵地上大声喧哗，这是第四个可乘之机；众人听到喧哗必然恐惧，这是第五个可乘之机。有这五个可乘之机，我们不可坐失良机啊！”晋厉公听了很高兴，便让栾书遵从郤至之见，栾书因此而怨恨郤至。

却说楚共王直逼晋营列阵，自认为出其不意，晋军中必然混乱，但悄然不见动静，便问太宰伯州犁：“晋兵坚守营垒不动，你是晋人，必能知道其中的内情。”

伯州犁说：“请大王登车观望一下。”

楚共王登车，伯州犁站在一旁，楚共王问：“晋兵驰骋，或左或右是做什么呢？”

伯州犁说：“召集军中各部校尉。”

楚共王说：“现在又聚集在中军了。”

伯州犁说：“一起商量计谋。”

楚共王又望一望说：“忽然张开帷幕，这是做什么？”

伯州犁说：“虔诚祷告先君保佑呀。”

楚共王又说：“现在又撤掉帷幕了。”

伯州犁答道："就要发布军令了。"

楚共王看了看又说："军中为何喧哗？飞尘不止？"

伯州犁答："他们因为不能列阵，在塞井平灶，作为战地。"

楚共王又说："车都驾马了，将士上车了。"

伯州犁答道："要列阵了。"

楚共王又望一望说："上车后为何又下来了？"

伯州犁答道："开战前祷告神灵。"

楚共王想了想说："中军气势很盛，晋君在吗？"

伯州犁答道："肯定在。栾、士、郄之族，拥国君而列阵，不可轻敌。"

楚共王了解了晋军的情况，不免心虚起来，便通知众将士撤回大营，准备第二日交锋。

晋军营中，也有对楚国内情非常了解的，这就是苗贲皇。他向晋厉公献计说："楚国自从令尹蒍敖死后，军政大不如以前。两广精兵，老弱不能战斗者甚多，况且左右两军，互相不和，这次一定能打败楚国。"晋厉公信心更足。

当天，两军各自坚守不战。楚营中，校尉潘党正在练习射箭，将士们围着观看。靶子设在五十步外，那里撑起一块板，板上有一个红心。潘党拉开强弓，一连三箭都正中红心，博得围观的人一片喝彩声。

这时，养由基走来。楚庄王时期，养由基由左广统领升任右军统领，改芈侧为司马。楚国莫敖一职废置不用，改由司马行使职能。楚共王继位后，厌恶左右军不和，便将养由基调离右军，养由基因此在军中低沉，但神射手的威望犹在。

潘党洋洋得意之时，见养由基前来，便向其拱拱手，请他指教。养由基环视一下四周，随口说道："射五十步外的红心，目标太近、太大了，还是射百步外的柳叶吧！"说罢，他指着百步外的一棵杨柳树，叫人在树上选一片叶子，涂上红色作为靶子。接着，他拉开弓，"嗖"的一声射去，结果箭镞正好贯穿这片杨柳叶的中心，在场的人都惊呆了。潘党自知没有这样高超的本领，但又不相信养由基箭箭都能射穿柳叶，于是走到那棵杨柳树下，选择了三片杨柳叶，在上面用颜色编上号，请养由基按编号次序再射。养由基走前几步，看清了编号，然后退到百步之外，拉开弓，“嗖”“嗖”“嗖”三箭，分别射中了三片编上号的杨柳叶。这一来，喝彩声雷动，潘党口服心服。众将士说：“晋、楚正在相持，我们大王正在用人之际，两位如此神箭，应当奏明大王，让美玉不藏在匣子里。”

众人簇拥着养由基和潘党一齐去见楚共王，众人纷纷说：“我军有百步穿杨的神箭手，何愁晋兵十万？”

楚共王正为左右两军不和而烦恼，见众人不成纪律，大怒说：“兵马以谋略取胜，怎么能以一箭而取侥幸呢？你们这般自傲，他日必因艺高致死！”楚共王命人尽收养由基的箭，不许他再射，养由基羞愧而退。

第二天五更鼓响过，两军各自鸣鼓进军。晋厉公身披红锦战袍，腰悬宝剑，乘着镶铜兵车，杀奔楚阵来。谁知阵前却有一窝泥淖，黎明时候，未曾看得仔细，恰好把晋厉公兵车的车轮陷于泥淖中，马不能走了。栾针连忙跳下车，立在泥淖之中，用尽平生气力，双手把两个轮子抬起，车浮马动，一步步跨出泥淖来。楚共王之子芈茂，少年好勇，望见晋厉公兵车陷进去，驱车飞赶过来，正欲挥戟，晋国中军将栾书的车马也到，大声喝道：“不得无理！”芈茂吃了一惊，正在分神之时，被栾书活捉过来。楚军见芈茂有闪失，一齐来救，楚共王心急如焚。这时晋军士燮引兵杀出，后队郄至等也全来到。这郄至穿着浅红色皮军服，望见楚共王，便跳下兵车奔走。楚兵见晋军人多势众，收兵回营。晋兵也不追赶，各自归寨。

栾书献上楚国公子芈茂邀功，晋厉公要杀，苗贲皇进言：“楚王知道儿子被擒，明日必主动出战，可把芈茂囚到军前，往来走动引诱楚王。”晋厉公说：“这主意好。”一夜安息无话。

第二天黎明，楚军果来挑战。没战几个回合，晋兵推出囚车在阵上往来。楚共王见儿子芈茂被囚在阵中，急得七窍生烟，忙命人来抢囚车。晋军魏锜望见楚共王，架起一支箭，“嗖”一声射去，正中楚共王的左眼。这魏锜，绿袍虬髯，格外显眼。他大手一挥，晋军纷纷冲向楚共王。楚共王忍痛拔箭，眼珠随箭而出，掉在地上。公子芈侧领兵拼死拒敌，救出了楚共王。郄至依旧穿着浅红色皮军服，望见楚共王，又跳下兵车奔走。这时养由基前来救驾，只是身边没带一支箭。箭全让楚共王没收了。楚共王吃了敌箭之亏，才知射手的重要，忍痛抽出两支箭交给养由基，对他说道：“射寡人的是绿袍虬髯的人，你去为寡人报仇。你身负绝艺，号称‘养一箭’，想必不用多费箭了。”

养由基领了箭，飞车闯入晋营，正撞上绿袍虬髯的人，知是射伤楚共王之人，便大声骂道：“匹夫有什么本事，胆敢射伤我王？”魏锜刚要答话，养由基的箭已发到，正中魏锜项下，魏锜伏在兵车上死去，栾书领兵夺回他的尸体。养由基把剩下的一支箭交还楚共王，向前奏道：“仰仗大王的威灵，已射死绿袍虬髯之人了！”楚共王大喜，解下身上的锦袍赐给他，另赐给他百支利箭，赞许道：“你果然为‘养一箭’。”楚共王又对养由基说：“战斗时，晋军中有位穿浅红色皮军服的，是个知礼的君子，当他遇见寡人时，就下车飞奔。寡人很感动，你替寡人送一张弓给他，以示寡人对他的敬意。”

楚军打听到这穿浅红色皮军服的人是郤至，养由基便前来约见郤至。郤至身披盔甲接见了养由基，问明来意后，郤至脱去头盔，倾听养由基传达楚共王之话。郤至对养由基说：“贵国大王的外臣郤至，托我们国君的威福，正穿戴着盔甲，因此不能下拜接受大王的下问，特向大王所派的使节谨行三个敬拜之礼！”养由基接受郤至行礼后，将弓交给郤至，而后返回楚营。

且说晋军中，晋厉公问：“楚王中箭，但他的兵马还不退去，我们该怎么办？”苗贲皇说：“秣马厉兵，修阵固列，鸡鸣时饱食一顿，而后决一死战，还怕不能战胜楚兵吗？”这时郤犨从鲁、卫两国请兵回转，说两国都发兵前来相助，已离这儿二十里了。晋军个个高兴。

再说楚军探子探知鲁、卫两军来助晋军，便紧急报告给楚共王。楚共王正在医伤，不由大惊说：“晋兵已经够受的了，鲁、卫之兵又来了，怎么办？”便令左右召司马芈侧商议。

这公子芈侧平日爱饮酒，每次饮酒不下百觯，醉得整日不醒。楚共王知道他有这个毛病，每次出兵，都告诫他不要饮酒。晋、楚交战，重任在身，更不允许芈侧滴酒入口。这日，楚共王中箭回营，又羞又怒。芈侧进言：“两军都已经疲惫了，明日休息一天，让臣仔细考虑对策，务必为大王报仇雪恨。”芈侧辞别楚共王回到帐中，坐到半夜一筹未展。他有名心腹军士，见芈侧愁思劳苦，便搞到一坛美酒，送到他面前。芈侧嗅了嗅，惊喜地问：“是酒吗？”心腹军士知道芈侧要喝酒，又怕左右传出去，便谎说：“不是酒，是椒汤。”芈侧领会他的好意，抱着坛子一饮而尽，顿觉香甘无比，妙不可言！忙问：“椒汤还有吗？”心腹军士说：“还有。”芈侧枯肠久渴，口中只叫：“好椒汤，你对我太好了！再来一坛。”两坛酒进肚，芈侧酩酊大醉，倒在床上，进入梦乡。

楚共王派来的人召司马芈侧商量抗敌之策，谁知芈侧烂醉如泥，叫而不应，扶而不起。只闻得一阵酒臭，知道他是醉了酒，赶紧回复楚共王。心腹军士继续催促，哪知芈侧被催得越紧睡得越熟。心腹军士一见，哭着说：“我本是关心司马劳苦而送酒，谁知反把他害了！楚王知道了，连我的性命也难保，不如早点逃走。”立即悄悄而去。

楚共王见司马芈侧不到，便召令尹芈婴齐商议。芈婴齐见晋军临危不乱、行止有节，不由想起栾针说的“整”“暇”兵法。芈婴齐叹道：“楚军一时不能取胜呀！”芈婴齐对芈侧破坏西门之盟心怀不满，于是对楚共王奏道：“臣事先知道晋国兵强势众，不能马上取胜，所以当初商议时不主张救郑国。这次出师都是芈侧的主张，今日他又贪酒误事，臣下也无计可施了。不如趁黑夜悄悄班师回国，可免去失败的耻辱。”此时楚共王左眼处又隐隐作痛，他无奈地叹了口气说：“就按你说的办吧！只是寡人之子芈茂还在晋军中。”

楚共王又召来养由基、潘党说：“仗着你们的神箭，可保楚军顺利回国。”当下暗传号令，楚军拔寨而回。养由基、潘党等断后，令军士将公子芈侧扶起，用皮带绑在车上。一路速行，前去追赶大队。养由基、潘党率领弓箭手三百人，缓缓撤退。

黎明时，晋军来到阵前挑战，直逼楚营，看到空的帐幕，才知道楚军已经逃去。中军将栾书要去追杀楚军，中军佐士燮极力阻止。诸将议论纷纷，有说乘胜追击的，有说怕中埋伏的。士燮之子士匄，年纪才十六岁，听到众人议论不决，便入中军，禀报栾书说：“楚军塞井平灶，要么为了列阵迎敌，要么为了撤退。现在楚军又是塞井平灶，既然不是列阵，那么肯定是撤退了！”士燮见士匄多嘴，便拿起戈来追打士匄，一边追一边说：“用兵胜败，关系国家存亡。你一个少年，有什么资格敢在这摇唇鼓舌？”众将士忙把士燮抱住，士匄方才走脱。苗贲皇称道：“士燮善于逃避灾难啊！”栾书笑着说：“这孩子的智慧胜过士燮了。”这时，晋军发现一座楚军粮仓，因仓皇撤退未来得及搬。

晋军要吃楚军粮仓中囤积的军粮，士燮说：“我们的国君年幼，各位大臣又都才干平平，我们凭什么福分能得到这一战果呢？天意并不特别亲近哪一个人，只授福给有德的人。我们怎么知道这是上天授福给晋国并且以此来勉励楚国呢？国君和各位将士应当具有忧患意识啊！德是福的基础，没有德业而享的福太多，就好像地基没有打好却在上面筑起了高墙，不知道哪一天，它就倒塌了。”

晋厉公又要率军进攻郑国，士燮又行阻止。众人知道士燮忠善并且眼光深邃，何况郑国各处有兵固守。君臣商量一下，估计一时攻不下郑国，便胜利而归。鲁、卫两军也都各自回国。

却说楚国司马芈侧行了五十里的路程，他才醒酒，觉得身子绷紧，急得大叫：“谁敢绑我？”左右回答：“司马酒醉，怕您乘车不稳，所以如此。”急忙把革带给他解去。芈侧双眼蒙眬地问道：“如今车马往哪里去？”左右道：“是回家的路。”芈侧又问：“为什么回去？”左右说：“昨夜，楚王召司马，您醉卧不起。楚王恐怕晋军来战，无人抵抗，因此班师回朝。”芈侧听了大哭道：“贪酒误事呀！”急唤那名心腹军士，已不知去向。

楚共王行了二百里，不见追兵，这才放心。他恐怕芈侧畏罪自杀，便使人传令：“以前成得臣失败，先王不在军中。而今日之败，罪在寡人身上，无关公子芈侧之事。”芈侧正在车上，闻听楚共王之令，更加羞愧难当。

令尹芈婴齐与司马芈侧是楚国的两位重臣，时常对抗。此时，芈婴齐唯恐芈侧不死，便直接找芈侧说：“以前成得臣的结局，你是知道的。如今大王受伤，公子芈茂被俘，都是你主战的原因。就是大王不忍心加害你，你又有何面目指挥楚军呢？”

芈侧酒后头脑昏沉，不去深思芈婴齐的阴谋，叹口气道：“令尹以大义责备我，我哪敢贪生呢？”说完，芈侧下车，把绑缚的革带甩上路边的树杈，打了个结，爬上树，将自己的头套进绳结，自缢而死。楚共王闻听叹息不止。

十三　晋国的内乱

再说晋军返回途中，年纪轻轻的晋厉公自以为天下无敌，更加骄傲自大，派新军佐郤至向周王室告捷。此时天子是周简王，周匡王去世后，传周定王，周定王传周简王。

在朝见周简王之前，周朝卿士王叔陈生设酒宴招待晋国新军佐郤至，宾主互赠了厚礼，席间谈笑甚欢。

第二天，王叔陈生在朝堂上称赞郤至。

郤至又会见了邵桓公，与他畅谈。

离开郤至后，邵桓公把谈话内容告诉周朝卿士单襄公："王叔陈生称赞郤至，认为他一定能在晋国掌权，而且掌权后定能得到诸侯的拥护，因此王叔陈生劝我们各位大臣为郤至多说好话，以便今后在晋国能有所照应。现在郤至来见我，认为晋国这次打败楚国，实际是由于他的谋划，他说：'如果不是我，晋国就不会打这场战争了。晋对楚有五个可乘之机，晋却不知道利用它，是我坚持主张开战的。晋还有五个取胜的因素：与楚开战有正当的理由，这是一；得民心，这是二；将士精悍，这是三；兵马号令严明，这是四；与诸侯关系和睦，这是五。晋有一个取胜因素就足以胜楚，可有五胜加五个可乘之机，却还要躲躲闪闪，那不是有作为的人所干的。栾书、士燮畏战，是我强使他们下达作战命令的，结果打胜了，这是我的功劳啊！他们在战斗中没有谋略，而我却有大功劳：勇而有礼。我追逐楚军，这是勇；

遇上楚王就下车快步上前，这是礼。如果让我主持晋国政事的话，楚国一定会称臣来朝。’我对郤至说：‘你确实有才干。然而晋国提拔官员不会不论位次，所以我以为晋国政务恐怕还轮不到你来主持。’他对我说：‘哪会按照位次？赵盾军功微薄主持了政事，如今的栾书也是跨越好几人升为中军将的。就这三个人来说，我的才能只有超过他们而没有不及的。我以新军佐升为中军将而主持政事，有什么不行的呢？我一定想方设法达到目的。’这是他说的话，您以为如何？”

单襄公说：“俗话说‘剑架在脖子上’，恐怕就是指郤至这种人吧。君子不自我吹嘘，并非为了谦让，而是为了和谐平安。人的本性，都想争强好胜，而要想凌驾他人，必会遭到排斥，所以圣人崇尚礼让。《诗经》说：‘温文尔雅，求得万福。’所以统治天下的人必先得到民心，然后方能安稳，因而能长保福禄。如今郤至位于七卿之下而想超过他们，那么他就会获得七人的怨恨。被百姓怨恨，都会招来灾祸，更何况那是有地位的大臣呢？郤至将凭什么来应付这重重灾难呢？晋国的这次胜利，是上天憎恶楚国，因此让晋国来警诫它。然而郤至却贪天之功据为己有，这不是太危险了吗？贪天之功不祥，凌驾他人不义，不祥将被上天遗弃，不义将会遭百姓叛离。况且郤至哪里有功劳呢？他所说的勇和礼，都是平常所为。为正义而舍身称为勇，遵奉道义而守法称为礼。玷污了礼是羞，玷污了勇是贼。作战以消灭敌人为准则，以不战而使敌人顺从正义为上策，所以要用刚毅勇敢来治军，要用位爵尊卑来治政。放弃奋勇的机会而去对楚君行礼，这是羞；背叛了国家的利益而去亲近仇敌，这是贼。郤至有这种种耻辱却想替代在他之上的大臣，离掌权还远着呢。据我看来，剑已经架在了他的脖子上，他不会长久了，恐怕我们的王叔陈生也难以免难。百姓所希求的，上天必定依从。王叔陈生要联合郤至，能不跟着遭难吗？”

且说晋军自鄢陵归国途中，中军将栾书听说郤至见到楚共王行礼并且接受楚共王赠弓一事，心中对郤至更是不满。当郤至前去周王室时，栾书召来俘获的楚国公子芈茂说道：“你只要这样对我们晋君说：‘郤至私下联系楚王，阴谋反叛。’我就设法放你回国。”芈茂为求生存，就依栾书之计报告晋厉公。晋厉公不知是栾书之计，就将芈茂之言告诉栾书，栾书答道：“臣早已听说了，郤至准备作乱，叫郤犨故意延缓鲁、卫两国出兵，自己却劝君上作战。一旦晋军战败，他就去迎接公孙晋周回国为君。后来事情没有成功，便故意放走了楚王。楚王为此，专门派人以礼相谢。郤至犯了叛国大罪。君上要是不信，可以派探子暗中察访。郤至如果在周王室，肯定要去拜见公孙晋周。”晋厉公不由大吃一惊，当即派人去周王室察看。

这公孙晋周，是晋襄公庶生长子晋谈之子。自从赵盾拥立晋灵公，晋谈避居在周王室，成为周朝卿士单襄公门下。后来晋谈生下一子，因是在周所生，故名为晋周。晋厉公年轻，目前无子，故栾书引出晋周，以摇乱晋厉公之心。

却说栾书离开晋厉公后，立即派人对公孙晋周说：“晋国之政，一半在郤氏，现在郤至来周王室报捷，何不见见他？他日公孙再回祖国时，也有个知音。”

晋周信以为然，亲自到馆舍拜访郤至。两人详细交谈晋国之事，半日而别。晋厉公派人探听回来，便认为栾书所说属实，自此有了除却郤氏之意，只是耐心等待郤至回国。

郤至回国后，晋厉公便派胥童、夷羊五率军围攻“三郤”——郤至、郤犨和郤锜。这胥童，是先臣胥克之子，当年郤缺主政时废了胥克，胥氏由此而衰，胥童因之深恨郤氏。夷羊五的田地曾被郤锜所夺，所以与胥童一样仇视郤氏。

见晋厉公派兵来剿，郤锜对郤至说：“君上对我们不讲道义，我想率领我的同族和同党一起攻打他，即使我们战死了，总比坐以待毙强。”郤至说：“不行。我听说，勇敢知义的人不发动叛乱，有智慧的人不采用欺诈手段，讲仁义的人不结党营私。如果利用国君的宠幸和俸禄得以致富，凭借着财富来聚集同党，利用同党去危害国君，那么现在国君派人来杀我们已算晚了。君上的权威不可动摇，反抗就是死。同样是一死，不如听从国君的命令而死，这样还能免除家族之祸。”郤锜听从郤至之言，同时告诉郤犨。“三郤”都不抵抗而死。郤氏之族，在朝为官的，姑且免去死罪，全部罢职归田。

胥童乖巧谀媚，最得晋厉公的宠幸。晋厉公以胥童接替郤锜之位，以夷羊五接替郤犨之位，以清沸魋接替郤至之位。楚国公子芈茂被释放回国。栾书、荀偃羞与胥童、夷羊五、清沸魋等同事，常常称病不出。

士燮见“三郤”被杀，便对自己族里主持祭祀的宗人说：“那些以德行获取胜利的人尚且谦虚谨慎，但我们国君傲慢奢侈却战胜立功，这必定会招来灾祸。如今君上宠幸的人太多，现在获胜归来，必定互相内耗。‘三郤’被杀，已见端倪。恐怕以后要轮到我的头上，凡是我的宗人，请你们为我祈祷，赶快让我病死吧，以免遭到祸难。”士燮忧郁成疾，得病后又不肯医治，不多日故去。儿子士匄继承父职。

一天，晋厉公同胥童到宠臣匠丽氏家出游。匠丽氏家在中条山南，晋厉公在那里三宿未归。

荀偃私下对栾书说：“君上无道，你是知道的。我等称病不上朝，眼下虽然可以苟安，他日胥童等作威作福，必会诬陷我们，这不可不虑。”

栾书也有此忧虑，问道：“那怎么办呢？”

荀偃说：“大臣之道，社稷为重，君为轻。现在中军将一职还在你手上，如果行不测之事，另立贤君，谁敢不从？”

栾书想了想问道：“事情可以成功吗？”

荀偃说：“龙在深渊，没有人不敬仰害怕，等它到了陆地，童子都可以制服它。君上在匠丽氏家游玩，三宿不回来，已是离渊之龙，还有什么疑虑呢？”

栾书叹道：“我一直忠于晋君，今日为社稷存亡，出此不得已之计，后世即使说我弑君叛逆，那我也不能推辞了！”便商议好以病愈为由，要见晋厉公议事，预先派武士三百人，埋伏在中条山。

栾书、荀偃二人到匠丽氏家拜见晋厉公，上前奏道：“君上弃政出游，三日不归，臣民失望，臣等特来迎驾还朝。”晋厉公推辞不过，只得起驾。胥童做前导，栾书、荀偃随后。

走到中条山下，一阵鼓响，伏兵四起，三百武士先将胥童砍死。晋厉公大惊，从车上跌倒下来，栾书吩咐武士将晋厉公拿住，把兵屯在中条山下，将晋厉公囚在军中。栾书说：“恐怕士、韩两族会有异言，应该假传君命召见他们。”荀偃同意，便派飞车两辆，分别召士匄、韩厥两人。

信使到士匄府，士匄问："君上召我有什么事？"信使答不上来。士匄心里道："事情可疑。"便派左右心腹打听韩厥是否去了。韩厥以有病为由推辞没去，士匄说："智者所见略同。"也没有去。

栾书见士匄、韩厥都不到，问荀偃："这事怎么办？"荀偃说："您已骑在虎背上，还想下来吗？"栾书点头会意。这天夜里，栾书命人把毒酒献给晋厉公，晋厉公饮酒身亡。士匄、韩厥突闻晋厉公已故，一齐出城奔丧，他们心知肚明，但谁也不问晋厉公死亡的原因。

晋厉公丧事完毕，中军将栾书召集众臣商议立新君一事，荀偃说："传言亡臣郤至，与公孙晋周相谋，这是一种预告，应当去迎他。"荀偃担心众臣不服，就讲述了晋周在周王室的事情——

晋国公子晋谈与儿子晋周都侍奉单襄公。这晋周站不歪身，目不斜视，听不侧耳，言不高声。谈到敬必定连及上天，谈到忠必定连及心意，谈到信必定连及自身，谈到仁必定连及他人，谈到义必定连及利益，谈到智必定连及处事，谈到勇必定连及制约，谈到教必定连及明辨，谈到孝必定连及神灵，谈到惠必定连及和睦，谈到让必定连及同僚。晋国有忧患，他总是为之悲戚；有喜庆，他总是为之高兴。

单襄公多次对儿子单顷公说："你一定要好好对待公孙晋周，他将来会成为晋国国君。他的品行可称得上'文'，具有文德就会得到天地的保佑。有了天地的赐福，至少可以成为国君。敬，是恭谦的美德；忠，是诚实的美德；信，是信用的美德；仁，是慈爱的美德；义，是节制的美德；智，是德行的寄托；勇，是德行的表率；教，是德行的教化；孝，是德行的源泉；惠，是德行的恩惠；让，是德行的运用。效法上天才能敬，遵循心意才能忠，反躬自省才能信，爱护他人才能仁，处处利人才能义，善于处事才能智，循义而行才能勇，明辨是非才能教，尊奉神灵才能孝，慈爱和睦才能惠，谦待同僚才能让。这十一个方面的优点，公孙晋周都具备了。"

荀偃向众位同僚说："大名鼎鼎、看人入木三分的单襄公都认定公孙晋周会成为君主，大家为何不赞同呢？"于是群臣都表示赞同。中军将栾书便派荀罃到洛阳，迎立公孙晋周为君。

晋周这时十四岁，聪明绝顶，才略出众。见荀罃来迎自己，询问详细后，当日就辞别单襄公，同荀罃一起回晋国。走到晋国清原，栾书、荀偃、士匄、韩厥等一班大臣都聚集在这里迎接。

晋周开口道："我羁旅在外，不指望还乡，怎么敢希望做君主呢？但是君主之所以高贵，是因为自己可以发号施令。如果大家只是在名义上侍奉君主，而不遵守命令，不如没有君主。各位肯听我的命令，我今日就可即位，如其不然，请各位再拥立别人，我不能在上边只有个空名。"

栾书等众臣战栗着再拜说："群臣愿得贤君而侍奉，怎么敢不听从命令？"等离开晋周后，栾书对诸臣说："新君非旧君可比，应当小心侍奉他。"

公孙晋周进了新绛城即位，这就是晋悼公。第二天，晋悼公当面谴责夷羊五、清沸魋等迎合晋厉公恶欲的罪行，命左右推出斩首，他们的家族都被驱逐到境外。此外，撤销新军，八卿主政恢复为六卿主政。晋悼公虽然年轻，但做事条理清楚、有章有法，吓得中军将栾书回家后坐立不安。第二天，栾书便告老并交出政务，推荐韩厥代替自己。不久，栾书由于惊骇成疾而亡。晋悼公平时就听说韩厥贤德，便拜他为中军将，接替栾书的职位。

韩厥成为六卿之首，又见晋悼公是正义之人，非晋厉公之流，觉得应该了却埋藏在心底的心事了，便以谢恩为名，私下见晋悼公奏道："臣等都依赖先世之功，才得以侍奉君上左右，然而先世之功，没有大于赵氏的。赵衰辅佐晋文公，赵盾辅佐晋襄公，都能竭诚尽忠，树起晋国的威信并建立霸业。不幸晋灵公失政，宠信奸臣屠岸贾，谋杀赵盾，赵盾出奔才免去一死。晋灵公遭兵变，在桃园被弑。晋景公即位，又宠屠岸贾。屠岸贾欺赵盾已死，假说赵氏要谋反，便灭其家族。臣民愤怨，至今不平。幸运的是，赵氏遗孤赵武尚在，君上如今赏功罚罪，大修晋政，既然已正夷羊五、清沸魋等的罪行，为什么不能追寻赵氏的功劳呢？"

晋悼公说："这事听人说过，现在赵氏后人赵武在哪儿？"

韩厥答道："当时屠岸贾搜查赵氏孤儿很急，赵氏家臣公孙杵臼抱假遗孤，甘心被杀，以解救赵武；赵氏家臣程婴将赵武藏匿在盂山，到现在已十五年了。"

晋悼公说："你可为寡人召回他们。"

韩厥说道："屠岸贾尚在朝中，君上必须秘密行事。"

晋悼公说："寡人知道了。"

韩厥亲自驾车，到盂山迎赵武。盂山，千峰叠嶂，万壑含烟，危岩若削，洞穴幽奇，松柏参天，涧水潺湲。韩厥见这里风景宜人，不禁感慨万千。与程婴相见，抱头痛哭。回归途中，程婴为赵武的驭手，想当初从故绛城而出，今日从新绛城而入，城郭面貌皆非，程婴自是感伤不已。

韩厥引赵武入内宫，朝见晋悼公。晋悼公安抚了赵武一番后，便躲在宫中，诈称有病。

韩厥率百官入宫问安，屠岸贾也在。晋悼公说："你等知道寡人的病因吗？寡人告诉各位，只因为功劳册上有一件事不明，所以心中不快呀！"

诸臣叩首问道："不知道功劳册上，哪一件事不明？"

晋悼公说："赵衰、赵盾，两代为国家立下大功，怎么能忍心断绝他们的宗祀？"

众人齐声应道："赵氏灭族，是十五年前的事了。现在君上虽然不忘赵氏的功劳，但无人可立了。"

晋悼公便呼赵武出来，赵武向众臣拜谢一遍。众臣说："这位年轻人是什么人呢？"

韩厥说："这就是赵氏孤儿赵武。过去所杀的赵氏孤儿，是赵氏家臣程婴之子。"屠岸贾此时魂不附体，瘫倒在地，不能说出一句话来。

晋悼公说："此事都是屠岸贾所为，今日不把屠岸贾灭族，怎么告慰地下的赵氏冤魂？"喝令左右："把屠岸贾绑出斩首！"当即又令韩厥同赵武，领兵包围屠岸贾府宅，无论年老年幼一律杀掉。赵武请求将屠岸贾的首级祭在赵朔墓前。

晋悼公既然诛杀了屠岸贾，便在朝堂上封赵武为司寇，接替屠岸贾之职，以前的田禄全都退还给他。晋悼公又听说程婴的忠义，要用他做大夫，程婴说："当初我没死，是因为赵氏孤儿没有长大。现在赵氏已官复仇报了，我怎么能贪图富贵，让公孙杵臼自己去死呢？我去地下回报他。”便自刎而死。赵武抚着他的尸体痛哭，请示晋悼公，殡殓从厚，与公孙杵臼一同下葬，称作“二义”冢。赵武穿孝服三年，来报答程婴的恩德。

后人慨叹这段奇闻，把盂山改名为藏山，并立祠祭祀。

十四　西门弭兵

晋悼公既立赵武，又把赵胜从宋国召回，把邯郸归还他；又大正群臣之位，尊贤者，用能者，追禄前功，赦免小罪。百官济济，各司其职。晋国大修国政，薄税轻敛，由此百废俱兴，百姓皆大欢喜。

鲁、卫、曹、莒、邾、滕（在今山东省滕州附近）、薛（亦在今山东省滕州附近）等国见晋国大治，纷纷来朝贺。郑成公因楚共王为救郑而伤损一只眼睛，感铭肺腑，不肯再依附晋国。宋国厌恶楚国首先违背西门之盟，加上此时晋国拉拢，便开始亲近晋国，疏远楚国。

且说楚共王听到晋厉公被杀，不仅喜形于色，而且考虑举兵复仇，又听说新君晋悼公即位，赏善惩恶，用贤图治，朝廷清肃，内外归心，霸业将复兴，不觉变喜为忧。楚共王召集群臣商议，要去扰乱中原，使晋国不能成为霸主。令尹芈婴齐奏道："宋国现在背离楚国，依附晋国，必须讨伐。况且宋国介于晋、吴之间，现在要扰乱晋国成就霸业，阻止晋国助吴扰楚，必须从宋国开始。现今宋大夫鱼石等人出逃在我国，如果资助他们兵力，用以伐宋，取得宋邑，便封给他们，这是以敌攻敌的计策。晋国要不援救，则失去宋国；要救宋国，必攻打鱼石等人。我们坐观成败，也是一策。"楚共王点头称好。

选定吉日，楚共王率芈婴齐等人，用鱼石等为向导，和郑成公联合讨伐宋国，攻下了彭城。留下三百多辆兵车，让鱼石等驻扎在这里。楚共王对鱼石说："彭城是吴国和晋国往来的必经之路。如今留下重兵帮助你们，前进可以分割宋国的土地，退守也可以断绝吴、晋两国的来往。如此重地，你等应该小心用事，不要辜负寡人的重托。”交代完毕，楚共王与郑成公各自回国。

楚军、郑军一撤，宋共公便率师包围彭城。楚国令尹芈婴齐听说彭城被包围，就率兵来救援。宋共公十分惊慌，派上卿华元到晋国告急求援。

晋国中军将韩厥对晋悼公奏道：“昔日晋文公成就霸业，是从救宋开始的。兴衰的机会就在此一举，我们不可以无动于衷。”晋悼公同意，于是邀请各国诸侯派兵，鲁、卫、曹、莒、邾、滕、薛等国纷纷响应。

楚国令尹芈婴齐听到了晋国大军出征的消息，知道无力对抗，班师回国。

晋悼公率晋、宋、鲁、卫、曹、莒、邾、滕、薛九国兵马进攻彭城。宋国大夫向戌让军士们登上兵车，向城墙内高呼：“鱼石背叛宋国，天理不容！今晋君统率九国大军，攻打彭城，胜利在望。你等不如擒拿逆贼，开城投降，免得无辜被杀。”喊声惊天动地，彭城百姓听到了。他们知道鱼石无义，便打开城门放九国军士入城。鱼石带的楚兵虽然人数不少，但早已人心涣散，没有人肯用力抵抗，各自逃命去了。

晋悼公入城，韩厥抓住了鱼石，带到晋悼公面前献功。晋悼公立刻下令，将鱼石斩首，然后又来到郑国兴师问罪。

楚共王派令尹芈婴齐率军侵宋以救郑，晋悼公于是率九国之师前去救宋。

且说晋悼公弟弟晋干，也在出征队伍之中，他无故扰乱行军队列。魏犨后人魏绛担任晋军司马，执掌军法，为忠于晋国，魏绛杀死了晋干。此举震动各国诸侯，魏绛名声远扬。晋悼公闻听弟弟被杀，非常恼怒。魏绛执法时已想到后果严重，但为了整肃军纪，将自身利害置之度外。执法完毕，即上书陈述行刑理由：“晋军纪律松弛，自己身为君上任命的司马，应负责任。如不执行军法，后果不堪设想。本次行刑，确是迫不得已。自己一向未能尽职尽责，愿以死谢过。”派人呈书后，魏绛即要举剑自杀，韩厥一把拦住说：“君上乃是明智之君，其智谋不减于先君晋文公，你且等等。”晋悼公闻听韩厥之言并阅了魏绛的上书后大受感动，匆忙间赤足出外，向魏绛道歉，后又设宴与魏绛欢叙，并擢升其为六卿之列，予以重任。司马一职，改由祁奚担任。

晋、楚对阵，双方互相畏惧，相持几日，无心再战，各自散回。

这年夏天，郑成公病逝，世子姬髡顽继位为君，就是郑僖公。郑成公死前对姬髡顽说：“楚王为了救郑国，眼睛中箭，寡人终生难忘他的恩德。寡人死后，你们千万不要背叛楚国。”叮嘱完就咽气了。

晋悼公见郑国不服，又召集各国君臣商讨对策。鲁国仲孙蔑献上一计说：“郑国最险要的地方是虎牢，而且也是楚、郑相通的重要通道，如果在此加高城池，留重兵逼迫他们，郑国必然顺从我们。”从楚国叛逃而来的晋国大夫巫臣说：“吴和楚一水相通，不如说服吴国，继续攻楚，骚扰楚境，引起争斗。楚东面苦于吴国骚扰，又怎么能在北面和我们争郑国呢？”晋悼公听信了他俩的计策。

晋国汇合各国诸侯兵力，在虎牢增设军事力量。大国抽兵一千，小国抽兵五百，共同驻守此地。郑僖公果然害怕，不再听从郑成公遗命，遣使与晋国和好，晋悼公这才收兵。

频繁出兵，百姓皆疲惫不堪。晋悼公回国后，商讨如何让百姓休养生息。魏绛请求晋悼公施给百姓恩惠，将存储的钱粮借给百姓，晋悼公高兴地采纳，因此晋国没有不流通的货物，也没有穷困的百姓。晋国同时下令，祭祀祈祷改用钱币代替牲口，招待宾客只用一种牲口，车马服饰够用就可以了。一年后，晋国国力恢复，势力大增。

这时晋国司马祁奚已经七十多岁了，向晋悼公请求告老还乡。

晋悼公问他：“谁可以代替你的职位？”

祁奚奏道：“解狐可以。”

晋悼公说：“听说解狐是你的仇人，为什么你还要推举他呢？”

祁奚说：“君上是问谁可以胜任职务，并没有问谁是老臣的仇人呀！”

晋悼公就召解狐。可是还没等到拜官，解狐就病死了。晋悼公又问祁奚：“除解狐之外还有谁能胜任？”

祁奚答道：“其次就是祁午了。”

晋悼公说："祁午不是你的儿子吗？"

祁奚说："君上让老臣推荐人才，并没有问谁是老臣的儿子呀！"

晋悼公说："外举不避仇，内举不避亲，可谓大公无私呀。今大夫羊舌职也死了，你为寡人再推荐一人吧！"

祁奚回答晋悼公："羊舌职的儿子羊舌肸忠勇，可以接任！"

晋悼公听从了祁奚的意见，封祁午为司马、羊舌肸为大夫，晋国众官无不心服口服。

再说晋国巫臣继续劝吴扰楚，他给在吴国做官的儿子巫狐庸写信，让其拜见吴王寿梦，请兵讨伐楚国。吴王寿梦答应了，命世子吴诸樊为将，在江口练兵，准备伐楚。

楚国知道消息后，令尹芈婴齐向楚共王奏道："与其吴军进入楚地，不如楚军进入吴地。"楚共王认为可行，芈婴齐便率精兵三万人，攻破吴国江上防地鸠兹。

楚军校尉邓廖献策道："长江上打仗，进容易，退不容易。我愿率领一军前行，得利则进，失利也不至于大败。令尹您驻扎在鸠兹，见机行事，可保万全。"芈婴齐同意，选身强力大、以一当十的军士三千人，大小船只百艘，由邓廖率领，向东进发。

吴国早有探子把消息报给世子吴诸樊。他令二弟吴余祭在采石港伏兵，三弟吴夷昧率领船只数十艘，在东西梁山诱敌。楚国邓廖看见梁山有船只，便率军奋勇前进。吴国公子吴夷昧刚接战，就假装失败向东逃去。邓廖追过去，迎面遇上吴诸樊大军。接战不到十个回合，采石港中鼓声大震，吴国公子吴余祭的伏兵从后面夹攻而来。前后箭发像雨点一样，射向楚军。邓廖面中三箭，还拔箭拼命奋战。吴夷昧乘船来到，用长矛乱捅楚船，邓廖力尽被擒，不屈而死。吴诸樊乘胜前进，袭击楚军，夺回鸠兹防地。

楚国令尹芈婴齐大败而回，羞愤成疾，还没到郢都就去世了。屈建接任楚国令尹。

吴、楚两国继续互相攻打。此时，吴王寿梦病重。吴王寿梦有四个儿子：吴诸樊、吴余祭、吴夷昧、吴季札。诸子之中，吴季札最贤。吴王寿梦临死之时，欲立吴季札为国君，但吴季札坚辞不受。于是吴王寿梦将王位传给世子吴诸樊，并约定兄终弟及，必使吴季札取得王位。吴王寿梦去世后，吴诸樊立刻要把王位让给吴季札，吴季札答道："父王在世时，我不愿继承。父王归天了，我怎么能抢兄长的王位？哥哥若再逼我，我只好出避他国。"吴诸樊拗不过吴季札，只好遵父命继位。

过了一年，楚共王去世，长子芈昭继位，即楚康王。楚康王建立水军攻伐吴国，吴国有准备，楚军无功而回。

吴王诸樊，才立两年，好勇轻生，恼怒楚国攻伐吴国，派巫狐庸引诱楚国的属国舒鸠国（在今安徽省舒城附近）背叛楚国。

楚国令尹屈建率领楚军攻打舒鸠国。神射手养由基年已七十，请任先锋。屈建说："您老了！舒鸠蕞尔小国，不愁打不败它，就不用麻烦您老了。"养由基说："楚国讨伐舒鸠国，吴国一定救它，我从军多年，熟知军情，愿意随您一行，即使死了，也毫无遗憾！"屈建见他说出一个"死"字，心中不乐。养由基又说："我受几代楚王知遇，曾想以身报国，遗憾的是没有用武的地方。现在胡子头发都白了，假使有一天病死在窗下，就是令尹有负于我了。"屈建见他心意已决，就答应了他的请求，派大夫息桓协助他。

养由基走到离城，吴国公子吴夷昧同巫狐庸领兵来救舒鸠国。楚国息桓要等楚国大军，养由基说："吴国人擅长水战，现在却舍船上陆。陆上射箭、驾车非他们所长，乘他们初到没站稳，我们应当赶快打他们。"便身先士卒，拈弓射箭，吴军渐渐退却。养由基追击吴军，遇到巫狐庸在兵车上，便骂道："叛国贼，还有脸面见我！"要射巫狐庸，巫狐庸驾车退走，快得像风一样，养由基吃惊地道："没想到吴国人驾车这么熟练，真遗憾没有早射箭。"话未说完，只见吴国四面兵车围裹上来，把他困在中间。车上军士都是江南射手，虽然技艺不精，但却是万箭齐发，神射手养由基死于乱箭之下。息桓感叹道："淹死会水的，打死犟嘴的。现今'养一箭'被万箭所埋，也是冥冥之中的天数。"连忙收拾败兵，回报屈建。

楚国令尹屈建命令精兵埋伏在栖山，派兵引诱吴军交锋，刚战斗十余回合就跑，吴国巫狐庸想到可能有埋伏便不敢追赶。吴夷昧登高观看，不见楚军，向巫狐庸说："楚国人真逃跑了！"便带领大队兵马追击。到栖山下，楚国伏兵尽起，将吴夷昧困住。巫狐庸率兵赶到，救出吴夷昧。二人带领残兵败将，狼狈逃脱。吴军战败，楚国令尹屈建顺势灭了舒鸠国。

楚军休息了一个月后，楚康王与二弟芈围、太宰伯州犁、大夫穿封戌等，联合秦军继续攻打吴国。却说吴国大军守住江口，楚军攻不进去。楚康王思虑再三，便决定回撤。因为郑国已经叛楚附晋，楚军回师时便去攻打郑国。

楚国大夫穿封戌在阵上活捉了郑国大夫皇颉，楚国公子芈围本性蛮横，想将皇颉抢走，穿封戌不给。

芈围反向楚康王奏道："臣已活捉皇颉，却被穿封戌抢走了。"话音刚落，穿封戌押皇颉献功。楚康王不能断定，便让太宰伯州犁审断。

伯州犁说："问问郑国俘虏，自然就清楚了。"就让皇颉站在庭下。伯州犁站在右边，芈围和穿封戌站在左边。伯州犁虽然是耿直的伯宗之子，但没有伯宗之愚直。为了在官场上求生存，他很灵活。他先拱手向上说："这位是楚国公子芈围，我们大王的二弟。"又拱手向下说："这位是楚国大夫。谁活捉了你，你可按实说。"皇颉已明白伯州犁"上下其手"之意，有心奉承芈围，破坏楚国众臣团结，就看着芈围说："皇颉遇到这位，战败被捉。"穿封戌闻听，不由大怒，从架上抽戈就去杀芈围和皇颉。伯州犁一把抱住穿封戌，好言劝解。

楚康王看得清清楚楚，心里明白是穿封戌的功劳，但因皇颉不承认，便只好平分功劳，摆酒为二人讲和。

且说楚与吴、晋之间打打停停，郑国等相邻中小国深受其害。为保平安，鲁、卫、郑等国，依附晋国；蔡、陈、许等国，依附楚国。

宋国虽骨子里要强，但常常感到惊恐。此时，宋国上卿华元去世，向戌接任上卿。晋国中军将韩厥去世，赵武接任中军将。向戌与赵武投缘，亦与楚国令尹屈建相善。向戌访楚，言及昔日华元欲为晋、楚合盟之事，屈建说："此事甚善，只是诸侯各自分党，所以和议迄今无成。若使晋、楚属国互相朝聘，欢好如同一家，干戈可永息矣。"向戌以为正确，就倡议晋、楚二君相会于宋，面定弭兵之约。

自楚共王至今，楚国屡为吴国侵扰，边境不宁，故楚国屈建想同晋国议和而专事于吴。晋国赵武也因楚兵屡次伐郑，指望和议一成，可享数年安息之福。两边都欣然同意，遂遣使往各属国订期。

晋国中军将赵武、楚国令尹屈建都到宋国都城睢阳，各国上卿也陆续到来。晋国的属国鲁、卫、郑等国，随晋国在左面立营；楚国的属国蔡、陈、许等国，随楚国在右面立营。用兵车做城墙，各据一方。宋国是东道主，忙这忙那。双方议定，按照朝聘的日期，楚国的属国朝拜晋国，晋国的属国也朝拜楚国。各国贡献的礼物，各省一半，两边分用。至于大国齐国、秦国，算做同等的友好国，不在属国之数。为形势所迫，归附晋国的小国，如邾国、莒国、滕国；归附楚国的小国，如顿国（在今河南省项城一带）、胡国（在今河南省郾城一带）、沈国（在今河南省平舆一带），有财力的自行向晋、楚朝贡，无财力的按附庸国算，附属在邻近国家。双方就在宋国都城睢阳的西门外，召开弭兵大会，歃血订立盟约。从此几十年里，晋国、楚国之间再无战事。

十五　虢地会盟

晋国巫臣和夏姬已经去世，大夫羊舌肸想娶漂亮的巫臣之女为妻，羊舌肸母亲反对说：“巫臣的妻子夏姬搞死那么多人，能不引以为戒吗？有得就有失，凡事有其美丽的一面，必有其丑恶的一面。上天把美丽集中在夏姬身上，必然要用夏姬来败坏事情。商朝灭亡、周幽王被杀、世子申生被废，都是美色为害。你娶漂亮的夏姬女儿做什么？”羊舌肸害怕，不敢娶了。

此时晋悼公早已去世，晋平公即位。巫臣家人听说羊舌肸贤，就托晋平公为媒。晋平公强令羊舌肸娶了巫臣与夏姬之女，生了羊舌食我。

羊舌食我刚生下来，羊舌肸母亲去看，走到堂前，一听到孩子的哭声就往回走，边走边说：“这是豺狼的声音。豺狼男子，必然有野心。恐怕羊舌家族要被这个人毁掉了。”

这年秋天，宋国宫中半夜失火，左右劝宋国夫人孟姬躲避，孟姬说：“先让年老的奶妈离开，即使火势再紧迫，也不能废弃道德。”等到叫醒奶妈，让她离开后，孟姬却被烧死了。宋国人都替她叹息。晋平公因为宋国使晋、楚和解有功，更同情它遭受火灾，便在澶渊大会诸侯，让各国出钱出力帮助宋国。

这年，楚康王去世了，令尹屈建和群臣一起商议，立楚康王之子芈麇为楚王。不久，屈建去世，公子芈围代替他做令尹。这芈围桀骜不驯，耻于居人之下，仗着自己的才干、气度，常常欺负楚王芈麇，政事多由自己专断而行，且有不臣之心。他忌恨大夫蔿掩忠贞，诬陷蔿掩谋反，将其杀掉。他交结大夫蔿罢、伍举，引为心腹，每日计谋篡位。这伍举，是伍参之子。

一日，楚国令尹芈围到郊外打猎，擅用楚王旗号，走到陈国夷邑。陈国夷邑守尹申无宇指责他僭越，把旗帜收进库中，芈围才稍稍收敛。

公元前541年，晋、楚两国根据在宋国签订的弭兵之约，又准备在虢地会盟。去虢地赴会前，楚国令尹芈围计划先出使郑国，娶丰氏女儿。临行，他对楚王芈麇说："楚国已称王，名位在诸侯列国之上，使节就该用诸侯之礼，以使各国知道楚国的尊贵。"芈麇怯弱，违心地答应了。芈围就僭用国君的礼仪和衣饰、器物，并且用二人持戈在前为先导。

将到郑国都城新郑，郑人都以为是楚王到了，惊恐地报告国君。郑简公等郑国君臣极为惊骇，连忙出城匍匐在地迎接。等相互见面，才知是楚国令尹芈围。此时，郑僖公早已经去世，郑简公继位。郑国大夫子产非常讨厌芈围，怕他进城后生出事端，就派掌管外交事务的行人子羽用城内馆舍损坏尚未修好为托辞，把芈围安排在城外。

在城外营中，芈围对伍举说："郑国婉拒我们进城，一定是有贤人主使呀！"

伍举说："对，我想这不让我们进城的贤人就是子产，他是郑穆公的孙子。"

在月色下，伍举向芈围讲起了郑国大夫子产的事情——

当年，楚国因为不满郑国与晋国结盟，派精兵强将攻打郑国。陈国作为楚国的帮手，在郑国的领土上拔树塞井、烧杀抢掠，无恶不作。郑国请求晋国派兵援助。在晋国的反攻下，楚国很快退兵，但陈国兵马却跑得慢，被晋国、郑国兵马围住。陈国一看郑国气势汹汹的架势，就害怕了，想与郑国讲和，求晋国在中间调解。晋国就让陈国向郑国赔礼道歉，当时碍于晋国的面子，郑国勉强答应下来。郑国虽然口头上答应，但心里已做好了打算，要好好地教训陈国。

第二年，郑国派子展、子产率领七百乘兵车去攻打陈国。因为怕晋国来阻拦这次报复行动，子展和子产率兵在夜间出发，对陈国都城宛丘发动突然袭击，轻而易举地攻进城内。郑国攻入城后，子展和子产就向军士传令，不许抢掠，他们怕军士们惊扰陈国的后嫔和婢女，还亲自守卫在陈国宫室的门口。陈国一看国都沦陷，就向郑军投降。子展说："请陈国以后做事情时不要太绝情，免得以后您到郑国时喝不到井水，找不到树阴。"陈国人羞愧难当，当即表示："从今以后，陈国子孙将不再犯郑国一步。"子产和子展见陈国人向天发了誓言，就将陈国户籍、版图交还给陈国，率兵回国了。

郑国设宴庆贺讨伐陈国胜利，并封赏有功之臣。子展是伐陈主将，功劳最大，郑简公就赐给子展三辆礼车和大片封邑，子展谢恩之后欣然接受封赏。子产是讨伐陈国的副将，郑简公赏给他两辆礼车和小片封邑。对于郑简公的封赏，子产却不接受，他向郑简公奏道："这次战争胜利都是子展的功劳，臣不敢贪图别人的功劳而获得封赏，所以封赏臣就不接受了。"郑简公看子产这么谦虚，就更加喜欢他，坚决要把封邑赐给子产。子产看推辞不掉，就只要了一半。郑国百官看子产这样礼让，都更加敬重他。当时有人说："子产这么谦让又严格遵守礼仪，以后肯定要主持郑国国政。"

月色皎洁，楚国令尹芈围听得很认真，了解郑国国情的伍举继续向芈围讲述子产的故事——

郑国公子姬去疾、子驷和子产的父亲子国都是郑穆公的儿子。姬去疾有个孙子叫姬伯有，子驷有个孙子叫子皙，斗争就在这两个人中间展开。姬伯有曾在出使楚国时，被楚国囚禁了两年，他一直没有屈服，回国后受到郑国人的尊敬。由于这一原因，郑简公就封他做了上卿。但姬伯有掌握了大权后，就喜欢上了奢侈腐化的生活，尤其是喜欢喝酒。他还有个怪毛病，喝酒喜欢一个人喝，嫌人多喝酒不痛快，又嫌吵闹，还特意修建了一个专门喝酒的地窖，且一喝就是一夜，来人一律不见。

某天，姬伯有喝了个烂醉上朝，对郑简公说要派子皙出使楚国。当时郑国和楚国关系很不好，子皙担心去楚国有危险，就不肯去，并顶撞姬伯有说："你派我去楚国就等于杀死我。"

姬伯有说："你家世代忠良，你为什么不去？"

子皙说："能够去就去，如果有危险就不去，有什么世代不世代的。”

喝醉酒的人都容易激动，姬伯有也不例外。他见子皙这样，就气恼地说：“我说让你去，你就必须去，难道你还敢违抗命令？”

子皙也是一个性格暴烈之人，见他一直缠着不放，心中的火气一下子涌上来，拔出宝剑就向姬伯有刺去。郑简公赶忙喝住，他从中进行调解，让他们和好，并发誓不互相记仇才算罢休。后来，姬伯有又在家里宴请子皙，子皙在酒宴上也向姬伯有道了歉。

事情并没有结束，第二年，姬伯有再次喝醉，又要派子皙出使楚国。子皙听说后，就率家仆包围并火烧姬伯有府宅，此时的姬伯有正在地窖里喝得昏天暗地，家仆们把他抬到车上，连忙逃走，他才捡了一条命。

郑国众官知道这件事后，就聚在一起商量如何解决。为首者是上卿子皮，郑穆公的重孙。他年龄虽然比子产大，但论起辈分，子皮应该叫子产为叔。子皮说：“摧毁灭亡的而巩固存在的，这符合国家利益。伯有平常骄傲奢侈，所以他早晚会惹下祸端。”

其他官员一看子皮这样说，也就跟着附和。此时只有子产默不作声，大夫印段问子产：“你为什么不靠拢正直的帮助强大的呢？”

子产答道：“我又不是谁的同伙，为什么要向谁靠拢？国家的祸难谁知道如何平定呢？如果主持国政的人强大而且正直，祸难就不可能发生。现在我只有保住自己不参加变乱，才算尽到了自己的职责。”

第二天，子产就派人到街上收拾了姬伯有家人的尸体并安葬，然后出城避乱。大夫印段很佩服子产，就想跟随子产出城，被子皮拦住，子皮知道子产已出了城，就要亲自去追子产。大家对子皮都不理解，纷纷说：“既然子产不顺从我们，我们为什么还要追赶呢？”子皮说：“子产对死去的人尚且不失礼仪，何况对活着的人呢？”于是就亲自追回了子产。

过几天，郑简公召集大臣们在宗庙里盟誓，人人发誓不参加叛乱。过了几天，逃出去的姬伯有把自己的家仆、旧部召集在一起，进攻国都新郑，子皙和众官员们领兵奋力抵抗。姬伯有和子皙都派人来邀请子产助战，子产流着眼泪说：“兄弟之间竟然到了这种地步，我只有谁也不帮，等着上天来安排了。”因为姬伯有兵少，很快战败，他也被杀死，拉到大街上示众。子产得知姬伯有被杀，就来到街上，抚着姬伯有的大腿号啕大哭，并把姬伯有和其家仆、旧部的尸体安葬。子皙听说子产安葬了姬伯有，非常生气，要攻打子产。子皮见此，怒道："礼仪是国家的根本，没有比杀死有礼仪的人更大的祸患了。"子皙见子皮发火，只好作罢。

楚国令尹芈围听完后说："郑国有贤人，这就是我们的困难呀。看来，现在与郑国打交道并不那么容易。"

第二天清晨，芈围派伍举进城，商议和丰家订婚之事。下聘之时，财礼丰盛。到娶亲时，芈围与伍举暗中商议，要借迎亲为名，多用车辆，乘机起事，偷袭郑国新郑。

在郑国宫内，闻听此消息的大夫子产向郑简公奏道："我们郑国是个小国，不得不日夜防守大国的入侵。如果我们不加紧防守，后果是灭国大祸。现今楚国芈围的心思难以推测，一定不能让其率领众人进城。"

行人子羽说："请让我再去推辞一下。"郑简公同意。

子羽出城见芈围说："听说令尹将用大批人马迎亲，无奈敝城狭小，没法容纳众多随从，请在城外准备地方，隆重迎亲。"

芈围说："承蒙郑国国君降福于我，使我与丰氏之女新婚，但如果在野外迎亲，怎么成礼数呢？"

子羽说："按照礼数，兵马不得进入都城，何况结婚仪式呢？令尹一定要用多人以壮观瞻，请除去兵备。"

伍举私下对芈围说："郑国人已经戒备我们了，不如除去兵备。"芈围就让军士都不带弓箭，倒垂着箭囊进城，把丰氏之女迎接到馆舍。成亲后，他就率人去虢地赴会了。

晋国中军将赵武和宋、鲁、齐、卫、陈、蔡、郑、许等各国卿大夫，都已先到虢地。楚国令尹芈围派人向晋人说："楚国、晋国有盟约在前，这次就不必重立誓书再行歃血了，就把在宋国订立的旧盟约宣读一下，让各位不要忘记就可以了。"

晋国司马祁午对中军将赵武说："楚国令尹芈围这话，是怕晋国争先歃血。"

赵武说："芈围来会盟，威仪和楚王没有两样。他的心不只是抗外，而且还要在国内谋反，不如姑且听他的，让他更加骄傲，骄傲就会疯狂。”

祁午说：“听说芈围到郑国娶亲时，阴谋袭击郑国，我们应该对他做点准备。”

赵武说：“之所以要继续修好，是为了维护弭兵之盟。我赵武只知道守信用，不管其他之事。就像农夫，只要勤于除草培土，虽然有一时灾荒，最终必然获得丰收。”

风雨欲来，各怀鬼胎。赵武、芈围及会盟的诸国官员在大厅上坐下。楚国芈围正式说：“我们来到这儿，不需要另议盟约了，只需要宣读旧誓书，把它放在祭品上，就可以了。”晋国赵武连连答应，心想芈围果真心不在盟会上。其他诸侯国卿大夫们尚未开口，突然莒国使节急匆匆赶来，不为别的，是前来控告莒国遭受鲁军的侵略——

不久前，鲁军进攻莒国，莒犁比公逃亡到郓城。十几年前，莒国曾杀了一名男子，这名男子的妻子就搬到郓城去住。她量了郓城城高后，每天在家纺线搓绳。等到鲁军来到，这个寡妇就把绳子扔出城外。于是，鲁军在夜里攀绳登城，杀散莒兵，占领了郓城。莒犁比公狼狈逃跑，遣使来虢地控诉鲁国违反弭兵之盟。

各国卿大夫们正在虢地努力营造暖暖的和平气氛，不料刮来一股战争冷风，众人悚然。鲁国来参加会盟的是叔孙得臣之子上卿叔孙豹，此时他的心里忐忑不安。

楚国令尹芈围说：“鲁国践踏和平，自食其言，现在要想宣誓，首先要杀死鲁国叔孙豹，为休战祭祀神灵。”

晋国大夫乐王鲋此时站在鲁国叔孙豹旁边，做了个索取贿赂的手势，小声说：“当今能与楚国抗衡的是我晋国，请让我替你向楚国说情。”

叔孙豹拒绝了。他的家臣梁其胫此时在旁，小声劝叔孙豹说：“财物是身外之物，如果拿出财物就可以免去一死，为什么还要吝惜呢？”

叔孙豹说：“这不是你所懂得的。我奉国君的命令来参加会盟大事，现在国家有罪，我却用财物免死，这说明我来会盟是为了自己的私利。虽然我可免一死，但今后怎么能再从事诸侯国之间的交往呢？君子担忧行事不正，行事不正，就会导致别人来仿效，这就更加暴露出他的行事不正。我不是吝惜财物，而是担心行事不正啊。况且罪过不是由我引起，我就是被杀又何损于义？”

此刻，会盟大厅里乱哄哄的。鲁国是晋国属国，晋国赵武有意要保护鲁国叔孙豹，便提议散会，另择时间再开。于是，众人离去。

鲁国叔孙豹到晋国赵武处表示感谢，赵武说：“楚国令尹芈围，刚愎自用，好自尊宠，如果被他碰上，你肯定无法躲避，何不现在逃走呢？”

叔孙豹答道：“我奉国君命令，来参加诸侯会盟，是为了国家。如果鲁国有罪，而来参加会盟的使节逃跑了，那鲁国一定免不了遭到讨伐，这样我逃走反倒害了国家。如果我被杀害了，那对鲁国的诛伐也就到此为止了，必定不会再兴师问罪了，请杀我吧。被杀害是出于自身犯罪的话，那确实难堪，如果是由于他人连累到自己，又有什么为难的呢？如果可以使鲁国平安，我死也值得。”

赵武很受感动，便向叔孙豹表态，替他向楚国求情，叔孙豹道谢后回到自己的馆舍。

晋国大夫乐王鲋索贿不成，恼羞成怒，便向中军将赵武说：“诸侯国缔结盟约，还没散会，而鲁国就违背它，那又何必缔结盟约呢？纵然不能出兵讨伐鲁国，却又要赦免鲁国来参加会盟的使节，那晋国还凭什么担当盟主呢？一定要杀死叔孙豹。”

赵武说：“有人不惜一死来保卫国家利益，这样的人难道不应该加以爱护吗？如果都能这样爱护国家，那么大国就不会丧失威严，小国也不会受到欺侮。如果按照这个道理去行政，就可以教训百姓，又怎么会毁坏国家呢？《诗经》说：‘好人患难，不救不吉祥；恶人在位，不除不吉祥。’因此，我们晋国一定要想办法保护叔孙豹。”赵武坚决向楚国请求，楚国人便赦免了叔孙豹。

过了两天，到会各国宣誓。楚国令尹芈围穿了国君的服饰，两个卫兵拿着戈站在旁边。

鲁国叔孙豹说：“楚国公子芈围很神气，像个国君啊！”

郑国上卿子皮说：“两个持戈之人站在前面，这可是国君的礼仪。”

楚国太宰伯州犁见各国不服、议论纷纷，便解释说：“这些东西是向楚王请求借来的。”

郑国行人子羽说：“借了就不会还了。”

楚国伯州犁怒道：“您还是去关心一下你们国家的子皙作乱的事情吧。”子羽笑笑不再回话。

宣誓一结束，楚国令尹芈围便急急回国。各国到会卿大夫们都知道芈围不用很久就会篡位为楚王了。

等楚国人一离开，赵武就和各国卿大夫们说：“我们宣读旧誓书，只是为了坚定弭兵信义，不是惧怕楚国。”此刻，赵武心里很自卑，因为这次会盟让楚国抢了上风，这让他感到耻辱。此刻，赵武又重复道：“重温旧誓言也好，可以让我们牢记和平相处。”

回国时，鲁国叔孙豹、郑国子皮和赵武同行，赵武又说：“这次会盟，还是不错的，让各国牢牢记住不再战争的信约。”

叔孙豹说：“您所说的不再战争的信约，能坚持下去吗？”

赵武叹了口气说：“唉！我们这些人只是混饭吃，图个安逸，哪顾得那么久远呢？”

送别晋国赵武一行后，鲁国叔孙豹向郑国子皮说：“晋国中军将赵武快要死了！他说话唠唠叨叨，不像个壮年男子，而像个八九十岁的老人。年纪不大，却不考虑长久之计。你说，他能长久在人世吗？”不久，赵武果真患病去世了。韩厥之子韩起代替他担任中军将，执掌晋国政权。

第二篇

晏子使楚

岁已暮矣，而禾不获，忽忽矣若之何？
岁已寒矣，而役不罢，惙惙矣如之何？

齐国宫殿上，一位身长不足三尺之人在自舞自唱。这人名叫晏婴，人们习惯称晏子。他刚从虢地参加会盟回来。回来后，他发现齐灵公在秋收季节，兴师动众，役使大批民工，破土兴建亭台。农夫们由于不能回家收割庄稼，个个敢怒而不敢言。此时，齐顷公已亡，齐灵公继位。他在宫殿举办宴饮，大夫晏婴入席。忧心忡忡的晏婴即席起舞，借自舞自唱来劝谏齐灵公。酒酣耳热的齐灵公见此情景，也感到不安了，便说："寡人把亭台工程停了就是了。"晏婴称谢坐下。

这时十几个婢女依次献上果盘，她们虽为女身，但都男装装束。这是因为齐灵公喜欢做事利索，便命婢女女扮男装，结果上行下效，一时成风，全国妇女都穿起男服来。齐灵公见民风大变，便急命官吏禁止，但不见效。此刻，齐灵公问晏婴："寡人亲眼看到有人因为女着男装而受罚，但这股风气还是刹不住。你说为什么还禁止不了呢？"晏婴起身答道："君上您允许婢女身着男装，却对外禁止，这好比肉店门口高悬牛头的招牌，而里面卖的却是马肉。您为什么不首先禁止宫内婢女女扮男装呢？那样，外面的人就不敢效仿了。"齐灵公听了，慢慢说道："你说得有理，寡人这就办。"于是，禁止宫中女扮男装。不过一个月，齐国便没有人敢女扮男装了。

一　天下勇士纷纷投奔

这天，齐灵公外出察看民风，看到女着女装、秩序井然，禁不住感叹道："上行则下效，以身作则，才能取信于人。"心中不禁荡起一股豪情。上天就是这样作弄人，突然一阵冷风吹来，本想有所作为的齐灵公竟然中风倒地，不能言语。其时，齐国大夫崔杼、庆封在旁，急急送齐灵公回宫。

大夫崔杼、庆封知道齐灵公在世之日不多了，便急派人去即墨告知公子姜光。姜光本是世子，但齐灵公为了立宠嫔所生的姜牙，便派他出守即墨。这姜光为继承君位，与崔杼、庆封等秘密结约，望成大事。得到二人密报后，姜光迅速返回国都临淄。一不做、二不休，姜光领兵杀死姜牙母子，齐灵公闻变吐血而亡。世子姜光即位，是为齐庄公。

大夫崔杼、庆封因立齐庄公有功，都被封为上卿，同掌国政。齐庄公常去他们府中，饮酒作乐，没有什么君臣之隔。

却说崔杼有二子，一个叫崔成，一个叫崔疆。后来，崔杼续娶棠姜为妻。这棠姜是东郭偃妹妹，曾嫁给棠国（在今山东省即墨）国君棠河为妾，生一子名叫棠无咎。棠国被灭、棠姜守寡后，崔杼见她貌美，便娶为继室，生一子，名叫崔明。崔杼因宠爱继室棠姜，就用东郭偃、棠无咎为家臣。

且说齐庄公一日在崔杼家饮酒，崔杼让棠姜敬酒。齐庄公看她貌美，就让东郭偃传达心意，于是二人私通，来往多次。

崔杼渐渐知觉，盘问棠姜，棠姜说：“有这事。他以国君之势要妾，这不是一个妇人能够抗拒的。”

崔杼说：“那你为何不告诉我？”

棠姜说：“妾自知有错，不敢说。”

崔杼默然良久，慢慢说道：“此事和你无关。”自此便有了谋杀齐庄公之意。

却说齐庄公即位后，一心图治，意在振兴齐国。有一次出游，看到螳螂而不识，便问车夫。车夫告诉他这个螳螂只知前进不知后退，螳臂当车，自不量力。齐庄公想了想说：“如果是人的话，一定是勇士，我们要尊重。”于是吩咐车夫绕开那只螳螂。此后天下豪杰闻讯，纷纷前来投奔。有贾举、邴师、公孙傲、封具、晏氂、铎父、襄尹、偻堙、王何、卢薄癸等人。他们个个能力举千斤，箭穿七木。齐庄公天天把他们召到宫中，相互驰射，以此为乐。

一日，齐庄公主持朝政，有人报告说：“晋大夫栾盈被赶出，现正投奔齐国。”齐庄公大喜道：“寡人正思报齐、晋之宿怨，现在他来投奔，寡人的志向可以实现了。”这栾盈是栾书之孙，其母是士匄之女。士匄已亡，其子士鞅入朝为官。栾盈之母，与人私通，栾盈闻听后怒不可遏。其母担心被杀，反过来诬告栾盈作乱，让其弟士鞅作证，被逼无奈的栾盈便逃奔齐国。齐庄公就要派人前往迎接，大夫晏婴说：“不可！不可！小国对大国，必须讲信用。我们刚和晋国等国订立了弭兵之盟，现在收纳晋国罪臣，如果晋人责问，怎么回答呢？”齐庄公大笑说：“你说错了！齐、晋匹敌，何分大小！昔日受盟，是解一时之急。寡人岂能像鲁、卫、曹、邾那样害怕晋国？”于是不听晏婴之言，派人迎栾盈入朝。

栾盈拜见，哭诉被赶出的经过，齐庄公说：“你莫忧愁，寡人助你一臂之力，务必让你返回晋国。”栾盈再拜称谢。齐庄公赐馆舍居住，并设宴款待，晋国知名勇士州绰、邢蒯立在栾盈身后。齐庄公见其伟岸，问姓名，二人相告。齐庄公说：“寡人慕名很久了。”遂叫内侍赐给他们酒食。齐庄公对栾盈说：“寡人有求于你，你不可推辞。”栾盈说：“只要君上喜欢，我连自己的头发、皮肤都可以贡献出来。”齐庄公说：“寡人别无他求，要暂借二位勇士为伴。”栾盈不敢拒绝，只好答应。

第二日，栾盈向齐庄公献计说：“我的封邑在曲沃，如果我率部族袭击新绛城，君上您率军作后援，则晋国可灭。”齐庄公非常兴奋，心里自言自语道：“当年先君齐桓公的霸业可以重兴了。”便打发栾盈动身。自己亲率齐军，以州绰、邢蒯为先锋，晏氂为合后，贾举、邴师等护驾，择定吉日出师。

齐军先侵入卫国地界，卫人小心防守，不敢出战。齐军也不攻城，一直进犯晋国地界，一路杀人抢掠，自不必说。邢蒯露宿，被毒蛇咬伤，腹肿而死，齐庄公甚为惋惜。不几日，齐军到达太行山。齐庄公登山观望新旧二绛城，正在商议袭取绛城之事，突然听到栾盈袭击新绛城无果而败走曲沃、晋军大队将到的消息，齐庄公说：“寡人大志不能实现了！”于是率军归国。

晋国邯郸大夫赵胜，率本城之兵追赶。齐庄公以为晋国大军来到，仓皇逃走，留下晏氂断后。晏氂兵败，为赵胜所杀。

且说栾盈退守曲沃后，士鞅率军围困。栾盈屡战不胜，最后城破、栾盈被捉。士鞅本想将其押解到新绛城，但一想国君晋平公优柔寡断，万一栾盈哀求而得赦免，是放纵仇敌，于是便在夜里派人将他勒死，之后尽灭栾氏宗族，士鞅等人凯旋回朝。

再说齐庄公伐晋虽然未成功，但雄心不死，回到国都临淄后对众人说：“虢地弭兵之盟时，鲁军侵入莒国，在各国的压力下，鲁国从莒国撤军。现在的莒国虽然靠近齐国，却一直追随晋国，此恨不能不报！”就在临淄整顿兵马，准备向东袭击莒国。

齐庄公喜好勇士，各赐州绰、贾举等人坚车五辆，名为“五乘之宾”。贾举向齐庄公奏道：“临淄人华周、杞梁比臣还勇猛，君上可召他们入伍。”齐庄公就派人征召二人。

华周、杞梁来见，齐庄公见他们其貌不扬，就赏赐兵车一辆，让二人共同乘坐，随军立功。

华周退下后，郁郁不乐，对杞梁说：“国君立‘五乘之宾’，是因为这些人勇猛。国君召我们二人，也因为我们勇猛。他们一人五辆，我们二人一辆，这是羞辱我们！我们何不离开这里而到别处去？”杞梁说：“我有老母在堂，要禀告老母得到允许才能走。”杞梁回家告诉母亲，他母亲说：“儿呀，因为受到一点儿委屈，你就离开你的祖国，你这样做没有忠义！即使死去也无美名，即使列在‘五乘之宾’中，人们也会耻笑你！你好好努力吧，不可逃走。”杞梁把母亲的话讲给华周，华周羞愧道：“老人家是女流，尚且有如此见识，我们身为男子，还能逃走吗？”就和杞梁共乘一车，侍奉齐庄公。

齐庄公整顿数日，就用“五乘之宾”及精选军士三千人，前去偷袭莒国。华周、杞梁请求为先锋，齐庄公问：“你们用多少兵车，多少军士？”华周、杞梁奏道：“我们二人，再加上君上所赐的兵车一辆，足够了！”齐庄公想考验一下他们的勇武，微笑着答应了。

华周、杞梁临行时说：“兵车一般三人，要是再有一人做驭手就好了。”旁边一人应声说：“我愿随二位勇士前行，不知是否可以？”华周问：“你叫什么名字？”这人答道：“隰侯重，仰慕二位勇士义勇，愿意跟从。”华周、杞梁非常高兴，于是三人同乘一辆兵车，置一旗一鼓，风驰电掣，到达莒城郊外。此时已是黑夜，三人便在车上露宿。

次日早晨，莒犁比公探知齐军将到，亲率军士三百人到城外巡查，遇到华周、杞梁兵车。正要盘问，华周、杞梁、隰侯重瞪着眼睛大叫：“我们三人是齐国军士，谁敢和我们决斗？”莒犁比公吃了一惊，当看清他们单车来到，并无后队，就让军士层层包围。华周对隰侯重说：“你为我们击鼓，不要停！”华周便和杞梁各持长戟跳下车，左右冲击，遇者即死，三百军士，被杀伤一半。莒犁比公叫停厮杀说：“寡人已了解三位勇士之猛了！不必死战，寡人愿分莒国与三位勇士共有！”华周、杞梁同声答道：“叛国投降是不忠，有令不遵是不义。多杀敌人，是军士所为之事。共分莒国，不是我们所考虑的！”说完，二人挥戟重战。莒犁比公抵挡不住，大败而逃。

此时，齐庄公大队已到，听说三人得胜，派人将他们召回，高兴地说道：“寡人已了解各位勇武了！寡人愿意划出一块地给你们做封邑！”华周、杞梁同声答道：“君上建立‘五乘之宾’，我们不在其中，这是君上以为我们不够勇猛。现用封邑引诱我们，是考验我们的品行。深入敌方，多杀敌人，是勇士当做之事。至于封邑，不是我们所乞求的！”二人说完，便与隰侯重一同驾车，直逼莒城。

莒犁比公令人在狭路上挖沟，沟中燃起炭火，火焰飞腾，人无法过。隰侯重说：“从前士人，立名于后世，往往捐弃生命。我要学习他们，以使二位过沟。”说完拿着盾牌伏在炭火上，让二人从上面过去。华周、杞梁跳过沟，回头看隰侯重已被烧焦，不禁号啕痛哭。杞梁停止了哭泣，华周哭泣未止。杞梁说：“你怕死吗？为何哭那么久？”华周说：“我岂是怕死的人呢？此人的勇猛，和我们相同，竟然比我们先死，所以为他哀伤！”莒犁比公见二人已过了火沟，急召弓箭手一百人埋伏在城门左右，等华周、杞梁靠近，便一齐开弓放箭。华周、杞梁一直向前，冒着箭雨奋战，杞梁受重伤先死，华周身中数十箭，力尽被擒。

齐庄公见华周、杞梁等三人前去，就知其有必死之心，遂领大队人马迅速前进。到了莒城下，见二人战死、一人被擒，便急急下令攻城。

莒犁比公料想不敌，便派使节到齐军中谢罪：“我们只见单车，不知是贵国派来的，所以误犯。况且贵国二死一伤，敝国被杀的已近二百人。敝国国君惧怕贵国国君之威，特百拜谢罪，愿意今后年年向齐朝贡，不敢有二心。”齐庄公怒气正盛，不准。

莒犁比公再派使节恳求，要送还华周，并归还杞梁的尸身，而且献出牛羊犒劳齐军。齐庄公仍然不答应。

此时，齐国内有紧急军情到，原来晋国见齐国纵容晋国内乱并率兵来伐，便决意报复，联合宋、鲁、卫、郑等国，策划攻打齐国。齐庄公得到急信，不敢再在莒城下逗留，于是就答应同莒国讲和。

莒犁比公拿出大量钱粮献给齐军，用温车拉着华周，用兵车拉着杞梁的尸体，送还齐军。只是隰侯重的尸体在火中已化成灰烬，无法收拾。

齐庄公即日班师回国，命令将杞梁停殡在齐都临淄郊外。

齐庄公才进城郊，正碰上杞梁之妻孟姜来迎丈夫的尸体。齐庄公停车，派人吊唁。孟姜对来人拜了两拜说：“杞梁如果有罪，岂敢蒙国君吊唁？如果无罪，杞家还有先人传下的陋居。郊外不是吊唁的场所，我不敢接待。”来人回报齐庄公，齐庄公惭愧地道：“这是寡人的过错呀。”便亲自前去杞梁家吊唁。孟姜送丈夫的棺材于城外落葬。

她露宿三天，抚棺大哭，眼泪哭干，流血不止。就在这几天里，临淄连续大雨倾盆，长长的城墙忽然崩塌几尺。百姓都说，孟姜女哭倒长城，是因为精诚所至。

华周回到齐国，因为伤重，不久死去了。他的妻子像孟姜一样悲伤痛哭。

不止临淄连续数日大雨，晋和宋、鲁、卫、郑等国也是暴雨不断，洛水四溢，黄河泛滥，平地水深一尺多。晋和宋、鲁、卫、郑等国讨伐齐国的计划也就因此中止了。

齐国上卿崔杼因为想杀齐庄公，巴不得晋军攻打。他已和庆封商议好，事成之后平分齐国之政，听说晋军攻齐计划被大水阻止，心中便郁郁不乐。齐庄公有个内侍寺人贾，曾因小事被齐庄公打了一百鞭。崔杼知道他对齐庄公心存怨恨，便送他许多钱财，有意和他结交。齐庄公的一举一动，都让他报告给自己。

大雨过后，莒犁比公遵守信约，亲自到临淄朝拜齐国。齐庄公喜上眉梢，在北门设宴款待莒犁比公。众官员都跟随齐庄公参加宴会，上卿崔杼因为身体有恙而未去。

正在静养的崔杼忽得寺人贾密报："君上只等散席，便来问候上卿您的病情。"崔杼哭笑着说："国君哪里是为我的病情担忧呢？他惦记着我府上的人，要行无耻之事呢。"此时弑君之心倍增。

心情一激动，病也好了，崔杼对妻子棠姜说："我今天要除掉这个无道昏君！你如果听从我的计议，我不宣扬你的丑事，还一定立你生的儿子为宗子。你如果不听我的话，先斩你母子二人首级。"棠姜说："妇人，是服从丈夫的，丈夫有令，妾怎敢不依从？"崔杼就派棠无咎率领武士百人埋伏在内室左右，派崔成、崔疆在大门内埋伏武士，派东郭偃在门外埋伏武士。分派已定，又约定以敲钟为号。他又派人送密信给寺人贾，国君如果来时，要如此这般。

齐庄公喜爱棠姜的美色，心中思念，寝食不忘，只因崔杼防范细密，不便频繁往来。这天，见崔杼因病不来，正中下怀，神魂早已飞到棠姜身边。对于宴会，齐庄公敷衍了事。

等草草结束，齐庄公便乘车赶往崔杼府。崔杼府上守门人骗齐庄公说："上卿病得很重，躺在床上起不来，现正迷迷糊糊的。"齐庄公问："躺在什么地方？"守门人答道："躺在书房中。"齐庄公暗喜，竟进内室。

这时州绰、贾举、公孙傲、偻堙四人随行，寺人贾说："君上做的事，各位都清楚，何不在外面等着？不要进去，免得惊动了上卿。"州绰等人心领神会，都停在门外。只有贾举担心齐庄公的安全，向众人说道："进去一个人有什么妨碍？"就独自去了崔杼府堂上。寺人贾关上中门进去了。崔杼府上守门人又关上大门，上好闩，并且加了锁。

齐庄公到了内室，棠姜浓妆艳抹出迎。二人未来得及说话，婢女来报告："上卿口干，要喝蜜水。"

棠姜说："妾去拿蜜水后就回来。"她同婢女从旁门慢慢走了。

齐庄公靠着门槛等棠姜，等一会儿不见她回来，就唱道——

宫之幽兮，美所游兮。

室之邃兮，美所会兮。

不见美兮，忧心底兮！

刚唱完，就听见走廊里有剑戟以及跑步的声音，齐庄公惊道："坏了！"便大呼寺人贾，不见答应。不一会儿，崔杼府左右武士全出。齐庄公大惊，知道要出变故了，急急往后门跑，但门已关上。

齐庄公力大，破门而出，跑到一座楼上。棠无咎领武士包围该楼，连连大叫："奉上卿命令，来拿淫贼！"

齐庄公靠着栏杆向众人传话："寡人是你们国君，不是贼人，望你们放开寡人，请你们赶快离开！"

棠无咎说："上卿有令，我不敢自作主张。"

齐庄公说："上卿何在，寡人愿和他讲和，誓不害他！"

棠无咎说："上卿病重不能来。"

齐庄公说："寡人知罪了！容寡人到宗庙中自尽，以向上卿谢罪怎么样？"

棠无咎又说："我等只知捉拿奸淫之贼人，不知有国君。你既然已经知罪，就请自杀，不要再自取污辱。"

齐庄公没了办法，便从楼窗中跳出，意图跳墙逃跑。棠无咎开弓射他，正中左腿，齐庄公一个跟头从墙上栽倒下来。武士一齐上前，刺死了齐庄公。

棠无咎派人敲钟，这时已近黄昏，贾举在堂中侧耳倾听，忽见寺人贾开门，拿着烛火出来说："室内有贼，君上召你。你先进去，我要告诉州绰等人。"贾举说："给我烛火。"寺人贾递过烛火，失手掉在地上，烛火熄灭。贾举仗剑摸索，才入中门，遇绳索绊倒在地上。崔疆从门旁猛地出来，杀死了贾举。

且说州绰等人在门外，不知道门里的事。东郭偃假装与他们交结，将其请到旁屋中，点亮灯火，摆上酒肉，劝州绰等人放下宝剑饮酒。

这时，宅内钟响，东郭偃说："君上喝上酒了。"

州绰说："不顾忌上卿了吗？"

东郭偃说："上卿病得厉害，谁还顾忌他？"

一会儿，钟又响了，东郭偃说："我得进去看看。"

东郭偃一离开，埋伏很久的崔杼府上武士全出来了。州绰等人急拿兵器，不料早已被东郭偃派人偷走了。州绰又惊又怒，看见门前有上车石，便双手举起来打人。偻堙刚好从他身旁经过，州绰误中偻堙，打断了他的一条腿。公孙傲拔出拴马的柱子挥舞起来，崔杼的许多武士被打伤了。众人忙用烛火攻击他们，州绰等人的胡须、头发都烧着了。

这时大门突然开了，崔成、崔疆又率武士自门里杀出。公孙傲用手撕扯崔成，折断他一条胳膊。崔疆用长戈刺公孙傲，将其杀死，接着又杀死偻堙。州绰从崔杼府上武士手中夺过戟，又来战斗。东郭偃大叫："昏君奸淫无道，已被诛杀，不干众人的事，何不留下性命侍奉新国君？"

州绰闻听，把戟丢弃到地上说："我从晋国亡命到这里，受齐君知遇之恩，今日不能尽力，反害了偻堙，这大概是天意吧！现在只有舍弃自家性命以报答君上宠爱，岂能苟且求活，被齐、晋两国所耻笑？"说完，就用脑袋向石墙上撞去，石头碎了，州绰脑袋也破裂了。

邴师听说齐庄公死了，自刎在朝门之外。封具在家里上吊而死。铎父和襄尹约好，前去哭齐庄公之尸，半路上听说贾举等人都死了，二人一齐自杀。王何约卢薄癸同死，卢薄癸说："没用，不如逃走，以待将来。我二人之中，如果侥幸有一人再起，一定要请另一个回来共事。"王何说："好吧！"二人立誓完毕，王何就逃亡到莒国。卢蒲癸对弟弟卢蒲嫳说："和国君同死，对国君有什么好处？我离开后，你一定想办法服侍崔、庆两家，想办法使我回国，我便趁机为国君报仇。如果能这样，即使死了也不虚度人生了！"卢蒲嫳答应后，卢蒲癸就急急逃亡到晋国去了。

卢蒲嫳自己找到庆封，表示了愿做奴仆的忠心。庆封未加思索，就用他做了家臣。

齐国各位卿大夫听说崔杼作乱，全都闭门不出，只有晏婴不顾个人安危，毅然带着随从前去吊唁齐庄公。

晏婴来到崔杼府门前，随从担心地问他："大夫您打算为国君殉葬吗？"

晏婴镇静地答道："难道是我一个人的国君吗？难道我应该为他而死吗？"

随从又说："那我们为何不逃跑呢？"

晏婴说："难道国君的死是我的罪过？我为什么要逃跑？"

随从越来越惊怕，战战兢兢地说道："我们还是回去吧！"

晏婴说："国君都死了，我们回哪里去呢？作为万民之主，应当主持国政；作为君主的臣子，应当保卫国家！所以君主为国家而死，那么臣下就应该为他而死；君主为国家而逃亡，臣下就应该跟他逃亡。如果君主是为自己的私欲而死，那臣下就没必要为他而死，为他而逃亡。可是君主死了，做臣子的总应该前去吊唁吧。"说罢，晏婴径自闯进崔杼家，脱掉帽子，捶胸顿足，不顾一切地扑在齐庄公的尸体上，号啕大哭，然后起身离去。

棠无咎对崔杼说："一定得杀晏婴。"崔杼对晏婴也早已恨之入骨，只是有所顾忌，想了想后对棠无咎和身边的人说："他是百姓所景仰的人，杀了他，我就会失去民心。算了，让他离开吧。"

晏婴回去，找到好友田须无。这田须无是当年逃难到齐国的陈国公子陈完的孟孙，因见回陈国无望，便改为田氏，田氏世袭齐国工正之职。晏婴对田须无说："何不商议立国君呢？"田须无说："以前掌权的有高、国两家，现在掌权的是崔、庆两家，须无会有什么作为？”晏婴无奈退出。

田须无在自家踱了两圈，叹了口气，和家人说道：“乱贼在朝上，不可和他们一起共事。”便乘车到了宋国。

晏婴又前去见高、国两家宗主——世袭上卿高止、国夏。其先人高倾与国归父都已亡。高止、国夏二人都说：“掌权的是崔、庆两家，我们做不了主呀。”晏婴叹息着离开了。

就在这天，上卿庆封让其子庆舍搜捕反对崔杼弑君的人，或杀死，或驱逐。第二天，庆封用车迎接崔杼入朝，然后派人召高止、国夏，一起商议立国君之事。高止、国夏共推崔杼、庆封做主，庆封又推让崔杼做主。崔杼说：“齐灵公之子杵臼，已长大成人，他母亲为鲁国上卿叔孙侨如之女，立杵臼可以结好鲁国。”众人唯唯诺诺。于是，齐国迎立公子姜杵臼为国君，这就是齐景公。

齐国和楚国有些习俗不同，楚国以左为上，齐国以右为上。崔杼为显示自己的权威，自立为右相，庆封为左相。自此，诸侯国中有了相国这一职位。

崔杼召集群臣在姜太公庙盟誓。崔杼首先说道：“众人有不和崔氏、庆氏一条心的，日落即落！”庆封接着宣誓，高止、国夏也跟着宣誓。轮到晏婴了，众人屏住呼吸，默默地看着他。晏婴从容举觯，对天盟誓道：“晏婴忠于君主和国家，凡为虎作伥、助纣为虐者均不得好死！”说罢，一饮而尽。崔杼恼羞成怒，用剑顶着晏婴的胸膛，要他重新发誓。晏婴毫不畏惧，厉声答道：“崔杼，不管你是用剑砍头，还是用剑穿胸，我晏婴决不屈服！”崔杼怒不可遏，先是将剑缩回，正要用力刺去时，内史伯急忙拦住说：“千万别激动！您杀齐庄公，是因为他无道，国人反应不大。如果您杀了晏婴，那可就麻烦了，因为他深得人心。”崔杼无可奈何，咬牙切齿地看着晏婴拂袖而去。

晏婴登上马车，车夫就立刻快马加鞭，想快点离开这个是非之地。晏婴若无其事，从容地对车夫说道：“安稳一点儿，不要失态。快了不一定就有活路，慢了也不见得就会死。鹿生长在山上，可是它的命却掌握在猎手和虎狼手中。如今，我也像鹿一样。”晏婴平安到家，并没遭遇危险。

世袭上卿高止、国夏羞愧地说道："晏婴可谓是知命之人！我等不如晏婴。"

这时，莒犁比公还在齐国，崔杼、庆封请齐景公和莒犁比公订盟，然后莒犁比公返回莒国。崔杼命令棠无咎收州绰、贾举等人的尸首，和齐庄公一同葬在城北，省减礼仪，不用武器、甲胄陪葬。崔杼、庆封心里，是怕他们在地下逞勇。

崔杼飞扬跋扈、专断朝政。他对弑君之罪十分惶恐，担心被内史伯记录在史册里，留下千古骂名。他找来内史伯说道："昏君已死，你就写他是患病而亡。如果你按我说的意思写，我一定厚待你，如若不然，可别怪我不客气！"说罢，崔杼拔剑在手，杀气逼人。内史伯抬头看了看崔杼，不慌不忙地拿起竹简，提笔而书。书罢，他将竹简递给崔杼。崔杼接过竹简一看，上面赫然写着："崔杼谋杀齐庄公姜光。"崔杼大怒，挥剑杀了内史伯，并将竹简砍碎了。

史官是世袭，崔杼又召来内史伯的二弟内史仲，"你哥哥不听我的命令，我已处决了他，今后由你来接任内史之职。你就写齐庄公是病死的，不然，那就是你的下场。"他指着内史伯的尸体，恶狠狠地说道。他满心以为内史仲会慑于他的淫威而从命，不料内史仲摊开竹简，提笔写道："崔杼谋杀齐庄公姜光。"崔杼怒不可遏，又拔剑杀了内史仲并砍碎了竹简。

紧接着，崔杼将内史伯、内史仲的三弟内史叔召来，凶狠地道："你两个哥哥已经死了，难道你也不爱惜自己的生命吗？如果改变写法，还能有一条活路。"内史叔平静地回答："按照事实秉笔直书，是史家的天职。与其失职，还不如去死。"结果还是在竹简上照直而书。崔杼被气得七窍生烟，把内史叔砍为几段，令内史季补缺。

内史季把竹简摊开来递给崔杼，崔杼一看，依旧是那几个字，他叹息了一声，让内史季退下。齐国的另一位史官南史氏听说内史兄弟几个被杀害了，抱着竹简急匆匆赶来，要前赴后继，秉笔直书，接替内史兄弟将崔杼的罪状记载于史册，见内史季已经据实记载，这才返回去。崔杼面对内史之笔，不免羞愧，推罪于寺人贾，将他杀死。

这个月里，晋国见水势已退，便大会诸侯，商议讨伐齐国。右相崔杼请左相庆封前去讲和，庆封将齐国刚刚制成的七个青铜鼎献给晋国。这七个青铜鼎，形制、纹饰相同，均是束颈、宽体、浅腹、平底、蹄形足，立耳外侧饰鳞纹，颈部饰窃曲纹，腹部饰兽目交连纹，足上部饰兽面纹，给人感觉粗犷、简约。晋国人非常喜欢这些青铜鼎。然后，庆封将齐庄公已死的消息相告，并说："齐国群臣害怕大国惩罚，已替大国进行自惩。齐国新君杵臼，愿意侍奉晋国，不废旧时盟好。"晋国极为高兴，便决定不再讨伐。齐国对各国诸侯均有礼物，于是诸侯尽散。自此晋、齐重新联合。

二　齐国政权最终将归田氏

再说齐国右相崔杼，从杀齐庄公立齐景公起，威震齐国。左相庆封喜好饮酒，乐于射猎，常常不在都城中。崔杼便独掌朝政，恣意妄为。庆封对崔杼也渐渐有了成见。

崔杼原来答应棠姜立崔明为宗子，因可怜长子崔成失去一条胳膊，便不忍心说出口。崔成察觉出父亲之意，请求将宗子之位让给崔明，自己愿到崔氏封邑崔邑养老。崔杼答应了，但东郭偃和棠无咎不同意。二人向崔杼说道："崔邑是宗族之邑，一定得给宗子。"崔杼便对崔成说："我本来要把崔邑给你，但东郭偃和棠无咎不肯听从，怎么办？"崔成把这事说给弟弟崔疆，崔疆说："宗子的位子，已经让给他们了，一座城邑还吝啬不给吗？有父亲在，东郭偃等人就这样把持。要是父亲不在了，我们弟兄请求做奴仆恐怕都办不到了。"崔成说："我们去请左相庆封给说和一下吧。"

崔成、崔疆求见庆封，说起此事，庆封道："你们父亲现在只听东郭偃和棠无咎的话，恐怕我进言，他也不一定听。"崔成、崔疆无奈离开。此时，卢蒲嫳在旁，他正想替其兄卢蒲癸报仇，乘机离间说："崔家的祸乱，是庆家的好事。"庆封突然醒悟，心里自言自语道："崔杼专权独断，往日情谊渐失，我为何不压压崔氏的气焰？"过几天，崔成、崔疆又来了，重说东郭偃、棠无咎的坏话。庆封说："你们为何不除掉他们？如果你们起事，我一定帮助你们。"崔成、崔疆满口答应，庆封就赠送二人铠甲百副、长戟百件。

崔成、崔疆大喜，半夜率手下家仆，穿上铠甲，手持长戟，分散埋伏在父亲崔杼府近旁。这东郭偃、棠无咎每天准时拜见崔杼，等他俩走近，崔成、崔疆率人突起，将二人乱戟刺死。崔杼府中之人，见自相残杀，不知帮哪一派好，便纷纷逃离。

却说崔杼闻听自家内乱，火冒三丈，急叫人驾车，但车夫、家仆都逃光了。他只好自己驾车，去见庆封，哭诉家中之乱。庆封假装不知情，惊讶地说道："崔、庆虽是两家，实为一体。不懂事的小子竟敢目无尊长到这个地步！您如要讨伐，我一定效力。"崔杼信以为真，忙道谢说："如能除掉这两个逆子，安定崔氏宗族，我定让崔明拜您为义父。"庆封便集聚家仆、兵丁，让卢蒲嫳率领前往。

崔成、崔疆看见卢蒲嫳率人到来，就要关门自守。卢蒲嫳诱骗他们说："我奉左相庆封命令而来，是要帮助你们，不是加害你们。"崔成对崔疆说："莫非是要除掉罪孽的弟弟崔明？"崔疆说："或许有这意思。"二人开门让卢蒲嫳进来。卢蒲嫳进门，持戟的家仆、兵丁全都跟入。崔成、崔疆阻止不住，便问卢蒲嫳："左相之命是什么？"卢蒲嫳答道："左相接受你们父亲的请托，要我来取你们的脑袋！"随即喝令家仆、兵丁："还不动手！"崔成、崔疆未来得及答话，头已落地。卢蒲嫳一心要为其兄报仇，便纵容家仆、兵丁抄掠崔家，车马、服饰、器物全都取走了，又毁坏崔家门窗。棠姜惊怕，在房中自缢。只有崔明在外，没碰上大难。卢蒲嫳把崔成、崔疆的首级悬在车上，回报崔杼。

崔杼看见两个儿子的首级，不免悲痛，忙问卢蒲嫳："没惊动内室吧？"卢蒲嫳说："正高睡未起。"崔杼面有喜色，对庆封说："我要回家，只是无人驾车，望借一位车夫。"卢蒲嫳说："请允许我为右相驾车。"崔杼向庆封再三道谢，登车告别。

崔杼到了自家府宅，看见府门大开，并无一人走动。到了中堂，直望内室，窗门开着，空空如也。棠姜吊在梁上，还未被人解开绳子。崔杼吓得魂不附体，想问卢蒲嫳，卢蒲嫳已不辞而别。崔杼到处寻找崔明，却找不到，不由放声大哭说："我今天被庆封出卖，我没有家了，还活什么！"也上吊而死。

崔明得知家中变故，半夜潜回府中，偷出崔杼和棠姜的尸体，找了个马夫用车拉出，挖开祖坟，把他们俩埋在里面。事情办完后，崔明逃亡他国。

庆封本想打打崔杼的嚣张气焰，未想卢蒲嫳下手太狠，但事已至此，只得自圆其说。庆封向齐景公奏道："崔杼弑君，臣不能不讨伐他。"齐景公连连说好。这样，庆封成为齐国唯一的相国。他为了笼络人心，用齐景公之令召素有贤名的田须无重回齐国。田须无告老，他的儿子田无宇袭替工正之职。

齐国相国庆封，独掌国政之后，越来越狂放荒淫。一天，在卢蒲嫳家喝酒，卢蒲嫳让妻子出来敬酒，庆封看到就喜欢上了。卢蒲嫳也不计较，庆封就公开和她通好，两人打得火热。庆封把国家政事交付给儿子庆舍，自己带着妻妾搬到卢蒲嫳家里。庆封和卢蒲嫳妻子同睡，卢蒲嫳也和庆封的妻妾通好，彼此都不禁忌。有时，两家妻妾聚在一起，饮酒作乐，玩耍戏谑，醉后胡闹，左右无不掩口而笑，庆封和卢蒲嫳却毫不知耻。

卢蒲嫳请求把他哥哥卢蒲癸从晋国召回来，庆封听从了。卢蒲癸回到齐国，庆封让他服侍庆舍。庆舍膂力超人，卢蒲癸也有勇力。卢蒲癸因有阴谋，故对庆舍极尽阿谀奉承，庆舍因此很喜欢他，还把女儿庆姜嫁给卢蒲癸做妻。二人丈人女婿相称，庆舍对卢蒲癸宠爱更深。

一心要为齐庄公报仇的卢蒲癸极力向庆舍赞扬王何勇猛。庆舍问："王何现在哪里？"卢蒲癸答道："在莒国。"庆舍便派人召王何。王何回齐国后，庆舍对他也很宠爱。

自崔氏之乱后，庆封唯恐遭人暗算，每次出入，一定携带武士前后防卫。庆舍也是，因为宠信卢蒲癸、王何，就用二人为近侍。

且说齐景公喜欢吃鸡跖，一顿饭用数百只鸡，众臣家都效仿，把鸡看成食物中最好的，以致鸡价飞涨。宫厨因为钱财不够，便到相国庆封那里请求增加。庆封命庆舍处理。卢蒲嫳存心陷害庆舍，便劝庆舍别把宫厨当回事，庆舍果然爱理不理。卢蒲嫳对宫厨说："供应国君的膳食任你处理，何必一定要用鸡呢？"宫厨无奈，便用鸭代替。宫中内侍、婢女以为鸭不是给齐景公吃的，常常偷着把肉吃了。

这天，大夫高蚤、栾灶陪侍齐景公饮食。齐惠公之子姜坚，字子栾，子孙以其字“栾”为氏，栾灶即齐惠公之后人。高蚤、栾灶见食中没有鸡，只有鸭骨头，便责问宫厨。宫厨如实相告，但他也不知宫中内侍、婢女偷吃鸭肉一事。高蚤愤愤不平地说道：“庆氏当政，竟敢克扣国君的膳食，而且轻慢我们到了这种地步！”高蚤要去斥责庆封，栾灶劝住了。

早有人把这事报告给了庆封，庆封对卢蒲嫳说：“高蚤、栾灶生我的气了，该怎么办才好？”

卢蒲嫳说：“生气就杀了他们，有什么可怕的？”他又把事情告诉了哥哥卢蒲癸。

卢蒲癸和王何商量说：“高、栾两家，现在和庆氏有了隔阂，我们正好可以借助他们的力量。”王何夜里去见高蚤，谎称庆氏正考虑攻打高、栾两家。高蚤大怒说：“庆封实际上是和崔杼一同杀了齐庄公，现在崔氏已被消灭，只有庆氏在，我们应当替先君齐庄公报仇。”王何说：“这正是我王何的志向！请大夫您在外谋划，我和卢蒲氏在内谋划，事情没有不成之理。”高蚤暗中和栾灶商议，决定寻找机会发难。田无宇、晏婴等人都知道这个阴谋，因为他们厌恶庆氏专横，所以装作不知道。

凡遇大事，必先占卜，以预吉凶。卢蒲癸和王何为攻打庆氏之事占卜，卜师献出卜辞：“虎离穴，彪见血。”卢蒲癸拿卜辞问庆舍：“有计划攻打仇家的人，占卜时得到这样的卜辞，请问您认为事情的吉凶如何？”庆舍看了一下说：“一定成功。虎和彪是父子，一个离去，一个见血，攻打的人怎么会不成功？他的仇人是谁？”卢蒲癸说：“乡里的普通人罢了。”庆舍遂不放在心里。卢蒲癸心中高兴，暗笑庆封、庆舍父子徒有高大的外表。

中秋八月，庆封领着庆嗣等族人，到东莱去打猎。因卢蒲嫳患病在家休养，庆封便叫田无宇同去。田无宇和父亲田须无告别，诉说高蚤、栾灶等人的阴谋。田须无对他说：“庆氏大祸将要到了！跟着一起去恐怕要遭难，你何不推辞不去？”田无宇说：“推辞会使他怀疑，所以不敢。如果父亲谎称有别的原因叫儿，儿可以设法回来。”田须无点了点头。于是，田无宇放心地随庆封去打猎。

庆封等人都走了以后，卢蒲癸高兴地说："卜师所说的'虎离穴'已经应验了。"便与高虿、栾灶等人合议，准备在即将举行的尝新粮祭祀时起事。田须无知道后，怕他儿子与庆封一同遇祸，假说妻子重病，派人叫田无宇回家。

田无宇借口预测母亲的病情，请求庆封占卜。庆封占卜时，田无宇暗中祷告，请神明预测庆氏的吉凶。庆封粗通《周易》，将龟甲扔入炭火，然后取出，忙乎一番后，对田无宇说："这是灭身之卦。下克上，卑克尊，恐怕你老母的病难以好了。"田无宇捧着占卜龟甲，流泪不止。庆封同情他，让他回去。

庆嗣见田无宇上车，便问道："工正要到哪里去呀？"田无宇说："母亲病重，我不得不回。"说完就飞驰而去。庆嗣见田无宇的脸上不是忧伤，而是有一种压抑不住的欣喜，便预感风声不对。

庆嗣急急找到庆封说："田无宇说他母亲病重，恐怕是假的，都城中要有别的变乱，相国您应当赶快回去！"庆封说："我儿子在那里，有什么可担心的？"便不放在心上。

从东莱到临淄，要过莱河。田无宇过了河以后，拆了桥，毁了船，以断绝庆封的归路，此时的田无宇也有了攻打庆氏的心思。

田无宇刚到父亲田须无府，王何便来拉拢。田须无见时机成熟，便让田无宇帮助王何等人。王何走后，田无宇又去联络好友齐国大夫鲍国。这鲍国，是鲍叔牙曾孙。

这时，卢蒲癸正在紧急部署家仆。他妻子庆姜对他说："您有事不和妾商量，一定成功不了！"

卢蒲癸笑着说："你是女人，哪里能为我谋划呢？"

庆姜说："您没听说有妇人胜过男人的事例吗？当年周武王手下有十名乱臣，邑姜身为女人，平定了他们。夫怎么说女人不能谋划呢？"

卢蒲癸知道这邑姜是姜太公之女、周武王之妃、周成王和晋国开国君主姬叔虞之母。

因庆姜是庆舍之女，卢蒲癸心中便提防庆姜。他对庆姜说道："从前郑国，大夫雍纠把国君郑厉公和他的密谋泄露给妻子雍姬，雍姬告诉父亲祭足，以致雍纠被祭足杀死，郑厉公也逃亡。这事成为世人之大戒，我非常害怕女人掺和呀。”

庆姜说：“女人把丈夫当作天，夫唱妇随，何况还有国君命令呢！雍姬被她母亲的话愚弄了，所以谋害丈夫，这是闺阁之逆贼，哪值得一提呢？”

卢蒲癸问道：“假如你处于雍姬的位置，该怎么办呢？”

庆姜说：“能出谋献策，就和丈夫一起。如果不能，也不敢泄露出去。”

于是卢蒲癸放心说道：“现在国君为庆氏专权而苦恼，栾灶、高虿两人便一起谋划驱逐你们家族，我正为此做准备，你不要泄露出去。”

庆姜此时心头一惊，万没想到当年雍姬的苦恼落到了自己身上，心想：一边是自己的夫家，一边是自己的娘家，夫家要攻打自己的娘家，而自己的娘家却不知情。庆姜毕竟出身官宦之家，她临危不乱，向卢蒲癸说：“妾的祖父庆封正外出打猎，时机可乘。”

卢蒲癸说：“是的。要等尝新粮祭祀那天。”

庆姜此时在心里暗暗道：“当年雍姬泄密，让夫家、娘家自相残杀，这种做法不可取。如今遇到这事，我为何不让父亲庆舍率家人偷偷离开呢？”于是她灵机一动，对卢蒲癸说：“祖父庆封身为相国，遇到祭祀这样的大事肯定会回来，那时你们行动就受阻碍了。不如让妾回娘家，劝父亲庆舍参加祭祀典礼，让家人告知祖父在外安心打猎。”

卢蒲癸说：“我把性命托付给您了，您可不要学雍姬那样。”

庆姜连声说：“请夫放心，请夫放心。”

庆姜匆匆回到娘家，告诉父亲庆舍：“听说高虿、栾灶要趁着尝新粮祭祀之机，采取对您不利的行动，您可千万要当心，不如率家人逃离临淄。”庆姜不想让夫家、娘家相戕，便隐去了卢蒲癸也参与其中的情节。庆舍听庆姜说完，哈哈大笑说：“高虿、栾灶，好比两只兔子，而我庆家却是虎豹，兔子怎么能对虎豹构成威胁呢？他们如果起事，我就剥下他们的皮铺着睡觉！”庆姜一再劝说，庆舍也不听。庆姜叹了口气，回去听天由命。

拍起手来唱起歌，满田满坝好收成。

粟禾熟了黍稷红，酿酒供祭五谷神。

保佑齐国年年丰，国人个个笑盈盈。

一群人在齐国宗庙前唱着歌、跳着舞。八月中秋，天高气爽，田野里一片金黄，这是秋收时节。齐景公率众臣在宗庙里举行尝新粮祭祀。

且说庆舍听到庆姜带回的消息后，既不当回事，也没不当回事，他一是派人通知父亲庆封不要回来，以免遭到不测；二是用家仆、武士把宗庙团团守住。卢蒲癸、王何手持长戟，站在庆舍左右，寸步不离。

田氏、鲍氏两家有马夫会演戏，就故意让他们在街上表演。庆氏有匹马，受惊跑开了，家仆追回来后，把马都拴在一起，解开铠甲，放下武器，然后去看演戏。栾、高、田、鲍四个家族的家仆、兵丁，全部到齐国宗庙门外集合，秘密包围了宗庙。卢蒲癸借口小便，出外约定妥当。他回到宗庙内，站在庆舍身后，倒拿着戟，向高虿示意。高虿看明后，派随从在小门那里连拍三声门板，四个家族家仆、兵丁蜂拥而入。

庆舍吃惊地道："果然有谋乱的。"他还未离开座位，卢蒲癸就从背后用戟刺进了他的腋下；王何又用戟猛打庆舍的左肩，将他的肩骨打断。庆舍瞪大眼睛看着卢蒲癸、王何说："作乱的，也有你们吗？"边说边用右手拿着的铜觯向二人中的王何击去，王何立刻被毙。庆舍虽然伤重，但仍用一只手抱住柱子摇撼，宗庙的屋脊都震动了。卢蒲癸拔戟重又刺去，庆舍大叫一声死去。

齐景公突见内乱，大吃一惊。晏婴暗暗上前奏道："群臣是要诛杀庆氏以安定国家，没有别的图谋。"齐景公这才安下心来，急匆匆登车返回宫内。

卢蒲癸和四家家仆、兵丁杀尽庆氏同党。各家分开把守城门，以抵御庆封。都城临淄四处防守得严严实实，水泄不通。

且说庆封在外打猎，儿子庆舍派人来说都城临淄有点儿乱，等过了这阵再回来。庆封相信庆舍的能力，就安心在外游玩。突然逃出的庆舍的家仆急急来报，临淄发生变乱，庆舍被杀。庆封大为恼怒，急回临淄攻打西门，无奈城里防守严密，无法攻下，庆封手下渐渐逃散。庆封仰天悲哭，逃亡到鲁国。

齐景公派人谴责鲁国："不要收留作乱的齐国臣子。"鲁国害怕。庆封听说后，赶紧又逃到了吴国。

却说吴王诸樊，是个拗性子，父王寿梦的临终遗嘱常常回荡在他的耳畔。吴王诸樊心里道："要是活到老才死，再按大小依次传位，四弟还能继承王位吗？"想到这些，便有了早死的打算。他亲率吴军攻打楚国，战死在疆场上。

吴国众臣依照先王寿梦的遗愿，立老二吴余祭为王。

吴王余祭了解兄长诸樊的心思，他向家人说道："兄长战死，是为了把王位尽快传给季札。兄长的精神，寡人要继承呀！"说到做到，吴王余祭亲率吴军去攻打越国（在今浙江省绍兴一带）。越国，姒姓，都城诸暨，自建国后，一直保持着比较落后的生活习俗，很少与中原地区发生联系。传到国君允常时，学习楚、吴，开始称王，并与吴国发生了矛盾，相互攻伐。吴王余祭此次出征，大胜而归。在祭拜宗庙、报告胜利后，他令越国俘虏将自己刺死。

老三吴夷昧依次当立，但他不肯登基，坚持让位于吴季札。

吴国先王寿梦和吴季札的三个兄长诸樊、余祭、夷昧，之所以坚持让季札早些为王，是因为季札确实非常贤能。

却说吴季札访问鲁、齐、郑、晋、徐诸国的时候，各国的君主和大臣没有一个不佩服他的。吴季札奉吴王余祭之命出访，在鲁国观乐，品评优长，使鲁人钦服。至齐，与大夫晏婴结为好友。适郑，与大夫子产交换衣带作为纪念。及晋，与中军将韩起相互友善。尤其是他访问徐国的举动，更是让世人感动。吴季札和徐恕侯会谈的时候，徐恕侯很是羡慕他随身佩带的宝剑。徐恕侯没有明言，但吴季札知道他欣赏自己的宝剑。吴季札很想送给他，可因为还要访问他国，不能没有防身兵器，只好作罢。等到吴季札完成使命回来，再过徐境的时候，徐恕侯已经去世了。吴季札到他墓前祭奠，临走时解下宝剑，挂在墓前的树上。随从不明白，便问："徐恕侯已经死了，还送宝剑干什么？"吴季札回答道："贵在心交，我的心里早已答应送给他，怎么能因为人死了就失去信义？"

这样一来，吴夷昧更加敬重吴季札，诚意让位，但吴季札宁死也不同意，吴夷昧只好自己做吴王。

当齐国庆封来到吴国时，吴夷昧已经继位为吴王。吴王夷昧为了对付楚国，收留了他，让他住在朱方，给他优厚俸禄，比齐国相国还要多。

鲁国大夫子服何听说后，对上卿叔孙豹说："庆封又在吴国富贵了，莫非上天保佑淫邪的人？"

叔孙豹说："'善人富，叫做赏；淫人富，叫做殃。'庆氏的祸殃到了，哪有什么福啊？"

庆封已经流亡，高虿、栾灶便担任上卿，主持齐国政事，在都城临淄内宣布崔、庆两家的罪行，把庆舍的尸体暴在街市。四下寻找崔杼的尸体不到，便悬赏查找。当时帮助崔明的马夫贪财，出首，于是挖掘崔家祖坟，将崔杼和棠姜两人的尸首，暴在街市。晏婴说："戮尸戮到女人，不合于礼。"便只把崔杼的尸体陈在街市，让城中人聚集观看。高虿、栾灶分了崔、庆两家的封邑。因为庆封家的财物都在卢蒲嫳家，就斥责卢蒲嫳淫乱，把还在患病的他流放到燕国，卢蒲癸也随着去。崔、庆两家财产全被高虿、栾灶、鲍国等众人占有了，只有田无宇一无所取。庆氏有一百多车木材，众人商议给田家。田无宇把它们全部分给临淄的百姓，齐国都城的人纷纷颂扬田氏的仁德。

第二年，栾灶去世，他的儿子栾施继承父亲的职位为上卿，和高虿共同掌管国政。高虿忌恨齐国上卿高止，认为二高并立不好，就驱逐高止，高止也逃到燕国。高止的儿子高竖，占据卢邑叛变，齐景公派大夫闾邱婴领兵包围了卢邑。高竖说："我不是叛乱，我怕高家后代不存。"闾邱婴答应为高氏立后人，高竖就逃亡到晋国去了。闾邱婴向齐景公回报，齐景公便立高酀以存高傒一脉。高虿生气地说："本来派闾邱婴是为了除去高止一家，去掉一个，又立一个，有什么区别呢？"就向齐景公进谗言杀了闾邱婴。公子姜山、姜商、姜周等人都愤愤不平，纷纷议论讥刺。高虿很生气，就找个借口将他们都赶跑了，齐国都城的人对高虿都不敢正眼相看。

不久，高虿去世，他的儿子高强上朝为官。因高强年幼，未被立为上卿，只任大夫，大权全都归栾施掌握。

且说齐国大夫高强，由于他父亲高虿驱逐高止，说坏话让国君杀了闾邱婴，满朝不平。高强年少且喜欢喝酒，栾施也喜欢喝酒，二人相处甚好，和田无宇、鲍国交往较少，四大家便分成两党。栾、高二人每逢聚饮，醉后就说田、鲍两家的长短。田、鲍两家听说后，渐对栾、高两家产生了猜忌。

有一天，高强在醉中鞭打一名小僮，栾施也帮助打。小僮怀恨，乘夜跑去告诉田无宇："栾、高二人要聚集家仆来偷袭田、鲍两家，日期约定在明天。"小僮又跑去告诉鲍国，鲍国相信了，忙命小僮去请田无宇，率人一起攻打栾、高两家。

田无宇率领家仆、兵丁，赶往鲍国家，途中遇见高强乘车迎面而来。这时的高强已是半醉，在车中和田无宇拱手问道："领着这么多人往哪儿去？"田无宇故作镇静，向他说道："去讨伐一个叛变的奴才！"又问他："你去哪儿？"高强答道："我要到栾家饮酒。"二人告别，田无宇令车夫快赶，一会儿就到了鲍家门口，只见鲍家人众济济、戈甲森森。鲍国穿甲拿弓，正要上车。

田无宇、鲍国二人悄悄商议，田无宇说："高强说要到栾家饮酒，不知是否是真的，可派人探探。"鲍国派人到栾家偷看，回报说："栾、高二人，脱去衣帽，正在比赛喝酒。"鲍国叹口气说："小僮的话是假的。"田无宇说："小僮的话虽不真实，可是高强在路上见我领着众人，问我去哪儿，我骗他说要讨伐叛变的奴才。现在如果哪儿也不去讨伐，他心里一定怀疑。如果他先图谋攻打我们，可就后悔也来不及了。不如乘他喝酒没有准备，先去偷袭。"鲍国说："好！"两家家仆、兵丁同时出发，田无宇当先，鲍国押后，杀往栾家，把栾府前后门团团围住。

栾施正拿酒觯喝酒，听说田、鲍两家兵到，不觉将觯掉到地上。高强虽然醉了，还有三分主意，对栾施说道："赶快召集家人，发给兵甲上朝，奉拥君上讨伐田无宇、鲍国，没有不胜的。"栾施急忙把家众全部聚齐，高强当先，栾施在后，从后门冲出，杀开一条血路，直奔齐宫。

田无宇、鲍国怕他们挟持齐景公而自重，紧紧追来。高氏族人听说变乱，也聚众来救。

齐景公在宫内，听说四个大族分成两派，率领人员互相攻杀，不知如何是好，急命卫兵关紧宫门，严密守卫，又派内侍召晏婴入宫。

栾施、高强率人驻扎在宫门右边；田无宇、鲍国两家，驻扎在左边。两下对峙。一会儿，晏婴衣帽端正，驾车而到。四家都派人招呼他，他都不看，向两派说道："我晏婴只听从国君的命令，不敢自作主张。"

卫兵开了门，晏婴进宫内见国君。齐景公说："四家分成两派，互相攻打，兵到宫门，怎么办呢？"

晏婴奏道："栾、高两家依仗国君累世恩宠，专断独行，毫无顾忌，已不是一天了。高止遭驱逐，闾邱婴被杀，都城之人都怨恨，现在又到宫门前滋事，罪恶不能宽赦。田无宇、鲍国不等国君命令，擅自兴兵，也不是没有罪。请君上裁决！"

齐景公说："栾、高的罪过比田、鲍重，应该除掉，谁可以一用呢？"

晏婴答道："大夫王黑可用。"

齐景公即刻传令，让王黑率领齐军会同田、鲍攻打栾、高两家。

栾、高两家立即败退。都城中恨栾施、高强的人都捋袖伸臂助战。高强酒还未醒，不能力战。栾施往东门跑，高强也跟着。王黑和陈、鲍两家追上他们，又在东门打起来。栾、高两家的人渐渐跑散了，二人夺门而出，逃亡到鲁国，从此消沉。

田无宇、鲍国驱逐两家家属，将其家财平分。鲍国将分得的财产全部占为己有，而田无宇则把分得的封邑及家财全登在簿上，献给齐景公。齐景公非常高兴。田无宇对齐景公之母，也就是叔孙侨如之女，又另有所献。齐景公之母对齐景公说："田无宇诛剪强族，振兴公室，好处归给国君，他的谦让仁德不可埋没，何不把高唐赐给他作为封邑呢？"齐景公便照办，田氏开始富起来。

田无宇有心要做好人，向齐景公奏道："姜山、姜商、姜周等诸公子被高虿驱赶出去，实在无辜，应该召回他们。"齐景公同意。田无宇便用自己的钱财备好各类生活器物，派人分头迎接。各位公子得回祖国，人人欢喜，看见家中用具都置办齐全，知是田无宇所给，感激不尽。田无宇又大施恩惠给齐国公族，凡是公子、公孙无俸禄的，他全用自己的俸禄分给。田无宇又访求都城中贫困孤寡之人，接济他们钱粮。凡国人借贷，田氏家人借出时用大量具，收回时用小量具；贫穷无力偿还的，田无宇就命人把债券烧了。全国上下没人不颂扬田氏的恩德，都愿意为他效死。

晏婴目睹田无宇所为，感叹道："齐国政权最终将归田氏。田氏虽无大的功德，但却借公事施私恩。一个人如果有恩德于民，国人哪会不拥戴他呢？"

三　楚灵王离灭亡不远了

齐国一时趋于平静，楚国突然又起波澜。

公元前540年，楚国令尹芈围听说楚王芈麇生病了，就入宫探问。一时篡位之心骤起，便假托有秘事启奏，把嫔妾婢女全部打发走了。芈围快速解下系帽带子，用力勒住楚王芈麇的脖子。不一会儿，楚王芈麇就咽气了。

伍举起草国书，派人送往各国。国书道："敝国大王芈麇不幸辞世，楚共王在世众子中，芈围居长，即位为王。"这就是楚灵王。

楚灵王立长子芈禄为世子，任命蒍罢做令尹、郑丹做右尹、伍举做左尹，斗子文六世孙斗成然做郊尹。太宰伯州犁有公事在郏地，楚灵王想起当年"上下其手"之事，嫌伯州犁头脑太活、正直不够，派人将其杀掉。伯州犁当年本想求生存，无奈弄巧成拙。楚灵王用蒍启疆做太宰。

楚灵王命人把芈麇埋葬在郏地，并为他改名叫郏敖。楚灵王三弟芈比、四弟芈黑肱唯恐祸及其身，一个逃往晋国，一个逃往郑国。

晋国派中军将韩起到楚国吊唁楚王芈麇，同时祝贺楚灵王即位。伍举闻讯后，对楚灵王奏道："韩起胆怯低调，但却贪心有余、物欲极强。他对晋国的霸业，漠不关心。我们应该低调接待，加重他的胆怯。"于是楚国人不出来迎接。韩起十分懊丧，心里更加惧怕楚国。

此时的楚灵王埋在心底很久的志向得以实现，从而越发骄横，恣意而为，有了独霸中原之心。他派五弟芈弃疾出使晋国，要晋国把它的依附国交他统领，又认为丰氏女子的家族微弱，不配做夫人，遂向晋平公求亲。

楚国公子芈弃疾到达晋国国境，晋平公也不想派人去迎接，大夫羊舌肸谏道："楚国不正派，我们为什么去学不正派呢？《诗经》说：'你的教导，百姓都要仿效。'我们坚持行善为准则，坚决不去学别人的不正派。"晋平公认为有理，就派人迎接芈弃疾。晋平公胆小，加上晋国势不如前，对楚灵王的要求，他不敢违抗，一一同意。

就在芈弃疾出使晋国之时，郑国大夫子产随同郑简公一起到达楚国。

楚灵王问子产："晋国会允许它的依附国归服楚国吗？"

子产说："会允许的。晋君贪图小的安逸，志向不在于称霸，而且晋国大臣们各有所求，不能全心效力晋国，当年虢地会盟就已经露出端倪了。"

楚灵王说："晋国的依附国会来拥护楚国吗？"

子产说："会的，服从弭兵之盟，取得大王您的欢心，哪能不来呢？"

楚灵王笑着说："这么说，寡人无所不行了？"

子产答道："让诸侯心悦诚服，做不到。不过，如果和他国目标一致，凡事没有不成功的。"

郑简公、子产还未离开楚国，楚国公子芈弃疾就回来了。他向楚灵王报告说："两件事，晋君全答应了。"楚灵王非常高兴，遣使赴各国提出大会诸侯，约定明年春天在申城相会。郑简公、子产见楚灵王心性不可捉摸，便请求先到申城去，楚灵王答应了。

第二年春天，依附晋、楚的诸侯——蔡、陈、徐、滕、顿、胡、沈、邾等国国君一个接一个赴会。因为宋国上卿向戌倡导弭兵大会，所以也赶来了。楚灵王亲率大批兵车来到申城，诸侯们前来拜见。

伍举向楚灵王奏道："臣听说要图霸业，必先得到诸侯归服；要得到诸侯归服，一定要在礼数上谨慎。宋国的向戌，郑国的子产，都是各国卿大夫中的佼佼者，有知礼的威名，不能不小心对待。"

楚灵王问："以前会合诸侯有何礼数？"

伍举说：“齐桓公有召陵之会，晋文公有践土之盟，这二公会合诸侯，各有自己的礼数，请大王挑选。”

楚灵王说：“寡人要称霸诸侯，应该用齐桓公召陵之会的礼数，只是不知他是怎么办的？”

伍举答道：“齐桓公率联军攻楚，在召陵驻扎，楚国大夫屈完到齐军中，齐桓公向屈完夸耀强大，然后集聚诸侯和屈完订盟。现在各国诸侯前来，大王也应该显示强大，让他们畏惧，然后召集大会，再讨伐有二心的，他们就不敢不服从了。”

楚灵王问：“寡人要向诸侯用兵，应当先打谁？”

伍举答道：“齐国庆封杀了国君，逃到吴国。吴王不声讨他的罪行，还加以宠信，并把朱方那块地方给了他，让庆封比原来还富，使世人愤恨。吴国又是我国的仇敌，如果起兵攻吴，用诛杀庆封为名，那就一举两得了。”

楚灵王连连答应，就按伍举的建议，先是排兵列阵，恐吓诸侯，然后在申城举行盟会。

盟会期间，楚灵王派大夫屈申，率领各国兵马一起攻打吴国，包围了朱方，捉拿了庆封。屈申明白吴军强大，难以战胜，就班师回到申城，用庆封献功。

楚灵王要在众诸侯面前审问庆封，伍举劝谏道：“如果审问庆封，恐怕他要反唇相讥。”楚灵王不听，就把庆封绑缚到众诸侯前，用剑按着他的脖子，强迫他自述罪过。庆封料想自己活不成，既然活不成，还不如出口恶气，于是大声叫道：“各国诸侯、大臣听着，不要学当今楚王芈围。他杀死楚王芈麇，夺权篡位，还不知羞耻地会盟诸侯。”此刻，各国君臣全都止不住掩口而笑。楚灵王芈围恼羞成怒，赶快将庆封杀掉了。

申城盟会草草结束，楚灵王回到了楚国。他火气依旧未消，怪罪大夫屈申不肯深入吴国，胆小怕事，将其杀掉。

这年冬天，吴王夷昧率领兵马攻打楚国，攻进棘、栎、麻等地，用来报复楚军攻打朱方一战。楚灵王十分生气，又调各国兵马攻打吴国。楚灵王自己亲率大军，到达罗汭。

吴王夷昧见楚军势大，料想不能取胜，便派同宗弟弟吴蹶由来慰劳楚军以望求和。此时的楚灵王想杀掉吴蹶由，就问他："你来的时候占卜吉凶了吗？"

吴蹶由答道："占卜了，大吉大利！"

楚灵王哈哈大笑说："寡人想用你的血涂抹楚军的战鼓，这有什么吉利的呢？"

吴蹶由反应很快，立即答道："吴国所占卜的，乃是为国家大事，哪里是为我一个人的吉凶呢？我们吴王派我来慰劳楚军，是为了察看楚王您是生气快还是生气慢，这决定我们防守的缓急。楚王您如果好好接待使节，让敝国忘了防备，我们国家灭亡就没有几天了。如果您用使节的血涂抹战鼓，敝国知道楚王大怒，一定修整军备，抵抗楚国。以强大的吴国之力来对付无道的楚国，自然是绰绰有余的，还有什么比这更吉利的呢？"

楚灵王叹了口气说："你是贤士！"便放吴蹶由回去。

楚军拒绝吴国求和，继续进攻吴国内地，可是越来越困难，最后楚军无功而返。楚灵王叹道："过去屈杀屈申了！"楚灵王回国后，为出兵无功而耻辱。正在烦闷时，有人来报："陈国有国书到了，说陈国国君陈溺已死，公子陈留继承了国君之位。"伍举在旁，上前奏道："陈国世子陈偃师，名字已列在诸侯册子上了，现在忽立陈留为国君，那么把陈偃师置于何地？以臣考虑，陈国一定有变乱了。"

正在疑惑中，又有人禀报："陈国公子陈胜和侄儿公孙陈吴请求晋见。"楚灵王召见他们，问他们有何来意。二人哭着拜倒在地，陈胜说："嫡兄陈偃师，被主管教化民众和行政事务的司徒陈招与陈过设计屈杀，以致我父君自缢而死。陈招和陈过又擅自立陈留为国君。我们怕他们加害，特来投奔大王。"楚灵王命二人站起。二人详细叙说了陈国的变故——

陈成公去世后，陈溺即位，即陈哀公。陈偃师被立为世子。次嫔生公子陈留，三嫔生公子陈胜。次嫔多媚得宠，陈留出生后，陈哀公极其宠爱他。只是因为陈偃师已被立为世子，找不到理由废黜他。陈哀公便让自己的弟弟官居司徒的陈招任陈留的太傅，陈过为少傅，嘱咐陈招和陈过说："将来让偃师传位给陈留。"

陈哀公重病卧床后，陈招对陈过说："偃师的儿子陈吴将长大成人了，如果偃师继承国君之位，一定又立陈吴为世子，那怎么能传位给陈留呢？这样我们就辜负了君上的托付。现在君上久病，大权在我们手上，趁君上未死，我们假传君上的命令，杀掉偃师，立了陈留，那就可以免除后患了。”陈过同意，就和大夫陈孔奂商议。陈孔奂说：“世子每天必到宫里问候病情三次，早晚在国君左右，没法假传命令。不如在宫巷中埋伏武士，等他进出时，进行刺杀，不过用一人之力就可成功。”陈过就把这事托付给陈孔奂，答应立陈留之日，增加陈孔奂的封邑。陈孔奂暗招心腹武士，混在守卫宫门的人中。

世子陈偃师向陈哀公问安之后，夜出宫门，陈孔奂的武士冲出，刺死了他。宫中大乱，一会儿，陈招、陈过就到了，假装非常惊骇，一面派人搜查贼人，一面倡议说：“君上病重，我们现在就应该立君上的次子陈留为君。”陈哀公闻听，气得自缢而死。

楚灵王和伍举正在听陈胜和陈吴讲述时，陈国大夫于徵师又来求见。楚灵王允许，于徵师就向楚灵王报告陈哀公病逝。楚灵王责问于徵师，于徵师抵赖，陈胜指证，于徵师无话可答。楚灵王大怒，对于徵师说：“你就是公子陈招、陈过的同党！”喝令武士把于徵师绑出斩首。

伍举奏道：“大王既已杀了陈国使节，就应该扶持陈吴并讨伐陈招、陈过的罪行。既然名正言顺，谁敢不服？大王做了这件事，我国先王有霸主之称的楚庄王的业绩，在大王面前也不值一谈了。”楚灵王极为高兴，就下令起兵讨伐陈国。

陈国陈留听说使臣于徵师被杀，惧怕大祸临头，不愿做国君，逃亡到郑国去了。有人劝陈招：“你为什么不逃走？”

陈招说：“楚军到来，我自然有计让它退回。”

楚灵王率领大军到了陈国，陈人同情陈偃师被害，见陈吴在军中，个个欢腾，献上饭食、酒水，迎接楚军。

陈招见事情紧急，急忙派人请陈过前来商议。陈过到来，问道：“听说您有计策让楚军退回，不知是什么计策？”陈招说：“让楚国退军需要一件东西，想向您借。”陈过又问：“什么东西？”陈招说：“借用您的脑袋！”陈过大惊，正要起身，陈招左右之人棒棍齐下，把陈过打倒。陈招拔剑斩下陈过的首级，亲自拿到楚军。

陈招向楚灵王叩头说：“杀世子，立陈留，都是陈过干的。依仗大王之威，斩陈过献上，望大王赦免在下的罪过。”楚灵王见他言语谦卑和逊，心中已是欢喜。陈招又用膝盖向前爬，靠近楚灵王座位，密报道：“从前贵国楚庄王平定陈国之乱，已把陈国变成楚国的一个县，后来又让陈复国，丧失了功绩。现在陈留害怕出逃，陈国无主，请大王将陈国收为楚国的陈县。”楚灵王眉飞色舞，笑嘻嘻地说道：“你的话正合寡人之心。你先回去，为寡人清扫宫殿，以待寡人前去。”陈招叩谢离开。

陈胜听说楚灵王放陈招回去，又来哭诉说：“阴谋全出于陈招，具体办事的人则为陈过和大夫陈孔奂。现在他竟然把罪推给陈过，希望解脱自己，敝国先君、先世子在地下不会瞑目的。”说完，痛哭不止。楚国众官都被他感动了。楚灵王安慰道：“公子不要悲伤，寡人自会处置。”

次日，陈招准备车驾仪仗，迎接楚灵王进城。楚灵王坐在陈国朝堂上，陈国百官一一前来参拜。楚灵王叫陈孔奂到前，斥责说：“杀害世子，是你行凶，不杀你怎么儆众？”命令武士将陈孔奂斩了，与陈过一起悬首城门。楚灵王又讥讽陈招道：“寡人本想宽恕你，可公论不容，寡人也没办法，现在饶你一命，你可以搬家，远远逃到东海去。”陈招惊慌失措，不敢申辩，快快拜谢告辞。陈胜领陈吴拜谢讨贼之恩，楚灵王对陈吴说：“本想立你为国君，以延续你们祖先祭祀。只是陈招、陈过同党很多，一定深恨你，恐怕你会受害，你姑且随寡人回楚国吧！”楚灵王下令毁掉陈国宗庙，设陈国为陈县。

楚灵王想起早先穿封戌和自己争俘虏郑国皇颉之事，认为穿封戌为人刚直，不是谄媚之人，值得重用，就派他把守陈县，称为陈公。陈人非常失望。此时的楚国越来越霸气，已经开始封“公”，眼里全然没有周天子，心中已是和周天子平起平坐了。

楚灵王在陈县祭拜太昊伏羲陵后，带陈吴回国。

为庆贺胜利，并向诸侯显耀武力，楚灵王下令在陈县夷邑大兴土木，修筑一处宫殿，广阔四十里。中间筑起高台，以观望四方。台高三十仞，叫章华台。这章华台又叫三休台，因为它高大，每次登台必须休息三次，才能登上台顶。

又是一年槐花香，蜂蝶照常绕。这天，楚灵王闻着槐花香登台察看，忽听到台下一片喧闹声。原来是夷邑守尹申无宇被章华台卫兵捉住。

楚灵王询问原因，众人道："申无宇不经大王命令，闯入章华台，随便捉拿把守卫兵，太无礼了。"

楚灵王将申无宇召来，问道："你抓的是什么人？"

申无宇答道："那是下臣家守门之人，盗窃下臣家里的东西，事情败露后逃跑了，下臣察访一年多都没找到。现在他混进章华台，当上了卫兵，下臣因此抓他。"

楚灵王说："这人既然为寡人守卫章华台，可以饶了吧？"

申无宇答道："天上有太阳、月亮、星星，天下有王、公、卿、大夫、士、平民、奴隶。以上控制下，以下服侍上，上下有序，国家才不会乱。下臣有守门人，可是下臣不能对他行法。如果让他借章华台为庇护，那么天下就会盗贼横行，有谁能禁止呢？下臣宁死不敢奉大王的命令。"

楚灵王说："你说得对啊！"就命令将这守门人交给申无宇，同时免除申无宇擅闯章华台抓人的罪过。楚灵王见申无宇耿直，信得过，就让其入朝担任大夫。申无宇谢恩而去。

楚灵王有一种怪癖，喜欢细腰之人，不论男女，只要是腰围粗大，他一见就烦。章华宫建成后，选细腰婢女住在里面，因此章华宫又叫细腰宫。婢女为了得到楚灵王喜欢，减食忍饿以求腰细，甚至有饿死也不后悔之人。楚灵王身边之人，皆把腰粗当成丑，不敢吃饱饭。就是百官上朝，都用软带紧紧勒住腰，以免楚灵王讨厌。楚灵王迷恋细腰宫，日夜在其中醉饮。靡靡之音，白天黑夜不断。

楚灵王派使节征召四方诸侯，前来章华宫，但却没有诸侯响应。

楚灵王正在烦闷之时，太宰蔿启疆邀请鲁昭公到了楚国，楚灵王大喜。此时，鲁成公早亡，鲁国国君是鲁昭公。

蔿启疆奏道："鲁君开始不肯来，臣把楚、鲁会盟的意义再三叙述，又用攻打鲁国相威胁，他才整装前来。鲁君熟悉礼仪，望大王您留心，不要被鲁人讥笑。"

楚灵王问："鲁君的相貌怎样？"

蒍启疆说："他脸白身高，胡须垂下一尺余长，威仪可观。"

楚灵王觉得好玩，就密传一道命令，精选国中长身长须、相貌出众的大汉十人，让他们穿戴整齐，作为迎宾礼仪。

鲁昭公来到章华台，见台势高峻、道路曲折，乐声嘹亮、响彻天边；迎宾礼仪长身长须，如同自己；两侧侍候男童，穿着艳丽，仿佛女子，便惊愕不止，不住地夸奖。

楚灵王说："贵国也有这样华丽的宫殿吗？"

鲁昭公鞠躬答道："敝国狭小，不及贵国百分之一。"

楚灵王听后，立刻面带傲气。在章华台上，楚灵王、鲁昭公酒觯交错，飘飘然如同进入神仙洞府。二人大醉后告别，心情激动的楚灵王赠送给鲁昭公一张楚国珍藏的大屈宝弓。

智者有训："盛喜之下，勿许人物。喜时之言，多失信。"第二天，不再激动的楚灵王舍不得这张大屈宝弓了，把后悔之意说与蒍启疆。

蒍启疆说："臣能让鲁国国君把宝弓还给楚国。"他就到鲁昭公居住的馆舍，装作不知赠弓一事，问鲁昭公："我家大王昨日宴会之时，用什么赠给您？"鲁昭公拿出大屈宝弓给他看。蒍启疆见到宝弓，拜了两拜向鲁昭公道贺。

鲁昭公说："一张宝弓有什么值得道贺的？"

蒍启疆说："这张宝弓名传天下，齐、晋两国都派人相求，我国大王怕显出厚薄，没敢随便答应。现在特意给您，那齐、晋两国将要向鲁国求取，望鲁国做好防备，小心守住这张宝弓。我怎能不道贺？"

鲁昭公跺了跺脚，叹了口气说道："寡人真不知这张弓是宝物，如果是这样，寡人怎敢领受？"就派使节把大屈宝弓还给楚灵王，告辞回去。

伍举听说这事，叹息说："我们大王不得善终啊！召集诸侯，诸侯没有来的。鲁国国君来了，却连一张弓都舍不得，甘心失掉信义。舍不得自己的东西，一定会从别人那里抢夺，抢夺一定多结仇敌，大王离灭亡不远了。"

四　当璧而拜

却说晋平公听说楚国在章华宫召集诸侯，就对众官员说："楚国是蛮夷之国，还能用宫室的壮美向诸侯夸耀，难道晋国反而不如它？"大夫羊舌肸进谏道："霸主能使诸侯服从，只听说凭借仁德，没听说凭借宫殿的。建筑章华宫，是楚国失德，君上为什么要跟着学？"晋平公不听，就在曲沃汾水旁边，起造宫室，虽然规模赶不上章华宫，但精美却超过它，起名虒祁宫，也派使节遍告诸侯。

各国接到虒祁宫邀请，没有不讥笑晋平公之愚蠢的。虽然这样，却不敢不派使节前去庆贺。此时，卫国国君是卫灵公，郑国国君是郑简公，二人因未曾朝拜晋国，所以亲自前去，二人中又是卫灵公先到。

却说卫成公去世后，经历卫穆公、卫定公、卫献公、卫殇公、卫献公（复位）、卫襄公，而至卫灵公。卫灵公走到濮水，天晚住在驿站。半夜里睡不着，耳中仿佛听到弹琴的声音，就披上衣服坐起来，靠在枕头上听。那声音甚小，却又清楚可辨，为乐工从来不曾演奏过的，是一支新曲调。他问左右，都说没听见。卫灵公一向喜欢音乐，有个乐师涓，会创作新曲子，能制成四季的曲调，卫灵公喜欢他，进进出出一定让他跟随。卫灵公派左右召乐师涓。乐师涓到来，那曲子还未完。卫灵公说："你听一下，这好像是鬼神演奏的。"乐师涓静听，好久曲子才终了，他说："臣能了解这曲子的大概了，再用一夜，就能记下来。"于是，卫灵公又在此住一夜，到半夜，那乐声又出现了。

乐师涓拿琴练习，完全熟悉了曲调的美妙。

到晋国后，朝拜庆贺结束，晋平公设宴在虒祁台。

酒酣之时，晋平公说：“一向听说卫国有乐师涓会创造新曲，现在他同来了吗？”

卫灵公起身答道：“此人现在台下。”

晋平公说：“请替寡人把他召上来。”

卫灵公召乐师涓上台，晋平公也召来晋国乐师旷。二人在台阶下叩头参拜，晋平公让乐师旷坐下，又叫乐师涓坐在乐师旷旁边。

晋平公问乐师涓：“你有什么新曲子？”

乐师涓奏道：“途中正好听到新曲，请允许在下演奏一下。”晋平公即命左右摆上古桐制作的琴，放在乐师涓身前。

乐师涓先将弦调好，然后伸指轻弹。才奏几声，晋平公叫好。曲子未奏一半，乐师旷突然用手按住琴说：“且停，这是亡国之曲，不能演奏。”

晋平公说：“你怎么知道？”

乐师旷奏道：“商朝末年，有个名叫延的乐师，为商纣王奏靡靡之音，商纣王听之忘倦，就是这支曲子。等到周武王伐商纣王，乐师延抱琴东逃，自投濮水之中。有喜欢音乐的人经过那里，那曲调就从水里出现。乐师涓途中听到的，一定是在濮水上了。”卫灵公暗暗惊奇。

晋平公又问道：“这是前代音乐，演奏一下有什么妨碍？”

乐师旷说：“商纣王因为贪恋音乐而亡国，这是不吉祥的曲调，所以不能奏。”

晋平公说：“寡人喜好抒情之曲，乐师涓为寡人演奏一下吧！”

乐师涓重整琴弦，用心演奏，极力表现乐曲的抑扬顿挫，如诉说，如哭泣。

晋平公极为兴奋，边听边问乐师旷：“这曲子叫什么名？”

乐师旷说：“《清商曲》。”

晋平公感叹说：“音乐到了《清商曲》这个层次，无以复加了！”

乐师旷说：“还不如《清角曲》。”

晋平公大惊说：“还有比《清商曲》更妙的吗？何不让寡人

听听？”

乐师旷说：“臣不敢演奏。从前黄帝在泰山会合众部落，螣蛇伏在地面，凤凰遮在天上，制作了《清角曲》。从那以后，君主道德一天比一天薄，不足以令天下服从，如果奏这支曲子，恐怕有祸无福。”

晋平公说：“寡人已经老了！真想听一下《清角曲》，即使死了也不遗憾。”

乐师旷坚决推辞。晋平公站起来，再三催促。乐师旷不得已，操琴演奏。刚一演奏，有黑云从西方而来；接着演奏，狂风突起，撕裂帘幕，摧坏器皿，屋瓦乱飞；又一会儿，一声响雷，大雨如注，台下水深数尺，台上无不沾湿。曲子奏完，众人已经惊散。晋平公恐惧，和卫灵公趴在案几下。好一阵，风消雨停，两位国君才下台离开。

这天夜里，受惊后的晋平公梦见一物，黄色，有车轮大小，摇摇晃晃而来，直进内宫。他细看一下，这怪物样子像鳖，前面两只脚，后面一只脚，所到之处大水涌出。晋平公大叫一声：“奇怪！”忽然惊醒，恐惧忧虑不止。

到天亮，百官到内宫问安，晋平公把梦中所见告诉群臣，没有一个人能说明白。一会儿，有人禀报：“郑国国君前来朝拜、庆贺，已到馆舍。”晋平公派大夫羊舌肸前去问候。羊舌肸高兴地说道：“君上的梦可以弄明白了。”众人问原因，羊舌肸说：“我听说郑国大夫子产博学多闻，郑国国君前来，一定会带着此人，我去问问他。”

羊舌肸到馆舍送上饮食，并道晋平公问候之意，说晋平公因在病中，不能相见。郑简公害怕晋国，不敢久留，匆匆辞别，只留下子产在晋国。卫灵公因和晋平公同时受惊，得了小病，与郑简公一起告辞回国。

郑简公走后，羊舌肸问子产：“敝国国君梦见有个怪物像鳖，黄色的身子，三条腿，进到内宫，这是什么鬼怪？”

子产说：“据我所知，三条腿的鳖，它名叫‘能’。从前大禹治水时，遇到‘能’，用郊祀之礼祭祀它，夏、商、周以来，祭祀之礼不缺。现在周王室衰落，政事由盟主主持。晋国作为大国，应该辅佐周天子，祭祀百神。贵国国君或许没祭祀‘能’吧？”

羊舌肸惊讶，迅即把子产的话报告晋平公。晋平公即刻命中军将韩起，用郊祀之礼祭祀“能”。当天，晋平公的病情就渐渐稳定，感叹道：“子产真是博学的君子啊！”把当年齐国相送的铜甗、玉磬赏赐给他。

自弭兵会盟后，诸侯向晋国缴纳的贡品很重，郑国人深为苦恼。子产便对韩起说：“您主政晋国，四邻诸侯不听说您的美德，却听说收的贡品很重，我对此感到困惑。我听说君子掌管国家事务的，不是为没有财货担忧，而是为没有美名担忧。诸侯的财货聚集在晋国，诸侯就离心；诸侯离心，晋国就垮台；晋国垮台，您就遭殃。您为什么沉迷不悟呢？”子产又提起当年晋文公对诸侯如何如何好，晋国只有善待诸侯，才能保住霸主的地位。

韩起觉得子产讲得好，就向晋平公劝谏，减少了郑国的贡品。

郑国子产将要回国，晋国羊舌肸前去送行。子产说：“贵国国君不顾百姓穷困，而效仿楚国人的奢侈，心已不正，病还要发作，那时将没法治。我上次应对的话，是宽他的心的。心宽了，病就好得快。”羊舌肸对子产钦佩不已。

却说中条山下有堆乱石头，发出声音，如同人语。当地人大惊，纷纷议论晋国大修宫室，把百姓的财富弄光了，怨气在百姓中聚集，惊动了鬼神，鬼神就以乱石为依靠，议论政事。谣言传到新绛城，晋平公冷笑了一声，当晚，病又犯了，终于不治。晋平公去世后，群臣奉世子晋夷即位，这就是晋昭公。

再说楚灵王建成章华宫，诸侯国前去参观的人甚少，他听说晋平公修筑了虒祁宫，诸侯都去庆贺，大有不平之心，召伍举商议，要兴兵侵犯中原。

伍举奏道：“大王用道德仁义召会诸侯，而诸侯不来，这是他们的罪过。用土木召会诸侯，而指责他们不到，怎么能使人心服气呢？大王一定要用兵，以在中原立威，必须挑选征讨有罪过的，才算师出有名。”

楚灵王说：“现在有罪的是哪一国？”

伍举奏道：“蔡国世子蔡般杀了他的父君，到现在九年了。大王第一次在申城会合诸侯，蔡国国君亲自前来赴会，所以忍住没有讨伐他。但杀上作乱的贼人，即使是作乱者的子孙也应该接受惩处，何况是作乱者本人呢？蔡国靠近楚国，如果讨伐蔡国而又兼并它的土地，那么道义和利益，我们都可以得到。”伍举顿了顿又说：“蔡国国君蔡般，作恶多年，已忘了自己的罪行。如果去征讨，他反会有话说，不如把他诱骗来杀掉。”楚灵王依计行事，假托巡视申城，派人携礼请蔡灵侯蔡般前来。

却说蔡庄侯去世后，经历蔡文侯、蔡景侯，而到蔡灵侯。蔡灵侯确实是弑蔡景侯而当上国君的，他乘车要去，公孙蔡归生劝谏说：“楚王为人，贪婪而不讲信义。现在派使节来我国，礼重而言词谦卑，大概是诱骗我们，君上不可去。”蔡灵侯说：“蔡国土地不够楚国一个县，来召寡人，寡人却不去，他若用兵，谁能抵挡得住？”蔡归生说：“那就请君上先立世子，然后再走。”蔡灵侯点头同意，立儿子蔡有为世子，派蔡归生辅助世子蔡有监国。

蔡灵侯即日动身，到了申城，拜谒楚灵王。楚灵王说：“从此地一别，到现在八年了，很高兴您风采如旧。”蔡灵侯答道：“蒙上国赐恩，参加盟会；借大王之威灵，镇守敝国，感恩匪浅。”楚灵王就在申城行宫设宴款待蔡灵侯，歌舞大盛，宾主痛饮，极为欢乐。蔡灵侯不觉醺然大醉。

楚灵王一声令下，武士突然跳出，在席上把蔡灵侯绑了，蔡灵侯醉中还不知道。楚灵王向众人宣布说：“蔡国国君蔡般，杀其父君，寡人代天施以惩罚。随从之人无罪，投降的有赏，愿回国的随便。”蔡灵侯待下人极有恩德礼遇，从行的臣子没有一人肯归降楚国。过了好久，蔡灵侯才醒过来，知道自己被绑住，睁眼看着楚灵王说：“寡人有何罪？”楚灵王说：“你亲手杀死你父君，违背天理，今天就是死也晚了。”蔡灵侯叹息说：“寡人后悔没听归生的话啊！”楚灵王命令将蔡灵侯车裂处死。

蔡国随从七十多人，有剑的挥剑，无械的赤手，全部上前拼杀，绵羊怎抵得了一群虎狼，七十多人全都被杀不赦。楚灵王命公子芈弃疾统领大军，长驱直入攻打蔡国。

蔡国世子蔡有，从蔡灵侯走了之后，早晚派人打探。忽然听说蔡灵侯被杀，楚兵不日将到蔡国，蔡有悲痛之余，立即召集军士，发给兵器，登上城墙防守。楚兵一到，将蔡城层层围住。蔡归生说：“蔡国虽然很久以来就附属于楚国，可事到如今，就是有一线希望也要去努力，我们不如派人去向晋国求救。”世子蔡有听从他的计策，招募城中能够出使晋国之人。

蔡洧的父亲蔡略，跟随蔡灵侯去申城，在被杀的七十多人之中。蔡洧要报父仇，应召而出，领了国书，乘夜用绳子吊下城墙北行，直达晋国见晋昭公，哭诉蔡国之难。晋昭公召集群臣商议。

此时荀偃已亡，其子荀吴奏道：“晋国是盟主，诸侯赖以得到安宁。我们已经没救陈国，如果再不救蔡国，盟主的业绩就完了。”

晋昭公说：“楚王强暴蛮横，我国兵力不如它，怎么办？”

韩起应对说：“即使知道不如它，就能坐视不问吗？为什么不会合诸侯商量一下？”晋昭公就命令韩起约各国在厥慭相会。

宋、齐、鲁、卫、郑、曹等国，各派卿大夫到厥慭听命。晋国中军将韩起说起救蔡之事，各国卿大夫人人伸舌、个个摇头，没有一个敢说开战的。

韩起说：“没想到各位卿大夫惧怕楚国到了这个地步，难道我们听任楚国逐步蚕食吗？如果楚军由陈、蔡而渐渐攻到各国，晋国也不敢管了。”众人面面相觑，没有一人回答。

宋国上卿华亥参加了会议，华亥是华元后裔，此时，向戌已亡。韩起看着华亥说道：“你们国家前臣向戌倡议弭兵，约定南北消除战争，有先用兵的，各国一起讨伐它。现在楚国毁约，先是向陈国用兵，然后向蔡国用兵，你却袖手旁观，不发一言。楚国之所以狂妄，就是因为你们这些国家没有骨气，不守信义。”

华亥战战兢兢地答道：“蛮夷楚国不顾信义，下国没有办法对付它。现在各国军备久已松弛，一旦用兵，胜败难说。不如派使节为蔡国请求宽恕，提及弭兵之盟，楚国一定没话说。”

韩起见各国卿大夫都有惧怕楚国之心，估计联军救蔡一事，鼓动不起来，就写信一封，上书道——

当年在宋国弭兵之盟，倡议消除战争。虢地弭兵会盟，重申旧有盟约，鬼神共知。敝国国君率领各国坚守盟约之言，不敢轻动兵戈。现在陈、蔡有罪，贵国勃然大怒，起兵讨伐。罪人已杀，兵仍未离，不知贵国何故？各国卿大夫，跑到敝国集会，再言救弱解乱的道义。今晋国中军将韩起会合各国卿大夫修此一信，为蔡国请命。如贵国顾念先前友好，请保存蔡国宗庙。

信简的后面，韩起及宋、齐等国卿大夫都签署了名字。韩起派大夫狐父到申城去见楚灵王。蔡洧见各国不肯发兵救蔡国，号哭而去。

晋国大夫狐父到申城把信简呈上，楚灵王打开信看了看，笑着对狐父说："蔡国早晚都要拿下，你用空话解围，拿寡人当三尺童子吗？你去回禀你们国君，陈、蔡是我国属国，和你们北方无关，不劳照管。"狐父再要苦求，楚灵王猛然起身进里面去了，无片纸回信。

狐父怏怏而回。晋国君臣虽然痛恨楚国，但也无可奈何。

蔡洧回返蔡国，被楚国巡查军士抓获，押到楚国公子芈弃疾帐前。芈弃疾胁迫他投降，他不肯，芈弃疾便把他囚禁在后军。芈弃疾知道晋国不派救兵，攻城越发凶猛。

蔡归生说："事情危急了！臣要拼上一条性命直到楚营，游说他们退兵。万一肯听，也可免遭生灵涂炭。"

世子蔡有说："城中调度，全仗您，您怎么可以扔下我离去呢？"

蔡归生答道："世子您如果不肯舍我，我的儿子朝吴可派。"世子蔡有召来蔡朝吴，含泪派他前往。

蔡朝吴出城见楚国公子芈弃疾，芈弃疾以礼相待。蔡朝吴说："公子重兵来到蔡国，蔡国知道必然灭亡，只是不知罪过所在。如果因为先前的国君蔡般失德，不被宽赦，可是世子有什么罪？蔡国的宗庙有什么罪？万望公子怜悯而详察。"

芈弃疾说："我也知道蔡国没有灭亡之理，但是受命令攻城，如果无功回报，一定获罪。"

蔡朝吴说："我还有一句话，请公子您让左右都退下。"

芈弃疾说："您尽管说吧，我的左右没有妨碍。"

蔡朝吴说："楚王得到国家也不是正路，公子难道不知道这个？凡是有良心的人，没有不怨恨气愤的！楚王在国内竭尽民脂民膏大兴土木，在国外竭尽将士的血肉进行战争，贪得无厌，先是灭掉陈国，现在又诱杀蔡灵侯。公子不念贵国先王被害之仇供他驱使，如果百姓怨恨起来，公子您也要分担一半了！公子贤明，颇有声誉，又有‘当璧而拜’的祥瑞，楚国人都想由公子您做楚王，公子如能反戈向内，声讨楚王弑君害民之罪，百姓一定响应，到时谁能和公子您对抗呢？公子如能听在下愚计，我愿率蔡国之人做公子前驱。”

芈弃疾生气地道：“匹夫竟敢用巧言离间我们君臣！本应斩首，暂且寄下你的脑袋，替我传话给你们世子蔡有，快快自缚投降，这样还可留一口气。”吆喝左右把蔡朝吴拉出营去。

这芈弃疾未斩蔡朝吴，已是心有所动。刚才蔡朝吴说的“当璧而拜”的话，让芈弃疾想起了楚国的那段往事——

当初，楚共王无嫡子，只有宠妾生的五个儿子：老大芈昭，即楚康王；老二芈围，即楚灵王；老三芈比；老四芈黑肱；最小的即芈弃疾。楚共王要在五个儿子中立一人为世子，心里决定不下来，便祭祀祖先，捧着璧暗中祷告说：“请求祖先在五人之中，选出一个贤明而有福气的，让他主持国家。”就把璧秘密埋在宗庙的屋中，暗记其处，让五个儿子各斋戒三天，进入宗庙，依照长幼顺序依次拜谒祖先神位，看谁拜谒时在璧上，就是祖先所选立的人。芈昭先入，跨过埋着的璧，在它前面拜。芈围拜时，手肘在璧的上面。芈比、芈黑肱二人，离璧甚远。芈弃疾当时年纪还小，让保姆抱进来拜谒，正在璧纽之上。楚共王心中知道祖先保佑芈弃疾，宠爱他更加厉害。由于楚共王死时，芈弃疾还未长大，所以芈昭先立为楚王，可是知晓埋璧之事的楚国众官，人人相信芈弃疾会在今后即位为楚王。

今天蔡朝吴说到“当璧而拜”的祥瑞，芈弃疾害怕这话传出去被楚灵王忌恨，招来杀身之祸，所以假装生气赶走了他。

蔡朝吴回到城里，讲了芈弃疾的话。世子蔡有说：“国君为国家而死，乃是正理。我虽然未完成父君的丧事而继位，可是已经摄政守国。我应当和这城一起存亡，岂能向仇人屈膝，成为俘虏去做奴隶呢？”于是坚守更为用力。

楚军从夏天四月包围开始，直到冬天十一月，未能攻破蔡城。这时，蔡归生积劳成疾，卧床不起。城中粮食吃光了，有一半人饿死。守城军士又饿又累，不能对敌。一个灰蒙蒙之日，楚国军士像蚂蚁一样爬上城墙，城被攻破了。世子蔡有端坐在城楼上，束手接受捆绑。

芈弃疾进城，安抚居民，把世子蔡有押上囚车，和蔡洧一起送到楚灵王处报捷。因为蔡朝吴曾说“当璧而拜”的话，留下他没送往楚国。不久，蔡归生死了，蔡朝吴就留下服侍芈弃疾。

这时楚灵王已回郢都，梦见神人来拜访，自称是九冈山之神，向楚灵王说：“祭祀我，我让你得到天下。”楚灵王醒后大喜，就命起驾到九冈山。正好芈弃疾捷报到，楚灵王就命拿蔡国世子蔡有当作祭品，杀了祭有。大夫申无宇劝谏道：“商纣王暴虐，周文王仁慈，商朝因此灭亡，周朝因此兴起。先王楚庄王灭国许多，但一般不杀亡国之君，所以称霸诸侯。请大王慎重！”楚灵王说：“他是叛逆国君蔡般之子、罪人的后代，怎么能和诸侯相比？他的命运正该像牲口一样。”申无宇退下后叹息道：“大王暴虐，不会善终！”第二天就告老回家。

蔡洧见世子蔡有被杀，哀哭三天。楚灵王认为他忠君，就释放并且任用了他。蔡洧因为父亲被楚灵王所杀，私怀复仇之心，因而接受任命。

蔡洧是个有心计的人，他暗自道：“老虎攻击前，总是要先俯下身子，收起爪子，放轻脚步。老虎之所以称霸山林，是因为它懂得抑制自己。要想让一条狗灭亡，一个不错的办法就是让它疯狂，因为疯狗必然招来棍棒乱打。申无宇想让楚王学会克制，成为老虎，可他不听，这真是好事呀！既然他不想成为老虎，那么我就想法让他成为疯狗。”蔡洧不由狂喜。为使楚灵王疯狂致其灭亡，蔡洧鼓动他说：“众诸侯所以服侍晋国而不服侍楚国，是因为离晋国近、离楚国远。现在大王占领了陈国、蔡国之地，和中原相接，如果加高扩大城墙，各置千乘兵车，向各国示威，四方谁敢不服？这之后，再向吴国用兵。先征服东南，后图攻西北，大王您就可以代替周朝而成为天子了。”楚灵王大喜，全然不知中了蔡洧的“疯狗”计划，于是重修陈、蔡两国的城墙，扩大一倍，加高一倍。用公子芈弃疾做蔡公，以酬劳他灭掉蔡国的功绩。楚灵王又在蔡洧的劝说下，到处修筑城池，据守楚国要害之地。

楚灵王以为自此没有比楚国更强大的国家了，指日就可得到天下，便召太卜融用龟甲占卜，问：“寡人何日为王？”

太卜融说：“大王已称王了，还问什么？”

楚灵王说：“楚国和周朝并立，不是真王。得到整个天下，才是真王。”

太卜融用火烧龟甲，龟甲裂开，太卜融看了看说：“从占卜情况看，天下还得不到。”

楚灵王把龟甲扔到地上，捋起袖子大叫：“上天啊！区区天下，不肯给寡人，那何苦生下寡人呀？”

蔡洧在旁，上前奏道：“事在人为，那烂龟甲能预示什么呢？”楚灵王又欢喜起来。

五　出使狗国从狗门进

蔡洧说得没错，加高扩大城墙，向各国示威，四方谁敢不服？众诸侯畏惧楚国强大，小国都来朝贡，大国也派使节修好，进贡的各国使节路上不断。齐国大夫晏婴奉齐景公之命，也来出使楚国。

楚灵王对群臣说："晏婴身不满五尺，可是贤名传遍各国。当今各国，只有我们楚国最强。寡人要羞辱晏婴一番，以显示楚国的威风，各位有何妙计？"太宰蒍启疆奏道："晏婴善于应对，一件事不足以羞辱他，不妨如此。"他说了捉弄晏婴的办法，楚灵王听后极为高兴。

蒍启疆连夜派人在郢都东门旁边另外开凿一个小洞，刚好五尺高，吩咐守门关吏说："等齐国使节到达时，要把城门关闭，叫他从洞中进城。"

这一天，齐国大夫晏婴身穿破裘，轻车瘦马来到楚国郢都东门，见城门不开，就停车不动，让车夫叫门。守门关吏指着洞告诉晏婴说："大夫从这个洞出入，宽敞有余，哪里用得着开城门？"晏婴哈哈大笑说："这是狗门，不是人出入的！出使狗国，从狗门进；出使人国，还得从人门进。"楚国守门关吏把他的话飞报楚灵王。楚灵王说："寡人要戏弄他，反被他戏弄了。"就命令打开东门，请晏婴进城。

晏婴看到郢都城墙坚固、市井稠密，不由暗暗赞叹。这时，忽有两辆马车从大道而来，车上都是精选的大汉，高身量，长胡须，盔甲鲜明，手握大弓长戟，样子好像天神，前来迎接晏婴。楚国的用意很明显，是想借壮汉的高大来显出晏婴的矮小。晏婴说："今天为修好而来，不是打仗，为什么用武士？"将这些人喝退一旁，驱车直进。

晏婴来到了馆舍，楚国众官为他接风洗尘。

楚国郊尹斗成然首先发言道："齐自姜太公封国建邦以来，煮盐垦田，富甲一方，兵车千乘，足可以与楚匹敌。为什么自齐桓公称霸中原之后，昙花一现，再也不能领导诸侯了呢？以齐国国土之宽广、人口之众多、国家之富庶，加上大夫您的才智，怎么就不能再度崛起中原呢？反而向我楚国结好，这太让人费解了。"

晏婴答道："识时务者为俊杰，通机变者为英豪。先前自周失政于诸侯之后，诸侯连年征战，霸主迭兴，齐国称霸于中原，秦国威振于西戎，楚国称雄于荆蛮之地，这一切固然有人为的因素，可大多数靠的是天意。先前以晋文公的雄才大略，尚且逃亡四方。秦穆公霸于西戎之后，文治武功盛极一时，然其死后子孙衰弱，再也难振往日雄风。就连你们楚国也自楚庄王之后，常受吴、晋两国的骚扰，困苦不堪。难道只有齐国衰弱不成？今日齐国前来交好结盟，这只是诸侯之间的友好往来罢了。你祖先斗子文是楚国名臣，了解时势，通达权变，你大概不是他嫡系后裔吧？你本应通晓'随机应变'这四个字的含义，可怎么却也问出这样愚蠢的问题呢？"斗成然满脸羞惭，缩着脖子退回去了。

楚国大夫阳匄不服气，质问晏婴："你自以为是随机应变之士，然而自崔杼、庆封作乱以来，齐国臣子铎父、襄尹等人，尽节为义而死，田须无有马车不过十辆，也离开了这些人。你多年为官，上不能讨贼，下不能死节，你不觉得羞愧吗？为什么还留恋名誉地位迟迟不肯离去呢？"

晏婴正色反驳道："做大事的人，不必拘泥于小节。人无远虑，必有近忧。我只知道君主为国家的社稷而死时，做臣子的才应该与之同死，而今先君并非为国家社稷而死，那么我为什么要随随便便从先君而死呢？那些死的人都是愚人，而非忠臣。我虽不才，但又怎能以一死来沽名钓誉呢？况且在国家有变时，我不离去，乃是为了迎立新君，为的是保存齐国的社稷，并非贪图高位呀！假使每个人都离开了朝中，国家大事又有谁来做呢？并且国家内乱，哪一国没有发生过呢？你们楚国不是也有这种事吗？又何必责怪我们呢？”晏婴没有直说楚灵王也是弑君篡位，阳匄也不敢再去辩解。

右边又有一个人出来说：“你刚才说你是为了迎立新君，以保存齐国的社稷，话太夸张了。崔氏、庆氏勾结图谋，栾、高、田、鲍四家互相并吞，你观望其间，并不见你出过什么谋略，无非因人成事而已。尽心报国的人，就止于这样吗？”晏婴看他，是右尹郑丹。晏婴笑着说：“您只知其一，不知其二。崔、庆两家盟誓，我晏婴独不参加。四家作乱，我晏婴在国君处。应该刚强还是柔和，看时机而行动，主要在保全君主、国家，这岂是旁观的人所能看清的？”郑丹不语。

右边又有一人出来说：“大丈夫匡正时势，得遇君主，有大才略，一定有大的抱负，依在下愚见，你未免为鄙陋、吝啬的人。”晏婴看他，是太宰薳启疆。晏婴说：“您怎么知道我鄙陋、吝啬呢？”薳启疆说：“大丈夫为明主做官，贵为大夫，必然服饰华美，车马壮观，以显示国君的恩赏，为什么破裘瘦马出使外国，难道是俸禄不够用吗？而且我听说你少年时穿的狐裘，三十年未换，举行祭祀时，猪腿盖不住祭祀器具，不是鄙陋、吝啬，是什么？”晏婴拍掌大笑说：“您的见解，何其浮浅！我晏婴从入朝为官以来，父亲一族都穿皮裘，母亲一族都有肉吃，至于妻子一族，也没有受冻挨饿的。草野的士人，等晏婴送东西而点火做饭的有七十余家。我家虽然俭朴，而父、母、妻三族人衣食丰足。本人好像吝啬，而群士衣食丰足，用这显示国君的恩赏，不是更好吗？”

话未说完，右边又有一人出来，指着晏婴大笑说：“大凡古代明君贤士，都是相貌魁梧、雄勇冠世，现在你身不满五尺、力不能缚鸡，只会用口舌，自以为能，难道不觉得可耻吗？”晏婴看他，是楚灵王车右囊瓦。晏婴微微而笑，答道：“我听说秤锤虽小，却能压千斤；船桨虽长，却终在水中服役。南宫万虽力气绝大但被剁成肉泥。你身长力大，大概和南宫万相似吧？我晏婴自知无能，但有问必答，又怎么敢自逞口舌呢？”囊瓦不能对答，满脸通红。

此时，左尹伍举打圆场，对晏婴和楚国众官说：“齐国贤士，果然名不虚传，各位何必以口舌言语相争呢？”宴会草草收场。

第二天上朝，楚灵王接见了晏婴。他一见到晏婴，马上问：“齐国是不是很缺乏人才？为什么派你这样一个矮子来出使楚国？”

晏婴说：“大王，齐国人多着呢。国都临淄人口百万，每人呼一口气，可以为云；每人淌一滴汗，可以如雨。行人来往川流不息，摩肩接踵，又怎能说没有人才呢？只是齐国有一个规矩，贤明之人出使贤国，不肖之人出使不肖之国，大人出使大国，小人出使小国，而今我无才无德又最不肖，只好来楚国为使，希望大王原谅。”楚灵王被晏婴说得异常羞惭，心中却是对他暗暗惊异。

接见使节礼仪完毕，正好乡野之人献橘子到。楚灵王先把一只赏赐给晏婴，晏婴就带皮吃了。楚灵王哈哈大笑说：“齐国人难道没有尝过橘子吗？为什么不剥开皮吃？”晏婴答道：“我听说：‘接受君主的赏赐，瓜、桃不能削皮，橘柑不能剥开。’今天蒙大王赏赐，和我们国君一样，大王不曾下令叫我剥开，我怎么敢不整个吃下呢？”楚灵王顿时对晏婴敬佩起来，命他坐下，赏给酒食。

又一会儿，四名武士绑着一名犯人从殿下经过。楚灵王突然问道：“犯人是什么地方人？”武士答道：“齐国人。”楚灵王说：“所犯的是什么罪？”武士答道：“犯了盗窃罪。”楚灵王就回头对晏婴说：“齐国人习惯做盗贼吗？”晏婴知道楚国是故意为之，借此来侮辱齐国，嘲笑自己，就说：“我听说：‘橘逾淮则为枳。’之所以会这样，是因为水土不同。齐国人生活在齐国，不做盗贼，到楚国，就当盗贼，是因为楚国的水土使他这样，这和齐国有什么关系呢？”楚灵王苦笑了很长一段时间，心里说：“寡人本想要羞辱晏婴，不想反被他羞辱了。”就以礼相待，晏婴胜利返回齐国。

齐景公赞赏晏婴出使楚国之功，赏给他贵重皮裘，并要增加他的封邑，晏婴都不接受。齐景公又要扩大晏婴的住宅，晏婴也是极力推辞。

晏婴向齐景公奏道：“臣的家并不贫穷，由于君上的赏赐，恩泽遍及父族、母族、妻族，还延伸到朋友，并以此救济百姓，君上的赏赐够丰厚了。臣听人这样说，从君主那里拿来厚赏然后散发给百姓，这就是臣子代替君主统治百姓，忠臣是不这样做的。从君主那里拿来厚赏却不散发给百姓，这是用筐箧收藏财物归为已有，仁义之人是不这样做的。在朝中，得到君主的厚赏，死后财物必然会转为别人所有，聪明的人是不会这样做的。有衣穿，有饭吃，只要心里满足就可以免于一切忧患。”

齐景公对晏婴说：“先君齐桓公厚赏管仲，管仲接受并没有推辞，你推辞不接受是为什么呢？”

晏婴答道：“智者千虑，亦有一失；愚者千虑，亦有一得。想来这是管仲的错，是臣的对吧？”晏婴再次拜谢而不敢接受，齐景公不住地称赞晏婴。

齐景公到晏婴府，看见一个又老又丑的妇人处于女主人的位置，就对晏婴说：“这是你的妻子吗？”

晏婴答道：“是。”

齐景公笑着说：“唉！寡人有爱女，年少貌美，就嫁给你吧。”

晏婴说道：“女子年轻时貌美，老时难免丑陋。臣妻虽然现在又老又丑，可是从前臣已受她终生托付，臣怎么忍心背弃？”

齐景公叹息说：“你不肯背弃妻子，又怎会背弃国君呢？”于是深信晏婴忠诚，拜他为相国。

又是一年槐花香，蜂蝶照常绕。在大槐树下，齐景公问相国晏婴：“如何才能兴国安邦？”他希望有朝一日能够光复先君齐桓公的伟业，重振雄风。晏婴沉吟片刻后奏道：“臣陪君上到民间微服察访，回来后再议兴国大计，如何？”齐景公点头称好。

君臣二人来到临淄的一个闹市，走进了一家鞋店。鞋店里摆放着各种各样的鞋子，品种齐全，但是无人问津，生意清淡。齐景公有些不解，却见不少人都在买假脚。齐景公吃惊地问店主，店主神色凄然地说：“当今国君滥施酷刑，动辄对人施以刖刑，很多人被砍去了脚，不买假脚如何生产和生活呢？”齐景公听罢，心里很不是滋味。

回宫的路上，晏婴见齐景公闷闷不乐，知道刚才看到的那一幕对他刺激不小，于是奏道：“先君齐桓公之所以建树了丰功伟业，是因为他爱恤百姓，不为满足欲望而多征赋税，不为修建宫室而乱役百姓。选贤任能，君臣同心，才取得了雄视天下的霸业。”没等晏婴讲完，齐景公便打断了他的话：“相国的意思，寡人明白了。寡人也要效法先君，光大宗祠社稷。”

察看鞋店，让齐景公触动很大。他知道自己深居宫中，对外面世界了解很少。为了有个全面了解，齐景公与晏婴等到齐国辖地巡察。

到了纪地，当地人献给齐景公一个精美的原纪国制造的铜鼎。那铜鼎里面刻着“食鱼无反，勿乘驽马”八个大字。

齐景公看了看，解释道：“吃鱼不吃另一面，是因为讨厌鱼的腥味；骑马不骑劣马，是因为嫌它不能跑远路。”众人无不随声附和，赞叹齐景公理解深刻。

晏婴在一旁思索良久，然后奏道：“臣觉得这八个字里面包含的是治国的道理。‘食鱼无反’是告诫国君不要过分压榨百姓；‘勿乘驽马’是告诫国君不要重用那些无德无才的人。”

齐景公有些不服，反问道：“纪国既然有这么好的警言，为什么还亡国了呢？”

晏婴答道：“君子的主张应该高悬于门上，牢记不忘。纪国虽然把名言刻在铜鼎里，但是不能对照去做，能不亡国吗？”

齐景公若有所悟，频频颔首，对众人说道：“大家要记住铜鼎里的格言。”

六　只剩两只眼睛睁着

齐国这边是槐花飘香，楚国那里是樟花刚落。就在齐国注重改善民生的时候，楚国却在疯狂路上越奔越快。楚灵王灭陈、蔡两国后，又把先前灭掉的舒鸠等小国居民迁移到荆山，百姓流离失所，道路上一片伤心怨恨之声。

这些民怨，楚灵王不知道。在蔡洧的刻意奉承下，楚灵王自以为天下唾手可得，日夜在章华台上宴乐，还要派使节到周天子那里索要象征九州的九鼎，作为楚国镇国之物。右尹郑丹谏道："当今齐国、晋国还很强大，吴国仍与我楚国作对，周王室虽然畏惧楚国，但对各国还有一定的影响，索要九鼎不可行。"楚灵王心中不快，便不说话。恰在此时，有人来报：徐国在吴国季札出使的影响下，与吴国结盟，共同对付楚国。楚灵王此时愤恨地说："索要九鼎不可行，伐齐、伐晋、伐吴有困难，讨伐徐国还不简单吗？寡人就先讨伐徐国，接着攻伐吴国，从长江往东，土地都会属于楚国。如此的话，天下一半归属楚国了。"他就命蔿罢、伍举、蔡洧奉世子芈禄守国，自己率大军讨伐徐国。

楚灵王派大夫屈寨率领兵车三百乘攻打徐国，自己与郑丹等人屯驻夷邑，住于章华台，牵制吴国，并声援攻徐兵马。

此时正值冬天，天降大雪，厚达三尺。楚灵王穿裘加披，出帐看雪。右尹郑丹来拜见，楚灵王说："太冷了！"

郑丹奏道："大王重裘，身在皮帐，还冷得不好受，军士穿单衣、露脚踝、戴铁盔、穿铁甲、拿着兵器站在风雪之中，不更冷吗？大王何不驾车返回郢都，召回围攻徐国的兵马，等来年春天天气和暖，再图进兵呢？"

楚灵王说："你说得很好！可是当今楚国强盛，攻陈伐蔡无所不克，当前徐国又十分软弱，屈赛早晚一定有好消息。"

郑丹应对说："徐国和陈、蔡不同。陈、蔡靠近楚国，久在庇护之下，而徐国在楚国郢都东北两千里，又依附吴国而自重。大王使三军久停在外，受劳累、寒冻之苦，万一国内有变乱，军士必然会离心。"

楚灵王笑着说："穿封戌在陈县，弃疾在蔡县，蔿罢、伍举、蔡洧奉世子守国，这好比有三个楚国，寡人有什么可以忧虑的？"

楚灵王正在思谋是否班师之时，突然屈赛派人回报："楚军屡屡打败徐军，现已紧紧围困住徐国都城。"楚灵王说："徐国很快就灭。"于是就继续留在了章华台。

从冬天到春天，徐国没亡，楚灵王也一直住在章华台，每天以射猎游玩为乐，不想回郢都。

却说服侍蔡公芈弃疾的蔡朝吴，日夜考虑恢复蔡国，便和他的家臣观从商议。观从说："楚王黩武远出，久久不回，内里空虚，外面怨恨，这是老天灭亡他的时刻。失掉这个机会，蔡国就没法重建了。"蔡朝吴说："要恢复蔡国，该用什么计策？"观从说："楚王芈围弑君自立，他的三位兄弟心中都不服，只是力量一时不够。如能借蔡公芈弃疾的命令，召来芈比、芈黑肱，引起内乱，则楚国郢都可得。得到郢都，楚王芈围的巢穴便毁掉了，他不死还能怎样？到下一个楚王的时候，蔡国一定能够恢复。"蔡朝吴听从他的计议，让他假传蔡公芈弃疾之意，从晋国召来芈比，从郑国召来芈黑肱。

观从分别对芈比、芈黑肱二人说："蔡公愿意用陈、蔡两地兵马，送二位公子回楚国，以对抗叛逆的楚王芈围。"芈比、芈黑肱大喜，一齐到蔡县来会蔡公芈弃疾。

观从先回来报告蔡朝吴，蔡朝吴出城会见芈比、芈黑肱。蔡朝吴向二人说道："蔡公实在没有这个意思，不过我们可以劫持他，实现两位公子的梦想。”芈比、芈黑肱面露恐惧，蔡朝吴说：“楚王芈围游乐不归，都城中空虚无备，另外穿封戌虽然被封在陈县，但他的心不亲近当今楚王。如果蔡公召他，一定前来。凭着陈、蔡两地兵马，袭击空虚的楚国都城，如探囊取物，公子不要怕事情不成功。”这几句话说透利害，芈比、芈黑肱才放心。二人说：“愿听您的教导。”蔡朝吴请二人盟誓，为先王芈麇报仇。他有意在誓书上写上芈弃疾的名字，依据盟誓规则，挖地为坑，将誓书放在祭牲上面埋好。

事毕之后，蔡朝吴领芈比、芈黑肱进入蔡城。蔡公芈弃疾正在用餐，猛见三哥、四哥到，出乎意料，不由大惊。芈比、芈黑肱抱住芈弃疾大哭说：“叛逆的楚王芈围无道，杀死侄儿楚王芈麇，又逼得我们逃亡在外。我们二人这次来，是要借你的兵力为楚王芈麇报仇。事成之后，一定把王位给你。”芈弃疾惊慌失措地道：“请慢慢商议。”蔡朝吴说：“二位公子饿了，有饭一起吃吧。”芈比、芈黑肱吃完，蔡朝吴就向众人宣布：“蔡公召来二位公子，共举大事，已在郊外盟誓。”芈弃疾制止说：“不要诬赖我！”蔡朝吴说：“郊外坑中埋牲与誓书，难道没人看见吗？蔡公您不必再隐讳，只有快快成事，共取富贵，才是上策。”蔡朝吴又在街上大喊道：“楚王无道，灭我蔡国，现在蔡公答应我们复国，你们都是蔡国百姓，难道能忍心宗祀沦亡？可一起随蔡公及二位公子，共同进入楚国郢都。”蔡城人听见呼喊，一时都集合起来，各拿器械，聚到蔡公芈弃疾府门口。

蔡朝吴向芈弃疾说：“人心已齐，您应赶快安抚使用，不然要有变乱！”芈弃疾气愤地说：“你逼我上虎背吗？”蔡朝吴说：“我是推蔡公您去坐王位呢！”芈弃疾想了想，叹了口气，低声问道：“该用什么办法？”蔡朝吴说：“应与二位公子会合，把蔡国军民集合起来。我去游说陈公穿封戌，让他也率领兵马随您而行。”芈弃疾答应了。

芈比、芈黑肱率领手下众人和蔡公芈弃疾会合。

蔡朝吴派观从星夜赶往陈县，欲见陈公穿封戌。路上，观从遇到陈国人夏啮，这人是夏徵舒的后人，和观从平素相识。观从告诉夏啮恢复蔡国之心，夏啮说：“我在陈公门下做事，也在商量恢复陈国的办法。现在陈公重病已起不来，您不必去见他了。您先回蔡国，我一定率领陈国人为一队。”观从回报蔡朝吴，蔡朝吴报告蔡公芈弃疾。

蔡朝吴又写信密致蔡洧，让他做内应。

未几天，陈国夏啮就率领陈兵来到，夏啮说："陈公穿封戌已死，我用大义告诉陈人，特来相助。"蔡公芈弃疾大喜，派蔡朝吴统率蔡人为左军，夏啮统率陈人为右军，自己率亲兵为中军，星夜往郢都进发。

蔡洧听说蔡公芈弃疾兵到，先派心腹出城投降。郊尹斗成然与蔡公芈弃疾友善，闻听起事，也到郊外迎接。此时伍举病重，卧床不起。令尹蔿罢正要聚兵安排防守，蔡洧已打开城门，芈弃疾率军进城。

郢都军民厌恶楚灵王无道，都愿芈弃疾为王，所以没有抵抗之人。

蔿罢要奉世子芈禄出逃，无奈王宫已被包围，蔿罢进不去，回家自刎而死。芈弃疾率大军攻入王宫，杀死了世子芈禄。芈弃疾命人清扫好王宫，要奉三哥芈比为王，芈比推辞，芈弃疾说："长幼不可废。"芈比这才即位，拜芈黑肱为令尹、芈弃疾为司马。

蔡朝吴私下对芈弃疾说："您首倡义举，为什么把王位让给别人呢？"芈弃疾说："旧王芈围还在夷邑章华台呢！国事未定，而且越过两个哥哥自立，人们将要议论我。"蔡朝吴已领会他的心意，献计说："旧王芈围所率军士在外已久，一定很想回来。如果派人用利害相招，必然逃散，旧王芈围就可以被抓获。"芈弃疾以为有理，就派观从去夷邑策反。

观从到了夷邑，告诉众将士说，蔡公芈弃疾已进入郢都，杀掉了世子芈禄，奉公子芈比为王了，现在新楚王有令："先回去的无罪，后回去的处刑；跟随旧王芈围的，灭三族；如有百姓献食给旧王，罪过与跟随一样。"众将士闻听，一时散去大半。

楚灵王还醉卧在章华台上，郑丹慌忙进去报告。楚灵王听说世子芈禄被杀，立刻从床上跳到地上，放声大哭。郑丹说："军心已散，大王应该赶快回去！"楚灵王擦着眼泪说："百姓爱子，也像寡人这样吗？"郑丹说："鸟兽还知道爱子，何况人呢？"楚灵王感叹说："寡人杀别人的孩子太多了！连自己大哥的孩子也杀了！别人杀寡人的孩子，有什么值得奇怪的？"他擦干泪，忽然站起来怒道："寡人待弃疾等不薄，他们为什么背叛寡人？寡人宁可一战而死，也不会束手就擒！"当即下令拔寨，可一点军士才一百余人。

楚灵王又掉下眼泪道："事情不行了！"郑丹说："大王且到郢都近郊，察看一下人心向背。如果众人拥护大王，就可重回郢都。"楚灵王说："跟随的军士都叛变了，还察看什么人心呢？"郑丹说："如果这不行，就出逃他国，求兵相救。"楚灵王叹了口气说："寡人对各国诸侯一向很薄，现在落难，去找他们，岂不是白白自寻侮辱吗？"郑丹见楚灵王这也不听，那也不听，担心自己获罪，就偷偷逃回郢都。

楚灵王不见了郑丹，手足无措，便在夷邑徘徊，跟从的人都散了，只剩他孤身一人。楚灵王腹中饥饿，想讨口饭吃，但身着楚王服饰实在不妥。于是，他解下自己楚王的衣帽，挂在乾溪边的柳树上，然后到乡村里找点饭吃。村中人都知道新楚王法令甚严，各自远远闪开，没有敢接近楚灵王的。

楚灵王一连三天没有饭食下咽，饿倒在地，不能行动，只剩两只眼睛睁着，看着路旁，盼望有一个好心人经过这里，给他口饭吃，给他点水喝，哪怕和他说上一句话也可以安慰安慰他。

忽然有一人前来，楚灵王认得是旧日看守章华台的小吏，便叫道："救救寡人！"旧日小吏见是楚灵王招呼，只得上前叩头。楚灵王说："寡人饿了三天了，你找一碗饭来吧！"旧日小吏说："百姓都怕新王禁令，在下到哪儿弄吃的？"楚灵王叹了一口气，让他坐到跟前，用头枕着他的腿睡着了。

睡梦中，楚灵王又遇到了九冈山之神。楚灵王埋怨道："您让寡人祭祀您，寡人就会得天下，可是寡人祭祀了您，却当不成楚王了。"九冈山之神说道："让你祭祀不假，可你没用德来祭祀，所以不灵验呀！"

楚灵王猛然惊醒。醒来一看，自己枕在土块上。原来那个旧日小吏悄悄拿土块代替腿让楚灵王枕着，自己偷偷逃走了。楚灵王不觉欲哭无泪、欲诉无人。

一会儿，又有一个人乘车来到，看见楚灵王，就拜倒在地，急急问道："大王为什么落到了这种地步？"楚灵王上气不接下气地问："你是何人？"那人说："小民是申亥，是申无宇之子。我的父亲两次得罪您，您都赦免不杀。父亲重病在床，临终嘱咐我说：'我受大王两次不杀之恩，他日大王要是有难，你一定要舍命相随！’小民牢记在心，不敢忘了。近来传闻郢都已被攻破，立芈比为王，我便四处寻找大王，不想在这里相逢。现在遍地都是芈弃疾的党羽，大王不可到别处去。小民家离这儿不远，大王可暂到小民家中，再作商议。”说着把干粮跪着献给楚灵王。楚灵王狼吞虎咽，喘了口气后，渐渐能站起来。

申亥扶他上车，到了家中。楚灵王平时住惯了章华台，那儿是高高的宫殿、深深的大堂，今日看申亥庄户人家，房子又矮又小，而且是草木编成，不觉十分凄凉，又是泪流不止。申亥跪着说：“请大王放宽心。这地方僻静，没有行人来往，大王先住几天，我打听打听郢都里的事，再想办法。”楚灵王悲哀得说不出话。申亥又跪献饮食，楚灵王只是哭，全不沾唇。申亥让他两个亲生女儿侍奉楚灵王睡觉，想让楚灵王高兴。楚灵王衣带不解，一夜伤心悲叹，到五更时，便听不见他的声音了。两个女儿开门告诉父亲：“大王已自缢了。”申亥听说楚灵王去世，不胜悲痛，就亲自殡殓，杀了两个女儿殉葬。

却说芈弃疾害怕楚灵王率军杀向郢都，便领着斗成然、蔡朝吴等人，率军拦截。半路上遇到郑丹，说夷邑那儿如此这般，芈弃疾便感叹楚灵王不得民心，自己起事是正确的。

芈弃疾率领大军寻访，就是不见楚灵王的踪影。碰到观从，观从也是不知。有人知晓是芈弃疾前来，便把楚灵王的衣帽献上，说道：“这是几天前，在乾溪边柳树上得到的。”

芈弃疾问他：“你知旧王芈围生死吗？”

那人说：“不知。”芈弃疾收下衣帽，重赏那人。

蔡朝吴进言说：“旧王去掉衣帽，势穷力尽，多半死在乾溪中了，不值得我们再寻了。只是芈比在位，如果发号施令，收买民心，事情就没法办了。”

芈弃疾说：“那怎么办呢？”

蔡朝吴说：“旧王芈围在外，郢都中人并不知他的下落，乘此时人心未定，派数十名军士，假说是败兵，绕着城墙高喊：‘弃疾兵败了！反攻大军就要到了！’再让斗成然回去报告芈比。这芈比、芈黑肱都是懦弱无能之辈，一听这消息，准保惊慌自杀。到时，您再慢慢整兵而归，就会稳坐宝位，高枕无忧。”

芈弃疾甚喜，就派观从领军士数十人，假装成败兵，跑回郢都，绕着城墙边跑边喊。

郢都城内的人信以为真，没有不惊慌的。一会儿，斗成然到，说的情况相同，城里人更信了，都上城瞭望。斗成然跑去报告新王芈比：“旧王芈围极为恼怒，率军前来讨伐您篡王之罪。大王您要早定计策，免遭侮辱，臣也逃命去了。”说完，狂跑而出。

新王芈比召来芈黑肱问计，芈黑肱说：“这都是蔡朝吴害得我们呀！”兄弟相抱大哭。宫外又传说：“反攻大军已经进城了！”芈黑肱先拔出佩剑，割断喉管而死。芈比慌急，也拿剑自杀。宫中大乱，哭声不断。

斗成然带众人重进宫中，清除尸首，领百官迎接芈弃疾。城中人不知道，还怀疑来的是楚灵王。等到这些人进城后，看见是芈弃疾，才明白前后报信，是出于芈弃疾之计。这时，有呼芈弃疾高明的，有呼自己上当的。

芈弃疾入城后即位，这就是楚平王。

却说楚国大夫屈褰等人围困徐国，久久无功，怕被楚灵王诛杀，不敢回国，暗中和徐国联络，各自安营相守。听说楚灵王已死，就解了徐国之围，班师回国。走到豫章，吴国公子吴光领兵袭击。这吴光，是吴国先王诸樊长子。吴国听说楚国出了内乱，便乘危出击。吴军打败屈褰等人，三百乘兵车全被吴国俘获。

此时的楚平王还顾不上吴国，他即位后安抚众人，用公子之礼为芈比、芈黑肱安葬。他又按功行赏，任用贤能，用斗成然做令尹，阳匄为右尹，念蔿掩、伯州犁含冤而死，就用伯州犁之子伯子恶任左尹，蔿掩弟弟蔿射、蔿越做大夫。蔡朝吴、蔡洧、夏啮都授大夫官职。这时伍举已死，楚平王赞赏他生前多谋多识、直言敢谏，就起用其子伍奢。其余蔿启疆、郑丹等一些旧臣，或照旧在朝，或告老还家。想让观从为大夫，观从说他的先人从事占卜，他愿意任卜尹，楚平王同意了。群臣谢恩，只有蔡朝吴和蔡洧不谢，要辞官离开。楚平王问他们缘故，二人奏道：“我等是蔡国人，现在大王王位已定，而蔡国尚未复国，我等有什么脸面站在大王朝堂上呢？从前楚灵王由于贪念兼并别国，以致丧失人心。大王只有改变他的做法，才能令人心悦诚服，因此恳请大王恢复陈、蔡两国。”楚平王新登大宝，正在兴奋之中，当即同意，派人访求陈、蔡两国国君的后裔，得到陈国公孙陈吴，蔡国世子蔡有之子公孙蔡庐，于是公孙陈吴成为陈国国君，这就是陈惠公；公孙蔡庐成为蔡国国君，这就是蔡平公。

陈惠公、蔡平公二人各回本国，蔡朝吴、蔡洧随蔡平公回蔡国，夏啮随陈惠公回陈国。楚平王让陈、蔡军民，各归本国，并厚加犒劳。前番楚灵王抢掠的两国珍宝、财物，全部归还。陈、蔡两国君臣，欢声如雷，如同枯树开花。

楚人还不知楚灵王已死，人心惶惶，某日夜间谣传楚灵王到，男男女女惊起，开门向外探看。楚平王有些忧虑，就暗中和观从商量，让他在汉水边上找个死尸，加上楚灵王的衣帽，从上游放到下游，假说已得楚灵王尸首，报告楚平王。楚平王派斗成然去安葬，然后出榜安慰国人，人心这才安定下来。楚平王不忘派人寻访楚灵王，活要见人，死要见尸，寻访人找到申亥，申亥把埋葬之处相告。楚平王便给楚灵王迁葬，同时改夷邑为城父，不再交给陈国。

迁葬完，斗成然向楚平王奏道：“从前，晋文公喜欢士人穿粗衣旧布，所以晋文公的臣下穿着都不讲究。一个国家的君主喜欢怎样，臣下就会怎样。昔日，楚灵王好细腰，楚国多有饿人。为了让楚国更加强盛，请大王禁止细腰歪风。”楚平王答应，楚国恶性的细腰之风瞬间消失。

七　子产与孔子

就在周边国家陈、蔡如同一叶扁舟，在楚国逞强、诸侯争霸中风雨飘摇之时，郑国因为有了一个子产而相对平静下来。

且说郑国上卿子皮发现子产确是一个难得的治国人才后，就主动让贤，向郑简公推荐让子产为上卿。子产就任上卿后，实行富国强兵政策。第一项是“作封洫”。子产从整理、改革田制入手，丈量土地，划分疆界，编制田亩，沟通水渠，承认土地私有权，并对私田按亩征税，促进了农业生产的发展。第二项改革是“作丘赋”。丘本是被征服部落的地区，他们不服兵役，也无作甲的义务。子产按照一丘之人数征收军赋，以此充实国库，增强军备。第三项改革是“铸刑书”。子产把郑国的新制度用法律条文的形式记录下来，铸刑书公布于众，让人们遵守。子产改革之初，得罪了一些人，百姓也因增加了新的军费负担而怨嗟。郑国人到乡校聚会，议论新政的好坏，还有人唱歌道——

取我衣冠而藏之，
取我田畴而控之。
谁杀子产？我参与之。

子产听了后，不以为然：“为了郑国利益，纵使牺牲个人生命也在所不惜。如欲为善就必须贯彻如一，否则所行之善就不能得到实际的功效。我已下定决心让郑国复兴起来，即使因此招致百姓的怨尤，也不能改变我革新的初衷。”

郑国大夫然明对子产说：“把乡校毁了，怎么样？”

子产沉默了一会儿，然后向然明说：“回答这个问题前，我先向你讲一个三百年前的故事。”

子产讲的是周厉王时期的事情——

周厉王残暴无道，百姓纷纷责骂他。邵穆公对周厉王奏道：“百姓已不堪忍受暴虐的政令啦！”周厉王听了勃然大怒，找到一个卫国巫师，派他暗中监视敢于指责自己的人，一经巫师告密，就横加杀戮。于是人们都不敢随便说话，在路上相遇，也只能以眼神表达内心的愤恨。周厉王颇为得意，对邵穆公说：“寡人能制止毁谤啦，百姓再也不敢吭声了。”邵穆公答道：“大王您这样做，只能堵住人们的嘴。可是防范百姓之嘴，比防备河水泛滥更不易。河道因堵塞而造成决口，就会伤害很多人。倘若堵住百姓之口，后果也将如此。治水者想办法排除堵塞加以疏通，治民者也要善于开导而让人说话。大王处理政事，应该让公、卿、大夫、士等各级官吏敢于进谏，让史官讲史，让内侍听取百姓的意见并转达给大王，让内亲外戚为大王您察是非、补过失。如此，国家政令就会畅通。如果硬是堵住百姓的嘴，那又能堵多久呢？”周厉王不听，百姓依旧不敢公开发表言论。过了三年，愤怒的人们把这个无道的天子放逐到彘地。

大夫然明听得很认真，子产说道：“为什么要毁掉？人们干完活儿到乡校聚一下，议论一下施政的好坏，有什么不可？他们喜欢的、正确的，我们就推行；他们讨厌的、有错的，我们就改正，这是我们的师傅。为什么要毁掉它呢？我听说尽力做好事可以减少怨恨，没听说过依权仗势能防止怨恨。制止这些议论非常容易，但是那样做就像堵塞河流一样，会导致河水大决口，那样伤害的人更多，是挽救不了的，还不如开个小口导流。这些议论，我们应该把它当作治病的良药。”

大夫然明说：“我从现在起才知道您确实可以成大事，我确实没有才能。如果照您说的这样做，郑国就有前途了！”

公元前525年，鲁、郑等国上空出现彗星，精通象纬之术的郑国大夫裨灶推测宋、卫、陈、郑四国将要同时发生火灾。他请求子产用玉瓘祭神以禳除火灾。子产没理会他。五月，大火星开始在黄昏出现。初七日，刮风。精通阴阳之术的鲁国大夫梓慎说："这叫做融风，是火灾的开始，七天以后，恐怕要发生火灾吧！"初九日，风刮得很大，十四日，风刮得更大，宋国、卫国、陈国、郑国都发生了火灾。裨灶说："不采纳我的意见，郑国还要发生火灾。"郑国其他大夫请求子产采纳他的意见，子产还是不同意。大夫然明说："宝物是用来保护百姓的，如果这小小的玉瓘可以消除火灾，您还爱惜它干什么？"子产说："天道幽远，人道相近，两不相关。如何由天道而知人道？裨灶哪里懂得天道？这个人的话多了，偶尔就会有说中的时候。"子产依旧不给。然明知道子产心地无私，便不再规劝。后来，郑国确实没有再发生火灾。

时隔不久，郑国发生大水灾，有龙在城门外的深渊争斗，国内的人们请求举行禳灾求福的祭祀。子产不答应，向人们说道："我们争斗，龙不看。龙争斗，我们为什么偏要去看呢？那深渊本来就是龙居住的地方，如果向它们祭祀祈祷，又怎能使它们离开呢？我们对龙没有要求，龙对我们也不会有要求。"郑国便不为此事祭祀。

几年后，郑国改革见了成效，国家强盛了，人民富裕了，社会安定了，国无盗贼，道不拾遗，桃枣熟于街道两侧也没有人乱摘。先前那些对子产恨之入骨的百姓，转而对子产的改革极为拥护。批评性的言论听不到了，代之的是热烈的颂扬。在郑国乡校里，又有人唱歌道——

我有子弟，全靠子产谆谆教育；
我有田地，全靠子产鼓励种植。
如果子产去世，还有哪个可以接替？

子产既不畏惧改革困难，也不因改革胜利而骄傲。他对郑国商业依旧坚决维护。晋国中军将韩起托他低价购买郑国商人的一只玉环，但子产严格遵守郑国以前与商人订下的约定，拒绝了韩起的请求。宁可得罪强大的晋国当权者，也不让本国商人的利益受损害。当年晋国送给子产的铜甗、玉磬，也早被子产卖掉了，所得用作郑国国库开支。郑国实现了长治久安，与四邻和睦相处，并让郑国民众安居乐业。

公元前 522 年，郑国上卿子产病危，嘱托家人，他生不占民财，死不占民地，死后埋葬在陉山之顶。子产病逝后，家人谨遵遗嘱，挖坑垒石埋葬。子产的死讯传开，郑国青壮年号啕大哭，老人也都哭得像孩子一般。

在郑国千里之外，一个身高九尺、博学好礼、刚过而立之年的男子同样大哭道："他的仁爱，是古代先贤的遗风啊！"这个人就是孔子，其祖先是殷商后裔，宋国孔父嘉是孔子六世祖，曾祖父孔防叔为了逃避宋国内乱，从宋国逃到了鲁国。孔子的父亲孔叔梁是鲁国出名的勇士，孔叔梁晚年与颜家年轻女子徵在生下孔子。由于孔子的母亲曾去尼丘山祈祷，然后怀了孔子，又因孔子刚出生时头顶的中间凹下，像尼丘山，故起名为丘，字仲尼。孔子三岁的时候，孔叔梁病逝，之后，孔子的家境相当贫寒。十五岁时，孔子志于学。二十岁时，孔子在鲁国做个管理仓库的小吏，第二年成为管理畜牧的小吏。孔子三十岁时，知识渊博的名声大起来，有些人想学做官的本领，便想拜他为师，于是孔子就开办了一所学校。

在鲁国一棵硕大的银杏树下，孔子坐在石凳上。他面前是一张石桌，桌上摆放着一捆竹简。

"夫子收门徒了！只要交上一串腊肉，就可以让你成为有学识的人……"一位黑衣小伙儿双手放在嘴边成喇叭状高喊道。

"夫子，我拜您为师！"一个十六岁左右的青年朗声应道。这少年名叫曾参，穿着干净利索，双眼炯炯有神。"拜师是要磕头的。"黑衣小伙儿提醒道。这少年突然意识到此事，马上磕了三个响头。孔子将青年扶起，师生关系算是确定了。这曾参少年时家里贫穷，常入山打柴。一天，家里来了客人，母亲不知所措，就用牙咬自己的手指。曾参忽然觉得心痛，知道母亲在呼唤自己，便背着柴迅速返回家中，跪问缘故，母亲说："有客人忽然到来，我咬手指盼你回来。"曾参遵照母命，以礼接待客人。

这时，一个头上戴着雄鸡羽毛帽子、腰间系着野猪利牙的膀大腰圆的大汉走来。他对孔子说："办学有什么用？我就瞧不起你这文绉绉的样子。"

孔子问："你叫什么？"

这人答道："我叫子路。"

孔子对子路说："你有什么喜好？"

子路答道："我喜欢长剑。"

孔子说："以你的天赋，再加上学习，就会赶上许多人，成为贤者。"

子路说："南山有一种竹子，不须揉烤加工就很笔直，削尖后射出去，能穿透犀牛的厚皮。由此说来，又何必要学习呢？"

孔子说："如果在箭尾安上羽毛，并把箭头磨得锐利，箭不是能射得更深更远吗？"

子路听后拜谢说："真是受益良多。"他的态度马上有了转变，起身后问孔子："夫子，您教什么？"

孔子答道："辟德行、政事、言语、文学四科。"

子路又问："我专学政事，可以吗？"

孔子说："当然可以。"于是，子路也成为孔子的门徒。

孔子对曾参、子路等门徒讲："我们今天就探讨礼的问题。如今，礼崩乐坏已经二百多年了，我辈当以恢复周礼为己任，只有克己复礼，才能求得国泰民安。"此时，有人说齐景公与晏婴来到鲁国访问了。孔子说："晏婴是个大贤人，我们应该去学学他的风范。"便领曾参、子路前去。

等到晏婴拜见鲁昭公的礼仪结束后，曾参问孔子："怎么说晏婴熟悉礼仪呢？古礼称：'登阶不历，堂上不趋，授玉不跪。'今天晏婴所为，却都与此相反，怎么能说他熟悉礼仪呢？"孔子说："你提的问题很尖锐，我马上要见晏婴，我当面拿这个问题问他。"晏婴办完了公事后，退而会见孔子。

席间，孔子向晏婴问道："古礼规定，登阶之时依次而行，不可越级而上；朝堂之上，不可以急趋而行；接受玉璋时，不需下跪。而夫子您所为皆与此相反，如此合礼吗？"

晏婴听了回答道："我听说，在两楹之间，国君与臣子各有固定的位置，君行一步，臣行两步。因为鲁君迅速登上，我唯恐时间来不及，才越级而登，在朝堂上急趋而行，以便能立即就位。再因国君授玉姿势过低，不得已，晏婴才跪下来，如此方能承接。况且，我听说，为人做事，只要能谨守大节，就不要拘泥于小节！”孔子十分感叹。

回来后，孔子对自己的弟子们说：“礼，贵在因时制宜，像这样不合常法的礼仪，唯有晏婴才能行而有节啊！”

此时子路想到晏婴的一件往事，便说给孔子：“晏婴有年冬天经过渑水，发现百姓在冰冷刺骨的渑水里赤脚涉水过河，于是用自己的车将待过河的百姓一一载过了河。百姓对晏婴这种爱民如子的亲民行为感激涕零，并口口相传，大为赞赏。第二年，晏婴又经过渑水，过河的情景一如一年前，晏婴的作为和百姓的反应也一如从前。同一个地点，同一个行为，不同的时间，晏婴却获得了倍增的拥护和爱戴。”

孔子听后并没有一味称赞晏婴，而是对子路和曾参说：“晏婴第一次行为是可贵的，但第二次就是沽名钓誉，愚弄百姓了。作为齐国相国，晏婴应该在渑水上修一座桥，让百姓平安通过，不让百姓记得是谁的恩德。如果你说的属实，那么晏婴这种重复的善举就是妇人之仁，对百姓生活无补，只是为晏婴自己博名。”

子路心直口快：“夫子，您可真是见识犀利。”

孔子摇摇头说：“在圣人、仁人面前，我只是个学生。学而不厌，诲人不倦。三人行，必有我师焉。”

孔子对子路说：“周之藏室史老子，博古通今，知礼乐之源，明道德之要。今欲去周求教，你愿同去吗？”子路欣然同意。

孔子随即报请鲁昭公。鲁昭公准行，并遣一车二马一童一驭，由子路陪孔子前往。

在驶往洛阳的路上，孔子想起了往事——

有一天，已亡大臣季孙行父的曾孙鲁国上卿季孙意如招待都城曲阜有学识的人，谁都可以去。孔子想趁机露露面，认识一下当政者，便也去了。季孙意如的家臣瞧见这个地位低下的年轻人，就嘲笑道：“我们这儿请的都是知名之士，你来干吗？”孔子红着脸，别别扭扭地退了出去。他受了这番刺激后，更加刻苦用功，一心要做个名士。他研学的是礼仪、音乐、射箭、驾车、书写、计算，合在一块儿叫做“六艺”，这是时人崇尚的六种本领。

在路上，孔子想，学好了“六艺”，就可以纵横天下了。到了洛阳，孔子就去拜见老子。老子见孔子千里迢迢而来，非常高兴，教授之后，又引孔子拜访周大夫苌弘。苌弘善乐，授孔子乐律、乐理；引孔子观祭神之典，考宣教之地，察庙会礼仪，使孔子获益不浅，感叹不已。

老子与孔子行至黄河之滨，见河水滔滔、浊浪翻滚，其势如万马奔腾，其声如虎吼雷鸣。伫立岸边，孔子不由叹道：“逝者如斯夫，不舍昼夜！黄河之水奔腾不息，人之年华流逝不止。河水不知何处去，人生不知何处归！”

闻孔子此语，老子道：“人生天地之间，乃与天地一体也。天地，自然之物也；人生，亦自然之物；人有幼、少、壮、老之变化，犹如天地有春、夏、秋、冬之交替，有何悲乎？生于自然，死于自然，任其自然，则本性不乱；不任自然，奔忙于仁义之间，则本性羁绊。功名存于心，则焦虑之情生；利欲留于心，则烦恼之情增。”

孔子解释道：“我是忧大道不行、仁义不施、战乱不止、国乱不治也，故有人生短暂、不能有功于世之感叹呀。”

老子道：“天地无人推而自行，日月无人燃而自明，星辰无人列而自序，禽兽无人造而自生，此乃自然为之也，何劳人为呢？人所以生、所以无、所以荣、所以辱，皆有自然之理、自然之道也。顺自然之理而趋，遵自然之道而行，国则自治，人则自正，何须津津于礼乐而倡仁义呢？津津于礼乐而倡仁义，则违人之本性远也！犹如人击鼓寻求逃跑之人，击之愈响，则人逃跑得愈远也！”

孔子点头称是。

稍停片刻，老子手指浩浩黄河，对孔子说：“你何不学水之大德呢？”

孔子说：“水有何德？”

老子说：“上善若水，水善利万物而不争，处众人之所恶，此乃谦下之德也。故江海所以能为百谷王者，以其善下之，则能为百谷王。天下莫柔弱于水，而攻坚强者莫之能胜，此乃柔德也。故柔之胜刚，弱之胜强也。因其无有，故能入于无间，由此可知不言之教、无为之益也。”

孔子闻言，恍然大悟道：“先生此言，使我茅塞顿开。众人处上，水独处下；众人处易，水独处险；众人处洁，水独处秽。所处尽人之所恶，还有谁与之相争呢？此所以为上善也。”

老子点头说：“你可教也！你要切记：与世无争，则天下无人能与之争，此乃效法水德也。水几于道，道无所不在，水无所不利，避高趋下，未尝有所逆，善处地也；空处湛静，深不可测，善为渊也；损而不竭，施不求报，善为仁也；圆必旋，方必折，塞必止，决必流，善守信也；洗涤群秽，平准高下，善治物也；以载则浮，以鉴则清，以攻则坚强莫能敌，善用能也；不舍昼夜，后浪推前浪，善待时也。故圣者随时而行，贤者应事而变，智者无为而治，达者顺天而生。你今后，应去骄气于言表，除志欲于容貌。否则，人未至而声已闻，体未至而风已动，张张扬扬，如虎行于大街，谁敢用你？”

孔子道：“先生之言，出自肺腑而入我之心脾，受益匪浅，终生难忘。我将遵奉不怠，以谢先生之恩。”

逗留数日，孔子向老子辞行。老子相送，赠言道：“富贵者送人以财，仁义者送人以言。吾不富不贵，无财送你，愿以数言相送：当今之世，聪明而深察者，其所以遇难而几至于死，在于好讥人之非也；善辩而通达者，其所以招祸而屡至于身，在于好扬人之恶也。为人之子，勿以己为高；为人之臣，勿以己为上。望你切记。”

孔子两眼湿润，哽咽道：“一定谨记在心！”

告别老子，孔子与子路上车，依依不舍地向鲁国驶去。这一路，槐花飘香，柳树成阴。

回到了鲁国，曾参等众弟子问道：“夫子拜访老子，有收获吗？”

孔子道：“当然有收获！”

众弟子问：“老子怎样？”

孔子道：“鸟，我知它能飞；鱼，我知它能游；兽，我知它能走。走者可用网缚之，游者可用钩钓之，飞者可用箭取之。至于龙，我不知其何来何去，但我知龙乘风云而上九天也！我所见的老子，就可能是所谓的龙吧。他学识渊深而莫测，志趣高邈而难知，如蛇之随时屈伸，如龙之应时变化。老子，真我师傅也！”

在鲁国，孔子广泛传授“六艺”，尤其传授丧葬礼仪。从事丧葬礼仪的人士，人们称为儒。孔子办学，人们称之为儒教。

老子，名李聃，在周王室做藏室史，这是一个管理档案文献的官职。在藏室，老子有机会在那里长期博览群书。照耀人类历史的思想巨星，就在这里冉冉升起了。

看透人间一切、明白世之真理的老子目睹周王室的统治一天天衰落下去，便在一个月黑风高的夜晚，骑着一头青色的公牛，悄悄向西边方向去了。青牛健步如飞，十几天后，便驮着老子到了函谷。

这函谷位于崤山之西，因道路多在涧谷之中，深险如函，故称函谷。这十多里长的谷道异常狭窄，个别处仅容一车通行，素有“一夫当关，万夫莫开”之说。函谷属于晋国，守卫关吏名叫尹喜。

这尹喜从小就喜好《周易》，善天文星象。他仰观俯察，莫不洞彻；平时不行俗礼，讲德行仁；常常涉览山水，观察地理。一日行至崤函之地，见这儿地势险要，隐隐有紫气东来，便知此后将有圣人而来，于是尹喜向晋国申请，在这儿担任关吏。尹喜常常叮嘱下属如有形貌脱俗之人，不得听任其过关。自己还派人洒扫道路，焚点香火，恭候圣人到来。

当老子骑着青牛优哉游哉地过来时，守卫军士见他鹤发童颜、神采飘逸，便立刻报告尹喜。尹喜闻讯，立即奔来，老远看见老子，便认定他学识渊博、心藏大智，于是恭恭敬敬地把老子迎进署内。

待老子坐定，尹喜说道：“真人降临，蓬荜生辉。看来，真人是打算就此隐遁了吧？果真如此，请真人传授天机，我要让它世世代代流传下去。”

老子心想，此人能认出我来，想必也不是寻常之辈，且试他一试，于是故意讥讽道：“小小关吏，你有何德何能，也想得我天机！”

尹喜毫不在意，神色自若地说：“我也无德，我也无能。不过，君子有德而不自居，他行动起来就像流水一样自然，他安静下来就像镜子一样沉稳，他随机应变时就像声音的回声一样迅速。他虚怀若谷，毫无私欲。我还听说，用则和，守则失，只有庸人才患得患失呢！”

老子听完，哈哈大笑，连声说：“可教，可教！”

尹喜乘机说:“此处嘈杂，俗务又多，不如陪真人找个清静的地方，听您讲经布道。”老子连连称善。于是，二人来到秦岭脚下，结庐而居，筑台讲经。从此，朝阳中，月色下，老子谈玄说奥，侃侃而谈，滔滔不绝——

> 道可道，非常道；名可名，非常名。
>
> 有无相生，难易相成，长短相形，高下相盈，音声相合，先后相随，恒也。
>
> 上德不德，是以有德。
>
> 天下之物生于有，有生于无。
>
> 道生一，一生二，二生三，三生万物。
>
> 损之又损，以至于无为，无为而无不为。

这些玄妙深奥的天机，老子说得头头是道，尹喜听得津津有味。老子本想说了就拉倒，后来经不住尹喜一再劝说，便把这些天来的谈话写成了五千字的《道德经》，交给尹喜，然后骑上青牛，到西方昆仑山去了。尹喜铭记老子的教诲，虔心研读《道德经》，能解其奥妙，释其玄理。尹喜又自著九简，名曰《关尹子》。为了潜心研究，尹喜便向晋国辞去函谷关吏之职，专心传播《道德经》。此一派，人们称之为道教。

八　齐国三杰

且说晋国，晋昭公即位后，想修复先世的业绩，听说齐景公派晏婴出使楚国修好，心里便吃醋，当即派使节去齐国要求齐景公来晋国。齐景公也有心图谋霸业，想看看晋昭公的为人，就整理好行装，带着晏婴等人往晋国而去，勇士古冶子随行。

渡黄河时，齐景公令马夫将自己喜欢的一匹马拉到船上。突然大雨骤下，水上波涛汹涌，船几乎要翻。一只大鼋在水里探出头来，张开大口抢向船头，将马咬住拉向深渊。齐景公大吃一惊，古冶子在旁边说："君上不必害怕，臣去为君上抢回。"瞬间脱掉外衣，拔剑跳到水里，一会儿沉下，一会儿浮上，顺水漂流了八九里，慢慢不见踪影。齐景公痛惜地说："古冶子死了！"一会儿，风浪停了，只见古冶子左手拉马尾，右手提着血淋淋的鼋头，凌波而出。齐景公瞪大眼睛惊道："真神勇呀！先君齐庄公空设'五乘之宾'，哪有男士像古冶子这样神勇的呢？"就厚厚赏赐他。

到了新绛城，晋昭公设宴款待齐景公。晋国荀吴、齐国晏婴作陪。酒酣之时，晋昭公说："筵席上无以为乐，请让寡人和您投壶赌酒。"齐景公说："好！"左右放好壶，拿出箭。

齐景公拱手让晋昭公先投，晋昭公拿箭在手，说道："如中，则晋国永做诸侯之霸。"晋昭公投出箭，如愿扔进壶里，荀吴立即伏在地上高呼圣明。

齐景公拿着箭也学着晋昭公的话说："如中，和晋国交替而为诸侯之霸。""嗖"的一声投去，也如愿投进壶里，和晋昭公的箭相并。齐景公大笑，晏婴也伏在地上高呼圣明。

晋昭公勃然大怒，荀吴对齐景公说："君主您失言了，我晋国国君世代主持会盟之事，君却说'交替而为'，这叫什么话呀？"晏婴代齐景公答道："诸侯盟会主持，只有有德之人才能胜任。从前齐国失掉霸业，晋国才能替代。如果晋国有德，谁敢不服？如果无德，不止齐国，楚国、吴国也会递进！"短暂的沉默后，晋昭公端起酒觯，打圆场道："喝！喝！"齐景公以笑作答。

第二天，齐景公一行就回去了。

大夫羊舌肸向晋昭公奏道："从齐国的表现看，各国将要离心，如果不用威力胁迫，一定会丧失先君创下的霸业。德不足，威来补。君上不妨领大军来主持盟会，追求当年践土之会的声势，焕发晋国昔日盟主的光彩。"晋昭公点头称是，便派使节到周王室，同时遍请诸侯，约定秋天到平邱相会。

此时周天子是周景王，周简王传周灵王，周灵王传周景王。自周平王东迁洛阳，礼乐征伐自诸侯出至今已是二百五十年了，各个诸侯国渐渐忘记了周天子的存在。要不是晋昭公学践土之盟，或许不会理会周王室。周景王派卿士刘献公代表周王室赴会。

到了会期，晋昭公留中军将韩起守卫都城新绛，自己率领荀吴、羊舌肸等人并四千乘兵车来到平邱，四周布满三十营。周朝卿士刘献公先到，齐、宋、鲁、卫、郑、曹、莒、邾、滕、薛等各国诸侯来到，见晋军兵强人多，大家都面露恐惧。

盟会时，晋国大夫羊舌肸向各国说道："本国先臣赵武，错误地签订弭兵之盟，和楚国结好。楚灵王芈围不讲信义，自取灭亡。现在晋国要效法践土盟会的旧事，镇抚华夏诸国，请各位君主一同歃血为盟！"

诸侯都低头说："听从贵国命令！"只有齐景公不回答。

羊舌肸说："齐国君主难道不愿意订盟吗？"

齐景公绷着脸说："诸侯不服从，所以才寻求盟会。如果都能听命令，还订盟做什么？"

羊舌肸说："君如果不听从，那么晋国的四千乘兵车，愿意到临淄城下向齐国讨口水喝！"话刚落地，盟坛上击鼓声响起，晋军各营都竖起大旗。

齐景公怕被袭击，就改口说："贵国既然以为订盟之事不可荒废，寡人岂敢例外呢？"于是晋昭公领头歃血，齐国、宋国等各国一个接一个进行。刘献公是周王室卿士，不参加歃血订盟，代表周天子监看。

莒国把鲁国屡屡侵略之事向晋昭公控诉，原来虢地会盟后，鲁国从莒国撤军，但未过多久，又去侵扰莒国。晋昭公就将鲁昭公驱出盟会，并把鲁国上卿季孙意如抓起来。荀吴对晋昭公说："鲁国土地数倍于莒国，晋国如果弃绝它，它将要改而投向齐、楚，这对晋国有什么好处？"晋昭公猛然惊醒，放季孙意如回国。

平邱盟会草草收场，众诸侯见晋国徒张声势，却无内在威力，越发不尊崇晋国。

齐景公从平邱回来，虽然因为惧怕晋国兵威，不得已而接受了臣服晋国的结盟，可也看出了晋昭公没什么远大的抱负和谋略，于是有心要复兴昔日齐桓公的霸业。齐景公对相国晏婴说："晋国称霸西北，我们称霸东南，可以吗？"晏婴答道："晋国大兴土木，修建宫殿，劳民伤财，使诸侯与之离心离德。君上您要想谋求霸业，没有比爱护百姓更重要的了。"齐景公说："那怎么才是爱护百姓呢？"晏婴答道："减少刑罚，百姓就不会怨恨；减轻赋税，百姓就会感恩戴德。齐国先君齐桓公就是这样做的。"于是齐景公再次下令对百姓要宽容，并打开粮仓救济贫困的百姓，齐国人又高兴又感激。

国内安顿好后，齐景公就去拉拢东方诸国。

徐国不听齐国召唤，齐景公就派勇士田开疆统率大军去讨伐。两军在蒲隧打了一仗，徐军大败，被俘五千多人。徐国害怕，就派使节到齐国去求和，送以甲父之鼎。这鼎高超过一人，上面是一只展翅飞翔的仙鹤，下面是一只俯地爬行的猛虎，两侧是仰头向上的威龙，整个鼎用青铜制成，闪烁着金光。这鼎本是甲父古国镇国之宝，后为徐国所得。齐景公得此甲父之鼎后，十分高兴，便同意议和。

择定吉日，齐景公派人约莒国、郯国（在今山东省郯城）并徐国在蒲隧结盟。从此，齐国又一天比一天强盛，慢慢可以和晋国并肩称霸了。

蒲隧结盟之后，齐景公给田开疆记了大功，又嘉奖了古冶子斩鼋奇功，仍然立了“五乘之宾”的大旗以示表彰。田开疆又向齐景公举荐了一个叫公孙捷的勇士。

这个公孙捷身长一丈，脸上红里透紫，紫中透红，两个眼球都突到眼眶之外，能够力举千钧。

一次，齐景公带着公孙捷到桐山去打猎。忽然，从山里蹿出一只吊眼老虎，张着大嘴咆哮着飞奔过来，直扑齐景公，把齐景公吓得魂飞魄散。只见公孙捷立刻从车上跳下来，不用剑戟，攥着两个拳头直奔猛虎，左手揪住猛虎的脖颈儿，右手挥拳一顿猛打，竟把那只猛虎活活打死了，救下了齐景公。齐景公赞赏他的勇武，也奖给他一面“五乘之宾”的旗帜。

公孙捷和田开疆、古冶子被称为“齐邦三杰”。没有自知之明的人被过分尊敬后，往往会过分傲慢。“三杰”挟功恃勇，口出狂言，欺压乡里，怠慢百官。因齐景公爱惜“三杰”，齐国卿大夫们一时不敢弹劾他们。

这时候，田无宇很得众望，已经露出强臣压君的征兆，那田开疆和田无宇本是一族，将来互相勾连，必将成为齐国祸患。晏婴为这事深感忧虑，不止一次想除掉这几个祸根，只是担心齐景公不答应，搞不好反而和这几个人结下仇怨。

又是一年槐花香，蜂蝶照常绕。却说自平邱会盟鲁昭公被晋昭公赶出后，鲁国一直想和齐国结交，以对抗晋国。等齐国蒲隧之盟结束，槐树开花、香飘万家的时候，鲁昭公决定亲自到齐国来访，鲁国上卿叔孙婼和孔子及其弟子随行。叔孙婼是叔孙豹之子，此时叔孙豹已亡。

鲁昭公迷恋乡间美景，走走停停，等到了齐都临淄之时，已是入夏了。齐景公设宴款待。鲁国由叔孙婼执礼仪，齐国由晏婴执礼仪，君臣四人坐在堂上，齐国大夫梁丘据以及“三杰”和鲁国孔子等人立于堂下。鲁国孔子等人谦虚谨慎，而齐国“三杰”却态度十分傲慢。晏婴不由反感，心生一计，决定乘机除掉他们。

当两位君主酒至半酣时，晏婴说：“园中甜桃已经熟了，摘几个请二位国君尝尝鲜吧？”齐景公大悦，派人去摘，晏婴忙说：“甜桃很难得，还是臣亲自去吧。”不一会儿，晏婴端着玉盘献上六个桃子。这六个桃子，个个硕大新鲜，桃红似火，香气扑鼻，令人垂涎。齐景公问：“就结了这几个吗？”晏婴说：“还有几个没太熟，只摘了这六个。”说完恭恭敬敬地献给齐景公、鲁昭公一人一个甜桃。鲁昭公边吃边夸桃味甘美，齐景公说：“这桃子实在难得，上卿叔孙婼家业兴盛、天下闻名，当吃一个。”叔孙婼谦让道：“我哪里赶得上相国晏婴呢？晏婴内修国政，外服诸侯，功劳显赫，这个桃应该他吃。”齐景公见二人争执不下，便说：“既然二位谦让，那就每人饮酒一觯，食桃一个吧！”两位大臣谢过齐景公，把桃吃了。这时，盘中还剩有两个桃子，晏婴奏道：“请君上传令群臣，谁的功劳大，谁就吃桃，如何？”齐景公高兴地传令下去。

鲁国孔子本性就谦和，且是外臣，自然不会争功。齐国梁丘据擅长逢迎拍马，甚得齐景公喜欢，但要论起功来，却没有。能争功的就是齐国“三杰”，晏婴对此非常明白，所以要用两个桃子来刺激“三杰”。

果然，齐国“三杰”之一公孙捷率先走了过来，拍着胸膛说：“有一次陪君上打猎，突然从林中蹿出一只猛虎，是我冲上去，用尽平生之力将虎打死，救了君上。如此大功，还不应该吃个甜桃吗？”晏婴说：“冒死救主，功比泰山，可赐酒一觯、桃一个。”公孙捷饮酒食桃，站在一旁，十分得意。

古冶子见状，厉声喝道：“打死一只老虎有什么稀奇！当年我送君上过黄河时，一只大鼋兴风作浪，咬住了马腿，一下子把君上喜爱的马拖到急流中去了。是我跳进汹涌的河中，舍命杀死了大鼋。像我这样的功劳，该不该吃个桃子？”齐景公说：“当时黄河波涛汹涌，要不是你斩鼋除怪，寡人说不定命就没了，这是盖世奇功，理应吃桃。”梁丘据在一旁笑脸附和道：“君上说得对，理应吃桃。”晏婴忙把剩下的一个桃子送给了古冶子。

一旁的田开疆眼看桃子分完了，急得大喊大叫：“当年我奉命讨伐徐国，舍生入死，俘虏徐兵五千余人，吓得徐国俯首称臣，就连邻近的郯国和莒国也望风归附。如此大功，难道就不能吃个桃子吗？”晏婴忙说：“您的功劳当然高出公孙捷和古冶子二位，然而桃子已经没有了，只好等树上的甜桃熟了，再请您品尝了。您先喝酒吧。”田开疆手按佩剑，气呼呼地说：“打虎、杀鼋有什么了不起！我率军征战，出生入死，反而吃不到桃子。在两位国君面前受到这样的羞辱，我还有什么脸面站在朝廷之中呢？”说罢，竟挥剑自刎了。

公孙捷大惊，也拔出剑来说道：“我因小功而吃桃，田开疆功大反倒吃不到，我还有什么脸面活在世上？”说罢也自杀了。

古冶子更沉不住气了，大喊道：“我们三人号称‘三杰’，名扬天下，亲如骨肉。如今他们俩已死，我还苟活，于心何安？”说完，也拔剑自尽了。

众人皆惊，鲁昭公叹道：“人活一口气，树活一张皮。‘三杰’视死如归，真英雄也！”齐景公十分爱惜“三杰”，见“三杰”转瞬皆亡，竟半天说不出话来。过了好久，他才喃喃地说道：“早知道，寡人就不吃这桃子，让给‘三杰’了。”掉了几滴泪后，齐景公命人厚葬“三杰”，并抚恤“三杰”的家属。梁丘据在堂下赞美道：“君上真是爱民如子呀！‘三杰’地下有知，定会感激君上。”鲁昭公一心想结交齐国，便笑着说：“梁丘据大夫说得对，说得对！”孔子目睹晏婴“二桃杀三士”，不由在心里道：“晏婴虽然见识广泛，口才出众，关爱民生，不辱使命，但妒忌英杰，玩弄手段，不是真君子，实乃大人物，小人格也。”

见孔子在场，一心想恢复霸业的齐景公便说：“听说你博学多才，寡人想问，地处偏僻并且国土狭小的秦穆公为何能够称霸？”

孔子答：“国虽小，其志大；处虽僻，行中正，所以能够称霸。”

齐景公点头称好，又问道：“志大，寡人能理解，但怎样才能行中正？”

孔子说：“君君臣臣，父父子子，就是行中正。”齐景公不再悲伤，转而眉飞色舞，异常高兴。

鲁昭公等人离开后，齐景公独自把相国晏婴留下。他说道：“你不摘桃就好了，可事已至此，寡人不再怨你。只是‘三杰’死后，恐怕再也难找到像他们那样的勇猛之人了，这可怎么办呢？”

晏婴答道：“臣保举一人，足能抵得上‘三杰’。”

齐景公问：“是谁呀？”

晏婴说："有个叫田穰苴的人，文能使众望所归，武能使强敌丧胆，真正是个将军之才！"

齐景公说："是不是和田开疆同宗同族？"

晏婴答道："这个人虽然也算田氏一族，但是因为出身卑贱，一向不被田氏正宗看在眼里，所以迁居在东海之滨。君上您要想选拔良将，没有比他更好的了。"

齐景公说："你既然知道他是个人才，怎么不早点儿告诉寡人？"

晏婴答道："重视自己前途的人不但选择君主，也要选择朋友。田开疆、古冶子、公孙捷之辈都是恃勇的匹夫，那田穰苴怎么屑于和他们站在一起？"

齐景公听了这话，嘴里没说什么，心里又思念起"三杰"之勇来，对田穰苴是否任用就没表态。

梁丘据处处献媚取悦齐景公，得到齐景公的喜欢。齐景公便和晏婴说："'三杰'死去，目前只有梁丘据与寡人相和啊！"

晏婴奏道："梁丘据与君上您只能说是同，怎么能说是和呢？"

齐景公说："和与同还不一样吗？"

晏婴答道："当然不一样了。和就像制好的肉羹，用醋、酱、盐、梅烹调鱼肉，以薪火炖煮，厨师再加好各种调料，口味佳美，君子食之，平其心火，这才叫和。君臣的关系也是这样，君认为对但实际上不对的事情，臣就应该指出其不对；君认为不对但实际上对的，臣也应该坚持正确的方面。这样政治就会平稳而无偏差，百姓也无争心。政治既像调味，也像奏乐，只有黄钟、大吕、太簇、夹钟、姑洗、仲吕、蕤宾、林钟、夷则、南吕、无射、应钟等十二律齐全，宫、商、角、徵、羽、变宫、变徵等七音完备，才能成为一首优美的乐章。现在梁丘据却不是这样，君上您只要一说行，他就说行；您要说不行，他就说不行。这就像做饭时水里再加上水，谁能吃呢？弹琴时只是一个声音，谁能听呢？他的这种行为就是同，这样做行吗？"

齐景公见晏婴分析得头头是道，便不再想重用梁丘据。

齐景公急切地想得到杰出人才，又问晏婴："寡人想把尼溪封赏给孔子，把他留在齐国为官，你看怎样？"

晏婴答道："不可以把尼溪封给孔子。孔子自以为是，不可以用孔子来教化民众；孔子喜好声乐而使民众懈怠，不可以用孔子来治理民众；孔子崇尚厚葬而使得民穷国贫，并且长久哀丧浪费时间，不可以用孔子来役使民众；孔子的说教在内难以推行，对外不能传播，不可以用孔子来驯服百姓。周王室尽管威仪增加了很多，而民众的德行更加浅薄；周王室的声乐复杂繁多，而世人更加违背道德。现在，孔子兴盛声乐使得世人奢侈，依靠口舌来聚集弟子，依靠繁杂的礼仪来欺骗众人。听说，一年之内不能学完孔子的礼仪，积累的资材不能供奉孔子师徒的欢乐，他们依靠繁杂的伪装邪术欺骗当世的君主，广泛地利用声乐欺骗民众。他们的道义不可以指导世人，他们的说教不可以教导民众。现在要封赐孔子，就是改变了齐国良好的习俗，所以不能把孔子留在齐国。”

齐景公说：“你分析得对！”他又问晏婴：“邻国有圣人，敌国之忧也。如果孔子在鲁国被重用，那又会怎样？”

晏婴答道：“君上勿忧。孔子，仁义之人也。如果鲁国风气转坏，孔子就会选择离开。”听了晏婴这番话，齐景公便不把孔子放在心上。

鲁昭公回国后，孔子暂时留在齐国。孔子想去拜访齐国上卿高张，高张是高鄣之子，其父死后，便为齐国高氏宗主。

子路问道：“夫子您已见过国君，为何现在不去见齐国相国晏婴，而去拜见上卿高张？”

孔子答道：“我听说晏婴侍奉三君而都很顺，我怀疑其为人。”

不料，这话很快传到了晏婴耳朵里。晏婴说：“以一心侍奉三君，所以顺；如果以三心侍奉一君，肯定会不顺。孔子不了解我的德行，所以会怀疑我的顺。”又说：“从现在开始，我望见儒教而疑之。”

孔子听到晏婴的话，后悔道：“我私下议论晏婴，是我的过错！”于是，孔子先托弟子子路向晏婴谢罪，随后又亲自去向晏婴道歉。

在齐国，孔子到高张府，观赏《韶乐》，深深为其吸引，由衷赞叹道：“到哪里去听这么好的音乐呢？”这韶乐，是上古舜帝之乐，一种集诗、乐、舞为一体的艺术。姜太公被封齐国后，《韶乐》传入齐国。孔子在高张府用心学习《韶乐》，竟三月不知肉味。

这天，齐国边境守吏急急来报齐景公：“晋国探听到齐国‘三杰’都已去世，便发兵侵犯齐国西部边境。燕国也乘机侵扰北部边界。”

齐景公听了大惊失色，突然想起相国晏婴推荐田穰苴之事，急命人带着绸缎到东海之滨，召请田穰苴入朝。

田穰苴入朝后，详详细细地讲述了自己的用兵之法，正对齐景公的心思，当即授予他将军之职，命他统率五百乘兵车，到边境去抗击晋、燕的兵马。田穰苴请求说："臣平素卑贱，骤然间被提拔为将军，恐怕人心不服。请君上您派一位素来受人尊重的大臣来当监军，臣的命令才好行得通。"齐景公同意了他的请求，就让宠臣齐国大夫庄贾当了监军。两人谢恩走出大殿。

到了朝门外，庄贾问田穰苴出兵日期，田穰苴说："定在明日午时，我在军营里专门等您同行，您可别过了时候。"说完分手道别。

第二天，快到中午之时，田穰苴叫军士立了一根木头为标志，用来观察太阳的影子，又叫人去催促庄贾。

庄贾一向很骄纵，仗着齐景公的宠幸，根本没把田穰苴放在眼里。况且自己是监军，心里觉得地位不在田穰苴之下，来得早点晚点没什么关系。又赶上这天亲友为他设宴饯行，便喝得酒酣耳热。来人连连催促，他一点儿都不在意。

太阳的影子渐渐偏东，午时已过，众将士还不见庄贾来到。田穰苴叫人放倒了木头，自己独自登上点将台，召集兵马誓师，宣布了各项规定。

军务办完，已经快黄昏了。这时候，庄贾坐着豪华马车，在几个随从的陪伴下，不慌不忙地赶来了，脸上红扑扑地带着酒意。庄贾迈着方步，慢悠悠地上了点将台。

田穰苴在台上正襟危坐，问庄贾："监军为什么来晚了？"

庄贾冲他拱拱手答道："亲朋故旧摆酒饯行，因此耽误了会儿。"

田穰苴怒道："身为将士，接受命令的时候，就该忘记自己的亲朋；受到军纪约束的时候，就该忘记自己的故旧；敲着战鼓冒着敌人的箭矢奋勇前进的时候，就该忘记自己的生命。如今敌人进犯，骚扰边境，我们君上睡不着觉、吃不下饭，把齐军托付给我们两个，只盼望我们能早早立功打胜仗，把齐国从危难中解救出来。你怎么还有工夫喝酒作乐呢？"

庄贾依旧嬉皮笑脸地答道："幸好还没耽误大军出发，您不必发这么大的火。”

田穰苴听了这话，气得一拍桌子说：“你倚仗着君上的恩宠，竟敢怠慢军心，倘若打起仗来也这样，岂不误了大事！”当即问左右：“按照军法，该判何罪？”

左右答道：“当斩。”

庄贾听到“斩”这个字，立即害怕了，就要从台上跑下来。田穰苴大声喝令左右，把庄贾给捆了。此刻，庄贾一点儿醉意也没了，嘴里一个劲儿地喊饶命。

庄贾的随从赶紧往齐景公那儿，去报信求救。齐景公吓了一大跳，急命身边的梁丘据迅速去传令，特免庄贾一死。

等梁丘据急急赶到时，庄贾的人头早已被砍下来挂在营门上了。梁丘据不知道庄贾已死，一个劲儿地驾着车朝军营跑，一直闯到了点将台下。田穰苴高声叫人把车拦住，问左右：“军营里不能驾车乱跑，这人该判何罪？”左右答道：“按照军法也该斩首！”梁丘据听得清楚，此刻已是面如土色，他哆哆嗦嗦地说道：“我是奉君命来的，这不关我的事。”田穰苴说：“既然是君上的命令，不能把你处死，但是军法却不能不执行。”于是命令把车砸了，把马宰了，代梁丘据受刑。梁丘据捡了一条活命，不敢多嘴，抱头鼠窜，逃了回去。

众将士见了这阵势，一个个吓得两腿发抖。

不战而屈人之兵。且说晋军闻听齐国新上任的将军田穰苴治军有方，就赶紧撤军回国。此时，田穰苴率领齐军还没到西部边境。见晋军撤回，田穰苴率军转而杀向齐国北部边境。燕国兵马见齐军大队人马来到，甚是威整，便匆忙渡河返回。田穰苴下令追击，杀了三千多燕兵。燕军大败而回，赶忙遣人送礼讲和，齐军大获全胜。

凯旋那天，齐景公亲自到都城临淄外慰劳齐军，拜田穰苴为大司马，掌管军权。自此，各国诸侯听到田穰苴的名字，没有不害怕、不佩服的。齐景公文有晏婴，武有田穰苴，国治兵强，一片平和。齐景公每天除了打猎就是喝酒，真有点儿像齐桓公任用管仲时那样自在。

一天，齐景公在宫里和嫔妾们喝酒，喝到半夜意犹未尽，忽然想起相国晏婴，就叫手下人把酒具、乐器都搬到他家。早有内侍跑去告诉晏婴：“君上到了！”晏婴赶忙穿戴整齐，恭恭敬敬地站在大门外等候。

齐景公还没下车，晏婴迎上前去，不安地问道：“各国有什么情况吗？齐国有什么变化吗？”

齐景公说：“没有。”

晏婴问：“那君上您深更半夜屈尊到臣的家里，有什么事吗？”

齐景公说：“相国政务烦劳，今天寡人准备了美酒和音乐，不敢独自享受，想和相国一起享用。”

晏婴答道：“要是为了治理朝政、安邦定国的事，臣一定会尽力为君上您谋划；要是为了陪君上您一起吃吃喝喝，君上手下自有这样的人，臣可不敢参与。”

齐景公听了这话，又命手下人把车赶到大司马田穰苴府，内侍又赶紧去报信。田穰苴披挂整齐，手持长戟规规矩矩地站在大门口。等齐景公的车到了，急忙迎上前去鞠躬问道：“是不是有敌军侵犯齐国了？众臣中是不是有人叛乱了？”

齐景公说：“没有。”

田穰苴问：“那君上这么晚到臣的家里有事吗？”

齐景公说：“寡人没有别的意思，只是觉得你这些天军务劳苦，寡人准备了美酒、音乐，想和你一起享用。”

田穰苴答道：“要是为了抵抗敌寇、诛杀乱贼的事，君上您尽管来找臣；要是为了陪君上您一起吃喝，君上手下不乏这些人，怎么找到臣的头上来了？”齐景公听了这话，真是扫兴极了。

齐景公手下人问：“这就回宫吗？”齐景公说：“可以再去大夫梁丘据家看看。”内侍又急忙去报信。齐景公的车还没到门口，梁丘据左手提着琴，右手拿着酒，嘴里唱着歌，一直迎到巷口。齐景公不由心花怒放，于是脱了外衣，摘了帽子，和梁丘据在丝竹声中尽情享乐，鸡叫了才回去。

第二天，晏婴和田穰苴同时入朝谢罪，并劝齐景公不该夜里到臣子家喝酒。齐景公说：“寡人没有你们两位，怎么治理齐国？没有梁丘据，又怎么娱乐我的身心？寡人不敢妨碍两位的公事，你们也别干预寡人的私事。”晏婴和田穰苴谢恩退下。

齐景公老了，在牛山上游览。时值深秋，齐景公看着满山的槐树叶子渐渐发黄，纷纷落下，不由泪流满面地说："高大的槐树呀！每年春天开花，香飘万家，为什么随着时光的流逝，花落了，叶再落，最后万物都要死亡呢？"

梁丘据在旁，跟着流泪道："臣依靠君上恩赐，才过上富贵日子。当臣看见死亡临近，心情也很悲伤！"

听了他们的话，晏婴在旁独自冷笑。齐景公看到晏婴，便擦干眼泪问道："有什么值得你发笑的？"

晏婴说："假如齐国的先君不死，那么君上您此时哪还会在这儿触景伤情呢？正是因为一个人离开了君位，才有机会让另一个人被立为君。君上您身在福中不知福，这是不智啊！臣对不智的君主及擅长巴结的大臣，又怎能不讥笑呢？"齐景公听了十分惭愧，举起酒觯自罚一觯酒，又罚梁丘据一觯酒。

齐景公既贪酒还好色。一次，齐景公抱着美女饮酒七天七夜还不停止。齐国大夫弦章进谏说："君上您饮酒七天七夜了，臣请求君上停止。不然，请君上您把臣杀了。"这时，晏婴入见。齐景公说："弦章这个小子竟然这样阻止寡人饮酒作乐。如果寡人听从他的，这不是臣子反过来管寡人了吗？可如果把他杀死了，寡人又舍不得。"晏婴答道："弦章幸遇明君！如果他碰到商纣王那样的昏君，早就死了。"齐景公闻言，便停止了饮酒。

一匹心爱的马突然病死了，齐景公很生气，就命令武士拿着刀去肢解养马人。这时，晏婴正陪坐在齐景公旁边，问齐景公："尧、舜肢解人体，不知从身体的哪个部位开始的？"齐景公惊惶地说："寡人错了。"便下令不再肢解养马人，将他拖到街市处斩。晏婴说："这个人还不知道自己的罪过就要被处死，太不明不白了。请让臣历数他的罪过，让他明白犯了什么罪。"齐景公说可以，晏婴便数落养马人道："君上让你养马，马却死了，这是死罪一；死的马是君上最宠爱的马，这是死罪二；使君上因一匹马的缘故而杀人，百姓闻之，必怨恨君上，邻国诸侯闻之，必轻看君上，这是死罪三。"齐景公听到这儿，叹息说："放了他吧！不要损害寡人的仁义名声了！"

齐国出现彗星，齐景公派人祭祀消灾。晏婴谏道："没有益处的，只能招来欺骗。天道不可怀疑，怎么能去祭祷？而且上天有彗星，是用来清除污秽的。君上您没有污秽的行为，又祭祷什么？如果德行污秽，祭祷又能减轻什么？”齐景公很高兴，就停止了祭祀。

齐景公腹脏有病，十几天卧床不起。这一天夜晚，他做了一个噩梦。梦见和两个太阳争斗，最后被打败了。第二天，晏婴入宫探问，齐景公对他说起这个梦，并问道：“这是不是预兆寡人要死了呢？”晏婴想了想，答道：“请召见太卜髭，为君上您占卜吉凶吧。”说完，晏婴出宫，派人用车接来太卜髭。

太卜髭见到晏婴问：“君上有什么事召见我呢？”晏婴告诉他说：“昨天夜晚，君上梦见他和两个太阳争斗，不能取胜。君上说是不是要死了，所以请您去占卜一下。”太卜髭听后，不假思索地说：“往好的方面解释吧。”晏婴点了点头说：“君上所患疾病属阴，梦中的太阳是阳。一阴不能胜二阳，所以预示病将痊愈，请你这样回答吧。”太卜髭进宫以后，听完齐景公的讲述，便用晏婴的话予以回答。

过了三天，齐景公的病果然痊愈了。齐景公十分高兴，要赏赐太卜髭，太卜髭说：“这不是臣的功劳，是相国晏婴教臣这样说的。”齐景公听了，就召见晏婴，要赏赐他，晏婴道：“臣的话由太卜髭讲，才有效果。如果臣自己说，君上您一定不信，所以，这是太卜髭的功劳，臣并没有什么功劳。”齐景公很高兴，二人均赏，并称赞说：“相国不争夺他人功劳，太卜髭不隐瞒他人智慧，都是施行仁义呀！”

九　三桓之乱

齐景公病好后上朝第一天，突然鲁昭公来访，齐景公甚感惊讶。二位君主礼毕，鲁昭公不觉流下泪来，向齐景公讲述了鲁国刚刚发生的内乱——

鲁国流行斗鸡这种赌博游戏，两主人以鸡相斗，得胜之鸡的主人便是赢家。有潜规定，各方均不得作弊，而鲁国“三桓”之一的季孙意如却把山猫油抹在鸡的头上，使对方鸡闻其味而害怕，所以季孙意如家的鸡屡屡获胜，对方的鸡无论怎样雄壮却总是连连失败。

鲁国大夫郈昭伯也喜欢斗鸡，在与季孙意如的斗鸡赌博中，次次败输。季孙意如的家臣在一次酒后把这秘密泄露了，听说这一秘密后十分生气的郈昭伯便在鸡爪上装上锋利的小铁爪，于是反过来季孙意如家的鸡又无一遗漏地连连失败。季孙意如看到郈昭伯家的鸡爪上有弊，大怒，严斥郈昭伯违规。而郈昭伯也不示弱，将季孙意如家的鸡抹山猫油的秘密揭露，于是矛盾突然激化，两方争斗起来，季孙意如出动武力占据了郈昭伯的封邑。郈昭伯向鲁昭公申诉季孙意如无礼，请求鲁昭公为他做主。为了取得鲁昭公的支持，郈昭伯还揭露了季孙意如祭祖时僭越礼制，使用天子和鲁君礼仪——八佾之舞。

所谓八佾舞，就是舞蹈者列成八排，每排八人，共八八六十四人，边歌边舞。这是周天子祭祀时用的规格最高的舞蹈。因为鲁国是周公姬旦的封地，周公姬旦帮助周武王平天下，辅佐周成王坐天下，对周王朝的贡献非常大。为了表彰和报答周公姬旦的恩德，周成王特许鲁国祭祀时可享受天子的待遇，使用八佾之舞。周礼规定，天子用八佾，其他诸侯用六佾，六八四十八人；大夫用四佾，四八三十二人；士用两佾，二八一十六人。超越了这一规定，便是僭礼。

鲁昭公闻听季孙意如不但欺负鲁国大夫，而且敢同周天子、鲁国君主攀比，不由大怒，便出兵攻伐季孙意如。季孙意如登上一个高台向鲁昭公请求："君上您听信别人的谗言，不去细察臣的罪过，就前来谴责。臣不怨恨君上，只请求君上您把臣放逐到沂水边上。"鲁昭公不答应。季孙意如又请求鲁昭公将他囚禁到费邑，鲁昭公也不答应。季孙意如又请求鲁昭公允许他带着五辆车子逃亡，鲁昭公仍不答应。鲁昭公身边的人劝谏道："君上您还是答应他吧。鲁国的国政已经被季氏家族把持很久了，他们的党徒很多，如果逼人太甚，他们就会合谋来对付君上您的。"鲁昭公犹豫间，郈昭伯又给他鼓劲："臣子和君主对抗是大逆不道，要想实现政通人和，就必须把季孙意如杀了。"鲁昭公便继续攻打季孙意如。

两下里一时形成了僵局。这段时间里，季孙意如暗请"三桓"中的另外"两桓"——叔氏、孟氏出兵救援。叔氏家族商议道："有季氏与没季氏，哪一种情况对我们有益？"众人纷纷说："'三桓'是互相支撑，如果没有了季氏，叔氏也就不复存在了。"于是，叔氏率兵援救季孙意如。本持观望态度的孟氏见叔氏前去救援，便先杀了郈昭伯，再带兵前去增援。"三桓"联手攻鲁昭公，鲁昭公大败，被迫逃亡到齐国。

齐景公听完鲁昭公的叙说，不由叹道："您失掉了国家，是因为用人不当，管理不善呀！"鲁昭公答道："是的。寡人年轻时，有很多支持的人，但寡人却没有亲近他们；有很多劝谏的人，寡人却没能采纳他们的意见，因此朝内朝外都没有真心辅佐寡人的人。真心辅佐寡人的没有一个，为非作歹的人却很多。这就好像大雨后孤单的杨树，根不牢固，可枝叶却很繁茂，稍遇点大风，杨树就会被连根拔起。"齐景公说："寡人没什么能力，可有个优点，就是喜欢贤人，并听得进不同的意见，所以寡人现在不用操心国政，每天尽情享受就行了。"鲁昭公眼泪又流了下来，齐景公见此，便说道："您且在馆舍小住，寡人这就派人劝说季孙意如把您迎接回去。”

齐国使节到了鲁国，向季孙意如说明来意。季孙意如想到自己一再哀求鲁昭公，鲁昭公就是不答应，心里恼火，于是便拒绝了齐国使节。

鲁昭公见齐国帮不上忙，便去向晋国求救。此时晋国中军将韩起已亡，荀罃的后人荀跞接任。季孙意如料到鲁昭公会去晋国，便派人送重礼给荀跞，请其不要收留鲁昭公。晋国考虑再三，便将鲁昭公安置到晋国乾侯邑，从此鲁昭公在这里过起流亡国君的生活。

鲁昭公以乾侯为落脚点，会见各国客人，接见鲁国来往官员。鲁昭公的胡须还是一尺余长，威仪依旧可观。鲁国仍把各地进献的供品和收缴的部分税赋，送到乾侯供鲁昭公享用。闲来无事时，鲁昭公经常深入乾侯民间与百姓交往，百姓都很喜欢他。当风雨交加时，鲁昭公就想起自己的君主生涯——曾经因为大屈宝弓之事被楚灵王羞辱；在平邱会盟时，被晋昭公驱出会场；在国内，被“三桓”欺凌……越想越难过，越难过越反思。五年后，客死乾侯。其实，鲁昭公不是昏君，他曾支持孔子出外求学，也一心想让鲁国保持礼仪，只是做好事的力度不够，处理事情的技巧不灵活，在被逐出鲁国后的反思有点儿晚。不过，鲁国人还是怀念他，编了《鸲鹆歌》来吟唱——

> 鸲鹆来巢，公在乾侯。
> 鸲之鹆之，公出辱之。
> 鸲鹆之巢，远哉遥遥。
> 鸲鸲鹆鹆，往歌来哭。

鸲鹆，是八哥鸟。在鲁昭公去世后，季孙意如立公子姬宋为国君，这就是鲁定公。因为季孙意如和晋国中军将荀跞关系不错，鲁国听晋国的而不听齐国的，加上鲁国季孙意如不给齐国面子，齐景公便大怒，三番五次派兵侵犯鲁国，鲁国干瞪眼瞅着，也没力量报复。不久，季孙意如去世，他的儿子季孙斯接替了他的上卿职位。

且说鲁国“三桓”，权势一天比一天大，为了管理封邑和鲁国政务，便各自提拔任用自己的家臣。这些家臣的职权也一天比一天大，到了最后，竟为所欲为，欺负起主人来。季氏的主要封邑是费邑，邑宰是公山不狃；孟氏的主要封邑是成邑，邑宰是公敛阳；叔氏的主要封邑是郈邑，邑宰是公若藐。三处封邑的城墙，都是邑宰自己后来翻修加筑的，极其坚厚，和都城曲阜一样。三个邑宰中，以公山不狃最为强横。季氏还有个家臣，名叫阳虎，生得身长九尺，勇力过人，而且诡计多端。季孙斯起初把他视为心腹，让他到自己的另一处封邑讙阳当邑宰，后来阳虎渐渐作威作福，季氏反被所制，奈何不了他。季氏内受家臣的牵制，外受齐国的侵扰，两头受气，却一时束手无策。

孟氏的宗主是孟孙无忌，他的儿子跟着孔子学礼义。此时孔子正在鲁国，继续办学。弟子中又多了颜回、冉求、子贡等人。孟孙无忌知道孔子提倡"温良恭俭让、恭宽信敏惠"，而这些正是解决"三桓"内部矛盾的良药。于是，孟孙无忌就对好友季孙斯说："要安定内外的变乱，非用孔子不可。"季孙斯就把孔子请来，和他谈了一整天。季孙斯感觉与孔子交谈，好似置身于江海之中，无法窥测到江海的边际。

季孙斯起身如厕，忽然有个费邑人前来报告："打井的人从土里挖出个瓦罐，里面有个像羊的东西，不知道是什么。"

季孙斯正想考考孔子的学问，就嘱咐这人别言声，自己回到座位上对孔子说："有人打井时从土里刨出来一只狗，您看这是什么东西？"

孔子说："依我看，这一定是羊，而不是狗。"

季孙斯惊奇地请教孔子，孔子说："我听说山里的怪物叫魍魉，水里的怪物叫罔象，土里的怪物叫羵羊。如今是打井时在土里得到的，那它就肯定是羊了。"

季孙斯问："那为什么叫羵羊呢？"

孔子说："因为它非雌非雄，徒有其形。"

季孙斯就把那个费邑人找来一问，那东西果然分不出公母来。季孙斯大声惊叹道："孔子的学问，真是高深莫测呀！"他便请孔子到自己的另一处封邑中都邑担任邑宰，牵制公山不狃等尾大不掉的家臣。

孔子上任后，用"仁政""富民""教礼""守信"等教义、措施，把中都治理得井井有条，四面八方都派人来观摩他的施政之道，并把这些拿来当作自己的行政法则。

鲁定公开始认识到孔子的贤德和才能，打算把他升为负责建筑工程的司空，不再让其担任季氏的家臣，直接归自己管辖。此时内史左丘明在身旁，鲁定公问他：“寡人打算重用孔子，想明日与季孙斯商议此事，你看如何？”

左丘明答道：“君上您要任用孔子，却又想和季孙斯商量，他怎么会支持您的主张呢？”

鲁定公百思不得其解，便问道：“你怎么知道他不会同意？”

左丘明笑了笑，回答道：“从前，周朝有个人很喜欢毛皮大衣，同时也很喜欢美味肉食。他想做件贵重的皮大衣，于是就去和狐狸商量，直接向狐狸索要皮毛；他想办桌味道鲜美的大餐，于是就去同羊商量，直接向羊索要羊肉。话还没说完，狐狸和羊便都躲藏了起来。因此，五年过去了，这人一件皮大衣也没做成；十年过去了，一次羊肉大餐也没吃上。原因其实很简单，那就是这个人的谋略不对。现在君上您打算重用孔子，却召季孙斯来商量，这就是同与狐谋皮、与羊商肉是同一个道理。”

鲁定公说道：“寡人明白了，孔子师徒贤而有才，季孙斯不会放他们来朝廷的，当然不会支持寡人任用孔子。”鲁定公听从左丘明的建议，没经季孙斯同意就直接任命孔子为鲁国司空。

且说孟孙无忌推荐了孔子，让其处理“三桓”内部之乱，孟孙无忌的强横家臣成邑邑宰公敛阳心有担忧，见孔子入朝为官，更是惧怕。郈邑邑宰公若藐对公敛阳说：“你何不想办法推荐少正卯呢？少正卯和孔子都开办私学，招收学生。少正卯的课堂多次把孔子的学生吸引过去，只有颜回没有去。少正卯博闻强记，能言善辩，国人都叫他‘闻人’。”公敛阳顿时大悟，说道：“对呀！有少正卯牵制孔子，我等可以高枕无忧了。”于是向鲁定公举荐少正卯，鲁定公便拜他为大夫。

这少正卯口是心非，阳奉阴违，见了“三桓”就当面称颂他们辅佐国君、匡扶国家之功；见了阳虎、公敛阳、公若藐那帮人便当面夸赞他们因公废私之德，鼓动他们挟鲁君以令“三桓”，挑唆得上下水火不容，可人人都觉得少正卯向着自己，谁也没有觉察到他的奸邪，只有孔子清楚。

且说“三桓”的家臣越来越猖狂，阳虎打算犯上作乱，乘机夺权。他知道叔孙辄不受叔氏家族的重用，又和费邑邑宰公山不狃过从甚密，就把他们俩找来商量，计划先想个主意把季孙斯干掉，让公山不狃代替季孙斯的职位，让叔孙辄代替叔氏宗主叔孙州仇的职位，阳虎自己代替孟孙无忌的职位。

阳虎听说孔子很贤德又有才能，就想把他招到自己的门下做个助手，于是派人用委婉的语言暗示孔子来曲阜他的家中见他，孔子没搭茬儿。阳虎又派人给孔子送去一只蒸乳猪，孔子说：“这是阳虎引诱我去向他道谢，好借机会和我见面。”就叫弟子等到阳虎外出之时，把表示感谢的名片塞到门里，然后赶紧回来。阳虎竟想不出办法来让孔子屈从。孔子见他过分嚣张，便和孟孙无忌闲聊时，秘密说道：“阳虎肯定要犯上作乱，也肯定要先从季氏下手。您应该预先做好准备，才能免受其害。”孟孙无忌听信孔子所言，假装在南门外盖住宅，把四周全立上栅栏，又挑选了三百名精壮汉子当工匠，实际是为了看家护院，防备叛乱。

这年秋八月，鲁国将要祭祀宗庙。阳虎请季孙斯在祭祀后的第二天，到他曲阜家中赴宴。孟孙无忌听说后，心里说：“阳虎请季孙斯吃饭，这事值得怀疑。”于是派人告诉公敛阳，约好当天中午让他带着兵丁从东门走到南门，一路上观察动静，待机救援。

到了请客这天，阳虎亲自来到季孙斯家，请他上车。阳虎在前边引路，他的弟弟阳越殿后，左右都是阳虎的手下。只有给季孙斯驾车的林楚，世代都是季氏门客。

季孙斯见请客的阵势不对，怕出意外，就悄悄对林楚说：“你能把我的车赶到孟孙无忌家吗？”林楚点头会意。等车来到大街上，林楚就把车赶向南边，一连抽了马好几鞭子，使马拉车拼命地向前跑。阳越在后边瞧见，扯着脖子直喊：“勒住缰绳！”林楚也不应声，又给了马儿鞭子，车跑得更快了。阳越急了，挽弓搭箭直射林楚，没射中，也扬起鞭子打马，心一急，鞭子脱落到地上，等他把鞭子拾起来，季孙斯的车早跑没影儿了。

季孙斯出了南门，一直跑进孟孙无忌府，关好栅栏，大叫道：“无忌救我！”孟孙无忌让三百名壮汉拿着弓箭埋伏在栅栏后边。过了一会儿，阳越到了，领着手下冲着栅栏就杀过来。三百名壮汉从里边一齐射箭，数人应声而倒，阳越连中数箭，当场毙命。

再说阳虎快到东门了，回头一看，不见了季孙斯，就掉转车头顺着原路往回走，走到那条大街上，问过路人："见到上卿季孙斯的车没有？"过路人说："马惊了，已经出了南门。"话音没落，阳越的手下也逃回来了，阳虎才知道阳越已经被射死，季孙斯逃进了孟孙无忌的新府。阳虎气得七窍生烟，驱赶着手下人急忙赶到内宫，把鲁定公劫持出宫。半路上遇到叔孙州仇，阳虎也把他给劫了。然后带着手下人，一起进攻孟孙无忌府。孟孙无忌领着三百名勇士奋力抵抗。

阳虎见久攻不下，就命人用火焚烧栅栏，这可把季孙斯给吓坏了。孟孙无忌让他抬头看太阳，只见晴日当空，孟孙无忌说："成邑的救兵马上就到，不用担心。"话还没说完，只见东面一群兵丁来到，为首一人大叫："公敛阳来此！"阳虎知道是孟孙无忌的援军来到，便率人迎住公敛阳厮杀。阳虎越战越勇，公敛阳却渐渐支持不住。叔孙州仇这时忽然从后边喊道："阳虎打败了！"随即率领自己的手下，拥着鲁定公往西跑去，鲁定公的那些卫兵也跟着一起跑。孟孙无忌领着壮汉们杀出栅栏，季孙斯的家臣苫越也带兵丁赶到。阳虎见势单力孤，迅即撤离，跑到讙阳据守。

三支人马合力攻城，阳虎力不能支，忙命手下火烧城门。乘着攻城人马躲避退却、一片慌乱之时，自己冒着烟熏火燎跑出城门，投奔了齐国。

阳虎拜见齐景公，把讙阳田地作为礼物献给了齐国，意欲借兵伐鲁。

鲍国闻听，向齐景公奏道："以前季氏放逐鲁君，独揽鲁政，现今阳虎以家臣的身份图谋其主，虽是效仿家主的做法，天理报应季氏，但阳虎仍然是大逆不道。不如捉住阳虎退还鲁国田地，给鲁国一个欣喜。"齐景公深以为然，就派人囚禁阳虎。阳虎闻听，连忙逃到宋国，宋国让他先住在匡邑。阳虎虐待匡邑的百姓，众人想杀他。他又投奔到了晋国，在赵武之孙赵鞅手下做事。

话说阳虎从齐景公手里逃走后，齐景公致信鲁定公，叙说两国友谊，就势约鲁定公在齐鲁交界的夹谷聚会，永息干戈。

鲁定公收到来信，就把“三桓”找来商量。叔孙州仇说：“齐人多诈，君上不能贸然前去。”季孙斯说：“齐国屡次侵犯鲁国，现在想跟我们和好，怎么能拒绝呢？”闻听此言，鲁定公下定了赴约的决心，说道：“寡人要去的话，谁来陪同？”孟孙无忌说：“孔子熟知礼仪，还能言善辩，可以胜任。”鲁定公当即把孔子召来，请他筹划齐、鲁两君会见之事。

临行时，孔子对鲁定公奏道：“有文事者，必有武备。文武两种方法，不能互相脱离，当年宋襄公盂邑会盟之事可以引为鉴戒。现在请君上您配备左右司马同行，以防不测。”鲁定公听从孔子的劝告，就派申句须为右司马、乐颀为左司马，各领军士五百人，远远地跟在后边；又安排鲁军战车三百乘，离聚会之地夹谷十里处扎寨。

这夹谷紧临齐国莱地，是泰山以东的一处狭长沟谷，谷深林密，层峦叠嶂，苍松翠柏，遮天蔽日。千溪万壑，流水叮咚，似在歌咏；南坡北岭，鹿奔雉飞，像在比赛。如此和美幽雅的世界，却正孕育着一场风暴。

且说齐国大夫黎弥以足智多谋著称，梁丘据病死后，齐景公特别宠信他。齐景公率晏婴、黎弥及众多军士到了夹谷后，黎弥秘密地对齐景公奏道：“齐、鲁结仇，已经很久了。臣观察孔子的为人，知礼而无勇，不大熟悉用兵打仗之事。明天君上和鲁君见礼以后，请让人演奏当地音乐，臣派三百莱地土著人吵吵嚷嚷拥上前去，瞅机会拿住鲁君，把孔子也一块儿捉住。臣再调集兵车，从坛下杀散其余鲁国人。那时候鲁国君臣的性命都攥在我们手里，任凭君上处置，不比兴兵讨伐强吗？”

齐景公说：“这事能不能办，应该和相国晏婴商量。”

黎弥说：“如果相国晏婴同意，这事就办；如果相国晏婴不同意，这事就不办了吗？现在机会来临，不可错过，请让臣一个人办吧？”

齐景公一时迷了心窍，被黎弥说动了心，改变了原初的思路，想了想道：“好，寡人听你的，你可得小心点儿！”

齐景公到了夹谷不久，鲁定公率孔子等来到。孔子听说齐国来的军士很多，便叫申句须、乐颀紧紧相随。

第二天一早，两位国君在夹谷盟坛下见了面，施礼谦让一番后，一起登坛。齐国的相礼是晏婴，鲁国的相礼是孔子。两位相礼拱手行礼后，各从其主，登坛交拜。两位国君共叙友情，互相赠送了礼物。等这些礼仪完了，齐景公就对鲁定公说："寡人这儿准备了当地音乐，愿意和您一起欣赏。"于是传令莱人出场。

只见坛下鼓声大振，莱地的三百多土著人，手里拿着旗子、矛戟、盾牌，嘴里呼喊着，蜂拥而至。刚上了一半台阶，鲁定公的脸色就变了。孔子镇定自若，向前一步对齐景公说："我们两君聚会，本应按周礼行事，为什么要演奏这些土著音乐，请君主您命令这些人离开。"晏婴不知道这是黎弥的计策，也对齐景公奏道："孔子说的是正礼。"齐景公很惭愧，急忙派人让这些土著人退下。鲁定公见孔子用周礼作武器，斥退了这些来路不明的莱人，心中暗暗高兴。

黎弥正埋伏在坛下面，只等土著人下手，就带人冲上去，没想到这些人都叫齐景公打发下来，心里很不高兴，就把齐国宫廷乐工叫来吩咐道："筵席中间叫你们演奏音乐时，你们一定要唱那首《敝笱》歌，想怎么唱就怎么唱，如果把鲁国君臣逗乐了或者惹恼了，我都有重赏。"《敝笱》这首诗是讽刺鲁国先君鲁桓公身为堂堂一国君主却不能管住老婆，黎弥想用它来羞辱鲁国。

黎弥走上台阶对齐景公奏道："两国君主相会，怎能没有音乐呢？何不演奏齐国宫廷乐曲，以祝两国君主高兴？"齐景公说："齐国宫廷乐曲不是土著音乐，快点儿让他们演奏吧。"齐景公话音刚落，齐国二十多个男女艺人，穿着异服，涂着脂粉，奏的奏，跳的跳，舞的舞，其中一人笑着唱起《敝笱》歌——

> 敝笱在梁，其鱼鲂鳏。齐子归止，其从如云。
> 敝笱在梁，其鱼唯唯。齐子归止，其从如水。

孔子明白，敝笱，喻指鲁桓公；鱼，喻指文姜。这首诗表面上说坏了的捕鱼工具，不能捕到大鱼，其实是在嘲笑鲁桓公管不住自己的夫人文姜。想到这，孔子按着宝剑，瞪圆了眼睛，盯着齐景公说："戏子戏弄诸侯，罪该处死！请让齐国官员来执行！"齐景公没吱声，艺人嬉笑如故。孔子说："两国既然已友好相交，如同兄弟，那么鲁国官员就是齐国官员了。”于是举起手臂向坛下一挥，大声疾呼：“申句须、乐颀在哪儿？”二位司马听到呼声，飞身上坛，捉住唱歌之人，当下斩首，其余艺人顿时鸡飞狗跳，慌忙逃走。齐景公心中惊骇不已，鲁定公随即起身。黎弥起初还想在坛下拦截鲁定公，忽然探子来报，十里之外有鲁国大队兵马，只好缩着脖子退了回去。

会盟草草收场，齐景公回到寝帐，把黎弥找来臭骂一顿：“孔子做鲁国的相礼，一举一动都合乎周礼，你倒好，偏让寡人这、寡人那，寡人本想和他们加深友谊，这下反而成了仇人了。”黎弥吓得赶忙谢罪，不敢还一句嘴。此时晏婴在旁，向前说道：“小人知其过，谢之以文；君子知其过，谢之以质。如今鲁国讙阳田地在我们手里，这是阳虎献的不义之物，如果不归还鲁国，他们一定不肯甘心。君上何不乘此机会，把这块田地还给鲁国以示歉意，鲁国君臣一定喜出望外，那我们和鲁国的关系就能稳固了。”齐景公觉得有理，就派晏婴把讙阳还给了鲁国。

这讙阳原是季氏封邑，因此季孙斯从心里感激孔子，特地在那儿修了一座城，取名叫谢城，以表彰孔子的功德。季孙斯又建议鲁定公，把孔子升为了大司寇。

一日，齐国南部忽然飞来了一只大鸟，三尺来长，黑身白颈，长嘴独足，鼓动两只翅膀在田间飞舞，当地人追了半天也没捉到，最后大鸟腾空而去，飞向北方。季孙斯听说了这件怪事，就去问孔子。孔子说：“这只鸟名叫商羊，生于北海之滨。天降大雨，商羊起舞。它出现的地方，必然淫雨成灾。齐国和鲁国边界相连，不能不早做准备。”季孙斯听了这话，赶紧预告附近的鲁国百姓，让他们抓紧时间修堤盖屋。没过三天，果然天降大雨，汶水泛滥，鲁国百姓有备无患。这事传到齐国，齐景公更把孔子看成是神人。此时，孔子博学的名声越来越大，许多人都称他是无所不通的圣人。

孔子的门徒越来越多，季孙斯到孔子门下去寻访人才。孔子就把自己的弟子子路、冉求推荐给他，说他们可以从政，季孙斯就把他们俩都收为自己的家臣。

有一天，季孙斯问孔子：“阳虎虽然离开了，可是公山不狃却继续猖狂起来，怎么才能制服他呢？”孔子说：“要想制服他，就要先严明礼制。古时候做臣子的不能收藏武器，大夫不能修筑超过一定长度和高度的城墙，所以邑宰们就没办法造反作乱。您何不毁掉他们的城墙，收缴他们的武器？这样就可以保证上下永久相安无事了。”季孙斯觉得孔子说得很有道理，就把他的话转告给孟孙无忌和叔孙州仇。孟孙无忌说：“只要对国家有利，我还能舍不得自己的那点儿好处吗？”叔孙州仇也不言语。

少正卯嫉妒孔子师徒都升了官，听到这个消息，就派人送信给公山不狃。

公山不狃闻听削城，不由心中惊怕。他决心诱杀孔子，以泄私愤，于是派人给孔子送去礼品和信简，上面写道：“鲁国‘三桓’擅政，君弱臣强，人心积愤。公山不狃虽为季氏家臣，实慕公义，今愿以费邑归公，辅国君以锄强暴。今劳驾大司寇前来费邑，面商此事。”

孔子收到信后，就去向鲁定公奏道：“公山不狃来信，表面上是为鲁国社稷着想，可字里行间透露着阴阴杀气，这实是暴雨前夕的沉闷，意在诱杀臣，然后据费邑叛乱。真要是叛乱起来，免不了大动兵戈，亡民伤财。臣愿意一个人前去劝说，君上您看怎么样？”鲁定公说：“国家多事，全仗你主持，寡人怎么能让你离开呢？”孔子便把信简和礼品都退了回去。

公山不狃见孔子不来，就鼓动成邑邑宰公敛阳和郈邑邑宰公若藐，同时起兵叛乱。公敛阳和公若藐都不敢行动。郈邑守吏侯犯，勇武善射，郈邑人都很敬畏他。侯犯早就心存反叛，在公山不狃的挑拨下刺杀了公若藐，自立为郈邑邑宰。

叔孙州仇听到侯犯叛乱，就去找孟孙无忌求助。孟孙无忌说：“我愿助你一臂之力，一同消灭这个叛奴。”于是孟氏、叔氏两家合兵包围了郈邑。侯犯全力抵抗，攻城兵丁死伤很多，一时不能取胜，叔孙州仇便向齐国求援。

且说叔氏有个家臣，名叫驷赤，也在郈邑里。他假装归附了侯犯，对他说：“叔氏到齐国搬救兵了，如果齐国来助，我们可就抵挡不住了。您何不把郈邑献给齐国？现在的齐国虽然表面上和鲁国亲热，实际上心怀鬼胎。要是齐国接受了郈邑，就会全力支持您，从而让您转危为安，您何乐不为？”侯犯说：“这计不错！”当下派人去向齐国请降，要把郈邑献给齐国。

齐景公召来晏婴问道："叔孙州仇请求我们派兵伐郈，侯犯又拿郈邑来作为投降礼，寡人该怎么办才好呢？"晏婴答道："刚和鲁国讲和，怎么能接受他们叛臣献给的土地呢？臣看还是帮助叔孙州仇对。"齐景公狡黠地一笑，慢慢说道："郈邑乃是叔孙州仇的地盘，和鲁国国君没什么关系。何况叔氏主子、家臣自相残杀，对鲁国来说是坏事，对齐国来说是好事。现在，寡人已经想好了一个主意。"齐景公当即派大司马田穰苴率军驻扎在边界，静观鲁国的变化。要是侯犯能够抵抗住孟、叔两家之兵，就出兵帮助据守郈邑，把侯犯接到齐国来；要是两家胜了侯犯，就说正欲帮助攻城，一切见机行事。

几天以后，侯犯派出的人从齐国返回，报告说："齐国已经答应援助我们了。"驷赤到侯犯那儿祝贺了一番，然后派人四处散布流言："侯犯要把郈邑的百姓都迁到齐国去，齐国的兵马就要到了，这可如何是好？"一时间闹得满城风雨，人心惶惶。有不少人到驷赤家去打听消息，驷赤就说："我也是刚刚听说的，齐、鲁新近交好，不会杀你们，但会把你们迁到齐国，充实那些边远穷困之地。"自古道："故土难离。"一听说背井离乡，哪个不怕？大家一传十，十传百，满城百姓都怨恨起侯犯来。

这天晚上，驷赤探听到侯犯喝得酩酊大醉，就命令众手下满城大声呼喊："齐国兵马已经到城外了！你们赶快收拾行李，三天内全部动身。"一边喊，一边号啕大哭。

郈邑百姓惊慌失措，大都跑到侯犯家门口去探听虚实。此刻，老的小的一把鼻涕一把眼泪，青壮年则是咬牙切齿，痛恨侯犯。侯犯尚在大醉，不能出来。百姓却是越聚越多。突然有人发现侯犯家门处藏着许多兵甲，大家就抢着穿上盔甲，拿上武器，齐声呐喊，把侯犯家团团围住。这时，连守城兵丁也跟着反了。

驷赤见已到火候，就跑去告诉侯犯："郈邑百姓都不愿投降齐国，全城造反了。您还有兵丁吗？我愿意带兵去镇压他们。"侯犯此时已醒酒，看到全城皆乱，心中已没了主张，无奈地叹口气道："事到如今，我看还是逃走吧。"驷赤立即说："我就是豁出命来，也要把您安全护送出去！"

驷赤出门对百姓说道："请你们让开一条路，让侯犯出走。如果侯犯一走，齐国兵马就不会来了，大家就可以安心了。"百姓照他说的，让开了一条路。驷赤在前，侯犯在后，还有百十口家属，坐上十几辆车走了。

驷赤一直把他们送出东门，然后领着孟、叔两家兵丁进了郈邑。叔孙州仇要追击侯犯，驷赤说："我已经答应免他一死了。"叔孙州仇也就不再派人去追。

叔孙州仇进城以后，立即下令把城墙降低三尺，又任命驷赤为郈邑邑宰。

齐国大司马田穰苴听说孟、叔两家兵丁已经平定了郈邑，就按齐景公的指示，把兵马撤了回去。

且说公山不狃起初听到侯犯叛乱，孟、叔两家讨伐的消息，兴奋地大叫："季氏孤立无援了！乘虚而入，鲁国就是我的了！"于是调动费邑全部兵马，杀到曲阜。叔孙辄为内应，打开城门放他进去。

鲁定公急忙把孔子叫来询问对策，孔子奏道："君上您的卫兵力量太弱，不顶用，请赶快到上卿季孙斯那里避一避吧。"鲁定公同意了，便急忙领着孔子赶到季孙斯府。季孙斯府里筑有高台，非常坚固，鲁定公这才安下心来。过了一会儿，司马申句须、乐颀都率军士赶到。

公山不狃和叔孙辄商量说："我们这次举事，用的是扶助公室、抑制私家的名义，如果不打着国君的招牌，就很难除掉季氏。"于是一起去宫里找鲁定公。找了半天，才知道鲁定公已经去了季孙斯府上，便把人马集中起来前去攻打季孙斯府。

申句须、乐颀二位司马领兵对阵。孔子扶着鲁定公站在高台上，冲着费邑人马喊道："君上在此，你们难道不懂得顺逆道理吗？你们赶快放下武器，既往不咎！"费邑军士都知道孔子是个圣人，谁敢不听？全都丢掉了兵器拜伏在台下。公山不狃和叔孙辄眼看大势已去，只好逃往国外。

季孙斯到了费邑，下令降低城墙高度，恢复当初的规模。

孟孙无忌也想降低成邑的城墙，成邑邑宰公敛阳便征求少正卯的意见。少正卯说："郈、费两城都是因为叛乱才被降低了城墙，要是把成邑的城墙也降低了，还拿什么把您和叛臣区别开呢？您只要说：

‘成邑是鲁国的北大门，如果降低了城墙，齐兵前来侵犯，拿什么来抵抗呢？’这样的话，就是违抗命令也不算反叛。”公敛阳听信了他的话。此时，恰巧孟孙无忌又派人前来催促，公敛阳就派手下兵丁穿上铠甲，登上城墙，谢绝主子孟孙无忌的使者：“我不是为孟氏守城，而是为鲁国守城。齐军没准哪天会来进犯，我这里如果没有防御屏障可不行，因此我宁愿舍掉性命，也不敢动这城上的一砖一土。”

孟孙无忌无奈，对孔子说起这事。孔子笑着说：“公敛阳不会编出这样的话来狡辩，一定是‘闻人’少正卯教他说的。”此时他便有了铲除少正卯、改变鲁国不良政风的心思。

季孙斯赞许孔子平定费邑之功，自知才能不及孔子百分之一，便向鲁定公推荐孔子：“齐国开始设立相国之职，我国不妨仿效，请让孔子代行相国之职。”鲁定公准奏，于是事事都要征求孔子的意见。但是不管孔子有什么意见，两面三刀的少正卯总是当面奉迎，背后歪曲。

孔子看不惯少正卯的伎俩，便秘密向鲁定公奏道：“鲁国之所以不能振兴，原因在于忠奸不分、赏罚不明。人们常说，保护良苗，必锄莠草。希望君上您不要姑息养奸，请搬出宗庙中的斧钺，陈列在大殿的两旁。”鲁定公点头同意。

第二天，鲁定公让群臣讨论成邑降低城墙的利弊，全凭代理相国、大司寇孔子裁决。大家你一言、我一语，有说应该的，有说不应该的。少正卯还是当面迎合孔子，列举了降低城墙的六个好处：“如果降低，可以显出君主的高贵；可以恢复成邑的原貌；可以抑制私人势力的扩张；可以使跋扈的家臣无所凭借；可以平衡‘三桓’的心理；可以使邻国知道鲁国兴利除弊从而更加敬重鲁国。”少正卯说完这番话，得意洋洋，但内心之中又在思索如何串通公敛阳来抵制孔子施政。

孔子明白少正卯所思、清楚少正卯所为，毅然对鲁定公奏道：“少正卯说错了！成邑已为一座孤城，还能有什么作为？况且公敛阳忠于君上，怎么说他是跋扈的家臣？少正卯巧言乱政，离间君臣，依法当斩！”众臣见此，纷纷说：“少正卯是鲁国的‘闻人’，说得也许不当，但还不至于斩首。”孔子又对鲁定公奏道：“少正卯花言巧语、善于狡辩，知识渊博、用心险恶，行为险僻、两面三刀，徒有虚名、惑乱人心，不杀无法端正朝纲、治理国政。臣官居大司寇，摄行相事，特请求君上严正法典。”孔子为鲁国屡建功勋，鲁定公从内心里支持孔子，便予以默许。孔子于是命令武士把少正卯推出殿外，一剑砍了。鲁国众臣脸上都变了颜色，“三桓”心里也有些凉飕飕的。成邑降低城墙高度之事，也就不了了之。

自从杀了少正卯，孔子的以仁治国方略得以顺利实施，孔子的才能得以充分展示和尽情发挥，鲁定公和“三桓”都虚心听取他的意见。孔子于是建立纲常，整饬纲纪，敬以礼义，知廉明耻，因此百姓秩序井然且国家欣欣向荣。三个月以后，鲁国的风气焕然一新：市场上买卖东西货真价实，童叟无欺；男女走路分别左右，互不相扰；百姓路不拾遗，夜不闭户；四方来客到了鲁国，吃住不愁，宾至如归。鲁国人编了一首歌唱道——

衮衣章甫，实获我所。章甫衮衣，惠我无私。

衮衣，君主穿的绘有卷龙的礼服；章甫，一种帽子，孔子经常戴它。这首歌实是鲁国人赞美鲁定公和孔子的。

此歌传到齐国，齐景公大惊失色，向众臣说道：“鲁国强盛，那么齐国就危险了！”却说齐国大司马田穰苴撤兵后不久，晏婴就因病去世了。齐景公非常悲哀，哭泣了好几天。现在听说孔子辅佐鲁定公，让鲁国大治，便惊惧地说：“鲁国有了孔子一定会图谋霸业，图谋霸业又必然会争夺地盘，齐国是鲁国的近邻，恐怕马上就会大祸临头，这可怎么办？”

大夫黎弥奏道：“君上担心鲁国重用孔子，为什么不想个办法来阻止这事呢？”

齐景公说：“鲁国刚把国政交给孔子，寡人怎么阻止得了呢？”

黎弥奏道：“臣听说国泰民安之后，便容易产生骄奢淫逸之情。请君上挑选一些能歌善舞的美女，把她们送给鲁君。鲁君真要收下她们，必然懒得去管政事，也会因此而疏远孔子。孔子品行高洁，自尊心强，见鲁君疏远他，也必然会离开鲁国而去别的国家，到那时君上就可以高枕无忧了。”

齐景公听了这话，顿时眉开眼笑，当下命黎弥挑选出年轻漂亮的女子八十人，全都穿上鲜艳的衣裳，教习唱歌跳舞。又挑选了一百二十匹好马，毛色五彩斑斓，各不相同，远远望去，就像一片云霞，一匹锦缎。

齐景公派使节把美女、良马给鲁定公送去。使节来到鲁国都城南门外，搭了两座彩棚，东边的彩棚安放良马，西边的彩棚陈列乐女，然后自己进城拜见鲁定公。

自从“三桓”的内部矛盾得到妥善处理后，季孙斯天天安享太平，忘乎所以。忽然听说齐国送来不少能歌善舞的美女，当即换上便服，坐车偷偷溜出了南门。只见西边的彩棚里正在练习乐女，舞态优雅婀娜，歌声直入云霄，就像游天宫看仙女。季孙斯一动不动地站在那儿看了老半天，只看得手麻脚软、目瞪口呆、意乱神迷、魂不守舍。

鲁定公一天宣了他三次，季孙斯因为贪看乐女，竟然没抽出空儿来。直到第二天，他才进宫去见鲁定公。鲁定公与他商量齐国送来美女与宝马一事，季孙斯说:“这可是齐国的一番美意，咱可不能拒绝。”鲁定公也有些动心，就问:“乐女在哪儿呢？能不能先去瞧瞧？”季孙斯说:“排列在南门以外，君上您要想看，臣这就陪君上您去，只怕惊动百官，不如换上便服方便。”于是君臣二人都脱去了朝服，换上便装，各乘小车，一直到了南门外西棚下。

西棚内依旧歌喉传娇、舞袖增艳，八十名乐女，轮流转换，歌舞悦耳夺目，让人应接不暇，把君臣二人乐得手舞足蹈，流连忘返。随从内侍又对鲁定公夸起了东棚里的骏马，鲁定公说:“这边的景观已经是登峰造极了，那些马就不必看了。”

鲁定公回宫后，当即重赏齐国使节，然后把这些乐女都接到宫里，把其中的三十人送给了季孙斯，那些马也叫人专门喂养。一时间，鲁国内宫及季孙斯府美女如云，莺歌燕舞不断。鲁定公和季孙斯自从得了这些乐女，各自受用，日则歌舞，夜则枕席，一连三天，没去上朝听政。

孔子听说了这事，凄然长叹。弟子子路前来看望孔子，劝他说:“君上懈怠政事，夫子您干脆离开这儿算了。”孔子说：“倘若大礼不废，鲁国还有希望。人无外忧，必有内患。现在晋国霸业衰退，楚国也很久没有骚扰鲁国了，估计楚国国内出了问题。”不出孔子所料，楚国确实出了问题。

第三篇

漫漫长夜

大荒之中，有山名曰北极天柜，海水北注焉。有神九首，人面鸟身，名曰九凤。

在楚国宫殿里，有两位师傅给一位学子上课，他们朗读的是《山海经》中的句子。这位学子是楚平王长子芈建，已经被立为世子。两位师傅中，一位是太师伍奢，一位是少师费无极。伍奢说："这《山海经》中提到的九凤是神鸟，我们楚人自古尊凤崇凤，凤是我们楚国尊严的象征。"费无极笑嘻嘻地在旁边补充道："这九头凤就是九头鸟的最早说法。我们楚人攻无不克、战无不胜，常常以九头鸟自喻。"两位师傅都进行讲解，但世子芈建对伍奢热情，而对费无极冷漠。

且说楚平王即位后，四方安宁，他终日沉溺于声色淫乐之中。少师费无极善于阿谀奉承，世子芈建讨厌这种性格，渐渐疏远他。费无极虽然做了世子少师，但在世子芈建身边少，在楚平王身边多，他常常跟随楚平王淫乐。令尹斗成然依仗功劳专权，任意而为，费无极向楚平王进谗言把他杀掉了，由阳匄任令尹。世子芈建常说斗成然冤枉，费无极心里惧怕，和世子芈建之间的裂痕越来越宽。

费无极的心里一直忌恨世子芈建，总想离间他们父子，可始终没想出什么好主意。费无极知道楚平王是个酒色之徒，便决定在这方面做文章。他向楚平王建议道："世子已经长大了，为什么不给他成亲呢？想求婚，没有比秦国更好的了。秦国是西方强国，和我们楚国也很和睦。如果两个强国结了亲，那我们的势力就会越来越大了。"楚平王听从了他的意见，就派他到秦国去为世子芈建求婚。

此时秦国国君是秦哀公，秦桓公早已去世。秦哀公把大臣们召来，商量是否答应这门亲事。秦国众臣说：“以前我们秦国和晋国世代结亲，如今和晋国好久没有交往了，而楚国的势力正在强盛，这门亲事不能拒绝。”秦哀公就派人去楚国回聘，答应把妹妹孟嬴嫁过去。楚平王又命费无极带着彩礼，到秦国去迎亲。秦哀公很高兴，当即命公子嬴蒲送孟嬴到楚国，带了上百车的嫁妆和几十名陪嫁婢女。

一 伍子胥出逃

费无极在迎亲的途中，目睹孟嬴是个绝代佳人，又见陪嫁的婢女中，有一位长得端庄秀丽。费无极暗里查访，得知这女子是齐国人，后来被选到秦宫里，当了孟嬴的婢女。费无极打探清楚后，就派人悄悄把这个齐女叫来，对她说："我看你有贵人之相，有心要抬举你，将你嫁于楚国世子芈建，你要是能按我说的去做，保你将来有享不尽的荣华富贵。"齐女低着头不说话，费无极便将自己的计谋一一交代。

费无极抢先回到楚国，赶回宫里报告楚平王："孟嬴已经到了，离这儿还有一百来里。"

楚平王问："你看见她的相貌如何？"

费无极正要夸张孟嬴的美貌，以招惹楚平王的邪念，从而离间他们父子，楚平王这么一问，正中下怀，当即答道："臣见过的女子多了，可从来没见过像孟嬴这么美的。不但我们楚国的内宫没一个比得上她的，就是历史上的绝色美女褒姒，恐怕也是徒有虚名，远远不及孟嬴！"

楚平王听他这么一说，禁不住脸上通红，半晌说不出话来，愣了半天才慢慢地叹口气说："寡人枉自称王，竟然没遇上这样的绝色美女，真是白活一辈子！"

费无极请楚平王叫内侍们退下，然后悄悄地对他奏道："大王您要真喜欢孟嬴，何不把她娶过来？"

楚平王说："已经说好嫁给世子芈建，再这样做恐怕有伤人伦。"

费无极说："没关系。孟嬴虽然聘给世子，可还没成亲，大王您把她接过来，谁敢说别的？"

楚平王说："众人的嘴可以堵上，世子芈建的嘴又怎么堵得上呢？"

费无极说："臣看见陪嫁的婢女当中，有个齐国女子才貌不凡，可以冒充孟嬴。君上您可以先把孟嬴接到王宫，再把齐女嫁给世子芈建，嘱咐她别泄漏机密，两边都隐瞒好了，就皆大欢喜了。"

楚平王心花怒放，叮嘱他一定要把事情办得圆满漂亮、滴水不漏。

费无极从王宫出来，回到迎亲队伍，对秦国公子嬴蒲说："我们楚国的婚礼，是要先进宫拜见公婆，然后再举行婚礼。"嬴蒲说："入乡随俗，一切听从贵国的安排。"费无极就吩咐手下人，用帷幕小车，把孟嬴及陪嫁婢女都送到王宫，让孟嬴与楚平王成亲。孟嬴见新郎换成了年老的楚平王，心里很不高兴，但也无可奈何。费无极再让齐女出宫，和世子芈建成亲。满朝官员和世子芈建都不知道费无极在里面做了手脚。楚平王赠重礼给嬴蒲，让其回国。孟嬴多日不见齐女，便问去向，楚平王答道："已经赏给世子芈建了。"

楚平王唯恐世子芈建知道自己强娶孟嬴之事，就禁止他入宫，不许他与孟嬴见面。自己一天到晚和孟嬴在内宫宴饮作乐，不理国政。外面人渐渐知道这个消息，议论之声沸沸扬扬。

费无极生怕世子芈建知道这事，惹出灾祸，就向楚平王奏道："晋国之所以能久霸天下，就在于他们接近中原。从前楚灵王灭亡陈、蔡，以镇中原，就是为称霸打基础。现在楚国退守南方，怎么能够兴楚霸业？不如让世子芈建出去镇守城父，打开通向北方的道路，楚国就有希望了。"楚平王犹豫了半天没回答，费无极又凑到他耳边说："和孟嬴成亲的事，时间一长，难免会泄漏出去。如果把世子芈建送到遥远的城父，岂不两全其美？"楚平王恍然大悟。

第二天，楚平王就命世子芈建去镇守城父，命太师伍奢随行，又任用大夫奋扬为城父司马，吩咐道："你侍奉世子芈建，一定要像侍奉寡人一样！"奋扬唯唯诺诺。太师伍奢猜出是费无极暗中捣鬼，但也不便劝阻楚平王。

三人到了城父后，楚平王就立孟嬴为夫人。直到这时，世子芈建才知道孟嬴让父王给强娶了。他摇了摇头，无可奈何。

过了一年，孟嬴生了个儿子，楚平王爱如珍宝，就给他取名叫芈珍。芈珍一周岁以后，一天，楚平王问孟嬴："你自从入宫，多愁叹，少欢笑，这是为什么呢？"孟嬴说："妾奉了哥哥的命令，到这儿来侍奉大王您。原以为秦、楚相当，青春相配，直到进宫以后，才知道大王您已经是这样的年纪了。妾并不埋怨大王，只怨自己生的不是时候啊！"楚平王笑着说："看来这是前世的姻缘。夫人嫁给寡人虽然晚了几年，可是当夫人却早了几年呀！"孟嬴听了这话，想起强娶之事，不觉凄然泪下。楚平王看出了她的心思，便变着法儿讨她喜欢，又许诺把芈珍立为世子，孟嬴这才慢慢安下心来。

费无极始终为世子芈建的事担忧，担心将来他继承了王位，自己就要遭殃，于是在楚平王面前说他的坏话、造他的谣言："臣听说世子芈建和伍奢有谋反之心，暗地里派人勾结齐、晋两国，大王不能不防备。"楚平王说："世子芈建素来柔顺，怎么会有这种事？"费无极说："他因为孟嬴的事，怨恨大王您很久了。如今在城父秣马厉兵也有些时日。请大王您一定要提防世子芈建。如若不然，臣这就辞官，逃往别国，以免将来被害。"楚平王本来就想废建立珍，现在被费无极说动了心，干脆不信也信了，就欲传令废掉芈建世子之位。费无极又奏道："芈建在外，手握兵权，要是现在传令把他废了，那不是激他造反吗？太师伍奢是他的计囊，大王您不如先召回伍奢，然后派兵擒拿芈建，如此一来，大王的祸患就可以除掉了。"楚平王听从了费无极的奸计，当即派人召伍奢回来。

城父原是陈国夷邑，草木繁盛，河流众多，伍奢之子伍尚、伍子胥正在城父乾溪边比赛射猎。突然草丛中一只野兔蹿起，伍子胥一箭射去，正中兔头。这时远处有一个人过来，拍手叫好。伍子胥认得他叫左诚，他正要率领城父军士去昭关守边。伍尚、伍子胥与左诚拱手见礼，略聊几句，见天色已晚，便分手道别。二人返回城中伍府，还未落座，他们的母亲便过来说道："你们的父亲今天上午接到楚王之令，已急急返回郢都去了。"父亲伍奢是太师，专职辅导世子芈建，为何要匆匆回郢都？伍子胥想到这些，便隐隐感到不安。他自言自语道："现在世子芈建处境微妙，但愿父亲去郢都事事平安。"

伍奢回到郢都后，楚平王问他："寡人之子芈建有背叛之心，你知不知道？"伍奢为人刚直，大声答道："大王把孟嬴据为己有，已经够过分了！现在又听小人的谗言，怀疑自己的亲生骨肉，大王您心安吗？"楚平王被他说得恼羞成怒，喝令武士把伍奢拿下，关押起来。

费无极又火上浇油说："伍奢当面都敢骂大王您，可见他与世子芈建对大王您的怨恨够深的。芈建要是知道伍奢被关起来了，能不动手吗？如果他联合齐国、晋国的兵马，我们不好对付啊！"

楚平王想了想，狠下心道："寡人想派人去杀世子芈建，派谁去合适？"

费无极答道："别人去，世子芈建一定会反抗。不如密令城父司马奋扬，让他寻机刺杀世子芈建。"

楚平王依计，派人密令奋扬："芈建阴谋造反，特命你将其处死。杀了芈建，重赏；放了芈建，处死！"

奋扬得到密令，知道楚平王已被小人蛊惑。世子芈建造不造反，他这个当司马的如何不清楚？一番思索后，奋扬就派心腹先行偷偷报告世子芈建："速速逃命，一刻也别耽搁！"芈建得知后大吃一惊，这时齐女已为他生了一个儿子芈胜，芈建携妻带子连夜逃奔宋国。

奋扬得知世子芈建已然逃走，便让人把自己捆了，押到郢都，来见楚平王说："世子芈建逃跑了！"

楚平王大怒道："密令出于寡人之口，入于你耳，还能有谁告诉他呢？"

奋扬说："罪臣把实话告诉大王。大王您曾经命令臣说，侍奉世子芈建一定要像侍奉大王一样。罪臣一直牢牢记着这句话，不敢有二心，因此就把密令告诉他了。后来一想这罪过可能会落到罪臣的身上，后悔也来不及了！"

楚平王说："你既然私自放走了世子芈建，怎么还敢来见寡人？难道不怕死吗？"

奋扬答道："既然不能完成大王您交给罪臣的任务，再怕死不来，那不是二罪归一吗？况且罪臣没瞧出世子芈建有背叛的迹象，杀之无名，倘若能保全大王儿子的一条性命，罪臣死了也值得。"

楚平王听了这话，心里很惭愧，也很悲哀，半天才说："奋扬虽然违抗命令，但却忠直可嘉！"便免了他的罪，让他继续担任城父司马。

第二天，楚平王立孟嬴生的儿子芈珍为世子，任命费无极为太师。费无极对楚平王奏道："伍奢有两个儿子，一个叫伍尚，一个叫伍子胥，都是才能出众的人。如果让他们逃到他国，必然是楚国的祸患。何不以免除伍奢的罪名为诱饵，把他们骗来？他们爱自己的父亲，必然一叫就来，来了就一齐杀掉，后患就可以免除了。"楚平王点头称是。

伍奢从牢房里被押来，楚平王给他笔和竹简，对他说道："你鼓动原世子芈建谋反，本该斩首示众，念你祖辈对先朝有功，寡人不忍心判你的罪。你可以写封信，叫你的两个儿子来到郢都，封官给他们，让你回家养老。"

伍奢明白这是楚平王、费无极设的圈套，意欲把他们父子一网打尽。他说道："罪臣的大儿子伍尚，慈温仁信，一叫准来。可二儿子伍子胥，小时候习文，长大了练武，文能安邦，武能定国，还能含冤忍辱，成就大事。像他这样有先见之明的人，怎么肯来呢？"

楚平王说："寡人只要你服从命令，写信去叫他们。来与不来，和你没关系。"

伍奢不敢违抗，只好写信，信里说："为父因冲撞大王而获罪，大王念我们祖上有功于先朝，免为父一死，并封你等官职，你们兄弟可星夜前来。"伍奢写完了，呈上来让楚平王看了一遍。楚平王便派大夫鄢将师为使，快车赶往城父。

鄢将师一见伍尚就说："我给你贺喜来了！"

伍尚说："我父亲刚被囚禁，有什么喜可贺？"

鄢将师说："大王误听了小人的谗言，把令尊关了起来。如今群臣保举，说你家世代忠臣，大王因为惭愧，便拜令尊为令尹，还想请你们哥儿俩入朝为官。令尊关了这么久刚放出来，很想见见你们哥儿俩，所以又亲笔写信，派我来接你们。你们一定要早早启程，好叫令尊安心。"

伍尚说："父亲被囚，我们心如刀割，如今被免罪已经是万幸了，怎么敢再图封赐呢？”

鄢将师说：“这是大王的命令，你就别推辞了。”伍尚很高兴，就把父亲的信简拿到内室，去告诉弟弟伍子胥。

这伍子胥有扛鼎拔树之勇、经天纬地之才，素爱穿白衣。伍尚对伍子胥说：“父亲已经幸免一死，大王还请我们去做官，大夫鄢将师就在门口，你出去见见他。”

伍子胥看完父亲的亲笔信简后，想了想说道：“父亲免死已经是万幸了。我们两个有什么功劳，值得再重赏咱俩？我想，这是在引诱欺骗我们，去了一定被杀！”

伍尚说：“现有父亲的亲笔信简，怎么是骗我们呢？”

伍子胥说：“父亲一生忠于国家，况且现在身不由己，即使是亲笔信简，也不能相信。”

伍尚说：“弟弟的话不过是猜测而已，万一父亲真想见我们，这不孝的罪名我们可承担不起。”

伍子胥说：“去了一定没命，绝不能去。”

伍尚说：“我并不是贪图富贵，只是想见父亲一面，我决心去。”

伍子胥说：“大王害怕我们兄弟在外，肯定一时不敢杀害父亲。哥哥要是去了，父亲反倒会死得快些。”

伍尚说：“父子之爱发自内心，要是能见父亲一面，我死也心甘！”

伍子胥听了这话，仰天长叹说：“和父亲一起去让对方杀，这又何必呢？哥哥一定要去，兄弟我就会和您永别了！”说完泪流不止。

伍尚也流下了眼泪，问道：“弟弟要到哪儿去呢？”

伍子胥说：“谁能为我报仇，我就去投奔他。”

伍尚说：“我的才智远不如你。我应该回郢都，你就到别的国家去吧。我以身殉父尽孝，你为父报仇尽孝，我们各按自己的志向办事。如果真像你预料的，我们就再也不能见面了！”伍子胥给哥哥伍尚磕了三个头，以示永别。

伍尚擦完眼泪，出来见鄢将师，向他说道：“我弟弟不肯做官，我也不能勉强他。”鄢将师再劝无效，只好和伍尚坐车回到郢都。

刚一入城门，伍尚就被关押起来了。伍奢在牢中见只有伍尚一个人来，叹了口气说："我早就知道子胥是不会来的！"

费无极对楚平王奏道："伍子胥还在，应该马上把他抓来，迟了他就会逃掉。"楚平王听从他的意见，立刻派大夫武城黑带着两百名军士，前去捉拿伍子胥。

伍子胥探听到楚兵来抓自己，放声大哭道："我的父亲兄长果然难除灾祸了！"此时，伍子胥母亲已病亡，他对妻子说："我要逃奔别国，借兵为父兄报仇，不能照顾你了，这可怎么办？"妻子看着伍子胥说道："大丈夫怀着父兄遇难的仇恨，就像被人割去了肝肺，哪还有工夫为女人打算？你马上走，不要挂念我！"说完走进内室自缢而亡。

伍子胥痛哭一场，草草安葬了妻子，然后收拾包裹，穿上白袍，带上祖传的七星宝剑，匆匆逃走了。

伍子胥走了半日，楚兵就到了，把伍府包围起来，搜了半天也没搜出伍子胥，就回来报告楚平王。

楚平王大怒，当即命令费无极把伍奢父子押到街市斩首。临刑前，伍尚大骂费无极谗言惑主、杀害忠良。伍奢劝他说："忠于大王、献出生命，是做臣子的职责。忠奸自有公论，用不着我们唾骂他！只是子胥不到，我担心楚国从今以后再也过不了安生的日子了。"说完，引颈受死。围观的百姓没有不掉眼泪的。

行刑之后，楚平王问费无极："伍奢临刑时有什么怨言？"

费无极说："没讲别的，只说伍子胥没来，楚国不得安生。"

楚平王说："伍子胥虽然逃走，可一定跑不远，应该加紧追捕。"就派司马沈尹戌率三千人，追拿伍子胥。楚庄王有曾孙名戌，曾任沈县县尹，世称沈尹戌，现到郢都为司马。

逃走的路上，伍子胥闻听父兄遇难的消息，便在长江岸边大哭了一场。看到沈尹戌率兵追来，心生一计，便把身上穿的白袍挂在长江边的柳树上，又把两只靴子丢在长江边，然后换上草鞋，沿长江直下。沈尹戌念及伍子胥的祖先伍参、伍举刚直谏诤、足智多谋，又想到伍奢正直忠贞，不像反叛之人，便无心追捕伍子胥。等到了长江边，捡到了伍子胥的衣服鞋子，就回去报告楚平王。

费无极对楚平王奏道："虽然捡到了伍子胥的衣服鞋子，但也不能下结论说他已死。如果伍子胥活着，臣有条计策，可以断绝他的生路。”

楚平王问：“什么计策？”

费无极答道：“大王可以派人四处张贴榜文，不管什么人，只要能把伍子胥抓来，就赏小米五万石，封大夫；谁要敢容留放走伍子胥，就全家处斩。同时下令各路关卡渡口，对来往行人严加盘查。伍子胥进退不能，就是一时抓不到他，他也已势单力孤。”楚平王照计而行，画影图形，捉拿伍子胥，各个关卡把守得十分严紧。

再说伍子胥沿着江边风风火火地往下游走，一心想投奔吴国，怎奈路途遥远，一时半会儿哪到得了，半路上忽然想起一件事，自言自语道：“芈建逃到宋国，我何不先到宋国去找他？”于是就奔宋国睢阳方向走去。

走着走着，伍子胥忽然看见一队车马迎面而来。他怀疑是楚兵拦截，便趴在树林里观察，见是好友楚国大夫申包胥，便放心走出来。这申包胥和伍子胥交往甚密，情同兄弟，因为出使别国回来，从此处经过。

申包胥看见伍子胥，急忙跳下车和他见礼，问道：“你怎么一个人跑到这儿来了？”伍子胥就把楚平王屈杀父兄一事哭诉了一遍。申包胥听了，脸上充满了悲伤，问伍子胥：“你现在去哪儿？”

伍子胥说：“家族之仇，不共戴天。我要投奔别国，借兵伐楚，生吃楚王的肉，车裂费无极，才能解我心头之恨！”

申包胥劝他说：“楚王虽然无道，可他是君主。你世代做的都是楚国的官，君臣的缘分早就定了，为什么要以臣恨君呢？”

伍子胥说：“当年商纣王被灭，就因为他是无道天子。现今楚王霸占儿媳，废黜世子，听信谗言，残害忠良，我搬兵为楚国扫荡污秽，并且为我父兄报仇，有何不可？如果不能实现这一志愿，我誓不为人！”

申包胥冷冷地说：“我要是劝你对楚国报仇，是不忠；我要是劝你不报仇，又害你担个不孝的罪名。望你好自为之！走吧！为了朋友交情，我不会把你的行踪告诉别人。可是我要告诉你，你要能灭亡楚国，我就能保住楚国；你有本领让楚国遇险，我就有本领让楚国转安。”伍子胥和申包胥告别，继续往宋国睢阳奔走。

没过几天，伍子胥就到了宋国，找到芈建后，两人抱头痛哭，各自诉说了楚平王的恶行。伍子胥说：“您见到宋君了吗？”芈建说：“宋国刚发生内乱，君臣互相攻击，我还没来得及拜见呢。”

此时宋国国君是宋元公，宋共公已经去世多年了。宋元公相貌丑陋，性情柔弱，为人自私且不讲信义。宋元公讨厌世代为官、势力强大的华亥，就和公子子寅、向戌后裔向胜等商量，打算除掉他。向胜把他们的密谋泄漏给弟弟向宁，向宁和华亥交情不错，便把此事告知了华亥，两人就谋划着抢先动手。于是华亥假装有病，等臣僚们都来探望时，华亥就命人把子寅抓起来杀了，并把向胜关到仓库里。

宋元公听说后，急忙乘车来到华亥府上，请求放了向胜，华亥顺势把宋元公也给关起来。宋元公责问华亥，华亥说：“君上您如果不谋划杀臣，臣怎会如此？”宋元公满脸通红，不能对答。华亥说：“您还是君，我还是臣。君上您如果把世子作为人质，臣才能答应君上，放走向胜。”宋元公说：“虽然我们有君臣之分，但周郑交质，历史上就曾有过。寡人同意把世子放在你府上做人质，你也应该把儿子放在寡人那儿做人质。”华亥与向宁等一商议，就把华亥的儿子华无戚、向宁的儿子向罗，送到宋元公宫内，宋元公也把世子子栾放到华亥府上。华亥才把向胜放了，让他跟着宋元公一起回朝。

宋元公非常喜欢世子子栾，心里老是惦记着他，每天必到华亥府上，看着世子吃完饭才回来。宋元公每次去，作为臣下的华亥必须恭敬迎送。华亥嫌麻烦，就对宋元公说：“过几天，君上您还是把世子接回去吧。”宋元公听了很高兴。

这天，向宁来访，华亥说起此事，向宁不停地摇头道：“我们把世子当作人质，就是因为信不过君上。要是人质一走，大祸就要临头了。”华亥想想也是，便不打算退回世子子栾。

宋元公听说华亥中途变卦，非常气愤，就命令大司马华费遂，领着兵马去攻打华亥一党。华费遂说：“世子在他们手里，君上您难道不怕世子遇害吗？”宋元公说：“死生听天由命，寡人不能一再忍受这种耻辱了！”华费遂说：“君上既然已经下了决心，臣下又怎么敢包庇华亥一党呢？”当天就整顿兵马。宋元公先下令杀掉华无戚、向罗两个人质，然后命令华费遂率军进攻华亥等人。

华费遂之子华登一向与华亥关系密切，得到消息后，连忙跑去告诉华亥。华亥赶紧召集几家人马迎战，鸡蛋碰不过石头，很快便战败。向宁要杀世子子栾，华亥说："已经得罪了君上，现在又要杀他的儿子，别人都要说我们的坏话的。"就把人质送了回去，华费遂停止攻杀，华亥、向宁、华登等一行人投奔陈国而去。

华费遂有三个儿子，长子华貙、次子华多僚、三子华登。华多僚和华貙素来不和，借着华亥等人出事，华多僚就到宋元公面前去说华貙的坏话："华貙其实和华亥是同谋，如今华亥从陈国派人送信，叫华貙将来做内应。"宋元公听信了华多僚之语，就派内侍宜僚把这事告诉华费遂。华费遂说："知子莫如父。这一定是不孝之子多僚说的坏话。不过君上既然怀疑华貙，就请君上把他赶走吧。"

华貙的家臣张匄，闻听此事，就去质问宜僚原委，宜僚不肯说，张匄便抽出宝剑厉声说道："你要是不说，我马上就把你宰了。"宜僚吓得魂都没了，赶紧把事情的前后经过一一道出。张匄报告了华貙，请求杀掉华多僚。华貙说："华登跟着华亥跑了，这已经够让父亲伤心了。我们兄弟俩再互相残杀，对得起谁呢？我避开他就是了。"说完，华貙便领着张匄去向父亲华费遂辞别。

在去父亲华费遂府的路上，华貙正巧碰上华多僚。张匄一见，怒从心起，拔出宝剑就把华多僚给砍了。华貙见此，不断地埋怨张匄。华费遂闻听后，不由恼恨张匄。张匄无奈，便跑到陈国，把华亥、向宁、华登那批人招回来，一同驻扎在睢阳城外南里邑，招兵买马，谋划造反。

宋元公岂能容华亥等人谋反，便率军围攻南里。华登就去楚国借兵，楚平王派左尹伯子恶率军来救。

伍子胥听说楚军就要到了，忙向芈建说："宋国不能呆了！"就和芈建一家，往西去投奔郑国。

宋元公不想和楚国交恶，就撤了南里之围，放华亥、向宁、华登、张匄等人投奔楚国，两下罢兵。

且说郑国又与晋国和好，与楚国作对，此时国君是郑定公，郑简公已亡。听说楚国芈建来了，郑定公很是高兴，派人给他们安排了住处，照顾得很周到。芈建和伍子胥每次见到郑定公，必定哭诉一番冤情。郑定公说："郑国国小兵少，难以帮助你们。你们要报仇，为什么不去找晋国呢？"芈建就让伍子胥留在郑国，自己亲自去晋国。

此时中原多有战乱，晋国霸业衰退，没有办法应付。晋昭公去世后，世子晋去疾即位，就是晋顷公。羊舌肸、祁午等一班老臣相继去世。荀跞、士鞅及魏绛之子魏舒等人掌权。祁午之子祁盈的家臣祁胜淫乱，被祁盈抓起来。祁胜手下人贿赂了荀跞，荀跞便到晋顷公面前说祁盈的坏话，晋顷公反把祁盈抓走了。羊舌食我和祁盈来往极为密切，一气之下就把祁胜给杀了。晋顷公大怒，把祁盈和羊舌食我都给砍了，还把祁、羊舌两族来了个满门抄斩，羊舌食我祖母的预言不幸应验。

芈建到了晋国后，晋顷公认真地与其交谈，派人把他送到馆舍后，召集六卿商量伐楚之事。那六卿是：智氏宗主荀跞、范氏宗主士鞅、魏氏宗主魏舒、赵氏宗主赵鞅、韩氏宗主韩起之孙韩不信、中行氏宗主荀吴之子荀寅。因荀首封邑于智，故其子孙以智为氏；因士会封邑于范，故其子孙以范为氏；为区别荀首一族，荀林父子孙以中行为氏。

这晋国六卿渐渐成了世袭制，父死子继。六卿各司一摊事，谁也管不着谁。当时晋国君弱臣强，晋顷公什么事都不能自己做主。六卿中只有魏舒、韩不信是良臣，其余四个都是争权夺利之辈，数荀寅收受贿赂最甚。荀寅暗地里派人去向郑国讨要贿赂，郑国不愿给，荀寅就恨上了郑国。

这时，荀寅就对晋顷公奏道："郑国朝晋暮楚已不是一天了。现在楚国芈建在郑国，郑国信任他。如果芈建肯做内应，我们发兵灭郑，就把郑国封给他，然后再慢慢图谋楚国，这有什么不可以呢？"晋顷公听从了他的计策，就派荀寅把这阴谋密告芈建，芈建欣然同意。

芈建辞别晋顷公，回到郑国，和伍子胥商量这件事。伍子胥劝阻说："想当年秦国杞子图谋郑国，事没办成，连个容身之处也找不到了。再说，别人以忠信对待我们，我们怎么能反过来去打对方的主意？这种事一定不能干！"

芈建说："可是我已经答应晋国君臣了。"

伍子胥说："不为晋国当内应，没有罪过。要是图谋郑国，就会信义俱失，今后还怎么做人？您一定要这样办，立刻就会招来灾祸。”

芈建贪图快到手的国家，不听伍子胥的劝阻，用家财私自招募勇士，又结交郑定公的内侍，想让他们暗中帮助自己。这些内侍接受了贿赂，又去拉拢别人。时间一久，阴谋渐渐地被泄漏出去，有忠诚的内侍秘密报告给郑定公。

郑定公吃惊不小，当日，就将芈建召进宫内。喝完三觯酒，郑定公就对芈建说：“寡人好心好意收留你，并没有什么怠慢，你怎么反要图谋郑国呢？”芈建故作镇静，假装惊讶地说道：“我从来没有这个想法呀！”郑定公就把相关内侍叫来当面对质，芈建没话说了。郑定公火了，叫人在席上捉住芈建，一剑砍了，又杀了受贿不自首的内侍二十多人。

却说伍子胥在馆舍里，忽然一阵心惊肉跳，不由说：“芈建危险了！”一会儿，便有人逃回来向他述说芈建被杀之事。伍子胥赶紧带着芈建之子芈胜出了郑国都城新郑，想想没地方可去，便逃往吴国。

伍子胥和公孙芈胜，害怕郑国军兵来追，一路上昼伏夜行。千辛万苦，就不用细说了。再有五六十里路，就到楚国昭关了。这昭关在两山对峙之间，前面便是大江，可以从水路直下吴国。这里形势险峻，楚国大夫蒍越带领大军在此驻扎。

伍子胥与芈胜坐在树林里休息，犹豫了半天不敢往前走。忽然看见一位老人拄着拐杖走过来，一直进了树林。老人见到伍子胥，觉得他的相貌很奇特，就上前见礼，伍子胥也还了礼。

老人问：“您是不是姓伍？”

伍子胥吓了一跳，忙问道：“您问这干什么？”

老人说：“我是东皋翁，从小以医术遍游列国，现在老了，就在此地隐居。前几天，蒍越大夫得了点儿小病，请我去看，我曾见到关上挂着伍子胥的画像，和您十分相似，因此问问。您不必介意，寒舍就在附近，请暂且到我那儿坐坐，有话可以商量。”

伍子胥知道他不是凡夫俗子，也不是坏人，就和芈胜随着东皋翁往前走。走了几里路，见到一座茅屋，东皋翁就请伍子胥进去。进了草堂，伍子胥再次见礼，东皋翁急忙还礼道：“这还不是您停留的地方。”又把他们领到草堂后面，往西走进一个小小的篱笆门，过了一座竹园，园后面有三间土屋，屋门像个小孔。低着头走进去，里面摆着床铺茶几，左右有小窗户透光。

东皋翁请伍子胥上座。伍子胥指着芈胜说："有小主人在，我应该站在一旁侍候。"

东皋翁问："他是什么人？"

伍子胥说："这就是楚国先世子芈建的儿子芈胜，我确实是伍子胥，因为您是前辈，我不敢隐瞒实情。我和楚王不共戴天，发誓要替父兄报仇，希望您不要泄漏。"

东皋翁于是请芈胜坐了首席，自己和伍子胥东西相对坐下。东皋翁说："您祖上几代忠正刚直，世人敬仰。况且老夫只有救人的本领，没有害人的心术！你们在这儿住个一年半载也不会有人知道。只是昭关把守极严，你们可怎么过去？必须想个万全之策，才能保证不出意外。"

伍子胥双膝跪地说："老人家有什么计策能使我们脱险，日后一定重重报答！"

东皋翁说："我这里荒僻无人，你们请放心住下。容我寻思个办法，好送你们过关。"伍子胥连声道谢。

东皋翁煮了一碗红红的汤，递给伍子胥喝。伍子胥喝了一口，感觉很苦，连续喝下几口，反而觉得苦中有香。他问东皋翁："这是用什么制作的？"东皋翁指了指门外一棵树说："就是用这棵茶树上的叶子制成的，喝后能够让人提神醒脑、清爽顺通。"伍子胥走到这棵茶树下，看它挺拔翠秀，叶子呈椭圆形，边缘有锯齿，叶间开五瓣白花，他忍不住叹道："我像这棵茶树的叶子一样，开始苦，但不知道能不能再像它那样，后来香。"

一连住了七天，东皋翁都是好酒好饭款待，并不提起过关的事。伍子胥就对东皋翁说："我心里有血海深仇，过一刻好比一年，老这样拖延下去，和死了没什么两样。老人家义高云天，能不可怜我吗？"东皋翁说："我已经考虑好了，只是在等一个人。"伍子胥心里很不踏实，当天晚上，连觉也没睡好。想要辞别东皋翁接着往前走，又怕过不了昭关。想再住下去，又怕耽搁了时间，也不知道要等的是谁。他辗转反侧，心里就像扎了刺一样不得安宁。刚刚躺下，又从床上起来，在屋里来回绕圈子。就这么折腾了一宿，不知不觉东方已经发白。

东皋翁敲门进来，见了伍子胥，禁不住大吃一惊，用手指着伍子胥说："您的胡子、两鬓，怎么忽然变了颜色？"伍子胥以为他说笑话，拿过镜子一照，猛然发现自己已是两鬓如霜！原来伍子胥为过昭关，一夜愁白了头。

伍子胥放下镜子，不由失声痛哭说："到现在一事无成，自己却已是须发斑白，天哪！天哪！"

东皋翁见他如此悲哀，连忙劝慰他说："您也别太伤心了，这可是您的好兆头啊！"

伍子胥擦着泪水问："为什么说是好兆头呢？"

东皋翁说："您相貌雄健伟岸，容易被人认出来。如今胡子、两鬓一下子白了，倒可以混过普通人的眼睛。况且我的朋友已经请到了，我的计策就要成功了。"

伍子胥说："老人家有什么计策？"

东皋翁说："我这位好友名叫皇甫讷，在离这儿西南七十里的龙洞山居住。前些日子外出了，刚刚回来。此人和您长得差不多。如果叫他装扮成您，您装扮成家仆，即使他被捉住，趁着乱劲儿，您也可以混出关去。"

伍子胥说："您的计策虽好，但是要连累您的好朋友，我于心不安！"

东皋翁说："这不碍事，以后自然还有解救的办法，我已经和他讲明白了。这皇甫讷也是位慷慨之士，别人有求于他，他决不推辞，另外他敬佩您祖上正直敢谏，您就不必多虑了。"说完，就到屋外把皇甫讷请到屋中，和伍子胥见面。伍子胥看看他，果然和自己有些相像，心里很高兴。东皋翁又用药汤给伍子胥洗脸，把脸色也给改变了。

等到了黄昏，东皋翁让伍子胥把白袍脱下来，给皇甫讷穿上。另外找来一件紧身的褐色衣服，给伍子胥穿上，装扮成家仆。芈胜也换了衣服，就像农家小孩的模样。伍子胥拉着芈胜，冲着东皋翁跪下磕了三个头道："将来如果有了出头之日，我们一定会重重报答您！"

东皋翁说："我同情你们的冤情，因此想帮助你们逃脱险境，并不指望报答！"分别之后，伍子胥和芈胜跟随着皇甫讷，连夜向昭关进发，黎明时到达，正赶上开关。

且说楚国获得了先世子芈建、伍子胥在宋、郑两国的情况。为了抓获伍子胥，楚国大夫蒍越坚守昭关关门，传下命令："凡是要过关东渡的人，务要盘查清楚，才许过关。"关门之上悬挂着伍子胥的画像，守关军士照着画像仔细查看来往行人，整个昭关把守得水泄不通、飞鸟难过。

皇甫讷一到关门，军士见他身材相貌和画像相似，并且穿着白袍，脸上露出惊恐之色，当即叫住，报告给蒍越。蒍越急忙出来，老远看见皇甫讷，就认定是伍子胥，于是大叫一声："是他！"喝令手下一齐动手，把皇甫讷抓住。皇甫讷装作不知内情，一个劲儿哀求。那些守关军士，还有关前关后的百姓，听说把伍子胥捉住了，全都挤来看热闹。此时，真正的伍子胥乘着关门大开，带着芈胜顺利出关。

快步走出昭关一里路，伍子胥长吁一口气，心里道："要不是自己脸色已变、须发斑白、装束已换，加上一片乱哄哄的，都以为伍子胥已被抓获，自己就不会这么容易混出关来了。"

再说楚国大夫蒍越抓到皇甫讷，就要捆绑拷打，逼他招供，皇甫讷急忙分辩说："我是龙洞山下的隐士皇甫讷，想跟着老朋友东皋翁出关东游，并没犯法，你们凭什么抓我？"

蒍越听他的声音，便觉疑惑，心里道："伍子胥虽然没见过，但听说是目光如电、声如洪钟。这人的模样虽然像他，可是细声细气，难道是一路风霜劳苦所致？"正在疑惑，忽听有人报告："东皋翁来见您。"蒍越就命人把皇甫讷押到旁边，请东皋翁进来。

东皋翁说："我想要出关东游，听说大夫捉到了伍子胥，特来道贺！"

蒍越说："军士抓到了一个人，长得很像伍子胥，可是他不肯招认，还说是您的老朋友。"

东皋翁说："大夫您和伍子胥父亲同在楚国为官，难道和伍子胥不相识吗？"

蒍越说："听说过伍子胥，只是没见过。"

东皋翁说："他说是我的老朋友，我见一见不就知道了。"

蔿越急忙叫人把皇甫讷带来。皇甫讷一见东皋翁，急得大叫："说好了一起出关，你为什么不早点儿来，害得我受罪！"

东皋翁笑得直咳嗽，对蔿越说："大夫错啦！这是我的老友皇甫讷。他约我一块儿东游，说好在关前相会，没想到他先来一步。您要不信，可将附近龙洞山村民捉来几个辨认，怎么能说他是伍子胥呢？"说罢，哈哈大笑。

蔿越十分惭愧，亲自给皇甫讷解了绑绳，让人拿酒来给他压惊，道歉说："这都是手下有眼无珠，千万别见怪！"东皋翁说："大夫您为楚国执行公务，他怎么能怪您呢？"蔿越又叫人拿来一袋蚁鼻钱，送给他们作为东游的盘费，二人道谢后出关。蔿越仍命令军士，坚守如故。

再说伍子胥和芈胜过了昭关，心情十分兴奋，迈开大步就往东走。走不上几里路，碰上一个人，伍子胥认出他是左诚，现是昭关守吏。左诚是城父人，以前率城父军士去昭关守边时，和伍子胥相互见过。

左诚一见伍子胥，惊讶地说："楚国追捕你很急迫，你怎么过的关？"

伍子胥平静地说："蔿越大夫让我过的关。"

左诚不相信，随口说道："楚王有令，放走伍子胥，全家处斩。我与你虽然在城父相识，但私归私、公归公，请你和我一起回关，问明蔿越，才能让你走。"

伍子胥不想动武，灵机一动，冷冷地说道："我有一颗价值连城的夜明珠，你在城父就知道，现在丢失了。如果见了蔿越，我就说把夜明珠交给你了，怕你有口也说不清。你不如做个人情放了我，以后也好见面。"左诚哪知道伍子胥有夜明珠？只知道伍子胥勇武，料也抵挡不过，于是不再阻拦，便放他东去，回到关上，也不敢提起这事。

伍子胥领着芈胜大步往前走，远远看到了长江，浩浩茫茫，波涛万顷。走近时，却找不到渡船。前有江水，后虑追兵，伍子胥心里十分焦急。忽然见到一个渔翁，划着船逆流而上，伍子胥喜出望外，自言自语道："上天有眼啊！"急忙呼喊："渔夫，快点把我渡过去！"那个渔翁正要把船靠过来，忽见岸上又有人行动，灵机一动，放声唱起歌来——

日昭昭乎已西偏，与你相会乎芦之漪。

伍子胥听到歌声，明白了他的意思，就领着芈胜沿着江岸往下游紧走，来到一片芦苇丛，二人藏在里面。伍子胥想：这渔翁或许知道自己的担心，怕有人发现，所以假装不知，唱歌暗示等太阳下山了再和他相约在芦苇丛中，以便渡他们过河。此时的伍子胥过一天如同过一年，忐忑不安地焦急等待着。太阳终于下山了，渔翁依约前来，找不到伍子胥，又放声唱起歌来——

日已夕兮，你心忧悲；月已驰兮，何不来渡？

伍子胥和芈胜从芦苇丛中钻出来，渔翁急忙叫他们过去。两人踩着石头上了船，渔翁一点竹篙把船荡开，然后轻轻摇着船桨，飘飘而去。一小会儿工夫，便到了对岸。渔翁对伍子胥说："夜里，老叟梦见有将星落到老叟的船上，老叟知道一定会有贵人求渡，所以摇船出来转转。看你的相貌，的确与众不同，可否把实话告诉老叟？不要隐瞒。"伍子胥就把姓名告诉给他，渔翁不住地叹息说："百姓都喜欢正直无私、刚正不阿的官员。令尊伍奢的风范，百姓传扬。今天老叟遇到你，哪能不帮助你呢？看你面有饥色，老叟去给你拿点吃的来，你稍等片刻。"说完把船系在一棵杨树下，进村去取食物。

伍子胥等了半天，也没见渔翁回来，便对芈胜说："人心难测，怎么知道他不是去叫人来捉我们？"于是两人又隐藏在芦苇深处。

过了一会儿，渔翁拿着麦饭还有一罐汤，来到杨树下，一看伍子胥不在，就高声呼唤道："芦荡里的人！芦荡里的人！老叟不是那种拿你求利的人！"伍子胥听了这话，才与芈胜从芦苇丛中走出来。渔翁说："知道你又累又饿，特地为你取来食物，为什么还要避开我？"伍子胥说："我这条命本来是属于上天的，现在属于您了，怎么敢躲着您？"

伍子胥和芈胜饱餐了一顿，临走时，伍子胥解下佩带的七星宝剑送给渔翁，真诚地说道："这把剑是楚庄王赏赐我家先祖伍参的，我家已经佩带四代了。这剑上有七颗星，价值不菲，用它来答谢您的恩惠吧。"

渔翁笑着说："老叟听说楚王有令：'捉到伍子胥的，赏小米五万石，封大夫官职。'这么重的奖赏老叟都不图，难道会图你这把剑吗？何况君子无剑不游，这东西是你非用不可的，老叟拿了也没用。"

伍子胥说："您既然不愿意接受宝剑，就请您留下姓名，以图后报！"

渔翁很气愤地说："老叟因为令尊正直，因为你含冤负屈，才来相助，你却用将来报答来利诱老叟，你不是个大丈夫！"

伍子胥说："您虽然不图后报，可我怎么能安心呢？"一再请渔翁说出姓名。

渔翁说："今天我们相逢，你逃脱了楚国的追捕，老叟放走了楚国的逃犯，怎么还能留下姓名呢？况且老叟这船上的生计，漂泊不定，就是留下姓名，什么时候才能再见呢？万一上天让我们相聚，老叟只叫你'芦中人'，你就喊老叟'渔丈人'，足够作为识别的标记了。"伍子胥欣然拜谢。

伍子胥和芈胜终于到了吴国。这儿的人，头上都是短发，伍子胥看了很不舒服。不论中原还是荆蛮，人们认为头发受之于父母，不能随便剃除，所以男女都留长发，而吴人却是特别。

伍子胥很好奇，打听了半天，才知道吴人留短发的来源——

吴国第一代君主是吴太伯，他是周文王姬昌的伯父。为了让贤能的姬昌继承家业，吴太伯便逃往吴地，像当地蛮人一样剪断头发，以示不再继承家业，把继承权让给姬昌。当地蛮人认为吴太伯很有节义，便纷纷附顺他。不留长发一直是吴人的风俗。

走到溧阳，伍子胥和芈胜饿得实在不行了，便要饭吃。正好碰上一个女子在溧阳河边洗衣服，竹筐里放着食物。伍子胥停下来问道："姑娘能送给我一碗饭吃吗？"女子抬头看见伍子胥相貌不俗，就说："看您的相貌，不像是普通人，我怎么能眼看着别人受难？"于是打开盛食物的罐子，跪着递给伍子胥。伍子胥和芈胜大口吃起来，吃到一半，伍子胥停下了。女子知道这个大男子没有吃饱，之所以不吃了，是想留给自己一些。想到这儿，女子便说道："你们像是要走远路，怎么能不吃饱呢？"伍子胥和芈胜于是又吃起来，把一罐子食物都给吃光了。临走时，伍子胥对女子说："姑娘的救命之恩，我们铭记肺腑。我们本是逃亡的犯人，倘若遇见别人，请您别说见过我们！"女子悲伤地说道："唉！我虽是一介女流，可也懂得不该说的不说，你们走吧。"伍子胥和芈胜告别而去。

走了没几步，听见那女子叹道："倘若今后你们被捉住，我何以自明？愿以一死来断绝你们对我的怀疑！"伍子胥回头再看她，只见这女子抱了一块大石头，投进滚滚的溧阳河里，转眼之间不知哪儿去了。

伍子胥见女子投河，感伤不已，他咬破指头，滴血在河边石头上写下了二十个字："你浣纱，我行乞；我腹饱，你身溺。十年之后，再来报德！"写完了，伍子胥就把石头埋在地下。

过了溧阳，又走了三百多里，见到一位勇士，尖脑门，深眼窝，模样像饿虎，声音像巨雷，正在和另外一个大汉打架。旁边好多人怎么劝也劝不住，忽听门里有个妇人喊了一声："专诸不许这样！"那人听后，当即规规矩矩地住手走回家去。伍子胥很奇怪，就问旁边的人："这么个壮汉，怎么还怕老妇人？"旁边人告诉他："他是我们这儿的勇士，能够力敌万人，生来不畏强暴，见义勇为。刚才门里边叫他的，是他的母亲。她叫的'专诸'，就是这汉子的名字。专诸一向很孝顺，从来不让母亲生气，即使正在火头上，听到母亲一到，马上就把火压下去。"伍子胥不由赞叹道："这才是真勇士啊！"

第二天，伍子胥穿戴整齐，前去拜访专诸。专诸出来迎接，询问他的来历。伍子胥就把自己的姓名还有受到的冤屈，一一讲述。

专诸听后说："您受了这么大的冤枉，为什么不去求见吴王，借兵报仇？"

伍子胥说："正要前去。"

专诸又问："您今天来到寒舍，有什么事吗？"

伍子胥说："我敬重您的孝道，想和您认识一下。"

专诸非常高兴，进屋禀告了母亲，随即便与伍子胥结为兄弟。伍子胥比专诸大两岁，为兄，专诸为弟。伍子胥拜见了专诸的母亲，专诸又把妻儿叫出来和伍子胥见面。伍子胥与他们相处得非常融洽，如同一家人。

伍子胥对专诸说：“我要告别贤弟进城，寻机去见吴王。”

专诸说：“吴王粗鲁而骄傲，不如公子吴光亲贤下士，他将来一定能成大事。”

伍子胥说：“谢谢贤弟指教，愚兄一定牢记在心。以后有用得着贤弟的地方，请一定不要拒绝。”

专诸答应，二人就此分别。

二　吴国政变

伍子胥和芈胜继续往前走，不久便到了吴国国都梅里。此时吴国国君是吴王僚，当吴王夷昧身患重病时，他重申父兄之命，要公子吴季札接替王位。吴季札再度拒绝道："臣不接受君位，早就讲明了。荣华富贵对臣来说，就像微风从耳边吹过，有什么可爱的？"说完就逃避到边邑延陵去了。国不可一日无君，群臣遂奉夷昧的嫡长子吴僚为王。公子吴光，善于用兵，吴王僚就任用他为将军。

且说吴光看到吴季札不愿继位，心里就想：按照轮回，自己年纪最长，该做吴王了。可吴王僚并不谦让。为此，吴光心里不服气，暗怀除掉吴王僚之意。他请一位名叫被离的相士，留心寻访豪杰，将来辅助自己。

伍子胥与芈胜来到梅里后，没想到这座都城又小又破，街市上人来车往，乱乱哄哄。两人身在异乡，举目无亲。伍子胥把芈胜藏在郊外，自己光着脚、披散着头发、抹脏了脸，手里拿着一根竹箫，在街市上，背靠着大樟树吹奏，想学"姜太公钓鱼"。此时的伍子胥心里想——

伍子胥啊伍子胥！跋涉宋郑身无依，千辛万苦凄复悲！父仇何时能报？

这箫声便随着伍子胥的心情传出去，有点儿低沉和悲哀。伍子胥又恨起自己来，心里念道——

伍子胥啊伍子胥！昭关一度变白发，千惊万恐凄复悲！兄仇何时能报？

这箫声立刻变得仓促和悲怆起来。吹了一会儿，伍子胥不禁对自己的逃亡经历感伤起来——

伍子胥啊伍子胥！芦苇渡口溧阳河，千生万死到这里，家仇何时能报？

这箫声又变得呜咽和凄凉起来。伍子胥吹得动情，可惜街市上没有一个听得懂的。

这天，伍子胥又在梅里街市上吹箫，恰好被离出来，老远就听见箫声凄凉悲切，不由得心里一动。再一细听，稍微明白点儿意思。等他跑过来见到伍子胥，大吃一惊说："我相过的人多了，还从没见过这种相貌的人！"于是就请伍子胥登堂入室，还请伍子胥上座。伍子胥一再谦让，被离说："我听说楚国杀了忠臣伍奢，他的儿子伍子胥逃往别国，大概就是你吧？"伍子胥犹犹豫豫没有回答。被离又说："我不是要害你的人，我看你的相貌非比寻常，想帮你找个能够让你富贵、实现你心中愿望的地方。"伍子胥禁不住眼眶湿润，就同被离说了实话。

这时候，早有人将被离发现奇才之事报告给吴王僚。吴王僚当即叫被离领着伍子胥晋见。被离一面派人偷偷告诉吴光；一面让伍子胥洗澡换衣，一同上朝，拜见吴王僚。吴王僚看伍子胥相貌奇特，就和他认真交谈。谈了一个时辰，吴王僚知晓伍子胥的冤屈，知道他才能卓著，便准备授予他大夫官职，可伍子胥一时不愿剪发，吴王僚便临时作罢。伍子胥与吴王僚交谈，每每说到父兄冤仇，伍子胥便咬牙切齿。吴王僚被他的英雄气概所感动，答应为他发兵报仇。

且说吴光接到被离的密报，有心要收留伍子胥，便去拜见吴王僚道："臣听说从楚国逃来的伍子胥被大王看中，大王认为这个人怎样？"

吴王僚说："有才能而且重孝道。"

吴光说："怎么见得呢？"

吴王僚说："伍子胥非常豪壮，和寡人谈论治国大事，没有不中肯的，这就是他的才能；想起父兄的冤仇，没有一刻忘记报仇，极力恳求寡人发兵，这是他的孝道。"

吴光说："大王您答应帮他报仇了？"

吴王僚说："寡人被他感动，已经答应他了。"

吴光劝阻道："我们吴国是千乘大国，不应该为一个普通人兴师动众。如果为伍子胥发兵，就是把匹夫之恨看得比国家的耻辱还重要。打胜了可以为他出气，打败了我们就要受辱，千万不能这样做！"吴王僚觉得有道理，就收回了伐楚的决定。

伍子胥听说吴光入朝劝阻发兵伐楚，就对吴王僚奏道："公子吴光心里有鬼，却拿国家荣辱来说话。"吴王僚不明白伍子胥话中之意，不再像初时那样热情。伍子胥想起专诸之语，便不再寄希望于吴王僚。吴王僚赐给伍子胥一百亩阳山田地。伍子胥和芈胜就在那儿种地维持生计。

吴光知道伍子胥到了阳山，就暗中去见他，赠送了不少米面布匹绸缎。伍子胥明白吴光的用心，想起专诸对他的赞美，便不再愤恨吴光，转而想结交他。

吴光一心想聚集人才，就问伍子胥："您从楚国走到吴国，见没见过像您这样优秀的人才？"

伍子胥说："我算什么！我见过有个叫专诸的人，真是位勇士！"

吴光说："我想求您把专诸介绍给我。"

伍子胥说："专诸所住之地离这儿不远，我马上去找他，明天一早就去见您。"

吴光说："既然是勇士，我应当现在就去登门拜访，怎么能叫他求见我呢？"说完就和伍子胥同坐一辆车，直奔专诸家。

专诸正在街上磨刀，准备帮别人杀猪，看见乱哄哄地来了一队车马，正要避开，伍子胥在车上对他喊道："贤弟，愚兄在这里呢。"

专诸赶忙放下刀，等伍子胥下车。伍子胥指着吴光说：“这位是吴国公子，敬慕贤弟你是个英雄，专门来拜访，想和你交个朋友，你可不能推辞啊。”专诸知道对面的公子是吴光，便说道：“我这个寒街陋巷的草民，有何德能，惊动您的大驾？”说着请吴光到家里说话。

草屋太矮，只能低着头进去。吴光先见了礼，说明自己敬慕的心意。专诸还礼致谢。吴光让人送上珍珠、绸缎作为见面礼，专诸再三推辞。伍子胥在旁边极力劝说，专诸这才收下。从此，专诸就投在吴光门下。吴光派人每天送米面菜肉，每月送绸缎布匹，还不时问专诸母亲需要点儿什么。专诸非常感激他。

一日，专诸去见公子吴光，对他说：“我是个村野百姓，承蒙公子的尽心照顾，没什么可报答的，如果有什么事需要我，请尽管吩咐，我万死不辞。”吴光就叫家仆们退出去，对他说了想刺杀吴王僚的打算。

专诸说：“吴王夷昧死后，他的儿子按理可以继位，公子有什么理由害他呢？”

吴光就详细讲了祖父的遗命，以及兄弟相传的事，然后说：“季札既然已经决定不即位，就应该把王位归还给我。吴王僚凭什么为王？现在我的力量不足以夺回王位，因此想靠有力量的人帮助我。”

专诸说：“为什么不让近臣好好对吴王僚说，把前王的遗命告诉他，让他自己退位？何必非要暗地派人刺杀他？”

吴光说：“吴王僚贪婪成性，不愿退让，倘若和他说了，反会激起他害我的心思。我和吴王僚誓不两立，只能这样干了！”

专诸说：“公子的话确实有理，只是我有老母在堂，不敢现在就把性命交给您。”

吴光说：“我也知道你上有老下有小，但是除了你没人能办成这件事。事情如果成功了，你的母亲孩子，就是我的母亲孩子，我一定会尽心养育，怎么敢辜负你呢？”

一时二人无语。专诸想了好一会儿，才说道：“凡事都不能轻举妄动，一定要计划周全。比如鱼在深渊里游得好好的，怎么会到渔翁的手里呢？就因为渔翁用香饵引诱它。要刺杀吴王僚，必须先投他所好，才能接近他。不知道吴王僚喜欢什么？”

吴光说："喜欢美食。"

专诸又问："美食中最喜欢什么？"

吴光说："最喜欢吃红烧鱼。"

专诸说："我要暂时离开一些日子。"

吴光问："你要去哪儿？"

专诸说："我要去学烹饪，才可以接近吴王僚。"于是就去太湖学做红烧鱼。

三个月以后，凡是吃过专诸做的红烧鱼的人，没有不说好的。吴光就把专诸藏在自己的府里。

这天，公子吴光把伍子胥叫来。在密室里，吴光说："专诸已经精通烹调的技术了，可是怎么才能接近吴王僚呢？"

伍子胥已明白吴光想刺杀吴王僚，就说："天边鸿鹄之所以不好捉到，是因为它有翅膀。想要捉住鸿鹄，一定要先把它的翅膀去掉。我听说吴王僚的儿子吴庆忌，筋骨就像青铜一样结实，手能抓住飞鸟，拳能打死猛兽，有万夫不当之勇。吴王僚有吴庆忌寸步不离，恐怕难以动手，更何况他的同母兄弟吴掩余、吴烛庸掌握着兵权，我们就是有擒龙搏虎之勇也无济于事。公子您要想除掉吴王僚，一定先要除掉这三个人。不然，即使杀了吴王僚，您能踏踏实实地坐在王位上吗？"

吴光沉思半晌，恍然大悟说："你说得太对了。不如你先回阳山，以后我们有机会再商量吧。"

且说楚国先世子芈建的母亲搬到了郧阳居住。太师费无极已知晓伍子胥到了吴国，怕芈建母亲给伍子胥做内应，就劝楚平王把她也杀掉。芈建母亲听到消息，暗地派人去向吴国求救。吴王僚便派吴光去郧阳接芈建母亲。走到鸡父，楚国大夫薳越率兵拦截，并飞报郢都。楚平王派令尹阳匄率大军，同时召集陈、蔡、胡、沈、许、顿六国的兵马，胡、沈两国分别是国君胡髡、沈逞亲自带兵前来。胡、沈、陈的兵马在右边扎营，顿、许、蔡的兵马在左边扎营，阳匄与薳越率楚军居中。

公子吴光也飞报吴王僚，吴王僚和吴掩余率大军一万、罪犯三千，前来助战。两边还没开战，楚国令尹阳匄暴病而亡，薳越就代其统领众军。吴光对吴王僚奏道："楚国刚死了主将，兵马已经丧失了士气。跟着来的诸侯虽然不少，但都是些小国，而且全是因为害怕楚国，不得已才来的。胡、沈两国国君，年纪小不会打仗。陈、顿、许、蔡几国早就厌烦了楚国的发号施令，心里不服，出战不会卖力。七国一同打仗但不是一条心，另外薳越职位不高没有威信。我们如果分兵先打胡、沈、陈三国，他们一定会逃跑。这三国的兵马一乱，楚军必然震惊畏惧，就可以出兵把他们全部击溃。请大王先用老弱残兵引诱敌人，让精兵在后面准备出击。”吴王僚同意了吴光之计，把军队分成三部，自己亲率中军，吴光在左，吴掩余在右，饱食后严阵以待。先派那三千罪犯，去胡乱冲击楚军右翼的胡、沈、陈三国兵马。

此时正是七月晦日，也就是这月的最后一天，兵家都忌讳这天打仗，因此胡、沈、陈三国都没做打仗准备。听说吴军杀来，急忙出营迎战。吴国罪犯本来就没受过训练，一会儿跑一会儿停，三国的兵马以为吴军是乌合之众，不堪一击，就彼此争功，追杀罪犯，队形全乱。乘此机会，吴光率左军突然出击，吴掩余也率右军杀到，胡、沈二君胡髡、沈逞慌忙夺路而逃，两人好像飞禽入网，跑也没处跑，都让吴军擒获。胡、沈、陈三国军士死伤无数，生擒数百。吴光命将胡、沈二君胡髡、沈逞斩首，却把被俘军士释放，让他们去告诉楚军左翼的顿、许、蔡三国兵马：“胡、沈二君被杀死了！”顿、许、蔡三国将士，吓得胆战心惊，不敢出战，各寻逃路。吴王僚带着吴国大军，像泰山压顶一样冲了过来。楚国中军还没有摆开作战阵势，就被冲垮了一半。吴军全力围攻，只杀得楚军尸横遍野、血流成河。

楚国薳越被打得大败，逃了五十里才脱险。吴国公子吴光直入郧阳，迎接楚国先世子芈建的母亲。

再说楚国薳越清点残兵败将，所剩不到一半，闻听吴光孤军去郧阳，便连夜赶去迎击。等楚军到了郧阳，吴军已经离开两天了。薳越知道追不上，仰天长叹道：“我奉命把守昭关，却不能抓到伍子胥，这是无功；丧失了七国兵马，跑了先世子芈建的母亲，这是有罪。没立一个功劳却犯了大罪，我还有什么脸面回去见楚王？”于是自缢而亡。

楚平王听到吴军来势凶猛，心里十分害怕，因阳匄已亡，就命囊瓦为令尹。囊瓦奏道：“郢都城池狭小，不如在东边再修一座大城。”

楚平王同意。

新城修好以后，比旧城高七尺，周围增加二十多里，因为旧城在纪山南面，就把它改名叫纪南城，新城仍然叫郢都，楚国把国都迁到了这里。楚国又在西面修了一座城，好像新城的右臂，因为此地盛产麦子，便取名麦城。三座城池的形状像“品”字，联络有序，楚人都夸囊瓦有功，只有司马沈尹戌笑着说：“令尹囊瓦不专修德政，却无故大兴土木，如果吴军杀到，就是有十座郢都又有什么用处？”

囊瓦要洗雪楚国鸡父之战的耻辱，就大造战船、操练水军。三个月后，水军训练有素，囊瓦就率领船队，顺着长江直逼吴国疆界，耀武扬威一番后返回。吴光听到楚军压境，连夜带兵赶来救援，等到了边境，囊瓦却已回去了。

恰在此时，楚国一少女与吴国一女子抢摘边界桑叶，二人情急之下吵骂起来；两家人闻听，各带家族之人互相攻杀；两国守军接报，也来现场争斗。吴光还在边境，闻听吴国军民有伤亡，一怒之下，率领吴军征伐楚国，攻克居巢、钟离二城而还。

楚平王听到居巢、钟离两座城池被攻破，大惊失色，从此得了心病，久治不愈。后来病势沉重，就把令尹囊瓦和公子芈申、芈结叫到床前，把世子芈珍托付给他们三人，当晚就咽了气。

这公子芈申、芈结是世子芈珍的兄长。令尹囊瓦对左尹伯子恶说：“世子芈珍年纪还小，而且他的母亲孟嬴原是聘给先世子芈建的，不如芈申有威信。芈申是长子，而且为人正直宽厚，我们不如改立芈申。如果立长子芈申，就会名正言顺；如果选立正直宽厚的君主，就会有利于国家治理，这样楚国就有依靠了。”伯子恶深以为是。

伯子恶与芈申谈及囊瓦的谋划，话还没说完，芈申就气愤地道：“要是废了世子芈珍，就等于宣扬先王的丑事。芈珍是孟嬴所生，她已经立为夫人，还能说世子不是嫡出吗？放弃嫡传就会失去人心，国内国外都会厌恶。囊瓦这样说，他是不是疯了？再这样说，我一定杀了他！”囊瓦害怕，就侍奉世子芈珍主持楚平王丧事，并继承王位，这就是楚昭王。囊瓦仍然做令尹，伯子恶仍然为左尹，提鄢将师为右尹。太师费无极因为是楚昭王的师傅，所以和三人共同执掌国政。芈结为制衡费无极，便向楚昭王提及斗成然之冤，楚昭王便任其子斗辛、斗巢为大夫。

却说楚国先世子芈建的母亲到了吴国，吴王僚送给她一座宅院，让芈胜侍奉她。郑定公闻听吴国将芈建母亲接到了吴国，赶紧派人将芈胜母亲送来。伍子胥听说楚平王已亡，捶胸顿足，大哭了一场。吴光很奇怪，就问他："楚平王是你的仇人，听到他死的消息，你应该高兴才是，怎么反倒哭起来呢？"伍子胥说："我哭的不是楚平王，是恨我不能亲手砍下他的脑袋，以洗雪我的仇恨。"吴光明白后，跟着他一起叹气。

伍子胥恨自己不能亲手杀掉楚平王，他一连三个夜晚睡不着，心里想出一个主意，就对吴光说："公子要办大事，还没有找到机会吗？"

吴光说："我白天晚上都在想，就是找不到机会。"

伍子胥说："如今楚平王刚死，朝廷里没有能干的大臣，公子何不禀告吴王僚，趁楚国丧葬混乱之机，发兵伐楚，然后乘机图谋大事？"

吴光说："要是吴王僚派我当领兵将军，那可怎么办？"

伍子胥说："公子假装从车上摔下来伤了脚，吴王僚就不会派您去了。然后您再推荐吴掩余、吴烛庸当将军，再让公子庆忌联络郑、卫两国，一块进攻楚国。这样一来，就可以支走吴王僚的三大依靠，那时想除掉被孤立的吴王僚就轻松多了。"

吴光想了想，又问："把三大依靠支走，但延陵的季札还在，能让我得逞吗？"

伍子胥说："可用取得晋国支持为由，请吴王僚派季札出使晋国。等他回国时，您的大位已定，他还能再把您给废了？"

吴光感激地下拜说："我能得到伍子胥，实在是上天赐给我的福分。"

第二天，公子吴光就劝吴王僚乘机伐楚，吴王僚很高兴地应允了。吴光奏道："这事本来应该是臣前去效劳，怎奈臣一不小心从车上摔下来，把脚摔坏了，正在医治，不能担此重任。"

吴王僚问："那谁可以当将军呢？"

吴光奏道："这样的大事，只有亲信的人才能担当，大王自己挑吧。"

吴王僚说："掩余、烛庸行吗？"

吴光说："正合适。"他又奏道："要想伐楚成功，还要取得与楚国对立的晋国、郑国、卫国等国家的支持。请派公子季札去晋国出使，派公子庆忌去招集郑国、卫国兵马，联合起来进攻楚国，这样霸业就有希望了。"吴王僚很高兴，就派吴掩余、吴烛庸率兵伐楚，吴季札去晋国出使，唯独不派吴庆忌出去。

单说吴掩余、吴烛庸领兵两万，水陆并进，围攻楚国潜邑。楚昭王刚刚继位，年纪还小，新郢都接到潜邑告急，满朝官员一个个惊慌失措。公子芈申奏道："吴军乘人之危，前来进攻，要是不出战，只能说明我们软弱可欺，勾起他们打进来的野心。依臣看，大王应该火速命令司马沈尹戌率步兵一万援救潜邑，再派左尹伯子恶率水军一万，顺流而下，截断吴军的退路，如此的话，吴国兵马肯定会被打败。"楚昭王听从芈申的建议，就派二人从水陆两路前去救援。

吴掩余、吴烛庸正在围攻潜邑，忽探子来报："楚国沈尹戌率援兵到了。"两人大吃一惊，忙把兵马分成两处，一半攻城，一半迎敌。沈尹戌率军挖壕筑垒、坚壁清野、拒不出战，另外派人四下里把砍柴挑水的小路全用石头给堵上。吴掩余、吴烛庸吃了一惊，正在揣测楚军的用意时，忽然探子又来报："楚国伯子恶领着水军从后面截住了江口。"吴军明白了，楚军要围而歼之，于是更是惊恐不安。此时已是进退两难，一面和楚军相持，一面派人回国求救。

公子吴光向吴王僚奏道："臣从前说过要招集郑、卫兵马，正是为了对付这种局面，现在再派人去，还不算晚。"吴王僚就派吴庆忌去郑、卫两国联络兵马。此时，四大夺权障碍都被调开了，吴光暗暗高兴。

伍子胥对吴光说："公子有锋利的匕首吗？想用专诸，正是需要匕首的时候。"

吴光说："吴、越两国好剑，多出铸剑大师。当年，越王允常被吴国战败后，为了求和，让铸剑大师欧冶子造了三把宝剑献给吴国，第一把叫湛庐，第二把叫胜邪，第三把叫鱼肠。鱼肠说是剑，其实是把匕首，形状虽然又短又细，可是削铁如泥。先王把它赐给了我，至今还像宝贝一样藏在我的床头，以防万一。这把剑这几天彻夜发光，像是自己要从剑鞘里跳出来，难道它是想喝吴王僚的血吗？”于是取出鱼肠剑让伍子胥看，伍子胥禁不住连声夸赞。

公子吴光当即请来专诸，把剑交给他。专诸没等吴光开口，已经明白了他的意思，勇气十足地说道：“吴王僚一定能被我杀掉。现在，他身边的几个亲信都已被支走，势单力孤，只能听我们摆布了。生死大事，我不敢自己做主，等我告诉老母，才能听您的。”

专诸回到家，见到母亲，还没说话，眼泪就不住地往下掉。母亲问：“诸儿为了什么事这么伤心？难道是公子吴光想用你吗？我们全家受公子吴光的养育之恩，就应该报答他。人在天地间，动则思礼，行则思义，不为利回，不为困疚。忠孝怎么能两全？你赶紧去，不要惦记我！你要是能为公子吴光把事情办成，名传后世，我就是死了也值得。”专诸还是不停地掉眼泪。母亲说：“我现在想喝干净的泉水，你去给我找点儿来吧。”专诸就出门去找泉水，等他回到家，一看母亲不在堂屋，就问妻子，妻子答道：“婆婆刚才说有点儿困倦，想关上门躺一会儿，还不让我去打扰她。”专诸心里一震，赶忙打开窗户跳进去，只见母亲已经自缢而亡。专诸大哭了一场，把母亲的尸体收殓，又对妻子说：“我受公子吴光大恩，一直不敢豁出命来报答，全是因为有老母在堂。如今母亲已经亡故，我马上就要去为公子吴光办件急事。如果我死了，你们母子一定会受到公子吴光的照顾，不要挂念我。”

专诸交代完了，就去见吴光，把母亲自尽之事相告。吴光心里十分难过，掉了眼泪，亲自去祭拜了一番。

第二天，公子吴光与专诸商量刺杀吴王僚一事。专诸说：“公子何不请吴王僚来赴宴？他要是肯来，这事就八九不离十了。”

吴光听从专诸的意见，当即前去拜见吴王僚道：“我家有位厨师，专门去太湖学做红烧鱼，味道好极了，请大王您屈尊到臣那儿去尝尝！”

吴王僚非常喜欢吃红烧鱼，于是笑呵呵地答应道：“明天就去你府上，你可别太破费了。”

公子吴光回到府上，就把武士埋伏在密室里，又让伍子胥率领百名勇士，在府外埋伏，然后热热闹闹地置办宴会。

第二天一早，公子吴光亲自前去请吴王僚。此时，吴王僚有点儿心惊肉跳，不禁多起心来，想辞不便，想去又有点儿担心。他到后宫对自己的母亲吴国太夫人说：“公子吴光请寡人去赴宴，母亲您说是不是有什么阴谋？”

太夫人说：“公子吴光的脸上常常带着怨恨，这回请你，肯定没打好主意，干脆别去了！”

吴王僚说：“不去就显得生分，只要严加防范，又有什么可怕的？”于是贴身穿了三层兽皮做的铠甲，又多带卫兵，从王宫一直到吴光府，街道全部站满。

公子吴光在前面领路，吴王僚乘车来到其府上。吴王僚坐好后，吴光一旁侍候。吴王僚的亲信卫兵布满了堂上堂下。大门、台阶、里门、座席上，都是吴王僚的卫兵。个个手持长戟，佩带长剑，不离吴王僚左右。

厨师上每一道菜，都要先在台阶下面，让吴王僚的卫兵从头到脚搜查一遍，然后跪在地上托着盘子往前走，两旁数名卫兵握着宝剑跟着一起送上。厨师往桌上放菜，连眼皮也不敢抬，放好了再跪着走出来。

公子吴光举起铜觯敬酒，忽然腿一软，异常痛苦地向吴王僚奏道：“臣的脚伤又犯了，疼得要命，必须用布缠紧，才能止疼。请大王稍微坐一会儿，臣把脚缠好就出来。”吴王僚说：“请自便。”吴光就一步一拐地走进内室，转了个弯，藏进密室里。

一会儿，专诸报告：“要上红烧鱼了。”吴王僚的卫兵把他浑身上下搜查了一番，哪知道，这把鱼肠剑已经暗藏在鱼肚里了。卫兵们夹着专诸跪行到吴王僚的桌前。专诸双手托着鱼盘往下放，突然从鱼肚里抽出鱼肠剑，对准吴王僚的胸脯猛刺过去。这一刺，专诸使出了全身力气，一下子就把三层兽皮铠甲都给穿透了，剑尖从后背露了出来。吴王僚大叫一声，当即没了气息。卫兵们大惊失色，一拥而上，剑戟齐下，顿时把专诸剁成了肉泥，厅堂里乱作一团。

公子吴光在密室里知道大事已成，就把自己的武士全放出来，两下里好一场混战。这一边知道专诸得手，加了十倍威风；那一边看见吴王僚被刺，减了三分锐气。结果吴王僚的卫兵一半被杀，一半逃走。

街道上的卫兵，也都被伍子胥领着勇士们杀得四散奔逃。

公子吴光乘车上朝，把众官召集起来，先把吴王僚违背先王遗训，没有立吴季札为王的罪行，向他们讲述了一遍，接着向全国百姓宣布："并不是公子吴光贪图王位，实是因为吴王僚不讲仁义。现在由公子吴光暂理国政，等公子季札回国，再拥戴他称王。"吴光命人把吴王僚安葬，又亲自厚葬专诸，封专诸之子专毅为大夫。因伍子胥一时不愿剪发，吴光便拜伍子胥为客卿，以贵宾之礼相待。因为举荐伍子胥有功，被离被吴光拜为大夫。封赏完毕，吴光命人开仓放粮，救济穷苦百姓，国内逐渐安定下来。

公子吴光提防吴庆忌，派探子暗中监视，自己亲率大军，驻扎在江边等待。吴庆忌回来的路上，听说国内政变、父王被杀，急忙掉转车头就逃。吴光率军紧追不舍，命令手下一齐放箭。吴庆忌一一用手接住飞箭，连根毫毛也没伤到。吴光知道捉不住吴庆忌，就命边境严加戒备，然后返回国都梅里。

过了几天，吴季札从晋国回来，知道吴王僚已死，就直奔吴王僚墓，穿上丧服，回报完成任务的经过，然后痛哭了一番。吴光亲到墓地来见吴季札，要拥戴他称王。吴季札说："你好不容易才混到这一步，又何必再让给别人？只要国家和百姓平安无事，谁当大王我都没意见。"吴光也就不再勉强他，当天即位吴王，改名阖闾，立吴终累为世子。吴国王宫珍藏的湛庐、胜邪等宝剑，此时尽归吴王阖闾所有。吴季札耻于争权夺利，就在延陵养老，世人都很崇敬他。

再说吴掩余、吴烛庸被困在潜邑，久不见救兵，便琢磨着脱身之法。忽然听到吴光杀吴王僚自立，两人便放声大哭。

吴掩余对吴烛庸说："吴光既然杀死大王篡取王位，一定容不下咱们俩。要是投奔楚国，又怕楚国杀害我们。现在真是有家难奔、有国难投呀！"

吴烛庸说："老这么困守着，总不是长久之计，不如半夜偷偷逃出去，投奔个小国，以后再作打算。"

吴掩余说："楚军围得水泄不通，我们就像小鸟飞进了笼子，怎么逃得了？"

吴烛庸说："我有个主意，可以传令部下，就说明天要和楚军决战，到了半夜，咱们俩换上便服偷偷逃走，楚军一定不会防备。”

吴掩余同意。吴军将士听到命令，厉兵秣马，枕戈待旦。吴掩余、吴烛庸和几个心腹，扮成哨马探子，半夜逃出了营寨。吴掩余投奔了徐国，吴烛庸投奔了钟吾国（在今江苏省宿迁东北）。

第二天清晨，吴军将士找不着主将，立刻大乱，都去抢船往吴国跑，丢下了不少没来得及跑的军士和铠甲兵器。这可便宜了楚国兵马，楚军众将士都要求乘着吴国内乱，一鼓作气攻打吴国，伯子恶说：“吴国乘我们有丧事来进攻就是不讲仁义，我们怎么能跟他们一样呢？”于是就和沈尹戌一块儿撤兵回朝，献上俘虏和兵器。

楚昭王重赏楚军将士。伯子恶身为左尹，位高权重，获赏最多，俘获的吴国兵器一半给了他。以后遇到事，楚昭王都找伯子恶商议，对他特别敬重。伯子恶在朝中一红，费无极就嫉恨，担心他与自己争夺令尹之位。费无极日夜思考，心生一计，决心要害伯子恶。

费无极心里清楚：伯子恶与鄢将师一个为左尹，一个为右尹，权力相近，内心互不服气，可以利用鄢将师。费无极便秘密找鄢将师结盟，合力算计伯子恶，二人一拍即合。

费无极开始离间令尹囊瓦与左尹伯子恶的关系。他欺骗囊瓦道：“伯子恶想请您去赴宴，托我来探探您的口风，不知道您肯不肯赏脸？”

囊瓦说：“他要请我，哪有不去的道理？”

费无极又去对伯子恶说：“令尹囊瓦跟我说，他想到你家和你一块儿喝酒，不知道你愿不愿意，就让我来问问你。”

伯子恶不知道这是个圈套，爽快地答道：“我是令尹下属，他要是肯屈尊到我家来，实在是我的荣幸！明天我就准备薄酒侍候，麻烦您去打个招呼。”

费无极说：“你要招待令尹，拿什么表示敬意呢？”

伯子恶说：“不知道令尹喜欢什么？”

费无极说：“令尹曾担任车右，乃是我军最精悍的勇士。勇士最喜欢的东西，就是坚固的盔甲和锋利的兵器。他之所以要到你家来喝酒，就是因为俘获吴国的那些战利品一半给了你，因此他想到你这儿看看。你可以把那些好东西都拿出来，我帮你挑挑。”伯子恶信以为真，就把楚平王赏赐的以及家里收藏的兵器甲胄，都取出来让费无极看。

费无极从中挑出盔甲、兵器各五十件，然后对伯子恶说道："你把这些都用布帘挡上，放在门后。令尹来了，肯定爱不释手，到时你再送给他。"伯子恶非常兴奋，就按费无极所说，安了布帘，把兵器盔甲放在后面。然后置办宴会，托费无极去请囊瓦。

囊瓦刚要动身，费无极说："人心隔肚皮。我先替您去他府上察看一下，然后您再去。"没过多久，费无极跌跌撞撞地跑了回来，上气不接下气地对囊瓦说："我差点儿把您给害了。伯子恶今天请您，可没安好心，他要对您下毒手呀！我刚才看见他把兵器都藏在门帘后面，您要是去了，肯定要遭殃！"

囊瓦惊讶道："伯子恶一向和我相处很好，哪会这样呢？"

费无极编造说："他现在仗着大王的宠信，想代替您做令尹，而且我还听说他私通吴国，援救潜邑那一仗，本来众将士都要趁势去攻打吴国，但伯子恶暗地里接受了吴国的贿赂，借口乘人之危不义，强迫众人班师回朝。吴国趁我们办丧事发兵，我们也趁他们内乱发兵，正好一报还一报，他凭什么阻拦？要不是收了吴国的贿赂，他怎么肯不听从众将士的意见、轻易就撤军回来？伯子恶要是得了势，我们楚国的命运可就悬了！"

囊瓦还是有点儿不信，就让手下人前去察看。很快，手下人回来报告说："门帘里面果真有许多盔甲、兵器。"囊瓦大怒，马上派人把右尹鄢将师请来，把左尹伯子恶要谋害他的事说了一遍。鄢将师已与费无极秘密结盟，便添油加醋说："伯子恶和宋国投奔楚国的华亥、向宁、华登、张匄等人结成死党，想独揽大权已经不是一天两天了。"囊瓦说："外国的混账还敢在我们这儿捣乱！看来伯子恶真是用心险恶，我要亲手把他杀了！"当即禀告了楚昭王。楚昭王年纪还小，一切听从令尹囊瓦。囊瓦得到同意后，命鄢将师领着人马去攻打伯子恶。直到此时，伯子恶才明白上了费无极的当，长叹一口气，拔剑自刎。他的儿子伯嚭，乘乱逃出城去。

伯子恶死了，囊瓦又下令烧毁他的府宅，不料军士没有一个响应的。囊瓦更加生气，下令道："谁要是不烧，就和伯子恶同罪！"众人都知道伯子恶是个忠臣，谁愿意把他的家给烧了？最后被囊瓦逼得没办法，各人手里拿了一把稻草，扔在伯子恶府的院墙外面。囊瓦无奈，只好亲率家仆，把前后门都堵上，然后点起火来。可怜左尹伯子恶府，一夜之间化为灰烬，连伯子恶的尸首都给烧没了。囊瓦把伯子恶家来个满门抄斩，接着把华亥、向宁、华登、张匄等人也都抓起来，说他们通吴谋反，也都给杀了。国人没有不说他们冤枉的。

几天后，楚国令尹囊瓦乘着月色，半夜上了楼，听见街上有人唱歌，歌词听得很清楚——

> 可怜伯子恶，忠被诛，身既死，骨无余。
> 楚国无君，惟费与鄢，令尹木偶，为人作恶。
> 天若有知，报应立显。

囊瓦听后，又惊又怒，急忙令人去察看，没见唱歌人，但见百姓住宅里，家家点着祭神的香火，问他们："你们祭的是什么神？"百姓答道："楚国忠臣伯子恶，他没犯罪却被冤杀，我们都盼望他能到上天那儿去告状。"手下人回来报告给囊瓦。囊瓦便去询问朝中几位官员。

公子芈申说："我了解伯子恶，他不可能私通吴国。"囊瓦不由心里异常后悔和难过。

司马沈尹戌心直口快，对囊瓦愤愤地说道："我与伯子恶一起在潜邑与吴对敌，他有没有投吴，我还不清楚吗？现在国人都在骂你呢！你自己还不知道吗？这个费无极，是楚国小人，一贯挑拨离间、搬弄是非，以前教唆先王乱伦，逼着世子芈建死在国外，还冤杀伍奢父子，现在又和鄢将师狼狈为奸，陷害伯子恶，殃及华亥、向宁、华登、张匄等人。百姓对这两个人已经恨之入骨了。现在大家又都说你纵容他们为恶，骂声已经遍及全国。你还像个仁者吗？你身为令尹，却纵小人而失民心。将来楚国一旦有事，敌人从外面进攻，百姓在里面造反，你这个位子还坐得住吗？与其听信小人的坏话祸及自身，不如除掉小人保全自己，你掂量着办吧！"

囊瓦听了这番话，吓出了一身冷汗，急忙对沈尹戌说："这都是我的过错。希望您能助我一臂之力，除掉这两个国贼！”

沈尹戌说：“这是国家的需要，我哪能不帮忙呢！”

沈尹戌当即派人四处对百姓说：“杀害左尹伯子恶，都是费无极、鄢将师二人出的主意，令尹囊瓦已经发觉了他们的阴谋，现在就去讨伐他们，有良心的都可以来！”话还没说完，百姓争先恐后拿着棍棒往前跑。

囊瓦一看民意不可违，就下令军士将费无极、鄢将师擒获，当众宣布他们俩的罪行，然后押往闹市斩首。百姓没等囊瓦发话，就举着火把将他们两家全给烧了，把同伙之人也全给杀了。至此，百姓对囊瓦的骂声才停止，囊瓦从此更加专心修缮国政，对付吴国。

三　要离刺庆忌

再说吴王阖闾即位后，向伍子胥咨询国政："寡人想让吴国强盛，学齐桓公、晋文公等君主称霸，怎样才能成功呢？"

伍子胥流着眼泪答道："我是一个从楚国逃亡出来的人，父兄含冤而死，我千辛万苦投奔到大王您这儿。大王您把我收留，已经是我的福气了。我怎么敢再参与吴国政事呢？"

吴王阖闾说："要不是有了你，寡人至今还在吴王僚手下受委屈呢！幸亏听了你的一番指教，才有了今天。寡人正想把国家大事托付给你，你怎么忽然有了急流勇退的想法？难道你觉得寡人对你不够好吗？"

伍子胥答道："我并不是认为大王您对我不好。我听说，疏不间亲，远不间近。我怎么敢以一个留居此地的客卿身份，对吴国国政指手画脚呢？何况我的仇还没报，心里乱糟糟的，自己还不知如何是好，又怎么能替大王您筹划国事呢？"

吴王阖闾说："吴国能够出谋划策的大臣，没有比你强的，你就别推辞了。等国里的事都有了头绪，寡人就去替你报仇，你说怎么办就怎么办！"伍子胥俯在地上，哭着叩头谢恩。

吴王阖闾又对伍子胥说："我们吴国国都梅里地处沿海，道路险阻，地势低平，经常受到海潮侵袭，仓库不敢多盖，田地不好开垦，边境不利防守，百姓都没有在这里创业久居的心思，更没有什么可以让邻国敬畏之处，你说这可怎么办才好？”

伍子胥答道：“我听说治理百姓的办法，在于使他们安居乐业。要想成就霸业，就要先从眼前的事情一步步做起。我看当今吴国政治，首先要修筑城池，完善防卫，充实仓库，添置武器，等内部有了坚固的防御设施，再对付外面的敌人就不成问题了。”

吴王阖闾说：“太对了。寡人就把这事托付给你办吧。”

伍子胥接受了吴王阖闾的委托，到处察看地势的高低，品尝水味的咸淡。花了数月的时间，终于在姑苏山东北三十里外，相中一块风水宝地，在那儿开始修筑姑苏大城，周围四十七里，有八个陆门，象征着天上的八风；有八个水门，象征着地下的八聪；南面叫盘门、蛇门；北面叫齐门、平门；东面叫娄门、匠门；西面叫阊门、胥门。

姑苏城修好了，伍子胥就把吴王阖闾从梅里接来，把吴国国都定在这儿。城里前是宫殿，后是街市，左是宗庙，右是神社，粮仓银库，无所不备。

城池修好后，伍子胥想起吴王阖闾曾经担心吴国没有什么可以让邻国敬畏的问题，便招募贤人勇士，扩充训练吴军，另组建一支混合水军：分大中小三种战船，其中大船长二十米、宽三米，另分撞击船、桥船、楼船。一时间，吴国军力无比强大。

吴王阖闾认为鱼肠剑是不祥之物，就把它封存起来。然后在牛首山修建炼铁炉，铸造利剑。吴王阖闾听说有个叫干将的人，擅长铸剑，是铸剑大师欧冶子的徒弟，就让他住在牛首山率人铸剑。

干将从各地采集来精铁，择吉日开炉，用三百个童男童女，往炉里鼓风加炭。一连干了三个月，炉里边的铁还是不化。

干将莫名其妙，他的妻子莫邪对他说：“听人说，凡是神物，必须掺进人气才能化开。现在你都折腾三个月了，还没铸成剑，是不是这东西在等人气呢？”

干将说：“从前，我师傅欧冶子炼铁不化，夫妻俩一起跳进炉子里，然后剑才铸成。至今在山上炼铁，还一定要先系上麻绳、披上衣服祭炉，然后才敢点火。如今我铸不成宝剑，难道也是这个原因？”

莫邪说：“师傅能献出生命铸成神奇的宝剑，我为什么不能效仿他？”

于是莫邪就洗了澡，剪了头发和指甲，站在炉边，让童男童女再使劲鼓风，等炭火烧得正烈，自己就一下子跳进炉子里。霎时间，精铁化成了铁水，终于铸成了两把宝剑。先成形的为阳剑，叫做干将剑；后成形的为阴剑，叫做莫邪剑。阴阳二剑上都铸上文字，干将剑作龟纹，莫邪剑作水纹。

干将把阳剑藏了起来，只把莫邪剑献给了吴王阖闾。吴王阖闾想试试它锋利不锋利，就往一块大石头上砍去。石头被剑一碰，立即裂开了一条缝。

吴王阖闾得了莫邪剑，欣喜异常，重赏了干将。可没过多久，就听说这剑本是一对阴阳剑，他得到的是把阴剑，那把阳剑被干将藏起来了。于是就派人去向干将要，并说如果拿不回阳剑，就把干将杀掉。

干将既擅长采铁铸剑，又善于挖洞藏身。干将对来人谎说进室内取剑，谁知竟钻入一个秘密洞中，不知所踪。来人在室内苦候两日，也不见干将出来，更不知干将的去向。他唯恐吴王阖闾怪罪，灵机一动，回报吴王阖闾说："干将取出阳剑让臣下看，哪知这剑忽然从剑鞘里飞出来，变成一条青龙，干将骑上它，升天而去了。"吴王阖闾信以为真，以为干将已成了剑仙，便不住地叹息，自此更加珍爱莫邪剑。

且说楚国伯子恶之子伯嚭逃亡在外，听说伍子胥被吴王阖闾重用，就投奔到吴国。先去拜见伍子胥，伍子胥和伯嚭面对面哭了一阵，然后领着他去见吴王阖闾。伯嚭决心留在吴国，便剪去了头发。

吴王阖闾问："吴国地处东海之滨，你不远千里来这儿，有什么话要对寡人说吗？"

伯嚭说："我父亲什么罪也没犯，却惨遭杀害，连尸体都烧没了。我到处逃亡，一直没找到归属，听说大王义高云天，收留了困境中的伍子胥，所以不远千里也来投奔大王您。希望大王您赐我安身立命之所，我必以身相报！"吴王阖闾听了很激动，就封伯嚭为大夫，和伍子胥一起参议国事。

吴国大夫被离擅长相面，见过伯嚭后，就偷偷对伍子胥说："你怎么一见伯嚭就相信他？"

伍子胥说："我的仇恨和伯嚭相同，谚语说：'同病相怜，同忧相救。’这有什么可奇怪的？”

被离说：“你只看到他的遭遇，却不一定能看到他的内心。我看伯嚭这个人，眼睛像鹰，走路像虎，生性一定贪婪谄媚，专权嗜杀，不可亲近。如果重用他，将来一定会连累你。”伍子胥不以为然，仍和伯嚭一块儿为吴国专心做事。

再说公子吴庆忌，他逃脱追杀后，到了卫国，招纳敢死勇士，等待时机报仇。吴王阖闾听说这事，就对伍子胥说：“从前专诸刺吴王僚，寡人全靠你出计出力。现在庆忌企图报复寡人，为此寡人食不甘味、坐不安席，你就再给寡人想个办法吧。”

伍子胥答道：“我不是一个品德高尚的人，因为曾和您一起在密室里图谋过吴王僚，现在又打起他儿子的主意，恐怕这回上天不大乐意。”

吴王阖闾说：“想当年周武王伐商纣王，周朝人都不认为他做得不对。上天要除掉谁，我们只能照办。庆忌要是还活着，吴王僚就等于没死。寡人和你荣辱与共，这事决不能就此放下。其实，寡人要是再能得到一个专诸，事情就可以解决了。你招募勇士已经好长时间了，有没有找到这样的人呢？”

伍子胥说：“我看中了一个地位低下的人，似乎可以跟他商量商量。”

吴王阖闾说：“庆忌一人能敌万人，这个地位低下的人能对付得了？”

伍子胥答道：“虽说这人地位低下，实际上也有万夫不当之勇。”

吴王阖闾高兴地问：“这个人是谁？你怎么知道他英勇无敌？”

伍子胥就细细讲起这个人——

这人名叫要离，吴国人。另有一人，名叫椒邱欣，莒国人。

椒邱欣有个亲戚在吴国去世了，他就来吴国奔丧。车到淮河，他想饮马。有人劝道：“水里有妖怪，看见马就会把它拖下去吃了，你可别在这儿饮马。”椒邱欣冷笑一声说：“勇士在此，什么妖怪敢跟我犯刺儿？”就叫家仆把马解开，牵到河边饮水，那马果然一声嘶叫，掉进水里不见了。刚才相劝的人还没离开，对椒邱欣说：“这定是妖怪把马拖走了。”椒邱欣气得暴跳如雷，脱了上衣拿了宝剑便跳下水去，要找妖怪决一死战。

这妖怪本是一条鼍龙，当地人不识，故称妖怪。它一个劲儿兴涛鼓浪，可怎么也害不了椒邱欣。一连三天三夜，谁也制服不了谁。等椒邱欣从水里出来之时，一只眼睛受伤瞎了。

到了吴国亲戚家吊唁，椒邱欣坐在丧席上，谈起自己与水里妖怪打仗，不免洋洋得意，甚至有点儿盛气凌人、出言不逊。当时要离就坐在椒邱欣对面，冷冷地对他说道："你这么神气，是不是自认为是位勇士呢？我听说勇士决斗，宁死也不受辱，可你和妖怪虽在水里斗了好几天，马没要回来，眼睛还让妖怪给弄瞎了。身体受了残害，名誉受到侮辱，你不和妖怪同归于尽，还贪恋着后半辈子，真是天地间最不知羞耻的东西。你本应没脸见人，但却在此轻视他人！"椒邱欣被骂得哑口无言，含羞带愧、一声不吭地走了。

要离见椒邱欣受辱没发作，知道他夜里必定寻仇，回到家后便嘱咐妻子道："我在吊唁的时候羞辱了勇士椒邱欣，他对我恨之入骨，今天夜里一定会来杀我。我干脆就直挺挺地躺在床上等着他来，你可千万别关门。"妻子知道丈夫是个有胆量的人，就按他说的去做。

到了半夜，椒邱欣果然带着剑，直奔要离的住处，看见门没关，就闯进了内室。只见要离直挺挺地躺在床上，眼睁睁地看着他进来，一点儿恐惧也没有。

椒邱欣甚是奇怪，用剑顶着要离的喉咙低声道："你有三条该死之罪，你知不知道？"

要离说："我不知道。"

椒邱欣说："你当着大家的面羞辱我，这是第一条；回家来不关门闭户，这是第二条；看见我还不赶紧躲开，这是第三条。这都是你自己找死，你别恨我无情！"

要离说："我没有这三条该死的罪状，倒是你有三种不好的品行，你知不知道？"

椒邱欣说："我不知道。"

要离说："我当着众人的面羞辱你，你却不敢说一句话，这是第一种；不声不响溜进我家，打算乘人不备偷袭我，这是第二种；拿剑顶着我的喉咙，才敢说大话，这是第三种。你有这三种不好的品行，反而指责我，自己不觉得卑鄙吗？”

椒邱欣听了这话，把剑收回来，叹了口气说：“我自以为英勇，天下无人能敌，没想到你在我之上，你真是天下少有的勇士。我要是这样杀了你，难道不被人耻笑？可是我要是不把你杀死，我也无法再以勇气著称于世！”他想了想，又叹口气道：“我只能这样了！”说完，椒邱欣把剑往地上一扔，一头撞死在要离家的窗户上。

伍子胥向吴王阖闾说道：“这是我在招募勇士时听说的。这个要离，难道不是力敌万夫的勇士吗？”吴王阖闾听完这段故事，瞳孔放大，急切地对伍子胥说：“请你马上把他给寡人找来。”伍子点头同意，当即亲自去寻。

用了两天时间，伍子胥就找到了要离。伍子胥说：“吴王听说你有勇气、有谋略，所以很想见见你。”要离有些吃惊，不解地问：“我只是吴国的一介草民，有什么德能值得吴王召见？”伍子胥再三说明吴王阖闾想见之意，要离才跟着伍子胥进了王宫。

却说吴王阖闾听到伍子胥夸赞要离时，便感觉这要离一定是身材魁伟、相貌不凡，等到一见面，发现要离身材只有五尺，腰很细，面貌也很丑陋，不免大失所望。吴王阖闾压了压失望的情绪，对要离说道：“子胥向寡人推荐的勇士要离，难道就是你吗？”要离说：“小民矮小无力，迎着风一刮就倒，哪儿称得上是勇士？不过大王要是有什么事派我去干，我不敢不尽力。”吴王阖闾半天没吱声，伍子胥明白吴王阖闾的所思所虑，就对他说道：“好马不在外形，在于它能负重、善于奔跑。要离虽然其貌不扬，但他才智超群，没有他就办不成这件事。大王您要学伯乐相马，千万别放跑真正的人才啊！”吴王阖闾听了伍子胥的劝说，这才请要离坐下，安排酒宴。

一顿饱食后，要离向吴王阖闾说：“大王心里顾忌的，是不是吴王僚的儿子庆忌？我能把他杀了。”

吴王阖闾笑着说：“庆忌身轻如燕，跑得比奔马还快；勇武矫健，万夫不当，你恐怕不是他的对手！”

要离说：“善于杀人的人，在智不在力。我有办法接近庆忌，刺杀他就像宰只小鸡。”

吴王阖闾说：“庆忌是个聪明人，他只招纳各地亡命之徒，怎么肯轻易相信国内的陌生人？你没办法靠近他。”

要离说：“庆忌招纳亡命之徒，想靠他们夺回吴国。我假装犯罪逃跑，庆忌必然会相信我而让我靠近他，然后就可以行刺了。”吴王阖闾听得很认真。

要离作为民间一介草民，受到吴王接见，难免激动，此时他红着脸说道：“请大王您把我的老婆孩子杀掉，再砍断我的右手，这样庆忌不可能不相信我。”

吴王阖闾很吃惊，摇摇头说：“你没有过错，寡人怎么忍心这样残酷地对你？”

要离说：“雁过留声，人过留名。我如果能以忠义铸成英名，即使全家都献出生命，也是心甘情愿！”

伍子胥在一边劝吴王阖闾：“要离为国忘家，为君忘身，真是千古豪杰！只是功成之后，大王您一定要表彰他的全家，让要离扬名后世！”吴王阖闾想了想，便答应了。

第二天，伍子胥带着要离一起上朝，举荐要离为将军，请吴王阖闾发兵伐楚。吴王阖闾大骂道：“寡人看这个要离，论气力还不如一个小孩儿，怎么能担当讨伐楚国的重任？何况国事刚有点儿眉目，哪经得住再打仗？”

要离说：“大王您不讲仁义！伍子胥为您夺回了吴国，大王您怎么能不知恩图报、不为他报仇呢？”

吴王阖闾大怒道：“这是国家大事，哪用得着你这个乡野之人插嘴？你竟敢当面责备辱骂寡人！”说着就令武士抓住要离，砍断了他的右臂，把他关进狱里，接着派人去抓他的妻儿。伍子胥唉声叹气地走出来。

过了几天，伍子胥秘密传令狱吏放松对要离的看管，要离乘机逃跑了。吴王阖闾便杀了要离的妻儿，把尸首烧毁抛弃在街市上。

要离逃出吴国，一路上逢人就诉冤情，一直到了卫国，求见吴庆忌。吴庆忌怀疑其中有诈，不肯收留他。要离就把衣服脱了让他看。吴庆忌看见他的右臂果然被砍断了，才信以为真，就问要离：“吴王阖闾杀了你的老婆孩子，砍了你的右胳膊，你现在来找我，为的是什么？”要离说：“我听说吴王阖闾杀了您的父王，夺了王位，现在您准备复仇，所以我来投靠您。如果我们齐心协力，您就会报了父王之仇，我也雪了妻儿被杀之恨！”吴庆忌还是有点儿不放心。

过了几天，吴庆忌的几个心腹从吴国打探回来，说要离的妻儿，果然被杀死在街市上。吴庆忌这才深信不疑。

吴庆忌问要离：“我听说吴王阖闾任用伍子胥、伯嚭做谋士，练兵选将，把国内治理得不错。我们兵少力弱，怎么才能出这口气呢？”

要离说：“伯嚭年纪轻轻，没有什么可顾虑的。只是伍子胥智勇双全，不过他如今和吴王阖闾也有过节儿。”

吴庆忌说：“伍子胥乃是吴王阖闾的恩人，两人一向关系不错，怎么说有过节儿？”

要离说：“公子您只知其一，不知其二。伍子胥之所以尽心尽力为吴王阖闾办事，是想借吴国兵马去讨伐楚国，好替他的父兄报仇。可如今楚平王死了，费无极也死了，吴王阖闾得了王位，只顾着享福，不想为伍子胥报仇。我为伍子胥说了几句公道话，就惹恼了吴王阖闾，落得个家破人亡。伍子胥心里怨恨吴王阖闾，这还不是明摆着吗？我之所以能侥幸逃出，也全靠伍子胥从中周旋。他还嘱咐我说：‘你逃出去以后一定要去见公子庆忌，看看他有什么志向，要是肯为我报仇，我就愿意做公子庆忌的内应，以赎密室谋主的罪过。’您如果不乘此机会发兵伐吴，等他们君臣和好，我和您的大仇，就都没有再报的日子了！”说完痛哭流涕。

吴庆忌想了想道：“我听你的！”从此把要离当作心腹，与他一起训练勇士。

一天，要离和吴庆忌乘同一条船，在河中行走。要离左手持短矛，站在吴庆忌旁边侍候。忽然水面上刮起一阵怪风，要离转身站在上风处，乘吴庆忌不备，借着风势用短矛猛刺过去，一下子刺入吴庆忌的心窝，矛尖从后背穿了出来。吴庆忌万没想到要离会行刺，他一伸手把要离倒提起来，把他的脑袋按在水里淹了三次，然后把要离抱着放在膝盖上，瞪大眼睛冲他笑着说：“天下真有这样的勇士吗？敢来刺杀我？”此时，吴庆忌手下人围过来，举着剑戟就要杀要离。吴庆忌摆摆手说：“他是天下罕见的勇士，我十分惊奇，更十分敬佩。你们不要杀他，不要在一天时间里，杀死两位天下少有的勇士。”吴庆忌手下人号哭起来。此时的吴庆忌气力越来越弱，他嘱咐道：“我不能完成复仇的愿望了，你们要放要离回吴国，以表彰他的忠烈。”说完，他用尽最后气力把要离从膝盖上推下来，自己用手抽出短矛，血流如注而死。

吴庆忌手下人听从他的安排，释放要离，可要离怎么也不肯走，他说：“我有三个理由不能活在世上，即使公子庆忌有令，我也不愿偷生。”众人冷冷地问：“你还有什么要说的？”要离说：“杀我自己的老婆孩子，来为吴王阖闾做事，是不仁；为了新王而杀死旧王的儿子，是不义；想成人之事但却残身灭家，是不智。我不仁、不义、不智，还有什么脸再活在世上？”说完就一头扎进滚滚的河水里。

船上的人把他从水里捞出来，要离说：“你们为什么捞我？”众人说：“你回国后一定能封官晋爵，享受荣华富贵，我们跟着也能沾光。”要离笑着说：“我连身家性命都不在乎，还会在乎封官晋爵吗？你们把我的尸首送回去，可以领取重赏。我要去向我的老婆孩子道歉去了！”说完夺过一把宝剑，自刎而死。

见要离如此智勇，众人不由改变刚才对要离的态度，变刚才的仇怒为当下的敬佩，有的还不住地抹眼泪。

四 吴国崛起

吴庆忌手下人把要离和吴庆忌的尸体放在一起，先乘船、后坐车去投奔吴王阖闾。吴王阖闾见要离果然刺死了吴庆忌，十分高兴，重赏了吴庆忌手下人。把要离按照大夫礼节安葬在都城姑苏阊门下面，吴王阖闾默默说："借你的勇谋，为寡人守门吧。"又追封了要离的妻儿，还为要离和专诸建了一座庙，按时祭祀。把吴庆忌也按照公子的待遇，埋葬在吴王僚的坟墓旁边。

心病了却后，吴王阖闾大宴群臣。伍子胥流着眼泪说："大王的祸患除掉了，我的仇恨什么时候才能报呢？"伯嚭也哭着请求发兵伐楚。吴王阖闾说："等明天一早就商量这事。"

第二天一早，伍子胥和伯嚭来到宫里拜见吴王阖闾。吴王阖闾说："寡人考虑了一夜，感念专诸、要离的侠义，已决定为二位发兵，不知谁可以领军？"

伍子胥、伯嚭齐声答道："全凭大王调遣，万死不辞！"

吴王阖闾心想，他们俩都是楚国人，只求为自己报仇，一旦成功了，或许就会留在楚国而不回吴国，于是半天没言语，只是长叹了一声。伍子胥看出了他的心思，换了个角度说道："大王是不是担心楚国兵多将广，而吴国缺少将才？"

吴王阖闾说："是。"

伍子胥说："我推荐一个人，保证能打胜仗。"

吴王阖闾高兴地问："你推荐的是哪位？他的才能怎么样？"

伍子胥答道："这人也是我在招募贤人勇士时听说的，他名孙武，出生在齐国，现住于吴国穹窿山。"吴王阖闾一听，脸上便露出了笑容。

伍子胥接着说："这人精通韬略，有鬼神不测之机和文韬武略之谋。他写了兵法十三篇，世上的人还不知道他的才能。真要让他当了将军，我们吴国就可以横行天下，更别说对付一个楚国了。"

吴王阖闾说："请你替寡人把他找来。"

伍子胥答道："这个人不肯轻易出山，不能像对待常人那样，必须带着礼物去请，他才有可能来。"吴王阖闾就叫人取出绸缎十匹、玉璧十对，让伍子胥去穹窿山聘请孙武。

穹窿山清泉流淌，兽走禽飞，鸟语花香，一派诗情画意。伍子胥看到这幅美景，不由感叹道："假如没有家仇，来这儿隐居不失为人生的幸福快乐。"伍子胥见了孙武，反复讲述吴王阖闾的仰慕之心，千说万说，才把孙武请出山，一同去见吴王阖闾。

吴王阖闾走下台阶迎接，到了庭堂，又让人搬椅请孙武坐下。孙武把自己亲笔撰写的兵法十三篇，按顺序一一呈上来，分别是始计篇、作战篇、谋攻篇、军形篇、兵势篇、虚实篇、军争篇、九变篇、行军篇、地形篇、九地篇、火攻篇、用间篇。吴王阖闾一一翻看，忍不住赞不绝口。

看完后，吴王阖闾问孙武："周礼中有兵法、军礼，而先生的十三篇兵法与周礼不同，甚至有些相悖，请问先生如何解释？"

孙武答道："为了降低作战双方伤亡，周礼制定了一些军礼，如不鼓不战、不列阵势不开战，可后人屡屡违背，而且谁违背谁胜利，谁遵守谁失败。比如当年齐、鲁交战，齐军击了二通鼓，而曹刿不让鲁军击鼓，等齐军击第三通鼓时，鲁军击鼓，一鼓作气，战胜齐军。又如宋襄公严守周礼中的军礼、兵法，结果被楚国成得臣率领的楚军战败。以后，诸侯之间开战，吸取了宋襄公的教训，由崇尚军礼转变为诡诈权变。作战双方谁也不再机械地遵守军礼，改以实力和谋略取胜。兵无常势，水无常形。兵者，诡道也。"

吴王阖闾不住地点头，又说道："这兵法充满通天彻地的才华，可以小试吗？”

孙武答道：“可以。”

此时，有婢女在侧。吴王阖闾笑着说：“妇女也可以吗？”

孙武说：“可以。如果训练不好，情愿承当欺君之罪。”

吴王阖闾当即叫来一百名婢女，请孙武领着训练。孙武说：“还需要两位队长。”吴王阖闾便找来两名宠嫔，一个叫左妫，一个叫右妫，对孙武说：“这两个都是寡人宠爱的嫔妾，可以当队长吗？”孙武说：“可以。但是军队里的事，首先要严格执行命令，其次要赏罚分明。这次虽然只是操兵试验，但也不能废弛军纪。请派两名军士敲鼓，再派几名武士手持剑戟，列在将台，以壮军容。”吴王阖闾一一安排。

孙武吩咐婢女分成左右两队，让左妫管左队，让右妫管右队，个个穿戴整齐，手持兵器。孙武当众宣布了三条军法：一不许队伍混乱，二不许喧哗，三不许故意违反命令，最后通知第二天早上都到操场集合听候操练。

第二天早上，两队婢女都来到操场，吴王阖闾的两个嫔妾充当队长，分别站在两边。吴王阖闾坐在台上，亲自观看。孙武把两面黄旗交给两个嫔妾，让她们举着旗子当前导，婢女们都跟在后面，五个人一排，脚步跟着脚步，随着鼓点进退，左转右转，不许错步。教习完后，孙武下令：“听到第一通鼓响，两队一齐起立；听到第二通鼓响，左队往右转，右队往左转；听到第三通鼓响，每个人都挺起兵器准备交战。听见锣响，收拢队伍，往后退。”婢女们都捂着嘴嘻笑。

军士敲完第一通鼓，只见婢女们有站着的也有坐着的，参差不齐。孙武站起来说：“约束不明，令出不行，我这个当将军的有责任！”孙武又重新说明命令，然后命令军士再次擂鼓。

第二通鼓敲完，婢女们站是都站起来了，只是歪歪斜斜地一个靠着一个，还跟刚才一样笑个不停。孙武气得怒发冲冠，两眼冒火，大声道：“重申军令，你们仍不执行，这就是你们的过错了！不过你们难以全部斩首，罪在队长！”于是下令武士把左妫、右妫给捆了。

吴王阖闾正在台上观看孙武操练，忽然看见武士把两个宠嫔给捆上了，连忙跑来对孙武说：“寡人已经知道了你用兵的才能，但这两个嫔妾服侍寡人一直很合意，寡人没了她们食不甘味，请你赦免了她们吧！”孙武说：“军中无戏言，我既然接受命令当了将军，就要严肃军纪。如果听大王讲情，放走违反军令者，那还拿什么来服众？”当即喝令武士：“速将二队长斩首！”武士行刑完毕，孙武命人将两个宠嫔的人头放在队伍前面。

吴王阖闾站在旁边，目瞪口呆。再看那两队婢女，一个个心惊胆战，两腿发抖，不敢抬头。孙武从队伍里挑出两个婢女当队长，再次说明军令：“一鼓起立，二鼓转弯，三鼓交战，鸣金收兵。”这一回，三通鼓敲下来，婢女们左右进退，回旋往来，分毫不差。自始至终，鸦雀无声。

孙武报告吴王阖闾：“军士已训练整齐，请大王检阅。只等大王一声令下，即使赴汤蹈火，也没人敢退却。”吴王阖闾见左妫、右妫死了，心里很悲痛，已没心思检阅两队婢女，小试就此结束了。

吴王阖闾命把左妫、右妫厚葬。因为忘不了她们，便有了不用孙武的心思。伍子胥规劝道：“兵者，凶器也。训练军队可不是闹着玩的，诛杀要是不果断，军令就会行不通。大王想要征伐楚国、争霸天下，就一定要找到良将，良将的标准就是坚毅和果断。假如没有孙武这样的良将，谁能领兵渡过险河、越过高山、斩关夺隘呢？人常说，美色易得，良将难求。如果为了两个宠嫔而抛弃一员良将，和爱枯草而扔嘉禾有什么不同呢？”吴王阖闾听了这番话，醒悟过来，便拜孙武为将军，责成他全权处理征伐楚国之事。

伍子胥时刻不忘伐楚，便问孙武：“我军何时进军楚国？”孙武说：“知己知彼，百战不殆。大凡行兵作战，都要首先消除内患，然后才能对外征伐。我听说吴王僚的同母弟弟吴掩余、吴烛庸，一个在徐国，一个在钟吾国，二人都想替吴王僚报仇。现在发兵，应该先除掉这两个人，然后才能开始向西讨伐楚国。”伍子胥觉得有理，就转告吴王阖闾。

吴王阖闾说：“徐国和钟吾国都是小国，派使节去索取逃亡的吴国大臣，他们不敢不答应。”便派了两名使节，一个到徐国去要吴掩余，一个到钟吾国去要吴烛庸。

徐国不忍心看着吴掩余回国受死，便把这事告诉他。吴掩余急忙逃出徐国，半路上碰上吴烛庸也从钟吾国逃了出来，两人一商量，就去投奔楚国。楚昭王满心欢喜地对二人说："你们两人一定恨极了吴王阖闾，寡人应该好好对待你们。"便安排吴掩余、吴烛庸住在舒城，练兵对付吴国。

因为徐国、钟吾国放走了吴掩余、吴烛庸，吴王阖闾恼羞成怒，就命孙武率军讨伐徐国、钟吾国，把两国先后灭了。吴王阖闾又命孙武袭击舒城，杀死了吴掩余、吴烛庸。吴王阖闾还想乘胜攻打楚国新郢都，孙武奏道："将士劳累，不可再征。"于是班师回朝。

伍子胥攻楚心切，就对吴王阖闾说："凡是以少胜多、以弱胜强的兵马，一定要战、休恰当。请大王您把兵马分成三师，轮流袭扰楚国。楚国当政者是平庸之辈，不能识破我们吴国的谋略。当我军出动一师，楚国必然全军迎战；楚军一出动，我们就退回来；楚军一回去，我们再出另一师。这样就能把楚军折腾得精疲力尽，然后我们乘机全军出击，还愁打不了胜仗？"吴王阖闾听了，不住地点头，按伍子胥的建议把吴军分成三师，轮番出击，袭扰楚国，这可把楚人折腾苦了。

却说吴王阖闾有个女儿名叫胜玉，貌美嘴甜，吴王阖闾对她宠爱有加，事事顺着她。到了出嫁年龄，吴王阖闾也舍不得将她嫁出去。久而久之，胜玉娇气任性。一天，吴王阖闾在宫里举行家宴。厨师献上一条蒸鱼，吴王阖闾吃了一半，发觉好吃，就将剩下的半条赏给女儿胜玉。胜玉不知吴王阖闾的好意，以为自己嫁不出去，就像这半条剩鱼，生气地说道："父王用剩鱼侮辱女儿，女儿活着还有什么意思？"退回内宫，哭哭泣泣，见无人来理，更加恼怒。一时愚昧，胜玉竟然取剑自杀了。

吴王阖闾十分悲痛，让工匠给胜玉凿了一副独木棺，把铜鼎、玉觯、珠宝都放在里面，又取出胜邪宝剑，给女儿陪葬。出殡那天，吴王阖闾让人在街市上舞动白鹤，吸引了成千上万的百姓跟着瞧热闹。等这些男男女女随着白鹤一走进胜玉的墓室，吴王阖闾就命人触动机关，关闭墓门。吴王阖闾再派人用巨石把墓门封死，为此遇难者不下千人。吴王阖闾喃喃地说道："让寡人女儿有一千人陪葬，她该不会寂寞了。"

却说遇难者中，有一个人的儿子在吴王阖闾宫中做内侍。他想刺杀吴王阖闾为父报仇，可掂量一下自己的力量，感觉做不到。思前想后，便盗得吴王阖闾极为喜欢的湛庐宝剑，逃到楚国，献给楚昭王，请他派军讨伐吴国。这盗剑内侍对楚昭王说："相传铸剑大师欧冶子携妻到名山大川遍寻适宜铸剑之处。当他们见到湛庐山清幽树茂、薪炭易得、矿藏丰富、山泉清洌，适宜淬剑，就结舍于此铸剑。经历三年辛苦，终于铸就了锋芒盖世的湛庐宝剑。之后，欧冶子夫妻炼铁不化，双双跳进火炉，造就了一段铸剑传奇。"楚昭王听此，异常喜爱湛庐宝剑，又听众臣说此剑是名剑之首，不由得喜上眉梢，爽快地答应征伐吴国。

再说吴王阖闾丢了湛庐宝剑，派人到处寻找。打听数月，才知道这剑已被楚昭王所得。吴王阖闾气得暴跳如雷，不去探究宝剑失窃的原因，而是武断地说道："这一定是楚王贿赂了寡人手下，让他们盗走了宝剑！"一气之下，连杀了几十个宫中内侍。吴王阖闾还是气愤不过，便派孙武、伍子胥、伯嚭训练吴军，准备伐楚。

为增加取胜筹码，吴王阖闾派使节去越国借兵。越王允常亲楚厌吴，因此不肯借兵给吴国。吴王阖闾又气得火冒三丈，派兵进攻越国，在槜李打败了越军，大肆抢掠一番而回。

且说楚昭王获得湛庐宝剑，自以为是天降祥瑞，天天将湛庐宝剑佩挂在身边，向满朝官员显摆这一无价之宝。楚昭王说话算话，按盗剑内侍的要求，派令尹囊瓦率军进攻吴国。吴王阖闾派孙武、伍子胥迎击，在巢地打败了楚军。

吴王阖闾现在不只是为了伍子胥和伯嚭报仇，还想夺回湛庐宝剑，便对众人说道："攻不进新郢都，就是打败了楚军，也是劳而无功。"于是孙武在江口操练吴军，准备随时进攻楚国。

再说楚昭王得了湛庐宝剑，向众官显摆完后，又遍告各国，诸侯都来祝贺。唐国（在今湖北省枣阳附近）唐君成和蔡国蔡昭侯也为此前来。此时，蔡灵侯已亡。蔡昭侯有一对羊脂白玉佩和两件银貂鼠裘，这次前来楚国，献给楚昭王一佩一裘。另外一佩一裘，自己穿戴身上。楚国令尹囊瓦一见这两样东西，眼睛都红了，就派人来向蔡昭侯讨要，蔡昭侯却舍不得给。唐君成养了两匹好马，名叫肃霜。肃霜本来是一种鸿雁，这种鸿雁羽毛像素绢一样白，头扬得高高的。因为这两匹马的颜色、形态都和这种鸿雁相似，所以唐君成给它们起了这个名字。唐君成前来楚国，是用这两匹马驾车来的。囊瓦看到，派人去向唐君成讨要，唐君成也没舍得给。

囊瓦非常窝火，向楚昭王假言奏道："唐、蔡两国私通吴国，要是放他们回去，准会帮助吴国进攻楚国，不如先把他们拘押起来。"楚昭王年少，事事听从囊瓦，便派兵围住唐君成、蔡昭侯所住的馆舍，将他们监押起来。唐君成、蔡昭侯日日都想回国，只是由不得自己。

唐世子唐同不见唐君成回国，就派公孙唐哲到楚国探望，才知唐君成被禁。唐哲掉着眼泪，对唐君成奏道："两匹马和一个国家，究竟哪样重要呢？君上您何不献马而求归？"唐君成赌气道："这马是稀世之宝，寡人太爱惜它们了！连楚王都舍不得送，何况楚国令尹？再说囊瓦贪得无厌，竟敢用武力劫持拘押寡人，寡人宁可死去，也决不服从他！"唐哲暗地里对唐君成的随从说："君上因为两匹马被关在这儿，怎么能重牲畜而轻社稷呢？我们不如悄悄把马偷了献给囊瓦。倘若能够使君上回归唐国，我们即使犯了盗马的罪过，也没什么可抱怨的！"随从们都同意，于是就把马夫灌醉，偷出马来献给囊瓦。

唐哲对囊瓦说道："我们君上因为您德高望重，特地派我们献上良马两匹，供您使用。"囊瓦乐得合不拢嘴。第二天，囊瓦对楚昭王奏道："唐国地处偏远，兵微将寡，谅它也成不了什么大事，干脆放唐君回国算了。"楚昭王应允。

唐君成回国后，唐哲和几个随从都把自己绑了，跪在殿前听候发落。唐君成掉着泪说："要不是你们把马献给那个贪夫，寡人到现在还回不来呢！这都是寡人的过错，你们不埋怨寡人，寡人就知足了。"厚赏了唐哲等人。

蔡昭侯听说唐君成因为献马而被放回，也派人把羊脂白玉佩和银貂鼠裘献给了囊瓦。第二天，囊瓦便向楚昭王奏道："唐、蔡两君，亲如一人。既然把唐君放了，干脆把蔡君也放了得了。"楚昭王照样应允。

蔡昭侯出了新郢都，肚子气得鼓鼓的，拿出一块玉璧扔到汉水里，向众人发誓道："寡人要是不能讨伐楚国，就像这条江水一样逝去。"回国后第二天，就把公子蔡元送到晋国作为人质，向晋国借兵伐楚。

此时晋国国君是晋定公，晋顷公已亡。因为伐楚事大，晋定公不敢轻率决定，先是将此事报告周天子。此时周天子是周敬王，周景王传周悼王，周悼王传周敬王。周敬王气愤楚国蛮行，命卿士刘卷，以王师名义聚集诸侯，联合伐楚。宋、齐、鲁、卫、陈、郑、许、曹、莒、邾、顿、胡、滕、薛，连同蔡，总共十五诸侯国，都派兵参加，各国在召陵集合。这十五国中，不少是原楚国属国，因近些年来楚国无道，便纷纷叛离。

晋国派士鞅、荀寅率领晋军到达召陵。荀寅自以为帮蔡国打仗，对蔡国有功，便想捞点儿好处，派人对蔡昭侯说："听说贵国把佩、裘送给了楚国君臣，怎么单单没有晋国的份儿？我们专门为蔡国千里兴师，不知蔡国拿什么犒劳我们？"蔡昭侯答道："寡人因为楚国的囊瓦贪得无厌，才弃楚而投晋，希望晋国看重盟主的道义，灭强楚而扶弱小。事成之后，荆楚五千里土地，都可以作为晋军犒赏，好处不是比佩、裘大得多吗？"荀寅听了很惭愧。

此时正是雨季，一连下了十几天大雨，刘卷得了疟疾。荀寅对士鞅说："从前的诸侯霸主，没有比齐桓公更加强大的，但是在召陵会师，也没把楚国怎么样。现在大雨接连不断，疟疾又开始传播，恐怕我们进攻也未必能胜。"士鞅也是个贪夫，也向蔡昭侯索取好处，同样没达到目的。荀寅这一说，正合他意，于是就推说雨水大不利于进攻，把人质蔡元还给蔡昭侯，带兵回国了。各国诸侯见晋国这个盟主都不干了，还愣在那儿干什么？各自收兵回国。

蔡昭侯见诸侯纷纷离去，大失所望。返回蔡国时，路经沈国，怨恨沈国依附楚国，不跟着自己一块儿伐楚，就领兵灭了沈国，以排解心中的怨气。

楚国闻报后，立刻派令尹囊瓦率军两万伐蔡。蔡国公孙蔡胜向蔡昭侯建议道："晋国看来是靠不住了，不如往东去向吴国求救。吴王阖闾的湛庐宝剑被人盗往楚国，并且伍子胥、伯嚭等人和楚国有不共戴天之仇，他们一定会尽心尽力帮助我们的。"蔡昭侯闻听蔡胜之语，忽又眼前一亮，当即派蔡胜去联络唐国，一起去吴国借兵，愿把公子蔡乾作为人质。

蔡胜等人先去拜见伍子胥，伍子胥把他们引见给吴王阖闾。伍子胥说："唐、蔡两国满怀怨愤，愿为先驱。我们吴国救助蔡国可以显扬吴国的声威，打败楚国可以获得丰厚的战利品。大王想要攻破新郢都，这个机会可不能错过。"吴王阖闾正怀灭楚之念，当即接受了蔡、唐两国的请求，答应出兵，让蔡胜先回去报告。

吴王阖闾从江口召来孙武，商议伐楚之事。孙武奏道："楚国之所以难以讨伐，一项原因是属国太多。现在晋国打了个招呼，周王室以及十五国就聚集在一块，其中陈、许、顿、胡一直是听从楚国的，这次也弃楚而从晋，可见人心怨楚，不只是唐、蔡两国。当前楚国势单力孤，讨伐时机来临了。"吴王阖闾内心怦怦乱跳，兴奋异常，当下命大夫被离辅佐世子吴终累留守国内，自己率军亲征。

吴王阖闾拜孙武为将军，伍子胥、伯嚭为副将，弟弟吴夫概为先锋，公子吴山、大夫专毅等随行，出动全部六万吴兵，号称十万，渡过淮河，直抵蔡国。此时的伍子胥已觉得自己是个地道的吴人了，剪掉了头发，从此不再是客卿身份，正式成为了吴国臣子。这吴夫概汗毛倒长，被离看到后私下说他一定会发生背国叛主之事，吴王阖闾并不在意。

楚国令尹囊瓦见吴军声势浩大，赶紧撤除对蔡城的包围，掉头就跑，又恐吴军追赶，一直渡过汉水，才敢安营下寨。下寨同时，又急忙派人去新郢都告急。

蔡城这边，蔡昭侯亲自出城迎接吴王阖闾，流着眼泪诉说楚国君臣的罪恶。过了一会儿，唐君成也到了，两人自愿为左右军，跟随吴军攻打楚国。吴王阖闾非常兴奋，决定第二天就出征楚国。

到了第二天，孙武传令大军从陆路出发直奔楚国，将战船全部留在淮河弯曲处的新息之地。三国大军不多久就赶到汉水。楚军驻扎在汉水南面，吴军与蔡、唐两军驻扎在汉水北面。

再说楚昭王听说吴军大举进攻，急忙召集众臣商议对策。公子芈申说："令尹囊瓦不是将军之才，请大王您马上派司马沈尹戌领兵前去，协助囊瓦，不能让吴军渡过汉水。吴军远道而来，没有后续兵马，肯定不能持久。"楚昭王听从芈申的意见，就命沈尹戌率领一万五千军士增援囊瓦。

司马沈尹戌率大夫武城黑及援军来到汉水楚军大营，囊瓦把他接进大寨。沈尹戌问：“吴军从什么地方来得这么快？”

囊瓦说：“弃船从陆路而来。”

沈尹戌连笑几声说：“别人都说孙武用兵如神，依我看也没什么了不起。”

囊瓦问：“何以见得？”

沈尹戌说：“吴军擅长使船，习惯水战，如今弃船登陆，只求快速，但是万一失利，就连退路也没有了，所以我才笑他们。”

囊瓦说：“吴军现在驻扎在汉水北面，用什么办法才能打败他们？”

沈尹戌说：“我分给您五千军士，您沿着汉水列阵，把船只都集中在南岸，再派一些轻便快捷的小船，从早到晚在水面上来往巡逻，使吴军不敢贸然强渡。我带领一队人马抄到新息吴军留船之地，把他们所有的战船全给烧掉，再把汉水东面的小路用树木石头堵住。然后，您领兵渡江，去攻打吴军的大寨，我从他们的背后发起进攻，配合令尹您。吴军水上、陆地的退路都被截断，首尾受敌，进退无路，他们君臣的小命，就全握在我们手里了。”

囊瓦喜形于色，不由说道：“司马高见，我可比不上。”沈尹戌把武城黑留下，带领五千兵力协助囊瓦，自己率领一万兵力往新息进发。

话说沈尹戌走后，吴、楚两军隔江列阵，相持数天。武城黑想讨好令尹囊瓦，就向其建议道：“吴军弃船上岸，放弃了他们的特长，司马沈尹戌算好了他们一定会失败。如今相持数日，吴军不能渡江，军心已经懈怠，我们应该迅速出击。”囊瓦手下亲信校尉史皇说：“楚国人喜欢令尹您的少，喜欢司马沈尹戌的多，要是司马沈尹戌领兵烧掉吴军战船，那打败吴军的第一功，便是他的了。令尹官高名重，却屡次失利，现在又把头功让给司马，将来怎么立于百官之上？说不定司马沈尹戌就会代替您主政。不如按照武城黑大夫之计，渡江作战，决一胜负。”囊瓦被他们俩说动了心，传令楚军全部渡过汉水，列成阵势。

史皇出兵挑战，孙武命先锋吴夫概迎敌。吴夫概挑了三百名勇士，手里都持硬木大棒，一见楚兵，就没头没脑地一阵猛抡。楚兵从来没见过这样的阵势，措手不及，被吴兵一通乱打，史皇大败而回。囊瓦怒道："你口口声声叫我渡江，一交战就被他们打成这样，你还有脸来见我？"史皇十分羞愧，但依旧信心十足地说道："作战不能斩杀敌将，进攻不能擒获敌首，算不上兵家大胜。如果今夜出其不意，前去劫吴营，一定能立大功。"囊瓦同意，留史皇守营，自己挑选了一万精兵，悄悄从小路进发。

却说孙武见吴夫概旗开得胜，便对众人说："囊瓦见识浅薄，贪功侥幸，如今史皇小有挫折，但没受多大损失。他们今夜必来偷袭大营，诸位不能不防备。"孙武命吴夫概、专毅各自带领本部人马，埋伏在左右，听到号角一响，立刻出击；让蔡昭侯、唐君成各率本国兵马分两路接应；又命伍子胥领兵五千，反劫囊瓦营寨，伯嚭带兵接应；让吴山保护吴王阖闾转移到安全之处，以避冲突；命令大寨虚设旌旗，只留几百名老弱残兵守卫。

到了半夜，楚国令尹囊瓦带兵悄悄杀来，见大寨里寂静无声，一点儿防备也没有，就命令军士呼喊着杀入营寨。进到里边一看，原来是座空营，囊瓦心说不好，赶忙率军往外跑。忽听号角齐鸣，吴国吴夫概、专毅两队人马冲出来就杀。囊瓦率军一边迎战一边往回跑，三成人马，剩了两成。刚刚摆脱了吴夫概、专毅的两面夹攻，又听见一阵鼓响，左有蔡昭侯，右有唐君成，两下里截住，唐君成大叫："还寡人肃霜，免你一死！"蔡昭侯大叫："还寡人佩、裘，饶你一命！"囊瓦又羞又恼、又急又怕。正在慌张之时，武城黑领兵来到，大杀一阵，救出囊瓦。

跑了几里路，楚军守寨军士前来报告囊瓦："营寨已被伍子胥率军攻破了，史皇大败而逃，不知去向。"囊瓦吓得心惊胆战，领着败兵连夜跑到柏举，才敢住脚。过了半天，史皇领着残兵赶来。剩余的楚兵渐渐聚集，又立了一座营寨。囊瓦向众人说："孙武用兵，果然如神！不如弃寨撤军，请大王增派援兵后再战。"史皇说："令尹亲率大军抵抗吴军，倘若弃寨而归，吴军就会渡过汉水，长驱直入，兵临新郢都，到时您怎么逃避罪责？不如全力一战，即使死在阵上，也给后代留个好名声！"

囊瓦正在犹豫，忽听有人报告："大王又派一队人马前来接应。"

囊瓦出寨迎接，原来是大夫蔿射率军前来。蔿射说："大王听说吴军来势凶猛，担心您不能取胜，特派属下领兵一万，听候调遣。"接着问起两军交战的情况，囊瓦从头到尾讲了一遍，脸都羞红了。蔿射说："要是听了司马沈尹戌的话，何至如此。依我看，现在只能深挖沟壕、修筑工事、就地固守，千万不能再主动和吴军交战了。等司马沈尹戌来了后，我们再出兵合击。"囊瓦说："我前去劫寨，因为兵力不足才被吴军反咬一口。要是兵力相当、两军对阵，我就不信楚军打不过吴军！如今你刚到，乘着这股锐气，应该和敌人决一死战！"蔿射不愿意，便和囊瓦各自为营，名义上说是掎角之势，实际上离着十几里。囊瓦自恃爵高位尊，没把蔿射看在眼里；蔿射欺负囊瓦作战无能，也不听他指挥。两边各自行事，不肯一起商议战事，不能合力对付吴军。

吴军先锋吴夫概，探到楚将不和，就去对吴王阖闾奏道："囊瓦贪而不仁，一向不得人心。蔿射虽然前来援救，但是不听调遣。楚军都丧失了斗志，要是乘胜追击，必获全胜。"吴王阖闾多年与楚军交战，知道楚军不是那么容易对付的，便不采纳吴夫概的建议。

吴夫概退出来后，心里自言自语道："大王不同意不要紧，我自己前去进攻，要是走运，就能打败楚军，新郢都便唾手可得了。"第二天一早，他就率部下五千军士，直冲囊瓦营寨。孙武闻听，急忙派伍子胥领兵接应。

吴夫概冲进楚军大营，囊瓦一点儿防备也没有，营里面顿时大乱。武城黑拼命抵挡吴军，最后被吴夫概所杀。囊瓦来不及坐车，跌跌撞撞地逃出大寨，左肩上中了一箭。正碰上史皇率军赶到，他赶紧请囊瓦上车。史皇对囊瓦说："令尹您快逃吧，属下拼死保护您！"囊瓦脱下官袍铠甲，驾车急速逃走。他不敢回新郢都，往郑国逃难而去。

伍子胥领兵赶到。史皇唯恐他去追赶囊瓦，就提着长戟领兵杀入吴军阵中，左冲右突，杀死吴兵二百余人，最后身受重伤而死。

蔿射之子蔿延，听说囊瓦营寨被攻破，急忙报告父亲，要带兵前去援救。蔿射不答应，亲自站在营前弹压，传令说："谁敢乱动就斩了谁！"囊瓦的败兵纷纷逃来，全都归了蔿射，清点一下还有近一万人。蔿射说："吴军乘胜追杀，挡也挡不住了。趁他们还没攻到，不如先退回新郢都，再作打算。”于是命令大军拔寨返回，蒍延先行，蒍射亲自断后。

吴夫概探听到蒍射拔寨撤走，尾随其后，一直追到清发。只见楚军正在收集船只，准备渡江。吴军便要发起攻击，吴夫概制止部下道：“困兽犹斗，何况是人？要是把他们逼急了，一定会和我们拼命。不如暂停追击，等楚军渡过一半，然后再攻。已经渡过去的好容易逃脱了，不会再来；没渡过去的，抢着逃命，谁还肯拼死作战？这一仗算是赢定了！”于是后退二十里，安营下寨。

不久，孙武率军赶到，听了吴夫概的这番见解，不住地点头称赞。孙武说：“半渡而击之，利。”此时，吴王阖闾也赶来了。

毕竟有王者气概，吴王阖闾不再追究吴夫概擅自出兵之罪，而是向吴夫概、伍子胥等众人夸奖道：“寡人有这样了不起的弟弟，还愁攻不破新郢都？”吴夫概听后更加自满，伍子胥听后反而心中有忧。

等到吴王阖闾回到自己的大帐，伍子胥秘密奏道：“臣听说被离曾经给公子夫概相过面，说他身上汗毛倒长，一定会发生背国叛主之事。虽然他作战英勇，但大王您也不能委以重任。”吴王阖闾正在兴奋头儿上，依旧不以为然。

再说蒍射听说吴军追来，正要列阵迎敌，又听说吴军撤退了二十里，喜滋滋地说：“我早就知道吴国人胆小，不敢穷追。”于是下令全军一早吃饱了过江。谁知道，刚刚渡过去十之有三，吴夫概率军杀来。楚兵纷纷争夺渡船，一时大乱。蒍射制止不住，只好驾车逃跑。没渡江的楚兵，也都跟着蒍射乱窜。吴军从后掩杀，得到无数旗鼓戈甲。孙武让唐、蔡二君，各自领着本国兵将，夺取渡江船只，沿江一路接应。

蒍射逃到雍澨，将士们一个个又累又饿，再也跑不动了。好在追兵离得远了，这才暂且停下，埋釜做饭。饭刚熟，吴兵又来了，将士们来不及把饭吃下去，赶紧又跑，留下现成的热饭热菜，便宜了吴兵。吴兵吃饱喝足，又全力追赶。楚兵自相践踏，死伤的人越来越多。蒍射兵车被石头绊倒，他被吴夫概从后面一戟刺穿咽喉，当即身亡。蒍延也被吴军团团围住，冲杀半天也突围不出去。忽听东北角喊声大振，原来是楚国司马沈尹戌率军赶到。

却说沈尹戌得知囊瓦兵败，赶紧撤回，正好遇到蒍延被围。沈尹戌把一万人马分成三路，冲杀过去。吴夫概忽然看见三路楚军一齐杀到，一时不知敌军到底有多少人马，就撤除对蒍延的包围，夺路而走。沈尹戌率军大杀一阵，吴军死伤一千余人。此时，吴王阖闾率军赶到，两下里各自扎营对峙。

沈尹戌对自己的家臣苟卑说："令尹囊瓦急功近利，使我的计谋不能实现，真是天意啊！现在敌人已深入楚地，明天我就和他们决一死战。要是侥幸取胜，吴军就到不了新郢都，那是楚国的福气。万一打败了，我把脑袋托付给你，千万别让吴军抢了去。"又对蒍延说："令尊已经为国尽忠，你不能再死了，应该马上回去报告楚王，尽快想法保卫新郢都。"蒍延一下子跪倒在沈尹戌面前，垂泪道："愿司马驱除吴军，早建大功！"说完而别。

第二天一早，两军列阵交锋。沈尹戌平日爱惜军士，治军有方，此时将士们没有不愿意死战的。吴夫概虽然勇武，也没办法取胜，眼看就要支撑不住了，孙武领军杀到，右有伍子胥、蔡昭侯，左有伯嚭、唐君成，强弓劲弩在前，短剑长戟在后，一直冲入楚营，把楚军杀得七零八落。沈尹戌拼死冲出重围，身上却已中了数箭，直挺挺地躺在兵车里不能动弹，大声呼唤苟卑道："我已经没有用了！你快来把我的首级拿走，去见楚王！"苟卑怎么也不忍心下手，沈尹戌使出全力大叫一声，闭上眼睛装死。苟卑迫不得已，用剑割下了沈尹戌的人头，然后脱下衣服裹好，抱在怀里，又挖了个土坑掩埋了沈尹戌的尸体，而后，就朝着新郢都一直奔去。楚军全线溃败，吴军长驱直入楚国腹地。

话说蒍延先回到新郢都，见了楚昭王，哭诉了囊瓦败逃、其父被杀的经过。楚昭王吓得脸都白了，急忙把公子芈申、芈结等找来，商量怎样派兵接应。不多久，苟卑也到了，呈上沈尹戌的首级，详细讲述了打败仗的原因和经过。楚昭王听完，失声痛哭说："寡人未能重用司马沈尹戌，是寡人的过错啊！"又大骂囊瓦说："这个误国奸臣，猪狗不如！"苟卑说："吴军一天天逼近，请大王早想办法，保卫新郢都。"楚昭王一面叫来沈尹戌之子沈诸梁，封他为叶公，封邑于叶地，并让他领回父亲的首级，予以厚葬；一面商量弃城逃走。

芈申哭喊着谏道：“社稷、陵墓，都在新郢都，大王要是弃城而去，再想回来可就难了。”

楚昭王说：“我们的拒敌屏障只有汉水天险，如今吴军已渡过汉水，很快就会杀到新郢都，我们为何留下来束手就擒呢？”

芈结说：“城里还有数万军士，大王可以把宫里的粮食布匹全拿出来，激励将士，固守城池。再派使节速去汉东各国，叫他们合兵援救。吴军深入楚境，粮饷肯定接济不上，还能支持多久呢？”

楚昭王说：“吴军在我们楚国境内，还愁找不到粮食？还怕没吃的？前些日子晋国人一叫唤，顿国、胡国一帮人就都跟着闹事。眼下吴军来进攻，唐国、蔡国又给他们当向导。看来楚国的属国都已离心离德，指望不上了。”

芈申又说：“臣等带领全部人马抗拒吴军，要是打不过，再走也不晚。”

楚昭王说：“国家存亡，全仰仗二位兄长，你们看怎么办合适就怎么办吧，不用再和寡人商量了。”说完，含着眼泪走进内宫。

公子芈申和芈结商量了半天，决定派大夫斗巢领兵五千，据守麦城，以防北路；派大夫宋木领兵五千，据守纪南城，以防西北；芈申自己领精兵一万，在汉水扎营，以扼制东渡的道路。芈结同公孙芈繇于，大夫钟建、斗辛、申包胥等，在城内往来巡视。

再说吴王阖闾召集众将，商议攻打新郢都。伍子胥道：“楚军虽然屡战屡败，但新郢都正是全盛时期，而且三座城池互为联络，很不容易攻破。如今可行之策是我们把兵马分成三部分：一部分攻麦城，一部分攻纪南城，大王率领大军直捣新郢都，给他们来个迅雷不及掩耳之势。楚军顾此失彼，麦城、纪南城如果被攻破，新郢都也就守不住了。”

孙武说：“子胥的这条计策好！”

吴王阖闾就派伍子胥和吴山领兵一万，蔡昭侯率蔡军协助他们，去攻打麦城；派孙武和吴夫概领兵一万，唐君成率唐军协助他们，去攻打纪南城；吴王阖闾和伯嚭等，领着大军攻打新郢都。

却说伍子胥领着兵马，经过一个村子。只见村里人正在用粗棍来捣石臼里的麦子，伍子胥突然心有所悟，自言自语道：“我知道怎么破麦城了！棍子深入到石臼里，就能将麦捣碎；我如果派人潜伏到麦城中，就能将麦城拿下了。”当下回营，悄悄下了一道密令。

准备妥当后，第二天下午，伍子胥领兵来到麦城下。

楚国大夫斗巢出城迎战，拱手道：“子胥一向可好啊？你父兄的冤仇，罪责都在费无极，如今这个奸贼已经被除掉，你也没有什么冤仇可报了。楚国对你家数代恩德，难道你都忘了吗？”

伍子胥答道：“我的先人为楚国立过大功，楚王不但全忘在脑后，还冤杀了我的父兄，又想要我的命，幸亏苍天保佑，才使我逃脱了灾难。我满怀仇恨，熬过了无数个日日夜夜，才盼到今天。你如果能体谅我的苦衷，就远远地躲开，别挡我的路，咱们俩可以相安无事。”

斗巢大声叫骂：“背叛楚国的奸贼！躲你就不算好汉。”当下将令旗一挥，双方混战在一起。

未多久，天色就黑了下来，两边只好各自收兵。

却说麦城到了半夜，忽然有人喊叫：“吴兵进城了！”原来伍子胥所率兵马中有不少楚国降兵，伍子胥受粗棍深入石臼捣麦的启发，有了一计，故意选在下午挑战，黄昏中让降兵混在楚军队伍里溜进麦城去，潜伏在僻静的地方。等到半夜，降兵就从城上放下长索，把吴兵吊上来。等楚兵发觉，城上已经有了上百名吴兵，齐声呐喊，城外的吴兵也一起喊叫着攻城。守城的楚兵东逃西窜，斗巢也制止不住，只得乘车逃往新郢都。伍子胥也不追赶，得了麦城，就叫人去向吴王阖闾报捷。

再说孙武领兵前去纪南城，见附近的长江奔流，水势滔滔；又见纪南城地势低平，宽宽的护城河围绕，直抵新郢都城下。孙武不由心生一计，命令人马驻扎在高坡上，各自准备铁锹、簸箕，限一夜之间，挖开一道深壕，把长江之水引到纪南城的护城河里；又垒起一道长堤，堵住了长江水。那长江水流进护城河里，没地方可去，平地涨起两三丈高，直灌纪南城。楚国大夫宋木不明所以，赶紧叫城里的百姓跑到新郢都躲避。护城河水势浩大，顺势流淌到新郢都城下，一眼看不到边。孙武派人到山上砍竹造筏，吴军坐着竹筏，逼近新郢都。楚人此时才知这水是吴军放的长江水，顿时人心惶惶，百姓四散奔逃。

楚昭王知道新郢都守不住了，便仓皇出逃，正巧妹妹季芈在旁，便同她一起上船逃走。公子芈结站在城墙上，正在督促军士堵水，听说楚昭王已走，便和公孙芈繇于以及大夫钟建、宋木、斗辛、斗巢等人一起出城保驾，连妻儿也顾不上了。

新郢都没人把守，不攻自破，吴王阖闾率军顺利进入。

孙武派人放水归江，合兵守城。伍子胥也从麦城来到新郢都。吴王阖闾登上楚国宫殿，吴国众臣一一前来拜贺，蔡昭侯、唐君成也来致辞祝贺。吴王阖闾心花怒放，大摆酒宴，款待众人。

酒足饭饱后，吴王阖闾就亲率军士前去楚国内宫，寻找湛庐宝剑。捉住宫中之人一一审问，得知湛庐宝剑已被楚昭王随身带走，吴王阖闾不免有点儿惘然若失。楚国宫中珍宝很多，如大屈宝弓等，尽归吴国所有。

当天晚上，吴王阖闾就住在楚国内宫，手下人把捉到的楚昭王妻妾叫来服侍。吴王阖闾想让她们陪他睡觉，可又犹豫不决。伍子胥对楚王家族恨之入骨，便劝道："国都归我们了，何况他的妻妾？"吴王阖闾便不再犹豫，叫她们留下过夜，一连几天，把楚昭王的妻妾都糟蹋遍了。手下人又说："楚昭王母亲孟嬴，原来是先世子芈建的未婚妻，楚平王因为她长得美就占为己有，如今年纪也不大，容貌也没怎么变。"吴王阖闾动了心，派人去叫，孟嬴说什么也不来。吴王阖闾火了，亲自前去。孟嬴关上门，用宝剑敲着窗户说："我听人说，诸侯乃是一国道德的表率。现在大王丢弃了堂皇的仪表，淫乱楚国内宫。我宁愿死在剑下，也不能从命。"吴王阖闾听了十分惭愧，赶紧道歉说："寡人一直对太夫人心存敬慕，只想和您见上一面，哪儿敢乱来呢？太夫人休息吧。"于是派孟嬴原来的婢女为她把门，命令任何人都不许随便进去。

伍子胥没找着楚昭王出气，就怂恿伯嚭等人分别住在楚国众臣家里，糟蹋他们的妻妾，以羞辱楚国君臣。

蔡昭侯、唐君成和吴山一起去抄囊瓦的家。只见佩、裘仍放在竹箱里，肃霜马还拴在马厩里，两人各自取回了原本属于自己的东西。二人私下一商议，觉得这些宝物、宝马实非吉祥之物，不如做个人情，于是二人一起将佩、裘以及肃霜马送给了吴王阖闾。囊瓦的小妾十分俊美，吴山想将其带走，吴夫概来了，赶跑了吴山，自己把她抢走了。

一时间，吴国君臣乱淫，新郢都城内，仿佛一群禽兽聚集。

吴王阖闾召集群臣议事，伍子胥奏请将楚王宗庙全部拆毁。孙武劝阻道：“为了正义而战，才称得上师出有名。楚平王废世子芈建、改立孟嬴之子芈珍，任用奸臣，残害忠良，对外又粗暴对待诸侯，引起内外离心，所以我们吴军才攻到这里。现在新郢都已被攻破，应该把芈建之子芈胜立为楚王，代替逃走的楚王芈珍。楚国百姓因为怜悯芈建的悲惨遭遇，一定不会闹事，而且还会感激吴国的恩德，世代向吴国朝贡。大王虽然放弃了楚国，却和得到楚国一样。这样的话，我们名利就会双收！”吴王阖闾一心要灭掉楚国，便不听孙武的劝告，命伍子胥派人拆毁了楚王宗庙。

伐楚胜利，蔡昭侯、唐君成各自辞别回国，人质蔡乾也跟着返回蔡国。

五　伍子胥恩怨

新郢都的秩序渐渐稳定后，吴王阖闾大宴群臣，忽然伍子胥痛哭起来。

吴王阖闾说：“你的报仇志愿已经实现，为何又悲伤起来？”

伍子胥流着泪答道：“楚平王已经死了，楚王芈珍逃跑了，臣的深仇大恨，还没报十分之一呢。”

吴王阖闾说：“你想怎么样呢？”

伍子胥答道：“请求大王允许臣挖开楚平王的坟墓，打开他的棺材，砍下他的脑袋，才能化解臣心中的仇恨。”

吴王阖闾说：“你对寡人的帮助太多了，寡人怎能不满足你的愿望呢？”伍子胥便抹干了眼泪。

宴会结束后，伍子胥即刻派人打探楚平王坟墓的位置，得知在东门外，立即率人赶到那里。只见平原衰草、湖水茫茫，不知楚平王的坟墓究竟在哪个地点上。派人四处寻找，也不见踪迹。伍子胥捶着胸膛对着上天呼叫：“天啊！难道你不让我为父兄报仇吗？”忽然有个老翁来到伍子胥面前，作个揖问道：“将军您为什么要找楚平王的坟墓呢？”伍子胥说：“楚平王弃子夺媳，杀害忠良，他活着我没能把剑放在他的脖子上，他死了我也要砍杀他的尸体，为地下的父兄报仇。”老翁说：“楚平王自知仇人很多，唯恐有人挖掘他的坟墓，因此让人把他埋葬在湖底。将军一定要找到他的棺材，必须抽干湖水，才能见到。”说着便用手指出棺材所埋之处。

伍子胥知道了埋葬楚平王的地点，就派水性好的军士下去寻找，在湖底下果然摸到了一副大木棺。伍子胥又命令军士每人背来一袋砂子，堆在坟墓四周，挡住湖水，然后打开木棺，看见里面只放着楚平王的衣冠和几百斤精铁。老翁说：“这是个疑棺，真棺材还在下面。”再往下找，在石板底下果然又发现了一副棺材。伍子胥下令劈开棺木，拽出尸体，仔细验看，果然是楚平王的尸身，因为用水银殓过，至今没有腐烂。伍子胥一见楚平王的尸体，怒气冲天，举起马鞭，照着楚平王的尸身就是三百下，直打得楚平王的尸体肉烂骨折。伍子胥用手剜出楚平王的眼珠，责骂道：“你活着白长了一双眼，不辨忠奸，听信谗言，杀我父兄，要它有什么用！”伍子胥又把楚平王的脑袋砍下来，毁了棺木，和尸骨一起抛在原野上。

伍子胥鞭尸以后，问老翁：“您怎么知道楚平王的埋葬处和棺木的真假？”老翁说：“我不是别人，乃是修这座墓的工匠。当坟墓砌成之后，楚王怕我们泄漏出去，就把工匠们都杀死了，只有我侥幸逃脱。今天被将军您的一片孝心所感动，特地来为您指明埋葬处，也为那些制造坟墓的冤魂报仇。”伍子胥取出珍珠、绸缎送给老翁，作为酬谢。

且说楚昭王一行坐着船，渡过汉水，到了云梦泽。有数百名草寇，深夜抢劫楚昭王的船只，并用戈刺向楚昭王。公孙芈繇于用身体护住楚昭王，大喝一声：“这是楚王，你们想干什么？”话还没说完，戈已经刺中了肩膀，鲜血一直流到脚上，芈繇于昏倒在地。草寇大声喝道：“我们只知道有财宝，不知道有楚王！囊瓦身为令尹，尚且贪贿，何况我们草民！”说着在船里一阵翻腾，遍寻金钱珠宝。

楚昭王急忙上岸躲避，对众臣喊道：“保护寡人之妹，别让她受害！”大夫钟建背起楚昭王妹妹季芈，紧跟着楚昭王一起上了岸。船只、财宝都不要了，命最重要。楚昭王等人脱离草寇，乘着夜色向前逃去。

第二天早上，一条大河拦住了楚昭王等人的去路。大夫斗辛奏道：“这河就是郧水，过了郧水就是郧邑，那是臣的封邑。大王暂且到臣封邑那儿住几天，再作打算。”

楚昭王点头同意。这时候，芈繇于到了，楚昭王赶忙问：“你负了重伤，怎么逃出来的？”

芈繇于说：“臣当时昏过去，梦中有人把臣推醒，迷迷糊糊中听他说道：‘我是楚国已故令尹蔿敖，请你传话给楚王，吴军不久就会撤退，楚国还会延续下去。’又用药敷在臣的肩膀上。等臣醒过来后，血止住了，伤也不疼了，草寇也不见了，所以急忙赶到这儿来。”

楚昭王说：“蔿敖曾在云梦泽隐居，这是他在显灵啊。”说完不住地叹气。

休息了一会儿，楚昭王叫斗辛去找条船。斗辛远远看见一只小船从东边摇过来，船上还载着妇女和小孩。仔细一看，船上站着的男子，是楚国大夫蓝尹亹。斗辛大声向他喊道：“大王在这儿呢，还不快把船划过来！”蓝尹亹说：“亡国之君，我载他有什么用？”竟置之不理，让人继续摇船远离。斗辛等了半天，才又看见一条渔船。他急忙把身上的衣服脱下来送给船夫，船夫才肯把船靠到岸边。楚昭王众人渡过郧水，到了郧邑。

斗辛、斗巢的三弟斗怀，听说楚昭王前来，急忙出迎，斗辛让他赶紧准备饭菜。斗怀往屋里送饭时，几次用眼盯着楚昭王，眼中露出一股杀气。斗辛看到，便觉不安。斗辛和斗巢两人，亲自服侍楚昭王休息。

到了半夜，传来一阵磨刀声，斗辛开门一看，果然是斗怀，手里拿刀，满脸怒气。斗辛说：“三弟磨刀干什么？”

斗怀说：“要杀楚王！”

斗辛说：“你为什么要做这大逆不道的事情？”

斗怀说：“从前咱们父亲对楚平王忠心耿耿，可楚平王听从费无极的谗言把他害了。楚平王杀我们父亲，我杀楚平王儿子，以仇报仇，有什么不可？”

斗辛气得大骂：“大王好比是天，天降祸于人，人怎能向它报仇呢？”

斗怀说：“有国家才有大王，现在国家没了，他就是我的仇人，见仇人不杀，就不是人！”

斗辛说：“古时候，仇恨不传于子孙。如今大王已经改正了先王的过失，任用了我们兄弟。如果现在乘人之危把他杀了，天理不容。

你要再存这个念头，我先把你杀了！”斗怀拿着刀恨恨不已地走了。

楚昭王被门外的声音吵醒，披上衣服坐在床上偷听，把哥儿俩吵架的原因都听清了，便不愿再在郧邑住下。斗辛、斗巢和芈结一商量，就侍奉着楚昭王向北，投奔随国而去。

却说公子芈申在汉水把守，听说新郢都已被攻破、楚昭王仓皇逃走，不由大惊道："吴军太厉害了！竟然神不知鬼不觉地迅速攻破了新郢都！”芈申转而又说道："如果楚国灭亡，百姓就会离散，我身为公子，不能让军民无国可依！”于是穿上楚王服饰，坐上楚王马车，自称楚王，在脾泄立国以安定民心。逃避战乱的百姓，都迁到那里去居住。后来，芈申听说楚昭王已到了随国，就通告百姓，让他们知道楚王的去处，然后赶到随国去陪伴楚昭王。

伍子胥没抓住楚昭王，心里憋着一口气，就对吴王阖闾奏道："楚王芈珍没被捉到，楚国还不算灭亡。臣愿率领一支人马渡江西去，寻找楚王芈珍的下落，把他抓回来见您。”吴王阖闾同意。

伍子胥一路追寻，听说楚昭王在随国，就一直追过去，写信给随国国君随成侯，要求交还楚昭王。

随成侯看完信，当即与楚国君臣商议。楚国公子芈结，相貌与楚昭王相似，对随成侯说："事情非常紧急了，我可以扮成楚王，请贵国把我交给伍子胥吧，这样，我们大王就能逃脱了。”

楚昭王说："好汉做事好汉当，寡人怎能让你去冒险呢？”

随成侯想了想说："当年楚成王芈恽未当楚王前，逃难到随国，随国先君厚待芈恽，并帮助他返国即位，所以楚、随一直亲近。当周边小国被楚逐一灭掉时，唯独随存。现在楚王您来到我们随国，我们应该学习先君的做法，全力保护您。”于是，随成侯派人回绝伍子胥说："敝国一直是楚国属国，世代结盟，楚王真要到了我们这儿，我们也不能不收留他，但是他并没有来，是不是去了他地，我们也不知道，请您详察！”

伍子胥见随成侯言辞恳切，又听说囊瓦已经逃到郑国，便怀疑楚昭王也逃奔到那里。伍子胥想起当年郑国杀了芈建，这仇还没报，于是就领兵前去伐郑，包围了郑都新郑。

郑定公异常惊恐，就把吴军伐郑之责全部推到囊瓦身上，囊瓦只得自杀谢罪。郑定公派人把囊瓦的尸体送到吴军，说明楚昭王确实没到郑国来。伍子胥还是不肯撤兵，一定要灭掉郑国，为芈建报仇。郑国众臣请求背水一战，以决存亡，郑定公叹口气说："吴国不是以前的吴国，郑国也不是以前的郑国。我们现在的兵力，哪比得上楚国？楚国都让吴国给灭了，何况我们郑国？"郑定公实在想不出办法，就派人四处张贴告示，通告百姓："谁能让吴军撤回去，寡人情愿把郑国分一半给他。"

该当郑国不亡，却说当年渡伍子胥过江的那位"渔丈人"之子，因为逃避战乱，来到了郑国。此时，"渔丈人"已去世。去世前，"渔丈人"告诉儿子当年救伍子胥的经过，说伍子胥必定能够率军复仇。看到张贴告示，又听说带兵伐郑的吴军主将是伍子胥，"渔丈人"之子就去求见郑定公，说道："小民有办法让吴军撤退。"

郑定公说："你退吴军，要用多少人马车辆？"

"渔丈人"之子答道："小民不用一个兵、一辆车，只要给我一支划船的桨，一边走路一边唱歌，吴军就会退走。"

郑定公虽然不信，但见他又不像神经错乱之人，便有病乱投医，让人给他找了一支桨，然后说道："你真要能退掉吴军，寡人必有重赏。"

"渔丈人"之子就从城墙上顺着绳子滑下来，一直走向吴军营寨，来到门口就敲着桨唱起歌来——

芦中人，芦中人，渡过江，谁的恩？
宝剑上，七星闪，还给你，带在身。
你今天，得意了，可记得，渔丈人？

守营军士把他抓起来，带到伍子胥面前，他还在唱那首《芦中人》。伍子胥走下座位，吃惊地问："足下是什么人？"

"渔丈人"之子举起船桨答道："将军您没看见我手里拿的东西吗？我是昭关东边'渔丈人'的儿子呀。"

伍子胥听了这话，便急切地问："令尊在哪儿？还好吗？"

"渔丈人"之子说："已经去世了，临终前说您必定是一代将星。"

伍子胥无比伤感地说："令尊救我过江，我正想报恩，可又不知道怎么报，这回见到你就好了。你唱着歌来见我，需要我做些什么？"

"渔丈人"之子答道："没别的请求，郑君惧怕吴国兵威，通告全国，谁要能让吴军撤回去，就把郑国分给他一半。我记得先父曾和将军您有一面之交，如今想请求您宽恕郑国。"

伍子胥仰天长叹说："唉！我能有今天，都是'渔丈人'赐给的，苍天在上，对他的恩德我怎么能忘记呢！"当天就下令解除包围，把兵马撤走。

"渔丈人"之子回来报告郑国，郑定公大喜过望，就把方圆一百里的土地分给他，百姓都称他为"渔大夫"。

伍子胥把兵马撤回楚国境内，分兵把守各条道路，派人四处招降楚国各城邑，同时探访楚昭王的下落。

却说申包胥自从新郢都陷落、与楚昭王失去联系后，就逃到夷陵山里躲了起来。听说伍子胥掘墓鞭尸、又到处追捕楚昭王，就派人给伍子胥送去一封信简，上面写着："你乃楚平王旧臣之子，现今侮辱其尸，虽说报仇，不也太过了吗？物极必反，请你速回吴国。不然，申包胥当实践当年复楚之约！"

伍子胥看了来信，反复琢磨了半天，才对来人说："我因为军务繁忙，就不写回信了。你替我向他问个好，再传话给他说，忠孝不能两全，楚平王逼得我走投无路，我才倒行逆施！"

来人把伍子胥的话传给申包胥，申包胥站起来，望了望远处的山峦，喃喃地说道："看来伍子胥一定要灭掉楚国才肯罢休，我再也不能坐等了。"想起楚平王夫人孟嬴是秦哀公之妹、楚昭王是秦哀公外甥，要解救楚国，只有去求秦国，于是申包胥不分昼夜，赶奔秦国，两只脚跟都走裂了，步步流血，就扯破衣服，把脚裹上继续走。

一直赶到秦国雍城，申包胥拜见秦哀公道："吴国贪婪得像猪，狠毒得像蛇，老早就想不断吞并他国，现在竟然发兵拿楚国开刀了。我主楚王失去了国家，逃到随国避难，特地派我到贵国来告急，请求您看在甥舅的情分上，为我主发兵解救亡国危机。"

秦哀公说："秦国处在西部边陲，兵微将寡，自保不暇，哪有力量帮助别人呢？"

申包胥说："如果楚国遭难而秦国不去救援，那么吴军真要灭了楚国，下次就要轮到秦国了。君要是保住了楚国，也就是巩固了秦国；君要是帮助恢复了楚国，那么秦国的力量也就会超过吴国。"

申包胥说了半天，秦哀公还是犹豫不决，说道："你先住下，容寡人和大臣们商量商量再说。"

申包胥答道："我的大王还在他乡流亡，不得安生，我这个做臣子的怎么能贪图自在呢？"他虽然一再请求，秦哀公就是不肯发兵。

申包胥索性不脱衣冠，站在秦国宫殿外，没日没夜地哭喊，七天七夜不吃不喝。秦哀公见他这样，惊骇地说："没想到楚国臣子为了国家的事，竟然能急成这样！楚国有这样的忠臣，吴国还想灭掉它。秦国没有这样的忠臣，吴国还能饶得了我们？"秦哀公被申包胥感动得掉了眼泪，答应了他的要求。申包胥磕头谢恩，这才开始吃喝。

秦哀公命公子嬴蒲率领五百乘兵车，跟随申包胥去救楚国。申包胥知道楚昭王所在之处，向嬴蒲说："我国大王在随国盼望救兵，如同大旱盼望好雨。我应该先走一步，把这个喜讯报告给他。公子您一路向东，五天就能到襄阳。当前吴军正趾高气扬，必然失去戒备；军士老在外面打仗，也开始想家。只要打败他们的一支人马，其余的就会失去斗志，自然瓦解。"嬴蒲说："我们不熟悉道路，必须有楚兵当向导，您可不能误了日期。"申包胥连连说好。

申包胥辞别嬴蒲，连夜赶到随国，一见楚昭王就说："臣请来了秦国兵马，他们已经走出秦国边境，开到楚国来了。"楚昭王喜出望外。这时，楚国残军已经在随国集结。楚昭王就命公子芈申、芈结率全部楚军，还有随国兵马一起出发，前去襄阳。秦军正在襄阳等着，和楚军、随军会师后，一起向前进发。

秦、楚、随联军，首先与吴军吴夫概部相遇。嬴蒲对申包胥说："您先率领楚军和他交战，一会儿我再从后面杀过来。"申包胥就出阵和吴夫概战在一起，吴夫概根本没把申包胥看在眼里。双方正在难分胜负时，嬴蒲率领秦军突然从后面杀出来，吴夫概一眼望见旗帜上有个挺大的"秦"字，当即吓了一跳，不由随口说道："西边的秦军怎么到这儿来了？"匆促之下，急忙收兵，可败局已定。公子芈申、芈结率楚军乘胜追击，一口气追出去五十多里。

吴夫概跑回新郢都，见到吴王阖闾，说秦兵攻势锐利，不可抵挡，吴王阖闾心里也有点儿害怕。孙武建议说："楚国地盘很大，百姓未必服从吴国，臣以前请大王您立公孙芈胜为楚王，以安抚楚国百姓，正是担心出现今天这样的局面。事到如今，不如派使节去和秦国讲和，答应让逃亡的楚王芈珍回来，同时要求楚国把边鄙的国土割让给吴国，这样吴国也不算吃亏。如果总是贪恋着楚宫，和敌军长期相持，楚国人就会因为愤怒而凶猛抵抗，如果再有虎狼一般的秦军相助，吴军就不能保证会一直胜利了。"伍子胥已回到新郢都，他心里明白，从现在的局势看，楚昭王是抓不到了，于是同意孙武的看法。

吴王阖闾正想听从他们的意见，伯嚭奏道："我军自从离开吴国，一路势如破竹。现在为什么一遇到秦军，就要撤退？这种前勇而后怯的做法不当。请大王给臣一万精兵，臣一定让秦军片甲不回。要是胜不了，臣甘愿受罚！"吴王阖闾被他说得气又足了，就同意他率军出去迎战。孙武和伍子胥极力劝阻，伯嚭不听。

却说伯嚭率领吴军，正碰上楚国公子芈申。伯嚭向其大骂道："你先前不战而逃，现在想死灰复燃吗？"芈申也回骂道："叛国匹夫，今天还有脸来见我！"伯嚭大怒，挺戟直取芈申，没战几个回合，芈申假装败走，伯嚭紧追不舍。没追出二里路，左边沈诸梁，右边蔿延，一齐率军杀了出来。原来二人自新郢都被攻破后，隐居民间，见楚军前来反攻，便各归原职。今日率军作战，虎气生生。秦国公子嬴蒲领着生力军，从中间也直冲过来。三路兵马把吴军截成三段，伯嚭左冲右突，怎么也跑不出去。伍子胥带兵赶到，大杀一阵，救出伯嚭。一万人马，只剩下两千。

伯嚭把自己绑了，来见吴王阖闾请罪。孙武对伍子胥说："伯嚭的为人，恃功自傲，早晚是吴国的祸害，不如乘他兵败，按军令把他斩了。"

伍子胥说："他虽然这次差点儿全军覆没，可以前功劳不小，何况敌人就在眼前，不能斩杀大臣。"于是请求吴王阖闾赦免了伯嚭。

秦、楚、随联军直逼新郢都，吴王阖闾就命吴夫概、吴山守城，自己率领大军驻扎在纪南城，伍子胥、伯嚭驻守麦城，形成掎角之势，与秦、楚、随联军对峙，又派人到唐国、蔡国借兵。

楚国公子芈申对秦国公子嬴蒲说："吴军以新郢都、纪南城、麦城为巢穴，防御坚固，如果唐、蔡两国再派兵来助战，可就不好对付了！不如趁两军相峙的工夫，抽出兵马去打唐国。唐国破了，蔡国必然加强防卫，不敢再分兵给吴国，我们就能够专心对付吴军了。"嬴蒲觉得此计不错，就和芈申各抽出一支人马，偷袭唐国，杀了唐君成，唐国灭亡。蔡昭侯一害怕，果然不敢分兵助吴。

却说吴夫概先是立了破楚头功，后来栽了跟头，在新郢都心里堵得慌。见吴军与秦、楚、随联军相持不下，忽然心里一动，自言自语道："按吴国的规矩，哥哥死了弟弟继位。如果照这样，吴王阖闾死了，我就可以当吴王。可如今吴王阖闾已经立自己的儿子吴终累当世子，我没指望了！不如乘大兵出征、国内空虚，偷偷带兵回国，夺位称王，不比将来再争王位强？"越想越觉得可行，于是就率领本部兵马，偷偷出了新郢都东门，渡过汉水回到吴国。

吴夫概一到吴国，就对众人说："吴王阖闾被秦兵打败，不知去向，我身为吴王阖闾之弟，继承王位。"吴国世子吴终累和大夫被离闻听吴夫概叛变回国，便领兵抵抗，不让吴夫概进城。吴夫概便派使者到越国借兵，答应事成之后，割让五座城池给越国。

再说吴王阖闾听到秦、楚联军灭唐的消息，倒吸了一口凉气，正要召集众臣商议战事，吴山忽来报告说："不知什么缘故，公子夫概领着本部兵马私自回吴国了。"

伍子胥说："夫概这一走，必反无疑。"

吴王阖闾说："那该怎么办呢？"

伍子胥说："夫概是一勇夫，不足为虑。要担心的，倒是越国人可能闻风而动。大王应该马上回兵，先平内乱。"

吴王阖闾便留孙武、伍子胥退守新郢都，自己和伯嚭率领船队顺流而下。

没走多远，吴王阖闾就接到世子吴终累的告急信简，上面写道："夫概造反称王，又勾结越兵犯境，吴都姑苏大城危在旦夕。"吴王阖闾惊呼："果然不出子胥所料。"当即一面派人去新郢都，叫孙武、伍子胥带兵支援；一面连夜往回赶。吴王阖闾沿江传令吴夫概的手下军士："离开夫概回来的，恢复原职；回来晚的，杀！"岸上吴夫概的手下军士，纷纷倒戈。

吴夫概见部下跑了不少，就强迫百姓当兵。百姓听说吴王阖闾还在，全都躲藏起来。吴夫概只好率领一支孤军迎战，吴王阖闾责问道："寡人和你是亲兄弟，你为什么背叛寡人？"吴夫概答道："你杀吴王僚难道就不是背叛？"吴王阖闾气得直跺脚，命伯嚭道："为寡人捉住这个叛贼！"没战几个回合，吴王阖闾就指挥大军冲杀过去。吴夫概虽然勇武，怎奈寡不敌众，大败而逃，向北投奔宋国去了。吴王阖闾安抚百姓，回到吴都姑苏，世子吴终累迎接其进城。

却说孙武得到吴王阖闾的援兵命令，就和伍子胥商议。忽然有人报告伍子胥："楚军送信来了。"

伍子胥打开信简，知是申包胥写来的，信上说："你们君臣占据新郢都多时，并不能定楚。天意不欲亡楚，由此可知也。你们能践灭楚之言，我也能行复楚之志。朋友之义，相成而不相伤，特请你们退去。"

伍子胥把信拿给孙武看，讲述了自己与申包胥的交锋经过，然后说道："我们几万吴兵，长驱入楚，烧了它的宗庙，毁了它的社稷，鞭打了楚平王的尸体，住在他们君臣的家里纵欲。自古以来，当臣子的向大王报仇，还没有像我们这样痛快淋漓过。现在，秦、楚、随联军虽然小有胜利，但我军并没受到多大损失。尤其庆幸的是，他们还不知道我们国内危急。依我看，是我们退兵的时候了。"

孙武说："就这样无条件退兵，恐怕楚军会笑话我们。你何不提出要求，让他们同意把公孙芈胜请回来？"

伍子胥说："对！"于是就给申包胥写了封回信，信上说："楚平王驱逐无罪之子，杀无罪之臣，实在令人气愤，以至于此。昔秦穆公三置晋君，不贪其土，传诵至今。我虽不才，也知大义。前世子芈建之子芈胜，在楚尚未有寸土。楚如能请芈胜归国，则吴退兵。"

申包胥将伍子胥的信简给公子芈申看，芈申说道："封旧世子的后人，也是我们应该做的事情。"

沈诸梁劝阻说："世子芈建已经废了，芈胜成了仇人，我们为什么要养仇人给国家添隐患呢？"

芈申说："芈胜只是一个普通人，又能对楚国怎样？"便以楚昭王的名义请芈胜回来，许诺封给他一座城邑。

新郢都内，一辆辆兵车载满了珍珠、美玉、丝绸、名器以及粮草、兵器，这都是吴军缴获的战利品。孙武和伍子胥一声令下，吴军班师回国。走出新郢都，吴军又驱使楚国上万户人家迁到吴国，充实人烟稀少之地。伍子胥请孙武从水路先行，自己从陆路经昭关，要寻找东皋翁报恩。

等伍子胥到来，东皋翁的茅庐草堂没有了，只有那棵大茶树还在。伍子胥命人摘下一些茶叶，煮成一碗红汤。他坐下来，认真去回味当年喝茶汤的感觉。汤还是先苦后香，伍子胥想：或许自己的苦命过去了，现在应该是享受香甜生活的时候了！

伍子胥再派人去龙洞山找皇甫讷，也杳无踪迹。伍子胥心知这两位是施恩不图报，故意不让他找到，不由得长叹一声："真高士也！"就在草堂旧址上拜了几拜，离去了。

到了昭关，已经没有楚兵把守了。伍子胥看着这座关口，沉思了好久。临走时，命手下一把火把它烧了。

再次路过溧阳河时，伍子胥想起了往事，叹口气说："从前我路过这里，又累又饿，向一位女子要饭吃，这女子拿出食物让我吃饱，自己却投水而亡。我曾在一块石头上题字留念，不知道还在不在。"让左右从土里挖，不一会儿就找出那块石头，上面题的字模糊可见。伍子胥不知她的家在哪儿，就叫手下把一匣珍珠美玉沉到溧阳河里。伍子胥对着溧阳河说："姑娘如果九泉下有知，该明白我没有违背自己的誓言！"

且说越王允常接到吴夫概的求兵请求，即亲自率军前来。走到边境没几天，就听说吴国内乱已平、孙武等率军回到吴国，知道吴国军强，况且孙武善于用兵，自己不是他们的对手，就把越军撤了回去。

却说吴王阖闾伐楚胜利，回国后大赏群臣。首功当推孙武，拟学齐国的做法，设立相国之职，请孙武担任，可孙武却一再请求返回穹窿山。吴王阖闾让伍子胥去劝他留下。

孙武对伍子胥说："你知道大自然的规律吗？暑往而秋至，寒去而春还。吴王仗着吴国的强盛，必然会骄奢起来。我们这些做臣子的，功成不退，将有后患。我不但想保全自己，也想保全你。"伍子胥不以为然，忘记了当年进穹窿山的感叹。

孙武自己一个人潇潇洒洒地走了。吴王阖闾赐给他好几车珍珠、绸缎，孙武一路上都散发给了贫苦百姓。从此以后，再没有人知道孙武的下落。孙武走后，吴王阖闾便拜伍子胥为相国、伯嚭为太宰。

六　楚昭王酸楚

再说公子芈申、芈结重回新郢都，一面收拾安葬楚平王的尸骨，重修宗庙、社稷，一面派申包胥去随国迎接楚昭王归来。楚昭王和随成侯订立盟约，发誓互不侵犯。随成侯亲自把楚昭王送到汉水乘上船，然后才返回。

楚昭王坐着船在汉水上航行，凭栏四望，想起这些日子受的苦，看着眼前自由自在地追波逐浪，心里的酸辣苦甜一齐涌上。楚昭王忽然看见水面上漂来个东西，像斗那么大，颜色鲜红，就让船夫捞上来。挨个儿问众人，都说不认识。楚昭王叫人拿刀把它切开，里边有瓤，尝一口，又香又甜。他分给众人每人一块，随口说道："这个不知名的鲜果，等有学问的人来鉴别它吧。"申包胥说："听说鲁国大司寇摄相事孔子博学，不妨去请教一下他。"楚昭王点头称好。

公子芈申、芈结等人出城五十里，迎接楚昭王，君臣互相问候了一番。眼看来到新郢都，只见城外白骨遍野；来到城里，只见一多半宫殿已是断壁残垣，楚昭王不由得凄然泪下。进宫后，先去拜见母后孟嬴，母子二人脸对脸哭了半天。楚昭王说："国家不幸，遭受这样的大难，以至于宗庙被毁、陵墓受辱，真是没脸回来啊！"孟嬴说："不要这样说，当务之急是明确赏罚，抚恤百姓。"楚昭王跪在地上接受教诲。

第二天一早，楚昭王就去察看楚平王陵墓，然后回宫上朝。群臣都来听候，楚昭王说：“寡人任用奸人，差点儿亡国，要不是诸位，哪能够重见天日？失掉国家，是寡人一个人的罪过；恢复国家，是你们大家的功劳。”

众臣都跪下说：“不敢当。”

楚昭王设宴犒赏秦、随两国将士，送他们回国。临行前，楚昭王送给秦国公子嬴蒲虎皮十张、象牙十对、青铜万斤，另托嬴蒲转赠秦哀公一件宝物，这宝物用樟木匣子盛装，并用封条封好。随国将士也有重赏。这些赏品，都是从楚国各地紧急运来的。

公子嬴蒲率秦军归国后，将樟木匣子献给秦哀公。秦哀公命人启开一看，才知道这宝物是有名的湛庐宝剑。原来，楚昭王想到这把湛庐宝剑差点儿招致楚国灭亡，痛定思痛，为感谢秦哀公的大力相助，便委托嬴蒲将湛庐宝剑送给秦哀公。嬴蒲对秦哀公奏道：“在楚国时，臣听说这湛庐宝剑是用‘五金之英’‘太阳之精’铸成，极有神威。湛庐宝剑到了哪国，如果哪国君明臣贤，该国就会日渐昌盛。湛庐宝剑到了楚国，楚国差点儿灭亡，这是因为楚王年少、显摆、糊涂，并且奸臣当道所致。”秦哀公闻听嬴蒲的一番议论，不由暗自欣喜，于是用心收藏。

送走秦、随两军后，楚昭王对本国众臣论功行赏，拜公子芈申为令尹，芈结为左尹。因为申包胥请来秦军的功劳大，楚昭王想拜他为右尹，可申包胥奏道：“臣到秦国去请救兵，是为了大王，不是为臣自己。大王既然回来了，臣的志愿也就实现了，怎么能因此为自己捞好处呢？”便推辞右尹一职。楚昭王不同意，一再让他接受任职，申包胥便学当年晋国的介子推，带着妻子儿女悄悄溜走了。

出走的路上，妻子对申包胥说：“你操心费力请来了秦军，安定了楚国，受封赏是应当的，何必躲开呢？”申包胥叹了口气说：“我当初因为朋友义气，没有泄漏伍子胥的行踪，结果让他打败了楚国，这都是我的罪过。有了罪还去领功受赏，我实在觉得羞耻。”一家人逃进了深山，一辈子没再出来。楚昭王派人到处找也找不到，就在申包胥府的门上写了“忠义之府”四个大字。

楚昭王拜公孙芈繇于做了右尹，楚昭王说：“你在云梦泽替寡人挨了一戈，寡人不能忘记你的功劳。”其他大臣沈诸梁、钟建、宋木、斗辛、斗巢、蒍延等，个个有赏。楚昭王还把斗怀找来，也想封赏他，芈申说："斗怀在郧邑想刺杀大王您，不治他的罪就对得起他了，怎么还要封赏他？"楚昭王说："他想为父亲报仇，是个孝子。既然能为孝子，做忠臣还有什么难的？"于是封他做了大夫。

蓝尹亹求见楚昭王，楚昭王想起当初他不让自己上船，恨得牙根发痒，就要把他抓起来斩首，蓝尹亹大叫冤屈。

楚昭王对蓝尹亹说："你在路上抛弃寡人不管，今天还有什么脸面前来？还敢大声叫什么冤？"

蓝尹亹答道："从前囊瓦专干弃德树怨的事，所以才被吴军打得落花流水。大王难道也想学他？当初河里的小船，和新郢都里的宫殿相比，哪个更安稳？我之所以在船上抛弃大王您，就是为了给大王一个警告！臣今天来，也是想看看大王您到底悔悟了没有。现今大王不反省自己失国的过错，反而追究臣不让大王您上船的罪责，臣死不足惜，可惜的是楚国的社稷还不安稳呀。"

芈申对楚昭王奏道："蓝尹亹说得很直率，大王您就赦免他吧，好记住失败的教训。"楚昭王便让蓝尹亹继续做楚国大夫。

楚国百官见楚昭王如此宽宏大量，都十分喜悦。

楚昭王的妻妾因为曾失身于吴王阖闾，无脸再见楚昭王，个个自缢而死。

且说越国和吴国又结了仇，听到楚昭王复国，就派使节前来祝贺。越王允常还把嫡生女儿嫁给了楚昭王。

楚昭王忘不了妹妹季芈和自己共患难的情景，想给她挑一个好丈夫嫁过去。季芈说："逃难时，钟建曾经背过妹，他就是妹的丈夫了，怎么还能再嫁别人？"见季芈喜欢钟建，楚昭王就为钟建牵线，选个良辰吉日，把季芈嫁给了他。

楚昭王又想起已故令尹蒍敖显灵的事，就派人在云梦泽给他修了一座庙，按时祭祀。

公孙芈胜回到楚国后，楚昭王封他为白公，人们便称他为白公胜。楚昭王修了一座白公城给他居住，白公胜从此以白为氏，聚族而居。

吴夫概听说楚昭王宽大为怀，不念旧恶，便从宋国跑到楚国。楚昭王敬佩他勇武，就把堂溪之地封给他。自此，吴夫概一支称为堂溪氏。

公子芈申因为新郢都已经破败不堪，而且吴军久居此地熟悉地形，便在都地重新修筑城池，建造宫殿，设立宗庙，把国都迁到那里，依旧称之为新郢都。

楚昭王在新宫里安排酒宴，聚会群臣。当他酒酣耳热之际，乐师扈担心楚昭王安于享乐，忘了亡国之苦，重蹈历史覆辙，就抱着琴走到楚昭王面前奏道："下臣有一首新曲子，愿意为大王您演唱。"

楚昭王说："好。"

乐师扈一边用手拨动琴弦弹奏，一边低声歌唱。那琴声非常凄怨，那歌声也很低沉但却有力——

王耶王耶何乖劣，不顾宗庙听谗孽。
二人东奔到吴国，吴王哀痛助雪仇。
子胥伯嚭领兵至，战破郢都王奔走。
几危宗庙社稷灭，大王逃死多跋涉。
大夫悽怆民泣血，吴军虽去恐犹存。
愿王不忘抚忠节，全心全力兴楚国。

楚昭王明白乐师扈的用意，一边听一边不住地掉眼泪。乐师扈收琴走下台阶，楚昭王也随即下令散了宴席。

楚昭王向众臣说道："我们楚国的'楚'字，就是荆棘之意。荆棘坚韧，顽强，多刺，长在泥泞之中，攀于顶尖之峰，承受烈日暴晒、暴雨侵袭、狂风肆虐，饱经沧桑，始终扎根傲立。翻翻我们楚国的历史，尽是血泪和苦涩。我们曾被无情地耻笑，我们曾徘徊在灭国的边缘，但我们不愧是一个坚韧不拔的国家，任何侵略休想将荆棘从地坪上抹掉。"众臣默然不语。

楚昭王从此早上朝、晚下朝，勤于国政，减省刑罚，减轻赋税，招揽人才，训练将士，修复关隘，严兵固守，励精图治。

因为顿国、胡国叛楚归晋，公子芈结率兵将两国灭掉，并入楚国。因为楚国的灾难起源于唐、蔡两国，唐国灭了而蔡国还在，公子芈申就请求楚昭王伐蔡报仇。楚昭王考虑到战事不断，且蔡国处于中原，多有国家支持，不同于顿、胡两国，就慢慢说道："寡人不能劳累百姓了。"

某一天，有云彩好像一群红色的鸟，夹在太阳两边飞翔了三天。楚昭王询问卜师仲。

卜师仲说："这是不祥之兆，灾祸会降临到大王您的身上。如果祭祀，这灾祸就会移到令尹的身上。"

楚昭王说："令尹是楚国栋梁，如果照你说的去做，就是把腹心疾病去掉，而放到大腿胳膊上，这有什么益处？寡人如果有错，就让上天折磨寡人吧。"于是不去祭祀。其后几天里，一切照常，未有灾祸发生。

又过了些日子，楚昭王有病，卜师仲说："这是远处的黄河之神在作怪，请大王前去祭祀。"楚昭王不听。众官请求在郊外祭祀，楚昭王说："按周礼，祭祀不超越本国山川。长江、汉水，是楚国的大川。祸福来去，不会超过这些地方。寡人再没有德行，又怎么会得罪楚国境外的黄河之神呢？"就坚持不去祭祀。没几天，楚昭王的疾病自然好了。

楚昭王记起了在汉水上见到的那个红红大大的鲜果，想起了申包胥建议咨询鲁国孔子之事，就派人前去鲁国请教孔子。

孔子回答说："这个鲜果的名字叫萍实，可以切开来食用。"

来人问："您怎么知道？"

孔子说："我曾经路过楚国，听到孩童们说过这样的歌谣：'楚王渡江得萍实，大如斗，赤如日，剖而尝之甜如蜜。'所以知道。"

来人问："这鲜果能经常得到吗？"

孔子说："萍是一种在水面漂浮的没有根茎的植物，现在居然结出了那么大的果实，即使一百年也难得见到一次，这可是散而复聚、衰而复兴的好兆头，可以向楚王祝贺了。"

来人回来报告楚昭王，楚昭王叹服不已，即命人再次赴鲁，送给孔子一对象牙以示感谢。

七　孔子周游列国

又是一年冬天到了，各国都举行腊祭，礼仪之邦的鲁国尤甚。人们都在一年的最后一个月，去野外猎取各种野兽，用于祭祀百神，以祈求来年五谷丰登、家人平安吉祥，规模之盛大为一年中之最。子贡目睹腊祭盛况，感慨地说："一国之人皆若狂。"鲁定公率领百官举行盛大的腊祭仪式，行礼完毕，鲁定公就急匆匆地回宫，与齐景公送来的五十名女子玩乐去了，连祭祀用的肉也没心思分给大家。祭祀完毕后的供品之肉，食用之人会得到祖先的福佑，所以大家都抢着要。而且按照周礼，诸侯的祭肉要分给公族和朝中众官。

有人敲开宫门去要祭肉，鲁定公推给上卿季孙斯负责，季孙斯也忙于和齐景公送来的三十名女子玩乐，便推给家臣里冉。里冉因大司寇摄相事孔子平定"三桓"内乱、抑制家臣权利，从而怨恨孔子，故意不给孔子祭肉。

孔子参加祭祀回来，一直等到晚上，也没见祭肉发下来，不由得长叹一声，对前来问安的子路说："我的治国之道看来是行不通了！"于是抚着琴唱起了《诗经》中的一句诗词——

彼妇之口，可以让人出走；

彼女之语，可以让人死败。

我走了，就可以优哉游哉，消磨时光！

唱完了，孔子就开始收拾行装。为了尊严，孔子打算离开鲁国。子路、冉求也弃了官跟随孔子一起出走，子贡、颜回也在其列。这颜回，为人谦逊好学，异常尊重师傅，对孔子无事不从、无言不悦。孔子常常称赞他说：“贤哉，回也。颜回，仁人廉士也。”

在吱扭作响的牛车上，在夕阳余晖的映衬下，五十四岁的孔子看上去比他的实际年龄还要苍老，一张典型的国字脸上布满了纵横交错的皱纹，额头上横刻着博学求知的痕迹，厚厚的嘴唇有些干裂。略带疲惫的面容却掩饰不住安详与忧郁，一双深邃的眼睛闪烁着智慧，凝视着远方。在孔子身后，有一群年龄悬殊、衣衫破旧但却十分整洁的弟子追随其后。在空旷的山野里，在苍茫的天宇下，白雪皑皑。眼前一片空旷，车轮在雪地上滚压着道道痕迹。望着漫天纷飞的大雪，孔子唱道——

雪花飞舞鲁国兮，消失在茫茫大地兮。

即将离开鲁国时，孔子一行在边境上徘徊了好几天。冉求多才多艺，心思细腻，此时明白：孔子之所以迟迟不离开，或许是在等待鲁定公、季孙斯来将他召回吧。但鲁国并没有派人前来挽留，此时的鲁国国泰民安，鲁定公、季孙斯已经沉溺于声色之中，他们巴不得处处宣扬仁和礼的孔子早早离开。满怀着对鲁国的眷恋，孔子慨叹道：“迟迟我行也，怎忍心离开父母之邦！”

孔子一行离开鲁国，首先到了卫国。即位快四十年的卫灵公喜滋滋地把他迎进宫去，向他询问行军打仗、排兵布阵的事。

孔子答道：“我还没有学过。”

卫灵公说：“如果不懂打仗，那还怎么做大臣？”便与孔子有点儿不欢快。

第二天，孔子一行悄悄离开卫国，到了宋国匡邑。匡人一直记恨着阳虎，一见孔子的相貌和阳虎相似，以为阳虎又来了，就把他们师徒几个团团围住。子路要和他们动武，孔子制止他说：“我和匡人没有仇恨，想必是另有缘故，过一会儿他们就会自行离开。”孔子安然坐在地上弹琴，正巧赶上卫灵公派人追来，请孔子回去，匡人才知道弄错了，谢罪而去。孔子于是又回到了卫国。

卫灵公先向孔子道歉，承认自己说话不当。孔子是知礼之人，坦然承认自己不辞而别的过错。双方哈哈一笑。

卫灵公问孔子："卫国被强国包围，如何做才能在'群狼'环顾之下求得生存？"

孔子没有直接回答，而是先向他讲述了一个故事——

周朝卿士单襄公有先见之明。却说单襄公受周定王委派，前去陈国。他看到路上杂草丛生，边境上也没有迎送宾客的人。到了陈都宛丘，陈灵公正与几个大臣戴着楚国时兴的帽子前去寡妇夏姬家，将单襄公冷落在一旁。单襄公回到洛阳后，就向周定王奏道，陈灵公将有大难，陈国也会面临灭亡。单襄公的预言很快应验了。未过多久，与夏姬私通的陈灵公侮辱了夏姬之子夏徵舒。夏徵舒一怒之下，将其射死。

孔子对卫灵公说："单襄公之所以能预言陈灵公不吉，是因为他看到陈灵公缺少礼。不学礼，无以立。"

卫灵公说："你说得很好，寡人的夫人南子也想跟你学礼，你去见见她吧。"

却说卫灵公夫人叫南子，是宋国宗室的女儿，美丽而淫荡。做姑娘的时候，就和宋国公子子朝相好。子朝也是男子中的绝色，两美相爱，胜过夫妻。南子嫁给了卫灵公，生了个儿子叫卫蒯聩，被立为世子。此时，南子和子朝仍是藕断丝连，卫灵公也有觉察，只是不愿揭破，这也是有原因的。

且说卫国有个美男子叫弥子瑕，深得卫灵公的宠爱。一天，弥子瑕得到消息，说他母亲得了重病。弥子瑕一着急，连招呼都不打一声，就私自驾着卫灵公的马车出了宫，去探望母亲。私用国君马车，按律要砍掉双腿。得知消息的卫灵公非但不怒，反而大声赞叹道："多么孝顺的人啊，为了母亲甘愿冒这等危险！"又有一次，弥子瑕陪伴卫灵公游园。园中桃树果实累累，红绿相间，正是桃熟时候。弥子瑕摘下一个桃子，吃了一口，把剩下的顺手递给了卫灵公。卫灵公喜眉笑眼地一边吃着桃，一边向别人夸耀说："子瑕爱寡人太深了！一个甜美的桃子都舍不得一个人吃，还分一半给寡人。"众臣都捂着嘴偷偷笑。

弥子瑕也仗着卫灵公的宠爱，无所不为。

卫灵公在外面爱恋着弥子瑕，在家里又怕南子不乐意，就想办法讨好南子，时不时把宋国公子子朝找来和他夫人南子相会。丑声遍传，卫灵公也不以为耻。世子卫蒯聩深恨这件事，就派家臣戏阳谋杀母亲南子，以平息丑闻。

一次朝会，卫灵公、南子、卫蒯聩、戏阳都在。卫蒯聩几次用眼瞪戏阳，示意其快快行动，但戏阳胆怯，不敢行动。南子是个聪明的女人，她立刻看到了卫蒯聩的杀心，觉察出戏阳的反常，便在朝堂上禀告卫灵公说："世子要杀妾！不信可审戏阳。"卫灵公当即恐吓戏阳，戏阳如实招供，大怒的卫灵公便把卫蒯聩驱逐出卫国。卫蒯聩先投奔了宋国，后又投奔了晋国。世子出逃，卫灵公便立卫蒯聩的长子卫辄为世孙，成为君位继承人。

等孔子再回来时，南子很想见见他。此时的南子内心深处非常脆弱，需要一个圣人让她变得坚强。孔子在鲁国，圣人之名已经非常响亮。二人见面以后，南子对孔子倍加敬重。孔子之所以与南子会面，是想借南子之口来推行仁政。子路知道二人相见后，很不高兴。孔子以为子路怀疑自己和南子有不可见人的勾当，立即予以澄清说："如果与南子发生过什么，天厌之。"孔子见子路敢于提出批评，就称赞他说："子路好勇，闻过则喜。"

有一天，卫灵公和南子同乘一辆马车出门，让孔子陪乘。走过街市的时候，听到有人唱起歌来——

同车者色也？从车者德也？

孔子听了叹口气说："卫君好德不如好色！"此时孔子感到人言可畏，更觉得无地自容，于是离开卫国到了宋国。

此时，宋国灭亡了势力越来越小的曹国，有些骄横。孔子和弟子在大树底下练习礼仪。宋国司马桓魋，忌恨孔子来宋宣扬仁礼思想，就派人砍倒了大树，还想追杀孔子。孔子只得离开宋国，又返回卫国。卫灵公听说孔子师徒返回，非常高兴，亲自出城迎接。

花无百日红，人无千日好。且说弥子瑕年龄长了几岁，脸上显出了衰老的容颜。卫灵公便对弥子瑕心生厌烦，转而看上了常常住在卫国的宋国公子子朝。这时，从前“私车”“分桃”的举动，便让卫灵公恼火。卫灵公对众人说：“弥子瑕这个家伙，从前居然敢私驾寡人的马车，目无主上；还把他吃剩不要的桃子塞到寡人手里，蔑视君主到了无以复加的地步。”便喝令武士，将弥子瑕杀掉了。

宋国公子子朝见弥子瑕被杀，想想觉得后怕，于是干脆发起动乱。年纪大的卫灵公经不起这么折腾，一惊一吓就去世了。卫国众臣立卫辄为君，就是卫出公。其父卫蒯聩借来晋国兵马，和阳虎一道占领了卫国戚城。卫出公急忙派人去齐国求救。一时间，晋国帮着卫蒯聩，齐国帮着卫辄，父子争国，闹得不亦乐乎。孔子厌恶他们违背伦理，又离开卫国到了郑国。

走到黄河时，孔子记起了老子的教导——上善若水，又记起了自己攀登东山和泰山时的感受——登东山而小鲁，登泰山而小天下。孔子不禁慨叹道：“仁者乐山，智者乐水。”颜回在旁不住地点头。孔子解释道：“山，岿然不动，象征仁者的泰然与坚定；水，流淌不断，象征智者的思辨与柔韧。”

这时子贡问孔子：“君子见到大河，必观看思考，这是为什么？”

孔子说道：“流动的河水中，蕴含着君子立身处世之道。它长流不息，滋润万物，给大地带来生命，好似有德；虽有百折千回，却始终奔流向东方，又好似有志；面对千尺绝壁，一往无前，又好似有勇；水流必下，浩荡无尽，而不回返，又似有道；清澈透亮，万物于水中都能洗去污秽，洁净自身，又似善于教化。河水有如此之多的美德，不正是君子立身处世之道吗？”众弟子都禁不住交口称赞。

孔子到了郑国新郑，与弟子走散，孔子呆在东门旁发呆。子贡问郑国人孔子在何处，郑国人说：“东门有人，其额头似尧，其脖像舜时的东夷族首领皋陶，其肩像郑国已经去世的上卿子产，然而自腰下与健壮的大禹比起来，不及对方三分。看他的样子，像一只丧家之犬。”子贡到了东门，找到孔子，如实相告。孔子笑了，坦然说道：“把我说成这副模样也没什么，不过说我像一只丧家之犬，倒是说得很对呀！”

孔子离开郑国，到了陈国。孔子在陈国时，有一只鹰坠在陈惠公的庭院里死了。楛木做的箭射穿了它的身体，箭头是用尖石做的，箭有一尺八寸长。陈惠公派人带着这只鹰，去请教孔子。孔子说：“这只鹰来得很远呢，它身上的箭是北方的肃慎氏制造的。从前周武王打败了商朝，开通了去南、北方各少数民族居住地区的道路，命令他们各自拿出本地的土特产进贡，于是肃慎氏就向周武王进贡了楛矢和石砮，箭长一尺八寸。周武王为了彰显他使远方民族归附的威德，告示后人，让他们永远看到自己的权威，所以在箭尾扣弦处刻上‘肃慎氏进贡之箭’的字样。后来，周武王把此箭送给了大女儿，并把她嫁给了陈国开国之君陈胡公，从而楛矢就被带到了陈国。说不定，现在的陈国国库里还能找到此箭。”陈惠公派人寻找，果然在用铜装饰的木盒里发现了楛矢，和孔子所说的一样。从此，陈惠公对孔子更加敬重。

陈惠公向孔子请教治国方略，孔子说：“简单地说，就是仁政。”

陈惠公问：“何为仁政？”

孔子说：“为政以德，宽厚待民。”

陈惠公想了想，心里暗道：“这为政以德，其实就是限制君主的自由；这宽厚待民，其实就是减少君主的利益。这仁政不利于寡人，寡人怎能去实行？”于是，陈惠公虽然对孔了很尊重，但却不接受他的仁政思想。

孔子在陈国住了三年，吴国攻打陈国，兵荒马乱，孔子便带弟子离开了，准备去蔡国。楚昭王听说博学的孔子在陈、蔡两国之间，便派人来聘请他。陈国、蔡国的大夫们一合计，认为如果楚国任用了孔子，那么陈国、蔡国可就悬了，于是派一群奴隶将孔子师徒围困在半道，前不靠村，后不靠店。孔子一行人所带的粮食吃完了，绝粮三日，孔子只是不停地弹琴唱歌。

子路对众弟子说：“夫子处处推行仁政，可是处处碰壁呀。”众弟子不答，多数人与子路一样，对孔子的学说产生了怀疑。

颜回矢志不渝，解释道：“夫子的理想很高、学问很深，所以不被一般世人所理解、采用，这正是他们的羞耻。”

颜回的话，被孔子听到了，他高兴地对众弟子说：“你们处在世上，一定要敏于事而慎于言。”孔子虽然三天没吃饭，但还是不忘谈自己的理想：“只要我们坚持推行仁政，那种君臣一心、上下和睦、丰衣足食、老少康健、四方咸服、天下安宁的无战争、无饥饿社会，就一定会实现。”

子贡想方设法跑出去，找到了楚人，告诉孔子师徒危险，并买了一石米扛回来。颜回与子路在破屋墙下做饭，有灰尘掉进饭中，颜回便取出来自己吃了。子贡在井边远远望见，很生气，以为他偷饭吃，便跑去问孔子：“仁人廉士也改变自己的节操吗？”

孔子说：“改变节操还叫仁人廉士吗？”

子贡说：“夫子您常说颜回是仁人廉士，他会不会改变节操呢？”

孔子肯定地说：“不会。”子贡便把刚才所见告诉了孔子，孔子说：“我相信颜回是仁人，已不止一日。虽然你如此说，但我仍不会怀疑他，这里面必定有缘故。你等等，我来问他。”

孔子把颜回叫到身边，对他说：“日前，我梦见先人佑助我。你把做好的饭端进来，我将祭奠先人。”

颜回对孔子说：“刚才有灰尘掉进饭里，留在釜里不干净，丢掉又太可惜，我就把它吃了，这样还能用来祭奠先人吗？”

孔子说：“如果这样，我们就一起吃吧。”

子贡在旁，满脸通红，已明白自己误解了颜回。颜回出去盛饭时，孔子环顾了一下身边弟子，轻轻说道：“我相信颜回的人品，不是从今天开始的。”从此以后，众人更加信赖颜回。

这天，对于孔子师徒来说，是个好日子。忍受了数天的饥饿后，终于可以饱餐一顿了。楚人接到子贡报告的消息后，派兵前来迎接，孔子师徒终于逃出了危难，众人的心思又凝聚到了一起。

孔子到了楚国。楚昭王非常高兴，要把千社之地封给孔子。楚国令尹芈申劝阻道：“当年周文王在丰，周武王在镐，封地仅有百里，因为能修德政，结果取代了商纣王。如今孔子的道德名望，不下于文、武二王，他的弟子也都是当代大贤，要是让他有了地盘，取代楚国也就不难了。”楚昭王就变了卦，对孔子也不再那么热情了。孔子乘车在街道上行走，楚国的狂人接舆唱着歌从旁边走过，歌词是——

凤兮凤兮，何德之衰也？

往者不可谏，来者犹可追。

天下有道，圣人成焉。

天下无道，圣人生焉。

算了吧，算了吧。

孔子知道这个狂人有话要对自己讲，便下车，想同他谈谈，接舆却赶快避开，孔子没能和他交谈。孔子知道了楚国不会重用他，便又往卫国赶。

路两旁，都是樟树，樟花刚开，藏在茂密的樟树叶里。孔子一行人往北行走，樟树越来越少，槐树越来越多。行至圣谷山，正是槐花飘香、蜂蝶飞绕之时。见有一个孩子用土围成了一座“城”，孩子坐在里面。孔子就问：“你看见马车前来，为什么不躲开呀？”

那孩子眨了眨眼睛答道：“自古到今，只听说车子躲避城，哪有城躲避车子的道理？”

孔子愣了一下，笑着问：“你叫什么名字？几岁了？”

孩子答道：“我叫项橐，七岁。”

孔子见项橐聪明伶俐，就有意来难为项橐：“你的嘴很厉害，我想考考你。什么山上没有石头？什么水里没有鱼儿？什么门没有门闩？什么车没有轮子？什么牛不生犊儿？什么马不产驹儿？什么火没有烟？什么男人没有妻？什么女人没有夫？什么天太短？什么天太长？什么城里没有官？”问完，孔子盯着项橐露出了微笑。

项橐想了想说：“您听着，土山上没有石头，井水中没有鱼儿，无门扇的门没有门闩，用人抬的轿子没有轮子，泥牛不生犊儿，木马不产驹儿，萤火虫的火没有烟，神仙没有妻，仙女没有夫，冬季白天短，夏季白天长，空城里没有官。”

孔子大惊，没想到这小小孩子竟然智慧过人！项橐这时不容孔子多想，反问他道：“现在轮到我考您了，鹅和鸭为什么能浮在水面上？鸿雁和仙鹤为什么善于鸣叫？松柏为什么冬夏常青？”

孔子答道：“鹅和鸭能浮在水面上，是因为脚是方的；鸿雁和仙鹤善于鸣叫，是因为它们的脖子长；松柏冬夏常青，是因为它们的树心坚实。”

“不对！”项橐大声说，“龟鳖能浮在水面上，难道是因为它们的脚是方的吗？青蛙善于鸣叫，难道是因为它们的脖子长吗？竹子冬夏常青，难道是因为它们的茎心坚实吗？”

孔子觉得这孩子知识渊博，连自己也辩不过他，只得拱拱手连声道：“后生可畏，后生可畏！”驾着车绕道走了。

在回卫国的路上，孔子对弟子们说：“三人行，必有我师焉。这项橐虽然小小年纪，可懂得不少，也是我的师傅啊。”冉求说：“夫子虚怀若谷，必能教化天下。”孔子哭笑着道：“这些年来，我一直是只丧家之犬呀。”众弟子都掉下了眼泪。孔子打圆场说：“我们要开心些，你们谈谈各人的志向吧。”众弟子擦干眼泪，子路首先说他可以治理千乘之国。孔子点头不语。冉求低调一点儿，说只想治理一个方圆六七十里的地方，治理三年就能让百姓过上富足的日子，不过礼乐教化方面，自己还不行，得依靠贤德的君子。孔子认为冉求有这样的才能，向他说：“千室之邑，百乘之家，冉求可以去当总管。”还说，以冉求的才艺，从政是绰绰有余。

谈到这儿，有一帮人急匆匆赶来，高声呼喊，寻找孔子。这帮人为首者，是鲁国季氏的家臣成万。他们随车捎来了十坛陈年老酒，坛口的封泥打开后，香气扑鼻。酒从坛子里倒出来，像油一样黏稠挂碗。见鲁国老家来人，孔子师徒都十分兴奋。

成万告诉孔子：季孙斯在开春时节去世了，临死前，他让人用轿子抬着，绕曲阜城看了一大圈。季孙斯说，鲁国本来有机会兴旺称霸的，只因为他做得不好，没能留住孔子。因此，他叮嘱儿子季孙肥，在他死后，一定要招孔子回鲁国。季孙肥任相国以后，立时想派人请孔子回来，可是大司寇公之鱼却反对。他说，孔子现在已经是大名士了，当年，先君用过他，没能善终，为天下诸侯耻笑。如今再招孔子，你有把握取得好结果吗？孔子那个人，可不是那么好侍候的。如果再闹崩，又该被人笑话了。还不如干脆招他的弟子，比如冉求，他是从政的好手。季孙肥说，冉求一向机谋善断，就召他回来吧。

孔子见成万如实相告，并没有对公之鱼等人心生厌恶，反而心情十分高兴。此时，孔子离开鲁国已经十年了。十年后，季孙斯终于后悔、认错。孔子当即答应让冉求回到鲁国。

孔子谆谆教诲冉求说：“召你回国，本身说明鲁国对你信任，你要发扬擅长政事的优点，成大器，干大业，竭诚辅助相国治理好鲁国。鲁国是周公姬旦的封地，礼乐制度完备，治理好鲁国，各国诸侯定会仿行，天下归仁的日子就不远了。”

冉求问：“听到聘请就该去做吗？”

孔子答道：“听到了就该去做。”

冉求心酸地说：“我实在不愿意离开夫子啊，还是让别的弟子代我去吧。”

孔子劝道：“那怎么行呢？学以致用。如今你有了学问，鲁国又想用你，这正是机遇，怎能不去呢？”

冉求点了点头，向孔子请教说：“既然如此，我该怎样处理政事呢？”

孔子说：“温良恭俭让、恭宽信敏惠。以仁、礼、德从政，讲求诚信，精思慎做，见贤思齐，有错改之。坦荡荡，浩浩然。”孔子一口气讲出了许多重要原则。

冉求流着泪说：“请夫子放心，我定全力去做。”

冉求临走前，向子路说：“一旦有机会，就想办法请夫子回鲁国。”子路说：“夫子回鲁国容易，但他需要一个台阶。你现在回鲁国，就要好好给他搭这个台阶。”冉求答应后，与成万等人回到鲁国。

孔子与子路等人又到了卫国。卫国知道孔子之贤，想请其执掌国政，孔子谢绝了。卫国大夫孔圉，经常向孔子请教问题。孔子不在时，孔圉便向其弟子请教。孔子说：“孔圉不耻下问，敏而好学，可敬也。”孔圉妻子是卫灵公之女，她是卫蒯聩的姐姐。孔圉去世后，儿子孔俚继承孔圉的官职。孔俚知道子路忠勇，便请其做自己封地孔邑的邑宰。

子路问孔子：“夫子，听到聘请就该去做吗？”

孔子答道：“有师傅在，有兄弟在，如何能一听到就去做呢？”

颜回不解地问：“冉求、子路同样问一个问题，夫子您却给了两种回答，这是为什么呢？”

孔子答道：“冉求做事总是退缩，所以我激励他勇敢去做。子路你好勇过人，所以我限制你太过刚勇，这是因材施教。”

子路说：“我一定认真记住夫子的话，但我从年少时就想从政。”

孔子见子路心切，便答应了，于是子路就去孔邑做邑宰。

子路做了邑宰后，想起自己生长在贫穷之家，吃得不好，穿得也不好。年轻时怕父母营养不够，为了让父母能吃到米饭，他要到百里之外才能买到米，背回家奉养父母。虽然是这样辛苦，但是甘之如饴，孝敬之心始终没有间断或停止过。现在自己发达了，有钱有粮了，可是父母已经先后过世了。树欲静而风不止，子欲养而亲不待。子路非常伤心，突然想起师傅的恩德，便派人去请孔子前来。

“布谷、布谷……”杜鹃鸟在啼叫着。在春夏之交，颜回赶车，孔子去看望子路。出了卫国都城濮阳不远，只见土地干裂、尘土飞扬、小麦黄弱、春地白茬，给人凄凉之感。但入孔邑之后，却别有天地，田野里、沟渠旁、小河边，人声鼎沸，热火朝天，一派升平景象。有的筑渠，有的挖井，有的引水，有的浇麦。小麦绿油油，春播的黍、稷、粟、禾等小苗全都旺盛。孔子不由自主地赞叹道：“子路才上任不久，政绩就如此之好啊！”太阳落山时，孔子见到了子路。子路满身泥土、满脸汗水，原来刚刚去田间劳作回来。孔子知道子路的伤心后，就又赞叹子路说：“生时尽力，死时尽思，子路是一位非常尽孝的人。”与子路临别时，孔子再三叮咛他说：“你刚且勇，做事一定要三思而后行，不可鲁莽。”子路一再答应。

孔俚母亲和孔家家臣貌美的浑良夫通奸，一发不可收拾，意想成婚，孔俚母亲让浑良夫去找卫蒯聩相助。

却说当年卫蒯聩与儿子卫出公争国，不久战败，阳虎被杀，晋、齐两军各自撤回。这浑良夫找到卫蒯聩，直言说道：“我帮你回国当国君，但事成之后，你要让你的姐姐嫁给我。”卫蒯聩答应。浑良夫想到自己如果成就了这等事，必然要屡次作恶，危险多多，于是又请求道：“你还要赦免我三次无罪。”卫蒯聩再次答应。

卫蒯聩和浑良夫当即偷偷回到卫国国都濮阳，潜藏在孔俚府中，躲藏在孔俚母亲的室内。到了晚上，他们趁孔俚如厕时，劫持了他。卫蒯聩威胁孔俚道：“如果你拥护我，立我为君，我就厚赏你。否则，我就杀掉你。”孔俚见浑良夫在旁，已明白来龙去脉，心里暗怨自己管家不严，以致自己受害。孔家家臣栾宁发现出事，急忙跑出来报告子路。

子路一听，急忙从孔邑赶回，等赶到濮阳，城门已经关闭。守城关吏对子路说："孔俚大夫已被劫持，你还入城干什么？"子路说："我最厌恶食人俸禄，却临难脱逃。我子路不是那种不忠不义之人，所以紧急赶回。"这时，正好有人从城中逃出，子路趁城门打开之际，冲入城内。子路仗剑赶到孔家，前去搭救孔俚。卫蒯聩、浑良夫一伙儿迎战子路，子路以一敌众，渐渐不支，先是被人将帽缨砍断，后又被刺成重伤。子路目眦尽裂，用力将帽缨重新结好，朝天空说道："夫子教我，君子虽死，帽冠不能不整。"说完，慢慢死去。

孔俚无奈，只得支持卫蒯聩，召集诸臣拥立卫蒯聩为君，即卫庄公。卫出公卫辄闻听自己的父亲捉住了孔俚，孔俚一伙儿拥护他做了新君，自己便携带宫中珍宝，悄悄乘车溜走。卫庄公即位后，立次子卫疾为世子。

孔子闻听子路牺牲，掉着泪叹道："子路呀子路，你没有记住我对你的劝告呀，以致招来灾祸。"孔子正在掉泪时，忽然卫庄公派的使者到来。使者见到孔子说："我国新君对先生您十分敬重，特派我来向先生献上美味。"孔子拜礼接受，打开一看，见是一坛肉酱，立即将它盖上。孔子问使者："这是我弟子子路的肉吗？"使者大惊说："是啊，先生是怎么知道的？"孔子说："如果不是，新君也不会把它赐给我。"使者走后，孔子让众弟子将肉酱坛掩埋，自己失声痛哭道："岁寒，然后知松柏之后凋也。子路不畏牺牲，真乃忠义之士也。"此时的孔子更加思念鲁国家乡。

卫庄公即位后，怀疑孔俚是卫出公的党羽，便把他逐出了卫国。因宫中所藏珍宝被卫出公卷走，卫庄公便将浑良夫召来问道："怎样才能将宫中珍宝追回？"浑良夫奏道："现在世子卫疾与逃亡的前任国君卫辄，都是君上您的儿子。君上可以用选择继承人为名，将卫辄召回。他若肯回来，自然会把珍宝送还。"旁边有一个内侍，听到此话，就告诉了卫疾。

卫疾大惊，当即派武士劫持卫庄公，让他立誓，不许召回已经逃亡的卫出公卫辄，而且必须把出此馊主意的浑良夫处死。卫庄公说："可以不召回卫辄，但寡人与浑良夫有约在先，免其三次不死，这怎么成呢？"卫疾说："那就等他有了四条罪的时候，把他处死。"

卫庄公应允。

卫庄公修造了一座宫殿，请众臣前来参加落成典礼。浑良夫穿着紫衣狐裘来到，没解下佩剑就入席吃喝起来。世子卫疾命武士将浑良夫拉下去，浑良夫问道："我有何罪？"

卫疾数落道："臣子见君上，服饰有规定，并且不得佩剑。你穿紫衣，一罪；披狐裘，二罪；不解佩剑，三罪。有此三罪，当斩。"

浑良夫大叫道："君上曾答应免我三次不死！"

卫疾说："逃亡国君卫辄以子抗父，大逆不孝，你却想把他召回，这是你的第四条罪状。"浑良夫无言以对，俯首受刑。

几日后，卫庄公梦见一个恶鬼对他喊叫："我是浑良夫，我死得好冤啊！"卫庄公醒来，让大夫胥弥赦占卜吉凶。胥弥赦说："没有什么妨碍。"然而，胥弥赦告辞出宫后，对家人说道："冤魂化作恶鬼，君上必死，卫国必灾祸连连。"第二天，胥弥赦便带着家人出走，躲避灾祸去了。

卫庄公蒯聩即位第二年，晋国恼怒他不派人朝拜进贡，派赵鞅领兵伐卫。卫国百姓驱逐卫庄公，卫庄公蒯聩与世子卫疾逃奔，路上被强盗杀死。卫国百姓拥戴公子卫般师为君。齐国又派兵干涉，俘获卫般师而另立公子卫起为君。齐兵一撤，卫国大夫石圃便驱逐公子卫起，将卫出公卫辄重新迎回复位。卫国果然如同胥弥赦所料，灾祸不断。

齐国伐卫之后，便去伐鲁。相国季孙肥问冉求怎么办，冉求说："你们季氏、叔氏和孟氏中的两位，率军抵御，一位留守在朝。"叔氏和孟氏都不肯率兵出战，冉求便对季孙肥说："那就只能由您亲自率师，决战齐军了。叔、孟两家不愿出战也很自然，因为执政大权都在季氏手里。季氏既然身负国政，齐人攻打鲁国而不能作战，便是您的耻辱。"听冉求这么一说，季孙肥觉得当前只能如此。于是，冉求受命率领鲁军，与齐军激战于郊外。

在冉求的指挥下，鲁军作战勇猛，齐军仓皇溃逃。冉求再三请求追击，季孙肥想见好就收，没有允许。

冉求立下了大功，季孙肥便问他想要什么封赏。冉求说："什么封赏也不要，只是想请鲁国将我的师傅孔子敬重地请回来。"季孙肥此时记起了他父亲的临终嘱托，便答应了冉求，向国君鲁哀公奏请孔子回国。此时，鲁定公已亡，鲁哀公即位。鲁哀公答应了季孙肥的请奏，派人携礼到卫国请孔子回国，于是孔子返回阔别十四年的故乡。

快到都城曲阜时，大雪又是纷飞。此时，孔子六十八岁了。鲁国让他享受告老大夫的待遇，孔子从此结束了周游列国的历史，一心一意地著书立说，传播儒教。

孔子众弟子中，多有做官者，而颜回始终陪伴着孔子。孔子感叹道："一箪食，一瓢饮，在陋巷，人们不堪其忧，而颜回却不改其乐。贤德啊！"回到鲁国三年后，颜回先孔子而去世，孔子对他的早逝感到极为悲痛，不禁哀叹说："哎！天丧我！天丧我！"

却说孔子根据鲁国史官所编《春秋》，进行整理修订。当看到吴国迅速崛起，差点儿灭掉强楚时，不禁感叹道："大起就有大落，如果吴国不注重修行，则离祸不远了。"

八　吴越之争

且说吴王阖闾自从打败了楚国，威震中原，不可一世，也渐渐喜欢起游乐来。吴王阖闾大兴土木，在都城里修了长乐宫，在姑苏山盖了高台。又在胥门处修了条弯弯曲曲的小路通往山上，春夏就住在城外，秋冬就住在城里。忽然有一天，吴王阖闾想起越国当初帮着吴夫概伐吴的事来，就打算报复越国。碰巧，探子来报，说齐国和楚国互派使节，友好往来。吴王阖闾便气不打一处来，向众臣说道："齐、楚相互勾结，这可是寡人的忧患！"于是就想先伐齐，再伐越。相国伍子胥谏道："互派使节本是国与国之间常有的事，未必就是助楚害吴，不能贸然兴兵。如今世子吴终累之妻去世，还没有继室，大王何不派使节去向齐国求婚？如果他们不愿意，再出兵也不晚。"吴王阖闾听从伍子胥的建议，就派公孙吴骆前往齐国，为世子吴终累求婚。

此时，齐景公已是风烛残年、志气衰颓，再也振作不起来了。身边只有一个小女幼姜还没嫁出去，但齐景公不忍心把她送到吴国。此时，田穰苴已亡，朝无良臣，边无良将。齐景公怕一旦拒绝，吴国就会发兵讨伐，使齐国落到楚国那种地步，后悔就来不及了。大夫黎弥也劝齐景公和吴国通婚，别把吴国惹恼了。齐景公迫不得已，只好答应把女儿幼姜嫁过去。

吴骆回复了吴王阖闾，吴王阖闾又派他带着聘礼到齐国迎娶幼姜。齐景公既心疼女儿，又害怕吴国，两念交迫，禁不住泪流满面，叹了口气说："要是晏婴、田穰苴二人中的一个在这儿，寡人怎么会怕吴国人呢？"齐景公嘱咐大夫鲍牧道："烦劳你为寡人把小女送到吴国，她是寡人最疼爱的女儿，关照吴国好好对待她。"临别之际，齐景公亲手把幼姜扶上车，一直送出了临淄南门。

这鲍牧，是已故鲍国之孙。他护送幼姜到了吴国，把齐景公的话一一转告给吴王阖闾。鲍牧因为仰慕伍子胥的才能和气概，便专门拜会伍子胥。二人相谈甚欢，结为朋友。

幼姜年纪还小，不懂得夫妇之间的乐趣，和世子吴终累成亲以后，一心想念父母，白天黑夜哭个不停。世子吴终累再三抚慰，但她仍悲哀不止，渐渐抑郁成疾。吴王阖闾可怜她，就把北门城楼翻修改造，装饰华丽，改名为望齐门，让幼姜每天在上面游玩。幼姜凭栏北望，看不到齐国，不觉更加悲痛，病也越来越重。弥留之际，嘱托丈夫吴终累道："妾听说站在虞山顶上，就可以看到东海。妾死了后，请你把妾埋葬在那里。倘若魂魄有知，说不定哪天还能看到齐国！"吴终累掉了眼泪。幼姜死后，就把她安葬在虞山顶上。

却说世子吴终累因怀念幼姜，一病不起，不久也去世了。吴王阖闾想在几个儿子里，挑选一个立为世子，一时犹豫不决，便派人去找伍子胥商议。

吴王阖闾次子吴夫差，已经二十六岁，长得昂扬伟岸、一表人才。听说父亲吴王阖闾要选立世子，就抢先一步去见伍子胥道："我能不能成为王位继承人，就凭您一句话了！"伍子胥答应了他。

吴夫差刚离开，吴王阖闾就派人来找伍子胥，商议立世子一事。伍子胥到了王宫，对吴王阖闾奏道："按照周礼，继承人一定要正室嫡出，如果嫡长子不在了，要按年龄长幼来定。如此说来，应该是公子夫差被立。"吴王阖闾说："寡人看夫差生性愚钝，而且缺少仁爱，恐怕不能继承吴国大业。"伍子胥说："夫差仪表堂堂，活力勇猛，有什么不放心的？"吴王阖闾说："寡人听你的，希望以后你能好好辅佐他。"便立吴夫差为世子。吴夫差亲自到伍子胥府，跪拜致谢。

吴王阖闾上了年纪，脾气也越来越暴躁。听说越王允常去世了，其子勾践继位，便想乘越国大办丧事之时，出兵讨伐。伍子胥劝谏道："越国虽然有侵犯吴国的罪过，但是正值行丧期间，伐之不祥，应该稍作等待。”吴王阖闾不听，留伍子胥和世子吴夫差守国，自领伯嚭、吴骆、专毅等，选精兵三万，出南门向越国进发。

越王勾践见吴军来伐，亲自指挥抵抗，拜诸稽郢为将军，灵姑浮为先锋，畴无余、胥犴为左右军统领，和吴军在檇李相遇。相距十里，各自安营下寨。两下挑战，打了几仗不分胜负。吴王阖闾大怒，率领全部人马排列整齐，只等越军稍有懈怠，然后乘机攻杀。

越王勾践望见吴军兵甲鲜明，就对诸稽郢说："吴军士气正旺，不可轻敌，必须用计使敌兵混乱。"于是命畴无余、胥犴组织敢死队，左边五百人拿着长矛，右边五百人拿着大戟，一声大喊，杀奔吴军。吴军阵脚丝毫不乱，如同铜墙铁壁般坚固。越军一连三次冲锋，都不能冲进敌阵，只得退回原地。越王勾践无可奈何，诸稽郢偷偷向他奏道："可以派罪犯去试试。"越王勾践恍然大悟。

第二天，越王勾践密传军令，把军中携带的已被判处死刑的罪犯全部集中起来，总共有三百人，分为三行，全脱了上衣，脖子下挂着剑，一步步走向吴军。领头的在前面说："我们越王，不自量力，得罪了贵国，以致贵国派兵来讨伐。我们愿意以死来替越王谢罪。"说完，一个挨一个用剑猛割脖子，鲜血喷涌，尸身倒地。吴军从来没见过这种阵势，异常纳闷好奇，个个睁大眼睛，边看边论，猜不出越人演的哪出戏。

正在迷惘间，忽听越军中鼓声大振，畴无余、胥犴率领两支敢死队，手持剑盾，呼啸着杀过来。吴军措手不及，一下子被冲乱了阵脚。紧接着，越王勾践统率大军杀到，右有诸稽郢，左有灵姑浮，乘势攻入吴军阵地。这灵姑浮率兵左冲右突，正碰上吴王阖闾，抡戟便砍。吴王阖闾往后一闪，戟正砍在右脚上，大脚趾一下被砍了下来，鞋也掉在了地上。幸亏专毅带兵赶到，拼命救了吴王阖闾，自己却是身负重伤。吴骆闻听吴王阖闾受伤，不敢恋战，急忙收兵，被越军一通追杀，死伤过半。吴王阖闾当即命令全军退回大寨。

灵姑浮捡起吴王阖闾的那只鞋去请功，越王勾践心花怒放。

却说吴王阖闾，年老体弱，受不了这点伤痛，当晚一命呜呼。伯嚭护丧先行，吴骆领兵断后，缓缓撤回吴国，越军也不追赶。

吴夫差听到吴王阖闾去世，宣布即位，把长子吴友立为世子，将吴王阖闾安葬在附近的海涌山。把干将制作的莫邪剑、专诸用的鱼肠剑拿来殉葬，此外还有兵器铠甲、珍珠美玉不计其数。入葬之后，吴王夫差把开山凿墓的工匠一个不留，全部杀掉。三天以后，有人看见墓穴上面蹲着一只白色老虎，因此就叫海涌山为虎丘山。专毅受重伤后，不久死去，葬在虎丘山之北。

吴王夫差安葬了吴王阖闾以后，为了提醒自己不忘报仇，就派了十个人，每天轮流站在院子里，一见他从这儿路过，就指名道姓放开嗓门喊道："夫差！你忘了越人杀死你的父王了吗？"吴王夫差赶紧流着眼泪答道："没有！寡人一刻也不敢忘！"吴王夫差命伍子胥、伯嚭在太湖上训练水军，在灵岩山搭起射棚训练弓箭手。只等丧期一完，就去越国报仇。

吴王夫差守孝期满，在宗庙祷告一番后，调集全国兵马，命伍子胥为将军、伯嚭为副将，从太湖顺水路进攻越国。

越王勾践召集众臣商议如何迎敌。大夫范蠡说："吴国把吴王阖闾之死看作是国耻，决心报仇已经很久了。他们满怀愤怒，齐心协力，势不可当，臣看我们应该收拢人马据城坚守。"

大夫文种说："依臣看，我们不如说好话、赔不是，请求讲和，等他们撤兵以后，再从长计议。"

越王勾践说："你们俩一个说守、一个说和，寡人看都不是上策。吴国和越国世代结仇，他来讨伐我不应战，就会把我们当成是软弱可欺的窝囊废！"便尽起全国三万人马，率灵姑浮、胥犴、范蠡、文种等人，在椒山下迎击吴军。

两军对阵，初次交锋，吴军被杀伤百十人后退了回去。越王勾践乘胜追击，没走出几里路，正遇上吴王夫差率领大军赶到，两下重新布阵厮杀。吴王夫差站在船头，亲自抡槌敲鼓，激励士气，军士勇气倍增。忽然，北风大作，波涛汹涌，伍子胥、伯嚭乘着战船顺风扬帆而下。船上军士拿着强弓劲弩，箭像雨点一样射向越军。越兵迎着风，强睁着眼抵抗，一会儿便招架不住，大败而逃。吴军分三路追杀，灵姑浮翻船落水而死，胥犴也中箭而亡。吴军乘势掩杀，越军死伤无数。

越王勾践一直败逃到固城，不出一刻工夫，吴军就把固城围了个里三层外三层，把水道也给堵死了。吴王夫差高兴地道："不出十天，越人全都得渴死。”谁知道固城山顶上有一眼泉水，泉水里还游着不少鱼。越王勾践让人捞了几百条鱼送给吴王夫差，吴王夫差不由大吃一惊。

越王勾践留下范蠡守城，自己带着文种和残兵败将，瞅准机会逃到了会稽山。一清点人马，仅剩下五千人。越王勾践叹了口气说：“从先王到寡人，三十年来从没打过这样的败仗！真后悔没听范蠡、文种的话，才落到这种地步。”

这会稽山，有大禹陵，大禹逝后葬在这儿。越王勾践祭拜大禹陵后，向全军发布号令：“全国军民、父老乡亲，哪个能够协助寡人击退吴军，寡人就同他共同管理越国。”

文种向越王奏道：“臣听说过，商人在夏天就预先积蓄皮货，冬天就预先积蓄夏布，行旱路就预先准备好船只，行水路就预先准备好车辆，以备需要时用。一个国家即使没有外患，也不能不事先培养和选拔有谋略的大臣和勇敢的将士，就如蓑衣斗笠这种雨具，到下雨时，是一定要用上它的。现在大王您退守到会稽山之后，才来寻求人才，未免太晚了吧？”

越王勾践答道：“能听到大夫您的这番话，怎么能算晚呢？”说罢，握着文种的手，与他真诚商议退吴的事。

文种去吴军求和，对吴王夫差说：“我们越国派不出有本领的人，就派了我这样无能的臣子。我们越国不值得屈辱大王再来讨伐了。越王愿意把全国珍宝、百姓，都奉献给大王您，以酬谢大王您的莅临。请允许把越王女儿做大王您的婢妾，越国官员女儿做吴国官员的婢妾。越王将率全国之人，编入吴军，一切听从大王您的指挥。如果大王您认为越王的过错不能宽容，那么我们将烧毁宗庙，把妻子儿女捆绑起来，连同越国珍宝一起投到江里，然后带领五千越军同吴军决一死战，那时一人就能抵两人用，这就等于拿一万人的军队来对付大王您。虽然结局是越国覆没，但吴军也会遭到重创，大王您的仁义名声也会受到损害。是情愿杀了所有越人，还是不费力气得到越国，请大王您权衡一下。”

吴王夫差被文种说服，准备接受越国投降。伍子胥劝谏道：“不行！吴国同越国，多年互相仇视、互相攻伐。长江、钱塘江环绕着两国的国土，两国百姓都不愿迁移到他地，因此有吴国的存在就不可能有越国的存在，有越国的存在就不可能有吴国的存在，这种势不两立的局面无法改变。臣还听说，旱地的人习惯于旱地的生活，水乡的人习惯于水乡的生活。那些中原的国家，即使战胜了它们，我国百姓也不习惯在那里居住，不习惯使用他们的车辆。而越国，如若战胜了它，我国百姓既习惯在那里居住，也习惯使用他们的船只。这种有利机会，大王您不能错过啊！希望大王灭掉越国。如果放弃了今天的大好机会，大王您一定会后悔莫及的。”吴王夫差一时难下决心。

见伍子胥阻碍越国求和，文种便心生对策，派人在越国挑选了八个美女，送给吴国伯嚭，对他说：“您如果能宽恕越国的罪过，同意求和，还有比这更漂亮的美女送给您。”伯嚭动了心，便向吴王夫差奏道：“臣听说古时攻打别国，对方屈服了，就算了。现在越国人已向我们屈服，又何必苛求他们呢？”吴王夫差本是左右摇摆，今见伯嚭劝说接受越国投降，便不顾伍子胥反对，与越国签订了和约，规定越王勾践亲自前去姑苏大城服侍吴王夫差。

吴军退走后，越王勾践向越国全体军民道歉说：“寡人没有估算自己的力量不足，去同强大的吴国结仇，以致我国遭受损失，这是寡人的过错，请允许寡人改正！”越王勾践亲自率人埋葬战死军士，慰问负伤军士。越王勾践亲自到百姓家，问寒问暖。有丧事的人家，越王勾践亲自前去吊唁；有喜事的人家，亲自前去庆贺；百姓有远出的，亲自相送；有回家的，亲自迎接；凡是百姓所憎恶的事，就清除它；凡是百姓急需的事，就及时办好它。

这些日子，越王勾践很辛苦。他马上就要去做自己不愿做但又不得不去做的事情，那就是根据和约亲自前去吴国侍奉吴王夫差。

临行前一天，越王勾践召集众臣相聚。他仰天垂涕，默默无言。

范蠡劝慰道：“居不幽者志不广，形不愁者思不远。古代圣贤，大都蒙受过苦难和耻辱，不单单只有大王您一个啊！”

越王勾践说：“从前尧重用舜、舜重用禹，而天下大治。虽然还闹洪水，但对人们已经没有危害。寡人眼看就要离开越国去吴国，国家就要交给诸位，你们打算怎样做才不辜负寡人对诸位的期望呢？”

范蠡冲着大家说：“主忧臣辱，主辱臣死。现在大王有兵败吴军、臣侍吴国的耻辱，难道以我们越国的人杰地灵，就找不出一两个英雄豪杰，为大王分忧吗？”

众臣齐声答道：“谁不是大王的臣子？我们一切听从大王的安排！”

越王勾践说：“诸位真要不嫌弃我，就请自告奋勇，谁愿意和寡人一起赴难，谁打算留在这里守国。”

文种说：“国境之内管理百姓事务，范蠡不如臣；随机应变和吴王周旋，臣不如范蠡。”

范蠡说：“文种评价恰如其分，大王您可以把国家大事托付给他，一定能发展田耕、搞好备战，使百姓安居乐业、和睦相处。至于辅佐危难之中的君主，忍辱负重，保护大王您平安回来，为大王您报仇雪恨，臣当仁不让，不敢推辞。”

众臣都点头称是，各自述说自己应尽的职责和义务。太宰苦成说：“代替大王发布政令，发扬光大大王的博爱仁德，处理日常国事，使百姓知道自己的本分，这是臣应该做的事。”

行人泄庸说：“和诸侯互通使节，解除各方纠纷，出访不辱使命，接待不出差错，这是臣应该做的事。”

司直皓进说：“举报不法、评议功过，正直无私、不避亲仇，这就是臣应该做的事。”

司马诸稽郢说：“临敌布阵，飞矢扬兵，英勇奋进，不怕牺牲，这是臣应该做的事。”

司农皋如说：“亲身抚慰百姓，吊唁死者，救助病残，发展田耕，储存积蓄粮食，不使其霉烂变质，这是臣应该做的事。”

内史计倪说：“观天测地，记录阴阳，推断吉凶，这是臣应该做的事。”

畴无余等臣僚也都一一表态。

等众臣说完，越工勾践感激地说道：“寡人虽然就要去吴国为奴，但是诸位仍然怀德抱术，各显所长，愿意齐心协力保卫国家、治理国家，寡人还能有什么不放心的呢？”

越王勾践留下众臣守国，只偕夫人和范蠡前行。越国君臣在钱塘江口分别，无不痛哭流涕。越王勾践仰天叹道：“人人都怕死，可是寡人现在一听说死，心里却没有一丝一毫的畏惧。”说完，登船就走。送行的众臣跪拜在江岸，个个哭成泪人，越王勾践没有再回头看一眼。

越国众臣在岸上，用歌声为越王勾践一行人送别——

斜阳山外片帆开，风卷浪涛动地回。

今日一樽沙际别，何时重见渡江来？

越王勾践夫人靠在船舷边，偷偷地哭泣，见到乌鸢在江边啄食小虾，飞来飞去，悠然自得，便眼泪汪汪地唱起歌来——

仰望乌鸢，呼叫着从高空冲下。

肆意叼啄鱼虾，然后展翅飞到高空，任凭本性飞来飞去。

妾可叹啊！没有罪过却要背井离乡。

就像一片落叶，被狂风吹往北方，何年何月才能返回家乡？

妾穿粗布衣裳，降为婢女；夫被摘去王冠，沦为奴仆。

苦难岁月何时尽头？

妾想变成一只飞鸟，展翅高飞，在蓝天自由翱翔。

越王勾践听到夫人哀怨的歌声，心里像刀割一样难受。他走过来，强笑着安慰夫人说：“等寡人的翅膀也像小鸟一样长硬了，便离振翅高飞的日子不会太远了，又有什么可忧愁的呢？”

九　十年生聚

越王勾践进入吴国，先派范蠡去见伯嚭，再次送上珠宝和美女。伯嚭问："文种大夫怎么没来？"范蠡说："为我主守国，不能一起来了。"伯嚭随着范蠡去见越王勾践，越王勾践对他的荫庇之德深表谢意。伯嚭一口答应争取尽早让他回国，越王勾践心里这才稍微踏实点儿。

第二天，伯嚭押送越王勾践晋见吴王夫差。越王勾践袒胸露臂跪在台阶下面，夫人也随他一起跪下。范蠡把礼单恭恭敬敬地呈给吴王夫差。

越王勾践再次跪拜说："越国奴臣勾践，不自量力，得罪了贵国，承蒙大王恕罪，让奴臣服侍左右，得以保全性命。如此大恩大德，不胜感激！越王勾践谨此磕头谢恩！"

吴王夫差说："寡人要是想报先王的仇恨，你还能活到今天吗？"

越王勾践又磕头说："奴臣实在该死，还望大王可怜！"

伍子胥站在一边，眼里冒火，声音如同震雷，对吴王夫差奏道："大王，飞鸟在晴空中翱翔，猎人还想拉弓把它射下来，何况这鸟儿已经飞到院子里？越王勾践现在成了釜里的鱼，小命掌握在厨师手中，这才低三下四、花言巧语，以求免去一死，保住性命。一旦不死，他日得志，便如放虎归山、纵鲸回海，再也制服不了他了！"

吴王夫差说："寡人听说诛杀投降俘虏，就会祸及三代。寡人不杀他，并不是因为寡人喜欢越国，只是怕上天怪罪！”

伯嚭见伍子胥与自己对着来，便有点儿不满了，大声说道：“相国子胥目光短浅，不懂得安邦定国的大道，大王说的才是至理真言！”

伍子胥瞪了一眼伯嚭，见吴王夫差不听他的劝谏，便气冲冲地退了出去。自此，伯嚭与伍子胥之间便有裂隙了。

吴王夫差接受了越国敬献的礼物，派公孙吴雄在吴王阖闾墓旁修了一间石室，让越王勾践夫妇住在里面，脱去朝服，换上脏衣，蓬头垢面，干起养马的活儿。伯嚭常常私下送些食物过来，夫妇俩这才不至于饿肚子。吴王夫差每次驾车出游，越王勾践都要拿着马鞭在车前步行。吴国人都指着勾践说：“这就是越王！”越王勾践无奈，低头无语，装作不见。

越王勾践在石室中一住就是两个月，范蠡从早到晚一旁侍候，寸步不离。忽然有一天，吴王夫差召越王勾践与范蠡一同晋见。越王勾践跪在前面，范蠡站在后面。

吴王夫差没和越王勾践说话，而是对范蠡说：“俗话说，慧女不嫁破亡之家，名贤不官灭绝之国。如今勾践无道，致使越国将亡，你们君臣一块儿当奴做仆，一块儿关在石屋里，你难道不觉得羞耻吗？寡人有心赦免你的罪过，如果你能改过自新，弃越归吴，寡人一定重用你，让你抛弃忧患换取富贵，你看怎么样？”越王勾践一听吴王夫差说这话，趴在地上直流眼泪，生怕范蠡投了吴国。

只见范蠡跪拜答道：“范蠡听说，亡国之臣，不敢言攻；败军之将，不敢言勇。范蠡在越国不忠不信，不能辅佐越王多做善事，以致得罪了大王。幸亏大王见谅，使我们君臣能够互相依靠，一起服侍大王。范蠡已经心满意足了，哪还敢指望荣华富贵？”

吴王夫差说：“既然你矢志不移，寡人也不能勉强，你可以回石屋子去了。”

范蠡说：“谨遵王命。”吴王夫差起身，回转后宫。

越王勾践和范蠡回到石室以后，每天越王勾践铡草喂马，夫人除粪扫厩，范蠡拾柴做饭。三个人衣衫褴褛，面目枯槁，那份惨劲儿就别提了。吴王夫差时常派人来查，见他们君臣干活挺卖力气，没有一点儿怨恨，就连夜里也没发现他们愁眉苦脸、唉声叹气，便以为越王勾践君臣已无思乡之志，渐渐置之不理。

时光如箭，日月如梭，转眼三年过去。一天，吴王夫差老远望见越王勾践和夫人端坐在一堆马粪旁边，范蠡拿着马鞭笔直地站在越王勾践夫妇左侧，仍然保持着君臣、夫妇之间的礼仪。

吴王夫差回头对伯嚭说："越王勾践不过是一个小国之君，范蠡不过是个普通小吏，虽在穷困受难之地，仍然没有丢弃君臣礼节，寡人心里敬佩。"

伯嚭答道："不仅令人敬佩，也实在让人可怜。"

吴王夫差说："真像你说的那样，连寡人都不忍心看了。要是他们能悔过自新，你说能放了他们吗？"

伯嚭答道："大王以圣明君主的胸怀，哀怜孤独穷困的勾践，对他们恩德有加，越国怎么能没有厚报？请大王快决定吧。"

吴王夫差说："那就挑个吉日，放他们回国吧。"伯嚭偷偷派心腹把喜信儿报告给越王勾践。

越王勾践欣喜若狂，赶紧告诉范蠡。范蠡说："请让臣为大王您算一卦。"范蠡取出四十九根蓍草，随机分成左右两堆。两手各负责一堆，经过左右手置换，得卦辞说："天网四张，万物尽伤，祥反为殃。"范蠡说："这卦辞的意思是，虽然有了喜信儿，也不值得高兴。"越王勾践听了这话，心里一下子凉了半截，脸上布满了愁云。

却说伍子胥听说吴王夫差要释放越王勾践，急忙来见吴王夫差，劝谏道："从前商纣王拘押周文王而不斩，天道逆转，最后让周给灭了。如今大王囚禁越王勾践而不诛，只怕商纣王那样的祸就快到了。"吴王夫差听了伍子胥的劝谏，起了杀死越王勾践的心思，派人叫他前来。

伯嚭又急忙派人把这事告诉越王勾践，越王勾践大吃一惊，转告范蠡。范蠡说："大王不必害怕。吴王已经关了您三年了，难道他三年都忍过来了，今天这一大就忍不下去了？去了肯定没事。"越王勾践说："寡人之所以能勉强活下来，全靠你想主意了。"越王勾践进宫来见吴王夫差，一直等了三天，也没见吴王夫差上朝。伯嚭从宫里出来说道："奉吴王命令，让越王勾践再回石室。"越王勾践觉得很奇怪，就问伯嚭为何。伯嚭说："大王受了伍子胥的蛊惑，想杀掉你，因此才召你进宫。不巧，赶上大王患了风寒卧床不起，刚才我到宫里去探望，乘机对他说：‘要想消灾就得做点儿善事，如今勾践还趴在殿外等着挨剑，不如放他回石室，等您病好了再说。’大王听了我的话，这才让你先回去。”越王勾践一个劲儿道谢。

一晃过了三个月，越王勾践在石室里还没听到吴王夫差康复的消息，就让范蠡占一卦，看看吴王夫差的吉凶。范蠡又取出蓍草进行推算，算完了答道：“吴王夫差命不该绝，到己巳日病情就会减轻，到壬申日身体必定痊愈。大王不如请求前去探望，倘若能够晋见，您就要求尝尝他的粪便，看看粪便的颜色，再跪下给吴王夫差道贺，说出病好的日期。到时，吴王夫差的病真要是好了，一定从心里感激大王，释放我们就有希望了。”

越王勾践禁不住眼泪直流，向范蠡说道：“勾践虽然无才无德，也曾当过一国之主，怎么能负屈忍辱，为他人尝粪便呢？”

范蠡答道：“想当年商纣王囚禁周文王，杀了他的长子姬考，然后把姬考的肉烹熟了拿给他吃。周文王忍着悲痛吃下了自己亲生儿子的肉。古今成大事者，往往受尽各种苦难。吴王夫差先说要赦免大王，又说要杀掉大王，阴晴变幻无常。大王您不这样办，又怎能骗取他的怜悯呢？”

君臣二人商量好后，越王勾践当天就去求见伯嚭说：“听说大王抱病在床，久久不愈，勾践一连几天寝食不安，想跟您一起去看望大王，以表达做奴臣的忠心。”伯嚭说：“你有这番美意，我怎么敢不转达给大王？”伯嚭就去求见吴王夫差，委婉叙说越王勾践想探望他的心情。吴王夫差正病病歪歪地躺在床上，听伯嚭把越王勾践说得让人怜爱，就答应叫越王勾践进来。

伯嚭领着越王勾践进了吴王夫差的寝殿。吴王夫差强睁开眼看着越王勾践说：“你也看望寡人来了？”

越王勾践跪下，磕了个头说：“奴臣听说大王龙体欠安，就像被人打伤了肝肺，很早就想来探看大王您的病情。”还没容他把话说完，吴王夫差就觉得肚子胀得要命，想要大便，挥手让他们出去。

越王勾践说：“奴臣在越国曾经学过医道，一看人的粪便，就能知道病情。”于是毕恭毕敬地站在门口。内侍把马桶搬到床边，搀扶着吴王夫差拉完屎。刚要出门，越王勾践揭开桶盖，用手取了些粪便，跪在地上尝了尝。左右内侍都用手捂着鼻子。只见越王勾践又磕了个头说："奴臣给大王贺喜，您的病到己巳日就会有好转，到壬申日就能痊愈。"

吴王夫差问："真的吗？"

越王勾践说："夫粪者，谷味也。顺时气则生，逆时气则死。奴臣尝了尝大王的粪便，味苦且酸，正应春夏发生之气，所以知道。"

吴王夫差高兴地说："你真是忠诚仁义啊！臣对待君，子对待父，又有谁肯尝粪诊病？"当时伯嚭在旁，吴王夫差就问他："你能吗？"

伯嚭摇摇头说："臣虽然非常敬爱大王，却也做不出这样的事。"

吴王夫差说："不只是你，就是寡人的亲生儿子也做不到啊！"当下就叫越王勾践搬出石室，找个宽敞地方住下，并说："等寡人病好了，就放你回国。"越王勾践跪拜谢恩后退出，就近找了间民房，仍然干着养马的差事。

吴王夫差的病一天天好起来，一切都像越王勾践所说的那样。吴王夫差感念他的忠心，刚能上朝理事，就派人摆设酒席，召越王勾践赴宴。越王勾践装作不知道怎么回事，仍像以前那样穿着破烂衣服赶来。吴王夫差一见，赶紧叫他去洗澡换朝服。越王勾践辞谢再三，这才去洗了澡，换上朝服。出来见吴王夫差时，又跪下拜谢。吴王夫差连忙把他扶起来，随即下令说："越王勾践是个仁德的君子，怎么能老让他受委屈呢？寡人这就解除对他的拘役，免罪让他回国。今天让越王勾践坐在北面，大家要像招待客人那样对待他。"说完给越王勾践作了个揖，让他坐在客位，大臣们按次序坐在旁边。伍子胥看到吴王夫差忘了仇恨，把越王勾践当客人看待，心里十分气愤，不肯入席，一甩袖子走了。伯嚭说："大王今天是以仁者的胸怀，宽恕仁者的过错。同声相和，同气相投。今天的酒宴，是仁者就应留下，不是仁者才应该离开。相国子胥刚愎鲁莽，不肯就座，是不是他有点儿自惭形秽啊？"吴王夫差笑着说："你说得不错。"酒过三巡，范蠡和越王勾践一起站起来给吴王夫差敬酒，嘴里念着祝辞："大王在上，恩播阳春；其仁莫比，其德日新；延寿万岁，长保吴国；四海咸承，诸侯宾服；觞酒既升，永受万福！"吴王夫差听了兴高采烈，当即喝了个一醉方休。

吴雄把越王勾践送到馆舍，不再让他回到民房，并传吴王夫差的话："三天之内，就送你们回国。"

第二天一早，伍子胥就进宫来见吴王夫差，奏道："昨天大王用招待客人的礼节来对待仇人，究竟是怎么想的？勾践内怀虎狼之心，外饰温恭之貌。其臣下毕恭毕敬，其国内日渐恢复。大王只贪图一时的阿谀奉承，不考虑将来的祸患，不听忠言，只信谗言，沉湎于小恩小惠而不顾深仇大恨，就像把羽毛放在炭火上烧烤，却指望它能不焦；把鸡蛋放在大石头下，却期待它能不碎，这办得到吗？"

吴王夫差责怪道："寡人得病在床上躺了三个月，没听您说过一句安慰的话，这是相国的不忠；没见您送来一样好东西，这是相国的不仁。做臣子的不忠不仁，要他有什么用！瞧这勾践，抛家弃国，大老远跑来归顺寡人，献出财物，甘做奴仆，这是他的忠心；看寡人生病，亲自尝粪诊断，一点儿怨言都没有，这是他的仁义。寡人要是按您的意思把他杀了，上天从此再也不会保佑寡人了！"

伍子胥说："大王这话可就说反了。老虎弯腰，是为了攻击；狐狸缩身，是为了猎取。越王勾践到吴国来受罪，是把怨恨埋藏在心里。他为大王尝粪诊病，实际上是摸透了大王您的心思讨好您。大王您要是察觉不到，中了他的奸计，吴国早晚就会成为他们的盘中之物。"

吴王夫差不耐烦地说："相国别说了，这事寡人已经决定了！"伍子胥知道再劝也没用，就忧心忡忡地离开了。

第三天，吴王夫差命人在蛇门外摆酒设宴，亲送越王勾践出城。大臣们都来饯行，唯独伍子胥没来。吴王夫差想了想伍子胥所说的话，觉得也有道理，就对越王勾践说："寡人免了你的罪，放你回国，你应该记着吴国的恩德，可不要怨恨吴国呀。"

越王勾践跪拜道："大王可怜在下孤苦无依，让在下生还故国，在下一定世世代代竭力报答。苍天在上，可以证明在下的忠心。如果背弃吴国，上天不饶！"

吴王夫差说："君子一言为定，你这就起程吧。好自为之，好自为之！"

越王勾践再次跪拜，泪流满面，似同依依不舍。吴王夫差亲自把越王勾践扶上车，越王勾践夫人也再拜谢恩，然后由范蠡驾车，一直向南而去。

归心似箭，范蠡驾车，不敢怠慢，一天多的时间，就到了越国境内的钱塘江。越王勾践只觉得山川重秀、天地再清，不由感慨道："寡人本以为当初一别，就会永远离开越国百姓，把尸骨抛在异域他乡，哪会想到还能再回越国重掌国政！"说完和夫人相对而泣，身边百姓激动得流下了眼泪。

文种接到越王勾践回来的消息，便率领守国众臣和城里的百姓，在钱塘江边跪拜迎接。越王勾践到了后，岸上一片欢腾。

越王勾践心里总想着要报会稽之仇，就想在会稽建一座新城，以便时时提醒告诫自己。范蠡观天文，察地理，规划了一座新城，把整个会稽山都包容在里面。在城的西北面卧龙山上，建了一座飞翼楼，以象征天门；在城的东南面凿了个石洞，以象征地户。外城的四周，独缺西北角，对外声称："越国已经是吴国的属国，不敢堵塞进贡的道路。"实际上是为将来出兵伐吴打开了方便之门。

新城刚修好，城里忽然拱出了一座山，周围有好几里，形状像个乌龟，山上草木繁盛。有人说这座山原来是琅琊的东武山，不知怎么回事，一下子飞到这儿来了。范蠡对越王勾践说："臣建的新城，正好和天上的星象相对应，所以天上降下'昆仑'，以昭示越国称霸的开端。"越王勾践听了，十分振奋，就给这座山取名怪山，又叫飞来山、龟山。在山顶上建了一座三层高的灵台，以乞求神物下凡。

等新城里的一切都按规划修建好，越王勾践就把都城从诸暨迁到这里，对范蠡说："寡人实在无德无才，以致国破家亡，给人当了奴隶，要不是您和诸位大臣的扶助，怎么能有今天？"范蠡说："这都是大王的洪福，并不是我们的功劳，但愿大王时时刻刻不要忘记石室中的苦难，越国一定能复兴，吴国的仇一定能报！"越王勾践说："寡人一定记住您的教诲！"越王勾践让文种处理国务、范蠡训练兵马，自己尊贤礼士、敬老安贫，百姓无不欢欣鼓舞。

越王勾践自从尝粪以后，常患口臭。范蠡知道城北有座山，山上出产一种草药，名字叫蕺，可以食用，就是茎和叶有腥味。范蠡派人采来，让满朝官员每人都吃上几口，以混乱朝堂里的气味。后人因此把那座山，叫做蕺山。

越王勾践立志报仇，夜以继日苦身劳心，磨炼自己。眼睛困得都快睁不开了，就滴上有辣味的蓼叶汁；手脚冷得不敢往外伸，就偏泡在凉水里。冬天经常怀里抱着冰；夏天经常在屋里烤火。晚上不铺褥子也不盖被子，就躺在柴草堆上睡觉。又在屋子里吊上几只苦胆，吃饭、睡觉前都要尝一尝。每到半夜，一想起在吴国受辱的日子，就不觉悄悄流下眼泪来。擦干了泪水，就大声呼喊，不停地叫着“会稽”两个字。

越国的疆域，总共百里见方。越王勾践召集父老兄弟宣誓道：“寡人听说，古时有贤明君主，四面八方百姓都来归附，就像水往低处流一样。如今寡人无能，只能带领男女百姓繁殖人口。”下令年轻力壮的男子不许娶老年妇女，老年男子不能娶年轻妻子。姑娘到了十七岁还不出嫁，她的父母就要判罪；男子到了二十岁不娶妻，他的父母也要判刑。孕妇到了临产，向官府报告，官府就派医生去看护。如果生男孩就赏两壶酒、一条狗；生女孩，就赏两壶酒、一头猪；一胎生了三个孩了，由官府派给乳母；一胎生了两个孩子，由官府供给口粮。嫡子为国事死了，免去他家三年徭役；庶子死了，免去他家三个月徭役。那些孤老、守寡、患病、贫困、无依无靠的人家，官府就收养他们的孩子。那些知名之士，官府就供给他整洁的住舍，分给他华丽的衣饰和充足的粮食，激励他们为国尽力。对于到越国来的各方有名人士，一定在庙堂上接见，以示尊重。越王勾践还亲自用船装满了粮肉到各地巡视，遇到那些漂流在外的年轻人，就供给他们饮食，还要询问他们的姓名。越王勾践本人也亲自参加劳动，不是自己种出来的东西就不吃，不是自己妻子织的布就不穿。众臣都是吃饭不见肉，穿衣不绣花，为的是节衣缩食，每月按时给吴国进贡。国中百姓也是辛苦勤劳，男耕田练兵，女采葛织布。到山中采葛之妇感伤越王勾践用心良苦，于是，唱歌道——

我君心苦命更之，尝胆不苦甘如饴。

令我采葛以作丝，女工织兮不敢迟。

越王悦兮忘罪除，吴王叹兮飞尺书。

群臣拜舞天颜舒，我王何忧能不移？

吴王夫差得到越国晋献的大量黄色葛丝之布，大喜，于是增加越国土地。越王勾践大悦，赶忙给吴王送去了大量的蜂蜜、狐皮、毛竹，作为答谢。吴王夫差很高兴，又赐越王勾践羽毛之饰和诸侯之服。伍子胥听说了这些事，气愤得说不出话来。

吴王夫差见越国忠心不贰、甘心称臣，对伯嚭更加信赖。一天，问伯嚭："眼下国里已经没什么让寡人操心的事了，寡人想多盖几处宫殿玩玩乐乐，你看什么地方合适呢？"伯嚭说："国都以外，风景名胜要数姑苏山，但是前些年造的那些台阁亭榭，已经显得有点儿寒酸了。大王不如建造一座姑苏台，让它高得可以看一百里，宽得可以容纳六千人，再把歌童舞女聚集在台上，那才称得上极乐世界呢！"吴王夫差听了，直拍伯嚭的肩膀，当即派人造台。

文种听说了这件事，就对越王勾践奏道："高飞之鸟，死于美食；深渊之鱼，死于芳饵。如今大王立志向吴国报仇，那就一定要先投其所好，然后才能把它置于死地。"

越王勾践说："请细细讲述。"

文种便继续说道："有七种办法：一是继续送金钱财物，以取悦吴国君臣；二是高价买进吴国粟米，以减少吴国积粮；三是多送美女，以消磨敌人斗志；四是把能工巧匠和优良木材送去，帮他们多建宫殿，以削弱吴国财力；五是派能言善辩之人，去给吴王夫差拍马屁，并花言巧语扰乱他们的决策；六是设法让吴王夫差仇视吴国的正直大臣，以除掉吴王的臂膀；七是积财练兵，等待敌人露出破绽，乘机进攻。"

越王勾践说："这些办法太好了！七大办法，当先用哪种？"

文种答道："如今吴王夫差正要建造姑苏台，应该派人到深山里选伐巨木，献给吴国。"越王勾践听从文种的计策，派出三千多人，到山里去伐巨木。

文种带人顺着江水，将巨木送到吴国。吴王夫差见送来的木头十分巨大，又惊又喜。伍子胥劝谏道："从前商纣王造鹿台，劳民伤财，以致灭亡。越王勾践对内卧薪尝胆，励精图治；对外要害吴国，才送来这木头。大王可千万别接受。”

吴王夫差说：“越王勾践得到这样好的木材，自己舍不得用，献给了寡人，这是他的一片好心，寡人怎么能拒绝呢？”命人把这些木头送去建姑苏台。

经过数年的木材积蓄和日夜施工，姑苏台终于建起来了。它高三百丈、宽八十四丈，登上顶层，一眼能看出二百里地。为建此台，累死、伤残的百姓不计其数。

越王勾践听到消息后，就对文种说：“你说的送木头的办法，我们已经用过了。现在姑苏台上，一定缺少能歌善舞的女子，我们要想办法给吴王夫差送去。但是如果没有绝色的美女，也还是不能迷惑住吴王夫差。这事，你还得替寡人想个办法。”

文种答道：“吴国灭亡，天数已完，怎愁找不到美女？只是要从民间选美，恐怕会惊动百姓，臣有一条计策，可以遍挑全国女子。请大王派出身边内侍，让他们在国内寻访探察，发现容色艳丽的女子，就记下她们的家庭住址，然后再从中挑选。这样一来，我们何愁找不到绝色女子进贡呢？”越王勾践又听从文种的计策。

半年之间，寻访者共报上美女二十多人，越王勾践又派人去复视挑选，最后选出了两个容色最美的女子。这两人，一个叫西施，一个叫郑旦。西施是苧萝山下樵夫之女，苧萝山有东西两村，两村人大多姓施，她住在西村，故称为西施。郑旦也住西村，她与西施比邻而居。两人每天一道到江边浣纱，花容相映，如同并蒂芙蓉。越王勾践让范蠡各用百枚越国戈币将她们征召到都城会稽，城中百姓闻听二人美色，都想一睹两人的芳容。

范蠡见人多拥挤、道路堵塞，便将西施、郑旦安排在城外馆舍，并让人传话：“要想观看美人，须先交纳戈币一枚。”顷刻之间，戈币就塞满了钱柜。两位美人在郊外停留了三天，范蠡所得戈币上万，全部上缴国库。

越王勾践命人教习两位美人歌舞礼仪，待两人艺成，越王勾践再命人用珠宝装饰两位美人，让她们乘坐着宝马雕车，随范蠡来到吴国。

范蠡入宫拜见吴王夫差，叩头说道：“勾践感激大王的饶命之恩，特派人在境内四处寻访探察，找到两位能歌善舞的美人，特派臣献给大王。”吴王夫差见她们美如下凡仙女，不由心神俱醉。

相国伍子胥在一旁奏道：“臣听说商朝因妲己而灭，周幽王因褒姒而亡。可见美色女子实是亡国之物，大王万万不可接受。”

吴王夫差说：“喜好美色是人之天性，越王勾践得到这两位美人自己不享用，却派人进献给寡人，这是他对吴国尽忠的明证，您就不要再乱猜疑了。”遂将两位美人收下。

西施、郑旦都是天下绝色，吴王夫差对她们二人十分宠爱。西施妖艳，独得吴王夫差欢心，得以居住在姑苏台上，与吴王夫差形影不离，出入的礼仪车仗也犹如吴王夫人。西施喜爱梧桐树，吴王夫差便在姑苏台四周广泛种植。吴王夫差问西施：“《诗经》里说，凤凰鸣矣，于彼高冈。梧桐生矣，于彼朝阳。你就是寡人的凤凰，你喜爱梧桐树，寡人也喜欢。”西施善媚，笑答道：“妾因为爱吴王，所以爱梧桐。先飞来‘金凤凰’，后才栽上梧桐树呢！”吴王夫差哈哈大笑，更加喜爱西施。郑旦住在王宫，嫉妒西施独受宠爱，郁郁不得志，一年后去世。吴王夫差更加珍惜西施，命吴雄专为她修建了富丽豪华的内宫，又为她建了一处响屧廊。屧是木板拖鞋，将廊下的土地凿成瓮形大坑，上面用厚木板覆盖，让西施和婢女穿上屧在上面行走，从而铮铮有声，所以取名响屧廊。吴王夫差终日沉溺于歌舞声色之中，不再上朝听政，平日身边只有伯嚭和吴雄侍奉，连相国伍子胥求见，也往往遭到拒绝。

越王勾践闻听吴王夫差宠幸西施、荒废国政，便将文种召来商议。文种说：“国以民为本，民以食为天。今年我越国粮食歉收，民间米价上涨，大王可向吴国借粮来赈济饥民。如果上天要使吴国丧邦，必定会让他们答应借粮给我越国。”越王勾践便派文种用重礼向伯嚭行贿，伯嚭引文种到姑苏台拜见了吴王夫差。

文种叩拜完毕，向吴王夫差说道：“下属越国今年风雨不调，五谷歉收，境内百姓饥饿困苦不堪，现在想向大王借粮万石，赈济百姓，等明年粮食收获，定当如数奉还。”

吴王夫差听完说道：“越国臣服吴国，越国百姓受饥，就等于我吴国百姓挨饿，寡人怎能爱惜仓中粮米而见死不救呢？”

伍子胥听说越国有使节到来，也连忙来到姑苏台拜见吴王夫差，当他听说吴王夫差要借粮给越国，连忙劝谏道："万万不可！今日形势不是吴国吞并越国，就是越国吞并吴国，臣看越国派使节前来，并不是真的因饥荒而来求粮，而是为了阴险地将吴国粮仓弄空。这粮食给他们不能增加两国友谊，不给他们也未必会使两国成仇，大王不如将此事推辞。"

吴王夫差说："昔日勾践兵败亡国，被寡人囚禁在吴国，天下诸侯无人不知。如今寡人让他回国，恢复了他的权力，对他可说有再造之恩，难道他还会背叛寡人吗？"

伍子胥答道："臣听说越王勾践每日早起晚睡，勤于政务，一心想向吴国报复昔日的冤仇，如今大王又要用自己的粮食帮助他们，臣看吴国大难之日已不远了！"

吴王夫差不信道："勾践早已向寡人称臣，哪有为臣的率兵攻打为君的道理？"

伍子胥说道："周武王伐商纣王，不就是臣子攻打天子吗？"

伯嚭在一旁厉声喝道："相国说得太过分了，你怎么能将我们大王和商纣王相提并论呢？"又转身向吴王夫差奏道："救助邻国饥荒，本是一国诸侯应有之举，当年秦国就有泛舟之役。越国已经向我吴国进贡称臣，更应受到照顾。只等明年粮食收获，让他们如数偿还即可。这样一来，我吴国不仅丝毫无损，还会因此有恩于越国，这种事我们何乐而不为呢？"

吴王夫差听从伯嚭的意见，将一万石粮食借给越国，并对文种说："寡人不听诤臣劝谏，借粮给你们，你们明年可不能像当年晋国那样失信不还！"

文种叩头拜谢道："大王圣明仁慈，肯借粮米给我们，对越国百姓来说，实有救命之恩，越国怎么敢不按期归还？"文种押运粮米回国，越王勾践大喜。

第二年，越国粮食大获丰收，越王勾践问文种："如果不偿还吴国粮食，会失去信誉。如果守信偿还，则会损伤越国而有利于吴国。你看我们究竟该如何处理此事？"文种想了想答道："应该选取生长饱满的稻谷，蒸熟后送还吴国。吴国珍惜这些稻谷，必会留下它们作为粮种，这样我们的目的就达到了。"越王勾践听从文种的计策，如数将煮熟的稻谷归还吴国。

吴王夫差见越国守约还粮，心中十分高兴，赞叹说："勾践真是个注重信约的好人！"他见越国所还的稻谷又肥又大，便对伯嚭说道："越土的粮种好，我们可以把这些稻谷留给百姓种植。"于是吴国农人把越国的稻谷作为粮种，但稻谷播下后不出芽，吴国全境发生饥荒。吴王夫差心里想：难道这稻谷也会水土不服？根本未去想越国送来的是蒸熟的稻谷。

越王勾践闻听吴国饥荒，便想派兵进攻吴国。文种劝谏说："我们不出手则罢，一旦出手，就要又准又狠，雷霆万钧，摧枯拉朽，给吴国以毁灭性的打击。当前时机尚未成熟，因为吴国忠臣还在台上。"

越王勾践又将范蠡召来询问，范蠡答道："攻打吴国的日期已经不远了！臣抓紧时间操练兵马。"

越王勾践问道："作战兵械备齐了吗？"

范蠡答道："已经备齐，但要想战胜敌人，必须要有精悍的军士。精悍的军士必须有过人的武艺，大到剑戟，小到弓弩，非得请名师指教不可。臣打听到南林有位越女，精通剑术戟法；又见我国境内有一位楚人，名叫陈音，精通箭术。大王可将二人请来，帮助我军训练军士。"越王勾践即命范蠡快去聘请，范蠡派人携礼分头去找南林越女和楚人陈音。

南林越女无名无姓，从小生长在野外荒林，对剑术无师自通。使者来到南林，向她转述了越王勾践的命令，南林越女当即动身随使者赶赴都城会稽。行到山阴的道上，一位白须老翁当道而立，向南林越女问道："来人是不是南林越女？你有何惊人剑术，竟敢接受越王的邀请？老夫想与你比试比试！"南林越女说："小女不敢藏拙，请老丈多多指教。"老翁随手从林中折下一根青竹，以竹为剑向南林越女刺来，竹枝刺到半途突然折断。南林越女飞身前跃，未等竹枝落地，一把把它抢过来，然后抬手向老翁刺去。老翁飞身后跃，跳上大树，不见了踪影。南林越女只看到一只白猿，长啸而去。

南林越女拜见越王勾践，越王勾践向她赐坐，询问剑术的精髓。南林越女答道："外表安逸，内心警惕；动若脱兔，静若处子；真气遍布全身，随心而发；变幻身形，纵横飞跃，使敌人目不暇接。大王的军士若能学得此技，一人可敌百，百人可敌万，大王如若不信，可让人与小女比试一番。”越王勾践叫来百名军士，让他们挺戟与南林越女打斗。南林越女出手如电，将军士手中的长戟一一夺过，随手扔到一旁。越王勾践十分敬佩，便请南林越女留下来传授武艺。三千名越兵接受南林越女的训练。到了年末，南林越女告辞返回。一个月后，越王勾践派人再去相请，却已找不到此人的踪迹。当地百姓说：“上天想要亡吴兴越，所以才派这位神女下凡，传授剑术。”又有百姓说：“南林神猿挑战神女，没一个回合，就不抵而去！至今不敢再回南林。”

再说楚人陈音，因杀人避仇来到越国。范蠡见他每射必中，有百步穿杨之技，便奏明越王勾践将他聘请来担任越军的射师。陈音向越军推广新式弓弩，越王勾践问陈音：“寡人想听听弓弩的由来，你能否讲解一下？”陈音答道：“黄帝之子，观察天上弧星，设计出了弓。因为他功劳卓著，便被封为‘弓长’，成为张姓之祖！楚国有琴氏，见诸侯攻伐征战，弓的力量不够，不足以制服敌人，便在弓上加装机栝，增加了箭矢的力量，这就是机弩。机弩力量强劲，一旦发出，鸟来不及飞去，兽来不及逃走。臣在楚国，学得此术，并加以改进，可在越军中推广。”越王勾践听后大喜，当即下令从军中抽出三千人，命他们在北郊随陈音学习弓弩射术。三个月后，军士射术学成，但陈音却染病而死。越王勾践命人将他厚葬，将其所葬之山命名为陈音山。

十　伍子胥之悲

伍子胥听说越国加紧备战，心中担忧，赶忙来到姑苏台，向吴王夫差痛哭流涕地奏道：“大王总以为越王勾践真心归顺，如今他却聘请剑师、射师，日夜操练军士。现在越国兵精粮足，将来一旦乘机入侵吴国，我们实难抵御。大王如果不信，可派手下亲随去越国打探。”吴王夫差闻听此消息，不敢怠慢，当即派人去越国探访，果然得到越国聘请南林越女与楚人陈音训练军士的消息。吴王夫差向伯嚭问道：“越国既然已经臣服，为何还要这样训练兵马？”伯嚭答道：“大王既然将越国赐还给勾践，他自然要训练兵马保国守土，大王又何必多疑呢？”吴王夫差终究放心不下，便产生了举兵攻打越国的念头。

正在此时，鲁国孔子弟子子贡前来求见。子贡为何而来？面对吴国君臣，子贡从齐国说起——

却说齐景公有六位公子，姜阳生年纪最长，姜荼年纪最小。姜荼母亲鬻姒出身低贱却最得齐景公宠爱，齐景公爱母及子，对姜荼也特别喜爱，称姜荼为安孺子。齐景公在位五十七年，却不肯立世子，一心想等安孺子长大成人，然后立他。后来齐景公一病不起，便把上卿国夏、高张召来，向两人托孤，嘱托两人共辅幼子姜荼为君。齐国大夫田乞是已去世的田无宇之子，一向与姜阳生交好，这时他担心姜阳生被杀，便劝他逃亡他国。姜阳生听从了田乞之言，带着儿子姜壬和家臣阚止一同逃到鲁国。几天后，齐景公果然让国夏、高张两人将其他几位公子逐出都城临淄。不久，齐景公去世，安孺子姜荼在国夏、高张二人的辅佐下继位为君。田乞表面上尊奉安孺子，内心却十分忌恨。他把朝中众臣找来，骗他们道："国夏、高张二人密谋，想把朝中老臣罢职逐出，起用安孺子的私人势力。"群臣听信了田乞之言，纷纷向他问计。田乞便和大夫鲍牧挑头，率领各位臣僚兵丁围攻高张、国夏府宅，杀死了高张。国夏趁乱逃脱，跑到莒国避难。自此，鲍牧做了右相，田乞做了左相，两人让国书、高无平继承了国夏、高张两族宗主。这时安孺子才几岁，无法掌国理政。田乞的目的是想扶立姜阳生为君，便私下派人将姜阳生从鲁国召回。

姜阳生来到齐都临淄郊外，将儿子姜壬和家臣阚止留在城外，自己趁夜单身进城，藏身于田乞府中。田乞假托祭祀祖先，请各位臣僚前来品尝祭品。鲍牧在别处饮酒，最后才到。等众人坐定，田乞告诉大家："我最近得到一副铠甲，想请诸位看看。"说着便让兵丁扛出一个大口袋，田乞解开口袋，只见一个人头从里面探出。众人定睛一看，不由大吃一惊，此人正是齐景公长子姜阳生。田乞扶姜阳生站起来，对众臣僚说道："立长子继位，是古今惯例。安孺子年幼无知，无法执掌国位。我现在奉右相鲍牧之命，改扶长子阳生继位为君。"鲍牧双眼圆睁，立即说道："我从未说过此话，你为何将此事强加在我头上，是欺我喝醉酒了吗？"姜阳生向鲍牧作揖说："废旧立新的事，哪个国家没有？你要看它是否符合大义、是否对国家社稷有利，又何必在意事前说没说过此话呢？"田乞不等姜阳生说完，就强拉鲍牧下拜行礼。众臣不得已，也只得跪下叩头，向姜阳生行臣子大礼。然后，田乞与臣僚盟誓。众人准备车驾仪仗，共奉姜阳生入朝升殿，即位为君，即齐悼公。安孺子当天就被推到宫外处死。

齐悼公怀疑鲍牧反对自己为君，便与田乞一道商议此事。田乞也嫉恨鲍牧官职位于自己之上，便出言诬告他与其他几位公子串通，并劝齐悼公尽早将鲍牧处死。齐悼公于是下令处死鲍牧，让其子鲍息担任大夫，以保存鲍叔牙宗祀。此后齐国政务全由田乞一人掌握。齐国百姓见齐悼公无故杀害忠良之后，不由心存不满。

齐悼公有个妹妹嫁给邾国国君邾益为夫人，邾益傲慢无礼，一向与鲁国不和。鲁哀公率兵攻破邾国，将邾益俘获，把他囚禁在负瑕。

齐悼公闻听大怒，向众臣说道："鲁国俘获邾君，就是对齐国无礼。"于是派国书为将军，高无平、公孙姜挥为副将，率八百乘兵车攻打鲁国。鲁哀公心中惊惧，连忙将邾君邾益释放归国，并派人前去齐国道歉。

就在这时，齐国相国田乞病死了。田乞之子田恒想继掌相位，但齐悼公不从。田恒不由心中怨恨，献鸩酒将齐悼公毒死。田恒扶立齐悼公之子姜壬即位为君，即齐简公。齐简公封田恒为右相、阚止为左相。齐简公不接受鲁国道歉，派田恒到边境汶水，督促国书等进攻鲁国。

此时，孔子正在鲁国，得知齐军压境，大惊道："鲁国是我的父母之邦，我不能不救！"于是便问众弟子："谁能替我阻止齐国进攻鲁国？"子贡从座位上站起来问道："我可以吗？"孔子同意。

子贡向吴王夫差说道："齐国已派兵到了汶水，只等将鲁国攻灭后就转道攻吴。大王何不出兵攻齐救鲁？一举将齐国攻灭，再将鲁国收为属国，然后以军威胁迫晋国臣服，这样一来，吴国必将称霸天下。"

吴王夫差说："攻打齐国可以，只是近来越国习武练兵，加紧备战，有可能会进攻吴国。寡人想先伐越国，后攻齐国。"

子贡连忙反对说："万万不可！越国弱小而齐国强大，攻下越国益处不大，放过齐国可是后患无穷。避开强齐去攻打弱小的越国，不能称勇；不顾大患去追逐小利，不能称智。智勇皆无，怎能一举称霸天下？大王如果实在放心不下越国，臣愿为大王出使去见越王勾践，让他发兵与大王一同出征如何？"

吴王夫差大喜说："如果真能如此，寡人自然乐意。"

子贡辞别吴王夫差，快车前往越国。在驰往越国的路上，子贡想到了前来吴国的真实原因——

子贡辞别师傅孔子，先是起程来到汶水齐军大营，求见田恒。田恒知道子贡是孔门的得意弟子，料定他是来游说的，便打算假装发怒将他吓走。子贡坦然进入齐营，旁若无人。

田恒与他相见，待坐定后问道："您这次前来是为鲁国做说客吗？"

子贡答道："做说客是真，但并不是为了鲁国而是为了齐国。鲁国是一个难以攻打的国家，右相为何要攻它呢？"

田恒反问道："鲁国为什么难以攻打？"

子贡答道："鲁国城墙又低又薄，护城河又浅又窄，国君软弱，大臣无能，兵马缺乏战斗力，所以说它难攻。为右相考虑，我看不如派兵马去攻打吴国，吴国城高而池宽，既有精兵，又有良将，很容易攻下。"

田恒勃然变色，责备子贡说："您怎么将难易颠倒来说，我不明白您的话是什么意思。"

子贡说："请右相屏退左右，我给您解释。"

田恒让左右退下，自己上前请教。子贡说："有句哲理是：外部有忧患，出兵攻打弱国；内部有忧患，出兵攻打强国。我看右相的问题是不能与众官同朝共事，现在将弱小的鲁国攻下，功劳是众臣的，它只能助长众臣的势力，对右相您却丝毫没有好处。如果转而进攻吴国，众臣被强敌困扰，右相就可以一人独掌齐国。"

田恒脸色转和，心里说："这子贡真是说到我的心坎上，我现在虽为百官之首，但地位不稳，国、高、鲍等家族对我虎视眈眈。"想到这儿，田恒对子贡说："现在大军已到汶水了，如果再转道进攻吴国，人们一定会对我起疑心。"

子贡说道："右相您可以先按兵不动，我愿到吴王夫差那里去请求吴国出兵救鲁。吴国若肯出兵，齐国与吴国交战不就有了现成的借口了吗？"

田恒大喜，将国书召来说："我听说吴国即将出兵攻齐，你们可先屯兵此地，派人前去打探吴国的动静。只有先将吴国兵马击败，才能进攻鲁国。"国书领命，田恒便返回都城临淄。

话说越王勾践听说子贡要来，十分高兴，忙命人清扫道路，亲自到郊外将他迎入贵宾馆舍。越王勾践鞠躬向子贡说道："敝国僻处东海，怎敢烦劳孔门高足千里远来。"

子贡说："我是特地来慰问大王的。"

越王勾践再次行礼，说道："您前来慰问，实在是寡人的福分，愿听您教诲。"

子贡说道："我来此之前，曾见到吴王夫差，劝他出兵攻齐救鲁。吴王夫差却疑心越国想攻打吴国，打算在与齐国交战之前先将越国攻灭。无报仇之心而让仇家起疑的是愚蠢，有报仇之心而让仇家知道的是自陷危境。”

越王勾践听完子贡的话，心中大惊，忙作揖问道：“您有什么办法救寡人吗？”

子贡还礼道：“吴王夫差骄傲自大，喜欢受人奉承，太宰伯嚭贪财善谗，大王可先用重宝取得他们欢心，再亲率兵马随吴国出征。这番战事，吴国如果不能打胜，其国力必将因此而削弱；如果能打胜，吴王称霸诸侯的野心必会膨胀，他也一定会发兵与强大的晋国作战。这样一来，越国便可以乘虚而入。”

越王勾践再次拜谢子贡，说道：“您此次前来，实是上天的恩赐，寡人怎敢不听从您的话？”越王勾践赠送重礼给子贡，子贡不受而去。

子贡返回吴国，见到吴王夫差说：“越王勾践感激大王的不杀之恩，现在他听说大王起疑，十分惊恐，一两天内就会派使节前来谢罪致歉。”吴王夫差让子贡先到馆舍休息。

几天后，越王勾践果然派文种来到吴国。文种拜见吴王夫差道：“勾践感激大王不杀之恩，听说大王要兴兵攻打齐国，锄强救弱，特派下臣文种前来向大王贡献精甲二十副以及屈卢神矛、步光宝剑相贺。勾践向大王请示出征日期，届时他将亲率越国军士三千追随大王前去，为大王冲锋陷阵，以效犬马之劳。”

吴王夫差大喜，派人将子贡召来说：“越王勾践果然是重诺守信之人，他想亲率三千军士随寡人出征，你看如何？”

子贡感激先前越王勾践的盛情款待，便有意替他说话，于是答道：“我看此事不妥，大王既征用越军，又役使越王，这样太过分了。我看不如答应让其兵马参战，让越王勾践留下镇守自己的国家。”吴王夫差接受了子贡的建议。

子贡辞别吴王夫差，一路北行来到晋国，拜见晋定公道：“人无远虑，必有近忧。现在吴国即将发兵攻齐，如果吴国战胜，必会与晋国争夺霸主。贵国应当加紧备战，集训兵马，准备抵御吴国入侵。”晋定公道：“多谢您指教。”子贡遂往鲁国回返。

话说吴王夫差调集十万吴国大军，准备进攻齐国。越王勾践派司马诸稽郢率兵三千，助吴攻齐。出征之前，吴王夫差命人先在句曲为自己修建行宫，准备等打败齐国后，与西施一道在那里玩乐。因为西施喜爱梧桐树，吴王夫差命人在行宫内外遍种梧桐树，并将行宫命名为梧宫。

吴军行将出发，伍子胥又来进谏道："越国是我吴国的心腹大患，齐国只不过是身上的一片癣疥。现在大王出动十万兵马，远道千里去拔除这片小疥，却忘掉了心腹大患。臣只怕齐国尚未攻下，越国先会将我吴国灭掉。"

吴王夫差大怒道："寡人正想发兵，你却说出此等不祥之语。你阻挠寡人大计，该当何罪？"

吴王夫差想将伍子胥处死。伯嚭突然想起自己当年投奔伍子胥，是他收留了自己并引荐给先王阖闾；当年在楚国时，自己率吴军被秦、楚联军击败，是伍子胥请求吴王阖闾赦免了自己，于是起了一丝怜悯之心。伯嚭又想到伍子胥屡屡与自己作对，便在一旁密奏吴王夫差道："此人是先王老臣，有功于吴国，大王还不能将他处死。依臣之见，不如派他去向齐国下战书，借齐人之手将他杀死。"

吴王夫差高兴地道："这计甚妙。"便命人修书，历数齐国历史屈辱、痛责齐国攻鲁等罪。然后让伍子胥带着信简去见齐简公，希望能借此激怒齐国，将伍子胥杀死。

伍子胥料定吴国必亡，便私下将其儿子伍封召来，让他与自己同行。来到齐都临淄，伍子胥将吴王夫差的信简呈上。齐简公读完大怒，想将伍子胥处死。鲍息在一旁急忙劝阻道："伍子胥是吴国忠臣，他曾向吴王夫差多次进谏，都被拒绝。如今君臣已成水火之势，现在吴王夫差派他来齐，就是想借我们之手将他处死。依臣之见，不如将他放回，让他们吴国君与臣以及臣与臣之间互相攻击火并，我们可在此坐收渔人之利。"齐简公顿时大悟，以礼款待伍子胥。

伍子胥曾与鲍牧结交，所以其子鲍息才在朝堂上阻止齐简公杀他。鲍息私下向伍子胥打听吴国的情况，伍子胥垂泪不言，只将其子伍封引荐给鲍息，让他拜鲍息为兄，寄居鲍家，并一再叮嘱伍封，以后就称是五封，不要再用"伍"字。伍子胥又将家传的七星宝剑留给五封。鲍息叹道："子胥想以一死来劝谏吴王夫差，所以预先将儿子留在齐国。"

且说吴王夫差出动十万大军，率太宰伯嚭、大夫胥门巢、公子吴姑曹等人，连同越国的三千军士，浩浩荡荡杀向齐国。吴王夫差先派人到鲁国，与鲁哀公商定联兵伐齐之事。

伍子胥在半途，迎上吴王夫差，向他报告了自己出使齐国的经过，并以染病为借口，独自返回国都姑苏大城，不肯随吴军出征。

伍子胥到了府上时，已是半夜，此时的他无法睡着。他找出了那根刚来吴国时吹过的竹箫。由于政务、军务繁忙，几十年没有吹这根竹箫了。迎着夜风，伍子胥倚在府中的大樟树下吹奏起来。此时的伍子胥心里想——

吴国呀吴国！你为什么变成这样？

这疑问随着箫声、伴着夜风而去。箫声低沉悲哀。此时的伍子胥又想到——

五封呀五封，姓氏改了，命运是否也能改？

这箫声立刻变得颤抖起来，已没有了刚才的流畅旋律。伍子胥的眼中流下泪来，他在心中又叹道——

姑苏呀姑苏，我一手创下的大城，我舍不得离开你呀！

这箫声变得悲凉起来，时断时续。这夜太长了，伍子胥的泪流干了，嘴角出了血，天还没亮。

且说齐将国书领兵驻扎在汶水，听说吴、鲁两国联兵伐齐，忙召集众人商议。这时，忽然有人来报："右相田恒派其弟田逆来到。"国书与众人把田逆迎入营中，田逆说道："吴国兵马长驱直入，现在已到嬴博，齐国的安危存亡只在呼吸之间。右相恐怕众位官员不肯全力抗敌，现在特派我来督战。今日形势，齐国有进无退，进则生，退则死，因此军中只许擂鼓冲杀，不许鸣金撤退。"众人齐声喊道："我等定当与敌人决一死战！"国书传下军令，齐军拔寨起营，迎击吴军。

齐军来到艾陵，与胥门巢所率的吴军遭遇。国书问众人：“谁敢打头阵？”姜挥欣然愿往，率本部兵马，向吴军猛冲过去，胥门巢急忙领兵迎战。两军接连交锋，不分胜负。国书见姜挥久攻不下，便率军上前夹攻吴军。胥门巢抵敌不住，大败而逃。国书胜了一阵，胆气更盛，当即下令齐军全部投入战斗，并命军士每人带上一条长绳，解释道：“吴国风俗不留长发，应当用绳子来拴他们的脑袋。”

胥门巢率领残兵来见吴王夫差，吴王夫差大怒，当即要将他斩首。胥门巢奏道：“臣初次与敌交战，不知齐军虚实，所以被敌人击败。臣愿领兵再战，如若不能取胜，甘受军法处置！”伯嚭也在一旁劝解吴王夫差。吴王夫差将胥门巢斥退。

鲁国上卿叔孙州仇率领鲁军来到，吴王夫差命他当向导，吴、鲁两国兵马在离艾陵五里之地扎下营寨。国书派人来下战书，吴王夫差与之相约第二天决战。

第二日一早，两军各自排下阵势。吴王夫差命鲁国叔孙州仇打第一阵，吴姑曹打第二阵，又命胥门巢率三千越国军士前去诱敌，自己则和伯嚭率领中军坐镇高处，随时救援各军，留下越国诸稽郢在旁观战。

齐军列阵完毕，田逆命令诸将口含珠玉，解释道：“战后好入殓！”并让众人发誓：“活着回来的不算大丈夫！”国书赞赏道：“诸位视死如归，我军何患不胜！”吴国胥门巢前来挑战，国书对姜挥说：“这是你的手下败将，你可出手将他擒获。”姜挥领命，挥戟驾车冲出，胥门巢转身便退，叔孙州仇截住姜挥，两军展开厮杀，胥门巢转过车头杀回。国书怕他们夹攻姜挥，忙令高无平杀出，吴姑曹上前迎战。两军各自奋力，一时难分胜负。国书见吴军不退，亲自擂鼓助战。吴王夫差站在高处，见齐军人人奋勇，吴军渐渐不敌，便下令伯嚭领兵一万前去救援。国书正要分兵迎敌，忽然听到吴军中传来鸣金退兵的号令。齐国军士以为吴军真要退兵，不料吴王夫差却亲率三万精兵，反以鸣金撤退为号，分三路直冲齐军战阵，将齐军断为三部。吴军众将士见吴王夫差亲自领兵冲杀，勇气大增，奋力冲杀，胥门巢将姜挥刺死在兵车上。高无平见情势危急，劝国书说：“我军已被敌人杀败，请将军改装逃走，再作打算。”国书长声叹道：“我统领齐军，败在了吴人之手，我哪有脸面回朝！”说完解下铠甲冲入吴军阵中，被吴军杀死。

吴王夫差大获全胜，众人纷纷前来献功。此次交战，齐军全军覆没，八百乘兵车全部落入吴人之手，只有高无平、田逆二人逃脱。吴王夫差问诸稽郢:“你看吴国兵马是否比越国强大？”诸稽郢答道:“吴军天下无敌，越国怎敢与吴国相提并论？”吴王夫差大喜，不再对越国提防，下令重赏参战的越国军士，让诸稽郢领兵回去向越王勾践报捷。

齐简公见国书全军覆没，心头大惊，急忙与田恒、阚止商议。别无他法，只得派使节向吴王夫差献上重礼，请罪求和。吴王夫差心里惦记西施，见好就收，主张齐、鲁两国重修盟好，互不侵扰，齐、鲁两国遵命结盟。吴王夫差率领吴军凯旋归国。

吴王夫差回到句曲梧宫，西施早已来到。吴王夫差对西施说：“寡人让美人居住此处，就是为了今日能早点儿相见。”西施向吴王夫差拜贺，两人在梧桐树下饮酒作乐，三日后起驾还朝。

吴王夫差上朝，吴国百官都来祝贺，伍子胥也来到朝堂，但却一句话也不说。吴王夫差嘲弄伍子胥说：“你反对寡人对齐国用兵，今天吴军得胜而归，你羞愧不羞愧？”

伍子胥大怒道：“战胜齐国只不过是小功，臣恐怕亡国大祸马上就要降临。”

吴王夫差生气地道：“很久不见相国，寡人觉得耳边十分清静，今日你却又来唠叨不休。”说完两手掩耳，双目紧闭，不再理会伍子胥。

三日后，越王勾践亲自率人前来朝贺，并向吴国君臣赠送了重礼。吴王夫差设酒款待越王勾践，他对站在一旁的吴、越两国大臣说：“大王不忘有功之臣，父亲不弃有力之子。现在相国伍子胥老了，太宰伯嚭为寡人治军有功，寡人想将他封为相国。越王勾践归顺吴国，忠心耿耿，这次又派兵为吴国助战，寡人想再赐他土地，扩充越国，你们看如何？”群臣齐赞英明。

伍子胥伏地大哭道:“可悲啊！忠臣被疑，小人得志，吴国将亡啊！宗庙将毁啊！”

吴王夫差拍案大怒道：“老家伙终日胡言乱语，一心想将吴国毁掉！寡人看在你是先王老臣的分儿上，今天不杀你，你退下去，以后永远不许再来见寡人！”

伍子胥叹道：“比干遇上商纣王，忠臣被杀，昏君也不能苟延多久。臣这就与大王永别，不会再相见了。”说完，伍子胥走了出去。

吴王夫差余怒未消，伯嚭见吴王夫差想罢伍子胥相国之职而改由自己担任，心情激动，唯恐愿望不得实现，便上前奏道：“臣听说伍子胥出使齐国，曾将其子伍封托给齐国大臣鲍息。看来他早有反叛吴国之心，请大王明察。”吴王夫差不由大怒，派人将一把名叫属镂的宝剑赐给伍子胥。

伍子胥接剑在手，赤脚走下台阶，站在中庭，仰天大叫道：“天啊！从前先王阖闾不肯立你，全赖我力争，你才得以继位为王。我为你东征西讨，打败越国，使你威震诸侯。今天你不听我的忠言，反逼我自尽。我今日死去，明日越军来到，你就要身败国亡！”此时的伍子胥想起相面神人被离，是他发现了伍子胥的才能，是他看出了伯嚭的奸佞，可是伍子胥受益于被离却不相信被离之言。被离已经早亡，伍子胥不由叹道：“这难道是天意吗？被离，我就要随你而去了。”伍子胥忽然又想起了孙武，在他功成身退时向自己讲述了暑往而秋至的大自然规律，可是自己当时没听进去。伍子胥记起了穹窿山的美景和当年自己的感叹，可是后悔晚了。伍子胥又记起了两次过昭关时，都喝过一种茶树叶汤，心中感叹自己的命苦，到底没有香起来。

伍子胥的家人闻讯来到，伍子胥对泪流满面的家人说道：“在我的坟墓上种植茶树，茶树叶品尝起来先苦后香，而我却一辈子苦。”又说：“我死后，把我的双眼挖出来，悬挂在南门，看着越军如何攻进吴国。”伍子胥说完，举剑自刎而亡。

十一 越国灭吴

吴王夫差杀死了伍子胥，便封伯嚭为相国，接着又要为越国扩大土地，越王勾践欲擒故纵、全力推辞，吴王夫差这才作罢。越王勾践返回越国，攻灭吴国之心更加急迫。吴王夫差全不在意，只管派出大批军民去疏通向北的水陆交通。吴国世子吴友知道父王夫差正在计划与中原诸侯会盟，便想出言劝谏，又怕因此触怒父王夫差，便想了个巧妙的办法，打算以此比喻来感悟其父。

这日清晨，吴友手持弹弓，浑身湿漉漉地从后园走来。吴王夫差问他为何弄成这个样子，吴友说道："儿刚才在后园游玩，看到大树上一只蝉迎风长鸣，十分自在悠闲，但它却不知道身后枝条上有一只螳螂蓄势待发，要将它捕捉吃掉；螳螂一心盯着蝉，却不知身后树阴中又有一只黄雀正准备用尖嘴把它啄食；黄雀一心盯着螳螂，却不知儿在后面手拉弹弓，正准备射它；儿一心盯着黄雀，却又不知身旁有道沟坎，因此失足跌入水中，浑身浸湿，被父王见笑。"

吴王夫差哈哈大笑道："螳螂捕蝉，黄雀在后。你只顾贪图眼前小利，不顾身后忧患，天下可没人比你更傻了。"

吴友答道："天下确实还有比儿更愚蠢的人，鲁国上承周公姬旦余泽，又有当前孔子施展礼仪教化，都无故遭到齐国攻打；齐国以为就此可吞食鲁国，却没想到吴国兵马倾国而出，远道千里去攻它；吴国击败齐军，以为就此可称霸天下，但想没想到越王勾践会统领越军杀入吴国，将吴国灭掉呢？愚蠢有超过吴国的吗？”

吴王夫差大怒说：“你这些话，都是伍子胥的余唾，你竟然要用这些谬论来劝阻寡人。你如果再说这样的话，就不是寡人的儿子！”吴友默然退下。

一切计划妥当，吴王夫差便命世子吴友镇守吴国，自己亲率吴军北上，向各国诸侯约定在黄池会盟，意与晋国争夺霸主之位。

吴王夫差出发前夕，做了一个梦，梦见三只黑狗冲南北嗥叫，炊甑中没有烟气冒出。醒后，吴王夫差预感不祥，便召群臣解梦。伯嚭叩头向吴王夫差祝贺说：“太妙了，大王的梦正应在了我们黄池会盟一事上。三只黑狗向南向北吠叫，是说四方归服；炊甑中没有烟气冒出，是说大王仁慈有德。可见大王此次黄池会盟实在是上承天意，妙不可言。”吴王夫差听完伯嚭的这段谀词，很是喜欢，但还是心有不安。此时公孙吴骆在旁，吴王夫差便问他如何看。吴骆道：“臣天性愚笨，无法为大王释梦占卜。城西阳山有一位异人，名叫孙胜，此人见多识广。大王心中既然犹豫惶惑，何不将他召来询问？”吴王夫差说：“你快去替寡人把他召来。”

吴骆来到阳山，孙胜听他将吴王梦中之事讲完，倒地放声大哭。他妻子在一旁笑他说：“你真是个乡野之人，一听说大王召见，竟会如此激动流涕。”孙胜仰天长叹道：“你不知道，我是因为今日要和你永别，心中悲伤，所以放声大哭。”吴骆一旁催促孙胜上车，孙胜便与他一同前去见吴王夫差。

吴王夫差将梦中之事详细告诉孙胜，孙胜从容地说道：“小民知道若说真话必会被处死，但小民宁愿死也不愿欺骗大王！大王的梦是应在吴国命运一事上。三只黑狗向南向北吠叫，是指宗庙无主，且黑是阴类，大王要赴阴间黄泉；炊甑中没有烟气冒出，是指大王兵败逃奔，来不及吃上热饭。这都是亡国之兆呀。希望大王停止外出，再派相国伯嚭去冠赤膊，代大王向越王勾践请罪，只有这样才能保得吴国平安。”

伯嚭从旁奏道：“山野村夫，心向越国，妖言惑众，请大王速下令将他处死！”

孙胜怒目圆睁，放声骂道：“你居高官，食厚禄，却不思尽忠报主，只管终日阿谀谄媚，等有朝一日越国大军灭掉吴国，看你又能逃到哪儿去！”

吴王夫差大怒道：“无知小民，竟敢胡说八道。寡人如果不将你诛杀，吴国百姓必会受你蛊惑！”当即命令武士将其处死。

孙胜仰天呼道：“上天呀上天！你可知道我死得冤枉，忠诚者有罪，无辜者被杀！我死后不愿被人埋葬入土，请把我抛在阳山之下，我要亲眼看着大王兵败国亡，追悔莫及！”

吴王夫差将孙胜杀死，派人将他的尸首抛在阳山之下。他咬牙切齿地骂道：“让豺狼吃掉你的肉，让野火烧毁你的骨，看你还能否看到寡人！”

伯嚭上前道：“妖人已经处决，请大王率军奔赴黄池吧！”

且说越国经过十年生聚，百姓家家富裕。这时，越人都向越王勾践请求说：“从前，吴王夫差让我们的国君在诸侯之中受辱，如今我们越国也已经走上了富裕的道路，请让我们报这个仇吧！”

越王勾践辞谢说：“过去我们被吴国打败，不是百姓的过错，是寡人的过错。请大家还是不要同吴国交战吧！”

不久，越人又向越王勾践请求说：“越国百姓，都亲近我们越王，就像亲近自己的父母一样。儿子想为父母报仇，哪有敢不竭尽全力的呢？请允许我们同吴国再打一仗吧！”

越王勾践见条件成熟，便答应了大家的请求，说道：“寡人听说古代贤能的国君，不担心兵马人数不足，却担心军士不懂什么叫羞耻。现在吴王夫差有军士十万，可是吴王夫差不担心他的军士不懂得什么叫羞耻，只担心兵马人数不足。现在寡人要协助上天灭掉吴国，寡人不希望越国军士只有一般人的血气之勇，而希望越国军士能做到命令前进就共同前进，命令后退就共同后退。遵守命令时想到会得到奖赏，违反命令时想到会受到惩罚。”众人皆发誓，要遵守军纪，灭掉吴国。

越王勾践听说吴王夫差离开了吴国，便率范蠡、泄庸等人，并水、陆两军四万八千人，从海道乘船袭击吴国。畴无余领前队先到吴都姑苏郊外，吴国公孙吴弥庸领兵出城迎战，公子吴地也领兵前来夹攻，畴无余失手被杀。

第二天，越王勾践率领大军来到。吴国世子吴友本想坚守待援，吴弥庸劝道："越国一向害怕与吴军作战，现在他们远来疲惫，我们如果再打赢一阵，他们必会退走。"吴友便命吴弥庸出战，自己亲率后军接应。

越王勾践坐镇中军，亲自督战，范蠡、泄庸率左右两翼杀出，势如狂风暴雨。吴国的精兵强将都已随吴王夫差出征北方，国内留下的多是新兵，而越国兵马都是经过数年训练的精锐。吴军抵挡不住，大败逃去，吴弥庸被泄庸杀死，吴友身陷重围，被迫拔剑自杀。

越军乘胜直逼吴国都城姑苏，吴地下令紧闭城门，一面率军民把守，一面派人向吴王夫差报信。越王勾践命令越国水军屯兵太湖，陆军在城下下寨，又让范蠡率人放火焚毁姑苏台。吴军慑于越军的威势，不敢再出城交战。

却说吴王夫差来到黄池，约鲁哀公、卫出公前来，又派人去请晋定公来参加。晋定公叹道："孔子高徒子贡所言没错。"闻听吴王夫差带兵前来，怕殃及晋国，晋定公便不敢不去，于是率赵鞅等人前往。

吴骆与赵鞅草拟盟书，结果两人因为吴、晋两国谁为盟主的事发生了争执。

各不相让时，吴地派出的密使来到，报告吴王夫差："越军攻入吴国，世子遇难，姑苏台被焚，现已将都城姑苏包围，情况万分危急。"吴王夫差大惊。伯嚭闻听越军攻吴，不由恼羞成怒，拔剑将密使杀死。

吴王夫差责问他："你为何将密使杀死？"

伯嚭改口道："现在事情的真假虚实还弄不清楚，若留下他将消息泄露，晋国必会乘机攻打我们。这样一来，大王您还能安然返回吗？"

吴王夫差说："你说得也是。但现在吴、晋两国争论不休，国内事情紧急，你看寡人是不参加盟会返回吴国，还是参加盟会、将盟主之位让给晋国呢？"

吴骆在一旁奏道："两者都不行，不参加盟会匆匆返回，诸侯必会觉察我们的危急；参加盟会却将盟主之位让给晋国，我们以后必会受制于人。只有夺得盟主之位，才能保证平安无事。"

吴王夫差问道："用什么计策夺得盟主之位？"

吴骆奏道："事情紧急，请大王鸣鼓挑战，先打掉晋人的气焰。"

吴王夫差准奏，当夜传下军令，命吴军午夜喂马造饭，天亮前在晋军营前列阵。

吴军列阵完毕，吴王夫差亲手擂响战鼓，军中万鼓响应，声音震天动地。晋国君臣大惊，忙派赵鞅到吴军探看。吴王夫差对赵鞅谎称："周天子有旨，命寡人为诸侯盟主，现在晋君违抗天命，与寡人争位，拖延不休，寡人不愿两国使节往来劳累，特领军来到贵军营前，听候消息。"赵鞅回营报告晋定公："我看吴王夫差虽然口头强硬，但神情却是忧心忡忡，也许是越国大军已攻入他们国内。如果不让他做盟主，我们必会遭到残害，但也不能白白让他，一定要使他去掉王号。"晋定公同意。于是赵鞅再次进入吴军，向吴王夫差传达晋定公的话："大王将周天子的旨意宣布给诸侯，我国不敢不遵。但贵国本是一个侯爵，现在却号称吴王，这未免有轻视周天子之嫌。大王如果肯去掉王号，我们将听从您的号令。"吴王夫差认为晋人的话有理，于是便将兵马撤回。

吴王夫差临时自称吴公，与晋、鲁、卫三国草草举行了盟会。

盟会结束后，夫差又做起吴王，率军返回，沿途不断接到都城姑苏的告急报告。吴军知道国家被越军袭击，心胆俱裂，再加上远行疲劳，已毫无斗志。

吴王夫差率军与越国兵马相持，被越军击败。吴王夫差心中害怕，忙将伯嚭召来说："你总说越王勾践不会背叛吴国，寡人听从了你的话才将他放回，现在你必须为寡人去向越王勾践求和。否则，伍子胥自刎用的属镂剑就赐给你了。"伯嚭来到越军营中向越王勾践叩头拜礼，求他赦免吴王夫差之罪。范蠡说道："吴国气数未尽，我们还无力彻底攻灭它，姑且答应与它和解，反正从此吴国已难成气候了。"越王勾践便同意与吴国言和，率军返回。

再说白公胜自从吴国返回楚国，日夜不忘郑国的杀父之仇，总想加以报复。只因伍子胥是白公胜的恩人，伍子胥以前已免伐郑国，白公胜这才隐忍不发。楚昭王与越王允常之女生有一子，名芈章。楚昭王去世后，令尹芈申、左尹芈结共扶芈章继位为王，即楚惠王。白公胜自认是先世子之子，希望芈申将自己召回，同领国政，但芈申既未将他召回，又未给他加封进禄，因此他心中很是不满。这日，白公胜听说伍子胥已死，大哭之后，心里道："我向郑国报仇的时机到了！"便派人去向令尹芈申传话："郑国残害先世子，令尹是知道的。杀父之仇，不共戴天，令尹倘若可怜先世子被杀，就请派出兵马讨伐郑国，白公胜愿为先锋。"芈申推辞说："新王刚刚即位，楚国内部未定，报仇之事以后再说吧。"白公胜以防范吴国为借口，命心腹家臣石乞训练军士，准备兵车兵器，然后再次派人向芈申请求，说自己愿率兵丁为先锋攻打郑国，芈申只好同意。

楚国尚未出师，晋国赵鞅已派兵马攻郑。却说郑国自伍子胥率兵伐郑后，依旧在晋、楚两国之间摇摆不定。见晋国来伐，郑国忙派人向楚国求援。楚国芈申率兵救郑，晋军退走，芈申与郑国订约结盟后率军返回。

白公胜闻讯，大怒说："不伐郑反而救郑，芈申欺我太甚，我定当先杀芈申，然后发兵攻郑。"便将族人白善召来商议。

白善说："跟随您而搞乱国政，是对大王不忠；背叛您而将您告发，是对宗族不仁。"于是弃官不做，终身以采药卖药为生。

白公胜见白善不肯前来相助，怒道："我没有你白善就不能杀掉芈申吗？"立即将石乞召来，问他："令尹芈申与左尹芈结各有兵丁五百，你能对付得了吗？"

石乞答道："不能。城南有一勇士名叫宜僚，若能请到此人，可以当五百人使用。"

白公胜与石乞来到城南去见宜僚，宜僚大惊道："公孙贵人怎会屈身到我这里来？"白公胜说："我想与你商议一件事。"于是便将请他杀芈申一事相告。

宜僚摇头说："令尹对楚国有功，与我无仇，我不敢听命于您。"

白公胜大怒，用剑指着宜僚的喉咙说："你若不从，我先杀了你！"

宜僚面不改色，从容地说道："您杀我如同除掉一只蚂蚁一样容易，何必动怒呢？"

白公胜将剑抛在地上，赞叹道："真是勇士，我不过是想试试你的胆气。"白公胜用车将宜僚带回，待为上宾。宜僚感激白公胜的厚待，便答应助他行事。

且说吴、越两国相斗之时，白公胜以替伍子胥报仇为由，率兵攻入吴国国境，大肆掳掠，回来后又夸大其功说："我军大败吴军，缴获了一批车仗兵器，我想亲自将它们送到国都，以壮我国军威。"芈申不知是计，满口答应。白公胜派出兵丁，出动兵车百乘，自称是从吴军手中夺来的，押送入朝献功。

楚惠王登殿接见白公胜，芈申、芈结侍立一旁。楚惠王见台阶下站立着两位壮汉，全身披挂，便问道："他们是何人？"白公胜答道："是臣的手下石乞、宜僚。"遂招手让两人上前。

石乞、宜僚正要登上大殿台阶，芈结忙命卫兵将他们拦住。宜僚用手一推，众卫兵东歪西倒。二人冲上大殿，石乞拔剑去砍芈申，宜僚拔剑去砍芈结。白公胜大声喝道："众人何不齐上。"手下勇士千人手持剑戟，蜂拥而上。白公胜命人将楚惠王捆住，朝堂百官纷纷逃散。芈申被石乞生擒。芈结从殿旁拔出一根大戟，与宜僚拼斗。宜僚抛下宝剑，上前去抢大戟，芈结拾剑将宜僚的左肩砍伤，宜僚也用戟将芈结的腹部刺伤。两人搅成一团，双双死在殿下。

芈申对白公胜说："你逃亡吴国，我惦念骨肉之情，将你召回，委以公爵之位，有什么对不住你的？你竟要谋逆反叛？"白公胜说："郑国杀死我的父亲，你却与郑国讲和，出兵援郑。我为父亲报仇，哪能顾念你这点儿小小的恩义？"芈申叹道："真后悔不听沈诸梁的话！"白公胜亲手将芈申斩首，陈尸朝堂。石乞说："不杀楚王，大事难成。"白公胜说："他是一个小孩，又有何罪？将他废掉就行了。"下令将楚惠王看押。白公胜想立公子芈启为王，芈启坚决推辞，白公胜将芈启杀死。石乞又劝白公胜自立为王，白公胜说："楚国还有几位公子，应当将他们尽数召来。"楚国大夫管修气愤不过，率兵丁来攻白公胜。双方激战三日，管修兵败被杀。楚惠王乘乱逃出，藏在其母的后宫中。

叶公沈诸梁听说朝中有变，连忙召集人马，星夜赶往楚国都城新郢都。沈诸梁来到郊外，百姓夹道相迎。百姓见沈诸梁未披铠甲，便说道："您为什么不披挂甲胄？城中百姓盼您来，如赤子盼念父母。万一您被反贼伤害，我们百姓还有什么指望？"沈诸梁听从百姓所言，披上铠甲。临近新郢都，又遇上一群百姓，百姓见他身着铠甲，便说道："您为什么要披甲将自己遮掩起来？城中百姓盼望您来，如荒年盼望粮米。若能见您一面，我们死也心甘！"沈诸梁知道百姓拥戴自己，便将甲胄脱下，让人在车上树起了一面大旗。

城中军民见沈诸梁到来，急忙打开城门，将他迎入。沈诸梁率领人马，围攻白公胜。石乞兵败，忙将白公胜扶上车，仓促逃奔。沈诸梁乘胜追击，白公胜被迫上吊自杀。石乞将白公胜的尸首掩埋，束手就擒。

沈诸梁审问石乞："白公胜现在何处？"

石乞答道："已经自尽。"

沈诸梁又问："尸体埋在何处？"石乞拒不说出。

沈诸梁命人取出大鼎，点火将水烧沸，把石乞带到了鼎前。沈诸梁喝道："你若不说，就把你活活煮烂！"

石乞自己脱掉衣服，大笑说："大事成功，我就是朝中重臣。如果不成而被人煮死，实是理所当然。我怎能靠出卖别人的尸骨来求自己活命呢？"说罢，跳入鼎中，一会儿就被煮成一团烂肉。

沈诸梁将楚惠王迎回复位。这时陈国乘楚国内乱，发兵侵犯楚国。沈诸梁请命，率兵出战，将陈国灭亡。功成后，沈诸梁告老，返回叶地。楚国终于转危为安。

却说齐国右相田恒听说吴国被越国击败、楚国又内乱、晋国又遥远，认为自己从此外无强敌，便令其弟田逆率人围攻左相阚止，将阚止杀死。齐简公被迫出奔别国，在半路上被田恒派兵杀掉。田恒扶立齐简公之弟姜骜为君，即齐平公。从此，田恒为相国，自己独掌齐国政务。

鲁国孔子听说齐国有变，斋戒三日，沐浴后来见鲁哀公，请求出兵讨伐田恒。鲁哀公让孔子先与季、孟、叔"三桓"商议，孔子说："告老之臣只知道鲁国有国君，不知道还有什么'三桓'。"

齐国相国田恒害怕各国诸侯兴兵来伐，便主动将从前侵占的邻国土地归还，又将自己的家财拿出来救济贫民，齐国百姓纷纷称颂。几年后，田恒渐渐将高、国、鲍等几大家族除去，自己则把齐国土地大半割去，作为田家封地。田恒又从齐国挑出一百多名高大健美的女子，将她们藏在后屋，鼓励家族中人与她们来往偷情，生下男子七十多人。

田恒想以此来增强田氏的宗族势力。

在齐国即将到来的“暴风雨”前夕，相邻的鲁国相对安静下来。

却说鲁哀公在鲁国西部围猎，叔氏的家臣钼商捕获了一只怪兽，此兽外形像鹿，头上独角，全身有鳞甲，尾像牛尾。叔氏将它杀死后，来向孔子请教。孔子看到怪兽，掉泪叹道：“这是麒麟啊，看来我要日暮途穷了！”原来，孔子的母亲徵在祈祷于尼丘山，遇到一只麒麟而生孔子。孔子见麒麟死，便认为是个不祥之兆，于是难过极了。孔子令弟子将麒麟掩埋后，心中仍旧伤感，乃取琴作歌唱道——

唐虞世兮麟凤游，今非其时来何求？麟兮麟兮我心忧！

唐虞，就是尧舜。孔子在说，尧舜的时候，麒麟和凤凰常常到这个世界上来游，人人都看得见。现在不是尧舜那个时候，你来干什么呢？你来有什么所求呢？麒麟哪麒麟！现在我的心里呀，真为你忧愁。

孔子修订《春秋》一书，就在西狩获麟这一年脱稿，这时孔子已七十一岁，从此不再著书。两年后，孔子染病去世，享年七十三岁。众弟子将孔子安葬在北阜的弯地，坟墓大有一顷，鸟雀不敢在周围树上栖息。鲁哀公致悼词说：“上天不善，不肯留下这位国老，让他捍卫鲁国礼仪，使寡人孤零零地忧愁成病。呜呼哀哉！尼父，寡人失去了律己的榜样。”

鲁国的槐花还未开，吴、越的樟花已经快败了。这个时候，越王勾践探听到吴王夫差自从越国退军后，继续沉溺酒色，荒废朝政，吴国连年饥荒，百姓怨气冲天，便决定再次出兵攻打吴国。

越王勾践领兵刚出都城会稽，就见路上有一只青蛙腹胀目瞪，似有怒气。越王勾践肃然起敬，把着车扶手站起。随从问道：“大王对它为何如此敬重？”越王勾践答道：“寡人看它怒目圆睁，如同一个善战的勇士，因此敬重它。”越军将士闻听此言，纷纷说道：“大王对这只青蛙都如此敬重，我等受到大王多年教导训练，难道反不如一只青蛙吗？”于是彼此相互勉励，要为国事而死。城中百姓将自己的子弟送到郊外边境，流泪告别说：“此行若不能将吴国灭掉，不要回来见我们！”越王勾践又向军中下令：“父子都在军中的，父亲不要出征；兄弟都在军中的，哥哥不要出征；有父母没有兄弟的，回去敬养父母；有疾病不能参战的，可以回去，由国家供应药膳。”越兵感激越王勾践仁慈有德，欢声如雷。

梧桐花比樟花晚两个月开，味道也浓得很。已经到了半夜三更了，吴王夫差和西施还未入睡。姑苏台已经被越人毁了，幸好姑苏城内的王宫中还有几棵零散的梧桐树，要不然吴王夫差和西施会更加忧愁。这时，窗外下起雨来，梧桐树，三更雨，一叶叶，一声声，这真让愁的人更愁。挨到天明，探子紧急来报：越军再次来攻。

吴王夫差慌忙调集兵马，率领吴姑曹、胥门巢等人，在钱塘江口上迎击越军。越军驻扎江南，吴军驻扎江北。越王勾践将大军分为左右两阵，范蠡指挥右军，文种指挥左军，六千越国勇士随越王勾践坐镇中军大营。

第二日黄昏时分，越王勾践下令左军沿江而上，秘密行进五里布阵，又令右军悄悄过江，只等左军与敌军交锋后上前夹攻。越王勾践要求各部准备好大鼓，作战时要把鼓声擂得山响，以此震慑敌军。

到了半夜，吴军听到鼓声大作，知道有越军来袭，于是仓皇迎战。尚未看清正面的敌人，远处又有战鼓擂响，越军分两路将吴军合围。吴王夫差大惊失色，急令吴军分兵抗击，没想到越王勾践亲自率领六千勇士，偃旗息鼓，在黑暗中冲入吴军中军大营。这时天还未大亮，吴军只觉前后左右中央都是越兵，不由斗志全消，大败逃走。越王勾践率领越军紧紧追赶，将吴军逼到了笠泽。两军再次交战，吴军又被击败，吴姑曹、胥门巢等阵亡。

吴王夫差连夜逃回都城姑苏，坚守不战。

越军乘胜追击，将吴都姑苏一围数月。城内粮草断绝，相国伯嚭托病不出。吴王夫差便让公孙吴骆肉袒负荆，跪行到越王勾践面前，代自己请罪求和说：“吴国过去在会稽得罪大王，后来送大王返回越国。如今大王兴兵伐吴，夫差也想让大王赦免一次。”越王勾践心中不忍，打算答应和解。范蠡在一旁劝阻道：“大王早起晚息，苦心经营十几年，怎能功败垂成、半途而废呢？”越王勾践于是拒不答应和解。

吴国使节往返七次，都被文种、范蠡驳回。

越王勾践下令从南门总攻，突然，门外风雨交加，电闪雷鸣，更有飞沙走石铺天盖地而来，越军一时乱作一团。文种、范蠡见情形危急，急忙令攻城的越军停下。

这天晚上，范蠡坐在营帐中小睡，忽然梦见伍子胥飘然而来，开口向范蠡说道：“我知道越国兵马必来，临死前让我的家人把我的双眼悬挂在南门，我忠心未绝，不忍让你们从我的双眼下攻入，所以呼风唤雨将你军吓退。”范蠡醒后，将梦中之事告诉越王勾践。越王勾践便下令越军从城南移兵城东，越军刚行到东门，就见太湖水突然暴涨，波涛汹涌，把城墙冲开一个大洞，范蠡大喜道：“这是上天帮助我们灭掉吴国呀！”急令军士入城，越国兵马占领了吴国都城姑苏。屈卢神矛、步光宝剑重又回到越王勾践手中。越王勾践得到的，还有吴国的各类奇珍异宝，内有大屈宝弓，等等。

吴王夫差听说越军攻入城中，相国伯嚭已降，连忙和吴骆紧急逃奔至阳山。吴王夫差腹中饥渴难耐，命下人快快上饭。下人粮米没有、釜鼎也无，慌里慌张，见山下鲜稻刚熟，便采了一些，去掉硬壳，献给吴王夫差。

吴王夫差狼吞虎咽，大口吃掉，又俯身喝了几口沟里的水。突然想起一事，便问下人：“刚才吃的是什么东西？”下人答是生稻，吴王夫差长叹道：“‘兵败逃奔，来不及吃上热饭’，孙胜的话果然应验了。”

吴骆说：“前面有深谷，可以躲避越军。”

吴王夫差木然地说道：“梦中预兆已经应验，早晚都是一死，还躲避什么！”一行人遂停在阳山。

吴王夫差对吴骆说：“寡人以前杀死孙胜，把他的尸首抛在阳山之下，不知他会不会显灵？”

吴骆说：“大王可以呼唤他的名字试试。”

吴王夫差于是大呼道：“孙胜！”山中也有回声应道：“孙胜！”三呼三应，吴王夫差心中害怕，率领一行人逃到干隧。

越王勾践率领文种、范蠡及一千兵马追来，将吴王夫差君臣重重包围。吴王夫差写下一封信简，让人用箭把它射到越军中，交给文种、范蠡。两人读道：“狡兔死而良犬烹。敌国若被攻灭，功臣也将身亡。

两位大夫何不放过吴国，也给自己留下一点儿余地呢？”

文种也写信让人用箭射给吴王夫差，信中说道：“吴国有六大罪状：杀死忠臣伍子胥；杀死贤人孙胜；重用小人伯嚭；派兵攻打齐国；侵犯近邻越国；越国杀死吴国先王，吴国不思报仇，反而纵敌贻患。有这六条大罪，怎能不身死国亡？过去上天将越国赐给吴国，吴国不肯接受。现在上天又将吴国赐给越国，越国怎敢违逆天命？”

吴王夫差得信，当读到第六条罪状时，垂泪说道：“寡人不杀越王勾践，忘记先王之仇，是不孝之子，因此上天要让吴国灭亡。”

吴骆说：“臣再去向越王勾践哀求。”

吴骆来到越军营前，文种、范蠡不许他进入。

越王勾践见吴骆痛哭而去，心中不忍，便派人告诉吴王夫差：“寡人顾念昔日之情，想把你封在甬东，封邑五百家。”

吴王夫差含泪对来人道：“越国要是毁掉吴国社稷宗庙，赐给五百家又有何用？夫差孤苦，只愿一死。”

越王勾践见吴王夫差不肯归降，对文种、范蠡说：“你们为何不去将他捉来处死？”

文种、范蠡答道：“臣子不敢诛杀吴王，请大王亲自去处置他吧。”

越王勾践手握步光宝剑，来到军前，派人告诉吴王夫差：“世上没有千秋万岁之君，终归一死，吴王夫差何必非等越国动手呢？”吴王夫差长叹数声，哭道：“寡人杀害忠臣伍子胥、贤人孙胜，现在自尽已经晚了。”又对左右说道：“如果死者有知，寡人实在无脸去见伍子胥和孙胜。寡人死后，要用衣服将寡人的面目遮住。”说罢拔剑自刎而死。吴骆解下衣服，将吴王夫差的尸首盖好。旁边有树，吴骆用衣带将自己吊死在吴王夫差身旁。越王勾践命人以诸侯之礼将吴王夫差葬在阳山，又令军士每人背土一筐，堆成一座大坟。

越王勾践进入姑苏城，占据吴王宫殿，接受百官朝拜。伯嚭也站在人群中，他倚仗昔日对越王勾践有恩，脸上甚是得意。越王勾践把他叫到跟前说：“你是吴国相国，寡人怎敢委屈你？你们大王在阳山，你为何不追随他而去？”命令武士将他处死，并下令将其全家抄斩，当年越国送给伯嚭的珍宝又尽数回归越王勾践手中。越王勾践说道：“寡人以此来报答伍子胥的忠心。”

为彰显灭吴之功，越王勾践召集牛首山铸剑之人精心制作了一把宝剑，上书："越王勾践，自作用剑"八个大字，内铸十一道同心圆，剑身布满黑色菱形暗格花纹，剑格正面镶有蓝色透明石，背面镶有绿松石。宝剑铸成后，越王勾践天天佩带在身上。

目睹伯嚭的下场和越王勾践回拢珍宝的贪心，范蠡不禁心寒。

范蠡思前想后，决定远离灾祸，于是向越王勾践道别说："君受辱，臣当死。从前大王在会稽受辱，臣所以不死，就是为了助大王报仇雪耻。现在吴国已亡，大王倘若肯宽恕臣在会稽的不死之罪，臣愿辞官离朝，老死江湖。"

越王勾践心中感伤，泪流满面地说道："寡人全凭你等尽力相助，才有今日成功。正想报答你的忠心，你怎么却要离寡人而去？你若肯留下，寡人愿与你共享富贵。若执意要走，寡人定将你的妻儿一并处死。"

范蠡答道："大王可以杀臣，臣的妻儿又有何罪？他们是生是死，全由大王一人掌握，臣也顾不上许多了。"当夜，范蠡便乘小舟渡江而去，进入太湖之中。

第二日，越王勾践派人去召范蠡，范蠡早已出走。越王勾践脸上变色，向文种问道："范蠡还可以追回来吗？"

文种答道："范蠡为人机智，鬼神莫测，恐怕追不上了。"

文种刚离开越王勾践，就有人将一封信简送给他。文种打开一看，是范蠡的亲笔信，信上写道："你不记得吴王夫差的话了吗？'狡兔死而良犬烹。'越王勾践为人，长颈鸟喙，能忍辱发奋，但又天性忌妒多疑，可与他共患难，不可与他共安乐。你现在如不速速逃去，他日必遭杀身之祸。"文种看完信，便叹道："范蠡也太多虑了。"

几日后，越王勾践率军返回越国，西施随越王勾践同行。越王夫人暗中让人把西施带出，用大石绑在她身上，沉入江中。越王夫人解释道："这是亡国之物，留着她干什么？"

越王勾践顾念范蠡的灭吴大功，抚恤其妻儿，将百里土地封给他们母子，又让良工巧匠依照范蠡的形象面貌，铸成一座铜像，放在大殿座位旁边，如同范蠡仍旧在身边一样。范蠡从太湖入海，有一日忽然派人把其妻儿从越国带出。夫妻父子一同来到齐国，后又到陶山隐居，以饲养六畜为生，获利不菲，自号陶朱公。

越王勾践灭吴成功，不仅不封赏有功之臣，而且与老臣们也日渐疏远。此时，诸稽郢已亡；内史计倪假装疯癫，辞去官职；泄庸、苦成、皓进、皋如等人也都纷纷告老还乡；文种心念范蠡的临行之言，假托有病在身，不再上朝。

越王勾践的内侍中有人忌恨文种，便向越王勾践进谗言说：“文种自认为功高盖世，所以深切希望得到厚厚封赏。因迟迟得不到，所以对大王您心中不满，于是假病不朝。”越王勾践了解文种的才干，觉得吴国既灭，他对自己已经无用，更怕他有朝一日谋反作乱，无人能控制，因而心中想把他除掉，只是苦于找不到借口。

这时，鲁哀公与季、孟、叔等“三桓”矛盾日深，鲁哀公想借越军除掉“三桓”，便借拜会越王勾践之名，亲自来到越国求援。越王勾践心中顾忌文种，不肯发兵。鲁哀公更加忧郁，病死在越国，鲁国鲁悼公继位。

越王勾践对文种放心不下，某日突袭，到其家中探病。文种装出重病缠身的样子，起身迎接越王勾践。越王勾践发觉文种的破绽，从而相信内侍的谗言，于是随手解下宝剑，放在座位上，然后对文种说道：“常言说，志士仁人不怕身死，只恐抱负不得施展。您自诩有七项谋略，寡人仅仅用了其中几项，就将吴国灭掉。剩下的几项，还能干什么呢？”

文种答道：“臣也不知道还能干什么。”

越王勾践说：“请您用这剩下的几项才干，替寡人到地下去见见吴国前人吧！”说完，登车回宫，只将宝剑留下。

文种将越王勾践留在座位上的宝剑拿起，见上面刻有“属镂”二字，便知它是当年吴王夫差赐给伍子胥自杀用的那把剑。文种见此，抚剑仰天痛哭道：“我不听范蠡的话，今日终被越王勾践所杀，我真是愚蠢啊！”接着大笑道：“伍子胥是何等忠贤！我能和他死于同一把剑，还有什么可遗憾的！”说完，举剑自刎而死。

越王勾践听说文种已死，心中暗喜，命人将他葬在卧龙山上，后人便改称卧龙山为种山。文种入葬一年后，海水大涨，穿过山冈，文种墓突然崩裂。有人说文种复活，随浪而去。每逢钱塘江大潮，人们就说，前面浪头是伍子胥，后面浪头就是文种。

越王勾践也学吴王夫差，率军北渡长江、淮河，与齐、晋、宋、鲁四国诸侯在舒州会盟，并派人前去向周天子进贡。这时周敬王已去世，周元王继位。周元王派人封赏越王勾践，命他为东方诸侯盟主，越王勾践接受周天子之命，各国诸侯纷纷派使节前来祝贺。楚国刚刚攻灭陈国，害怕越国的军威，也主动派人来与越国修好。越王勾践割淮西部分土地给楚国，割泗水以东土地给鲁国，割淮北部分土地给宋国，天下诸侯纷纷归附。越王勾践成为齐桓公、晋文公、宋襄公、秦穆公、楚庄王、吴王夫差之后的第七个公认的诸侯霸主。

春秋战国

长篇历史纪实小说

典藏套装版 全三册

高兴宇 著

Ⅲ 归一

中国国际广播出版社

目录

第一篇　战国七雄

第二篇　合纵连横

第三篇　统一六国

尾　声

第一篇

战国七雄

易，穷则变，变则通，通则久。
自天佑之，吉无不利。

话说各诸侯国中，有见识的公、卿、士及其子弟，都学《周易》。《周易》中提到的这个“穷”实指事物发展到极端，滞碍不通时，就会发生变革，使事物获得新的发展余地。吴国崛起、衰落如此，越国失败、胜利也是如此。《周易》上又说：“一阖一辟谓之变，往来不穷谓之通。”所谓“变则通”并不是一次性的，而是要“往来不穷”地变，世界由此而恒久。

一　六卿的较量

且说越王勾践称霸，身为原霸主的晋国本应不满、干涉，但却低三下四、委曲求全，这是何故？原来这时候，晋国由盛转衰，出现了内乱，自顾不暇。就在吴、越相争的时候，晋国国政被智、韩、赵、魏、范、中行氏六卿把持。六卿左顾右盼，各怀肚肠，一有机会，都想从别人身上咬下一块肉来。

势寡力弱但有远见卓识的赵鞅，欲建一座城池作为自己的战略据点。他将这个任务交给了自己的家臣董安于。董安于出身史官世家，先祖董狐，孔子称为“古之良史”。他自幼受到良好的教育，认真学习研究《周易》；成人后文韬武略，样样精通，并且忠义仁爱。董安于审时度势，将睿智的目光投向远离其他五卿的汾河西畔盆地，那儿背靠龙山，面临晋水。董安于就率人在这儿筑建了晋阳城，城内建筑，以铜柱取代木柱；屋墙，由板夹夯土而成，里面填满丈余高的荻蒿。

晋阳城建好后，赵鞅向邯郸同族赵午也就是赵胜之后索要自己寄放在他那里的五百户奴隶，意图充实晋阳。赵午虽然口头答应，心里却不想给。霸悍的赵鞅一怒之下，诛杀了赵午。结果，赵午之子赵稷在邯郸叛乱，晋定公即派大夫籍秦率兵前往征讨。同为六卿的范氏、中行氏，与赵午是姻亲，便在暗中与赵稷结为同盟。董安于觉察到形势严峻，立即提醒赵鞅说：“与其坐以待毙，不如先发制人。”赵鞅害怕担当内乱的罪名，不敢实施。

多门屋多风，多嘴世多祸。有多嘴之人把董安于的提醒传到范氏、中行氏家族耳中。他们闻风而起，联手击败籍秦兵马，再挥师扑向赵鞅一族。赵鞅退守晋阳，坚守城池。为激励士气，赵鞅下令：“士民斩敌首级，有赏；奴隶斩敌首级，焚烧丹书，免除奴籍。”众人皆斗志昂扬，加上坚固的晋阳城，令来犯的范氏、中行氏束手无策。

一釜饭，六人吃，如果其中三人倒下，则这釜饭就由剩下的三人吃。就在范氏、中行氏围困晋阳城赵氏之时，晋国的其他三卿智、韩、魏氏，为了各自的利益，联合向晋定公请命，要求严惩挑起内乱的赵、范、中行氏这三卿。晋定公当即派军前往，由于赵氏在晋阳城内，范氏、中行氏在晋阳城外，所以晋国平乱大军首先对范氏、中行氏开刀。范氏、中行氏一时昏了头脑，竟然向晋国平乱大军发起反击，成为晋国众矢之的。六卿之首、智氏宗主、中军将荀跞宣布范氏、中行氏为叛党，率领智、韩、魏氏三家兵丁及晋国平乱大军，协助赵氏反攻中行氏、范氏。中行氏、范氏很快败下阵来，仓皇逃亡。赵鞅回到晋都新绛，得到晋定公宽大处理。

荀跞隐隐感到，如果董安于尽心竭力辅佐赵鞅，赵氏迟早会独霸晋国，便给赵鞅施压说：“晋国法令，始祸者死。范氏、中行氏作乱，由你的家臣董安于引起。范氏、中行氏如今逃亡在外，算是受到了应有的惩罚，你的家臣董安于却还逍遥法外。”

赵鞅左右为难，杀掉自己的肱股家臣，于心不忍；强硬对抗智氏，势必殃及自身。就在他愁眉不展之时，董安于坦然说道：“我一生研究《周易》，我知道‘易’这个字，本身指蜥蜴。到了危亡时刻，蜥蜴是要勇敢断尾的。如果我的死能够保全赵氏，换取晋国的安定，我又怎会吝啬自己区区一条性命？”于是在晋阳城自缢。

赵鞅流着泪感叹道：“这样一个忠肝义胆的家臣，却死在自己手里；这样一个深谋远虑的贤士，却自杀于自己精心建造、全力守护的晋阳城中。世道无情又无奈啊！”

董安于死后，尹铎受命于赵鞅，成为晋阳宰。受命之时，尹铎面请赵鞅：“欲将晋阳治理成一个敛财、聚财的财源之地呢？还是要它成为一个士民安居、民无二心的屏障之城呢？”赵鞅即刻说：“当然是保护赵氏的屏障。”尹铎领命赴任，依赵鞅之命，精心治理晋阳。

尹铎头脑清醒，初任晋阳宰时，赵鞅命他拆除范氏、中行氏围攻晋阳时董安于在城外环周修筑的壁垒。尹铎认为赵鞅的指令背离当时诸卿角逐、存亡常系一战的实情，遂背其道而行之，不仅不去拆除旧有壁垒，反而给以加固和增高，并在薄弱的地方继续新建。

半年后，赵鞅到晋阳察视，看到壁垒不仅没被拆除，反而有增无损，不由大为愤怒，深恨尹铎胆大妄为，背命而行，向尹铎怒道："不杀你这个尹铎，我怎么兴赵氏家业？"尹铎答道："《诗经》说：'未雨绸缪。'既然壁垒可以保护将士作战，我为什么不能把它增高和增多？况且将壁垒作为一个鉴戒，可以安定赵氏宗室。"赵鞅听罢，恍然大悟，顿觉尹铎所思、所作，完全符合时事，一切为了赵氏安宁和兴盛。赵鞅转怒为喜，改罚为赏，重赏了尹铎。此后，尹铎在晋阳薄赋轻徭，与民生息，晋阳大治。

自中行氏、范氏两家被逐后，晋国军制裁减为二军四卿，这四卿分别由智、赵、魏、韩四氏宗主担任。

晋国四卿依旧是世袭，父死子继。在长达百年的晋国诸卿斗争中，如果立嗣不慎，那么这个家族就非常危险，轻则被逐，重则灭族。胥氏、先氏、郤氏、栾氏，无不是如此。经历中行氏、范氏被灭，四卿家族越来越重视择优立嗣，而不是古板地套用周礼的嫡长子制。

智氏宗主荀跞死后，他的儿子智申成为四卿之一。这一天，智申召集智氏族人和家臣会议，商讨立嗣问题。智申已经有了好的人选，那就是儿子智瑶。

这时，智氏族人智果反对道："智瑶不如其兄智宵！"

智申反驳道："智宵面相凶狠。"

智果解释道："智宵狠在表面，而智瑶是狠在内心。智瑶有五大优点：须髯飘逸，身材高大；擅长弓箭，力能驾车；技能出众，才艺超群；能言善辩，文辞流畅；坚强果断，恒毅勇敢。此五贤别人无法能比，唯独没有仁德之心。如果不用仁德去施政，而用以上五贤去强行统治，谁能拥护他？另外，智瑶说话做事粗心大意，顽固自大，这是致命的缺陷。如果立智瑶为继承人，智氏宗族难免有灭门之祸！"

智申听不进去，仍然固执己见，立智瑶为继承人。智果预感到智氏危亡来临，为保全自己，便到晋国内史那里注册，改为辅氏，另立宗祀。智申去世后，智瑶代父继位，执掌晋国政务。

且说赵鞅生子数人，长子名叫赵伯鲁，最小的儿子是婢女所生，名叫赵无恤。有一位相士姑布子卿，来到晋国，赵鞅请他为几个儿子相面。姑布子卿端详了几人一番，摇头说道："没人能出将拜相。"

赵鞅长叹道："赵氏将灭啊！"

姑布子卿说："我来时在路上遇到一位少年，随从都是贵府中的人，难道他不是您的儿子吗？"

赵鞅说："那是我的小儿子，他是我家婢女所生，不值得一提。"

姑布子卿连连摇头说："上天想要将他废弃，虽出身显贵，将来必贱；上天想要他发达，虽出身低贱，将来必贵。此子骨相，与几位公子有异，在路上我未曾仔细端详，请您将他召来。"

赵鞅派人将赵无恤召来，姑布子卿远远看见，慌忙站起，向赵鞅贺道："这是一位真贵人！"赵鞅笑而不答。

过了几日，赵鞅将几个儿子叫来，询问他们的学业。赵无恤有问必答，言谈条理分明。赵鞅赞赏赵无恤的贤能，便废掉长子赵伯鲁的宗子地位，改立赵无恤为宗主继承人。

一日，智瑶恼怒郑国不来朝拜，便想与赵鞅一同领兵伐郑。赵鞅正染疾病，不能出征，便让赵无恤代自己前往。智瑶用酒灌赵无恤，赵无恤不能多饮，一再推辞。智瑶醉后发怒，用酒觯将赵无恤的脸部击伤。赵氏兵丁大怒，想围攻智瑶，赵无恤将他们拦住说："这点儿小小的耻辱，不要当回事，我们姑且忍耐一下吧！"智瑶领兵回晋，反而数落赵无恤有错，想让赵鞅将他废掉，赵鞅不肯答应。从此，赵无恤便与智瑶结下了冤仇。赵鞅病重，临死前将赵无恤召来说："以后在晋国有难，晋阳可以依凭，你一定要牢牢记住。"赵鞅死后，赵无恤代父为卿。

此时，魏氏宗主是魏舒之子魏驹，韩氏宗主是韩不信之孙韩虎。智、赵、魏、韩四家越来越猖狂，各自占去大片晋国土地作为自己的封地。赵无恤嫌自己土地少，便兴兵征伐曾经附属齐国的代国，将其灭掉，列入自己的封地。齐国正处在"暴风雨"前夕，无暇顾及此事。

这时，晋定公去世，晋出公即位。晋出公一看自己身为国君，直辖的土地反而比四卿还少，便愤恨四卿专权，私下派人去向齐国、鲁国请兵，讨伐四卿。齐国田氏与鲁国“三桓”反将此事告诉智瑶。智瑶大怒，便和韩虎、魏驹、赵无恤合兵，讨伐晋出公，晋出公被迫逃亡齐国。智瑶扶立晋昭公的曾孙晋骄继位为君，即晋敬公。自此，晋国大权全部落入智瑶之手。

智瑶产生了代晋自立之心，于是把众家臣找来商议。家臣绨疵说：“当前，四卿势均力敌，一家率先发难，其他三家必会全力相抗。现在若想谋取晋室，必须先把其他三家势力削弱。”

智瑶问：“你有何良策？”

绨疵说：“现在越国强盛，晋国失去了霸主之位。主子您可托言兴兵与越争霸，假传晋君命令，让韩、赵、魏三家各献出土地一百里，征收其赋税，作为军费。三家若肯遵命割地，我们可以坐收三百里封地，这样一来，智氏更强，三家更弱；若他们不肯遵命，我们便假托晋君之命，率军将他们一一除掉。”

智瑶大喜道：“此计甚好，那么先从哪一家下手？”

绨疵说：“智氏与韩、魏两家和睦，与赵家有仇，应该先韩次魏，韩、魏如肯听从，赵家就难以独持异议了。”智瑶听从此说，当即派弟弟智开去韩虎府中。

韩虎将智开请进大厅，问他来意，智开说：“我兄长智瑶奉晋君之命，扩军伐越，令三位卿士各割封地百里，征收其赋税作为军费。我兄长特派我向你传话。”

韩虎阴险稳重，当即笑脸说道：“你先回去，我明日就将地界契约送去。”智开走后，韩虎召来众家臣商议，他首先说道：“智瑶想假借晋君之命，削弱其他三卿，我想发兵讨伐这个奸贼，你们看如何？”

家臣段规说：“智瑶假传晋君之命，是拿大帽子压我们。我们如果起兵相抗，便是违逆君命，智瑶必将以此为借口来加罪我们。不如我们先割地给他，智瑶得到我们的封地，必会再去要求魏、赵割地。魏、赵不肯听从，双方必会互相攻打。如此一来，鹬蚌相争，我们就可坐收渔翁之利。”韩虎想想也是，便应允此策。

次日，韩虎便让段规划出地界，自己亲自给智瑶送去。智瑶大喜，在府中设宴款待韩虎。饮酒中间，智瑶命家人取出一轴《虎》画。智瑶本想讨好韩虎，无奈没有细看，竟是一幅《刺虎》画。段规看出画中的问题，上前说道：“将军您戏弄我家主子，未免太过分了！”段规生得身材矮小，智瑶用手拍着他的头说：“小家伙，也来多嘴多舌！”段规不敢发作，忙用目光请示韩虎。韩虎假装醉酒，闭目说道：“智瑶说得有理。”随后告辞回去。

智开闻听此事，对智瑶劝道：“兄长戏弄韩虎，侮辱其家臣，韩氏必会因此怨恨我们。若不加防备，大祸就要临头。”

智瑶大大咧咧地说：“我不降祸给别人就不错了，谁敢降祸于我？”

智开道：“蚊蚁蜂蝎还能伤人，何况他是四卿之一，兄长若不加戒备，将来后悔莫及！”

智瑶笑道：“若他真的敢伤我，我就要刺虎，小小的蚊蚁蜂蝎又怎能放在我眼中？”智开叹息退下。

第二天，智瑶又派智开去向魏驹要地，魏驹想加以拒绝，家臣任章私下说：“要地就给他。失地者会愈挫愈勇，得地者必骄傲自大。骄傲就会轻敌，愈勇就能团结一心。以团结之众，对付轻敌之人，智氏灭亡指日可待。”魏驹信从，也将土地割给智瑶。

智瑶又派其兄智宵，向赵氏要求割让封地。赵无恤心念旧日之仇，怒道：“土地是前辈所传，我怎敢将它放弃！韩、魏愿意割地是他们的事，我可不会以此来献媚智氏！”智宵回府报告智瑶。智瑶大怒，将智家兵丁全部派出，并派人邀请韩、魏两家联兵共攻赵氏，许诺灭掉赵家之后，三家平分赵氏封地。韩虎、魏驹一来害怕智瑶强大，二来贪图赵氏封地，便各领兵丁追随智瑶出征。智瑶在中，韩氏在右，魏氏在左，一齐杀奔赵府。

赵氏家臣张孟谈闻听敌兵将到，对赵无恤说道：“寡不敌众，主子应当赶快逃走！”

赵无恤问：“逃往哪里为好？”

张孟谈说：“晋阳最好，昔日董安于曾在那里筑城，后又经邑宰尹铎整修，可以据为屏障。城中百姓受尹铎数十年宽恤之恩，定会拚死效力。另外，赵氏先人临终嘱咐：‘以后在晋国有难，晋阳可以依凭。’主子应赶快动身前往。”

赵无恤便与家臣张孟谈率兵丁逃往晋阳。

智瑶统率三家人马，紧追不舍。

行至晋阳，百姓感激邑宰尹铎仁慈有德，扶老携幼，将赵无恤迎入城中。赵无恤见百姓拥戴，又见晋阳城墙高固、守城壁垒齐全、粮仓存粮甚多，心中稍觉安定。赵无恤清点城中兵器，发现剑戟锈迹斑斑，羽箭也不到一千，心中不禁担忧，便对张孟谈说："守城所用兵器，最有用的就是弓箭。现在城中羽箭不过数百，不够分配，怎么办？"

张孟谈说："我听说董安于修筑晋阳屋墙，里面装满荻蒿，主子何不派人挖掘墙壁找找呢？"

赵无恤派人挖掘屋墙，果然里面都是箭杆之料。赵无恤又问："箭支已足，但没有铜铁铸造的箭头和剑戟，又该怎么办？"

张孟谈说："听说董安于修建房屋时，厅堂都用精铜为柱，把它们卸下，足够铸造兵器了。"

赵无恤又命人将铜柱卸下，发现全是百炼精铜，于是立即下令命工匠将铜柱打碎，铸成箭头、剑戟，个个兵器锋利无比。赵无恤叹道："治国需要良臣，有了董安于就会兵器不缺，有了尹铎就会民心归服。上天要使赵氏兴旺，这大概仅仅是个开始吧。"

智、韩、魏三家兵到，扎成三座大营，将晋阳围了个水泄不通。晋阳百姓纷纷请战迎敌，赵无恤将张孟谈找来商议，张孟谈说："敌众我寡，若出战未必能胜，不如深挖沟壕，垒高城墙，坚守不战，等待对方内部分化。韩、魏与赵氏没什么冤仇，现在他们只是因为受到智瑶逼迫才来攻打我们。两家割地给智瑶，也不是出于情愿。我看最多不过数月，他们必会有相互猜忌之事发生。"赵无恤听从其言，出外安抚百姓，希望百姓共守晋阳。百姓感激其德，纷纷登城效力。三家兵马几次发起进攻，都被城中兵民用箭射回。智、韩、魏三家围困晋阳数月，不能取胜。

这日，智瑶乘车绕城巡行一周，看到晋阳墙高城固，便叹息说："晋阳固若金汤，怎样才能攻破它呢？"不由心中更加烦恼。他边喝着酒囊里的酒，边来到附近的龙山前。

滚滚晋水从山下流过，晋水两边，是干枯的芦苇丛。智瑶突然看到三只野鸭飞向一只野鸭，落水后，四只野鸭混战起来，原来是为了争抢几只小虾。智瑶不禁骂道："为了点小食，值得这么抢吗？"便顺手把酒囊扔向芦苇丛。受到智瑶的惊吓，大群野鸭飞向空中，掠过智瑶头顶，盘旋着飞向远处。智瑶是个粗心人，他没想到自己就是三只野鸭中的一个，在飞向另一只野鸭时心齐，但争食时就不会团结了。

智瑶心虽粗，但懂军事。他登山观察晋水水势，又绕到城东北观看了一番，思量半晌后突然醒悟道："我有了破城之法了。"

智瑶立即返回营寨，请韩虎、魏驹前来商议，决定用大水灌注晋阳城。韩虎说："晋水向东流去，怎么才能让它转道向西呢？"

智瑶说："我并不是想引晋水灌城。晋水水势很大，我们如果能在山北高处挖掘一条大渠，再挖一个大蓄水池，然后筑坝将晋水上游阻断，河水就会流进新渠。现在春雨将到，到时定会有山洪暴发。等大水一到，我们就掘堤灌城，这样一来，城中的人非全部变成鱼鳖不可。"

韩虎、魏驹齐声赞道："此计甚好！"

智瑶说："现在我们就须兵分三路，由韩将军率兵守东路，魏将军率兵守南路，防止城中的人突围。我则将大营移到龙山，专门督促挖渠筑堤，同时兼管镇守西北。"韩虎、魏驹领命而去。

智瑶下令兵丁多准备工具，移兵晋水之北，开始挖渠蓄水。山上溪流被土坝挡住，被迫转道，向北流入新渠。一个月之后，春雨降临，山洪暴发，智瑶下令挖开蓄水坝，让水向北流出，洪水尽数灌入晋阳城。

晋阳城虽然遭遇水困，但一来城中百姓富庶，粮草充足；二来城墙根基十分坚厚，虽然被水浸，但损害却不大。可过了几天，水势大涨，城内房屋不是被冲塌，就是被淹没，百姓流离失所。晋阳城虽然有高台可以避水，但赵无恤却不敢独自安居，每日和张孟谈乘着木筏四处巡察。

赵无恤登上城墙，见城外水势浩大，一望无际，有排山倒江之势，心里惊吓道："再增加四五尺，就会漫过城头了。"此时让赵无恤欣喜的是，城内兵民同仇敌忾，日夜防范，没让城外的敌人有机可乘。他叹道："乐民之乐者，民亦乐其乐；忧民之忧者，民亦忧其忧。这是尹铎爱民的功劳呀！"又私下对张孟谈说："守城兵民虽然团结一心，但水势长久不退。如果山洪再发，全城都将被淹没，这可如何是好？"

张孟谈说:“韩虎、魏驹发兵攻打我们，全是因智瑶所迫。我请求今夜偷偷出城，劝说韩、魏两家反攻智瑶，逃脱此难。”

赵无恤说:“城外兵围水困，你怎么出去?”

张孟谈答道:“我自有办法，主子眼下只需下令众人，让他们多造舟船，磨好剑戟就行了。我这次游说如能成功，智瑶的人头指日可取。”赵无恤应允。

张孟谈知道韩虎的兵马驻扎在东门，便扮作智瑶的兵丁，在黑夜中从城墙上坠下，直奔韩虎大寨。张孟谈对守营兵丁说:“智将军有机密要事，派我来向韩将军禀报。”韩兵放张孟谈进去。

张孟谈见到韩虎，请他屏退左右，然后告诉他说:“我并不是智瑶的兵丁，而是赵将军的家臣张孟谈。我主被围已久，如今危在旦夕，怕一旦城破身死，无法向人吐露心怀，所以特派我来拜见将军，有言相告。将军如肯让我说完，我就开口；如若不然，我愿死在将军面前。”

韩虎本就是为了利益而来，没有敌友之分，慢慢说道:“你有话就说吧，如果说得有理，我自会听从。”

张孟谈说:“如今晋国只剩智、韩、魏、赵四卿。智瑶无故侵夺赵氏封地，我主顾念封地是先世所传，不忍心将它割让给他人。这样做，其实并未对智瑶有什么得罪。智瑶依仗其势力强大，纠合韩、魏两家，想将赵氏攻灭。赵氏一亡，这种大祸接着就会落到韩、魏两家头上。”韩虎沉吟不答。

张孟谈又说:“现在韩、魏之所以追随智瑶攻赵，只不过是指望日后能与智瑶三分赵氏封地，韩、魏从前不是曾经被迫割地给智瑶吗?你们世代相传的封地，他都垂涎三尺将其夺去，别人的土地他又怎会分给你们?灭掉赵氏，智氏会变得更加强盛。即使现在能够三分赵氏土地，也不能保证智瑶将来不会反悔。请将军三思而后行!”

韩虎觉得他言之有理，便问他:“依你之见，我应该如何行事呢?”

张孟谈答道:“依我愚见，将军不如与我家主子联合，反攻智瑶，三家平分智氏土地，智瑶土地可比赵家多得多。这样做，还可以除掉日后祸患。这事成功后，韩、魏、赵三家同心同德，和睦相处，岂不是一桩大美事吗?”

韩虎听完说道："你的话有主见，让我去与魏家商议一下，马上给你答复。"于是张孟谈暂住在韩虎营中。

韩虎将段规召来，把张孟谈的话告诉他。段规因在智家受到侮辱，对智瑶恨之入骨，于是便大夸张孟谈的计策高明。韩虎让张孟谈与段规相见，二人相谈甚欢，结为知己。

第二天，段规奉韩虎之命赶到魏驹营中，将赵家派张孟谈来营商谈一事告诉魏驹，最后说："我主不敢擅自行事，请将军裁决！"

魏驹说："智瑶狂妄傲慢，我对他也是恨之入骨，我只是怕擒狼不成，反受其害。"

段规说："智瑶贪得无厌，早晚会对韩、魏两家下手。与其将来后悔，不如今天彻底了断。"

魏驹明白智瑶势大，不敢草率下决定，便说道："此事还须从长计议。"段规告辞返回。

智瑶在龙山设宴，邀请韩虎、魏驹二人登高饮酒，观看洪水灌城，絺疵在旁伺候。饮酒中间，智瑶喜形于色，手指着晋阳城对韩虎、魏驹二人说："我今日才知道水可以灭城！晋国河川众多，晋水、汾水、洛水都可称为大川大河，但在我看来，河水不仅不是天堑和依靠，反而会使人加速灭亡！"听到这里，魏驹偷偷用胳膊肘顶韩虎，韩虎也在下面踩魏驹的脚，两人对视了一眼，彼此心中都感觉一阵彻骨的寒意。韩虎、魏驹等宴席结束，立即告辞返营。

等韩虎、魏驹二人离开，絺疵对智瑶说："韩、魏两家要反叛我们了！"

智瑶惊问："你怎么知道的？"

絺疵说："我虽未听他们亲口说出，但已从他们的脸色上看出来了。主子您曾与两家有约在先，灭赵之后，三家平分赵氏封地。如今赵家眼看就要城破家亡，韩、魏两家却不喜反忧，因此我知道他们必会反叛。"

智瑶摇了摇头说："我与两家现在合作得不错，你过虑了。"

絺疵答道："主子说水不能作为依靠，只能使人加速灭亡，晋水可以灌晋阳，那么汾水就可以灌魏氏封邑安邑，洛水就可以灌韩氏封邑宜阳。说者无意，听者有心。主子说到汾水、洛水时，两人怎能不为自己忧虑呢？”智瑶始觉言多有失。

智瑶反复考虑绨疵的忠告，一时判断不清。第二天一早，智瑶便派人再请韩虎、魏驹来军中议事。智瑶心里嘀咕：“如果二人有鬼，必会不来或迟迟而来，此时我再对付他们也不晚。”没想到韩虎、魏驹二人接到邀请后，立刻前来。智瑶有点儿心安，对二人道：“我天性直率，心中藏不住话。昨天有人告诉我，说二位将军有反叛倒戈之心，不知是不是真的？”

韩虎、魏驹齐声反问：“将军您相信吗？”

智瑶说：“我如果相信，又怎么会当面询问两位将军呢？”

韩虎说：“听说赵氏大出贿赂，想挑拨离间我们，这话一定是谗人接受了赵氏的贿赂而造出的谣言。”

魏驹也说：“韩将军说得对。现在晋阳破城只在旦夕之间，这时谁又会舍弃即将到手的好处而去冒杀身灭族的危险呢？”

听韩虎、魏驹二人如此一说，智瑶便彻底放下心来，笑道：“我也知道二位将军不会有此心，这都是绨疵在疑神疑鬼。”

韩虎说：“将军今日虽不相信，但只怕早晚还会有人来进谗言，使我们二人的忠心受到怀疑。”

智瑶命人取酒，以酒洒地，发誓说：“以后谁再相互猜忌疑心，犹如此酒。”韩虎、魏驹拱手感谢。三人欢饮后，韩虎、魏驹归去。

绨疵随后来见智瑶，脸上有了一丝焦虑和埋怨。绨疵说：“主子为什么将我的话告诉韩、魏二位将军？”

智瑶惊奇，问他：“你是怎么知道的？”

绨疵答道：“我在营门外遇上韩、魏二位将军，他们俩瞪了我一眼，然后就急急地离去了。他们俩一定是以为我已探到他们的内情虚实，所以才急急逃走。”

智瑶大笑说：“我与二人已经酹酒鸣誓、互不猜忌，你就不必再胡思乱想了。”

绨疵退下叹道：“智瑶性命不会长了！”他谎称染病，请求医治，秘密逃走了。

再说韩虎、魏驹从智瑶营中出来，便直接去找张孟谈。三人歃血订约：“明日夜半时分，韩、魏两家先派兵将智家守护的堤坝毁掉，以大水消退为号，赵氏引城中兵马杀出，三家会合，一同擒拿智瑶。”

张孟谈回城报告赵无恤，赵无恤大喜，暗暗下令晋阳军民，准备出城击敌。到了约定时分，韩虎、魏驹暗地派人将守堤的智家兵丁杀死，然后在西面掘开水坝，大水从西面决口，直灌入智瑶的营寨之中。

智瑶被外面的喊声惊醒，睁眼一看，水已漫过自己的床榻，衣服被褥都被浸湿。智瑶以为是兵丁疏忽，堤坝漏水，急忙下令兵丁堵水修坝。不料水势越来越大，智开及智氏的家臣豫让赶紧将智瑶救起。智瑶等人登上小船，回头观望原来的营寨，已是波涛滚滚、一片汪洋，粮草辎重全被大水卷走，兵丁在水中呼救挣扎。智瑶正在暗自烦恼，忽然听到鼓声大作，只见韩、魏两家兵士乘着小船，借助水流之势杀来，口中叫喊着：“擒获智瑶者重赏！”智瑶见此，长叹说：“我不听絺疵的话，今日中了他们的奸计！”豫让说：“情况危急，请主子赶快从后山撤走，到秦国去请救兵。我在此处断后，阻挡敌兵。”智瑶听从，便与智开掉转船头，绕到山后。

赵无恤料定智瑶必会兵败投秦，早已亲率一队人马埋伏在山后。赵无恤亲手将智瑶捆住，历数其罪状，然后把他斩首。智开投水自尽。豫让拼命抵抗，无奈寡不敌众，闻听智瑶遭擒被杀，便改装逃到了中条山中。

三家合兵一处，将堤坝全部拆毁，晋水恢复原来流向，晋阳城中的大水也渐渐退去。赵无恤安抚完晋阳百姓，然后对韩虎、魏驹说：“我仰赖二位相助，保全了晋阳的百姓，实在是大喜过望。现在智瑶虽被处死，但智氏家族还在，斩草留根，必有后患。”韩虎、魏驹齐声道：“应该将他全族诛灭，以消我们的心头之根。”

赵无恤与韩虎、魏驹领兵来到新绛城，诬称智家谋逆造反，将智宵以及智瑶宗族满门抄斩。只有智果因与智家分宗另立，改称辅氏，才得以幸免。韩、魏两家将原来割给智氏的土地收回，又和赵家一同将智氏封地平分，三家各得一份，一寸土地也没归还给晋敬公。

二 赵韩魏分晋

赵无恤对智瑶怨恨难消，命人将智瑶的头颅骨涂上油漆，自己当作便壶来用。豫让在中条山中闻听此事，放声大哭道："现在智家全族被灭，这赵无恤连智瑶的遗骨都不肯放过。我曾是智家家臣，若不为智瑶报仇，誓不为人！"于是改名换姓，扮作一个服役奴隶，身藏匕首来到赵府。豫让躲进厕所，先将智瑶的头颅骨掩埋掉，然后打算乘赵无恤如厕时将他刺死。

赵无恤来到厕所，突然心有所感，忙命兵丁搜查厕所，兵丁当即将豫让拿获。赵无恤问道："你身藏利刃，是不是要向我行刺？"

豫让从容说道："我是智瑶的旧家臣，今日前来正是要为智瑶报仇！"

兵丁要将豫让杀掉，赵无恤阻拦说："智瑶身死族灭，没有子弟后人。豫让舍生想替他报仇，真是一位义士！对义士要尊敬。"便下令将豫让放走。

豫让临走前，赵无恤问道："我现在放了你，你能保证不再向我寻仇吗？"

豫让答道："你放了我，只是你对我的私恩。我找你为前主报仇，却是家臣的大义。"

兵丁劝赵无恤说："这个人胆大无礼，放了他必会后患无穷。"

赵无恤说："我已答应放他，怎么能失信反悔？以后对他小心提防就是了。”当日，赵无恤便去了晋阳，躲避豫让对自己的谋杀。

豫让回到家中，一心想着为智瑶报仇，却未能想出一个万全之策。他的妻子劝他投靠韩、魏两家，以求得富贵，豫让大怒出走。豫让打算赶赴晋阳，但担心被城中人认出，于是便将胡须眉毛剃掉，扮作一个疯癫病人，在街市上乞讨。他的妻子前往街市寻找豫让，听到乞讨声忙过来探看，自言自语道：“这人的声音与我丈夫怎么这般相似？”见是一个疯癫病人，便转身走开了。豫让嫌自己的声音没变，便吞吃烧红的木炭使嗓音变得沙哑。豫让有意去找他的妻子行乞，他的妻子不再觉得诧异了。

有一个邻居知道是豫让，因为这个疯癫病人的举止像他，暗叫其名，果真是他。邻居邀请豫让到他家中饮食，知晓豫让的志气后说道：“你报仇够坚决的了，但没有得到报仇之法。以你之才，如果诈投赵氏，必得重用。平日与赵无恤接触时，乘隙行刺，易如反掌。何苦毁形改音来成事呢？”豫让摇摇头道：“我如果称臣于赵氏，再复行刺，是不忠心。我今天整容吞炭为智瑶报仇，就是为了光大忠义之举。今日与你一别，再也没有相见之日了！”

豫让来到晋阳城，在街上行乞，没人知道他是豫让。赵无恤在晋阳察看智瑶所开之渠，见它已经修成，不好再改变，便让人在渠上修桥，以便人们来往。赵无恤将此桥命名为赤桥，赤是火的颜色，火能克水，因智瑶曾引晋水为患，所以用赤桥镇压其上。赤桥落成之日，赵无恤便带张孟谈乘车前来观看。豫让预先料到此事，便又身藏利刃，装作一个死人，躺在了桥梁下面。赵无恤乘车将到赤桥时，驾车的马忽然停止前行，发出阵阵悲鸣。张孟谈在一旁急忙说道：“良马有先知，不陷主人于危难之地。现在这匹马仰天哀鸣，不肯上桥，附近肯定有奸人躲藏，请主子小心。”赵无恤急忙停车，命令随从四下搜查。一会儿随从报告说：“附近并未发现奸人，只有一个死人僵卧在桥下。”赵无恤说：“赤桥刚刚建成，哪里来的死尸？不用怀疑，这一定是豫让。”便命人将他拖出。

豫让的相貌虽然大变，但赵无恤还是能隐约把他辨认出来。赵无恤骂道：“我从前已开恩将你饶过，你今天为何又来向我行刺？可惜的是上天不佑助你这种人！”于是命人将他拉下去斩首。

豫让仰天呼号，血泪俱下。赵无恤的随从问他：“你现在怕死了吗？”

豫让沙哑着嗓音答道：“我不是怕死，而是怕我死之后，再也无人为智氏报仇了。”

赵无恤听到豫让的话，命人将他拉回说道：“你心如铁石，我不能再饶恕你了！”随即，解下了自己的佩剑，让豫让自尽。

豫让说：“忠臣不怕以身殉主，明主也不应夺人之义。过去蒙赵将军宽赦不杀，我已经知足，今日怎么敢再存求活的念头！只是两次行刺未成，我心头积愤难消。如果赵将军肯将衣服脱下让我砍击几下，成全我的忠义之心，我虽死也瞑目了！”

赵无恤不忍拂其意，脱下锦袍，让随从递给豫让。豫让将锦袍放在地上，持剑在手，怒目瞪视着锦袍，如面对赵无恤一样。他冲上前去向锦袍连砍三剑，说道：“我现在可以去地下见智瑶了！”自刎而死。豫让的鲜血喷出，溅在了地上赵无恤的锦袍上。赵无恤见豫让自尽，心中伤感，命人将他厚葬。随从从地上捡起锦袍，呈给赵无恤。赵无恤见宝剑所砍之处竟有血迹，不由十分惊骇，从此染病不起。

赵无恤因自己是取代长兄赵伯鲁而立，心中颇感歉疚。他虽生子五人，却不打算从中立嗣。赵无恤坚持己见，立赵伯鲁之子赵周为宗室继承人。赵周后来不幸早丧，赵无恤便立赵周之子赵浣为继承人。赵无恤临终，对赵浣说：“三家联兵灭掉智氏，地广势重，又深受百姓拥戴。你可与韩、魏两家相约，三家将晋国平分，各立朝堂，将君位传给子孙后代。如果迟疑过久，晋国一旦出现雄才大略的君主，我们赵家宗祀就难保了。”赵无恤说完，不久死去了。

赵浣先为赵无恤治丧，然后将其遗言告诉了韩虎。这时晋敬公已亡，其子晋柳继位，即晋幽公。韩虎与魏、赵两家合谋，只把新绛、曲沃二城留给晋幽公作为封地。其他晋国土地，三家尽数瓜分。自此，韩、魏、赵三家被称作“三晋”。

悠悠岁月无数事，三言两语几笔过。且说齐国相国田恒已死，其子田盘继承相国一职。此时，田氏家族势力不断壮大，基本控制了齐国政权。他们为控制市场、聚敛财富，在齐国发行新钱刀币，停用铜贝币。田盘听说三家分晋，也让自己的兄弟族人纷纷到各地做了城邑大夫，并派人代自己去向“三晋”祝贺。从此，晋、齐两国与各国诸侯间交际来往都由韩、赵、魏、田四家出面，两国国君形同虚设。此时，周元王早已去世，周天子是周考王。他将其弟姬揭封到王城，又将姬揭的儿子姬班另封到巩城。巩城在王城的东面，故称姬班为东周公、姬揭为西周公，于是有了东周、西周两个诸侯国。周考王去世后，周威烈王继位。不久，晋国赵浣去世，其子赵籍代之；韩虎、魏驹均亡，韩虔继承韩氏宗主，魏斯继承魏氏宗主；齐国田盘也亡，田和继承田氏宗主。四家加紧联络，约定有难时彼此援手相助，共成大事。

公元前403年，周朝九鼎被雷电击中，鼎身摇动不止。“三晋”闻讯，聚在一起商议道：“九鼎象征九州，代表天子，如今遭击震动，看来周天子的气数真的要尽了。我们三家独立已久，但一直未曾有正式的名号，现在何不乘周室衰微，各派使节到周天子那里朝拜，请求他分封我们？周天子害怕我们强大，肯定会答应我们的请求。到那时，我们名正言顺，既有国君之实，又无谋权篡位之名，岂不美哉？”于是三家各派心腹之人为使节，魏家派出商文，赵家派出公仲连，韩家派出侠累，带着重礼，贡献给周威烈王，请求册封。

周威烈王见到三家使者问道：“晋君的土地都已归入三家的手中了吗？”

魏家使者商文答道：“晋君昏庸无能，致使众叛亲离，三家以自己的武力讨伐叛臣智氏，将其封地夺去，这并不算侵夺晋君的土地。”

周威烈王又说：“晋三家想做诸侯，称君自立就是了，何必再来请示寡人？”

赵家使者公仲连答道：“凭着三家的强大，称君自立已是绰绰有余，现在之所以派人前来请示大王，实是出于对周天子的尊重。大王若肯册封，晋三家愿世代对周王室效忠。”

周威烈王闻听此言大喜，当即下令，册封赵籍、韩虔、魏斯为诸侯，并向三家赐了诸侯的服饰、信符。

商文、公仲连、侠累等人回晋国报告，赵、韩、魏三家大喜，宣读周威烈王令书，晓谕天下，赵氏建赵国，都城于中牟；韩氏建韩国，都城于宜阳；魏氏建魏国，都城于安邑。赵、韩、魏各自设立了自己的朝堂宗庙。各国诸侯闻讯，纷纷派人前来祝贺。此时，晋幽公已亡，晋君俱酒继位。公元前376年，赵、韩、魏三国将晋君俱酒废掉，让他作为平民迁居，三国将晋国的土地分了个干干净净。晋国从姬叔虞开国传到晋君俱酒，到此终绝。自周平王东迁至晋国灭亡，共经历三百九十五年。晋国受“曲沃代翼”的影响，为防自家人篡取君位，不断诛杀公族，废弃了周礼提倡的亲亲尊尊的宗法制度。从此以后，晋国不任亲而任军功，建立起尊贤尚功的用人制度。凡有军功者，皆可以提升或赐封。一时间，晋国无比强盛，称霸百年。不过凡事都有两面性，晋国的这种做法也为后来的三家分晋埋下了祸根。

三　魏国雄起

又是一年槐花香，蜂蝶照常绕。在安邑槐树下闻香的，不是昔日晋国臣民，而是当今魏国君臣、百姓。却说“三晋”之中，以魏文侯魏斯最为贤明。这时孔子的得意弟子卜商正在西河设馆授徒，魏文侯便拜在他门下，向他学习儒家典籍。魏文侯之弟魏成向魏文侯举荐贤士田子方，说他隐居不仕，是位良才。魏文侯便驾车前去拜访，田子方见魏文侯车驾到来，连忙越过后墙回避。魏文侯赞叹说：“真是一位高士啊！”便在西河停留了一个月，天天到田子方家门前求见。田子方被他的诚心打动，与他相见。魏文侯将田子方请到安邑，结为朋友，待为上宾。四方贤才闻听魏文侯礼贤下士，纷纷前来投靠。除了田子方外，魏文侯还任用了李悝、翟璜、任座等一班人才，魏国朝堂上才智之士之多，为天下第一。秦国见三家分晋，长吁一口气，认为东进阻碍消除，便打算兴兵伐魏，忽见魏国人才济济，这才作罢。

魏文侯与掌管山泽猎场的官吏约好午后围猎，不料这日突然下起大雨，气温骤降。离午时越来越近，大雨依旧瓢泼不止，魏文侯说：“晋文公好旧衣，晋国臣民皆朴素；楚灵王好细腰，楚国宫中多饿死；勾践尊敬怒蛙，越军勇气倍增。寡人与掌管山泽猎场的官吏约好午后出猎，他们一定在郊外等候多时了。今日下雨，虽然不能如约围猎，但寡人却不能不按时赴约。”城中百姓见魏文侯冒雨出行，都感到很奇怪，等听说魏文侯是为了赴约，纷纷称叹道：“我们国君如此重诺守约，魏国何愁不大治！”从此魏国凡有法令宣布，百姓无不敬遵严守，没有人敢违犯懈怠。

却说在原先晋国之东，有一个中山国，姬姓，是北狄鲜虞部落，因城中有山，故曰中山。晋国存在时，中山国岁岁朝贡。等到三家分晋，中山国就断绝与三国来往。中山国国君姬窟，喜爱彻夜狂饮，常以昼为夜，以夜为昼。他疏远忠臣，宠幸小人，致使百姓十分不满、国家动荡不安。

魏文侯想攻灭中山国，召集群臣商议此事。魏成奏道："中山国离东面的赵国近，离南面的魏国远，我们即使派兵将它攻下，也未必能守得住。"

魏文侯说："可如果让赵国吞并了中山国，他们的势力定会压倒我们。"

翟璜奏道："臣举荐本国一个人，他名叫乐羊，文武全才，是个将军料。如果让他率军征伐中山国，则必成。"

魏文侯问："何以见得？"

翟璜便详细地讲述了乐羊的故事——

乐羊的妻子劝他外出求学为官，乐羊答应了。外出的半途上，乐羊捡到了一袋子钱，就喜滋滋地背回来了。妻子问他为什么回来，他就如实回答。妻子十分生气，厉声说道："妾听说志士不饮盗泉之水，廉者不受嗟来之食。这钱不知来历，你怎能将它带回家玷污你的名声呢？"乐羊心中羞愧，将钱扔到荒野，然后与妻子告别，到鲁、卫两国求学。一年后，乐羊归来。妻子正在织布，问道："你学业成了吗？"乐羊答："还没有。"妻子将正在纺织的布丝一刀剪断。乐羊问她为何如此，妻子说："你学成而归，就如布帛织成，可裁剪做衣。如今你学业未成，半途而废，与这织机上被剪断的布丝有什么不同？"乐羊深受感动，再次出门求学，七年不回，终于学有所成。

翟璜说："如今他就在本国隐居，此人自视极高，不屑做小吏，君上何不将他召来重用？"魏文侯当即让翟璜去召乐羊。翟璜未走，群臣中有人反对道："乐羊的儿子乐舒现今在中山国做官，君上怎能用乐羊为将去攻打中山国？"

翟璜道："乐羊是个胸怀大志的人。他的儿子在中山国，曾为中山国国君召用乐羊，但乐羊认为中山国国君昏庸无能，不是个有作为的君主，所以拒不出仕。君上现在若把军国大事交付给他，何愁不能取得成功？”魏文侯听从翟璜的意见，派他去请乐羊。

乐羊随翟璜入朝，拜见魏文侯，魏文侯激他说：“寡人本想把攻灭中山国的重任委托给你，只可惜你的儿子在中山国做官。”

乐羊答道：“大丈夫建功立业，各为其主，小民怎能因为父子私情而荒废国家大事？小民此去，如果不能将中山国灭掉，甘受魏法处置！”

魏文侯大喜道：“你如此自信，寡人怎能不相信你？”遂命乐羊为将军、西门豹为先锋，率兵五万，进攻中山国。

中山国国君姬窟听说魏国来攻，急命将军鼓须领兵驻扎楸山，准备抗击魏军。乐羊率魏军驻扎文山，与中山军相持一个月，未分胜负。

乐羊对西门豹说：“我在君上面前立下军令状，现在出兵一个月却寸功未建，真令人羞愧！我看楸山上树木繁茂，如果能有一个孤胆英雄，率一支人马深入敌军腹心，放火烧山，敌人必乱阵脚，我们乘乱进兵，定会大获全胜。”西门豹愿领兵前往。

这时正是八月中秋，中山国国君姬窟派人给楸山守军送来酒肉，鼓须等人对月饮酒，戒备松懈。三更时分，西门豹率兵偷袭，军士每人手持引火之物，将山林四下点燃。鼓须见军中起火，忙带醉率人救火，无奈大火满山蔓延，无从下手。中山兵见大火无法扑救，不由心中慌乱，鼓须知有魏军偷袭，急忙率兵向山后撤退，不料正与乐羊的大军相逢。两军混战一阵，中山兵大败逃走。鼓须拼死逃出，来到白羊关。魏军紧追而来，鼓须只得弃关而逃。乐羊指挥魏国大军长驱直入，如入无人之地。

鼓须领残兵见到国君姬窟，告诉他乐羊如何智勇双全、难以抵挡。没多久，乐羊领魏军包围了中山国国都顾城。姬窟将群臣召来商议退敌之计，公孙姬焦说：“乐羊是乐舒的父亲，乐舒在本国为官。君上可让乐舒到城上游说他的父亲，让乐羊撤军回去，这是我们退兵的上上之策。”姬窟听从，将乐舒召来说：“你的父亲率魏军攻城，你如能说服他撤军，寡人定有重赏。”乐舒为难道：“臣的父亲先前不肯出仕中山国，如今做了魏国将军，两军阵前，各为其主，臣怎能说得动他？”

姬窟再三强求，乐舒只得登上城楼，大声呼叫，请求父亲出阵相见。

乐羊披挂上阵，一见乐舒，不等他开口，就大声责备道："君子不居住危难之国，不侍奉无道之君，你贪图荣华富贵，不知审时度势，我今日奉魏君之命讨伐中山国，你赶快劝你们国君投降，只有这样我们父子才能相见。"乐舒说："投降不投降在于国君，并不是儿所能决定的，现在只求父亲暂缓攻城，让我们君臣慢慢商议一下。"乐羊说："我姑且下令休兵一个月，以成全我们的父子之情，你们君臣须尽早将此事商定，不要耽误我的大事。"乐羊果然下令魏军，对中山国围而不攻。姬窟利用乐羊的爱子之心，有意拖延时日，再三派乐舒去向乐羊求情，乐羊都应允了。

转眼三个月过去了，魏军先锋西门豹心中狐疑，向乐羊问道："将军将攻城之期一缓再缓，难道我们不想攻灭中山国了吗？"乐羊说："中山国国君不爱护百姓，我们这才兴兵讨伐。若强攻硬打，军民死伤必多。我再三同意延缓攻城，并不仅是因为父子之情，而是为了赢得民心。"西门豹心中十分佩服。

再说魏文侯手下官员见乐羊刚被举荐就得到如此重用，心中十分不服，这时听说乐羊再三停兵攻城，便向魏文侯进谗言道："我军屡战屡胜，势如破竹，乐羊却只因乐舒一句话，就停兵三个月不攻，可见他是多么看重父子之情。君上若不将他召回，我国必会劳民伤财，徒劳无功。"魏文侯不置可否，私下将翟璜召来询问。翟璜奏道："乐羊智谋过人，他必有自己的破敌之计，请君上不要多疑。"这时群臣纷纷上书，有的说中山国要将国土一半赠给乐羊；有的说乐羊与中山国合谋，准备反戈攻魏。魏文侯将群臣的书简收在箱中，却时常派出使节去乐羊军中犒劳慰问，并让人为乐羊在魏都安邑修建府第，准备等候他率军凯旋。

乐羊心中十分感激，他见中山国不肯投降，便下令魏军发起攻击。中山国国都顾城城墙坚厚，储粮甚多，城内又有鼓须、姬焦全力督战，魏军连攻数日，无法破城进入。乐羊大怒，与西门豹冒着箭雨指挥攻城，鼓须被魏军射死在城头。

姬焦向国君姬窟紧急奏道："事情紧急，眼下只有一计可退魏军。"姬窟急问何计。姬焦说："乐舒游说其父，请求宽缓攻城，乐羊一口答应，可见乐羊的爱子之心。现在我们可将乐舒绑在高竿上，威胁乐羊，说他若不退兵，我们就将他的儿子杀死，这样一来，乐羊必会下令停止攻城。”姬窟应允。

乐舒被绑在高竿上，大声呼叫：“父亲救命！”乐羊见此情景，大骂道：“不肖之子，你在中山国做官，既不能为你的国君出谋划策，破敌取胜；又不能劝国君审时度势，趁早归降，现在还敢像黄口小儿一样啼哭乞怜吗？”说着就要开弓将乐舒射死。

乐舒叫苦下城，见到国君姬窟说：“我父亲一心为国，全不顾父子之情，臣请求君上赐我一死，以谢不能退敌之罪。”

姬焦说：“父亲率兵攻城，儿子不能无罪，应该赐死。”

中山国国君姬窟摇头说：“这不是乐舒的过错。”

姬焦说：“乐舒一死，臣就有退兵之计。”

中山国国君姬窟便把宝剑交给乐舒，乐舒自刎而死。姬焦道：“人情没有比父子更亲的了，现在可将乐舒煮成羹汤，派人给乐羊送去。乐羊见到羹汤，心头必会大乱。我们可乘他悲伤哀痛之时，领兵杀出，这样也许能将魏军击退。”姬窟不得已，只得听从姬焦的话，派人将羹汤和乐舒的首级一同送给乐羊，并让人传话说：“寡人因乐舒不能退敌，已将他处死煮成羹汤，现在特派人献给将军。乐舒在城中还有妻儿，将军如果再下令进攻，寡人就将他们全部处死。”

乐羊看到儿子的首级，大声骂道：“不肖之子，你不明大义，侍奉无道昏君，本就该有这样的结果。”当即取出羹汤，当着中山国使者的面吃下，然后对他说：“承蒙你们国君送来羹汤，我一定在城破之日向他面谢，我军中也有大釜等着他！”使者回城报告。

中山国国君姬窟见乐羊不为所动，担心城破后被他羞辱，遂逃入后宫上吊而死。姬焦开门投降，乐羊以谗谄误国之罪将他斩首。乐羊在城中安抚百姓完毕，留下五千兵马，让西门豹镇守中山国，自己统率大军班师回朝。

魏文侯闻听乐羊得胜凯旋，亲自率群臣到城外迎接，向他说：“将军为国丧子，寡人心中十分不忍。”乐羊叩头说：“君上将军国大事委托给臣，臣怎敢顾私情而荒废国家大事？”魏文侯设宴为乐羊庆功。乐羊趾高气扬，洋洋自得。酒席结束，魏文侯命左右将一个密封的箱子赐给乐羊。乐羊心里说:“箱中一定是珍宝，君上怕群臣嫉妒，所以才将它密封。”乐羊回到家将箱子打开，发现里面全是朝臣写给魏文侯的书简，纷纷指责自己有反叛之心。乐羊大惊道:“原来朝中竟有这么多人诽谤陷害我！如果不是君上对我深信不疑，我怎会有今日的成功？”

第二天，乐羊上朝谢恩，魏文侯要对他封赏，他连忙辞谢道:“攻灭中山国，全赖君上在朝内主持，臣在外稍效犬马之劳，怎敢居功？”魏文侯说:“只有寡人能任用你，也只有你才能辅佐寡人完成这一功业，你不必过谦。”魏文侯将原属中山国的灵寿赐给乐羊作为封邑，称他为灵寿君，同时解除了他的兵权。此时，魏文侯开创以“君”为封号的先河。翟璜不解地问道:“君上既知乐羊才智过人，为何不让他领兵镇边，反而让他闲居享乐呢？”魏文侯笑而不答。翟璜出朝又问李悝，李悝说:“人之亲，莫超父子。乐羊连自己的孩子都不爱，对别人又能怎样？这就和当年管仲怀疑易牙一样。”翟璜这才恍然大悟。

魏文侯认为中山国离魏都安邑遥远，非得有亲信之人领兵镇守，才能保得安宁，于是便封世子魏击为中山君，换回西门豹。

魏击领命出朝，正遇上田子方乘坐破车而来，魏击慌忙下车，站在道旁向田子方致意。田子方却驱车而过，理也不理。魏击心中不满，命人将他的车拦住，自己上前问道:“我想问问您，是富贵的人有资格骄傲呢，还是贫贱的人有资格骄傲？”

田子方答道:“自古以来，只有贫贱的人能骄傲，哪有富贵的人骄傲的道理？国君如果骄傲自大，国家社稷难保；大夫如果骄傲自大，宗族也保不住。吴王夫差因骄国亡，晋国智瑶因骄族灭，可见人决不能依仗富贵就可骄傲自大。至于贫贱之士，吃的是粗茶淡饭，穿的是土布短衣，于人无求，与世无争。只因有的君主仁贤谦虚，他才肯来朝辅助，否则他拂袖而去，隐居深山，谁又能将他拦住？周武王能够诛杀万乘之尊的商纣王，却不能使首阳两个孤苦的老人伯夷、叔齐屈服，世子你说贫贱者应不应该骄傲呢？”

魏击心中惭愧，向田子方谢罪而去。魏文侯听说田子方不向魏击屈身，心中对他更加敬重。

魏文侯攻灭中山国，心中的喜劲儿一个月不消。他问群臣:“寡人是什么样的君主？”众臣都说：“君上是仁德的君主！”只有任座说：“君上您得了中山国，不用来封您的弟弟，却封给自己的儿子，这算什么仁德的君主？”魏文侯勃然大怒，任座快步离开。魏文侯又问翟璜，翟璜答道：“您是仁德的君主。”魏文侯问：“你何以知道？”翟璜答道：“臣听说国君仁德，他的臣子就敢直言。刚才任座的话很耿直，于是臣知道君上您是仁德的君主。”魏文侯大喜，派翟璜去追任座回来，还亲自下殿堂去迎接，恭敬地待他。

此时，各国诸侯在边地设郡，派官防守，官名为守。魏国邺城郡守之位空缺，翟璜向魏文侯奏道：“邺城与赵、韩两国相邻，非精明能干的官员镇守不可，西门豹可任此职。”魏文侯准奏。

且说西门豹到了邺城，看到这儿十分凄凉，人口稀少，顿觉奇怪。西门豹问当地百姓：“这地方为何这般凄凉？你们一定很苦吧？”

百姓答道：“可不是嘛！河伯娶媳妇，害得我们快逃光了。”

西门豹摸不清怎么回事，又问：“河伯是谁？他娶媳妇，百姓干吗要跑呢？”

百姓说：“这儿有一条大河叫漳河，漳河里的水神叫河伯。他喜爱年轻姑娘，每年要娶一个媳妇。这儿的人必须挑选模样好的姑娘嫁给他，他才保佑我们。要不然，河伯一不高兴，就兴风作浪，发大水，把这儿的庄稼全冲掉，还淹死人。您想可怕不可怕？”

西门豹说：“这是谁告诉你们的？”

他们说：“还有谁呢？就是这儿的巫婆。她手底下有好些女徒，当地的里长和差役又跟她连在一起，出头给河伯挑媳妇办喜事，每年要我们拿出几万铲币。整个喜事办下来，大概也就花个两三千，其余的全都装到他们腰包里去了。”魏国发行铲币，全用青铜制造。

西门豹听了很生气，他压住怒火，继续问：“那也用不着逃跑啊？”

百姓又解说给他听：“要是单单为了这笔花费，百姓还不至于逃跑。最怕的是每年春天，我们正要耕种的时候，巫婆打发她手下女徒挨门挨户去看姑娘。瞧见谁家的姑娘长得好一点儿，就说：‘这姑娘应当给河伯做新媳妇。’这个小姑娘就送了命了！有钱的人家可以拿出一笔钱来赎身。没钱的人家哭着求着，但没用，只好把女儿交出去。每年到了河伯娶媳妇这一天，巫婆就把选来的姑娘打扮起来，把她搁苇子席上，送到河里，随着风浪漂去。大概漂了几里地，连席带姑娘就让河伯接去了。为了这档子事，好些有女儿的人家都搬走了，于是这里的人就越来越少。”

西门豹问：“你们这儿老闹水灾吗？”

百姓说：“这些年全仗着每年给河伯娶媳妇，总算没碰上大水灾。”

西门豹说：“这么说来，河伯倒是挺灵的。下回他娶媳妇时，你们早点儿告诉我一声，我也去给河伯道个喜。”

到了这个日子，西门豹带着一队军士跟着百姓去“送亲”。当地里长、差役全都来到。远远近近的百姓都来看热闹，一时聚集了几千人。里长带着巫婆来见西门豹，在她后面，是二十来个女徒。西门豹说：“烦劳巫婆叫河伯的新媳妇到这儿来让我瞧瞧。”巫婆就叫她的女徒去把新媳妇领来。只见她们搀着一个十四五岁的小姑娘走过来。小姑娘不停地哭，脸上擦着胭脂水粉，留下一道道泪痕。

西门豹对众人说道：“给河伯娶媳妇，必须挑个美人，这个小姑娘配不上。烦劳巫婆去跟河伯说一声：‘邺城郡守打算另挑一个更好看的姑娘，明天就送去。’请你快去快回，我这儿等你回信儿。”说完，西门豹叫军士抄起那个巫婆，“扑通”一声就把她扔到河里去了。岸上的人吓得大气不敢出。那个巫婆在河里挣扎了一会儿，沉下去了。

西门豹站在河岸上，恭恭敬敬地等着。站在岸上的人都张着嘴，顺着西门豹的眼睛盯着河心。几千人都没有声音，只有河里的流水声不停地响着。

过了一会儿，西门豹说：“巫婆上了年纪，不中用，去了半天还不回来。你们这些年轻的女徒去催她一声吧！”接着“扑通”“扑通”两声，两个领头的女徒又让军士给扔到河里。不知谁带头笑了一声，众人都笑了，叽叽喳喳地议论开了。他们一会儿望望河心，一会儿望望西门豹。

又过了一会儿，西门豹说：“女人不会办事，还是烦劳出头操办喜事的差役辛苦一趟吧！”那几个常向百姓勒索的差役正想逃跑，早被百姓挡住，一个一个都被军士抓住。他们想挣扎，西门豹大声喝道：“快去，跟河伯讨个回信儿，一定赶紧回来！”军士们左推右拽，不由分说，把他们全都推到水里。西门豹恭恭敬敬地站在河岸上等着。里长以及剩余的差役站在旁边，异常恐惧。

再过了一会儿，西门豹回头对里长说：“巫婆、女徒、差役这些人，怎么这么久还不回来？我看还是派里长去催一催他们吧！”此刻，里长吓得魂不附体，哆哆嗦嗦地跪在西门豹跟前直磕响头，脑门子都磕出血来。西门豹说：“好了，暂且留下来再等他们一会儿吧。”里长以及剩余的差役、女徒趴在地上，全身抖个不停。

日近黄昏，西门豹说：“看样子河伯留客要留很久，里长等人都起来吧，你们这些人都散了吧，个个好自为之。”此时，邺城的官吏和百姓，有的惊恐不安，有的欢天喜地。那个没做成河伯“新媳妇”的小姑娘以及她的家人，不停地向西门豹谢恩。从此，再也无人敢提为河伯娶媳妇一事了。

西门豹勘测地形，发动民众，在漳河流域开了十二道平渠，既削弱了漳河的流势，又使沿岸的庄稼得到了灌溉，从此百姓衣食丰足，邺城大治。以前离开邺城的人，纷纷回来。

又是一年槐花香，蜂蝶照常绕。魏国安邑一棵大槐树下面，魏文侯对翟璜说：“寡人听从了你的话，起用乐羊攻打中山国，起用西门豹治理邺城，两人都十分胜任，功绩卓著。西河郡位于我国西边，是秦人前来魏国的必经之路，你看派谁镇守西河最好？”

翟璜沉思了半晌，答道：“臣举荐一人，此人名叫吴起，有将帅之才，著有《吴子兵法》。他刚从鲁国来到魏国，君上应赶快将他召来重用，否则时间一迟，他就会被别国所用。”

魏文侯问：“吴起为人如何？”

此时李悝在旁，上前奏道：“吴起贪名而且好色，但是他用兵，连齐国有名的先臣田穰苴也比不上他。”

翟璜说：“臣举荐人才，是为了让他们发挥一技之长，为君上建功立业，至于他们平素的为人作风，则不在臣的考虑之内。”

魏文侯求贤若渴，对翟璜、李悝说道：“寡人很感兴趣，你们可详细讲述一下吴起的经历和为人。”

二人遵命，从头讲起吴起——

话说卫国人吴起，少时闲居家中，终日击剑练武，不务正业，常被他的母亲责备。一日，吴起突然将自己的手臂咬破，对母亲发誓道：“儿现在与母亲告别，游学四方，若不能拜将入相，取得富贵，决不返回卫国与母亲相见。”母亲流泪挽留他，吴起头也不回地出城离去。

吴起来到鲁国，在孔门弟子曾参门下学习。曾参已是七十多岁的老人，著述有《大学》《孝经》等儒家经典。他对吴起说：“吾日三省吾身，为人谋而不忠乎？与朋友交而不信乎？传不习乎？”吴起聪明，一一记牢，对师傅的教导，昼夜苦背，不辞劳苦。

齐国大夫田居出使鲁国，看到吴起勤奋好学，甚是喜欢，虽其年少，但也把女儿嫁给他为妻。曾参知道吴起家中有老母在堂，便问他：“你离家游学，却从不回家探望自己的母亲，作为儿子，你怎能心安？”吴起答道：“我曾向母亲起誓，如果没出息，决不返回卫国。”曾参说：“你可以向别人起誓，却怎么能向自己的母亲起誓呢？”便对吴起的为人不满。不久，卫国传信来，说吴起母亲已死，吴起仰天大哭三声，马上收泪，诵经读书如常。曾参怒道：“吴起母亲死去，自己却不奔丧返家，是一个忘本之人。河水无源就会枯竭，树木无根就会倾倒。人若无本，怎能得善终？吴起不是我的弟子！”此时曾参年老多病，对吴起说：“我再教你最后一节课。”曾参把弟子们都叫到跟前说：“你们掀开被子，看看我的脚和手，都保全得很好吧？我一生像《诗经》上说的‘战战兢兢，如临深渊，如履薄冰’，小心谨慎，以保其身。你们年轻，将来前途漫漫，一定要学为师我。鸟之将死，其鸣也哀；人之将死，其言也善。我老了，还想告诉你们三句话：使自己的容貌庄重严肃，这样可以避免放肆；使自己的脸色一本正经，这样就接近于诚信；使自己说话的言辞和语气谨慎小心，这样就可以避免粗野。”吴起磕头后，掉着泪离开师傅曾参，从此抛弃儒学改修兵法。

几年后学成，吴起找鲁国相国公仪休求官。这公仪休，是鲁国博学之士，在季孙肥去世数十年后，由于才学优异而担任相国。他遵奉法度，按原则行事，丝毫不改变规制，因此百官的品行自然端正。他命令为官者不许和百姓争夺利益，做大官的不许占小便宜。有位客人给公仪休送鱼上门，他不肯收纳。客人说：“听说相国您极爱吃鱼才送鱼来，您为什么不接受呢？”公仪休回答说：“正因为很爱吃鱼，才不能接受啊。现在我做相国，自己还买得起鱼吃；如果因为今天收下你的鱼而被免官，今后谁还肯给我送鱼？所以我决不能收下。”他自家园子里长的冬葵菜很好吃，公仪休全部拔掉扔了。他看见自家织的布好，就立刻把妻子逐出家门，还烧毁了织机。他说：“难道要让农夫和织妇无处卖掉他们生产的东西吗？”世人都说公仪休有着极深的治国之道。公仪休与吴起谈论用兵之道，知道他有将才，便将他举荐给鲁穆公。此时鲁悼公早亡，经鲁元公后，鲁穆公继位。鲁穆公封吴起为大夫。

吴起得到了优厚的俸禄，便纵情声色，娶了许多小妾。此时齐国相国田和想要篡夺君位，准备已妥，打算先“刮暴风”，后“泼大雨”。这“刮暴风”就是兴兵攻打鲁国，扩大自己的权威。鲁国相国公仪休向鲁穆公奏道：“要想打败齐军，非得重用吴起不可。”鲁穆公虽然口头答应，却始终不肯拜吴起为将。

等到齐军攻下成邑，公仪休再次奏请鲁穆公道：“臣曾举荐吴起领兵破敌，君上为何还不重用他呢？”

鲁穆公答道：“寡人也深知吴起有将才，然而他娶的妻子是齐国田家之女，世上至爱莫过夫妻，谁能保证他不起反叛之心？”

公仪休出宫，吴起便问道：“齐军已侵入我国纵深腹地，君上是否已找到能够破敌的良将？今日不是我吴起夸口，君上若让我统兵为将，我定能将齐军杀个片甲不留。”

公仪休说：“我向君上再三举荐你，君上因你与齐国田家通婚，这才犹豫不决。”

吴起说：“解除君上的疑心，这还不容易！”吴起回家问他妻子：“男子都愿意娶妻，这是为什么？”

妻子答道：“娶妻自然是为了成家立业。”

吴起说：“丈夫能拜将入相，加爵晋禄，功垂青史，名传千载，这是更大的家业，你是不是也希望为夫我得到这些？”

妻子答道：“当然。”

吴起说：“我有一事相求，请你成全于我。”

妻子不解地问：“妾是一个女子，哪有能力帮助我夫成就功名？”

吴起说道：“现在齐国出兵攻鲁，鲁君本想让我统兵为将，只因我娶的是齐国田家女儿，他这才犹豫不决。如果我能带着你的人头去拜见鲁君，他必定会消除疑心。这样一来，我的功名富贵就有望了。”妻子大惊，正想开口说话，吴起拔剑一挥，妻子的人头落地。

吴起带着妻子的人头来见鲁穆公，奏道：“君上因臣的妻子是齐国田家女儿，而对臣起疑，现在臣已将妻子杀死。”

鲁穆公心中不忍，摆手说道：“请你先下去。”一会儿，公仪休入朝拜见，鲁穆公对他说：“吴起杀妻求将，实在太残忍了。寡人看他居心叵测。”

公仪休说：“吴起不爱妻子，热衷功名，君上现在若不起用他，他必会助齐攻我。”鲁穆公便听从公仪休的劝告，拜吴起为将军，率兵两万迎击齐军。

吴起为将军后，与军士同甘共苦，见到军士背粮过多，行走艰难，便与他们一同背粮前进。军士们对吴起感恩戴德，亲如父子，发誓拼死疆场。

再说齐国田和领军长驱直入，听说鲁国起用吴起为将，哈哈大笑道：“此人是我田家女婿、好色之徒，他懂得什么排兵布阵？鲁国让此人率兵，怎能不一败涂地！”等到两军对垒，田和见吴起不出营挑战，便偷偷派人去鲁营窥探。探子看见吴起与军士席地而坐，同釜吃饭，回来报告田和，田和又大笑说：“将军有尊严，军士才能敬服；军士敬服将军，军队才能有战斗力。吴起如此领兵，怎能服众？”便派校尉张丑，假称求和，到鲁军中探看虚实。

吴起将精兵藏在后军，自己带着一班老弱残兵出来见客。张丑问道：“外面盛传将军为得兵权，不惜将妻子杀死，果真有此事吗？”

吴起假装大吃一惊，慢慢答道：“我吴起虽不肖，但也曾在孔门弟子曾参处读过几天诗书，怎敢做出这等不仁不义之事？我妻子因病而亡，与我拜将统军一事虽是同时发生但却毫不相干，请您不要误听谣言。”

张丑将田和愿意与鲁国和解之事说出，吴起道：“我乃是一介书生，怎敢与田氏作战为敌？相国田和愿意和解，我更是愿意。”吴起将张丑留在军中，欢饮三日，绝口不提发兵交战一事。张丑临行前，吴起又再三向他申明，愿意和齐国言和退军。

张丑刚刚离去，吴起立即暗中调兵遣将，分作三路，尾随张丑向齐军进击。张丑回军一一报告，田和以为鲁军又弱又无斗志，全然不放在心上。田和正得意间，忽听到营门外鼓声大作，鲁军以迅雷不及掩耳之势杀来。田和大惊，齐军营中更是一片混乱。齐军抵挡不住，大败逃去，吴起率兵一直追击到平陆，方才班师回朝。

鲁穆公大喜，晋封吴起为上卿。田和因张丑误报军情，要将他治罪，张丑辩解说："下臣见到的确实是那样，谁能料到吴起暗中使诈？"

田和长叹说："吴起用兵之妙，实在不下齐国先臣田穰苴。若他被鲁国长期任用，我齐国必会后患无穷。我想派一个人去鲁国，与他暗中通好，你敢去吗？"

张丑答道："下官愿舍命前去，将功折罪！"

田和让张丑带上美女两名和虎皮两张、象牙两对，扮成一个富商，到鲁国向吴起行贿。吴起贪财好色，当即将礼物收下，对张丑说："请转告相国田和，假如齐国不侵犯鲁国，鲁国决不会发兵与齐国交战。"张丑气愤吴起以前使诈，便想以牙还牙，离开鲁国都城曲阜时，故意将行贿一事加油添醋地泄漏出去，搞得鲁国沸沸扬扬。

鲁穆公闻听此事，向众臣说道："吴起真的居心叵测呢。"打算将吴起削爵治罪。吴起闻听，心中惊惧，连夜弃家逃到魏国，在翟璜家做客。

魏文侯听完吴起的经历，便命翟璜速将他召来，问他道："听说你曾为鲁国立下大功，如今你为何弃家逃到敝国？"

吴起答道："鲁君猜忌多疑，听信谗言，所以我才逃命到此。听说君主您礼贤下士，天下归服，所以我愿为君主您执鞭马前，即使肝脑涂地也在所不辞。"

魏文侯喜形于色，又问："听说你著有《吴子兵法》，有哪些取胜要诀？"

吴起答道："兵不在多，以治为胜。努力建设一支训练有素的兵马，施之以恩，使其乐战、乐死；料敌用兵，因情击敌，根据各国的政治、地理、民情、兵马、阵势等不同情况，采用不同的战法。"

魏文侯点头称好，又问："三家分晋时，赵氏获利最多，而魏、韩所得要少。如今，魏国处于赵国的西南、秦国的东边，向南越过中条山和黄河，是秦、楚、郑三国拉锯争夺的地方。我们魏国很压抑，你说魏国该当如何发展？”

吴起说：“魏国的北部是吕梁山，南部是中条山，东部是王屋山，黄河的大拐角包住了魏国的西部和南部。这样的地势，易守难攻，但也容易被压迫封锁，所以魏国首先要做到自强自立，然后打破封锁、向外发展。魏国山多地少，人口密集，粮食勉强维持国内需求。但是，魏国境内有盐湖，如果盐湖产的盐销往周边国家，获利肯定很多。如果用盐业收入建立一支精锐的兵马，就能解除魏国的困扰，实现魏国的梦想。”魏文侯狂喜不已，立即封吴起为西河郡守。

吴起来到西河，整修城池，操练兵马，对军士关怀爱护备至，与他做鲁国将军时无异。为防秦国入侵，吴起在西河修筑了一座新城，取名为吴城。吴起又用魏国的盐业收入招募特种军士——魏武卒。穿三层衣甲，操十二石之弩，挎箭五十支，置戈其上，冠胄带剑，裹三日之粮，负重奔跑，由拂晓至日中，能奔跑一百里者，才能应征加入魏武卒。到达战场后，魏武卒能立即投入战斗，同时具备高超的格斗技能。吴起报请魏文侯，给予魏武卒很高的待遇，免除魏武卒全户的徭役和田宅税。魏武卒凭军功获取更高的爵位，享受更好的待遇。各项准备就绪后，吴起发兵袭击秦国，将黄河以西五座城池攻占。

秦国失去河西战略要地，便开始屡屡进攻魏国，企图夺回城池。魏国魏武卒全力与秦军作战。在拉锯战中，吴起和魏武卒同衣同食，睡觉时不铺席子，行军时不坐车。魏武卒中有人生疮，吴起就用嘴为他吸脓。这名魏武卒的母亲知道后大哭起来。邻居说：“你儿子是个魏武卒，郡守亲自为他吸取疮脓，你为什么要哭呢？”这名魏武卒的母亲说：“当年郡守为他父亲吸过疮脓，他父亲作战时便一往无前，战死在疆场。现在郡守又为我儿吸疮脓，我不知他又将死到哪里。”说完，这名魏武卒的母亲又哭起来。

西河郡守吴起，为激励魏武卒，还请魏文侯前来举行庆功宴会。魏、秦两国拉锯战中，立上功者坐前排，使用玉、铜、象牙等贵重餐具，猪、牛、羊三牲皆全；立次功者坐中排，贵重餐具适当减少；无功者坐后排，不得用贵重餐具。宴会结束后，还在大门外论功赏赐有功者的父母妻子。对死难将士的家属，每年都派人慰问，赏赐他们的父母，以示不忘。

此时的魏武卒，已经无比强大。这时，秦国调集十万大军，进攻秦国东进道路上的重要障碍阴晋城。吴起率领一万魏武卒迎战，这些魏武卒不待命令便自行穿戴甲胄，主动请战。吴起率领魏武卒在阴晋向秦军发起反击。魏武卒人虽少，却个个奋勇杀敌，以一当十。魏军反复冲杀，将十万秦兵打得大败。

魏文侯因翟璜举荐贤才有功，便想把他封为相国，于是将李悝找来商议。李悝说："臣听说，卑贱的人不替尊贵的人谋划，疏远的人不替亲近的人谋划。臣的职责在宫门以外，不敢承担这个职责。"

魏文侯说："你就不要推辞了。"

李悝说："观察人才，平时看他亲近哪些人，富有时看他结交哪些人，显贵时看他推举哪些人，不得志时看他不做哪些事，贫苦时看他不要哪些东西。有这五条，足能决定谁当相国了，何需依靠我李悝呢？"

魏文侯说："你回家吧，我知道相国该由魏成担任了。"

李悝出朝，翟璜迎面问他："听说君上找你讨论相国的人选，现在定下了吗？究竟是谁？"

李悝答道："已决定拜魏成。"

翟璜不满地说："君上想要攻灭中山国，我举荐了乐羊；君上想治理邺城，我举荐了西门豹；君上想平定西河，我举荐了吴起。我哪一点不如魏成？"

李悝说："魏成举荐的田子方等人，与君上非师即友。你举荐的人再能干，也不过是君上的臣子。魏成一心为国，每年都将俸禄的十分之九拿出来，款待四方贤士，你的俸禄全都自己食用了，你怎么能比得上魏成呢？"

翟璜满脸羞愧，向李悝谢罪说："我这粗鄙之人，说话失言，请您原谅。"

李悝见识非凡，被魏文侯任命为魏国上地郡守。上地郡为魏文侯设置，西与秦国为邻，是魏国的边防要地，常与秦国发生军事冲突。为使上地郡军民提高射箭技术，李悝下令以射箭来决断那些久拖不决的诉讼案曲直，凡射中者胜，射不中者负。李悝下达此条郡守令后，上地的人们争相练习射技，日夜不停。后与秦军作战，由于魏人射技精良，大败秦军。

李悝治理上地有功，魏成去世后，便被魏文侯任命为相国。李悝在魏国选贤任能，赏罚严明，主张废止世袭贵族特权，号召："食有劳而禄有功，使有能而赏必行、罚必当。"李悝将无功而食禄者称为淫民，主张："夺淫民之禄以来安四方之士。"李悝统一分配全国耕地，督促农夫勤于耕作。为防饥荒，李悝还推行平籴法，在丰收时平价收购粮食储存，发生饥荒时平价卖给百姓，取有余以补不足，防谷物甚贵而扰民、甚贱而伤农。这些措施的实行，极大地促进了魏国农业生产的发展，使魏国因此而富强。

魏文侯曾跟孔子的得意弟子卜商学习儒教，李悝向魏文侯辩解说："治国应当重视法律，而不要推行儒家的礼。法律有两个作用，一是'定分止争'。一个兔子跑，很多人去追，但对于集市上那么多的兔子，却看也不看。这不是不想要兔子，而是所有权已经确定，不能再争夺了，因此要明确土地和财物的所有权。如果有人抢夺土地和财物，就是违背法律，要受到制裁。二是'兴功惧暴'。按功劳与才干授予官职，这是公平的、正确的。如果平民有战功，就可以因此跻身政界；如果奴隶有战功，就可以烧其奴籍丹书。从这点看，维护贵族特权的儒家礼制是落后的、不公平的。另外，设立了法律，就会使那些不法之徒感到恐惧。"魏文侯非常相信李悝，便放下儒学，让其制定法律并推行。李悝汇集各国刑典，著成《法经》一书，分《盗法》《贼法》《囚法》《捕法》《杂律》《具律》六篇。自此，李悝被称为法家。

四　吴起与扁鹊

魏国将相各展其才，国家安定，“三晋”中数魏国最强大。齐国相国田和见魏国强大，魏文侯又深得天下人心，便主动派人与魏国结好，并请魏文侯出面向周王室请求，想效仿“三晋”，“泼大雨”，自立为君。这时周威烈王已逝，周安王继位，周王室势力更加衰微。周安王同意了魏文侯的请求，下诏封田和为诸侯，仍为齐国。此时齐平公早已去世，齐君姜贷在位。田和就将齐君姜贷放逐到一个海岛上去。田和为齐君后，是为齐太公。田氏从陈国公子陈完逃奔齐国，传到十世到田和时，取代姜姓齐国而自立。姜姓齐国传了三十二任，自此姜姓齐国宗祀断绝，齐国归田氏。昔周公姬旦受封鲁，姜太公受封齐。二人受封后，姜太公问周公姬旦:“何以治鲁？”周公姬旦说:“尊尊亲亲。”意思是推重世家，尊崇宗族。姜太公说:“鲁从此弱矣。”周公姬旦问姜太公:“何以治齐？”姜太公说:“举贤而尚功。”意思是有功必赏，唯才是举。周公姬旦说:“后世必有劫杀之君。”如今姜姓齐国果然被周公姬旦料中。

被废的齐君姜贷在海岛上孤苦生活，不由叹道:“鲁国果然没有出现异姓篡位，但鲁国确实越来越弱小。齐国任人唯贤，国力不断强盛，至先君齐桓公小白，成为天下诸侯盟主，但姜姓齐国却遭受宗室易主的灾祸。”被废的齐君姜贷不去想姜太公、周公姬旦的聪慧，而去一味地相信风水。

姜贷燃起了姜齐子孙东山再起的梦想，他选择了太平岭一处宝地作为自己死后的陵地。这太平岭兽走禽飞，鸟语花香，一派诗情画意，被姜贷看中。姜贷只有一个儿子，行为怪僻，生性倔犟。姜贷有生之年，他叫儿子往西走，儿子必定往东去。父子之间，总南辕北辙、背道而驰，拗拧的儿子绞着劲儿与姜贷对着干。为了实现自己死后能够安葬在自己选择的理想陵地的愿望，姜贷挖空心思，想方设法把拗拧的儿子带到自己所选的陵地前，煞有其事地指着太平岭巅峰，对儿子说："我死后，你就把我葬在那顶上吧，让我与这里永世共存！"姜贷指顶为葬的本意，是企盼儿子依然如故地反其道而行之，把自己葬在所站的山坡之下。然而世事难料，姜贷去世之后，姜贷那位拗拧的儿子心想，自己一辈子没有听父亲的话，现在父亲不在了，就听他一次话吧，一反常态地遵从姜贷的临终遗嘱，真的把姜贷葬在了太平岭顶上。被废齐君姜贷的意愿，成了千古的缺憾。

一个诸侯国，民众百万，君臣不过数百数千，普通百姓占绝大多数，但历史记载君臣的多，表述普通百姓的少。此时在齐国与韩国民间，发生了一件可歌可泣的事。

滚滚黄河水，奔流不复回。再说韩国，韩景侯韩虔成为诸侯后，将韩国都城自宜阳迁至阳翟。韩景侯去世后，其子韩取继位，即韩烈侯。韩烈侯拜侠累为相国。

侠累未得志时曾与严遂为兄弟，侠累家贫而严遂家富，严遂供他日常费用，又出钱助他游仕。侠累为韩国相国后，严遂希望他能将自己举荐给韩烈侯，结果一等数月，连侠累的面都见不上。严遂用自己的家财贿赂韩烈侯左右，终于得到韩烈侯召见。韩烈侯看重严遂，想加以任用，侠累却在韩烈侯面前数说严遂的短处，阻止韩烈侯起用严遂。严遂闻听此事，愤恨到极点，离开韩国，遍游列国，寻访勇士刺杀侠累。

严遂来到齐国，见有人在店铺中宰牛。只见那人高举大斧，一斧就将牛砍得筋骨折断，毫不费力。严遂见那人相貌威武，口音不像齐国人，便走过去与其交谈。严遂问那人姓名来历，那人说道："在下名叫聂政，魏国人，因性情耿直，得罪了乡邻，这才带老母与姐姐逃到此地，以屠牛为业。"

第二日，严遂整理衣冠，前去拜访聂政，邀请他来到一家饭馆，将一匣珍珠赠送给他。严遂说道：“听说你有老母在堂，我特向你献上这点小小礼物，想帮你赡养老母。”

聂政说：“先生帮我赡养母亲，也一定有用我之处。若不说明白，我绝不敢接受如此重礼。”严遂便将侠累忘恩负义、自己寻求勇士刺杀他一事告诉聂政。聂政说：“前辈勇士专诸有言，老母在堂，不敢将性命交给别人。请先生另访别的勇士，在下不敢白受先生的重礼。”

严遂说：“我敬佩你的大义，想与你结为兄弟，又怎敢以自己的私事来夺取你对母亲的一片孝心呢？”聂政无奈，只得将珍珠收下，用其中一半为姐姐做了嫁妆，留下一半供养母亲。

这年年末，聂母病逝，严遂前去哭吊，又为聂政代理丧事。聂政将母亲安葬后，对严遂说：“现在我的性命就是先生您的了，请先生驱使，不必为我担心。”严遂想为他物色车马随从，聂政说：“相国既是至贵之人，出入定会有许多武士跟随，因此只能智取，不能硬拼。我只带上一把锋利的匕首，到时相机行事就行了。现在，我就与先生永别了。”严遂掉泪，一直相送百里。

聂政来到韩国，在都城阳翟郊外休息了三天。第四天早晨入城，正赶上侠累下朝归来。聂政一路尾随，却始终未能得到下手的机会。侠累回到相国府，左右纷纷拿着信简文牍上前禀告。聂政远远看见，便乘着人多混乱、武士懈怠之机，口称：“有要事禀告相国。”从门外直冲进去，武士想出手将他拦住，却被聂政打倒。聂政快步上前，抽出匕首来刺侠累。侠累惊起，未及躲避，就被聂政刺中心脏死去。府中顿时乱成一团，武士高叫：“有刺客！”关上大门来捉聂政，聂政手挥匕首刺死数人。他料到自己难以脱身，为防被人认出，急忙用匕首将脸部削烂，又将两眼挖出，然后用匕首刺断自己的喉管死去。

早有人将此事报知韩烈侯，韩烈侯问：“刺客是什么人？”众人都不认识。韩烈侯知道背后肯定有人唆使，便下令将聂政的尸体抛在街市之中，悬赏让人举报，想法得到刺客的姓名来历，为侠累报仇。

消息传到齐国，聂政姐姐大哭说：“这一定是我弟弟，我了解我弟弟的性格。”聂政姐姐用白布包头，来到韩国都城阳翟，在街市中找到聂政的尸体，抱住放声大哭。

军士将她拿获，问道：“你是死者的什么人？”

聂政姐姐说：“死者是我的弟弟聂政，我是他的姐姐。他知道刺杀相国侠累是死罪，担心连累家人，所以才破面挖目，隐瞒身份。作为姐姐，我不忍心让他无名埋没，远道赶来，愿以一死来成全我弟弟的侠名。”

军士说：“死者既然是你的弟弟，你也一定知道他刺杀相国侠累的原因，究竟是何人主使？你若说出，我将逐级奏明君上，饶你一死。”

聂政姐姐说：“我如果怕死，也就不会来了。我弟弟受人之托，不惜捐躯，刺杀相国侠累。我不说出我弟弟的身份，是埋没我弟弟的侠名；我如果供出主使人的姓名，岂不是埋没了我弟弟的大义？”说完头撞街旁石柱而死。军士逐级将此事报告韩烈侯，韩烈侯叹息不已，命人将他们姐弟收葬。

聂政与他姐姐的侠义事迹，传回老家魏国，魏人引以骄傲，筑祠纪念。花开花落，岁月无情。此时，魏国魏文侯病重，派人将世子魏击从中山召回。

再说赵国建立后，赵烈侯赵籍说：“赵人骨子硬、命根子硬，几次险遭灭亡，几次都奇迹般地生存延续下来。今后要想保国保家，必须尚武。”自此，赵国全民崇尚武力，越发强悍不屈。

由于中山处于赵国南北之间，实是赵国的心腹之患，并且中山原不是魏地，所以赵国闻听魏世子魏击离开中山后，便发兵将它攻占，从此魏、赵两国结下仇恨。因魏国君位新旧交替，且魏击回朝途中染病，不幸落下病根，故一时没有讨伐赵国。

世子魏击赶回魏都安邑，魏文侯已经去世，魏击继位为君，即魏武侯。因李悝已亡，魏武侯拜商文为相国。吴起从西河赶来朝贺新君，他自恃军功卓著，指望得到相国之位，听说商文已拜相国，心中十分不满。

退朝后，吴起将商文拦住说道：“你知道我吴起的功劳吗？我们今天论论谁的功劳大。”

商文拱手道：“你请说。”

吴起说：“建立魏武卒，指挥魏军，使将士们闻鼓而忘生死，为国建功，你比我吴起如何？”

商文答道：“我不如你。”

吴起说：“治理西河，安抚百姓，使国家强盛，你比我吴起如何？”

商文答道：“我不如你。”

吴起又说：“镇守边境，使秦军不敢向东进犯，你比我吴起如何？”

商文又答道：“我不如你。”

吴起说：“你三者都不如我，如今官位却在我之上，这是为什么？”

商文回答道：“我的确居之有愧，但如今新君刚刚继位，内政未定，外患新生，我想眼下还不是你我论功的时候。”

吴起低头沉思了半晌说：“你说的也有道理，但这相国之位终究应该归我执掌。”

有人看到两人争论，便报告了魏武侯。身体虚弱的魏武侯担心吴起心中怨恨，生出事端，便将吴起留在都城安邑，另派他人去镇守西河。吴起听说此事，害怕被魏武侯处死，连夜逃往楚国。此时楚国国君是楚悼王。

悠悠岁月无数事，三言两语几笔过。且说楚惠王在位时，报父亲楚昭王时期蔡国对楚国之仇，发兵灭了蔡国。蔡国处于强国夹缝之间，几度沉浮，实属不易。楚惠王去世后，楚简王继位。元年，楚简王便北伐灭亡莒国。莒国历史悠久，人才辈出，姜太公就出生在这儿，但历代莒国国君平庸，不用贤才，不强国力，从而屡屡被欺，终至灭亡。话说莒地离楚国本土过远，难以长期占有，莒国全境又被齐国兼并。楚简王在位二十四年后去世，楚声王继位。在随人对楚人曾经的恩惠渐渐淡去的时候，楚声王派兵灭了随国。楚声王在位五年后去世，楚悼王继位。

楚悼王早就听说吴起的才干，一见面便拜他为楚国令尹。吴起感激不尽，向楚悼王奏道：“楚国有沃野千里、人口百万，本应雄压诸侯，世世执掌天下霸主之位，但现在衰微，主要原因是不善于备战养兵。要想使兵马强大，首先得有充足的军费。如今楚国冗官满朝，更有许多王室的远族远亲，尸位素餐，消耗着楚国财力，而三军将士却因薪俸不足而食不果腹。在这种情况下，想让他们为国效力拼死也无法做到。大王如能听臣之计，罢免冗官，断绝王室远族远亲的俸禄，将这些钱财用来养兵备战，楚国必能国威大振。”楚悼王深以为是，命吴起着手改革。

吴起学习魏国李悝变法之道，重新排订官制，削去朝内朝外冗官数百人；又下令断绝已传五代的王室宗族的俸禄，让他们自食其力，五代以内的宗族成员的俸禄也依次削减，所省费用全部缴入国库。

吴起又向楚悼王奏道：“楚国地广人少，要开辟和耕种土地，就需要大批劳力。我们应该学习韩、魏、赵这三国，他们为了招来劳动人手，采用优惠政策，收买民心。这样，各国奴隶们纷纷从公室、贵族之家逃往私门，去之如流水。由于大批奴隶逃亡，一些国家的公田变成了荒原。这样，自周朝建立以来实行的井田制再也维持不下去了，因为百姓不肯尽力于公田。看到这些社会变化，鲁国率先实行初税亩，即按田亩征税，不分公田、私田，从而大大增加了国库收入。现在的楚国，也应效法鲁国以及‘三晋’。”楚悼王点头称好，安排吴起一一实施。

吴起又推行在魏国创立的魏武卒兵制，从楚国各地选来大批精壮军士，日夜加以训练，同时提高他们的薪俸待遇。军士无不感激，纷纷表示要以身许国，捐躯沙场。

吴起到楚国后，未过几年，楚国国力、军力大大提高，威震诸侯。巴国等周边小国前来臣服，齐、韩、魏、赵等强国也无不畏惧，不敢与楚国为敌。

一连十几天，楚国新郢都地区风雨交加，阴雨绵绵。虽然冷风袭人，但成片的油菜花已经绽放。灿烂多姿的油菜花在风中摇曳、轻摆，仿佛少女的轻歌曼舞，楚楚动人。桃花也开了，因为楚人怀念桃花夫人的缘故，新郢都种植了大片桃树。黄色的油菜花与红色的桃花交相辉映，异常让人动情。

喜欢在雨中散步的楚国令尹吴起行走在新郢都的乡间。闻着令人陶醉的油菜花和桃花的香味，吴起想起自己的家乡卫国，那儿也有油菜花、桃花，只不过是量少、开花晚，空气也没新郢都潮湿。此时的吴起六十岁了，离开家乡快四十余年了。人老了容易怀旧，雨中的吴起想起了少时的贪玩、母亲的责备、求学的被逐、田妻的被杀、在鲁国的浮沉、在魏国的喜忧和如今在楚国的鼎盛。想起这些，吴起不禁老泪纵横。这泪有对母亲、田妻的内疚，也有对鲁国、魏国的怨恨。此时的吴起对着遍野的油菜花、桃花道："我老了，不追逐名利了，不回家乡了，就在这里安静去世吧，葬在这黄色的油菜花下、红色的桃花旁吧。"吴起不敢在新郢都郊外停留时间太久，因为楚悼王重病，不久将要离开人世了。

有病乱求医，楚国王宫外，有人给楚悼王献长生不老药。人都想长寿甚至想不老，尤其是那些王、公、侯、伯更想永远活在世间。有人从《山海经》中发现太岁的记载，说它"食一片复一片"，永远吃不完，是长生不老的仙药。历经千辛万苦，有人终于在地下找了一片太岁，捧着来到楚国王宫前。宫中卫兵看到后问："这东西可以吃吗？"献太岁的人答道："可以吃的。"卫兵抢过来吃了下去。献太岁的人见仙药被卫兵吃掉了，大哭大闹。病中的楚悼王甚为恼怒，闻听来由，就要杀死这名吃太岁的卫兵。卫兵跪倒向楚悼王说道："小人问献药人，他说是可以吃的，小人才拿过药来吃下去，这事小人没有罪。况且献的是长生不死药，如果小人吃了药，大王就杀了小人，那这岂不成了促死药？大王杀死一个没有罪的卫兵，就证明有人在欺骗大王。"病中的楚悼王无奈地笑了笑，虽知是强辩，但摆摆手将他放了。经此一怒，楚悼王的病情更重了。

吴起还未到王宫，楚悼王就去世了。被吴起削去俸禄的楚国宗室子弟不等将楚悼王入葬就开始在新郢都作乱，意将吴起杀死。吴起被迫逃入王宫，众人手持弓箭紧追不舍。吴起见难以脱身，便抱住楚悼王的尸体躺下。众人开弓齐射，吴起被射中，楚悼王的尸体也中了几箭，吴起临死前大叫道："我死不算什么，你们对大王怀恨，箭射其尸，大逆不道，看你们怎样逃脱国法制裁！"众人听了吴起的话，连忙出宫逃走。还未死去的吴起想起了师傅曾参的教导，心里道："夫子的话字字珠玑呀，可惜我贯彻不够，如今悔之晚矣。等到了地下，我再重入曾参之门，认真学习吧！"不久，楚国世子芈臧继位，即楚肃王。楚肃王怜惜吴起的才能，追究宫中射尸一事，命其弟芈良夫率兵将作乱之人诛杀灭族，共灭七十余家。

这个时候，一位医生从楚国前往齐国，他是扁鹊。医生治病救人，走到哪里，就将安康和快乐带到哪里，好比是带来喜讯的喜鹊，所以，人们把那些医术高超、医德高尚的医生称作扁鹊。这个名叫秦越人的医生医术高明、学识渊博，走南闯北、治病救人，顺理成章地被人们尊敬地称作扁鹊。扁鹊应用砭刺、针灸、按摩、汤液、热熨等法治疗疾病，创造了望、闻、问、切的诊断方法，精于内、外、妇、儿、五官等科，被尊为医祖。

当年，魏文侯曾求教于扁鹊说："听说你们家兄弟三人，都精于医术，谁是医术最好的呢？"

扁鹊回答说："大哥最好，二哥差些，我是三人中最差的一个。"

魏文侯不解地说："请你介绍得详细些。"

扁鹊解释说："大哥治病，是在病情发作之前，那时候病人自己还不觉得有病，但大哥就下药铲除了病根。因此，他的医术难以被人认可，所以没有名气，只是在我们家中被推崇备至。我的二哥治病，是在病初起之时，症状尚不十分明显，病人也没有觉得痛苦，二哥就能药到病除，乡里人都认为二哥治小病很灵。我治病，是在病情十分严重之时，此时病人痛苦万分，病人家属心急如焚。他们看到我在经脉上穿刺，用针放血，在患处敷以毒药以毒攻毒，甚至动大手术让重病者的病情得到缓解或治愈，便认为我很厉害，因此我名闻天下。"魏文侯大悟。

当楚悼王重病时，吴起专门派人去魏国将扁鹊请来，但寿命天定，扁鹊也无回天之力。现在看到楚国内乱，扁鹊便匆匆赶往齐国。

路上，扁鹊叹惜吴起说："可怜吴起，一生作战，从无败绩，却不能保身！"这时，一阵狂风吹来，扁鹊猛然想到自己，心里说："我一生治病救人，是否能让自己健康平安呢？"

扁鹊到了齐国时，田氏齐太公已逝，儿子田午即位，就是齐桓公。齐桓公田午把扁鹊当作贵宾招待。扁鹊对齐桓公田午说："君主您有病，在肌肤之间，不治会加重的。"齐桓公田午哈哈大笑，不当回事。十天后，扁鹊再去见他，向他道："君主您的病已到了血脉，不治会加深的。"齐桓公田午仍不信，有了一丝不悦。又过了十天，扁鹊见到齐桓公田午，急忙对他说："君主您的病已到肠胃，不治会更重。"齐桓公田午十分生气，他不喜欢扁鹊说他有病，因为他始终没感觉到自己生病。十天又过去了，扁鹊一见到齐桓公田午，就赶快避开了。

齐桓公田午十分纳闷，忙派人去问，扁鹊说：“病在肌肤之间时，可用熨药治愈；在血脉时，可用砭刺、针灸治疗；在肠胃里时，借助酒的力量也能达到；可到了骨髓，就无法治疗了。贵国君主的病已到骨髓，我无能为力了。”果然，十天后，齐桓公田午身患重病，卧床不起，忙派人去请扁鹊，可他已经悄无声息地离开几天了。

十天后，齐桓公田午病亡，其子田因齐继位。田氏齐国初立，气势旺盛，不想循规蹈矩，田因齐见楚、越等国俱称王，便不甘居下，开始自称齐王。田因齐即齐威王。

五　齐威王回头

齐威王有点儿像当年的楚庄王，每天吃、喝、玩、乐，不把国事搁在心上。楚庄王“三年不飞，一飞冲天；三年不鸣，一鸣惊人。”齐威王一连九年不飞不鸣。在这九年中，韩国、赵国、魏国时常来犯齐国，齐威王也不着急，打了败仗也无所谓。如果有人劝谏，齐威王便十分恼火。

一天，有个名叫邹忌的齐国人，自称是高明的琴师，走进王宫，对内侍说：“听说大王爱弹琴，我特地前来拜见，为大王抚琴。”内侍禀报齐威王，齐威王很兴奋，立即召见邹忌。

邹忌走进内宫，站在一侧，聆听齐威王弹琴。一曲毕，邹忌连声称赞道：“好琴艺呀，好琴艺！”

齐威王不等邹忌的称赞声落地，忙问道：“寡人的琴艺好在哪里？”

邹忌躬身一拜道：“我听大王从那大弦弹出来的声音十分庄重，就像一位明君的形象；我听大王从那小弦弹出来的声音是那么清晰明朗，就像一位贤相的形象。大王运用的指法十分精湛纯熟，弹出来的个个音符都十分和谐动听，该深沉的深沉，该舒展的舒展，既灵活多变，又相互协调，就像一个国家正确的政令一样。听到这悦耳的琴声，怎能不令我叫好呢？”

邹忌接着说道：“弹琴和治理国家一样，必须专心致志。几根琴弦，好似君臣之道，大弦音似春风浩荡，犹如君也；小弦音如山涧溪水，像是臣也。应该弹哪根弦就认真地去弹，不应该弹的弦就不要弹，这如同国家政令一样，弦与弦配合协调，就能弹奏出美妙的乐曲，这正如君臣各尽其责，才能国富民强、政通人和。弹琴和治国的道理一样呀！”

齐威王高兴地说：“你的乐理说到寡人的心坎里，寡人弹完一曲了，请你弹奏一下吧。”

邹忌于是走到琴前，两手轻轻舞动，但只摆出弹琴的架势，并没真的去弹。齐威王见邹忌如此，不解地问道：“你为何只摆空架子，而不去真弹琴呢？难道你欺君不成？”

邹忌答道：“我以弹琴为业，当然要悉心研究弹琴技法。大王以治理国家为要务，怎么可以不好好研究治国大计呢？这就和我抚琴不弹、摆空架子一样。抚琴不弹，就不能使大王您心情舒畅。大王您有国家不治理，也就不能使百姓心满意足。这个道理，请大王三思。”齐威王立刻醒悟，命人赐座。

齐威王和邹忌谈起治国强军的大业。邹忌指着琴弦说：“大王您可以从选贤任能、兴利除弊、不近声色、整顿兵马、关心百姓这五个方面协调着手，只要用心做下去，何愁齐国这张大琴不奏出妙曲呢？”齐威王很兴奋。

又是一年槐花香，蜂蝶照常绕，清清的槐花香味飘进了齐国宫殿。齐威王召集众臣，举行仪式，将工匠精心制作的相印交付邹忌，邹忌正式成为齐国相国。此时，各国诸侯、臣僚、显贵都刻印以为凭证，诸侯多用玉制章，臣僚、显贵多用铜制章，齐国相印便是用铜制作的。邹忌做相国后，用心辅佐齐威王。齐威王一反九年的常态，用心治理国家，不久便把齐国治理得井井有条，全国百姓都说他是个英明的君主。齐威王非常得意，但邹忌的心里却有了一些担忧。

邹忌身高八尺有余，形体标准、容貌俊美。一天早晨，邹忌穿戴好衣帽，对他妻子说：“我同城北徐生比，谁俊呢？”

他妻子说：“夫俊极了，徐生哪里比得上您呢！”

城北的徐生，是齐国的美男子。邹忌不相信自己会比徐生还俊，就又问他的妾：“我同徐生比，谁俊？”

妾说：“徐生怎么能比得上您呢！”

过了一天，有客人前来，邹忌同他坐着闲聊，又问客人："我同徐生比，谁俊美？"

客人说："徐生不如您俊美。"

又过了一天，徐生来了，邹忌仔细看他，觉得自己不如徐生俊美，再照镜子看看自己，更是觉得自己与徐生相差甚远。这天晚上，邹忌躺着想这件事，忽然大悟。

第二天，邹忌上朝拜见齐威王，奏道："臣确实知道自己不如徐生俊美。可是臣的妻子偏爱我，臣的妾害怕我，臣的客人有求于我，他们都说臣比徐生俊美。如今齐国有方圆千里的疆土和一百二十座城池，宫中的嫔妾、内侍没有谁不偏爱大王您的，朝中的大臣没有谁不害怕您的，全国范围内的人没有谁不有求于您的。由此看来，大王您如果不加辨别，会受蒙蔽很深呢！"齐威王说："对呀！"于是下令全国："大小官吏、百姓能够当面指责寡人过错的，受上等奖赏；书面劝谏寡人的，受中等奖赏；能够在公共处所批评议论寡人的过失并能传到寡人耳朵里的，受下等奖赏。"命令刚下达，许多大臣都来进谏，宫殿前的人多得像赶集一样。几个月以后，还不时有人前来进谏。一年以后，即使有人想进谏，也很难找出问题了。

燕、赵、韩、魏等国听说了这件事，都派使节到齐国来朝见齐威王。齐威王叹道："这就是传说的所谓在朝廷上战胜别国吧。"

齐威王听取邹忌的建议，细心查问各地官吏。这时候，朝廷里众臣说，各地官吏中，最好的是阿城大夫义嘉，最坏的要数即墨大夫固得司了。齐威王怕受蒙蔽，暗地里派人到阿城和即墨去实地调查。

过了不久，齐威王把阿城大夫义嘉和即墨大夫固得司召回来。朝廷里众臣想，一定是义嘉受赏、固得司受罚。大殿上放着一口大鼎，烧着满满的一鼎开水，众臣都静悄悄地站着，替固得司捏着一把汗。

齐威王对即墨大夫固得司说："自从你到了即墨，天天有人告你，说你怎么怎么不好。寡人就派人到即墨去调查。他们到了那边，瞧见地里长着绿油油的庄稼，百姓安居乐业，这都是你治理即墨的功劳。你一心一意办事，不跟朝中的官员联络，也不送礼给这些人，他们就天天说你坏话。像你这种老老实实、勤勤恳恳、不吹牛、不拍马的官吏，我们齐国能找得出几个呢？今天寡人特意叫你来，就是要奖赏你！”那些给即墨大夫固得司说坏话的人，都觉得自己脸上热辣辣的，脊梁骨冒着凉气，恨不得钻到地下去。

齐威王回头对阿城大夫义嘉说：“自从你到了阿城，天天有人夸奖你，说你怎么怎么能干。寡人就派人到阿城去调查。他们到了那边，瞧见庄稼地里长满了野草，百姓面黄肌瘦，连话都不敢说，只是暗地里叹气，这都是你治理阿城的罪恶！你欺压百姓，捞取钱财，还接连不断地给朝中的官员送礼，请他们替你说好话，他们就恨不得把你捧上天去。像你这种贪官污吏，要是再不惩办，齐国还成个体统吗？”阿城大夫义嘉吓得战战兢兢。齐威王怒道：“来人，把他扔到鼎里去！”两旁武士抬起义嘉，就把他扔到大鼎里去了。那些曾受过阿城大夫义嘉好处的人，就像自己马上也要被扔到大鼎里一样，战战兢兢，汗珠直冒，提心吊胆地站在那儿。

齐威王对那些颠倒是非的众臣说：“寡人在宫里，怎么知道外边的事情？靠的是你们，你们就是寡人的耳朵、寡人的眼睛。可是你们贪赃受贿，昧着良心，把坏的说成好的，把好的说成坏的。这不是比堵住寡人的耳朵、蒙住寡人的眼睛更可怕吗？寡人要你们这些臣下干什么？把你们都给煮了！”十几位朝臣吓得跪倒在地，直磕响头，苦苦哀求。齐威王挥挥手说：“从今以后，只要你们改正了，寡人就不再计较，都退下吧。”自此，齐国正本清源，风顺气畅。

“布谷、布谷……”杜鹃鸟在啼叫着。冬去春来，又到春播的时候了，齐国大地一片繁忙，黍、稷、粟、禾等谷苗依次长出。齐威王与邹忌到田间察看，欣喜之情溢于言表。

正在谈笑间，边吏紧急来报：“越王无疆带领五万越军攻打齐国。”却说越王勾践称霸后，不久去世。一百年里，越国虽然灭亡了郯国等小国，但总体平平淡淡。等到越王无疆即位后，便想与各国争胜，于是率军来攻打齐国。邹忌对齐威王奏道：“越王无疆这个人，一心想逞强，但却没有自己的主见。今天率军来攻齐，其实并没什么深仇大恨。依臣看，用一张利嘴就可以将越王无疆说退。”于是，齐威王派邹忌游说越王无疆退兵。

邹忌到了越军营中，拜见越王无疆道：“大王您来攻打齐国，是无谋的表现，就像眼睛，虽然能见到毫毛但却见不到自己的睫毛。”越王无疆不免发怒，但却想问个明白。邹忌继续说道：“当年，吴国打败了楚国，越国灭亡了吴国，可见越国的威势在楚国之上。这楚国盛产粮食、木材，且与越国水土相近。大王您不去攻打楚国，而来侵犯齐国，这不是捡了芝麻丢了西瓜吗？”越王无疆是个有勇无谋的人，听邹忌如此一说，便放弃齐国转而攻打楚国。

悠悠岁月无数事，三言两语几笔过。却说楚肃王在位时，灭了许国；楚肃王无子，传弟楚宣王；楚宣王亡后又传楚威王。越王无疆来攻打楚国时，楚威王在位，当即发兵迎敌。当年吴起在楚国改革，见效甚巨，现在余威不减。楚军大败越军，杀死了越王无疆，并把原来吴、越的土地全部攻下。越国因此分崩离析，剩下的残余力量服服帖帖地向楚国朝贡，大屈宝弓等奇珍异宝重又回到了楚国。

却说扁鹊离开齐国，数年后去了魏国。此时，魏武侯已经病逝，魏武侯之子魏婴继位。他学习齐国，改称魏王，即魏惠王。

一日，魏惠王突然昏厥，半日不醒，鼻息微弱，像死去一样。魏国王宫十分惊惶，连忙进行祈福消灾。恰巧扁鹊到了，问明了详细情况，便认为魏惠王患的是一种突然昏倒不省人事的尸厥症，于是进行诊治。他让弟子磨研针石，刺百会穴，又做了药力能入体五分的熨药。不到一刻工夫，魏惠王竟然坐了起来，和平常并无两样。扁鹊继续给他调补阴阳，两天以后，魏惠王完全恢复了健康。从此，天下人传言扁鹊能起死回生，但扁鹊却说，他并不能救活死人，只不过能把应当活的人的病治愈罢了。

此时魏国相国是公叔痤，商文已亡。魏惠王病好后，公叔痤病倒了，人寿天定，扁鹊也没办法治好。魏惠王亲自到他府中看望，问及身后之事。公叔痤说：“臣的门客卫鞅，虽然年少，但有奇才，愿大王让此人主持魏国国政。”这卫鞅是卫国公族后裔，年少时喜好刑名之学，专门研究以法治国，受李悝、吴起等人影响很大。公叔痤向魏惠王举荐自己的门客卫鞅，但魏惠王不认识此人，便不置可否。公叔痤又屏去左右的人，向魏惠王进言说：“大王如果不用卫鞅，必杀之，不要令他出境。”公叔痤预感到，像卫鞅这样的人才，若被别国起用，对魏国绝不会有好处。

魏惠王走后，公叔痤又觉得对不起卫鞅，马上派人找来卫鞅，告诉他这件事的原委，说自己极力推荐他继任相国，但魏惠王不答应，本着先君后臣的原则，才建议魏惠王杀他。公叔痤圆通老练，此时对卫鞅说：“你赶快逃命吧。”卫鞅的见识比公叔痤高明，心里想：魏惠王既然不用自己，又怎么会杀自己呢？所以并不逃走。

六　卫鞅的霸术

此时魏国达到鼎盛，攻伐诸侯，十战九胜。天下诸侯震惊，皆欲图强，魏国的邻国秦国尤甚。此时的秦国自秦哀公去世后的一百年里，萧条败落，不为各国重视，连权力被架空的周王室都不愿意搭理秦国。不过，精通《周易》、颇有见识的周朝太史儋，专门去拜见秦国国君秦献公说："周与秦本来是合在一起的，后来秦分了出去，但分开五百年后又会合在一起。"此时，秦献公嫡长子嬴渠梁在旁边，秦献公让他牢牢记住太史儋的预言，务必奋发图强。

秦国地多人少，为了开垦荒田，秦献公鼓励多生，奖励多生，同时吸引周边国家和部族的人到秦国来种地、放牧。为了避免青壮年劳动力被白白地杀死，秦献公毅然废除以人殉葬的习俗，改用陶俑代替真人殉葬，这为秦国存活了大量的劳动力。几年以后，秦国人口明显增多，原来的很多荒田得到了开垦。

秦献公去世后，嬴渠梁继位，是为秦孝公。为继续强国，他向天下颁布了求贤令——

从前，秦穆公实行德政，振兴武力，在东边平定了晋国内乱，疆土达到黄河边上；在西边称霸于西戎，拓展疆土千里，周天子赐予霸主称号。诸侯各国都来祝贺，给后世开创了基业，盛大辉煌。但是在前段时间里，秦国对内平淡消极，对外无暇顾及，结果魏国攻夺了我们秦国河西土地，诸侯也都看不起秦国，耻辱没有比这更大的了。寡人缅怀先君遗志，心中常常感到悲痛。凡是秦国宾客和群臣中，有谁能献出高明的计策，使秦国强盛起来，寡人将让他做高官，并分封给他土地。

卫鞅闻听秦孝公求贤，便从魏国来到秦国。卫鞅先拜见了秦孝公的宠臣景监，向他讲述了自己的变法之道，很得景监信任，于是景监极力推荐，说他有治国安邦的雄才、文韬武略的奇谋。秦孝公求贤若渴，听到景监大力推荐，立即召见了卫鞅。

秦孝公与卫鞅谈论治国之道。卫鞅列举了伏羲、神农、尧、舜的事，侃侃而谈，但他的话尚未说完，秦孝公已沉沉睡去。

第二日，景监入宫，秦孝公责备他道："你的客人迂腐可笑，不切实际，你怎么将这种人举荐给寡人？"

景监回家，将秦孝公的话告诉卫鞅，卫鞅说："我期望秦君能仿效伏羲、神农、尧、舜，遵从帝道，但秦君却不理解，我请求再去进言。"

景监说："现在，君上心中不满，等五天后，我再向君上请求吧。"

五天以后，景监又对秦孝公奏道："臣的客人话还没说完，他想请君上再见他一次。"秦孝公便再次召见卫鞅。

卫鞅向秦孝公谈了周文王、周武王的事，秦孝公说："你的确是博闻强记，但古今情势不同，你说的这些，今日已行不通了。"于是便让卫鞅退下。

景监早已等在门外，这时见卫鞅从宫中出来，便迎上去问道："今日怎么样？"

卫鞅说："我今日给秦君谈王道，他还是不满意。"

景监生气地说："君上寻找贤能之士，如同猎人制作弓矢，一心只想尽快有所收获，他怎能放弃眼下实利而去效法前世帝王呢？你算了吧！"

卫鞅说："我原来不了解秦君的志向，所以先用语言来试探他，现在我心中已有把握。如果能让我再见到秦君，我一定能把他说服。"

景监说："你两次向我国君上进言，两次都不欢而散，我哪里还敢再向我国君上饶舌，让他发怒呢？"

第二天，景监入朝向秦孝公谢罪，不敢再提卫鞅求见的事。景监回到府中，卫鞅问他说："你替我向秦君请求了吗？"

景监答道："没有。"

卫鞅叹道："可惜啊！秦君口头上说求贤，却放着人才不用，我卫鞅可要走了。"

景监问他："你要到哪里去？"

卫鞅说："天下之大，难道还没有一个比秦君更肯礼贤下士的君主吗？"

景监见此，忙说："请你再耐心等些日子，五天后我再为你请求。"

五日之后，景监入宫侍奉秦孝公，秦孝公正在饮酒欢畅，忽然见鸿雁从头上飞过，不由停酒长叹。景监问他为何长叹，秦孝公说："从前齐桓公曾说过：'寡人有了仲父，就如鸿雁有了羽翼。'寡人下令求贤，如今已过数月，却没有见一个奇才上门，就像幼小的鸿雁，空有一飞冲天的志向，却无羽翼可凭借，因此才叹息。"

景监乘机奏道："臣的客人卫鞅，自称有帝、王、霸三术，过去他向君上说的是帝、王之事，君上认为不切实际，现在他还有霸术想献给君上。"秦孝公闻听"霸术"二字，正中下怀，立即让景监将卫鞅召来。

卫鞅应召入宫，秦孝公问道："听说你有助寡人称霸天下的良策，为何不早点儿告诉寡人呢？"

卫鞅答道："不是我不想说，而是这霸业之道实在无法与帝王之道同日而语，帝王之道在于顺乎民心，霸业之道则必会违逆民心。"

秦孝公勃然大怒，手握剑柄喝道："霸业之道难道一定要违逆民心吗？"

卫鞅面不改色地答道："如果琴瑟音调不和谐，就必须将它改弦更张，治理国家的道理也与此相同。如今百姓们贪享眼前的安乐，不顾百年后的忧患。昔日管仲担任齐相，革新政令，鼓励耕织，整饬战备，将齐国划为二十一个乡，让百姓各守其责，一改齐国的旧制，这在最初是不受百姓欢迎的。等到政令得以实施，国家变得强大，各国诸侯纷纷归服，齐桓公终于一霸天下，齐国百姓也因此得到了好处，到此时他们才认识到管仲的治国奇才。"

秦孝公说：“如果你真有管仲的治国之才，寡人怎敢不将国政交付给你？只是不知你究竟有什么具体的治国方策？”

卫鞅答道：“国家不富强，就不能兴兵称霸；兵马不强大，就不能攻灭敌人。要想使国家富强，就必须鼓励百姓从事农业生产；要想使兵马强大，就必须鼓励军士建立军功。先用重利奖赏引导，继而用严法督促，如果赏罚分明，这些政令就一定能够实施。这样一来，君上就是不想称霸天下也不行了。”

秦孝公大喜道：“好啊，这些寡人能做到。”

卫鞅又说：“富国强兵之道，如不起用有才之士推行，固然行不通；起用有才之士而不给予他足够的权力，也行不通；给他足够的权力，君主却害怕世人议论，三心二意，也行不通。”秦孝公又称是。

卫鞅请求退出，秦孝公急切地道：“寡人正想听听你的全部治国主张，你为何现在却要离去？”

卫鞅说：“请君上认真考虑三日，等主意定下，我才敢将全部主张说出。”

第二天，秦孝公便急切地派人来召卫鞅。卫鞅说：“我已与秦君说定，不过三日，我绝不敢上朝。”景监在一旁劝卫鞅不要拂逆秦孝公的心意，卫鞅说：“我首次与秦君相约就失信，以后还怎么取信于他呢？”景监这才作罢。

到了第三天，秦孝公派人用车来接卫鞅入朝。秦孝公向卫鞅赐座，言谈举止十分诚恳，于是，卫鞅便将秦国目前应更改哪些政令一一说出。两人一连交谈了三天三夜，秦孝公毫无倦意。

秦孝公深信卫鞅的才能，在朝堂上封卫鞅为左庶长，赐给他一座府第，并晓谕群臣：“今后国家政令，全部归左庶长执掌。有谁敢违抗，一律按犯上之罪论处。”群臣无不肃然听命。

卫鞅起草了一套初步改革的法令，呈给秦孝公看。秦孝公完全同意，叫他去发布公告，命全国百姓都依新法行事。

卫鞅为推行新法，命人在南门口立了一根木头，同时下了一道命令：“有谁把这根木头扛到北门，就赏他十两黄金。”此时，各国矿工开始广泛提炼黄金。由于它质地纯净、色泽美观，成为国与国之间、人与人之间的交易货币。

一会儿工夫，南门口就围上一大堆人。众人交头接耳，议论纷纷。有的说："这根木头谁都拿得动，哪用得着十两黄金？"有的说："这大概是左庶长成心跟我们开玩笑。"众人瞧瞧木头，又瞧瞧别人，谁都不去扛。

卫鞅听说净是瞧热闹的、没有一个肯扛木头的人，便把赏金加到五倍。没想到赏金越高，看热闹的人越觉得不近情理，众人对这根木头连碰都不敢碰，更别说扛了。忽然人群里站出一个人，有些弱智，歪着脑袋打量那根木头有多沉，然后说："我能扛得动，我扛去！"把木头扛起来就走。众人闪开一条道，嘻嘻哈哈，好像看耍猴似的跟在后头，一直到了北门。

卫鞅叫人传话，对扛木头的人说："你听从秦国政令，是个奉公守法的好百姓。"当即赏给他五十两黄澄澄的金子，一两也不少。瞧热闹的人一见他真得了赏金，都愣了。他们全都后悔刚才没扛木头，错过了暴富的机会。

这件新奇的事，立即千传万，万传十万，一天的时间，全国百姓都知道了。百姓都说："左庶长真是说到哪儿做到哪儿，他的命令是实实在在的、不打折扣的命令。"

第二天，众人又跑到南门口看看有没有木头。这回换了个新花样，木头没有了，在立木头的地方贴着一张新法令公告。他们多数不认得字，有些识字的看了也不懂，好在有官吏念给他们听，解释给他们听。众人有听得懂的，有听不懂的，有的话觉得很好，有的话觉得不怎么好。不管怎么说，众人知道左庶长的命令都得服从。这新法令一共三条——

一是实行保甲制度。每五家编为"一伍"，十家编为"一什"。一伍一什互相监督。一家有罪，其余九家应当告发。不告发的和罪人同样有罪，告发的和杀敌人同样有功。每个居民必须领取居民凭证，没有凭证的不能来往，不能住店。

二是奖励杀敌立功。官职的大小和爵位的高低，用杀敌多少和立功大小作为标准。杀一个敌人记功一分，升一级。功劳大的地位高。田地、住宅、车马、奴婢、衣服等，随地位的高低分等级享受。没有军功的人，就是有钱也不得铺张。贵族也得依打仗功劳定爵位高低。

三是奖励农业生产。百姓多生产粮食和布帛的，免除官差；凡是为了做买卖和因为懒惰而贫穷的，连同妻妾、儿女一概没入官府为奴。弟兄到了成年就应当分家，各立门户，各交各的人头税。不愿分家的，每个成人加倍付税。

新法令公布之后，秦国发生了极大的变化。首先没有军功的贵族失去了特权，他们即使有钱，也不过是个富户，在政治上没有地位。立军功的有赏，但是封赏再高，也只能在封邑里征收租税，不能直接管理百姓。

新法令颁布下来，不少官吏、贵族反对。秦孝公坚决信任卫鞅，一一处罚了那些反对新法的人。

过了三年，秦国百姓开始认识到新法的好处。生产增加了，生活也有所改善。百姓最满意的是增加生产可以免除官差这一条，大家宁可努力耕种和纺织，多产粮食和布帛，也不愿意离开家庭、田园，被征发到远地去当差。将士们因为提高了待遇，立了军功能升级，个个奋勇。

秦国自从卫鞅变法以后，农业生产增加了，军事力量强大了，接连进攻魏国西部，从河西打到河东，把魏国的都城安邑也打了下来。原来算是头号强国的魏国不得不跟秦国讲和。秦孝公为了进一步变法求强，同意让步，与魏惠王会盟，把安邑等地退还给魏国。魏惠王见卫鞅被秦国重用，使秦国强大，让魏国受害，不由叹道："寡人真后悔当初没有听从公叔痤的话！"

这时魏国田子方、翟璜、任座、西门豹等都已去世，魏惠王也下令招贤。邾国人孟子，名轲，是孔子嫡孙孔伋门下的得意弟子，有济世安民的志向，听说魏惠王招贤，便从邾国来到魏国。门吏一通报邾国孟轲来投，魏惠王便想起田子方生前讲过的孟母三迁的故事——

孟轲从小丧父，全靠母亲日夜纺纱织布来维持生计。孟母是个勤劳而有见识的妇女，她希望自己的儿子读书上进，早日成才。一次，孟母看到孟轲在跟邻居家小孩打架，孟母觉得这里的环境不好，就搬家了。

一天，孟母看见邻居铁匠家里支着个大炉子，几个满身油污的铁匠在打铁。孟轲呢，正在院子的角落里，用石块当作铁砧，用木棍当作铁锤，模仿着铁匠的动作。孟母一想，这里环境还是不好，于是又搬了家。

这次她把家搬到了荒郊野外。孟轲看到一群穿着孝服的送葬队伍，哭哭啼啼地抬着棺材来到坟地，几个精壮的小伙子用锄头挖出墓穴，把棺材埋了。他觉得挺好玩，就模仿着他们的动作，也用树枝挖开地面，认认真真地把一根小树枝埋了下去。孟母找来，把他拉回了家。

孟母第三次搬家了，隔壁是一所学校，有位教书先生教一群大大小小的学生念书，孟轲也跟着摇头晃脑地念了起来。孟母看到儿子喜欢念书了，高兴得很，就把孟轲送去上学。可是有一天，孟轲逃学了，孟母伤透了心。等孟轲玩够了回来，孟母把他叫到身边说：“你贪玩逃学，就像剪断了的丝一样，织不成布；织不成布，就没有衣服穿。不好好读书，你就永远成不了人才。”说着，孟母抄起剪刀，把织机上正在纺织的丝全剪断了。孟轲吓得愣住了，内心受到了很大的震动，从此专心读起书来。由于他天资聪明，后来又跟孔伋学习，从而成为儒家学说的主要人物。

魏惠王亲自出来迎接孟子，以上宾之礼相待。魏惠王问孟子有何良策可使魏国天下无敌，孟子说：“天子不仁，不保四海；诸侯不仁，不保社稷；卿大夫不仁，不保宗族；士庶人不仁，不保四体。国君好仁，天下无敌焉。”

魏惠王又问：“如何做，才称得上国君好仁？”

孟子在人性问题上提倡性善论，说道：“君之视臣如手足，则臣视君如腹心；君之视臣如犬马，则臣视君如国人；君之视臣如土芥，则臣视君如寇仇。”

魏惠王说：“这点，寡人明白，但仁君怎样施政全国呢？”

孟子说：“父子有亲，君臣有义，夫妇有别，长幼有序，朋友有信。用五个字概括来说，就是仁、义、礼、智、信。这五者之中，仁、义最为重要。仁、义的基础是孝、悌，而孝、悌是处理父子和兄弟关系的基本规范。”

这魏惠王受法家李悝的以法治国影响很大，不明白儒家的仁义精髓，甚至觉得孟子的有些话迂腐可笑，便对他弃而不用。孟子于是离开魏国，向齐国奔去。

且说秦孝公看变法得到成功，在跟魏惠王订立盟约之后，就请卫鞅实行更大规模的改革，最重要的有下列三项——

一是废井田、开阡陌。废除一直奉行的井田制，鼓励开垦无主荒地。谁开垦的土地，归谁所有。田地可以自由买卖，以法律形式确立土地私有制。

二是推行县制。除了封邑以外，在全国设三十一个县。县设县令以主县政，设县丞以辅佐县令，设县尉以掌管军事。县下辖若干乡、邑。

三是迁都咸阳。为了便于向东发展，把国都从原来的雍城迁移到渭河北面的咸阳。

凡是变法，就会有人反对。某一天之内，秦孝公就杀了七百多反对改革的人，渭河的水都变红了。到了第四年，世子嬴驷也犯了法，他居然也批评起新法来了。这真叫卫鞅为难，他对秦孝公奏道："国家的法令必须上下一律遵守。要是上面的人不遵守，底下的人可就不听从政令了。世子嬴驷犯法，他的师傅应当替他受罚。"秦孝公叫卫鞅处置。卫鞅就把世子嬴驷的两个师傅都治了罪，公子嬴虔割了鼻子，公孙嬴贾脸上刺了字。这一来，朝中众臣更不敢批评新法了。

秦国土地广，人口不太多，邻近的"三晋"土地少，人口密。卫鞅就请秦孝公出赏，引邻国百姓到秦国来种地，给他们田地和住房。秦国本地人必须服兵役，轮流应征。外来百姓只要专力于耕种和纺织，完全免服兵役。原来秦国各地，尺有长有短，斗有大有小，斤有轻有重，卫鞅把全国的度、量、衡规定了一个标准。这样一统一，百姓交税、纳租、做买卖，都方便多了。秦国变法之后，仅仅十几年工夫，就变成了一个富强的国家。此时，周安王早已去世，周显王在位。他派遣使节慰劳秦孝公，封他为西部诸侯的霸主。

中原诸侯一看秦国富强了，就不再把秦国当作西戎看待，都向秦国贺喜。那些有心要做霸主的诸侯眼见秦国用了一个卫鞅，变了法，就变成了强国，他们也学起秦国来，搜罗人才、尊重人才。

在北部的燕国，农牧兴旺，产铜产铁，并有渔盐之利，渐渐发达起来。它也求贤若渴，致力发展，因此也强大起来。

此时，中华大地上只剩下七个强国，分别是：齐、楚、燕、韩、赵、魏、秦。因为经常混战，所以世人称为“战国七雄”。

第二篇

合纵连横

夜愈黑，星愈亮，
狂风吹不动，乌云遮不住，
星啊，你是浩浩天宇间的智慧之灯。

黑夜中，乡间小孩在歌唱。这个时候，各诸侯国百家争鸣，百花齐放。他们或著书立说，或广收门徒，或高谈阔论，或互相辩难。儒家孔子提倡仁，认为要实现仁，就要“已所不欲，勿施于人”；孟子提出“民为贵，社稷次之，君为轻”，他的这种仁政思想，许多诸侯都认为不合时宜；道教老子提出“天法道，道法自然”，“无为而治”；法家的李悝、吴起、卫鞅主张以法治国；兵家孙武提出“知己知彼，百战不殆”等军事思想；阴阳家董安于研究《周易》，擅长建城规划；医家扁鹊开启了中医学的先河。为招揽天下贤士，齐国在齐都临淄稷门附近建起了巍峨的学宫，号稷下学宫，成为诸子百家荟萃的中心。儒家、道家、法家、兵家等各种学术流派，都活跃在稷下学宫的舞台上。各家平等共存，相互争鸣，学术自由，彼此融合。

这个时候，还有研究纵横术的鬼谷子、研究非攻术的墨子。

一　孙膑与庞涓

话说有一个地方名叫鬼谷，因其山深林密、人迹罕至而得名。鬼谷山色青翠，不染纤尘，溪水清冷，潺潺而流。谷中有一位隐士，卫国人，叫王诩，自号鬼谷子，曾与墨子一同采药修道。鬼谷子学问精湛，有通天彻地之能。他身怀三大奇学：一是神学，日星象纬，占卜八卦，预算世故，十分精确；二是兵学，六韬三略，变化无穷，布阵行军，鬼神莫测；三是游学，广记多闻，明理审势，出口成章，滔滔不绝。最初他偶然为人占卜，所说的凶吉死生应验如神，人们一传十，十传百，于是便有人前来投师求学。鬼谷子根据学生的天资禀性，因材施教。齐国人孙膑，魏国人庞涓、张仪是鬼谷子的三位弟子。孙膑比庞涓年龄大一岁，二人侧重学习兵法战策；张仪年轻，钻研游说杂学。

鬼谷子想测试一下徒弟的机智与应变能力，他坐在屋里，跟徒弟庞涓、孙膑说："谁把为师从屋里动员到屋外，谁的成绩就及格。"庞涓装作惊慌失措的样子，跑进屋里说："启禀夫子，您的好友墨子到，请您迎接。"鬼谷子无动于衷。庞涓第二次跑进来，连鞋都掉了一只，上气不接下气地说："夫子，屋外起火了，请您去看一看。"鬼谷子身子动了动，并没起来。庞涓不死心，第三次进来，一跤摔倒在地上，结结巴巴地说："不好啦，张仪被狼咬伤了，在外面疼得打滚。"果然外面传来张仪的哭喊声。鬼谷子站起来，看了看他，望了望外面，还是没出去。鬼谷子清楚，张仪一直在书房里看书，况且白天哪会有狼出没？一定是二人联合对付师傅。轮到孙膑测验，他一进来就说：“夫子，我不行。”鬼谷子感觉有些奇怪，孙膑说：“您老人家能知过去与未来，我怎么骗得了您？”鬼谷子听罢，有些飘飘然。孙膑接着说：“要是您老人家在屋外，我倒有办法把您骗进来。因为外面的事是有天数的，您可以算出来；而屋里的事，是没有天数的，您出去了就算不出来了。”鬼谷子不信邪，就搬着椅子到了外面。孙膑见师傅出来，大笑说：“弟子已把夫子请出来了，及格！”鬼谷子哈哈大笑，明白孙膑的才华远在庞涓之上。

庞涓学习兵法已有三年多，自认为已经学成，这日下山听到魏国招贤，心中大动，便想辞别鬼谷子下山应召。鬼谷子早年曾在楚国为官，知道官场、战场的复杂多变，笑着对他说：“既然你想下山求取富贵荣华，为师也不阻拦你。当年吴起在魏国创建魏武卒兵制，如果你去魏国领军，再加上你所学的兵法，肯定能让魏军横扫天下。但你要记住，山外有山、人外有人。打死犟嘴的，淹死会水的。不可自私心、功利心太强。”鬼谷子看透庞涓的欲望和缺陷，所以在他离别时，给予他这番忠告。庞涓满面羞愧，拜谢离开。

庞涓背起背包下山，孙膑相送。庞涓心情激动地说：“此番若能得到重用，一定会将孙兄举荐给魏王。”

孙膑说：“你说的可是真话？”

庞涓发誓说：“我若言而无信，就让我死在万箭之下！”

孙膑说：“多谢厚意，此重誓就不要发了！”两人洒泪告别。

孙膑回山，鬼谷子见他脸上有泪痕，便问道：“你舍不得庞涓离去吗？”

孙膑说：“同学情深，怎么能不留恋？”

鬼谷子说：“难得你是个忠厚之人！”孙膑低头不语，鬼谷子想了想后说道：“你随我来。”

鬼谷子领着孙膑到了自己的寝室，从柜子里取出一捆书简，对孙膑说：“这是你祖辈孙武的兵法十三篇，过去你祖辈将它献给吴王阖闾，吴王阖闾用它大败楚军。我在楚国为官时，有幸得到此书，并亲自为它做了注释，但却从未轻易传授给他人。我见你心地忠厚善良，今日特将它交还给你。”

孙膑说：“弟子从小失去父母，又与宗族离散，虽然听说祖辈有此书，却从未见过。夫子既为此书做注，为何不把它交给庞涓，却独送给弟子呢？”

鬼谷子说：“得到此书的人，若用得好，会对天下有利；若用得不好，则会对天下造成大害。庞涓奸诈，为师怎么能轻易传授给他？”

孙膑捧着书简回到寝室，日夜研读。三日之后，鬼谷子将原书收回了去。他翻开书册，逐篇考问孙膑所学，孙膑对答如流，一字不漏。鬼谷子大喜说：“你如此勤奋用心，你的祖辈地下有知，一定会感到高兴的。”

再说庞涓辞别了孙膑，一路来到魏国，投在了相国王错门下。王错将他举荐给魏惠王。魏惠王问他所学兵法，庞涓说：“我多年在鬼谷子门下学习，夫子排兵布阵的学问，我已全部学会。”于是便将自己所学尽数讲给魏惠王听。魏惠王十分高兴地说道：“你是吴起第二，可惜先君魏武侯当年没有善待吴起，致使他因疑心而离开。如果吴起再在魏国十年，那魏国是何等强盛！”庞涓说：“我师傅在我离开时说，大王如果肯用我，我定会带领魏武卒横扫天下，重建吴起的功业。”魏惠王久闻鬼谷子大名，知道其看事入木三分，现在听庞涓所说，不由大喜，便拜庞涓为将军。庞涓的儿子庞英、侄子庞葱，也被封为校尉。

庞涓操练兵马，先进攻卫、宋等小国，屡屡得胜，卫、宋、鲁、郑等国君主纷纷归附来魏。齐国兵马进犯魏境，也被庞涓击退。庞涓自认为建立了不世之功，心中甚是得意。

张仪与庞涓同是魏人，见庞涓在魏国发迹，心中十分羡慕，于是去拜别师傅鬼谷子，也要下山求取功名。鬼谷子见张仪年轻，知其需要历练，便说：“以你的资质，若肯潜心修学，定可成名成家。你何苦要沾上尘俗，为浮名虚利奔走呢？”

张仪答道：“良材不能烂在山崖之上，宝剑不能总藏在剑匣之中。时光如箭，日月如梭。我受夫子教导多年，也想乘时而出，建功立业，图个名垂千载。”

鬼谷子叹道："人各有志，好自为之吧！"张仪便拜别了师傅鬼谷子，前往魏国。

张仪返回魏国，就想到魏惠王那里谋取官职。他先拜见师兄庞涓，可地位变了，人心也变了，庞涓对张仪爱搭不理，不把他当回事。张仪不免恼恨，心里嘀咕道："昔日在鬼谷，你说什么我听什么。如今你富贵了，却把小弟给忘了。魏国不留我，我可以到他国。你不推荐我，但我要推荐我的师兄孙膑。以孙膑之才，定会胜你。"于是直接去拜见魏惠王。

魏惠王听说张仪是鬼谷子的门徒，便想将其留在魏国做官。张仪知道自己一时对抗不过庞涓，便推辞说："在下不通兵法，难为魏国效劳。在下知道孙武有一个后辈，名叫孙膑，此人有将帅之才，现在跟随鬼谷子学习兵法，大王何不派人将他召来？"

魏惠王瞪大眼睛问："孙膑与庞涓同学兵法，他们二人哪个更强？"

张仪说："两人虽是一师之徒，但孙膑已学得先祖孙武兵法，普天之下也无对手，庞涓怎能和他相比？"

魏惠王心里道："如此说来，天外有天，人外有人。这孙膑如果被他国所用，那魏国还了得？"便有了纳其为魏臣的想法。

张仪拜辞魏惠王后，便去了楚国。

魏惠王将庞涓召来说道："寡人听说你有个同学叫孙膑，人们说他已独得孙武秘传兵法，其才能天下无人能比，将军为何不替寡人将他召来？"

庞涓答道："臣不是不知道孙膑的才干，只是他是齐国人，他的亲属也都在齐国，大王若重用他，只怕他会心向着齐国。"

魏惠王说："士为知己者死，难道非得是本国人才能得到重用吗？"

庞涓答道："大王既然想召见孙膑，臣这就修书请他出山。"庞涓心中却暗暗道："如今魏国的兵权，都操控在我一人手中。孙膑一来，必会得到魏王的宠幸，削夺我的兵权。现在魏王下令，我不能不听，且等他来了，我再设计害他就是了。"于是，庞涓写了一封信简，先让魏惠王过目。

魏惠王命人用快车，带着玉璧和庞涓写的信简去鬼谷迎请孙膑。孙膑拆信读道："庞涓托孙兄之福，一见魏王，即受到重用。今日践行当年分别之约，请孙兄应召出山，共图大业。"

孙膑将庞涓的信简呈给鬼谷子。鬼谷子已知庞涓受到重用，这时见他写信约请孙膑，信中竟无一字问候师傅的话，知道他是个寡恩忘本之人，但也不大计较。又见信中没提张仪，更觉庞涓骄狂自私。鬼谷子此时担心孙膑被他不容，本想出言劝阻，但见到魏王使者十分郑重有礼，孙膑本人也跃跃欲试，便不好再多说。

孙膑临行前，鬼谷子叮嘱道："香到极点，就是臭；聪明到极点，就是疯癫。如果你遇到危难时，疯癫是最好的对策，你一定要牢记。"孙膑连连答应，拜辞师傅鬼谷子，跟随魏惠王使者下山，登车上路。

鬼谷子望着孙膑远去的背影，心里道："孙膑忠厚，庞涓奸诈，如果孙膑被庞涓所陷害，最好的办法就是装疯卖癫了。"

话说孙膑来到魏国，住在庞涓府中。孙膑因举荐一事向庞涓道谢，庞涓虽然心中有鬼，但十分得意。第二天，两人一同入朝拜见魏惠王，魏惠王下阶相迎，对孙膑十分尊敬。

孙膑叩拜行礼说："我不过是一个山野村民，今日蒙受大王如此厚待，实在惭愧得很！"

魏惠王说："听说你独得孙武秘传兵法，寡人盼望你如久旱盼雨，今日你到来，寡人实在是大慰平生！"又问庞涓："寡人想拜孙膑为军师，让他与你同掌兵权，你看如何？"这军师，就是军事之师，平日为国君的军事谋士，战时为将军的谋略助手。

庞涓答道："臣与孙膑同窗多年，又有兄弟之交，孙膑是臣的兄长，怎能让为兄的做臣的辅佐？不如暂且拜孙膑为客卿，等他建立功勋后，臣将军权爵位一并让给他，臣甘居其下。"

魏惠王准奏，当即拜孙膑为客卿，并赐给他一座府第。客卿就是国君的贵客，地位很高，却毫无实权。庞涓这样安排，实是怕孙膑分他的兵权。

此后，孙膑、庞涓二人来往频繁。庞涓心里道："孙膑既然有孙武的兵书秘籍，我须先将兵书搞到手，然后再将孙膑除去。"于是便让人摆酒宴请孙膑。两人在席上谈论兵法，孙膑滔滔不绝，对答如流。

庞涓等孙膑说到一段自己未曾学过的兵法时，故意问道："这不是孙武兵法上的话吗？"

孙膑不知庞涓的用心，脱口答道："是啊。"

庞涓说："我当时也曾得师傅传授这一兵法，只是因当时未曾用心，现在已忘记了。孙兄能将此书借给小弟看看吗？"

孙膑此时被热情迷住，忘记了鬼谷子昔日所说的"庞涓奸诈，为师怎么能轻易传授给他"的话。孙膑答道："这部兵法，师傅曾经注释，已与原本不同，师傅当时也只让我读了三日便收回去了。"

庞涓问："孙兄还记得兵书上的文字内容吗？"

孙膑说："还依稀记得一些。"庞涓心中巴不得孙膑立即说给自己听，但一时却又难以张口相求。

几天后，魏惠王想试试孙膑的才学，便传令检阅兵马，让孙膑、庞涓二人演练阵法。庞涓布的阵法，孙膑一看，就能说出其名目和破法；孙膑布下一阵，庞涓却茫然不识。他偷偷向孙膑询问，孙膑告诉他说："这就是颠倒八门阵，一旦受到攻击它就会变成长蛇阵。"庞涓探得此阵大概，就上前向魏惠王奏道："孙膑布的是颠倒八门阵。"过了一会儿，魏惠王又向孙膑询问，孙膑的回答果然与庞涓一样。魏惠王认为庞涓的才干不在孙膑之下，心中甚是高兴。

庞涓回到府中，心中很是担忧，自言自语道："孙膑的才干远胜于我，若不将他尽快除掉，将来他必会将我压倒。"寻思半晌，终于想出一计。

以后两人相会，庞涓故意向孙膑说："孙兄宗族亲人都在齐国，如今孙兄既然在魏国做官，为何不将他们迎到魏国来同享富贵。"

孙膑流泪说："你虽与我同学数年，却不知道我家门的事。我四岁丧母，九岁丧父，从小被叔父孙乔养大。叔父是齐君姜贷时期的大夫，齐君姜贷被废黜，手下群臣不是被齐太公田和驱逐就是被杀害，我孙家宗亲因此离散。叔父与族兄孙平带我逃难，以后因遇上灾荒，他们又将我送出去寄养，他们父子也不知逃到了何方。我长大后，听邻人说鬼谷子道德高尚、学问深湛，便只身投到师傅门下求学。这么多年来，家乡杳无音信，哪里还有什么宗族亲人？"

庞涓又问道："孙兄很思恋故乡是吧？"

孙膑答道："人非草木，谁能忘本？"

庞涓探到了孙膑的口风，假意说道："孙兄说得很对，但大丈夫志在四方，建功立业也不必非在故乡。"

过了半年，孙膑早已将自己所讲的话忘掉了。这天他下朝归来，忽然听到一个操东方口音的人说道："这位是孙客卿吗？"孙膑将他请入府中，那人自称是齐国临淄人，将一封信简呈给孙膑。孙膑读道："自从家中惨遭不幸、宗族离散，至今已有数十年。你叔父孙乔已经去世，为兄孙平一直飘零异乡，辗转路途，苦不堪言。如今幸喜齐王仁义为怀，尽释前嫌，将我召回故里，我打算将兄弟迎回，重立门户。听说兄弟曾在鬼谷子门下求学，名师高徒，将来必成大器。现在托人捎信给兄弟，望早做归乡准备，使我们亲人得以团聚。"孙膑读完信，以为是族兄孙平来信，不觉放声大哭。临淄人劝道："客卿的哥哥曾一再叮嘱我，让我劝您早日还乡，骨肉相聚。"孙膑说："我如今已在魏国，这事还须慢慢商议。"孙膑让人设酒上饭款待临淄人，自己写信答复族兄孙平："小弟已在魏国发展，不便立刻归去。等小弟将来稍有建树，我们兄弟再团圆相聚不迟。"孙膑送给临淄人路费，请他将信简捎给族兄孙平并转达自己的问候。

临淄人拿到信简，便匆匆告辞离去。这"临淄人"并非受孙平所托，他是庞涓的心腹。庞涓套出孙膑的身份来历，便假充孙平写了这封信简，又派心腹给孙膑送去。孙膑与族兄从小分离，早已忘记了他的笔迹，因而误以为真。庞涓骗得孙膑写的信简，便模仿其笔迹，将后两句改为："小弟今日虽在魏国发展，但却心怀祖国，不久就会设法归去。倘若齐王不弃，小弟自当尽力侍奉。"

庞涓入朝拜见魏惠王，将篡改后的信简呈上，假言奏道："孙膑果然有叛魏归齐之心，这几日他与齐国使者私下串通，这是臣派人从齐国使者身上搜到的孙膑的亲笔密信。"

魏惠王把信简读完说："孙膑怀念祖国，难道是因为寡人没有重用他，使他难展其才吗？"

庞涓答道："孙膑的祖辈孙武曾做过吴国将军，但最终还是回到齐国父母之邦，谁能忘本不顾？大王即使重用孙膑，他的心中还会依恋祖国，一定不会为魏国尽力。孙膑精通兵法，才干不在臣之下，一旦他被齐国起用，齐国必会与魏国争雄，这是大王日后的大患。”

孙武功成后退隐，无人知其下落，庞涓说他回到了祖国，魏惠王也不能辨别真假。魏惠王想了想说道：“孙膑应寡人之召而来，如果对他不善，恐怕天下人会议论寡人。”

庞涓说：“大王说得很对。那就让臣再去劝劝孙膑，他如果肯留在魏国，大王可重重加封于他；如果不肯留下，大王可以把他交给臣来处置。”魏惠王应允。

庞涓来见孙膑，便问道：“听说孙兄最近得到一封家信，是真的吗？”

孙膑天性忠厚，对庞涓毫无戒心，随口答道：“是真的。”便将信中要他回乡的话说了一遍。

庞涓说：“久别思归是人的天性，孙兄何不向魏王上表，请上一两个月假，回乡探亲扫墓，然后再回来呢？”

孙膑说：“我怕大王对我起疑，不肯放我回去。”

庞涓说：“孙兄不妨去试一试，小弟自会从一旁助你。”孙膑点头答应。

当晚庞涓又入内宫去见魏惠王，又假言奏道：“臣奉大王之命去劝孙膑，孙膑却坚持不肯留下，而且对大王很有怨言。如果孙膑近日上表请假，大王便可公开他的通齐叛魏之罪。”魏惠王点头同意。

第二天，孙膑果然上表请假。魏惠王见表大怒，立即下令将孙膑的爵位削去，按庞涓的意见，派人将他押赴将军府问罪。

庞涓这天故意不去上朝，见到孙膑，又故意装出吃惊的样子问道：“孙兄为何来到这里？”魏惠王使者宣读了魏惠王的命令，庞涓又装出一副焦急的样子，向孙膑说道：“孙兄受到冤枉，我这就替你去向大王求情辩白。”说罢，便乘车去见魏惠王。

庞涓向魏惠王奏道：“孙膑虽然犯有与齐国私通之罪，但罪不至死，以臣之见，不如将他双脚砍去，再在他脸上刺上字，使他变成残疾人，终身不能返回齐国。”

魏惠王想了想说：“就这样处置吧。”

庞涓回到府中，对孙膑说：“魏王十分恼怒，执意要将孙兄处死，我再三求情，魏王这才同意饶孙兄不死，但必须将孙兄两脚砍掉并在脸上刺字，这是魏国的国法，并不是我不肯尽力。”

孙膑叹道：“今日我受到膑刑，但并非大凶大难。我能保住性命，多亏贤弟相助。”

庞涓叫来武士，将孙膑绑住，砍掉了他的双脚。孙膑惨叫一声，昏倒在地。庞涓又让人在孙膑脸上刺了字。孙膑半晌才醒转过来，庞涓假意哭泣，用药敷在孙膑腿上，亲手为他包扎，然后让人把他扶入客房。魏惠王所赐孙膑府第，已被收回，现在他只能住在庞涓府上。一个月以后，孙膑伤口愈合，只是因为失去双脚，不能行走。

孙膑已成了残疾人，终日受庞涓三餐供养，心中很是过意不去。庞涓便请求他将鬼谷子注解过的孙武兵法传给自己，孙膑慨然答应，庞涓让孙膑将兵法誊写出来。

寒风萧萧，一年冬天到了。孙膑誊写不到十分之一，庞涓便将服侍孙膑的家仆叫去，问他孙膑何日能写完，家仆答道：“孙膑两腿不便，加上天冷，每日只能誊写两三段。”庞涓怒道：“如此拖拉，何时才能写完？你给我多催催他。”家仆唯唯诺诺退下。庞涓为让孙膑加快速度，又命人给他送火炭取暖。

家仆有些不解，偷偷问庞涓府中管事的家臣：“将军让孙膑为他誊写兵法，何必如此急急催逼？”家臣说：“你不知道？将军与孙膑表面和睦，内心却对他十分忌恨。当时留下他的性命，就是为了得到这部兵法。只等孙膑将书誊写完，将军就会断绝他的饮食。你千万不可泄此秘密。”家仆连连答应。

当天傍晚，心地善良、同情孙膑的家仆犹豫再三，便将此事告诉了孙膑。孙膑大惊，心里道：“庞涓如此狠毒，我竟然一点儿没有觉察，真愚蠢呀！他无情无义，我怎能将兵法传给他！”转念又想道：“我若不传，他必大怒，将我处死。”左思右想了半天，忽然想起鬼谷子与自己分别时的叮嘱：“如果你遇到危难时，疯癫是最好的对策。”孙膑一下心领神会。

到了晚饭时，庞涓府上来了一位陌生的客人，看到孙膑脸上的刺字，不禁惊讶道：“将军府上怎么也有犯人？”孙膑正想张口吃饭，听见此语，立即糊涂发疯。他大口呕吐，骂声连连，将饭菜全都摔到地上，又将已誊完的书简扔入取暖用的火炭中。客人受惊，急急离开。

家仆不知孙膑在使诈，慌忙跑去报告庞涓，绝不敢提泄密一事，只说孙膑闻听客人说的刺激言语，突然发疯。

第二天，庞涓亲自前来查看。只见孙膑满脸痰迹，躺在地上，时而大笑，时而大哭。庞涓问他："孙兄为何忽然大笑、忽然大哭？"

孙膑答道："我笑魏王想要害我，却不知我有十万天兵相助，他能将我怎样？我哭是因为没了我孙膑，魏国再无人领兵打仗了。"说完，又向庞涓叩头道："夫子，请您救我孙膑一命！"

庞涓说："我姓庞，你不要认错了人。"

孙膑拉住庞涓的衣袖，张口叫道："夫子救我！夫子救我！"

庞涓依旧心中疑惑，生怕孙膑是装疯，于是便命人将他拖入猪圈。

此时是严冬，孙膑披头散发，倒在粪水中呼呼大睡。

庞涓又派心腹之人给他送去酒食，谎称说："在下可怜先生被害，送些酒食略表寸心，将军并不知道。"孙膑知道这是庞涓在试探自己，怒目圆睁，故意喊道："这酒中有毒，你想毒死我！"把酒食全倒在地上。来人又拾起粪便、泥块送给孙膑，孙膑用手接过，张口就吃。来人回去报告庞涓，庞涓道："看来他真的疯了，是被这刑罚逼疯了！"此时庞涓又喜又悔，喜的是孙膑再也不足为虑了，悔的是没有早让孙膑誊写孙武兵法，以致自己得不到这本兵家秘籍。

孙膑从此自由出入，庞涓不再派人监管。孙膑有时早出晚归，但回来仍睡在猪圈中。虽然寒风彻骨，难以入睡，但孙膑不得不睡。孙膑有时数日不归，混宿在市井之间。他有时谈笑自若，有时悲哭不停。城里百姓认出他是昔日客卿，可怜他又疯又残，时常送他些干粮残饭。

数月过去了，齐国大夫田忌出使魏国，行走在魏都安邑街市上。孙膑闻听是齐使，便匍匐向前，抱住田忌的双腿。田忌身为使节，不能丢掉大国形象，便好言相问，孙膑依旧装疯卖癫。周边魏人说："这人叫孙膑，齐国人，原是魏国客卿，因为私通齐国，受到刑罚，以致疯了。"说者无意，听者有心。田忌心里嘀咕："堂堂魏国客卿，私通齐国，为何我却不知？这孙膑不抱别人，单单抱住齐使，是否有话要说？是不是因为周边人多，而继续卖傻？"于是便派人留心孙膑的行踪。

到了晚上，田忌秘密去见孙膑。孙膑靠在猪圈栏上，流着泪说道：

“我是齐人，与魏国将军庞涓同在鬼谷子门下学习，如今受他陷害，只好装疯应对。我想回到齐国，无奈双脚被砍，不能远行，故在街市上抱住您，请您不要见怪。”

田忌顿觉孙膑不是凡人，小声说道：“此处不便久谈，明日清晨，我让一辆车从此经过，你可躲到车里。中午时分，我们就返回齐国。”孙膑泪流如雨，磕头致谢。

第二天，田忌上朝向魏惠王辞行，庞涓在长亭设酒饯行。此时，田忌随从已将孙膑藏在篷车之中，先行离去。孙膑上车前，故意将脏衣扔在一处井口。田忌道别后，便乘车追赶前车。当地小吏不见了孙膑的踪影，慌忙报告给庞涓。庞涓怀疑孙膑已投井自尽，派人四处打捞，却不见其尸。他害怕魏惠王责备，就向魏惠王禀报孙膑投水自尽了。

又是一年槐花香，蜂蝶照常绕。在槐花香中，田忌带着孙膑离开魏境，来到齐都临淄。通过一路交谈，田忌知道孙膑兵法造诣深厚，便将他推荐给齐威王。

孙膑入朝拜见齐威王，齐威王向他请教兵法，孙膑便以鬼谷子传授的兵机要诀来答：“制胜之谋是，审其情，定其基。掌握敌情要快、要全。暴露给敌人的要少、要慢。阳谋与阴谋，方略与圆略，要交替运用，不可固守一端。兵无定策，策无定形，使人无可乘之机。以上就是我师傅鬼谷子所说的天神兵法。深入运用这天神兵法，便可攻无不克，战无不胜。”齐威王大喜，当即要拜他为大夫。孙膑推辞说：“我寸功未建，不敢接受大王爵禄。再说庞涓如果听到我受齐国重用，必会兴兵制造事端，现在不如将我归齐一事隐瞒。等用得到我时，我再为大王效力如何？”齐威王答应，便让孙膑暂住田忌府中。田忌是田齐宗族，十分爱才，将孙膑奉为上宾。

齐威王闲暇时，常与公族大臣比赛跑马射猎。田忌的马不如齐威王的马脚力好，屡屡输局。一天，田忌领孙膑一同去参加赛马，孙膑见马的脚力相差不远，但田忌却三赛皆负，便私下对田忌说：“大王明日若还举行比赛，我一定能使大夫您获胜。”田忌说：“先生如果真能保证我获胜，我这就去请求大王，用千金作为彩头一决输赢。”田忌入宫请求齐威王说：“臣近日屡赛屡输，明日臣愿倾家荡产，以千金作彩，与大王一赌输赢。”齐威王笑着答应。

第二日，公族大臣都驾着车马前来观看比赛。田忌对孙膑说：“先生究竟有何良策可使我获胜？千金之赌可不是闹着玩的！”孙膑说：“齐国最好的马匹在大王手中，大夫您想用自己的马与大王比赛，胜数不大，但我有一计可使您获胜。参赛的三匹马根据力气大小都有上中下之分，如果大夫您将自己的下马当作上马，与大王的上马比赛，用上马对其中马，用中马对其下马，这样一来，将军虽败一局，却能赢两局。”田忌大喜道：“妙！”便采用孙膑的计策，先用下马与齐威王的上马相比，两马相差很远，田忌输了第一局。齐威王大笑，田忌说：“还有两局呢，等臣全输了，大王再笑臣也不晚。”第二、三局，田忌果然获胜，得到彩头千金。齐威王心中疑惑，田忌奏道：“今日得胜，并不是臣的马比大王的马强，而是臣有孙膑相助。”于是便将孙膑的计谋报告齐威王。齐威王叹道：“这虽然是小事，却已能看出孙膑智谋过人。”从此对孙膑更加敬重有礼。

再说魏惠王始终不忘赵国夺去中山之仇，只因赵人尚武、强悍，故将讨伐一事一拖再拖。今见条件成熟，便责令庞涓收复中山。庞涓奏道：“中山离魏远离赵近，与他们争夺这块远离魏国的土地，不如逼他们就近割让土地。臣请求率兵直攻赵国邯郸，以报夺我中山之仇。”魏惠王准奏。

庞涓率领兵车五百乘及全部魏武卒攻赵，兵围赵国邯郸。邯郸赵军连战俱败，抵挡不住魏军。此时，赵国国君是赵成侯。且说赵烈侯去世后，经赵武侯、赵敬侯传至赵成侯。赵敬侯时，赵国都城由中牟迁至邯郸。赵成侯见魏武卒实在是强大，赵军抵挡不住，便派人用中山之地贿赂齐国，请求出兵援赵。

有了如此厚利，齐威王决定发兵。他深知孙膑的才能，想拜他为将军，孙膑推辞道：“我受刑身残，如果让我为将率兵，恐怕别国会笑我齐国无人。请大王派田忌领军，我用心辅佐。”齐威王听从，拜田忌为将军、孙膑为军师，命两人率军救援赵国。

田忌想率军到邯郸解围，孙膑阻止道：“想解开乱丝，不能握紧双手生拉硬扯；想解救斗殴的人，不能卷进去胡乱搏击。如今魏国攻打赵国，动用的必是魏军精锐——魏武卒，而在家看守的必定是老弱残兵。魏武卒十分强悍，我们齐军必须避开其锋芒。现在最高明的做法是率领齐军火速向魏国挺进，占据它的交通要道，冲击它的软弱之地，庞涓所率的魏军必定会离开赵国，回兵自救。这样，我们既解救了赵国邯郸之围，又可以在半道上伏击精疲力尽的魏武卒，必会大获全胜。”田忌称好，采用孙膑的围魏救赵之计。

此时，赵国邯郸等候齐国援兵不到，便开城投降。庞涓一面派人去向魏惠王报捷，一面准备领兵深入。忽有齐将田忌乘虚攻魏的消息传来，庞涓道：“魏国守军，哪会是齐军的对手？如若不回救，魏国必定不保。”于是慌忙撤兵回援，赵国的危机解除了。

庞涓行到距桂陵二十里之地，与齐军遭遇。齐军校尉袁达领三千军士迎敌，庞涓派庞葱领军厮杀。袁达佯装不敌，引兵撤退。庞葱害怕中计，不敢追赶。庞涓怒斥道：“连一个小小的校尉都不能擒获，怎能擒获齐军主将田忌？”立即下令大军追击。

魏军追到桂陵，只见前面齐军排成一阵，庞涓乘车观看，发现此阵正是孙膑初到魏国时排演的颠倒八门阵。庞涓心中起疑，自言自语道：“田忌怎么也懂得这一阵法？莫非孙膑没死，已回到齐国了？”当下也令魏军布阵。

此时，田忌从齐阵中闪出，喝道：“请庞涓将军出来相见！”

庞涓出阵对田忌说：“将军别来无恙！今魏、赵有仇，与齐国何干？将军今来与魏国寻仇对敌，实在是大大失策。”

田忌拱拱手道：“赵国已将中山之地献给齐国，我家大王这才派我率兵救赵。如果魏国也肯献几郡土地给我齐国，我们这就退兵。”

庞涓大怒道：“你有什么本事，敢与我对阵？”

田忌说：“你既然有本事，可认得我这阵法？”

庞涓说：“这是颠倒八门阵，我曾从鬼谷子那里学过，你从哪里偷偷学得一招两势，也敢来问我？”

田忌哈哈大笑说：“就怕你不是从鬼谷子那里学得，而是偷学他人。”

庞涓不觉脸上泛红。

田忌又道：“你既然能认出此阵，可敢攻打它吗？”

庞涓心中犹豫，若说不敢打，怕丧失士气，于是厉声答道：“既能识破，怎么不敢打？”转头吩咐庞英、庞葱说：“孙膑说此阵能变成长蛇阵，攻头，尾会反击；攻尾，头会反击；攻中间，首尾会同时反击。我现在去攻此阵，你们二人各率一军，只等此阵一变，便分两路同上，使它首尾不能相顾。这样一来，此阵法便可攻破。”

庞涓吩咐完毕，便亲率五千魏武卒上前打阵。才入阵中，就见八个方位的令旗纷纷转换，再也认不出哪是休、生、伤、杜、景、死、惊、开八门了。魏武卒东冲西撞，找不到出路，只见到四处都是剑、戟。忽一会儿，一面面旗帜树起，上面都写着“孙”字。庞涓心中大惊道：“原来孙膑被田忌带回齐国去了，我中他们的计了！”危急时刻，庞英、庞葱领军从两路杀到，将庞涓救出，但庞涓带入阵中的五千魏武卒无一生还。庞涓心中又悲又羞。原来八卦阵本是按照八个方位排定，加上中央主阵，共是九队车马，它的形状是正方形。等到庞涓入阵，孙膑便将首尾两队人马调出去阻击敌人援兵，只留下七队人马布成了一个圆阵，庞涓不识其中变化，因此才上当。

庞涓知道孙膑在齐军中，心中害怕，连忙与庞英、庞葱星夜逃回魏国。庞涓虽然败回，但因为有攻取邯郸之功，便将功折罪。田忌、孙膑大获全胜，既然邯郸解围，便凯旋归齐。

齐威王摆下庆功宴，欢迎田忌、孙膑等有功将士。蜜香浓郁、入口甜美的上等宫廷米酒倒入一具具酒觯中。宫廷饮酒，讲究周礼，名堂繁多，盛酒器具有尊、壶、斛、觥、彝等之分。这每一种酒器又有许多式样，如尊就有象尊、犀尊、牛尊、羊尊、虎尊等。除了盛酒器具，还有饮酒器具：觚、觯、角、爵、杯。不同身份的人使用不同的饮酒器，尊者举觯，卑者举角。齐国富有，众大臣饮酒，用铜觯，齐威王用玉觯。

众人频频举觯，喜庆之色溢于言表。不知不觉间，田忌、孙膑等人皆有醉意，只有稷下学宫上宾淳于髡谈笑风生，面不红耳不赤。齐威王很兴奋，问淳于髡：“先生喝多少才醉？”

淳于髡答道：“臣喝一斗也醉，喝一石也醉。”

齐威王说：“先生喝一斗就醉了，怎么还能喝一石呢？”

淳于髡说：“在大王面前赏酒，臣心怀恐惧，不过一斗就醉了；如果家里来了贵客，臣小心地在旁边陪酒，不时起身祝他们福寿，那么喝不到二斗也就醉了；如果故交突然相见，互诉衷情，大概可以喝五六斗；如果是乡里间盛会，男女杂坐，无拘无束，席间还有六博、骰子、投壶等娱乐，臣心中高兴，大概喝到八斗；天色已晚，酒席将散，人们靠在一起，男女同席，女子薄罗衫轻解，微微闻到一阵香气，这个时刻，臣心里最欢快，能喝一石。”

齐威王哈哈大笑。虽然淳于髡出身卑贱，其貌不扬，但齐威王心里非常喜欢他。淳于髡虽然滑稽，但却正直，此时乘机劝谏齐威王说：“饮酒这东西，可多可少，但酒极则乱，乐极生悲，万事尽然。”齐威王点头称是。

齐威王贪恋魏国土地，想乘胜发兵攻打魏国，便于第二日问淳于髡是否可行。淳于髡劝道：“韩子卢，是天下跑得最快的狗；东郭逡，则是世上数得着的狡兔。韩子卢追逐东郭逡，接连环山追了三圈，翻山跑了五趟，前面的东郭逡精疲力尽，后面的韩子卢也力尽精疲。韩子卢、东郭逡都跑不动了，各自倒在地上活活累死了。有个农夫看到了，不费吹灰之力捡走了它们。目前魏国虽败，可强势犹存，与狗、兔相争一样的是，要是齐、魏两国相持不下，双方军力、国力都疲惫不堪，那么秦、楚两个强国难免会抄我们后路，以博取农夫之利。”齐威王听后，有些害怕，就下令休养将士，不再出兵。

悠悠岁月无数事，三言两语几笔过。且说韩国攻灭了郑国，将国都由阳翟迁至新郑。虽然郑国先君郑庄公学习蜥蜴精神，使郑国成为周平王东迁以来中原诸侯初霸，但其后代没有贯彻郑武公嘱托的学习《周易》中“自强不息、厚德载物”的内髓。自郑定公去世后，郑国更加消沉，终致亡国。赵国到韩国庆贺夺取郑地，与韩国商定第二年联兵攻魏，并约好灭魏之后，韩、赵两国共分魏国土地。

庞涓闻听此讯，向魏惠王奏道：“听说韩国准备助赵攻魏，我们今日可乘他们尚未合兵之机，先攻韩国，挫败他们的图谋。”魏惠王答应，当即命令世子魏申与庞涓率兵攻打韩国。

庞涓与魏国世子魏申领兵攻韩，行到外黄，有位徐生求见世子魏申。世子魏申问：“您有何指教？”

徐生答：“我有一计可使世子您百战百胜，世子想知道吗？”

魏申点头答应。

徐生问道："世子认为这世上还有比魏国更富强的国家、比魏王更高的权位吗？"

魏申答："没有。"

徐生又说："现在世子亲自领兵攻韩，如果成功，将来不过是继位为王，执掌魏国；万一失败，世子可怎么办呢？没有兵败的危险，又有称王的荣耀，这就是在下所说的百战百胜之计。"

魏申说："我已明白先生的话了，我明日就班师回国如何？"

徐生摇头说："世子虽然肯听从在下的劝说，但也未必行得通。有话说，一人遭烹，众人食羹。现在想吞吃世子肉羹的人很多，世子您想撤军回国，他人又怎肯听从您的意见呢？"徐生说完辞去。

世子魏申同庞涓等人商议班师回国，庞涓果然说："大王将大军交给我们，如今未见胜利，世子就匆匆下令撤军，这与战败脱逃有什么不同？"魏军主力是魏武卒，虽然其在桂陵之战中受损，但其威力犹存。按传统，魏武卒凭军功可获取更高爵位、享受更好的待遇，所以庞英、庞葱等众将校也都不愿意班师。魏申无奈，只得下令魏军继续前进。魏武卒强大无比，一直攻到韩国都城新郑。

此时，韩国国君是韩昭侯，韩烈侯早亡。韩昭侯派使节向齐国告急，求齐国出兵救援。

齐威王召集群臣商议，问道："救援韩国与不救援韩国，两者哪个更有利？"相国邹忌不主张出兵，田忌以及齐威王少子田婴主张出兵，独有孙膑一人默然无语。

齐威王问："军师一言不发，是不是认为救与不救都对我齐国不利？"

孙膑答道："正是。魏国自恃强大，攻赵后，又伐韩，有朝一日自然不会放过我们齐国。若按兵不救，等于束手将韩国送给魏国，白白使魏国势力增强，因而不救不行；魏国刚刚与韩国交战，在韩国未败之前出兵救它，等于替韩国承受战争，我们损兵折将，韩国反而会坐享其安，因而出兵援救也不利。"

齐威王问："那么我们究竟应该如何对待？"

孙膑答道："为齐国考虑，应该先答应出兵救韩。韩国知道齐国将去救援，必会全力抗敌，魏国也必会全力攻韩。我们等双方精疲力竭后，再出兵攻魏救韩，这样出力少而功劳大，岂不更好？”齐威王拍手称好。

齐威王派人告诉韩国使节说：“齐国援韩抗魏。”使节立即回国，韩昭侯闻讯大喜，统率军民奋力抵御，但韩军越来越不支。

韩昭侯又派使节赴齐催行，齐威王便命田忌为将军、田婴为副将、孙膑为军师，率大军赴韩救援。

田忌想领兵直逼韩国都城新郑，孙膑阻止道：“不可！过去我们救赵，未到赵国，就替他们解了围。如今救韩，也不必非到韩国去。”

田忌问他：“军师有何计策？”

孙膑答道：“排难解纷的关键，在于攻敌所必救。今日之计，是用重兵直逼敌人的都城安邑。”田忌听从其计，下令齐军向魏国都城安邑进发。

世子魏申、将军庞涓率领魏军连战连胜，直插韩国纵深。这日，忽有国内人来报：“齐军再次攻入我国国境，请速速班师。”魏申、庞涓大惊，急忙传令退军返回，韩国兵马也不追赶。

孙膑知道庞涓率军将到，便对田忌说：“魏军主力是魏武卒，素来骄悍，看不起齐国兵马，我们现在就借助他们的轻敌之心来击败他们。我军现已深入魏地，应该假装怯战的样子，引诱他们上当。”

田忌问：“怎样诱敌呢？”

孙膑说：“当年师傅鬼谷子教我们兵法时，就告诉我们用数灶坑法来查明敌军的数量。我明白，庞涓也明白。今日我们就造五千个灶坑，明后日逐渐减少。庞涓见我们灶坑减少，必会认为我军军士怯战逃亡，他们便会急追争利。我们就可乘其骄狂轻敌、体力疲惫之机，将他们歼灭。”田忌赞赏孙膑的示假隐真战术，立即命令实施。

再说庞涓眼见韩军屡战屡败、魏军就要大获全胜时，没想到又被齐军打搅，心中不由怒火中烧。回到魏境，齐军已经撤走。庞涓观看齐军扎营之处，发现灶坑很多，令人一数足有五千个，庞涓大惊说：“一灶供二十人使用，没想到齐军人数如此众多，还真不能轻敌！”第二天，庞涓来到齐军留下的另一处旧营，发现灶坑已减少到三千个，第三天仅剩两千个。庞涓拍手大喜道：“上天真是佑助我魏国啊！”

世子魏申问他：“将军还没见到敌人的影子，为何就喜形于色呢？”

庞涓说：“齐人兵弱怯战，尤其惧怕魏武卒。现在他们来到魏国，不到三天，军士就逃亡过半，真是不堪一击呀！”

魏申说：“齐人狡诈多计，将军不可轻敌。”

庞涓不听，说道：“田忌等人这次自己来送死，我定要将他生擒活捉，以雪我当年桂陵兵败之耻。”庞涓与魏申分为两队，自己与庞英率兵先去追击，魏申与庞葱率后军慢慢跟进。

孙膑派人打探庞涓的消息，探子回来报告说：“魏军已过沙鹿山，如今正不分昼夜兼程前进。”孙膑屈指计算，料定敌人在日暮时分必到马陵。那马陵道在两山中间，山高谷深，正好埋伏兵马。孙膑将一棵大树留下，命令军士将其他树木全部砍倒，堵塞道路，又把剩下的那棵大树朝东面的树皮刮掉，在白色树干上用墨写下“庞涓死此树下”六个字。孙膑又令弓弩手一万在附近埋伏，吩咐他们：“只等树下有火光出现，就一齐放箭。”孙膑又请田婴领兵一万，在离马陵道三里处埋伏，只等魏军进入山谷，便从后面截杀。自己和田忌领兵远远扎营，准备接应。

看到孙膑的部署，田忌暗暗佩服，心里嘀咕：“魏武卒擅长格斗，今齐军避其所长，借助有利地势，用万箭射杀。这魏武卒纵有天大能耐，也逃脱不去。”

齐军很快各就各位，静等庞涓率军前来。

庞涓与庞英领兵一路追击，为了尽快赶上齐军，他带领擅长奔袭的全部魏武卒。庞涓打听到齐军刚过不久，恨不得一步赶上。来到马陵道时，正好日落西山。

这时是月底，天上没有月光。前哨来报：“前面树木阻住道路，难以前进。”庞涓怒斥说：“齐兵怕我追击，这才使此计阻止我军。”庞涓走到乱木堆放处，正想指挥手下军士搬木开路，忽然看见一棵大树树皮被人剥下，上面隐隐有字迹。因天色昏黑，看不清楚，庞涓命军士点火照亮。众军士一齐点起火把，庞涓在火光映照下，看清了树上的字，不由惊叫道：“我又中了孙膑的计谋了！”急忙转身下令撤退。庞涓话音未落，隐藏在四周的齐军已是万箭齐发。箭如骤雨，魏军大乱。庞涓身受重伤，他料定自己无法脱身，便长叹道：“我从前没杀掉孙膑，今日终使他名扬天下了！”又想起离开鬼谷时对孙膑所发的誓言和在魏国对孙膑的毒害，不由再叹道：“我今日之死也是活该呀！”话还未完，一箭飞来，正中庞涓的脑门。庞涓之子庞英也中箭身亡，赫赫有名的魏武卒全军覆没。魏国自此军力衰弱。昔日庞涓下山时，鬼谷子曾说：“山外有山、人外有人。打死犟嘴的，淹死会水的。”这话很有道理，庞涓连同强大的魏武卒果然全部战死。

魏国世子魏申与庞葱正在后队，闻听前队误入敌人埋伏，慌忙停兵不前，没想到却被齐国田婴领兵从后面包抄。魏军心惊胆战，四散逃走。田忌与孙膑又领大军赶来接应，两下里会合，直杀得魏军尸横遍野。魏申势单力孤，被田婴生擒，他担心被齐人侮辱，咬舌而死。庞葱下车投降，田忌想将他处死，孙膑劝解道：“作恶的只有庞涓一人，与他侄儿无关。”孙膑便让庞葱回去报告魏惠王：“好自为之，否则魏国社稷难保。”庞葱连声答应而去。

魏惠王闻听世子魏申自尽、庞涓及魏武卒战败灭亡，不由想到了庞涓与孙膑的恩恩怨怨，失声痛哭道：“庞涓害人、害己、害国呀！今后魏国必处处受欺。”

战争就是冷酷无情，有败就有胜。齐军大获全胜。齐威王大喜，大摆宴席犒劳众将士，并亲手为田忌、田婴、孙膑等人把盏敬酒。从此，齐威王对田忌、孙膑更加宠信，把军权全部交付二人。

且说人是不断变化的，邹忌刚做相国时，一心为齐国着想，齐国政风正本清源，风顺气畅。等邹忌在高位上时间久了，个人思想就发生了些许变化。这邹忌见田忌、孙膑功劳卓著、备受齐威王宠信，便担心将来两人会取代自己之位，私下与门客杜赫商议，想要夺田忌、孙膑之宠。杜赫说：“此事不难，不妨无中生有，弄假成真。”邹忌便派杜赫前去实施。

夜晚，杜赫假装是田忌的亲信，带着十枚齐国刀币，去叩卜师涞的家门。杜赫向卜师涞说道：“我奉田忌将军之命，想请你占卜。”卜师涞将他请入屋内，问道：“将军为何占卜？”杜赫说：“我家将军是大王的宗族，军权在握，威震天下。现在想谋求大事，请你占卜一下，看看是否吉祥。”卜师涞大惊说：“如果是犯上弑君的事，在下可不敢参与。”杜赫嘱咐他说：“先生既然不肯占卜，就请将此事忘了，不要泄露给别人。”杜赫刚出卜师涞的家门，邹忌就派人将卜师涞抓获，逼他说出为“叛臣”田忌占卜之事。卜师涞说：“虽然有人来过我的家，但在下确实未给他占卜。”邹忌当即入朝，将“田忌占卜之事”报告给齐威王，又将卜师涞擒来作证。

齐威王果然中计，顿时心中起疑，天天派人到田忌府中刺探动静。田忌闻听齐威王怀疑自己，唯恐被杀，慌忙从齐国逃奔到楚国。

孙膑见恩人田忌逃奔，便请辞军师之职。齐威王一再挽留，孙膑却执意要去。他将自己著述的《孙膑兵法》献给齐威王，齐威王翻开一看，共有《擒庞涓》等十五篇，字字珠玑，篇篇精髓，不觉大喜。孙膑奏道：“臣以残疾之身，蒙受大王厚爱重用，现在臣对上已经报答了大王的隆恩，对下已经洗雪了个人的仇怨，心愿已足。臣所用的兵法战策都已记载在这部书中，大王将臣留下也无用处，请大王赐臣一片闲地，让臣苟延残年。”齐威王留他不得，只好将石间山封赐给他。

孙膑在山中住了一年，一日忽然不见了。恰在此时，鬼谷子也离开了鬼谷。有人说，孙膑已和恩师鬼谷子一起去东海得道成仙了。鬼谷子的弟子根据平日鬼谷子的言论，整理成了《鬼谷子》一书。

田忌、孙膑都已离去，齐国相国邹忌还是不放心，他不再担心孙膑，而是担心田忌凭借楚国势力再返齐国。杜赫对邹忌说：“我愿为您把田忌留在楚国。”第二天，杜赫便往楚国赶去。

杜赫到了楚国，对楚威王说：“当今七国逞强，如果楚国得到齐国相助，必会雄霸天下。我有一个法子，可让楚国得到齐国的帮助。”

楚威王问：“何法？”

杜赫说：“齐国相国邹忌担心田忌返回齐国。如果大王您封给田忌一块地方，那么田忌就不会返回齐国了。如此的话，邹忌一定会和楚国友好。从另一方面说，田忌是个逃亡在外的人，他如果得到了封邑，一定会感激大王您。即使将来他能返回齐国，也一定会使齐国和楚国通好。这就是利用田忌、邹忌二人之间的矛盾，做出有利于楚国的举动。”楚威王听从杜赫的意见，封给了田忌一块土地。

这田忌在楚国封邑上，心中还是不乐。他忆起当年的功业，看到如今的处境，郁闷而死。

二　智者的际遇

悠悠岁月无数事，三言两语几笔过。且说齐国战胜了强大的魏国，各国诸侯无不心惊，韩、赵二君尤其感激齐国的援救之恩，亲自前来朝贺。齐威王想与韩、赵两国联兵伐魏，魏惠王十分害怕，连忙派人向齐国朝贺归附。齐威王约请韩、赵、魏三君在博望城会盟，三国不敢不从。此后，齐威王骄傲自满，自高自大，忘记淳于髡“酒极则乱，乐极生悲，万事尽然”的劝诫，开始沉溺酒色。他令人在城中修筑雪宫，又开郊外土地四十里作为猎场，终日歌饮射猎。他宠信稷下学宫邹衍等文人说客，重用王欢等奸佞小人，日日从事清议空谈，荒废政务。再说相国邹忌挤走了田忌、孙膑后，便又开始一心为国。他对齐威王充满忧虑，多次进行劝谏，但齐威王不听，邹忌托病交还了相印。齐威王封公子田婴为相国。这一年，田婴率军灭掉薛国，齐威王将田婴封于薛地。

田婴准备在薛地修筑城防。因为这样做容易引起齐威王猜忌，不少门客前来劝阻。田婴十分生气，便吩咐家臣不得再让劝阻的门客进入。门客齐貌辨请求谒见田婴，他向家臣保证说：“我只说三个字就走，要是多一个字，愿意领受烹杀之刑。”田婴于是接见他。齐貌辨快步走到他跟前说：“海、大、鱼。”然后转身就走。田婴大惑不解，连忙问：“先生还有要说的话吗？”齐貌辨说：“我可不敢拿性命当儿戏！”田婴说：“不碍事，先生请讲！”齐貌辨这才答道：“公子您没听说过海里的大鱼吗？渔网钓钩对它无能为力，但它一旦得意忘形，离开了大海，那么蝼蚁也能随意摆布它。拿此相比，齐国也就如公子的‘海’，如果公子您在齐国安全，那么在薛地修筑城防有什么用呢？而公子您如果失去了齐国，即使将薛地城墙筑得跟天一样高，又有什么用呢？”田婴称赞道：“你说得对。”于是停止在薛地筑城。

田婴见齐貌辨有勇有智，并且一心为自己着想，就让齐貌辨去住上等客舍。齐貌辨为人不拘小节，因此门客们都讨厌他。田婴有个儿子，名叫田文，身材矮小但却精明干练。他想维护田家形象，便暗中劝说田婴驱逐齐貌辨。田婴大发脾气道：“即使将来有人铲除我们这个家族，捣毁我们这片家业，我也不能对不起齐貌辨！”为惩罚田文，田婴就派他去给齐貌辨赶车三个月。田文遵从父命，连续三个月朝夕侍候齐貌辨，不敢有半点儿懈怠。世间的道理既复杂又简单，这田文放下尊贵的地位，去侍候手下门客，不但个人形象不受损，反而因此威信骤增。

等薛地及家务安顿好后，相国田婴便安心在齐威王手下做事。

一天，齐威王正在雪宫饮酒作乐。门外忽然来了一位相貌奇丑、衣衫破烂的女子，声称要见齐威王。守门卫兵将她拦住，喝道：“丑女是什么人？也敢来见大王！”

丑女说：“我是齐国无盐人，名叫钟离春，现在年已四十，尚未出嫁。我听说大王在宫中饮宴，特来求见，想入后宫侍奉大王。”

卫兵们掩口笑道：“这女子真是不知羞耻。”卫兵入宫报告齐威王，齐威王将钟离春召入。

内侍见钟离春奇丑无比，全都暗笑不已。齐威王开口说道：“寡人宫中嫔妾婢女已满，你相貌丑陋，却敢求见一国大王，想来你不是头脑有问题，就是有什么奇特的才能。”

钟离春答道：“我没有毛病，也没有才能，只会用体态身形来预示未来。”

齐威王说：“那你就为寡人预示一下，但如果预示得不对，寡人将把你斩首。”

钟离春先瞪目凝视、张牙露齿，然后将手挥了几下，接着拍着膝盖叫道：“危险了，危险了！”齐威王不明白她的肢体语言，转身去问内侍，内侍也是莫名其妙。

齐威王说："钟离春，你上前来为寡人说说这些动作都是什么意思。"

钟离春磕头说："大王若肯恕我不死，我才敢说。"

齐威王说："恕你无罪。"

钟离春说："我瞪目远望，是替大王观看远处即将燃起的烽火；张牙露齿，是劝大王接受忠言劝谏；挥手几下，是替大王驱赶身旁小人；手拍膝盖，是替大王拆毁歌饮楼台。"

齐威王大怒道："你这分明是说寡人有四大过失！寡人做事堂堂正正，哪有这四大过失？你竟敢胡说八道！"喝令卫兵将钟离春斩首。

钟离春说："大王已经恕我无罪，现在请让我把大王的过失解释一下。我听说秦国任用卫鞅，国家变得强盛，今后肯定会发兵，与齐国争雄。大王现在朝中缺乏良将，边疆戍防松懈，所以我才替大王观看远处的烽火。俗话说，国君有直言敢谏之臣，国家不会亡；父亲有直言敢谏之子，家族不会亡。如今大王沉溺酒色，荒废国政，排斥忠直敢谏之臣，所以我才张牙露齿要大王接受劝谏。大王左右，王欢等人只会阿谀奉迎，邹衍等人只懂空泛议论。我担心这些人误国，所以要挥手替大王将他们驱走。大王修宫殿开猎场，消耗国力，劳累百姓，所以我暗示大王将它们拆毁。大王有了这四大过失，齐国便危如累卵。我冒死向大王进谏，大王若能采纳，我虽死无憾。"

齐威王想了想，不禁叹道："假如没有钟离春到来，我还真不知道自己竟有如此多的过失。"当即下令散宴，用车将钟离春带回内宫中，要立她为夫人。

钟离春推辞说："大王不纳我的忠言，要我的身子又有何用？"从此齐威王疏远邹衍、王欢等奸佞空谈之人，扩建了稷下学宫，选贤任能，广开言路，并拜前来齐国的孟子为稷下学宫上宾，一时齐国大治。齐威王将无盐城封给钟离春，称她为无盐君。

齐都临淄稷下学宫院内，长满了青翠旺盛的竹子。竹子旁是几棵大槐树。一场春雨过后，竹笋冒出，槐树吐绿。

淳于髡与孟子礼毕后，便问他："请问先生，男女授受不亲，是您倡导的吧？"

孟子是个实在人，规规矩矩地答道：“是的。”

淳于髡说：“假如您妻子掉水里了，为兄我是救她还是不救呢？”

孟子很生气，心想这个淳于髡喜欢抬杠、钻牛角尖，便说道：“男女授受不亲，的确是礼，但救弟妹，是权宜之计啊。”

淳于髡又问孟子：“如今列国互相攻伐，天下之人好像都掉进水里，您为什么不去救？”

孟子微笑着说：“救天下苍生，要用儒教去救，而不是用手去一个一个地拉。”淳于髡明白孟子是圣人，他的作用是教化，而不是凡事都亲自去做。

又是一年槐花香，蜂蝶照常绕。秦国左庶长卫鞅见庞涓死去、魏武卒灭亡，心想如今魏国衰落，不可不抓住这一有利时机，便在槐花香中，向秦孝公奏道：“秦、魏两国相邻，魏国存在是秦国的心头大患，不是魏国吞并秦国，就是秦国吞并魏国。现在魏国被齐军击败，我们可乘此天赐良机出兵攻打魏国。魏国抵挡不住，必然向东迁移。这样我秦国便可依凭地险兵强，乘势东出，将中原各国制服，成就帝王大业。”秦孝公准奏。

卫鞅率公子嬴少官等人，领兵五万攻打魏国，出咸阳一路向东进发。

警报传到魏国西河，西河郡守朱仓忙派人告急。魏惠王召集群臣商议御敌之计，公子魏昂奏道：“卫鞅从前在魏国时，与臣一起侍奉相国公叔痤。卫鞅欲离开魏国时，臣还赠给他金钱。现在臣愿领兵前往，先与他们讲和，如果秦人不肯答应，我们再守城御敌，同时向韩、赵两国请援也不迟。”群臣纷纷赞同魏昂的计策，魏惠王便拜魏昂为将军，让他领兵五万进驻吴城，救援西河之急。

这吴城是吴起镇守西河时所建，城高池深，易守难攻。魏昂正想给卫鞅写信，忽然守城军士来报：“秦国左庶长卫鞅派人来送信，信使已在城下。”魏昂命人用绳索将秦国信使拉上城，自己拆信读道：“我与公子您情同手足，如今虽各为其主，领军相持，但怎么忍心发兵交战、自相残杀呢？我想和公子相约，一起在玉泉山痛饮，握手言和，使两国免受战乱之苦。公子如肯应允，请指定一个相会日期。”魏昂读完大喜道：“这也正是我的意思。”令人款待秦国信使，回信道：“左庶长不忘昔日友情，愿化干戈为玉帛，正合我意。三天之内，请左庶长指定一个相会之日，我无不听从。”

卫鞅得到回信，大喜道：“我的计谋行得通了。”又派人到吴城商定相会日期，秦使见到魏昂说：“秦军前营已经撤走，其余各队人马只等将军与我左庶长相会后，也会撤兵回国。”秦使向魏昂献上旱藕、麝香，殷勤地说道：“这是秦地特产，旱藕补益身体，麝香可以辟邪。左庶长特派我将这些献给将军您，以示不忘旧日之情。”魏昂对卫鞅更加坚信不疑。

卫鞅假传军令，将前营撤退，令公子嬴少官率兵先行，暗中吩咐他们以打猎为名，埋伏于狐岐山、白雀山等处，只等相会之日一齐杀出，将魏国人马一网打尽。

到了相会之日，卫鞅先派人去吴城报告：“左庶长卫鞅已先到玉泉山等候，所带随从不过三百人。”魏昂毫不起疑，用车装载酒食，又带着一队乐工，出城前去相会。卫鞅在山下迎接，魏昂与他相见，各叙昔日交情，并谈到今日言和退军一事。两边都准备了酒食，魏昂要尽地主之谊，先向卫鞅把盏敬酒，卫鞅也向他回敬。

酒过三巡，卫鞅命军士将魏国酒食撤去，改用本国酒食，并让两个秦国武士上前侍奉。这两个武士一个叫乌获，能单手举起千钧之物；一个叫任鄙，能赤手空拳搏杀虎豹。卫鞅举觯劝酒，同时用目光暗示左右。左右得令，跑到山顶点起焰火，接着山下也放起火来。魏昂大惊道：“现在为何起火？左庶长难道在使计骗我吗？”卫鞅笑道：“暂且骗公子一次，回头我再向公子赔罪。”魏昂心慌意乱，想要逃走，却被乌获紧紧按住，动弹不得。任鄙指挥众人捉拿魏昂的随从，埋伏在山谷中的嬴少官也率人四处捕拿魏国车仗人马，随魏昂前来赴会的魏国兵将无一脱逃。

卫鞅吩咐将魏昂打入囚车，先送回秦国报捷，又命人给魏昂的随从松绑，给酒压惊，并把原来的车仗交给他们。卫鞅说：“你们如果说魏昂赴会归来，骗吴城守军打开城门，我一定重赏你们。如果你们不听从，我现在就将你们斩首。”众人怕死，只得遵命前往。

卫鞅让乌获扮作魏昂坐在车中，让任鄙扮作护送魏昂的秦国使节紧跟其后。吴城守军认出是自家人马，赶紧开城迎接。乌获、任鄙两位勇士一齐发难，奋起神力将城门击碎，又把上前阻拦的魏兵一一打倒。卫鞅率大军随后跟进，乱杀一阵后将吴城占据。

西河郡守朱仓闻听魏昂被俘，料定西河难守，弃城逃走。卫鞅长驱直入，直逼安邑。

魏惠王大惊，派大夫龙贾到秦军求和。卫鞅说："魏王不肯用我，我才到秦国做官。秦君赐我高爵厚禄，现在又把军权交给我。我若不灭掉魏国，有负秦君重托。"龙贾说："良鸟恋旧林，良臣恋故主。魏王虽然未能重用左庶长，但也没有听从公叔痤之言杀害左庶长，左庶长怎能毫无情义？"卫鞅沉思半晌说道："要我撤军也可以，但你们必须割让商邑等十五座城。"龙贾回奏魏惠王，谏道："《周易》的'易'字，本身指蜥蜴，蜥蜴尚能断尾自救，我们魏国有何不可？"魏惠王听从龙贾的建议，答应割让十五座城。龙贾将版图契约送给卫鞅。卫鞅按图受地，胜利而归。魏惠王因割地后，安邑距秦国太近，遂迁都大梁，从此魏国也称梁国。

秦孝公表彰卫鞅的功劳，将从魏国夺来的商邑等十五座城赐给卫鞅作为封邑，称其为商君，加封大良造，世人因此称卫鞅为商鞅。大良造，为秦国新设最高官职，掌握全国军政大权。

此时函谷被秦国所得，当年老子与尹喜相遇时，晋国在函谷设立过一个简易的关口，后被废弃。如今被秦国所得后，函谷成为秦国与崤山以东各国进出的必经之地。它西据高原，东临绝涧，南接秦岭，北塞黄河，道路狭窄，地势险要。秦孝公下令在此设立要塞，号函谷关。函谷关修建成后，更可谓"一夫当关，万夫莫开"。

且说卫鞅谢恩回府，对众家臣和门客说："我以卫君旁支远族的身份入秦，辅佐秦君治理国家，使秦国变得富裕强大，现在又领兵从魏国夺得七百里土地，秦君将十五座城赐给我作为封邑，人生的荣华富贵可说是到了顶点了！"家臣、门客们纷纷称颂。

有一人厉声打断他们说："你们寄居在商君门下，怎能谄媚奉迎陷害主子？"众人一看，说话的是门客赵良。

卫鞅说："先生说众人谄媚奉迎，你倒说说我治理秦国，与五羖大夫百里奚相比如何？"

赵良答道："百里奚做秦穆公上卿，辅助他称霸西戎。百里奚仁慈爱民，深得百姓爱戴。去世之时，百姓沿途哭送，如丧考妣。现在商君您做秦国重臣，政令虽然得以实施，但因用法过严、杀戮太多，百姓只畏惧商君您的威严而不感激商君您的恩德，只知道追逐功利而不明晓大义所在。秦国世子嬴驷更因商君您伤害过他的师傅，对商君您仇恨入骨。一旦当今秦君去世，商君您的性命都会难以保全，还说什么荣华富贵呢？商君您不如举荐贤能之士代替自己，辞去官爵俸禄，归耕乡野，这样或许还能有保全自己的希望。”卫鞅无语，心中不乐。

不久，秦孝公去世，世子嬴驷继位为君，即秦惠文公。卫鞅自恃是前朝老臣，举止傲慢。嬴驷的师傅公子嬴虔过去被卫鞅削去鼻子，心中怀恨不已，这时便与公孙嬴贾一同奏道：“人们常说，大臣太重者国危，左右太重者身危。卫鞅立法治秦，使秦国变强，百姓只知有卫鞅之法，不知有秦国之法。如今卫鞅又得十五座城为封邑，权重位尊，将来必有谋反犯上之举。”秦惠文公说：“寡人也深恨此贼，但他是先君老臣，如今谋反之心尚未明显，姑且再容他几日。”便派人将卫鞅的大良造印收回，让他退归自己的封邑商邑。

卫鞅准备车马出城，其仪仗声势比起列国诸侯有过之而无不及。百官纷纷饯行相送，秦国朝堂为之一空。嬴虔、嬴贾将此事密奏秦惠文公说：“卫鞅不知反悔，反而盗用诸侯车驾仪仗。如果让他返回商邑，必会谋反。”秦惠文公闻听后大怒，当即命嬴贾领军士三千，追杀卫鞅，嬴贾欣然领命出朝。秦国有些百姓怨恨卫鞅已久，此时闻听嬴贾领兵追杀，纷纷跟随而去。

卫鞅乘车出城，刚走上百余里，就听到后面喊声大作，派人探听，知道是秦惠文公派兵追杀。卫鞅心中大惊，慌忙扮作一个普通百姓匆匆逃去。

卫鞅逃到函谷关，见天色已晚，便到一家客店投宿。店主向他要身份证明，卫鞅说没有。店主说：“商君立法，不许收留没有身份证明的客人，违者斩首。我不敢让你留宿。”卫鞅不由叹道：“我制订这一法令，实是木匠做枷、自作自受啊！”

卫鞅连夜奔行，混出函谷关，来到魏国。魏惠王深恨卫鞅欺骗魏昂和逼魏国割地，便下令将他囚禁，转送秦国。卫鞅闻听，未等魏人行动，就抓紧往商邑逃走。

此时，黄鹰在上空盘旋，卫鞅自言自语道：“我要是能像黄鹰那样飞得高、看得远，不愁栖息之地有多好啊！”此刻，卫鞅想到秦国先臣百里奚崇尚黄鹰精神，便哀叹自己：“秦国出了两位名臣，一个是百里奚，一个是我。我不如百里奚呀，我比他少了一项最重要的能力，这就是如何保护自己。”此时的卫鞅后悔没有听从门客赵良的话。

卫鞅到了商邑，想起兵反秦，结果被嬴贾率兵擒获。

秦惠文公宣布了卫鞅的罪行，命人将他押到闹市，五牛分尸，有些百姓纷纷争抢着吞食其肉。秦惠文公又下令将卫鞅灭族。可怜卫鞅变法，使秦国富强，但却遭受秦国分尸灭族之祸。

卫鞅死后，六国闻讯，纷纷庆贺。秦惠文公由此知道卫鞅变法利秦不利六国，于是任用魏国阴晋人公孙衍为秦国大良造，继续推行卫鞅变法。

公孙衍就任大良造后，率领秦军向魏国发起了进攻。此时的魏国既无精兵，又缺良将，根本抵挡不住秦国的强大攻势，只好再学蜥蜴断尾，割让魏国阴晋求和。这阴晋位于魏国与秦国的交界之处，也是公孙衍的家乡。五十多年前，魏国名将吴起正是在这里以区区一万魏武卒打败了秦国十万大军，从而长期占据河西之地。如今吴起不在人世了，魏武卒灭亡了，阴晋转到了秦国手中。秦惠文公高兴地说：“河西是秦国通向中原的门户。魏国占据河西之地，就像一根棍子别在了秦国腹地与函谷关之间，死死压制着秦国，卡死了秦国通往中原的道路，迫使秦国只能与魏国做生意。如今魏国割让阴晋与秦国修好，虽然河西还有几座城池被魏国所占，但秦国东进中原的阻碍被拔除了。”秦惠文公掩饰不住内心的喜悦，立即把“阴晋”这个具有“三晋”意味的名字，改为了带有秦国色彩的宁秦。

三　墨子与鲁班

魏惠王在庞涓及魏武卒灭亡后，关于“今后魏国必处处受欺”的判断很准。在秦国征讨魏国后，楚国也在计划前来讨伐魏国。经过桂陵和马陵之战后，魏国开始走向衰落。而楚国战胜越国后，军力进一步增强。此时楚国昭阳担任上柱国。这“上柱国”是楚国新设官名，为楚国最高武官，地位仅次于令尹，司马一职废弃不用。昭阳也是楚王家族的人，其祖父昭奚恤为楚宣王时期的令尹，曾经权倾一时。此时许多楚国人还记得当年楚国大夫江乙智斗楚国令尹昭奚恤的故事——

江乙痛恨昭奚恤飞扬跋扈，便对楚宣王说：“有户人家养了一条狗，这狗向井里撒尿。邻居看见了，想到狗主人家相告，无奈被狗堵在门口。现在昭奚恤常常阻挠臣来见大王您，就像恶狗堵门一样。”楚宣王笑了笑，从此对昭奚恤的印象打了折扣。江乙接着说：“大王您非常圣明，但有一样不好，就是一有说别人好话的人，大王您就说‘这是君子啊’，便亲近他；一遇到爱指出别人缺点的人，大王您总是说‘这是个小人’，便疏远他。然而人世间有儿子杀父亲、臣下弑君主的恶人，大王您却始终不知道。为什么呢？原因在于大王您只爱听对别人的称颂，不爱听对别人的指责呀！”楚宣王听后说：“你说得对，今后寡人要听取两方面的言论。”

一日，楚宣王问群臣：“听说北方诸侯都害怕我国令尹昭奚恤，果真是这样的吗？”群臣无人回答，江乙答道：“老虎是森林之王，一天捉到一只狐狸。狐狸对老虎说：‘您不敢吃我，上天派我做群兽的领袖，如果您吃掉我，就违背了上天的命令。如果您不相信我的话，那么我在前面走，您跟在我的后面，看看群兽见了我，有哪一个敢不逃跑的。’老虎信以为真，就和狐狸同行。群兽见了它们，都纷纷逃跑。老虎不明白群兽其实是害怕自己才逃跑的，却以为它们是害怕狐狸而逃走。现在我们楚国国土方圆数千里，大军十几万，却由昭奚恤独揽大权。所以，北方诸侯害怕昭奚恤，其实是害怕大王您呢，这就像群兽害怕老虎一样啊。”楚宣王哈哈大笑，便既使用昭奚恤，又限制昭奚恤。

这昭阳继承了其祖父昭奚恤的权势和地位，向楚威王奏道：“现今天下纷争，雄视天下者当属战无不胜者。要想战无不胜，除了兵强、粮足外，还应器利。臣闻听鲁国有个鲁班，发明了各种各样的利器。如果将其请来为我国楚军制造武器、战船，则我国楚军无往而不胜。”楚威王采纳其言，便派人携重金前去聘请鲁班。

鲁班，又称公输盘，出身于世代工匠之家，擅长创造发明。一次攀山时，手指被一棵小草划破，他摘下小草仔细察看，发现草叶两边全是排列均匀的小齿，便模仿草叶制成伐木的锯。他看到各种小鸟在天空中自由自在地飞翔，就用竹木削成飞鹞，借助风力在空中试飞，开始时飞的时间短，经过反复研究，不断改进，竟能在空中飞行很长时间。鲁班善于动脑，在建筑、机械等方面都有出色的技术。鲁班还发明了曲尺、墨斗、刨子、凿子等各种工具。

鲁班到了楚国后，为楚国水军发明了“钩”和“拒”，当敌军处于劣势时，“钩”能把敌军的船钩住，不让它逃跑；当敌军处于优势时，“拒”能抵挡住敌军的船只，不让它追击。楚军有了“钩”和“拒”后，无往不胜。鲁班还将梯改制成可以凌空而立的云梯，用以攻城。楚威王见到这些新式武器个个厉害，不由大喜，厚赏鲁班。

楚威王召见昭阳说：“你推荐了鲁班，为我楚国制造了这么多进攻利器。这次将你召来，一来表彰你的贡献，二来和你商讨一下现在进攻哪个国家用以检验这些利器。”昭阳答道：“一是魏国可选，二是宋国可选。魏国衰落，当今有机可乘，前段时间就与大王您计划攻打魏国。宋国和楚国曾有世仇，如今其势也是低滑。这两个国家，都可以检验云梯的效果。”楚威王想了想说：“两国相比较，还是宋国更弱些，而且身为孝子，不能不报先仇，就先进攻宋国吧。”即命昭阳准备进攻宋国的事宜。

此时，身在鲁国的墨子听说鲁班发明了云梯和“钩”“拒”，楚国准备用它们来进攻宋国的消息，便行走了十天十夜，来到楚国新郢都会见鲁班，同时派弟子禽滑厘等三百人到宋国相助。

墨子，鲁国人，曾经学习孔子之术，但后来逐渐对儒家繁琐的礼乐感到厌烦，最终舍掉了儒学，创立了提倡“兼爱非攻”的墨家学派。墨家是一个有着严密组织和严密纪律的团体，其弟子必须听从指挥，做到赴汤蹈火、死不旋踵，其亲信弟子达到三百人之多。墨子博学多才，早年与鬼谷子一同采药修道，现今与鲁班是好友，一起切磋过手工技艺。墨子常常自称鄙人，但人们常称其为布衣之士。

鲁班盛情接待墨子，向其说道：“您千里赶来，将对我有什么吩咐吗？”

墨子说：“北方有一个欺侮鄙人的人，愿借助你杀了他。”鲁班摇了摇头，脸上露出了不高兴。

墨子说：“鄙人愿意献给你十镒黄金。”

鲁班说：“孔子讲，君子喻于义，小人喻于利。我学君子，不做小人，行义忘利，决不杀人。”

墨子站起来，对鲁班行了拜礼，恭敬地说道：“请向你说说这义。鄙人在北方听说你造云梯，将用它来攻打宋国。宋国有什么罪呢？楚国有多余的土地，人口却不足，现在牺牲不足的人口，掠夺有余的土地，不能认为是智慧；宋国没有罪却攻打它，不能说是仁；知道这些，不去争辩，不能称作忠；争辩却没有结果，不能算是强；你奉行义，不去杀那一个人，却去杀害众多的百姓，不可说是明智之人。”

鲁班听了墨子的言语，不由由衷信服，兴奋地说道：“您说得对！”

墨子问他：“既然相信鄙人所说，那为什么不取消进攻宋国这件事？”

鲁班说：“我没有这个资格，我做不到。”

墨子说：“你做不到不要紧，你为什么不向楚王引见鄙人呢？”

鲁班点头称好，第二天就向楚威王引见墨子。

墨子拜见楚威王，说道:“现在这里有个人，舍弃自己华美的车子，却想去偷邻居的破车；舍弃自己华美的衣服，却想去偷邻居的粗布衣服；舍弃好饭好菜，却想去偷邻居的糠糟。这是什么样的人呢？”

楚威王说:“这人一定是有偷窃毛病吧。”

墨子说:“楚国土地方圆五千里，宋国土地方圆五百里，这就好像华丽的车子和破车子相比；楚国有楠、樟这样的名贵木材，宋国却仅是些普通的杨、柳，这就好像华美的衣服和粗布衣服相比；楚国有太湖，犀、鹿到处都是，长江、汉水里的鱼、鳖天下最多，宋国连野鸡、兔子都很少，这就好像好饭好菜和糟糠相比。鄙人认为大王派军攻打宋国，就和上面所说的行为一样。”

楚威王哈哈大笑说:“你说话可真有意思！但鲁班已经替寡人制造了云梯等利器，寡人一定要攻打宋国，检验这云梯等武器的厉害。”

墨子说:“云梯固然厉害，但鄙人有对付之策。”楚威王愕然。

墨子又说:“不妨让鄙人和鲁班两人演示一下。”楚威王应允。

墨子解下衣带当作城，用木片当器械。鲁班除了用云梯以外，还多次设下其他攻城方法，但墨子分别用各种办法一一阻挡。鲁班的攻城器械用完了，墨子的守卫方法还有很多。

鲁班屈服了，哭笑了一下说道:“我知道有一种办法可以战胜您，但我不说。”

墨子说:“鄙人知道你的战胜方法，鄙人也不说。”

楚威王就在一旁，问墨子是何方法。墨子说:“鲁班的意思，不过是想要杀死鄙人。杀了鄙人，宋国就没有抵挡云梯的办法了，于是就可以被攻下。可是鄙人的弟子禽滑厘等三百人，已经学会了鄙人守城的方法，拿着鄙人守城的器械，在宋国城墙上等待楚国兵马呢！即使杀了鄙人，也不能杀尽守卫宋国的人。”

楚威王叹了口气说:“好吧，寡人不去攻打宋国了。”

鲁班与墨子二人边喝酒边探讨器械制造。鲁班向墨子夸耀说:“我还有舟战的‘钩’和‘拒’，您也有破解‘钩’和‘拒’的方法吗？”

墨子主张“兼爱非攻”，他说:“你用‘钩’钩人，对方也会用‘钩’钩你；你用‘拒’拒人，对方也会用‘拒’拒你。鄙人是用爱来钩，用恭来拒，这样就会兴天下之利，除天下之害；投我以桃，报之以李。你说鄙人的‘钩’‘拒’，难道不比你发明的舟的‘钩’‘拒’强吗？”鲁班无言以对。

墨子又说：“为战争制造武器，只会伤害无辜的人。万事莫贵于义，你也是奉行义的人，还是不要去制造这些攻城器械，要造就造那些实用的生产工具吧。”鲁班接受了墨子的思想，和他悄悄离开楚国，返回鲁国。

鲁班回到鲁国后，发明了石磨。以前，人们将麦、稻等农作物放在石臼里，用粗棍来捣。用这种方法很费力，捣出来的粉有粗有细，而且一次捣得很少。鲁班经过一番研究，将两个圆石叠在一起，上面的圆石，叫上扇，能转动；下面的圆石一般固定不动，叫下扇。上扇上面凿有磨眼、磨腔和磨孔，用来套住下扇和填充麦、稻等农作物；其侧壁有磨柄，便于用力推动磨扇。上下扇的结合面凿有凸凹不平但十分均匀的锯齿状细槽。推动上扇磨柄时，便能磨细放入里面的麦、稻等农作物。鲁班还发明了碾、锁等生活实用工具。

再说楚威王见鲁班、墨子不辞而别，不由大怒。怒火没处发，便按以前的计划，派昭阳率兵携带云梯等利器攻打魏国，得襄陵等八邑，威震魏以及齐、秦、燕、赵、韩六国。胜利后的昭阳又移兵向东伐齐。

当时秦国大夫陈轸出使齐国，此人头脑灵活，口才出众，便向齐威王说：“昭阳此次前来，乃是被胜利冲昏了头脑。我用区区几句话，便可将楚军退走。”齐威王虽然不信，但也别无良策，还是请陈轸代表齐国前去说和。

陈轸来到楚营中，对昭阳说：“您已经官为上柱国，伐魏有功，可升令尹。如今又来伐齐，岂非画蛇添足？”

陈轸接着说：“楚国有个贵族祭过祖先后，把一壶酒赐给门客。门客互相商议：‘这酒，几个人喝不够，一个人享用却有余，让我们各人画一条蛇，先画成的饮此酒。’有个门客率先完成，取过这壶酒准备先喝，但看别人还没有完成，就左手持酒，右手又在地上画了起来，还嘴里说道：‘我为蛇添上足吧。’蛇足尚未画完，另一门客的蛇也画好了，便夺过他手中的酒说道：‘蛇本无脚，你怎能给它硬添上脚呢？一旦添上，它就不是蛇了。’便一仰脖，喝了那壶酒，画蛇脚的人最终没有喝到酒。如今上柱国您率领楚军攻打魏国，破其八邑，兵锋不减之际，又移师向齐，齐人震恐。凭这些，您足以立身扬名了，而在官位上是不可能再有更高的加封的。如果战无不胜却不懂得适可而止，只会招致杀身之祸，该得的官爵将不为您所有，正如画蛇添足一样！”昭阳觉得陈轸言之有理，就撤兵回国。

昭阳回到楚国后，果然升为令尹。此时，楚威王已亡，楚怀王继位。楚怀王为表彰其功，将传国之宝和氏璧赐给了他。

四　张仪的连横

这时，已近中年的张仪，带着妻儿投在昭阳门下。张仪博学多问，知道这和氏璧的由来，他向自己的家人讲道——

四百年前，楚国有一个人叫卞和，在荆山里得到一块璞玉。卞和捧着璞玉去献给国君。当时国君是楚武王芈通的哥哥芈眴。芈眴命令玉工查看，玉工说这只是一块普通的石头。楚君芈眴大怒，以欺君之罪砍下卞和的左脚。等到芈眴死去、楚武王即位，卞和再次捧着璞玉去见楚武王。楚武王又命玉工查看，玉工仍然说只是一块普通的石头，卞和因此又失去了右脚。楚武王死后，楚文王即位，卞和抱着璞玉在楚国王宫前痛哭，哭干了眼泪后又继续哭出血来。楚文王得知后，派人询问为何，卞和说："我并不是哭我被砍去了双脚，而是哭宝玉被当成了石头，忠贞之人被当成了欺君之徒，无罪而受刑辱。"楚文王闻报后叹道："是玉还是石头，剖开就知道了。"玉工剖开这块璞玉，果真是稀世之玉，楚文王就将它命名为和氏璧。

张仪对家人讲："我跟师傅鬼谷子学习多年，能力非凡，但离开师傅后许久，一直不被重用，其实就是一块未经发现的璞玉，希望在令尹昭阳那儿，成为一块名传天下的'和氏璧'。"

且说楚国令尹昭阳自从得到和氏璧后，对它异常喜爱和珍惜，每日都将它带在身边，不敢片刻分离。一天，昭阳到赤山游玩，随行的有门客、仆从百余人。赤山脚下有一处深潭，相传姜太公曾在此垂钓。

深潭边建有一座高楼，众人便在楼上饮酒作乐。酒至半酣，门客们请求昭阳将和氏璧取出，让大家见识一下。于是，昭阳便命守宝的家仆将宝匣从车中取出，自己亲手用钥匙将锁打开，解开三层锦套，只见和氏璧玉光灿烂，照人颜面。众门客互相传递观赏，赞不绝口。正在玩赏之际，有一位仆从来报说："潭中有大鱼跳起。"昭阳起身凭栏观看，众人也一起跟着走上前去。那大鱼从水面跃起，潭中群鱼也随它一同跳跃。过一会儿，东北天边出现了一团乌云，眼看大雨将到，昭阳吩咐说："快快收拾回城。"守宝的家仆想将和氏璧收入匣中，但却不知刚才传到谁的手中了。和氏璧找不到，众人大乱。

昭阳回到府中，命令家臣追查盗宝的人，家臣说："百余名门客、仆从中，张仪一贫如洗，且平素人品不端，要真有人盗宝，一定是他。"昭阳心中也怀疑张仪，于是便让人将他捉拿用刑，逼张仪招供。

张仪确实未曾盗宝，哪肯供认服罪？结果被鞭笞了数百下，直被打得遍体鳞伤、奄奄一息。昭阳眼见他性命难保，只得将他释放。旁边有可怜张仪的人，将他送回家中。张仪妻子见他这等模样，流泪说道："你说你跟着令尹会成为'和氏璧'，哪知因为这块破石头，你差点儿丢了命。"又埋怨说："你今日含冤受辱，都是因读书游说而致。如果安心在家务农，哪会有此横祸临头？"张仪张嘴让他妻子观看，然后问道："我的舌头还在吗？"妻子哭笑道："当然还在。"张仪说："舌头在，便有本钱，我不会一直这么穷困潦倒下去的。"张仪待伤养好，便带着妻儿从楚国到了秦国。

却说此时，被俘的魏国公子魏昂在秦国忧郁死去。魏惠王闻听，大哭不止，即命大夫龙贾率兵出河西攻打秦国雪耻。秦国大良造公孙衍率军迎敌，仅仅一役，便斩杀龙贾及魏军两万，占据了魏国河西大半土地。

魏惠王雪耻不成，反添新忧。万般无奈之下，魏国一面向秦国求和，一面派人重金贿赂公孙衍。

公孙衍得了重金，便想撤兵。此时，西戎部落义渠逐渐发展壮大，时而骚扰秦国，秦国也常在东部无战事时进攻义渠。这义渠刚强勇猛，信奉"战死为吉利，病终为不祥"，全民皆兵，作战十分英勇，宁死不屈，成为秦国西北部的外患。公孙衍向秦惠文公奏道："自秦穆公称霸西戎后，多年来西北部边境安静，但如今义渠崛起，威胁我国。目前魏国求和，不如答应魏国，转而进攻义渠。"秦惠文公答应，于是，公孙衍撤军回国。

这时，张仪来到秦国，张仪向秦惠文公游说道："魏国四面受敌，正是伐魏的良机。公孙衍顾私利而忘公义，让秦国进攻西北游牧民族，实属误国之举。魏国有霸主的根基，如果它缓过劲儿来全力攻秦，秦国恐怕就很难对付了。"秦惠文公如梦初醒，立即重用张仪，拜其为客卿。此时，秦国的客卿不仅是国君贵客，而且履行一些臣子的职责，成为一种职务。公孙衍遭到质疑、调查、排斥，担心被杀，不得不离开秦国，到魏国做了将军。

张仪做了秦国客卿，便派人送信给楚怀王，申明从前偷璧的冤枉。楚怀王当面责备昭阳道："张仪是贤士，您为什么逼迫他？现在他被秦国重用，岂不成为楚国的隐患？"昭阳默然无语，深感惭愧，不久患病而死。

张仪任客卿后，与秦国公子嬴华带兵攻打魏国，一举拿下魏国的蒲阳城。秦惠文公夸奖道："你不愧是鬼谷子的高徒。"

张仪说："其实，臣虽与孙膑、庞涓同是师傅鬼谷子的弟子，但臣对兵学并不精通。臣的特长是游说各国，如果君上您把蒲阳归还魏国，臣将用连横术游说魏王投靠秦国。"

秦惠文公问："连横术如何讲？"

张仪道："当今天下，秦国是最强的国家，东方的齐国与处于西方的我们秦国不相上下。连横，就是在秦、齐之间画一条横线，臣去游说这条横线上的各个弱势国家，让它们臣服秦国。"秦惠文公非常高兴，当即让张仪去魏国。

到魏国后，张仪先是归还蒲阳，然后对魏惠王说："秦国对待魏国可是真心实意的好啊！得到城邑反而不要，魏国怎么说也不应对秦国失去礼节呀，应该想法来报答一下吧？"

"怎样来报答呢？"魏惠王问道。

"秦国给魏国土地，魏国也应该给秦国土地，如果这样，秦国一定会把魏国视为兄弟之国。如果秦、魏结成联盟，合兵讨伐其他诸侯国，魏国将来从别的国家取得的土地肯定会比送给秦国的土地多许多倍。”魏惠王被张仪说动了心，便把黄河以西的土地全部献给了秦国，以表示秦、魏和好。张仪的连横术首战告捷。

张仪回到秦国，立即被秦惠文公提拔为太良造。此时，张仪便劝秦惠文公称王，以号令天下，并要求各诸侯国像魏国那样割让土地作为贺礼，否则就发兵征讨，因齐国是连横对象，所以不用割让土地。秦惠文公听从张仪的建议，改称秦王，即秦惠文王。秦国派大夫陈轸等使节通知楚、魏、韩、赵、燕等各国，要求他们割地相贺。诸侯们犹豫不决，纷纷怨恨魏国割肉喂虎。

魏国奉献了土地，秦国也没把它当作兄弟之国。魏国正在后悔时，秦国以魏国不割地相贺为由，派兵夺取了魏国的陕邑。魏国大为惶恐，魏惠王说：“秦国真是虎狼之国啊！哪有信用可言？”

由秦归魏的公孙衍奏道：“以前秦国拉拢魏国，实乃张仪采取的连横术。今臣献上合纵术，可以对抗秦国。”

魏惠王问：“合纵，怎样讲？”

公孙衍说：“当今天下，西边的秦国、东边的齐国最强。南北纵列的这些国家，除楚国可与之抗衡外，其他相对较弱。如果较弱的国家联合起来，共同对付强国，则能阻止秦国兼并、欺负弱国。这就是臣创立合纵的理念。”魏惠王点头称好，即命公孙衍实施合纵。

公孙衍趁机发动“四国相王”，即魏、韩、赵、燕四国互相尊重，都称王，结成联盟，借以增强魏国的防御力量。韩国是韩宣惠王，韩昭侯已去世；赵国是赵武灵王，赵成侯已亡；燕国是燕易王。由于魏国早已经称王，这样就等于抬高了另外三国君主的身份，达到了合纵的目的，以共同对抗秦国。

且说秦国大良造张仪在秦国时间一久，发现大夫陈轸很有才干，担心日子一长，秦惠文王会偏爱陈轸，冷落自己，便找机会在秦惠文王面前说陈轸的坏话。一天，他对秦惠文王奏道：“大王经常让陈轸往来于秦国和楚国之间，现在，楚国对秦国并不比以前友好，对陈轸却特别好，可见陈轸的所作所为全是为了他自己，并不是诚心诚意为我们秦国做事。听说陈轸经常将秦国机密泄露给楚国，作为一名臣子，他怎么能这样做呢？臣不愿和这种人在一起做事。最近，臣又听说，他打算离开秦国到楚国去。要是这样，大王还不如先杀掉他。”秦惠文王很生气，马上召见陈轸。

陈轸一来，秦惠文王就说：“听说你想离开寡人这儿，准备上哪儿去呢？告诉寡人吧，寡人为你准备车马。”

陈轸莫名其妙，两眼直盯着秦惠文王，但他很快明白了，这里面话中有话，于是镇定地答道：“臣准备到楚国去。”

秦惠文王听此，便对张仪的话深信不疑，强压怒火道：“张仪的话果然是真的。”

原来是张仪在捣鬼，陈轸顿时明白张仪嫉妒自己，在秦惠文王面前诬陷自己投靠楚国。他不慌不忙解释道：“臣如果不忠于大王，楚王又怎会要臣做他的臣子呢？”

“既然你忠于秦国，那你为什么将秦国机密泄露给楚国？”

陈轸坦然一笑，对秦惠文王奏道：“大王，臣如果将秦国机密泄露给楚国，楚国还会收留臣吗？”秦惠文王一听，糊涂了。

陈轸接着说：“一位楚人，有两个妾。有人勾引那个年纪大的妾，遭一顿大骂。他又去勾引那个年纪轻的妾，得一时欢畅。这个楚人死了，有人就问那个偷情者：‘如果你要娶她们做妻子，是愿意娶那个年纪大的呢，还是娶那个年纪轻的呢？’他答道：‘当然要娶那个年纪大的。’人们又问他：‘年纪大的骂你，年纪轻的喜欢你，你为什么要娶那个年纪大的呢？’他说：‘处在她那时的地位，我当然希望她答应我。但她骂我，说明她对丈夫很忠诚。如果娶她为妻，我当然也希望她对我忠贞不贰，对那些勾引她的人破口大骂。’大王，您想想看，如果臣常把秦国的机密泄露给楚国，楚国会信任臣吗？会收留臣吗？臣是不是楚国的同党，大王您该明白了吧？臣刚才说去楚国，实是为了外交事务，而不是泄露机密、投靠楚国。”秦惠文王听陈轸这么一说，消除了疑虑，更加信任陈轸。

张仪见弄巧成拙，便奏请秦惠文王允许他前去魏国。秦惠文王不解地问：“你为什么要舍弃秦国去魏国？”张仪答道：“魏国倡导合纵，以对抗秦国。臣这次去魏国，就是继续实施连横术，拆散合纵。如果能得以执掌魏国的权柄，一定使魏国率先臣服秦国，为各国诸侯做个榜样。”秦惠文王点头答应。

此时，魏惠王已去世，魏襄王继位。张仪来到魏国，对魏襄王说：“我之所以舍弃秦国高官而来魏国，是因为我是魏人，不能不为家乡着想呀！”魏襄王见张仪能言善辩、才华横溢，便任命其为相国。

张仪乘机劝说魏襄王：“魏国南与楚国接壤，北与赵国为邻，东挨着齐国，西与韩国相连，难免会被人侵略分割。因此说，魏国如果不服从秦国，就难保平安。”

将军公孙衍在秦国为臣时，就遭张仪攻击，如今坚决反对张仪道：“魏国倡导合纵，各国响应，已见成效。如果按张仪所说，依附秦国，那好比让羊去依附狼，所以万万不可行。”

张仪辩解道：“昔日公孙衍在秦国为大良造时，为魏国做事；今日公孙衍在魏国任将军，谁敢保证他的话处处为魏国着想呢？”公孙衍面红耳赤，愤然退下。

魏襄王计议未定。张仪偷偷派人叫秦军征伐魏国，把魏军打得大败，占领了曲沃。魏襄王无奈，便下定决心，向秦国表示归顺。张仪在魏国担任了一段时间的相国后，又回到秦国，秦惠文王仍然起用他为大良造。张仪立下奇功，洋洋得意。陈轸见秦惠文王反复无常，唯恐再次遭到张仪暗算，便辞去大夫之职，离开秦国到了楚国，楚怀王聘其为客卿。

且说秦国之南有个蜀国（在今四川省），四周因秦岭等崇山峻岭阻塞，人烟稀少，与世隔绝，被称之为四塞之国。此时，秦国扩张之心日浓，为了打通秦、蜀之间的通道，秦国用了一个诡计，派人凿刻了五头巨大的石牛，涂上黄金，赠送给蜀国。蜀人大喜，派国中五位大力士，开山辟路，不知费了多少力，一直将石牛拖回蜀国，这就是有名的“五丁开山”。这条拖送石牛的道路，亦称金牛道。假金牛拖回蜀国，蜀人才发现是石牛，顿觉上当受骗。一气之下，又将石牛运回秦国。

此时，秦惠文王便想趁机灭掉蜀国，于是征求众臣意见。张仪说：“虽然秦、蜀之间的通道已打开，但蜀道之难，依旧难于上青天。我们应该先攻打韩国，从而问鼎中原。”

右庶长司马错力排张仪之议，向秦惠文王奏道：“伐韩将导致诸侯合纵对秦，伐蜀则既可得其人力物力以充实军备，又可占据有利地势顺水而下攻楚。”秦惠文王采纳了司马错的意见。

这年秋天，司马错与张仪率军从金牛道伐蜀。冬天，就灭了蜀国，把它作为秦国的一个郡。接着，秦军又攻灭了邻近的巴国，设立巴郡。

蜀地非涝即旱，有“泽国”“赤盆”之称。岷江经常泛滥，旱灾也时有发生。蜀地归属秦国后，秦惠文王决定彻底治理岷江水患，派精通治水的李冰任蜀郡郡守。李冰率人修建都江堰，将岷江一分为二。洪水季节，江水漫过水坝，从远处干涸的河道泄洪；干旱季节，岷江水被水坝送进宝瓶口这个狭窄的通道，灌溉蜀郡的万亩良田。都江堰修成以后，蜀地发生了天翻地覆的变化，岷江水患被彻底根除，食无荒年，天下谓蜀地为天府。秦惠文王又将十万秦国人，陆续从北方迁往蜀郡，共同开垦广阔的平原。一时间，蜀郡成为天下最大的粮仓。

且说张仪回秦国后，魏襄王重又重视公孙衍，拜其为魏国相国。今见秦国灭蜀灭巴，势力不断增强，公孙衍便向魏襄王奏道：“只要秦国宗庙存在，秦国扩张之心就不死。对付秦国，最好的办法就是继续推行合纵，消灭秦国。”魏襄王同意公孙衍的计谋，推选楚怀王为纵约长。巴国原为楚国属国，现被秦国所灭，当然楚国义不容辞。另外，秦国向楚国索地，楚国已是憋足了愤怒。楚、魏牵头，约韩、赵、燕、齐共同伐秦。此时，燕易王已去世，燕王姬哙继位。韩、赵、燕均都气愤秦国索地的要求，同意合纵抗秦。恰在此时，义渠首领甘烈来到魏国。公孙衍对甘烈说：“秦国和东方各国交战时，就会奉上重礼讨好义渠；与各国和平时，就会征讨义渠。秦国实乃虎狼之国也。希望义渠提高警惕，不要被秦国所蒙蔽。”义渠首领甘烈点头称是，返回义渠便做攻打秦国的准备。只有齐国还未回信。

此时，齐威王已去世，公子田婴的异母兄齐宣王继位。由于田婴长期为相国，素有威望，被齐宣王所妒忌。田婴便辞去相国，到自己的封地薛地居住，门客齐貌辨也跟他一同到了薛地。

过了几天，齐貌辨便想辞别田婴回到都城临淄晋见齐宣王。田婴说：“新王猜疑我，你此去岂不是自找辱受？”齐貌辨说：“我已经下定了决心，请公子允许吧。”田婴没法阻止，齐貌辨便去了临淄。

齐貌辨进了王宫。齐宣王不怀好意地冷冷地问道：“你是公子田婴的手下宠客，田婴是不是一切都听你的？”

齐貌辨答道："在下是公子田婴的宠幸门客不错，但要说公子什么都听在下的，那倒未必。例如当大王您还是世子时，在下曾对公子田婴说：'世子长了一副不仁的相貌，下巴太大，看起来像一头猪。以后如果让这种人当大王，施政必然违背正道，所以不如把世子废掉，改立其他公子为世子。'公子田婴十分生气地对在下说：'不可以这样做，世子有很多优点。'假如公子田婴一切都听在下的话，那么公子田婴就不会像现在这样流落到薛地了。"

齐貌辨又假说道："公子田婴到了薛地，楚国要用几倍的土地来换薛地，在下又向公子田婴说：'不妨接受这个交易。'公子田婴说：'从先王那里接受薛地，现在即使与新王关系不好，也不能把薛地交换出去。如果交换了，将来死后我如何向先王交代呢？'这又不肯听我的。"

齐宣王听了不禁长声叹息，脸上的颜色顿时变了，和缓地说道："公子田婴对寡人的感情竟然深到这种程度啊！寡人太浅薄了。您愿意替寡人把公子田婴请回来吗？"齐貌辨爽快地点头答应。

就这样，公子田婴重又回到临淄，齐宣王亲自到郊外迎接，但田婴重做相国不久就患病去世了。他的儿子田文接替父位，担任相国，号孟尝君，封地仍在薛地。

就在此时，楚国使节来到齐国。齐宣王召集群臣，商量对策。众臣都说："秦国与我们没有仇怨，不能派兵。"孟尝君田文说："出兵不对，不出兵也不对。出兵就与秦国结成仇敌，不出兵就会引起五国的不满。依臣的意思，不如派兵，但要慢慢进军。既然出兵了，就不会与五国结仇，缓慢进军就可以进行观望，然后再决定进退。"齐宣王同意田文的主张，派他带兵两万前去讨伐秦国。

孟尝君田文率大军行到微山湖畔，见这儿山、岛、林、湖、渔船、芦苇荡、荷花池，以及醉人的落日、袅袅升起的炊烟，和谐统一，神妙美丽，自然洒脱，是个天然养生的宝地，便诈称有病，停止不前。

田文徜徉在一望无际、蔚为壮观的荷花池中，想起了自己的身世和经历——

父亲田婴共有儿子四十多人，田文是身份低贱的小妾所生，因为生于五月五日，刚生下来，田婴就让小妾扔掉。小妾不忍抛弃，私下抚养。等到他五岁时，才引他见父亲。田婴因为小妾违背他的话而怒气冲冲，田文向父亲磕头道："父亲为什么要抛弃我呢？"田婴答道："世人相传五月五日是凶日，该日出生的儿子长大后与门一样高，对父母不利。"田文答道："人生是由上天决定的，难道是由门来决定的吗？如果真的由门来决定命运，为什么不把它加高呢？"田婴难以回答，心中暗暗称奇。

田文长到十岁时，就能灵活地接待宾客。宾客都喜欢他，到处夸他聪明伶俐。田婴认为他有贤能，便立他为宗子。

田文受门客齐貌辨启发，修建了许多馆舍，用来招揽天下之士。凡是士人来投奔的，不问贤愚，没有不收留的。田文虽然尊贵，但饮食和众门客完全一样。一天，田文招待门客吃夜宵，有人挡住了光亮。一位门客怀疑有两种饭菜，就扔掉筷子要走。田文站起来，端着饭上前对比。那个门客看到饭菜一样后，叹息道："孟尝君如此诚心待士，我却怀疑他，我真是个卑鄙小人，我还有什么脸面呆在他的门下！"说完，拔剑自杀。田文非常悲痛，亲自为他哭丧，众门客没有不感动的。

投奔他的人越来越多，短短时间内，达到数千人。

放下齐国不提，却说魏襄王、韩宣惠王、赵武灵王、燕王姬哙，在函谷关外与楚怀王相会。楚怀王虽是纵约长，但四王各带自己的兵马，行动难以统一。

秦国守将樗里疾、魏冉大开关门，列阵求战。这樗里疾，是秦惠文王的异母弟，因居樗里而称樗里疾。樗里疾足智多谋，被人称之为"智囊"。秦人常说："力则任鄙，智则樗里。"这魏冉，是秦惠文王嫔妾芈八子的同母异父弟，豪爽勇猛，被秦国重用。

五国惧怕樗里疾、魏冉，互相推诿，没有一国敢率先出战。双方相持几天后，樗里疾派魏冉出奇兵，断绝楚军粮道。楚兵无食，军中乱作一团。樗里疾乘机领兵袭击，楚军大败而走，其余四国也不战而退。

撤军途中，少年赵武灵王与楚怀王相遇。这赵武灵王穿着白色长袍宽袖，显得英俊潇洒，他拱手对楚怀王说："楚国最大，希望我们两国今后相互支持，共同抵挡强秦。"楚怀王身为纵约长，但此次伐秦以失败告终，他满脸通红地说："赵人尚武，今后我们有难同当，共同抵挡暴秦。"二人对饮后各自率军返回。

再说孟尝君田文，还没有赶到秦国边境，五国兵马都已经撤走了。此时，五国大王便觉得田文计高一筹。

再说秦国见六国来讨伐，果然献上文绣千匹、美女百人，与义渠修好。义渠首领甘烈道："魏国相国公孙衍所说没错，秦国虎狼之国，不可与其友善。今文绣、美女要留下，攻打秦国也要去做，这叫以毒攻毒。"于是趁机发兵攻打秦国，大败秦国西北守军。秦国见六国来讨伐失败，本想乘机进攻六国，但由于本土遭到义渠侵犯，秦国不得不暂时放弃对六国的战争，专心对付义渠。这义渠地广人稀、来去无踪，秦国一时也奈何不了它。

燕王姬哙此次讨伐秦国，目睹孟尝君田文的高明，深知七国纷争，胜负取决于人才。回国后，燕王姬哙便招贤纳士，重用人才。子之文武具备，燕王姬哙拜他为相国。子之为相国时，办事果断，善于监督考核臣属，得到燕王姬哙的赏识。子之见燕王姬哙宽厚待人，常有篡权夺位之心。为积累势力，便与大夫鹿毛寿等人结为朋党，鹿毛寿等人常常向燕王姬哙宣传子之的贤名。

一次，鹿毛寿到齐国访问归来，燕王姬哙问道："齐国孟尝君近况如何？"

鹿毛寿说："田文是非常精明的人。不久前，齐王夫人病亡，七个嫔妾都受到齐王宠爱。田文想探知哪个嫔妾会被立为夫人，便献上七副玉质耳饰，其中一副特别加工打造，最为美观。第二天，田文看那副最精美的耳饰被谁戴着，就劝齐王立她为夫人。"

燕王姬哙禁不住哈哈大笑，心想田文可是摸透了人的心理，便继续问鹿毛寿："齐王有田文这样的贤臣，可以称霸天下了吧？"

鹿毛寿答道："不能。"

燕王姬哙不解地问："为什么不能？"

鹿毛寿说："知道田文的贤能，却不将权力都交给他，那怎么能称霸呢？"

燕王姬哙叹息着说："寡人得不到田文这样的贤臣，如果有，把权力都交给他又有什么难呢？"

鹿毛寿趁机说："相国子之，精于政事，就是燕国的'孟尝君'呀。"燕王姬哙受鹿毛寿蛊惑，自此把国家大事都委托给子之裁决。

又有一天，燕王姬哙忽然问鹿毛寿："古代帝王很多，为什么后人仅仅称颂尧和舜等为数不多的几个人？"

鹿毛寿趁机答道："尧、舜二人之所以被称颂，是因为尧能把天下让给舜，舜能把天下让给禹。"

燕王姬哙又问："那么禹为什么把帝位传给自己的儿子呢？"

鹿毛寿说："禹也曾经要把天下让给益，但只让他代理国家政事，却没有废黜太子，所以禹死了以后，太子启竟然把益的天下夺走了，夏朝得以建立，王位由禅让制变成了世袭制。至今论说此事的人还都说禹的德行衰落，远远不及尧、舜，就是因为这件事。"

燕王姬哙知道做国君难，便想学尧、舜，于是说道："寡人要把王位让给子之，这件事能行吗？"

鹿毛寿说："大王如果这样做，与尧、舜还有什么分别呢？"

燕王姬哙下定决心，召集群臣，废掉世子姬平，把王位禅让给了子之。子之假装谦让，推辞了几次后才接受。子之祭告天地后，面南称王，毫无愧色。燕王姬哙反而向北称臣，到别的宫中居住。鹿毛寿因为劝燕王姬哙禅让有功，被封为上卿。燕国朝廷大臣都是贵族，姬哙为了树立新王子之的权威，把三百石以上俸禄的官吏的铜印全部收回，由子之重新任命。

子之即位后的第三年，燕国发生内乱，姬平率人包围王宫，攻打新王子之，但连攻数月都没有成功。子之反击，取得大胜。姬平与师傅郭隗只好逃到无终山避难。燕国百姓没有不怨恨子之的。

齐宣王听到燕国内乱，便乘机命匡章为将军，率领十万大军，进攻燕国。燕国百姓对子之心中不服，闻听齐军前来，个个箪食壶浆，迎接齐国兵马，几乎无人抗战。匡章出兵五十天，畅行无阻，直达燕国都城蓟城，百姓开城迎接。子之一党，见齐军强盛，心惊胆战，慌忙逃窜。子之自恃勇力，与鹿毛寿率兵在大路上迎战，无奈军士渐渐离散，鹿毛寿战死，子之身负重伤、力竭被擒。姬哙自感羞愧，上吊身亡。匡章捣毁燕国宗庙，将珍宝装满车，派人押送子之，到齐都临淄献功。燕国土地共三千余里，大半为齐国占有。匡章驻扎在燕都蓟城，控制各地。子之到了临淄，齐宣王亲自列举他的罪行，命人将其乱刀砍死，制成肉泥，赐给群臣。

且说燕国西南边是中山国。中山国自被乐羊攻灭后，残余人马退入太行山中，经过力量积蓄和励精图治后，势力越来越强。后赵国为对付魏军，将中山之地划给齐国。此时已经强盛的中山军民便向齐国请求复国，归属齐国。齐国为吸引这股力量，便支持中山国重新建立，定都灵寿。复兴后的中山国位于赵国东北部和燕国西南部，是赵、燕两国的心腹之患。这次见齐国出兵干预燕国内乱，中山国便顺势大举进攻燕国，得城数十座，方圆数百里。

燕国人虽然痛恨子之，但见齐国、中山国想灭掉燕国，皆心中不服，于是到无终山找到姬平，推举他为王，这就是燕昭王。燕昭王让郭隗做了相国。郭隗对燕昭王奏道："中山国把赵国南北两部领土分割开来，好比一把刀子插进赵国心脏。它存在一天，赵国也不会安宁。如果现在我们向赵国求救，赵国必会相帮。"于是燕昭王派使节前往赵国。

此时赵武灵王已成为青壮年，长着又浓又密的络腮胡子，脸上泛着黑黑的亮光，他不再像以前那样穿白色长袍宽袖了。

却说赵武灵王气魄宏大，有扩张领土的志向。即位五年后，娶韩女为夫人，生子赵章，立为世子。一年夏季，赵武灵王游平陵。这个时节，凌霄藤攀援于山石、墙壁、树干，不断向上生长。微风吹来，绿枝伸展，一簇簇橘红色的凌霄花，缀于枝头，飘来舞去，煞是惹人喜爱。这天中午小憩，赵武灵王梦见一位少女抚琴而歌——

美人荧荧兮，容颜若凌霄花般鲜艳。命乎命乎，无人知我。

歌罢，少女突然不见了。赵武灵王惊醒，他对梦中少女十分留恋。晚宴时，赵武灵王把这个梦说给大家，还描绘了少女的形象。平陵邑宰吴广闻听，觉得赵武灵王说的少女太像自己的女儿了，于是就把女儿献给了赵武灵王。赵武灵王非常宠爱她，赵人称之为吴娃。没过几年，吴娃就为赵武灵王生下了儿子赵何。等到夫人韩女死了后，就立吴娃为夫人，并废黜赵章世子之位，改立幼子赵何为世子。

赵国地处北边，经常与北方游牧民族接触。此时，匈奴崛起。除义渠、中山国外，强大的匈奴统一了西戎、北狄等游牧民族。匈奴自称胡人、天之骄子，不为小礼而自烦。赵武灵王看到匈奴有一些长处：穿窄袖短袄，生活起居和狩猎作战都比较方便；作战时用骑兵、弓箭，与中原的兵车、长矛相比，具有更大的灵活机动性。赵武灵王对众臣说："匈奴的骑兵来如飞鸟，去如绝弦，是当今的快军，带着这样的快军驰骋疆场，哪能不取胜？"赵武灵王又说："为了富国强兵，我们应该学习骑射，而华夏传统服装长袍宽袖不便于骑马射箭，所以为了学习骑射，还要着短衣紧袖的胡服，取匈奴之长补中原之短。"话刚落地，众臣纷纷说："如果我们着胡服学骑射，这是变古之教、易古之道、逆人之心。"赵武灵王的叔叔赵成尤其反对。赵武灵王驳斥说："德才皆备的人做事都是根据实际变化而采取灵活对策，怎样有利于国家昌盛就怎样去做。只要对富国强兵有利，何必拘泥于古人的旧法？"赵武灵王抱着以胡制胡的决心，毅然发布了着胡服学习骑射的政令。

赵武灵王率先着胡服，学习骑射，然而群臣响者无几。赵武灵王便劝群臣道："我们赵国，东有燕、齐，西有强秦，南有韩、魏，北有匈奴，中间还有个中山国，处于四面争战之地。当前，中山国依仗齐国撑腰，常常侵略我们土地。为了应对四境之敌，除了发扬尚武精神外，必须效法匈奴的有利风俗，才能对得住先君留下的这份基业。"赵成听了这番话后，不再阻止改革，欣然接受。第二天，赵成穿胡服上朝。几天内，全国人抛弃传统的长袍宽袖，改着胡服；部分淘汰兵车，改习骑马射箭。未出一年，赵国便培训出一万名骑术、射术高超的骑兵，实现由车战向骑战的转变。

得意忘形的中山国忘记赵国在后。且说赵武灵王接见燕昭王使节后，便与众臣商议。大夫肥义说："想让敌人灭亡，最高明的策略是让其自大。自大就会失去朋友、增加弊病，今可派人鼓动中山国称王。如其称王，便可离间中山国与齐国的关系。"大夫李兑说："今齐、楚、秦三国势力相差无几，谁也不愿意看到另外的两国势力增大。现可派使节出使楚、秦两国，联合抵抗齐国。"赵武灵王一一点头，全部照办，分派使节出使中山、楚、秦三国。

赵国使节到了中山国说："现在中山是千乘兵车大国，非昔日可比。如果中山称王，便与赵国平等，可和睦相处，永结友好。"中山国君臣头脑发昏，便着手称王事宜。齐宣王闻知后，大怒说："中山是齐附属国，如果中山称王，便与寡人平起平坐，这万万不可。"忙派使节阻止，但中山国伐燕胜利，不知天高地厚，自觉是战国八强之一，可与齐国并肩，便不顾齐国反对，依然称王。结果，图虚名而招实祸，与齐国反目，使自己陷入孤立。

赵国派往秦、楚的使节返回，皆说两国不愿看到齐国独大，愿意与赵国联合出兵攻打齐国。

消息传到齐国，齐宣王十分紧张，便向稷下学宫上宾孟子问计。孟子劝他归还珍宝，然后撤军，并与燕人相商，为燕国迎立新王。尽管孟子纵横论证、说理透彻，但齐宣王已经到手的肥肉不想扔掉，便不听孟子的建议。

闻听赵、秦、楚助燕抗齐后，燕昭王便派人往各地送檄书，说明恢复燕国的大义。除十座城池外，各郡邑已降齐国的，又全都叛齐归燕。齐国将军匡章不能禁止，只好班师回国。齐军撤出燕国后，中山国以倾国之力夺取的大片土地也被燕国收回。见燕国很快趋于平静，赵、秦、楚三国便各自按兵不动。

又是一年槐花香，蜂蝶照常绕。齐宣王见伐燕大败，便开始重视孟子。在槐花香中，齐宣王亲自来到稷下学宫看望他。孟子迎候齐宣王。

坐定后，齐宣王问孟子："此次伐燕，为何不胜？"

孟子答道："趁燕国内乱时讨伐，虽然占尽天时，但天时不如地利，地利不如人和。昔日燕王姬哙尊贤，深得民心，虽然燕王姬哙尊贤有些走火入魔，但燕国军民还是拥护燕王姬哙的后人。"

齐宣王又问孟子："寡人如何才能战无不胜呢？"

孟子说："百姓不是靠划分边境就可以限制住的，国家不是靠山川险阻就可以巩固的，扬威天下也不是靠锐利兵器就可以做到的。得道者多助，失道者寡助。帮助的人少到极点时，连亲戚也会叛离；帮助的人多到极点时，全天下的人都会顺从。以全天下人都顺从的力量去攻打连亲戚都会叛离的人，不战则已，战则必获全胜。"

齐宣王又问："齐国如何才能得道呢？"

孟子说："君仁，莫不仁；君义，莫不义；君正，莫不正。"

齐宣王继续问："寡人如何才能做到仁、义、正？"

孟子微笑着说："亲亲而仁民。老吾老，以及人之老；幼吾幼，以及人之幼。"

齐宣王又问："寡人如何才能做到亲亲而仁民？"

孟子答道："每家给他五亩土地的生活区，四围种上桑树，那么，五十岁以上的人都可以有丝棉袄穿了。鸡、猪这类家畜，认真饲养，那么，七十岁以上的人就都有肉可吃了。一家给他一百亩土地，精心培育庄稼，那么八口人的家庭都可以吃得饱饱的了。办好学校，反复用孝顺父母、敬爱兄长的大道理来开导他们，那么，须发花白的老人便会有人代劳，不会用头顶着、用背负着东西在路上行走了。天下之本在国，国之本在家，家之本在身。做到亲亲而仁民，则国家必会强盛。"

孟子侃侃而谈，纵论仁政，但在齐宣王看来，仁政善则善矣，毕竟推行起来太难，于是只听不办，无意实施孟子的政治主张。

半年多时间过去了，孟子见齐宣王不行仁政，便感叹道："天将降大任于斯人也，必先苦其心志，劳其筋骨，饿其体肤，空乏其身，行拂乱其所为，所以动心忍性，增益其所不能。看来，我应该学习我的祖师孔子，周游各国了。"便向齐宣王辞去稷下学宫上宾。齐宣王知道孟子是个大学问家，便一再挽留。齐宣王说："寡人拜你为稷下学宫祭酒，为稷下学宫之长，送你万钟食禄，让你教授弟子、研究学问。"孟子拒绝了。

又是雪花飘飘，裹着厚厚衣服的孟子离开了齐国。淳于髡想挽留孟子，便赶来说："您常常说，仁者无敌。先生您既然是个仁者，为什么要如此狼狈地离开呢？"

孟子笑道："冬天已来，春天还会远吗？当春风吹来时，田野尽绿，可山上的顽石却始终是光秃秃的。难道因为这些顽石不绿，就否认春风的强劲吗？"

淳于髡明白孟子所说的春风就是指仁者。他知道留孟子不住，便挥手送别，依依不舍。

弟子充虞随行，在路上，充虞问孟子："夫子，您好像一脸不高兴的样子。可前日我听夫子您说过'君子不怨天不尤人'啊。"

孟子回答道："彼一时，此一时也。五百年必有王者兴，其间必产生留名于万世者。从周平王东迁至今，已经快要五百年了。按形势来看，应该是圣君贤臣出来的时候了。我虽然在魏国、齐国不被重用，但无论哪一个诸侯国，要想治国平天下，我都能办到。当今之世，舍我其谁？我还有什么不高兴的呢？"

孟子带领门徒游说各国，但始终不被各国所接受，"舍我其谁"的气概渐渐消磨光了。孟子退隐，与弟子万章等一起著书，合成《孟子》一书。《孟子》里的文章说理畅达，气势充沛，长于论辩，尖锐机智，代表着当时散文写作的最高峰。孟子享年八十四岁。

没有永久的朋友和敌人，只有永远的利益和需求。就在孟子退隐时，纵约长楚怀王与齐宣王会盟，约好有难同当，一起对付强秦。消息传到秦国，秦惠文王很是担忧，想离间齐、楚两国的关系，便召来张仪问计。张仪奏道："凭臣三寸不烂之舌，去楚国游说，一定可使楚国与齐国绝交而亲近秦国。"秦惠文王高兴地道："寡人相信你的能力，希望你此去建立奇功。"张仪便前往楚国。

张仪再度来到楚国，已非当年的寒酸样，身份也有天翻地覆的变化。他趾高气扬，来到楚国朝堂。

楚怀王赐座后，问张仪："先生屈尊，光临敝国，有什么指教吗？"

张仪答道："我这次前来，为的是让秦、楚两国和好！"

楚怀王说："寡人难道不愿意同秦国结交吗？但秦国侵略征战不停，妄自尊大，还恬不知耻地要求各国割让土地，所以不敢亲近。"

张仪知道楚怀王对秦国抱有成见，灵机一动，继续说道："现在天下强国虽然只有七个，但强中之强是秦、楚、齐三国。秦国与东面的齐国合作，齐国势力就强大；与南面楚国和好，楚国势力就强大。我们大王私下的意思，是欲和楚国友好而不是与齐国。为什么这样做呢？因为秦国离齐国远、离楚国近，并且我们大王的宠妾芈八子就是大王您的妹妹。但大王您与齐国结盟，触犯了我们大王的忌讳。大王您如果能与齐国断绝往来，那么我们秦国愿意把六百里土地送给楚国，并世代通婚。秦国与楚国结为兄弟，共同解救天下危难，这样多好啊！”

楚怀王十分高兴地说道：“秦国如果能做到这些，那寡人何苦还对齐国偏爱呢？”

朝堂上，楚国群臣都称贺，一个人挺身而出，向楚怀王奏道：“不能答应！依臣看来，这件事应该吊唁而不应当庆贺！”

楚怀王一看，是客卿陈轸，便不解地问：“寡人不费一兵一卒，坐在朝中得到六百里土地，群臣都称贺，你反而说吊唁，这是什么原因？”

陈轸答道：“大王认为张仪的话能相信吗？”

楚怀王笑着说：“为什么不相信？”

陈轸说：“秦国所以重视楚国，是因为有齐国的原因。现在如果与齐国断交，那么楚国就孤立了。如果楚国孤立了，虎狼之心的秦国为什么还要割舍六百里土地给楚国呢？这是张仪的诡计。如果听张仪的，到头来，秦国不给土地，齐国怨恨大王，齐、秦两国合兵进攻，楚国的灭亡就指日可待了！臣所说的应该吊唁的话就是为这个原因。”

左徒屈原也奏道：“陈轸的话很对。张仪是个反复无常的小人，决不能相信。”这屈原，是楚武王芈通之子屈瑕的后代。他自幼勤奋好学，胸怀大志，二十六岁就担任楚国左徒，很得楚怀王信任。左徒，是楚国官名，入内则参与议论国政，发布号令，出外则接待宾客。这时，屈原继续说道：“六国合纵，制止了强秦的扩张。大王身为纵约长，应该坚定合纵抗秦的计策，不要被张仪的花言巧语所迷惑。”楚怀王想想也是，便搁置此事不提。

张仪知道楚怀王有个宠臣叫靳尚，任楚国大夫，常常在楚怀王左右，楚怀王对其言无不从，就送给靳尚玉璧一对。张仪说：“我知道楚王有两个信任大臣，一个是您，一个是屈原。”靳尚默然无语，屈原性格耿直，常常与靳尚相抗，所以靳尚心中常以除屈原而后快。张仪看出靳尚的心思，便假说道：“屈原年纪轻轻，不知深浅，怎能与大夫您相比呢？我这次来楚国，捎了一对玉璧。屈原听说后，便向我索取。我讨厌他的性格，便不给他，于是他便在朝堂上反对我的主张。还有陈轸，当年，他在秦国的时候，我就看出他会叛秦归楚，这次他见我来，因此为难于我。我知道，将来主政楚国的必是大夫您，所以我将一对玉璧作为结交您的见面礼。”靳尚不禁心中狂喜，既得到珍宝，又抓住了政敌屈原的短处。

大夫靳尚面见楚怀王奏道：“现在秦国讨好我们，送来六百里土地，这样的好事，却被屈原、陈轸反对，臣就感到纳闷。昨天听说，屈原向张仪索要一对玉璧不成，故恼羞成怒，陈轸在秦国时就与张仪作对，所以二人刻意阻挠此事。大王，不要六百里土地，真可惜呀。”楚怀王闻听靳尚所言，便觉得自己被陈轸、屈原耍弄了。

楚怀王也是个贪心的人，不费一兵一卒，白得六百里土地，如何不动心？第二天上朝，便又重提此事。陈轸又谏道：“大王不如先派一个使节随张仪去秦国接受土地，等土地归入楚国后再与齐国断交也不晚。”

靳尚说：“张仪说送六百里土地，是以与齐国断交为前提。不与齐国绝交，秦国怎么能给我们土地呢？”

楚怀王点头说：“张仪不会辜负寡人是很明显的，因为他说的道理句句是真。陈轸就不要再说了，请看寡人是如何得到土地吧。”便命令臣下不要再与齐国往来，同时赐给张仪黄金百镒、珍珠百枚，派大夫逢侯丑随张仪去秦国接受土地。

屈原见此，急忙谏道：“与齐国绝交，就是放弃合纵，势必给秦国以可乘之机，这是关系楚国生死存亡的事情啊！大王千万不能听张仪和靳尚的。”

楚怀王想起昨天靳尚所说，不禁怒道：“难道楚国六百里土地抵不上你索取的一对玉璧吗？”令武士把屈原拉出殿门，免除其左徒之职。

屈原痛心极了，站在殿门外不忍离开，盼着楚怀王能醒悟过来，改变主意，以免给国家带来灾难。等了好久，看见张仪、靳尚等人欢欢喜喜地走出殿门，这才绝望。屈原喃喃地说道：“昔日鲁国孔子说：‘君子坦荡荡，小人常戚戚。’可是在今日楚国，却正好反着！君子戚戚，小人荡荡。楚国啊，你又要受难啦！”

屈原回到家中，闷闷不乐，想到自己被小人诬陷、被楚怀王误解，想到合纵一经破坏，楚国就保不住眼前的兴旺，不禁顿脚长叹：“我是楚国人，死也不能看到楚国遇到危险啊！”他认为只要楚怀王回心转意，楚国就有救了，而要让楚怀王回心转意，就要让楚怀王醒悟、分清是非。为了让楚怀王辨明忠奸，屈原咬破手指，用鲜血在布帛上写了一段发生在齐国的历史故事——

一天，齐景公问晏婴：“对一个国家来说，最大的忧患是什么？”

晏婴答道：“最大的忧患是宗庙里的老鼠。”

齐景公不解地问：“这是什么意思？”

晏婴答道：“宗庙的墙壁是把许多木条连在一起，外面抹上泥土而成。老鼠喜欢到那里寄居。人们想要消灭它，用火去熏，怕烧坏木头；用水去灌，又怕毁坏泥墙。因此，老鼠凭借这个，作威作福，使人们很难除掉。说到国家，也有‘社鼠’，那就是国君亲信的那些小人。他们在朝中隐瞒善恶，蒙蔽君上；在外卖弄权势，欺压百姓。如果不杀掉这种人，就会酿成祸患，但要杀他们，他们又是国君的宠臣、心腹，人们无可奈何。这些人实在是贻害国家而又难以根除的‘社鼠’啊！”

血书呈给楚怀王，被他扔到一边。楚怀王怒道：“这‘社鼠’不就是屈原你吗？因为一对玉璧，竟然破坏楚国利益。”

屈原见楚怀王不再召见他，便越来越忧愁，常常整夜不眠，写了《离骚》长诗，抒发对楚国的忧愁和自己的怨愤。“离骚”就是“离忧”。诗中写道——

> 你不了解我的忠心，反而听信谗言发怒。
> 我知忠言直谏有祸，却不因此忍耐不发。
> 上天有眼给我作证，一切都是为了你啊。

世道就是冷酷无情，这边有人忧愁，那边有人欢喜。张仪一路上与逢侯丑饮酒谈心，情同骨肉。快到咸阳时，张仪假装酒醉失足，掉下马车。左右随从慌忙把他扶起来，张仪说：“我脚骨受伤，快去医治。”先躺在车上入城。逢侯丑只好孤零零地去馆舍住下。张仪闭门养病，暂不入朝。逢侯丑请求拜见秦惠文王不得，便去探问张仪，家仆以病推托。这样等了三个月，逢侯丑万般无奈，只好给秦惠文王写信，述说张仪答应给地的事。秦惠文王回信说：“如果张仪真的答应了，寡人一定兑现。只是听说楚国与齐国还没绝交，寡人怕楚国欺骗秦国，非得等到张仪病好以后，才能断定。”逢侯丑再去张仪府，张仪仍然不见。

逢侯丑不得不派人回去，把秦惠文王信简上的话报告楚怀王。楚怀王说:“秦国还认为楚国与齐国仍有来往吗？”便派使节到齐国境内，辱骂齐宣王。齐宣王闻报大怒，派使节到秦国，希望齐、秦联手，一起攻打楚国。

张仪听说齐国使节已到，自己的计策开始见效，便声称病好上朝。在朝门口遇见逢侯丑，故作惊讶状问道:“您为什么不去接受土地，还停留在我们国中？”

逢侯丑哭着道:“在等您啊！秦王专等您当面决定。请您进去和秦王说明，早些定好地界，我也好回去向我们大王交代。”

张仪说:“这件事何必向秦王上奏呢？我所说的是我的封邑六里，我自愿将它献给楚王。”

逢侯丑说:“您在楚国说的，是土地六百里，没有听说是六里。”

张仪说:“您大概听错了吧？秦国土地是用无数将士的鲜血换来的，怎么能随便让给楚国？何况是六百里呢？”

逢侯丑目瞪口呆，不敢在秦国放肆，只好压住怒火急急回去报告楚怀王。

楚怀王怒发冲冠，大声骂道:“张仪这个反复无常的小人！寡人抓住他，一定要生吃他的肉！”便下令派兵攻打秦国。

陈轸奏道:“臣今天可以开口说话了吗？”

楚怀王说:“寡人不听你的话，以致被狡诈小人欺骗。你现在有何妙计？”

陈轸说:“大王已失去齐国的帮助，现在要攻打秦国，没有什么好处。不如割舍两座城贿赂秦国，与它合兵进攻齐国。这样虽然给了秦国土地，还可以从齐国那里得到补偿。”

楚怀王说:“欺骗楚国的本是秦国，齐国又有什么罪？与秦国联合进攻齐国，世人都会笑话寡人不懂道理。”楚怀王不听陈轸的建议，当天就拜屈匄为将军、逢侯丑为副将，率兵十万，进攻秦国。

秦惠文王命魏章为将军、甘茂为副将，起兵十万迎敌。同时，答应齐国的请求，两国联兵攻打楚国。齐国派匡章率兵助战。屈匄虽然勇猛，但怎能挡住两国夹攻？连战连败。秦、齐两国兵马一直追到丹阳，屈匄聚集残兵败将再战，结果全军覆没，屈匄、逢侯丑全都阵亡。秦、齐得楚国土地六百里，楚国举国震惊。

楚怀王十分害怕，这时后悔不听屈原的话，于是复用屈原，任命他为三闾大夫，让他出使齐国，重修楚、齐两国之盟，另派陈轸到秦军中求和。

秦将魏章派人向秦惠文王请示，秦惠文王说："秦国巴、蜀二郡与楚国黔中相连，不可分割。如果楚国愿意用黔中土地交换秦国商邑土地，那么就同意楚国求和。"魏章把秦惠文王的意思告诉陈轸，陈轸禀报楚怀王。楚怀王痛恨张仪欺骗楚国，说道："寡人不要土地，愿意得到张仪！如果秦国肯把张仪交给楚国，寡人情愿献出黔中土地作为谢礼。"

楚怀王的意思传到秦国，左右忌恨张仪的人向秦惠文王奏道："用一个人换数百里土地，太合算了！"秦惠文王摇摇头说："张仪如同是寡人的股肱，秦国宁可不要土地，也不忍心舍弃他。"

张仪自觉被推到剑斧之下，不去会被世人讥笑，以后也无脸在诸侯中混，而去又是凶多吉少。考虑再三，张仪向秦惠文王奏道："臣愿意去交换！"

秦惠文王说："楚王对你恨之入骨，只等你一去就杀你，所以寡人才不让你去。"

张仪奏道："臣虽然被杀，但秦国得到黔中土地，臣虽死犹荣！何况臣还不一定会死呢！"

秦惠文王问："你有什么计策脱身？说给寡人听一听。"

张仪说："楚王夫人郑袖，相貌美丽，为人灵活，为楚王所宠爱。臣先前出使楚国时，听说楚王又新宠幸了一个美人。郑袖对美人说：'大王讨厌别人鼻孔中的气吹着他，你见到大王时一定要捂住鼻子。'这个美人信以为真，每次见到楚王，都捂住鼻子。楚王不解地问郑袖：'美人一见寡人就捂住鼻子，这是为什么？'郑袖答道：'她嫌大王身上有臭味，所以不愿意闻。'楚王闻听此话，大发雷霆，下令割掉美人的鼻子。从此，郑袖又得到专宠。楚王还宠爱一个臣子靳尚，他常常向郑袖献媚。二人一里一外，相互勾结。臣和靳尚关系很好，估计能借他们的力量保护自己，免掉一死。大王只要下令魏章率军不撤，楚王一定不敢杀臣。”

秦惠文王见张仪信心十足，就放他前去。

张仪一到楚国，就被抓了起来。楚怀王选定一个吉日，准备杀了他祭告宗庙。张仪的随从已按张仪的计谋秘密去见靳尚。此时的靳尚灰溜溜的，张仪随从先将黄金百镒献上，这黄金其实是先前楚怀王所赐。靳尚笑纳后，张仪随从说：“秦国大良造张仪之所以敢来楚国，实是为了弥补以前的过失，归还楚国土地，并促成两国通婚。由于两国误解，以致张仪被困。如果大夫您能把张仪救出来，则秦、楚两国必能和好如初。”靳尚此时正为两国僵局困扰，巴不得张仪把此事处理好，自己重获楚怀王的高度信任，闻听此言，忙说道：“怎样才能救出张仪呢？”张仪随从附耳说出，靳尚点头同意。

当天，靳尚进后宫对郑袖说：“大王对夫人的宠爱不会长久了，夫人您知道吗？”

郑袖问：“为什么？”

靳尚说：“秦国张仪前来楚国，已被大王抓获，准备杀掉。听说秦王为了赎回张仪，打算把自己的女儿嫁给大王，并让一些能歌善舞的美人陪嫁。秦女一到，大王一定对她毕恭毕敬。如此的话，夫人还能得到大王的宠爱吗？”

郑袖大吃一惊，问靳尚：“你有什么妙计能制止这件事？”

靳尚说：“夫人假装不知这件事，把得罪秦国的利害对大王说清楚，放张仪回秦国，问题就解决了。”

半夜里，郑袖哭泣着对楚怀王说：“大王要用地换张仪，秦国还没有得到土地，张仪已经先来了，这是秦王对大王的尊重。秦兵席卷楚国北部，本来就有吞灭楚国的势头。如果再杀掉张仪触怒他们，秦国一定会增兵添将进攻楚国，那时我们夫妇就会不得安宁了。为此，妾心如刀绞，吃不好，睡不着。做臣子的各为其主，张仪向着秦国有什么值得怪罪的？大王如果厚待张仪，他就会像对待秦国一样对待楚国。”

楚怀王摆摆手说：“你不要再说了，寡人从长计议吧。”

第二天上朝，靳尚乘机奏道：“杀死一个张仪，对秦国没有什么损害，但楚国却失掉了黔中数百里土地。当今之计，不如留下张仪，把他作为和秦国讲和的资本。”靳尚的话无懈可击，楚怀王不得不听。

此时，楚怀王开始心疼起黔中土地来，后悔先前赌气，拿黔中土地换张仪。楚怀王思虑再三后，放出了张仪，对他热情款待。张仪借机劝说楚怀王与秦国和好，自己如果回秦国，定当劝说秦惠文王归还楚国土地，并促成两国通婚结好。楚怀王一时没了主见，便放张仪回归秦国。

三闾大夫屈原出使齐国归来，听说张仪已走，便劝谏楚怀王道：“从前大王被张仪欺骗，这次他来，臣以为大王一定会把他的肉煮熟了吃掉。现在放了他不杀，还听信他的胡言乱语，破坏合纵，这真令人没法想象呀！普通百姓都不忘记自己的仇恨，何况堂堂一国大王？现在没有得到秦国的欢心，却先触怒了楚人的公愤，大王的做法不明智呀！”楚怀王闻听，又后悔不已，派人驾车去追，不料张仪已经连夜逃走，不知去向了。

张仪回到了秦国，对秦惠文王奏道：“臣九死一生，终于又见到大王了。现在楚王对秦国很害怕，即使这样，也不能让臣对楚国再次失信。请大王将获取的楚国土地归还一部分，再与楚国通婚。这样的话，臣就可以用楚国为由游说各国诸侯，让他们一同听命于秦国。”秦惠文王同情张仪，便依他之言，还给楚国一些土地，对楚国黔中土地，一时也不去索取，还派使节去楚国友好往来。秦将魏章班师回国，齐将匡章也因屈原访齐而率兵返回。秦惠文王把自己的女儿嫁给楚怀王少子芈兰，楚怀王也把女儿嫁给秦国世子嬴荡。楚怀王大喜，认为张仪没有欺骗他，这时对屈原的印象又不好了。

秦惠文王为奖赏张仪的功劳，赐号武信君。又备好黄金、玉璧，让张仪用连横计去游说列国。

张仪先来到齐国，对齐宣王说：“大王您考虑一下，土地是否比秦国广阔？兵甲是否比秦国强大？现在秦国与楚国结为儿女亲家，亲如兄弟之邦。”为了蓄势，张仪又谎称道：“赵、魏、韩三国没有不害怕的，争先向秦国求和，自愿依附。从现在的形势看，与秦国结盟的国家就安全，背叛秦国的国家就危险！”齐国刚刚与秦国联合攻楚，一时关系不错，齐宣王对张仪说：“寡人听从先生的话，与秦国友好互助。”便赐给张仪黄金、玉璧。

张仪往西来到赵国，对赵武灵王说："现在秦国向南与广阔的楚国通婚，向东与遥远的齐国结盟，韩、魏两国也向秦国俯首称臣，五国已经合为一体，除了燕国，强国之中只剩赵国没有依附秦国了。大王您还等什么？为赵国安全考虑，大王您不如尽早依附秦国。"张仪所说的事，赵武灵王也闻知一二，虽然不能全信，但也知道鸡蛋不和石头碰，于是违心答应下来。

张仪向北来到燕国，劝燕昭王说："燕国的近邻是赵国，如今赵王已向秦国求和，燕国还等什么？"燕昭王听后很害怕，忙派人去赵国打探，果真如此，于是答应张仪。就在此时，秦惠文王病逝，世子嬴荡即位，为秦武王。张仪接到消息，急忙返回秦国。

秦武王生性粗鲁，做世子的时候，就厌恶张仪诡计多端。从前嫉妒张仪的众臣，也都来进谗言攻击张仪。张仪害怕大祸临头，便入宫向秦武王奏道："如今，楚、齐、赵、燕等四个强国已经表示愿意与秦国结盟，连横术大获成功。臣时下有一条计策，愿意为大王效劳。"

秦武王问："你的计策是什么？"

张仪答道："臣愿意辞别大王，前去魏国卧底，继续实施连横。这样，六个强国中的五国都会亲秦，那么秦军就可以东进中原，先取韩国军事重镇、周都洛阳的门户宜阳。然后以宜阳为跳板，控制周天子和东西二周。以据有九鼎为象征，挟天子而令诸侯，建立中原霸主伟业。"秦武王也是争功好强的人，当即同意他的计谋。

张仪到了魏国，向魏襄王说："我本是魏人，如今年老了，愿意叶落归根，为魏国尽力。"魏襄王虽然鄙视他的为人，但爱惜他的才华，拜他为相国。此时公孙衍已亡。

且说齐宣王接见张仪时，听张仪说魏、韩、赵三国都已经向秦国求和，所以不敢持有异议。等到听说张仪游说齐国之后，才去赵国，不由勃然大怒，认为张仪欺骗了自己。又听到秦惠文王去世，张仪到了魏国做相国，便派兵讨伐魏国，捉拿张仪。魏襄王十分害怕，向张仪问计。

张仪便让他的门客冯喜假扮成秦人，去见齐宣王，说道："听说大王特别恨张仪，是真的吗？"

齐宣王答道："是这样。"

冯喜说："大王如果真的憎恨张仪，就不要征伐魏国。我刚从咸阳来，听说张仪离开秦国前去魏国是为了卧底搞连横，让魏国倒向秦国的怀抱。如果齐国前去伐魏，那么魏国肯定倒向秦国，这样就正中张仪的下怀了。"齐宣王觉得有理，果然不再伐魏。

魏襄王更加厚待张仪，但是不久，张仪在魏国病死，得以善终。张仪死后，秦武王想起张仪曾劝他去攻打韩国宜阳然后称霸天下的计谋来。

五　楚怀王的悲剧

这秦武王身高体壮，重武好战，勇力超人，常以斗力为乐，凡是勇力过人者，他都置于身边。乌获和任鄙以勇猛力大闻名，秦武王就给予他们厚禄。齐国人孟贲，力大无穷，陆行不怕虎狼，水行不避蛟龙，一人可同时制服两头野牛。听说秦武王重用天下勇士，孟贲西赴咸阳面见秦武王，被破格任用，与乌获、任鄙享受同样的待遇。

秦国因为其他国家设有相国，不屑与它们同名，便专门设置了左、右丞相。秦武王拜樗里疾为右丞相、甘茂为左丞相。魏章功高，因为自己没有得到丞相之位而愤愤不平，患病而亡。此时秦国后方巩固，国力正盛，秦武王对右丞相樗里疾、左丞相甘茂说："寡人生在西方，没有到过周都洛阳，不知道中原如何繁华。寡人渴望有一天，驾车进入周王畿游历，亲眼一睹天子重器九鼎。若能如愿，死也心甘。不知二位，谁能为寡人伐宜阳、进中原？"

樗里疾答道："韩国宜阳城坚兵精、路远道险，倘若魏、赵两国出兵救宜阳，秦军孤军深入险境，一旦失利，后果不堪设想。"秦武王听了，很不高兴。

这时，甘茂道："伐韩国宜阳，必先与魏国联盟。只要魏国助秦，赵国就不可能越魏救韩。韩国被孤立，宜阳城就可能被秦军攻破。昔日张仪前去魏国连横，但不幸病亡，未有结果。今臣可以前去，劝魏国依附秦国。"秦武王大喜，即派甘茂出使魏国。

甘茂到了魏国，以共享伐韩之利引诱，与魏襄王建立了秦、魏两国共伐韩国的联盟。秦武王非常高兴，即命甘茂在息壤整军，准备伐韩。甘茂担心秦武王在自己伐宜阳期间，听信樗里疾之言而变卦，特派人报告秦武王：“虽然得到魏国支持，但还是不伐宜阳为好。”秦武王听了，很不理解，便亲自赶到息壤召见甘茂。

甘茂向秦武王奏道：“宜阳城池坚固，兵精粮足。秦军冒险攻打宜阳，决非短时能够奏效。从前，孔子弟子曾参住在费邑的时候，鲁国有一个和他同名的人杀了人，别人跑去告诉曾参母亲：‘曾参杀人了！’他母亲正在织布，答道：‘我儿子不会杀人。’继续织布。一会儿，又一个人跑来说：‘曾参杀人了！’他母亲停了织机，站起来想了一会儿说：‘我儿子一定不会做出这种事。’又继续织布。时间不长，又一个人跑来说：‘杀人的果然是曾参！’他母亲一听，放下织机，跳墙逃走，躲藏起来。曾参母亲本来相信曾参之贤，但当三人都说他杀人时，连慈母也产生了怀疑。臣不敢和曾参相比，大王信任臣的程度也远远不如曾参母亲对曾参的信任。如果攻打宜阳时间较长，必然有人在大王面前诽谤，恐怕诽谤臣‘杀人’的人，还不止三人，臣只怕大王也会像曾母那样。”秦武王明白了甘茂的担忧，坚定地向他说道：“寡人不听小人之言，愿与你定息壤之誓，为你解除后顾之忧。”于是君臣盟誓。

当天，甘茂便领兵五万攻伐韩国宜阳。

却说韩国有溪姓人家，擅长用一种沙麻竹制作强弩，称溪子弩，威力巨大。宜阳城墙坚固，加上守军大量使用溪子弩抵抗，故秦国左丞相甘茂攻宜阳，长达五个月没有见效。这时，右丞相樗里疾和群臣对秦武王奏道：“秦军攻打宜阳城已经五个月，精疲力尽，锐气大丧，再挺下去，恐怕形势要发生变化，不如班师为好。”秦武王听了，未加思索，就派人召甘茂班师回朝。

却说甘茂接到秦武王命令，并没急着回师，而是用布帛写信一封，让来人带给秦武王。秦武王打开一看，只有“息壤”二字，顿然大悟。于是派出五万援兵，令乌获带领前去援助甘茂。甘茂得到生力军，力量大增，遂以乌获为先锋，冒着强弓劲弩，一鼓作气，攻陷了宜阳城，斩杀韩军七万人。韩国元气大伤，急忙向秦国求和。

世间事复杂，喜中常有忧。在秦军大获全胜之时，秦武王眼下突然长了一个瘤，秦国太医李醯开了一方药，秦武王服下后也不见好转，并且瘤愈来愈大。有人将神医扁鹊在秦国的消息报告给了秦武王，秦武王传令扁鹊入宫。年已近百、白发苍苍的扁鹊查看了秦武王的病情后说："如果大王及早医治，就可止住病情。"等扁鹊退下后，聪明的右丞相樗里疾提出了异议："大王的病在耳朵的前面，眼睛的下面，这未必能治好。如果治不好，反而使耳朵听不清、眼睛看不明。"秦武王想想有道理，再次召见扁鹊，把这话告诉了他。扁鹊很生气，把治病的砭刺一丢，气愤地说道："大王找懂医术的人看病，又同不懂医道的人商议治病，干扰治病，就凭这，便可以知晓大王的前途。"见秦武王不配合，扁鹊生气地离开了。

太医李醯嫉妒扁鹊之才，决定除掉扁鹊。扁鹊离开秦武王时，李醯派杀手扮成猎户，半路上劫杀了扁鹊。当年扁鹊因吴起被杀而对自身引起的忧虑不幸发生了。人们怀念扁鹊，便建造起药王庙，供奉他。

再说秦军占领宜阳，周都洛阳门户洞开。在甘茂的一再邀请下，秦武王不顾眼下长瘤的病情，亲率右丞相樗里疾并任鄙、孟贲等精兵强将大举进攻洛阳。此时，周天子是周赧王，周显王早亡。周赧王无力抵御，只好出城迎接秦军入城。

秦武王直奔周朝太庙，观看九鼎。只见九个宝鼎一字排列在殿堂之内。这九鼎本是大禹收取天下九州的贡铜铸成，每鼎代表一州，共有荆、梁、雍、豫、徐、青、扬、兖、冀九州，上刻本州山川人物、土地贡赋之数。

秦武王逐个审视，看到雍州鼎时，对众臣说："雍州就是秦国，这个大鼎是我们的呀，寡人想把它搬到咸阳去。"

秦武王问守鼎人："这鼎有人举过吗？"

守鼎人答道："自从有鼎以来，没有听说也没见过有人举鼎。这鼎重达千斤，谁能举得起呀？"

秦武王问任鄙、孟贲二人："你们两个，能举起吗？"

任鄙知道秦武王恃力好胜，婉言辞谢说："臣只能举重三百斤的东西。这鼎重千斤，臣不能胜任。"

孟贲伸出两臂走到鼎前说道："让臣试举，若举不起来，不要怪罪。”说罢，紧束腰带，挽起双袖，手抓两个鼎耳，大喝一声：“起！”只见鼎离地面半尺高，就重重落下。孟贲感到一阵晕眩，站立不住，幸被左右扶住，没有倒在地上。

秦武王看了笑道：“你能把鼎举高地面，寡人还不如你吗？”

任鄙劝道：“大王万乘之躯，不要轻易试力。”秦武王固执不听，卸下锦袍玉带，束紧腰带，大踏步上前。任鄙拉着秦武王苦苦劝阻，秦武王生气地说：“你不能举，还不愿意寡人举吗？”任鄙不敢再劝。

秦武王伸手抓住鼎耳，心里道：“孟贲只能举起地面，寡人举起后应移动几步，才能显出高低。”于是，深吸一口气，使出全身力气，大喝一声：“起！”鼎被举起半尺，秦武王接着移动左脚，不料右脚独力难支，身子一歪，鼎落在地面上，正砸到秦武王的右脚上。秦武王惨叫一声，倒在地上。众人慌忙上前，把鼎搬开，只见秦武王的右脚足骨被压碎，鲜血流了一地。

等到太医李醯赶来，秦武王已昏迷不省人事，仍然不忘自言自语：“心愿已了，虽死无恨。”李醯用布包扎秦武王的伤处，接着又给秦武王服了一剂汤药，秦武王依旧昏迷。右丞相樗里疾询问病情，李醯掉泪道：“足骨受伤，是小事。但过力举鼎伤及大王内腑，这无力回天。”樗里疾叹道：“恐怕是眼下长瘤的缘故，后悔当初没有相信扁鹊。要是扁鹊在，就好了。”

入夜，秦武王气绝而亡。周赧王闻报大惊，亲自前去哭吊。右丞相樗里疾护棺回咸阳，由于秦武王无子，几个兄弟争位。魏冉实力较大，且与樗里疾交情深厚，故拥立姐姐芈八子之子嬴稷为王，是为秦昭襄王。

安葬秦武王之后，右丞相樗里疾追究责任，将孟贲五马分尸，诛灭其族。奖励任鄙劝谏之能，升为大夫。同时谏议秦昭襄王，追究左丞相甘茂怂恿秦武王入周之罪。甘茂听到风声，害怕被治罪而逃到魏国，至死不敢还秦。

秦昭襄王即位时，年方十九，朝中权力多由其母芈八子掌握，号宣太后。自此，列国中有了“太后”这一称呼。秦宣太后让秦昭襄王封魏冉为左丞相，封秦宣太后的同父弟芈戎为华阳君，亲生儿子嬴悝为高陵君、嬴芾为泾阳君。世人称他们为“四贵”，富于王室。

悠悠岁月无数事，三言两语几笔过。却说秦宣太后是楚人，因此竭力拉拢楚国。楚怀王与秦昭襄王在楚国黄棘会晤，签订黄棘之盟。这时，齐、楚两国依旧不和，齐国约会韩国和魏国，一块儿去攻打楚国。楚怀王打发世子芈横去秦国做人质，请秦国发兵来助。秦宣太后派兵帮助楚国。齐、韩、魏三国兵马见秦国帮助楚国，便只好退了。秦国继续奉行连横策略，退还了魏、韩一些土地，于是魏、韩转而亲秦。当魏、韩两国与秦国关系和好时，秦国一个大夫与楚国世子芈横殴打，芈横杀了他而逃回楚国，秦、楚关系遂告破裂。秦宣太后虽为楚人，但也不堪此辱，即命秦军联合魏、韩两军攻打楚国，夺去了楚国好几座城池，杀了数万楚人。楚怀王只好脱离秦、楚黄棘之盟的约束，重新谋划合纵，让世子芈横去齐国做人质。

齐国恼恨秦国，欲与楚国重叙友谊，齐宣王便派淳于髡出使楚国。淳于髡特意带去一只黄鹄作为晋见楚怀王的礼物。

> 旭日染晴空，湖水荡芙蓉；
> 苍山领肃穆，黄鹄划白虹；
> 引吭朝天阙，振翅问苍穹。

这本是当年齐国管仲编唱的一首黄鹄之辞。歌曲铿锵有力，能消除疲劳之苦，已经年老的淳于髡非常喜欢这首黄鹄之辞，便让随从人员边驾马车边大声歌唱。谁知一不小心，黄鹄飞走了。

老年淳于髡虽然十分稳重，但仍不失滑稽。他托着空鸟笼，前去拜见楚怀王，慢悠悠地信口说道：“齐王派我来向大王献黄鹄，我从水上经过，不忍心鸟儿饥渴，就放它出来喝水，谁知它竟离开我飞走了。我想要刺腹或勒颈而死，又担心别人非议大王因为鸟兽的缘故致使士人自杀。黄鹄很多，我想买一只来代替，可这是欺骗大王，我不愿那样做。我想逃到别的国家去，又痛心齐、楚两国友谊受损，所以托着空鸟笼，前来认罪，向大王叩头，请求责罚。”这一番话说得十分巧妙，明明是淳于髡的过失，反而说出了他的仁、勇、忠、信、义、诚。如此完备之人，谁还会治他的罪呢？楚怀王哈哈大笑，不由赞赏道：“世人都说淳于髡博学多才、机智善辩，果真如此啊。千里送鸟笼，礼轻情义重呀！”当即厚赏淳于髡，同意两国友好相处。

楚、齐重新结盟，联合抗秦，当然对秦国不利。秦宣太后即让秦昭襄王写信给楚怀王，追忆了黄棘会盟的亲善和世子芈横不谢而逃、导致秦、楚交兵的经过，最后请楚怀王到武关会盟，继续维持秦、楚原来的友好关系。

楚怀王接到秦昭襄王的信简，对众臣说：“秦王请寡人去会盟。不去吧，怕招他怨恨；去吧，又怕有危险。你们看怎么办？”

屈原奏道：“秦国是虎狼之国，楚国被秦国欺骗已经不是一次了，大王如果去一定回不来。”

此时，楚国令尹是昭雎，他是昭阳的族人，他目睹近些年来秦国的所作所为，知道秦国不可交，便奏道：“屈原的话是忠言啊！大王不可去。当今楚国，应该派兵坚守要道，防止秦兵进犯。”

大夫靳尚反对道：“楚国因为打不过秦国，所以土地越来越少。现在秦国既然要和好，我们再拒绝前往，秦国定会震怒，增兵伐楚，那该怎么办？”

楚怀王少子芈兰，娶秦女为妻，认为婚姻可以依仗，便极力劝说楚怀王前往：“秦、楚二王儿女，互相嫁娶，没有比这再亲近的了。秦国派兵来，我们尚要请和。如今他们主动要求会面和好，我们为什么要拒绝呢？靳尚大夫所说最好，父王不可不听。”楚怀王因为楚军刚刚战败，内心惧怕，又被靳尚和芈兰撺掇，便答应秦国前去赴会。

楚怀王启程，大臣中只有靳尚跟随。秦宣太后派使节在路上迎接；让秦昭襄王弟弟高陵君嬴悝，使用秦王车仗礼仪，假装秦昭襄王，住在武关；命大夫蒙骜率兵一万，埋伏在武关之外，以防万一；又派大夫白起率兵一万，埋伏在武关之内，劫持楚怀王。蒙骜是齐人，现已投奔秦国。秦国彻底实行卫鞅建立的军功制度，以杀敌人头论功劳。这白起是楚国白公胜之后，在秦国入伍后，从军士开始，在战场拼杀中，一步步提升起来的。

楚怀王与靳尚到了秦、楚两国边界，不得不小心谨慎，先派人探听秦昭襄王是否已到武关。探子很快回报，秦昭襄王已到武关，仪仗威严。楚人不知这是高陵君嬴悝假扮的。不久，秦国使节前来迎接，见到楚怀王，一番甜言蜜语。楚怀王深信不疑，放心前往武关。为防不测，楚怀王令靳尚率军远远在后接应。

楚怀王来到武关门下，只见关门大开，秦国关吏出来欢迎说："我们大王在关内已经等候三天了，不敢让大王您的车驾在草野之中停留。请到馆舍之中，以宾主之礼相见。"楚怀王已到了秦国境内，势不容辞，只好随秦国使节和关吏进关。

刚进了关门，忽听一阵鼓响，城门紧紧关闭。楚怀王心中不解，忙问秦国迎接使节和关吏："为什么这么着急闭关？"

关吏答道："这是秦国的规定。"

楚怀王又问："你们大王在哪里？"

使节答道："已经在馆舍中。"说完，便喝令车夫快马向馆舍奔驰。

到了馆舍前，馆中一个披锦袍的人出来迎接，举动不像秦昭襄王。楚怀王心中踌躇，没有下车。那人上前鞠躬说："大王不要担心，我不是秦王，我是他弟弟高陵君嬴悝，请大王到馆舍之中说话。"楚怀王此时只得进入馆舍。嬴悝与楚怀王互相问候后，刚要坐下，只听得外面喊声大起，白起率秦兵包围了馆舍。楚怀王问："寡人赴秦王约会，为什么用兵围困？"嬴悝答道："不必担心！正巧赶上我们大王生病，不能出门，怕失信于大王您，所以派我前来迎接大王您。请屈尊到咸阳与我们大王相会，这些秦兵是保护大王的，请不要推辞。"此时不由楚怀王做主，嬴悝、白起等人推拥他上车，前往咸阳。

楚国靳尚闻听变故，急忙率军前来接应，不料被蒙骜带兵杀退。靳尚无奈，只好逃回楚国，蒙骜也不去追，率领人马回武关内驻守。

却说楚怀王见自己身陷囹圄，不由长叹一声："唉！悔不听昭雎、屈原的话，以致被靳尚、芈兰所害！"流泪不止。

咸阳城中，秦王宫殿巍峨。秦昭襄王面南上座，让楚怀王面北参见，行藩臣之礼。楚怀王怒气冲冲，大声叫道："寡人相信秦国，轻身赴会。大王你却假称有病，把寡人诱逼到咸阳，不以礼相待，这是什么用意？"

秦昭襄王说："从前你答应把黔中土地给寡人，至今没有兑现。今天委屈你前来，就是要你兑现以前的约定。如果你今天割地，寡人明天就送你回国。"

楚怀王质问道："秦国即使要得土地，也该好好说清楚，何必如此诡计多端？”

秦昭襄王哈哈大笑道：“不如此，大王你会答应吗？”

楚怀王心想，好汉不吃眼前亏，就说道：“寡人愿意把黔中土地割给秦国！请与大王订立盟约，大王你派人跟寡人到楚国接受土地，怎么样？”

秦昭襄王说：“盟约并不可信，一定要先派使节到楚国，把地界交割分明，才能给大王饯行。”秦国众臣也都上来劝说楚怀王。这楚怀王的骨子里，全是楚国先人遗传下来的倔强劲儿，不由愤怒地说道：“你把寡人诱逼到此，又强行要寡人割地，寡人死就死了，怕什么，不会受你的威胁。”秦昭襄王便把楚怀王扣押在咸阳，不放其回国。

再说靳尚逃向楚国，途中得知楚怀王在咸阳的遭遇，回到新郢都后，便向令尹昭睢哭着说道：“秦王要得黔中土地，拘留了我们大王。”

昭睢听后，脸色沉重，踱了几步后，向靳尚说道：“大王在秦国回不来，世子芈横又在齐国为人质，倘若齐国和秦国合谋，再留住世子芈横，那么楚国就更坏了！”

靳尚说：“公子芈兰还在，何不立他为君？”

昭睢说：“还不到那个时候！舍世子立少子，异日大王万幸归国，怎么应对呢？我现在假装去齐国送讣告，请世子芈横回国。如果秦国不去齐国联合，齐国一定会相信。”

靳尚又哭着说：“我跟随大王前去，却不能为大王排忧解难。这次去齐国，请让我去效力吧。”昭睢同意，就派他去齐国，诈称楚怀王已亡，迎世子芈横奔丧继位。

听完靳尚的使命，齐宣王对相国孟尝君田文说：“楚国现在没有大王，寡人要留下楚国世子换淮北土地。你看怎么样？”田文答道：“不行。楚王不止一个儿子，我们留下世子，他们真以土地来赎，当然可以；倘若他们另立一人为王，那么我们没有一点儿利益，却白白落个不义的名声，这样有什么用呢？”齐宣王觉得此言有理。田文又说：“世子芈横如能回楚即位，我们可以借此巩固齐、楚之间的友好，以应付天下的乱局。”齐宣王甚喜，为了锦上添花，特派田文礼送芈横回楚国。

芈横即位，是为楚顷襄王。他为了感谢孟尝君田文，打算送他一张象牙床，派大夫登徒护送。登徒深知任务艰巨，便找到跟随田文前来的手下门客公孙戌商量。登徒说：“如今大王命我护送象牙床，献给孟尝君。这床价值千金，稍有损坏，即使我卖掉妻子儿女也赔不起。你不如设法让我免掉这个差使，我愿以先人所传宝剑为报。”公孙戌不假思索，痛快地答应了。

公孙戌去见孟尝君田文。此时正值炎热的夏天，对于一直生活在北方的田文来说，现在的楚国新郢都如同一座火炉。田文拿着扇子，不停地摇摆。他从北方带来的几条狗也都大张着嘴巴，垂着长长的舌头，趴在樟树阴下喘着粗气。公孙戌向田文禀报说：“孟尝君您准备接受楚王馈赠的象牙床吗？”孟尝君点头言是。公孙戌劝他不要这样做，孟尝君问他何故，公孙戌说：“孟尝君您在天下享有美名，如果在楚国接受了象牙床这样的重礼，以后其他小国又拿什么礼物馈赠给您呢？这有损您的仁义廉洁，所以在下希望孟尝君您千万不可接受此物。”田文哈哈大笑，爽快地答应了。

公孙戌快步退了出去，欣喜之情压抑不住。田文起了疑心，把他叫回来，问道：“你叫我不要接受象牙床之礼，这固然是很好的建议，但为何先生如此乐不可支呢？”

公孙戌见隐瞒不住，便婉言说道：“在下有三大喜事，外加将要得到一把宝剑，所以高兴。”

田文不解，又问：“此话怎讲？”

公孙戌说：“跟随孟尝君来到楚国的门客不下百人，却只有在下敢于劝阻，此喜其一；劝而能听，此喜其二；劝而能止孟尝君之过，此喜其三。另外，为楚王送象牙床的登徒，不愿意送床，他答应事成之后，送在下一把先人所传的宝剑。”

田文听后大笑，问道：“你接受宝剑了吗？”

公孙戌说：“未得孟尝君许可，在下不敢接受。”

田文催促他说：“快去收下吧！”公孙戌高兴地离开了。

田文拿起扇子，用笔在上面写道：“传扬田文美名，阻止田文犯过，乃田文之良友也！”第二天，田文就辞别楚顷襄王，返回齐国。

楚顷襄王即位，芈兰、靳尚仍被信任。二人奏请楚顷襄王迅即派使节通告秦国："赖神灵保佑，楚国已经有新王了！请将原楚王送回楚国，以保两国友谊长久。"秦宣太后、秦昭襄王见计划落空，又羞又怒，命白起为将军、蒙骜为副将，率兵十万进攻楚国，斩首五万、夺取十六座城池后，班师回国。

时光如箭，日月如梭。转眼间，楚怀王在秦国呆了一年了。时间一长，看守的军士不免懈怠，楚怀王乘机逃出了咸阳。秦昭襄王派兵追赶。楚怀王不敢往楚国方向跑，知道路上一定追兵重重，于是转而向赵国方向逃跑。楚怀王心里想：附近各国中，属赵国民风慷慨、尚武抗秦，尤其是当年与赵武灵王联合抗秦时，交情不错。楚怀王又想：要是见到赵武灵王，他必能搭救自己。

且说赵国实施着胡服学习骑射的政策后，军力一天比一天强大。赵武灵王便产生了和秦国一战的志向。为让自己腾出时间攻城略地，他决定让自己的儿子治理国事。赵武灵王把王位传给世子赵何，即赵惠文王，而赵武灵王自称为主父。赵主父命肥义为相国、李兑为太傅、叔叔赵成为司马，让他们用心辅佐赵惠文王。又把安阳封给长子赵章，让田不礼做他的师傅，辅助他。

赵主父要窥探秦国山川形势，观察秦国内政，便谎称是赵国使节赵招，带着国书到秦国告诉另立新王之事。

入咸阳后，假赵招（赵主父）谒见秦昭襄王，秦昭襄王问："你们主父多大年纪了？"

假赵招（赵主父）答道："还在壮年。"

秦昭襄王又问："既然还在壮年，为何把王位传给儿子？"

假赵招（赵主父）答道："我们主父认为接替王位的人，大多不熟悉国家大事，便想让他的儿子先即位，便于熟悉国政。我们主父虽然不再为王，但国家大事还是由他裁决。"

秦昭襄王问："你们害怕秦国吗？"

假赵招（赵主父）答道："如果我们主父不害怕秦国，就不会让国人穿胡服学骑射了。"秦昭襄王见他应对如流，气宇轩昂，便非常敬重。

这天夜里，秦昭襄王忽然想到今天所见的赵国使节身材魁伟，相貌堂堂，并不像臣子的模样，便辗转反侧，难以入睡。

天亮后，秦昭襄王宣召赵国使节相见。使节随从答道："得了急病，不能入朝，请缓几天。”过了三天，赵国使节还不出现。秦昭襄王大怒，派人去催，直入馆舍，不见使节，只抓获一个随从，自称是真赵招。

真赵招被押到秦昭襄王面前，秦昭襄王问道：“既然你是真赵招，那使节是什么人？”

真赵招答道：“他是我们赵国主父。主父想一睹大王您的威容，所以诈称使节前来，现在已离开咸阳三天了，特命我留下来向大王请罪。”

秦昭襄王吃了一惊，跺着脚说：“赵国主父欺寡人太甚了！”即命高陵君嬴悝同白起领精兵三千，星夜追赶。

赶到函谷关，守关将士说：“赵国使节在三天前就已经出关了。”嬴悝、白起回报秦昭襄王。秦昭襄王不禁心惊胆战，以礼遣送真赵招回国。

楚怀王消息不灵，他从秦国跑到赵国时，赵主父正在秦国，与楚怀王擦肩而过。赵惠文王刚刚即位，便与群臣商议。相国肥义说：“如果接纳这位逃命的楚王，自然会惹怒秦国，现今主父就在秦国，恐对主父不利。”赵惠文王听从肥义的意见，命关吏关闭城门，不让楚怀王进城。

楚怀王彷徨无计，要向南逃往魏国。不料秦兵追来，楚怀王又被捉住。他心中愤怒不已，吐血斗余，一病不起，不久逝去。秦国把他的尸体送还楚国，楚人赞叹楚怀王有气节、有骨气，可怜他被秦国欺骗，客死他乡，气愤秦国如虎狼，无信义，去迎丧的臣僚军民无不失声痛哭，就像死了自己亲属一样。百姓哀之，为之谣说——

楚虽三户，亡秦必楚。

楚虽三户，是指楚国三大氏：屈、项、昭也。三户皆是芈姓、楚王家族。当前，项氏较弱，尚无名臣出世。三闾大夫，就是楚国主持宗庙祭祀，兼管屈、项、昭三大氏子弟教育的官职。话说楚国三闾大夫屈原哀痛楚怀王之死，见芈兰、靳尚仍旧被重用，君臣贪图苟安，毫无向秦国报仇的志向，便多次进谏，劝说楚顷襄王近贤能、远佞臣，挑选战将、操练军士，以雪楚怀王的耻辱。芈兰、靳尚愤恨屈原，便向楚顷襄王奏道："屈原自认为与大王同族，不被重用，心中怨恨不平，常常向别人说大王忘记了秦国仇恨，说大王是不孝。"楚顷襄王闻报大怒，当即免除屈原三闾大夫之职，将其赶回家中。

屈原被放逐之后，在江湖间游荡。汨罗江流域，山清水秀、鸟语花香、满目葱茏、绰约多姿。可屈原的眼里、心里只有对国家的忧患。屈原沿着江水边走边唱《离骚》的最后一章——

路漫漫其修远兮，吾将上下而求索。
为余驾飞龙兮，杂瑶象以为车。
何离心之可同兮？吾将远逝以自疏。

屈原脸色憔悴，形容枯槁。一个渔夫看到屈原，便问他："您不是三闾大夫吗？为什么会落到这种地步？"

屈原说："举世皆浊我独清，众人皆醉我独醒，因此被放逐。"

渔夫说："通达事理的人对客观时势不拘泥执著，而能随着世道变化推移。既然世上的人都肮脏龌龊，您为什么不也使那泥水弄得更浑浊而推波助澜？既然个个都沉醉不醒，您为什么不也跟着吃那酒糟喝那酒液？为什么您偏要忧国忧民、行为超出一般、与众不同，使自己遭到被放逐的下场呢？"

屈原说："鲁国孔子说，君子向上，通达仁义；小人向下，追求名利。对于刚洗头的人来说，一定要弹去帽子上的尘土；对于刚洗澡的人来说，一定要抖净衣服上的泥灰。哪里能让洁白的身体去接触污浊的外物？我宁愿投身江水，葬身在江中鱼鳖的肚子里，也不能让玉一般的东西去蒙受世俗尘埃的沾染！"

渔夫微微一笑，拍打着船板离屈原而去，口中唱道——

沧浪水清啊，可用来洗我的帽缨；沧浪水浊啊，可用来洗我的双足。

渔夫离开了，不再和屈原说话。屈原有个姐姐叫媭，已远嫁他人，听说屈原被放逐，媭便回到汨罗江畔的老家，在故居中找到了他。只见屈原披发垢面，形容枯槁，面对江水吟诗唱歌，便劝他说：“楚王虽不听您的话，但您的心意已经尽到了！忧愁又有什么用？幸运的是您还有土地，为什么不自耕自食，度过您的余年呢？”屈原难违姐姐的心意，便去田里耕种。村里人了解他的忠心，都去帮助他。

一个多月后，他姐姐要走了。屈原清晨醒来，叹道：“楚国已经到了这种地步，我不忍心看着楚国宗庙被毁！”他走到江边，抱着大石头跳进了滚滚流淌的汨罗江。这一天是五月初五，村里人听说屈原自溺，都驾着小船到江上营救，可已经晚了。村里人用糯米做成粽子投到江中祭祀，上面用彩线捆着，是怕蛟龙抢食。龙舟竞赛，也是因为救屈原而起。村里人为屈原设立祠堂，世人称他的家乡为姊归乡。

且说秦国逼死楚怀王，各国诸侯无不厌恶痛恨秦国无道，韩、魏等国脱离秦国连横，重议合纵抗秦。赵主父窥探秦国形势后，知道秦军一时不可战胜，便乘各国合纵抗秦之机，谋划进攻中山国。

六　赵主父之悲

赵国向北学习胡服骑射，中山国则向南学习儒、墨学说。儒家和墨家思想是为拯救当时战乱频仍、生灵涂炭的社会苦难而开的药方，它不适合诸侯间兼并战争的需要，所以在列国中没有市场，但中山国却奉儒、墨学说为治国之术。列国都在奖励耕战，中山国却在推行贵儒学、贱勇士，致使军士怠于战、农夫惰于田，很快出现兵弱于敌、国贫于内的局面。中山王姬尚不思进取，恣意行欢作乐，大修宫殿，大造陵墓。王所善之，下必效之。中山国内刮起严重的腐朽之风，公族大臣之家，无不沉溺于欢乐中。

中山国权臣司马子期擅政弄权，善搞阴谋诡计。中山王姬尚的两个宠妾阴姬与江姬争夺夫人之位。阴姬便重金贿赂司马子期，求其帮忙。司马子期亲自跑到赵国，极力夸赞阴姬的美丽，诱劝赵主父向中山国索要阴姬；再跑回中山国，劝中山王姬尚赶快立阴姬为夫人，以绝赵主父之望。中山王姬尚遂立阴姬为夫人。

中山王姬尚宴请文武百官，司马子期也在其中。由于羊羹没有分给自己，司马子期一气之下便跑到赵国，劝赵主父攻打中山国，强娶阴姬。

赵主父正有此意，当即亲率赵国大军占领中山国丹丘、曲阳，接着占领中山国国都灵寿。中山王姬尚逃亡，只有两个人提着矛跟在他身后。中山王姬尚回头对这两个人说：“你们是干什么的？”两人答道："我们是兄弟俩，有一次我们父亲饿得快要死了，是大王您赏给一壶热饭给他吃，从而救了他。我们父亲临死时说：'中山王有了危难，你们一定要为他而死。'所以特来为大王您效命。"中山王姬尚仰天长叹说："施与不在多少，在于正当对方困难的时候；仇怨不在明暗，在于是否伤了对方的心。寡人因为一壶羊羹招来灾难，因为一壶热饭得到两位勇士。"这时，赵军追来，兄弟二人奋力抵抗，直至战死。

中山王姬尚被俘，至此中山国彻底灭亡。中山国共存在三百五十余年，曾为强国占领而又复生，其不屈不挠、顽强自立的精神在各国之中少见。但其在凛冽寒风中误服了清凉之药，结果导致气虚体弱，终被赵国所灭。

荒沙漫漫路盘盘，驱逐贼寇保中原。
不险不艰非男儿，将士冲锋我当先。
我驱车兮踏四方，功无量兮史留名。

这本是齐国管仲征伐北狄时所作的歌曲，因为铿锵激昂，为人们喜爱并传唱。赵主父命将士一齐歌唱这首军曲，赵军斗志倍增。此时是夏季，凌霄藤旺盛生长。在歌声中，在凌霄花飞舞下，赵国大军出发，乘胜进攻匈奴，迫使他们北迁。赵主父将中山国故地及所占匈奴土地，加上赵国北部原有土地，建立云中、雁门、代三郡。赵主父为巩固北方边境，征集民众修筑赵国长城。为坐镇中山，赵主父又在灵寿修筑城池，取名为赵王城。吴娃也在肥乡筑起一座城，称为夫人城。此时在魏、韩、赵这"三晋"之中，赵国首屈一指，最为强大。

赵主父回到都城邯郸后，论功行赏。群臣称贺过后，赵主父让赵惠文王赵何临朝听政，自己在一旁坐观群臣行礼。赵惠文王虽然年少，但面南而坐；长子赵章虽然身材魁梧，反而在下向北朝拜。哥哥屈居弟弟的下面，神色十分可怜。

散朝以后，赵主父见另一个儿子赵胜在旁，就私下问他："你看见你哥哥赵章了吗？虽然跟群臣一同朝拜，但似有不甘人下的神色。寡人想把赵国土地一分为二，让赵章做代王，与赵王并立，你看怎样？"

这赵胜，比赵惠文王赵何还小，但却很有主见，此时答道：“父王当时改立哥哥赵何就错了。现在君臣名分已定，再生事端，恐怕会引起国乱！”赵主父说：“大权还在寡人手中，又有什么可怕的？”

赵主父回到宫中，夫人吴娃见他面有异色，便问道：“今天朝中有什么事吗？”赵主父说：“寡人看见原世子赵章，作为哥哥却朝拜弟弟，在道理上说不通。想立他为代王，赵胜却说不好，寡人因此踌躇不安，难以决断。”吴娃说：“主父如果有这种想法，那我们母子二人就要成为别人的刀下鱼肉了。”说完哭泣不止。赵主父被吴娃迷惑，便放弃了这种想法。

多门屋多风，多嘴世多祸。有内侍听到赵主父的话，私下里告诉了赵章。赵章与师傅田不礼商议，田不礼说：“主父让二子都为王，是出自公心，只是被夫人阻拦。赵王年少不懂事，我们应该乘机想法图谋。成功了，主父也不会拿我们怎样。”赵章说：“此事靠您办理，得到富贵后与您同享！”田不礼就着手办理。

太傅李兑看出赵章、田不礼有异常举动，私下对相国肥义说：“公子赵章勇壮骄横，党羽很多，并且有不平之心。其师傅田不礼刚愎自用，知进而不知退。二人结成死党，冒险以图侥幸，很快就会举事。相国您权高势尊，首当其冲，祸必先及。您为何不假装有病，把国政让给司马赵成？”

肥义说：“主父把大王托付给我，尊我为相国，就是认为在安危之时可以依靠我。现在灾祸还没到，我就先行躲避，不怕被世人笑话吗？”

李兑叹道：“您现在是忠臣，不再是智士了。”说罢，流下了眼泪。

这天夜里，肥义仔细思虑李兑的话，觉得很有道理，于是辗转难眠，踌躇不定。第二天，肥义就对赵惠文王的贴身卫兵高信说道：“今后如果有人请大王赴会，一定要先告诉我。”高信答应。

又是一年槐花香，蜂蝶照常绕。赵主父与赵惠文王同游沙丘，赵章、肥义、田不礼等随同前往。沙丘中有两所离宫，是商纣王时建筑的。赵主父与赵惠文王各居一宫，相距有五六里远。赵章所住的馆舍，恰好在两宫之间。

田不礼对赵章说：“大王在外游玩，他的卫兵并不太多。如果假传主父命令召大王，他一定会来。我们在途中埋伏武士，把他杀死，再用主父的命令安抚众人，谁也不敢反抗！”赵章说：“这条计策很妙！”就派心腹武士伪装成赵主父信使，夜里去叫赵惠文王：“主父突然生病，要面见大王，请快些前去！”卫兵高信想起相国肥义的嘱咐，立即前去相告。肥义说：“主父素来无病，这事太可疑了。”便紧急拜见赵惠文王道：“臣先去探看主父，如果没有变故，大王才可以前行。”又对高信说：“关好宫门，小心看守，不要轻易开门。”

肥义与几个随从骑马随信使先走，到了中途，埋伏的武士以为是赵惠文王前来，便一起冲出，将他们全部杀死了。田不礼赶来，举火检验，发现是肥义，便惊讶道：“事情有了变化！趁现在还没走漏消息，应该率领武士乘夜前去袭击大王，或许会取胜。”于是拥着赵章去攻击赵惠文王。

高信因为肥义吩咐，已做好准备。赵章、田不礼等进攻，一时难以攻下。到了天亮，高信令众卫兵上屋顶往下射箭，射杀了很多人。箭用光后，揭下屋瓦往下砸。田不礼命人把大石头捆在木头上，用来撞击宫门，响声如雷。赵惠文王正在危急之时，只听得宫门外喊声四起，两队人马杀来，赵章、田不礼等大败而逃。原来是赵成、李兑两人恐怕赵章乘机作乱，各带一支人马前来接应，正巧解救了这场灾难。

赵章见兵败，忙问田不礼：“现在该怎么办？”田不礼答道：“你快点跑到主父那里去哀求，主父一定会庇护你，我在这里尽力阻挡追兵。”赵章听从，骑马跑到赵主父宫中，赵主父果然开门把他藏起来。田不礼率领残兵与赵成、李兑的人马交战，寡不敌众，全被歼灭。

赵成、李兑估计赵章没有地方可去，必然去投奔赵主父，便带兵包围赵主父所住的离宫。打开宫门，李兑持剑首先冲入，赵成紧随其后。二人见到赵主父，叩头道：“公子赵章造反，国法难容，请主父把他捉起来。”赵主父怜子心切，向二人说道：“他并没有到宫中来，你们可去别处寻找。”二人再三禀告，赵主父仍不松口。李兑说：“事情到了这种地步，理当搜查一番，即使得不到贼人，再请罪也不晚。”赵成赞同。

二人召集军士，仔细搜查宫中，很快就找到了赵章。不容赵章分辩，李兑拔出宝剑，砍了他的人头。赵成不解地问道："你为何如此着急？"李兑答道："如果遇见主父，他肯定不会同意杀赵章，那时我们就难办了，因此不如现在杀死他。"赵成佩服李兑虑事周到。

李兑提着赵章的脑袋，从离宫内出来，隐约听见赵主父的哭泣声。李兑对赵成说："主父开宫接纳赵章，心中已是可怜他！我们因为捉拿赵章，包围主父所住的离宫，搜出赵章并且杀死他，这不是太伤主父的心吗？等事情平息后，主父如果追查围宫之罪，我们都会被灭九族！大王年少，不足以商量大事，我们应该自行决断。"赵成点头同意。二人吩咐军士说："不许解除对主父离宫的包围。"然后诈传赵惠文王之令说："宫中的人，先出来的免罪；后出来的就是与贼同党，灭九族！"离宫中的内侍、婢女，听说是赵惠文王的命令，争先跑出离宫，单单剩下赵主父一人在内。

赵主父叫人，没有一个人答应；要出宫，门已被锁上。一连被困数天，赵主父饿得不得了。见院中有棵大槐树，他便爬上去掏鸟蛋吃、摘槐花吃，不久树叶都被吃光了。一个月后，赵主父活活饿死了。

赵主父虽然死了，但外面的人并不知道。李兑等不敢入内，一直等了三个多月，才打开宫门进去，只见赵主父的尸体已经枯瘪了。赵成奉迎赵惠文王前来，装殓发葬。

赵惠文王回到国都邯郸后，封赵成为相国，李兑为司寇。没过不久，赵成去世，赵惠文王因为赵胜曾经阻止赵主父分王，便拜他为相国，号为平原君。

平原君赵胜也喜欢养士，有孟尝君田文之风。做相国后，越发招引门客，一时达三千多人。

赵胜喜欢荷花，府中有大片荷花池。赵胜也喜欢美人，常常领着美人在荷花池中游逛。一日，赵胜府上有一个美人看见府外一瘸者一瘸一拐去打水，便忍不住哈哈大笑。瘸者求见赵胜，赵胜以礼相见。瘸者说："听说相国您喜欢养士，但士之所以不远千里来到相国府，是因为相国您重士轻色。我不幸腿上有病，难以行走，可是相国府上的美人却耻笑我。我不甘心受妇人侮辱，因此请您杀掉她！"赵胜笑着答应了，但瘸者走后，却笑着说："区区一笑，值得杀死我的美人吗？"便不把这当回事。

令平原君赵胜想不到的是，门客一天比一天少，一年后走了一半。赵胜感到奇怪，便大会门客，问道："我对待各位，从来没有失礼之处，可是众人纷纷离开，这是为什么？" 一位门客上前答道："相国不杀笑瘸者的美人，大家感到气愤，认为您是重色轻士之人，所以纷纷走了，我们也想告辞！" 赵胜大吃一惊，连忙说道："这是我的过错！"立即摘下佩剑，叫左右之人去斩那位美人。自己亲自到瘸者门前，跪着请罪。门客纷纷称颂赵胜，离开的纷纷又返回来。有门客编顺口溜唱道——

食我饱，衣我温，息其馆，游其门。

齐孟尝，赵平原，佳公子，贤主人。

平原君赵胜斩美人以谢瘸者的事，很快在天下传闻。洛阳有个叫苏秦的人听说后，蠢蠢欲动。

七　苏秦的合纵

苏秦原本兄弟四人，后来兄长去世，剩下苏秦、苏代、苏厉兄弟三人。一日，苏秦得到一部《鬼谷子》，十分喜欢，用心钻研，不久学有所成。苏秦想到赵国投奔赵胜，于是便向母亲请求，变卖家产，作为路费。母亲、寡嫂和妻子阻止他说："你不愿从事耕种工商，竟想通过口舌来博取富贵，日后生计无着，穷困潦倒，可就悔之晚矣！"苏代、苏厉也说："一部《鬼谷子》，哪能这么厉害？二哥如果真的精通游说之术，何不就近游说周天子？这样在家乡也能博取功名富贵，何必非要离家远行呢？"苏秦被全家阻拦，只得就近游说周赧王，向他讲述自己的富国强兵主张。周赧王不知苏秦是否真的有才，但也为其所动，将他留在馆舍。

这时，东周想种水稻，西周不放水，东周为此而烦恼。苏秦知道后，便想施展自己的才华。他拜访东周公说："请让我去西周说服放水，可以吗？"东周公便请苏秦前去。苏秦拜见西周公说："君主您的主意打错了！如果不放水，就会使东周改种谷子。您如果想坑害他们，不如给他们放水，破坏他们的谷子种植。放了水，东周一定又改种水稻，种上水稻就再给他们停水，这样就可以使东周的百姓完全依赖于西周而听命于您了。"西周公笑着说："这主意不错。"于是就命人放水。仅仅几句话，苏秦就两头讨好，得到了双方的赏金。

苏秦初露锋芒，但周赧王左右大臣瞧不起他的出身，纷纷讥笑他，在周赧王面前说他的坏话。苏秦在馆舍一住好几年，也不得重用，便愤愤回家。

苏秦不顾家人再次反对，将家中产业尽数变卖，换得黄金十镒。他让人为自己做了一件黑色貂裘，又买下车马、雇上仆人，到赵国拜访平原君赵胜，赵胜将其留为门客。可苏秦不甘心做一名下等的门客，就去赵国司寇李兑那儿，想谋个差事。

苏秦游说李兑道："洛阳苏秦，顶着飞扬的尘土，冒着寒冷的霜雪，来到您的门下，希望与您谈谈天下大事。"

李兑瞧不起他，冷冷地说："先生说鬼的事情，我倒可以听一听。若拿人事来游说，我就不必知道了。"

苏秦答道："我本来是拿鬼故事来见您的，不是拿人的事。"

李兑点了点头，苏秦随口编道："我来赵国邯郸的时候，天色已晚，城门已经关闭，连张草席都没找到，只好借宿在别人的田地里。旁边有一个祠堂，半夜的时候，祠堂里的土偶跟木偶斗嘴说：'你赶不上我，比我差远了。假如我遇到暴风雨，被毁坏了，就又回到土里。而你不是树根，只是树枝。当你遇上暴风雨，你就会被漂到河里，向东流入大海，漂浮游荡，没有安身立命之处。'我私下认为，这土偶占上风。"见苏秦果然讲了一个鬼故事，李兑不由开心地笑了。

苏秦乘机说道："以前您逼死了赵主父，现在的您正危如累卵，不如土偶，也不如木偶。您听我的计谋就能生存，不听我的计谋就得死亡。"

李兑见苏秦揭他的伤疤，便说道："你先到客舍住下吧，明天再来见我。"苏秦告辞出去。

李兑对家臣李福道："这苏秦机灵善辩，但却危言耸听，我该怎样对待他？"李福嫉妒苏秦的才华，便说："来说是非者，便是是非人。像他这样的人，您应该远离。明天您见他时，只要牢牢堵住两只耳朵，不听他的话就可以了。"

第二天，苏秦又来拜见李兑，谈了一整天才离去。家臣李福出来送苏秦，苏秦不解地问李福："昨天我谈得粗略，司寇却动了心；今天我谈得详细，司寇却不动心，这是为什么呢？"

李福说："您的计谋宏大高远，我家司寇是不能采用的，因此我请他牢牢堵住两只耳朵，不去听您的一句话。既然如此，您还是远走高飞吧。”

苏秦无奈，只好离开赵国，到别国去谋求高位。苏秦沿途探访各地的山川地形与风土人情，将天下的形势风情详尽记载下来。但苏秦到了韩、魏、秦等国，没有一国重用他。黄金已经用完，身上所穿的貂裘也已破旧。他无计可施，只得将车马、仆人卖掉，作为回乡的路费，自己担着行李徒步回家。

母亲见他这副狼狈的样子，责怪他说：“我们周人的习俗，是治理产业，努力从事农商，追求那点小盈利。如今你丢掉正业而去干耍嘴皮子的事，以致穷困潦倒，不也应该如此吗？”苏秦听了母亲的训斥，心中十分惭愧。妻子正在织布，见苏秦回来，竟不下机相见。苏秦饥渴难耐，向嫂子要口饭吃，嫂子说家中无柴，不肯为他做饭。见此光景，苏秦不觉落泪，心中叹道：“一身贫贱，母亲不把我当儿子，妻子不把我当丈夫，嫂子不把我当小叔，这都是我的过错啊！”

异常伤感的苏秦闭门不出，在家专心读书，心中叹道：“鬼谷子名传天下，其弟子个个不凡，我之所以出游坎坷，怪我领会不透呀。”便反复研读。此时，苏秦又得到一部姜太公创解的《阴符》，上有大胜克敌符、破军杀将符、降城得邑符、却敌报远符、誓众坚守符、请粮益兵符、败军亡将符、失利亡士符八篇，苏秦不禁欣喜地道：“我听说，姜太公率军出征，被叛兵包围。危急之下，姜太公令信使突围，回朝搬兵。他怕信使遗忘机密，又怕周武王不认识信使，耽误军机大事，就将自己珍爱的鱼竿折成数节，每节长短不一，各代表一件军机，令信使牢记，不得外传。信使几经周折回到朝中，周武王令左右将几节鱼竿合在一起，亲自检验，确认是姜太公的心爱之物，于是亲率大军来救，解了姜太公之危。事后，姜太公拿着那几节使他化险为夷、转危为安的鱼竿，妙思如泉涌，创解《阴符》。这《阴符》有纵横之精妙、行军之要诀。当今天下，周室没落，诸侯争强，七雄并立，逐鹿中原，正是英雄施展才华的好时机。只要熟读这部著作，学得其中精髓，自会从中受益。”于是视为至宝，伏案钻研，昼夜不息。夜晚为防倦睡，头悬梁、锥刺股。他读通《阴符》，尽得书中要义，然后将它和自己掌握的各国形势揣摩对比，一年之后，获得真谛，天下分合兴亡大势已了然于胸。苏秦激动地说：“我苏秦有如此学识，用它来游说各国掌权人，出入朝堂，取得卿相之位实是易如反掌。”

苏秦对其弟苏代、苏厉说：“我学业已成，眼下取得功名富贵就如同将寄存的东西取回，两位弟弟可帮我出些路费。”又把《鬼谷子》《阴符》讲解给两个弟弟听，苏代、苏厉也有所领悟，于是各出钱财，助苏秦出游。

苏秦辞别母亲妻嫂，想去赵、韩、魏、秦等国，但转念想道：“我如果再去这些国家，像从前那样，哪还有脸面还乡？”正在考虑去往何国时，闻听燕国设立黄金台招贤，便北行到了燕国。

且说燕昭王修理宗庙，立志向齐国复仇。他礼贤下士，用重金招聘贤人。他对相国郭隗说：“先王的耻辱，寡人日夜记在心上。如果能得到一同图谋复仇齐国的贤士，寡人愿意亲自侍奉他，请相国为寡人选择这样的人。”

郭隗说：“以前有位君主，让内侍为他去买千里马。内侍在途中看见一匹死马，旁边围着的人叹息，便问原因，有人回答：‘这匹马活着时日行千里，现在却死了，所以叹惜。’内侍听后，便出钱买下马骨，包好后背回。君主见到后，大发雷霆，说道：‘死马骨有什么用？白白花掉这么多钱。’内侍回答：‘花钱买千里马骨，人们定会互相传说，死马还能卖这么高的价钱，何况活马了！因此说千里马很快就到了。’果然不到一年，他们就得到三匹千里马。现在大王想招天下贤士，就请把郭隗当作‘马骨’。那样的话，比臣更有贤德的人，谁不来求得好价钱呢？”

燕昭王听从郭隗的话，特地为他筑起一座高楼，自己以学生礼节，面向北方听从教诲，亲自服侍饮食，恭敬异常。燕昭王又在易水边筑起一座高台，上面堆积黄金，用来奉养四方贤士，起名招贤台，又称黄金台。自此，燕昭王喜欢贤士的名声，远近传遍。贤士剧辛从赵国前来投奔燕昭王，燕昭王拜他为客卿，与他一同商量国家大事。秦宣太后为对付列国合纵，继续实施连横，把秦昭襄王的一个妹妹嫁给了燕昭王为夫人。

苏秦到了燕国后，众臣见他年轻，都不肯为他举荐。苏秦在燕国一住数月，路费全都花光了，店主见他可怜，便借给他一点儿小钱，这才使他免受饥饿之苦。

这日，燕昭王出游，苏秦跪在路旁求见。燕昭王求贤若渴，便与他交谈。苏秦说："用天下之耳听，则无不闻；以天下之目看，则无不明；以天下之心虑，则无不知。在下虽然年轻，但用心学习《鬼谷子》和《阴符》这两部天下奇书，现已对天下事了如指掌。如果大王用在下为臣，则臣会让燕国驰骋天下。"燕昭王说："当年齐国攻打燕国，占据了十座城池未还。你能替燕国收复被侵占的土地吗？"苏秦忙说："好的，请让我替大王把失地收回来。"燕昭王便拜苏秦为客卿，赠其车驾十辆、黄金百镒，请其出使齐国。

苏秦先派人带着十镒黄金去酬谢曾借给自己小钱的店主，然后前往齐国。此时，齐宣王去世，齐闵王继位。苏秦见到齐闵王，拜了两拜，弯下腰去，向齐闵王表示庆贺；仰起头来，又向齐闵王表示哀悼。

齐闵王问："为什么庆贺和哀悼相继这么快呢？"

苏秦说："我听说吃不上饭的人，宁愿饥饿也不吃乌头这种有毒植物，因为吃得越多就死得越快。现在，燕国虽然弱小，但燕王却是秦国的女婿。大王占了燕国十座城池，于是就和强秦结下了仇怨，这和吃乌头是相似的啊。"

齐闵王脸色一下子变得凄怆严肃，向苏秦说："既然如此，那怎么办呢？"

苏秦说："我听说古代善于处理事情的人，能够把灾祸转化为吉祥。大王如能听从我的计策，就立即归还燕国十座城池。燕国收回十城，一定很高兴，秦王也一定很高兴。燕国、秦国都来与齐国友好，那么大王对天下发出的号令，没有敢不听从的。这实际上，是以十城的代价而取得了天下。"

齐闵王被苏秦说得天旋地转，不顾群臣反对，归还了燕国十座城池。

苏秦回到燕国后，兴高采烈的燕昭王当即拜他为相国，此时郭隗已亡。苏秦奏道："燕国位列战国七雄，土地两千里，既有督亢等肥沃土地，又有红枣和板栗的收益，军士十万，兵车六百，马匹六千，但比起中原强国，还不及它们的一半。现在大王的耳朵听不到马戈之声，眼睛看不到车翻之危，安居太平，大王可知道这是什么缘故吗？”

燕昭王说：“寡人不知道。”

苏秦说：“燕国之所以不被别国攻伐，是因为南面有赵国做屏障。如今大王不努力与近邻赵国结好，反而与远在西方的秦国通婚，讨好它，这不是失策吗？”

燕昭王说：“寡人该怎样做呢？”

苏秦答道：“依臣之见，不如先与赵国结好，然后再联合其他四国，合力与秦国相抗，这样才能保证燕国久安。”

燕昭王说：“你想用公孙衍创立的南北合纵共抗西方强秦之计，来保证燕国安宁，寡人当然同意，但公孙衍已亡，只怕合纵难以开展了。”

苏秦说：“臣虽不才，愿代大王去见赵王，与他缔结合纵盟约。”燕昭王同意，当即给他车马百驾，派军士护送苏秦赴赵国。

赵惠文王闻听燕国相国苏秦来到，忙下阶相迎道：“贵客远来，有何指教？”

苏秦说道：“如今‘三晋’之中，赵国最为强大。赵国民风慷慨、尚武重义。秦国最忌讳的也是赵国，它如今之所以不敢发兵攻赵，只是害怕韩、魏袭其后路，所以韩、魏两国实是保护赵国的屏障。如果韩、魏一亡，大祸马上就会降落在赵国头上。我曾考察天下版图，各诸侯国的土地五倍于秦国，军士十倍于秦国，假如六国结成一个整体，同心协力，向西攻打秦国，秦国一定会被打败。我为大王考虑，不如使韩、魏、齐、楚、燕与赵结成一个整体，共同对抗强秦。假如六国合纵，那么秦国一定不敢出兵侵犯六国了。”

赵惠文王说：“寡人还年轻，执掌国家不久，您想集合诸侯合纵抗秦，使天下得以安宁，使各诸侯国得以生存，寡人怎敢不听从？”于是赐他黄金百镒，让苏秦继续游说各国合纵抗秦。

苏秦来到了韩国，此时韩宣惠王已亡，韩釐王在位。苏秦见到韩釐王说：“韩国虽然只有方圆九百里土地，但天下的强弓硬弩都出自韩国，像溪子弩，射程在六百步以外。韩国军士脚踏连弩而射，能连续发射一百箭。以韩国军士的勇敢，加上强劲的硬弩，以一当百，也不在话下。但是凭着韩国兵力的强劲和大王您的贤明，却被秦国所欺，我实在为大王您羞愧。”

这时韩釐王变了脸色，捋起袖子，愤怒地瞪大眼睛，手按宝剑，仰天长叹道：“寡人虽然没有出息，但也决不能去臣服秦国。听说您推行六国合纵，寡人愿听从您的安排。”于是赐他玉璧百对，让他继续游说各国。

苏秦又来到魏国，此时魏襄王已亡，魏昭王继位。苏秦游说魏昭王：“魏国沃野三千里，人口之众、车马之多，为天下诸侯少有，用它们来抵抗秦国本是绰绰有余。可是这些年来，魏国屡屡向秦国割地。秦国贪欲无限，魏国土地有限。嫩枝不及时折断，等到长得粗壮，就得用斧头了。大王如能听我之言，请尽早实现六国真正合纵，共抗强秦，这样永保魏国平安。”

魏昭王说：“合纵抗秦，本出自魏国。如今您来教诲，寡人怎敢不听？”向苏秦赠送兽皮百张，让他继续游说各国。

苏秦再次来到齐国，游说齐闵王：“齐国临淄富甲天下，连衽成帷，举袂成幕，摩肩接踵，挥汗成雨。如今各国共议合纵，共抗秦国，强大的齐国为什么要例外呢？”

齐闵王哈哈一笑说：“上次您来，以秦国来压齐国，说得天花乱坠，搞得寡人失去十座城池。您今天又来，拉齐国对抗秦国，您认为寡人是三岁小孩吗？”

苏秦答道：“形势不同，策略就不同。就像夏天要打开窗户，冬天要关紧窗户。当前，如果齐国不参加合纵，那么南北各国合纵阵营，西边抗的是秦国，东边抗的就是你们齐国了！”

齐闵王想了想道：“多谢您的指教，寡人听从倡议，参加合纵。”便向苏秦赠送锦绣百匹。

苏秦驱车向西南而行，来到楚国游说楚顷襄王：“楚国有五千里土地，幅员辽阔，为天下第一。楚强则秦弱，秦强则楚弱。如今各国的游说之士，不是主张南北合纵抗秦，就是主张东西连横附秦。合纵等于诸侯向楚国割地称臣，连横等于楚国割地向秦国称臣。这两者的差别实在太大了！楚国，是天下强大的国家；大王，是天下贤明的君主。天下没有哪个国家能比得上楚国。大王如果能听从我的合纵建议，那么，列国动听的音乐和美丽的女子，一定会充满您的后宫，良马、肥牛一定会充满您的畜圈。”

楚顷襄王说：“能得到您的指点，实在是楚国的福分。秦，是虎狼一样凶恶的国家，不可以亲近的。寡人愿意听从您的安排。”当即向苏秦赠送珍珠百枚，让他准备合纵会盟。

苏秦向北返回，前呼后拥，仪仗森严，车马辎重连绵二里不断。路过洛阳时，周赧王闻听消息，不由害怕，忙派人清扫道路，派使者在郊外设帐迎接。苏秦的老母扶着拐杖在路旁观看，嘴里啧啧惊叹；妻子、寡嫂和两位兄弟跪在郊外大道上迎接，不敢抬头正视。苏秦在车中对他嫂子说：“嫂子过去连饭都不肯为我做，如今为何如此恭敬待我呢？”他的嫂子弯曲着身子，匍匐到他面前，脸贴着地面请罪说：“因为我看到小叔您地位显贵、钱财多啊。”苏秦感慨道：“同样是我这个人，富贵了，亲戚就敬畏我；贫贱时，就轻视我！假如我当初在周王室谋个小吏，如今，我还能合纵六国吗？”苏秦向家人、亲戚散发黄金、玉璧、兽皮、锦绣、珍珠。苏秦的弟弟苏代、苏厉羡慕不已，也苦苦研读《鬼谷子》《阴符》，学习游说之术，以图功名。

苏秦在家住了几日，便驱车赶赴燕国。燕国派遣使节与赵、韩、魏、齐、楚五国大王相约，准备在洹水会盟。苏秦与燕昭王先到洹水，建筑盟坛，等待各国诸侯到来。

又是一年槐花香，蜂蝶照常绕。在槐花飘香时刻，赵惠文王、韩釐王、魏昭王、齐闵王、楚顷襄王陆续赶到。苏秦先与各国大臣相见，商议排定座次，论理，楚、燕是资历较老的诸侯国，应该在前；韩、赵、魏是新国，齐是改姓国，应该在后，但此时是各国乱战之际，便以国土大小为序：楚国最大，以下依次是齐、魏、赵、燕、韩。到了会盟之日，六国大王登上祭坛，依照次序排好，苏秦登坛启奏道：“诸王各掌大国，地广兵强，那秦王本是牧马贱仆出身，如今却凭借着咸阳的险要，企图吞食列国，诸王愿意被强秦所欺吗？”六国大王都说：“我等决不向秦国臣服。”苏秦说：“合纵抗秦之计，我从前已对诸王说过，今日只需歃血结盟，对神明起誓，从此六国结为兄弟，患难与共。”六王拱手说道：“遵命！”于是共同起誓。燕昭王说：“苏秦以大计安定六国，应该封他高爵，使他能往来六国之间，保证盟约的执行。”五王都说：“燕王说得对。”于是六国合封苏秦为纵约长，苏秦谢恩受命。六国大王各自归国，苏秦随燕昭王回到燕国。

燕昭王母后，十分羡慕苏秦的才能，派内侍召苏秦入后宫，与他私通。燕昭王知道后也没说什么，但苏秦十分害怕。为了躲避是非，苏秦想离开燕国，转而去齐国。

苏秦拜见燕昭王，奏道："明智的人做事，都会把平凡变为奇迹，把失败转化为成功。齐国生产的'冰纨''绮绣''纯丽'等高档丝织品，本来是白缯染成的，却能够提高十倍的价钱；越王勾践曾被困在会稽山上，却又击败了强大的吴国而称霸天下。这都是把平凡变为奇迹、把失败转化为成功的范例。昔日，燕国被齐国征伐，大王您一直耿耿于怀。假若大王想把平凡变为奇迹，把失败转化为成功，莫如怂恿各国尊奉齐国为霸主。上天欲使其灭亡，必先使其疯狂。齐国称霸，秦国就会感到威胁，秦王必定忧虑，不甘心屈居齐国之下。其他各国，也会仇视齐国。如果时机成熟，齐国一定会遭到讨伐。臣愿意为大王去齐国进行反间活动。"

燕昭王问："怎么进行反间？"

苏秦答道："臣假装得罪燕国，逃到齐国，齐王一定重用臣。臣从中破坏齐国朝政，让其疯狂，从而帮助燕国。"燕昭王答应。

燕昭王母后想留住苏秦，便指使内侍在燕昭王面前毁谤苏秦道："苏秦是个摇唇鼓舌、左右摇摆、反复无常的臣子，到了齐国，一定不利于燕国。"于是，燕昭王反悔，不许苏秦离开。

苏秦求见燕昭王，奏道："臣是洛阳一个低下的人，承蒙大王厚爱，授臣官职。今臣想去齐国反间，大王您先是同意后又不同意，这其中肯定有人以不忠的罪名中伤臣。臣虽不是儒教弟子，但也知道曾参孝道和尾生诚信。曾参是孔子高徒，齐国欲聘之为卿，他因在家孝敬父母，辞而不就。尾生也是儒家弟子，和女子相约在桥下幽会。不料下起大雨，女子没来。尾生来了，一直在桥下等候女子，即使洪水来了也不离去，最后紧抱桥柱被水淹死。曾参、尾生就是臣的榜样。不管在燕国，还是在齐国，臣将像曾参那样孝敬大王，像尾生那样坚守诚信，为燕国尽忠。"

燕昭王很受感动，对苏秦说："寡人没有说你不孝不信，你不要多虑了。"

苏秦接着说道：“有一个人在很远的地方做官，他的妻子和别人私通。他快要回来时，和他妻子私通的人就忧虑。他妻子说：‘你不要担心，我已经制好了毒酒，等着他呢。’过了三天，这个在远地做官的人回来了。他妻子让婢女端着有毒的酒给他喝，婢女想告诉他酒中有毒，又恐怕他把女主人赶走；可是不告诉他吧，又怕害死男主人。于是她假装跌倒，把酒泼在地上。这个在远地做官的人大发雷霆，将她打了五十竹板。婢女跌倒泼掉了那觯毒酒，既保存了男主人，又保存了女主人，可是自己却挨了竹板子。臣如今的遭遇跟这婢女的遭遇相似啊！”

燕昭王说：“寡人明白你的苦衷了，你明天就可以去齐国。”

八　孟尝君田文

且说苏秦联络六国合纵抗秦时，秦国西北外患义渠蠢蠢欲动，发动大兵压境。这义渠常常与秦国相斗，秦国劳神费力，也奈何不了它。两头受敌，秦国君臣忧虑不安。秦宣太后不愧是女中豪杰，自有女性独有的怀柔策略，思谋再三，她写信一封，派人送给义渠首领甘烈——

当年秦国先君秦穆公称霸西戎，周襄王送铜鼓以示祝贺。今秦国在德行上不如先君秦穆公，故引起义渠的不满。义渠是西戎后起之秀，疆域与秦国相当。两国是华夏西部的两位兄弟，自当友好相处。我知道义渠民族刚强勇猛，宁死不屈，这正是义渠能够强盛的原因。我虽是一个寡妇人家，但也想向您领略英雄气概。现今特请您来咸阳做客，我一定会尽兄嫂之情。

义渠由于长年征伐，女多男少，因此义渠规定，兄长死后，弟弟可以娶嫂为妻。义渠首领甘烈今见秦宣太后信简中有“兄嫂之情”，便想入非非，命大军返回，自己率亲兵来到咸阳。秦宣太后让其长期在咸阳居住，并以优厚的生活拉拢、腐蚀他。

西北边患消除后，秦宣太后便与魏冉商议以连横来拆解东方六国合纵。魏冉说：“六国之中，数齐国最强，齐国众臣之中，孟尝君田文势力最大。如果派遣秦国一名公子去与齐国交换田文为臣，则一方面与齐国取得友好关系，另一方面将齐国顶梁柱拆掉，可谓一举双得。”

秦宣太后问：“孟尝君为人怎样？”

魏冉说：“田文在他父亲田婴活着的时候，就主持家政，接待门客。门客聚之如云，诸侯都敬慕他，要求田婴让他做爵位继承人。等到田文继承田婴的爵位后，门客更加多了，他们穿衣吃饭都和田文一样。由于供给太大，以致为此耗尽产业。”

秦宣太后说：“新鲜！”便让秦昭襄王派弟弟泾阳君嬴芾到齐国去，并捎话说：“愿意换孟尝君到秦国，使秦王见上一面，以慰思念之情。”

泾阳君嬴芾到了齐国，恰好苏秦也来到齐国。齐国宫殿里，热闹非凡。苏秦首先拜见齐闵王，哭着说：“我在燕国虽贵为相国，但处处受人排挤。合纵六国中，属齐国最强。今借出使之名，来到齐国，想归到大王麾下，为齐国效力。”

齐闵王高兴地说：“你身为纵约长，好比挂六国相印，今日独来齐国出计献力，实是齐国的荣幸。”便将苏秦留下，让他享受客卿待遇。嬴芾将秦国之意禀告齐闵王，齐闵王与众臣商议。匡章奏道：“秦国送来泾阳君嬴芾为人质，欲见孟尝君，这是要与齐国友好。孟尝君不去，就会失去秦国的欢心！”苏秦在旁，与田文坐在一起，他想挑拨齐、秦两国的关系，便私下对田文说：“秦国是虎狼之国，楚怀王都不能返回，何况孟尝君您了！如果扣住您不放，我不知道您最终的结果是什么。”田文便不想去秦国。匡章又对齐闵王奏道：“派孟尝君去秦而留住秦国的人质，还是不信任秦国。大王不如以礼送泾阳君嬴芾回国，再派孟尝君去秦国答谢。这样秦王一定会听信孟尝君的话，更加有利于齐、秦两国的关系。”齐闵王点头同意，对嬴芾说：“寡人派相国田文去贵国回访，听从秦王的教诲，怎么敢让您为人质呢？”田文想拒绝，但见这种外交场合不妥，便忍住不发。

齐闵王回到后宫，孟尝君田文急忙前去求见。齐闵王知道田文想说什么，便先开口道：“你是怕死吗？”

田文羞愧地摇头说：“不是。”

田文反问齐闵王：“大王为什么对匡章言听计从呢？”

齐闵王说道："先王曾经说过：'匡章连死去的父亲都不敢欺骗，又怎么敢欺骗寡人这个活着的君主呢？'"

此时田文恍然大悟，他记起了匡章的一件事——

匡章母亲有过错，被匡章父亲杀死，埋于马圈之下。匡章出征，齐宣王对他说："如果齐军得胜，就要为你母亲更葬。"匡章奏道："父亲已经去世了，他没有在生前对臣交代更葬母亲的事，臣如果这么做，不等于是欺骗死去的父亲吗？"齐宣王很高兴，他放心地对齐国众臣说："匡章连死去的父亲都不敢欺骗，又怎么敢欺骗寡人这个活着的君主呢？"匡章对父亲是愚爱，对齐国是至忠。这件事，齐闵王知道，田文也知道。

孟尝君田文知道此次不去秦国不行，此时的他想起了苏秦的劝告，一时对前途感到渺茫。田文想在出使前，裁去自己门下大部分无才、少才的门客。田文把这些门客召集在一起说："我此次前去秦国，如同羊入虎口，恐怕难以回还。现今发给你们每人齐国刀币百枚，各自求生去吧。"众门客依依不舍，但田文此意坚决。门客之中，有人与稷下学宫辩士鲁仲连相好，便请他规劝田文。

鲁仲连拜见田文，向其说道："水中潜伏，猿猴不如鱼鳖；深山钻洞，骐骥不如狐狸；耕种田地，曹刿不如农夫。因此说，物取其所长，避其所短，即使尧、舜亦有所不及。人各有所长，各有其短，用人的关键在于用其长而不用其短。自己不会用人，反而说对方无才并遗弃对方，这叫不肖。"田文脸上红一阵、白一阵。等鲁仲连走后，田文不再驱逐门客。

此时，秦国泾阳君嬴芾前来辞别，孟尝君田文亲自到府门迎接，盛宴款待。田文知道自己此次去秦国，必是危险重重，如果能得到嬴芾的帮助、关照，自己便会有一线希望。这田文对嬴芾格外热情。嬴芾临走时，田文送给他"冰纨""绮绣""纯丽"等齐国特产高档丝织品以及各种腌制海鱼、巨形鱼骨饰品。一直居住在华夏西部的嬴芾很喜欢这些礼品，内心感激田文。

选定良辰吉日，孟尝君田文带着一千名门客，乘着一百辆车，西行来到咸阳。秦昭襄王走下台阶欢迎，与他握手，述说自己的仰慕之情。田文有一件狐白裘，毛长两寸，像雪一样洁白，价值千金，普天之下只有这一件。田文把它作为见面礼，送给秦昭襄王。

秦昭襄王捧着这件狐白裘入宫，向他宠幸的燕姬夸耀。秦昭襄王说：“狐白就是狐腋下的一片白毛，产于赵国代郡。代郡就是原来的代国。当年，齐国管仲设计，高价收购狐白，降服了代国。这狐白实是非常难觅，几千人花上一两年时间也不一定凑成一张。寡人穿的这件狐白裘，可以说是无价之宝。”这时天气还暖和，秦昭襄王把狐白裘交给内侍，吩咐仔细珍藏，等候穿用。

孟尝君田文在秦国受到厚待。见田文言谈不俗，秦昭襄王对他越发喜欢。秦国右丞相樗里疾嫉妒田文的贤能，担心他夺走自己的权力，便对秦国公孙嬴奭说：“田文，齐国贤能之人，筹划事情没有不成功的。如果他在秦国为齐国办事，那么秦国就危险了。”嬴奭想想也是，便以此话劝谏秦昭襄王。秦昭襄王拿这些话问樗里疾，樗里疾答道：“公孙嬴奭说得很对呀！”秦昭襄王又问：“那么让他回去吗？”樗里疾答道：“孟尝君在秦国住了一个多月，他的门客有一千人，把秦国的大小事情都了解得一清二楚。如果让他们回到齐国，终究会对秦国不利，不如杀掉他。”秦昭襄王一时被樗里疾迷惑，便下令把田文囚禁在馆舍之中。

泾阳君嬴芾听到秦昭襄王的计谋，就私下会见田文，如实相告。田文非常害怕，问嬴芾该如何办。嬴芾答道：“大王还没有作最后决定。我知道宫中有一个燕姬，大王最为喜欢，对她言听计从。如果您带有齐国珍宝，我替您献给燕姬，求她向大王进言，放您回国，那样就可以免除灾祸了。”田文拿出玉璧两对，托嬴芾献给燕姬。

嬴芾找到燕姬，说出此番来意，并将玉璧送上。燕姬说：“我不想要玉璧，我特别喜欢狐白裘，如果得到这件宝贝，我将不惜一言向大王求情。”嬴芾回来，说与田文听。田文叹口气说：“天下只有一件狐白裘，我已献给秦王了，哪里还能得到？”

嬴芾走后，田文遍问门客：“有谁能得到狐白裘？”众人全都束手无策。此时，一名矮个门客说：“我能得到。”田文问：“您有什么办法？”那人答道：“我能学狗盗。”田文无奈，笑着让他去了。这名门客当天夜里，装扮成狗样，发出狗叫声，从狗洞中潜入秦王内宫。宫中内侍以为是狗，一点儿也没怀疑。那人等仓库内侍睡熟后，取出他身上的钥匙，打开柜子，取出了狐白裘。然后顺着狗洞出来，把狐白裘献给田文。

孟尝君田文托嬴芾把狐白裘转献给燕姬，燕姬十分高兴。当晚与秦昭襄王饮酒，高兴时，燕姬说："妾听说齐国孟尝君是天下最有名的贤人，他本是齐国相国，不想来秦国。是秦国把他请来的，不重用他也就算了，为什么还要杀他呢？如果真这么做，妾担心天下贤士，都要远远离开秦国了。"嬴芾说得对，秦昭襄王对燕姬言听计从。此时，秦昭襄王夸奖燕姬虽然是女子，但却见识不凡。第二天，未等上朝，秦昭襄王便下令解除对田文的囚禁，发给通行文书，放他回齐国。

孟尝君田文不敢有一丝松懈，谁也不辞别，立即驱车回赶。田文向众门客说道："我侥幸靠燕姬的一句话，得以脱离虎口。万一秦王后悔，我的性命就完了。"门客之中有人擅长伪造文书，把通行文书中田文的名字改掉，一行人飞驰而去。到了函谷关，正是半夜时分，关门早已锁上。函谷关开门，常规是鸡鸣时才开。田文担心后有追兵，正与众门客惶惶不安之际，忽然听到门客队伍中传出鸡叫之声。田文感到奇怪，仔细一看，却是门客中有一个人在学鸡叫。这人学得很像，引起周围村庄的群鸡都跟着叫了起来。函谷关关吏以为天亮了，就起来检验通行文书，开关放行。田文一伙儿快马加鞭，飞奔而去。出了秦国境地，田文终于松了一口气，对几位有功的门客说道："我能够脱离虎口，多亏你们鸡鸣狗盗之力呀！"几个人很高兴，但大多数门客羞愧无功。

且说樗里疾闻听秦昭襄王放田文回国，立即赶入宫中，紧急求见秦昭襄王。樗里疾奏道："大王即使不杀田文，也应该留下他做人质，为什么让他走了呢？"秦昭襄王始觉后悔，立即派公孙嬴奭率军飞驰追赶田文。一直追到了函谷关，也没见田文一行。嬴奭要登记簿查看，没有田文之人。嬴奭说："难道道路不熟，还没赶到？"等了一天，还是没有一点儿动静。嬴奭述说田文的相貌和门客、车马数量。关吏说："如果是这样，那么昨天早上出关的就是了。"嬴奭问："还能追上吗？"关吏答道："他们急驰而去，不可能追上了，现在估计到了赵国了。"嬴奭只得回去向秦昭襄王报告。秦昭襄王叹息道："孟尝君有鬼神不测的机智，果然是天下最有名的贤士！"

数日后，管理仓库的内侍报告秦昭襄王，狐白裘不知何时离开柜子，到了燕姬手中。秦昭襄王询问原因，才知被田文门客偷走，又叹道：“孟尝君门下，什么人才也有啊，秦国无人可比。”秦昭襄王把狐白裘赐给燕姬，也不去怪罪仓库内侍。

话说孟尝君田文从秦国逃出，经过赵国，平原君赵胜出城三十里相迎，极其恭敬。赵人平素就听说田文的大名，只是少有人见到，现在听说田文前来，争相观看。他们见田文身材短小、相貌普通，就笑着说：“以前仰慕孟尝君，以为他魁武伟岸，生有异相。现在看来，只是一个渺小的男人罢了！”许多人都嘻笑起来。当天夜里，凡是讥笑田文的人都丢了脑袋，原来是那些羞愧无功的田文门客所为。赵胜心里清楚，也不敢追问。

再说齐闵王派孟尝君田文去了秦国，就像失去左右手一样。齐闵王担心田文被秦国所杀，又怕田文被秦国重用，每日心神不定。等到听说田文逃回来了，非常高兴，仍拜他为相国。田文回到齐国，全力支持苏秦合纵。

经此一劫，孟尝君田文手下门客更多了。田文不再把门客同样对待，而是把客舍分为三等：上等的叫代舍，中等的叫幸舍，下等的叫传舍。代舍是供有一定名望或有特殊地位的上等门客居住，可以吃肉乘车；幸舍是供有一定才能的中等门客居住，只吃肉不坐车；传舍只供应普通饭食，管饱，供一般门客居住，出入随其自便。狗盗门客、鸡鸣门客和伪造通行文书门客因为有功，都住在代舍之中。

田文在薛地的收入，并不够手下门客供给。田文不得已就拿出钱在薛地放贷，每年收一次利息，用来贴补养士费用。

一天，一位高大汉子穿着破衣，趿着草鞋，自称是齐国人冯谖，求见孟尝君田文。田文与他见礼后问道：“先生来到这里，有什么教导我吗？”冯谖答道：“我听说您好士，不分贵贱，所以不揣浅陋，前来投奔。”田文就让他住在传舍中。

十多天后，田文向传舍长问道：“新来的门客冯谖在干什么？”传舍长答道：“冯谖十分穷贫，身上别无他物，只有一把剑，又没有剑囊，用草绳系在腰间。每天吃完饭，就弹着剑唱道：‘长剑啊，我们回去吧，饭中连鱼都没有！’”田文笑着说：“他嫌我的饭太简陋了。”就让他住在幸舍中，吃鱼吃肉。

过了十多天，幸舍长报告说："冯谖仍然弹剑唱歌，只是歌词不一样了，这次唱道：'长剑啊，我们回去吧，出去都没有车坐！'"田文说："他要做我的上等客人呢，这人一定有特殊才能。"便安排他住在代舍之中。

又过了十多天后，代舍长前来报告，冯谖复弹其剑唱道："长剑呀，我们回去吧，无以养家。"田文皱着眉不高兴地说："客人为什么如此贪求，没完没了呢？"转念一想：孟子曾说，仁者无敌。于是，田文说："我应该继续善待他。他家里有什么人？"代舍长答道："有个老母。"田文便资其家用，不使他母亲穷困，冯谖从此没有再唱。

到了年底，孟尝君田文问手下："谁能为我到薛地收债？"代舍长答道："冯谖没有其他才能，似乎诚实可信，可以让他去试试。"田文请来冯谖，交代收债的事。冯谖并不推辞，乘车来到薛地。

薛地居民有一万户，大多数都借贷，听说孟尝君田文派上等门客来征收利息，便自觉前来交纳，冯谖很快收到齐国刀币十万。冯谖把这些钱大都买了牛肉和酒，然后贴出告示："凡是欠孟尝君钱财的人，不论能否偿还，明天都要前来。"百姓听说有酒肉犒劳，按期来到。

冯谖用酒食招待大家，众人欣喜不已。冯谖在一旁察言观色，从服饰、面色、神态、说话来了解众人的贫富情况。吃完饭，冯谖拿出债书与众人合对。凡是有一定实力、以后定会偿还的人，冯谖与其定好归还日期；对于贫穷不能偿还的，冯谖命左右拿火来，把一捆捆债书全部烧掉。冯谖对众人说："孟尝君之所以把钱借给大家，是担心你们无法生活，而不是为了求得点点小利。他的门客有数千人，俸禄不够，所以不得已才征收利息。现在有能力偿还的，重新订好归还日期；无力偿还的，将债书烧掉，免除还债。"薛地百姓磕头高呼："孟尝君真是我们的再生父母啊！"

早有人将冯谖之举报告给田文。田文十分恼怒，派人催促冯谖回来。冯谖空手回见，田文假意问道："先生辛劳了，钱都收回来了吗？"

冯谖答道："虽然钱没收回，但为您收回了德！"

田文变了脸色，责备道："我有门客数千人，俸禄不够用，所以才向薛地百姓放债，希望收些利息，填补开支。听说你把收来的利息钱，都和众人一同买酒肉痛饮了，还焚烧了一半债书。你说为我收德，不知道所收的是什么德？”

冯谖不慌不忙地说道：“请孟尝君您不要发怒，容我详细陈述。欠债的人太多了，不准备酒肉，众人心疑，就不会都来，也就没有办法检验是否能够偿还。有能力偿还的，我与他们重新定下期约；对于贫穷的人，即使再督促，他们也不能偿还，而且越欠越多，到了一定数额就会逃亡。小小薛地，是孟尝君您的世代封地，那里的百姓是与您安危与共的。现在烧掉无用的债书，借以证明孟尝君您轻财爱民。仁义的名声不断流传，这就是我所说的收德。”

田文因为门客消费太大，对他的话不以为然，但债书已烧，无可奈何，只得勉强笑笑，违心向冯谖道声感谢。

却说秦昭襄王后悔放走了孟尝君田文，见他能量惊人，不由心里道：“这个人被齐国重用，终究对秦国不利！”便派人四处散布流言蜚语，说孟尝君田文威名天下流传，人们只知道齐国有孟尝君，不知道有齐闵王，这田文不久就要取代齐闵王了。

流言传到齐国，齐闵王不禁心惊胆战，又见孟尝君田文势力太大，宁可信其有，也不可信其无，于是收回田文的相印，罢了他的官，让他回薛地去。

门客们听说田文被罢黜，纷纷散去，只有冯谖在旁为田文驾车。还没到薛地，那里的百姓扶老携幼出来迎接，争着贡献酒食，询问起居。

田文对冯谖说：“这就是先生说的为我收德啊！”

冯谖答道：“这一点儿算得了什么？俗语说：‘狡兔三窟。’孟尝君您至少有三个能安身之地才踏实。如果您让我去秦国一趟，我一定能让您重新被秦、齐两国重用，而且增加您的俸禄。那时候，薛地、咸阳、临淄三个地方都会欢迎您。”

田文高兴地说道：“全凭先生！”

冯谖驾着车西行来到咸阳。

此时，秦国智囊、右丞相樗里疾已去世，临终前，他选定渭水南面一块地方作为自己的墓地。因为这块地方风水太好，他临终前嘻笑着说：“一百年之后，这里会有天子的宫殿夹着我的坟墓。”周围人都不敢轻视他的预言，便记载下来，让后人去检验。

冯谖拜见秦昭襄王道：“秦国百姓、客人，都想使秦国强大；齐国百姓、客人，都想使齐国强盛。秦国与齐国是当今两雄，谁更强一些谁就能得天下。”

秦昭襄王问：“先生有什么妙计能使秦国为雄而不为雌？”

冯谖说：“大王听说齐国废黜孟尝君了吗？”

秦昭襄王说：“寡人听说过。”

冯谖说：“齐国之所以在诸侯国中有举足轻重的地位，是因为有孟尝君这样的贤才。现在齐王被谗言迷惑，把功劳当作罪过，收回他的相印。孟尝君心中一定怨恨齐国。如果乘此时，秦国重用他，那么齐国机密定会全被秦国知道。以此对付齐国，就一定能吞并它，岂止是在诸侯中称雄？大王快些派遣使者，私下去薛地迎接田文，机不可失！万一齐王悔悟，重新任用田文，那么齐、秦两国谁称雄就难说了。”

因樗里疾去世，秦昭襄王急需贤相，听到冯谖的话很高兴，当即安排十辆好车，载着百镒黄金，以丞相仪仗前去迎接田文。

前往齐国的路上，冯谖对秦国一行人说：“请让我先去通知孟尝君，让他做好准备，免得耽误使者您的时间。”秦国使者向冯谖表示感谢。

冯谖急忙赶回齐国，先去拜见齐闵王，劝道：“齐、秦两国互为雌雄，大王是知道的。得人才的国家就会称雄，失人才的就会退居第二。现在我听说秦王庆幸孟尝君被罢官，私下里派十辆好车，装着黄金百镒，聘请他为秦国丞相。如果孟尝君去了秦国，为秦国出谋划策，那么秦国就会称雄天下，齐国就很危险了。”

齐闵王听后，很着急，问道：“齐国该怎么办呢？”

冯谖说：“秦国使者很快就要到薛地了，大王趁他们还在路上，先恢复田文的相位，增加他的封地，孟尝君一定会高兴地接受。秦国使者虽然持有重金，难道田文还会同意吗？”齐闵王口上称好，心中还是不信。

齐闵王派人到边境打探，果然看到秦国车马前去薛地。探子连夜回报齐闵王。齐闵王不敢怠慢，立即命令冯谖拿着相印，前去迎接田文，恢复他的相国之职，并增封一千户。

孟尝君田文重新为相，从前走的门客又都回来了。田文对冯谖说:“我对门客从来没有失礼，可一旦被罢相，门客们都舍我高飞。现在依赖先生您的力量使我官复原职，众位门客又都前来，他们还有什么脸面再见我呢？”

冯谖答道:“荣辱盛衰，是天地万物的常理。孟尝君您没有观察集市吗？上午人们争先恐后挤进去，晚上却又空无一人。穷居闹市无人问，富在深山有远亲。世间本就这样，孟尝君您还奇怪什么呢？”

田文恍然大悟，真诚地说道:“多谢指教！”仍像以前那样礼待众位门客。

九　人屠与桀宋

且说秦国使者到了薛地，听说孟尝君田文已重新做了齐国相国，立即返回去。秦宣太后对秦昭襄王说："召田文前来，本是连横，为的是对抗各国合纵。这招不行，就用另一招。柿子先捡软的捏、先捡近的吃。既然韩、魏两国与各国合纵抗秦，那么就派兵征伐韩、魏。"于是唯一的丞相魏冉分派两支秦军，一路进攻韩国，攻占新城；一路攻打魏国，占领解邑。韩釐王、魏昭王大怒道："群狼难道抵不了一虎？"于是两国起倾国之兵二十四万反攻，以魏国公孙喜为将军，进据伊阙迎击秦军。联军据险扼守，和秦军呈对峙态势。

伊阙，是洛阳南龙门山和香山的阙口，两山夹峙，伊河穿流其中，远远望去，犹如一座天然门阙。伊阙位置异常重要，是秦国东进中原的必经之道。此时，秦军只有十万。为了取胜，秦国派白起为将军。

白起细细察看地形。伊阙西面，洛水、伊水之间是一个三面有水的三角地带，伊阙东面是一片开阔地，南、西、北三面是水。白起看了地形后大喜，秦军在南，魏、韩联军在北，如果魏、韩联军西渡伊水，就是死路一条；如果秦军从东面切断联军的后路，魏、韩联军就要背水作战，粮草断绝，联军同样陷入绝境。白起高兴地道："幸好韩、魏两军貌合神离，各自保存实力，推诿不前，不肯先战。这才使我白起有了可乘之机。如果两军凭借险要，以逸待劳，倾二十四万带甲之士攻击十万秦军，秦军势必不敌。这是上天助我秦国也。"于是，白起命秦军一路从伊水西面迂回，如果联军西渡，就半渡而击之；一路向东部联军后方迂回，切断联军的粮道。秦军主力则从正面向联军猛攻，联军初战大败，退入伊阙大营。未过半天，粮道被切断的消息传来，魏、韩联军顿时军心大乱。公孙喜十分惊慌，为了尽快脱离险境，下令全军突围。此时，秦军已经合围，士气高昂，而魏、韩联军则是人心惶惶。最后秦军疯狂冲杀，全歼韩、魏联军二十四万，并俘获将军公孙喜。

公孙喜叹道："魏王待我甚厚，今辱王师，虽生，但还有何面目再见世人？"有了寻死的念头。白起诱公孙喜归降秦国，公孙喜骂道："竖子，凭什么投降？今虽败，但魏王聪颖，治下良臣贤士不可胜数。你们这等庸才，岂能对抗魏国？"白起盛怒之下，杀了公孙喜。

秦军一鼓作气，乘机攻占伊阙等五座城池。韩、魏两国精锐丧失殆尽，被迫献地求和。此刻，白起的名字传遍天下，诸侯震恐，皆称白起为"人屠"！

秦昭襄王十分高兴，自此不再将东方各国放在眼里。因为七国都称王，分不出什么不同，秦昭襄王就想立帝号，以示比别国贵重，但又觉得自己独尊不便，另外出于连横考虑，便派使节对齐闵王说："现在天下诸侯相继称王，不知道该归谁统辖。秦想称西帝，统治西方；尊贵国大王为东帝，管理东方。平分天下，大王认为怎么样？"

齐闵王拿不定主意，便问众臣。孟尝君田文奏道："秦国因为强大蛮横，而被列国厌恶，大王不要效仿它。"

苏秦一直为燕国谋划报复齐国，此时巴不得齐闵王疯狂，便乘机说："秦国不推别国为帝，单单选中齐国，是尊重齐国。回绝它，就会伤害了秦国。希望大王接受秦国的要求，率先称帝。"

齐闵王也是热血男儿，怎能不愿往高处走，便兴高采烈地对苏秦说道："寡人听从你的教诲！"又问道："称帝后，应该做哪些事？"

苏秦说："管理诸侯，讨伐不义，这是东帝应该做的事。现在宋国无道，侵占我齐国五座城池，天下人都称其为桀宋。大王现在应该讨伐灭亡宋国，既显示东帝的威赫，又夺回和新得大片土地和百姓。"齐闵王十分高兴，接受东帝之号，部署对宋国作战，并厚厚款待秦国使节。

且说宋国自宋元公去世后的二百年内，一步不如一步，沦落为弱小国家。在此过程中，宋国公族分出一支：戴氏。公元前355年，戴剔成篡位为君。公元前318年，其弟戴偃驱逐戴剔成，自立为君。宋国中有人掏雀巢，发现里面有只刚刚出壳的小鹯鸟，认为是奇异之事，报告国君戴偃，戴偃召内史昌占卜此事。内史昌奏道："小麻雀生大鹯鸟，这是反弱为强、崛起为霸主的征兆。"戴偃高兴地说："宋国软弱已经很久了，寡人不使它兴旺，还指望什么人呢？"便招收壮丁，亲自训练，组成了十万之众的精锐之师。进攻东面的齐国，占领了五座城池；打败南面的楚国，开拓了三百里疆土；战胜西面的魏国，夺取了两座城池；灭掉了滕国，吞并了它的土地。自此以后，宋国号称强国，戴偃自称为宋王。

宋王戴偃自以为是天下英雄，每天上朝，都令群臣山呼万岁。堂上一呼，堂下齐应，门外卫兵亦都呼喊，声音传出数里远。又用皮革做成袋子，装满牛血，悬挂在高高的木杆上，宋王戴偃拉弓而射，穿透皮袋，牛血像雨一样从空中洒落。宋国谄媚之臣在街市中传言："我们大王射天得胜了。"宋王戴偃喜欢彻夜长饮，强行用酒去灌群臣，臣僚即使酒量再大，也都酩酊大醉。宋王戴偃让臣下喝酒，自己却偷偷去喝热水。众臣皆醉，唯独宋王戴偃清醒。左右内侍献媚说："大王酒量如海，喝上千石也不会醉。"宋王戴偃还与许多妇女淫乐，一夜与十个女人同睡，不以为耻，反而以此炫耀。

这天，宋王戴偃游玩封父，看见一个采桑女很美，就派人打探，得知是小吏韩凭的妻子叔妫。宋王戴偃派人向韩凭传达自己的意思，让他献出自己的妻子。韩凭对妻子叔妫说了，叔妫写了一首诗回答——

南山有鸟，北山张罗；鸟自高飞，罗当奈何？

韩凭知道妻子叔妫不愿去王宫，便夫妇相守。宋王戴偃思慕叔妫，派人到韩凭家中去抢。韩凭见妻子被抢走，心中难过，自杀身亡。宋王戴偃召叔妫侍睡，叔妫不从。宋王戴偃对她说："寡人是宋王，既能杀人，也能让人富贵。你丈夫已经死了，你还指望谁呢？如果你顺从了寡人，寡人立即立你为夫人。"叔妫不语，又写诗回答——

乌有雌雄，不逐凤凰；妾是庶人，不乐宋王。

宋王戴偃怒道："你现在到这里了，即使不想顺从也不行了！"叔妫说："请容许我洗浴后更换衣服，向丈夫的灵魂告辞，然后再服侍大王。"宋王戴偃答应。叔妫梳洗完毕，换上衣服，向空中拜了两拜，然后一头撞死在旁边的石柱上。宋王戴偃后悔不已。内侍在叔妫的裙带上看见一行字，上面写道："我死以后，乞求大王把遗骨与韩凭合葬在一处，九泉之下也会感激您的大恩大德！"宋王戴偃十分气愤，故意把他们分开埋葬，使两座墓冢遥遥相望。

埋后三天，封父大雨倾盆。第二天天亮，人们忽然看见两座墓旁都长出了红豆树，不久后，树高三丈多，两边树枝自相结成连理。有一对鸳鸯飞在上面，交颈悲鸣。当地百姓悲痛地说："这一定是韩凭夫妇的魂魄变成的！"便把此树称为相思树。

宋国群臣见宋王戴偃暴虐，便纷纷劝谏道："商纣王淫乱暴虐，周文王仁慈和蔼，商朝因此灭亡，周朝因此兴起。"宋王戴偃不胜其烦，便在座旁放着弓箭，凡是有人劝谏，宋王戴偃就用箭射，曾一日间射死三位重臣。自此以后，群臣都不敢开口，背地里称他为桀宋。

此时，东帝（齐闵王）听从苏秦的意见，派人去楚国、魏国，约定一起攻打宋国，土地三国平分，楚、魏对宋国有仇恨，当即听从了齐国的倡议。

且说三国准备出兵后，秦国获得了这个消息，此时大权仍被秦宣太后掌握。秦宣太后生气地说："宋国地处秦、齐之间，东帝攻打它，我西帝偏偏去救它。"消息传到齐国，东帝（齐闵王）向苏秦问计。苏秦答道："请让臣去阻止秦兵，使大王伐宋成功。"于是急急西行到秦国。

秦宣太后知道苏秦为纵约长，联合六国对抗秦国，便想将其杀掉。苏秦向秦宣太后说："请不要杀我。齐国现在征伐宋国，我特向秦国祝贺。"

秦宣太后说："齐国伐宋，你为什么向秦国祝贺？"

苏秦说："齐国会同楚、魏两国伐宋，分战利品时，楚、魏两国必会受到欺压。到时，楚、魏两国必然依附秦国。秦国把宋国当作诱饵送给齐国，却得到楚、魏两国，因此前来祝贺。”

秦宣太后哈哈大笑说：“即使你说得天花乱坠，秦国还是想救宋国。”

苏秦说道：“桀宋犯天下公怒，人人都庆幸他灭亡。秦国如果救它，大家的怒气就会转到秦国。”

秦宣太后想想也是，便不再派兵去救宋国。苏秦乘机逃脱秦国，回到齐国。

齐国兵马先到宋国边境，楚、魏两国兵马也相继来到。齐将韩聂、楚将唐昧、魏将芒卯，聚在一起商量。唐昧说：“宋王志大气骄，应该示弱引诱他。”芒卯说：“宋王荒淫暴虐，民心怨恨，我们三个国家都有丧师失地的耻辱，要发放檄文，公布宋王的罪恶，召唤故地百姓，这样就一定会有很多人反戈抗击宋国。”韩聂说：“二位的话都对。”便书写檄文，数说桀宋的七大罪状——

逐兄篡位，窃取王位；恃强凌弱，吞并滕国；喜好攻伐，侵犯大国；愚昧射天，得罪天帝；长夜酣饮，不恤国政；夺人之妻，淫荡无度；射杀忠臣，百官闭口。

檄文所到之处，人心惊惧，三国先前所失之地的百姓不愿依附宋国，自行集合起来驱逐官吏，登上城墙，等待来兵。三国兵马所向披靡，直逼都城睢阳。宋王戴偃检阅兵马，亲自率领，出城十里扎营，对抗三国联兵。

韩聂先派校尉闾丘俭带五千人马挑战，宋兵拒不应战。闾丘俭挑选了一些声音洪亮的军士，登上兵车朗诵桀宋的七大罪状。宋王戴偃大怒，命大夫卢曼率军出营对敌。只战了几个回合，闾丘俭大败，卢曼追击，齐军扔掉车马兵器，狼狈逃跑。宋王戴偃见齐军败走，高兴地说：“打败齐国兵马，楚、魏两军就丧失了勇气！”便率全部兵马出战，直逼齐国大营。韩聂又退让一阵，在二十里外扎寨。

第二天，宋王戴偃以为齐兵软弱，拔寨齐进，一直攻到齐营。闾丘俭打着韩聂的旗号，列阵相持。从早晨到中午，交战三十多次，卢曼战死在阵中。宋王戴偃英勇难敌，亲自上阵，斩杀一百余名齐兵。

间丘俭又大败而逃，丢弃车马兵器无数，宋军争先抢占。这时，忽有人紧急报告宋王戴偃：“楚、魏两军进攻睢阳城，睢阳现在已经非常危险了。”宋王戴偃大怒，忙传令回军相救。

走了不到五里，斜刺里冲出一支大军，为首者叫道：“齐国将军韩聂在此！无道昏君，还不快快投降！”宋王戴偃见真韩聂到来，心里不免有些惊慌，虽然勇猛，但老巢将倾，也不得不边战边走。退到睢阳城下，守将戴拔见是宋王戴偃，慌忙开门将其迎入城中。齐、楚、魏三国兵马合力攻打，昼夜不停。

这天忽然尘土飞扬，又有大军到来，原来是东帝（齐闵王）怕韩聂不能取胜，在太傅王蠋、内史敫等众臣陪同下，率领三万生力军前来支援。攻城队伍气势更壮。

宋军知道东帝（齐闵王）亲自领兵前来，个个丧胆，人人灰心，加上宋王戴偃不知体恤军士，昼夜驱赶男女上城守卫，毫无恩赏，从而怨声载道。公子戴直见此，对宋王戴偃说：“敌势猖狂，人心已变，大王不如放弃睢阳，暂时躲避，再图复国。”宋王戴偃的一片称霸雄心此时都已化作流水，他叹息一阵后，与戴直在半夜弃城逃跑。戴拔竖起降旗，迎接东帝（齐闵王）以及三国大军入城。东帝（齐闵王）安抚百姓，同时命诸军追赶宋王戴偃。

宋王戴偃跑到温邑，被追兵赶上，戴直先被斩首，宋王戴偃无奈跳入深涧自杀。齐、楚、魏三国灭掉宋国，瓜分土地。至此，宋国灭亡。自周平王东迁、诸侯纷争以来，宋国虽然被楚国申无畏评价为“宋聋”，但宋国以一股不服输的气概，存活了五百年，比被申无畏评价为“郑昭”的郑国反而多存活了一百年。

国破就有家亡，家亡就有难民。宋国人庄子偕弟子穿行于山野之间。时值秋冬之际，万木凋零，枯草遍野，黄叶漫卷，乌鸦哀号。庄子破帽遮头，旧衣裹身，脚穿烂麻草鞋，踩着崎岖的山路，迎着萧瑟的寒风，望着惨淡的夕阳，不禁仰天长啸、放声高歌——

凤兮凤兮，何德之衰也？
往者不可谏，来者犹可追。
天下有道，圣人成焉。
天下无道，圣人生焉。

这庄子，名周，原系楚国公族、楚庄王后裔，后因乱迁至宋国。楚人自古尊凤崇凤，所以庄子喜欢唱这首流传下来的凤歌，抒发其忧郁的心情。庄子年轻时，用心学习老子创立的道家学问，主张“天人合一”和“清静无为”。

庄子与弟子，见一棵大树，干粗枝繁，耸立在大溪旁。庄子忍不住问伐木者：“如此好的大木材，怎么一直无人砍伐？以致独独长了上千年？”

伐木者似乎对此树不屑一顾，说道：“这何足为奇？此树是一种不中用的木材。用来做舟船，则沉于水；用来做棺材，则很快腐烂；用来做器具，则容易毁坏；用来做门窗，则脂液不干；用来做柱子，则易受虫蚀，此乃不成材之木。不材之木，无所可用，故能有如此之寿。”

听了此话，庄子对弟子说：“此树因不材而得以终其天年，岂不是无用之用，无为而于己有为？”弟子恍然大悟，不住地点头。

庄子又说：“树无用，不求有为而免遭斧斫；残疾之人，征兵不会征到他，故能终其天年。树不成材，方可免祸；人不成材，亦可保身也。”

庄子愈说愈兴奋，总结性地说道：“果可食，故摘之；漆可用，故割之。人皆知有用之用，却不知无用之用也。”

师徒二人出了山，留宿于庄子的故友家里。故友很高兴，命儿子杀鹅款待庄子师徒。儿子问：“一鹅能鸣，一鹅不能鸣，请问杀哪只？”故友道：“当然杀不能鸣的。”

第二天，出了庄子的故友家，没走多远，弟子便忍不住问庄子：“昨日所见山中之木，因不材而得终其天年；昨晚又见故友家的鹅，因不材而被杀。弟子因此糊涂，请夫子指教。”

庄子一时难以解答，故想转移话题，笑了笑道：“我庄子将处于材与不材之间，但材与不材之间，似是而非，仍难免于累……”

庄子欲言又止，弟子急待下文，又问道：“那又怎样处世呢？有材不行，无材也不行，材与不材之间也不行，究竟如何是好？”

庄子沉思片刻，仰头道：“唯道德之乡才逍遥啊！”

弟子道：“道德之乡，人只能神游其中；当今乱世，人究竟怎样安息？”

庄子道："你知道鸟儿是怎样饮食起居的吗？"

弟子道："夫子的意思是说，人应像鸟儿一样饮食，不择精粗，随吃而饱；像飞鸟一样行走，自在逍遥，不留痕迹？"

庄子微笑着点点头。

凛冽的西北风扑打着庄子瘦削的面孔，掀起他萧瑟的鬓发。庄子顾目四方，但见哀鸿遍野，骷髅遍地，一片兵荒马乱后的悲惨景象。夕阳西下，暮野四合，庄子走到一棵枯藤缠绕的老树下，惊起树上几只昏鸦盘旋而起，聒噪不休。庄子想找块石头坐下休息，忽见树下草丛中露出一个骷髅来。庄子走近了，问它道："你是贪生患病而落到此种地步的吗？还是国破家亡、斧戟所诛而落到此种地步的呢？你是因有不善之行、愧对父母妻子而自杀才落到此种地步的吗？还是因冻馁之患而落到此种地步的呢？如果是寿终正寝，又何致如此地步？"说完，拿过骷髅，枕之而卧，不一会儿，便呼呼入睡。

半夜时，骷髅出现在庄子的梦中，说道："先生，刚才所问，好像是辩士的口气。您所谈的那些情况，皆是活人之累，死后则无此烦累了。您想听听死的乐趣吗？"

庄子答："当然。"

骷髅说："死后，无君主于上，无兵吏骚扰，亦无四季之劳累。即使有面南称王的乐趣，也不能相比。"

庄子不信，问道："如果神灵使你复生，还你骨肉肌肤，还你父母、妻子、乡亲、朋友，你愿意吗？"

骷髅显出愁苦的样子，向庄子道："我怎么能弃超过面南称王的乐趣而复为人间的劳苦呢？"

庄子梦醒，向旁边一直未睡的弟子说道："名是相互倾轧的原因，智是相互斗争的手段，两者都是凶器呀。人死后，不会再为名而奔波，也不会用尽智而劳累。"

却说灭亡宋国和瓜分土地后，楚、魏两军撤走。东帝（齐闵王）向臣僚说："这次伐宋，齐国出力最多，楚、魏两国怎么能跟着齐国平分土地呢？"便率齐军悄悄跟随在楚国唐昧之后，在重丘袭击并击溃楚军，然后乘胜进军，把淮北土地都收取过来。接着，又向西侵略魏国，多次取胜。楚、魏两国痛恨东帝（齐闵王）违背约定，都派使节去结交秦国。秦宣太后不知其中缘故，反认为苏秦料事透彻。

唐昧回到楚国后，一日，向楚顷襄王奏道："楚庄王后裔庄子，聪慧无比，贤名传遍四方。臣率军灭宋时，就听宋人讲述庄子的名言，如：'夏虫不可以语于冰；井蛙不可以语于海。''吾生也有涯，而知也无涯。'庄子先在宋国居住，宋国被灭后，现今流落各地。"

楚顷襄王说："既然庄子是楚国公族，应当为楚国所用。"即派大夫景差四处寻找庄子。

庄子正在涡水垂钓。楚顷襄王派来的景差向庄子道："楚王闻听先生贤名，欲以国事相托。深望先生欣然出山，上为君王分忧，下为黎民谋福。"

庄子持竿不顾，向他淡然说道："我听说楚国有只神龟，被杀时已三千岁了。楚王把它珍藏在竹箱里，覆之以锦缎，供奉在庙堂之上。请问，此龟是宁愿死后留骨而贵，还是宁愿生时在泥水中潜行摇尾呢？"

景差道："当然是愿活着在泥水中摇尾而行啦。"

庄子说："您请回吧！我也愿在泥水中摇尾而行呢。"庄子已经看破尘埃，超然物外。

景差无奈，如实回报，楚顷襄王叹息道："如此聪慧且有文采的人，不能被楚国所用，寡人真觉得可惜呀！"

景差安慰道："当今天下最美的文体，当是已故的三闾大夫屈原创下的楚辞。现今楚国写楚辞最好的，当属宋玉。'下里巴人''阳春白雪'等词语就是出自他的笔下。"

提起屈原，楚顷襄王既惋惜又厌烦。景差看出了楚顷襄王的所思所虑，便奏道："这宋玉，有屈原之才，但无屈原之顽。"闻听此语，楚顷襄王由忧转喜，当即命景差请宋玉前来，拜其为大夫。

宋玉貌美嘴甜，楚国大夫登徒看不惯，向楚顷襄王奏道："宋玉长得英俊，说话动听，但贪爱女色，请大王不要让他出入后宫。"

楚顷襄王拿登徒的话质问宋玉，宋玉辩解道："容貌俊美，这是上天所生的；善于言词辩说，这是后天学来的。至于贪爱女色，下臣则绝无此事。"

楚顷襄王说："你确实不贪爱女色吗？"

宋玉道:“天下的美女，没有谁比得上楚国女子；美丽的楚国女子，没有谁能超过下臣家乡的美女；而下臣家乡最美丽的姑娘，还得数下臣邻居东家的那位小姐。东家那位小姐，论身材，增之一分则太长，减之一分则太短；着粉则太白，施朱则太赤；眉如翠羽，肌如白雪，腰如束素，齿如含贝；嫣然一笑，迷惑方圆百里的男子。这样一位姿色绝伦的美女，趴在墙上窥视下臣三年，而下臣至今仍未答应和她交往。大夫登徒却不这样，他的妻子蓬头垢面、耳朵挛缩、嘴唇外翻、牙齿不齐、弯腰驼背、一瘸一拐。这样一位丑陋的妇女，大夫登徒都喜欢，一口气生了五个孩子。请大王明察，究竟谁是好色之徒呢？”听完宋玉的辩解，楚顷襄王哈哈大笑。

楚顷襄王知道宋玉是在长江边上长大的人，便想与他一起乘船沿长江到他的家乡察看民情。宋玉明白楚顷襄王此行，实是为了自己虚构的“东家那位小姐”。想到这，宋玉心中不由害怕起来。他灵机一动，向楚顷襄王奏道——

楚怀王曾经游历宋玉的家乡，因为困倦就小睡了一会儿。梦中见一位少女，对楚怀王说:“我是住在巫山的女子，听说大王您到这里来游玩，愿意献出自己的枕头、席子给大王享用。”楚怀王知道弦外有音，非常高兴，立即宠幸了这位巫山少女。少女离去时向楚怀王说:“我住在巫山之南最高最险的地方，早晨为朝云，傍晚为行雨。朝朝暮暮，我都在那儿。”楚怀王醒来，梦中之景历历在目。他随即前往不远处的巫山，早晨果然看到山之南有一团云飘动，到了傍晚就小雨不止。楚怀王感伤不已，但从巫山回来后，楚怀王率六国之军伐秦，遭到失败，后来又被秦国所骗，客死他乡。

说着说着，宋玉掉下了眼泪。楚顷襄王虽然心里也不是个滋味，但对宋玉所奏的先父楚怀王与巫山少女的事十分好奇，便问道:“巫山的景色如何？”

宋玉答道:“层峦叠嶂之中，长江从巫山脚下穿过，那儿云腾雨落，景色变化无穷，十分美丽壮观。”

楚顷襄王又问:“寡人可以去看巫山云雨吗？”

宋玉答道:“不可以了。长江巫峡那个地方，原属巴国，巴国是楚国属国，先王楚怀王可以随便去。但是，楚怀王从巫山回来没几天，巴国就被秦国所灭。因此，楚怀王担任纵约长，率六国之军伐秦。”

想起父亲楚怀王被秦国逼迫而亡，想起自己当年在秦国做人质逃亡回楚的辛酸经历，楚顷襄王便气不打一处来。宋玉乘机劝谏道：“当今，齐、秦自称东、西二帝，意欲吞并天下。我们楚国自当励精图治，恢复昔日的霸气，大王您不可游山玩水、贪恋女色。”楚顷襄王点头称是，自此不再提“东家那位小姐”的事。

再说东帝（齐闵王），自从兼并了宋国土地，气势更加骄横，派大夫夷维去召集卫、邾两国国君，让他们入朝称臣。两国害怕齐国侵伐，不敢不依从。东帝（齐闵王）甚是高兴，在朝堂上向众臣说道：“寡人打败楚、魏，灭掉宋国，辟地千里，威加诸侯；卫、邾等国无不惧怕，拱手称臣。寡人早晚要带一师兼并周地，把九鼎迁到临淄，登天子之位以令天下，看谁敢不从命！”

孟尝君田文谏道：“宋王戴偃因为骄横自大，齐国才乘机战胜他，愿大王以宋王戴偃为前车之鉴！周王室虽然弱小，但仍然是天下共主。七国互相攻战，一时都不敢进攻周王室，就是因为这呀！”

东帝（齐闵王）说：“周武王讨伐商纣王，难道商纣王不是他的大王吗？寡人有什么地方不如周武王？可惜你不是姜太公！”一气之下，又收回田文的相印。

此时，东帝（齐闵王）异常骄横，全无自知之明，已到目中无人的地步。孟尝君田文害怕遭祸，便率领门客逃到大梁，依附魏国公子魏无忌。

魏无忌是魏昭王少子，封号信陵君，为人谦恭好客，待人唯恐有不周之处。有一天吃早饭，一只斑鸠被黄鹰追赶，慌乱中飞到他的桌下。魏无忌用布盖住它，看黄鹰飞离了才把它放出来。谁知黄鹰藏在房顶上，见斑鸠飞出，追上就把它吃掉了。魏无忌自责说：“这只斑鸠为了避难来投奔我，却最终被黄鹰所杀，我有负此斑鸠！”于是，一天没吃饭，让左右的人捕捉黄鹰，一共抓到一百多只，都装在笼子里。魏无忌说：“杀斑鸠的只有一只黄鹰，我怎么能连累别的黄鹰呢？”便把剑放在笼子上，祷告说：“没有吃斑鸠的，向我悲鸣，我就放了你。”黄鹰都悲叫，只有一只低头，魏无忌就把它杀了，打开笼子放了其他的黄鹰。听到此事的人都说：“信陵君不忍心负一斑鸠，又怎能负人呢？”因此士人无论贤愚，都纷纷前来投奔，门客达到三千，与孟尝君田文、平原君赵胜并称。

魏国有一位高士，同里的人都尊称他为侯生。侯生家里贫困，做大梁夷门的守门关吏。魏无忌听说他洁身自好，又智谋百出，便驾车去拜访，用铲币千枚为聘礼。侯生谢绝说：“孔子说，君子喻于义，小人喻于利。我一生安贫自守，不接受别人一钱。现在要老了，难道还要为信陵君而改变节操、去做小人吗？”魏无忌不再强求。

魏无忌准备酒席，大会宾客，魏国公族、臣僚聚集堂上，只有第一贵宾席位空着。魏无忌亲自坐车前去夷门，迎接侯生赴宴。侯生上车，对魏无忌说：“我有个朋友朱亥，在市中卖肉。我想去看看他，信陵君能屈尊和我一同去吗？”魏无忌说：“愿意和先生同去。”就命令车夫绕道去市上。到了屠夫朱亥家门口，侯生说：“信陵君暂时在车中等一会儿，我要下去和朋友说几句话。”侯生下车后，进入朱亥家，隔着肉案与朱亥对坐，说了好长时间。侯生时时注意魏无忌，魏无忌一直脸色平和，毫无厌倦的神情。魏无忌的随从见侯生喋喋不休，都很气愤，小声骂他。魏无忌听见，瞪了随从几眼，众人便不敢再言语。

魏无忌午时出门，等与侯生回府时申时已快过了。众宾客见魏无忌亲自去迎客，空首席相待，以为是哪个大国的重臣，都面带恭敬耐心等候。听说魏无忌陪着客人回来，众宾客全都起座出迎，睁眼观看，见是一个白须老头，衣帽破旧，没有不大吃一惊的。

魏无忌把侯生一一介绍给各位宾客，众人听说是夷门守吏，都很不以为然。魏无忌请侯生坐在首席，侯生也不谦让。酒至半酣，魏无忌手捧铜觯到侯生面前祝福。侯生接过铜觯，对魏无忌道：“我是夷门看门小吏，信陵君屈尊前往迎接，又久立市中，毫无倦色。到了府上，还这样尊敬我，让我坐在首席，对我来说是太过了。我所以一一接受，并不谦让，不是不懂礼节，而是想成就信陵君礼贤下士的美名。”魏无忌点头感谢。席散以后，侯生便成为了魏无忌的上客。他又举荐朱亥的贤能，魏无忌几次去拜见，但朱亥绝不回拜，魏无忌也不在意。

现在孟尝君田文到了魏国，投靠信陵君魏无忌，正应了同声相应、同气相投的道理。田文与魏无忌自然情投意合。田文原与平原君赵胜要好，又让魏无忌与他结交。魏无忌把自己的妹妹季姬嫁给赵胜做妻子。

却说东帝（齐闵王）自孟尝君田文走后，更加骄横，苏秦为让齐国更加疯狂、实现燕国的复仇大志，便刻意奉迎。东帝（齐闵王）觉得这个“东帝”称号无比高贵，越发不可一世。大夫狐晅、陈举先后劝谏，还请求召回田文。东帝（齐闵王）大怒，杀了他们，把尸首陈列在街道上，用来回绝劝谏之人。太傅王蠋、内史敫等人，见形势不妙，便个个告病弃官，回乡里归隐。

十　乐毅伐齐

悠悠岁月无数事，三言两语几笔过。且说乐羊有个孙子名叫乐毅，自幼喜好兵法。当初乐羊被封在灵寿，他的子孙就一直住在这里。赵国灭了中山国，乐毅就成为赵国人。乐毅为求功名，带着全家离开灵寿，投奔大梁，依附魏昭王，却不被重用。他听说燕昭王筑黄金台，招揽天下贤士，便去投奔。燕昭王知晓了他的贤能，拜他为亚卿，位于剧辛等人之上。乐毅把宗族的人全都招到燕国，做了燕人。乐毅做亚卿后，效仿赵国着胡服学习骑射的政策，训练燕人单人骑兵战术，让兵车与单骑结合使用，一时间燕国军力大增。燕昭王时刻不忘复仇齐国，韬光养晦，以待时机到来。

天有阴晴、月有圆缺，终于到了燕该胜、齐该败的时候了。燕昭王见东帝（齐闵王）东征西讨、驱走田文、肆行狂暴，又见燕国风调雨顺、兵强马壮、士气旺盛，便召乐毅问道：“寡人背负对齐国的仇恨，已经二十八年了！常怕有一天不在人世了，来不及亲手杀掉齐王，以报国耻，为此整夜痛心疾首。现在齐王骄横残暴，内外离心，这是上天要灭掉齐国的好时机呀！寡人要发动全国兵力，与齐国决一死战，你觉得怎样？”

乐毅答道：“不出手则罢，一旦出手，就要又准又狠，雷霆万钧，摧枯拉朽，给对手以毁灭性的打击。齐国地广人多，我们不可独自进攻。大王如果要讨伐齐国，就要和天下诸侯共同图谋。如今燕国的近邻，没有比赵国更亲密的，大王应该先会合赵国攻齐，这样韩国也一定能跟随。魏国被齐国所欺，并且孟尝君在魏国，正恨齐王无道，应该也会支持。有了这些诸侯支持，我们燕国就可以攻打齐国了。”燕昭王拍手道好，即派乐毅为使去劝说赵国。

赵国本是与燕国联合对齐，如今厌恶齐闵王称东帝，赵惠文王当即答应伐齐。此时恰有秦国使节在赵国，乐毅又向他说明伐齐的原因，秦国使节回国报告。秦昭襄王见齐国称东帝引起众怒，便废去西帝的称号，不再使用。秦宣太后见齐国攻灭宋国，其势过大，也想打打齐国的威风，以使自己独自尊大，另外燕昭王是自己的女婿，便派使节出使燕国，主动要求参加伐齐。燕国剧辛前去劝说魏国、韩国，果然如同乐毅所料，全都同意参战。

青云衣兮白霓裳，举长矢兮射天狼；
登昆仑兮四望，心飞扬兮浩荡。

燕昭王派出全部精锐兵马，拜乐毅为将军。出征前，燕军一起歌唱《九歌》中的激昂一篇，以此激励士气。《九歌》原为远古歌曲，楚国屈原进行了扩写，可惜楚军不唱，燕军来唱。燕军出发后，秦将白起、赵将廉颇、韩将暴鸢、魏将晋鄙，也各自带领一支兵马，如期赶到。乐毅指挥五国兵马，浩浩荡荡，一齐杀奔齐国。

齐国富庶，齐人好辩。在齐都临淄稷下学宫院内，生长着旺盛的竹子，青翠欲滴，在微风的吹拂下，细长的竹叶相互交错，发出“沙沙”的声响。学宫大厅内，学者们辩论不休。齐国有名辩士、具有“一日服千人”之称的田巴还在高谈阔论，这时，一位三十多岁的壮汉打断了他的话。田巴定睛一看，原来是鲁仲连。田巴知道鲁仲连能言善辩，在十二岁时便有“千里驹”之称。田巴拱了拱手说：“请先生赐教。”鲁仲连也拱了拱手对田巴说：“现在燕、秦、赵、韩、魏五国兵马杀向齐国，如同锐利的剑架在颈上、射来的利箭快到眼前，这是刻不容缓的时刻，允许你现在迟疑空谈吗？当前齐国危险极了，可谓亡在旦夕。田巴先生，你说此时此刻我们该怎么办？如果你不能应付这些危急的大事，那你的夸夸其谈就好像猫头鹰的叫声，招人憎恨。田巴先生，你还是赶快收起这套空泛的议论吧！”田巴听了，满脸通红，无言对答，叹了口气说：“鲁仲连是一只飞兔，岂止是千里驹呀！”便不再辩谈，急忙与鲁仲连以及稷下学宫众家学者一起赶到齐国朝堂，请求东帝（齐闵王）速速出兵迎敌。

东帝（齐闵王）虽然无道，但强兵来犯，却不敢怠慢，亲率大军，领将军韩聂在济水西边迎战。无奈五国联军太强，尤其乐毅身先士卒，将士无不奋勇争先，直杀得齐军尸横遍野，血流成河，韩聂也被乐毅的弟弟乐乘杀死。东帝（齐闵王）大败，逃回齐都临淄。

东帝（齐闵王）一面派人向楚国求救，答应割让淮北土地；一面调集兵马，登城防守。秦、魏、韩、赵四国兵马，乘胜分路攻占各地城池，乐毅则带兵长驱直入，势如破竹，直逼临淄城下。

此时的临淄城内，齐人惊恐万分，稷下学宫也没有了辩论声，众人个个不知所措，只有临淄城内的苏秦闲庭信步、镇定自若。临淄毕竟不乏贤才，有齐国明眼官吏看出苏秦是燕国间谍，便嘀咕道：“如果苏秦不来齐国，齐国就不会灭宋，也就不会招来重重危机。另外，齐王也不会称东帝，招致众叛亲离，引来五国联合伐齐。现今燕军兵临城下，齐人全部恐惧，只有苏秦内心欣喜，这肯定是他暗中私通燕国，充当间谍无疑。”旁边的齐人听此一说，顿觉有理，便怒骂苏秦无义，愧对齐国。该当苏秦遇难，众人正义愤填膺的时候，苏秦只身来到此处，齐人中有人气愤不过，用匕首刺入苏秦的腹中。苏秦双手按住匕首，急急跑到东帝（齐闵王）面前。东帝（齐闵王）大惊，立即下令擒贼，众人早已跑得无影无踪。

苏秦知道齐国一旦调查，东帝（齐闵王）便知道贼人行凶的缘故，当务之急不如蒙住东帝（齐闵王），以报复凶手。苏秦强打精神，对东帝（齐闵王）说：“臣马上就要死了，请东帝您在闹市把臣五马分尸示众，同时说：‘苏秦为了燕国在齐国谋乱，所以处死。’东帝您这样做，一定可以抓到刺杀臣的凶手。”说完，他拔出匕首，血流满地。苏秦心里道：“燕王呀，我苏秦对燕国，孝敬似曾参，守信如尾生，我对得起燕国呀！”他慢慢闭上了眼睛。

东帝（齐闵王）依照苏秦遗言，派人一一去做。刺杀苏秦的凶手连同当时议论的人，果真都跑了出来，到东帝（齐闵王）面前讨个奖赏。大敌当前，东帝（齐闵王）顾不上审问，立即将他们全部杀掉。

东帝（齐闵王）一人糊涂，临淄城众人皆醒。见东帝（齐闵王）好坏不分，城内军民无心守城。万般无奈之下，东帝（齐闵王）便和世子田法章及大夫夷维、公孙田贾等数十人，偷偷打开北门逃离临淄。

东帝（齐闵王）一行先逃到卫国，此时卫国国君是卫怀君，因为此时卫国越来越弱，国势已经不如一般诸侯，便由公贬为侯，由侯贬为君。卫怀君在郊外称臣迎接。入城后，把正殿让给东帝（齐闵王）居住，一切礼仪都特别恭敬。东帝（齐闵王）骄傲自大，对待卫怀君一点儿礼貌也没有。卫国大臣们心中不满，夜里派人抢走了东帝（齐闵王）的辎重。东帝（齐闵王）十分恼怒，想等卫怀君来时责备一番，让卫国追查强盗。谁知卫怀君当天竟不朝见，也不再供应饮食。东帝（齐闵王）又恼又愧，直饿得头昏眼花，因为担心卫怀君算计自己，便和田法章、夷维等几个人，连夜匆忙逃走。到了天亮，田贾等众臣不见了东帝（齐闵王），便四散而逃。

东帝（齐闵王）一行又来到鲁国，鲁人出城迎接。夷维问："你们怎样招待我们东帝？"鲁人答道："用牛、羊、猪各十头招待。"夷维说："我们东帝，相当于天子。天子巡狩，诸侯百官应该早晚在堂上侍候，等天子吃完才能回去，难道用牛、羊、猪各十头的礼节就行了吗？"鲁人大怒，关闭城门，拒不接纳。

东帝（齐闵王）又到了郝国，赶上郝完君刚刚去世，就要去吊唁。夷维对郝人说："我们东帝，相当于天子。天子凭吊他人，主人一定要背对殡棺，立在西阶之上，面向北哭，天子站在东面台阶上，面向南凭吊。"郝人冷笑一声道："我们是小国，不敢麻烦天子吊唁。"也拒绝了。

东帝（齐闵王）山穷水尽，夷维说："听说莒城还没有被占领，我们可以到那儿去。"于是东帝（齐闵王）一行跑到莒城，收拾残兵守城，抗拒燕军。

却说齐人田单，论宗亲是东帝（齐闵王）的远房亲属，有智谋，懂兵法，但不被东帝（齐闵王）重用，只让他做个临淄市场小吏。燕军进入临淄，城中百姓纷纷逃窜。田单和同族人逃往安平避难。田单把长长的车轴头截短，使它们与车轮面相齐，又用铁片裹在车轴上，使它们坚固。人们讥笑田单把马车搞得不伦不类。不久，燕军进攻安平，城被攻破，人们争先逃亡。车与车挤在一处，许多马车因为车轴头互相碰触，不能快跑，还有的因为车轴折断而使马车废弃，这些马车主人大都被燕军擒获。只有田单一族，因为铁轴坚固，且没有车轴头阻碍，迅速逃到了即墨。这时即墨大夫因病而死，城中无主。众人知道田单去掉车轴头的事，认为他谋略超人，就拥立他为即墨之主。田单身体力行，与即墨军民一同劳作，自己的族人也都编在守城队伍中，百姓都很拥戴田单。

再说乐毅攻破临淄，厚葬苏秦，把齐国珍宝连同先前齐国抢走的燕国珍宝，用大车装好，运回燕国。燕昭王十分高兴，亲自到齐国，犒赏将士，把齐国昌邑封给乐毅，号昌国君。燕昭王返回燕国，秦、魏、韩、赵四国兵马也都带着战利品各自回国。只有乐毅率军留在齐国，攻打剩余的城池。

乐毅率军来到了画邑，听说齐国前太傅王蠋住在此地，便传令燕军，在三十里外围住画邑，不许侵犯。乐毅派使者拿着礼物去聘请王蠋，想把他推荐给燕昭王。王蠋以年老有病推辞，不肯前往。使者说："乐将军有令，如果太傅来，就拜为高官；如果不来，就带兵屠杀画邑！"王蠋仰天长叹道："当年晋国狐突教子忠臣不事二主，被历代推崇。前因齐王妄称东帝，疏远忠臣，所以我隐退回家耕种。现在国破家亡，没了地方立脚。与其不义而生，不如全义而死！"遂上吊自杀而死。乐毅听到后叹息不止，命令厚厚安葬。

乐毅出兵六个月，攻占齐国七十多座城池，全都收编为燕国郡县，只有莒城和即墨没有攻下。乐毅命令休兵养士，废除东帝（齐闵王）暴令，减轻赋役，又为齐桓公、管仲二人修建祠堂祭祀，四处求访隐逸的贤人，齐国百姓十分高兴。乐毅本以为齐国只剩下两座城，又在自己的掌握之中，终究难成大事，便想用恩德感化，让他们自己投降，所以没有投入大批兵力。

再说楚顷襄王见齐国使节来请救兵，答应割让淮北土地，就命令将军淖齿率兵二十万，以救齐国为名，前去接受土地。楚顷襄王对淖齿说："当年，齐国联合楚、魏攻打宋国，胜利后，妄称东帝的齐王不仁，在重丘袭击并击溃我们楚军，夺取了淮北土地。现今，齐国危急时才来求寡人，你此去可以见机行事。只要有利于楚国，你可以全权处理。”淖齿拜辞出朝，率兵到了莒城。

东帝（齐闵王）看重淖齿，把大权都交给他。淖齿见燕军势大，担心救齐国无功，同时恼恨东帝（齐闵王）无道，就密派使者私通乐毅，计划杀死东帝（齐闵王），与燕国平分齐国。乐毅答道：“将军诛杀无道昏君，可以建立不朽功名，‘齐桓晋文’功业也不过如此！”

淖齿十分高兴，便在郊外大营布置妥当，请东帝（齐闵王）阅兵。东帝（齐闵王）一到，就被楚兵捉住。淖齿指着东帝（齐闵王）骂道：“你这个昏君，对外妄想称帝、取代天子，对内驱逐贤人、杀害忠良。现在整个齐国都被燕军占领了，你却躲在小城中苟且偷生。”东帝（齐闵王）低着头，一句话也说不出来。夷维抱着东帝（齐闵王）痛哭，淖齿先杀死夷维，然后用绳穿着东帝（齐闵王）的筋骨，吊在屋梁上。东帝（齐闵王）三天后才断气。淖齿攻入莒城，想将世子田法章一同杀死，无奈寻找不到。

却说齐国公孙田贾，十二岁时父亲去世，只有老母。东帝（齐闵王）可怜他，让其做大夫。东帝（齐闵王）逃难时，田贾也随行，在卫国失散后，他不知道东帝（齐闵王）的去向，便跑回家中。他母亲看见田贾后问：“东帝在哪里？”田贾答道：“儿随东帝到了卫国，东帝半夜逃走，不知道去哪里了。”老母生气地说：“你早晨出去晚上回来，我会倚着门盼着你。你如果晚上没回来，我会在路口张望你。君主盼望臣子，与母亲盼望儿子有什么区别？你身为东帝的臣子，东帝半夜出走，你却不知东帝的去向。你还回家干什么？”田贾羞愧万分，告辞老母，去寻找东帝（齐闵王），听说在莒城，便赶往那里。

田贾到了莒城，闻听东帝（齐闵王）被淖齿所杀，就袒露左肩，在街市中高呼：“淖齿谋杀大王，天理难容。有愿意和我一同前去声讨的，请像我这样露出左肩！”街市的人看到说：“这个人虽然年龄不大，却有忠义之心，我们这些喜欢忠义的人，应当跟他一起去。”一时间，露出左肩的有两千多人。淖齿所率的楚兵虽多，但都驻扎在城外。淖齿为了独自享乐，偷偷来到东帝（齐闵王）行宫中畅饮。行宫内，音乐响脆；行宫外，只有几百名军士守卫。田贾带领两千多人，杀散楚国军士，冲入行宫，把淖齿砍为肉酱。田贾命众人关闭城门坚守，楚兵虽多，但群蛇无首，便各自逃散。

再说齐国世子田法章，听到父亲东帝（齐闵王）遭遇不测，急忙换上百姓的衣服逃难，到了居住在莒城的内史敫家做家仆，为他家浇灌花园，辛勤劳作，没有人知道他就是齐国世子。内史敫的小女儿少敫，只有十五岁，偶然在花园中遇见田法章，不禁大吃一惊，心里道："这人不是普通人，怎么会在此处？"派婢女问他的来历，田法章害怕惹祸，谎说自己是临淄人王立。少敫自言自语说："一条龙之所以混杂在鱼群中，是为了避祸，但龙终归是龙，这个王立将来富贵不可限量。"少敫经常派婢女给他送衣食，时间一长，互相亲近，田法章把自己的身世告诉了她。二人私订终身，秘密往来，内史敫全家都不知道。

树倒猢狲散，齐国群臣四散奔逃，听到王蠋宁死不改节操，皆感叹道："他已经告老还乡，还胸怀忠义之心，我们这些在朝中为官的人，却坐视国破君亡。今后不想法复国，还能做人吗？"群臣一同来到莒城，投奔公孙田贾。众人挨家挨户、想方设法寻访世子田法章。

看到莒城内趋向稳定，田法章便不再隐藏身份。少敫告诉内史敫，内史敫不敢怠慢，急忙告诉田贾。田贾曾与田法章一起逃难到卫国，自然相熟，便驾车前来迎接。两人抱头痛哭。齐国世子田法章派人通知即墨的田单，约定结成犄角之势，共同抵抗燕军。

该当齐国不亡。话说乐毅兵围莒城和即墨，三年都没攻破。不是乐毅没有这个能力，而是乐毅是个有谋略的人。当年越国文种"狡兔死而良犬烹"的教训，乐毅突然想起，于是深以为鉴，故意留个尾巴。乐毅这样做，或许是为了让自己继续留在齐国，或许像以前那样，想继续实施怀柔之术，让莒城和即墨军民感恩投降。

乐毅不急，燕国有人急。世子姬乐资向燕昭王奏道："东帝（齐闵王）已经死了，但莒城与即墨两座城池却还没有攻克。父王您想想，乐毅能在六个月内攻占齐国七十多座城池，为什么费时三年却没能将这两座城池攻破？乐毅之所以不肯攻克这两座城池，是因为齐人还没有归附他，他想用恩威结交齐人。一旦时机成熟，乐毅就要自立为齐王了。"

燕昭王听后，不由大怒道："我们燕国的深仇，是昌国君乐毅给报的。即使他真要做齐王，难道他的功劳还不够吗？"当即打了姬乐资二十大板，又命使者到临淄，拜乐毅为齐王。乐毅感动得流下眼泪，发誓决不称王。

使者回报燕昭王，燕昭王说："寡人了解乐毅，他不会有负于寡人。"燕昭王喜欢神仙方术，让方士炼金石为神丹服用，久而久之，得了热病而亡。世子姬乐资继位，即燕惠王。

消息传到即墨，田单高兴地说："要想恢复齐国，一定要将乐毅驱走，现在有机会了！"田单派人到燕都蓟城散布谣言说："乐毅早就想做齐王，因为受燕昭王厚恩，不忍背弃，所以迟迟不进攻莒与即墨二城。现在燕国新王即位，他就要起事了。"谣言传到燕惠王耳中，他不禁心中忐忑不安。燕惠王早就疑心乐毅，现今又听到流言，便信以为真，派大夫骑劫去替代乐毅，召他回国。

乐毅既不想造反，也不敢回国。他思谋了一番后，叹口气说："我本是赵国人。"便抛弃全家不顾，逃到了赵国。赵惠文王知道乐毅是个人才，就把观津封给他，称他为望诸君。

骑劫上任，就把乐毅的军令全部更改，燕军将士心中不服。骑劫在军营中住了三天，就率兵进攻即墨，里外围了好几层。即墨城，在田单的率领下，防守异常坚固。田单明白，以数千疲弱军士对付数万燕军精锐，必须用奇计、连环计。

一日清晨，田单对城中军民说："我昨天夜里梦见天帝告诉我说，齐国即将复兴，燕国马上失败。很快就有神人来做我们的军师，那时我们就会战无不胜。"一名小校领会了田单的意图，走到他跟前小声说："或许我就是你梦中的神师。"说完，急忙就跑。田单心有灵犀，连忙站起来拉住小校，对众人说："我梦中看见的神师就是他。"便给他换了衣服，让他坐在上座。乘人不注意，小校低声对田单说："可我不知道怎样才能做好这个神师。"田单说："你缄口不言就行。"小校点头答应。自此，田单每下一道命令，必先向这位"神师"请示，然后才向军民发布。

田单对城中军民说："神师有令，凡是城内军民吃饭，都要先在院子中祭祀自己的祖先，这样就会得到祖先在阴间的帮助。"城中军民都按这道命令去做。天上的飞鸟看见院中的祭品，都飞下来抢食。燕军看见即墨城中飞鸟越来越多，都感到奇怪，又听说即墨城有神师下凡，前来帮助齐国，不免胆战心惊，战斗信心减去了一半。

田单又秘密派人到燕军中说："以前，乐毅心太善，所以即墨城中军民不怕。要想攻破即墨城，就应严厉对待城内的人，凡是抓住的，一律削掉他们的鼻子。这样即墨人就会害怕，从而投降。"言论传到骑劫耳中，他觉得有道理，就把投降军士全部削掉鼻子。即墨城中的军民，看见投降燕军的人受到酷刑，便十分害怕，互相告诫誓死坚守。

田单是谋略大师，又心生一计，派人到燕军中扬言："即墨城中住民，祖坟都在城外，要是被燕人挖开了该怎么办？"骑劫闻言，计上心来，派军士挖开城外坟墓，焚烧死人，露晒尸骨，以此恐吓即墨城中的百姓。骑劫觉得自己聪明，岂不知正中了田单的计谋。即墨人从城上看见燕军的不仁之举，个个痛哭流涕，恨不得生吃燕人的肉。他们来到田单府上，请求出城决战，为祖宗报仇。田单好言安慰，鼓励他们为报仇雪恨、恢复齐国而战。田单见士气高涨，便从中挑选出五千名强壮的人，用心训练。守城的人，田单改派老弱和妇女前去轮流值守。

田单以为决战时机成熟，就派使者到燕军中说："即墨城中，粮食早就没了，即墨人决定开门投降。"使者故意与燕军讨价还价。骑劫信以为真，高兴地对众将士说："我和乐毅相比，怎么样？"众将士都说："将军可比乐毅强多了！"

就在燕军欢呼即将胜利之时，田单在即墨民间大量收集黄金、兽皮、象牙、珍珠等宝物，让人私下里送给燕军校尉，嘱托投降之日，保全自己家小。燕军校尉十分高兴，爽快地接受了财物。燕军全部松懈，已是毫无警惕，只等田单前来投降。

田单派人收集即墨城中的牛，共得一千多头。不管是收集黄金、兽皮、象牙、珍珠等宝物，还是收集众多的牛，都因为有神师的命令，所以即墨城中的百姓纷纷响应。田单命人做成红布牛衣，上面画着五色龙纹，披在牛身上，又把快刀绑在牛角上，把麻苇都浸上油束在牛尾上。众人都不明白田单的用意。

这天晚上，月明星稀，田单决定与燕军决战。田单站在高处对众军民说："神师有令，今晚消灭燕军。大家有力的出力，有仇的报仇！"众人皆高呼。田单准备好酒肉，让五千勇士饱餐一顿。又命勇士用五色涂在脸上，手持锋利的兵器，跟在牛的后边。田单令城中百姓把城墙凿出数十个洞，把牛从洞口赶出，用火将牛尾巴后的扫帚点着。这火一点着，立即就烧到牛尾，一千多头牛个个疼痛难忍，怒吼一声，冲向燕营，五千名勇士快步跟在后面。

此时，燕军将士都在安睡，正做着入城受降的美梦，忽然听到急驰声、喊杀声，慌忙从梦中惊起。只见一千多支火把照耀得像白天一样，又见五彩龙纹飞奔而来，利刃所触之处，非死即伤，燕军乱作一团。那即墨城中的勇士，个个充满仇恨，大刀阔斧，见人就砍。虽然只有五千人，但此时仿佛是五万神兵。燕军以前就听说有神师助齐，如今恍惚之中，见到这些神头鬼脑的东西，胆都吓破了，脚都吓软了，谁还敢抵抗？人人逃窜，个个飞奔，自相践踏，死者无数。田单亲自率领城中军民高喊着冲来，老弱以及妇女，都敲击铜铁之器，声音惊天动地。燕将骑劫乘车落荒而逃，正遇上田单，被田单一戟刺死，燕军大败。

田单整顿兵马，乘胜追击，此时已是攻无不克，战无不胜。只是到了狄邑，却是三月不克，成了田单难啃的硬骨头。田单既苦恼又奇怪，当年的稷下学宫辩士鲁仲连在此居住，田单便去请教。鲁仲连直言相告田单："过去在即墨时，将士上下一心，有冲天之气。而现在呢，连续不断的胜利冲淡了锐气，将士们有生之乐，无死之心，所以小小狄邑就成了拦路虎，久攻不下。"田单听了鲁仲连的分析，恍然大悟。回去后，亲临战阵，挥旗擂鼓，一举攻克了狄邑。

田单率军势如破竹，一直打到聊城城下。燕军守将乔职负隅顽抗，垂死挣扎，田单攻城又是不顺。田单知道聊城是鲁仲连的故乡，便派人将他请来。鲁仲连精通势数，擅长说辩，提笔在布帛上写了一封信，用箭射给乔职。信中讲——

当前燕国大败，君臣失措，上下惶惑。而将军您却能指挥早已疲惫不堪的聊城军民，抗拒整个齐国的兵马。将军确如墨子一般善于攻守，确如孙膑一样善于用兵。将军您知道吗？攻取聊城是齐国既定不变的方略，只要能保全聊城之地，齐国会一意孤行，在所不惜。如今燕国援军毫无消息，而齐国攻城之心越来越强，这样相持下去，终会定出成败。一年后，恐怕会见不到将军您了。

智者不去做违时、损利之事，勇士不去做怕死、毁誉之事，忠臣总是处处为君王着想而后才想到自己。现在将军您竟因一时激愤，而不顾燕王失去一位重臣，这不是忠臣所为；城破身死，威名不会在齐国传播，这不是勇士举动；战功废弃，英名埋没，后人不会称道，这不是智者举动。因此，替将军您打算，不如罢兵休斗，保全车仗甲胄，回国向燕王复命，他一定会很高兴。燕国官吏子民见到您，会如同见到父母一般敬爱，新朋故交会抓着您的胳膊赞扬将军的赫赫战功，这样将军您就会名扬天下。此后，将军上可辅佐君王，统制群臣；下可存恤百姓，蓄养门客。从而矫正国弊，改革陋俗，建立更大的功名。如果将军您不愿回去，也可抛弃世俗见识，隐居于齐。齐国一定会给您封邑，让将军像秦国魏冉一般富有，代代相袭，与齐并存。这两条出路，一是扬名当世；一是富贵安逸。希望将军您慎重考虑，选择其中一条。

撤军也好，隐居也好，都是小节。过于看重小节，难以建树大功；不堪忍受小辱，难以成就威名。从前管仲弯弓射中齐桓公带钩，这是篡逆作乱；不能为公子姜纠死义，这是贪生惜命；身陷囚笼，这是奇耻大辱。有了这三种行径，虽乡民野夫也不会与之交往，君主也不会用之为臣。但管仲没有因此困辱抑制自己的志向，以卑贱的劳作辱没一生，而是在身兼三种恶行的情况下，执掌齐国政事，扶正天下，九次召集诸侯会盟，使齐桓公得以成为诸侯霸主之首，使自己名满天下。管仲并不是不能遵行小节，为小耻而死，只是他认为功名未立、壮志未酬、愤而求死是不明智之举，所以才决定抛弃愤恨之心，成就一生的功名；忍受一时耻辱，建立万世功业。他的功业可与尧、舜争高低，声名可与天、地共短长。

如今生死荣辱、尊卑贵贱，都取决于将军您的当机立断，希望将军您三思而行。

燕将乔职看完鲁仲连的帛信，深为折服，答复鲁仲连说："谨遵先生之命。"便带领聊城燕军回国。

燕国攻克的七十多座城池，全部回归齐国。此时正值春天，春风吹绿了杨柳，春雨唤醒了小草，竹林里到处是毛茸茸的竹笋。众将校认为田单功劳最大，要推举他为齐王。田单说："世子田法章在莒城，我怎么敢为王？"便到莒城去迎接田法章。

公孙田贾亲自为田法章驾车。来到临淄后，田法章先是正式安葬齐闵王，然后选择吉日，祷告祖宗，即位为王，即齐襄王。齐襄王不敢称帝，他对田单说："齐国转危为安，亡而复存，都是您的功劳！您曾住安平，现在封您为安平君。"又拜田贾为亚卿。齐襄王迎娶内史敫的小女儿少敫为夫人。齐襄王即位后，努力忘记昔日齐国的仇恨，用心与各国重叙友好。齐襄王将自己的妹妹少妫嫁于赵惠文王为夫人。

这个时候，孟尝君田文回到薛地，过起诸侯一样的生活，与平原君赵胜、信陵君魏无忌保持着友好往来。齐襄王敬畏田文，派使节接他回来做相国。由于田文曾经劝魏国帮助燕国伐齐，所以无脸再任齐国相国。自此以后，田文往来于齐、魏两国之间，互通友好。田文死后，没有儿子，齐、魏两国平分了薛地。

却说安平君田单受到齐国上下一致尊重，而当时的清高之士竖刁后人刁勃却常常公开数说田单的坏话。他逢人便说："安平君田单是个小人。"田单听说后，特地备了酒菜请刁勃前来。在宴席上，田单问："我有什么地方做错了吗？为什么先生常常跟我过不去？"刁勃说："桀犬吠尧，并不是尧不圣明而是各为其主呀。"田单立即明白了，自己功绩太大，难免会有对立的人，这刁勃是为与自己对立的人效力，不过，刁勃能为对立的人所用，也可以为自己所用。第二天，田单上朝向齐襄王推荐了刁勃，让刁勃当上了大夫。

田单由临淄市场小吏骤升为安平君，便有许多心胸狭窄、嫉妒心强盛的小人设法毁谤他。他们向齐襄王说："安平君田单对待大王，不遵君臣之礼，没有上下之别，他内心是要图谋不轨啊！大王您看他，暗地里交结英雄豪杰，他的阴谋可不小啊！请大王仔细审查。"齐襄王果然中计，当即召田单前来。田单一听齐襄王突然召见，来不及戴帽子，也没有穿鞋子，半露着身子，诚惶诚恐地前去请罪。齐襄王见田单确实如别人所说不注重礼仪，不过内心却是尊重自己，于是不再怀疑。齐襄王向田单说道："田单，你没有罪，你安心做你的安平君，以后注重礼仪就行了！”

刁勃闻听后，当即来到齐国王宫，向齐襄王严肃地奏道：“大王怎么能说出亡国的话来呢？”

齐襄王莫名其妙，立即问道：“寡人怎么说亡国话了？”

刁勃不回答，继续问道：“大王跟周武王相比，怎么样呢？”

齐襄王摇摇头说：“寡人不如。”

刁勃说：“臣就知道大王您不如！那么，大王您跟齐桓公姜小白相比又怎么样呢？”

齐襄王答道：“寡人也不如。”

刁勃说：“臣当然知道大王您不如！要知道，周武王尊姜太公为尚父；齐桓公尊管仲为仲父。现在大王得到了安平君，为何叫他的名字田单？从田氏齐国建立以来，做臣子的功劳，有谁能胜过安平君呢？可是，大王竟然直呼他的名字，说出这种亡国的话来！想当初，大王不能保住自己的国家，是安平君凭着区区即墨之城，带领几千疲惫军士，收复了千里失地，这都是安平君的功劳呀！在那时，如果他自立为王，谁也不能阻止他！可是，安平君完全从道义出发，认为不能这样做，所以扶立大王您。因这，大王您才能返回国都临淄，治理齐国。现在国家已经安定，大王您却直呼安平君的名字田单，就是小孩子也不会这样做的。安平君是不注重外在礼仪，这正说明他内心坦诚呀！安平君举荐了臣这样的人，要知道臣在以前天天说他的坏话呀！大王您应该远离那些是非小人，向安平君道歉。不然的话，齐国前途就危险了。”

齐襄王猛然醒悟，立即驱逐进谗言的小人，对田单以叔父相称，并将万户之地封给了他。

再说燕惠王见骑劫被杀、燕军兵败，才知道乐毅的贤能，后悔派骑劫代替乐毅，致使曾经占领的齐国土地又丢失了，忙派人给乐毅送信——

先王曾以举国之兵托付您，您为燕国大败齐军，报先王之仇，天下人为之震动，寡人也时刻记着您的功绩。可是刚逢先王去世，寡人初立，听信左右猜疑而误国。其实，寡人之所以派骑劫代替您，是因为您经年累月暴露于荒郊野外，怕您太辛苦，所以请您回来调息，并想同您共议国事。而您却误听传言，和寡人产生怨隙，弃燕投赵。您为自己打算，这样做是合适的，可您如何报答先王的知遇之恩呢？

面对燕惠王的无理指责和虚伪粉饰，乐毅心中感慨无限。为了表明自己对燕国先王燕昭王的一片忠心以及与燕昭王的相知相得，驳斥燕惠王对自己的责难，抒发功败垂成的愤慨，乐毅写下了《报燕王书》——

我不够聪明，不能顺应大王您左右的心，害怕犯下斧斫之罪，所以逃奔到赵国。我不对自己的行为进行辩解，默默负起不屑的罪名。现在大王您派使者来数说我的罪行，我怕您身边的人不了解先王之所以容留在下的道理，另外想表达清楚我之所以侍奉先王的真心，所以斗胆用信简回答大王您。

我听说圣贤的君王，不用俸禄私自照顾他的亲属，功劳多的就给他；不将官爵随便给他所喜爱的人，让能力相当的人适得其位。了解手下人的能力而授予适当的官职，是成功的君王。先王抬举在下，在宾客中提拔我，让我成为亚卿，我内心充满感激。我听从先王的命令，举五国之兵攻打燕国的宿敌齐国。凭借上天的眷顾、先王的福气，从而大败万乘兵车的齐国。锐利的燕军长驱直入，不但让燕国报仇雪耻，而且将齐国的珍宝全都收入燕国。

善作者不必善成，善始者不必善终。从前，伍子胥得到吴王阖闾信任，所以使吴王阖闾足迹远涉到楚国新郢都。吴王阖闾之子吴王夫差不认可伍子胥，所以致使吴国惨败。伍子胥没能预见到不同君主有不同度量，因此被赐死。我不想犯伍子胥之错，为避免遭殃，所以来到赵国，这是我的上策啊。虽然来到赵国，但我不会帮助赵国攻打燕国，这是道义。古之君子，交绝不出恶声。我虽然不聪明，但经常受君子的教诲啊！

现今怕大王听信左右臣子的不当言论，不了解我这个被疏远了的人的品行，所以斗胆用信简呈报，请大王明察。

燕惠王看完乐毅的信简，知道了乐毅是吸取伍子胥的历史教训，不为昏主效愚忠，不学冤鬼去屈死，故而出走。燕惠王也知道了乐毅学君子精神，不为赵国图谋燕国，从而打消了对乐毅的担心与偏见。燕惠王封乐毅之子乐闲袭封昌国君封号，用他的弟弟乐乘为将军。乐毅自此往来于两国之间，使两国结为友好，经常互派使节访问。燕、赵两国都对乐毅高看，乐毅最后病死于赵国。

十一　将相和

这时廉颇做赵国将军，有勇有谋，善于用兵。秦兵多次侵犯赵国边境，都赖有廉颇阻挡，难以深入。秦国见此，只得与赵国通好。

赵惠文王宠用内侍缪贤，拜他为寺人令。有一天，一个外地人卖一块玉璧，缪贤喜欢，就用一点儿小钱买了下来。缪贤拿给自己的门客玉工逞看，玉工逞大吃一惊道："这是和氏璧啊！楚国令尹昭阳把它丢失，怀疑被张仪偷走，几乎把他打死，张仪因此才到了秦国。后来昭阳悬赏千金，寻找此璧，但偷去的人始终不敢拿出来。您有福，和氏璧落到了您的手中。这是无价之宝呀！您要用心收藏，千万不要轻易给他人看。"

缪贤问："像你这么说，这块玉的好处是什么？"

玉工逞答道："把这块玉放在黑暗之处，自然发出光亮，不染尘埃，消除邪魅。如果放在座位上，冬天时发暖，可以代替火炉；夏天时发凉，百步以内，蝇蚊都飞不进来。有这些奇异之处，所以说它是无价之宝。"

缪贤按玉工逞所说去试，果然分毫不差。缪贤异常欣喜，将它珍藏在箱子中，并厚赏玉工逞。

多门屋多风，多嘴世多祸。缪贤获得和氏璧的消息泄露，多嘴的人报告给赵惠文王，赵惠文王便向缪贤要和氏璧，缪贤不愿献出。赵惠文王大怒，借他出外打猎的机会，冲进他府中，搜出和氏璧将其拿走。

缪贤闻听，害怕被杀，就想逃走。缪贤的门客蔺相如拉住他的衣服问道："您要去哪儿？"

缪贤答道："投奔燕国。"

蔺相如又问："您怎么知道燕王会收留您？"

缪贤说："以前出使燕国，燕王拉着我的手说：'愿意与您结交。'因此我要去燕国。"

蔺相如摇摇头，劝道："您错了！赵国强大，燕国弱小，而且您又受到赵王宠爱，所以燕王愿意与您结交。这不是对您真好，是想通过您加深与赵国的友谊。现在您得罪了赵王，逃往燕国，燕王会因害怕赵国讨伐，而抓住您向赵王献媚，那时您就危险了。"

缪贤问："那你说怎么办？"

蔺相如说："您也没有什么太大的罪过，只是没有早点献出和氏璧而已。如果您肉袒面缚，前去请罪，大王一定会饶过您。"缪贤听从蔺相如的计策，赵惠文王果然赦免了他。缪贤也因此看重蔺相如，待他为上宾。

再说玉工逞到了秦国，秦昭襄王请他鉴玉，玉工逞感念缪贤对自己厚待、愤恨赵惠文王夺走缪贤的和氏璧，就故意说："天下没有一块玉璧能与和氏璧相比。"

秦昭襄王问："和氏璧在哪儿？"

玉工逞说："在赵王那儿。"

秦昭襄王又问："和氏璧有什么好处？"

玉工逞像从前一样夸赞了一番。秦昭襄王羡慕不已，很想见一见。这时丞相魏冉献计说："大王想见和氏璧，不妨用十五座城交换。"

秦昭襄王惊叫道："十五座城是寡人爱惜的，为什么去换一块和氏璧呢？"

魏冉奸笑着说："用城交换只是名义而已，大王为何担心会失去十五座城呢？"秦昭襄王明白魏冉的意思，很是兴奋，立即写信给赵惠文王。

赵惠文王收到信简，召来众臣商议。有的说给，如果不给就会招来战祸；有的说不能给，因为秦国常常不讲信义。七嘴八舌，难以决断。这时，有臣说：“何不派一位有勇有谋的人带着和氏璧前去，如果得到十五座城就把和氏璧给他们，否则就带回来。”说一说容易，但办起来不容易，赵惠文王明白这个道理。一时别无良计，赵惠文王只好问道：“这样做，倒是两全其美，哪位愿意前去呢？”众臣都低头不语，心里明白秦国残暴，稍有不慎就只能魂归赵国了。沉默了片刻，寺人令缪贤上前奏道：“臣有位门客叫蔺相如，智勇双全，可以充当此任。”

赵惠文王让缪贤把蔺相如召来。蔺相如拜见后，赵惠文王问道：“秦王要用十五座城换取寡人的和氏璧，先生认为可以答应吗？”

蔺相如答道：“秦国强大，赵国弱小，不能不答应。”

赵惠文王又问：“倘若和氏璧被拿去，十五座城却得不到，那该怎么办？”

蔺相如答道：“秦国用十五座城换和氏璧，条件够优厚的了，如果赵国不答应，赵国理屈；赵国不等十五座城到手就献上和氏璧，礼节上够恭敬的了，如果秦国不给十五座城，秦国理屈。”

赵惠文王说：“寡人想找一个人出使秦国，保护和氏璧，先生能去一趟吗？”

蔺相如答道：“如果大王真的没有合适的人，我愿意带着和氏璧前往。如果十五座城归赵国，我就把和氏璧留在秦国，否则的话，我一定完璧归赵。”

赵惠文王十分高兴，立即拜蔺相如为大夫，把和氏璧交给他。

蔺相如带着和氏璧前去秦都咸阳。

秦昭襄王听说和氏璧到了，十分高兴，大集群臣，召蔺相如入见。蔺相如只用锦缎包裹和氏璧，双手捧着，献给秦昭襄王。秦昭襄王打开观看，只见和氏璧洁白无瑕，微光闪烁，真是稀世珍宝。秦昭襄王欣赏许久，口中赞叹不已，又交左右群臣传看，众人看完，无不称奇。

蔺相如站在一旁，很久听不到给十五座城的话，心生一计，上前说道：“和氏璧上有一点儿微瑕，请让我为大王指出来。”秦昭襄王忙让左右的人把和氏璧递给蔺相如。蔺相如把和氏璧拿到手，连退几步，靠在殿中的石柱上，睁大双眼，厉声说道：“和氏璧是天下至宝，如今大王想得到它，便给赵国写了信。我国大王见信后把群臣召来商议，大家都说：‘秦国自负强大，毫无凭证索取和氏璧，恐怕和氏璧到了秦国，十五座城却得不到，不如回绝。’我却认为：‘布衣之交，相互间还讲信用，何况是万乘大国的君主呢？为什么用小人之心看待别人，因而得罪秦国大王呢？’听了我的话后，我国大王吃了五天斋，然后派我来奉送和氏璧，可谓对大王的恭敬达到了极点了。今天大王会见我，十分倨傲，坐着接受和氏璧，还让左右众臣传看，毫无诚心。我因此知道大王没有交换十五座城的意思，所以又把和氏璧拿到手。大王如果逼迫我，我的头就会与和氏璧一同撞碎在柱子上，宁死也不让秦国得到和氏璧。”说完举起和氏璧看着石柱，做出要撞的样子。秦昭襄王爱惜和氏璧，唯恐和氏璧被撞碎，连忙道歉说：“你不要这样！寡人怎么敢失信于赵国呢？”马上叫人拿出版图，秦昭襄王指着版图从某处到某处，共十五座城给赵国。蔺相如心中暗暗道：“这是秦王虚晃一招要取和氏璧，并非真情。”就对秦昭襄王说：“我们大王不敢因为爱这稀世之宝而得罪大王，所以临派我出来时，斋戒五天，把群臣都叫来，向和氏璧拜辞。如今大王也应该斋戒五天，准备礼仪，我才能献上和氏璧。”秦昭襄王也答应了，传命斋戒五天，先送蔺相如到馆舍中休息。

蔺相如抱着和氏璧来到馆舍，内心道：“我曾经在赵王面前夸下海口，如果得不到十五座城，一定完璧归赵。如今秦王虽然斋戒，倘若拿到和氏璧后仍然不给十五座城，我有什么脸面回去见赵王？”思考再三，就命随从穿着粗布衣服，装成穷人模样，用布袋把和氏璧缠在腰间，从小路上偷偷逃走。

随从回到赵国，报告赵惠文王：“蔺相如担心秦国欺骗赵国，所以派在下把和氏璧带给大王。蔺相如说在秦国承担罪责，宁死不辱使命。”赵惠文王感叹道：“蔺相如言而有信，视死如归，不负寡人之望，真乃忠臣、良臣也。”

再说秦昭襄王假说斋戒，实际上并没有实行。过了五天，上朝陈设礼仪，召蔺相如前来。蔺相如从容不迫，缓步上前。拜见过后，秦昭襄王见蔺相如手中空空如也，便说道：“寡人已经斋戒五天，恭敬地接受和氏璧，如今你不带和氏璧前来，是什么原因？”

蔺相如镇定地说：“秦国自从秦穆公以来，共有二十位君主，君臣都擅长欺骗之术。往远说，有杞子欺骗郑国，百里奚欺骗西戎；往近说，有卫鞅欺骗魏国，张仪欺骗楚国。往事历历在目，令人感慨万千呀。我如今担心被大王欺骗，有负我国大王，已经让随从带着和氏璧从小道回赵国了。请大王恕罪！”

秦昭襄王勃然大怒道：“你说寡人不恭敬，寡人为此斋戒五天，但你却把和氏璧送回赵国。这明明是欺负秦国！”秦昭襄王令左右的人把蔺相如捆起来。

蔺相如面不改色道：“请大王暂息雷霆之怒，听我说一句话。如今秦国强大，赵国弱小，只有秦国负赵国的事情，不会有赵国负秦国的道理。大王如果真的要得和氏璧，请先割十五座城池给赵国。然后派一个使节，同我一同去赵国取和氏璧，难道赵国敢不讲信用、得罪大王吗？我自知有欺骗大王的罪行，已经不指望活着回去了。请大王您用鼎釜把我烹死吧。”

秦昭襄王与群臣面面相觑，一句话也说不出来。此时，武士要将蔺相如绑走，秦昭襄王喝住道：“即使杀了他，也不能得到和氏璧，还白白让寡人背负不义的名声，断绝了秦、赵的友谊。”便厚厚款待蔺相如，以礼相送他回国。

此后，秦国不给赵国十五座城，赵国也没有给秦国和氏璧，但秦昭襄王心中始终对赵国耿耿于怀。

某日，秦昭襄王派使节约赵惠文王在渑池相会，共定和约。赵惠文王说：“秦国以会盟为名欺骗楚怀王，把他囚禁在咸阳，至今楚人还伤心不已。现在又来约寡人相会，难道不会像对楚怀王那样对待寡人吗？”

廉颇奏道：“大王如果不去，就是向秦国示弱。”

蔺相如也是血性之人，上前奏道：“臣愿意保护大王前往赴会。”

赵惠文王高兴地说道：“蔺相如连和氏璧都能带回来，何况是寡人了？”

平原君赵胜奏道：“从前宋襄公单车赴会，被楚成王劫持。宋襄公的教训，不可不汲取。如果大王前去赴约，除了蔺相如陪伴外，还要选出五千名精锐军士做护从，以防万一，另外还要让赵国大军在三十里之外屯扎。”赵惠文王一一答应。

廉颇送到边境上，对赵惠文王奏道："大王身入秦国，世事难以预料！现今和大王约定，以三十天为限。如果大王过期不回，请像当年楚国那样，立世子赵丹为王，以断绝秦人蛇蝎之心。"赵惠文王点头答应。

到了会盟之期，秦昭襄王、赵惠文王在渑池以礼相见，设宴畅饮。酒到半酣，秦昭襄王说："寡人私下里听说赵王喜欢音乐，请赵王弹奏一曲吧。"赵惠文王脸上发热，不敢拒绝，只好演奏了一曲，秦昭襄王连声叫好。秦国内史归走上前来写道："秦王与赵王会饮，令赵王鼓瑟。"蔺相如见风头不对，便走上前说："赵王听说秦王擅长演奏秦乐，现献上盆缶，请大王演奏，彼此互相娱乐。"秦昭襄王大怒，脸上变了颜色，一句话也不说。蔺相如捧着盆缶，跪在秦昭襄王面前，秦昭襄王仍不肯。蔺相如说："大王依仗秦国的强大吗？如今五步之内，我可以把我的血溅在大王身上！"秦昭襄王左右内侍说："不得无礼！"要上前抓他。蔺相如睁大眼睛，大喝一声，发须都竖了起来。内侍十分害怕，不由自主地倒退了几步。秦昭襄王内心本不愿弹，但害怕蔺相如，只得勉强敲了一下。蔺相如立即站起来，叫赵国内史里记载在竹简上："赵王与秦王在渑池相会，秦王为赵王击缶。"秦国众臣心中不平，立在席前对赵惠文王说："今天赵王光顾秦国，请割送十五座城为秦王祝福！"蔺相如也对秦昭襄王说："礼尚往来，请秦国把咸阳城献出来为赵王祝福！"秦昭襄王见宴会陷入僵局，忙打圆场说："寡人和赵王彼此友好，你们不要多说！"忙令左右倒酒，假装尽欢而散。

闻听赵军在附近埋伏、赵人准备充分，秦昭襄王便不得不对赵惠文王以礼相待。相处数日，赵惠文王辞别秦昭襄王回国，加上行程前后不到三十天。赵惠文王对赵国众臣感叹道："寡人得到蔺相如，就像泰山一样安稳。"便拜蔺相如为上卿，位于廉颇之上。

廉颇怒道："我有攻城略地、身经百战的大功，蔺相如只有耍嘴皮子的本事，官职却在我之上。他原本是个内侍的门客，出身低贱，我怎么会甘心在他下面呢？如果再见着，我一定杀死他。"蔺相如听到了廉颇的话，每到上朝时，就托病不去，避免和廉颇见面。

一天，蔺相如外出，廉颇也外出。蔺相如远远看见廉颇的车，忙让车夫把车赶往小路上躲避，等廉颇的车过去后才出来。蔺相如门客不满地道："我们离开父母兄弟，前来侍奉您，是因为仰慕您的高尚。现在您位居廉颇之上，廉颇仅仅散布一些恶语，您就怕他、躲着他，这太让人看不起了。平庸百姓尚且感到羞耻，更何况您是上卿呢？我们实在没有才能，请允许我们告辞离开吧！"

蔺相如坚决挽留他们，向他们说："廉颇与秦王相比，哪个厉害？"

门客答道："廉颇不如秦王厉害。"

蔺相如说："凭秦王那样的威风，我蔺相如敢在秦国朝堂上呵斥他、侮辱他。我虽然才能低下，难道偏偏害怕廉颇吗？但是我想到一个问题，就是强秦之所以不敢轻易侵犯赵国，是因为有我们两个人存在啊！如果两虎相斗，必有一伤。秦人知道了，一定乘机侵伐赵国。我之所以隐忍着躲避廉颇，是以国家大计为重、私仇为轻啊！"门客们都感叹佩服。

蔺相如的话传到廉颇耳朵里，廉颇羞愧得抬不起头。他负荆请罪，来到蔺相如府道歉道："我胸怀狭隘，不知上卿您如此宽容，我就是死，也难赎回我的罪过呀！"

蔺相如连忙去掉廉颇背着的荆条，将他扶到上座，向他说道："我们两人并肩侍奉赵王，同为赵国大臣，将军能原谅我，我感到十分荣幸了，怎么能说道歉的话呢？"

廉颇说："我性情粗暴，恶语待您，深感惭愧，无地自容！"说着流下了眼泪，蔺相如也掉下了眼泪。

廉颇说："从今起，愿意与您结为刎颈之交，就是砍掉脑袋也不变心！"二人互相下拜，尽欢而散。

此时赵国人才济济。赵国小吏赵奢，与赵王同宗，负责收租税，执法无私。平原君赵胜府不肯出租，赵奢依法处置，杀死赵胜府主事门客九人。赵胜发怒，要杀赵奢，赵奢说道："您是赵国的尊贵公子，却纵容您府主事门客不奉行公事。如此的话，国法就会削弱；国法削弱了，国家就会衰弱；国家衰弱了，各国就会进兵侵犯；各国进兵侵犯，赵国就不能存在。到了那时，您还怎么保持现在的富贵？像您这样地位高贵的人，如能奉公守法，那么全国上下就会公平合理；上下公平合理，国家就会强盛；国家强盛，赵国统治就巩固了。您作为赵王的亲族，难道会被天下人轻视吗？”赵胜听了这番话，便觉得赵奢是贤能之人，不但不杀，反而向赵惠文王举荐他。赵奢被任命为大夫，负责治理全国赋税。赵奢上任后，赵国赋税公平合理，从而百姓富裕、国库充实。

赵国将相团结、人才济济，秦国便一时不敢侵犯，而将兵威触向了楚国。悠悠岁月无数事，三言两语几笔过。此时，秦国白起率军打败了楚军，攻占了楚国新郢都，秦国将其设置为南郡。楚顷襄王败走，跑到宛丘，这儿原是被灭亡的陈国都城，楚顷襄王就在这儿立都。秦国丞相魏冉又率兵攻占了楚国黔中，这是秦国曾经梦寐以求的地方，秦国将其设置为黔中郡。楚国一步步衰弱，无奈之下，让左徒黄歇侍奉世子芈完去秦国做人质求和。打完楚国，秦将白起率军进攻魏国，直攻到大梁城下。魏国急忙遣使向韩国求救，韩国派将军暴鸢率军迎战，结果大败，被斩首四万多人，魏国只得献出三座城池求和。秦昭襄王为表彰白起的功劳，封其为武安君。未过几月，秦国客卿胡伤又率兵攻打魏国，打败魏将芒卯。稍事休息，秦国又派胡伤率兵二十万攻伐韩国，兵围阏于。

韩釐王派使节紧急向赵国求救。赵惠文王聚集群臣商议说：“韩国是否能救？”蔺相如、廉颇都说：“阏于道路狭窄险要，难以救援。”平原君赵胜说：“韩国、魏国与我们唇齿相依，如果不救，秦兵得胜后就该进攻赵国了！”赵奢在一旁沉默不语。赵惠文王问他，赵奢答道：“两鼠斗于穴中，勇者胜。”闻听赵奢此言，赵惠文王甚是高兴，当即命赵奢为将军，率军前往解韩国阏于之围。

赵奢率军出征，离开邯郸才三十里，就打探到秦军已经做好准备，以防赵军救援。赵奢命令大军就地安营扎寨，故意做出怯战的姿态，驻扎一个月没走，每天只是派人增高壁垒，用以自卫。

秦国胡伤听说赵军来救，但却迟迟不见兵来，忙派人探听，回报说：“赵奢率军来救，不过，出了邯郸城三十里，就安营扎寨，再不前进了。”胡伤有些不解，便派使者去赵营中，询问赵奢：“秦国进攻阏于，早晚就要攻下！将军要打，就请快点进兵！”赵奢笑着说道：“我们大王因为邻国危急，就派我防备，我怎敢和秦军交战呢？”

备下酒食，款待秦军使者。秦军使者回报胡伤，胡伤十分高兴，向部下说道:“赵军离开都城才三十里就再也不敢前进了，只是每天增高壁垒。由此可见，赵军不可能前来阏于。阏于城一定会被我们攻破。”于是不再防御赵兵，专心攻打阏于。

赵奢打发秦军使者离开三日后，估计他已到了胡伤所率的秦军中，便挑选出五万名能征惯战的骑兵，昼夜兼行，两天就赶到韩国阏于。秦军没有一点儿防备。此时正值夜晚，赵奢命大军稍事休息。第二天天亮，赵奢率军杀向秦营。胡伤闻听鼓声大作，不知何故，慌忙传令出兵迎敌。还未组成队形，赵国骑兵就如同洪水猛兽，一齐冲来。赵军乱箭齐发，喊声如雷，秦军不能抵挡，大败而逃，胡伤差点儿被赵军活捉。赵奢追赶五十里，秦军不能扎寨，只得向西败回国内，阏于包围解除。

且说胡伤回到咸阳，向秦昭襄王奏道:“这次之所以战败，轻敌固然是一个原因，但赵国实行胡服骑射后，赵国骑兵灵活、快速，擅长突袭，从而导致秦军失败。”秦昭襄王始觉骑兵的威力，自此开始重视骑兵，组建了大规模的秦国骑兵。

韩釐王犒劳赵军，写信感谢赵惠文王。赵惠文王封赵奢为马服君。赵奢之子赵括，形体翩翩，矫健多力，自幼喜欢谈论兵法，赵奢也不能驳倒他。

赵括母亲高兴地说:“有这样的儿子，可以说将门出虎子了！”

赵奢忧伤地说:“赵括不能当将军。赵王不用赵括，是社稷洪福。”

赵括母亲说:“赵括谈论用兵之道，天下莫及，你却说他不能做将军，这是什么缘故？”

赵奢说:“赵括自以为天下莫及，这就是他不能当将军的道理。用兵打仗，是生死存亡的大事，战战兢兢，博采众长，还怕遗忘什么，而赵括却大言无忌。如果有了兵权，一定刚愎自用，好的谋略计策都听不进去，因此必败无疑！”

母亲把这些话转告赵括，赵括说:“父亲年纪老了，胆子越来越小，才会说出这种话。”

两年后，赵奢病重，对赵括说:“兵凶战危，这是古人所告诫的。

你父为将数年，今日才不用担心失败的耻辱，死也瞑目了。你不是将军之才，切记不可妄自为将，败坏家门。”又嘱咐赵括母亲说:“他日赵王召赵括为将，你一定详细述说我的临终遗言。丧师辱国，这不是小事！”说完就死去了。

赵惠文王感念赵奢的功劳，让赵括继承马服君的封号。

第三篇

统一六国

物有自然，事有合离。

有近而不可见，有远而可知。

近而不可见者，不察其辞也。

远而可知者，反往以验来也。

在魏国国都大梁城中，有个叫范雎的人。他在读到《鬼谷子》一书的这几句话时，便知天下的形势了。“事有合离”分明是说合久必分，分久必合，这是自然之道。如果用心去把握“远”和“近”，去见微知著、探寻规律，便能成就统一大业。自此，范雎立下安邦定国之志，用心钻研谈天说地之才，掌握纵横捭阖之术。范雎想为魏国做事，因为家贫，没有人引见，就先投奔大夫须贾，在其手下做门客。

当初，东帝（齐闵王）昏庸无道，乐毅纠合各国兵马，一同伐齐，魏国也派兵参加。等到田单大破燕军，恢复齐国，魏国又怕齐国报复。此时魏昭王已亡，其子魏圉继位，即魏安釐王。他同相国魏齐商量，派须贾去齐国讲和修好。须贾带着范雎同行。

一　范雎的磨难

齐襄王向须贾问道："从前，齐国与魏国共同讨伐宋国，可谓同心协力。等到燕国侵略齐国，魏国竟也派兵参加。魏国反复无常，寡人怎么能够相信呢？"

须贾不能回答。范雎在一旁说："大王的话说错了！魏国跟随齐国征伐宋国，本来约好三国共同分割宋国，但贵国却背弃了合约，不但把宋国的土地独吞，还侵略我国，这是齐国对我们失信失义！诸侯们气愤齐闵王骄暴称帝，因此跟随燕国伐齐。五国同仇敌忾，难道单单是魏国吗？但是魏国适可而止，不随燕国进攻临淄，这是以礼对待齐国。如今大王英武盖世，一定可以重振齐国雄风，掩盖齐闵王的过失，创建无穷的功德，所以魏国派遣我们来恢复与齐国的友好。如今大王只知道责怪别人，自己不知道反思，恐怕还会重蹈齐闵王的覆辙。"

齐襄王听后惊讶，站起来道歉说："你说得对呀，寡人虑事不周！"又问须贾："这位是什么人？"

须贾说："这位是我的门客范雎。"齐襄王注视了范雎很久，有了留下范雎做齐国臣子的想法。

须贾、范雎回到馆舍后，齐襄王派人私下对范雎说："我们大王羡慕先生的才能，想把先生留在齐国做客卿，希望您不要推辞。"

范雎回绝说："我与魏国大夫须贾一同出使到贵国，如果不一同回去，必是无信无义，以后还怎样做人？"

齐襄王听取回报，更加敬重范雎，又派人送给他黄金十镒还有牛肉、美酒，范雎推辞不要。使者再三说明是齐襄王的命令，范雎不得已，便接受了牛肉和美酒，把黄金退了回去。

多门屋多风，多嘴世多祸。有人把此事告诉了须贾，须贾叫来范雎问道："齐王派人来干什么？"

范雎说："齐王赐给我黄金十镒和牛肉、美酒，我不敢接受。再三推辞，便只留下了牛肉和美酒。"

须贾问道："为什么赐给你这些礼物？"

范雎答道："我不知道。或许是因为我在大夫的身边，所以对大夫恭敬而旁及到我身上。"

须贾说："没赐给我礼物却单单给你，一定是你与齐国有私情。"

范雎说："开始齐王曾派使者，要留下我做客卿，我已严词拒绝。我用我的信义发誓，怎么敢有私情呢？"须贾并不相信，疑心更重。

完成使命后，须贾和范雎一同回国。须贾对相国魏齐说："齐王要留下我的门客范雎为客卿，又赐给他黄金、牛肉、美酒，我怀疑他把我们魏国的秘密泄露给了齐王，所以齐王才赐给他礼物。"魏齐非常愤怒，派人把范雎抓来审问。

范雎来到后，跪在台阶下面。魏齐厉声问道："你把魏国的秘密告诉齐王了吗？"

范雎说："我怎么敢这样做！"

魏齐又问："如果你与齐王没有私情，他怎么要留下你重用？"

范雎答道："要留我的事是有的，但是我没有答应。"

魏齐说："那么黄金、牛肉、美酒的赏赐，你为什么又接受了？"

范雎说："齐人强迫我留下，我怕违背齐王的好意，勉强把牛肉、美酒收下。黄金十镒，确实不敢也没有接受。"

魏齐勃然怒道："卖国贼！还敢多言！就是牛肉、美酒的赏赐，难道就没有原因吗？"于是，便叫武士把他捆起来，打他一百杖，逼他招供私通齐国的罪行。

被打得血淋淋的范雎继续分辩说："我确实没有卖国，招供什么？"

魏齐更加恼怒，大声喝道："替我打死这个奴才，免得留下祸根！”武士便用鞭子、竹板乱打一通。范雎遍体鳞伤，鲜血满地，昏死过去。

须贾见相国魏齐盛怒，不敢劝阻，直到此时才说：“范雎断气了。”

魏齐走下来看，只见范雎骨头也断了，牙齿也掉了，体无完肤，直挺挺地躺在血泊中，一动也不动，便指着他骂道：“卖国贼死得好！给后人敲响警钟！”便令武士用苇席把他卷起来，扔在厕所中。

魏齐命人摆酒，与众人痛饮。为了告诫大家，魏齐叫众人把屎尿都拉在范雎身上，众人皆心惊肉跳。

转眼天色将晚，范雎命不该绝，醒了过来，轻轻叹息一声。范雎从苇席中睁眼偷看，只有一个武士在旁。看守武士听见声音，忙过来查看。范雎说：“我受了这样重的伤，虽然一时苏醒，但决不会活了。如果你能让我死在家中，我会向你表示感谢的。”看守武士既同情范雎又贪图钱财，就说：“你仍然装死，我进去请示相国。”

这时魏齐与众人都已大醉，看守武士说：“厕所间的死人腥臭难闻，应该扔出去。”众人都说：“范雎虽然有罪，但相国的处分也够了。”

魏齐说：“把他扔到郊外，让黄鹰饱食他的肉吧。”说完，宴席就散了，魏齐回到卧室酣睡。

看守武士等到夜深人静，便偷偷把范雎背回他家中。范雎妻儿相见，自有一番痛苦。范雎让取出家中仅有的二百枚魏国铲币作为谢礼送给看守武士，又拿掉苇席交给看守武士，让他扔到野外，掩人耳目。武士走了后，妻儿把范雎的伤口洗净包扎好，送上饭菜。范雎慢慢对妻子说：“魏齐恨我至极，虽然知道我死了，但还会有疑心，我之所以能从厕所中逃回，是乘他酒醉之时。明天他找不到我的尸体，一定会来我们家中，那时我就不能活了。我有个好兄弟叫郑安平，在西门旁的陋巷中，你连夜把我的遭遇告诉他。他知道后，会来救我。等一个月后，我伤好了，就逃命他乡。我走后，家中就发丧，像我真死一样，以断绝他们的疑心。”他妻子依照他的话，先去通知郑安平。郑安平立即来到范雎家看望，把范雎背走了。

第二天，魏齐果然担心范雎没有死，派人去查看他的尸体。看守武士回来报告：“昨晚扔在野外无人的地方，现在只剩下苇席还在，想必不是被黄鹰就是被野狗叼走了。”魏齐又叫人去他家查看，只见他家举哀戴孝，这才放心。

再说范雎在郑安平家上药养伤，身体渐渐好了。郑安平便和他一起藏在山中。范雎改名叫张禄，山中的人都不知道他是范雎。

半年以后，秦昭襄王派大夫王稽出使魏国。此时的秦国，国势日益强盛。秦国自秦穆公与伯乐交谈后，就一直推行招贤政策。后来的秦孝公，更是向天下颁布了求贤令。秦国规定，荐贤者与之同赏，举不肖者与之同罪。因此，秦国有识之士，都随时留意、访求人才。

郑安平听说秦国使节来到魏国，认为时机已到，便装扮成舍吏，服侍王稽。因为应对敏捷，王稽很喜欢他，私下里问他："魏国是否有贤人，愿与我一起归秦？"

郑安平喜出望外，忙答道："我乡里有个张禄先生，想要拜访使节您，论述天下兴亡之事。只是有仇家在此，不敢白日造访。"

王稽也不介意，连忙道："白日不便，可在夜里来见。"

当天夜里，郑安平让张禄扮作家仆模样，悄悄来到馆舍，拜见王稽。两人就座，促膝畅谈天下大势，张禄指点江山，如在目前。未等张禄把话说尽，王稽已确定他是个少有的贤才，便与他相约道："我归国之日，先生可在大梁三亭岗之南等候。"约罢而散。

几天后，王稽完成使命，辞别魏安鳌王和群臣，驱车回国。行至三亭岗南面时，忽见林中钻出两个人，正是张禄和郑安平。王稽大喜，用车载着他们，西驰而去。

两天后，就过了函谷关，来到秦国境内。只见对面尘土飞起，一群车马从西面驰来。张禄是个有心人，见状忙问："来人是谁？"王稽看了一看说："这是丞相魏冉巡察东面郡邑。"张禄虽然身处陋室，但却始终关注时局动态，对秦国政局多有了解。眼前的魏冉把持朝政，作威作福，权位已经登峰造极、炙手可热。秦昭襄王虽然不满，但心里畏惧秦宣太后，只好听之任之。张禄说："我听说魏冉专掌秦国大权，妒贤嫉能，讨厌各国宾客。我与他见面，恐受其辱，我且藏匿于车厢中，免生意外。"

一会儿，魏冉赶到，王稽下车迎接参见。魏冉也下车相见，慰劳说："你为国辛劳了！"二人立在车前，叙说寒暖。

魏冉问："函谷关东近来有什么事吗？"

王稽鞠躬答道："没有。"

魏冉看着车厢，又问道："你有没有带着列国宾客一同前来？这帮人倚仗嘴皮子功夫游说各国，获取功名富贵，一点儿实用也没有！"

王稽答道："我不敢带这种人。"

魏冉走后，张禄从车厢中出来，跳下车快走。王稽说："丞相已经走了，先生可以一同坐车。"

张禄说："我偷看魏冉的相貌，见他性情多疑、反应迟钝。刚才看车中，他已经有所怀疑。虽然一时没有搜查，但很快就会后悔，必定再回来，我不如躲避一下。"便同郑安平一起先走。王稽车马在后面跟着。

大约走了十里远近，果然背后马铃声响，二十骑人马飞驰赶来，追上王稽车仗说："我们奉丞相命令，担心大夫带有游说之客，所以又来查看，大夫不要怪罪！"在车中搜索一遍，见没有外人，才转身离去。王稽叹道："张禄先生真是个智士，我远远不及！"便命令打马飞驰，走了五六里，遇见张禄、郑安平二人，邀请他们上车，一同回到咸阳。

咸阳城中，秦王宫殿巍峨。一位魏国说客正在劝说秦昭襄王："计策有好有坏，如果秦国进攻魏国就不是好的计策。魏国，位于崤山以东各国的中间地带，如同一条蛇。击蛇尾，蛇首必定相救；击蛇首，蛇尾必定相救；攻击蛇身，首尾皆相救。如今的魏国就是天下的中心啊。秦一旦攻魏，天下都来相救。崤山以东各国联合起来，势力增强，是秦国最担忧的事情。当前，秦国势强，如果想扩张领土，不如去进攻南方。其兵弱，天下不能救。"说客滔滔不绝，秦昭襄王越听越烦，他心里自言自语道："黑夜之中行走的人大声叫喝，不是自身力强，而是内心胆怯。这个魏国说客如同夜行之人，因为担心自己的祖国被秦国攻伐，故意夸大魏国形势，误导秦国，嫁祸于南方的楚国。"秦昭襄王摆了摆手，不想再听下去了，这名魏国说客知趣地退下。

此时，归国的王稽向秦昭襄王复命。汇报完毕后，王稽奏道："魏国有一个张禄先生，智谋出众，天下奇才。他对秦国见识非凡，所以臣把他带回来了。"秦昭襄王正对刚才的魏国说客心烦，一听说又是魏国的人才，连想也没想就说道："说客往往喜欢夸大其辞，先让他住在客舍中，听候召见吧。"

时光如箭，日月如梭。转眼之间，张禄在客舍中住了一年，也没有被秦昭襄王召见。

一日，张禄在外行走，见丞相魏冉征兵，私下里便问行人："丞相征兵，要征伐哪国？"

一位老人答道："要伐齐国纲寿。"

张禄问："齐国有兵犯境吗？"

老人答道："没有。"

张禄问："秦国与齐国东西隔绝，中间有韩、魏、赵等国，而且齐军没有侵犯秦国，秦国为什么长途跋涉征伐齐国呢？"

老人把张禄带到无人的地方说："征伐齐国并不是秦王的意思。因为陶山是丞相的封邑，而纲寿离陶山很近，所以丞相令武安君白起为将军，攻占那里，是想增加自己的封地。"

张禄回到客舍中，便给秦昭襄王写了一封信简，大意说："客居在秦国的张禄，冒着死罪，上书秦王。我听说英明的君王主持国政，有功的人获赏，有才的人做官，功劳大的人俸禄多，才能高的人爵位尊，所以没有才能的人不敢滥竽充数，有才能的人也不会被遗弃。如今我在客舍等待大王召见已经一年了。如果大王认为我有用，请百忙之中抽出点时间，听听我的看法；如果认为我没用，还留我在这里干什么呢？说什么在我，听不听却在大王。我如果说得不对，杀我也不晚。"

秦昭襄王已经把张禄忘了，看到信简后，就命人去叫张禄来离宫相见。

张禄望见秦昭襄王的车马前来，就假装不知，故意跑入巷子中。内侍追上他说："大王来了。"

张禄故意说："秦国只有宣太后和丞相魏冉，哪里有秦王？"仍然往前走。

正争吵时，秦昭襄王赶来，问内侍："为什么与客人争论？"内侍把张禄的话复述了一遍。秦昭襄王内心一震，但他表面平静，把张禄召入离宫中。

秦昭襄王不是糊涂人，他心里清楚，张禄如此做，肯定是有一片赤心和非凡的智谋，便用招待贵宾的礼节对待他。

秦昭襄王让左右人退下，跪在地上问道："先生有什么话教导寡人吗？"张禄答道："啊，啊！"一会儿，秦昭襄王又跪地请求，张禄又答道："啊，啊！"如此三次。

秦昭襄王说："先生不肯教导寡人，难道认为寡人不配听从您的教导？"

张禄答道："不是这样。从前姜太公在渭水边钓鱼，得遇周文王，用其计谋，天下归周。比干，身为王亲国戚，为商朝前途着想，极力劝谏，但商纣王不听，自己遭到诛杀，最后商朝灭亡。我只是客居秦国的外人，处在最疏远的位置。我想要说的，是关系秦国兴亡的大计，关系到大王的骨肉至亲。不深说，对大王您没有用；想深说，又恐怕比干的大祸到了，所以大王三次问我，我都不敢回答。之所以不敢回答，是不知大王能否信任我。"

秦昭襄王又跪着说："先生说的是什么话啊！寡人仰慕先生的才能和赤心，所以才让左右人退下，专心听从您的教导。凡事先生都可以说，上至宣太后，下至重臣，愿先生言无不尽。"秦昭襄王这句话，是因为刚才张禄与内侍的对话，说到了秦昭襄王的心病，所以他要真心请教一番。

张禄开始还担心交浅言深惹出祸端，现在见秦昭襄王如此诚意，就上前说道："大王让我知无不言，这是我的愿望！"

二人互相拜礼后，张禄坐下说："秦国土地险要，任何一个国家都比不上。兵马的强大，也是天下无敌，但是兼并天下的计划一直不能实现，称霸天下的业绩也不能成功，难道不是秦国的策略不对吗？"

秦昭襄王侧着身子问道："请说说策略错在哪里？"

张禄答道："我听说魏冉要跨越韩、魏、赵等国去进攻齐国，这条策略太愚蠢了。齐国离秦国那么远，又有韩、魏、赵等国在中间，大王少派兵马，构不成对齐国的威胁；如果多派兵马，就会对秦国产生危害。从前魏国越过赵国讨伐中山国，就是攻占了土地，也被赵国所有。为什么呢？是因为中山国离赵国近而离魏国远。如今征伐齐国不胜，是秦国的耻辱。如果攻克了齐国部分土地，也是白白帮助韩、魏、赵等国，这对秦国有什么好处？大王不如远交近攻。与远的国家交好取得支持，对近的国家施以征伐以增加秦国土地。从近到远，就像蚕吃桑叶一样。这样下去，天下不用几年，就会被秦国占有。”

秦昭襄王十分欣喜，又问：“远交近攻，具体说是什么呢？”

张禄答道：“远交齐国和楚国，近攻韩国与魏国，再图赵国和燕国。如果得到了韩国与魏国，其他国家还能存在吗？”

秦昭襄王鼓掌叫好，当下就拜张禄为客卿，并立即制止魏冉、白起前去伐齐。

魏冉与白起，一个是丞相，一个是将军，今见张禄突然得宠，都很不高兴。但秦昭襄王对他深信不疑，宠爱一天胜于一天，常常半夜召他入宫商议事情，言无不听，计无不从。

张禄知道秦昭襄王已经信任自己，请秦昭襄王屏退左右，然后谏道：“臣蒙大王信任，让臣与大王共谋国家大事，即使粉身碎骨，也难酬大王知遇深恩。虽然如此，臣安定秦国的计谋，还没有全都告诉大王。”

秦昭襄王真诚地问道：“寡人把国家托付给你，你有安定秦国的计策，不在此时教导寡人，还等什么呢？”

张禄说：“臣从前到齐国时，听说齐国曾经只有孟尝君田文，没有齐王；臣在魏国时，听说秦国只有宣太后、丞相魏冉、华阳君芈戎、高陵君嬴悝、泾阳君嬴芾，没有秦王。控制国家的称为王，生、杀、予、夺，别人都不敢擅自决定。如今宣太后恃仗国母之位，擅权行事几十年。魏冉独自为秦国丞相，华阳君芈戎辅佐，泾阳君嬴芾、高陵君嬴悝各立门户，生杀自由，私人富有远远超过国库数倍。宣太后与‘四贵’咄咄逼人，大王您不是太危险了吗？往昔崔杼专权齐国，最终杀了齐庄公；李兑专权赵国，害死了赵主父。现在魏冉里面仗着宣太后的势力，外面窃取大王的威名，用兵，诸侯就害怕；休战，列国都感恩。他还在大王的左右布置耳目心腹，臣见大王一个人孤立朝中已经不是一天了。恐怕大王千秋万岁之后，占有秦国的就不是大王的子孙了！”

秦昭襄王听后，不觉毛骨悚然，再次拜谢说：“你今日所说的，都是肺腑之言，寡人真恨没有早些听到。”

第二天，秦昭襄王收回魏冉的相印，让他回到封邑去。魏冉装运家财的马车，用了一千多辆，许多奇珍异宝，都是秦国国库中所没有的。过了十天，秦昭襄王又把华阳君芈戎、泾阳君嬴芾、高陵君嬴悝赶到函谷关外，把秦宣太后安置在深宫中，不许她再干预政事。

却说义渠首领甘烈被秦宣太后召至秦国后，一直居住在咸阳，二人淫乱，生有二子。按张禄的主意，秦昭襄王将义渠首领甘烈及其二子杀死在咸阳，接着发兵攻打义渠，义渠国亡，领土并入秦国。自此，秦国暂时没有了西北外患，秦昭襄王的权力也名至实归。

秦昭襄王立长子嬴柱为世子，号安国君。秦昭襄王拜张禄为丞相。秦国人都以为丞相是张禄，没有人知道张禄就是范雎。只有郑安平知道，张禄告诉他不要泄漏真情，郑安平也不敢说。

又是一年槐花香，蜂蝶照常绕。从权位上跌下来的秦宣太后已没了“槐花香”，也没了“蜂蝶绕”，只有一个美男子寺人魏丑夫陪同。魏丑夫用手按摩秦宣太后的双肩，秦宣太后会感到全身酥软；魏丑夫用小嘴说话，秦宣太后会感到如同春麦遇到小雨，欢喜得不得了。要不是有个魏丑夫，卸下权力的秦宣太后真不知道能不能活下去。秦宣太后知道自己离不开魏丑夫，便下令道：“如果老身死了，一定要以魏丑夫殉葬。”魏丑夫得知后，吓得魂不附体。魏丑夫知道大夫庸芮口才好，便送去黄金百镒，请他劝说秦宣太后。

庸芮前去拜见秦宣太后，秦宣太后很高兴，自入深宫后，很少有大臣来看望她了。庸芮说：“太后，您老人家认为人死后有知觉还是没有知觉呢？”

秦宣太后人虽老但脑子不糊涂，立即说道：“当然没有知觉。”

庸芮乘机说：“像太后您这样英明无比的人，明明知道死人是无知觉的，为啥还要让生前所喜爱的人白白送死呢？如果死人有知觉，那么太后您百年之后，带了个男人到地下，先王岂不会恨您？到那时，太后可是悔罪都来不及呀！”

秦宣太后立刻明白庸芮是为了魏丑夫而来，听他这么一说，便笑了笑道：“老身只是说说玩的，哪会让魏丑夫去殉葬呢？先祖秦穆公去世后，殉葬而死的有一百七十七人，包括车奄息、车仲行、车针虎这三个善良、勇武的人。当时秦国人十分悲痛，写下了《黄鸟》一诗，怀念这三人。三百年后，先祖秦献公为保存劳力，废除了殉葬的习俗。

秦献公定下的祖制，老身记得清楚呢，怎么会让魏丑夫去殉葬呢？”

庸芮一番言语，让秦宣太后顿时醒悟，秦宣太后自己给自己找了个台阶，魏丑夫逃脱一死。

数月后，秦国政局的消息传到魏国。

却说魏安釐王闻听秦昭襄王用新丞相张禄的谋略，远交近攻，计划先攻打魏国，便连忙召集群臣商议。

信陵君魏无忌说：“秦军不侵略魏国已经好几年了。如今无故兴师，明明是欺负我们不能与他们抗衡，我们应该严阵以待。”

相国魏齐说：“不该这样。秦国强大，魏国弱小，如果交战，魏国一定会失败。听说秦国丞相张禄是魏国人，难道就没有香火之情吗？倘若派使节带着厚礼打通张禄关节，让他在秦王面前美言，可保万无一失。”魏安釐王即位时间不长，没经历过战争，便听信魏齐的计策，命大夫须贾出使秦国。

须贾来到咸阳，住在馆舍中。张禄知道后高兴地说：“须贾到这儿，是我报仇的时候了。”便换上平常衣服，装成寒酸落魄的样子，偷偷出了府门，来到须贾住的馆舍中。

张禄慢慢走进来，谒见须贾。须贾大吃一惊道：“范雎，你还好吧？我以为你已被相国魏齐打死了呢！你是怎么逃到这里来的？”

张禄诈说道：“那时，有人把我的尸首扔到郊外，第二天一早我才苏醒，碰巧有商人经过，听见我的呻吟声，可怜我，把我救活了。我不敢回家，辗转来到秦国，没料到又在此处见到大夫。”

须贾问：“范雎，你在这里游说秦王了吗？”

张禄说：“我从前得罪了魏国，逃命在这里，能活着就万幸了，哪里敢开口议论政事？”

须贾又问：“你在这里如何生活？”

张禄答道：“给富人做家仆，勉强糊口。”

须贾身在异国，见到魏人，不觉动了怜悯之心，便留他坐下，安排酒饭给他吃。这时正值冬天，张禄衣服破了，冻得直发抖。须贾叹息道：“可怜呀，范雎竟然贫寒到这种地步！”便命随从取出一件暖袍给他穿上。

张禄说：“大夫的衣服，我怎么敢穿？”

须贾说："我们是老相识，何必太客气！"

张禄穿上袍子，再三感谢，随后问道："大夫来这里干什么？"

须贾说："如今秦国丞相张禄正被重用，我想与他接触，只恨没有熟人。你在秦国时间不短了，有没有相识的把我介绍给他？"

张禄说："我家主人与丞相关系好，我曾经随他去过丞相府。丞相喜好谈论，辩论的时候，主人答不上来时，我常常帮他说话。丞相认为我有口才，常赐给我酒食，从而能与丞相接近。大夫要见秦国丞相，我可和您同去。"

须贾说："既然如此，请你为我订个日期。"

张禄说："刚才路过丞相府，看见他在府里，您为什么不马上去？"

须贾说："我乘着驷马大车而来，今天车轴断了，不能前去。"

张禄说："我家主人有马车，可以借用一下。"

张禄回到府中，驾着驷马大车来到馆舍，对须贾说："车马已经准备好了，请让我为大夫您驾车。"须贾欣然上车，张禄在一边拉着缰绳。街市上的人看见丞相驾车，都拱手站立在两旁。须贾以为他们是尊敬自己，殊不知是为了张禄。

来到相府前，张禄说："大夫您在这里等一会儿，我先进去替您通报一声。如果丞相允许，就可以进去谒见。"张禄说完，径直走入府中。

须贾下车站在门外，只听见府中鸣鼓之声，门吏叫道："丞相升堂了！"须贾以为即将召见自己，但等候很久，也没有范睢的消息。须贾问门吏："刚才我的老朋友范睢，去里面见丞相，很久没出来，你能为我叫一下吗？"

门吏问："您所说的范睢，是什么时候进府的？"

须贾答道："适才为我驾车的人就是。"

门吏惊讶道："驾车的人就是丞相张禄呀！因到馆舍中访问朋友，所以微服而出。您怎么说他是范睢呢？"

须贾听了这话，如梦方醒，心里道："这该死的范睢，没想到改名叫张禄了！"此时须贾心突突乱跳，他自言自语说："我的死期马上就到了！"

须贾心里清楚，如果范睢想杀自己，自己想逃也不可能，还不如主动上前领罪。于是，须贾脱袍解带，除去鞋帽，跪在门外，托门吏进去报告：“魏国罪人须贾在门外领死！”很久，门内才传出话，说丞相召见。

须贾更加惶恐，低着头用膝盖走路，从旁门进去，来到台阶前，连连磕头，口中说：“我该死！”

张禄威风凛凛地坐在堂上，问道：“你知道自己的罪行吗？”

须贾趴在地上说：“我知罪！”

张禄问：“你有几条罪行？”

须贾说：“擢发难数！”

张禄说：“你有三条罪状：我祖上之坟在魏国，因此我不愿意在齐国做官，你认为我与齐王有私，在魏齐面前胡说，以至于触怒他，这是第一条罪状；魏齐发怒，对我进行鞭抽板打，以至于骨断齿掉，你却没有一句话劝止，这是第二条罪状；等到我昏死过去，被扔到厕所中，你还与众人往我身上便溺，我也曾是你的门客，你怎么会忍心呢？这是你的第三条罪状。今天到了这里，本该杀死你，以解我心头之恨。你所以能活着，是因为送我暖袍，还有点儿朋友之情，所以留下你的性命，你应该知道感恩戴德。”

须贾不住磕头，连声道谢。张禄挥手叫他走开，须贾爬着出来。从此，秦国人才知道丞相张禄就是魏国人范雎，改名来到秦国。

第二天，张禄入宫拜见秦昭襄王，先奏道：“听到秦国要进攻魏国，魏国便害怕了，派使节求和，这都是大王的威德带来的结果。”秦昭襄王大喜。

张禄又奏道：“臣有欺君之罪，求大王饶恕。”

秦昭襄王说：“你有什么事骗寡人？寡人不怪罪你。”

张禄说：“臣实际上不叫张禄，本名叫范雎。从小贫穷，在魏国大夫须贾家做门客。随须贾出使齐国，齐王私下赐给臣黄金，臣极力拒绝，没有接受。但须贾在相国魏齐面前诽谤臣，把臣活活打得昏死过去，幸亏臣后来苏醒了，改名张禄，逃到秦国来，蒙大王提拔为相。如今须贾奉命前来，臣的真实姓名暴露了，便该仍用旧时的名称，请求大王宽恕！”

秦昭襄王说：“寡人不知道你受如此冤屈。如今须贾既然来到，就可把他斩首，以泄你的愤怒！”

范雎说："须贾是为国事前来，自古两国交兵，不斩来使，何况是来求和的呢？臣怎么敢因为私人恩怨而违背国家大义呢？并且狠心杀臣的是魏齐，不全怪须贾。"

秦昭襄王说："你先公后私，可见忠心为国。你的仇，寡人要为你报。魏国使节任凭你发落。"范雎谢恩后退出。

秦昭襄王答应了魏国的求和，须贾去向范雎告辞，范雎说："老朋友到了这里，能不招待一顿饭吗？"让门客留住须贾，吩咐大摆筵席。须贾心中谢天谢地，嘴上对范雎说："惭愧！丞相宽宏大量，如此相待，过于礼貌了。"

范雎退下后，须贾一人呆在丞相府大堂，渐渐腹中饥饿，心里道："我前日在馆舍中，用现成的饮食招待。这次回席，是故人之情，为何过分准备？"又等了一会儿，堂上已准备完毕。府中发出一个请单，邀请各路宾客。须贾心中道："这一定是前来陪我的，不知是什么人物？等会儿坐的时候要斟酌一下，不要失掉礼节，坐在不该坐的地方。"须贾正在算计，各路宾客纷纷来到，都走上堂去。丞相府门客大声道："客人到齐了！"范雎出堂相见，敬礼已毕，排好座位饮酒，两旁鼓乐齐鸣，竟不招呼须贾。须贾此时又饥又渴、又羞又恼，胸中愤懑之情，难以形容。须贾想离开，却有范雎门客阻拦。范雎三觯酒后，向宾客说："还有一个老友在此，刚才忘记了。"众宾客都站起来说："丞相既有好友，我们应当等候。"范雎说："虽然是老友，但不敢与众位同席。"便让人在堂下设一小座，叫来须贾，让两个囚犯夹着他一同坐下。席上不准备酒食，只放了一些炒熟的喂马豆子，两个囚犯用手捧着喂他，就像喂马一样。众宾客都感到过意不去，问道："丞相为什么对他恨得这样深呢？"范雎把从前的事述说了一遍，众宾客说道："这也难怪丞相发火。"须贾虽然受到侮辱，却不敢违抗，吃了一些豆子，还要磕头谢恩。范雎睁大眼睛瞪着他说："秦王虽然答应求和，但是对魏齐的深仇不能不报。现今留下你的狗命，让你回去告诉魏王，快点砍下魏齐的脑袋送来，把我的家眷送入秦国，两国通好。否则，我亲自带兵去攻大梁，那时魏国后悔就晚了！"须贾魂不附体，连声说是，赶紧逃离出去。

二　平原君赵胜

须贾连夜奔回大梁，来见魏安釐王，把这次出使经过以及范雎讲的那几件事，一一细说给魏安釐王听。魏安釐王先是惊奇，后是不安，再是为难。把范雎家眷送到秦国，这倒是小事，可是要斩相国魏齐的脑袋，实在是有失国体。相国魏齐闻听此消息，将相印放在堂上，连夜逃往赵国，投奔平原君赵胜去了。

魏安釐王装饰车马，赐给黄金百镒、绸缎百匹，将范雎家眷送到咸阳。范雎与家人相见，抱头痛哭。魏安釐王派使节申明说："魏齐听到消息后已经逃走，现在赵国平原君赵胜府中，这件事与魏国已经没有关系了。"

范雎将这消息上奏秦昭襄王。秦昭襄王说："先前我们秦国兵马讨伐韩国，包围了阏于，赵国派遣赵奢前去解救，把我们秦国兵马打得大败，寡人还没有向他们问罪。现在他们又擅自容纳你的仇人，秦国还等什么？丞相的仇人，就是寡人的仇人。寡人下定决心讨伐赵国，抓到魏齐，砍下他的脑袋，替你报仇。"秦昭襄王亲率二十万兵马，命王翦为将军，前去讨伐赵国。秦军势不可当，一连攻克了赵国三座城池。

这时，赵惠文王去世，世子赵丹继位为王，这就是赵孝成王。赵孝成王尊母亲少妫为太后。少妫，就是齐襄王妹妹。此时，赵孝成王年纪还小，军政大事都由太后少妫处理。这时，蔺相如患病隐退，太后少妫命将军廉颇率军前去抵抗。两军相持不下，战斗异常激烈。

赵国紧急向齐国求救。齐襄王虽是太后少妫的兄长，但国事大于家事，齐襄王说：“必须用长安君作为人质，才能出兵。”这长安君，名赵田，是太后少妫幼子。太后少妫特别溺爱他，当然不同意这事。赵国众臣极力劝谏，太后少妫还是不同意。她明确告诉众人说：“有谁再来劝说老身让长安君做人质，老身一定朝他的脸上吐唾沫。”赵国左师触龙知道此事关系重大，便冒险来劝太后少妫。这左师，就是顾问，是赵国给老臣的一种官名。

触龙进了内宫，慢步走向太后少妫，到了跟前请罪道：“老臣脚有病，已经丧失了快跑的能力，好久没能来谒见了。”

太后少妫说：“唉，老身的腿脚也不好，出门全靠坐车。”

触龙说：“每天的饮食该不会减少吧？”

太后少妫说：“就靠喝点儿粥了。”

触龙说：“老臣现在胃口很不好，自己坚持步行，每天走三四里路，稍微增进一点儿食欲，对身体也能有所调剂。”

太后少妫说：“老身可做不到。”

聊了几句家常后，触龙接着说：“老臣的幼子舒祺，年纪最小，不成材。臣老了，偏偏爱怜他。希望能派他到王宫，担任个卫兵，所以冒着死罪来请示太后您。”

太后少妫说：“这没问题。你幼子多大了？”

触龙答道：“十五岁了。虽然还小，但希望在老臣没死时把他拜托给太后。”

太后少妫说：“做父亲的也爱怜小儿子吗？”

触龙答道：“比做母亲的更爱。”

太后少妫笑道：“妇道人家特别喜爱小儿子。”

触龙答道：“每个人不光爱小儿子，还爱自己的所有儿女，这是人之常情。”

太后少妫笑着说：“是这样。”

触龙说：“从现在往上数三世，到赵氏建立赵国的时候，赵国君主子孙凡被封爵的，他们的后代还有继承爵位的吗？”

太后少妫想了想说：“没有。”

触龙说：“不只是赵国，其他诸侯的子孙有吗？”

太后少妫说：“我没听说过。”

触龙说：“几乎没有。难道说君王子孙就一定不好吗？不是。地位高人一等却没什么功绩，俸禄特别优厚却未有操劳，就难免有灾祸。现在太后给长安君以高位，把肥沃的土地封给他，又赐予他大量珍宝，却不想让他对国家做出功绩。如果太后百年了，长安君凭什么在赵国安身立足呢？”

太后少妫恍然大悟，叹了口气，说道：“老身明白了，任凭你派遣他吧。”赵国便为长安君赵田准备车马十乘，送他到齐国去做人质，齐国于是出兵相救。

齐襄王派田单为将军，发兵十万，前来解救赵国。秦国将军王翦对秦昭襄王奏道：“赵人善战，且有赵胜的贤德和廉颇的英勇，恐怕不太容易攻克。现在齐国救兵马上就到，臣看我们还是把全部兵马撤回去吧。”

秦昭襄王叹息道：“抓获不到魏齐，寡人还有什么脸面去见丞相范雎呢？”

秦昭襄王思谋再三，就派使臣去面见平原君赵胜。使臣对赵胜说：“秦国这次讨伐赵国，目的是为了抓获魏齐。如果您把魏齐交出来，我们立刻就会撤兵。”

赵胜答道：“魏齐并不在我的府里，请你们大王不要听人胡说八道。”

秦昭襄王接连派了三位使臣前去劝说，赵胜都不肯承认。秦昭襄王心中闷闷不乐，犹豫不决，想进兵攻打，如今齐、赵两军联合，胜负难以预料；要是撤兵，又不能抓获魏齐，有失强国大王的尊严。秦昭襄王日夜思索，想出一个计谋，便写了一封信简给赵孝成王——

近些年来，秦国与赵国相处甚好。听说秦国的仇人魏齐躲避在贵国相国赵胜府中，所以发兵前来捉拿他。不然的话，寡人怎敢擅自闯入贵国疆界？今听赵胜说，魏齐并未在其府中。如果此事是真，请赵胜与寡人相见，当面解释清楚，那么寡人就退还所得三座城池，以重修昔日友好。

赵国接到秦国信简，因赵孝成王年少，太后少㚷便召集群臣商议。上卿虞卿说："秦国是个虎狼之国，过去齐国孟尝君田文到秦国去，几乎回不来，何况现在他们正怀疑魏齐在赵国。臣认为，平原君千万不能去！"

马服君赵括说："过去蔺相如带着和氏璧单身去秦国，还能够完璧归赵，这说明赵人不可欺、秦国不可怕。如果现今平原君不去，不但不能使他们退兵、归还城池，反而让他们小瞧赵国。"

太后少㚷说道："这些年来，赵国与秦国交往，总是有惊无险。马服君说得对，我们不能不去。"于是就命平原君赵胜前去拜见秦昭襄王。

平原君赵胜到了秦军大营，秦昭襄王设宴款待。酒至半酣，秦昭襄王举觯对赵胜说："寡人对你有个请求，如果你能够答应，请先喝下这酒。"

赵胜说："大王命令，我哪敢不从。"举起酒觯一饮而尽。

秦昭襄王说："过去周武王尊姜太公为尚父，齐桓公尊管仲为仲父，现今秦国范雎就是寡人的尚父和仲父。范雎的仇敌魏齐，躲在你家里。你是否可以派人回去割下他的脑袋，以解范雎的心头之恨？如果你做到的话，就是寡人接受了你的贵重馈赠。"

赵胜说："贵而为友者，为贱时也；富而为友者，为贫时也。魏齐看得起我，即使他真的在我家，我怎能忍心将他出卖？何况他现在并不在我家。"

秦昭襄王听了这话，陡然变色，大怒道："如果你不交出魏齐，寡人就不会放你回去！"

赵胜义正词严道："回不回去，完全由大王决定。公道自在人心，是非曲直任由天下人评说。"

秦昭襄王退兵回秦，将平原君赵胜一起带到了咸阳。秦昭襄王派人告诉赵国："贵国相国赵胜现在秦国，秦国丞相范雎的仇敌魏齐在赵胜府。如果魏齐的人头早晨送到秦国，那么赵胜晚上就可以回到赵国。"

太后少㚷大惊失色，对群臣说："赵国怎么能为了一个外国亡臣，而失去本国的平原君？"即刻派人前去赵胜府捉拿魏齐。

魏齐闻讯，即刻投奔赵国上卿虞卿，虞卿对他说："赵国为了解救平原君，必定要杀你。我看你还是回到大梁去吧，信陵君魏无忌招贤纳士，天下奔走逃亡的人都去归附他。世人传言：‘信陵君不忍心负一斑鸠，又怎能负人呢？’况且他与平原君交情深厚，对你一定会加以庇护的。”

魏齐掉泪道：“我曾是魏国的相国，与信陵君本就相熟，这次如果按你所说，去大梁投奔他，我也拿不准是福是祸呀！”

虞卿劝道：“平原君不会出卖朋友，我也珍惜友情，我陪你一同去。”说完，将上卿之印放在堂上，换上平民的粗布衣服，与魏齐一起逃出了赵国。

到了大梁，虞卿让魏齐暂时隐藏在郊外，安慰他道：“信陵君是个气节慷慨的大丈夫，我们前来投奔他，他一定会立刻出来迎接的，不会让你在这儿久等。”虞卿徒步走到信陵君魏无忌府前，通报自己的身份。魏无忌这时正解开头发洗澡，闻听虞卿前来，惊讶地道：“这是赵国的上卿，怎么可能无缘无故来到这里？”立刻让家人说明自己正在洗澡，暂请入座，并让家人询问虞卿来这里的原因。虞卿此时焦急万分，便将魏齐得罪秦国的始末以及自己放弃上卿地位，相随魏齐投奔魏国的意思，大略诉说了一番。家人又进去转告。魏齐虽与魏无忌是同族，又曾在魏国担任相国，但魏无忌心中也害怕秦国，不敢给魏国招来灾祸，于是不想接收魏齐。魏无忌又考虑到虞卿千里来投，不好直接拒绝，便左右为难、犹豫不决。虞卿见魏无忌迟迟不出来迎见，不由大怒而去。

信陵君魏无忌穿上衣服，问他的门客：“虞卿为人如何？”这时，侯生在旁，他大笑着说：“信陵君为什么要这么旁敲侧击呢？虞卿是赵国人，当魏齐穷途末路时，他离开了家乡，抛弃了高官，伴随魏齐，天下这样重情义的人能有几个？信陵君难道还没有认清他的贤德吗？”魏无忌非常惭愧，急忙束发戴帽，驾车疾驱郊外，追赶虞卿。

再说魏齐忐忑不安、牵肠挂肚，等了很久，也不见什么动静，心里道：“很久不见人来，看来这事是不成了。”

过了一会儿，虞卿回来，含着眼泪对魏齐说：“世人传言：‘信陵君不忍心负一斑鸠，又怎能负人呢？’但今日所见，信陵君不是个大丈夫，他畏惧秦国而迟迟不出来见我。我应当与你从小道绕路去楚国。”

魏齐说："我一时不慎，得罪了范雎，先连累了平原君，又连累了您，我怎能让您长途跋涉，诚惶诚恐地去逃亡楚国呢？再说楚国能不能接受我们，还不得而知呢？"

魏齐掉下了眼泪，又叹道："我的祖国、同族都救不了我、容不下我，我还活着干什么？"说完，拔出佩剑就行自刎。虞卿急忙上前夺剑，可是魏齐的喉管已被割断了。

虞卿正在悲伤时，魏无忌的马车也到了。虞卿望见魏无忌，急忙躲在树后，不与他相见。魏无忌见到魏齐的尸体，扑在上面哭着说："这是我的罪过啊！"

再说赵国抓不到魏齐，又走了虞卿，便知道两人是相随而去，肯定是去了附近各国，于是派骑兵四处追捕。赵国骑兵来到了魏国大梁郊外，知晓魏齐已经自刎，便立即请求取走魏齐的首级，用来赎赵胜回国。此时，魏无忌正派人殡殓魏齐，心中实是不忍。赵国骑兵对他说："平原君与您情同手足，平原君爱惜魏齐，与您是同样的心意。魏齐如果还活着，我们哪敢说什么！现在他已经死了，为了他这具无知的尸骨，而使赵胜长期被秦国软禁，您心里能安宁吗？"魏无忌不得已，便割下了魏齐的首级，用匣子盛着，封好后交给了赵国骑兵，又把魏齐的尸体葬在了郊外。

虞卿感慨世情，不再做官，隐居在白云山中，著书立说，讥刺时事，所著书为《虞氏春秋》。

赵国派人将魏齐的首级星夜兼程送到咸阳，于是秦昭襄王礼送平原君赵胜回赵国。范雎命人用漆涂刷魏齐的颅骨做成尿壶，愤愤地说道："过去你让宾客喝醉了来尿我，现在我让你在地下常喝我的尿。"范雎由"睚眦之怨必报"突然想到"一饭之德必偿"，当年被须贾所诬、魏齐所害，在好友郑安平和秦国大夫王稽的帮助下，他才逃到了秦国。如今堂辱须贾、赚杀魏齐，算是报仇雪恨了，但不能忘记恩人王稽和郑安平。范雎便对秦昭襄王奏道："臣本是卑下之人，有幸受到大王的赏识重用，位居丞相，如今大王您为臣报了切齿之仇，这是莫大的恩惠！然而没有郑安平，臣不能在魏国保住性命；没有王稽，臣也不能在秦国接近大王并受到重用。愿大王降低臣的爵位，加给这两人，以实现臣的报德之愿。"秦昭襄王说："你要是不提起二人，寡人几乎忘了。”于是任命王稽为河东郡守、郑安平为将军。

再说平原君赵胜回到赵国后，恼恨秦国横行霸道，便邀请天下谋士共聚邯郸，商议合纵抗秦之计。各国谋士纷纷前来，在赵胜府中举行大会。

在大会上，赵国本土谋士首先发言："秦国本与赵国疆域相同，但秦国向南兼并蜀、巴，向西北吞并义渠后，土地扩大了三倍，现在已与楚国面积不相上下了。"

从楚国前来的谋士接着说道："李冰在蜀地修建都江堰，这让秦国多了一个大粮仓，如今秦国不只地广，而且粮多。"

来自魏国的谋士叹口气说："当年，卫鞅从魏国离开后去了秦国，实施变法，废除世禄制，实行军功爵，这让秦国军力大大增强，这才是最可怕的。"

赵胜见谋士们纷纷长秦人志气，便想改变言论方向，于是说道："毋庸置疑，当前秦国异常强大，今日我将大家召集起来，是一齐计议六国如何联合抗拒强秦，请大家发表看法。"

卫国虽小，在七个强国之外，但多智者，此时来自卫国的谋士说道："秦国现在由一条西北狼成长为一只西北虎。不过虎再强，只能同时对付两三条狼，如果六条狼联合起来，这只虎必定被咬得顾头不顾尾。我们现在要计议的是如何在兵力上合纵、在贸易上合纵。"赵胜不断点头称好，众谋士议论纷纷。

消息传到咸阳，秦昭襄王大惊，急忙把丞相范雎召来商议。在秦国咸阳的王宫里，几条体格强壮、毛色混杂的狗散落在各个角落。王宫里的内侍、婢女拘谨有序，但王宫里的狗却自由自在。秦昭襄王对范雎说："在赵国聚会的谋士说得对，如果秦国是一只虎，只可以同时吃掉两三条狼，如果六条狼联合起来，这只虎必定会伤痕累累。"

范雎熟读《鬼谷子》，知道书中有句教导，叫"对君王言奇计，对臣子言私利"，于是对秦昭襄王说："大王不必忧心，臣可以使他们的合纵谋会土崩瓦解。因为秦国对于天下的谋士，平日里没有丝毫怨仇，他们所以聚会谋划攻打秦国，是因为都想借此做官发财而已。请大王看看王宫里的狗，现在睡着的都好好睡着，站着的都好好站着，走着的都好好走着，彼此之间没有任何争斗。如果在它们之间丢下一块骨头，所有的狗都会立刻跑过来，龇牙咧嘴，露出一副凶残之相，互相争夺，乱咬乱叫。这是因为什么？因为所有的狗都起了争夺骨头的意念。要想拆散聚集在赵国邯郸的这群谋士，大王您不妨派人也扔过去一块‘骨头’。”秦昭襄王哈哈大笑，让范雎全权策划实施。

丞相范雎派大夫张唐扮作一个富翁，携带黄金五百镒，在赵国武安城住下，日日大摆宴席，招集天下谋士。这武安离邯郸仅六十里路程，消息很快就传到了邯郸。各国汇集在邯郸的谋士甚多，有几位在邯郸不如意者便来到武安，张唐立即拿十镒黄金相赠。宴席上，有美女跳舞、乐工奏乐。这几位从邯郸前来的谋士不由心里乐开了花，马上托人去邯郸约好友前来。第二天，张唐还没分完黄金三百镒，在邯郸共议合纵抗秦的谋士们全都纷纷往武安城赶，为了争车，有两人还打了起来。

平原君赵胜见此情景，愤恨这群谋士见利忘义，便宣布合纵谋会解散。赵胜也喜欢养狗，他对手下负责养狗的门客郝生说：“谋会时，天下谋士谈起如何抗秦，是多么激情慷慨，可武安一个富翁用区区几点黄金，便吸引这些谋士纷纷前去。你说，这些谋士为何像猫一样，谁家有美食，便不念原主，而不能像狗那样忠诚于主人呢？”

郝生虽是养狗之徒，可也博学多识，他答道：“平原君您豢养的狗是从北部所得，这种狗秉性谨忠、固德。一旦主人抱养过它，而后不管主人多么贫寒，都不会离家出走。主人无食可供，心爱之，想使狗另处生存，几回送它，它几次又回。白天出去，野食返家，到了夜晚，镇宅警门。主人跋涉谋生，它总‘咿’‘咿’紧随，叫人掉泪。还有一种狗，在中原的驯化中，血统发生了变化，原先的忠诚改为对所有与它友善之人的忠诚，而不仅仅是对主人的忠诚。这种血统的狗，忠诚度远远不如平原君您豢养的从北部获得的良种狗。平原君您看天下，中原的人遇到危难时，多逃亡北方匈奴，而北方匈奴遇到危难，几乎没有人逃到中原。或许人与狗有天生的共性。平原君您所说的这些谋士，可能就与后面的血统发生变化的狗一致吧。既然天性所使，平原君您大可不必生气。”赵胜想了想，觉得郝生说得有理，便不与这些谋士计较，也不乐意再和他们交往。

张唐见合纵谋会已散，便携带剩余的黄金及美女、乐工偷偷回秦国复命。这些谋士在武安找不到那位出手阔绰的富翁，便只好回邯郸，可是那儿已无人热情接待。众谋士无奈，便各自走散。

三　远交近攻

秦昭襄王又同丞相范雎计议远交近攻的谋略，范雎奏道："要想兼并天下，必须先破坏合纵，当前首先要做的，是与齐、楚以及赵等离秦国较远，而且比较强大的国家和好结盟，然后派兵攻打附近的、国力较弱的韩、魏两国。"秦昭襄王依计而行。

秦国使节到了赵国，太后少妫说："秦与赵和好可以，但必须派遣人质。"秦国使节回国复命，秦昭襄王便派世子安国君嬴柱的次子公孙嬴异人为人质，留在赵国。

再说秦、赵和议解决了战争，田单便率领齐军返回齐国。齐襄王亲临淄水迎接，田单见一个老人涉水，受不住寒冻，便脱下皮衣，给他穿上。齐襄王看了，很不舒服，忘记了当年大夫刁勃的谏言，认为田单是在收买人心。见过田单后，齐襄王草草说了几句话，便悻悻地返回都城临淄。

齐襄王回到王宫，依旧闷闷不乐，心中嫉妒田单。齐襄王夫人少敫问明原因后，劝齐襄王道："大王呀，当时你应该顺水推舟，嘉勉叔父田单做了善事，这样将士和百姓就会知道叔父田单爱民是大王您所教导的了。"齐襄王禁不住拍打大腿，后悔万分。

却说田单解衣救老人后，身体着凉，加上被齐襄王所嫉妒，心情忧闷，几日后患病去世了。齐襄王虽然不再为田单忧心，但也突然患病，十日后去世。世子田建继位为王，尊母亲少敫为太后。因田建年少，太后少敖主持国政。

此时，秦国使节来到。言明两国友谊后，秦国使节呈上一副玉连环，向太后少敖说道："我家大王知道齐国人聪明，特将这副玉连环送给贵国，请问贵国能解开吗？"太后少敖把玉连环拿给群臣看，群臣没有人知道如何解开它。太后少敖笑了笑，拿起一把锤子，把玉连环敲破，告诉秦国使节说："已经解开了。"秦国使节惊叹不已。

却说楚国世子芈完为人质，留在秦国已经十六年了。这时秦国使节到楚国商议友好之事，双方谈妥后，楚国使节朱英便与秦国使节一起来到了秦都咸阳。这使节朱英是负有使命的，那就是向秦昭襄王述说楚顷襄王病势已重，恐怕不久于人世，请秦国放楚国世子芈完返国。

窗外小雨绵绵，咸阳连续阴天下雨数日了。楚国左徒黄歇的心情如同这阴沉的天气，他担心的不只是自己的荣辱安危，更担心的是楚国世子芈完的前途命运。他对芈完说："大王病重，而世子您却留在秦国，万一大王去世，世子不在病榻前，那么诸公子中必定有代立者，这样的话，楚国就非世子所有了。我想为世子继位的事前去拜访秦国丞相范雎，说说这个情况。"芈完含泪同意。

黄歇冒着小雨来到了秦国丞相府，问范雎："丞相您知道楚王病重吗？"

范雎答道："已经听使节说过了。"

黄歇说："楚国世子芈完久留于秦，与秦国的将相们交情深厚，倘若楚王去世，世子芈完就能够继位，那样的话，秦、楚就能友好相处。丞相现在如果能让世子芈完回归楚国，世子芈完对丞相的感激之情将无穷无尽！如果不让他回去，楚国更换其他公子继位，那么世子芈完在秦国，不过是咸阳城里的一个布衣平民而已。"

范雎点头说："你说得有道理，我马上奏明大王。"

范雎将黄歇所说报告秦昭襄王，秦昭襄王想了想说："可以让楚国左徒黄歇先回去探问楚王的病情，如果真的病重，再回来接楚国世子芈完不晚。"

黄歇听说芈完不能与自己一同回去，就秘密与芈完计议说："秦王留世子您不放，无疑想同楚怀王那时一样，趁机强迫楚国割地。楚国要是真来接世子您，就中了秦王的计；要是不来接您，那么世子您就终生成为秦国的俘虏了。”

芈完问：“左徒有什么计谋？”

黄歇说：“以我之见，世子不如换上便服逃走。现在楚国使节朱英即将回去，这个机会不可丧失！我请求独自留下，以死来承担一切。”

芈完哭泣着说：“事情若能成功，楚国全国向左徒您致敬。”

黄歇暗中约见朱英，与他通谋，朱英爽快地答应了。本来，朱英的使命就是要带芈完回去的。芈完悄悄换上车夫的服饰，赶着马车，与朱英一起出了函谷关，竟然无人发觉。

黄歇住在馆舍中，秦昭襄王派人催促他回去探问楚顷襄王的病情，黄歇对使者说：“楚国世子芈完正在生病，无人守护，等病稍好些，我会立即告辞的。”

过了半个月，黄歇估计芈完出函谷关已经很久了，就来求见秦昭襄王。他叩首谢罪说：“我唯恐楚王一旦去世，世子芈完不能继位，所以擅自让他回国。现在楚国世子芈完已经出函谷关多日了。我知道自己犯了欺君之罪，愿请大王用死刑处罚。”

秦昭襄王大怒说：“楚国人竟然狡诈到如此地步！”喝令左右捆绑黄歇，要杀掉他。

范雎在一旁谏道：“杀了黄歇也不能让楚国世子芈完回来，并且白白断绝了与楚国的友好，不如嘉奖他的忠心让他回去。楚王去世，世子芈完必然继位。芈完继位，黄歇必然为楚国令尹。这样，楚国君臣都会感念秦国的恩德，从而有利于我们秦国大业。”秦昭襄王认为范雎说得对，便厚赏黄歇，让他回归楚国。

黄歇回国三个月后，楚顷襄王就去世了，世子芈完继位，这就是楚考烈王。楚考烈王拜黄歇为令尹，封他为春申君，把淮北土地给他作为封地。黄歇奏道：“淮北紧靠齐国，请设置为郡，以便防守。臣愿远封江东。”于是，楚考烈王把吴地封给黄歇。

春申君黄歇在自己的封地上，修缮原来吴国的姑苏大城，疏通城内河道，用来通太湖水。黄歇羡慕当年的齐国孟尝君田文以及如今的赵国平原君赵胜、魏国信陵君魏无忌这三人的养士风范，效仿他们招养门客，一时达到数千人。

悠悠岁月无数事，三言两语几笔过。且说春申君黄歇用门客的计谋，率领楚国大军发动了对鲁国的战争，大败鲁军并占领了鲁国。自鲁穆公去世后，鲁国逐渐从“三桓”手中收回政权，重新确立了国君的权威，但好景不长，终被楚国所灭。黄歇率军灭掉鲁国后，随即灭亡邾国、郳国。黄歇兼并了鲁、邾、郳三国的土地后，完善政法，训练军士，楚国因此再次强大起来。

为服众，黄歇任用大名鼎鼎的齐国贤士、稷下学宫祭酒荀子为兰陵令。荀子名况，字卿，对孔子创立的儒家思想有所发展，提倡性恶论，常被与孟子的性善论相比较。荀子既重视儒家的礼义道德教育，也强调法家的政法惩罚作用。荀子在兰陵传道授业，韩国公子韩非、楚国人李斯是他的入室弟子。

李斯少年时，家境贫寒，但他聪慧过人，好学不倦。长大后，因办事干练，被人举荐为看管粮仓的小吏。一次，他在厕所看到一只老鼠，吃的是肮脏的粪便，受到人和狗的侵扰。李斯来到粮仓，却看到这里的老鼠吃的是堆积如山的谷粟，住着宽大的房舍，而且没有任何人来打扰。两下一比较，李斯心中顿然明白，不由叹道：“一个人有无出息就像这老鼠，不在其他，而在能不能给自己找到一个优越的环境。”此刻的李斯明白，厕所里的老鼠与仓库中的老鼠命运不同，不是因为厕所里的老鼠胆小愚笨、仓库里的老鼠勇敢机灵，而是因为所处的环境不同。环境不同，生活品质就不同，尊严卑屈也不同。李斯就此领悟，想做大事，就得师法仓鼠，呆对地方，而要呆对地方，就要有过硬的本领。于是，李斯来到兰陵拜荀子为师。

在兰陵令府上，荀子向弟子们讲《劝学》：

“君子曰：学习不可以停止。青，取之于蓝，而青于蓝；冰，水为之，而寒于水。不登高山，不知天之高也；不临深溪，不知地之厚也；不闻先贤之遗言，不知学问之大也。我曾经整天思考，却不如片刻学习的收获大；我曾经提起脚后跟眺望，却不如登上高处看得广阔。登高而招，臂非加长也，而见者远；顺风而呼，声非加疾也，而闻者彰。假舆马者，非利足也，而致千里；假舟楫者，非能水也，而绝江河。君子的本性同一般人没有差别，只是善于借助外物罢了。

“南方有一种叫做蒙鸠的鸟，用羽毛做窝，还用毛发把窝编结起来，把窝系在芦苇穗上，风一吹，苇穗折断，鸟窝就坠落了，鸟蛋全部摔烂。不是窝没编好，而是不该系在芦苇上面。西方有种叫射干的草，只有四寸高，却能俯瞰百里之遥，不是草高，而是因为它长在了高山之巅。蓬生麻中，不扶而直；白沙混进了黑土里，就再不能变白了。兰槐的根叫香艾，一旦浸入臭水里，人们都会避之不及，不是艾本身不香，而是被浸泡臭了。所以说，君子居住要选择好的环境，交友要选择有道德的人，才能够防微杜渐，确保其正直。

"积土成山，风雨兴焉；积水成渊，蛟龙生焉；积善成德，而神明自得，圣心备焉。故不积跬步，无以至千里；不积小流，无以成江海。骐骥一跃，不能十步；驽马十驾，功在不舍。锲而舍之，朽木不折；锲而不舍，金石可镂。蚓无爪牙之利、筋骨之强，上食埃土，下饮黄泉，用心一也。蟹六跪而二螯，非蛇鳝之穴无可寄托者，用心躁也。因此说，没有刻苦钻研的心志，学习上就不会有显著的成绩；没有埋头苦干的实践，事业上就不会有巨大的成就。"

韩非、李斯用心听讲，有贤者荀子的指教，二人学业进步很快，个个思维敏捷、才学超人。韩非虽然口吃、不擅言谈，但是善于著述，其言论继承并发展了法家思想，号称法家集大成者。李斯虽然也学儒家经典，但像韩非一样，专注于政法之术，只是他的思想里多了一些老鼠哲学。韩非、李斯写起文章来，如同他们的师傅荀子，气势逼人，堪称大手笔。凡是读过二人文章的人，没有不佩服他们的才学的。

在韩非、李斯学有所成后，荀子对二人说:"论力气，人不如牛；论速度，人不如马，然而人却驯化了牛马为自己所用，这是为什么？因为人能组成社会，团结一致，而牛马等兽类不能。人为什么能组成社会？是因为'伪'的作用。这'伪'就是礼义道德、典章法制，它能维持社会的正常秩序，保证人类的生存，使人的力量大增。你们如果用心研究'伪'，则必能建功立业。"

二人拜谢师傅荀子后，韩非回到自己的祖国韩国，而李斯要去秦国。荀子问李斯:"你为什么不在自己的祖国楚国，而要到秦国去呢？"

李斯答道:"秦国雄心勃勃，计划一统天下，到那里去，可以大干一场。而楚国，大势去也。人生在世，卑贱是最大的耻辱，穷困是莫大的悲哀。所以，我要到秦国去。"

荀子点了点头，鼓励李斯去做自己想做的事情，但同时嘱咐他道："水能载舟，亦能覆舟。"李斯再次拜谢，便到秦国去实现自己的愿望。

再说秦昭襄王已与齐、楚、赵结盟，便按远交近攻的谋略，派将军王龁、副将王陵率领秦军讨伐韩国，攻克了野王城，使上党郡与韩国本地截开。上党郡守冯亭与军民商议道："秦军占据了野王城，那么上党就已经不是韩国所有了。与其投降秦国，不如投降赵国。秦国怨怒赵国得到土地，必然移兵攻打赵国，赵国受到攻打，必然亲近韩国，韩、赵两国患难与共，就会共同抵御秦国了。"于是派使者带着降书和上党版图，去献给赵孝成王。

赵孝成王已渐渐长大，亲掌国政。这天夜里，他做了个梦，梦见自己穿着两种颜色的衣服，乘龙向天上飞去，还未到天上又坠落下来，见两旁有金山和玉山各一座，光辉夺目。赵孝成王梦醒，召来内史禹，将这个梦告诉他。内史禹说："两种颜色的衣服，意味着合；乘龙上天，是升腾的迹象；坠落到地，意味着得到土地；金玉成山，意味着财富充足。大王眼下必有扩大土地、增加财富的福分，此梦大吉。"赵孝成王很高兴，又召来卜师敢。卜师敢说："两色衣服，意味着残缺；乘龙上天，没到天上就坠落下来，意味着事情中途有变，有名无实；金玉成山，可看而不可用。此梦不吉利，大王可要小心！"赵孝成王心里已被内史禹迷惑，便对卜师敢的解释不以为然。

过了三天，上党郡守冯亭派使者来到赵国。赵孝成王打开信一看，上面写道："秦国攻打韩国，情况危急！上党军民不愿投降秦国，而愿投靠赵国，因此将上党管辖的十七座城邑，拜献给大王，乞求大王接受。"

赵孝成王高兴地道："内史禹所说的扩大土地、增加财富的福分，今日应验了！"

此时，赵孝成王的叔叔、平原君赵胜的弟弟平阳君赵豹在旁。他劝谏道："臣听说天上掉不下馅饼，无故得到的利益称之为祸殃，请大王不要接受。"

赵孝成王说："上党郡守冯亭是畏惧秦国、感念赵国才来归附的，怎么能称作无故？"

赵豹说："秦国蚕食韩国，攻克野王城，断绝上党的道路，不让两地相通，自认为是掌中之物，准备坐而得之。如果一旦被赵国占有，秦国岂能善罢甘休？就如同秦国努力耕种，而赵国却来收获一样。如今冯亭不将土地献给秦国，却献给赵国，是想嫁祸于赵国，以舒缓韩国的困境。大王为何不察觉呢？”

赵孝成王不以为然，再召平原君赵胜来决断。赵胜说：“派遣十万大军，历时数年，也不见得能得到外国一座城池。如今不费寸兵斗粮，就得到十七城，这是莫大的利益，不可失去。”

赵孝成王说：“你说的正合寡人心意。”于是派赵胜率兵五万，去上党接受土地，封冯亭为华陵君，仍为郡守。

冯亭闭门哭泣，不与平原君赵胜相见。赵胜坚持请他，冯亭说：“我有三不义，所以没脸见。为君王守地而不能死，这是一不义；没有得到君王命令，擅自将地入赵，这是二不义；卖君王之地而得到富贵，这是三不义。”赵胜叹息道：“这真是忠臣啊！”于是等候在冯亭家门前，三天不离去。冯亭被他的诚意所感动，就出来相见，还是垂泪不止。冯亭愿意交割土地，但让赵胜挑选别人来做郡守。赵胜再三安慰道：“你的心事，我已经知道了，你不做郡守，就无以慰藉军民。”冯亭这才接受了郡守的任命，但仍不接受封号。赵胜将要离别时，冯亭对他说：“上党所以归赵，是因为兵力不足，难以抗秦。希望平原君奏明赵王，多派将士，为抗击秦军做好准备。”

平原君赵胜回去报告赵孝成王。赵孝成王只顾置酒庆贺，发兵的事一拖再拖。这时，秦国将军王龁率兵包围了上党。冯亭坚守了两个月，赵国援兵迟迟未到，无奈之下，冯亭就率领军民逃往赵国内地。直到此时，赵孝成王才命廉颇率兵二十万前来增援。行进到长平，遇到冯亭，才知上党已经失守，秦军正日渐迫近，于是就在金门山下列营筑垒，东西各几十座营垒，如众星排列。分兵一万，派冯亭守光狼城；分兵两万，派大夫盖负、盖同分别守东西二鄣城；又派大夫赵茄远探秦军。

却说赵茄领兵五千，探到长平外二十里，遇上了秦国大夫司马梗也率兵行探到这里。赵茄欺负司马梗兵少，冲上前就交战。正在交锋，秦国大夫张唐率兵来到。赵茄心慌意乱，被秦兵刺死。话说秦国自阏于之败后，大规模组建骑兵，赵军原有的胡服骑射的优势已不复存在。

而秦国自卫鞅变法开始，全面实施军功爵制，故将士打仗个个奋勇向前。赵茄所带的五千军士，旋即被秦军杀散。

廉颇听到这个消息，知道秦军强盛、势不可当，便传令各营用心把守，不得与秦军交战。廉颇又让军士挖地几丈深，将里面注满了水，军中将士认真执行命令，但都不解其意。

此时，王龁大军已到，在距金门山十里处驻扎。他先分兵攻打二鄣城，盖负、盖同出战，都被杀死。王龁乘胜攻打光狼城，冯亭也败阵，跑回金门山大营。秦军又来攻垒，廉颇传令道："出去交战的，即使胜了也要斩头！"赵军故坚守不出。王龁久攻不下，就把营地往前移动，挑战几次，赵军就是不出战。王龁对部下说："廉颇老成持重，很难对付。"副将王陵献计说："金门山下有一条小河，名叫杨谷，秦、赵两国兵马，共用这条河水。赵军营垒在河水东段，而秦军营垒在西段，水势从西向东流，如果绝断此河，使水不再向东流，赵军用不上水，过不了几天军中必会大乱，我们就趁乱攻击他们，定能取得胜利。"王龁认为有理，就派军士将河水绝断。谁知廉颇早已挖好了深坑，注满了水，军营中日用水并不匮乏。秦、赵两军相持了四个月，王龁一仗也没打成，真是无可奈何，派人回报秦昭襄王。

秦昭襄王召丞相范雎前来商议，范雎奏道："廉颇打仗很有经验，知道秦军强大，从而不轻易交战。他认为秦军远道而来，不能持久，想先拖垮我们，而后趁机攻击。如果这个人不除掉，我们最终也攻占不了赵国。"

秦昭襄王问："你有什么计谋可以除掉廉颇？"

范雎让左右人退下，然后对秦昭襄王奏道："要除掉廉颇，必须要用反间计，非用重金不可。"范雎低声说细了计谋，秦昭襄王大喜，立刻将黄金千镒交付给范雎。

范雎派门客从小道进入邯郸，用黄金贿赂了赵孝成王身边的众臣，散布谣言说："赵国将领中，只有马服君赵括最有勇有谋，如果任用他为将军，必定会战败秦军！廉颇年老而且胆怯，如今被秦军所迫，用不了多久就会投降秦国了。"

四　长平之战

且说赵孝成王听说赵茄、盖负、盖同被杀，连失三城，就派人去长平催促廉颇出战，挽回败绩。廉颇依旧采用坚壁固守的策略，不肯出战。这时，赵国群臣都说廉颇年老胆怯，又都说赵括智勇双全。赵孝成王闻听，信以为真，召来赵括问道："你能为寡人击败秦军吗？"

赵括自负，忘记了父亲赵奢的临终忠告，上前答道："秦国若是任用白起为将军，臣还得筹划一番；若是王龁，就不值一提了。"

赵孝成王问："你为何这么说？"

赵括奏道："白起统率秦军，战必胜，攻必取，威名显扬，各国将士无不望风而栗，世人称他为'人屠'。臣若与他对垒交战，胜负各半，所以臣还真得筹划一番。说到王龁，他是秦国新任用的将军，只是趁廉颇胆怯，才敢深入。若是遇上臣，臣会像秋风扫落叶一样，将他打败，王龁实在不值一提。"

赵孝成王十分高兴，当即拜赵括为将军，赐给黄金、锦绣，派他带着兵符去替代廉颇，又给他增兵二十万，告诉他务必尽快击败秦军。兵符，是调兵遣将的凭证，用铜或玉制成，做成虎形，又称虎符。兵符分两半，右半留存在君王手中，左半交给带兵的将军。调兵或换帅时，必须在兵符验合后，方能生效。兵符在此时被列国使用。

赵括将兵符收好，用车装载着黄金、锦绣，回府拜见母亲。赵括母亲问道："你父亲临终留下遗言，告诫你不要做将军，你今日为何不推辞？”

赵括说：“不是不想辞，无奈朝中没人能比得上我！”

赵括母亲叹了口气，掉下了眼泪。她不忘赵奢的遗言，上书赵孝成王说：“赵括不是个将才，请大王不要派他去！”

赵孝成王见到信简，不敢怠慢，慌忙召来赵括母亲，亲自询问。赵括母亲说：“赵括父亲赵奢为将军时，所得赏赐全部分给部下。接受任命之日，就住宿在军中，从不问家事，与军士同甘共苦。他每件事都广泛征求众人的意见，不敢独断专行。如今赵括一为将，就傲慢无比，将士无人敢仰视，所赏赐的黄金、锦绣，全部拿回自己家。作为将军，怎能如此？赵奢临终时，曾告诫我说，赵括若为将军，赵兵必败！我十分赞同。请大王另选良将，万万不可任用赵括！”

赵孝成王原以为有什么重要的原因，现在见赵括母亲说了些零碎小事，便笑了笑说：“寡人决心已经下了。”

赵括母亲说：“大王不听我的劝告，若是兵败，请不要连累我们一家。”赵孝成王应允。

赵括率二十万大军往长平进发。范雎所派的门客，还在邯郸，打听到赵括被任命为将军和赵括对白起的忧惧，便连夜赶回咸阳报信。

赵括来到长平，廉颇验过兵符，把军权交给他，自己返回邯郸。赵括一上任，就向全体将士道：“我们赵人尚武，秦人尚利。今与秦军交战，必须发扬我们的尚武精神。秦军若是前来，将士们都要奋勇争先。如果得胜，立即追赶，不可让一个秦兵逃脱回去！”赵括擅长演讲，众将士听后，无不群情激奋。赵括又私下对众将校说：“我们赵国尚武重军，但轻视农业，以致粮草不丰，现今粮食供给已经开始吃力了。所以临来时，赵王给我下令，让我们抓住时机，尽快击败秦军。”众将校默然不语，人人明白粮草是赵军的软肋，赵孝成王之所以督促廉颇出战，也是担心粮草问题。赵括为了速战，把廉颇的计划、制度全部更改，把军垒合并成大营。冯亭几次规劝，言秦军太过英勇，要像廉颇老将那样静等有利时机到来，赵括全都不听。廉颇手下将校，多不善谋，赵括一一撤掉。

赵括对赵军进行了一番整顿后，果然见效，与王龁交战，王龁不利。秦昭襄王见此，急调武安君白起。因为范雎门客回报，赵括惧怕白起。秦昭襄王明白，白起领军，赵括必定心慌神乱。果然赵括闻听白起来到，有些心惊胆战。这白起上任后，就登高观望赵军和地势，思谋一番后，对王龁说：“我知道怎样战胜赵军了！”白起部署完毕，命人到赵军中挑战。赵括为了速胜，当即同意应战。

白起率秦军在西，赵括率赵军在东。在白起西面五十里是很深很宽的沁水，在赵括东面十里是河床很宽但水很浅的杨谷河。两军之南为太行、王屋两山，被秦军所占；北为太行山脉的几处关隘，分归秦、赵。这块矩形战场坐落在上党盆地。

赵括懂兵法，命令驻守沁水西岸皮牢的赵军扫除沁水沿岸的秦军，控制沁水，向东与赵国大军夹攻秦军；命令驻守晋阳的赵军南下临汾、安邑，保护皮牢赵军，威慑河西空虚的秦国本土。一切安排妥当，赵括率军猛击秦军，秦军向西撤退。眼看就要退到沁水东岸，赵括突然发现，沁水东岸沿线建有秦军营寨。原来这是白起命令光狼城秦军一夜之间扎起的营寨。白起率领王陵、张唐以及秦军主力进入背水阵中，拼力死守。赵军尚武，勇敢无比，赵括率军屡次冲入秦军背水阵中，但沁水中的秦国战船马上配合岸上的秦军将进入秦军营寨中的赵军消灭。这些战船全是白起临时调来的。赵括率军与白起的秦军在沁水东岸展开激战，两军难分胜负。打着打着，赵括突然心里道：“秦军列的是背水阵，我们赵军突破它，又有什么意义？如果突破了，面对的是一条又宽又深的沁水，而水面上是秦军的战船。”想到这，赵括始觉自己虑事不周，急忙下令退守长平。无奈赵军稍一后退，白起就率军死死缠上。赵军既无法消灭白起的秦军，也不能摆脱他们。此时的赵括有些恐惧，心里又道：“白起善打大仗、恶仗，他是要全歼我赵军呀！”想到这，赵括不禁面部肌肉直跳。

不远处，赵国皮牢守军被王龁率军阻击，没有完成赵括的控制沁水沿岸、东渡夹击秦军的指令。赵国晋阳守军被秦国司马梗率军阻击，无法南下完成对皮牢赵军的支援。一时间，赵括大军被孤立了起来。

大军作战，粮草是关键。白起所率秦军有沁河上秦国船队补充给养，而赵军却只能吃随身携带的为数不多的粮草。赵括不得已，命一支赵军断后，掩护大军东撤。就在赵国大军快到长平之时，前方又出现了一片营寨，一支庞大的秦军堵住了归路。原来白起命野王城发来援军，截断赵括大军的退路和粮道。

赵括更加慌张，身后的白起大军已经消灭了执行掩护的赵军，全部攻了上来，与阻断赵括大军的野王城援军形成了合围，从两面夹击赵括大军。此时，摆在赵括面前的路只有越过杨谷河东撤陵川。赵括不敢怠慢，急忙率军撤到杨谷河边，意想不到的事情又发生了，本来不深的杨谷河突然间变得像沁水一样宽、一样深。没有渡河船只的赵军被突然间变宽的杨谷河阻断了最后一条路。原来，杨谷河里的水是白起命人从黄河中引来的。杨谷河中，驶来不少秦军战船。在杨谷河东岸，是从野王城发来的秦国援军，意在阻击陵川赵军的援救。赵括长叹一声说："白起欺负我缺少实战经验呀！"他此时想起了母亲转告的父亲赵奢的话："用兵打仗，是生死存亡的大事，战战兢兢，博采众长，还怕遗忘什么……"赵括不觉掉泪，心想赵国大军要毁在自己手中了。

赵括所率大军被秦军死死地围住了。长平、晋阳、皮牢的赵军拼命向赵括大军靠拢，但白起派出的野王军、司马梗军、王龁军拼命地阻击。整个河东战场的形势就是冲与堵，只要秦军有一路被突破，赵军就会救活整盘棋。赵人明白，秦人也明白。却说赵括为人高傲、缺少威望，赵国援军并不十分用力。但秦昭襄王得到白起战报后，亲率王翦、蒙骜二将，急忙来到河东，征召壮丁，凡年龄在十五岁以上的男子，都得从军。秦昭襄王命王翦、蒙骜率领新征秦军分数路切断赵国粮道，阻挡赵国救兵。

拼杀都没问题，因为赵人尚武，但赵括面临的最大问题就是没有粮草。随身携带的少量粮草早已吃光，如今粮道又被切断，战马也基本杀光了，可以吃的东西都吃了。最后，赵括不得不下令以军中残、病、弱、老者为食。赵括还派赵军中的英勇之士乘着夜色行刺白起，白起右臂受伤。

被困四十六日后，几近绝望的赵括便把赵军分为四队，一起鸣鼓，夺路杀出重围。谁知白起早已埋伏了射箭手，环绕着赵军营垒，一见赵人出来，立即举箭就射。四队军马，突围了四次，全都被射回。

又过了一个月，赵括实在压不住心头的愤怒，挑选了精锐军士五千人，穿戴重铠厚甲，赵括握戟当先，拼死突围。王陵、张唐等人一起上来阻击，赵括率军大战，还是冲不出去，转身想回营垒，不料战马摔倒，赵括倒在地上。此时秦兵一拥而上，刺死了赵括。赵军大乱，冯亭叹道："我几次劝告赵括，请他像廉颇老将那样慎重对付秦军，可他不听，以致到了如今这种地步，真是天意啊！我何必要逃走呢？"拔剑自刎而亡。

白起让人割下赵括、冯亭等赵军将领的首级，前往赵军营地招降。饿得两眼冒金星、意志几近崩溃的赵兵全都弃兵解甲，跪在地上投降。此时，赵军营中还有军士二十多万，胄甲兵器堆积如山。营中的一切都归秦军所有。

白起臂伤未愈，他走到赵军降营前，看到这些饿得皮包骨头的赵兵，不由感叹道："赵兵腹中无食，以人充饥而斗志不懈，令人敬佩和惧畏呀！"一阵凉风吹来，突然白起心有所思，急忙与王龁商议道："先前秦军攻克野王城，上党已在掌握之中，但那些军士百姓却不愿依附秦国，而愿意去归附赵国。现今赵军投降的人，合起来有二十多万。这些人个个崇尚武力，并非真心归降。如果他们吃饱肚子，难免会发生兵变。一旦发生兵变，靠什么来制止呢？"二人计议一番后，决定将赵国降兵全部杀死。

白起扬言说："明天挑选赵军将士，凡是精锐能战的、愿意参加秦军的，带回秦国。凡是老弱病残的、不愿参加秦军的，都回赵国。"赵兵大喜。

夜里，白起密传一道命令给秦军全体将士："三更的时候，凡是秦人，头上都要系一片白布。头上没有白布的，就是赵人，全部杀光。"秦军奉令，三更时一起行动。投降的赵兵已经昏昏睡去，身旁也没有武器，只能坐以待毙。二十多万赵国降兵，一夜之间全被杀尽。血流淙淙有声，杨谷河水变成了红色，从此百姓称杨谷河为丹河。白起命人收集被杀降兵的头颅，堆积在秦军营垒间，称为头颅山。在上面盖起一座台，称为白起台。白起"人屠"的称号，更为响亮。

总计长平之战，前后斩杀赵兵四十余万。白起只留年少者二百四十人，放他们回邯郸，用以宣扬秦国威势。

却说赵孝成王起初接到赵括得胜的捷报，心中大喜，后又听说赵军被困长平，便竭力集结各地守军，以图打破包围。无奈秦昭襄王亲自率军打援，零零碎碎的赵国援军始终不能突破秦军的防线，眼睁睁地看着赵军主力归于尘土。赵孝成王大哭道："赵括纸上谈兵，害了赵国；寡人用人不当，愧对祖先呀！"一时间，赵国中，子哭父、父哭子、兄哭弟、弟哭兄、祖哭孙、妻哭夫，沿街满市，号啕痛哭之声不断。只有赵括母亲没哭，因为她在赵括出征前就哭过了。她说："自从赵括当上了将军，我就已经不把他看作是一个活人了。"赵孝成王因为赵括母亲有言在先，没有按律处罚，反而赐给粟米丝帛以示安慰。亡羊补牢，赵孝成王亲自去向廉颇赔罪。

赵国正在惊惶恐惧时，边吏来报："秦国武安君白起扬言要围攻邯郸，现正在做休整准备。"赵孝成王问群臣："谁能制止秦军？谁能阻挡'人屠'白起？"群臣中，无人应答，沙场老将廉颇也知此时赵国无力阻挡。

平原君赵胜回府，问遍门客，也没人说话。恰巧苏秦的弟弟苏代学成《鬼谷子》《阴符》后，来到赵胜府中做客。赵胜问苏代，苏代说："我若是去咸阳，一定会制止秦军，阻止他们攻打赵国。"赵胜别无他计，便禀告赵孝成王。赵孝成王赐给黄金百镒，让苏代去秦国游说。

苏代到了秦国，便去拜见丞相范雎。范雎拱手相迎，请他上座，问苏代："先生为何而来？"

苏代说："为您而来。"

范雎说："有什么话要告诉我？"

苏代便问道："武安君白起是不是已经杀了赵括？"

范雎答道："是的。"

苏代又问："现在是不是正要攻打邯郸？"

范雎又说："是的。"

苏代站起来，神情严肃地说道："白起用兵如神，杀敌已近百万。现在举兵围攻邯郸，赵国必定要灭亡！赵国灭亡，那么秦国就完成了帝王大业。秦国完成了帝王大业，那么白起就是辅助秦王的第一功臣、当今的姜太公。丞相您虽然一向很显贵，到那时也不得不居于他之下呀。"

范雎听完此话，愕然失色，赶紧站起来，凑到苏代面前问道："您说我该怎么办呢？"

苏代说："您不如准许韩、赵两国用割地的方式向秦国求和。这样做，您就立了大功，同时又解除了白起的兵权，您的地位就能够稳如泰山了！”范雎大喜。

此时，秦昭襄王已经回到咸阳。范雎向秦昭襄王奏道：“秦军在外征战，时间太长了，需要休整。不如派人去告诉韩、赵两国，让他们用割地来求和。”秦昭襄王说：“由丞相决定。”于是，范雎拿出黄金百镒，送给苏代，让他去韩、赵两国游说。

韩、赵两国畏惧秦国，全都听从苏代的计策。韩国同意割让一城，赵国同意割让六城，各派使节去秦国求和。秦昭襄王嫌韩国割让得太少，韩国使节说：“上党十七城，原来都是韩国土地啊！”秦昭襄王便笑着接受了。和约完成，秦昭襄王召白起班师回朝。因丞相范雎有功，秦昭襄王将上党的应城封给了范雎。

白起连战连胜，正要围攻邯郸，忽然接到班师命令，白起不由胸中气愤，知晓是范雎的阴谋，不由骂声连连。

五　其利无数倍的投资

却说秦国公孙嬴异人，作为人质留在赵国。他是安国君嬴柱次子，但嬴柱有二十多个儿子，都是诸妾所生。嬴柱所宠爱的楚妾，号华阳夫人，没有生子。嬴异人的母亲不受宠爱，已经早死，所以嬴异人为人质后，秦国没有什么人关心过他。当秦国讨伐赵国时，赵孝成王迁怒于人质，想杀掉嬴异人。平原君赵胜劝道："异人不受宠爱，杀他有什么用？只会白白让秦国找到借口，断绝了以后和好之路。"赵孝成王的怒气还是不能平息，就把嬴异人软禁起来，派赵国公孙赵乾看押，出入都加以监视，同时削减了对他的供给。嬴异人出门没有马车，日用没有多余的钱财，心情苦闷，终日郁郁寡欢。

且说卫国濮阳有个商人名叫吕不韦，在韩国的旧都阳翟经商大获成功，成为天下数一数二的豪商。此时的吕不韦，刚好三十岁，往来行商于各国之间，贱买贵卖，生意蒸蒸日上。一日，吕不韦在邯郸，偶然遇到了嬴异人。吕不韦见他面如敷粉、唇若丹涂、眉清目秀，虽然在落魄之中，仍不失贵族气度。吕不韦不由得暗暗称奇，便指着他问旁边人："这是什么人？"那人答道："这是秦王世子安国君之子，在赵国为人质。因秦军屡次侵犯我国，大王几次想杀了他。如今虽然免死，但被拘留，日用钱财不够，跟穷人没有两样。"吕不韦暗地里感叹道："这真是奇货可居啊！"

吕不韦回到阳翟家中，问他父亲："种田能得几倍的利？"

“十倍。”也曾经商的吕不韦父亲答道。

吕不韦又问：“贩卖珠玉能得到几倍的利？”

“百倍。”他父亲答道。

“要是扶立一个人为王，让他掌握江山，又能得到几倍的利呢？”

他父亲笑着说：“你怎么可能扶立大王呢？真是这样的话，其利无数倍。”

吕不韦顿了顿，对父亲说：“四百年前，齐国有个管仲，年轻时也是生意人，后来成为天下第一名相。”

吕不韦父亲此刻明白吕不韦其志高远，想了想说道：“当年管仲研究‘出入’学问，这门学问成为以后生意人的要诀，你可要理解透。”

吕不韦说：“管仲研究的‘出入’学问，是计算怎样以较少的投出获得最大的收入。儿认为管仲的研究也有欠缺，就是思维、处事被‘较少投出’束缚住了。儿的想法是最大的投出、无限的收入。”

吕不韦父亲想了想，问道：“投出大、风险就大，万一你家破人亡了怎么办？”

吕不韦说：“敢想敢做，即使家破人亡，也不枉为一生。”

人人望子成龙，此刻，吕不韦父亲内心异常激动，他站起来对吕不韦说：“人无冒险精神，就如同野猪失去利牙，驯化为家猪，任人宰杀。不怕做不到，就怕想不到，你大胆去做吧。”

得到父亲支持并且既敢想又敢做的吕不韦用虎皮两张、象牙两对，专门去结交赵乾。两人相互往来，渐渐熟悉。因为赵乾的职责是看管嬴异人，所以吕不韦时常能见到嬴异人。吕不韦假装不知他是什么人，就向赵乾询问他的来历，赵乾如实告诉了他。

一天，赵乾置酒宴请吕不韦，吕不韦说：“酒席上又没有其他客人，既然秦国的公孙在此，何不请来同坐？”赵乾听从了他的话，当即请来嬴异人与他相见，同席饮酒。

酒到半酣，赵乾起身上厕所，吕不韦便低声对嬴异人说：“秦王如今老了。您父亲安国君所爱的是华阳夫人，而华阳夫人又无子。公孙您的二十几个兄弟，也没有受到专宠的。公孙您何不在此时回归秦国，侍奉华阳夫人，请求做她的儿子？这样的话，公孙您以后就有被立为继承人的希望。”

嬴异人含泪答道："我也期望能这样！每次提起祖国，我便心如刀绞，只恨没有脱身之计罢了。"

吕不韦说："我家虽贫，但也愿意用千金为公孙您去一次秦国，劝说您父亲安国君和华阳夫人，救公孙您回国，您看如何？"

嬴异人说："倘若得到富贵，一定与您同享。"

话刚说完，赵乾就回来了，问道："不韦刚才说什么？"

吕不韦说："我问公孙有关珠玉的价钱，公孙回答我说，他也不知道。"赵乾也不怀疑，三人继续把盏饮酒，尽欢而散。

在这以后，吕不韦与嬴异人便时常相见，吕不韦暗地里将黄金百镒送给嬴异人，让他买通左右，结交宾客。赵乾经常接受嬴异人赠送的黄金，便对他越来越好，不再监视他了。吕不韦又送给赵乾珍珠、玉璧，继续笼络关系。吕不韦与嬴异人告别后，独自去了咸阳。

在咸阳，吕不韦探听到华阳夫人有个姐姐，也嫁到了秦国，就先买通了她的家人，捎话给她说："公孙异人在赵国，思念安国君和华阳夫人，有孝顺的礼物托我转交。另外还有一些小礼物，也是公孙异人奉献给姨娘的。"就将一匣珍珠献上。

华阳夫人的姐姐大喜，召见吕不韦说："这些虽是公孙异人的一片心意，但也劳你远道送来。如今公孙异人在赵国，不知他是不是还思念故土？"

吕不韦说："我就住在公孙异人馆舍的对面，有什么事公孙异人都对我说，我完全了解他的心事。他日夜思念安国君和华阳夫人，曾说自己从小没有母亲，华阳夫人就如同他的亲生母亲，愿意回来奉养华阳夫人，以尽孝道。"

华阳夫人的姐姐问："公孙异人一向还好？"

吕不韦说："因为秦军屡次讨伐赵国，赵王几次想杀他，托安国君和华阳夫人的洪福，才保住性命，现在他思归之情越来越迫切。"

华阳夫人的姐姐哈哈一笑说："这如何讲？"

吕不韦说："公孙异人贤孝无比，每逢秦王、安国君和华阳夫人的寿诞，必定清斋沐浴，焚香向西跪拜遥祝，赵国人没有不知道的。公孙异人又好学重贤，交结的诸侯宾客遍于天下，天下人都称赞他的贤德孝顺。所以赵王想杀他时，臣民们为他保奏，可以说这是托安国君和华阳夫人的洪福。”吕不韦说完，又将一匣珠宝献上说：“公孙异人不能回来亲自侍奉安国君和华阳夫人，托我献上这些薄礼聊表孝顺之心，请您转交。”

华阳夫人的姐姐嘱咐自己的家人款待吕不韦，自己进宫去见华阳夫人。华阳夫人见到了这些珠宝，以为嬴异人真的在思念自己，心中十分高兴。

华阳夫人的姐姐回复吕不韦，吕不韦故意问道：“华阳夫人有几个儿子？”

华阳夫人的姐姐说：“没有儿子。”

吕不韦说：“华阳夫人应该在诸子中挑选一个贤孝的为嫡子，待到安国君百年之后，所立的嫡子为王，最终也不会失势。要不然，一旦色衰爱弛，后悔就来不及了！如今公孙异人贤孝无比，又愿意依附华阳夫人，华阳夫人如果诚意立他为自己的嫡子，在秦国不就世世受宠了吗？”

华阳夫人的姐姐又将这些话告诉了华阳夫人，华阳夫人睁大眼睛说：“这个客人说得很对呀。”

这天夜里，华阳夫人与安国君嬴柱对饮，她忽然哭泣起来，嬴柱感到奇怪，就问她为什么哭泣。华阳夫人说：“妾有幸服侍您，但不幸的是没有自己的儿子。在您二十多个儿子中，异人最贤孝，诸侯宾客往来，对他都赞不绝口。我请求您让他作为妾的嫡子，妾也能有个后嗣。”嬴柱答应了。

华阳夫人说：“您今日答应了妾，明日就又忘了。”

嬴柱说：“你若不相信，愿刻符为誓！”拿过玉符，就在上面刻了“嫡嗣异人”四个字，又将玉符从中间剖开，与华阳夫人各留一半，以此为信物。

华阳夫人说：“异人在赵国，怎样才能回来呢？”

嬴柱说：“明天，我就进宫请求父王让他回来。”

第二天，安国君嬴柱果真去拜见秦昭襄王，请求让嬴异人回来。秦昭襄王想了想说道：“凡事有得就有失，我们如果把异人要回来，就要失去很多很多。为了秦国利益，我们公族应该有所奉献。”便不同意嬴柱的请求。

安国君嬴柱召见吕不韦道：“我想让异人回国立为后嗣，但父王不同意，先生有什么妙策？”

吕不韦叩首说：“安国君您如果真的立公孙异人为后嗣，在下我不惜千金家业，去贿赂赵国当权者，必定能将公孙异人救回来。”

嬴柱非常高兴，当即交给吕不韦黄金百镒，让他转交嬴异人作为活动费用。嬴柱又拜吕不韦为嬴异人的师傅，让吕不韦传话说：“回国相见，只是早晚的问题，不必忧虑。”华阳夫人为嬴异人做了一箱衣服，赠送给吕不韦玉璧十对。吕不韦告辞，前往赵国。

回到邯郸第二天，吕不韦准备了礼物去拜访赵国公孙赵乾，然后又见了秦国公孙嬴异人，将安国君嬴柱和华阳夫人的话，一一详细叙述，又将黄金、衣服献上。嬴异人惊喜万分，对吕不韦说：“衣服我留下，黄金麻烦夫子您拿去，如果有什么要花费，只管拿去用，只要能救我回国，我就感激不尽了。”

吕不韦娶了一个邯郸美女赵姬，能歌善舞。一日，吕不韦请嬴异人和赵乾到家里喝酒，席上珍馐百味，不必细说。酒至半酣，吕不韦开口说：“我新纳了一个小妾，能歌善舞，想让她来劝酒，你们不要嫌唐突。”说完，就让两个婢女去唤赵姬出来。吕不韦说：“你来拜见这两位贵人。”赵姬轻移莲步走来，在毡毯上磕了两个头。嬴异人与赵乾急忙作揖还礼。吕不韦让赵姬前来敬酒。嬴异人抬头一看，果真标致漂亮。赵姬敬完酒，舒开长袖，就在毡毯上跳起舞来。体若游风，宛转如风吹羽毛，轻盈似与云雾混为一体。看得赵乾和嬴异人目乱心迷，神摇魂荡，口中赞叹不已。赵姬劝完酒、跳完舞后，就回内室去了。宾主又相互劝酒，喝得十分尽兴。赵乾不觉大醉，在座席上睡着了。嬴异人心念赵姬，借着酒兴，请求吕不韦说：“我孤身一人在此为人质，独处馆舍寂寞无聊，想跟您求得赵姬为妻，不知道夫子是否同意？”吕不韦先是吃惊，然后笑着说：“我为了让公孙您能回归秦国，千金家产都毫不吝惜，岂会吝惜一个女子？但这女子年轻害羞，恐怕她不同意，我好好劝劝她，公孙暂且等待。”嬴异人又一次下拜称谢，等赵乾酒醒后，二人一同坐车离去。

这天夜里，吕不韦对赵姬说：“秦国公孙异人十分爱你，求你为妻，你觉得怎么样？”

赵姬说：“妾既然已经委身于您，您为什么要抛弃妾，让妾去侍奉别人？”

吕不韦悄声告诉她说：“你跟随我终身，也不过是个商人妻子，而公孙异人将来会被立为秦王，你得到他的宠爱，必然会成为一国夫人。你就听从我的计策吧。”

赵姬内心欣喜，却故意哭泣着说：“夫谋划的是大事，妾怎敢不从命？但我们夫妻之间的恩爱，又怎么忍心割绝呢？”

吕不韦抚慰她说：“你若是不忘我们的情意，以后得到秦家天下，我们还做夫妻，永不分离，这不是很好吗？”二人对天起誓，当夜同寝，恩爱百倍。

第二天，吕不韦到赵乾处，对昨天酒席上的简慢表示歉意。赵乾说：“我正想与嬴异人一同去拜访，感谢您昨日的热情款待，反而劳累了您跑一次。”过了一会儿，嬴异人也到了，彼此相互道谢。吕不韦说：“承蒙公孙您不嫌小妾丑陋，愿意娶为妻子。我再三劝说她，现在已勉强从命。今日良辰，即当送到公孙您的寓所陪伴。”嬴异人说：“夫子的恩德，我粉身碎骨也难以报答！”赵乾说：“既然有这样的良姻，我应当为媒。”便命令左右备下喜筵。吕不韦告辞离去，到了晚上，用车将赵姬送到嬴异人的住处成亲。

嬴异人得到赵姬，如鱼得水，爱恋非常。大约过了一个多月，赵姬对嬴异人说：“妾有幸来侍奉公孙，真是上天保佑，已有了身孕。”嬴异人更加欢喜。

春去冬来，花开花落，转眼十个月过去了，赵姬生下一个男孩。产时红光满室，百鸟飞翔。再看那婴儿，生得眉目端庄，额头方阔，眼有双瞳，哭声洪亮。这一天，正是正月初一。嬴异人高兴地说：“我听说顺应时运的大王，必有特殊征象，这孩子骨相非凡，而且又生在正月初一，以后必将为政于天下！”于是，给他取名为政。当时吕不韦听说赵姬生了个男孩，不由得心中窃喜。算算时间，吕不韦不知道这是自己的孩子还是嬴异人的孩子。

六　邯郸保卫战

再说白起回到秦国后，继续怨恨范雎，当众说："赵国自从长平兵败，邯郸城中，夜夜惊慌，若能乘胜攻击，不用一个月就可攻克。可惜范雎不知时势，主张班师撤兵，失掉了良机。"秦昭襄王听说后，非常后悔地说道："白起既然知道邯郸可以攻克，为何不及早跟寡人说明？"于是计议征伐赵国。恰巧白起此时患病不能前去，于是改命王陵为将军。

王陵率领十万秦军征讨赵国，此时赵国经长平之战，元气大伤，尚未恢复。面对十万秦军，赵国坚壁清野，将各城邑守军和粮草全部撤到赵都邯郸。王陵没费多大劲，就率军包围了邯郸城。

秦军攻城器械颇多，当年鲁班发明的云梯等利器已被秦军广泛使用。王陵心里道："赵军主力早已斩杀殆尽，此时赵国邯郸守军不过是老弱病残，只需月余便可攻下。"于是，王陵率军急攻邯郸城，秦军弓弩手将数十万支箭射向邯郸城上，掩护步兵攻城。步兵分为两队，一队肩扛云梯，强登邯郸城墙；一队推冲车，直攻邯郸城门。王陵将秦军分为三部，不分昼夜轮攻邯郸。但是一个月下来，秦军伤亡两万，邯郸也未被攻破。

王陵望着邯郸周围万顷苍绿、即将丰收但被赵人尽毁的良田，看着雄武宽厚的邯郸城墙和城上站立的赵国军士决不屈服的面容，心中竟然产生了不安。王陵下令停下休整。

邯郸战报传到咸阳，秦昭襄王十分生气，便令王陵尽早攻下邯郸。接到秦昭襄王三令五申的王陵，在寒风中向赵都邯郸发起第二次大规模的攻城战。疲惫的秦军，在赵军的弓弩下，多有伤亡，军士战斗皆不利。

率领赵军保卫邯郸的正是赵国名将廉颇。廉颇不只防守严密，而且还以自己的家财招募敢死勇士，常常在夜里爬下城墙，前去袭击秦军营垒。王陵所率的秦军不得不退后数十里。赵国邯郸城内，伤员遍城皆是，但军士依旧士气高昂。平原君赵胜，在寒冬将府内的积粮存衣散发给百姓，并令其家人抢救伤员。赵兵多弱，廉颇命弱者立城，强者于城内休养，逢战而轮换。期间，赵军精锐常常出城，多有战死不回者，秦军亦伤亡惨重。

这时白起已经痊愈，见王陵屡败，秦昭襄王便想让白起替代王陵。洛阳苏厉获悉，赶紧去见周赧王，提醒道："当前坚决抗击秦国的是赵国，如果赵国被灭，大王您的处境就危险了。"周赧王知晓秦国的狼子野心，当年秦武王就侵入周室，观看九鼎，如果现今赵国被秦国攻灭，那么对周王室的威胁就更大了。周赧王问苏厉怎么办，苏厉说："秦国白起战无不胜，号称'人屠'。如果用他为将，征伐赵国，则赵国必亡。听说现今秦王要用白起为将，当务之急是阻止白起。"周赧王当即从空空的国库中拿出黄金十镒，交给苏厉，请他谋划。

苏厉不嫌酬金少，急急赶到了秦国，拜见白起说："当年楚国有个养由基，武安君您可听说过？"

白起点了点头，说道："他是神射手！"

苏厉笑着说："武安君您就是当今的战神。今日来拜访您，就是想将养由基这名神射手的故事讲给您听。"

于是，苏厉讲到——

养由基和潘党比赛射箭。在一片喝彩声中，有个人在养由基身旁冷冷地说："你有了百步穿杨的本领，我就可以教你如何射箭了！"养由基听此人口气甚大，就转过身去瞪大眼睛问道："你准备怎样教我射箭？"那人平静地说："我并不是来教你怎样弯弓射箭，而是来提醒你该怎样保持射箭的名声。你是否想过，一旦你力气用尽，有一次箭不中，你那百发百中的名声就会不存在了。一个真正善于射箭的人，应当注意保持名声！”养由基听了这番话，觉得很有道理，便再三向他道谢。

苏厉说道：“赵人尚武，骨子硬，命根子硬，长平之战被杀四十余万而绝不屈服于秦。如今王陵率秦军围邯郸，邯郸坚壁清野，放弃野战和小城邑，集中各地守军及粮草全力保卫都城邯郸，其兵力仍不下四十万。邯郸军民因长平之战，几乎每家都丧子、丧夫、丧父，他们一定同仇敌忾，誓卫赵都。武安君您如果前去，一定困难重重。”白起听后，不由想起长平之战时赵兵腹中无食以人充饥而依旧斗志不懈，便不禁打了个冷战。

白起接受了苏厉送给自己的“战神”高帽，也接受了他送给自己保持百战百胜名气的劝告，于是继续称病，向秦昭襄王上书道：“现在的邯郸，难以攻克。先前赵国大败之后，百姓惊恐不宁，因而可以乘虚而入。他们要防守也不会坚固，要进攻也无力量，攻克邯郸是指日可待。如今两年过去了，他们的困难已经逐渐消化。另外老将廉颇，实非赵括所能相比。况且诸侯各国见秦国与赵国刚刚和约，现今又去攻打，必会认为秦国不可信任，将联合起来解救赵国。因此，臣无法预见秦国能够取胜。”秦昭襄王见到白起的奏章，不以为然，仍强迫他前去，白起坚决推辞。

秦昭襄王又派丞相范雎前去请他。白起怨恨范雎曾经阻碍他立功，便继续推说自己重病未愈。

秦昭襄王问范雎：“白起真的病得很重吗？”

范雎老道，视白起为政治对手，巴不得白起出事，便奏道：“是不是真病了，臣不清楚，然而他不肯担任将军的心意是很坚决的。”

秦昭襄王怒气冲冲地说道：“白起太高傲了，他以为秦国非他不可吗？长平之战，起初统率兵马的是王龁，王龁有哪一点不如白起？”于是增兵十万，命令王龁去替代王陵。王陵回国后，就被免了职。

王龁率军攻打邯郸，五个月都未能攻克。白起听说后，对他的门客们说：“我坚持认为邯郸难以攻克，大王不听我的话，看看现在如何！”多门屋多风，多嘴世多祸。白起门客中有人多嘴，在与范雎门客交谈中，将白起的话泄露了出去。范雎门客又将此话报告给了范雎。

范雎上奏秦昭襄王，秦昭襄王大怒，削去了白起的武安君封号，贬为平民，并让他迁往阴密，立刻出咸阳城，不许停留。白起叹息说："当年吴王夫差曾提醒文种、范蠡'狡兔死而良犬烹'，如今我前后为秦国杀敌近百万，也应当被'烹'了。"出了咸阳西门，在杜邮暂歇，等待行李。

范雎又对秦昭襄王奏道："白起走时，心中愤愤不平，面上怏怏不服，大有怨言，他生病并不是真的，臣唯恐他投奔别的国家，日后对秦国不利。"秦昭襄王一不做、二不休，即刻派人赐白起利剑。

秦昭襄王的命令到了杜邮，白起持剑在手，深深吸了一口气，对天叹道："我何处得罪了上天？竟然要我落得这样下场！"过了很久，他又说："我该死！长平之战，赵军将士二十多万投降，我用奸诈之计，一夜之间把他们全部杀尽。他们又有什么罪过？我是应该到地下向他们谢罪啦！"于是持剑刎颈而死。

秦昭襄王杀了白起后，又派精兵五万，命将军郑安平率领，前去帮助王龁，一定要攻克邯郸才罢休。

赵孝成王听说秦国增兵来攻，非常惊慌，分派使节向各诸侯国求救。平原君赵胜向赵孝成王奏道："魏国与我们友好，唇亡齿寒，他们一定会派救兵来的。楚国是大国，离我们很远，不把合纵利害说透，他们是不会前来相救的，臣当亲自前去。"

赵胜挑选手下文武兼备的门客二十人一同前往。可是三千多名门客中，文者不武，武者不文，挑来选去，符合条件的只有十九人，不足二十。赵胜叹息道："我养士这么多年了，而要真正得到几个有用的士人竟然如此之难！"这时，旁边有一个人插话说："像我这样的人，可不可以来凑足这个数呢？"赵胜知道他叫毛遂，便笑着说："贤士处世，就如同锥子处于囊中，它的锋芒会立刻显露出来。你在我门下三年，我未有所闻，看来你在文武方面一无所长吧？"毛遂说："平原君您说得没错。我之所以未显露才能，是因为我直到今日才要求处于囊中罢了！要是让我早处囊中，必将锋芒全部显露出来，难道只露出一点儿锋芒就行了吗？"听了毛遂这番话，赵胜感到惊奇，就让他一同前去，凑成二十人这个整数。当日辞别了赵孝成王，躲过秦军，往楚国新都宛丘进发。

宛丘屹立于一片湖水之中，湖中有城，城中有湖。万亩湖水，碧波莹莹；柳丝垂岸，鸥鹭嬉滩；蒲苇葱葱，荷花斗艳。平原君赵胜原是爱荷之人，可此时他无心欣赏宜人的风景，直奔春申君黄歇府宅。第二天清晨，黄歇就将赵胜一行人引见给楚考烈王。

平原君赵胜与楚考烈王礼毕，二人坐在殿上，毛遂与另外十九人立在两旁。赵胜从容地谈起合纵抗秦的事，楚考烈王说："先王楚怀王曾经为纵约长，讨伐秦国没有成功。诸侯各国就像一团沙，聚成一个整体谈何容易！"

赵胜说："公孙衍首倡合纵之说，苏秦又促成洹水合纵会盟，六国曾经约为兄弟，共同对抗秦国。但楚怀王受张仪欺骗，与齐国断交，致使合纵盟约渐渐解体。齐国、燕国暗中算计、互相讨伐，更加破坏了合纵盟约。如果有那么几个国家坚守盟誓，不受秦国欺骗，秦国还能怎样呢？"

楚考烈王说："现在的时势是秦强而列国都弱，各国尽可图谋保护自己，相互之间又能做些什么呢？"

赵胜说："秦国虽然强大，但要分制六国，力量是不足的；六国虽然弱小，但是齐心合力制裁秦国，力量是有余的。如果各自图谋保护自己，不思相救，那么一强一弱，胜负早已分明，恐怕秦国的兵马会得寸进尺，越来越猖狂。"

楚考烈王又说："秦国一出兵就攻克了上党，杀掉赵军四十多万。现在秦军又进逼邯郸，楚国地处偏远，能管得了这事吗？"

赵胜说："我国大王任用将军不当，才导致了长平一战的失败。如今先王陵、后王龁率军二十多万，驻扎在邯郸城下，先后已有一年了，没有损到赵国一分一毫。如果救兵集中起来，就能大挫秦军的锐气，这以后几年就能够得到安宁了。"

楚考烈王说："秦国新近与我楚国通好和约，你让寡人合纵救赵，秦国必然迁怒于楚国，这是让楚国代赵国受怨呢！"

赵胜说："秦国通好楚国的目的，是想先集中力量对付近邻，近邻要是灭亡了，楚国还能独存吗？"楚考烈王心中一直畏惧秦国，所以还是迟疑不决。

毛遂在台阶下回头看看日影，已经到中午了。于是他就按剑顺台阶而上，走到殿上，对赵胜说：“合纵的利害关系，两句话就可以说清楚。今日从日出入朝，一直议论到日中，楚王还是犹豫不定，这是为什么？”

楚考烈王怒声问赵胜：“他是什么人？”

赵胜说：“他是我的门客毛遂。”

楚考烈王对毛遂斥责道：“寡人与你的主人商议大事，你这个门客为何多嘴？”

毛遂走近几步，按剑说道：“合纵是天下大事，天下人都可以议论，大王您为何要呵斥我？”

楚考烈王脸色稍稍收敛了些，问毛遂：“你想说什么？”

毛遂说：“楚国土地五千余里，曾经雄视天下，号为盟主。可是秦国崛起后，数次打败楚军，不但楚怀王被囚身死，而且楚国新郢都也失去，被迫迁都。这些怨仇，三尺儿童都以为耻辱，难道大王您不想这些事情吗？今日商议合纵之事，是为了楚国，并不是为了赵国！”

楚考烈王一时哑口无言，此时双眼圆瞪，充满了对秦国的仇根。毛遂见楚考烈王雄心一起，便问：“大王下定决心合纵抗秦了吗？”

楚考烈王点了点头说：“寡人下定决心了！”

毛遂手捧歃血盘，快步走到楚考烈王面前说：“大王应当先喝，接下来是我家主人。”于是，纵约就缔成了。楚考烈王派遣春申君黄歇率领楚军八万前去解救赵国。

平原君赵胜在宛丘祭拜太昊伏羲陵后，便急急返回赵国，途中不禁感叹道：“毛遂三寸之舌，胜过兵戈无数！我经历的人很多了，而偏偏没有发现毛遂这样的贤士，差点儿失之交臂，从今以后我再也不敢小瞧人了。”

此时，魏安釐王也派遣将军晋鄙率兵十万来救赵国。秦昭襄王听说楚、魏前来救援赵国，就亲临邯郸督战，并派人对楚、魏两国说：“秦军进攻邯郸，即将攻克，你们若敢来解救，我们大秦国必定移兵攻击你们！”魏安釐王非常害怕，即命晋鄙停止不前，于是晋鄙驻扎在邺下。春申君黄歇率领楚军也在武关观望不进。

此时，嬴政快三岁了。秦军围攻邯郸一年有余，对于秦国公孙嬴异人一家来说，形势万分危急。杀红眼的赵人随时会对嬴异人一家动手。将宝押在嬴异人身上的吕不韦更是心急，他对嬴异人说：“赵王如果再次迁怒于你怎么办？不如赶紧逃回秦国去。”嬴异人说：“这件事全仗夫子来筹划了。”于是，吕不韦拿出黄金二百镒，用一半贿赂了南门守吏，骗他们说：“我举家从阳翟来，在这里经商，没有想到秦军来攻打，包围邯郸城这么长时间。我的思乡之情越来越迫切，现在将所存的家财全部分散给各位。只求你们给个方便，放我一家出城，回阳翟去，我将感激不尽！”守吏答应了。吕不韦接着又拿出黄金五十镒送给赵乾，述说自己想回阳翟老家的心意，反过来又故意央求赵乾去与南门守吏说个方便。守吏已受了贿赂，正好做个顺水人情。

吕不韦预先让嬴异人将赵姬母子悄悄送到她母亲家。这一天，吕不韦置办了酒席宴请赵国公孙赵乾。吕不韦说：“我就在这三天内出城，特备一觯薄酒与公孙您话别。”席间将赵乾灌得烂醉。左右军士也都大酒大肉，吃饱喝足后各自睡去。到了半夜，嬴异人穿着便服混在吕家家仆中间，跟着吕不韦走到南门，守吏不知底细，私开了城门，放他们出城。

这一队人连夜奔走。天亮时，被秦军哨探抓住。吕不韦指着嬴异人说：“他是秦国的公孙，一直在赵国做人质，现在逃出邯郸，来投奔自己的国家，你们赶快在前面带路！”哨探让出了马匹让嬴异人和吕不韦骑坐，带他们来到王龁大营。王龁问明了来历，立即请他们进来相见，拿出衣冠让嬴异人更换，又设宴款待。王龁说：“大王亲临这里督战，行宫离这儿不过十里地。公孙可到行宫与大王相见。”

秦昭襄王见了嬴异人，欢喜至极，他说：“世子日夜都在想你，今日你总算逃脱虎口了。现在你先回咸阳去，以安慰父母的思念之情。”嬴异人告别了秦昭襄王，与吕不韦登上马车，直奔咸阳而去。

吕不韦与嬴异人坐着马车，一直来到了咸阳。先有人报告给了安国君嬴柱。嬴柱惊喜地对华阳夫人说：“我们的儿子来了！”两人并坐在中堂等待嬴异人。

吕不韦对嬴异人说：“华阳夫人是楚国人，公孙既然已是她的儿子，就该穿楚服进去相见，用以表示依恋之情。”

嬴异人听从了他的话，改换了衣装，先拜见了父亲嬴柱，又拜见了华阳夫人。嬴异人哭泣着说道：“不孝儿与父母亲分离多年，不能在你们跟前侍养尽孝，望父母亲恕儿不孝之罪！”

华阳夫人见嬴异人一身楚人装束，惊奇地问道：“你在邯郸，怎么会穿一身楚人装束？”

嬴异人跪拜禀告道：“不孝儿日夜思念母亲，所以特别做了楚服，以表思念之情。”

华阳夫人激动地说：“我是楚人，你真是我的儿子！”

嬴柱说：“我儿可改名叫子楚。”嬴异人拜谢。

嬴柱问子楚（嬴异人）：“你是怎么回来的？”子楚（嬴异人）便将吕不韦破财行贿的事，细述了一遍。嬴柱当即召来吕不韦，非常感激地对他说：“要不是先生的话，我险些失掉这个贤孝的儿子。现在我将我的封地二百顷、宅第一所、黄金百镒送给你，权且作为你的安家费用。待父王回国，再给你加官赐禄。”吕不韦谢恩而去。

再说赵国公孙赵乾直到天亮才醒酒，左右军士报告说：“秦国公孙异人一家不知去向！”赵乾便派人去问吕不韦，回报说：“吕不韦也不在了。”赵乾惊讶地说：“吕不韦说他三日内动身，怎么可能半夜就走了呢？”他预感事情不妙，随即亲自到南城门询问，守吏答道：“吕不韦一家出城已有很长时间了，我们是奉公孙您的命令才让他们出城的。”赵乾问：“有没有看见秦国公孙异人？”守吏说：“只看见吕不韦和他的几个家仆，并没看见秦国公孙在里面。”赵乾跺脚叹息说：“家仆之中，必有异人，我这是中了商人吕不韦的奸计了！”于是上表赵孝成王道：“臣赵乾监押不慎，致使秦国人质异人逃走。臣咎由自取，以死谢罪！”写完，便挥剑自杀。

秦昭襄王自从嬴异人逃回秦国后，就更加猛烈地攻打邯郸。赵孝成王又派遣使节请求魏国迅即出兵。

魏安釐王召集众臣商议，魏国客卿辛垣衍献计说：“秦国现在用兵侵伐不休，目的就是想再次称帝罢了。如果让赵国派使节去秦国，表示愿意尊秦为帝，秦国必定会很高兴撤兵，这是以给对方虚名来避自己的真祸。”魏安釐王本就不敢去救赵国，此时无计可施，便派辛垣衍随赵国使节一起去邯郸，用这些话来劝赵孝成王。

赵孝成王与群臣商议尊秦为帝一事是否可行。群臣议论纷纷，一时无法决定，平原君赵胜也乱了方寸，毫无主见。

此时齐国辩士鲁仲连正巧在邯郸。人生在世，如同白驹过隙，一蹉跎，便是两鬓苍苍。现在的鲁仲连已经年过六旬，听说魏国使节辛垣衍来劝说赵国尊秦为帝，便来拜见平原君赵胜。

鲁仲连说："路人都说平原君您在计划尊秦为帝，有没有这件事？"

赵胜说："我现在魂魄都已丢了，还敢计谋什么事情？这是魏王派他的客卿辛垣衍来赵国说的。"

鲁仲连说："您是天下的贤公子，难道要将自己的职责交付给魏国吗？辛垣衍在何处？我理当为您去责问他，让他赶快回魏国去！"

平原君赵胜将这事告诉了辛垣衍。辛垣衍久闻鲁仲连的大名，知其能言善辩，怕他搅乱了自己来赵国的使命，便推辞不见。赵胜坚持要他们二人相见，于是就邀请鲁仲连一起来到馆舍见辛垣衍。

辛垣衍抬眼观察鲁仲连，只见他神清骨爽，飘飘然有神仙般的气度，不觉肃然起敬，抢先说道："我看先生相貌堂堂，为何长期居住在这被围攻的城里而不离开呢？"

鲁仲连说："我有事情要请求您，所以留在这儿。"

辛垣衍问："先生要请求什么？"

鲁仲连说："请求您帮助赵国。"

辛垣衍笑着说："我这次就是来帮助赵国的，您要求我做什么呢？"

鲁仲连说："别让赵国去尊秦为帝。说真的，魏国未能认识到让秦国称帝的害处，若是认识到了这个害处，就一定会帮助赵国的。"

辛垣衍问："秦国要是称帝，其害处又是怎样的呢？"

鲁仲连说："秦国是个背弃礼义而尚行杀人立功的国家，恃强挟诈，屠杀生灵。它现在与别国并为诸侯已经如此，倘使它放肆地称帝，就会更加增长它的暴虐。我宁愿跳进东海而死，也不愿意做它的臣民！而魏国就甘心居于它之下吗？"

辛垣衍说："魏国怎能甘心居于它之下呢？譬如家仆，十个人服从一个主人，难道是他们的智略和能力不如主人吗？不是，只是畏惧主人罢了！"

鲁仲连说："魏国是否把自己看作如家仆一样呢？如果是这样的话，我将让秦王对魏王施行烹煮的酷刑！"

辛垣衍愤怒地责问道："先生又怎么能使秦王烹煮魏王呢？"

鲁仲连说：“秦王如果放肆地称帝，必然责令魏王入朝，一旦像商纣王那样对魏王施行烹煮酷刑，谁又能制止得了呢？”辛垣衍沉思不语。

鲁仲连又说：“还不仅仅如此，秦王要是称帝，又必将更换诸侯的大臣，罢免他所憎恶的，而换上他所喜欢的，又会让自己的女儿作为诸侯的妻妾，时时监视，事事进谗，魏王怎么能够得到平静安宁呢？就是您又怎么能保住自己的爵禄呢？”

辛垣衍突然站起身来，对鲁仲连说：“先生真是天下名士啊！我即刻回去报告我家大王，不要再提尊秦为帝的事了。”

且说秦昭襄王听说魏国使节辛垣衍来邯郸商议尊秦为帝，很高兴，就延缓了进攻，以待商议结果。等到听说商议未能成功、魏国使节已经离去时，秦昭襄王不禁叹息道：“这邯郸城中有贤士呀，不可轻视！”于是自己撤退回国，同时告诫王龁谨慎用心。

再说辛垣衍离开后，平原君赵胜又派人到邺下向魏将晋鄙求救，晋鄙以魏安釐王没有下达命令为由而拒绝。赵胜无奈，便写信责备魏国信陵君魏无忌，以激他劝说魏安釐王。信中道——

> 我之所以合纵魏国，是因为信陵君您有高尚的义节，能急人之所急！如今邯郸将要城破，而魏国却迟迟不愿进兵解救，这难道就是我一生结交于你的意义吗？你的妹妹季姬担忧邯郸城破，日夜悲泣。信陵君你纵然不念我，难道也不念你的妹妹季姬吗？世人传言：“信陵君不忍心负一斑鸠，又怎能负人呢？”果真如此吗？

信陵君魏无忌见了这封信，甚感羞愧，几次请求魏安釐王发布命令，让晋鄙进兵，但魏安釐王几次都托辞说：“赵国自己不愿尊秦为帝，难道要靠别人的力量来为它抗击秦国吗？”坚持不同意。魏无忌又让门客辩士去劝说，百般巧语，魏安釐王就是不答应。魏无忌说：“我坚决不能有负平原君了。就是一个人，我也要去赵国，与平原君死在一起！”于是备好一百多辆马车，四处邀约门客，准备直接抗击秦军。跟随魏无忌前去解救邯郸之难的，有一千多人。

队伍出发，经过夷门，信陵君魏无忌与侯生辞别。侯生说：“信陵君您要努力啊！我已年老，不能跟从您去，不要见怪，不要见怪！”魏无忌看了侯生好几眼，侯生也不再说别的话，魏无忌很不满意地离开了。走了十多里路，魏无忌还是心中愤愤不平：“我对待侯生，自己觉得是尽礼尽义了。今日我奔往邯郸，准备去拼命，他却没有一言半语为我谋划，也不阻止我前行，真是无义啊！”突然魏无忌觉得侯生眼中似乎有话想说未说，于是让门客们都停下，暂不前行，他独自驾车回去见侯生。众门客都说：“那是个半死的人，明知他无用，信陵君又何必回去见他呢？”魏无忌不听，只管往回赶。

却说侯生立在门外，看见魏无忌的马车回来，就笑着迎上说：“我早就料到信陵君一定会返回来的。”

魏无忌问：“为什么？”

侯生说：“信陵君待我一向厚重，今日您要去冒险拼死，而我却无行动，您必定会恨我，所以我知道您会回来。”

魏无忌说：“起初我还以为有什么地方得罪了先生，所以特地回来询问。”

侯生说：“信陵君养门客这么多年，现在遇到危难，门客没有献出一条妙计，而只会一味跟着信陵君去冒犯秦国强兵，就像把鸡蛋投向石头，又有什么好处呢？”

魏无忌说：“我也知道没有好处，但与平原君交情深厚，义节不允许我独自活着。先生有什么好计策吗？”

侯生说：“信陵君先请入座，容我慢慢为您谋划。”于是让旁边的人都离开，悄悄地对魏无忌一人说：“听说宫中如姁得到大王的宠爱，是真的吗？”

魏无忌说：“是真的。”

侯生说：“我又听说如姁的父亲，过去被人所杀，如姁报告了大王，要报杀父之仇，然而三年都没找到那个人，还是信陵君派门客去斩下了那个仇人的脑袋，献给了如姁。这件事，是真的吗？”

魏无忌说：“确有此事。”

侯生说：“如姁感念信陵君的恩德，愿为信陵君而死，已经不是一天了。如今调动晋鄙大军的兵符，就在大王寝殿内，只有如姁才能窃到。信陵君若是开口请求如妫，如妫一定会答应。信陵君得到了这个兵符，夺取晋鄙的兵马，用来解救赵国，抗击秦国，这可是无量功业啊！”魏无忌恍然大悟，如梦初醒，再拜称谢。

信陵君魏无忌让众门客留在郊外，独自去找一个与自己交情很深的宫中内侍寺人颜，让他把窃兵符的事暗地里告诉如妫，请她帮忙。寺人颜照办，如妫说：“信陵君有命，即使赴汤蹈火，也在所不辞。”

这天夜里，魏安釐王饮酒酣睡，如妫窃到了兵符，交给寺人颜，寺人颜又转交魏无忌。魏无忌得到了兵符，又去与侯生辞别。

侯生说：“将在外，君命有所不受。信陵君到了那里，就与晋鄙合符。要是他不信，或者为保自己安全，假作顺从，暗地里却派人回来与魏王核实，那么事情就不好了。信陵君您还记得朱亥吗？他是天下少有的力士，信陵君可与他一起去。晋鄙见到兵符表示顺从，那就很好；若是他不顺从，就让朱亥杀了他。”魏无忌听说此话，不觉泪下。侯生说：“信陵君害怕了吗？”魏无忌说：“晋鄙将军本无罪，倘若不顺从，就要杀掉他。我是为这个悲伤，并不是害怕。”说完就与侯生同去朱亥家，向他说明情况。

朱亥笑着说：“我是个市井小人，承蒙信陵君几次屈尊来看我，至今没有回报，只是觉得献些小礼没有大用。如今信陵君有急难，正是朱亥效命的时候。”侯生说：“人在天地间，动则思礼，行则思义。按照义节，我也应当跟从你们前去，只因年老不能远行，我就用我的魂魄来为信陵君您送行吧！”当即用剑自刎于车前。魏无忌十分悲伤，给了侯生家中一笔丰厚的钱财，作为殡殓费用。自己不敢久留，就与朱亥登车率领门客往邯郸而去。

却说魏安釐王在寝殿丢了兵符，过了三天才发觉，心中十分惊奇。盘问如妫，推说不知。遍搜宫内，也不知下落。又教寺人颜将婢女内侍，逐一拷打。寺人颜心中明白，只得假意审问，宫中又乱了一天。魏安釐王突然想起信陵君魏无忌，屡次劝自己诏令晋鄙进兵，他手下的门客中，鸡鸣狗盗之徒很多，这件事肯定是他干的，便派人去召魏无忌，回报说：“信陵君四天前已与门客一千多人，乘坐一百多辆马车出城了，听说是解救赵国去了。”魏安釐王大怒，便派大夫卫庆，率军三千，日夜兼程追赶魏无忌。

再说邯郸城日夜盼望救兵，没有一个到来，军民精疲力竭，粮草也已断绝，人皆以骨为炊、易子而食，此时的邯郸城处于最危急的时刻。赵孝成王很忧虑。有一名叫李同的小吏对平原君赵胜说：“百姓们每天登城防守，而您却安享富贵，又有谁肯为您尽力呢？您如果能让府中妻妾以下的人，编在军队之中，再把家中所有财帛，全部发散给将士们，在危难之际，很容易使他们感恩，抗拒秦军必定会十分尽力。”赵胜听从了他的计策。又招募到敢死勇士三千人，由李同率领，夜里悄悄爬下城墙，偷袭秦军营垒，杀掉秦兵一千多人。王龁大惊，后退了三十里安营。这样，城中人心才稍稍安定。李同身负重伤，回城后就死去了。赵胜哭得非常伤心，命人厚葬他。

再说信陵君魏无忌来到邺下，见到晋鄙说：“大王认为将军长期居外，必定十分辛苦劳累，特遣我来代劳。”就让朱亥捧来兵符交给晋鄙查验。

晋鄙接符在手，心中踌躇，暗暗道：“魏王将十万兵马交付于我，我虽然浅薄无才，却也没有兵败之罪，现在魏王没有片竹书简，而信陵君又徒手捧符，前来代我为将，此事怎么能轻信呢？”于是就对魏无忌说：“信陵君暂请休息几日，待我把军中人员情况编制成册，清清楚楚地交付给您如何？”

魏无忌说：“邯郸形势非常危急，应当星夜赶赴解救，怎么能有休息的时间？”

晋鄙说：“实不相瞒，这是军机大事，我还要奏请魏王问明情况，才敢交付兵马。”

话还没说完，朱亥厉声呵斥道：“将军不听大王之命，就是反叛了！”

晋鄙刚问一句：“你是什么人？”只见朱亥从袖中抽出一只四十斤重的铁锤，朝着晋鄙当头一击，顿时晋鄙脑浆迸裂，气绝身亡。

魏无忌手握兵符对众将士说：“魏王有命，让我代替晋鄙率军救赵，晋鄙不奉命，现已处死。众位将士安心听令，不得轻举妄动！”军营中一片肃静。

等到卫庆追到邺下，魏无忌已杀了晋鄙，统率兵马了。卫庆料想魏无忌救赵的决心已下，再劝说也无用，便想告辞离去。魏无忌说：

"你既然到了这里，就等我破秦之后，再回去禀告吧。"卫庆只得悄悄派人回去向魏安釐王汇报，自己留在了军中。

信陵君魏无忌重重犒劳魏军，下令说："父子都在军中的，父亲回去；兄弟都在军中的，兄回去；独子无兄弟的，都回去奉养父母；有疾病的，留在军中医治。"回去的人大约有十分之二。

魏无忌得精兵八万，编制整齐，申明军法。他率领众门客，身先士卒，进攻秦军营垒。王龁没有料到魏军突然到来，仓促应战。魏军英勇向前，赵胜也开城接应，大战了一场。王龁损兵一半，向西急退数百里，入临汾才稍事喘息。联军乘胜进攻临汾，秦军大败，被迫撤至黄河以西，夹河对峙。联军乘势收复河东六百里土地，其威大震。

在邯郸城南驻防的秦军郑安平部约两万人，被赵军重重围困。郑安平远离主力，粮草断绝，突围无望，不由叹息道："我本来就是魏国人！"于是率军降赵。

春申君黄歇听说秦军已被战败，也班师回朝。韩国此时趁机收复了上党。

赵孝成王亲自带着酒肉来犒劳魏军，他向魏无忌拜谢说："赵国亡而复存，全是仗着信陵君的大力帮助。自古以来的贤人，还没有像信陵君这样的。"

平原君赵胜背负弩矢，为信陵君魏无忌开道。魏无忌脸上露出居功自傲的得意神色。朱亥劝道："别人对信陵君有恩德，信陵君不可忘；信陵君对别人有恩德，信陵君不可不忘。信陵君私改王命，夺取晋鄙兵马用来救赵，对于赵国虽有功，而对于魏国未必没有罪，信陵君现在还得意吗？"

魏无忌很惭愧地说："我真正受到教诲了！"

等到进入邯郸城，赵孝成王亲自打扫宫室，迎接魏无忌，非常恭敬地行主人之礼。又请魏无忌走为他专设的西阶，魏无忌谦让不敢，慢慢地小步沿着东阶而上。赵孝成王亲自向魏无忌敬酒，赞颂他对赵国的功绩。魏无忌曲身弯腰谦逊地说道："我有罪于魏国，而无功于赵国。"酒宴散后，赵孝成王对赵胜说："我本想把五座城池封给信陵君，见信陵君如此恭谨谦逊，自己感到很惭愧，因此说不出口。想用鄗地作为信陵君暂住的地方，请你代寡人告诉他。"

赵胜告诉魏无忌，魏无忌再三推辞，才接受下来。魏无忌觉得自己得罪了魏安釐王，不敢回国，就将兵符交给卫庆，嘱托几句，让他率军回魏国，自己则留在了赵国。众门客也都弃魏奔赵，依附魏无忌。

赵孝成王又想封鲁仲连一个大邑，鲁仲连坚决推辞，赠给他黄金，也不接受。鲁仲连说："与其富贵屈服别人，不如贫贱求得自由。"魏无忌、赵胜一起挽留他，他还是不从，飘然而去，归隐于东海之边。

这时赵国有两位隐士，毛生，混在赌徒之间；薛生，居于卖浆之家。信陵君魏无忌早就听说他们的贤名，便派人前去拜访，请求与他们相见，二人躲避起来不肯见。一日，魏无忌探听到这两人的行踪，便不用车马，直接找到二人。魏无忌自报姓名，叙说倾慕二人的心意。二人躲避不及，只得相见，同席而饮，尽欢而散。从这以后，魏无忌常常与毛生、薛生二人交往。

平原君赵胜听说后，就对妻子季姬说："你哥哥信陵君是天下豪杰，各国公子中没有能与他相比的。如今他天天与赌徒、卖浆者交游，这都是社会低贱人士，恐怕有损他的声誉。"季姬把这些话告诉了魏无忌。魏无忌说："我一直以为平原君是个贤人，所以宁愿负魏王，夺取兵马前来相救。如今平原君对于门客，只是崇尚豪言壮语，而不求真正的贤士。我在魏国时，就常听说赵国有毛生、薛生，只恨不能与他们交游。如今让我为他们执鞭赶车，还唯恐他们看不起我，而平原君却以此为羞耻，这哪里谈得上喜好贤士呢？平原君不是贤人，我不能留在这里！"当天就让门客们打点行装，准备去别的国家。

赵胜听说魏无忌在准备行装，非常吃惊，对妻子季姬说："我对你哥哥信陵君没有什么失礼的地方，为什么他突然要弃我而去？你知道为什么吗？"

季姬说："我哥哥认为你不是贤人，所以不愿留在这里。"便把魏无忌说的话讲给他听。

赵胜掩面叹息说："赵国有两个贤人，信陵君尚且知道，而我却不知，我远远不如信陵君啊！"于是卑躬来到魏无忌馆舍，免冠顿首，对自己的失言深深致歉。魏无忌这才继续留在赵国。

再说魏安釐王接到大夫卫庆密报："信陵君果然窃了兵符，击杀了晋鄙，率领兵马，前去救赵，并留我在军中，不让回国。"魏安釐王非常愤怒，就想抓捕魏无忌家人，又想把国内魏无忌的门客杀光。

如姁跪求道："这不是信陵君的罪过，是妾的罪过，妾当万死！"

魏安釐王大怒道："窃符的人是你吗？"

如姁说："妾父被人所杀，大王为一国之王，不能为妾报仇，而信陵君却为妾报了仇。妾感念信陵君的大恩，只恨没有什么可效力回报。如今见信陵君挂念妹妹季姬，日夜哀泣，妾实在于心不忍，所以窃了兵符，让他统率晋鄙兵马，以完成自己的志向。如果抓捕魏无忌家人，诛杀他的门客，魏无忌要是兵败，则甘心情愿服罪，若是他得胜了，又将如何处置呢？"

魏安釐王沉吟了片刻，怒气稍稍平定，又问道："虽然是你窃了兵符，但必有传送的人。"

如姁说："传送的人是寺人颜。"

魏安釐王就命人把寺人颜捆绑来，审问道："你为何敢将兵符传送给信陵君？"

寺人颜临危不乱，应对道："不知道什么兵符。"

如姁反应很快，立刻圆场道："那天让你送首饰给信陵君的妻子，盒子内放的就是兵符。"

寺人颜明白如姁的意思，大哭道："在下该死！"

如姁也哭泣道："妾有罪，自己承当，不能连累别人。"

魏安釐王喝令给寺人颜松绑，关在牢中，把如姁贬入冷宫，一面又派人去探听魏无忌胜负的消息，再决定下一步计划。

大约过了两个多月，卫庆领着兵马班师回朝，将兵符交还给魏安釐王，然后奏道："信陵君大败秦军，他不敢回国，已留在邯郸，拜谢大王说：'改日再回来领罪。'"魏安釐王问战争情况，卫庆仔细述说了一遍，群臣排队向魏安釐王庆贺。魏安釐王大喜，立即派人将如姁召出冷宫，释放寺人颜出牢，饶恕了他们的罪行。如姁拜见魏安釐王，先是谢恩，然后说道："信陵君是国家的长城，怎么能够将他放弃在外邦？恳请大王派人召他回国。"魏安釐王说："免他的罪就可以了。"吩咐道："信陵君名下封地仍归他家所有，俸禄仍送到他的府上，不准迎他回国。"

再说秦昭襄王回国，安国君嬴柱率公孙子楚（嬴异人）到郊外迎接。嬴柱奏明吕不韦的贤能，秦昭襄王封他为客卿，封邑一千户。

半月后，秦昭襄王闻听秦军失败，不免懊恼，又闻郑安平投降了魏国，大怒，诛灭了他的家族。郑安平本是丞相范雎所举荐，按秦国律令，荐人有误，与所荐者同罪，郑安平投降敌人，已被诛灭了家族，范雎也该连坐，于是范雎静等秦昭襄王判罪。秦昭襄王念范雎有功劳，派人对他说："任用郑安平本是寡人的意见，与丞相没有关系。"并且再三派人安慰范雎无须把这件事放到心上，仍然要做好丞相之职。事情传出，朝中群臣议论纷纷。为了让范雎安心，秦昭襄王在全国颁布命令："郑安平投降魏国，罪该抄家灭族，此事不得再加议论，如果有谁谈论，立即斩首。"命令一下，国中再没人敢来议论了。

范雎非常感激秦昭襄王，专门到王宫中去向秦昭襄王谢恩。二人客气一番后，秦昭襄王问范雎："这次秦军失败，上党又被韩国夺去，你的封邑应城也失去了，你是不是很难过呢？"

范雎虽然失去了一个小小的封邑应城，而秦昭襄王却失去了一个广阔的上党郡。此时的范雎想安慰秦昭襄王，同时显示自己的风度，于是奏道："臣并不难过。"

秦昭襄王说："为什么不难过？"

范雎说："有一个叫东门吴的大夫，他的儿子死了，可是他并不忧愁。他的家臣就问他：'您疼爱儿子，可以说是天下少见，现在不幸儿子死了，为什么不难过呢？'东门吴答道：'我本来没有儿子，没儿子时并不难过；现在儿子死了，等于恢复没儿子时的原状，我为什么难过呢？'臣当初只不过是一个小民，当小民的时候并不忧愁，如今失去封邑应城，就等于恢复原来的小民资产，臣又有什么好难过的呢？"秦昭襄王哭笑了几声，范雎就退下了。

此时，败将王龁也来到王宫中，感谢秦昭襄王不杀之恩。秦昭襄王安抚一番后，问王龁："如果有一个城池被敌人围困，寡人就会愁得寝食不安，可是丞相范雎丢了自己的封邑，反而说自己毫不难过，寡人想不透。"

王龁说："让臣去了解一下，看看到底是怎么回事。"

王龁去拜会丞相范雎，诉苦说："我想要自杀！"

范雎很惊讶，问道："将军您怎么能说这种话呢？"

王龁答道：“我侥幸成为秦国将军，在攻打赵国邯郸时遭到失败，弱小的韩国竟敢违逆秦国，乘机夺走了上党，您的封邑也丢掉了，我王龁还有什么脸活着？还不如早点儿死了好！”

范雎赶紧向王龁说：“攻打赵国失败，上党丢失，不能怪您。魏无忌有胆有识有义，赵、魏、楚三国合纵对付秦军，所以导致我们失败。秦王也看到了这一点，所以没有怪罪您。”此时范雎又想安慰王龁，便说道：“我愿意把夺回封邑应城之事托付您！”王龁感谢一番后，离开丞相府，转而又去了王宫，把范雎的话回奏秦昭襄王。

智者千虑，亦有一失。此后，秦昭襄王开始怀疑范雎。每当范雎谈论到韩国的事，秦昭襄王便认为范雎是在为夺回应城而谋划。

一天，范雎上奏秦昭襄王，劝他早日兴兵灭周，称帝于天下。秦昭襄王知道要想灭周，就要先攻打韩国，因此以为范雎是在为自己原先的封邑应城作打算，便不予采纳，回复道：“当下秦国刚败，各国合纵抗秦之风又起，我们秦国理当先破坏合纵，再瞅时机攻伐各国。”范雎怏怏而退。

秦昭襄王对范雎的信任度降低，便派他出使齐国，以加强两国友谊，破坏六国合纵。

七　周朝灭亡

秦昭襄王判断得没错，合纵抗秦之风又起。楚考烈王听说魏无忌大破秦军，而春申君黄歇毫无建树地率兵回来，不由长叹一声说："平原君的合纵战略，看来是很有道理的。寡人真遗憾没有信陵君这样的将军，倘有这样的人才，我们还怕秦国什么呢！"春申君黄歇在一旁听到，不由满面惭愧。他向楚考烈王奏道："现在秦兵刚刚受挫，其斗志大不如以前，大王应当趁此机会派出使节，赶快去与各国协商，联合起来共同向秦国发动进攻。同时好言劝说周王，挟天子之名诛讨秦国，这样胜利在握，大业就成。"楚考烈王闻奏十分高兴，马上派遣使节去周王室，把联合讨伐秦国的想法报告给周赧王。

这时的周赧王心里清楚，秦昭襄王早晚有一天，会向周王室发动进攻。现在楚考烈王提议诸国联合讨伐秦国，不正如兵书上所说的先发制人吗？周赧王哪有不愿意的，当即答应下来。接着楚考烈王又派人与韩、赵、齐、燕、魏五国相商，计划择时一起向秦国进攻。

此时的周赧王无能为力，虽然位居天子，实际上只是守着一个空名，没有谁真听他的号令。到了约定联合攻秦的时间，周赧王要直辖的西周公征集兵马，总共募来五千军士，至于车马粮草还没有钱财购置。无奈之下，只好到附近有钱人家去借钱充作军资。借时留下借约，答应等战事完毕，以所缴获的金钱财物，加息偿还。兵马勉强组织好后，西周公自己率领这支人马，屯兵在伊阙，等待其他几国兵马前来会集。

这时候，韩国直接面临秦国的威胁，自顾不暇；赵国也刚刚解除秦国的包围，畏惧秦国的心理仍然很强；魏国刚经历大战，力气尚未恢复；齐国中了秦国范雎远交近攻之计，与范雎签约，继续奉行齐、秦修好的策略，齐国自然不愿与其他几国联合伐秦。只有燕将乐闲、楚将景阳率领两支兵马来到，但也只是把营盘扎下，想先观看一下各国动静，不肯贸然先战。

秦昭襄王见各国各怀鬼胎，不会共同伐秦，于是放下心来，派将军嬴樛率兵十万，驻扎于函谷关之外。燕、楚两支兵马屯兵三个月，不见其他兵马前来会聚，军心日渐懈怠，又见秦国调兵遣将，心里害怕，各自班师回国。西周公见状也将自己的兵马撤回。周赧王出兵一番，不战而归，军资耗掉不少，什么也没有捞到。仗既然不打了，但各家富商都拿了借约前来索债，天天聚集在王宫门口高声讨还，闹得宫内没有宁日。周赧王懊悔不已，又没法应对，只得整日躲在高台上，百姓因此把这座高台称为躲债台。

却说秦昭襄王听到燕、楚两支兵马撤走，心中豪气油然而生，立即派大夫张唐率军协助嬴樛，经过韩国进攻西周。

洛阳王宫大殿前面，还生长着三棵大槐树，只不过这不是四百年前的那三棵了。当年，那三棵大槐树招了虫灾，不过树还好好的，只是过了十年，大槐树遭了雷击死去。人们又移植了三棵槐树，可是过了十年却又旱死了。现今的这三棵大槐树，已经无人知道是四百年间第几次移植了。

在天子大殿里，周赧王向众臣道："我们现在既缺军士又无粮草，想防守又难与秦军相抗，你们说说怎么办？躲往'三晋'如何？"

西周公向周赧王奏道："以前太史儋曾经说过，周、秦五百年后将合为一体，出现一个新王。现在到了这个时候了。秦国有占据整个天下的能力，'三晋'用不了多久也会被秦国占领。与其到那时再受一次羞辱，不如现在就把土地让给秦国。"周赧王无计可施，只好依了西周公的主张。

天空阴沉沉的，周赧王带着众臣、王眷到周朝太庙大哭一场。在周文王、周武王雕像前，万念俱灰的周赧王哭诉道："我辈无能，竟被养马人后代欺侮。”众人一片号哭，连数里外的秦军大营都听到了，此时的秦将嬴樛与张唐心里明白，周赧王马上就要来投降了。

周赧王捧着周朝版图来到了秦军大营，情愿被缚往咸阳。秦将嬴樛接受了投降，先派张唐护送周赧王到秦国报捷，自己则带着兵马去接管西周地界。西周共三十六座城，三万户人，尽归秦国，只剩下东周尚存。

周赧王入秦后，拜见秦昭襄王，叩首谢罪。秦昭襄王怜悯周赧王，将梁城封与周赧王，降为周公。原来的西周公降为家臣，东周公贬为君，称东周君。周赧王在位六十年，现今已是耄耋之年，往来周、秦之间，受了许多劳苦，到梁城不足一个月便病死了。石编磬等周朝珍藏的奇宝异器都归秦国所有。

公元前256年，秦昭襄王发布命令，废除周朝之号。嬴樛率人拆毁周朝太庙，将九个大鼎搬往秦都咸阳。至此，周朝灭亡。自周平王东迁洛阳至此，共历经五百一十五年。这五百一十五年，分为两个时期，自周平王东迁至孔子修订《春秋》绝笔，后人称为春秋时期；春秋以后，齐、楚、燕、韩、赵、魏、秦七大诸侯国连年战争，后人称这个时期为战国时期。春秋时期，天下权力重心由天子下移到诸侯；战国时期，天下权力重心继续下移，由诸侯而卿大夫而士，平民阶层兴起。春秋时期，是中国奴隶社会的瓦解时期；战国时期，是中国封建社会的开始。春秋、战国两个时期，铁器得到广泛使用，犁耕得到广泛推广，文化得到空前繁荣，工艺得到空前提高。另外，社会教育越来越普及，人才地位越来越高。不管是出身尊贵还是落魄士者，不管是出身名门还是贩夫走卒，不管是白发苍苍还是稚龄童子，只要有才干，有想法，都能封君拜相得到重用一展才华。与此相反，周天子的天下共主影响力越来越小，不仅经济上有求于诸侯，政治上也受诸侯的摆布。周天子直辖的王畿，在戎狄不断袭扰和诸侯不断蚕食下，大大缩小，最后，仅剩下洛阳方圆一二百里，终被秦国所灭。

在迁移九鼎的前一天，人们听到鼎中有哭泣的声音。当鼎运到洛水时，其中一个鼎突然从船上飞起，落入水中，沉到水底。嬴樛赶快派人下水打捞寻找，却再也找不见鼎，只见一条苍龙怒张两眼，舞动龙须，水上立刻波涛大作。船上的人都吓坏了，没人敢去触动它。这天夜里，嬴樛做梦，梦见周武王端坐在太庙上，把自己唤到跟前，斥责说：“你怎么胆敢搬走周朝的九鼎、拆毁周朝的太庙呢？”命令左右在他背上狠狠打了三百鞭子。嬴樛醒来，背上真的疼痛难忍。他只好带病回到秦国，向秦昭襄王献上八鼎，把这一路上的遭遇一一奏明。秦昭襄王派人查看，失入水中的鼎正是豫州的鼎。秦昭襄王叹道：“周朝土地都归入了秦国，难道单单这个鼎寡人得不到吗？”想多派些人去将鼎找回。嬴樛劝谏道：“这个鼎看来是有神灵的，不能再派人去寻找了。”秦昭襄王便作罢。不久嬴樛病亡。

又是一年槐花香，蜂蝶照常绕。秦昭襄王将周朝的八鼎陈列在秦国宗庙中，先在雍城，祭祀天帝，感谢天帝眷顾；又到宝鸡山，祭祀“宝夫人”，回应当年秦穆公的福气；回到咸阳，又祭拜湛庐宝剑，希望秦军像这天下第一宝剑一样锐利无比。

八鼎迁秦，意味着秦王成为天下共主。于是，秦国遍告列国，要求前来朝见纳贡，以示臣服。不派人来的，就派兵去讨伐。韩桓惠王首先人秦，向秦昭襄王俯首称臣，此时韩釐王已亡。接着，齐、楚、燕、赵也都派来自己的使节，向秦昭襄王表示祝贺。只有魏国迟迟不来。秦昭襄王动怒，派遣河东郡守王稽率兵袭击魏国。王稽与魏国暗中有交往，接受过魏国不少钱财。这次接到伐魏命令，就把消息悄悄告诉了魏安釐王。魏安釐王十分惊恐，赶快派来使节向秦昭襄王谢罪，还把世子魏增送到秦国做人质。至此，六国都归附了秦国。过后，秦昭襄王查究王稽私通魏国一事，将王稽诛杀，从齐国出使归来的范雎更加感到不安。

话说燕国有个叫蔡泽的人，博学善辩，非常自负。他经常到各处游说，没有遇到过什么对手。一天，他来到大梁，碰到一名相士，名叫唐举。

蔡泽问他：“像我这样的人，您看怎么样？”

唐举仔细看了一番，笑着说：“先生是朝天鼻、端肩膀、凸额头、塌鼻梁、罗圈腿。我听说圣贤不在貌相，大概说的是先生吧？”

蔡泽知道唐举是跟自己开玩笑，就说：“富贵那是我本来就有的，我所不知道的是寿命的长短，希望听听您的说法。”

唐举说：“先生的寿命，从今以后还有四十三岁。”蔡泽笑着道谢走开了。

路上，蔡泽对他的车夫说：“我端着米饭吃肥肉，赶着马车到处走，手抱黄金，腰系紫带，在众人面前备受尊重，再活四十三年该满足了。”蔡泽离开燕国到了赵国，但被赵国赶了出来。随即前去韩国、魏国，不料路上遇着强盗，抢走了他的钱财、炊具。

吃不成饭，蔡泽只得坐在树下喘息。这时他又遇到了唐举，唐举嘲弄他说：“先生怎么还没有富贵起来？”

蔡泽说：“我正要去寻找。”

唐举说道：“先生有高骨，西去则发迹。如今秦国丞相范雎举荐的郑安平、王稽都犯了重罪，他非常惭愧害怕，一定会急于推掉自己的官职。先生为何不前去秦国试一试机会，而非要困守在这里呢？”

蔡泽叹口气说：“到秦国的路那么远，我现在这个样子怎么能去呢？”唐举解开自己的行囊，取出一些钱财送给蔡泽。

蔡泽接受了唐举的资助，便一路向西来到了咸阳。

在客店里，蔡泽对店主说：“你一定要把最好的酒饭端上来，待我做了丞相时，必定重重地酬谢你。”

店主惊诧地说：“先生是什么人？怎么敢想做起丞相来？”

蔡泽说：“我是蔡泽，天下最善辩、最聪明的人，特地来求见秦王。秦王只要见到我一定会赏识我的才能，赶走范雎，让我来做丞相。”

店主忍住没笑，心里道：“这人也太狂妄了，不知道秦国的天有多高、地有多厚。”

这家客店里，恰巧有范雎门客在此，他赶紧报告给了范雎。范雎说：“诸子百家，我没有不知道的。说客辩士聚到一块儿，也不一定能说过我。这个叫蔡泽的人，我不信他能说动秦王，夺走我的相印。不过，这个人既然敢说，我倒想见识一下。”于是，范雎门客随即到客店去召见蔡泽。

闻听丞相召见蔡泽，店主慌忙跑去对蔡泽说：“先生，祸事来了！你不是说什么要取代范雎做丞相吗？现在丞相派人来召见你啦。你如果前往丞相府，轻则遭到羞辱，重则性命不保。”

蔡泽笑道：“我想我见了丞相范雎，他一定会把相印让给我的，这样我就不必去见秦王了。”

店主说："先生，不是在下说你，你太狂妄了，要吃大亏的，请你千万不要连累了我。"

蔡泽身着布衣，跟着门客去见范雎。范雎端坐堂中。蔡泽到了范雎面前只作揖为礼，并不跪拜，范雎也不请他坐下。

范雎对着蔡泽大声责问："在客店里说想取代我而做丞相的人，就是你吗？"

蔡泽一本正经地答道："就是我。"

范雎说："你说你会取代我的官职，能讲出为什么来吗？"

蔡泽答道："你怎么这么不明白呢？春、夏、秋、冬，四时更替有序。现在对你来说，该是退下来的时候了。"

范雎说："我自己是不准备退下来的，又有谁能让我退下来呢？"

蔡泽并不回答刚才范雎的问题，而是向其说道："说起世间来，体魄强健、充满活力、聪明机智、能够主持正义为天下人带来幸福和恩德的，不就是为世人所敬仰的贤人豪杰吗？"

范雎答道："是的。"

蔡泽又说："已经实现了自己的愿望，有了很高的地位，因而求安乐长寿，并把所受爵位俸禄传给子子孙孙，世世不变，代代相承，和天地相始相终，这样的人不就是世人所说的吉祥如意、福如东海之人吗？"

范雎答道："是的。"

蔡泽说："秦国的卫鞅、楚国的吴起、越国的文种，他们虽然事业获得成功，但却自家性命不保，你是不是愿意做他们那样的人呢？"

范雎心中暗道："这个人谈锋十分厉害，一点一点地触到事情的关键。如果我说不愿意，就落入了他设下的圈套了。"于是假装答道："这有什么不好的？卫鞅辅佐秦孝公，大公无私，以法治理国家，为秦国拓辟了千里疆土；吴起辅佐楚悼王，废楚国亲贵特权，培养出一支强悍的兵马，让楚国力量大增；文种辅佐越王勾践，使国家转弱为强，吞掉强大的吴国，为越国洗雪了羞耻。这些人虽然最后都死于无辜，但大丈夫以身报效国家，视死如归，不仅于当时当世有功，而且将名垂史册，为后人所敬仰，我有什么不能学做他们呢？"范雎虽然嘴上讲得很硬，但身子却站起来，来回走动。

蔡泽静了静，继续说道：“为君的圣明，为臣的忠贤，是国家的福分；为父的慈祥，为子的孝顺，这是家庭的福分。做孝子的，谁不愿有一个慈祥的父亲？做贤臣的，谁不愿辅佐一个圣明的国君？比干虽然忠贤，但商朝依然亡掉了；晋国世子申生虽是孝子，但国家仍然生出混乱。他们虽然死得很悲壮，但却无济于他们的大王、父君。为什么呢？这是因为他们的大王、父君不是圣明、慈祥的。卫鞅、吴起、文种也都是不幸而死的，怎么是以死去换取后世的名声？大丈夫活在世上，身名俱全，这是最好的；名虽流传后世，但性命却不苟全，这是其次；只有那些虽然苟全了性命，但却失去了名节的人，这才是最下等的。”

蔡泽这一席话说出，范雎顿觉爽快，不觉嘴里连声说：“好，好！”

蔡泽不慌不忙，接着说道：“你把卫鞅、吴起、文种杀身成仁作为仿效的对象，但拿他们和周公姬旦辅佐周成王相比又怎么样呢？”

范雎已回到座位上，慢慢答道：“卫鞅这些人不如周公姬旦。”

蔡泽说：“那么今天的秦王在信任忠臣良将、优待旧友老臣方面和秦孝公、楚悼王、越王勾践相比如何？”

范雎略略沉思了一会儿，答道：“我说不出来。”

蔡泽笑了笑说：“今天秦王对功臣的亲近信任，不一定能超过秦孝公、楚悼王、越王勾践，而你的功绩又不一定能比得上卫鞅、吴起、文种，可是你的俸禄职位却是炙手可热。如果现在你还不为自己着想，毅然急流勇退，那又怎能逃过这三个人的杀身之祸呢？鱼儿所处的环境并不会让它们死亡，可是它们为什么会死去呢？那是因为被诱饵所引惑。智瑶的聪明智慧并非不足以保护自己，但为什么又会被杀呢？那是因为太贪图私利而又克制不了自己的欲望。你出身低微，遇秦王而被赏识，做到了丞相，富贵达到了极点，你对国家的贡献已经得到报答，而积下的旧怨又会渐渐演成新仇。如果今天你依然贪恋权力私利，我担心你也难免遭到智瑶一样的灾祸。日中则昃，月盈则亏。如今秦王对你的信任已大不如以前，所以派你出使齐国。你为什么不选择在这个时候归还相印，挑选一个贤明的人向秦王推荐呢？如果被你推荐的人非常忠贤，那么推荐者就会被大王更加看重，而对你来说，表面上是推辞掉了高官，实际上是卸去了自己身上的沉重担子。你退下后，去山川之中寻找生活乐趣，就会像山中松柏一样长寿，并且子子孙孙也可以世袭爵位。你想想这样和不辨事情的轻重利弊，重蹈那不知什么时候就会降临的灾祸相比，哪样更好些呢？”

范雎又站起来，走到蔡泽跟前说：“先生说自己聪明善辩，今天听来果真如此，我怎么能不听从你的建议呢？”于是把蔡泽请到上座，用对待贵客的礼节相待，设宴摆酒款待。

人生好风景，属于有心人。第二天，范雎入朝，向秦昭襄王奏道：“有一个从崤山之东来的人，名叫蔡泽。这个人精通时势，聪敏机智，完全可以把我们秦国的政务托付给他。我认识的人很多，但没有人能够比得上他，就是臣自己也远不如他。臣不敢让有才能的人被埋没起来，所以向大王您举荐。”秦昭襄王把蔡泽召来，问他如何兼并六国的计策。蔡泽不慌不忙地一条一条回答，秦昭襄王深感满意。范雎推说自己身体有病，请求辞去丞相的职务，秦昭襄王准许。秦昭襄王便请蔡泽出任丞相，取代了范雎之职。这年，范雎病亡，得以善终。

八　赵国命硬

悠悠岁月无数事，三言两语几笔过。却说燕国，燕惠王早已去世，燕王姬喜在位，将儿子姬丹立为世子。这一年，赵国平原君赵胜去世，廉颇继任相国，被封为信平君。燕王姬喜因为燕、赵两国接壤，便派相国栗腹前往赵国为平原君赵胜吊丧，同时拜见赵孝成王，希望和赵国友好相处。栗腹期望能得到赵孝成王厚待，没想到赵孝成王只按一般礼节接待了他。栗腹心里很不高兴。

回到燕国，栗腹向燕王姬喜报告说："赵国自长平一战失败后，青壮年男子差不多都死了。他们的遗孤年纪还很小，现在平原君赵胜去世，廉颇又老了，如果出其不意出兵赵国，就能把赵国灭掉。"如此大事，燕王姬喜不敢轻信栗腹一人之言，又把乐闲召来，征求他的意见。

乐闲答道："赵国东和燕、齐相邻，西和秦国相接，南有韩、魏，北有匈奴，因为四方威胁，所以赵国人尚武习武，所以我们不能轻易出兵进攻赵国。"

燕王姬喜说："如果我们用三倍于赵军的力量去进攻，会怎么样？"

乐闲说："不行。"

燕王姬喜说："如果用五倍的力量呢？"乐闲没有回答。燕王姬喜大怒道："你是不是因为令尊乐毅的坟墓在赵国，就不想去攻打赵国呢？"

乐闲说："大王如果不相信我的话，我请求带兵去试一试。"

燕王姬喜又征求燕国群臣的意见，众人都奉承燕王姬喜说："天下哪有五个人打不过一个人的道理？"只有大夫将渠站出来，劝谏燕王姬喜说："大王不要单纯算计人数多少，首先要想到这样做是否合乎道理。我们刚刚与赵国通好，现在马上就起兵进攻赵国，如此不讲信用和义气，出兵一定不会取得成功。"燕王姬喜眼红赵国的土地，不听将渠的意见，派栗腹为将军，乐乘为辅佐，率兵十万进攻鄗城；派庆秦为副将，乐闲为辅佐，率兵十万进攻代郡；燕王姬喜亲自领兵十万作为中军，在后接应。

出征前，将渠用手抓住燕王姬喜车前的绶带，垂泪道："请大王不要亲自前去，这样会让大家感到不安。"燕王姬喜大怒，用脚去踢将渠。将渠又抱住燕王姬喜的脚，哭着说："为臣劝大王，是一片忠心啊！大王如果不听臣的劝告，燕国的灾祸就要来了！"燕王姬喜更加恼怒，喝令左右把将渠关进狱里，等到胜利归来再杀他的头。接着，三路大军分头进发，一时旌旗蔽野，杀气腾腾。燕王姬喜满心希望此次出征，会踏平赵国，大大拓展燕国的疆土。

赵孝成王闻听燕国兵马来犯，赶紧召集群臣商议。相国廉颇奏道："请大王不要焦急。燕国认为我们一时国弱兵少，所以来侵。如果我们让全国十五岁以上的人都拿起兵器，那么我们的声威一振，燕国的斗志自然就会消失。另外，栗腹是个好大喜功的人，原本没有什么带兵征战的经验和谋略；庆秦更是个无名之辈；乐闲、乐乘因为乐毅的事，常常来往于燕国与赵国之间，不会去为燕国尽心尽力，所以三十万燕军不足惧，我们很快就会将他们打败。"廉颇又推荐赵国人李牧，请赵孝成王委以重任。于是，赵孝成王派廉颇为将军，带兵五万到鄗城去迎击栗腹，派李牧为副将，带兵五万到代郡迎击庆秦。

却说廉颇率军赶到，见栗腹正在攻打鄗城，就将精壮之士都隐藏起来，只用老弱之兵扎好营寨。栗腹探得赵兵都是些老弱之人，非常高兴地说道："没想到赵军会是这样不堪一击。"于是率领燕军加紧攻打鄗城。鄗城人知道自己的救兵已到，信心大增，栗腹一连攻打了半个月仍然攻不下来。廉颇率军前来救援，先派出几千软弱军士挑战。栗腹留下乐乘攻城，自己亲自出阵。双方交手只几个回合，赵军抵挡不住，大败而逃。栗腹求胜心切，指挥燕军紧追不舍。追了约有六七里路，突然伏兵四起，当先一员将军驱车而来，大叫："廉颇在此！来将赶快投降！"栗腹挥军相迎。廉颇所带的都是精壮军士，一人可抵百人。交战没几个回合，燕军大败，栗腹也被廉颇活捉。乐乘听说栗腹被擒，正想逃走，廉颇派人前来招降，乐乘趁势归顺了赵国。恰好李牧率兵去救援代郡也获大胜，斩了庆秦，前来报捷。廉颇要乐乘写了一封信送给乐闲，劝乐闲也不要再为燕王姬喜效力了。乐闲接信后也归降了赵国。燕王姬喜得知左右两路兵马全部覆没，大惊失色，连夜奔回燕都蓟城。

廉颇率军长驱直入，在蓟城四周筑起长围，将燕军死死困在城中。燕王姬喜无奈，只好派出使节到赵军来讲和。乐闲对廉颇说："原来鼓动进攻的是栗腹。大夫将渠有先见之明，苦苦劝说燕王姬喜，但燕王姬喜不听，反把将渠关在狱中。如果同意与燕国讲和，一定要燕王姬喜答应任命将渠做相国，并派他到赵国来送赔偿。"廉颇采纳了乐闲的意见。

燕王姬喜没有办法，只好来到狱中召见将渠，把相印交给他。将渠推辞不受，他说："事情不幸为罪臣言中，罪臣怎么可以趁国家战败之机为自己谋利呢？"

燕王姬喜说："当初寡人不听你的劝告，自己找来今天的屈辱。现在要达成同赵国的和议，除你之外没人能办到。"

将渠听罢，这才接下相印。将渠对燕王姬喜说："乐乘、乐闲虽然投降了赵国，但他们的祖上对燕国是有过大功的，大王应当将他们的妻儿送去，使他们不忘燕国对他们的恩德，这样同赵国的和议也可以很快达成。"燕王姬喜同意。

将渠来到赵军，替燕王姬喜向赵国谢罪，并把乐乘、乐闲的家属一同送来。廉颇答应同燕国议和，将栗腹斩首，连同庆秦的尸体一并归还燕国，然后班师还赵。

悠悠岁月无数事，三言两语几笔过。廉颇率军归赵后，赵孝成王封乐乘为武襄君，乐闲仍和以前一样称昌国君。当时燕国剧辛正为燕王姬喜防守蓟城。燕王姬喜想到剧辛曾经和乐毅共同辅佐过燕昭王，交情深厚，便让剧辛写信劝说乐乘、乐闲回到燕国来。乐乘、乐闲想到当时燕王姬喜不听忠言，从而招致燕国今天大败，便执意留在了赵国。将渠虽然做了燕国相国，可那并非出自燕王姬喜的本意，为防不测，不久就推托有病辞去了相国之职。燕王姬喜起用剧辛代替将渠做了燕国相国。

赵国打败燕国后，赵孝成王委派李牧为代郡郡守。当年，赵武灵王灭掉中山、驱逐匈奴，设置了代郡。赵国虽在代郡筑起了长城抵御匈奴，但还常常遭到匈奴的入侵，被抢掠去不少平民和财物。

李牧到任后，为了有利于战备，上奏赵孝成王，自己根据需要设置官吏，而且本地税赋全部归郡守支配，用作军事开支。赵孝成王同意。有了钱财，李牧命人天天宰杀牛羊犒赏将士，因此代郡赵军士气高昂，个个奋勇。

李牧在代郡，仔细研究了匈奴的特点，他对众将士说："匈奴剽悍，骑兵灵活，战斗力强，但匈奴来犯，目的只是为了掠夺。要使匈奴骑兵徒劳无功，我们必须坚壁清野。"李牧便将烽火台予以完善，派精兵守卫。每当匈奴入侵，烽火台一报警，李牧即下令军民退入城中固守，从不出战。匈奴无从掳掠，往往是满怀企望而来，一无所获而归。这样过了几年，代郡既没有人员伤亡，也没有钱粮损失。时间一长，匈奴以为李牧胆小，便不把他放在心上。

李牧一意坚守、从不出击的消息，传到赵孝成王那里。赵孝成王觉得怯战有失赵国脸面，便派人责备李牧，命令李牧出击。李牧老谋深算，意欲放长线钓大鱼，既不作解释，又依旧我行我素。匈奴一来，照样深沟高垒，坚守不出。赵孝成王见李牧仍然一味防守，便认定他胆怯无能，立即将李牧召回。此后，每逢匈奴入侵，代郡兵马就立即出战，但几次都失利，人员伤亡很大，以致边境不安、百姓不宁。赵孝成王这才认识到李牧治边谋略得当，便请他复职，但李牧闭门不出，坚称有病，不肯就任。赵孝成王无奈，只好亲自到李牧府上，请他出任。李牧跪拜，对赵孝成王奏道："大王如果一定用臣，则臣还像从前那样。"赵孝成王答应，让李牧相机行事。

李牧又来到代郡，依旧下令坚守。匈奴多次入侵，都一无所获，更加以为李牧胆小避战。其实李牧早已定下诱敌深入、设伏包歼的计谋，因此对种种屈辱、骂名置之不理。赵国边关将士因为天天得到犒赏，都希望能在战场上效力。李牧看见条件成熟，便挑选兵车、骑兵、步兵，进行编队训练。一切准备就绪之后，李牧让百姓满山遍野放牧牲畜，引诱匈奴入侵。不久，有小股匈奴来到。李牧派一支弱兵出战，佯装败于匈奴，丢下几千头牛羊让匈奴俘获。匈奴主力听到前方捷报，十分高兴，因久无缴获，又欺负李牧胆小，便带领十万大军轻率地侵入代郡，准备大肆掳掠。

匈奴大队来到，李牧先采取守势，让兵车正面迎战，阻碍敌骑行动；而后，李牧命步兵居中阻击，弓弩手轮番远程射杀；骑兵及精锐步兵，全让李牧部署于军阵侧后。当匈奴冲击受挫时，李牧便命骑兵及精锐步兵由两翼加入战斗，发动钳形攻势，全力包围匈奴。经过数年养精蓄锐，训练有素的赵军将士，早已摩拳擦掌，个个生龙活虎，奋不顾身地向匈奴扑杀过去。会战很快演变成一场对匈奴的追歼屠杀。不到一日，十万匈奴骑兵全军覆没。此战之后，匈奴不敢前来入侵赵国边境，只好西去，在秦国之北求得生存。

九　信陵君无忌

悠悠岁月无数事，三言两语几笔过。却说秦昭襄王在位五十六年，年近七十，患病去世。世子安国君嬴柱接替王位，这就是秦孝文王。秦孝文王即位后，立子楚（嬴异人）为世子。韩桓惠王听说秦昭襄王病逝，身着丧服前来凭吊，履行作为臣子的礼节。各地诸侯也都派来将相参加葬礼。秦孝文王在祭丧后的第三天，在宫中设宴遍请所有大臣。宴席散后，秦孝文王回到宫中突然死去。于是吕不韦同群臣一道奉子楚（嬴异人）继位，这就是秦庄襄王。秦庄襄王即位，奉华阳夫人为太后，立赵姬为夫人，立其子嬴政为世子。这时，赵姬和嬴政早已被吕不韦接来。丞相蔡泽知道秦庄襄王非常敬重和赏识吕不韦，便借口身体不适辞去丞相的职位。因为蔡泽是燕国纲成人，所以秦庄襄王封他为纲成君。秦庄襄王拜吕不韦为丞相，将洛阳十万户土地赐给他作为封邑。

吕不韦羡慕孟尝君、信陵君、平原君、春申君的声望，也眼热孙膑、鬼谷子、孟子、虞卿等人著书立说，流传后世。他便设下馆舍招揽门客，一时有一千多人。与以上“四君”不同的是，素来善于谋略、意想著书立说的吕不韦注重吸纳文人。身为丞相、墨水不深的吕不韦，命这些擅长舞文弄墨的门客，把自己的所闻所见和感想都写出来。这些文章涉及古往今来、上下四方、天地万物、兴废治乱、士农工商、三教九流。吕不韦命人对这些文章遴选、归类、删定后，最后合成一本书，取名《吕氏春秋》。这书兼儒墨，合道法。精明过人的吕不韦擅长造势，他派人把全书誊抄整齐，悬挂在咸阳城门，声称如果有谁能改动一字，即赏给千金。消息传开后，人们蜂拥前去，一时轰动各国。

吕不韦是商人出身，知道货币重要，便上奏秦庄襄王说："当今天下，楚国发行蚁鼻钱，齐国发行刀币，魏国发行铲币。这些铸币，铜的含量、配方不等，携带不便。秦国要使贸易繁荣，就应借鉴各国的铸币得失，发行一种新币。"秦庄襄王同意，于是吕不韦在全国推行半两钱，它圆形方孔，枚枚半两，上刻"半两"二字，分列方孔左右。

吕不韦又视自己洛阳封邑旁边的东周为疥癣，便上奏秦庄襄王，带兵一万将东周灭掉，占领了东周所属的巩城等全部七城。

秦庄襄王趁灭东周后士气正盛，又派将军蒙骜率军袭击韩国，占领了成皋、荥阳，设置了三川郡，地界一直逼近了魏国国都大梁。韩国的溪子弩在强大的秦军面前，已没有了威力。秦庄襄王说："寡人曾经被当作人质扣在赵国，险些被赵王杀掉，这个仇不能不报。"于是再派蒙骜领兵攻打赵国，占领了榆次等三十七城，设置了太原郡。接着向南平定了上党，继而进攻魏国城邑高都。

因为魏国的高都久攻不下，秦庄襄王便派王龁带兵五万替换蒙骜围困高都，让蒙骜率军向南继续攻城略地。

此时，魏国岌岌可危。如姁对魏安釐王说："秦国之所以欺负我们，是因为信陵君不在魏国。信陵君贤德的名声传遍了天下，能得到各国诸侯的帮助。大王如果能派人用谦卑的言辞和丰厚的金钱到赵国去将他召回，联合起各国的力量共同抵御秦国的进攻，秦国即使有一百个蒙骜、王龁，也不敢不把魏国放在眼里。"魏安釐王知道形势危急，便采纳如姁的意见，派遣寺人颜为使者，带着相印和重礼前往赵国，希望能迎回魏无忌。

信陵君魏无忌虽然身居赵国，但消息灵通。他听到魏安釐王派来使者，心中怒道："魏王当年把我弃给赵国，算来已经十年了，现在有了危难才想到召我，并不是心中想念我。"于是，他就在门前挂了一块牌子，上面写道："有胆敢替魏国说情的，杀。"

寺人颜来到赵国，想拜见魏无忌，门客们都不敢进去通报。寺人颜想等魏无忌外出时，在半路上和他谈一谈，谁知魏无忌为了回避魏国使者竟连门也不出。寺人颜实在是无可奈何，到了赵国半个月，也没有见上魏无忌一面。

恰好赌徒毛生和卖浆的薛生来拜访，寺人颜知道二人是魏无忌的贵客，就上前迎住，把自己到魏国来的缘由和经过哭着对二人讲述了一遍。二人说："我们两个一定劝他去解救魏国的危难。"寺人颜一再称谢说："全仰仗两位了！"

毛生、薛生二人进到府内，见了魏无忌道："听说信陵君将要回到自己的祖国去，我们二人特地来为您送行。"

魏无忌说："哪有这回事？"

毛生、薛生二人说："秦兵围困魏国，战争那么激烈，信陵君难道还不知道？"

魏无忌说："听说了，但我离开魏国已经有十年了，现在早已成了赵国人，怎么能去管魏国的事情呢？"

毛生、薛生二人同声说道："信陵君，话怎么可以这样讲呢？信陵君之所以为赵国所尊重，声名遍传列国，全是因为有一个魏国啊。说起您能结交天下朋友也是凭借了魏国的力量啊。现在秦军围攻魏国，一天比一天紧急，而信陵君却不能体恤祖国的危难。如果有一天秦军攻破大梁，夷平魏国的宗庙，您即使不为家族着想，难道也不为自己祖先留下的基业着想吗？到那时信陵君又怎么好意思寄居在赵国呢？"

没等二人说完，魏无忌一下站了起来，脸上淌下汗水，对他们说："先生对我的批评太对了，我差一点儿成了天下的罪人！人们都说：'信陵君不忍心负一斑鸠，又怎能负人呢？'要不是先生批评，我差点儿负了自己的祖国。"当天就让门客们收拾行装，自己入朝去向赵孝成王辞行。

赵孝成王舍不得让魏无忌离去，拉着他的手不禁流下泪来。赵孝成王说："寡人自从失去了平原君，信陵君就是寡人坚固的城墙。一旦你离开寡人，寡人靠谁来保卫赵国呢？"

魏无忌说："我是不忍看见先王的宗庙被秦军夷毁，所以不能不走。如果托大王您的福，能保住自己的国家，我们还有相见的一天。”

赵孝成王说：“信陵君过去用魏国的兵马保护了赵国，现在信陵君去解救自己国家的危难，寡人怎能不用最大的力量来帮助你呢？”便把将军大印授予魏无忌，并派庞煖做魏无忌的副将，点齐十万赵国大军，去帮助魏国。

魏无忌分别派人带着自己的信简去各国求援，合纵抗秦。燕、韩、楚三国非常敬重魏无忌的人品和才干，听说由他来统率兵马，都很高兴，各自派遣了兵马来到魏国，听从魏无忌的指挥。燕国将军是将渠，现今又被燕国起用；韩国将军是公孙韩婴；楚国将军是景阳；只有齐国不肯发兵。

却说魏安釐王正急得不行，忽然寺人颜来报：“信陵君统率赵、燕、韩、楚四国兵马前来营救魏国。”魏安釐王异常惊喜，如同沙漠中看到一汪清泉，大火时喜逢天雨降下，高兴得不知说什么才好。他马上命令卫庆点齐全国兵马去接应魏无忌。

这时，王龁正率秦军围攻高都，蒙骜移师夹邑城下。魏无忌对各位将军说：“秦国知道是我统率兵马，必然会加紧攻打。我想高都、夹邑一在北，一在南，相距五百里，先派些人马把蒙骜的兵马拖在夹邑，然后率一队人马出其不意地奔袭高都。如果王龁吃了败仗，蒙骜也就很难自保了。”各位将军都同意魏无忌的意见。于是魏无忌命令卫庆将魏、楚两国兵马合兵一处，筑起连垒，用来阻挡蒙骜的进攻。当秦军进攻时只许严密防守，不许出击迎战。魏无忌亲自率领十万赵军，还有燕国、韩国的兵马，不分昼夜前去奔袭高都秦军。

行军途中，魏无忌与诸将议道：“秦军靠水路运粮，船都停泊在沁水。如果我们派出一支兵马到沁水去截袭秦军的粮船，王龁一定会带着兵马来救。到时，我们伏击他们，一定会获得胜利。”意见统一后，赵将庞煖带一支人马去沁水截击秦军的粮船，韩将韩婴、燕将将渠各带一支人马，打着接应庞煖的旗号，埋伏等待，魏无忌亲率精兵三万接应各路人马。

这时早有秦军探子跑回报告王龁：“信陵君魏无忌统领多国兵马，直接朝着沁水方向去了。”王龁听罢，不由大吃一惊道：“信陵君善于用兵，今天他不来进攻我们，而是直接去沁水，那是要截我们的粮船，想断我们的命根儿啊！我必须亲自去解救。”于是王龁留下一半兵马继续围攻高都，另一半跟随他前去沁水救援粮船。

王龁领兵一路疾走，半路上，忽然冲出一支人马，打着燕国将渠的旗号。王龁传令列成阵势，正要交战，又有一队人马冲来，打着韩国韩婴的旗号。王龁急忙分兵迎敌，这时有军士来报：“我们在沁水的粮船被赵国庞煖领兵劫走了。”王龁说道：“既然粮草已被劫走，我们只好先尽力拼杀。”两下里，混战在一起，从中午一直打到傍晚。魏无忌估计这时秦军已经疲惫不堪，便指挥亲率的三万精兵一齐冲了出来。魏无忌大声喊道：“信陵君领兵在此，秦国军兵赶快投降，不投降就消灭你们！”王龁虽然久经沙场，但他没有三头六臂，打了这么久，身体怎么能支撑得住？况且秦军久闻魏无忌英勇善战的大名，到了这个时候，早已胆战心惊，各自奔逃而去。王龁大败，高都之围也解，秦国残军向南逃走。

魏无忌率领得胜的军队，来救夹邑。

却说蒙骜探听到信陵君魏无忌带领精兵强将去了高都，便留下些许老弱军士看守营盘，虚插旗号，与魏、楚两国兵马相持，自己带上所有精锐兵马星夜兼程向高都赶来，希望能与王龁汇合一起。他哪里知道魏无忌已经大败王龁，王龁也已逃走。两支秦国兵马在新郑以南相遇。

魏无忌决心对秦军进行决战，冒着飞石箭雨冲在前面，左有韩婴，右有将渠，与秦军大战。秦兵死伤一万多人，鸣金收兵，扎下营寨，整顿军马，准备与魏无忌拼死再战。

魏将卫庆、楚将景阳探知蒙骜已经率兵离开，立刻进攻秦营，杀散秦军老弱军士，解了夹邑之围。卫庆、景阳带了兵马也向新郑以南杀来，正好遇到王龁、蒙骜列阵准备与魏无忌决战，二将便率领兵马从王龁、蒙骜身后杀过来。王龁、蒙骜虽然英勇，又怎么能抵挡住数路兵马？王龁、蒙骜又败了一阵，急急忙忙向西退走。

魏无忌率领各路军马一直追到函谷关下。五国兵马扎下五个大营，每天耀武扬威，在关前挑战，一直对峙一个多月。秦军紧闭城门，不敢出来交战。魏无忌见好就收，班师回朝，各国兵马也都撤回了各自的国家。

魏安釐王听到信陵君魏无忌大败秦军胜利归来，非常高兴，出城三十里前去迎接。兄弟相别十年，今天又见面了，真是悲喜交集，二人并驾回朝。战争胜利，论功行赏，魏无忌被尊为相国，又加五座城池作为他的封邑。国家政事不论大小，都由魏无忌来决定。接着又赦免了朱亥擅杀晋鄙的罪名，任他为大夫。此时，魏无忌的威名震动了天下，各国名士都希望能学到魏无忌的用兵之法。魏无忌让门客将自己讲授的兵法予以编纂，写成了二十一篇，另有七卷布阵图表，合为《魏公子兵法》。

却说王龁、蒙骜带着败兵，退回秦国。他们向秦庄襄王奏道："魏国信陵君魏无忌率领五国兵马，兵多将广，所以我们没能战胜他。这次出征，损失了许多兵马，我们罪该万死。"秦庄襄王说："今天的失败是因为我们兵马太少的缘故，并不是你们的过错。"纲成君蔡泽奏道："这次几个国家能够联合起来，都是因为有了信陵君的缘故。现在请大王派一个使节到魏国去，表示愿与魏国重新友好相处，并请信陵君到秦国来，大家见一见面。等他进了我们的国界，马上抓起来杀掉，永绝后患，这样做不是一个好办法吗？"秦庄襄王点头称好，派人前去魏国，邀请魏无忌到秦国来。

见完秦国使节，魏无忌心里嘀咕："孟尝君田文、平原君赵胜都曾被秦国扣押，只是有幸才得以逃脱。我如果去秦国，也是如同狼入虎口。"便不想去秦国，上奏魏安釐王，改派朱亥为使节，出使秦国。

秦庄襄王见魏无忌不来，谋害他的计划不能实现，心中十分恼怒。王龁悄悄向秦庄襄王奏道："这次来的魏国使节朱亥，就是用锤将晋鄙打死的那个人。如果能把他留在秦国，为秦国效力就太好了。"秦庄襄王答应，封朱亥为大夫，封邑千户，可朱亥坚决不接受。秦庄襄王不由恼怒，命人把朱亥放进老虎笼里去。

周围都是斑斓猛虎，朱亥站在中间，怒睁双眼，如同两盏血染的小灯，眼角都已开裂，血溅到了老虎身上。朱亥大喊一声："哪个畜生敢过来！"再看那几只猛虎全都吓得趴在那里，四腿发抖，好长时间连动也不敢动。秦国人只好把朱亥放了出来。

秦庄襄王叹息道："秦国史上有名的勇士任鄙、乌获，也比不上他呀！如果让他回到魏国，那就是给信陵君插上了翅膀。"于是就逼迫朱亥投降秦国，但是朱亥就是不答应。秦庄襄王又把他扣押在馆舍中，不给他水喝，不给他饭吃。朱亥对着魏国方向长叹道：“我虽然是个粗人，但也学过几天儒教。孟子说：‘鱼，我所欲也，熊掌亦我所欲也；二者不可得兼，舍鱼而取熊掌者也。生亦我所欲也，义亦我所欲也；二者不可得兼，舍生而取义者也。’我受信陵君的信任，应当以死来报答他对我的恩德。”当即用头去撞屋中的柱子，可是柱子断了头却没破。他又把手伸进自己的咽喉，气绝身死。

秦庄襄王见朱亥已死，便召集群臣商议。秦庄襄王说：“虽然朱亥死了，但信陵君还在。这人太有威信，振臂一呼，各国群起响应，合纵抗秦。有他在一天，就阻挡秦国战胜六国一天。”

蔡泽奏道：“过去信陵君偷用兵符援救赵国，得罪了魏王。魏王把他抛弃在赵国，不许他回魏国相见。后来因为秦国兵马围攻魏国，才不得已把他召了回来。信陵君虽然联合四国，立下大功，但功高就有震主的嫌疑，魏王难道会对信陵君那么放心吗？信陵君、朱亥用锤杀死晋鄙，晋鄙死了，他的那些亲友会善罢甘休吗？大王如果派些人员前去魏国寻访晋鄙的亲友，让他们到处散布流言，说各国都崇拜信陵君，想把他捧为魏王，信陵君不久就要当上魏王了。这样魏王一定会疏远信陵君，削弱他的权力。信陵君不被魏王信任了，那么合纵抗秦也就解体了。到那时，我们再用武力去征讨他们，秦国夺取胜利就不会遇到什么障碍了。”

秦庄襄王说：“你的计策非常好！魏国世子魏增还在我们这里做人质，寡人想把他抓起来杀掉，以解被魏国打败的仇恨，你看可以吗？”

蔡泽说：“杀掉一个世子，他们会再立一个世子，这样对魏国有什么损害呢？不如借用魏增来制造魏国君臣之间的矛盾。”秦庄襄王恍然大悟。

秦庄襄王一面派人带重金去魏国，按照蔡泽的计谋行事；一面让一些臣僚和魏国世子魏增交往。有人对魏增说：“信陵君在外十年，结交了不少国家的君臣，这些国家的君臣没有不敬畏他的。现在他做了魏国相国，国家政事不论大小都由魏无忌来管辖。天下人只知道魏国有个信陵君，不知道还有个魏王了。即使我们秦国，也害怕他的威风，想把他拥立为魏王，与他友好。”

又有人说：“信陵君如果做了魏王，必定要求秦国杀掉世子您，以绝后患。”

还有人添油加醋说：“即使信陵君不要求秦国杀掉世子，您也只能老死在秦国呀。”

魏增哭着问：“各位有什么办法能避免魏国和我的祸难吗？”

这些人说：“秦国现在正想和魏国通好，世子何不给您父王写一封信，让魏王请您回国呢？”

魏增说：“即使父王请我回去，秦国又怎么肯把我放走呢？”

这些人说：“秦王想把信陵君捧为魏王，并不是我们本来的愿望，只是因为形势所逼。如果世子愿意让魏国服从秦国，那么秦王能不放您回去吗？”

魏增想想有道理，便写了一封密信，讲了各国都尊崇魏无忌、秦国也准备拥立魏无忌为魏王等事情，然后讲了自己请求回国的想法。魏增托人把信秘密送给魏安釐王。

秦庄襄王相机行事，写了两封信，一封写给魏安釐王，假说朱亥生病而死，把灵柩送回魏国，同时希望魏安釐王将权杖交给魏无忌；一封写给魏无忌，故意吹捧他、恭贺他，同时送给他虎皮一张和象征诸侯权力的龙旗一面。

且说魏安釐王听到晋鄙亲友散布的流言，心中对魏无忌已有所疑忌。秦国使节送来秦庄襄王的国书，魏安釐王看后，不由怒火中烧，愤愤地离开大殿，回到内宫。到了内宫，魏安釐王忍不住骂道：“这秦王太无耻，魏国王位用得着你秦王来指手画脚吗？”又忌恨魏无忌，心中怨道：“沽名钓誉，连秦王也替你说话了！”此时，有内侍火上浇油道：“据信陵君府上人讲，秦王还秘密派人结交信陵君，并送去了虎皮、龙旗。”魏安釐王更加恼怒。这时，世子魏增的秘信送到，魏安釐王看后，心中深深疑忌起魏无忌来，急忙派人将魏无忌召来问个清楚。

却说秦国使者到了信陵君魏无忌府，说有秦庄襄王写给魏无忌的信简和送给他的虎皮、龙旗。魏无忌说：“魏国臣子怎么能与秦王私交呢？尤其龙旗，岂是做臣子的敢接受的？秦王的信简和礼物，我是不能接受的。”秦国使者再三表示秦庄襄王的敬慕之意，魏无忌也再三推辞。恰好此时，魏安釐王派人来请。

信陵君魏无忌久经风雨，知道此事不能隐瞒，便套好车马，把秦庄襄王的信简和送来的礼物原封不动地送给魏安釐王。魏无忌对魏安釐王奏道：“秦王的信简，臣已经再三推辞，也没有打开。龙旗等礼物，臣万万不敢接受，现在送给大王，请大王决定怎样处理。”

魏安釐王说：“信中一定讲了一些事情，不打开就弄不明白。”于是就把信打开来看，信中写道：“信陵君威名早已传遍天下，各国君臣没有不仰慕信陵君的，企盼信陵君早日成为魏王，与秦国一直友好。”魏安釐王看完，把信简递给魏无忌。

魏无忌粗略一看，然后对魏安釐王奏道：“这里面一定有阴谋。秦人狡猾，写这封信，无疑是为了离间我们君臣。臣之所以不敢接受信简和礼物，正是怕落入秦王设下的圈套。”

魏安釐王说：“信陵君既然没有夺取王位的意思，那么请当着寡人的面给秦王写一封信，谴责他。”

内侍取来竹简和笔，魏无忌写道：“我受魏国的恩德太多，即使以死也难以报答。秦王您作为一国之君，怎么能教臣子去谋篡王位？谢谢秦王送来的礼物，我誓死不能接受。”写罢，先请魏安釐王过目，然后回府交给秦国使者，不由他分辩，让武士押着他带上虎皮、龙旗赶快回到秦国。

魏安釐王依旧感觉内局不稳，想想自己年纪也大了，不由思念世子魏增，便派使节出使秦国，一是传送魏国的善意，希望两国世代友好；二是婉言回绝了将王位交给魏无忌，希望世子魏增回国继承王位。此时魏国世子魏增已被秦国迷惑，秦庄襄王便依蔡泽的计谋答应了魏安釐王的请求。

世子魏增回到魏国，向魏安釐王讲了许多魏无忌不可信任的话。魏无忌虽然自己心中无愧，但想到魏安釐王对自己的猜忌并没有消除，加上魏增处处派人盯梢，便不禁感慨道：“木秀于林，风必摧之。”从此借口有病不再入朝，把相印交还给魏安釐王，每天饮酒、沉溺女色，不再为魏国去关注强秦了。

十　最后的合纵

时光如箭，日月如梭。转眼之间，秦庄襄王在位三年了。某日，秦庄襄王忽然患病，忽冷忽热、尿短色深、心悸口渴。丞相吕不韦入宫看望秦庄襄王，安慰一番后，回到了自己府上。

这夜，吕不韦辗转反侧，彻夜未眠。他想起自己以前是位商人，而现在患病的秦庄襄王也就是以前的嬴异人只是自己的投资对象；他又想到与赵姬当年的缠绵和分别之夜的约定；他还想到当今世子嬴政，不知是秦庄襄王的儿子还是自己的儿子。就这样想着想着，天亮了。吕不韦穿衣下床，命人驾车往南面散心。行至渭水，吕不韦望着滚滚流动的河水，不禁叹道："时光就像这流水，一去不返呀。我本是商人，而商人是讲究收益和时效的。"此时，吕不韦下定决心，意图尽快除掉秦庄襄王。

吕不韦找来精通医术的门客，把秦庄襄王的病症说给他听，门客说："这一定是疟疾。"吕不韦问："可以治好吗？怎样治？"门客答道："如果诊断准确，用药正确，可以治好。治疗方法是清热、截疟，服用麦冬、柴胡、常山等中草药，就可治愈。"吕不韦点了点头，让门客退下了。

吕不韦是聪明人，知道反其道而行之，必会加重病情。既然正确的治疗方法是清热、截疟，那么反过来采用加热、祛阴的药就会加重病情。于是，吕不韦精心挑选人参、狗鞭、鹿肉等大补的药，献给秦庄襄王。秦庄襄王吃过后，不出半个月便去世了。

吕不韦扶持世子嬴政继承王位，这时嬴政才十三岁。秦王嬴政即位后，尊封母亲赵姬为太后，封其弟嬴成蛟为长安君，尊吕不韦为仲父。

吕不韦欺负秦王嬴政年少，便与太后赵姬重续夫妻旧情。太后赵姬欲望如火，常常把吕不韦召进内宫，和他私通。

此时，吕不韦父亲去世，各国君臣宾客都来吊唁，来人之多好像集市一样，车马把路都堵住了，规模比秦庄襄王的葬礼还要盛大。

威望卓著、倡导合纵抗秦的信陵君魏无忌不再掌权了，安葬完父亲的吕不韦便开始向各国发动进攻。他派将军蒙骜和大夫张唐率军进攻赵国，庞煖率军迎战，但屡战屡败，秦军占领了晋阳。又派王龁和蒙骜进攻韩国，韩国派公孙韩婴率兵抵抗。王龁说："我第一次在赵国被打败，第二次在魏国被打败，都被秦国赦免了死罪，这次我一定以死来报答秦国。"于是带领自己的兵丁一千人，直接攻打韩军营寨，结果在混战中被杀死。蒙骜趁韩军还在混乱之中，指挥秦军进攻，大败韩国兵马，杀死了韩婴，占领了韩国十二座城，得胜而归。

韩桓惠王坐卧不宁，惶恐不安，思谋再三，想出一条救韩的妙计——疲秦计划：选派韩国一位名叫郑国的水工，游说秦国兴修水利，以耗费秦国人力、物力和财力，使之无暇东顾，从而延缓秦人东进攻韩，暂解韩国亡国之忧。

这郑国来到秦国，勘察地形，寻找水源，经过周密的研究，向秦国提出了修建一条沟通泾河和洛水的渠道，从而引泾河之水来灌溉广阔的农田的建议。时值秦国连年干旱，秦国军需粮草供应不足，使得秦军无法继续东进。秦王嬴政与丞相吕不韦正为此苦恼，郑国引泾注洛的建议正中下怀，遂被采纳。当即派遣郑国主持这一规模宏大、耗资无数的水利建设。当修到一半时，秦国君臣才觉得不对劲，感觉上了韩国的当，就将郑国召来，想要杀死他。在秦王嬴政与吕不韦面前，郑国也不隐瞒，老老实实地说："我当初这么做，确实是想让韩国多活几年，然而此渠一成，会给秦国带来大利。我为韩国延命数载，却为秦国建立了万世之功。"秦王嬴政与吕不韦权衡再三，觉得郑国言之有理，便让其继续主持兴修水利。

话说秦国被疲秦计划拖住，列国便互相攻战起来。信陵君魏无忌被削夺了权力，赵国与魏国之间的友好关系也结束了。赵孝成王派相国廉颇率军进攻魏国，包围了繁阳，还没等攻下来，赵孝成王就去世了。世子赵偃继位，这就是赵悼襄王。三个月后，廉颇攻克了繁阳，乘胜前进，只是行进速度有些慢。

却说赵国有位大夫，名叫郭开，是个谄佞之徒，被廉颇所厌恶。郭开对廉颇怀恨在心，就在赵悼襄王面前讲廉颇的坏话："廉颇已经老了，不能胜任大王交给他的任务，派他去进攻魏国，时间这么久了却没取得什么战果。"赵悼襄王听信了郭开的话，派乐乘去取代廉颇。廉颇大怒说："我做将军已经四十多年了，从没失败过。乐乘是什么人，他凭什么来取代我？"一怒之下，廉颇率军士就来追杀乐乘。乐乘害怕，连忙逃回国去。廉颇赶走了乐乘就归降了魏国。魏安釐王虽然把廉颇尊封为客将，但不信任他。廉颇便在魏国大梁住了下来。见廉颇降魏，赵悼襄王便拜庞煖为相国。

这一年，魏国魏无忌因为沉溺酒色患病死去，手下门客自杀从死者竟有百余人。第二年，魏安釐王也去世，世子魏增继位，即魏景闵王。秦国得知魏安釐王和信陵君魏无忌都死去，便乘机报当年被魏国大败之仇，派将军蒙骜进攻魏国，占领了酸枣等二十座城，设置了东南郡。魏景闵王流着泪后悔道："秦人哪有信用？只有利益。如果信陵君还在，一定不会让秦军这样横冲直撞、为所欲为。"魏景闵王派出使节到赵国去，希望与赵国和好。赵悼襄王也担心秦国到处侵扰没有止境，便同意与魏国和好。正在此时，边吏紧急报告："燕国派遣剧辛做将军，领兵十万来犯赵国。"

燕国相国剧辛原是赵国人，和庞煖有过交往，但是不睦。现在廉颇到了魏国，庞煖做了赵国相国，剧辛很看不起他，便迎合燕王姬喜说："庞煖是个无能的人，他远不如廉颇。况且秦军占领了晋阳，赵国已兵败无力，趁这机会去进攻，一定能洗雪当年栗腹被廉颇生擒、燕国被赵国打败的耻辱。"燕王姬喜大喜说："寡人正有这个意思，你能为寡人带兵去进攻赵国吗？"剧辛说："臣对赵国地形很熟悉，如果能得到大王您的信任，臣一定活捉庞煖，把他献到大王面前。"于是燕王姬喜就派剧辛率兵十万去进攻赵国。

赵悼襄王听到燕国进攻的报告，马上把庞煖找来商议对策。庞煖说："剧辛自认为是一员老将，必定会轻敌。现在李牧正在代郡驻守，可以命他率领人马向南进发，切断燕军的后路，臣带一支兵马去正面迎击敌人，这样就可以活捉剧辛了。"赵悼襄王按庞煖的计策行事。

却说剧辛率燕军渡过易水，一路杀来，声势十分浩大。庞煖率赵军挖深沟，筑高垒，与燕军相持。剧辛向部下说道："我们是深入敌国作战，如果他们躲进城中不出来交战，那么我们不知道什么时候才能取得胜利。谁敢出去挑战？"栗腹之子栗元报仇心切，愿意首先去赵军营中挑战，剧辛拨给他一万精兵。庞煖要乐乘、乐闲在左右列阵等待，自己亲自带兵迎敌。两军交锋，打了不到半个时辰，突然一阵鼓响，乐乘、乐闲从两翼同时冲杀过来，用强弓劲弩朝燕军乱射。栗元抵挡不住，掉转车头就逃。庞煖在后面紧紧追杀，一万燕兵，死伤三千多人。

剧辛大怒，亲率大军前来接应。此时，庞煖已经回到城垒中去了。剧辛企图冲进城垒但没有成功，于是派人送去战书，约定第二天和庞煖在阵前较量。庞煖答应，两军各自做好准备。

第二天，两军摆好阵势。庞煖先乘兵车立在阵前，大声喊道："请剧辛将军出来相会！"剧辛也是单独乘兵车出来。

庞煖在车中向剧辛欠身施礼，说道："看到将军身体健康，我很高兴。"

剧辛说："想起当年和你分别，离开赵国，到今天不知不觉已经过了四十多年，我已经老了，你也老了。人生如白驹过隙，转瞬即逝，真快啊！"

庞煖说："将军曾经认为燕昭王礼贤下士，所以离开赵国到燕国去，当时许多豪杰都跟随着你，真好像云追着龙，风追着虎，可是现在，野草已经长没了当年的黄金台，乐毅也归降了赵国。燕国运气如何，从这些就可以看到了。您年纪已近七十，孤单地生活在一个已经衰落的国家，还在贪恋兵权，拿着凶器去做危害祖国的事，您觉得这样好吗？"

剧辛说："我受到燕王的恩德，纵然粉身碎骨也难以报答。趁我还活着，想为国家洗雪栗腹的耻辱。"

庞煖说："栗腹无缘无故进攻赵国，是自找失败，自取灭亡。那场战争是燕国来侵犯赵国，而不是赵国去侵犯燕国。”

两个人在阵前反反复复地辩论。一时怒起的庞煖忽然大喊道：“谁能来取剧辛的头颅？赏黄金百镒！”

剧辛说：“你何必这样嚣张！难道我不能取你的头吗？”

庞煖说：“我们都身负各自大王的命令，还是各尽其力来较量吧。”

剧辛大怒，把令旗一摆，栗元就冲杀出来。这边乐乘、乐闲两部兵车也冲过来迎战。剧辛指挥大队人马一齐冲杀，庞煖也用大队人马应战。两军一场混杀，天色已晚，各自鸣金收兵。由于赵军尚武好战，所以燕军受损较大。

剧辛回到营中闷闷不乐，想要撤兵回国，怎奈已在燕王姬喜面前夸下海口；如果不撤兵，又难以取胜。正在踌躇时，忽然守营军士来报：“赵军有信使到。”剧辛拆开严严封裹的帛书，默读道：“代郡郡守李牧现已率军袭击你的背后，切断你的后路，你应当尽快撤兵回去，不然就来不及了。我们有过四五十年的交情，所以我特意来劝告你。”剧辛知道这是庞煖的书信，心里想：当年与庞煖一起在赵国时就不睦，庞煖怎么会如此善心呢？想到这，便对手下说道：“庞煖想动摇我们的军心啊！即使李牧率兵到了，我又害怕什么！”剧辛告诉赵军信使，约定第二天决一死战。

赵军信使走后，栗元对剧辛说：“庞煖的话不能不信。万一李牧带兵袭击我们背后，两面受敌，我们怎么办呢？”剧辛本就想撤兵，于是顺水推舟，笑着说道：“我也想到这些，我刚才之所以那么说，是为了稳住军心。你现在秘密传达军令，虚设营寨，连夜撤兵。我亲自断后，挡住追击的赵军。”

且说赵军信使回报庞煖，庞煖心里道：“第二天决战会不会是烟雾？用来掩护燕军撤离？”便命人探听燕军。闻听燕军虚设营寨，便同乐乘、乐闲分三路追来。剧辛率军边战边退，走出不到百里，军士来报：“前面有很多旌旗塞满了道路，听说是代郡的兵马。”剧辛大吃一惊说：“庞煖果真没有骗我！”于是不敢再往北走，改往东行。庞煖的追兵赶到，与燕军大战一场。剧辛战败，长叹说：“如果我被赵国俘虏，那我还有什么脸面呢？”便自刎而死。栗元被乐闲活捉斩首，燕军死伤两万余人，其余四散逃走或者投降赵国，赵军大胜。

庞煖和李牧一路前进，占领了燕国武遂、方城等地。燕王姬喜见大势不妙，亲自到将渠门前，央求他为使节到赵军中去认罪求和，臣服赵国。将渠答应。庞煖与将渠曾一起救魏抗秦，交情不错，并且将渠有德于赵国，庞煖便答应撤兵，率赵军得胜而归。李牧仍然回代郡驻守。

赵悼襄王到城外去迎接庞煖，慰劳他说：“相国这样英勇，真好像廉颇仍在赵国啊！”庞煖虽是名将，但却在不久前被秦国蒙骜和张唐屡屡打败，因此记恨在心，此时借机奏道：“燕国已经认罪臣服了，应当趁这机会联合各国，齐心合力去对付秦国，这样才能保证将来不生灾祸。”赵悼襄王同意。于是，赵国相国庞煖推行合纵抗秦的策略，联合各国伐秦。除了齐国中了秦国的远交近攻之计，继续追随秦国以外，韩、魏、楚、燕四国都派了精锐兵马，多者四五万，少的也有二三万。

因是庞煖发起，赵悼襄王便想拜他为联军主将。赵国大夫魏加谏道：“臣喜欢射箭，所以臣想用射箭做个比喻好不好？”

赵悼襄王说：“可以。”

魏加奏道：“有一天，魏臣更羸和魏王站在高台之上，抬头看见一只大雁。这时更羸对魏王说：‘臣只要虚拨一下弓弦，就可以把大雁射死在大王面前。’魏王说：‘你射技有这么高超吗？’更羸说：‘是的。’这时，这只大雁慢慢飞来，更羸虚射一箭，鸿雁果真被射落在地。魏王惊奇地问：‘你是虚射呀，怎么会把它射下来呢？’更羸说：‘因为这是一只病雁。’魏王说：‘你怎么知道？’更羸说：‘这只大雁飞得很缓慢，叫声又悲切。飞得缓慢是因为它旧伤疼痛，叫声悲切是因它离开了雁群，身负旧伤且心存惊惧，一听见弓弦的声音就吓得拼命高飞，以致它的旧伤破裂，因此掉落下来。’”

魏加顿了顿说道：“现在的相国庞煖，不久前被秦军屡屡打败，犹如这只惊弓之鸟，虽然一心想报秦国之恨，但却心绪不稳，所以派他去担任抗秦主将是不妥当的。”赵悼襄王想想也是，便不打算拜庞煖为主将。因为楚国春申君黄歇威望高，且对秦国熟悉，所以五国共同推举黄歇为主将。

黄歇把各国将军召集到一起，商议道：“秦国西有大散关，东有函谷关，南有武关，北有萧关。四方关隘，再加上秦岭这道天然屏障，将这块枣核状的八百里秦川围定，使关中易守难攻。秦国人可以随意出去侵略别国，而我们五国却很难攻进秦国。历来我们讨伐秦国，都是出师就近的函谷关，然而函谷关防守严密，所以我们每次都没有成功。其实除了这四关之外，还有一处渡口也能攻入秦国。这是一个黄河渡口，名为蒲津，扼守该渡口的重镇叫蒲坂。如果我们取道蒲坂，从华州向西，直接奔袭渭南，这就是兵法所说的出其不意。你们看怎样？”大家都表示赞同，于是五国兵马从蒲关而过，沿骊山一路进发，直接攻打渭南。然而攻秦路线虽然新奇，但攻打渭南却很困难。

秦国丞相吕不韦会同秦将王翦、李信率军迎战，在渭南扎下五座营寨，排列成星状。王翦对吕不韦说：“用五国兵力围攻一块小小的地方而不克，可见他们的无能了。‘三晋’离秦国很近，已经习惯与秦军作战，而楚军在南方，走的路远，所以他们最疲最弱。如果能从我们五营军马中挑选一些精兵强将，合力进攻楚军，楚军一定支持不住。打败了牵头的楚军，其余四支兵马定会望风而逃。”吕不韦依计而行，命令各营照常设置高垒，遍插旌旗，暗地里每营挑出一万精兵，约定听到四更鼓响，一齐出发袭击楚军营寨。

却说此时秦将李信因为部下甘回押运粮草迟缓，想将他斩首。许多校尉为甘回求情，李信便改用马鞭抽打予以责罚。甘回怨恨李信，连夜投奔楚军，将王翦的偷袭计划告诉了黄歇。黄歇闻听大吃一惊，想去各国军营通报，又怕延误了时间，于是急忙传令，拔寨撤退，奔驰五十里后才敢慢慢而行。

等到秦军冲到楚营，楚军已经全部撤走了。王翦向部下说：“这个计策虽然没有实现，但我们既然出兵了，就不能空手而回。”于是改道袭击赵军营寨。赵军营寨防守坚固，攻打许久都没有进展。庞煖持剑站在营前，喝令谁敢撤离就将谁斩首。秦军乱攻了一夜。天亮了，燕、韩、魏三军都来救援，王翦才收兵回营。庞煖看到楚军没有来，便派人去打探，此时才得知楚军已经撤走了。庞煖叹口气说：“合纵抗秦的事，看来到此为止了，以后不会再有了。”各国将领见主将黄歇率领楚军悄悄逃回，便无心再战，各自准备撤军回国。庞煖有火没处发，愤恨齐国追随秦国，便强迫燕军和赵军一同征讨齐国，乱打一气后才各自班师。

十一 春申君黄歇

再说春申君黄歇退回楚都宛丘，赵、燕、韩、魏四国都派使节来责问："楚国是这次合纵进攻秦国的领头，为何不通知我们，就先撤回来呢？请把原因告诉我们。"楚考烈王质问黄歇，黄歇又惭愧又害怕，简直无地自容。

春申君黄歇回到府上，还是闷闷不乐。门客朱英知道原因后，就对黄歇说："上推百年，秦国离楚国很远，中间隔着巴国、蜀国、周王室，而且韩国、魏国又虎视眈眈地与秦国对峙，所以楚国没有忧患。现在巴国、蜀国、周王室已被秦国吞并，韩国、魏国早晚也会被秦国灭亡。这样，楚国都城宛丘就处在秦国与楚国斗争的前沿。大王对您的责怨，今天才是个开始，以后还会有的。您何不去劝大王把国都向东迁到寿春呢？那里离秦国较远，可以凭借长江、淮河的险阻来保护自己。"黄歇大悟，便上奏楚考烈王，选定吉日把国都迁到寿春。

再说楚考烈王在位时间很久了，还没有儿子。黄歇到处寻找能生育的女子送给楚考烈王，但都没能怀孕。黄歇有个门客叫李园，赵国人。李园有个妹妹叫嫣嬴，很有姿色。李园想把她进献给楚考烈王，可是又担心日后因为没给楚考烈王生育而失宠。一次，李园回到赵国，闻听人们谈起吕不韦、嬴异人、赵姬与秦王嬴政的关系，不由大受启发，心中暗暗道："何不把妹妹先献给春申君，等她怀孕了，再送给楚王？如果有幸生个儿子，将来一定会被立为大王，这就是我的外甥。”他又自言自语道:“我如果主动把妹妹献给春申君，就失去了尊严，应当用个小计策，让春申君自己来求我。”于是李园故意不按时间返回楚国，迟了十天才回到黄歇府上。

黄歇问他为何来迟，李园说:“我有一个妹妹，名叫嫣嬴，长得非常漂亮。齐王听说了，派人来求婚。我和那个使者一起喝了几天酒，所以回来迟了。”

黄歇心中道:“齐王都来求婚，说明嫣嬴一定非常漂亮。”便好奇地问道:“已经嫁出去了吗?”

李园说:“正在商议，还没有订婚。”

黄歇说:“能让我见一面吗?”

李园说:“我在春申君您的手下做门客，我的妹妹就如同春申君的侍妾、婢女，怎么不可以呢?”回去后，李园把妹妹好好打扮了一番，送到黄歇府上。

黄歇一见嫣嬴，感觉她的眉毛像弯月，她的腰身像细柳，她的小嘴很诱人，她的眼睛能使人发抖，立时兴奋异常，当即赏给李园黄金、珍珠、毛皮无数，把嫣嬴留下来陪他。

不到三个月，嫣嬴就怀孕了。李园悄悄对妹妹说:“做妾和做妻哪个更尊贵?”

嫣嬴笑着说:“妾怎么能和妻相比?”

李园又问:“那么做臣妻和做楚王夫人哪个更尊贵?”

嫣嬴又笑着说:“楚王夫人是最尊贵的了。”

李园说:“你在春申君府中，不过是受宠爱的侍妾罢了。现在楚王没有儿子，你又怀孕了，如果让你去侍奉楚王，若能生个儿子，以后就可以立为楚王，你便是太后，这难道不比做臣妾好吗?”嫣嬴不语。李园见嫣嬴动了心，便教给妹妹一些话，让她在枕席之间说给黄歇。嫣嬴都记住了。

夜间躺在床上，嫣嬴对黄歇说:“楚王非常倚重您，对您非常好。现在您在楚国做了二十年令尹了，而楚王没有儿子，他死后只好改立他的兄弟为王。他的兄弟与您之间并不亲近信任，必定会任用自己更信任的人，您还能长期受恩宠吗?”黄歇听着没作回答。

嫣嬴又说:“妾担心的还不止这些，您很受楚王倚重，时间久了，得罪他兄弟的地方会有不少。等他的兄弟做了大王，灾祸就会降临到您身上。到时，您保不住了，那大片封地也保不住了。”

黄歇一听愣住了，说道：“你讲得很对，但我没想到这些，现在应该怎么办？”

嫣嬴说：“妾有一个计策，不仅可以免除灾祸，而且还会带来许多好处。不过那样做，妾心中会有愧疚，自己不好讲出来，也怕您不肯听妾讲的话，所以不敢对您说。”

黄歇说：“你在为我想办法，我为什么不听你的话？”

嫣嬴说：“最近，妾觉得已经怀了您的孩子，别人还不知道。幸好妾侍奉您的时间还不长，如果凭借楚王对您的信任和倚重，您把妾进献给楚王，楚王一定会要妾去侍奉他。靠上天保佑，让妾生一个男孩，孩子就成了楚王的亲生儿子，将来继承王位，也就是您的儿子做了大王。这样楚国就全掌握在我们手里，这比担忧那种不知什么时候就会降临的灾祸相比，不是一个天上一个地下吗？”

黄歇好像大梦初觉、大醉初醒，高兴地说：“你是聪明的女人。”

第二天，黄歇就找李园来，把昨夜说的话告诉他。先悄悄地让嫣嬴从府中搬出，另找一个地方住下。然后黄歇进宫，向楚考烈王奏道：“臣听说臣的门客李园的妹妹嫣嬴非常美丽，给她相面的人都说她能育子，而且命主富贵。齐王刚刚派人来求婚，大王能不能先去娶亲？”楚考烈王听罢，当即派内侍去宣召嫣嬴进宫。

嫣嬴善于献媚，很快得到了楚考烈王的专宠。到了产期，嫣嬴生下两个儿子，大的叫芈捍，小的叫芈犹。楚考烈王高兴得不知说什么好，马上册立嫣嬴为夫人、长子芈捍为世子，封李园为上柱国。

李园狡诈，表面上奉承黄歇，心中却是忌恨。他一心想取代黄歇为令尹。到了楚考烈王二十五年，楚考烈王生病久治不愈，李园便想乘乱把春申君黄歇杀掉。于是他派人到处寻访勇士，收罗在自己门下，厚赠衣食珍宝，让这些人忠于自己。

黄歇门客朱英听说后，心生怀疑，不由暗暗道：“李园收罗这么多武士，对付谁？当前职位比李园高的，只有春申君，这肯定与春申君有关。”于是，朱英便到了黄歇府。

朱英向黄歇说道：“春申君您知道吗，天下有无妄之福、无妄之祸，又有无妄之人。”

黄歇问：“什么叫无妄之福？”

朱英说：“春申君您在楚国做令尹二十多年了，名义上是令尹，实际上和楚王有着同样的权力。现在楚王久病不愈，一旦去世，世子继承王位，您去辅佐小王，如同周公姬旦一样。等大王年岁大一些，就反夺他的权力。如果天愿和人愿相同，你就真的可以成为楚王，这就叫无妄之福。”

黄歇问：“什么叫无妄之祸呢？”

朱英说：“李园是世子的舅父，但春申君您的权位比他大，所以他虽然外表恭敬顺从，但实际上却不会甘心。想偷盗同一样东西的人会相互嫉妒，他现在到处收罗敢死武士，这样做为了什么呢？一定是为了权力。等楚王一死，李园一定会去争权，把您杀掉灭口，这就是无妄之祸。”

黄歇问：“什么又叫无妄之人呢？”

朱英说：“李园有个做楚王夫人的妹妹，王宫中有什么消息，他随时都可以知道，而春申君您住的地方却在城外，有什么行动您总会落在后面。春申君如果能让我为楚国大夫，命令我去伴随楚王，我就可以带领几个人在那里。楚王去世，李园必先入宫，我可以为春申君您把他杀掉，这就是无妄之人。”

黄歇撩起胡须大笑说：“李园是个文弱的人，而且对我一向很恭谨，你是不是想得太多了？”

朱英说：“我学过《周易》，知道‘易’这个字，本身指蜥蜴。如今的李园就像这蜥蜴，能够因环境而改变颜色，当前对春申君您恭敬，不代表以后不会变色。如今的李园也像蜥蜴，正在暗自积蓄力量，不动声色，静候攻击时间的到来。现在春申君您不听我的劝告，后悔就晚了。”

黄歇摆摆手说：“请你回去吧，让我了解一下。如果有用到你的地方，再去请你。”

朱英回来等了三天，不见黄歇有动静，知道他的话白说了，不由长叹一声说：“如果我不离开这里，大祸就会来了！我还是效仿当年晋国智瑶身边的絺疵，悄悄隐退吧。”于是不辞而别。

朱英走后十七天，楚考烈王去世了。嫣嬴把消息第一个告诉李园，李园马上赶进宫中，吩咐先不要发丧，接着把平日收罗来的那些武士带进宫中，埋伏在暗处。一直到太阳落山后，才派人去通知黄歇。黄歇听说大王去世，大吃一惊，也顾不得和身边人商量，立刻驾车进宫。黄歇刚刚进去，两边埋伏的武士突然冲出来，口里喊着："春申君企图谋反，奉夫人密令，立即斩首。"黄歇大吃一惊，急忙掉转车头，可是太晚了。黄歇手下几个人都被武士们杀散，他自己的头也被砍了下来，抛到城外。

杀了春申君黄歇，李园紧闭城门，为楚考烈王发丧，拥立世子芈捍为王，这就是楚幽王。楚幽王才几岁，李园把自己封为令尹，独揽楚国朝政大权，嫣嬴则被奉为太后。为灭口，嫣嬴秘密传令，灭绝春申君黄歇亲族，并收回了他的全部封地。自从李园当政后，昔日的黄歇门客都逃走了，楚国各位公子、部分臣僚也都不愿再在朝中做事。楚国朝廷，只是靠着一个幼小的大王、一个守寡的太后和一个阴毒的李园。朝政越发紊乱，国力日渐衰弱，而对手秦国却更加强大。

十二　嬴政掌政

时光如箭，日月如梭。转眼间，秦王嬴政已经长大成人。他魁伟英俊，聪明异常，胸中志气高远，遇事机敏决断，虽然未亲政，但并不事事都由太后赵姬和丞相吕不韦做主。

一日，纲成君蔡泽奏道：“赵国与燕国之间，有着解不开的仇恨，现在燕国归附赵国并不是出于真心。臣想请大王派臣做使节到燕国去，让燕国给我们送来人质，俯首称臣，从而把赵国孤立起来。然后，我们和燕国共同讨伐赵国，借机扩大秦国疆域。”秦王嬴政同意了，于是蔡泽去见燕王姬喜。

蔡泽到了燕国，对燕王姬喜说：“燕、赵都是强国，可是打了一仗，栗腹被杀害；再打一仗，剧辛也死了。大王忘记了这两次被赵国打败的仇恨，反而臣服赵国，这太不公平了。”

燕王姬喜说：“寡人并不是真心情愿与赵国和好，只是我们的力量不能和赵国相抗衡，这有什么办法？”

蔡泽说：“现在秦王想报五国联合进攻秦国之仇，我知道燕国与赵国之间有仇，你们跟随赵国出兵也是迫不得已。如果大王能相信我所讲的，把世子派到秦国去做人质，同时请秦国的一位大臣来燕国做相国，那么秦国和燕国之间的友好关系就如胶似漆了。这样把两国的力量结合在一起，去向赵国报仇雪耻就不难了。”

燕王姬喜听信了蔡泽的话，把世子姬丹派到秦国去做人质，并请秦王嬴政派一位大臣来燕国做相国。

吕不韦想派大夫张唐去燕国，可张唐却推说自己有病不肯去燕国。吕不韦亲自驾车去请他前去燕国，张唐推辞说："我攻打过赵国，赵国对我深深记恨。今天要我到燕国去，必须路经赵国，所以我不能去。"吕不韦再三强令他去，张唐却执意不接受命令。

吕不韦回到府中，闷闷不乐，心中想不透张唐为什么坚决不去燕国。吕不韦身边有个少年，名叫甘罗，是甘茂的孙子，只有十二岁。甘罗看见吕不韦脸上很忧郁，进来问他："丞相心里有什么不顺心的事吗？"

吕不韦说："你一个小孩子知道什么，竟然跑来问我。"

甘罗说："您心里有事又不让我们知道，我们想效忠您也没有地方呀。"

吕不韦笑了笑说："我想让张唐去燕国做相国，可是他坚决不去，所以我不高兴了。"

甘罗说："这是一件小事，您为什么不早对我讲？请您允许我到大夫张唐那里去一趟。"

吕不韦连声呵斥甘罗说："去，一边玩去！我亲自去请他都不行，你一个小孩子就能说动他吗？"

甘罗说："过去项橐七岁就做孔子的师傅，现在我十二岁了，比项橐还大五岁，您该让我去试一试，没有效果再斥责我也不晚。怎么可以看不起别人、动不动就给人脸色看呢？"

吕不韦听甘罗说出这番话，很是惊奇，立即笑道："你这个孩子不简单，你去吧。"甘罗辞别吕不韦，就去见张唐。

张唐知道甘罗是丞相府上的人，但因其年少就难免有些盛气凌人。张唐问甘罗："你这个小孩子，来找我干什么？"

甘罗说："我是特地来为你吊唁的。"

张唐瞪了他一眼，冷冷地说道："你胡说八道什么？"

甘罗笑了笑说："大夫您认为自己的功劳和白起相比怎样？"

张唐说："白起东征西战，打了无数次胜仗，我的功劳不如他的十分之一。"

甘罗说："如果拿范雎和吕不韦相比，你看谁更专权呢？"

张唐笑笑说：“范雎当然不如吕不韦。”

甘罗说：“当年范雎请白起去攻打赵国，白起不肯去，范雎一怒之下，上奏秦昭襄王，把白起赶出了咸阳，杀死在了杜邮。今天丞相吕不韦亲自请你去燕国做相国，而你执意不肯去。范雎因为同样的原因不能宽容白起，难道吕不韦还能宽容你吗？你离死的日子不远了。”

张唐听罢，脸色都变了，连忙起身道谢说：“感谢你来教导我。”立即采纳甘罗的建议，到吕不韦那里去请罪。

甘罗对吕不韦说：“大夫张唐听了我的劝说后答应去燕国，并不是心甘情愿。他心中仍然害怕途经赵国。请丞相您借给我车马，我先去把此事和赵国讲一讲。”

吕不韦已经见识了甘罗的才能，进宫对秦王嬴政奏道：“甘茂的孙子甘罗，虽然年纪很小，但特别聪明。张唐推说有病，不肯到燕国去做相国，甘罗到那里和张唐一谈，就把张唐说服了。现在甘罗又请求去和赵王谈一谈，请大王您派他去吧。”秦王嬴政很好奇，便宣甘罗入朝。

秦王嬴政见甘罗生得眉清目秀，心里已是喜欢。秦王嬴政问甘罗：“你见到赵王，准备怎样讲呢？”甘罗答道：“我要先看看赵王喜欢什么，害怕什么，然后看准机会再同他谈。游说要像湖中水波一样，随风而变，这是不能事先决定的。”秦王嬴政露出笑容，立刻交给他十乘上等车马和百名仆从，命他去出使赵国。

赵悼襄王闻听秦国使节来到，不敢怠慢，出城二十里相迎。赵悼襄王见秦国使节甘罗这么小，心中暗暗称奇，问甘罗：“过去秦国有位丞相也姓甘，那是你什么人？”

甘罗说：“那是我的祖父。”

赵悼襄王说：“你今年多大年纪了？”

甘罗答道：“十二岁。”

赵悼襄王说：“秦国没有年纪大的人来当使节吗？怎么会派你来？”

甘罗说：“秦王任用人是各派各的用处，年纪大的人去担负大的责任，年纪小的人去办小事。我的年纪最小，所以派我来出使赵国。”

赵悼襄王不由脸上发红，见甘罗说话机敏利落，心中又暗暗称奇，问道:“今天委屈你到我们这个小国来，有什么见教？”

甘罗说:“大王听说燕国世子姬丹到秦国去做人质了吗？”

赵悼襄王说:“听说了。”

甘罗说:“大王听说秦国大夫张唐要去燕国做相国了吗？”

赵悼襄王说:“也听说了。”

甘罗又说:“提起世子姬丹到秦国去做人质，说明燕国不敢欺骗秦国；大夫张唐去燕国做相国，说明秦国不欺骗燕国。燕、秦两国就要和好了。”

赵悼襄王说:“秦国与燕国和好是为了什么呢？”

甘罗说:“秦国与燕国和好是为了共同进攻赵国，从而扩展秦国疆土。大王不如割让五座城池给秦国，满足秦国扩展疆土的愿望。然后我去劝说秦王，制止张唐之行，断绝秦国和燕国的联合，反过来与赵国和好。赵国去进攻弱小的燕国，秦国不去救援它，这样赵国得到的何止五座城池呢？”

赵悼襄王听罢很高兴，立即赐给甘罗黄金百镒、玉璧十对，并把五座城池的版图交给他，请他回去向秦王嬴政报告。

见到甘罗，秦王嬴政高兴地说:“五座城池，靠一位少年就得到了。你的智慧要比你的身材大得多啊。”于是便不派张唐去燕国。张唐也深深感谢甘罗。赵国听说张唐不去燕国了，便知道秦国不再帮助燕国，于是命令庞煖、李牧各率一支兵马进攻燕国，占领了三十座城池。赵国把其中的十九座据为己有，另外十一座送给了秦国。秦王嬴政封甘罗做左庶长，并把过去封给甘茂的田地、宅院又赐给他。甘罗有智慧无寿命，不久患病死去，张唐亦死去。

却说吕不韦因为深受太后赵姬的宠爱，平时出入内宫，肆无忌惮。看到秦王嬴政越长越大，并且英明过人，便开始有点儿为自己担心。无奈太后赵姬的淫心越来越大，常常召他去。吕不韦担心有一天奸情败露招来大祸，便想找一个人来代替自己，思来想去，能称太后赵姬心意的，实在太难寻到。功夫不负有心人，吕不韦找到一个叫嫪大的人。他淫乱成性，品行低下，故被百姓称为嫪毐。

这天，太后赵姬又召吕不韦前去。吕不韦乘机说:“昨日收留了一个相貌英俊、体力旺盛的男子，太后想见见这个人吗？我把他请进宫来？”

太后赵姬笑着没有回答，过了半天才说：“你是不是说着玩的？这些外人怎么能进入内宫呢？”

吕不韦说：“我有一个计策，假装将他处以腐刑，不就可以长期留在宫中了吗？”

太后赵姬高兴地说：“这个办法不错。”

吕不韦把嫪毐找来，一五一十告诉给他。嫪毐觉得如同梦中，立刻答应下来。吕不韦便命人将嫪毐处以腐刑，先把千枚半两钱送给行刑人，假做阉割，拔掉嫪毐的胡须、眉毛。做过这一番手脚后，就将嫪毐送进宫去，于是太后赵姬将嫪毐留在身边侍候，夜里令他陪寝，感觉胜过吕不韦十倍。

第二天，太后赵姬重赏吕不韦，酬谢他的功劳，吕不韦也侥幸脱出身来。太后赵姬和嫪毐相处如同夫妇，没过多久，太后赵姬就怀了身孕。太后赵姬担心生产时隐瞒不住，就假说生病，让嫪毐请来卜师，重金笼赂，说宫中有祟，应当请太后赵姬去二三百里以外避祟。秦王嬴政对吕不韦经常出入内宫很是怀疑，也觉得太后赵姬走得远些可以断绝他们两人来往，便说：“故都雍城在咸阳西边三百里，过去的宫殿都在，母后到那里去住是很好的。”于是太后赵姬迁居雍城，嫪毐作为内侍一块儿去了雍城。

自从离开咸阳后，嫪毐与太后赵姬往来更加无所忌讳，两年之中，接连生了两个孩子，藏在密室中哺养。有人知道宫中隐情，但无人敢说。太后赵姬请秦王嬴政封给嫪毐封邑，用来表彰他侍奉自己的功劳。秦王嬴政便将山阳这块地方赐给了他。嫪毐突然发迹，更加为所欲为，豢养家仆、门客几千人。朝中趋炎附势的小人也争着依附于他。一时间，嫪毐的声势超过了吕不韦。

秦王嬴政九年春天，彗星出现，拖着长长的尾巴。内史期依据《周易》占卜说：“国中将有兵变。”适逢秦王嬴政到故都雍城祭祀，为防兵变，秦王嬴政命令将军王翦在咸阳耀兵三天，与吕不韦一起镇守国都；又命将军樊於期带兵三万驻扎岐山。然后，秦王嬴政起驾来到雍城，这时他已经二十二岁，太后赵姬为他举行加冕。自此，秦王嬴政开始全面主持朝政。

为庆祝加冕，秦国群臣畅饮五天。嫪毐酒后，与大夫颜泄赌博，却是连赌连输。嫪毐喝醉了酒，便说输掉的都不算。颜泄也醉了，坚决不许嫪毐赖账。嫪毐起身抓住颜泄，打了两个耳光。颜泄也不相让，伸手抓去了嫪毐的冠缨。嫪毐大怒，瞪圆眼睛呵斥说："我是当今大王的假父，你们这些穷官吏，怎么敢和我相抗？"颜泄害怕，离席而走。

嫪毐享福太过，合该生出事来。恰好秦王嬴政从太后赵姬那里饮酒出来，街上遇到颜泄。怒火未消的颜泄跪在地上叩头，大声哭泣。秦王嬴政虽然年轻，却是个极有心机的人。他一句话没说，便让左右把颜泄带到宫中，细细询问。盛怒之下的颜泄便将嫪毐打自己耳光、自称是大王假父的事讲了一遍，然后说："嫪毐实际上并不是寺人，他假装受了腐刑，偷偷地侍奉太后，现在和太后已经生下两个孩子，藏在宫中。嫪毐豢养家仆、门客几千人，如果谋篡王位，那可就坏了。"秦王嬴政大吃一惊，悄悄拿出兵符，派人紧急去召樊於期，命他带兵前来雍城。

却说雍城宫中有两个内侍，平日受了太后赵姬、嫪毐的不少好处，成为他们的死党。闻听秦王嬴政召兵的消息，连忙去找嫪毐报告。

嫪毐这时已醒酒，听到报告，吓出一身冷汗，连夜求见太后赵姬。嫪毐说："事情既然已经这样，只有派手下卫兵、门客、家仆合力攻打秦王嬴政，我们两人还有保全的可能。"

太后赵姬说："卫兵会听我们命令吗？"

嫪毐说："用太后玉玺充当大王御宝，假说宫中有贼，这样卫兵就不会不去。"

太后赵姬这时也没了主意，便说："就照你想的去做吧。"把玉玺交给了嫪毐。

嫪毐写了一份秦王令，盖上太后玉玺，然后把宫中卫兵和自己的手下家仆、门客召来，此时已是第二天中午。嫪毐假借王命，率领这些人围住了王宫。秦王嬴政站到台上，大声呵斥说："你等为何敢来宫中闹事？"卫兵们慌忙说："嫪毐传令，说这里有贼人，要我们前来救驾。"秦王嬴政说："除了这个贼人，哪还有其他贼人？"卫兵们一听，马上走掉一半，剩下的一半掉过兵刃，围攻嫪毐的家仆、门客。秦王嬴政下令说："谁能生擒嫪毐，赏钱百万；献上首级，赏钱五十万；杀掉嫪毐一名死党，加一级爵位。不论尊卑，赏赐完全相同。”于是宫中内侍、马夫全都出来和嫪毐的手下搏斗。百姓听说嫪毐造反，也都前来帮助卫兵围杀嫪毐。嫪毐的手下很快被消灭了几百人，嫪毐夺路逃走，正遇见樊於期大军，当即被活捉。

秦王嬴政亲自到太后赵姬宫中搜查，在密室中找到了太后赵姬与嫪毐奸生的两个孩子，命令左右把孩子装在布袋中杀死。太后赵姬暗暗心疼，但不敢出来救护，只是躲在寝殿里流泪。秦王嬴政不去拜见母亲，直接回到王宫。秦王嬴政认为内史期所占星象果真应验，便赐他黄金百镒。狱吏把嫪毐的供词献上，奏道："嫪毐假受腐刑入宫，是丞相吕不韦的主意。”秦王嬴政并不声张，只是命令樊於期将嫪毐在东门外车裂处死，灭其三族。行刑前，嫪毐已知自己的两个孩子被杀，便向樊於期叫屈道："太后先为吕不韦小妾，后为先王之妻，当今秦王嬴政是谁的骨肉，连太后也搞不清楚，为啥要处死我与太后的孩子？而不处死太后与吕不韦的孩子呢？”樊於期大惊失色，急命手下行刑。

嫪毐手下家仆、门客，凡是参加反叛的一律处死，没参与谋乱的远远迁移到巴、蜀，一时被迁走的有数千家。太后赵姬使用玉玺帮助嫪毐造反，其罪不小，秦王嬴政减去她的俸禄，将她迁居到冷宫，派三百名军士看守。

秦王嬴政平息了嫪毐之乱，便回到咸阳。吕不韦假说有病，不敢出来拜见。秦王嬴政想将吕不韦一起处死，征求众臣意见。众臣中多有与吕不韦交情深厚的人，都说："吕不韦曾经辅佐先王，对国家立过大功，而且嫪毐不是当面为证，是假是真都没有凭据，所以不要把吕不韦和嫪毐一起治罪。”秦王嬴政便赦免吕不韦，虽然不杀他，但是免除了他的丞相之职。樊於期擒拿嫪毐有功，重重赏赐。

这年夏天，天气突然寒冷，下起大雪，百姓冻死了许多。民间都在议论："秦王贬压太后，令她迁居，儿子不认母亲，所以夏天降雪。”大夫陈忠向秦王嬴政进谏道："天下没有无母之子，应该让太后回到咸阳来，以尽孝道，这样天气就会很快变好。”秦王嬴政大怒，命人剥去陈忠的衣服，把他放在蒺藜上，用锤子砸死。尸体放在殿前，旁边张贴一榜，上面写道："有为太后之事前来进谏者，下场如此！”尽管这样，前来进谏的大臣仍然相继而来。秦王嬴政命令全部杀掉，尸体都陈于殿前，前后共有二十七人为此丧命。

此时，齐王田建已经长大，他和赵悼襄王来到秦国，看到殿前放着许多尸体，问明原因，都暗自叹息，悄悄议论秦王嬴政的不孝。

齐国也曾由太后少敫主持国政，母子关系很深。不久前，太后少敫病危，告诫儿子齐王田建道："群臣中有的可以重用。"齐王田建说："请把他们的名字写下来。"太后少敫说："好。"当齐王田建取来笔和竹简后，太后少敫却忘记了可以重用的大臣的名字。一个时辰后，太后少敫去世。齐王田建用后胜担任相国。赵国也曾由太后少妫主持国政，她与儿子赵孝成王、孙子赵悼襄王都相处得不错。太后少妫未出嫁时在齐国经历了被燕国战败，她深深相信孟子提出的"民为贵，社稷次之，君为轻"的言论。当娘家齐国使节来访时，她首先问使节："今年收成还好吧？百姓安乐吗？你们大王无恙吧？"先卑后尊，先民后君，一时传为佳话。赵国太后少妫、齐国太后少敫，一对姑嫂，一时左右天下政局。二人都得以善终，子孙都很孝敬。又因为这样，齐王田建和赵悼襄王有些瞧不起秦王嬴政。

当时有个齐国人名叫茅焦，到咸阳来玩，住在客店里，闻听此事，气愤地说："做儿子的囚禁母亲，真是天地颠倒过来了。"他喊店主送洗澡水说："我要洗一个澡，明天一早就去叩宫门，入谏秦王。"

同屋的旅客笑他说："那二十七个人都是大王的亲信大臣，他们的话大王尚且不听，一个个被处死了，难道你这个无名之人也想前仆后继？"

茅焦说："如果现在仍有人进谏，大王听不听还说不准呢！"同屋的旅客都笑他缺心眼儿。

第二天一早，茅焦就起来，饱食前去。店主拉着他的衣服苦苦劝说，茅焦脱下外衣径自去了。客店中人都说茅焦必死无疑，他们便把茅焦的包囊打开，急忙将里面的衣服、财物分掉了。

茅焦来到大殿前，伏在二十七具尸体上大声呼喊："我是齐国客人茅焦，要上殿进谏大王！"

卫兵询问："你为什么事情来进谏啊？你的话是不是和太后的事情无关？"

茅焦说："我正是为太后的事情来的。"

卫兵说："你看不见这里死人已经成堆了吗？你难道不怕死吗？"

茅焦说："我听说天上有二十八个星宿，降生到地上，还缺一个，我到这里来，就为凑足这个数。古往今来，哪个圣贤不死？我又为何怕死？"

卫兵报告秦王嬴政。秦王嬴政大怒道："这个狂妄的齐人竟敢激怒寡人。在殿前烧开一鼎开水，把他扔到里边煮烂，让他连个全尸也得不到，看他怎么去凑足二十八个数！"

秦王嬴政按剑而望，眉毛倒竖，口中吐着唾沫，怒不可遏。他走到烧开水的大鼎前，想看看这个狂妄的齐人到底何样，敢来寻死。

茅焦迈着小步，不肯快走。卫兵喝令他快些，茅焦说："我马上要死了，你就让我多活一会儿吧。"卫兵可怜他，便让他慢慢走到殿前。

茅焦到了烧开水的大鼎前，见秦王嬴政站在旁边，便上前说道："身体健康的人，不忌讳别人说他生病；圣贤的君王不忌讳百姓谈论国家兴亡。忌讳别人说他生病，他往往不会长寿；忌讳百姓谈论国家兴亡，国家往往难于生存。生死存亡，是圣明的君王所要用心研究的，不知大王您是不是想听？"

秦王嬴政虽然暴虐，但雄心勃勃，闻听茅焦如此说，脸色稍微缓和了一些，说道："你有什么想法，说吧。"

茅焦说："忠臣不应当向君王说阿谀奉承的话，圣明的君王不能有不理智的行为。君王有了悖于常理的行为，做臣子的不指出来，是臣子有负于大王；臣子向君王提出中肯的建议而君王不采纳，是君王对不起他的臣子。大王您的行为违背了天伦人理，自己还不知道，我担心秦国从此就会遇到危难啊。"

秦王嬴政思索了半天，脸色又平和了一点儿。

茅焦继续说："现在天下各国之所以尊奉秦国，不仅仅是因为畏惧秦国强大，也是因为大王您是一位英明勇敢的君王，这就是天下忠良贤臣、威武勇士都聚集在秦国的原因。现在大王您把太后贬于冷宫，是不孝的行为；把进谏忠言的大臣杀死，陈尸殿前，是商纣王的暴政。如果大王以天下为己任，这些所作所为，怎么能让天下众生信服大王呢？历史上，舜能侍奉愚顽的母亲，终成为帝王；商纣王残害比干等忠臣，天下人都起来反对。我今天被大王杀死并不害怕，害怕的是我死以后，再没有人像我们二十八人那样，向大王您进谏了。这样天下对您的怨恨会越来越多，各国就会反叛您。真可惜呀！在秦国统一天下的大业即将完成的时候，却败在大王您的手中！我的话说完了，请大王您把我放到鼎里煮死吧。”茅焦说完，就解开衣服朝着大鼎走去。

秦王嬴政连忙拉住他，命令左右说：“把鼎撤走。”

茅焦说：“大王您已经把榜文悬挂在殿前，拒绝进谏。如果不杀我，怎么维护您的信用？”秦王嬴政又命左右收起榜文，令内侍为茅焦穿好衣服，请他坐下。

秦王嬴政感谢茅焦，真诚地说道：“在你前边的那些进谏大臣，只是列数寡人的罪过，并没向寡人说明这些国家存亡的道理。上天派你来打开寡人的茅塞，寡人怎敢不恭敬地听从你呢？”

茅焦再次向秦王嬴政进谏道：“大王既然肯听我的劝说，请大王您赶快准备车马去迎接太后。宫殿前的尸体都是忠臣骨血，请大王您下令收葬。”秦王嬴政马上命司里官准备二十七副棺材，盛殓殿前的尸首，予以厚葬，并派人抚恤遗属。

人生好风景，属于有心人。这一天，秦王嬴政在宫殿里款待完齐王田建和赵悼襄王并礼送二人回国后，亲自坐车去迎太后赵姬回咸阳。秦王嬴政命茅焦和他同坐一辆车。闻听茅焦不但没死，反受厚待，客店中那些私分茅焦包囊的人吓得屁滚尿流，赶紧逃出了咸阳。

车驾到了雍城，见了太后赵姬，秦王嬴政叩头大哭，太后赵姬也止不住流泪。秦王嬴政带着茅焦拜见太后赵姬说：“这就是寡人的颖考叔啊。”第二天，秦王嬴政请太后赵姬登车走在前，自己在后跟随。上百乘车马，浩浩荡荡，前簇后拥，道旁观看的百姓都称颂秦王嬴政是个尽孝的人。到了咸阳，秦王嬴政在宫中摆下酒宴，母子相聚欢饮。太后赵姬又另置酒宴答谢茅焦，太后赵姬说：“让我们母子重新见面，是你的功劳。”秦王嬴政封茅焦为太傅。

秦王嬴政担心吕不韦再和内宫相通，便命他迁出咸阳，回到自己的洛阳封地。各国听说吕不韦不再担任秦国丞相，都派使者来问安，争着请他去做相国。秦王嬴政担心吕不韦被别国任用，会危害秦国，就写了一封信简派人送给吕不韦。信简里道：“你为秦国建立了多少功劳？却受到了封户十万的赏赐。你和秦国有多少亲缘？却有了仲父的封号。秦国给予你的是非常丰厚的。嫪毐叛逆，是你引起的。寡人不忍心将你处死，让你回到自己的封地。现在你自己不去悔过，反而与各国使者频频交往，这可是背离了寡人宽谅你的本意。现在将你和家属迁到蜀郡居住，只限你呆在那儿，直到终年。”

吕不韦读过秦王嬴政的信简，恼怒地说：“我拆家破财，扶立先王，谁的功劳能和我相比？”过了一会儿，又叹道：“太后赵姬先委身于我，说不定当今秦王就是我的儿子，这样的亲缘谁能和我相比？”又过了一会儿，吕不韦流泪说：“我是一个商人的儿子，用区区几点小钱和一个小妾就做成如此大的买卖，谋杀先王，奸淫太后，上天怎么能容下我呢？我早就该死了！”于是把毒鸩放到酒里，喝下自杀了。

十三　李斯与韩非

秦王嬴政听到吕不韦死了，就把他的门客全都赶走，同时以吕不韦为鉴，驱赶咸阳城中的所有异国客人、商人，已经做官的要削去职位。谁敢容留，一起治罪。且说李斯到了秦国后，先在吕不韦手下做门客，后来吕不韦向秦王嬴政举荐，被秦王嬴政拜为客卿。这次秦王嬴政下了逐客令，李斯也属于被驱逐的人，被司里官赶出了咸阳城。在途中，李斯写下了一篇《谏逐客书》，谎称要报告机密的事，请人送给秦王嬴政。李斯在《谏逐客书》中写道——

闻议逐客，私下以为过矣！

从前秦穆公寻求贤士，西边取得由余，东边得到百里奚，又从宋国迎来蹇叔，还从晋国招来邳豹。这些贤人，不生在秦国，而秦穆公重用他们，于是称霸西戎。秦孝公采用卫鞅的新法，移风易俗，国人因此殷实，国家因此富强，百姓乐意为国效力，诸侯亲附归服，战胜魏军等强大兵马，攻取土地上千里，至今政治安定，国力强盛。秦惠文王采纳张仪的计策，以连横对抗六国合纵，割取肥田沃土，功效延续到今天。秦昭襄王得到范雎，废黜魏冉，巩固了王室的威力，堵塞了权贵垄断，蚕食诸侯领土，使秦国成就帝王大业。这四位君主，都依靠了客卿的功劳。由此看来，客卿哪有什么对不住秦国的地方？倘若四位君主拒绝远客而不予接纳，疏远贤士而不加任用，这就会使国家没有丰厚的实力，而让秦国没有强大的名声。

如今秦国王宫里，有美玉等众多宝物，可这么多宝贝，秦国一样不出产，而大王却喜欢它们。如今用人却不这样，不问青红皂白，不论是非曲直，不是秦人就得离去，是客卿就得驱逐。这样做，所重的是美玉，而所轻的是贤人啊，这不是统一天下、制服诸侯的办法啊。

是以泰山不让土壤，故能成其大；河海不择细流，故能就其深；王者不却众庶，故能明其德。土地不分东西南北，百姓不论异国他邦，便会一年四季富裕美好，天地鬼神降赐福运。现在大王拒绝客卿使之去侍奉诸侯，天下贤士就会退却而不敢西进秦国，这叫“借武器给敌寇，送粮食给盗贼”啊。

物品中不出产在秦国，而宝贵的却很多；贤士中不生长于秦国，愿意效忠的却不少。如今驱逐客卿来资助敌国，内部造成空虚而外部在诸侯中构筑怨恨，那要想谋求国家没有危难，是不可能的啊！

秦王嬴政读了李斯的《谏逐客书》，顿时醒悟，马上废除逐客令，派人驱车去追赶李斯，一直追到骊山脚下才找到他。李斯回到咸阳，秦王嬴政便恢复他的官职，仍像过去那样信任他。

秦王嬴政见《谏逐客书》言语犀利、文采飞扬，便问李斯：“听说你师从荀子，而荀子是儒教大家，你说治理秦国是靠儒学还是继续奉行法家思想？”

李斯答道：“儒教中，孔子的中心思想为‘仁’，孟子的中心思想为‘义’，臣的师傅荀子继二人后提出‘礼’，重视社会上人们的行为规范。这‘礼’掺杂了法家思想。臣的师傅荀子认为人与生俱来就想满足欲望，若欲望得不到满足便会发生争执，因此主张人性本恶，需要由圣王及礼法的教化，通过‘伪’来使人格提高。至于治理秦国，用法家思想还是用儒家思想，臣认为若要提高国力、军力，则继续奉行法家思想；若要使人与人之间和睦相处，则要推行儒家思想。”

秦王嬴政说：“寡人明白了，治国需要法，做人需要儒。用法则国强，但行法者往往不得善终，如吴起、卫鞅；行儒则国弱，但儒家往往得到善终，如孔子、孟子。现在强国并立、天下纷争，而秦国要完成一统大业，必须继续奉行法家思想。等到天下一统、外无患、内无忧时，就推行儒家思想。”

李斯虽学过儒家经典，但知道自己是标准的法家，此时不免脊背发凉，心想：自己千万别成为第二个吴起、又一个卫鞅呀。

李斯感到秦王嬴政信任自己，便对秦王嬴政奏道：“当年秦穆公兴图霸业的时候，各地的君主还很多，周朝气势衰减不多，因此不可能施行兼并的战略。自从秦孝公以来，周王室已经变得很衰微，除秦国外，各地诸侯相互吞并，也只剩下六个强国。如今，周朝已经灭亡，以现今秦国的强大、大王的贤明，来扫荡其他国家就好像拂去灶上的灰尘一样容易。如果不能利用现在的形势去完成霸业，坐待各地诸侯重新强盛和联合起来，后悔就来不及了。”

秦王嬴政说：“寡人早想将六国吞并，应当采用什么战略呢？”

李斯说：“继续奉行远交近攻的计策。韩国离秦国近，而且国力很弱，另外韩国已经向秦国称臣，但却与楚、魏、赵、燕等国合纵抗秦。我们应当先吞并韩国，威慑其他国家。”秦王嬴政采纳了他的意见，便命秦军加强训练，准备进攻韩国。

“布谷、布谷……”杜鹃鸟在啼叫着。到了春播的时候了，在秦国关中平原上，一派繁忙的景象。与以往不同的是，用水浇地不再困难。此时，水工郑国和民工们历尽艰辛，终于在秦国修成了这条引泾河到洛水的大渠，可灌溉农田达四万顷之多，于是秦国关中成为沃野。秦王嬴政极为高兴，将此渠命名为郑国渠。

当年出此疲秦计划无意之中让秦国更加富强的韩桓惠王已死，世子韩安即位。公子韩非目睹韩国日趋衰弱，便多次向韩王安上书进谏，希望韩王安励精图治，变法图强，但韩王安置若罔闻，始终都未采纳。这使韩非异常悲愤和失望，忧愤寂寞中，写了《孤愤》《五蠹》《说林》《说难》等十余万言的著作，阐述了他的法治思想，并抒发了忧愤孤直而不容于时的愤懑——

宋国有个卖酒的，公道热情，酒很香醇，酒旗悬挂得很高，但积贮了很多酒也没有人来买。时间一久，酒都变酸了。卖酒的感到奇怪，不解其中缘故。他向同住里巷的智者请教。智者说：“你养的狗凶恶吗？”卖酒的说：“狗是凶恶，那么多酒为什么就卖不出去呢？”智者说：“人们害怕你的狗呀！有的人打发自己的小孩，揣上钱，拿着壶，前往打酒，但你的狗蹿出来咬人，谁还敢来买酒呢？这就是你的酒卖不掉最终变酸的原因呀。”其实，国家也有这样的“恶狗”。有才能的人怀着治国的本领想要禀陈国君，让国君明晓治国方略，但有些大臣像恶狗一样蹿出来咬人，这就使国君受到蒙蔽和挟制，让那些有才能的人不能得到重用。

郑国有个想买鞋的人，先量好自己的脚，顺手把量好的尺寸放在座位上。到集市去的时候，忘记带了。他对卖鞋的人说：“我忘记带尺寸了。”急忙返回家取，可是等他回来，集市已经散了，因而没有买到鞋。有人问他：“你为什么不用自己的脚试试呢？”他答道：“我宁愿相信尺寸，也不相信自己的脚。”

楚国有一个卖矛和盾的商人。一天，他带着这两样货到街上叫卖，先举起盾向人们吹嘘说：“我这盾呀，再坚固没有了，无论怎样锋利的矛也刺不穿它。”停一会儿，他又举起矛向人们夸耀说：“我这矛呀，再锋利没有了，无论怎样坚固的盾，它都刺得穿。”旁边的人听了，不禁发笑，对他说：“如果用你的矛来刺你的盾，结果会怎样呢？”这个商人窘得答不出话来，因为自相矛盾。

魏国被赵国打败了，因此魏国世子要被送到赵国邯郸去做人质。临行时，世子对魏王说：“要是有人跑来向父王报告，说大街上跑出来一只老虎，父王相信吗？”魏王摇头说：“寡人不相信，大街上哪来的老虎？”世子继续说：“要是接着有第二个人跑来报告，说大街上发现了老虎，父王您相信不相信？”魏王迟疑了一下，仍然摇头说不信。世子再问：“如果马上又有第三个人跑来报告说大街上有只老虎，父王您信不信呢？”魏王点头说：“寡人相信了。三人成虎，如果三个人都这么说，一定不会有假。”世子起身说道：“谁都知道，大街上是不可能有老虎的，可是当三个人都说有，大王就相信了。现在邯郸离魏国大梁比从这儿去大街远得多了，以后在大王面前说儿臣坏话的又何止三人呢？请父王明断是非。”果然如世子所料，他一走，就有很多人到魏王面前大造谣言。以至于当他从邯郸回来后，魏王都不愿见世子了。

宋国有个富翁，因天下大雨，他的墙坍塌了。他儿子说：“如果不赶紧修筑它，一定有盗贼进来。”隔壁老人也这么说，可富翁不听他们的话。这天晚上，果然被盗贼偷去了大量财物。富翁发现后，懊悔不已，先是赞赏儿子聪明，接着怀疑偷盗的是隔壁老人。

墙内开花墙外香，韩非的这些著述传到秦国后，秦王嬴政看得爱不释手、津津有味，不由叹道：“寡人得见此作者，死不恨矣。”可谓仰慕已极。秦王嬴政不知这些文章是谁所写，便问李斯，李斯告诉他是韩国公子韩非所著。秦王嬴政一时兴起，为了尽快见到韩非，当即下令攻打韩国。韩王安原本不重用韩非，此时因为形势紧迫，便派韩非出使秦国。

虽然与李斯是同学，但国事第一，韩非直接去拜见秦王嬴政。秦王嬴政见到韩非，非常高兴。秦王嬴政问君王如何才会有权势，韩非说：“事在四方，要在中央；圣人执要，四方来效。”秦王嬴政又问如何强国富民，韩非说：“君王应该使用各种手段清除世袭的奴隶主贵族，散其党，夺其辅。把奴隶改为平民，迁居到新获的土地。”秦王嬴政又问奴隶转化成平民后，如何去治理，韩非说：“我师傅荀子提出‘性本恶’，认为民众的本性是‘恶劳而好逸’，所以要用法来约束民众，施刑于民，禁奸于萌芽之时。”秦王嬴政对韩非推崇备至，告诉诸位秦国大臣，按韩非的思想去改革和行政。

秦王嬴政想拜韩非做客卿，以便经常与他商量治国之事，但李斯妒忌韩非的才能，便私下对秦王嬴政诬陷道：“各国公子，都对自己的国家忠诚，怎么会愿意为外国做事？现在秦国进攻韩国，于是韩王急忙派公子韩非来秦国，怎么能知道这其中使的不是苏秦的反间计呢？所以公子韩非是不能任用的。”

秦王嬴政说：“那就把他赶走吧。”

李斯说：“过去齐国孟尝君田文、赵国平原君赵胜都曾经留在秦国，秦国没有任用，放他们回到了自己的国家，结果成为秦国的祸患。韩非很有才能，不如将他杀掉，这好比剪除韩国的一只翅膀。”秦王嬴政觉得有理，便把韩非囚禁起来。

韩非说：“我犯了什么罪？”

狱吏说：“一个地方容不得两个英雄，所以你的同学李斯排斥你。现在的世道，对有才能的人要么任用，要么杀掉，何必一定要有什么罪名？”

韩非听罢，满怀慷慨地说道：“不吹毛而求小疵。”又想到自己满腹才学，但韩国不容、同学不容、秦王不容，于是万念俱灰，流泪道：“道私者乱，道法者治。”晚上用冠缨勒住咽喉自尽而死。

韩王安听说公子韩非死去，更加害怕，忙向秦王嬴政求和，表示继续称臣秦国，并献韩国南阳一带给秦国。秦军撤走，秦王嬴政派内史腾去接受韩国所献之地，任命他为南阳郡守。内史腾在南阳发布文告，抚定百姓，严防不法行为，使百姓得以安居乐业。

十四　尉缭的智谋

秦王嬴政本无心杀死韩非，猛然闻听韩非自尽，特别感到惋惜。

这夜，秦王嬴政做了一个梦，梦见一只雄鸡飞来，啄他的脸，他猛然挥手，抱住了雄鸡。

秦王嬴政惊醒后，当即叫来李斯询问。李斯奏道："恭喜大王呀！叶君是一只雄性神鸡，居住在南阳。今秦国得到了南阳，大王得到了雄鸡。有句谶言说：'得雄者王天下，得雌者霸天下。'当年，秦穆公得'雌鸡'，从而成为一代霸主。今大王得'雄鸡'，预示不久将统一天下呀！"

秦王嬴政并没有欣喜，而是淡淡地说道："可惜像公子韩非这样的奇才不在了，怎么去统一天下呢？"

李斯此时感到很害怕，慌忙对秦王嬴政奏道："臣举荐一个人，名叫尉缭，是魏国大梁人氏，潜心研究《鬼谷子》一书，与秦国前丞相范雎既同乡又同派。尉缭擅长谋略，精通兵法，他的才能胜过公子韩非十倍。"

秦王嬴政知道韩非、范雎的才能和贡献，今听说有个尉缭更厉害，便急切地问："这个人在哪里？"

李斯说："这个人现今就在咸阳，开设学堂，传经讲道。他非常自负，不能用对臣子的礼节来屈待他。"秦王嬴政于是以对待贵宾的礼节召尉缭进宫。

这尉缭不只研究《鬼谷子》，而且杂取法、儒、墨、道诸家思想，堪称杂家。尉缭晋见秦王嬴政。

秦王嬴政问：“你对行兵打仗有何见教？”

尉缭答道：“兵者，以武为植，以文为种，武为表，文为里，能审此二者，知胜负矣。”

秦王嬴政问：“两军对阵，如何才能取胜？”

尉缭答道：“取胜的办法有三种，分别是有道、威胜、力胜，掌握了这三种不同而又相互联系的取胜策略，就掌握了战争的主动权。”

秦王嬴政又问：“有道怎么讲？威胜怎么讲？力胜怎么讲？”

尉缭答道：“凡兵，不攻无过之城，不杀无罪之人，这是有道；杀一人而三军震者杀之，赏一人而万人喜者赏之，这是威胜；兵马训练有秩，军士有内向，有外向，有立阵，有坐阵，这是力胜。”

秦王嬴政见尉缭见识不凡，便把他请到上座，尊称他为先生。尉缭见秦王嬴政诚心诚意对待自己，就对秦王嬴政说：“谁拥有九鼎谁就为天子。现八鼎早已迁秦，大王您已经成为天下共主，可以名正言顺地讨伐各诸侯国。天下诸侯对于强大的秦国来说，就如同秦国的郡县，它们分散就容易兼并，它们联合就很难战胜，我们所担心的正是诸侯合纵。历史上，韩、魏、赵联合而使智瑶灭亡，燕、赵、魏、秦等国联合而令东帝（齐闵王）出走，这些都是大王不能不警惕的。”

秦王嬴政说：“要想使这些国家分散而不再联合到一块儿，先生有什么办法？”

尉缭答道：“为了让秦统一天下，张仪曾献连横之策，范雎曾献远交近攻之计，都取得了实效。今向大王讲一个分化离间的谋略，请大王看是否可行。天下各国成败，取决于一些重臣。这些重臣并非都能对大王尽忠尽职，不过是想多得些财物以求享乐罢了。大王不要太珍爱国库中所收藏的金银珠宝，拿出来去重重贿赂那些国家的重臣，使他们不去尽忠尽职地为国家谋划。这样仅仅花掉一些金钱，各地的诸侯都被灭掉了。”

秦王嬴政听了非常高兴，把尉缭尊奉为上宾，让他与自己平礼，饮食也同自己一样，有时还到尉缭家中去拜访他。

看到秦王嬴政如此谦卑，尉缭暗中寻思：“仔细观察秦王，虽然他有时礼贤士人，但实际残忍刻薄，有朝一日他能得志，天下都将变成他的鱼肉了。”于是，一天晚上，尉缭不辞而别。

秦王嬴政闻听尉缭离去，感觉好比失去了自己的手臂，急忙派人四处寻找，费了好大的劲儿，才把他给找了回来。秦王嬴政对尉缭发誓，永不伤害尉缭，并拜他做国尉，掌管全国兵马，尉缭的弟子王敖等人也被封为大夫。

按尉缭的建议，秦王嬴政从国库中拿出大笔金钱，分派人员到各国奔走，重金贿赂各国的宠臣和重臣，并探听各国情况。

秦王嬴政又去向尉缭请教兼并各国的先后，尉缭说：“韩国比较软弱易攻，应当先兼并韩国。其次就该轮到赵国、魏国。这三个国家灭亡之后，再举兵攻打楚国。楚国灭亡了，燕国、齐国还能跑掉吗？”

秦王嬴政说：“韩国已经向秦国称臣，寡人又刚刚在咸阳宫里置酒款待赵王，现在没有出兵的理由，怎么办？”

尉缭说：“赵国地域广，兵力强，并且有韩国、魏国的帮助，不会一下被灭掉。韩国已经附属秦国，赵国就失去了一半的帮助。大王如果担心出师赵国无名，可以先进攻魏国。赵王有一个叫郭开的宠臣，贪得无厌。请大王派臣的弟子王敖先去魏国，再去赵国，让他贿赂郭开，向赵王求救，赵国一定会出兵援助魏国，我们就以此作为赵国的罪名，移兵进攻赵国。”

秦王嬴政说：“太好了。”秦王嬴政派自己的弟弟长安君嬴成蛟与将军樊於期带十万人马出了函谷关，声言要进攻魏国；又派尉缭弟子大夫王敖去魏国，交给他黄金千镒，任他使用。

王敖到了魏国，以魏国平民的身份对魏景闵王说：“‘三晋’之所以能抵抗强大的秦国，就在于唇齿相依、互相帮助。现在韩国已经臣服秦国；赵王也去了咸阳，秦王嬴政为他设宴款待。在当前韩、赵依附秦国的情况下，秦军进攻魏国，魏国就太危险了。大王何不把邺城割让给赵国，向赵国求援呢？如果赵国派兵来守卫邺城，那就是赵国代替魏国来防守邺城了。”魏景闵王想想也是，便采纳了王敖的建议，把邺城版图和国书都交给了王敖，请他去赵国求援。

王敖先用黄金百镒和赵国大夫郭开交成朋友，然后向他讲了割让邺城的事。郭开笑得双眼眯成一条缝，当天就进宫对赵悼襄王奏道：

"秦国进攻魏国是想吞并魏国，魏国灭亡了，秦国就会来进攻赵国了。现在魏国割让邺城来求赵国援助，这是赵国的福气，大王应当答应下来。"赵悼襄王听信郭开所言，当即派扈辄率领五万人马，去接受魏国割让的邺城。

见赵国中了圈套，秦王嬴政便命令嬴成蛟与樊於期率兵攻打邺城，扈辄出兵抵抗，结果战败。嬴成蛟、樊於期乘胜攻下邺城后，接连占领了赵国九座城池。扈辄率兵在宜安死守，并急急派人向赵悼襄王告急。

赵悼襄王召来群臣商议，众人都道："过去只有廉颇能抵抗秦军，庞煖、乐乘、乐闲也可称为良将。现在庞煖、乐乘、乐闲都去世了，只剩下廉颇还在魏国，为什么不把他召回来？"郭开和廉颇有仇，他不愿意看到廉颇重新受到赵悼襄王任用，就对赵悼襄王奏道："廉颇将近七十岁了，体力精力已衰，况且前边为乐乘的事有过裂痕，如果召来不能任用，更增加他对大王的怨气。"赵悼襄王闻此，担心道："廉颇老矣，尚能饭否？"众臣奏道："大王可以先派人去看望他，如果他还不显衰老，就把他召来。"赵悼襄王同意，就派内侍唐玖携带贵重的盔甲一副、好马四匹去看望廉颇。

这天晚上，郭开偷偷把唐玖请到自己家里，摆酒为他饯行。郭开拿出黄金十镒相赠。唐玖感到郭开的礼物太重了，便以无功不受禄相辞。郭开小声说道："我有一事相求，你一定要收下这黄金，我才敢对你说。"唐玖这才收下。郭开说："廉颇和我不能友好相处，这你是知道的。你这次去魏国，如果廉颇真的衰弱无力就不必说了。如果他还很强壮，只求你回来多讲几句话，对大王说他已经老迈不堪了，这样大王就不会再召他回来，这就是你对我的深情厚谊了。"唐玖点头说好，领命到了魏国。

见到廉颇，唐玖讲了赵悼襄王派自己前来探望。廉颇问道："秦军是不是进攻赵国了？"

唐玖说："老将军是怎么料到的？"

廉颇说："我在魏国几年了，赵王没有给我写过一个字，今天忽然送给我名甲好马，一定是有用我的地方，所以我猜想是秦国侵犯赵国了。"

唐玖说："老将军恨赵王吗？"

廉颇说："我日夜思念着赵国，哪敢怨恨赵王呢？"

廉颇留唐玖和自己一块儿吃饭。他为了在唐玖面前表现自己强健有力，这一餐狼吞虎咽，吃光了一斗米和十斤肉。吃罢饭，披上赵悼襄王赠送的盔甲，一跃跳到马上，疾驰如飞，又把长戟来回舞动了几回。廉颇跳下马来对唐玖说："我是不是和年轻的时候一样？请你回报告赵王，就说我希望用自己的余生来报效赵国。"

唐玖回到邯郸，对赵悼襄王奏道："廉颇虽然年老，但仍能吃肉，饭量也不小，可是他肠胃有些毛病，只一会儿工夫就解了三次大便。"唐玖明明看到廉颇强壮，可已经受了郭开的贿赂，便故意诋毁廉颇。赵悼襄王叹息道："战斗中哪能解便？廉颇果然老了！"于是便不再召还廉颇，只是增派一些人马去援助扈辄。其后，廉颇郁闷而亡。

这时王敖还在赵国，他已与郭开无所不言。这日，他对郭开说："你不担心赵国被灭亡吗？为什么不劝赵王召回廉颇呢？"

郭开说："赵国的存亡是整个国家的事，但廉颇是我一个人的仇敌，我怎么能让他再回到赵国呢？"

王敖知道他不会忠心为国，便又试探他说："万一赵国被灭了，你到哪里去呢？"

郭开说："我会选择去齐国或楚国。"

王敖说："秦国有吞并天下的力量，齐国、楚国也难免被覆灭。我为你着想，不如托身于秦国。秦王嬴政襟怀大度，能够委屈自己，礼贤下士，一定不会亏待你。"

郭开说："你是魏国人，怎么对秦王了解得这么深呢？"

王敖说："我的师傅尉缭，现在是秦国国尉，我也在秦国被任用为大夫。秦王知道你掌握赵国权力，因此命令我来和你结交。给你的黄金，实际上就是秦王的馈赠。如果赵国灭亡了，请你一定来秦国，会授给你上等爵位和大片封邑。"

郭开低声郑重地说道："如果你真的肯向秦王举荐我，那么只要你提出要求，我一定照办。"

王敖又送给郭开黄金五百镒，对他说："秦王把大批黄金托付给你，为的是要结交赵国的将相。现在我全交给你了，以后有事，我就来找你去做。”

郭开高兴地说：“我接受了秦王这么丰厚的馈赠，如果不用心尽力去报答，就不算是人了。”

王敖辞别郭开回到秦国，把剩下的黄金交还秦王嬴政，然后奏道：“臣已用黄金笼住了郭开，不久将用一个郭开结束赵国的命运。”秦王嬴政便催促嬴成蛟与樊於期速速进兵。

赵悼襄王又忧又怕，得病而亡。世子赵迁即位，拜郭开为相国。

再说嬴成蛟与樊於期全力攻城，不久将宜安攻破，将扈辄斩首，并屠杀了十万军民。赵都邯郸受到威胁，赵王迁紧急召代郡郡守李牧回邯郸。

李牧率兵来到邯郸，驻扎在城外。李牧一人进城谒见赵王迁。赵王迁问他如何抵抗秦军，李牧奏道：“秦军乘着几次胜仗的威风而来，士气正高，斗志正旺，不容易被挫败。大王如果能让臣随机行事，不受拘束，臣就能受命抵抗秦军。”赵王迁答应，又问他：“代郡兵马够用吗？”李牧说：“用于出战则不足，用于防守还有些富余。”赵王迁说：“现在城中人马还有十万，寡人派赵葱、颜聚各带五万，听从你的命令。”

李牧领命出来，在宜安前往邯郸的必经之地扎好营寨，筑起壁垒，只命坚守，不许出战。李牧在营中每日杀牛犒赏军士，让军士们分队比赛射箭。军士们因为每天受到赏赐，纷纷要求出战，但李牧却始终不许。

且说秦军出了宜安城，却被李牧所率的赵军阻挡。樊於期对嬴成蛟说：“过去廉颇用坚壁固守的办法来抵抗王龁，如今李牧也是采用这种办法对付我们。我们不能这样耗下去，要另寻路子。”于是樊於期领兵一半去袭击肥累，以另寻进攻邯郸的道路。

赵葱请求率兵救援，李牧说：“敌人进攻而我们去营救，是受人所制，这是兵家忌讳。现今不如去进攻秦军营寨。秦军去进攻肥累，营寨中必定空虚，而且看见我们一直守在营中从不出战，他们就会松懈。若能攻破秦军营寨，就可以打掉秦军的威风。”于是李牧分兵三路，乘夜色袭击秦军营寨。赵兵因受李牧厚待，个个奋勇，而秦军想不到赵国人马突然出现在面前，大败溃逃，死伤无数。

嬴成蛟率败兵逃到肥累，樊於期不由对赵军大怒，率领全部人马来与李牧决战。李牧将人马排开，张开两翼等待秦军。等秦国兵马一到，中间代郡人马奋勇当先，与秦军厮杀在一起。双方交战正激烈时，赵军左右两翼并进，一齐向秦军杀来。李牧擅长钳形布阵作战。樊於期不能抵挡，大败而走。

李牧率军返回，赵王迁出城迎接，高兴地对群臣说："李牧将军就是寡人的白起呀！"加封李牧为武安君，赐给万户封地。

且说秦军溃逃中，樊於期心里道："如今惨败，回到秦国，即使不死，也无脸见人。"行至屯留城，樊於期突然想到嫪毐临死前的话，便对嬴成蛟说："当年，吕不韦纳妾盗国。我们现在的大王并非是先王的骨血，只有您才是先王的儿子。"樊於期将所闻一一告诉嬴成蛟。

嬴成蛟大惊道："你如果不对我讲，我还真不知道，现在我们该怎么办？"

樊於期说："现在我们虽然失败，但依旧手握重兵，如果能写出一篇檄文，揭露他们淫乱的罪行和宫墙内的欺诈，秦国臣民谁不想奉迎您来执掌这个国家？"

嬴成蛟手握宝剑愤怒地说："大丈夫死就死，怎么能跪在一个商人儿子的脚下？请将军想一个对付他们的好办法。"

于是，樊於期替嬴成蛟起草了一篇檄文——

国家社稷传让，说到底是血统延续。吕不韦，一个阳翟商人，窃取了国家的权力。现在秦王，并非是先王之子，而是吕不韦的儿子。吕不韦先用一个已经怀孕的女人来诱惑先王，然后扶助一个奸生之子，继承秦国社稷。为了尽快让现在秦王继位，吕不韦害死了秦国先王，这怎么可以容忍呢？现在我们朝见的不是真秦王，国家权力已经被他们偷偷地从嬴姓手中转移到吕氏手中。秦国的社稷面临着危险，神人也会震怒！嬴成蛟，先王的儿子，请求天神来扶助他继承大业，并把这些叛逆杀掉。我们的铠甲戟矛，因为代表着正义而闪闪发光。先王的子孙臣民们，记住先王的恩德，和我们一同作战吧！

樊於期派人把檄文到处传布。秦国许多人听说过吕不韦把妾献给秦王这件事，至于檄文中的怀孕、奸生等话，则半信半疑。由于害怕秦王嬴政的权势而不敢参加嬴成蛟的兵马，秦国人默默地在等待观望。

却说秦王嬴政看见嬴成蛟传布的檄文，不禁大怒，派王翦为将军、杨端和为副将，点齐十万人马，前去屯留城讨伐嬴成蛟。

嬴成蛟见响应的人了了，又见秦王嬴政大军来到，心里非常恐惧。樊於期说："长安君您已经是骑虎难下了，只有拼死一战，才是唯一出路。谁胜谁负还很难说，有什么可怕的！"樊於期把人马列在城前，王翦也列阵相对。

王翦对樊於期说："秦国有什么对不住你的地方，让你胁诱长安君造反？"

樊於期在车上欠身说："有谁不知道当今秦王是吕不韦奸生的儿子？我们世代都受国家的恩泽，怎么可以忍心看到嬴姓用血创下的基业被吕氏篡夺？长安君是先王的血脉所养，所以我尊奉他。将军如果还能怀念先王，请和我们一同举义杀向咸阳，废掉假大王，扶立长安君即位，那样可以封你爵位，同享荣华富贵，这不是好事吗？"

王翦说："太后赵姬怀孕十月而生下今天大王，大王是先王的亲生儿子，这是没有疑问的。你造谣诽谤，污蔑大王，已经犯下满门抄斩的罪过，现在你还花言巧语粉饰自己，动摇军心。等把你抓住，必定碎尸万段！"

樊於期大怒，瞪圆眼睛大喊一声，挥动长戈冲入秦军阵中。秦军看见樊於期勇猛无比，没人敢挡。樊於期左冲右突，如入无人之境。王翦指挥兵马几次把他围住，都被他夺路突破，军士死伤极多。当日天色已晚，各自收兵回营。

晚上，樊於期对嬴成蛟说："现在应乘假王援军未到之时，与王翦决一胜负。如果耗下去，我们就很难取胜了。"嬴成蛟年轻，胆小懦弱，流着鼻涕眼泪说："这事情是你出谋策划的，你自己看着做吧，不要耽误了我。"樊於期挑选了万余名精兵，前去挑战。王翦假装败了一阵，向后撤退十里路。樊於期得胜回城。嬴成蛟问樊於期："王翦的人马如果不退，应当怎么办？"樊於期答道："今天这一仗，已经挫伤了敌人的锐气，明天应该带领所有人马一起出战，一定要活捉王翦，打进咸阳，扶立您为大王。”

第二天，樊於期带着人马出营应战。只几个回合，王翦大军又向后败退，樊於期求胜心切，倚仗着自己的勇猛紧追不舍。大约追了五里路，杨端和率领伏兵突然杀出，樊於期大败，想急忙收兵，但王翦率兵已经将屯留城攻下。城内败兵逃出，告诉樊於期，嬴成蛟已被乱箭射死。樊於期痛哭道："这样的话，我还打什么呢？”于是杀开一条血路，远远地朝燕国跑去。王翦追了一会儿，没有追上。

秦王嬴政下令，将樊於期的父母妻儿宗族全部杀掉，同时悬赏捉拿樊於期："有谁捉住樊於期，赏五座城。”秦王嬴政又派人到屯留，将跟随嬴成蛟造反的军吏一概斩首，又将屯留百姓全迁到临洮，屯留成了一座空城。

这一年，秦国屯留以及赵国代郡一带，发生强烈地震，房屋倒塌大半，平地里竟然裂开数条大沟。赵国祸不单行，都城邯郸又遇大旱。郭开把这些事情都遮隐起来，不让赵王迁知道。此时，秦王嬴政派将军王翦、杨端和率领人马，分两路进攻赵国。

燕国世子姬丹作为人质，正在秦国，见到秦军大举进攻赵国，知道这场灾祸早晚就会降临到燕国头上，于是姬丹暗地派人送信给燕王姬喜，让他做好抵抗秦军的准备。同时姬丹教燕王姬喜以生病为借口，派人请他回国。燕王姬喜按照他的计策派人到了秦国。秦王嬴政说："燕王不死，世子是不能回国的。要想让他回国，除非乌发变成白发。”秦王嬴政的意思是姬丹只有老了才能回去。姬丹闻听，仰天大喊，心中一股怨气，直冲云霄，满头乌发都变成了白发，但秦王嬴政仍不准他离开。无可奈何之下，姬丹更换了服装，毁坏了面容，装扮成一个奴仆，混出了函谷关，星夜兼程逃回了燕国。秦王嬴政正在全力进攻赵国，一时没有余力去追究姬丹逃回燕国的事。

面对秦军来侵，赵国拜武安君李牧为将军，赵葱、颜聚为副将，率赵国大军迎敌。凭借赵国修筑的长城，秦国两路人马不能轻易向前行进。秦王嬴政听到报告，向尉缭问计，尉缭便把王敖派到王翦军中。

王敖对王翦说："李牧是赵国擎天一柱，以一人之力，保赵国不亡，至今从无败绩，将军您要战胜他是不容易的。不过，再厉害的人也有弱点，李牧虽然军事谋略非凡但却不善于勾心斗角，虽然心胸无私但却脾性倔强。如果避开他的长项，攻击他的弱点，则会除掉李牧这个障碍。将军您不妨暂时与他和好，但不要做出什么约定，然后派信使来往于秦、赵两军之间，我自有计策。”王翦听信王敖之言，派人去赵营讲和，李牧也派人去秦营回议。

王敖紧急到了赵国邯郸，找到相国郭开说：“李牧与秦国私自讲和，相约到了秦军占领赵国的时候，把赵国的代郡据为己有。你如果能把这些话讲给赵王，让赵王派别的将军来替换李牧，那时我就向秦王报告，你的功劳可是不小。”郭开已经有了外心，就按照王敖所讲，秘密奏给赵王迁。赵王迁悄悄派左右人前去查看，果然看到李牧和王翦的信使往来频繁，于是就相信郭开所说。赵王迁问郭开应当怎么办，郭开奏道：“赵葱、颜聚现今正在军营中，大王可以派人带着兵符到军中去，就在那里封赵葱为将军，替回李牧，就说让他回朝做相国，李牧一定不会产生怀疑。”赵王迁依计而行，派司马尚持兵符到军中宣布赵王迁的命令。

李牧正全力应对秦军，哪想到背后有人捅剑，对司马尚说：“两军对垒，安危都系在将军身上。虽有王命，我也不能服从。”赵葱等人在一旁都不说话。

等李牧回到自己帐中，司马尚悄悄向他说：“郭开诬陷你要反叛赵国，赵王听信了他的谗言，所以用拜你做相国的名义召你回去。”

李牧气愤地道：“郭开先是诬陷廉颇，今天又来诬陷我。我应当带兵回朝，先把大王身边的这些恶人剪除掉，然后再来抵抗秦国。”

司马尚说：“如果将军真的带兵回朝，知道内情的人认为你是忠心为国，不知内情的人反倒认为你在谋反，这就给那些诬陷你的人授以口实。凭借将军的才能，到哪里都可以建立自己的功名，何必一定呆在赵国呢？”

李牧想了想，长叹说：“我曾经恨廉颇不能终生做赵国将军，没想到今天又轮到自己了。”又对司马尚说：“赵葱没有能力代我做将军，我不能把将印交给他。”于是李牧把将印悬挂在营帐中，到夜深时悄悄走出营寨，向魏国奔去。

赵葱深深感激郭开举荐自己，又恼恨李牧不肯把将印交给自己，当听说李牧出走后，马上派兵追捕。两日后，在一家客店找到了李牧，乘他酒醉未醒时斩下首级，献给赵王迁。

司马尚看破尘埃，悄悄接出妻儿归隐东海。迎战秦军的赵军多是代郡兵马，他们向来敬服李牧，见李牧无辜被害，异常愤怒，一夜间翻山越谷逃得干干净净。

十五　韩赵灭亡

秦军听说李牧已死，将士们饮酒庆贺。王翦、杨端和两路人马一齐向前推进。赵葱与颜聚率兵迎击，但赵军势力大不如先前。秦军像倾江倒海般杀来，赵军兵败则如山倒。赵葱被秦军杀死，颜聚收拾起残军，逃回邯郸。秦军胜利向前推进，包围了赵都邯郸。

赵国向韩国求救，未等韩国行动，秦王嬴政派南阳郡守内史腾率军进攻韩国。内史腾在原属韩国的南阳极有威信，且对韩国了如指掌，所以秦军进展顺利。公元前230年俘获韩王安，韩国灭亡。秦王嬴政在韩国地域设置了颍川郡。韩国地处中原，被魏、赵、齐、楚和秦等强国包围，几乎没有发展空间，国土也是战国七雄中最小的一个。韩国自建立至灭亡，共经历一百七十四年。法家代表人物韩非，本是韩国公子，但其思想不被韩王安重视，反被秦国所用。从这个角度看，作为六国之一的韩国首先被灭，怎能怨国小而不怨自己呢？

再说秦军包围邯郸，颜聚用全部人马拼死防守。赵王迁看见秦军攻势猛烈，心中十分惊恐，想再派使节到邻国求救。郭开劝道：“韩国已被灭，燕国、魏国接到求救也未必派援军。依臣的看法，秦军势力强大，不如归顺秦国，这样还可以保住荣华富贵。”赵王迁听从郭开的意见，命人准备投降。

赵国公子赵嘉伏在地上痛哭说：“先王把赵国的社稷、宗庙传到大王手里，大王怎么可以把它抛弃呢？臣愿意和颜聚竭力抗敌，拼个你死我活！万一邯郸被攻破，还有代郡，怎么能束手让秦人把我们俘虏囚禁呢？”

郭开反驳说：“城被攻破，大王就会被俘，怎么能到代郡去呢？”

赵嘉把宝剑拔出来，指着郭开说：“败国奸臣，若你还敢多说，我就杀了你！”赵王迁把他们劝解开。赵王迁回到宫里，思来想去，无计可施，只好借酒消愁。

邯郸遭受旱灾，城外百姓早都逃走了，秦军什么东西也抢不到，而邯郸城里却积贮了不少粮食，吃用不缺。一时秦军斗志消沉。秦王嬴政见状，亲自带领三万精兵，由将军李信护驾，来到邯郸督战。秦军士气又起，不分昼夜地攻打邯郸城。

赵王迁更加惊恐，郭开对赵王迁奏道：“秦王亲自领兵前来，说明秦国已经下定决心，不攻破邯郸决不收兵，请大王不要相信和依靠赵嘉、颜聚这些人，您自己心中要有主张。”

赵王迁说：“寡人想投降秦国，可如果他们杀寡人怎么办？”

郭开说：“秦国没有杀韩王，怎么会杀大王您呢？如果把和氏璧和邯郸版图献给秦王，他一定会非常高兴。”

赵王迁想了想说：“看来只有这个办法了，你就写一份降书吧。”

郭开写好降书，又对赵王迁说：“降书虽然写好，但公子赵嘉一定会阻拦。大王可以借口巡城，亲自打开城门送去，还怕秦王不接待收留吗？”赵王迁一向昏庸，此时更无主张，全照郭开说的去做。

公子赵嘉、颜聚正在巡视，听说赵王迁已出去投降了秦国，不禁大吃一惊。颜聚对赵嘉说：“我们到代郡去吧。”赵嘉别无他法，便召集起几百名族亲，和颜聚一道冲出，连夜奔向代郡。颜聚劝公子赵嘉自立为代王，用以号令众人，赵嘉首肯，即日起称王。代王赵嘉表彰已故将军李牧的功劳，亲自设祭，以安定代郡军心民心。代王赵嘉又派人去燕国联合，把兵马驻扎在上谷，防备秦军来犯。这样，代国就算初步安定下来。

再说秦王嬴政率领秦军进了邯郸，住在赵王宫里。赵王迁献上和氏璧，用臣子的礼节叩见秦王嬴政。秦王嬴政坐在赵王宫里，接受赵王迁的拜见。秦王嬴政抚玩着和氏璧，对群臣说：“这就是先王想用十五座城来换，但没有换来的宝物啊。”

想起当年蔺相如与廉颇的智勇，亡国赵臣都流下了眼泪。秦王嬴政下令，在原来赵国属地设置钜鹿郡。至此，赵国实际灭亡，此时是公元前228年。自赵国建立至赵国实际灭亡，共历经一百七十六年。赵国地处太行山附近，国强兵盛，抵抗秦国百余年，互有胜负。秦兵好战乐杀是靠利诱，而赵兵勇不畏危是靠传统。赵国处于强国之间，历经战乱，几遭侵扰，这一切使赵人分外耐苦、善战，而赵国虽尚武却轻内政，终被秦国所灭。

又是夏季，凌霄花在飞舞。秦王嬴政把赵迁安置在房陵，封郭开为左庶长。到这个时候，赵迁才看清了郭开卖国的嘴脸。他长叹说："假如李牧在这里，怎么会让秦人吃到邯郸的粮食呢？郭开该死呀！"想到李牧的死，赵迁又叹道："赵国是用人不信、自毁长城呀。先前，赵孝成王在长平之役用赵括替代廉颇，造成长平惨败，赵军被杀四十余万，元气大伤；继之，赵悼襄王以乐乘替代廉颇，迫使廉颇逃离，失去良将；现今又冤杀李牧，招致赵国灭亡。"赵迁就住在房陵的石屋中，流泪不止。听到水声淙淙，便向左右仆从询问，仆从答道："这条是沮水，流出房陵后汇入汉水。"赵迁听罢，心里愈感凄凉，叹息说："水是无情之物，尚且能自己流到汉水，我被囚在这里，只能遥望千里之外的故乡啊！"说罢，写下《山水之讴》以抒发忧愤——

房山为宫兮，沮水为浆；
不闻调琴奏瑟兮，惟闻流水之汤汤！
水之无情兮，犹能自至于汉水；
嗟余万乘之主兮，徒梦怀乎故乡！
夫谁使余及此兮？乃谗言之孔张！
良臣淹没兮，社稷沦亡；
余听不聪兮，敢怨秦王？

赵迁整夜不睡，每次唱起这支歌，悲愤凄凉的感情都让左右的人落泪。赵迁患病不起而亡。

秦王嬴政班师回到咸阳，命令休兵养士。郭开平时积蓄太多，装满几十车，但在去咸阳途中被盗贼杀死，积蓄全被抢走。

秦王嬴政是个喜爱音乐的人，他既喜欢秦国的民间俗乐，也喜爱技艺精湛的异国之乐。在秦国的乐府里，秦王嬴政敲打着三十二枚灵璧石组成的石编磬，这套乐器原是鲁国制造，后献给周王室，周朝灭亡后，归秦国所有。秦王嬴政用石编磬敲出的声音清脆悦耳，余音悠长，回荡在乐府大厅中。在秦王嬴政旁边侍候的尉缭等人禁不住拍手叫好。秦王嬴政问尉缭："当今天下音乐，谁最精通？"尉缭想了想奏道："臣的弟子中有燕国人，据这位燕国弟子说，燕人高渐离精通宫、商、角、徵、羽五调，学遍各国宫廷雅乐及各地民间俗乐。"提起燕国，秦王嬴政猛然想起燕国世子姬丹逃亡的事，便顾不上研究音乐，与尉缭等众臣思谋进攻燕国。

十六　荆轲刺秦王

再说燕世子姬丹，怀着对秦王嬴政的刻骨仇恨，逃回燕国。他拿出钱财，招募门客，想刺杀秦王嬴政。姬丹对招募来的夏抉、宋意等勇士都以礼相待。有一个叫秦舞阳的人，刚刚十三岁，在公众之下刺杀仇人。世子姬丹赦免了他的罪过，收在自己门下。秦将樊於期逃到燕国，藏在深山中，听说姬丹喜欢结交宾客，也走出深山来到姬丹这里。姬丹将他待为上宾，在易水河东盖了一所房子让他居住，起名樊馆。

太傅鞠武劝姬丹道："秦国是个虎狼一样的国家，正在蚕食各个弱国。即使和秦国没有仇怨，他们还要寻找借口，何况收留了秦王的仇人，这如同触摸恶龙逆鳞，一定会给燕国带来危害。希望世子赶快让樊於期到匈奴那儿去，让秦王失去侵犯我们的借口。同时请您与魏国、齐国、楚国结成盟约，并且结好匈奴，以对抗秦国。"

姬丹说："太傅的计划施行起来旷日持久。我现在心中就如同火炙一样，一会儿也平静不下来。现今，樊於期无路可走才来我这里，是我的患难之交。我怎么可以因为秦国强大，就把他远远遗弃在荒漠、草原中？即使让我死，我也不能这么做。希望太傅能为我考虑一下。"

鞠武说："以弱小的燕国来抵抗强大的秦国，如同将毛发扔进火炉里，没有不烧焦的；用鸡蛋去砸石头，没有不碎的。我才智浅、见识少，不能为您想出更好的办法。我认识一个人，名叫田光，这个人智谋深远，而且认识很多能人、奇人。世子如果下定决心报复秦国，离开田光先生是不行的。”

姬丹说：“我还不认识田光，愿太傅把他请来吧。”鞠武点头答应。

这天，鞠武驾车来到田光家。鞠武对田光说：“世子很敬慕您，想请您到他那里相助，请您不要推卸。”

田光说：“世子是贵人，既然看得上我，我应当前去。”

鞠武说：“先生肯去助一臂之力，这是世子的幸运啊。”鞠武和田光同乘一车来到姬丹府中。

世子姬丹听说田光先生到了，亲自到门外迎接。姬丹手执车辔请田光下车，自己在前边为田光引路，一再拜谢致意。来到府上，姬丹又跪下为他擦拂座席。田光年纪大了，弓着背坐在上座，旁边的人看着都暗暗发笑。

姬丹让左右退下，站起来向田光请教说：“现在的形势，燕国与秦国势不两立。听说先生智勇兼备，能不能请您想些出奇制胜的办法，来拯救即将面临灭亡的燕国呢？”

田光说：“宝马在年轻力壮的时候，一天可以行千里，但到了衰老的时候，连驽马也可以走在它的前边。太傅鞠武只知道我年轻力壮时的情况，却不知如今我已经衰老了。”

姬丹说：“在您结识的人中，有没有像您年轻时那样有智有勇、可以代替您的人呢？”

田光摇着头说：“太少了，太少了。世子门客很多，我看看哪些人可以任用吧。”

世子姬丹便把夏抉、宋意、秦舞阳等请来与田光相见。田光一一相看一遍，问了姓名，然后对姬丹说：“您的这些门客中都没有可以任用的。夏抉是个血勇之人，一发怒则脸红；宋意是个脉勇之人，一发怒脸色变青；秦舞阳是个骨勇之人，一发怒则脸发白。怒形于面，容易让人觉察，怎么能完成大事？我知道一位男子汉，名叫荆轲，是个神勇的人，喜怒都不表现在脸上，比前面几个人都好。”

姬丹说：“荆轲是哪里人氏？”

田光说：“荆轲，本是齐国庆封的后代。自庆封被杀后，他的家人逃到卫国。荆轲曾凭剑术游说卫君，希望得到重用，但卫君不识贤。

荆轲便来到燕国。这个人嗜酒，燕国有个人叫高渐离，精通音乐，尤其擅长击筑，荆轲很喜欢他，两人每天在一起饮酒。喝到高兴时，高渐离击筑，荆轲以歌相和，歌罢两人一齐落泪，觉得天下少有这样知己的人。荆轲深沉而有谋略，我远远不如他。”

姬丹说：“我还不认识荆轲，希望您能请他到我这里来。”

田光说：“荆轲家境贫穷，我常常给他一点儿资助，他是愿意听我的话的。”

田光出去寻找荆轲，姬丹送田光出门，把自己乘坐的马车送给田光，并派人为他驾车。田光刚要上车，姬丹嘱咐说：“我所说的是国家大事，请先生不要讲给别人。”田光笑着说：“不敢，不敢。”

田光在街市上寻找荆轲。此时荆轲和高渐离已经喝得半醉，高渐离正在击筑。这筑是一种击弦乐器，颈细肩圆，中空，十三弦。田光听到一阵阵清亮的丝弦筑声，犹如温润的南风，徐徐而来，便知高渐离在击筑，荆轲一定与他在一起，于是下车进来呼叫荆轲。荆轲、高渐离与田光相见施礼，一起到了田光家中。

田光对荆轲说：“你常常叹息天下知己难寻，我也认为是这样，可是我老了，精疲力竭，不能作为你的知己，一起去干大事。你现在精力正是旺盛的时候，是否想去实现胸中的抱负？”

荆轲说：“哪有不愿意的？只是遇不到可以依附的人。”

田光说：“世子姬丹喜欢结交天下客人，不分尊卑，都以诚相见，燕国人没有不知道的。他不知我已衰老，请我去商议要事。我和你常有交往，了解你的才能，所以向世子姬丹推荐你来代替我，请你现在就到世子府上去吧。”

荆轲说：“先生的命令，我怎敢不听？”

田光想激起荆轲的志气，于是拿起剑，叹口气说：“世子姬丹将国家大事告诉我，嘱咐我不要泄露给别人。我想帮世子成大事，怎么能让世子来怀疑我呢？我要用死来表明自己的品行，请你马上去告诉世子。”说完用剑自刎而死。

荆轲潸然泪下，此时高渐离在旁，抚筑唱道——

人在天地间，动则思礼，行则思义，不为利回，不为困疚。

唱罢，高渐离与荆轲一起悲痛哭泣。世子姬丹派人来问："荆轲先生来了没有？"荆轲知道姬丹是诚意相请，就乘田光来时所坐的马车去见姬丹。姬丹接待荆轲和接待田光一样。相见后，姬丹问："田光先生怎么没有一起来？"荆轲说："田光因为听了世子私下嘱咐的话，所以用死来表明他的品行，已经自刎了。"姬丹抚胸痛哭说："田光先生为我一句话而死，不是太冤了吗？"好半天才止住泪。

世子姬丹请荆轲上座，自己站起来向荆轲顿首施礼。荆轲慌忙答礼。姬丹说："田光先生没有把我看作品行低下的人，让我能结识您，这是天赐幸运，希望您不要鄙视抛弃我。"

荆轲问："世子所忧何事？"

姬丹说："秦国就像虎狼一样，贪得无厌，不占领整个天下是不会满足的。现在韩国、赵国俱灭，不久，秦国就要来侵略燕国了，这就是我睡不着觉、吃不下饭的原因。"

荆轲说："世子您是想兴兵和秦国决一死战，还是有别的想法？"

姬丹说："燕国小而弱，几次战争都没有获胜。现在赵国公子赵嘉自称为代王，想和燕国联合来抵抗秦国。我担心即使让燕国、代国所有人都去出征也难以抵挡秦国。其他国家如齐国中了秦国远交近攻、分化离间的计策，畏惧秦国强大，不肯与我们联合起来。当下，我想了一个办法，如果能找到一位天下勇士，假意派其出使秦国，用重利引诱秦王，秦王贪心，一定能接近他，然后趁机劫持他，强迫他将占领的土地还给各国，就像曹刿对齐桓公那样。这样能成功最好，如果秦王不答应，就把他杀掉。秦国几个将军各握重兵，不相上下，秦王一死，国中混乱，上下猜疑，然后我们趁机联合各国，扶立韩王、赵王后代，大家一起努力消灭秦国。这是一个再造乾坤的大好机会，我看只有您能担当这个重任。"

荆轲沉思了半天，对姬丹道："这是关系燕国兴亡的大事，靠我这点能力，恐怕难能胜任。"

姬丹向前走近，向荆轲顿首说："凭您的才能和义气，我情愿把自己的生命交给您，请您不要再推辞。"

荆轲再三谦逊，姬丹再三请求，荆轲最后答应下来，于是姬丹把荆轲尊奉为上宾，在樊馆的右边，另建一座荆馆，送给荆轲居住。

世子姬丹每日前去荆轲门下问安，送去美食，另外还送车骑、美女，满足荆轲的各种欲望，就是这样还担心他有什么不满意的地方。有一天，姬丹和荆轲一起在世子府上游览，看见池中一只大龟，荆轲拾起一块瓦去打龟，姬丹马上捧来金丸递给荆轲，让他用金丸代瓦打龟取乐。又有一天，姬丹和荆轲出游，姬丹有一匹千里马，荆轲无意间说马肝味道鲜美，吃饭时有人把马肝送来，所杀的就是姬丹的千里马。姬丹说起秦将樊於期得罪了秦王嬴政，现在住在燕国，荆轲希望能和樊於期相见，姬丹便在府上摆下酒宴，请荆轲和樊於期相会，把自己所宠爱的美女唤出来敬酒，又令美女弹琴。荆轲见美女两手如玉，称赞说："这双手太美了！"宴席散后，姬丹派婢女用玉盘端着一样东西给荆轲送来。荆轲打开一看，竟然是美女的断手。荆轲明白姬丹为让自己干成大事，无所吝惜，他慨叹说："世子待我的厚意，已经到了无以复加的程度，我应当用死来报答他！"

回到荆馆，荆轲开始认真准备行刺的事。荆轲虽然从小喜欢击剑，但他的剑术却不精通。此时的荆轲想起了一个人——以剑术著称的盖聂。这盖聂，是秦国太原郡榆次人，因敬慕著名刺客聂政而取名盖聂。此时的荆轲想起了往事——

荆轲不远千里来榆次拜访盖聂。见到盖聂后，荆轲开始论剑说："剑产生于商朝时期，王公大夫、文士侠客、商贾庶民，莫不以持剑为荣。从剑路而言，有工剑、行剑、绵剑、醉剑之分。工剑，形健骨遒，端庄势整，一招一势，端端式式；行剑，流畅无滞，挥擢潇洒，忽往复收，行多停少；绵剑，柔和蕴藉，缓缓不断，剑如游龙，慢中有快；醉剑，恣意挥舞，乍徐还疾，形如醉酒，以醉非醉……"荆轲一直说下去，但盖聂一言不发，怒目而视。荆轲实在感觉尴尬，双手作揖，低头而去。荆轲走后，盖聂对他的徒弟说："这个荆轲，不知天高地厚，班门弄斧，他所论的剑术，只是一般见识。别说比武，我只用眼瞪他，他就走了。"停了停，盖聂十分惋惜地叹道："我用眼瞪荆轲，是想让他规矩些，收他为徒，让他苦练剑术，可是他自尊心太强，受不了白眼。就他那点儿剑术，应付民间小事还可以，如果安邦救国就显得志大才疏了。"一年后，盖聂的徒弟偶然与荆轲相遇，说起此事，荆轲叹道："盖聂真是当今剑术大师呀，败敌于无形，我自叹不如呀！"

荆轲回想完往事，不禁叹道：“我这个人，弱点就是自尊心强，受不了别人的轻视，因此至今一事无成。我这个人，也不会麻木地、不知感恩图报地去享受他人尊重。世子姬丹如此厚待我，我不能再拖下去了。”想到这，荆轲立刻派人四处探访盖聂，想请他到燕国来，共同商议去秦国行刺的事。但是盖聂已经出游，行踪不定，短时间内很难找到他。

世子姬丹知道荆轲是位豪杰，仍旧早晚恭敬地侍候，并不催促。忽然边关来报：“秦王派将军王翦，从北面攻打过来，已经到了燕国的南界。代王赵嘉派人与我们相约，一同发兵，共同守卫上谷以抵御秦国侵略。”

姬丹很害怕，忙对荆轲说：“秦兵马上就要渡过易水攻打燕国了，您看怎么办好？”

荆轲说：“我已经谋划成熟了。我这次去秦国，如果不能取信于秦王，就不可能接近他。樊於期得罪了秦王，秦王出巨额奖赏买他的首级。燕国的督亢是富饶的地方，这是秦国想要得到的。如果能得到樊於期的头与督亢的版图，一并奉送给秦王，秦王一定会非常高兴并同意召见我，我就能报答世子的恩情了。”

姬丹说：“给予秦国督亢之地，我倒在所不惜。只是樊於期在穷途末路的时候归顺于我，我怎么忍心杀他呢？”

荆轲知道世子姬丹不忍杀樊於期，便私下里对樊於期说：“您在秦国遭受的灾难可以说是太多了，您的父母妻儿宗族都被杀戮，至今还听说秦国要用巨额奖赏来买您的首级，您将怎样报仇雪恨呢？”

樊於期仰天叹息，泪流满面，对荆轲说：“我一想起嬴政，就恨之入骨！我愿意与他一同死，只是没有这样的机会。”

荆轲说：“我有一个计谋，既可以解除燕国的祸患，又可以报了您的深仇，您肯听吗？”

樊於期急忙问道：“你的计谋在哪里？”荆轲踌躇着不说话。樊於期又问：“荆轲你为什么不说话？”

荆轲说：“计谋是有的，只是难以说出口。”

樊於期说：“如果能报了我的深仇大恨，即使粉身碎骨，也在所不惜，你又为什么难以出口呢？”

荆轲说："我有一个愚蠢的计划，想要前去刺杀秦王，只是恐怕近不了他的身。如果得到了您的头，将它献给秦王，秦王必定会高兴并接见我。我一旦接近秦王，就左手拉着他的胳膊，右手刺他的胸口，那样，您的仇报了，而燕国也得以免除灭亡的灾难了。您以为这个计谋怎么样？"

樊於期脱下衣服，露出半边身子，高举着双臂，双脚顿地，大声叫道："这是我日夜切齿痛恨但苦于没有计策的事，今天我才得到了明教！"即刻拔出随身佩带的宝剑，在自己喉咙处一抹，气管断了但脖子尚连，荆轲又用剑砍断了他的脖子。

荆轲派人飞快地去报告世子姬丹："已得到樊於期的首级了！"姬丹一听到这个消息，马上飞车赶到，趴在樊於期的尸体上失声痛哭。之后，命令手下人厚葬樊於期，将他的头颅放进了一个木匣。

荆轲说："世子您有锋利的匕首吗？"

姬丹说："有一个赵国铸剑师，名叫徐夫人，他造了一把匕首，长一尺八寸，很是锋利，我用黄金百镒买下了它，让工匠在匕首上染了毒药，而且我已经试过，只要划破皮肤，见一点儿血丝，受伤的人马上就会死。我装着它等待您使用已经很长时间了，不知您的行期定在哪一天？"

荆轲说："我已经派人去寻找剑术大师盖聂，请他做我的副手，只是没有找到。"

姬丹说："盖聂我知道，他现在犹如大江上的漂游浮萍，行踪不定。我门下有许多勇士，其中以秦舞阳最为出色，他能做您的副手吧？"

荆轲见姬丹非常着急，便说道："现今我怀揣一把匕首，到强大暴虐的秦国去，是再也回不来了。我之所以迟迟不行动，是想找到盖聂，图个万全之策。世子您既然急着刺杀秦王，那我就快快去吧！"

世子姬丹草草地写就了一封国书，上面只说奉送督亢土地和樊於期的首级，让荆轲做燕国使节，前往奉上。姬丹又让秦舞阳做副使，一同前往。

出发当天，世子姬丹以及平日与荆轲相交甚密知道他要出行的人，都穿白衣戴素冠，送到易水彼岸，在那里设宴为他送行。高渐离听到荆轲要去秦国，也背着猪腿、米酒赶来。世子姬丹让他入席同坐。酒过数巡，高渐离敲着筑，荆轲和着他的节拍，用变徵的音调唱道——

风萧萧兮易水寒，壮士一去兮不复还！

他的歌声哀切悲惨，世子姬丹、宾客和随从的人，无不掉泪。荆轲朝天呼出一口气，那口气直上云霄。荆轲又用羽声慷慨放歌——

探虎穴兮入蛟宫，仰天嘘气兮成白虹！

这歌声激烈雄壮，大家都瞪大了眼睛鼓足劲，就像面临大敌一样。姬丹举起一觯酒跪着敬献给荆轲，说道："易水为您波涛，秦岭为您招手，渭水为您歌唱，一世英名，万代流芳。"荆轲一饮而尽，拉着秦舞阳的胳膊，飞跃上车，催鞭疾驰，再不回头看一眼。姬丹登上高处望着车子飞驰，直到看不见影子了，才凄凄然含着眼泪返回。

荆轲到了咸阳，打听到右庶长蒙嘉为秦王嬴政所宠爱，就用黄金百镒贿赂，请他转达燕国使节求见的事。

蒙嘉向秦王嬴政奏道："燕王慑于大王您的威势，不敢发兵抵御，愿意臣服秦国。现在燕国已派使节前来，砍下了樊於期的头，并献上燕国膏腴之地督亢。燕使荆轲已在馆舍等候大王召见了。"秦王嬴政听说樊於期已被杀死，非常高兴，便命蒙嘉召使节到大殿相见。

荆轲将匕首卷在督亢版图里，自己亲手捧着；秦舞阳则捧着装有樊於期头颅的匣子，两人相随进了大殿。进殿时，秦国卫兵严密搜身，未发现兵器，这才放两人进去。

秦舞阳受燕国世子姬丹厚遇，已情同兄弟，此时与姬丹一样充满了对秦王嬴政的怒气。田光说秦舞阳是个骨勇之人，一发怒则脸发白，一点儿不假。将要见到秦王嬴政时，秦舞阳脸色苍白，犹如死人。秦国王宫内侍问道："使节为什么变了脸色？"荆轲回头看了秦舞阳一眼，笑了笑，走上前去解释说："这个秦舞阳年少，生平未见过大世面，所以免不了恐惧，失去了常态。"秦王嬴政传下命令，只许正使一人上殿。左右呵斥秦舞阳下了台阶。

秦王嬴政命手下人取过装有头颅的匣子相验，果然是樊於期的头颅，就问荆轲："为什么不早早杀了这个逆臣奉上？"

荆轲假说道："樊於期得罪了大王后，窜匿到了北边的荒漠地带。燕王用千金作赏才买到了他，本来想将活着的樊於期献上，只怕途中发生变故，所以砍下了他的脑袋，希望能舒缓大王的愤怒。"荆轲脸不变色，应答从容，秦王嬴政丝毫不怀疑。

荆轲应对的时候，手捧着装着督亢版图的匣子。秦王嬴政又对荆轲说："把版图取来，让寡人看一看。"荆轲双手将版图送到秦王嬴政的手上。

秦王嬴政拉开版图，俯下身去看。这时，荆轲藏在版图中的匕首露了出来。荆轲见图穷匕见，便用左手迅速地拉着秦王嬴政的胳膊，右手握着匕首刺向他的胸口。

秦王嬴政大惊，奋身站起，袖子撕断。秦王嬴政座旁摆着一架屏风，有八尺宽，秦王嬴政跑到了屏风的后面，屏风倒在了地上。荆轲拿着匕首在后面紧追不舍。秦王嬴政脱不了身，绕着柱子奔跑。原来秦国有法令，在殿上侍候的群臣都不许带兵器，带有兵器的卫兵，只能列于殿下，如果不是秦王宣召，不能私自进入大殿。今日仓促间起了变故，秦王嬴政来不及呼唤那些带兵器的卫兵，只有那些不带兵器的臣僚赤手与荆轲相搏。荆轲勇猛异常，近他身的人都被打倒在地。秦国太医夏无且，急用药包打荆轲，荆轲奋臂一挡，药包被打得粉碎。虽然荆轲非常勇猛，群臣奈何他不得，但因为要左挡右击，所以秦王嬴政得以东奔西走，没有被他拿住。秦王嬴政身佩一把长剑，名叫鹿卢，他想要拔出来刺荆轲，无奈剑长，不能从剑鞘中拔出。小内侍赵高急忙叫道："大王为什么不把剑推到背后再拔出来？"秦王嬴政省悟过来，听从了他的话，把剑推在背后，于是轻松地拔了出来。秦王嬴政的勇猛，并不弱于荆轲，而且，徐夫人匕首只有尺把长，只可近刺，而鹿卢剑长，可以远击。秦王嬴政手中握着宝剑，胆子便壮了，直冲过来砍荆轲，一下子砍断了荆轲的左腿。荆轲扑身倒在了左边的铜柱边，不能站起，只得奋力扔出匕首，想要掷中秦王嬴政。秦王嬴政躲开一步，那匕首便从他的耳边擦过，直刺入右边的铜柱中，火光迸射。秦王嬴政又用剑击荆轲，荆轲用手迎剑，三指随剑而落。眨眼间，荆轲被秦王嬴政砍伤了八处。秦舞阳在殿下，看见荆轲动手，也想上前帮忙，却被卫兵乱剑砍杀。

荆轲靠着柱子微微而笑，缩着身子骂秦王嬴政：“你真是太幸运了！我欲效法曹刿，用自己的生命去劫杀你，没想到竟不成功，被你幸运地躲过了灾难，这难道是天意吗？你们仗着自己国家强大，吞并各国，但你享有社稷的日子哪能长久！”荆轲又在心中暗自叹道：“荆轲呀荆轲，白白受了燕世子姬丹长时间的厚恩，却一事无成，不单害了自身，又枉害了田光、樊於期、秦舞阳三人的性命，断送了燕王、燕世子的前程，这是自己武艺不精呀！如果当年自己的心性低一些，虚心跟盖聂学剑，哪会功败垂成？”左右卫兵接到秦王嬴政的命令，争着抢上前去把荆轲砍为肉泥。

秦王嬴政心惊目眩，呆坐了半天，神色才稍微镇定了些。秦王嬴政下令，将荆轲、秦舞阳的尸首及樊於期的头颅，一同在街市中焚烧，燕国使节的随从皆砍下头颅，分挂在都城咸阳的各个城门。吩咐完毕，秦王嬴政回到了内宫。宫中的后嫔听到这一重大变故，都前来问安，秦王嬴政设下宴席，用以压惊。后嫔中有一个胡姬，原来是赵王迁的婢女，秦王嬴政破了赵国，将她选入后宫，因为她善于弹琴，备受宠爱。秦王嬴政让她弹琴以解除惊怕，胡姬抚琴唱道——

罗縠单衣兮可裂而绝，八尺屏风兮可超而越；

鹿卢之剑兮可负而拔，嗟彼凶狡兮身亡国灭。

见胡姬反应敏捷，编歌安慰自己，秦王嬴政大喜，赐给她缯绮一箧，当晚尽欢，在胡姬那里过夜。

十七　燕魏楚齐的灭亡

第二天早晨，秦王嬴政上朝，论功行赏。先赏赐太医夏无且二百镒黄金；又赏赐小内侍赵高一百镒黄金；群臣中用手与荆轲搏斗的，视伤的轻重加赏。殿下卫兵击杀秦舞阳的，亦各得到了赏赐。蒙嘉错误地为荆轲等人传话，用凌迟这种酷刑将他处死。秦王嬴政怒气更旺，于是益发加兵，用王翦之子王贲为将，协助其父王翦，全力攻打燕国，此时，杨端和已亡。

燕世子姬丹带领全军迎战于易水西面，燕军大败，夏扶、宋意全部战死。姬丹奔回燕都蓟城，王翦、王贲合兵围住。不久攻下了城池，鞠武被杀。燕王姬喜对姬丹说："今日国破家亡，都是因为你！"姬丹对答道："韩、赵两国俱已破灭，难道也是儿臣的罪过？现今城中的精兵，尚有两万，而辽东这个地方，背靠着山，前面又有大河阻挡，还足以固守，父王您应当赶快去那里！"燕王姬喜不得已，登上车直往辽东奔去。姬丹率领所有精兵强将，护送燕王姬喜，在平壤重建了国都。

王翦攻下蓟城后，派人到咸阳去告捷。王翦多年劳累留下了病根，上表请求告老还乡。秦王嬴政说："世子姬丹的仇恨，寡人时刻都不会忘记，但王翦实在是老了。"派将军李信带领王翦的部下，去追赶燕王姬喜父子。秦王嬴政把王翦召回来，赐予他很多财物。王翦回频阳养老。

燕王姬喜听说李信带兵追来，派使节向代王赵嘉求救。代王赵嘉给燕王姬喜写了一封信，大略说：“秦国之所以急于攻打燕国，是因为他们怨恨世子姬丹。燕王如果能杀了世子姬丹向秦国谢罪，秦国必定不会再发怒，燕国的社稷就可以保全了。”燕王姬喜犹豫不定，姬丹害怕自己被杀，便与门客一起逃到海岛上隐匿了起来。

李信派人向燕王姬喜数说姬丹的罪过。燕王姬喜恐惧万分，谎称找姬丹商量对策，用酒将姬丹灌醉后，将他缢死，然后砍下头颅。燕王姬喜放声恸哭。时值夏季五月，忽然天上纷纷扬扬下起了鹅毛大雪，平地上积雪三尺，寒冷刺骨如同严冬。人们都说这是姬丹的怨气凝结而成。

燕王姬喜派人将姬丹的首级送到李信军中，并写了一份谢罪书。李信于是派人飞马报告秦王嬴政：“五月下起了大雪，军人为严寒所苦多有生病，特请求暂时班师回国。”秦王嬴政与尉缭商议，尉缭说：“燕国残余栖身于辽东，赵国残余栖身于代郡，他们就像游魂一样，不用多久，就会自散。如今之计，应当先攻下魏国，再打楚国，等到这两国攻下，燕、代残余就不费吹灰之力了。”秦王嬴政同意，下令李信收兵回国。又命王贲为将军，率领十万大军，攻打魏国。

此时魏景闵王已去世，世子魏假称王已经三年。早在秦国攻打燕国时，魏王假就明白秦军早晚会来，于是修建大梁城池，城内城外都挖了深沟，以作防备。魏王假还派使节去结交齐王田建，将利害关系说与他听：“魏国与齐国，就像唇与齿，唇亡则齿寒。魏国一旦消亡，那灾祸一定会降到齐国头上。希望齐、魏同心协力，互相救援，共同抗秦。”

却说齐国后胜做相国后，中了秦国的分化离间之计，接受了秦国巨额黄金贿赂，从而竭力阻止齐与魏合纵。他向齐王田建奏道：“秦国一定不会辜负齐国的，但今天如果与魏国合纵，必定会触怒秦国。”齐王田建被他的话迷惑，于是谢绝魏国使节。

王贲率军进展顺利，轻而易举地攻到大梁城。此时正遇连日大雨，王贲乘着篷车，察看地势。黄河就在大梁城的西面，而汴河也从大梁城的西面经过。在婉转悠长的两条河沿上，到处是随风摇曳的杨林，杨林下是绿油油的小草。此时王贲无心欣赏这里的风景，命令军士在西北方向挖出一条渠道，意图将黄河、汴河的水引向大梁城。王贲先命人在渠的下方筑一道堤，阻止河水下流。秦军冒雨干活，王贲亲自督工。沟渠挖成后，一连十天，大雨又是不止，水势极为浩大。王贲命令毁了堤坝，于是黄河、汴河的水沿着这条渠汹涌而来，渠内、渠外大水泛滥。大梁城被水浸泡了三天，房屋坍塌不计其数。秦军乘机攻打了进去，俘获了魏王假。

魏王假与他的后宫佳丽一齐被押送咸阳，魏王假在途中病死。秦国悉数取得魏国土地，把它列为秦国的三川郡，此时是公元前225年。魏国共历经一百七十九年。魏国立国之初，魏文侯任用李悝、吴起、乐羊、西门豹等能人，并且变法图强，一时成为最强大的国家。但其重贤、变法的精神没能持续，却被秦国所学，让魏国反受其辱。

这一年，秦王嬴政继续采纳尉缭的策略，谋划攻打楚国。秦王嬴政先派内史腾前去治理秦国南郡。这南郡，原来是楚国新郢都，足以拊楚之背。内史腾来到南郡，依然采取治理南阳郡的政策，严明法律，安抚百姓。为申明为吏之道，内史腾先后发布两道文告给县、乡——

凡为吏之道，必精洁正直，慎谨坚固。审悉毋私，安静毋苛，审当赏罚，严刚毋暴，廉而毋刖，毋复期胜，毋以忿怒决。宽容忠信，和平毋怨，悔过勿重。慈下勿凌，敬上勿犯，听闻勿塞。审知民能，善度民力。劳以率之，正以矫之。反赦其身，止欲去愿。中不方，名不彰；外不圆，祸之门。审耳目口，十耳当一目。毋穷穷，毋矜矜，毋衰衰。临财见利，不取苟富；临难见死，不取苟免。欲富太甚，贫不可得；欲贵太甚，贱不可得。毋喜富，毋恶贫，正行修身，祸去福存。

为吏有五善：一曰忠信敬上，二曰清廉毋谤，三曰举事审当，四曰喜为善行，五曰恭做多让。五者毕至，必有大赏。为吏有五失：一曰见民倨傲，二曰不安其朝，三曰居官善取，四曰受令不偻，五曰安家室忘官府。五者居一，必受惩处。戒之戒之，财不可归；谨之谨之，谋不可遗；慎之慎之，言不可追；綦之綦之，食不可偿。怵惕之心，不可不长。以此为人君则怀，为人臣则忠；为人父则慈，为人子则孝；能审行此，无官不治，无志不彻，为人上则明，为人下则圣。君怀臣忠，父慈子孝，政之本也；志彻官治，上明下圣，治之纪也。除害兴利，慈爱万姓。均徭赏罚，傲悍戮暴。垦田仞邑，赋敛毋度。地修城固，民心乃宁。百事既成，民心既宁。既毋后忧，从政之经。

内史腾的两篇文告，对为官为吏都有指导。他的属吏谨记心头，竭诚供奉，至死不渝。有官吏去世，也以这两文陪葬。治民先治吏，吏清则民规。内史腾把南郡治理得井井有条，为秦军进攻楚国提供了坚实的基地。

一切筹划妥当，秦王嬴政便问李信："讨伐楚国，你估计要用多少兵力？"李信答道："二十万就够了。"秦王嬴政又召见已经退役的老将王翦，问他同样的问题，王翦说："李信凭借二十万兵力去攻打楚国，必败。以老臣的愚见，非六十万兵力不可。"秦王嬴政内心忖度道："王翦老了，难免怯懦，不如李信气盛勇敢。"于是不听王翦的意见，命李信为将军、蒙骜之子蒙武为副将，率领秦国二十万人马攻打楚国，此时蒙骜已亡。

悠悠岁月无数事，三言两语几笔过。却说楚幽王在位十年而逝，没有子嗣。李园也已去世。于是，群臣拥戴楚幽王的同胞弟弟芈犹为楚王，即楚哀王。因怀疑楚哀王非楚考烈王的儿子，在楚哀王即位两个月时，他的堂兄芈负刍杀死了他而自立为王。同时，杀死了太后嫣嬴，尽灭李园家族。芈负刍在位第三年，闻听秦国开始攻略楚国土地，便拜项燕为将军，率兵二十余万，水路、陆路一齐进发，迎击秦军。

李信攻打平舆，蒙武攻打寝邱。李信骁勇，一鼓作气打下了平舆城，然后引兵向西，又攻下了申城，接着准备进攻城父。

项燕得知李信带兵正从申城出来，便率大军前去迎战，周围设下了七处埋伏。李信依恃着自己的勇力，一路勇敢前行，正遇上项燕的兵马。两军交锋，战斗正酣之时，楚军七处伏兵一齐呐喊着围了上来，李信抵御不了众多的敌兵，大败而逃。项燕带兵追赶，三天三夜不停息，杀死秦军将士无数。项燕一直追到平舆，将秦国侵占的土地如数收复。蒙武此时尚在寝邱城下，听说李信战败逃窜，只好也退出楚国，派人急报秦王嬴政。秦王嬴政听到李信兵败的消息后大怒，削除了他的官爵和封邑。

秦王嬴政亲自出马到频阳造访老将王翦，问他："将军您预计李信率领二十万兵马攻打楚国必败，现今果然如此！将军您虽然年老体衰，但能不能为寡人振作起来，带兵去打一仗呢？"

王翦再次拜谢道："老臣因病有些糊涂，大王还是选择年轻能干的将领去任用吧。"

秦王嬴政说："这次出征，非将军您不可，将军您不要再推辞了。"

王翦说："大王如果不得已，一定要用老臣，那老臣必要六十万军士才行。"

秦王嬴政说："将军您一定要用六十万兵力，这是从古到今前所未有的呀。"

王翦答道："几百年前打仗，双方按照周礼之中的兵法和军礼，约定日子摆下阵势，列阵而战，动干戈但不致人重伤，声讨别国罪行但不兼吞土地。虽然动武，但寓含着礼让。所以动用兵力，不必数量很多，比如诸侯霸主之首的齐桓公动用兵力最多不过三万人，而且还是更替使用。现今各诸侯国以兵力相争，恃强凌弱，逢人便杀，遇地便攻，兵力动辄数万，围城经常数年，因此农夫都拿起了剑矛，儿童都被列进了兵册。形势所逼，即使想少用兵力也是不可能的。况且楚国拥有东南方广大的土地，一声号令，百万兵力都可具备。我所说六十万，还恐怕不能与楚国兵力相当，怎么还能再减少呢？"

秦王嬴政叹息着说："不是您从军数十年，就不能这样透彻地看明问题，寡人听将军您的。"于是带着王翦入朝，当天就拜他为将军，将六十万兵力交给他，仍用蒙武做副将。

临行之日，秦王嬴政亲自设宴饯别。王翦端着酒觯，祝福秦王嬴政，然后奏道："大王先饮了这觯，老臣还有一些请求。"

秦王嬴政一饮而尽，问道："将军有什么话要说？"

王翦从袖中取出一简，上面开列咸阳良田美宅数处，向秦王嬴政请求道："把这些田宅批给老臣吧。"

秦王嬴政说："将军若得胜回朝，寡人将与您共享荣华富贵，何必惦记几处小小产业呢？"

王翦说："臣老了，大王即使给臣官爵封邑，就像风中的烛光，能照亮多长时间呢？不如在臣目力所及之时，多多地给予臣良田美宅，作为子孙产业，这样就能世代享受大王您的恩德了。”秦王嬴政大笑，同意了王翦的请求。

王翦率军行至函谷关，又派人向秦王嬴政索要园池数处。蒙武不理解，问王翦：“老将军的请求是不是太多了？”

王翦悄悄向他说：“秦王性格凌厉而且多疑，今天他将秦军六十万交给我，这是倾全国兵力托付给我呀。我多多地索取田宅园池，谎称为子孙大业考虑，是用以安慰秦王之心的。”

蒙武不由敬佩地道：“老将军真是高见呀！十个我的智力也比不上您一个人。”

王翦、蒙武率领六十万大军，浩浩荡荡来到楚国。项燕率军迎敌，见秦兵众多，急派人飞报楚王芈负刍，请求增兵添将。楚王芈负刍又发兵二十万，派将军景骐率领，以帮助项燕。

再说王翦将六十万兵力屯扎在天中山，营连着营将近十里，坚壁固守。项燕每天派兵马去挑战，王翦始终不出兵。项燕评价道：“王翦是一员老将，难免怯战。”

王翦让秦军尽情休息，每天杀牛宰羊，犒赏众人。将士们心中感激，都愿为王翦效力，屡次请战，王翦只用醇酒招待。如此数月，军士白天无事可干，就练习投石、超距等游戏。所谓投石，就是将十二斤重的石块，放在立着的木头上击出，石块能达三百步远就算赢，不到的就算输。那些力气大的人，能用手甩石头达三百步远的，就更胜一筹。所谓超距，就是立一横木，离地七八尺，跳跃而过，以此比赛胜负。王翦每天派各营小吏，记住每一名军士的胜负，了解军士力量的强弱。王翦对外越发谨慎，坚守不出，禁止军士到楚国防区内伐樵。楚国人误入了秦军营地，他就用酒食犒劳并放还。

两军对峙一年有余，并未交锋一次。项燕越发以为王翦年老胆怯，对部下说：“六七十年前，楚庄王后裔庄子在世时，有句名言：‘初生牛犊不怕虎，长出犄角反怕狼。’今日的王翦已经不是昔日冲锋陷阵的秦国名将了，他被秦王所逼，率领史上最大数量的兵马前来，可来了又全无斗志。”楚军因此放松了战备。

忽然有一天，王翦大宴将士，宣布道：“今天我与诸位一起去破楚军！”将士们个个摩拳擦掌，奋勇争先。秦军选出骁勇军士两万，这都是在投石、超距等游戏中发现的勇士。王翦称他们为壮士，用作先锋。

秦军两万壮士大喊着，冲向楚军阵营，一人足以对付百人。楚国将军项燕没有料到王翦突然发动攻击，仓促迎战，但士气远远不如秦军先锋。楚兵大败，项燕与景骐率领着败兵向东撤退。王翦乘胜追击，又与项燕的残部大战，再次取胜。

王翦把兵马分成若干队，从不同的路线攻打楚国，吩咐楚军一旦失败，马上分头占领各地城池。王翦派副将蒙武向楚国各地发布檄文，宣传秦王嬴政的威势和德行，自己率领主力直趋楚国都城寿春。未用多大气力，寿春城便被攻破。项燕逃走，景骐自杀，楚王芈负刍被俘。

秦王嬴政裁定芈负刍有弑君之罪，把其贬为平民。秦王嬴政命令王翦、蒙武率军收复楚国各地。各处楚军听到风声，惊恐万状，溃不成军。

再说项燕逃出寿春后，在各地招募了两万五千名军士，并遇到了楚王芈负刍的同母兄弟芈启。项燕思量：楚国方圆还有千里，足可以建立一个新的楚国。于是尊奉芈启为楚王，建都兰陵。

秦王嬴政亲自前来楚地，犒赏秦军。秦王嬴政盛赞王翦的功劳后说："项燕又在兰陵立了楚王，怎么办？"王翦说："现今楚国的肥沃土地都被我们占领，剩下一些人苟延残喘，只要大军一到，马上就会投降的，哪里值得大王您忧虑呢？"秦王嬴政说："老将军年纪虽大，壮志可是未减啊！"第二天，秦王嬴政启驾回咸阳，仍然留下王翦、蒙武以及大军，前去攻打兰陵。

王翦、蒙武率领大军，在兰陵周围扎下营盘，军士的喊叫声响彻云天。项燕带领全城官兵，与王翦在城下交锋。第一个回合下来，秦军稍稍有些退却。王翦又选出两万壮士，分为左右两队，大声呐喊着冲入敌阵。项燕又一次大败，逃回城中。王翦率兵用云梯进攻，项燕便用火箭抵挡。新楚王芈启亲自巡视城防，不料被流箭射死。项燕哭泣着说："我之所以苟且偷生在此，是因为芈姓一脉没有断绝！如今，我还有什么希望啊！"仰天长号三声，用剑刎颈而死。兰陵城中大乱，秦兵登上了城墙，打开了城门。王翦、蒙武带领着整齐的秦军进入了兰陵城，安抚居民。

王翦、蒙武率大军南下，渡过钱塘江，一路扫平了南方各地。越王的子孙，自从越国灭亡后，散居在南方，依海而居。到了此时，听说了秦王嬴政的威德，都向秦军投降。王翦收下了他们的版图与户册，飞快地报告给秦王嬴政，建立了九江、会稽两个郡。楚国社稷到此绝断，这时是公元前223年。楚人不服输，敢为先，英勇善战，视死如归，自周平王东迁以来，由小变大、由弱变强，一时占据半个中国，成为第一强国。但政策不连续、变法不彻底，再加上中间奸臣作乱、后期君王无能，终被秦国所灭。

王翦平定了楚国后，班师回了咸阳，秦王嬴政赏赐他黄金千镒以及索要的田园，王翦告老，仍旧回到了频阳。

秦王嬴政拜王翦之子王贲为将军，前往辽东讨伐燕王姬喜。秦王嬴政嘱咐他道："将军如果在辽东取得了胜利，乘着破竹之势，一鼓作气再攻下代国，那样就不用再动兵了。"

公元前222年，王贲带兵渡过鸭绿江，围住了平壤城，击破了它，俘虏了燕王姬喜，将其送到咸阳，贬为平民。燕国地处东北，聚集了多种文化，燕王姬哙让国、燕昭王招贤，都是特殊文化、特定时期促成的。由于文化不如秦国系统、先进、连续，终被秦国所灭。

秦王嬴政下令通缉燕国世子姬丹门客和荆轲故友，门客们都潜逃了，高渐离更名改姓，在宋子这个地方给富人当酒保。一日，听到主人家堂上有客人击筑，高渐离便走来走去舍不得离开。高渐离张口说："那筑的第三根弦没有调准，击筑的时候节奏也慢了。"家仆把高渐离的话告诉主人说："那个酒保懂得音乐，私下里还评三道四的。"主人叫高渐离到堂前击筑，高渐离也不客气，轻轻几下，满座宾客都叫好。高渐离觉得长久隐姓埋名、担惊受怕，没有尽头，便退下堂来，把自己的筑和衣裳从匣子里拿出来，改装整容来到堂前。满座宾客大吃一惊，纷纷离开座位用平等的礼节接待，把他尊为上宾。高渐离击筑唱歌，宾客们听了，没有不被感动得流着泪而离去的。宋子城里的人，轮流宴请高渐离。

王贲攻下了燕国之后，率领兵马向西去进攻代国。此时颜聚已亡，代王赵嘉率军迎战，结果全军覆没。赵嘉想要逃往匈奴，却被王贲生擒。赵嘉无奈，咬舌自杀。

王贲的报捷文书送到咸阳，秦王嬴政大喜，亲手给王贲书写信简，上面写道：“将军您一出马，就平定了燕和代，驰骋数千里，比起您的父亲来，劳苦功高，不相上下。尽管您已经很辛苦并建立了大功，但是齐国，是您班师途中临近的地方，齐国在，就像一个人缺了一只胳膊一样。寡人希望将军您发挥威力，倏然击灭它。那样的话，将军父子对于秦国的功绩，没有谁能比得上啊！”王贲接到秦王嬴政的手书后，带领兵马取道燕山，往东南一路行来。

却说齐王田建听从了相国后胜的建议，不救魏国等国。秦国每灭一国，齐王田建都派使节到秦国去庆贺。秦王嬴政又用金钱贿赂齐国使节，齐国使节回到齐国，赞颂秦国对使节的优厚款待。齐王田建以为秦王嬴政与自己友好，便不修战备。等到五国相继被秦国吞并，齐王田建心中才开始感到不安，与相国后胜商议后，便发兵守卫齐国西界，以防秦军来犯。

齐王田建万万没有想到，王贲带兵自北部杀来。齐国自齐王田建即位，四十四年没有发生过大规模的战争，百姓逸于安定，不曾演习武艺。如今数十万秦兵，像泰山压顶般冲杀过来，百姓怎能不害怕？又有谁敢与秦军对阵？王贲一路由北向南，再向东，直捣齐都临淄。所经之地，长驱直入，如入无人之境。临淄城中，百姓乱奔乱窜，城门都无人守卫。相国后胜束手无策，只得劝齐王田建投降。王贲兵不血刃，两个月时间，就得到了齐国全部土地以及岑鼎等奇珍异宝。

秦王嬴政听到捷报，传下命令：“念齐王田建四十多年对秦国的恭顺之情，免其死，可将他与妻儿一齐迁往共城，每天供给他一斗粟，使他度完余生。后胜接受秦国贿赂，非为臣之道，就地斩首。”原来六国俱灭，分化离间之计已无用处，秦王嬴政便想借后胜的头来警诫秦国臣僚。王贲奉命，先在临淄杀了后胜，再派小吏押送田建等人到共城安置下来。

田建住在太行山下的几间茅屋里，四周都是松柏，没有他人居住。田建的后宫及眷属虽然都已分散，但还有十几口，一斗粟根本不够吃，而且还不按时供给。田建有一个幼子，半夜因饥饿而啼哭，田建凄凄怨怨地坐了起来，想起在临淄的日子，是何等富贵！因误听误信奸臣后胜，以至于亡国。田建此时深深后悔，流泪不止，不久就死去了。余人各自逃散，田建幼子也不知所终。原齐国人闻听田建的下场，都很悲哀，编出一首歌谣以示哀悼——

松耶柏耶？饥不可为餐。谁使建极耶？嗟任人之匪端！

这首松柏之歌，大意是怪罪后胜的误国。田氏代齐，共历经一百六十六年。齐国虽是东方强国，但政策摇摆不定。今天合纵，明天连横，堂堂大国却被张仪、苏秦玩弄于股掌之中。反观秦国，自卫鞅变法以后坚持以法治国的信念，痴心不改。在国策上，以统一天下为己任，连横诸国，远交近攻，分化离间，各个击破。当秦国近攻五国时，富裕的齐国鼠目寸光、声色犬马，正是这种苟且偷安、不思进取的心态断送了齐国的前程。这首松柏之歌，既是哀悼齐王田建，也是六国覆灭的一曲挽歌。

十八　五百年一梦

公元前221年，六国悉被秦国吞并，天下一统。秦王嬴政因为六国当年都自称为王，便觉得以王这个名称不足以尊称自己；想要改称为帝，可当年也曾有齐、秦这东西二帝之说，认为称自己为帝，不足以传后世。其时，已有天皇、地皇、人皇这“三皇”之说，也有水帝、木帝、土帝、火帝、金帝这“五帝”之称。秦王嬴政认为秦国不但具有“三皇”气概，也有“五帝”神气，便将皇、帝两号合并，称自己为皇帝，并说：“寡人为始皇帝，后世以数字秩序排列，称二世、三世，以至百千万世，传至无穷。天子自称为朕，臣下奏事称皇帝为陛下。”按《周易》，周朝属火德，而火只有水才能扑灭，秦取周而代之，应了水德之运，所以皇帝所穿的衣服、所用的旌旗都用了象征水的黑色。秦始皇又命人根据《诗经·小雅·北山》中的“普天之下，莫非王土；率土之滨，莫非王臣”作《秦颂》，以歌其功德——

六合之内，皇帝之土。人迹所至，无不臣者。

皇帝之明，临察四方；皇帝之德，存定四极。

《秦颂》作好后，秦始皇命人谱曲。秦朝乐工几易其曲，而秦始皇都不满意。尉缭奏道：“当今天下，对音乐最为精通者，当属高渐离，据臣的弟子讲，此人现今在宋子城，只是他曾与刺客荆轲交好，不能使用。”秦始皇此时记起尉缭以前曾经提起过高渐离，痴迷音乐的秦始皇当下说道：“一个乐工有什么可怕的！”秦始皇便赦免了高渐离的死罪，召其前来。为防高渐离行刺，命人熏瞎了他的眼睛。

秦始皇让高渐离为《秦颂》谱曲，高渐离当即击筑作歌，这乐声、歌声雄壮激昂、悠扬澎湃，秦始皇禁不住拍手称好。当即让其日日击筑歌唱《秦颂》，高渐离渐渐地接近秦始皇。此时，荆轲刺秦王已经过去了六年。想起当年形影不离、一起喝酒的荆轲图穷匕见被秦始皇杀死，又经历自己被秦始皇派人熏瞎了眼睛，高渐离便气不打一处来。他偷偷把铅放进筑中，准备再进宫击筑唱歌时，行刺秦始皇。

这天，能工巧匠将刚刚制成的玉玺呈给秦始皇。这玉玺是用和氏璧精研细磨而成，上面刻着李斯的八字篆书“受命于天既寿永昌”，形同龙凤鸟。秦始皇拿起玉玺看后极为兴奋，喜不自禁地说道：“自秦建国以来，至今已历经五百多年了。今朕发展到了顶峰，大秦必能既寿永昌。”说完，秦始皇便命高渐离击筑编歌祝贺。高渐离击筑唱道——

天地间，五百年，人只是那么一瞬间。

不为生，不为利，只为了留下好名声。

秦始皇听了不明所以，不知是赞美还是贬低，忙令高渐离改换曲调和歌词。此时高渐离想起了易水河畔与荆轲分别的场景，便击筑编歌唱道——

风啸啸，浪滔滔，昨日恨，今日怨，随风飘，随浪滔。

唱罢，高渐离猛然举筑撞击秦始皇。由于眼瞎，高渐离没有击中。盛怒之下的秦始皇当即杀死了高渐离，从此再也不敢轻易接近从前六国的人了。

按秦律，举荐者同罪。尉缭见高渐离行刺秦始皇，为保性命，便与弟子王敖等一起，在一个漆黑的夜晚离开了朝廷，谁也不知道他们的去向。后人拜读的兵书《尉缭子》相传就是尉缭所作。

秦始皇不见了尉缭，便问群臣："尉缭为什么离朕而去？"

群臣都说："尉缭举荐高渐离，按律当斩，或许与此有关吧。"

秦始皇叹了口气说："朕已经发誓，永远厚待尉缭，哪会因此怪罪他呢？"

秦始皇伤感了一番后，又与群臣议事说："周朝那种分封疆土以立诸侯的做法，还可以实行吗？"群臣都认为，原本属于燕、齐、楚的国土，离秦都咸阳较远，难以顾及，不设立诸侯就没有办法管理它。李斯分析道："周朝分封了二百多个诸侯国，同姓为多，他们的后代子孙，自相残杀没有停止过。如今陛下统一了天下，应废除分封制，改行郡县制。对那些有功之臣，给他丰厚的利禄，但不能分割给他一寸土地及土地上的一个百姓，这样，就避免了战争，这难道不是长治久安的办法吗？"

秦始皇听从了李斯的意见，于是，在原来郡的基础上，将天下分成三十六个郡，分别是——

内史、汉中、北地、陇西、上、太原、河东、上党、云中、雁门、代、三川、邯郸、南阳、颍川、琅琊、薛、东、辽西、辽东、上谷、渔阳、钜鹿、右北平、九江、会稽、鄣、闽中、南海、象、桂林、巴、蜀、黔中、南、长沙。

当时北边有匈奴之患，所以渔阳、上谷等临近匈奴的郡，辖地最少，派兵镇守。南方水乡富足平安，故九江、会稽一带的郡，辖地最多。每郡设立守、尉、监三人。此时，临洮出现十二个长人，秦始皇认为是祥瑞之兆，便尽数收取天下的兵器，聚拢到咸阳一齐销毁，铸成十二个金属人，放置在宫廷中，以应临洮祥瑞。将天下最富有的家庭迁到咸阳，共有二十万户。因内史腾治理南阳郡、南郡政绩非凡，秦始皇任命内史腾为内史，掌管秦都咸阳事务。在这一任上，内史腾一如既往，恪尽职守，直到老死任上。秦始皇任命李斯为丞相、赵高为郎中令。有功劳的那些将领，像王贲、蒙武等，都厚厚封赏。

秦始皇统一六国以前，陶文、帛书、简书等民间文字存在着区域差异；度、量、衡制度和货币制度很杂乱；道儿有宽有窄，车辆有大有小；各地风俗习惯也不一致。为全国统一，秦始皇颁布法令，在天下书同文、度同制、车同轨、行同伦。国土的统一加上文化的统一，使秦朝成为中国历史上第一个统一的多民族的中央集权制的国家。

九曲黄河，汹涌澎湃，一条巨龙腾空而起。此时，冬雪融融，春雷朗朗，晨曦初露，朝霞满天。在这钟灵毓秀、风光旖旎的黄土地上，那涛声、雷声组成了恢宏的黄河畅想曲。

自周平王东迁至秦始皇统一六国，共历经五百五十年。这五百五十年，是中国大动荡、大变革、大思想、大智慧的时期。有诗曰——

礼崩乐坏时，天下乱纷争；
强者似虎狼，弱者如羔羊；
诸侯浪淘沙，优胜劣被汰；
何物最永恒，世人灯下思；
先推仁义信，后说礼智勇；
六字为骨架，成就中华龙；
滚滚黄河水，奔流不复回；
五百年一梦，蹉跎岁月悠。

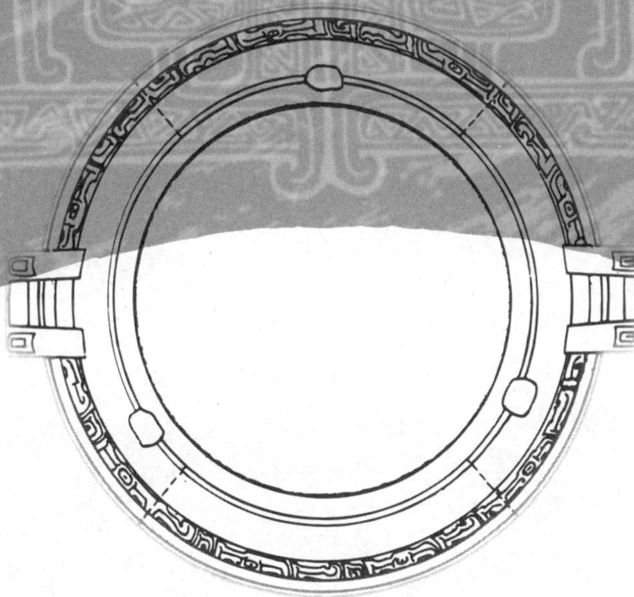

尾声

秦始皇统一六国后，觉得自己无所不能、无人能比，甚至忘乎所以。既然自己所取得的功业是自上古以来未曾有的，那么自己的寿命也应该是前所未有的，别人没有达到的求仙、长生的愿望，自己当然也应该达到。秦始皇开始做起了权威无限、生命无限的美梦。方士们对仙山、仙境活灵活现的描述，对仙人随心所欲、长生不死的生活的赞美，都令秦始皇心慕神往，沉迷于此且深信不疑。秦始皇几次巡游全国，所到之处，方士们无不闻风而动，云起雾和，使他处在方士文化的笼罩之中。

某次巡游，秦始皇站在海边，眺望大海，此时海市蜃楼出现，只见海天尽头有一片红光浮动，秦始皇便问随驾方士卢生那是什么，卢生答道："那就是仙岛。"秦始皇大喜，又问仙岛叫什么名字。卢生一时无法应答，忽见海中有水草漂浮，灵机一动，便以草名蓬莱作了回答。卢生告诉秦始皇，蓬莱山上住着拥有不死之药的神仙，于是秦始皇让卢生出海寻找蓬莱山，以求得不死之药。

海市蜃楼本是虚无缥缈之物，哪能找到？卢生无奈，只得向秦始皇回复未能找到不死之药。卢生是个聪明人，知道一点儿收获没有，必会招来秦始皇恼怒。卢生左思右想，便找人写了一本奇书，书上写着一则谶语："亡秦者，胡也。"卢生清楚，当今六国被灭，只有已经恢复元气的北方匈奴也就是胡人才是秦朝的大敌。卢生将奇书献给秦始皇后，秦始皇便命蒙武之子蒙恬为将军，率三十万大军，北伐匈奴，以绝亡秦之患。又在赵国长城的基础上左右加长，从临洮一直到辽东，成为一道万里长城，以防匈奴南侵。秦筑长城，死者不计其数，民歌道——

生男慎勿举，生女哺用脯。不见长城下，白骨相撑拄。

百姓处于水深火热之中，难以生存。李斯虽然记得师傅荀子教导的“水能载舟，亦能覆舟”，但明白秦始皇的性格是一意孤行，劝谏也是无效，于是干脆不说，任其发展。

秦始皇又发大军向南，添了三个郡。在南方大兴水利，叫水工史禄在湘江上游开掘渠道，号称灵渠，能通航，能灌溉。第二年，蒙恬打败了匈奴，又添了一个郡。两年增加了四个郡，合成四十郡。

这时候，秦朝众臣又开始议论纷纷，说分封制不能改、郡县制不可行。至于原因，则搬出古书来作证。秦始皇非常恼火，下了一道命令：除了秦国历史和那些实用书籍，如医药、占卜、种树、法令等外，其余的诗、书、百家言论，全部焚烧掉，谁要私藏就治罪。今后再拿古书来反对现行法令，死罪。

这一年，纲成君蔡泽死了。当年相士唐举说的蔡泽还有四十三年寿命的预言果然应验。这事传到秦始皇耳朵里，他不由更加相信方士之言。

尽管秦始皇听信方士之言，谋求长生不老之药，但事实却一次又一次令他失望。情绪暴躁的秦始皇动不动就杀人。他身边的方士卢生等，整日生活在恐惧之中。

一天，卢生对另一位方士石生说：“俗话说，伴君如伴虎。我们侍奉陛下，说不定哪一天惹恼了他，我们就没命了。”石生一听，满面愁容道：“是呀！那你说怎么办？”卢生说：“只有远离陛下，才能保全性命。我们可以这样……”卢生如此这般地向石生耳语了一阵子。

过了几天，卢生向秦始皇奏道：“陛下年年求仙，次次不成，肯定是有什么事妨碍了神仙，因此见不到神仙。是不是神仙喜欢安静，不爱吵闹呢？要不然，他们怎么会生活在天外、出没在夜间呢？”秦始皇点头称是。卢生接着说：“今后，陛下最好独居一处，不令外人得知，每日静心等待，这样，神仙肯定会被陛下的诚心所感动，一个接一个地来拜见陛下的。”秦始皇说道：“你言之有理。”于是对臣下安排道：“把朕在咸阳的行宫统统连接起来，朕愿意住哪儿就住哪儿，不得令外人知晓朕的行踪。”此言一出，全国上下征用役夫，调用财力，很快便把咸阳周围二百里内的二百七十座行宫，用复道、甬道相连，并用帷帐、钟鼓充之。秦始皇又认为都城咸阳人太多，下令在渭河以南的园林中，召集天下建筑精英，营造一座新宫，即阿房宫。

卢生、石生一起去见秦始皇，说道：“为了让神仙与陛下相见，我们这些方士也应居于别处。这样，陛下才能有一个清静的仙境与神仙相会。陛下若有什么事找我们，我们召之即来。”秦始皇把手一挥说：“去吧！”就这样，卢生、石生便像逃出樊笼的小鸟，头也不回地远走高飞了。

秦始皇得知卢生、石生等人逃匿，恨得咬牙切齿，大骂：“仙人请不来，仙药找不到，卢生、石生竟逃之夭夭！这些可恶的方士都在戏弄朕。来人，把城里的方士给朕统统活埋了！”第二天，咸阳城外挖了一个很大的坑，四百六十名方士，包括一些儒生，一齐遭到活埋。秦始皇还不解气，于是，挖掘儒生的宗师孔子的墓，取诸经传焚烧。儒生见儒教创始人孔子的墓被掘，个个义愤填膺，编歌谣来讨伐秦始皇——

秦始皇，何强梁。开吾户，据吾床。
饮吾酒，唾吾浆。飧吾饭，以为粮。
张吾弓，射东墙。前至沙丘当灭亡。

针对秦始皇大兴土木，建宫筑殿，一群悲愤的儒生又教乡间儿童唱道——

阿房，阿房，灭始皇。

这些诅咒的歌谣传到咸阳，秦始皇暴跳如雷。卢生、石生等人，为替四百六十名方士报仇，又设计了一个用“软刀子”暗杀秦始皇的计划。在这方面，方士们是很聪明的，他们明白特殊语言的暗示诱导既能激发人，也能害死人。正巧，天上有块陨石坠于东郡，卢生、石生等人便在陨石上刻了几个字“始皇死而地分”。诅咒秦始皇死了后，秦朝的地盘又将由六国分割而治。

这条咒语传到秦始皇耳中，他大发雷霆，立即派人追查，卢生、石生等人早已转移。秦始皇没有查到造谣者，便把陨石降落点附近的村庄血洗了一遍。还不解恨，他又命人把陨石放进大火中烧得粉碎。他生平最忌讳死，所以才追求长生不老的仙药。现在，仙药求不到，咒语却自天而降，他怎能不愤怒呢？想来想去，秦始皇考虑出一个镇邪的办法：从此以后，不再称自己为朕，而自称真人。秦始皇又命人写了许多歌颂仙人的诗，谱曲歌唱，以此驱除不祥。

方士们一计接一计。这年秋天，秦始皇的信使从外返回咸阳，夜间在华阴遇见一个持玉玺的人，这玉玺就是用和氏璧制成的“受命于天既寿永昌”玉玺。八年前，秦始皇乘龙舟过洞庭湖，风浪骤起，龙舟将倾，秦始皇慌忙将玉玺抛入湖中，祈求神灵镇浪，玉玺由此失落。持玺人拦住信使说：“替我把这玉玺送给周武王。”又说：“今年祖龙死。”那人言谈举止，犹如山鬼。这送玉玺的人就是卢生、石生等人特意安排的，目的是用特殊语言进一步加重秦始皇的心理负担，让其一步步走向崩溃。

秦始皇听了信使的禀报，看着那玉玺，呆若木鸡，默然很久。他深信鬼神的存在，知道祖龙就是指自己，并知道商纣王是暴君，是周武王灭了他，给周武王送玺乃是不祥之兆。这次，秦始皇没有发怒，而是吓得脸色苍白，半天没说出一个字。过了许久，他才喃喃自语：“山鬼不过只知一岁之事，不能预卜未来。现在是秋天了，想个办法，或许可以躲过去呢。”内心不安的秦始皇便占卜算卦，卜师早让卢生、石生等人串通好了，秦始皇一连问了几位卜师，都说出游吉利。于是，秦始皇再度巡游全国，这是第五次巡游。

卢生、石生等人为什么希望秦始皇外出？他们清楚，秦始皇的心理已很脆弱，并且年龄已大，如果加上旅途颠簸劳累，秦始皇必定会患重病，而患了重病在路上是很难治好的。

秦始皇带着惊恐，带着祈求，满腹心事地离开了咸阳。他顺长江一路漂流，经过丹阳，到达钱塘。此时，正值钱塘潮汛，江水滔滔，声如雷鸣。秦始皇吓得双腿发抖，以为惹恼了河神。等河水平静后，秦始皇渡过钱塘江，登会稽山，祭大禹，望于南海，立石颂德。北归时，秦始皇从姑苏渡江，乘海船北上琅琊。在琅琊时，神志虚弱的秦始皇梦见自己和海神开战，被打得大败。当行至平原津时，见一群小儿堆沙为阜，称为沙丘。秦始皇闻听，想起那“前至沙丘当灭亡”的歌谣，立刻就病倒了，此时是公元前 210 年七月。此刻，秦始皇终于明白自己和凡人一样，长生不了，于是，他写下遗诏，连同玉玺一并想交给远在边疆的太子扶苏。到了原赵国沙丘这个地方时，秦始皇便一命呜呼了。此时工程浩大的阿房宫仅仅建了一座前殿。秦始皇生于赵，死于赵，五十年间有意无意地完成了一个地域的轮回，也算是叶落归根。

秦始皇开始误信方士之言，最终也死在方士之言。老子讲："天下之至柔，驰骋天下之至坚。"方士们的"软刀子"，其威力可谓胜过千军万马。秦始皇嬴政是中国历史上第一个统一中国的帝王。在他先为秦王、后为始皇期间，秦国如同湛庐宝剑无比锋利，先后灭六国、拓边疆、修驰道、筑长城、确立集权、统一文字，建立了恢宏的功绩，同时秦始皇苛政暴虐，赋敛无度，滥杀无辜，屡挑战争，激起了无数人的愤怒，许多人蓄意对其谋杀。气吞山河的秦始皇，一生没被戟光剑影吓倒，却被几句捏造的话语给压倒了。

秦始皇去世后，赵高和李斯相谋，私改诏书，假借秦始皇名义赐死了太子扶苏，改立次子胡亥。这胡亥，就是秦始皇被荆轲行刺的当晚，与胡姬所生。这年九月，葬秦始皇于骊山。后李斯为赵高所忌，被腰斩于市。李斯作为法家人物，当年他所担心的事终于发生了。

秦二世胡亥在位时，忽然发现卫国未灭。秦二世便急令人率军灭掉卫国，并贬卫君卫角为庶人。在声名赫赫的诸侯国纷纷被灭国时，卫国却奇迹般地躲过了无数次灾难。原来卫地多君子、智者，吴起、卫鞅、鬼谷子、吕不韦等都是卫国人。孔子周游列国十四年，其中在卫国长达十年，就是因为这里有很多和他性味相投的君子、智者。卫国在强国夹缝之中，因为其君子风度、智者谋略而保存社稷，又因为弱小而不被秦国重视，反而得以保存。被废卫君卫角走在黄河边上，看见仙鹤伸展一米多长的双翅，傲慢地在半空中飞翔，红色的双腿直直地蹬向后方，不由感叹道："还是做百姓好呀！就像这仙鹤，自由、自在、自信、自足！"

秦二世胡亥在位不久，陈胜、吴广起义爆发，后楚人项羽、刘邦率军推翻秦朝。"楚虽三户，亡秦必楚"的歌谣果然应验；"亡秦者，胡也"的谶语也歪打正着，不幸言中。后刘邦建立汉朝。

秦国之所以灭六国，其中一个原因是多智者。当年秦国智囊樗里疾曾对自己的坟墓作了一番预言，到了汉朝兴起，所建长乐宫就在樗里疾坟墓的东边，而未央宫则在他坟墓的西边，果如樗里疾所预言。

秦始皇自命始皇帝的时候，一心想让秦朝的天下千秋万代延续不休，但他没想到，仅仅十五年之后，才传到第二个皇帝时，秦朝就灭亡了。尽管秦始皇采取了种种巩固统治的措施，但他的独裁专制、横征暴敛，埋下了祸根，秦朝终被天下之人推翻。后人杜牧在《阿房宫赋》里总结道——

> 呜呼！灭六国者六国也，非秦也；族秦者秦也，非天下也。嗟夫！使六国各爱其人，则足以拒秦；使秦复爱六国之人，则递三世可至万世而为君，谁得而族灭也？秦人不暇自哀，而后人哀之；后人哀之而不鉴之，亦使后人而复哀后人也。

图书在版编目（CIP）数据

春秋战国：典藏套装版 / 高兴宇著. —北京：中国国际广播出版社，2017.7（2024.1重印）
ISBN 978-7-5078-3969-2

Ⅰ.①春… Ⅱ.①高… Ⅲ.①长篇历史小说－中国－当代 Ⅳ.①I247.5

中国版本图书馆CIP数据核字（2017）第112741号

春秋战国·典藏套装版

著　　者　高兴宇
责任编辑　杜春梅
版式设计　国广设计室
责任校对　徐秀英

出版发行　中国国际广播出版社有限公司［010-89508207（传真）］
社　　址　北京市丰台区榴乡路88号石榴中心2号楼1701
　　　　　邮编：100079
印　　刷　北京启航东方印刷有限公司

开　　本　710×1000　1/16
字　　数　920千字
印　　张　69.25
版　　次　2017年7月　北京第一版
印　　次　2024年1月　第七次印刷
定　　价　89.00元（全三册）